場面設定

類語辞典

アンジェラ・アッカーマン+ベッカ・パグリッシ=著
滝本杏奈=訳

THE RURAL SETTING THESAURUS:
A Writer's Guide to Personal and Natural Places

THE URBAN SETTING THESAURUS:
A Writer's Guide to City Spaces

Angela Ackerman & Becca Puglisi

THE RURAL SETTING THESAURUS:
A Writer's Guide to Personal and Natural Places
THE URBAN SETTING THESAURUS:
A Writer's Guide to City Spaces
by Angela Ackerman and Becca Puglisi
©2016 by Angela Ackerman & Becca Puglisi
All Rights Reserved.
Published by special arrangement with 2 Seas Literary Agency, California and Tuttle-Mori Agency, Inc., Tokyo

もくじ

郊 外 編

はじめに

- 感情的なつながりを生み出す設定の作り方 ⋯⋯⋯⋯⋯ 12
- 葛藤を生み出す手段としての設定 ⋯⋯⋯⋯⋯ 14
- 雰囲気を構築する手段としての設定 ⋯⋯⋯⋯⋯ 21
- 物語を誘導する手段としての設定 ⋯⋯⋯⋯⋯ 32
- 設定を深めるための比喩的な言葉 ⋯⋯⋯⋯⋯ 37
- 設定によくある落とし穴 ⋯⋯⋯⋯⋯ 46
- 郊外の設定について考慮すべきこと ⋯⋯⋯⋯⋯ 56

■ 基礎設定

アーチェリー場 ⋯⋯ 62		火災現場 ⋯⋯⋯⋯ 82	
赤ん坊の部屋 ⋯⋯ 64		果樹園 ⋯⋯⋯⋯⋯ 84	
遺跡 ⋯⋯⋯⋯⋯ 66		家畜小屋 ⋯⋯⋯⋯ 86	
田舎道 ⋯⋯⋯⋯ 68		家庭菜園 ⋯⋯⋯⋯ 88	
居間 ⋯⋯⋯⋯⋯ 70		ガレージ ⋯⋯⋯⋯ 90	
埋め立てゴミ処理場 ⋯ 72		キャンピングカー ⋯ 92	
裏庭 ⋯⋯⋯⋯⋯ 74		キャンプ場 ⋯⋯⋯ 94	
男の隠れ家 ⋯⋯⋯ 76		教会 ⋯⋯⋯⋯⋯ 96	
温室 ⋯⋯⋯⋯⋯ 78		結婚披露宴 ⋯⋯⋯ 98	
核シェルター ⋯⋯ 80		豪邸 ⋯⋯⋯⋯⋯ 100	
		工房 ⋯⋯⋯⋯⋯ 102	

子ども部屋	104	廃車部品販売所	150
災害用地下シェルター	106	剥製工房	152
採石場	108	ハロウィンパーティー	154
サマーキャンプ	110	ビーチパーティー	156
児童養護施設	112	秘密の通路	158
狩猟小屋	114	ホームパーティー	160
台所	116	牧場	162
誕生日パーティー	118	牧草地	164
地域のパーティー	120	墓地	166
地下室	122	物置き小屋	168
地下貯蔵室	124	野外トイレ	170
通夜	126	屋根裏部屋	172
ツリーハウス	128	浴室	174
庭園	130	霊廟	176
テラス	132	ロデオ	178
灯台	134	ワイナリー	180
屠畜場	136	ワインセラー	182
鶏小屋	138	10代の息子・娘の部屋	184
トレーラーハウス用居住地	140		
農業祭	142	■ 学校	
農産物直売会	144	更衣室	188
農場	146	高校の食堂	190
廃鉱	148	高校の廊下	192

もくじ

校長室 —————— 194	峡谷 —————— 238
子どもの遊び場 —— 196	砂漠 —————— 240
小学校の教室 —— 198	湿原 —————— 242
職員室 —————— 200	草原 —————— 244
スクールバス —— 202	滝 ——————— 246
全寮制の学校 —— 204	低湿地 —————— 248
体育館 —————— 206	洞窟 —————— 250
大学のキャンパス —— 208	沼地 —————— 252
大学の講堂 —— 210	熱帯雨林 —————— 254
プロム —————— 212	ハイキングコース —— 256
保育園・幼稚園 —— 214	ビーチ —————— 258
用務員室 —————— 216	北極のツンドラ —— 260
理科実験室 —— 218	湖 ——————— 262
寮の部屋 —————— 220	南の島 —————— 264
	森 ——————— 266
■ 自然と地形	山 ——————— 268
荒れ地 —————— 224	
池 ——————— 226	
海 ——————— 228	
小川 —————— 230	
温泉 —————— 232	
海食洞 —————— 234	
河 ——————— 236	

都 市 編

はじめに

- 「設定など誰も気にしない」という大きな誤解 ················ 272
- 登場人物を特徴づける手段としての設定 ················ 274
- 設定で考慮すべき「場所」の重要性 ················ 285
- 背景を伝える役割としての設定 ················ 289
- 感覚のディテール、設定における最上級の宝石 ················ 295
- 都市の建造物：実在の場所を起用することの良い点・悪い点 ····· 304
- 設定によくある落とし穴 ················ 307
- そのほか「都市」の設定について考慮すべきこと ················ 317

■ 基礎設定

アートギャラリー ················ 320

空き地 ················ 322

アトリエ ················ 324

ウォーターパーク ················ 326

映画館 ················ 328

エレベーター ················ 330

屋外スケートリンク ················ 332

屋外プール ················ 334

屋内射撃場 ················ 336

オフィスの個人スペース ················ 338

楽屋 ················ 340

カジノ ················ 342

ガソリンスタンド ················ 344

鑑別所 ················ 346

救急救命室 ················ 348

居住禁止のアパート ················ 350

銀行 ················ 352

もくじ

軍事基地	354	スポーツイベントの観客席	400
警察署	356	精神科病棟	402
競馬場	358	正装行事	404
刑務所の独房	360	洗車場	406
劇場	362	葬儀場	408
下水道	364	タトゥースタジオ	410
建設現場	366	ダンスホール	412
コインランドリー	368	小さな町の大通り	414
公園	370	地下道	416
公衆トイレ	372	駐車場	418
工場	374	動物園	420
交通事故現場	376	動物病院	422
荒廃したアパート	378	図書館	424
コミュニティセンター	380	ナイトクラブ	426
ゴルフ場	382	難民キャンプ	428
サーカス	384	ニュースルーム	430
死体安置所	386	博物館	432
自動車修理工場	388	パレード	434
消防署	390	繁華街	436
心理セラピストのオフィス	392	美容院	438
スキーリゾート	394	病室	440
スケートボードパーク	396	ビリヤード場	442
スパ	398	フィットネスセンター	444

ペントハウス ……………… 446
法廷 ……………………… 448
ボウリング場 …………… 450
ホームレスシェルター …… 452
ホテルの部屋 …………… 454
待合室 …………………… 456
モーテル ………………… 458
役員室 …………………… 460
遊園地 …………………… 462
遊園地のびっくりハウス … 464
ラスベガスのショー …… 466
立体駐車場 ……………… 468
レクリエーションセンター … 470
レコーディングスタジオ … 472
老人ホーム ……………… 474
路地 ……………………… 476
ロックコンサート ……… 478

■ 飲食店

アイスクリームショップ … 482
カジュアルレストラン …… 484
カフェ …………………… 486
ダイナー ………………… 488

デリ ……………………… 490
バー ……………………… 492
パブ ……………………… 494
ファストフード店 ……… 496
ベーカリー ……………… 498

■ 小売店

市場 ……………………… 502
占い店 …………………… 504
骨董品店 ………………… 506
コンビニエンスストア …… 508
酒屋 ……………………… 510
質屋 ……………………… 512
食料雑貨店 ……………… 514
ショッピングモール …… 516
書店 ……………………… 518
中古車販売店 …………… 520
花屋 ……………………… 522
ペットショップ ………… 524
宝石店 …………………… 526
ホームセンター ………… 528
リサイクルショップ …… 530

■ 交通機関・施設

駅 ──────────── 534
救急車 ──────── 536
漁船 ────────── 538
空港 ────────── 540
クルーズ船 ──── 542
軍用ヘリコプター ── 544
サービスエリア ── 546
市バス ──────── 548
戦車 ────────── 550

潜水艦 ──────── 552
タクシー ────── 554
地下鉄 ──────── 556
地下鉄トンネル ── 558
パトカー ────── 560
飛行機 ──────── 562
古い小型トラック ── 564
マリーナ ────── 566
ヨット ──────── 568
リムジン ────── 570

付録1 設定のエクササイズ ──────────── 572
付録2 設定のプランニングツール ──────── 574
付録3 感情的価値の設定ツール ────────── 576
付録4 設定チェックリスト ────────────── 578

おわりに ──────────────────────── 579

日本語版刊行に際して
本書は Angela Ackerman と Becca Puglisi による THE RURAL SETTING THESAURUS: A Writer's Guide to Personal and Natural Places, THE URBAN SETTING THESAURUS: A Writer's Guide to City Spaces の2冊の全訳であり、原著者の許可のもと1冊に合本して刊行した。その際に内容の重複等必要が生じた場合に限り、編集の範疇内で変更を施した。また、本書には出版国であるアメリカ合衆国特有の生活習慣・文化に即した描写が記載されている箇所が数多くあるが、原書を尊重し、日本の慣習にあてはめる調整は最小限にとどめた。

場面設定
類語辞典
郊外編

感情的なつながりを
生み出す設定の作り方

　優れた物語を生み出すレシピには、読者を引きつける登場人物、一か八かという状況、読者と登場人物の感情的な絆、関心をそそる対立というような、カギとなる原料が数多く含まれる。しかし、本来ならすばらしい出来になるはずだったたくさんの本が、しばしば見落とされてしまったことで犠牲になってきたもうひとつの大事な要素が、「設定」である。無秩序な状態の王国の一部（『指輪物語』の中つ国）や、雑然とした宇宙船内の一室（『エイリアン』のノストロモ号）、活気のない小さな街のローカルな場所（アラバマ州の架空の街・メイカム）というように、どんな物語のどの場面にも、設定は必ず存在する。規模の大小や馴染みの有無を問わず、それぞれの場面における設定は、ユニークかつ印象深いものでなければならない。その場所がひとり歩きできるようになり、忘れがたい方法で読者の心に刻み込まれるように、作家には物語の舞台を向上させる責任がある。

　お気に入りの一冊の設定に心を奪われる体験がどんなものかは、世界中の読者が知っている。その場所が実在のものであれ架空のものであれ、読者はあたかも自分が「そこにいる」かのように感じたり、あるいは「そこに行きたい」と切望したりしたはずだ。作家としては、本の結末でそのような郷愁の感覚を作りだしたい。そこに戻りたいと読者に願ってもらいたい。しかし、どうやってそれを実現させたらよいのだろう？　いったい何が設定というものを具体的にしたり、また登場人物と同じくらいにそれを興味深いものにするのだろう？

　ひとつには、物語における「場所」とは、たんなる舞台の下準備以上の存在でなければならないという点がある。活気のみなぎる設定というのは、実によく考えられて選ばれているものだ。そこは登場人物にとって意味がある場所であり、感情が呼び起こされる場所であり、葛藤や個人的な悲劇や成長の機会を与えてくれるところなのだ。そうした理由から、生まれ故郷、自分の部屋、学校、職場、みんなの遊び場、休暇先などといった場所は、登場人物の人となりやこの先でどのように成長していくのかを形成するために、きわめて重要な役割を担うのである。設定に描かれた場所とそこによく出入りする登場人物の間には、固有の感情的な絆が存在するのだ。

効果的に描くことができれば、この感情的な絆は読者とも関係を結ぶために働きかける。ホグワーツ魔法魔術学校（『ハリー・ポッター』シリーズ）、オーバールック・ホテル（『シャイニング』）、タラ（『風と共に去りぬ』）といった設定は、読み手の気持ちを刺激するやり方で作家が描いているものであるがゆえに、読者の中に感情的な反応が生じる。象徴や多感覚的な描写を通じて、雰囲気を築いたり葛藤を発生させたりする手段として設定を用いることで、作家は読者を引き込み、物語の世界で登場人物と一緒になって人生を体験することを可能にしているのだ。

これこそ読者の望みである。つまり、本の世界に没頭すること。現実に戻ったとき思わず動揺してしまうほど、物語にすっかり夢中になるということだ。読者のためにそれを実現させるのが作家の仕事であり、そのためのもっとも効果的な手法のひとつが、設定をダイナミックに、壮大なものにすることで面白くしていくということである。

幸いにも、これはあなたが考えるほど大変な作業ではない。

葛藤を生み出す
手段としての設定

　設定のすばらしいところのひとつは、物語における多くの要素を実現させる手段として活用できるということだ。たとえば、「葛藤」という必要不可欠な要素を例にとってみよう。**物語における葛藤**とは、登場人物が目標を達成するのを妨げる大変な困難や苦労を指す。自分の弱点を乗り越えて前進していくことを妨げるような物理的な障害、友との対立、心の葛藤（依存症や自信喪失）などがそれである。

　これらが上手に描かれていると、葛藤は**緊張感**を引き起こす。現実における緊張感とは、人を不安にさせるような感覚、腹部がピンと突っ張ったような感覚のことだ。読者についても基本的に同じことが言える。つまり、緊張感は感情を呼び覚ますのである。読者の関心を途切れさせないようにするためには、そのきっかけがバーでの喧嘩であろうと、冷蔵庫を開けた登場人物が最後の一切れのパイを誰かに食べられたのを発見することであろうと、どの場面にも緊張感がなければならない。規模が小さくても大きくても、騒々しくても抑制されていても、葛藤とその結果として生まれる緊張感は、読者の関心を維持するために重要な要素なのだ。

　効果を出すために、葛藤はさまざまな強度で繰り返し頻繁に発生することが必要である。流れに沿ったやり方で物語に組み込むということは難しく聞こえるかもしれないが、実際にそのような困難の多くは設定の中で自然に見い出すことができるものなのである。

● 物理的な障害

　「心の葛藤」のように何気なく控えめに表現される葛藤もあるが、登場人物が目標に向かうのをもっとも明白に阻むのは、実際に生じた障害である。設定というのは、物語の中で納得がいくかたちで、こうした障害物を与えてくれるものだ。J・R・R・トールキンはその達人であり、登場人物間の葛藤を生み出すためにしばしば「中つ国」を活用している。『指輪物語 第一部 旅の仲間』の中で、フロドと一行は滅びの山に向かうために赤角山を越える必要があった。しかし、ここで超自然的な吹雪という葛藤が姿を現わす。岩が崩壊し、不安定な通り道が雪に埋もれてしまい、引き返すことを強いられるのだ。こうして赤角山は、指輪を破壊するという彼らの目的を妨

葛藤を生み出す手段としての設定

げただけではなく、次にどの進路をとるかについての意見の相違という、仲間内の不和も引き起こす原因になったのである。

　すべての葛藤が命に関わるものではないということを頭に入れておくのは重要だ。もしどの場面にも生死に関わる破滅的な出来事が描かれていたら、メロドラマ調になってしまうばかりでなく、たちまち読者は頻発する緊張感に慣れてしまい、物語はパンチを失ってしまう。そこで、主人公が自分の任務やパートナー、あるいは自分自身にさえ疑念を抱く原因となるような、軽度の困難を生み出すのにとても役立つのが、小規模な葛藤だ。

　例として再びトールキンの作品を見てみよう。『ホビットの冒険』において、ビルボと仲間たちは、はなれ山を目指す過程でいろんな困難にぶつかり、すでにいらだっている。そんな折、辿り着いた道は魔の川によって塞がれていた。川を渡っている途中で、太ったボンブールが溺れて不可解な眠りに陥ってしまう。おかげで一行は、やむを得ず何週間も彼を運ぶことになる。すでに気がくじけているところに、さらに追加された不便な事柄がグループ内の緊張感を増加させ、自分たちの目的や、それを本当に達成できるのかという可能性に不信感を募らせることとなったのである。

　山や川といった地形は、もっとも有機的な障害を作りだしてくれることが多いが、一方で都会の設定の中にも物理的な障害を見いだすことはできる。たとえば職場から帰る途中の渋滞、鍵のかかったドア、主人公がどうしても確認したい事件現場に張り巡らされた警察のテープといったように、どんな設定にも、問題を引き起こして緊張感を高めるような物理的障害というものがあるのだ。それゆえに、自分の設定内で違和感なく発生する類の障害を使うことは、とってつけたものではない説得力のある葛藤を生み出すための優れた方法なのである。

● 辛い過去を反映するもの

　実生活では、みんなが何かしら心の悩みを抱えているものだ。それは過去の体験が引き起こす特異な癖や、敏感さ、恐怖症などが生じさせるものである。登場人物にも同じことが言えるはずだ。つまり彼らも問題を抱えていて、その多くがたとえ

ば学校で成績不振を経験したことや、暗い裏道でひどい襲撃にあったこと、家庭内暴力を受けていたことなど、特定の設定に由来するということである。葛藤は、かつての辛い設定を再訪することで導入できる。なぜなら登場人物は、自分が一番無力で弱かったときを思い出させられることで、その嫌な記憶をよみがえらせ、望まない感情がかき立てられてしまうことになるからである。

　しかし、過去に辛いことのあった場所を再訪した際に起こるのは、こうしたことばかりではない。ときにはその思い出があまりに恐ろしかったり、出来事があまりに衝撃的だったりするがために、自分につきまとうそうした記憶を引き起こすものが、主人公をさらなる葛藤へと放り込むというような、本能的な反応を引き起こすこともあるのだ。

　映画『ランボー』に登場するジョン・ランボーは、元兵士・捕虜であり、心に潜むトラウマと闘いながら、戦後のアメリカに馴染もうと苦心する。しかし、偏狭な保安官との不運な出会いのせいで、ランボーはそこで逮捕されてしまう。その逮捕手続きの最中に、彼は署員たちから言葉の暴力を浴びせられ、力づくで押さえつけられ、カミソリでひげを剃られそうになる。しかしそのカミソリこそが、彼が捕虜時代にベトナム軍から受けた拷問で使われていたものと同じものだった。現在の状況と、心の傷になっている過去の体験との類似性が引き金となり、ランボーは自分を捕まえた連中に攻撃を加え、警察署から脱走する。これを発端に、彼は当初自分が望んでいたような社会復帰を事実上不可能にするような、さまざまな出来事を引き起こしていくのである。

　過去の出来事に対する反応としては劇的であるものの、ランボーの境遇とかつての拷問を考えてみれば筋は通っている。登場人物の中には、もっと抑えた反応を見せる者もいるかもしれないが、いずれにしろそこには克服しなければならない問題が生じることになるのだ。たとえば周囲の人間につっかかり、大切な人間関係を傷つけることもあるだろう。向き合いたくない記憶から逃げて、目標を達成するために必要なはずの治癒を先延ばしにするかもしれない。あるいは完全に外界を遮断し、頭の中で過去を書き換えて幻想の世界に退行したり、過去を隠蔽するために嘘をつ

いたりすることも考えられる。このように、登場人物がそのような辛い設定に再び引き戻されたときに生じる葛藤の可能性は、ほぼ無限に存在する。

　こういうとき、何がその人を触発し、またどういう反応を見せるのかを理解するために、自分が描く登場人物を熟知しておくことが欠かせない。話の筋を複雑化させる要因を生むような設定を整えていくには、登場人物の背景や、その人物の人となりを形成するきっかけとなった出来事について、徹底的に把握しておくことが作り手の義務なのである。背景の構築、および現実的で読者を引きつける登場人物作りについては、『性格類語辞典 ポジティブ編』『性格類語辞典 ネガティブ編』（ともにフィルムアート社）を参照してほしい。

● 周囲のトラブルメーカーたち

　登場人物たちが、欠点を持った人々とともに欠点のある世界に暮らしていることを思えば、物語における葛藤の多くが人間関係にまつわるのも当然だろう。結果的に、設定自体が登場人物に対するさまざまな問題をこしらえる一方で、その設定内で多くのトラブルを引き起こすのはほぼ人間なのだ。たとえば高級ブティックで、お高くとまった店員が露出した服装の客に嫌味を言ったり（『プリティ・ウーマン』）、孤立した漁船内において以前から続く不和のせいで一触即発な状況が生じたり（『パーフェクト ストーム』）、島国において小柄だけれど凶暴な原住民と関わることになったり（『ガリヴァー旅行記』）という具合に、考えうる設定のすべてにおいて、葛藤は文字通りどこにでも見い出すことができる。

　もしもちょっとした葛藤が必要な場面を描いているなら、その場に必然的に存在するはずの人々について考えてみるといい。その中で、主人公のトラブルの種となるのは誰か？　また、こうした周辺の登場人物たちは、どのくらい主人公を圧迫する必要があるだろうか？　登場人物にとって複雑化しそうな要因をはらんだそのような設定を探すときには、少し計画を立ててみるだけで大きな助けになるはずだ。

　ひとつ注意しておきたい。設定とそこで葛藤を煽る人々について考えるときに、型にはまった表現には気をつけるべきだ。たとえば、バーは一般的には酔っぱらい

のたまり場だが、トラブルというのは、酒を手に入れようとしている未成年や、異性に声をかけられるのを喜ばない短気な女性バーテンダー、何か騒動は起きないかと退屈している入口の警備員といった人々によって生ずることもあり得る。ときには少しブレインストーミングしてみるだけで、主人公の人生を困難なものにする理想的な助演が見つかるだろう。そのため、本書にはそれぞれの場所で主に見かけられる登場人物のリストを掲載している。自分による設定において、はたしてそこに誰が来てまた誰が去っていくのか、そして彼らの目的が主人公のそれとどのようにぶつかり合うのかについて、このリストを使って検討してみよう。

● 家庭崩壊という設定

　葛藤は人が集まった場所で起きやすく、感情が激してきたときに生じる可能性が非常に高いというのは事実である。このことから、葛藤を生じさせる肥沃な土壌として、家族に関連した設定が挙げられるのは意外ではないだろう。

　完璧な家族というものは存在しない。どの家庭にもある程度の機能不全は見られるものであり、その機能不全（と結果的に生じる葛藤）は、家族がともに過ごしふれ合う場所ではっきりと表れるはずだ。だから、緊張感溢れる家族の場面を描くときには、家族のバランスがもっとも不安定になるような場所を選ぶとよい。地元の教会、近所のピザ・レストラン、裏庭、屋根裏部屋といった場所はどれも、家族間の過去の出来事に関連したドラマや嫌な思い出といったかたちによって、葛藤を提供することができる場所である。

　設定はまた、それを通じて作家が明かしたいと思う問題や欠点と併せて、家族に関する重要な情報を伝えることもできる手段だ。

　ブリアナは、できるだけそっと玄関を閉めると立ち止まった。暖炉の火はついておらず、家の中から声も聞こえてこない。ため息をついて、彼女はブーツを踏みならしながら雪を払い――ちりひとつない床ではなく、マットの上に落ちるように注意して――ソファーの隣にトランクを置いた。彼女

葛藤を生み出す手段としての設定

がなんの連絡もせず帰ってきたことがわかれば、父はひどく憤慨するだろう。しかし、父にとっては何もかもが一大事なのだ。今回ばかりは、パーティーだの歓迎会だのを切り抜ける必要なく、家に足を踏み入れることができたというわけだ。おかげで、どうやってあの話を切りだしたらいいのか考える時間が稼げるだろう。

彼女はゆっくりと室内を見て回ったが、この3ヵ月の間に何も変わってはいなかった。これまでに獲得したスキーのトロフィーは、まるで海兵隊のように相変わらず暖炉の上できっちり数cmおきに並んでいる。左側の壁には、兄のブライスが獲得した賞やコンテストで演奏している写真、ジュリアード音楽院の合格通知など、彼の功績が幾何学的な配置で飾られていた。ブリアナ用の壁にもまた、彼女が成功への階段を上ってきた様子を示す写真が貼ってある。スキーチームのキャプテンに任命されたとき。大回転の競技で州記録を塗り替えたとき。そしてオリンピック予選で、ゴールラインに滑り込んだとき。

一歩下がって、彼女は壁全体を見渡した。キャンプ、誕生日パーティー、家族旅行の写真は一枚もない。太腿の上を親指で叩きつつ、彼女は唇を嚙んだ。暖炉から冷えた灰の匂いが漂ってきて、鼻にしわを寄せる。クリスタル製の彫像、革製の家具、滑らかで空っぽでピカピカのうわべ……この部屋は、まるで雑誌の表紙のようだ。それくらい冷え冷えとしていた。

ガレージのドアが音を立て、彼女はハッとした。しわをとるようにシャツをなでつけてから、深呼吸をする。

《よし、さっさと済ませよう。》

さて、この場面で伝えられたディテールから、読者はこの家族の様子について多くの情報を収集できるはずだ。ちりひとつ落ちていない床、クリスタル製の小物、正確な幾何学模様で並べられた写真フレームというように、居間は冷え冷えとしている。室内にある写真といえば、どれもすべて功績を讚えるためのものだ。この空

間に暮らしているのは、愛情深く心の温かい人々ではなく、見た目や成功にしか関心のない人々であることがわかる。

　これらはどれも設定描写を通じて伝えられている。主人公にとって重要なディテールに焦点を当てることで、作家は物理的に見た場面と、表面下にありほんのちょっとつつけば今にも顔を出しそうな葛藤とを、はっきりと描くことができる。

　家庭が崩壊に至るまでには、まず相手を困らせ、続いて意図的な皮肉を発し、さらには克服するのに一生かかるような破壊的な行動や態度に出るといった段階にわかれて進行する。個人に合わせた設定というのは、自分の弱さが増幅して感情が表面化してしまうような、かつての辛い記憶を登場人物に思い出させるのに最適だ。またそれは、家族を呼び集めて争いに火をつけるときにも活用できる。物語のための何か有意義な葛藤を探しているなら、まず登場人物の過去を調べ、緊張感を高めて複雑な事態を発生させるために、家族という設定を用いてみることを検討してみるとよいだろう。

雰囲気を構築する
手段としての設定

　設定を固定された要素だとみなすのは簡単だ。ロンドンはロンドンであって、動いたり変わったりすることはない、そうだろう？　しかし、場所そのものは固定されていても、変えられる部分を変えてしまえば都市は大きく様変わりする。時刻、天気、季節、あるいは語り手に起きる変化によってでさえ、設定はそれが起こる前日とは違うものになるのだ。そうした中で、設定に何よりも大きな影響をもたらすのが「雰囲気」である。

　雰囲気とは、作品が生み出す感情的な印象、つまり、読者の中で生じる気持ちと定義できる。場面の雰囲気によって、読者は次に発生する出来事に向けて心構えをすることになる、大事な仕掛けなのである。

　例を挙げてみよう。(『サイコ』の) ベイツ・モーテルに対する観客の第一印象は「不気味」といった表現で表せるだろう。木々がまばらに生えたみすぼらしい丘の上に、ぽつんとそびえ立つモーテル。暗くて地味な外観。窓は不透明で光を寄せつけず、中の様子はいっさい見えない。この最初の光景が観客の不安を煽る。これからここで何か悪いことが起きることを本能的に察知するのだ。これこそ、ヒッチコックが作品の設定を紹介しただけで生みだした雰囲気である。

　映画でも本でも、読者を場面に据えるためには時と場所をはっきりさせておくことが必要なため、設定は序盤に築かれることが多い。設定はそれ自体を通じて雰囲気を伝えることができる便利な手段なのだ。ひとつの場面を書きはじめる前に、どんな雰囲気づくりを目指すのかを特定しておくべきだ。そうすれば、あとはぴったりの雰囲気を構築するのにふさわしいテクニックを選んで使っていくだけである。

● 感情を発生させる装置としての天気と季節

　天気を利用すれば、その作品に望ましい雰囲気というものを簡単に伝えることができる。なぜなら、人は特定の気持ちと天気を自動的に結びつけて考えるものだからだ。雨の日は憂鬱、晴れの日は幸せで陽気、霧の日は重苦しい、といったように。気象現象はそこから予測可能な感情を生み出すことが多いため、場面の中に天気を取り入れるのは、望ましい雰囲気を発生させるために効果的な方法であるといえる。

> 　古代遺跡の朽ちかかった壁が、太陽の光を浴びながら天に向かって伸びていた。触れてみると確かに温かく、何世紀もの間雨風にさらされてきた岩の表面は、すり減って滑らかになっている。金魚草と矢車草がやさしいそよ風に吹かれて首を縦に振る一方では、伸びすぎた草が岩の膝を抱え込んでいた。

　慎重に選び抜いた天気のヒントを用いて、この文章は穏やかで静かな設定を描いている。ここには自分の意見を述べる登場人物は存在せず、やさしいそよ風、日光、温かな岩といったものが、一緒になって読者に安らぎの感覚を与えている。天気の描写だけでも、読者に影響を及ぼせるようなしっかりとした雰囲気を作りだすのにはじゅうぶんだが、その場に登場人物がいるのならば、もっと楽に仕上がることも多い。天気に対する登場人物の感情的な反応は読者に明確に伝わり、それが読者自身の感情の引き金となり、作家が意図した通りの雰囲気を読者に経験してもらうことが可能になるからである。

> 　マークが遺跡の内部へと最初の一歩を踏みだしたとき、遠くで雷がゴロゴロと鳴り響いた。乾いたレインコートが汗のせいで身体にまとわりつく。涼しいそよ風を求めたが、空気は彼を取り巻く岩のようにじっと重たかった。
> 　表面には古代の模様が十字に入っている。相当深く彫ってあり、縁などは切ってしまいそうなほど鋭く見えた。意思とは反対に、マークは思わず一番近い岩に触れようと手を伸ばしてみた。すると頭上で雷が鋭い音を立て、彼はビクッとしてあとずさった。深呼吸をしてから、両手をポケットに押し込めると慎重に足を地面につけて、不吉な岩を避けながら彼は再びゆっくりと先に向かった。

　この設定では、話に挿入される雷とうだるような空気によって、嵐の到来が示さ

れている。それだけでも、この場面に危険が迫っているという雰囲気を与えるのにはじゅうぶんかもしれない。しかし、天候に対するマークの反応こそ、読者がここで感じるべきことの最大のヒントになっている。彼は不安で躊躇しているようだし、それどころかこの場所に踏み込むのが気乗りしない様子でもある。こうして読者は彼の不安を察知することで、雰囲気を設定することになるのだ。

　天気と密接につながっているのが「季節」である。場所によってその度合いは異なるものの、秋の紅葉や夏の長く暑い日々というように、どの季節にも広く認識されている特徴がある。この普遍性によって、季節はひとつの場面あるいは物語全体の雰囲気を設定する象徴として、自ずと役に立つのだ。ワシントン・アーヴィングによる『スリーピー・ホロウの伝説』の一節を見てみよう。

> 　イカボッドはゆっくりと走りながら、すてきな秋の恵みの数々という喜びが並ぶ、豊かな味覚の光景ひとつひとつをしっかりと目に留めた。いたるところに膨大な数のリンゴがある。木々に実をつけ過酷な重さに耐えているものもあれば、市場に向かうためにカゴや樽にまとめられたもの、圧搾のためにたっぷりと山盛りに積まれているものもあった。もう少し先には、壮大なインディアンコーンの畑も広がっていた。生い茂る葉の間から黄金色の耳をのぞかせ、これからケーキやコーンミール・マッシュに仕上がる期待を抱かせる。さらにその下にあるカボチャたちは、まるまる太った腹を太陽の方に向け、ぜいたくなパイになることを十二分に約束してくれるのだった。

　秋はアーヴィングの物語において、おあつらえ向きな背景だ。なぜならその季節が読者に偽の安心感を与えるからである。秋が心にもたらすものは、涼しい気候、うっとりするような食物、室内で暖炉の火にあたりながら満喫する快適さ、といった心地よい記憶だ。しかし同時に、私たちが忘れがちなのが、秋というのはその年がもうすぐ終わりを迎えることを告げる兆候でもあるということである。もうほんの少しで、世界を覆う極寒の温度と猛吹雪を伴った冬がやってくる。ちょうど、首なし騎

士がスリーピー・ホロウと無防備なイカボッド・クレーンを襲撃に来たように。

　作品を整えるための季節を検討するときには、物語の中で繰り返し登場するテーマや思考、そして感情を強化するためにはどの季節がふさわしいのかを考えてみよう。たとえば冬は、死、終焉、不毛、絶望などを象徴することが多い。逆に新しさや再生が伴う春は、新たなはじまりや2度目のチャンスを描くのに強みとなる背景だ。また青春時代だとか、純真さ、大人になっていくことを扱う物語などは夏が選択されることが多く、内面に焦点を当てたり変化が訪れたりする物語ならば、準備を象徴する季節である秋に設定されることが多い。

　どの季節も実にさまざまな事柄を表すことができる。慎重に選んだ天気の要素が望ましい雰囲気を補強し、読者がこれから起こることに心構えできるようになるのと同じく、しっかり考えて採用すれば季節は強力な道具になる。しかしそうした季節や天気を描くときには、注意して考慮しなければならない難点もいくつかある。

　物語のどんな要素もそうであるように、これらもまた、長たらしく書いたり細かく描写しすぎてしまうことがある。するとそこにはメロドラマが出来上がり、読者はうんざりしてしまうかもしれない。多くの描写に関わるテクニックに言えることだが、たいていはほどほどであってこそ大きな効果が期待される。描こうとする場面が焼けるように暑い夏だからといって、うなだれている植物、熱波、息を切らしている犬、毛穴から噴きだす汗などを、何から何まで描写する必要はない。描くディテールを入念に検討して選びだし、それ以上は追求しない。そのような自制は読者にありがたく受け止められるはずだ。

　ほかに起こりうる問題としては、天気や季節の描写はたやすくできるため、型にはまった表現に陥ってしまうことである。たとえば、あたかもオーブンから発されているように感じられる空気、湿ったタオルのように身体に感じる湿気、まるで夢の国にいるかと見紛うような雪景色、といった具合に。物語を構築している最中にまず頭に思い浮かぶこうしたお馴染みの表現とは、それこそがいかなる種類の決まり文句であれ問題なのである。それらは安易な解決策でしかなく、この作家が新しい表現を考えてみようという意欲や能力を持たないことの証拠になってしまう。

縦書き見出し: 雰囲気を構築する手段としての設定

　描写を新鮮に保つのにもっとも確実な方法は、視点となる登場人物の性格、体験、考え方をいつも念頭に置いておくことである。登場人物のレンズを通して天気を描いてみれば、その人と物語にふさわしいユニークなものが必ず書ける。たとえば、太陽の光は幸せな気持ちや前向きさと結びつけられることが多い。けれども、世界が終わりを迎えたのちの社会で、地下社会の一員として暮らしている主人公の場合だったら、ひょっとすると太陽の光は彼に否定的な感情をもたらすものであるかもしれない。また雨の日というのは悲しみや絶望を引き起こすものとされる場合がほとんどだが、孤独を求める内向的な登場人物にとっては、気持ちが上向きになる天気かもしれない。登場人物はそれぞれが違った存在である。その人物にとってつじつまが合う天気を採用すれば、決まり文句や型にはまった表現には耳を貸さずにいられるはずだ。

　場面に天気を組み込むときに忘れずにいてもらいたいことが、最後にもうひとつある。暑さ、寒さ、太陽、雨、風というように、作家として私たちは同じ天候表現に頼りがちだ。しかし、露や霜といったシンプルなものから、砂塵嵐や猛吹雪といった一大事まで、場面の設定に活用できる選択肢は山ほどある。ほとんどの場合、よく知っている表現は確かに道理にかなっている。それでも、場面に一番ふさわしい天候要素を本当に選べているかを確かめるためには、すべての可能性を探ってみるとよいだろう。選択肢の全リストについては、私たちのオンライン執筆書庫「One Stop for Writers」（https://www.onestopforwriters.com ）内にある「天気と地球現象の類語辞典」Weather and Earthly Phenomenon Thesaurus を参照していただきたい。また、場面に使えそうな象徴（ある季節に限ったものとそうではないものの両方）については、同ページ内にある「象徴の類語辞典」Symbolism Thesaurus を活用してみてほしい。

● **光と影を使って舞台を整える**

　自宅でロマンチックな夜の雰囲気を演出するために、最初にすることといえばなんだろう？　きっとあなたは電気を消すのではないか。このちょっとした調節が、

25

落ち着いた受け入れやすい雰囲気を作りだす大きな一歩になる。実生活において光の量や質が人々の心に影響を及ぼすのと同じように、光と影を用いることで、物語の登場人物と読者の両方の雰囲気を調節することは可能だ。

　ほとんどの人には日中に訪れる馴染みの場所というものがあるだろう。しかし、同じ場所を夜に訪れてみると、まったく違った印象で見知らぬ場所とさえなることがある。光の量と質を変えるだけで、設定を変えることなくひとつの場所の雰囲気を推移させることができるのだ。例として、『赤毛のアン』シリーズにたびたび登場する、樺の道についてのL・M・モンゴメリーの描写を見てみよう。

> 　それはわずかに狭く、曲がりくねった小道で、長い丘の上をベル家の森まで一直線に通じている。エメラルド色をしたたくさんの幕を通してふるいにかけられた光が降り注ぎ、そこはまるでダイヤモンドの中心のように完璧だった。

　この木陰の場面を読者はたやすく思い描くことができるはずだ。緑色を帯びた太陽の光が、場面に快活で明るい印象をもたらしている。また、はっきりと記されてはいないものの、光の描写だけを使って季節が春の終わりか夏であることもほのめかされている。

　しかし、別の考え方を有する登場人物がその場所をより遅い時間に通ると、同じ道でも大きく印象が異なってくる。シリーズ3作目で、成長したアンがこの樺の道を通る様子を見てみよう。

> 　樺の道とウィロウミアを抜けて家に向かっていたアンは、これまでになく孤独を感じていた。この道を通って帰るのは、ずいぶん久しぶりのことだ。濃い紫色が広がる夜。あたりには花の香りが充満している――いっそ重苦しいほどだった。

雰囲気を構築する手段としての設定

　ここでは深い紫色の光が、アンの孤独感とうんざりするほどに充満した香りと組み合わされることで、以前にはそこで感じられなかった重く憂鬱な印象が、場面にもたらされている。

　人は光に対して野性的に反応を示す。明るい場所において人はそこを安全だと見做して安心するのだが、暗い場所というのは身体と心の双方により負荷をかけ、重苦しさを感じさせる。場面の雰囲気を設定するときは、光についても気を配るようにしよう。光の分量はどの程度だろうか？　どこに光源があるのか？　それは強烈なのか柔らかいのか、心地よいのか目がくらむほどなのか？　光は絶えず入ってきて遮るものが一切ないのか、それとも暗がりや当たらない場所ができたりもするのか？

　望ましい雰囲気を設定するために、こうした問いの数々は場面にどのように光を当てたらよいかを決める指針になるはずだ。

● 適切な語り手を選ぶ

　雰囲気を設定するというパズルにおいて光は重要なピースだが、その効果は視点となる語り手に大きく左右される。再び『ホビットの冒険』の登場人物、ビルボ・バギンズの話に戻ってみよう。旅路において彼が遭遇する困難のひとつに、霜ふり山脈に落ちて頭を強打し意識を失う場面がある。意識が戻ったとき、周囲があまりに真っ暗で、目は開けたものの自分が本当に目覚めているのかわからないと記されている。ビルボが受けた衝撃は非常に圧倒的で、この悲惨な状態に対し、一度落ち着いて自分を取り戻すためにいくらか時間をかけなくてはならなかったほどだ。

　居心地のよい環境、豊かな食事、すばらしい眺めの快適なホビットの部屋……そうしたものを重んじることが示されていたビルボだからこそ、そのような設定に強い衝撃を受けたことに誰もが納得するのではないだろうか。物語の序盤にトールキンが登場人物をそのように構築していたおかげで、読者はビルボについて把握しており、彼がこの暗い洞窟に投げ込まれたときの感情的な反応も、当然のこととして予期できるというわけだ。

　しかし、設定や雰囲気の興味深いところは、それが完全に登場人物次第であると

いうことであり、それは同じ設定をゴクリの視点から見てみるとわかる。ランプのような目、そして遠くからビルボのことを見張る能力を通して、ゴクリがこの洞窟に長いこと生息しているのがわかる。ここの暗さや静けさは絶望をもたらすものではなく、彼にとってはたんなる普通の状態でしかない。この領域においては自分が主人だとわかっているから、自信や安心という、ビルボの視点からとは異なる雰囲気が生じるのである。

ひとつの設定に対して存在する、2つの異なる視点。これは、場面の雰囲気に対して語り手や視点となる登場人物に与えられる効果ばかりでなく、どのように**対比の描写**を提供することができるかについて示した例だ。物語において、作家の視点というのは2人の登場人物や2つのもの、その組織や場所などのあからさまな違いを示すことで描かれることが多い。『ハンガー・ゲーム』に登場する第12地区は、キャピトルの際立った裕福さと並行して描かれなければ、そこまで絶望的で暗い場所ではなかったかもしれない。ホグワーツはプリベット通りと比較して表現されたからこそ、幸福な場所だったのだ。作家は、いつも何かを伝えようと試みている。その要点をはっきりさせるために、設定を描くときにはちょっとした対比を利用することを検討してみるとよいだろう。

● 表現方法が重要

作家の表現方法もまた、雰囲気を伝える別のやり方である。下記の文を、使われている言葉に注意しながら見てみよう。

> 雲を通して太陽の光が降り注ぎ、墓石をきらめかせて墓地全体に暖かさをもたらす。地面の芝生が足音をかき消す中、ポーラはでこぼこ道を器用に進んだ。ラベンダーの香りに包まれたそよ風が墓石の間からささやき、肌を撫でる。深く息を吸い込むと、彼女は微笑んだ。

墓地でありながら、この場合の雰囲気はめずらしく平穏であり、落ち着きを表す

雰囲気を構築する手段としての設定

ために注意深く選ばれた言葉を通してそれは確立されている。墓地に暖かさをもたらす日光、彼女の足音を吸収する芝生、墓碑の間からささやくそよ風、リラックス効果を持つものとして知られるラベンダーの香り。こうした表現が登場人物の心理状態を伝え、墓地を平穏で満たしているのだ。

　文の長さや流暢さもまたこの雰囲気を強めている。長くよどみない文からなるこの一節は、まさしく作家が意図した通り、緩慢でとりとめのない印象を設定に与えている。このような長い文は、充足感、懐古、思案といった、より低エネルギーの感情を伝えるのに役立つ。一方で短い文の場合は、恐怖、不安、怒り、焦り、興奮などの高エネルギーの感情を伝えるのに適することが多い。表現方法が設定の雰囲気にもたらす効果を示すために、表現を変えて先ほどの場面を見てみることにしよう。

　　息も絶え絶えに、ポーラは岩だらけの墓地を駆け抜ける。壊れた墓碑につまずいて、とがった縁で脛(すね)を切ってしまった。太陽の光が彼女の目を突き刺す。目を細め、しみる汗を拭いながら背後にちらっと目をやった。まだ誰も追ってきてはいない。でも、彼らは諦めた様子ではなかった。そもそも、連中は絶対に諦めないのだ。煙たい突風が彼女を襲う。何かが燃えているような匂いにむせて、彼女の身体はよろめいた。

　新たに選択した言葉によって、先ほどの明るい墓地の雰囲気が一変した。今回、ポーラは墓地の中を落ち着いて歩いているのではなく、駆け抜けている。太陽の光は強烈で突き刺すほどだ。やさしいそよ風も、激しくて嫌な匂いの風に変わっている。また、文章自体ももはや流暢ではなく、途切れ途切れの構造が、ポーラの切迫した状況に適する唐突で急いだ印象を節にもたらしている。

　このように、表現方法は特定の雰囲気を構築するための楽器になるのだ。読者に体験してもらいたいと思う感情を伝えられる組み合わせを求めて、言葉選び、文の長さ、滑らかさ、それに節の長さまでも実験してみるとよいだろう。

● 物語に散りばめられる伏線

　読者に今何を感じてほしいのかという手がかりを与えるのに、多くの事柄を描く必要はない。その場の雰囲気は必ずしも場面でそのとき起きている出来事によるわけではなく、ときには「これから起きること」に関係している場合もあるからだ。

　伏線は、作家がこの先に起きる事柄のヒントを与えるために用いる文学技法である。これは恐怖、興奮、不安、感謝などの感情と結びついたときにもっとも効果が表れる。それゆえに伏線と雰囲気は連携していることが多い。感情は特定の場所と関連づけやすいので、雰囲気を定めつつこれから起きることの基盤を築いていくために、設定は最適の手段なのだ。

　視覚的な性質があることから、この先の出来事の伏線を張るために設定を利用するには映画がうってつけである。たとえば『ターミネーター』のラストシーンは、不吉な雲が空を覆っていく様子で終わる。その光景は核戦争が起きることを予感させ、サラ・コナーが未来の母としての運命を受け入れ、覚悟をもって承諾するという映画のラストの雰囲気を決定的なものにしている。

　文学作品における優れた例としては、『高慢と偏見』の中で、エリザベスがダーシーの家であるペンバリー館を初めて目にする場面が挙げられるだろう。

> それは大きくて立派な石の建物で高台にそびえ、背景には樹木の生い茂る丘の尾根がある……エリザベスは喜びでいっぱいだった。彼女は今まで、これほど自然が貢献している場所、あるいは野暮な嗜好のせいで自然の美しさが弱められていることのない場所を見たことがなかった。彼らは皆感嘆して、心温まる気持ちだった。そしてその瞬間、ペンバリー館の女主人になるのはすばらしいことかもしれない！　と彼女は思ったのだ。

　この一節で、作家はエリザベスの未来を読者に垣間見せている。彼女は確かにダーシーからのプロポーズを断っていたが、最近になって、彼のことをもっと肯定的な観点で捉えられるような新しい事柄をいくつか知った。その上で彼の自宅を訪ねる

雰囲気を構築する手段としての設定

場面は、オースティンにとってこの先の出来事を予感させる申し分のない機会だったのだ。最後の一文が、エリザベスのいっそう明るい未来を暗示している。彼女にとってペンバリー館は嬉しい驚きであり、喜びでさえあるのだ。館に対する彼女の反応は、ダーシーに対する気持ちの変化も反映している。その結果、彼女の未来と、以前の高慢と偏見を断ち切ることを可能にした個人的成長という、両方に対する希望の雰囲気が生まれることとなったのである。

物語を誘導する
手段としての設定

　執筆の際に、作家が何よりもまず中心に考えるべきものが「物語」である。「今書いた内容は物語を前進させているだろうか？」「この場面、相互関係、一節、サブストーリーは、自分の登場人物を目標へと誘導しているだろうか？」ということを、作家は自問する必要がある。さまざまな出来事の軌道を保ち適切なペースを維持するのが、登場人物と話の筋、双方の推進力である。「物語」はつねに自分が書いた文章を測定するためのバロメーターでなければならない。

　登場人物の心の成長、葛藤、全体の構造など、物語の方向性を決めることと本能的に関連している要素もある。しかし、話の筋や登場人物に自然な影響を及ぼす要因を提供できるという点で、設定もまた物語を前進させるのに役立つ。巧みに操れば、設定は向かうべき方向へと物語を押し進めるために利用できる。

● 基本的欲求から見る、登場人物に足りないものは？

　どんな物語においても不変であるのは、愛を見つけること、家族を守ること、栄誉や名声を勝ち取ることといった、主人公が取り組むべき目標の存在だ。こうした目標はどれも登場人物と実世界の人々とが共有する人間の欲求に根ざしている。

　心理学者のアブラハム・マズローが**自己実現理論**と名づけたこれらの欲求は根本的なものであり、人間（および登場人物）の行動を促すものでもある。これら欲求は、生理的欲求、安心と安全、所属と愛、承認と尊重、そして自己実現という、主に5つの段階に焦点を当てている。真の幸せと満足感は、5つの欲求すべてが満たされたときに生じる。しかし、ひとつでも欠けていたり奪われたりすると、登場人物はそれを取り戻そうと突き動かされる。このため、基本的な人間の欲求は、物語を進めていくための非常に強力なツールとなるのである。

　『Mr.インクレディブル』に登場する、元スーパーヒーローのボブ・パーを見てみよう。物語の冒頭では、彼は正体を隠しごく普通の男として郊外に暮らしていたが、そんな状況に心底嫌気がさしていた。裕福に暮らしているものの、自分の潜在能力を完全に引きだすことがないために、自己実現の欲求が満たされていない。だから、再びスーパーパワーを発揮する誘いを受けたとき、彼はそのチャンスにすぐさま飛び

つく。おかげで仕事と家庭生活に大きな葛藤が生じるだけでなく、物語における悪役の導入も促進されることとなった。もし彼が自己実現を達成して郊外で満足に暮らしていたら、それは絶対に起きなかった出会いだ。

　これが登場人物の欲求を操作するために設定を利用することの長所である。物事がうまくいっている場合であれば、ほとんどの登場人物は実世界で同じ状況にいる人間と同様に、現在の居場所に申し分ないといった体でそのままの状態を楽しむはずだ。彼らに任せておいては、自分からどこかに行こうとはしない。作家は彼らに向かってほしい場所へ行かせるために状況を調整し、彼らを駆り立てなければならない。

　物語や場面の設定を決めるときは、登場人物の欲求を考慮してみるとよい。どんな欲求が満たされていないのか？　その不足を際立たせ、登場人物を行動へと突き動かすような場所はあるだろうか？　もしすべてが満たされているのなら、逆にどんな設定であればその人物から欲求を取り除き感情を不安定にさせて、新たな方向へ押しやることができるだろうか？　抱いている欲求に影響を及ぼす場所へと登場人物を放り込むのは、作品を望ましい方向に向かわせるためのひとつの手段である。

　基本的な人間の欲求についてのさらなる情報や、それが登場人物をどのようにやる気にさせるかということについては、『性格類語辞典 ポジティブ編』に詳しく掲載している。

● 試練：あなたの登場人物は合格？　不合格？

　主人公の旅はゆっくりと進む。物語上のさまざまな出来事や周囲とのふれ合いを通して、自分の動機、欲望、長所、短所を知っていく。ひとつのことが明らかになるたびに、自信と能力が増して目標にまた一歩近づく。しかし、新たに発見した事柄には、疑念と不安が自ずとつきまとう。

　どんな主人公の旅路においても、試練は絶対に存在する。自分が何者か、本当に求めているものは何か、またその理由はなんなのか自問せざるを得なくなる。試練は失敗の可能性も含んでいるため、読者は目が離せなくなる。主人公が成功できる

かどうかについて疑問を抱かせることによって、読者の感情に入り込むのだ。目標を達成するだろうか、それとも敵が強くなりすぎたら諦めてしまうだろうか？　正しい選択をするのか、それとも自身を後退させてしまうような選択をするのか？　先が見えてしまうような展開を避けるためには、登場人物に失敗する機会を与える必要がある。そうした機会を提供するのにぴったりの手法が試練であり、試練を提供するのにぴったりの手法が設定なのだ。

『愛と青春の旅だち』の中で、ザック・メイヨと仲間の候補生たちは、障害物コースで訓練をさせられる。彼にとっては朝飯前の訓練であり、実際のところ新記録を打ち立てて勝ってやろうと心に決めていた。しかし、ザックの一番の短所は不健全なほど行き過ぎた自立心であり、そのために周囲に無関心で協調性が低く、利己的だった。これこそ彼が（いつも欠けたままで満たされていない欲求を達成するために）集団の一員になるべく克服しなくてはならない短所である。劇中、自分のやり方を変えて相互依存関係を受け入れるチャンスはいくつもあったのだが、彼がそれに成功するのは物語の終盤に入ってからだった。記録を塗り替えるペースでザックがコースを走っていたとき、それまでいつも壁登りに成功できなかった仲間が同じところで遅れをとってしまう。このとき、ザックは新記録を達成するチャンスを諦めて、ともにゴールできるように彼女の壁越えを手伝うことにするのだ。登場人物を試すべく障害物コースという設定が使われ、その中で彼は失敗を続けたものの、結果的に物語においては大成功を収めたのである。

　しかし、つねに試練を与えるものが設定それ自体であるとは限らない。自身の能力を証明する機会を主人公にもたらすような設定自体に含まれている人物や、物品、状況の場合もある。たとえば、依存症を克服しようと努めているアルコール依存症の登場人物だったら？　バーや結婚式、スポーツイベントといったアルコールが豊富だったり入手可能な設定に置いてみよう。あるいは、克服しようとしているその症状を、ある人物が表沙汰にしようとしていたら？　そのような人物が登場しそうな設定を選んでみるのだ。

●内省の機会

　試練は登場人物にとって必要なものではあるが、実際にはそこに緊張をはらんでいる。そのため、試練を経験する登場人物本人だけでなく、物語の中でそれを分かち合っている読者にとってもストレスの多いものだ。読者の関心を保つ意味では緊張は大事だが、絶え間なく続くとなるとうんざりしてしまう。そこで、読者と登場人物がともに一息つけるように、ときどき休憩を挟む必要がある。

　こうした休憩はまた、自分が通ってきたばかりの試練について登場人物が振り返る機会にもなる。もし試練を乗り越えたのなら、主人公は成功に浸り、前へ進み目標達成に向かう過程でさらに大きな試練に立ち向かう自信を得ることができるはずだ。反対に失敗した場合は、どこで間違ったのか、どこを強化すべきなのか、次回は何を変えるべきなのかを見いだす機会になるだろう。内省によって、今回の失敗を受けて主人公は諦めてしまうのか、それとも引き続き頑張るのかといった、もうひとつの差し迫った試練へとすみやかに移行することもできるだろう。

　このような物思いにふけるひと時に用いられる設定は、主人公の姿や、作家が書いている作品の種類によって変わってくる。内省の場面は自室、キャンプファイヤー、田舎道のドライブといった、次の試練に向き合う前に理解しておかなければならないことに登場人物が集中できるような、地味な背景を備えた静かな場所が一般的に選ばれる。しかし、落ち着いた設定がどんな登場人物にも効果的だとは限らない。たとえば、みんなと過ごすことでエネルギーをもらう外向的な主人公だったらどうだろう？　その人物が最もじっくり考えられるひと時というのは、もしかすると騒がしいパーティーの最中や、混雑した通りを歩いているときかもしれない。あるいはその登場人物は、誰かと徹底的に話し合ったり、友人とアイデアを出し合ったりして問題に対処するタイプだろうか？　だとすると、この場面には近所のアパートや、レストランでコーヒーを飲みながら話し合うといった設定がふさわしい。

　また、登場人物が自分自身について徹底的に掘り下げるときは、その人物がしばしば安全な場所を求めるということも覚えておこう。心に傷を負った出来事のせいで特定の設定と否定的なつながりが生じるのと同じように、前向きな気持ちは安全

や安心をもたらす場所とつながりを持っている。内省のひと時をとくに心を打つものに仕上げるには、感情的に重要性がある場所を設定するのがよいだろう。たとえば、登場人物が一番幸せな思い出を築いたのはどこか？ また、どこにいれば安心できたのか？ この人物が再び訪れるような、過去の成果と関連している場所はあるだろうか？ こうした問いに答えていけば、登場人物がじっくり考えるひと時に使えそうな設定のリストが出来上がるはずだ。さらに、選んだ場所を登場人物に合わせてカスタマイズすれば、場面に感情が加わるだけでなく、物語がユニークになり、読者にはリアリズムをもたらすだろう。

設定を深めるための
比喩的な言葉

　設定とは、たんに固定された時と場所である以上に、物語の万能な要素であることをここまで記してきた。それは物語を誘導するばかりでなく、ともに読者の感情的な反応を引き起こすために、葛藤をもたらしたり、適切な雰囲気を構築したりするために役立つものなのだ。しかし、これはあくまで設定が上手に描かれていた場合に限る。

　下書きのときに、作家は以下のようにもっとも簡潔な言葉で設定を伝えてしまいたくなることが多い。

> 寒く、霧が立ちこめる午後のことだった。

　しかし、以下のチャールズ・ディケンズによる『クリスマス・キャロル』の例からわかる通り、この設定ははるかに示唆に富むものにすることができる。

> 　スクルージ爺さんは、会計事務所で忙しく仕事をこなしていた。外は寒くて風が強く、身を切るような天気で、その上霧まで立ちこめている。事務所の外からは、人々がぜえぜえ言いながら歩いているのが聞こえてきた。彼らは身体を温めようと、手で胸を何度も叩いたり、敷石の上を足を踏みならして歩いたりしている。街の時計はまだ3時を打ったばかりだが、外はもうかなり暗くなっており —— そもそも今日は一日中晴れていなかった —— 近所の事務所の窓辺では、まるできつね色の空気中に浮かぶ、触れることができそうな赤い染みのように、ろうそくの炎が揺らめいていた。どんな隙間や鍵穴からも霧が入ってきて、外はあまりに霧が濃いために、事務所は一番狭い通りに位置しているにもかかわらず、向かいの家々は幻影となって霞んで見える。

　この設定は手間をかけて描かれている。ほとんどの古典の文体は現代の物語の一般的な文体よりも厳格だが、名作で効果をみせた比喩的な言葉というのは、今日で

も通用する。感覚的なディテールとともに、ディケンズによる直喩や隠喩が、簡素な都会の中庭に深みや質感、風合いをもたらしている。水晶のように明晰なイメージを創造することで、読者をしっかりと場面に固定し、読み進めている最中にも起きている出来事をそのままに思い描かせる、それがこれらの技術における美点なのである。またこれらの技術は場面における重要なものや象徴を目立たせたり、ときには待ち望んでいたユーモアを一口提供したりすることも可能にしてくれる。

物語にメリットをもたらすことから、比喩的な言語の例や設定描写を高めるための使い方をさっそく見てみることにしよう。

● **直喩と隠喩**

比喩的な言葉とは、あることを言いつつも別のことを意味する言葉という表現がふさわしい。つまり、文字通りの意味ではない言葉のことである。比喩的な言葉のうち、もっとも一般的な例のひとつが喩えを用いることで、その代表的な存在が**直喩と隠喩**だ。両者の唯一の違いは、直喩が「〜のようだ」「〜みたいだ」という言葉を用いる一方、隠喩はそれを使わず、代わりにあるものを別のもの「である」と断定的に言い切る点である。例を見てみよう。

> 水は墨のように黒々としていた。(直喩)
> 照らしてくれる月明かりがなくては、水は墨となった。(隠喩)

あるいはまた、

> 鳥の群れは、怒れる群衆のように聞こえた。(直喩)
> 鳥の群れは、取り乱しはじめた怒れる群衆であった。(隠喩)

直喩も隠喩も、無駄のない言葉で鮮やかな比喩を作りだしながら、設定について自分が持っているイメージを描きたいときにとても役に立つ。さらに、以下にある2

つの例のように、比喩を選択することで既定の場面の雰囲気を確立することもできるのだ。

> 数学棟の廊下は、何マイルにもわたり続いていた。まるでパレードの通り道で、私はそこを歩く道化役だ。激しく肘で突かれたり強く押されたりするなかを笑顔で通り抜け、本当ならただトイレに隠れて泣いていたいのに、全部がすごく笑えることのようにふるまわなければならない。

次に、同じ設定を別の比喩で表現してみる。

> 数学棟の廊下をスイスイと進む──私は科学棟と交わる垂線上の動点だ。自分たちを向かうべき場所へと連れていってくれる線の上を移動しながら、私はほかの動点たちに向かって会釈をして、「こんにちは！」と気さくに声をかけた。

　どちらの例も時と場所は定められている。時は学校がある日のことで、場所は数学棟だ。しかし、使われている喩えによって、より多くのことがはっきりしてくる。たとえば最初の例では、設定に対する登場人物の気持ちを直喩で表現している。彼女にとってそこは幸せな場所ではない。一方、次の例に登場する登場人物は、完全に気楽な様子である。数学棟の廊下を垂線に喩え、生徒たちを動点とみなしている隠喩から、視点となる登場人物は数学が好きで、ここは彼女にとって居心地のいい場所なのだとわかる。
　設定を描くのに隠喩や直喩を用いることの利点は無数にある。こうした喩えによって、読者がイメージを思い描くことができるだけでなく、設定とその中にいる登場人物に関する、重要な情報を提供することもできる。

● テーマを強調するために象徴を用いる

　直喩や隠喩が2つの異なるものの類似点を示すものである一方で、象徴は単語、句、ものに対して記述されたこと以上の意味を与える。普遍的象徴あるいは個人的象徴を通じて、作家は大事なテーマを伝えたり、気持ち、考え、信念を強調したりすることが可能になる。

　普遍的象徴はもっとも一般的なもので、現実において広く普及している認識や信念を、フィクションの世界に適用することができる。たとえば、人々が教師のことを子どものための信頼できる擁護者とみなすことだとか、白という色を純潔とみなすといったことまで用法は多岐にわたる。普遍的象徴を活用すれば、作家は一般的に抱かれる意味、感情、雰囲気などをできるだけ少ない言葉でほのめかし、ひとつの描写でより多くのことを成し遂げることができる。

　個人的象徴は、一般的に抱かれている信念を含んではいるものの、主として視点となる登場人物自身の関連性と結びついている。たとえばオートミールの匂いは、不作だった冬の間に毎日それを食べさせられたという登場人物の貧困を象徴するものかもしれない。あるいはタンポポを贈ることは、子どもの頃に自分の悪事を詫びるためにそれを人にあげた経験のある主人公にとっては、許しを象徴するものかもしれない。個人的象徴はただパワフルなだけではなく、巧みに描くことができれば、読者はその象徴の背景にある特別な意味を理解し、いざ登場人物の感情が表面化する際に、その感情を密かに知っておくことができるために、満足感を味わうことができる。

　象徴は、その意味が決してあからさまに明示されないという点で、直喩や隠喩よりも捉えにくいものであることを頭に入れておこう。何か日常的なものが象徴していることに、読者が本能的に気づくようなやり方で物語に組み込まれるものなのだ。たとえば、スティーヴン・キングの『ザ・スタンド』を読み終えたところで、読者は「なるほど。マザー・アバゲイルはモーセの象徴なのか」とは思わないかもしれない。しかし聖書に精通していれば、きっと潜在意識で両者を結びつけ、これが正解だという感覚——物語のいっそう深い部分とつなぐ「そうか！」という気づき——

――を読者は抱くことだろう。

● より大規模な象徴であるモチーフ

　読者と自分の物語の絆を生むということは、作家として誰もが達成したいことである。だからこそ、ほとんどの場合において作家が描く物語は、話を通じて伝えられる中心的なメッセージや考えとしての、**テーマ**を含んでいる。テーマは下書きの段階で意図的に組み込まれることもあれば、執筆中に自然と現れることもある。いずれにしても、テーマは物語の一部始終において全体的なメッセージや考えを展開させるのに役立ち、繰り返し登場する象徴に支えられている場合が多い。このような反復する象徴が、**モチーフ**と呼ばれるものである。

　たとえば、『ハリー・ポッター』シリーズで考えてみよう。善対悪というテーマを補強するモチーフのひとつが、蛇である。多くの悪い魔法が誕生してきたスリザリン寮のシンボルは蛇。また、ヴォルデモートのペットであるナギニも巨大な蛇だ。ほかにも、パーセルタング（蛇語）を操る者は悪い魔法使いだと認識されている。蛇を悪の象徴として繰り返し起用することで、ローリングは読者がハリー・ポッターの世界における闇の部分と自動的に関連づけられるイメージを作ったのだ。

　モチーフは、読者に対してテーマを明らかにするためにきわめて重要なため、適切なものを選ぶ必要がある。設定は、多くの可能性をはらんでいるがゆえに、これらモチーフを生じさせるのにもっとも自然な場だ。たとえば、ベティ・スミスの『ブルックリン横丁』に登場するニワウルシの木や、『ハックルベリー・フィンの冒険』に登場するミシシッピー川のように、モチーフは自然にまつわるものかもしれない。あるいは、『フォレスト・ガンプ／一期一会』の中で、運命の象徴として一見ランダムに登場する羽根のように、設定内に存在するシンプルなものの場合もある。さらには季節、服、動物、気象現象であるかもしれない。とにかく、物語の中に繰り返し登場し、全体的なテーマを補強するものであれば、なんでもモチーフであり得るのだ。

　先ほど述べたように、テーマは計画的に与えるか偶然に発生することが考えられる。

事前にテーマがわかっているのなら、設定自体もしくは設定の中にあるものを通して、その考えを強化することができる場所はどこなのかを検討してみるのがよいだろう。また、自分が選んだモチーフは、必ず物語全体を通して目立つように見せていこう。

　一方、書いているうちにテーマが自然に発生してきた場合は、同じように選考過程を利用しながら関連するモチーフを加えていくことで、いつでもテーマを強化することができる。モチーフに使えそうなもののアイデアや、物語のテーマを強調するためにそれを使う方法については、オンライン執筆書庫「One Stop for Writers」内にある「象徴とモチーフの類語辞典」Symbolism and Motifs Thesaurus を参照してみてほしい。

● **誇張法**

　作家として私たちがこなす仕事の多くは、何よりも楽しませること、情報を与えること、説得すること、何かを明らかにすることといった、定められた目的を満たすことである。もし、ある一節もしくは場面の趣旨が、状況をはっきりと知らせることであれば、それにふさわしい手段が**誇張法**だ。以下の設定描写に見られるように、このテクニックは強調するために用いる大げさな表現だと定義できる。

> 　寮にあるマーシーの部屋は、世界の終末の影響で凄まじいことになっていた。ベッドは服や靴の山に埋もれ、グラノラバーの包み紙や食べかすが床に散らばり、おそらくは流しに積んである汚れた皿と見せかけた細菌実験の結果だろう、あたりには酸っぱい匂いが漂っている。

　ここでは、事実であるはずのないいくつかの誇張表現が使われている。マーシーの部屋は世界の終末の現場ではないし、流しにあるのは科学実験が失敗した結果というよりも、たぶん昨日の皿だ。書かれていることが文字通りではないのは読者にもわかるし、その上で作家のメッセージ（マーシーがずぼらだということ）も明確に伝わる。誇張法を通じて、主人公がはっきりとユーモラスに特徴づけられていて、

この描写の目的は無事達成されたといえる。

この仕掛けは、しばしば滑稽さを演出するために使用されるが、深刻な主題の場合にも適用できる。

> 西の山頂の後ろに太陽が滑り落ちていくにつれて、木々の下に出来上がるまだらな影は、すべての音を吸収する薄暗い空間へと合体していく。風は突如静かになり、タカの甲高い声は止み、葉っぱの間にいる小さな動物たちの鳴き声は中断した。背中に震えが走る。僕は山ほど持っていた小枝を降ろすと、火を起こしはじめた。

この一節で影は実際に空間を作っているわけではないし、すべての音を吸収しているわけでもない。しかし、暗闇を大げさに表現したうえで突然の静けさとつなげることで、作家はこの場所の何かがおかしいことを強調し、読者には緊張感と不安が与えられる。ここでもまた、作家のねらいは達成されたのだ。

ある設定描写において特定の状況をはっきりさせたい場合は、いくつかの要素を大げさに強調してみるとよいだろう。しかし、ひとつ注意してほしい。ほとんどの比喩表現と同じように、このテクニックも頻繁に使いすぎると話がメロドラマ調に見えてきて、ねらいが伝わらなくなるかもしれない。誇張法は、わずかに用いるからこそ成功することを覚えておくべきだ。

● 擬人法で無生物に命を吹き込む

設定をさらに良いものにするために、もっとも効果的な比喩表現のひとつが、無生物に人間の特性を付加する**擬人法**である。上手に描けば、活気のない場面だったものに動きや感情を加えることができるのだ。どういう効果があるのか、崖の上にある簡素な家を含む設定で見てみることにしよう。

> 断崖のはずれに、塗装が剥げ雨戸の壊れた古い家があった。

　この描写は、家とその場所を定める役割を果たしているものの、変化に乏しい。そこで、動きの感覚を与えるために、家に人の動作を当ててみよう。

> 家は断崖のはずれにうずくまっていた。もう何年も風に向かって身を乗りだしてきたせいで、輪郭が曲がっている。

　よしよし！　家は少し性格を帯びてきた。崖の端にうずくまり、風に逆らう様子を思い描きながら、先ほどよりも光景がはっきりしてくる。でも、もっと改善できるのではないだろうか？

> 家は断崖のはずれにうずくまっていた。もう何年も風に向かって身を乗りだしてきたせいで、輪郭が曲がっている。肌は砂でゴシゴシと磨かれてきたため、今やペンキよりも板の方が見えている。開けっ放しの戸は、ゆるんだ顎のように片方に垂れ下がっていた。

　家に肌や顎を付け加えることで、視覚的なイメージを高めるばかりではなく、感情の要素ももたらすことのできる人間的なディテールが施された。読者は肌が砂にこすれる感覚をわかっているし、ゆるんだ顎といえば病気や老いといった特定の事柄を連想するだろう。こうしたディテールから、この設定は悲しみや哀れみの感覚まで引き起こすようになるのだ。家を擬人化することによって、それを思い描くときに読者に抱いてほしい感情を定めることができたのである。
　擬人法の利点は、なんであれ作家が望むイメージを生み出すために、どんな感情を引き起こすことにも使えるところだ。少し変えるだけで、悲しい小さな家はまったく別物へと変貌を遂げるのである。

設定を深めるための比喩的な言葉

> 家は断崖の一番高いところにそびえてまっすぐに立ち、哀れな木々に向かって威張り散らしている。塗装されたばかりの肌はつやつやと輝いていた。窓は輝き、雲ひとつない空をまばたきもせずじっと見つめている。

　ここに登場するのは、輝きに満ちて手入れが行き届いており、まっすぐ立っている、先ほどとはまったく違う家だ。しかし、まばたきをしない目や「威張り散らしている」という記述から、家はすべての人やものを見下していることがわかる。おかげでこの家から温かみは感じられず、感じがよく気さくというものではない、むしろ正反対の印象を受ける。

　例文で見た通り、擬人法は味気ない設定に活気を注ぎ込むのに非常に効果的だ。無生物に人間の特質を加えることで、身近になって親しみやすくなる。このテクニックを通じて、作家は設定に感情を植え込むことが可能になり、場面の終わりまで途切れることなく続く感情的な体験へと、読者をいざなうことができるのである。

設定によくある落とし穴

ここまで、設定が文章をより良くするのに役立つ道具となるための、いろいろな方法に触れてきた。だが、物語のどんな要素にも言えることだが、設定にもまた難点がある。ここでは、執筆中に向き合わねばならない可能性のあるいくつかの厄介な点と、それらを回避する方法を見ていこう。

● とりとめのない描写

作家が設定描写をしすぎてしまうこと。これこそ、設定がいわれのない悪者扱いを受ける理由のひとつであり、若い読者たちが古典を好まない大きな原因でもある。かつては、長たらしく凝った描写が続くことが普通だったが、もはやそういう時代ではない。すでに著作権が切れた人気の作品をいくつか再読してみると、いったいそのうちの何冊が今日出版にこぎつけられるだろう、という疑問がすぐに生じるものだ。

作家は、自分たちのことを商品を勧める販売員だと思いたくはないだろうが、実際にはそれも仕事の一部である。私たちは読者が読みたいと思う本を書くのだ。だから、これを成功させるには読者のことを理解する必要がある。世の中は、ジェーン・オースティンやチャールズ・ディケンズらの時代から変化を遂げた。今日の読者は、物事があっという間に発生することに慣れているのだ。つまり、ほとんどの人が「要点に到達する」ことが大好きなのである。読者を夢中にさせて離したくなければ、長々と設定描写を続けることはNGなのである。

では、どうすればくどい描写を避けることができるのか？　その解決策はシンプルながら複雑でもある。描写の節を、それぞれ本当に必要なディテールだけになるように削っていくのだ。これを実践するには、設定において自分が成し遂げたいことを明確に把握しておかなければならない。雰囲気を構築したいのか？　特定の感情を生じさせたいのか？　伏線を張りたいのか？　あるいは先に起こることの準備を整えたいのか？　はたまた登場人物の特徴づけをしたいのか？　描写で達成したいと思うことを決めてから、その目的に見合うディテールを選んでいこう。そして、読者にわかってもらうのにじゅうぶんな描写を盛り込んだことを確認してから、次

に移ろう。

●時の混乱

　設定というものを、物語が起きる「場所」のことだけだと見做すのは簡単だが、実際には「時」も大きな割合を占めている。ほとんどの物語は日、月、あるいは年でさえもまたいで時間を進ませるために、どれほどの年月が経っているのかについて読者はたやすく混乱してしまう。もし、日記のように日付の記載がある物語や、新聞の見出しが登場する作品、あるいは何かのカウントダウンを含むものなど、特定の種類の物語を書く場合には、時の流れを表すことは難なくできるだろう。しかし多くの場合、物語の中で読者に「時」を知らせるには、よりさりげなくなければならない。幸運にも、これはいくつか設定の仕掛けを使って果たすことが可能だ。

　長い年月にわたる物語の場合、ある時から別の時に移る際、章やセクションの区切りを利用することができる。この方法では、どれくらいの時が過ぎたのか、そして今は「いつ」なのかということを読者に知らせるために、季節、月、一般的な祭日、天気などが役に立つ。たとえば『赤毛のアン』の第27章は、冬の場面である。しかし、続く第28章は以下のように幕を開ける。

> 　4月の終わりのある晩、婦人会の集まりから家路につく最中に、マリラは若く陽気な者たちだけでなく、老いて寂しい者たちにも春が必ずもたらしてくれる、あの心躍る歓喜の到来とともに、冬が終わりを迎えたことを悟った。

　ここでは、作家が月と季節を伝えながらも、あからさまに宣言する（「今は4月である」）ことはせずに、不格好になるのを回避している。代わりに、冬から春へと変わるワクワク感という、ほとんど普遍的な誰もが知る出来事を通じて、時に触れている文に感情を注いだのだ。おかげで、時に関する内容が変装され、あからさまではなくなっている。設定について触れることと章の区切りを結びつければ、読者に時の経過を効果的に伝えられることを示した例である。

章の区切りは、時の大幅な経過を切りとるためには優れた方法だが、もっと短い期間の経過の場合にはそれほど上手く機能しない。一日だとか一時間が過ぎただけの場合では、どう考えても季節に言及することは不可能だ。そこで、比較的短い時間の中における時間の経過とはいかなることなのかを考えてみる必要がある。たとえば、登場人物が大事な知らせを待っているとしよう。

> 　待合室の窓から降り注ぐ暖かな光線の中を出たり入ったりしながら、チャンドラは足が痛くなるまでそわそわと歩き回った。それでも、誰も知らせを運んできてはくれなかった。様子を見にすら来ない。間もなく、外には雲が着実に広がり、ほんのわずかの温もりも遮られてしまった。彼女は仕方なく腰を下ろした。心の中はヨーヨーのごとく揺れ動き、傷ついている。しかし表では、木製の椅子の肘掛けを指でコツコツ叩いているのが唯一の動作であった。

　ここでは、天気に触れることで時間の経過が表現されている。天気が少しずつ推移していることから、おそらく1時間か2時間、午後か朝の時間が過ぎていく、ゆっくりとした変化であることが暗示されている。このように、時刻に直接言及しなくても、時の経過を示すのに天気が役立つ場合もある。
　別の方法として、光の変化を通して表現する方法もある。たとえば、場面を早朝に設定している場合は？　太陽が地平線からちょうど顔を出したところから、空の中ほどまで昇っていく位置の変化を描いてみよう。同じことは、月とその夜間の位置を描くことでも可能だ。あるいは、出来事が午後に発生するなら？　太陽の光の質や明るさ、それに影の動きによって、時間の経過を表現することができるだろう。
　以上のテクニックに加え、時間の推移を暗示するような日常的な行動を探してみるのもよいだろう。子どもたちの登下校、朝晩のラッシュアワー、あるいはシャワーを浴びて朝食を摂ったのちにその日の行動を開始するといった流れでさえ、読者に時間が進んでいることを示すために利用できるルーティンなのである。

設定によくある落とし穴

● 上手に表現されたフラッシュバックや夢

　フラッシュバックや夢の場面などのような物語の仕掛けは、さまざまな理由から激しい非難を受けることがある。率直に言えば、こうした仕掛けは基本的に現在進行している物語から読者を引っ張りだしてしまう割り込みだからである。これらを用いることは、読者を失うかもしれないリスクを冒しているということなのだ。それを回避するためには、読者がもっとも関心を抱いている話に戻ることができるように、フラッシュバックや夢をできるだけ短く済ませなければならない。

　残念ながら、こうした描写が延々と続いてしまう背景には、設定が関与していることが多い。なぜなら、フラッシュバックや夢の場面が登場すると設定がたいてい変わり、読者に自分の居場所を把握してもらうために、じゅうぶんな描写が必要になるからだ。その結果、作家は説明をしすぎてしまい、おかげで話が長くなって、フラッシュバックや夢全体に膨張した印象を与えてしまうのである。

　これを解決するために、設定描写を短くかつ興味をそそるものに保ちながら、少ない量で多くを成し遂げたい。そこで、読者の混乱を招くことがないように、共有しなければならない最低限の事柄を見つけだそう。自分が成し遂げようとしている目的のために必要な設定のディテールに焦点を当てて、同時にそれが望ましい感情を引きだす役目を果たしているかについても確認するのだ。なぜなら多くの場合、これこそがフラッシュバックや夢によってもたらしたい効果だからである。つまり、重要なディテールに専念し、それをすばやくかつ端的に伝えて、元の話に戻るのだ。

　フラッシュバックにおける別の難点とは、とりわけ現在と過去を行き来させられることで読者に生じる混乱である。起きていることのせいで読者が位置を把握できなくなり当惑することは、作家が望んでいることでは決してない。そこで、物事を明確にするひとつの方法とは、フラッシュバック内の設定と元の話の設定とを大幅に異なるものにすることである。フラッシュバックにおいてまったく違う場所を選べば、読者が変化を把握できるので効果的だ。あるいは、もしこのやり方が自分の物語に通用しなければ、天気、季節、時間など、フラッシュバックの場面において変えることができるものを探してみよう。

また、もしフラッシュバックの舞台がかなり過去なのであれば、登場人物の容姿の大きな違いや、時代に応じた流行りのファッション、ポップカルチャーの変化など、その時代に関連したディテールを強調するように心がけるとよいだろう。ただし、脇のディテールに文字を消費しすぎてはいけない。どの描写も、フラッシュバックで起きる出来事とそれに関わる登場人物にとって、意味のあるものを選ぼう。

　夢の描写、とりわけ繰り返し見る夢の場面については、その節をどのように見せるべきか前もって決めておけば明瞭になる。現実そっくりで鮮明な夢なのか、それともぼんやりとまとまらない夢なのか？　夢はそのどちらの場合も考えられる。どうやって表現するかを決めたら、今度はその光景を過度に強調してみよう。つまり、大げさにくっきり鮮やかにするか、ひどく曇った曖昧なものに仕立てるか。このテクニックを活用すれば、物語のほかの部分とは様子も感じも変わるので、夢の場面に突入したことを読者は把握できるはずだ。

● 場面描写は述べるべきか、見せるべきか？

　言葉で「述べる（tell）」よりも表現して「見せる（show）」方が好まれる、という話は、あなたが執筆活動を始めて間もなく耳にすることだろう。たいていの場合、「見せる」方が「述べる」より優れているというのは事実である。感覚的なディテールを用いることで読者を引き込み、感情を呼び起こし、物語を妨害することなく現在の話の文脈を通じて情報を共有することができるからだ。しかし、物語を行き詰まらせたり話のペースをスローダウンすることなく、とりわけ何かをすばやく表現する必要がある場合などには、言葉で「述べる」ことにも意味がある。設定を描く場合には、「見せる」ことと「述べる」こと、それぞれに利点があるのだ。では、どちらの方法を使えばいいのかについては、どう判断すればいいのだろうか？

表現して「見せる」方がよい場合
- **雰囲気または感情を生じさせる場合**

　設定において雰囲気や感情を創造する目的とは読者を引き込むこと、つまり作家

が読者に感じてもらいたいと思う気持ちを、読者に感じさせることだ。ただたんに設定の様子を「述べる」だけでは（「保育園には人がいなかった」）、これを達成することはできない。しかし、「見せる」ことによってそれは可能になる。

> 壁はピンク色だった。降ろされたブラインドによって、ロッカー、着替えテーブルの上のおむつ用品、鳴らない携帯、それにカーペットの中央──ちょうど歩き始めた赤ん坊が、ベビーベッドから投げつけられる距離だった──にうつぶせに置かれたおしゃぶりまでも、すべてが憂鬱な灰色をしているにもかかわらず、彼女にはそれがわかった。サラは入口のところに立ち、目が痛くなってきてもまばたきもせずに、その忌々しいおしゃぶりをじっと見つめた。恥ずかしさのあまり、取ってきてほしいと人に頼めなかったのだ。皆が帰宅してしまった今となっては、もはや遅すぎた。

このように特定の気持ちを呼び起こしたい場合、あるいは雰囲気を設定したい場合に、「見せる」ことはとても効果的である。

- **独自もしくは馴染みのない設定を描く場合**

物語が起きている場所について、作家は絶対に読者の混乱を招きたくないものだ。物語の足場を再度固めるために、話をさかのぼって読み返す手間をかけさせたいとは思わないだろう。これを避けようとして、多くの作家、とりわけファンタジーやSFといったジャンルを執筆する者は、独自の設定を描くときにやりすぎて、読者の関心にストップをかけてしまうことがある。

馴染みのある設定と同様に、独自の設定の場合も、読者にはっきりとした視覚イメージを与えられる分だけ「見せる」ことが必要だ。そのためのひとつの手段が、まず全体の設定を描くという大枠で始めてから、その中の一面に焦点を当てて小さく終わるというやり方である。たとえば、宇宙にある前哨基地を描く場合、地球からの距離や大気の質、そこで人類と共存している宇宙人のことなど、ディテールに入り

込んでいく必要はない。もちろん全体の総合的な印象は描くべきだが、その後は自分がわかってもらいたい事柄を示す、より小規模なディテールに的を絞ろう。たとえば時代については、荒廃した構造や、通路にまったく人がいない状況などに焦点を当てることで明かすことができる。また、馴染みのない設定において、とくに難しい要素を描くためのもうひとつの方法として、少ない言葉で適切なイメージを創造することができる喩えを用いるのもよいだろう。

• 背景を明かす場合

　背景というのもまた、読者を飽きさせ物語のペースを遅くするような、巨大な情報の塊として登場した場合などには、不当な非難を受ける仕掛けである。それでも、そうした情報の中には、登場人物とその人物の動機を読者に理解してもらうために、共有しなければならないものもいくつかあるだろう。ほぼすべての状況において、背景とは言葉で「述べる」よりも表現して「見せる」方がずっと効力を発揮するものであり、設定は登場人物の過去から重要な情報を明かすのに優れた手段なのだ。

• これから大幅な変化を迎える設定を描く場合

　もし、設定が何かしらの変化を迎えることになるなら、読者が変化前・変化後のイメージをはっきりと思い描けるようにするのが大切だ。『ハンガー・ゲーム2 燃え広がる炎』に登場する第12地区の破滅は、もしそれ以前にスーザン・コリンズがあそこまで設定をはっきり示していなかったら、読者にとってそれほど衝撃的ではなかっただろう。起きたことの最大効果を読者が得られるようにするためにも、進化していく設定は大改造の前後を両方とも「見せる」必要がある。

• 重要な設定の基盤を築く場合

　どの登場人物にも、ほかの設定より重要な意味を持つ設定があるはずだ。それはたとえば、過去に感情的な体験をした場所かもしれない。あるいはまた、必要不可欠な登場人物が住んでいる場所かもしれず、その場合主人公はそこで多くの時間を

過ごすことになるだろう。こうした場所は、読者に対し丁寧かつよく考えて紹介する必要があるため、文字で直接「述べる」よりも「見せる」方が効果的だ。もし、今後その設定に登場人物が作中足しげく通うことになる場合、最初の訪問はとくに大事であり、適切に描かなければならない。その後は、設定に大きな変化がない限り、簡潔な要約文だけで読者に登場人物の居場所を「述べる」ことができるだろう。

• 伏線を張る場合

　物語の後半で起きることについてのヒントを組み込むのに、設定はぴったりだ。天気、光と影、象徴、各場所の小道具といったものが、来たる重要な出来事を暗示するために利用できるということである。読者にはこうしたヒントを見逃してほしくないので、作者はしっかりと定めておく必要がある。となると、これを達成するのにただ言葉で伝えて「述べる」だけなのは最適とは言えないだろう。逆に、「見せる」ことは感情や雰囲気を描写に注ぎ込むことを可能にしてくれるので、読者にとって有意義で印象深いものになるのだ。

言葉で「述べる」方がよい場合
• 速い動きを含んだ場面の場合

　格闘、追跡、クライマックスを迎えるといった、物事が急速に発生していく場面では、複雑な設定描写でペースを落としたくないはずだ。このような場合には、設定の基礎だけを描くことによって、重要な出来事から焦点がブレないようにしよう。そのあとは、動きとともに必要最低限の描写を「見せる」か「述べる」か、どちらでも場面に合うやり方を組み込んでいくとよい。

• 視点となる登場人物の性格から必要性が生じる場合

　何事も、語り手の視点というフィルターを通す必要があることを覚えておいてほしい。もしその人物が考えにふけりやすかったり、とりとめもなく喋るようなタイプであれば、少し時間をかけて設定を「見せる」のも筋が通っている。だが一方で、

周囲の環境にはなんの関心も示さず、現実的かつ効率的な人物だったら、設定のことなどさほど気にしないだろう。この場合は文字でさらっと「述べる」方が、その人物の性格的によりふさわしいはずだ。ただ、設定に対する無関心なさまを読者に把握してもらうためにも、この基盤は早い段階で築いておくようにしよう。

- **効果をもたらしたい場合**

　言葉でそのまま「述べる」という手法は、「あれは最良の時代であり、最悪の時代だった」というように、人の心を引きつける印象的なやり方で主張したり、何かを表現したりしたいときに使われることが多い。設定を描く場合でも、同様のテクニックを用いることが可能だ。もっとも公平に言えば、これを用いたあとには描写を肉づけするために「見せる」ことも多少必要になってくるのだが、下記のような文で本、章、場面などが幕を開けた（もしくは閉じた）と想像してみてほしい。

> あの家は明らかに取り憑かれていた。
> 人生で一番つまらない誕生日パーティーだった。
> そして私は鶏小屋で目覚めた。

　このような文章というのは、描写というよりもスタイルについてのものである。もっとも基本的なやり方で場面を定めながら、一方でまた登場人物、語り手、作家にまつわる何かを語っているのだ。こうして文字でそのまま「述べる」というやり方は効果を発揮する場合もあるが、本当に機能させるためには、目的を持って為されなければならない。

　ここまで見てきた通り、設定を描く際には、ほとんどの場合「見せる」ことの方がより良い選択肢だといえる。多元的で現実的な環境を創造したり、感情的なきずなを構築したりすることで、読者を物語のさらに奥へと引き込むことができるからだ。しかしそれでも、言葉で「述べる」ことの方が効果的な場合も存在する。だからいつものように、ひとつの場面において設定がどんな役割を果たすべきかを理解して

おけば、どれくらいのことを「見せる」べきか、どんなときに「述べる」べきなのかが、より見えてくるはずだ。

郊外の設定について考慮すべきこと

　都市と自然環境は本質的に異なるものであり、それぞれがそれぞれに課題を抱えている。それについての描写に取り組んでいくために、ここでは郊外の設定に的を絞り、フィクションの中で効果的に描く方法を見ていこう。

● 自然環境を入念にリサーチしよう

　馴染みのある屋外の設定を描くときに手を抜くのは簡単である。山、森、湖、ハイキング用のトレイルなどは、どれもすべて見たことがあるものばかりで、それどころかその近くの環境で育ったり、長い年月を過ごしていたりする人もいるだろう。作家として、私たちはいわば山岳地の設定を熟知しているような気でいる。しかし、自分が描くのはどういう種類の山だろうか？　もしアメリカ東部にあるアパラチア山脈地方で育ち、そこを舞台にした物語を書くというのなら、支障はないかもしれない。だが、カナダのロッキー山脈やスイスのアルプス山脈が舞台になる物語にアパラチア山脈の描写を組み込んでしまったとしたら、大変なことになる。

　自然の地形は外観だけでなく、そこに育つ植物、よく集まってくる動物、昼と夜の長さ、気温の変動、季節ごとに考慮すべき事項、その他多くの事柄が、その在処によって大きく異なる。たとえば、滝には少なくとも10種類ほどの分類がある。その中であなたが描くのは、階段状に流れる滝なのか、山間のくぼ地に流れる滝なのか、それともいくつかに分割して流れる滝なのか？　同じように、アリゲーターはフロリダの川岸では一般的に見られるが、カナダの河川付近にはどこにも生息していないはずだ。

　世界のどこかにある実在の場所を舞台に自然の設定を執筆する場合には、現実的かつ一貫性をもって書けるように、その地域について入念にリサーチしよう。ディテールが正確ではないために、舞台となっている場所で実際に暮らしているような、まさに自分の本にふさわしい読者を遠ざけてしまうことだけは避けたい。

● 自発的な動きを加えよう

　描写の長い段落を読者が受け入れない理由のひとつが、それぞれの節に動きが見

られないという点だ。作家が建造物だのその地にある低木だのについて延々と述べる一方で、どの文でも何も起こらない。こうした不活発な段落はペースを落とし、つまらないとみなされてしまう。これは必ず回避したいところだ。

　この地雷をかわすには、登場人物の行動を通じて停滞した描写に動きの感覚を与えてみよう。室内の場面であれば、登場人物がブラウニーを一皿作る間や、郵便物を開封する間、犬に餌をやる間、買ってきた食材をしまう間などを利用して、環境について容易に描くことができる。もちろん、こうした平凡な行動は、場面を占有するのではなくあくまで添えるように加えられるべきで、そうでなければ読者を退屈させるリスクを冒すことになる。しかし、ドッグフードの袋を破ったり、卵を割ってボウルに入れたりするささやかな動きは、長たらしい語りを中断させて動きを加えるために、描写の中に散りばめることが可能なものなのだ。

　自然発生する現象を受けて動作が生じる屋外の設定であれば、ますます簡単に実現できるだろう。屋外では場面に動きを加えるために、風とその影響、流れる水、雲の動き、影の推移、近くにいる動物や昆虫などを活用することができるからだ。短くてもこうした事柄に触れてみれば、下記のように、不活発な節にさえ、動きの感覚を添えることが可能になる。

> 　家に着く頃には、あたりは完全に真っ暗になっていた。手荒な突風が吹き、髪をわけて頭皮に指先を走らせていったが、私はただ自分の家をじっと見つめながら、寒い中を佇んでいた。窓辺の明かりが灯され、シチューの匂いと思しき煙突の煙が漂ってくる。ここから眺めていると、家は穏やかで居心地が良さそうに見えた。まるで歓迎しているかのように。

　ここではとりたてて何かが起きているわけではない。主人公はまだ外の庭に立っていて、自分の家をじっと見つめているだけだ。しかし、ささやかな動きは確かに存在する。突風は彼女の髪をわけ、明かりは灯されていて、煙突でさえ、それ自体が何かをしているわけではないが、煙が昇って空に浸透していく様子は読者に伝わ

るはずだ。こうしたささやかなディテールのすべてが、本来なら不動の場面に動きを加えることで、設定を描き雰囲気を作りだしている。何もないところに行動を創造する、まるで目の錯覚のようだ。概して静かな場面に命を吹き込む優れたテクニックだといえる。

● 広いアングルの描写に対比を用いる

　自然や地形、とりわけ沼地、森、海といった広大な要素は、その規模のために描写が難しいことがある。とにかく大きいがゆえに、明確に表現しづらいのだ。そんな無限の広がりを適切に描くには、対比を用いるのが一番だろう。比較とバランス感覚をもたらすために、前景もしくは付近にある小さなものを利用してみるのだ。

> 　ここの平原は、人々が言うようには平らではなかった。なだらかな傾斜があり、うねりがあった。草原を駆け抜ける風がさざ波を起こす。まるで、艶やかな敷布がそよ風にパタパタと揺れているようだ。しかし、それにしてもこの陸地はどこまでも続いている。目元に手をかざし、孤独に立つポプラの木の先へ、私たちの納屋の先へと、平原が続く限り遠くへ目を向けてみた。納屋は誰が見ても広々としたものだったが、この一面草原で覆われた世界では、ちっぽけな屋外便所のように見える。平原はそれ相応に美しかったが、神はちょっとやり過ぎたのではないかと思わずにはいられなかった。

　平原が大規模なものだと言葉で述べてしまうこともできる。しかし、もっと小さなものと比較して表現すれば、読者にも規模が伝わり、いったいどれほど広大なのかをより明確にわかってもらえるはずだ。

● 意外なことをしてみる

　調子がよいときであってもなお、執筆は一筋縄ではいかない作業だ。ふさわしい言葉を見つけるだけでも疲労困憊する。そのため、中途半端な効果しかないものでも、

郊外の設定について考慮すべきこと

頭に思い浮かんだらそれを用いて先に進むのは簡単である。しかし、天気や季節に関して何かが思い浮かぶというのは、先に触れた通り自分がそれを以前に見たことがあるからだ。一般的な型にはまった設定に頼りたくもなるが、わかりきったアイデアを押しのけて、自分の物語と登場人物にぴったり当てはまる新鮮なものを思いつく方が、ほぼいつだって望ましい。

たとえば教会というのは登場人物の気力を支える心和む場所だろう。しかし、罪悪感に苦しむ人物の場合だと教会は耐え難い場所になるだろうし、無理矢理出席させられている人物にとっては退屈と結びついた場所かもしれない。あるいはまた登場人物が詐欺師なら、教会は精神性を高める場というよりもチャンスの場になる。教会は信仰心を持った人々とつなげて考えやすい傾向にあるが、自分を悩ませる幽霊たちから逃げるために少年が向かう場所（『シックス・センス』）というように、意外な人物が足を運ぶところであってもおかしくない。

場面ごとの設定を選ぶ際には、最初に頭に思い浮かんだものに決めてしまわないこと。登場人物や、自分が作りだしたい雰囲気、物語の行方を考慮しながら、さまざまな事柄をどのように織り交ぜることができるか検討してみよう。

● **すべての設定に正当な配慮を**

作家の中では、すべての設定が平等に作られているわけではない。自分たちにとって興味深く、美しく、重要な価値のある場所を描くことの方により時間をかけるものだ。反対に、浴室、乳牛の牧草地、小学校の遊び場といった、一般的で毎日見られるものはさして脚光を浴びない。このようにきわめて平凡な設定の場合、読者もすでに様子がわかっているのだから説明に文字を費やす必要はないとして、作家は描写をごまかしたり完全に無視したりしてしまうのである。

しかし、実際にはどんな設定にも価値があるのだ。あらゆる場所が、場面に何かを加えることができる。あるひとつのものを観察することで、特徴づけは可能になる。家の壁紙の状態や部屋の匂いといったもので、雰囲気を設定することが可能になる。伏線を張ることだって簡単に成し遂げることができるだろう。

だから、次に自分が平凡な場所、もしくは一見すると退屈な場所の描写にざっと目を通す際には、少し立ち止まって、その場所について関心を引きそうなものは何かを考えてみよう。場面に付け足すことができるような、語り手が気づく事柄とはなんだろう？　設定をカスタマイズすることもまた、登場人物のさまざまな面を明かすのに役立つはずだ。ここまで説明してきたいろんなテクニックを考慮してみて、何に軽く言及すれば場面が活気づいて、印象的だったり意味のあるものになるのか検討してみよう。

場面設定 類語辞典 郊外編

基礎設定

- アーチェリー場
- 赤ん坊の部屋
- 遺跡
- 田舎道
- 居間
- 埋め立てゴミ処理場
- 裏庭
- 男の隠れ家
- 温室
- 核シェルター
- 火災現場
- 果樹園
- 家畜小屋
- 家庭菜園
- ガレージ
- キャンピングカー
- キャンプ場
- 教会
- 結婚披露宴
- 豪邸
- 工房
- 子ども部屋

- 災害用地下シェルター
- 採石場
- サマーキャンプ
- 児童養護施設
- 狩猟小屋
- 台所
- 誕生日パーティー
- 地域のパーティー
- 地下室
- 地下貯蔵室
- 通夜
- ツリーハウス
- 庭園
- テラス
- 灯台
- 屠畜場
- 鶏小屋
- トレーラーハウス用居住地
- 農業祭
- 農産物直売会
- 農場

- 廃鉱
- 廃車部品販売所
- 剥製工房
- ハロウィンパーティー
- ビーチパーティー
- 秘密の通路
- ホームパーティー
- 牧場
- 牧草地
- 墓地
- 物置き小屋
- 野外トイレ
- 屋根裏部屋
- 浴室
- 霊廟
- ロデオ
- ワイナリー
- ワインセラー
- 10代の息子・娘の部屋

| あ | か | さ | た | な | は | ま | や | ら | わ |

郊外編 / 基礎設定

アーチェリー場
〔英 Archery Range〕

関連しうる設定
郊外編 ── サマーキャンプ
都市編 ── 屋内射撃場

👁 見えるもの
- 広大な野原
- 緑草
- 一定の間隔を空けて並べられた四角い的
- 風向を示すために掲げてある旗
- 弓を入れるラックや掛け置くためのハンガー
- 矢の場外射出を防ぐための並木や障害物（積まれた干し草の俵、丘、網）
- フェンス
- 日差しを遮る屋根や日よけ
- 矢筒を固定する金属輪
- （弓具の貸し出し、的の販売、許可証や会員証の発行、弓具の販売を行う）小さな店
- 駐車場
- （地元のアーチェリークラブのメンバーだけが使用する）無人のアーチェリー場に設置された、使用規則が記載された案内板や、これから開催されるアーチェリー関連行事のお知らせ
- シューティングラインの後方にあるコンクリート製の発射位置
- 見物客のためのピクニックテーブル
- 警告標識
- 双眼鏡を持った人々
- 進行係
- 弓具を整えたり発射のために準備運動をするアーチェリーの愛好家

👂 聴こえるもの
- 矢が空中を飛んでいくときに長く響く「シュー」「ビュン」という音
- 矢がしっかりと的に「ブスッ」と刺さる
- 競技者が弓を引くことで見物客がいっせいに静かになる
- 矢を放つ前に静かに吐かれる息の音
- 大型のアーチェリー場で、矢が次々と的にあたる音
- 射手が立ち位置を固定するときに、コンクリートの台に靴がこすれる音
- 矢羽を指で静かに捻る音
- 鳥のさえずり
- バッタ、イナゴ、キリギリスの鳴き声
- 木々や草の間を通り抜ける風の音
- 吹流しや旗が「パタパタ」とはためく

👃 匂い
- 草
- 汗
- 松葉
- 乾いた土
- 干し草

👅 味
- 設定の中には、登場人物がその場面に持ち込むもの（チューインガム、ミント、口紅、煙草といったもの）以外に関連する味覚というものが特にない場合もある。特定の味覚がほとんど登場しないこのような場面では、ほかの4つの感覚を用いた描写に専念するのがよいだろう。

✋ 質感とそこから受ける感覚
- アーチェリーの弦を引くときに指にかかる張力
- 狙いを定めているときに顎の下を自分の手がかすめる
- 弓を引くときわずかに顎にあたる弦
- 肩から吊り下げた弓が身体にのしかかる重み
- グリップをギュッと握る
- 矢を放ったときに突然失われる張力
- 矢の滑らかな柄
- プラスチックや革のアームガードを素肌や袖にのせて、固定させるためにきつく締める
- 弦を指の腹でつまむ
- 狙いを定めたときに感じる弓の重さ
- 優しいそよ風が肌をかすめたり髪を乱すが、射ることに集中するためそれを無視しなくてはならない

❗ 物語が展開する状況や出来事
- 感情がたかぶっているときに試合で戦わなければならない
- 適切な手入れをしていなかったり妨害工作に遭うことで弓具が故障する
- いざ矢を射るというときに、気まぐれに入り込んだハイキング中の人や不慣れな見物人がアーチェリー場を横切ってしまう
- どちらの矢が的の中央に近いかという議論で、ライバル同士の意見が割れる
- アームやチェストガードの装着を忘れて、矢を射るときに怪我を負う
- 外の暑さや水分不足によって脱水症状に陥り、集中力に影響が出る
- うるさい見物客や大音量で

あーちぇりーじょう —— アーチェリー場

- 音楽をかけながら近くを通過する車のせいで、競技中に気が散る
- 場内に動物が侵入する
- 身内やきょうだい同士で賞を競い合う
- 一生懸命努力しているが、自分の技術に進歩が感じられない
- ほかの人々を負かすにはもっといい弓具が必要だが、それを買えるだけの経済的余裕がない
- アーチェリー場に忘れ物をして引き返すも、すでになくなっている
- ある見物客の存在に緊張する（片思いの相手、高い期待を抱く親）
- 負けると見返りを求めてくるような、素直に負けを認めたがらない者と競い合う
- 天気のせいで集中できない、もしくは射撃に影響が出る（雨、風、降雪）

登場人物
- アーチェリー愛好家
- 弓矢で狩猟をする人
- コース内の進行係
- インストラクター
- メンテナンススタッフや土地所有者
- 祭りに際して中世の人々に扮した集団
- 見物客

設定の注意点とヒント
屋外アーチェリー場には、ただたんに野原に紙の的を設置しただけではないような施設も存在する。たとえば何千坪にもわたる敷地内に道があり、その途中に本物に似せた動物模型が設置されているような場所だ。こうした立体形式のアーチェリー場は、ふつう広大で森林の多い場所に設けられており、一斉射撃の際に事故が起きないように、番号のついた発射地点をところどころに配置して厳しく進路を定めている。このようなタイプのコースでは、矢を射る場所が地面よりも高い位置に設置されている場合もあり、とりわけハンターやアーチェリーの競技選手お好みの臨場感をもたらすだろう。登場人物が使用する弓には、狩猟、レクリエーション・シューティング、競技としてのアーチェリーなど、用途によって異なる種類があるため、それぞれのショット場面を正確に描くためにも、自分の登場人物がどのタイプを使うべきかについてはきちんと把握しておこう。

例文
肩を回しながら位置に立つと、ニックは観客の中にいる兄のことや、この一射がどれほど大事かということを頭の中から追いやった。風は自分が好むよりも強く、野原の草が左になびいている。教えられた通りにターゲットをじっと見つめると、青と金色の輪にしっかりと目を慣らし、視線を徐々に中心に向けていった。それから弓を掲げ、矢をあてがい、ゆっくりと息を吐きだす。中央の黒い部分に視線を定めると、彼はまるで昔の友人に気づいたかのように微笑んだ。自分の矢が向かう先は、あそこしかない。

使われている技法
多感覚的描写、直喩

得られる効果
登場人物の特徴づけ、雰囲気の確立

郊外編 — 基礎設定

赤ん坊の部屋
〔英 Nursery〕

関連しうる設定
子どもの遊び場、保育園・幼稚園

👁 見えるもの
- 窓から差し込む光
- 薄暗いランプの光
- カラフルなモビールが頭上に吊るされたベビーベッド
- ドレッサー
- おむつ用ゴミ箱
- 必要なものが置かれた着替えテーブル（おむつ、おしりふき、ベビーパウダー、おむつかぶれ用の軟膏、手の除菌ローション）
- 洋服カゴ
- 柔らかい光を当てる常夜灯
- ロッキングチェア
- ブランコ式ゆりかご
- 壁にある赤ん坊の名前が描かれた飾り板、あるいは名前を綴ったアルファベットのお洒落なオブジェ
- ぬいぐるみ
- 音楽プレーヤーや環境音の流れる機械
- 柔らかい色に塗られ、アートワークがかけられた壁
- 家族写真の入った写真立て
- こまごまとした物
- ベビーモニター
- げっぷ布
- 赤ん坊用爪切り
- くしとブラシのセット
- ブランケットやキルト
- おしゃぶり
- ガラガラ
- 輪型のおしゃぶり
- 厚紙もしくは布の絵本
- おもちゃ箱
- 赤ん坊の服（カバーオール、ロンパース、ワンピース、オーバーオール）
- 赤ん坊の靴
- 足から脱げたソックス
- ベビーベッドの中で横になる、あるいはひざまずく赤ん坊
- 床に散らばった玩具
- 開けっ放しで服が引っ張り出された引き出し
- 天井に貼られた光る星
- 天井からぶら下がる装飾（蝶、鳥、飛行機）
- クローゼット（ブランケット、おむつの入った箱、外出着、これから成長したときに着せるために取り揃えた服）

👂 聴こえるもの
- 「ギィギィ」と鳴るブランコ式ゆりかご
- モビールから流れる音楽
- 環境音の機械から流れる音
- 「カサカサ」と鳴るビニールの入ったゆりかご用マットレス
- 「ガラガラ」あるいは「キィキィ」と音を立てる玩具
- 開閉時に「カチャン」と鳴るおむつ用ゴミ箱
- おむつのテープを引っ張ってはがす音
- 「カサカサ」と音を立てるおむつ
- スナップボタンを留める音
- 「カチッ」とランプを入り切りする
- ロッキングチェアのきしみ
- 赤ん坊の優しい声や泣き声
- 赤ん坊の世話をする人が鼻歌をしたり歌う
- 赤ん坊が着替えたり子守唄を聴きながら眠りにつく間、床で遊ぶそのきょうだい
- 窓の外から聴こえる音（「パラパラ」と音を立てる雨、吹きつける風、揺れる木々、コオロギ、鳥の歌声、通り過ぎる車、近所の人の話し声、芝刈り機）
- エアコンや暖房をつける音
- 「ブーン」と鳴る加湿器
- 別の部屋にいる人のくぐもった声
- 服をしまうときの引き出しの開閉音
- ブラインドを上げ下げする音
- 赤ん坊が親指をしゃぶったり「ペチャペチャ」と音を立てて指を吸う
- 赤ん坊が眠っているときの音（いびき、苦しそうな息、深呼吸）

👃 匂い
- ベビーパウダー
- ベビーローション
- おむつかぶれ用軟膏の匂い
- 小便
- うんち
- 吐き戻し
- すっぱいミルク
- 芳香剤
- 消毒剤

👅 味
- 粉や液状の乳児用ミルク
- 牛乳

✋ 質感とそこから受ける感覚
- 毛羽立ったブランケット
- ベビーベッド用の柔らかいシーツ
- 抱き心地のよいぬいぐるみ
- 汗をかいていたり滑らかだったりする赤ん坊の髪
- 眠っている子どもの高い体温
- スベスベの肌
- よだれだらけの赤ん坊のキス

あかんぼうのへや — 赤ん坊の部屋

- 湿ったもしくはびしょ濡れのおしめや服
- フラシ天の着替えクッション用カバー
- 冷たいおしりふき
- ウォーマーで温めたおしりふき
- 窓から差し込む暖かな太陽の光
- ランプや常夜灯の熱
- プラスチックの温かい哺乳瓶
- 哺乳瓶に吸いつく赤ん坊の吸引力
- グニャッとした感触のおむつ
- よだれ
- 粘り気のある吐き戻し
- 手に粉をふくベビーパウダー
- べとつくローション
- 身をよじらせる赤ん坊
- 冷たい金属のスナップボタン
- 柔らかい衣類
- グライダーチェアやロッキングチェアの心地よい動き
- 自分の腕の中で赤ん坊が眠るにつれて徐々に体を揺らすのを止める

❶ 物語が展開する状況や出来事
- 夜泣きをする神経質な赤ん坊
- 面倒を見る者や医師が首を傾げるような症状で具合の悪い赤ん坊
- 大事なときにおむつの中身がはみ出て背中まで回る
- 乳幼児突然死症候群
- 原因不明のアレルゲンによって呼吸に問題が生じる
- 安全面の問題(ブラインドのコード、電気のコンセント、窒息する危険性)
- 暗闇で玩具を踏む
- ようやく眠った赤ん坊を起こしてしまうような大きな音
- 誰かが眠っている赤ん坊を部屋から連れ去る
- 赤ん坊に怪我をさせたり放置する、信用ならないベビーシッター
- 初めて親になることへの不安感
- 睡眠不足
- 産後鬱、産後精神病
- 世代間の養育方法の違いで口論になる
- 嫉妬深い、あるいは怒りっぽいきょうだいが、わざと悪いことをして親の注意を引いたり、赤ん坊に危害を加える行動にまで出る
- 住宅火災
- ひとり親が突然死亡し、子どもの面倒を見る者が家に誰もいなくなる
- うるさい近隣住民が騒々しいパーティーを開く、あるいは大声で言い合いをして赤ん坊を起こしてしまう

👥 登場人物
- 赤ん坊
- ベビーシッター
- 清掃員
- 家族
- 客
- 乳母

設定の注意点とヒント
赤ん坊の部屋は、そこを満たす家族のありようによってさまざまに変わる。裕福な家であれば、専用の特別な部屋があてがわれるかもしれない。双子や三つ子の場合は、全員で一部屋を使うかもしれない。また室内の装飾は、家族の経済状況とやる気次第で豪華にもなれば殺風景にもなる。子どもの脳を刺激しようと決めた熱心すぎる親は、専門家による最新のアドバイスを忠実に守ろうと、決められた入念な行動に従い、脳の活動を奨励するような玩具や本を購入し、インテリアにも模様や形を取り入れたりするはずだ。あるいは、子どもと一緒に眠ることを大切にしている家族であれば、赤ん坊部屋はたんに必要なものを置いておくスペースとして捉えているかもしれない。いずれにせよ、赤ん坊の部屋は赤ん坊自身よりも両親の姿を反映した非常に私的な空間になるため、物語にこの部屋の設定を組み込む際はそれを忘れないでおこう。

例文
透けるように薄い窓辺のカーテンから太陽の光が差し込み、仕上がった赤ちゃん部屋を明るく照らしていた。漫画調に描かれたダンプカーやトラクターのポスターの額は、矢車草の青色をした壁にかけてある。環境音を流す機器からは、心が落ち着くような熱帯雨林の音が流れていた。マーガレットはドレッサーの上にある木でできた電車を押して、前後に転がしてみる。塗り立てのペンキや新品の家具の匂いを吸い込んでため息を漏らし、膨らんだお腹をさすった。《準備ができたらいつでも出てらっしゃい、坊や》。

使われている技法
光と影、多感覚的描写

得られる効果
雰囲気の確立、感情の強化

郊外編 基礎設定

遺跡
〔英 Ancient Ruins〕

関連しうる設定
洞窟、熱帯雨林、秘密の通路

◉ 見えるもの
- 枯れた草に囲まれた、雨風で傷みのある石柱
- 半倒壊した建造物
- 曲がりくねる木の根に破壊されひび割れた角材や石
- くぼみのある段や階段
- つる植物やほかの葉の重みで崩れ落ちた屋根
- 大理石や石でつくられた頭部のない像
- 碑文や石彫刻
- 高くそびえる尖塔
- 建造物内のほこりっぽくてクモの巣だらけの廊下
- (湿潤気候のため) 菌やカビのシミのある、彫造されたアーチ道
- 法則に従って設置される石
- 多くの人が通ったため傷みのあるでこぼこの床
- 祭壇
- 岩の壁
- 昔の戦いでの爆破の跡や弾痕が残る、銃眼つきの胸壁
- 過去に起きた火事によって石に付着した灰の跡
- 空の炉床や焚き火台
- 暗がり
- 丸まって地面に散らばる枯れ葉
- 木々や茂みの間から斑点のように差し込む太陽の光
- 遺跡を住処にする小動物 (クモ、ヘビ、トカゲ、昆虫、鳥、コウモリ)
- 洞窟
- その文化にとって重要だった動物のトーテムポール
- 石を砕いて窓の穴や入口から中へと侵入する縄のようなつる植物
- その地域によく見られる葉 (耐寒性のある草地、シダ、低木の茂み、木々)
- 動物の糞
- 苔
- 使われなくなった巣
- 穴や隙間
- ガレキ
- ほこり
- 隠されたかつての時代の貴重品 (宝石、壷、宗教を象徴するもの、武器、食器、道具)
- ヘビの抜け殻
- 泥に残る動物の足跡

◉ 聴こえるもの
- 石の廊下や窓の開口部から入り込む風の音
- 草が互いに触れあう音
- 鳥のさえずり
- 「パタパタ」と音を立てる羽根
- コオロギなど鳴き声を上げる昆虫
- 足元で「バリバリ」と鳴る枯れ葉
- 石に当たり「カサカサ」と鳴る葉
- 枯れたつるが壁をこする音
- そよ風が吹いて「ギシギシ」と音を立てる木々
- 石畳に当たる足音

◉ 匂い
- 粉っぽいほこりの匂い
- 建物のカビや冷たい石の匂い
- その地域特有の花の香り
- 草木の香り
- 湿った泥や枯れ葉の土の匂い

◉ 味
- 乾いた口の中の味
- ハイキングに持参した水や喉を潤す飲み物の味
- バックパッカーに適した食べ物 (グラノラバー、ナッツ、種、ビーフジャーキー、ドライフルーツ)

◉ 質感とそこから受ける感覚
- 足元の壊れた岩
- でこぼこした地面
- 肌にまとわりつく汗
- 手のひらに当たるザラザラした石
- 背中に当たるひんやりとした石
- 手にくっつく白いほこり
- 足をかすめる背の高い葉
- 狭い場所になんとか体を押し込めて肌を擦りむく
- 冷たかったり湿っているヤシやシダの葉が腕を滑る
- そよ風が髪を乱す
- リュックのストラップに引っ張られる
- 水筒についた水滴
- 自然の力によって色あせた石の滑らかさ
- 足元の苔や一面に広がる葉の弾力性
- 肌に貼りつくクモの巣
- ぶら下がるつるが髪をかすめる
- 蚊など虫に刺される
- ヘビが自分の足のそばや上を通り過ぎているため、あえて一歩も動かない
- 景色を見るために階段や壁をのぼり、岩だらけの突き出た箇所に腰を下ろす

い

いせき｜遺跡

❶ 物語が展開する状況や出来事
- 超自然現象に遭遇する（何かを見たり耳にする）
- 迷路のような遺跡の中で迷子になる
- 壁や屋根が崩落して、怪我をしたり閉じ込められる
- 毒を持つクモやヘビに噛まれる
- 遺跡にまつわる迷信から、ガイドが中に入りたがらない
- 未だに機能する罠が仕掛けられた秘密の部屋や寝室に思いがけず入り込む
- （怪我、病気、食糧不足から）助けが必要な状況だが、人の住む場所から遠く離れている
- 懐中電灯の電池が切れる
- ひどい嵐や鉄砲水によって地面が柔らかくなり、石が動く
- 陥没した穴や倒壊しそうな岩棚などの危険が隠れている
- 鳴き声が聴こえ、自分が動物に追われていることに気づく
- 自分はこの場に留まって探索したいが、仲間たちは帰りたがっている
- バスが到着してあたりは観光客で埋め尽くされ、穏やかで静かなひと時が台無しになる
- 岩棚から転落する、もしくは階段で滑って転ぶ
- 太陽の光で体温が高くなりすぎる
- 乗り物のなんらかの故障のために、（動物など）夜間の危険が多く潜む遺跡に一晩留まらなければならなくなる

❷ 登場人物
- 考古学者
- ハイキングに来る人々
- 歴史マニア
- 先祖らに敬意を表すため、もしくは祈りを捧げるために遺跡を訪れる地元の人々
- 観光客

設定の注意点とヒント
遺跡というのはかたちも規模もさまざまであり、地上にも地下にも存在する。気候は遺跡の様子に大きな影響を与え、そこで育つ植物や、遺跡が劣化していく速度、周囲に見られる動物の種類などを左右する。遺跡が観光スポットである場合、観光客やガイド、それに土地開拓の専門家の姿が見られ、ロープを張って人の立ち入りを禁じているエリアもあるはずだ。一方で都市部から離れていたり、まだ発見されていない遺跡の場合なら、一般的に岩屑の土壌のままであるがために、草木が繁茂した一帯では開けた道を見つけるのは難しいだろう。

例文
太陽がアンコール・ワットの上に昇った瞬間、ローレンは崇めるようにハッと息をのんだ。何百という石の寺院や通路、階段、像を誇る巨大な廃墟と化した都市が、まるで神を称賛する手のように起き上がったのだ。両脇にはヤシの木や熱帯雨林が押し寄せ、石を奪還するかのように引っ張っている。一方で、遺跡を囲む堀はオレンジとピンク色でかすかに光っていた。マラリアを運ぶ蚊が彼女の周りをブンブン飛んでいたが、長袖の上着を羽織った身としては、少しも気にならなかった。あと1時間もすれば、蚊は木陰を求めて立ち去るだろうし、彼女は丸石の橋を渡り、自分を取り囲む数々の仏像の微笑みを浴びるのだ。ここに来るまで12年もの歳月がかかったけれど、いくつもの障害を乗り越えて、とうとう辿り着くことができた。

使われている技法
対比、多感覚的描写、直喩

得られる効果
登場人物の特徴づけ、背景の示唆、感情の強化

郊外編 基礎設定

田舎道
[英 Country Road]

関連しうる設定
郊外編 ── 家畜小屋、農場、農産物直売会、草原、牧草地、牧場
都市編 ── 古い小型トラック

👁 見えるもの
- 砂利道や日差しで乾ききった道路
- 遮るものがいっさいない広い土地
- 有刺鉄線が張り巡らされたフェンス
- 雑草でほとんど見えなくなっている、傾いた白い距離標識
- 路肩や用水路に生える草
- 牧草地で育つ収穫物（頬髭のような大麦、黄色い菜の花、チモシー乾草の背の高い茎、刈り取った畑に置いてある収穫した丸い干し草の俵）
- 草を食べる畜牛
- 休閑地に点在するみすぼらしい低木の茂みや発育不良の木々
- 道路沿いに散らばる割れたガラス
- 以前発生した事故で破砕したタイヤやプラスチック製のライトカバー
- 煙草の吸い殻やビールの缶
- かたまって生えるタンポポやエノコログサ
- 上空を飛んでいる鳥（タカ、ワシ、ハヤブサ）
- 車に轢かれた動物の死骸
- 道路脇に集うハゲタカ
- たくましい野草
- 野原で忘れ去られ、朽ちかけた小屋や納屋
- フェンスの支柱に留まるカラスやワタリガラス
- 筋状の雲
- 明るい太陽と青い空
- 頭上を飛んでいく飛行機
- ときどき通り過ぎる車
- 通ったあとにほこりをまき散らすトラクター

👂 聴こえるもの
- 野草や農作物の間を「パタパタ」と通り抜ける風の音
- コオロギやキリギリス、バッタ、イナゴなどの鳴き声
- 猛禽類の鳴き声
- 雑草の間をネズミやトカゲが「カサカサ」とすばやく進む
- ブーツの下で砂利がこすれる音
- トラックが轟音を立てて接近する
- 舗道に「パタパタ」と打ちつける雨
- 「ゴロゴロ」と雷が鳴る
- 暴風雨のあとで用水路を「ポツポツ」「ゴボゴボ」と水が流れる
- 遠くでトラクターが「カタカタ」と音を立てる

👃 匂い
- 熱い舗道や舗装のタール
- 乾いた草
- ほこり
- 車に撥ねられた動物の死骸から漂う腐敗臭
- 花を咲かせた雑草や付近の農作物
- 畜牛の堆肥
- 混じりけのない空気

👅 味
- 歩きながら噛む甘い草の茎
- ペットボトルに入った水
- 乾いた口
- ほこり

✋ 質感とそこから受ける感覚
- 手に持った小石がよどみなく跳ねる
- 薄い靴の底をつついてくる砂利
- 野原を横切ったり用水路を歩いているときに足に優しく当たる草
- 成長した作物の先端が手に当たりムズムズする
- 首が陽に焼けてチクチク痛む
- ズボンについた草のとげを払うときに手がチクッと痛む
- アスファルトから次々と立ち上る熱
- ほこりが喉に入り咳をする
- 服や髪が汗に濡れる
- 足や靴がほこりで覆われる
- 顔の周りを飛び回るブヨ
- 太陽の熱が頭に降り注ぐ
- そよ風が首もとや眉のあたりの髪を揺らす
- 馬の温かな横腹を軽く叩く
- 手のひらに置いた草を馬が食べるときに、ひげのある顎があたってチクチクする
- 帰宅の際に肩に掛けるリュックや上着の重み

❗ 物語が展開する状況や出来事
- タイヤの故障やパンク
- 道路を横切る動物を自分の車で撥ねる
- 人里離れた場所で迷子になる
- 脱水症状を引き起こす
- 怪しげな大人から乗せていくよと声をかけられる
- あたりに何もない場所で悪天候に見舞われる
- 煙草のポイ捨てによって草地が火事になる
- 車に轢かれたがまだ息のある動物に遭遇する
- 故障が発生するが、人里離れた場所で携帯電話がなかっ

いなかみち ― 田舎道

たり圏外だったりする
- 歩いている途中で野生動物に遭遇する
- 野原を横切っていたところ、その土地を守る雄牛の存在に気づく

登場人物
- 農場主
- 地元の人
- 道に迷い近道を探す観光客

設定の注意点とヒント
実在の場所を設定として起用する際は、その地域で自然に見られる収穫物や動物の種類を調べておくといい。また、植物の生育期も考慮しよう。作物を刈り取って青々とした緑が広がる春の畑と、秋の明るい紅葉とでは場面の景色が違ったものになるはずだ。さらに、気候や場所によっても感覚的なディテールに違いが生じるだろう。

例文
タイヤが砂利を踏みつける中、私たちの車はオールド・レッド・ミル・ロードを走っていた。というのも、こんな横木のフェンスと乳牛の牧草地がある場所には場違いな光を真っ暗な夜空に発見し、奇妙なすすり泣きを耳にしたという人々が二晩続けて現れたからだ。車のヘッドライトが狭い道を照らす中、ふと用水路に2つの点滅する光が見えた。メアリーと私は途端に叫び声を上げ、ジムがブレーキを踏むと、驚いたメスのシカと斑点のある子鹿たちがいっせいに道路を横切っていく。私たちは思わず爆笑した。こんな夜遅くに、くだらない噂の真相を追って場違いにもこんなところにいるのは私たちの方だ。

使われている技法
光と影、多感覚的描写

得られる効果
背景の示唆、感情の強化

郊外編 基礎設定

居間
〔英 Living Room〕

関連しうる設定
地下室、台所、男の隠れ家

◉ 見えるもの
- カラフルなクッションが置かれたソファ
- 台に設置された、もしくは壁に取りつけられたテレビ
- ランプやコースターが置かれたサイドテーブル
- 飾り枠のついた暖炉
- リクライニングチェア
- 床の一画に敷かれたじゅうたん
- 壁にかけられた写真やアート
- 作りつけられた本棚
- 散乱した玩具
- 脱ぎ捨てられた靴やスリッパ
- コーヒーテーブル
- ソファの背面に折り畳んで置いてあるブランケット
- テーブルの上の半分空になったグラスや飲料缶
- 光を遮るためにカーテンやブラインドが取りつけられた窓
- 自然植物や人工植物
- 壁や天井内に設置されたスピーカー
- 娯楽用品を置いたテレビ周辺の棚（CDや映像ディスク、ボードゲーム、リモコン、予備のコースター、DVDプレーヤー、ゲーム機器、ステレオ機器など）
- 住人の趣味に合わせた装飾（花瓶、小物、額に入った写真、家族写真、アート、香りつきキャンドル、模様が施されたボウルなど）
- 興味を喚起したり価値を示唆するようなユニークで珍しい品物（家族の遺灰が入った骨壺、戦死した兵士の葬儀で引き取った額入りの旗、ガラスの下にある化石やジオードの見本、あちこちの国で買ってきた仮面、トロフィーやメダル、陶器のフクロウのコレクション）
- 電子書籍リーダーや文庫本
- 犬用ベッド
- 雑誌の山
- 糸と半分完成した作品が入った編み物カゴ

◉ 聴こえるもの
- テレビから聴こえてくる音声
- コンポやステレオから流れる音楽
- リクライニングチェアを倒したり戻すときのきしみ
- 誰かがソファに倒れ込むときの押しつぶすような音
- 人々の話し声や笑い声
- 家族の口論
- 別の部屋からくぐもって聴こえてくる会話
- 台所の音（「カチャン」と鳴る食器、調理、冷蔵庫の扉が閉まる）
- 電話が鳴る
- 硬材の床を歩く重い足音、もしくは柔らかなカーペットの上をこするような足音
- 屋根に打ちつける雨
- 開け放たれた窓から入り込む外の音（裏庭で遊ぶ子どもたち、芝刈り機、バタンと閉まる車のドア、車両の往来、回転するスプリンクラー、互いに声をかけ合う隣人、鳥の鳴き声）
- 玄関のチャイムが鳴り、犬が反応して吠える
- 電気が「パチン」とつく
- 本や雑誌がページを捲るときに「サラサラ」と音を立てる
- エアコンや暖房器具が「ドン」と音を立てる
- 通り抜けて行く風によって紙類が「カサカサ」と鳴る

◉ 匂い
- 台所で作られている料理
- 雨
- 暖炉で燃える火
- 煙草の煙
- コロンや香水
- カビ臭い室内の装飾品
- 外に出さなければならないゴミ
- 汗だくの子どもたち
- 淀んだ空気
- 古いカーペット
- 濡れた犬

◉ 味
- テレビの前で食べる料理
- テイクアウトの料理
- パーティーの料理（前菜、ピザ、鶏の手羽先、野菜の盛り合わせ、誕生日ケーキ、チップスとサルサソース、デザートなど）
- 飲み物（水、ソーダ、アルコール飲料、ジュース、紅茶、コーヒーなど）

◉ 質感とそこから受ける感覚
- 滑らかなソファの表面
- 肌にくっつく安物の革
- 柔らかいリクライニングチェアに沈み込む
- 膝にかけた毛羽立ったブランケット
- 暖炉の火の暖かさ
- 暗い中手探りでリモコンのボタンを探す

いま ― 居間

- 暖炉を囲うでこぼこした石
- 足元のツルツルした床や豪華なカーペット
- ファンの風や窓の外から入ってくるそよ風が肌をかすめる
- 落ちていたブロックや犬の玩具を誤って踏みつけたときの痛み
- 足の上に置かれた犬の頭の心地よい重み
- 膝の上で喉を鳴らす猫
- リクライニングチェアを倒すために背中を椅子に押しつける
- 冷たい水の入ったグラスに付着している水滴
- 手に持つ温かいマグカップ
- コーヒーやホットココアの湯気を吸い込む

❶ 物語が展開する状況や出来事
- 家族の間に生じる緊張感
- 強盗
- 大事なものを置く場所を間違える（鍵、財布、リモコン、携帯）
- どのテレビ番組を観るかで口論になる
- 大家族には狭すぎる居間
- 客が来たにもかかわらず、座るスペースが足りない
- 子どもたちが大騒ぎをしていろんなものをひっくり返す
- 客や親類が長居をする
- カーペットやソファに何かをこぼす
- 電話で悪い知らせを受ける
- 酔った客がグラスの赤ワインをこぼし、カーペットにシミをつける
- 吹雪や猛暑の中、停電が発生する
- 居間が散らかっているときに隣人らが突然やって来る
- 客をもてなすものの、彼らが連れて来た犬や猫がカーペットに小便をしたことが発覚する

❷ 登場人物
- 工事業者や修理工
- 家族や友人
- 客
- 隣人
- 家の所有者

設定の注意点とヒント
家の居間は各家庭によって用途が異なる場所だろう。たとえば、家族が集まって時間を過ごすために利用する家族もいれば、ゲストをもてなすための客間として利用する家族もいるはずだ。さらには、子どものためのレクリエーション室や大人のための隠れ家として、各自のために複数の居間を確保しているかもしれない。居間の用途と、誰が主にそこを利用するのかを把握しておけば、住人の造形とその親密な人間関係を示すことで、居間を特徴づけることができるだろう。

例文
2月の風がぼろい窓をガタガタ揺らし、窓枠に冷たい雪を吹き飛ばしてくる。僕は薄い壁から寒さが忍び寄ってくるのを感じた。ステイシーの体が軽く触れる。彼女は両足を抱え込み、使い古したブランケットを肩のまわりにきつく巻いた。その肩に腕を回そうと体を動かすと、擦り切れたソファはたるみ、ギーギーと音を立てる。髪に鼻をうずめる僕にすばやくキスをして、彼女は再び答案の採点作業に戻った。コーヒーをすすりながら、幾分暖かくなったように感じる――飲み物のおかげか、ステイシーがそばにいるおかげかはわからない。ため息をつくと、僕は文庫本を開いた。春になれば気候も暖かくなるだけでなく、給料も上がってもっといい場所に住めるようになるかもしれない。

使われている技法
対比、季節

得られる効果
背景の示唆

埋め立てゴミ処理場
〔英 Landfill〕

👁 見えるもの
- ゴミの山（袋、壊れた家具、コンクリートの破片、ワイヤー、歩道用レンガ、壊れた玩具や人形、空の缶やボトル、使用済みのおむつ、古い服、段ボール箱や商品の箱、ホース、壊れた子ども用のビニールプールや遊具、庭の刈り取った草、車のパーツ）
- 積載物をゴミの山に捨てる収集車
- 穴の中にゴミを押し込んでいくショベルカー
- ゴミの山の間をうねるように走る通路
- 水路に水を注ぎ込む排水管
- 雨水調整池
- 地面に飛び出た白いメタンを抜くパイプ
- ゴミを圧縮するために周りを走っているコンパクタ
- ほこりを巻き上げている車両
- 車両が近づいてくると飛び立つ、ゴミをあさっているカモメの群れ
- クレーンやその他の重機
- 埋め立て地の一部を覆う防水シート
- 草が生えた区域
- トラックスケール
- 囲われた窓口
- 仕分け作業を行う場所（化学廃棄物、ゴムタイヤ、電子機器および重金属製品、電池、電球形の蛍光灯、アルミニウム、プロパンガスボンベ、その他有害なもの）
- 地域住民が自宅のゴミを持参して直接捨てることのできる投棄場所

👂 聴こえるもの
- 車のバックモニターが「ピーピー」と鳴る
- ディーゼルエンジンが鈍い爆発音を立てて動く
- 重機が「ゴロゴロ」とうなり声を上げて稼働しだす
- コンパクタやブルドーザーの鋲付き金属製車輪に踏まれたガラスの破裂音や破壊音
- 金属を仕分けるコンテナの中に重いゴミが一気に落とされる音
- 整地を行う機械の刃が地面を引っかく音
- 騒音に被せて作業員が大声で話す
- 「キィキィ」と金属同士がこすれる音
- プラスチックが潰されて砕かれる音
- 鳥の群れの鳴き声
- 小さな動物たちがゴミをあさってすばやく駆け回る音
- ダンプカーが「ゴロゴロ」と音を立てる
- トラックの荷台のドアが「カチャカチャ」と音を立てて積んできたゴミを落とす
- 下り坂を「チョロチョロ」と流れる水の音

👃 匂い
- 腐った食べ物
- さび
- ほこりや泥
- 日光に照らされた熱いプラスチック
- 悪臭を放つ肉
- 朽ちたものや枯れ葉
- 排ガス
- ガソリンや化学薬品

👅 味
- 設定の中には、登場人物がその場面に持ち込むもの（チューインガム、コーヒー、煙草といったもの）以外に関連する味覚というものが特にない場合もある。特定の味覚がほとんど登場しないこのような場面では、ほかの4つの感覚を用いた描写に専念するのがよいだろう。

✋ 質感とそこから受ける感覚
- 運転する重機の振動
- 分厚い手袋
- 重たい作業用長靴
- 足元のでこぼこした地面
- 風に吹かれたゴミがズボンを履いた足に当たる
- 車両から重い袋や箱を持ち上げて、仕分け作業台に置く
- 重機が付近を通り過ぎるときに地面からガタガタした感覚が湧き上がってくる
- ゴミがあちこちへ動かされるときに足元の地面が揺れる
- 誤って切り傷を負う
- 舞い上がった土やほこりが渦を巻いて顔に付着する
- 照りつける熱い太陽
- 眉の上でこすれる重たい安全ヘルメット

⚡ 物語が展開する状況や出来事
- エアゾール缶の爆発によって火事が起きたり負傷者が出る
- コンパクタやブルドーザーがゴミの山の端に近づきすぎてひっくり返る
- 化学薬品が地下水に流れ込む

うめたてごみしょりじょう | 埋め立てゴミ処理場

- 歩いている最中に滑り、傾斜状に積んであるゴミの山を転がり落ちる
- ゴミの山の中に死体を発見する
- 作業機械に轢かれる
- ゴミの処理方法が不適切だったために、病気がまん延する
- 有毒ガスを吸い込む
- 埋め立てゴミ処理場で働いていることを恥じている
- 自分はもっと成し遂げられるとかもっとほかのことができると願い、満たされない気持ちを抱えている
- ここにあってはならないものを見つける(医療廃棄物、鉛入りの塗料缶)
- ゴミが不適切な方法で処理されていることを知るが、それを告発して自分の職を失いたくない

登場人物
- 産業廃棄物を捨てに来る建築請負業者
- 埋め立てゴミ処理場の従業員(管理人、機械オペレーター、検査官、経営者、安全管理者)
- 少量の家庭ゴミを捨てに来る人々

設定の注意点とヒント
埋め立てゴミ処理場は、その処理の過程が市民の目に触れることがないよう、大きな丘のそばに建てられていることが多い。埋め立て処理には本来そぐわないゴミについての仕分け施設や、リサイクル品集積施設が併設されていることも多い。しかし人は誰もがリサイクルに積極的なわけではない。それゆえに、埋め立てゴミ処理場ではしばしばそこに投棄されることがふさわしいわけではない廃棄物も含有している。

地方自治体のゴミは処理施設や特定の投棄場所に持ち込まれるが、家庭ゴミの投棄場所(単一の車両がそれぞれの家庭で出たゴミを積んでくる)はまた別に設定されている。ゴミは山積みにされたあと、さらに次の分を積むことができるように圧縮される。

例文
ジェイクはゆっくりと丘を登った。手に持っている枝で地面を突つき、ちらっと目に留まった光るものを掘り出してみると、曲がった銅線が姿を現した。それを肩にかけた麻の袋に仕舞い込み、足元に気をつけながらさらにゴミあさりを続ける。地面はしっかりと固められているものの、下には何が眠っているかわからない。一歩踏み込んだ途端に、壊れたコンクリートブロックや薄い複写用紙などが顔を出す。埋め立てゴミ処理場に隠されているものには驚かされるばかりである。ふと、遠くからゴロゴロと聴こえてくる振動が、履きつぶした靴底を通して伝わってきた。トラックが轟音を立ててやって来たのを受けて、ジェイクは斜面を滑り降りると一番近くの丘に隠れた。

使われている技法
象徴

得られる効果
登場人物の特徴づけ

郊外編 基礎設定

裏庭
〔英 Backyard〕

関連しうる設定
誕生日パーティー、庭園、野外トイレ、テラス、物置き小屋、ツリーハウス、家庭菜園、工房

◎ 見えるもの
- きらきら輝く露に濡れた芝生
- 屋根にひさしがついた犬小屋
- ピカピカの真っ赤なブランコと同じ色の滑り台
- ナラやカシワの大木の高い枝に取りつけられたツリーハウス
- スプリンクラーから送られる水を噴きだしながら、芝生の上をくねって進む緑のホース
- パステルカラーの花を豊富に咲かせた野バラ
- 花壇にぽつぽつと置かれた日に焼けたノーム人形や色づけられた石
- 光を浴びる装飾的な庭用ランプや手吹きガラス
- 芝生から顔を出すタンポポやクローバー
- 庭の奥にある小屋
- 地面に木陰を作る木々
- チョウ
- 蚊
- ハエ
- クモの巣
- 濡れた土の中のミミズ
- 木の葉を這うテントウムシ
- フェンスに立てかけられた玩具や自転車
- 裏口
- コンクリートの歩道を這って横切るアリ
- 犬用の噛むおもちゃや犬の小便で枯れた芝生の一部
- 椅子が置かれたテラス
- バーベキューの火によって揺らめく空気や漂う煙
- 野外炉
- 2本の木につながれたハンモック
- シダ
- 明るいピンク色の花を咲かせたシャクヤクの茂み
- アメフトのボールを投げたり犬を追いかける子どもたち
- 鮮やかな色の花で埋め尽くされた装飾のある鉢
- 地続きの隣家の庭から、フェンスの板を越えて入ってきた白いヒナギク
- ナラやカシワの太い木に吊るされた一台のタイヤブランコ
- プール（地中埋め込み型プール、地上浴槽型プール、子ども用のビニールプール）
- 水浴び場でしぶきを飛ばし、木々の間の巣に出入りする鳥
- 大雨の影響で芝生に生えてきたキノコ群
- フェンスに沿って走るリス
- ひと続きに飾られたテラスの装飾的なライト
- 木の柱に吊るされた餌台
- トランポリンや砂場
- マツやトウヒの木の下の芝生に散らばる松ぼっくり
- 空中を舞うタンポポの綿毛

◎ 聴こえるもの
- キリギリスやコオロギの鳴き声
- 蚊が「ブーン」と飛ぶ
- ハエの羽音
- 隣家の庭から聴こえるラジオの音楽
- スプリンクラーの間を駆け抜ける子どもたちの笑い声や叫び声
- 「ブンブン」と飛ぶハチ
- そよ風による葉のざわめき
- 通りを走り抜ける車の音
- ドアの「バタン」と閉まる音
- 隣家の夫婦の口論
- 遠くから聴こえる家の修繕音
- ビール瓶のぶつかりあう「カチャカチャ」という音
- リスの鳴き声
- スズメバチが花の茂みの周囲を「ブーン」と飛び回る
- 近くの小川のせせらぎ
- カエルの「ゲロゲロ」という鳴き声
- 歩道をビーチサンダルで「ペタペタ」と歩く音
- ホースから「シューッ」と水が出る音

◎ 匂い
- 刈りたての芝生や新緑のさっぱりした匂い
- 新鮮な花（満開のライラック、バラ、スイートピーのつる）の香り
- バーベキューの焦げた匂い
- 焚火台から漂う煙
- 雨
- ココナッツの香りの日焼け止めやタンニングローション
- 汗
- ほこり
- 犬の糞

◎ 味
- 甘い桃やスイカ
- 発酵した冷たいビール
- 甘いBBQソースやマリネードと絡めた、焦げて苦みのある肉
- 酸っぱいレモネード
- アイスティー
- 口内がしびれそうなアイスキャンディーの冷たさ

うらにわ — 裏庭

- ホースから出る生温い水

質感とそこから受ける感覚
- 腕を伝うアイスキャンディーの汁
- ざらついた犬の毛
- トランポリンを跳んだときに額にあたる前髪
- べとつく汗
- 裏口の硬い階段に座る感触
- チクチクする足元の芝生
- 虫が腕を這ってくすぐったい
- 頬にあたる太陽の光
- 芝生に埋まった尖った石
- 夏の暑さで背中に貼りつく服
- 太陽が沈んだあとの肌寒さ
- バラの花びらのビロードのような滑らかさ
- 暑い日にホースから浴びる水しぶき
- 指に貼りつく冷たい庭の土

物語が展開する状況や出来事
- 詮索好きで覗き見してくる隣人
- 土地に関する争い（隣家の木が自分の家の庭に腐った果物を落とす、自分の敷地をフェンスが侵している）
- ゴミ屋敷に住んでいる、もしくは隣家がゴミ屋敷
- 一晩中続く大音量のパーティー
- フェンスや小屋が崩壊している
- 木が嵐で被害を受ける
- 安全とはいえないツリーハウス
- 隣家の子どもがツリーハウスから落ちて怪我を負う
- フェンスを通り抜ける動物
- 窓のそばに、家族のものではない足跡を見つける
- 子どもの誕生日パーティーの最中に、開いていた門からペットが逃げだす

登場人物
- 友人や隣人
- ガスや電気の検針員
- パーティーのゲスト
- 土地所有者とその家族
- 不審者

設定の注意点とヒント
裏庭では、気候と場所とが大きな要素となる。緑の草木にふさわしいところもあれば、もっと乾燥していて耐寒性のある植物しか育たないところもあるだろう。裏庭はたいていその所有者を反映しているものだ。よく手入れされた庭なら、そこに暮らす人々は安定した生活を送り、外で過ごすことを楽しみ、自分の家に誇りを持っていることが伺える。反対に、不完全な状態であったり草が伸び放題の放置された庭なら、そこに暮らす人々は家の外に中と同じだけの価値を見い出していないか、もしくはなんらかの理由で良い状態を維持することができないのだろう。裏庭を社交的な活動や家族で過ごすための場所とする人もいれば、壊れた家庭用品や未完成の作品を廃棄するゴミ置き場にしてしまう人もいる。裏庭は家に暮らす人物を特徴づけ、場面の雰囲気を設定するためのものとして活用してみよう。

例文
次に鬼を任せる子を探しながら、ミアの懐中電灯はあちこちを照らし、ライトセーバーみたいに暗闇を切りつける。低くぶら下がっている枝に当たって頭から浮いたパーティーの帽子を、彼女は外すことにした。そのひもがあまりにも大きな音を立てたので、あじさいの近くから聴こえてくるクスクスという笑い声を危うく聴き逃してしまうところだった。懐中電灯を消すと、ミアは一匹の蚊をぴしゃりと叩き、芝生をゆっくりと這いながら進んでいく。のっぽの花の茂みに近づいた彼女は、クスクスという自分の笑い声を抑えようと、口元に手をぎゅっと押しつけた。

使われている技法
多感覚的描写、直喩

得られる効果
感情の強化

男の隠れ家
〔英 Man Cave〕

関連しうる設定
浴室、居間

👁 見えるもの
- スポーツ関連の品々（壁に飾られたチームジャージ、サイン入りポスター、チームのロゴ入りグラス、サイン入りボールやその他のコレクション）
- ビール用冷蔵庫
- 大画面テレビ（または複数台のテレビ）の前にあるリクライニングチェア
- コーヒーテーブルの上のビール用コースターとポテトチップスの入ったボウル
- ダーツボード
- ネオンサイン（チームのロゴやビールの銘柄）
- ポーカー用テーブル（積まれたポーカーチップ、トランプ、カードシャッフル機、椅子、安物の煙草から上がる煙、手の届くところに置かれたハイボールのグラスやビール瓶）
- 照明の明るさを調節するスイッチ
- 試合観戦の日に大勢で座ることができる革製ソファ
- ミニバー
- ポップコーンメーカー
- 壁に掲げられた「男性的」なサインプレート（「隠れ家はこちら」「〇〇チームのファン歓迎」「ハーレイがある場所こそ我が家だ」）
- 棚に置かれたトロフィー
- 壁に取りつけられた動物の頭部
- 銃がしまわれ施錠されたキャビネット
- 部屋の主がさまざまな趣味に興じている様子の額入り写真（釣り、狩猟、友人とのキャンプ、ゴールの瞬間）
- 脚つきのテーブルゲーム（サッカー、ホッケー、卓球、ビリヤード）

🔊 聴こえるもの
- チャイムが鳴る
- 客が来たときのドアの開閉音
- スポーツ実況者がテレビでコメントする声
- 試合開始に伴う騒々しい拍手
- 審判の判断に歓声を上げたり批判する男たちの声
- 積み重ねられるときに「カチッ」と鳴るポーカーチップ
- トランプを切る音
- 笑い声
- 悪態
- 軽いノリの言い合い
- ハイボールのグラスの側面に氷が当たる音
- 缶ビールが「プシュッ」と開く
- 古いリクライニングチェアを倒すときのきしみ
- 革張りが「キィ」とこすれる音
- げっぷ
- ポテトチップスの袋が「カサカサ」と鳴る
- ネオンサインが「ブンブン」と鳴る
- ミニバーの扉を軽く「ダンッ」と閉める
- 笛などの音の出るもの
- 携帯の着信音
- 飲み干したショットグラスをコーヒーテーブルに「ダンッ」と置く音

👃 匂い
- 酵母香るビール

- 汗
- 揚げ物
- ポテトチップス
- 革
- 屁

👅 味
- アルコール
- ビール
- 炭酸
- 栄養ドリンク
- プレッツェル
- ペパロニ
- 裂いた豚肉をBBQソースで味付けしたサンドイッチ
- ポップコーン
- アメリカンドッグや鶏の手羽先のような、油をたっぷり使ったスナック
- ピザ
- チップスとディップ
- 嚙み煙草
- 葉巻

✋ 質感とそこから受ける感覚
- パッドがしっかり入ったリクライニングチェアのクッションの弾力
- 腕に当たるポーカーテーブルのフェルトの端
- バランスをとってスツールに腰掛ける
- きつく閉められた瓶のキャップと格闘する
- 葉巻の煙で目が痛くなる
- 喉をヒリヒリさせる辛い料理
- 手に持った冷たいグラス
- ポーカーチップの波状のへり
- ツルツルしたトランプ
- テレビのリモコンの凹凸があるボタン
- 食べ物をのせた皿の重み

おとこのかくれが — 男の隠れ家

- 尖ったダーツ
- 手づかみで料理を食べてべとつく指
- ぎゅうぎゅうのソファで肩が触れ合う
- こぼれたポップコーンやポテトチップスを踏みつける

❶ 物語が展開する状況や出来事
- 応援するチームについての張り合いが行き過ぎて手に負えなくなる
- 飲み過ぎる人々
- ダーツが逸れて壁や家具を傷つける
- 自分の私生活についてブツブツと不満を言ったり訴えたりするのを家族に立ち聞きされる
- 食べ物や飲み物によって部屋が汚くなる、もしくはシミができる
- 友人のある発言によって、その人物に対する見方が変わる
- 集まりに誘っていない友人がやって来たために、仲間に入れなければならないような気になる
- 政治やほかの問題について口論する
- 誰かが持っていた葉巻が振り落とされて、カーペットが燃えて穴が開く
- 浮気に関する話になり、発覚した内容について心の中で葛藤が生じる

🄰 登場人物
- 家族
- 野郎たちとその友人

設定の注意点とヒント
男の隠れ家は、地下室や屋根裏、未使用の寝室、改装したガレージ、裏庭の小屋といった、実にさまざまな場所につくられる。その規模も割り当てられるスペースによってさまざまで、どこまでも広がるかのように大きなところもあれば、狭いながらくつろげる空間もある。また男の隠れ家は必ずしもスポーツばかりでなく、たとえば狩猟、釣り、車、バイク、飛行機といった所有者の趣味を反映したものになることを忘れないでおくべきだ。寝室と同様に隠れ家も、人物のいろんな関心事が入り交じった様子を示す部屋になるはずである。

例文
旦那とその友人がアイスホッケーの試合を観ている中、アンナはコーヒーテーブルにナチョスをのせたトレイを運んだ。2人は礼を呟くと、ベトベトしたそれを洞窟のような口にかき込みはじめる。彼女が上に戻ろうとしたとき、まるで暗黙の了解でもあるかのように、2人がゆっくりソファから立ち上がった。テレビでは、アイランダーズのフォワードがミネソタのゴールに向かって滑っている。ボブとマイクは半分座り半分立った状態で、手はチップスを口元に持っていく途中のまま固まっていた。ゴールキーパーの足の間をパックが勢いよく入っていく。ブザーが鳴ると、2人は飛び上がって歓声を上げ、互いの背中をビシバシ叩き合い、チップスのかけらの雨がカーペットの上に降り注いだ。顔をしかめて、アンナは上階に向かった。《まったく、男っていうのは。》

使われている技法
多感覚的描写

得られる効果
登場人物の特徴づけ

郊外編 基礎設定 お

温室
〔英 Greenhouse〕

関連しうる設定
裏庭、庭園、物置き小屋、家庭菜園

👁 見えるもの
- 木製の枠にガラスやビニールシートを取りつけた構造
- ワイヤーラックの上に置かれ新芽が顔を出している発芽用のトレイ
- さまざまな鉢が置かれた棚
- 地面よりもやや高くつくられた上げ床花壇
- ハーブ（バジル、タイム、パセリ、ディル、タラゴン）
- 鉢植え用の土がパラパラと付着した木製の台
- 深鉢や長さのある容器（トマト、キュウリ、カボチャ、ピーマン、ズッキーニなどを育てるため）
- じょうろ
- イチゴやチェリートマトの入った吊り下げ式のカゴ
- 移植ゴテ
- バケツに入っている抜いた雑草
- 肥料
- ビニールの上を這うミバエやクモ
- 透明な屋根から太陽の光が差し込み、壁の水滴を照らす
- 種子の見分けをつけるために鉢に突き刺された名札
- ズッキーニの黄色と白の花
- 堆肥の入った袋
- 釘に掛けられたミニサイズのほうきとちりとり
- 収穫した野菜がいっぱい入った銀のボウル
- 土に沿って絡み合うつる
- ビニールの壁を圧迫する幅の広い緑の葉
- 温度計
- ぐるぐる巻きにされたホース
- 木製または金属製のテーブルに置かれた、土で汚れたガーデニング用手袋
- 湿度を上昇させるために置かれた、バケツに入った水
- 種の袋がいっぱい入った容器
- 汚れたコンクリートの床についた水跡
- 満開の花
- アブラムシやテントウムシ

👂 聴こえるもの
- 温室の屋根や壁に「ポツポツ」と当たる雨
- ホースから出る霧雨の音
- ハエが「ブーン」と飛ぶ
- 壁を揺らしたりビニールを「パタパタ」とはためかせる風
- 「チョキン」と鳴るはさみ
- 踏むと「カサカサ」と音を立てる枯れ葉
- 枝が「パチン」と切断される
- 屋外の音（木々の間を吹く風、鳥の鳴き声、庭で遊ぶ子どもたち、コオロギの鳴き声、「ブンブン」と飛ぶハエ）
- 移植のために鉢を台に「トントン」と当てて中の植物をほぐす音
- 水をたっぷり入れたじょうろを地面に「ドスン」と置く
- 「ポタポタ」と水の滴るホース
- テラコッタの鉢の中を移植ゴテがこする音
- 鉢植え用の土を容器に注ぎ込む音

👃 匂い
- 新鮮で鼻にツンとくるトマトのつる
- 澄んだ良い香りの甘いハーブ（バジル、タラゴン、セージ、コリアンダー）
- 日光で温まった土
- 湿った土壌
- 建物のカビ
- ムッとする空気
- 新鮮な花

👅 味
- レタス
- トマト
- 採りたてのベリー
- 辛みのあるピーマン
- ジューシーなメロン
- カリッとした大根
- 歯ごたえのよいキュウリ

✋ 質感とそこから受ける感覚
- よく育ったカボチャの葉のチクチクする厚み
- 温かく濡れた土
- もろい肥料
- 粉末状の骨粉
- スベスベしたピーマン
- 肌にあたる湿った空気の暖かさ
- 指にくっつく土
- やや弾力のある熟したトマトの皮
- 園芸ばさみを手に持ったときの重み
- 葉から自分の肌に流れ落ちる水
- ノズルから水が漏れて、ガーデニング用手袋の中に水滴が染み込んでくる
- 水をいっぱい入れたじょうろの重み
- 素肌に軽く触れる葉
- 両手をすっぽり包む硬いガーデニング用手袋
- 乾燥して紙のような手触りの枯れ葉

おんしつ｜温室

- 鋭いとげ
- 小枝に突つかれる

❶ 物語が展開する状況や出来事
- ひょうを伴う嵐によって建物が被害を受ける、もしくは建物に穴が開く
- 害虫や、その他の破壊をもたらす有害生物
- 植物を熱しすぎる、もしくは水やりが不十分
- 温室に動物が侵入し、植物を掘り起こす
- 土壌の化学的構造を損なう肥料や化学製品を使う
- 晩霜で植物に被害が出る
- 例年になく暑い年で、植物が過熱気味

❷ 登場人物
- 家族
- ここで植物を育てる人々
- 所有者の休暇中に水やりを頼まれた隣人

設定の注意点とヒント
温室には、骨組みにビニールをかけたシンプルな構造のものも、日光が入り熱を閉じ込めることができるように、金属と厚いガラスや硬いビニールで建設されるものもある。より洗練された温室の場合、スプリンクラー装置、電気マット、送風機、植物育成ライト、タイマーで動くミスト装置、冷却システムなどを稼働するための電力を取り入れているかもしれない。また、商業用の温室であれば、あらゆる付属品を完備しているのはもちろんのこと、植物や設備を管理するスタッフもいるだろう。しかし、どんなタイプの温室にするかについての一番の決め手となるのは、そこを所有する登場人物だ。温室を簡素にするか手の込んだものにするかを決める前に、まずは登場人物が園芸についてどれくらい知識のある人物なのかを検討してみよう。場所も重要だ。ほとんどの温室は、植物を外に出す前に成長させる目的で使用されるが、なかには室内環境の方が成長に適しているため、そのまま温室に残される植物もある。また、こうした植物の中でハチの受粉を必要とするものがある場合（カボチャなど）には、所有者が直接それを行わなくてはならない。

例文
幾何学に対するグレンの愛は、彼の人生のどんな面にも影響を及ぼしており、この温室も例外ではなかった。たとえばマリーゴールドとパンジーは、奥の壁に沿って山形を形成し、上がり下がりを繰り返すように植えられている。太い豆のつるが絡みついているのは、ダイアモンド格子。サニーレタスは円形の鉢の中にしゃがんでおり、トマトはいくつもの長方形の苗床のど真ん中を行進していた。ホースは扇形に広げられたグレンのガーデニング用手袋のそばで、きっちりコイル状に束ねられている——果てはビニールシートの上に付着した水滴までもが、同調するように列を作っていた。こんなことを温室でやっている弟と、そんな弟のやり方に気づく私とでは、いったいどちらの方がオタクなのだろうかと思いつつ、私はニヤっと笑った。

使われている技法
擬人法

得られる効果
登場人物の特徴づけ

核シェルター
〔英 Bomb Shelter〕

関連しうる設定
災害用地下シェルター

👁 見えるもの
- 波形金属製の防爆キャップのついた、補強された昇降口（主要ハッチ、非常用ハッチ）
- 地下に降りるはしご
- シャワーと排水溝のある小さな除染スペース
- 主要な部屋へとつながる、内側から施錠するタイプの安全なハッチ
- ポンプ式や重力排水式の狭いトイレ
- いくつかの寝台
- 鍵のかかったキャビネットがある武器庫
- 弾薬や銃を磨く用具を入れた別の収納箱
- 床下の食糧や水を入れたロッカー
- 毛布や服が置かれた壁のくぼみ
- 椅子がある狭い居間
- 台所（シンク、戸棚、電子レンジ、冷蔵庫）
- ラジオ
- 私物用の引き出し
- 医薬品
- 太陽光や発電機で作動する蓄電池
- 波形の地味な金属壁
- 不使用時の省スペース用の折りたたみテーブルや椅子
- 缶詰や加工食品がたくさん置かれた棚
- 温度と湿度が調節された空気ろ過器
- 送風機
- 道具
- ロープ
- 深鍋や平鍋
- ゲーム
- 本
- トランプ
- テレビと映像再生機器
- 天井の照明
- 床や寝台で横になった人々
- 靴やブーツから剥がれて床に落ちている土の塊
- 泣いている子ども
- 人々の恐怖に満ちた表情
- 狭い部屋でひそひそと会話したり、周囲を行ったり来たりする人々
- 揺らめく照明

👂 聴こえるもの
- 反響した耳障りな声
- 床を歩く足音
- 金属缶が開封されたり動かされる音
- 「シューッ」と入り込む外気
- 「ゴボゴボ」と流れる水
- トイレの水を流す
- ハッチのドアが閉まるときの金属音と圧力による反響
- 「カチッ」と開けられる秘密の貯蔵庫
- 人の呼吸音
- ラジオ
- 泣きわめく子どもとそれをなだめる親の声
- 誰かが食糧と水の在庫を調べている音
- 「バタン」と音を立てる道具
- 「ブーン」という不規則な電力接続音

👃 匂い
- 籠った空気
- 金属
- ムッとする体臭や汗
- 食べ物
- 石鹸
- ガンオイルや火薬

👅 味
- パイプから流れる金属っぽい味の水
- ペットボトルの水
- 味のない加工食品
- 汗
- 歯を磨くことができないときの酸っぱい口内

✋ 質感とそこから受ける感覚
- でこぼこした波形の金属壁
- 眠るための薄いマットレスや硬い床
- 薄い毛布
- 冷たいブリキ缶
- 肌にこすれる汚れた服
- かゆみのある脂っぽい頭皮
- 靴やブーツを履いたままの熱い足
- シャワーやシンクでスポンジを使って体を洗うときの肌にかかる水しぶき
- 何度も読んだ本のページを捲る
- かつての外の世界を写した写真を眺めようと、光沢のある雑誌をパラパラ捲る
- その場で運動しながら床にあたる足
- 磨くために銃に布を走らせる
- 自分のライフル銃や拳銃を分解したり組み立てたりする
- 狭い空間に密集する人々
- 放送が入ることを願ってラジオのつまみをいじる

⚡ 物語が展開する状況や出来事
- 中にいる人々が閉所性の発熱症にかかる
- 食糧や水が底をつく
- 好きではない人々と閉鎖さ

郊外編　基礎設定

か

かくしえるたー ― 核シェルター

れた空間で過ごす
- いつハッチを開けるべきか、あるいはそもそも開けるべきか否かについて意見が分かれる
- ドアを開けることができない
- 医療処置が必要な深刻な病気
- 偏執病やPTSD
- 爆発や緊急事態によってシェルターが損害を受ける（通気ができない、密閉状態が破られる）

👥 登場人物
- （シェルターが軍のもので軍人が配置されている場合）軍関係者と一般市民
- 核シェルターの所有者およびその肉親
- 家族や近所の住民

設定の注意点とヒント
核シェルターはたいていの場合地下深くに設置され、生存に必要なものを完備して、特定の危険（空爆、化学的・生物学的・核の降下物）に耐えられるように補強されている。この項目に記したシェルターはプロの手で作られたものを想定しているが、照明、スペース、貯蔵庫、空気調節、ろ過作用が限られた、もっと急ごしらえで簡素な核シェルターも考えられる。シェルターは、金属、セメント、防水布、木材の支え、土を使って民間人（元軍人や工学を学んだ人物であることが多い）が建設し、一家族、またはもう少し多い人数を収容することができる。あるいは大人数の軍隊、または一般市民と軍人の両方を収容するために、軍が設計し建設することもある。

例文
小さな金属製のテーブルの下に無理矢理に体を押し込めて、フィオナは妹の髪を撫でながらそばにぎゅっと引き寄せた。爆発が起きるたびに室内は揺れ、すすだらけのレナの頬をさらなる涙が伝う。母は小さな丸窓のところに立って、分厚い円形のガラスから外に向かって懐中電灯を当てていた。その光線は爆発ごとにガクンと動き、しゃっくりをしながら泣きじゃくる彼女の声が、波形の屋根に大きく恐ろしく反響する。父はすぐあとから来ると約束したのに。いったいどこにいるのだろう？

使われている技法
多感覚的描写

得られる効果
伏線、感情の強化、緊張感と葛藤

郊外編 基礎設定

火災現場
〔英 House Fire〕

関連しうる設定
都市編 ― 救急車、居住禁止のアパート、消防署、荒廃したアパート

👁 見えるもの
- 天井まで立ち上り、ドアの下から外に流れだす煙
- すすけた黒に染まってうねる噴煙と化学物質の燃焼
- 壁を伝い天井にたちまち広がる炎
- カーテンに次々穴を開けていく一続きの火
- 波打つように床を広がる炎
- 破裂する窓
- 屋根の梁が崩れ落ちる
- 可燃性物質が爆発し、いっそう眩しく炎が光る
- 木材が焦げて黒くなる
- 室内を覆う煙のもや
- 気流の中を漂い渦巻く火花
- ゆっくりと下降する灰
- 泡立つ塗料
- ぼろぼろになったカーテンの破片
- 電気システムの一部（ワイヤー、電球、ソケット）がチカチカしてショートする
- あちこちが溶けたカーペット
- 縮んだり溶けたりしたプラスチック
- 曲がった木材
- 階段の手すりの格子が炎の柱になる
- 金属が非常に熱くなる
- 火の海に包まれる家具
- キャビネットが倒壊して火花が飛び散る
- 天井から落下する照明器具
- 苦しそうに息をしながら床を這う人々
- 酸素ボンベを背負った消防士
- 火の手に向かって水をかける
- 頑丈な消火ホース（水を噴霧し、水蒸気を作る、火を消す）
- プラスチックが溶けて火の滴になり、物体の表面を流れ落ちる
- 揺らめくオレンジ色の輝き
- 一面のもやの中を大股でやって来る、待ち望まれていた消防士のシルエット
- 木材や家具の残った黒こげの部分
- 粉々になったガラス

👂 聴こえるもの
- 「パチパチ」と鳴る炎
- 何かにすばやく火がついたときの「ブワッ」という音
- プラスチックが溶けて「シュー」と音を立てて水たまりに流れだす
- 木材が収縮するときのきしみ
- 助けを呼ぶ叫び声
- ガラスが割れる音
- 屋根が崩れ落ちる音
- 「ミシミシ」と鳴る床
- 中に閉じ込められた人による音や声（ドアを激しく叩く、窓の外に向かって叫ぶ、泣く、苦しそうに喘ぐ、咳が止まらない）
- ドアや階段が揺れる音
- 脚が焦げて短くなり、大きな音を立てて倒壊するテーブル
- 爆発するガラス
- 「シュー」や「キィ」といった音を立てながら液体が蒸気になる
- 消防士がドアを壊しガレキの中を「ドシドシ」と進む
- 液体の瓶が爆発する
- 火災警報機が響きわたる
- 外で鳴り響くサイレン
- 壁を切り開く斧
- 金切り声
- 写真立ての中のガラスが「ボンッ」と破裂する

👃 匂い
- 燃焼の各段階において、煙はいろんな匂いを拾いあげる。まず最初は壁や家具が焚火のような煙たい匂いをさせ、一方で、プラスチックは鼻や喉をヒリヒリさせるような、激しい化学物質の匂いを放つはずだ。火の手が広がるにつれて匂いは混ざり、空気はますます有毒化して肺を焦がす。

👅 味
- 灰
- 粘度がある痰
- 度々窓から身を乗りだして吸い込む新鮮な空気

✋ 質感とそこから受ける感覚
- でこぼこの破片をまたぐ
- ガラスや木材の断片で足を切る
- 火傷の痛み
- 燃えるような熱さ
- 火ぶくれができてツルツルする手のひら
- タオルやシャツを、苦しくなるほど口や鼻に押しつける
- 両手を保護するためにシャツで包み込む
- 床を這うとき膝にあざができる
- 家具にぶつかる
- 鼻や喉をヒリヒリさせる煙
- 閉まっているドアに勢いよく肩をぶつけて開ける
- やや滑りやすくなった階段

かさいげんば ― 火災現場

- でつまずく
- 自分の腕の中で意識を失っている子どものずっしりとした重み
- 濡らしたタオルや毛布で大切な人を包み込むときに自分の手に感じる、湿った布の冷たさ
- ヒリヒリ痛む喉や鼻
- 喉を引き裂くようなゼーゼーという苦しい呼吸
- 咳き込むために胴をおさえながら前屈みになる
- 弱々しくドアを叩く
- すすだらけの顔を濡らす涙
- 汗で手が滑りやすくなる
- 疲労の重苦しさ
- 火花が服に入り込んで痛みを覚える
- 徐々に意識を失って気が遠くなっていく
- 窓を壊す際に肌を切ったときの痛み

❶ 物語が展開する状況や出来事
- ドアノブが熱すぎて触れることができない
- 出口を邪魔する妨害物
- 家の改装中だったため、火にさらなる燃料を与えることになる（可燃性化学物質や反応促進剤）
- 煙を吸い込んだことで身体にダメージを負い、視界を損なう
- 火事の最中に怖がる子どもたちやペットが隠れる
- 来客中に火事になる（街に暮らす親族、パジャマパーティー）
- 全員が無事脱出したのかがわからない
- 年老いた親や重病の家族など、家の中に寝たきりの者がいる
- 痛み止め、睡眠薬、アルコールのせいで、危機に対する思考や反応の能力が衰えている
- 車両の故障や装備の不具合のために、消防士の到着が遅れる
- 誤って自分が火をつけてしまったことに罪悪感を抱く
- 火事の原因が放火であることを知る

👤 登場人物
- 消防士
- 住宅所有者とその家族
- 救急隊員
- 警官

設定の注意点とヒント
火事の最中は煙があたりを覆い隠してしまうがゆえに、いくら自分がその場所をよく知っていたとしても、行きたい方向に向かうことは難しい。煙を吸い込むと脳の機能に影響が及ぶため、記憶を呼び起こすことも問題を解決することも困難なものとなる。さらに視界も開けていないため、たとえ安全なところへと向かう道がほんの少し先にあった場合でも、被災者は見つけることができないだろう。流動的な煙や行く手を阻むガレキに向かって登場人物がどういう行動に出るのか。それは本人の体力と意志にかかっているが、そこに救援が来る気配がないのであれば、生存の可能性はいかに迅速に考えることができるかに依存する。

例文
暗闇の中で炎に見つからないように、部屋の隅に身体を押し込める。硬いプラスチックの鼻が胸元に食い込んでも、私はテディベアを離そうとはしなかった。部屋の向こう側では、棚に並んでいる人形たちの姿が変わりはじめている。巻れ毛は縮れ毛になり、そのうち粉々になってちりと化してしまった。私を見つめるみんなの顔はどんどん悲しそうになっていき、笑顔が消えてプラスチックの涙が顔を伝っている。震えながらテディベアのコットンの毛を吸い込み、私はおばあちゃんの家のリネンがしまってあるクローゼットに隠れている最中で、見つけられるのを待ってるんだというふりをした。

使われている技法
多感覚的描写、擬人法

得られる効果
伏線、感情の強化、緊張感と葛藤

果樹園
〔英 Orchard〕

関連しうる設定
郊外編 — 家畜小屋、田舎道、農場、農産物直売会、池、家庭菜園
都市編 — 古い小型トラック

👁 見えるもの
- 整然と並ぶ木々
- 背が高かったり、定期的に刈り取られている芝生
- 春に花を咲かせる木々
- 野草
- 果樹園付近にある授粉に役立つ養蜂箱
- 風に揺れて木から落ち、地面を覆う花
- 小さなつぼみに覆われた枝
- 春と夏に緑が生い茂る木々
- こまごました屑が散らばる地面（葉、小枝、落下した果物、枝）
- 秋の紅葉
- 木の実（アーモンド、カシューナッツ、ピーカン、クルミ）や果物（リンゴ、オレンジ、イチジク、西洋ナシ、モモ、サクランボ）が豊富に実る木々
- 地面のあちこちに散らばる落下した果物
- 冬の枯れ枝
- 雪
- スプリンクラーや灌漑システム
- トラクターや芝刈り機
- 農業用一輪車や剪定用具
- 木カゴや網カゴ
- 木の幹に立てかけられたはしご
- 果物狩りをしている客
- 校外学習に来て駆け回っている子どもたち
- 果物以外の農産物を作っている菜園（トマト、ニンジン、カボチャ、スカッシュ、マメ、タマネギ、ハーブ）
- 農作物の販売所
- 雑貨店
- 離れたところにある母屋
- 池
- かかしや干し草の俵
- 干し草を敷いた荷馬車
- ハナバチ
- ハエ
- アリ
- 蚊
- 鳥
- リス
- ハタネズミやネズミ
- ウサギ
- ヘビ
- 犬
- シカを中に入れないためのフェンス
- 頭上の葉を通して降り注ぐ日光
- 葉の間からチラチラと差し込む日光で徐々に移動する木陰

👂 聴こえるもの
- 葉が「カサカサ」と鳴る
- 風が吹いて木がきしむ
- 枝（こすれ合う音、嵐によって折れる音）
- 重たい果物が地面に「ドスン」と落下する
- 一定のリズムで滴る雨音
- 虫が「ブーン」と飛ぶ
- 足を草が「ヒュッ」とかすめる
- 足元の葉や小枝を「バリバリ」と踏みつぶす音
- 整然と水をまき散らすスプリンクラーの音
- 「ブルブル」と音を立てるトラクターのエンジン
- 木々の間を押し進むときに「ギィギィ」と音を立てる農業用一輪車
- 人の話し声や互いに呼び合う声
- 子どもの笑い声
- 鳥のさえずり
- 犬が吠える
- 木の実を割って開ける音
- カゴの中で木の実が「カタカタ」と鳴る

👃 匂い
- 土やマルチング材
- 草
- 新鮮な果物、野菜、ハーブ
- 雨や水
- 果樹園で咲き誇る花
- 甘い香りのシロツメクサ
- 木材およびその腐臭
- トラクターの排ガス
- 干し草
- 腐った果物
- 湿った土
- 農薬
- 肥料

👅 味
- 園内で採った果物や野菜
- 収穫した木の実
- 自家製のハチミツ
- 唇についた汗

✋ 質感とそこから受ける感覚
- 粗い樹皮
- 足元の柔らかい土
- 地面をでこぼこにしている節くれ立った木の根や石
- ツルツルした葉や柔らかい花
- 頭上の林冠を通して日光が降り注ぐため、断続的に感じる暑さ
- しずくで湿った靴やズボン
- 肌や髪に落ちてくる大きな雨粒
- 自分の肌の上を這う虫
- 滴り落ちる汗

かじゅえん ― 果樹園

- 落下した果物を踏んだときの、滑らかでグニャッとした感触
- 足元でポキッと折れる小枝
- 自分の足のすねにもたれてくる野草や背の高い草
- スプリンクラーのしぶきがかかる
- 果樹園に向かってガタガタと揺れるトラクターやトレーラー
- 自分の体重でわずかにへこむはしご
- 土に覆われた野菜
- ツルツルした果物
- 果物がたっぷり入ったカゴの重み
- カゴの平たい木の持ち手が腕に食い込む
- チクチクする麦わら帽子
- 蚊やハチにチクッと刺される
- トラクターが通ってできた、なだらかな轍に沿って歩く

❗ 物語が展開する状況や出来事
- はしごや木から落ちる
- ハチに刺されたことで命に関わるアレルギー反応が起きる
- 花粉症のために果樹園を満喫できない
- 果樹園のやり方に道徳的に反対する（農薬やその他の化学薬品を使っている、遺伝子組み換えをした作物を含んでいる、不法移民や子どもを収穫作業のために雇っている）
- 日照りによって収穫高に影響が出て、必死に頑張っている果樹園が不振に陥る
- 害虫や病気によって作物が脅かされる
- 果樹園を購入するも経営方法がまったくわからない
- ほかの果樹園に果物の契約をとられる
- 破産、あるいは財政難によって果樹園の維持が厳しくなる
- 政府の介入（川の流れが変えられたり湖がせき止められることで果樹園の灌漑に悪影響が出る、付近に高速道路が建設される）
- 一族の果樹園経営に関わる気はさらさらないが、重圧は感じる

👥 登場人物
- 客
- 家族
- 果樹園労働者
- 経営者
- 収穫のアルバイト
- 校外学習の生徒たち

設定の注意点とヒント
果樹園は食糧生産のために木々を計画的に植える場所として定義される。そこでの木々には果物や木の実、シロップ作りのために育てられるものが含まれる。商業的な農場とつながりのある広大な果樹園もあれば、家族が個人的に要したり、地元で販売するためだけの作物を収穫するような、ほんの一握りの木々によって織りなされる小規模な果樹園もある。果樹園で育てられる作物の種類については、気候や場所が大きく関係してくるため、この点をしっかり考慮しよう。

例文
そよ風に吹かれた樫の木の枝は、まるでうなり声を上げる犬のような音を立てた。足元で朽ちている幹を見たところ、この年老いた木は、あともう1年寿命を延ばすためなら自らの肢体を放棄するのもいとわないらしい。衰えた樹皮から得られるものはないかと、アリや甲虫が行進しながらやって来るが、老いてもなお、木は依然としてへそ曲がりだった。

使われている技法
擬人法、直喩

得られる効果
雰囲気の確立、時間の経過

家畜小屋
〔英 Barn〕

関連しうる設定
郊外編 ― 鶏小屋、果樹園、牧草地、牧場、災害用地下シェルター、家庭菜園
都市編 ― 古い小型トラック

◎見えるもの
- 背の高い両開きのドア
- 馬用の道具（頭絡、リード、たてがみ用のくし）や備品（スコップ、ロープ、干し草用のグラップル、熊手、ほうき）がかけられるフックがついた粗木の壁
- 簡素な掛け金やゲートがついた動物小屋や柵囲い
- 柵囲いの中の動物（ブタ、ヒツジ、ヤギ、畜牛、馬、ラバ）
- 床に散らばるわら
- 水の入ったバケツ
- 餌入れ
- オーツ麦の入った麻袋
- 減少してくぼみができた固形の鉱塩
- 餌やり用のバケツ
- 動物のそばをブンブンと飛び回るハエ
- 柱に沿って、あるいは垂木の中に糸を張るクモ
- 差し込む光に照らされた空気中を舞うほこりやかす
- さびた釘
- ざらざらした小屋の柵に何本か付着した馬の毛
- 堆肥
- 羽根
- 汚れたわらの塊
- 干し草の中に隠れている雌鶏の巣
- 綺麗な黄金色をしたわらや干し草の俵
- 屋根裏に上がるための木製のはしご
- 裸電球からぶら下がる引きひも
- 床板の上をすばやく駆け抜けたり、干し草の中で巣を作るネズミ
- 木挽き台を覆っている馬用の毛布
- よろい戸のついた窓
- 泥が飛び散った壁
- すす
- 落ちている餌を探す放し飼いの鶏
- 害獣を密かに追う、あるいは太陽の下で眠るネコ
- 隅の方で匂いを嗅いでいる犬
- 外に停められたトラクターや汚れたバギー

◎聴こえるもの
- 「カサカサ」と干し草がこすれる
- 板材のきしみ
- 足を踏みならして歩く
- 動物特有の声（荒い鼻息、「ドシンドシン」と歩く、いななく、「キーキー」と声を上げる、「ブーブー」とうなる、「モーモー」と鳴く、吠える、うなる）
- 激しい息づかい
- 動物が身体を柱や柵にこすりつける音
- 穀類を餌入れに「パラパラ」と注ぐ
- スコップが土の床を引っかく音
- 干し草の俵が「ドスン」と床を打つ
- 小屋に乾いたわらを撒く「カサカサ」という音
- おやつのリンゴを「バリバリ」と噛む
- 食べ物を咀嚼する音
- 尻尾を「シュッ」と振る
- 「キィキィ」と音を立てるゲート
- 掛け金をかける音
- 「バチャバチャ」という水音
- 馬具が「カチャカチャ」と鳴る
- 馬用の毛布を「パタパタ」と振って広げる
- 人間が動物に話しかけたり励ますように舌をならす
- 床を歩くときに馬のひづめが「ドシン」とくぐもった音を立てる

◎匂い
- 鼻をムズムズさせるわらの匂い
- 動物の身体
- 小便
- 堆肥
- 塩
- 甘い香りのチモシー
- 穀類
- 木材
- おがくず
- 泥
- 朽ちたわらや干し草

◎味
- わらや牧草を刈り取るときのもみ殻の乾燥した味
- 上唇についた汗

◎質感とそこから受ける感覚
- チクチクする干し草やわら
- 首に貼りついたりシャツの中に入ってくるもみ殻
- ザラザラした板材
- 顔を流れ落ちる汗
- ハットバンドから伝わってくる熱
- 服や髪についたほこりやもみ殻を払う
- 重たい作業用手袋
- 乾燥した毛で覆われている馬の唇のくすぐったさ

かちくごや ― 家畜小屋

- 動物の身体の温かさ
- 馬の皮膚
- 手袋をしないまま干し草の俵を持ち上げて、ロープとの摩擦で火傷を負う
- 床の上にドスドスと当たる重たいブーツ
- 汚れたわらや堆肥を集めるときにガタガタと床に当たる四角いスコップ
- 負傷していたり怖がっている動物に蹴られる
- 木材などのとげ
- 温かくほこりっぽい馬の横腹
- 馬の背中の曲線に沿ってゆっくりとくしでとかす
- もつれた馬のたてがみを解こうとする
- 馬のたてがみや尻尾の乾いた毛
- 尻尾でピシッとはたかれる
- アブにチクッと刺される
- ヤギに頭突きされる
- 屋根裏に上がるために粗木のはしごを登り、とげが刺さる

❶ 物語が展開する状況や出来事
- 家畜の間で病気が広がる
- 傷んだ餌のせいで動物が病気になる
- 火事
- 捕食動物(オオカミ、コヨーテ、クマ)が小屋に侵入する
- 誰かが屋根裏に住んでいることが発覚する
- 支えが朽ちていたため屋根が倒壊する
- 小屋のもろくなった箇所から動物たちが逃げだす
- 動物の困難な妊娠や出産
- 助けがいないまま動物の出産に挑まなければならない
- (自身の病気、身体の障害、独り身のために)家畜をきちんと世話することに苦労する
- 床に以前の所有者が取りつけた秘密の出入り口を発見する
- (怪我や暴力的なふるまいのため)ある動物をほかの動物から引き離しておかなければならない
- 脱出の達人で、小屋の戸の掛け金を外してしまう動物(馬、畜牛、ヤギ)
- びっくりした馬が誤って人を踏みつける
- 嵐のせいで小屋が被害を受ける、もしくは倒壊し、家畜が怪我を負う

🙂 登場人物
- 獣医
- 農場の労働者
- 農場や牧場の主とその家族
- 蹄鉄工

設定の注意点とヒント
家畜小屋の様子はどこもそう変わらないが、その小屋の大きさや農場もしくは牧場の種類によって、中にいる動物は異なるはずだ。たとえば一種類の動物だけを数多く飼育するところもあれば、小屋の中で仲違いしない数種類の動物を同時に飼っているところもある。また、内部の整頓具合は所有者によって決まる。動物が病気にならないように小屋をしょっちゅう掃除し(とくに畜産物を商業的に販売する場合)、寝るための快適な場所を提供しようと努める者もいるだろうが、一方でそのような世話はあまりしない人もいるだろう。

例文
ニンジンが本当に全部なくなってしまったのか確かめようと、アンドレアのポケットに何度か鼻をこすりつけてから、タンゴは彼女の肩に顎を乗せた。鼻口部の下に生えた剛毛はチクチクしていて、古くなったほうきが彼女の肌をサッと掃く。タンゴに寄り添うと、馬とわらの匂いを胸に吸い込み、木の床をこするひづめの音と、太陽の光によってハチミツのような黄金色に染まる彼の身体の美しさを噛み締めた。大学に進学するのは楽しみだけど、きっとここが恋しくなるだろう。

使われている技法
光と影、隠喩、多感覚的描写

得られる効果
雰囲気の確立、感情の強化

郊外編 / 基礎設定

家庭菜園
〔英 Vegetable Patch〕

関連しうる設定
裏庭、農場、農産物直売会、庭園、テラス、地下貯蔵室、物置き小屋

👁 見えるもの
- シカやウサギの侵入を防ぐフェンスの囲い
- 簡易的なゲート
- 入念に耕した土地に並ぶ、大きさも緑の色合いもさまざまな、よく育っている植物
- 取り除く必要のある雑草
- 金属製の支柱に支えられているトマト
- 金網や木の柱の周りに巻きついたエンドウマメのつる
- ひだになったニンジンの上部
- 根元に土が盛られたジャガイモ
- 風が吹くと震える背の高いトウモロコシの茎
- レタスの明るい葉
- 先の尖ったタマネギの頭部
- 赤い実をたっぷり結んだ、背が高くてとげの多いキイチゴの茂み
- 繊細な白い花と匍匐茎が点在しているイチゴ
- 花に授粉するミツバチ
- コンクリートの舗道にキラキラした跡をつけて進むナメクジ
- レタスの葉を噛んで穴を開ける芋虫
- 周囲を舞う蝶や蛾
- 湿った土をかき混ぜるミミズ
- 低木の下で腐った葉
- 変色した葉
- それぞれの野菜の根元に散りばめられたマルチング資材や樹皮
- 堆肥の入った黒い大型容器
- 水やりの必要がある、日に焼けてひび割れた土
- しおれた茎やしなびた葉
- 小動物にかじられた跡がある野菜や植物の根
- 巻いてある緑のホースの束
- 各列の後ろにさしてあるフラワーラベル
- 古く傷んでいる運搬用一輪車

👂 聴こえるもの
- (「カサカサ」、「ザワザワ」、「ヒューヒュー」と) 葉の間を吹く風の音
- 夏の嵐で「ピカッ」と走る雷鳴
- 近くの小屋の軒に雹が叩きつける音
- 湿った葉に雨粒が「パタパタ」と当たる
- 通路に枯れ葉が「パタッ」と落ちる
- 葉から滴が「ポタポタ」と落ちる
- コオロギの鳴き声
- カエルの鳴き声
- 近くにいる子どもの笑い声
- 吠える犬
- シャベルやくわを土の中に押し込んだときの音
- ロータリー式耕運機のモーターの作動音
- 分厚い葉にホースの水が当たる音
- 突風が吹いて半開きのゲートがきしむ
- ミツバチが「ブンブン」と飛ぶ
- 土から野菜を引き抜く音
- つるからエンドウマメやその他の豆を「パチン」と採る

👃 匂い
- 鼻にツンとくるトマトのつる
- ミントの葉
- 芝刈りをしたばかりの芝生
- 湿った土
- 嵐の前後の独特な空気の匂い
- 自家製ハーブ
- 芝刈り機や耕運機の排気
- タマネギ
- 熟した果物や液果類
- 温かい土
- ほこり
- 朽ちた堆肥やマルチング資材
- 腐った野菜
- 近くで行われている野外焼却の炭や煙
- 混じりけのない雨
- 降りたばかりの霜
- 肥料の化学薬品の匂い
- 熟れた実がなる果実の木
- 開花した花
- 満開のスイカズラやライラックの茂み

👅 味
- 新鮮な野菜
- 甘くてジューシーな果物や液果類
- まだそこまで熟していない果実や酸っぱい液果類
- 木の味がしたりパサパサしたリンゴ
- スイカズラの甘ったるい花
- とりたてのミントやバジルの葉の新鮮な匂い
- 舌にあたる雨や雪
- 歯ごたえのいい甘いリンゴ
- 刺激の強いエゾネギやタマネギ
- 採りたての洗っていないニンジンについた土
- 新鮮なハーブ
- ハツカダイコンの辛さ

か

かていさいえん ― 家庭菜園

🌱 質感とそこから受ける感覚
- ギザギザな、あるいは柔らかな緑の葉
- 食べごろを確認するためにトマトやメロンを強く押す
- 熟した果実のわずかな弾力性
- 爪に入る土
- 泥がついてベトベトする手
- 冷たく湿った土
- 雑草を抜いたときに顔に当たる土の粒
- 粉っぽい、あるいは砕けやすい肥料
- ミツバチに刺されたときの鋭い痛み
- 雑草を取っているときに首が日に焼けてヒリヒリ痛む
- 手にぶら下げた、根がずっしりとした野菜の重み(ニンジン、パースニップ、ビーツ)
- 土から雑草を引っこ抜いたときの弾力性
- ぬるぬるしたマルチング資材
- 木陰であたるそよ風の涼しさ
- 眉の上にたまる汗
- 引き抜くのに適した箇所をあちこち探しているとき、手首にあたるニンジンの葉のひだ
- シャベルやくわのスベスベした持ち手
- 長い時間庭いじりをしていたために、手に痛みを伴う水ぶくれができる
- 分厚い手袋で手の動きが鈍くなり、手が熱くなる

❶ 物語が展開する状況や出来事
- 小動物が侵入して植えてあるものを食べる(ウサギ、ネズミ)
- 干ばつ、病気、ナメクジ、アブラムシのまん延などで作物がだめになる
- 面白がって、あるいは復讐のために、敵やライバルが菜園を破壊する
- 肥料や添加剤を与え過ぎて作物を殺す
- 不作で家族が食べていけるだけの分量が採れない
- 凶作の年に自分の作物が窃盗に遭う
- 菌が土全体に広がり、作物が腐る
- 土の中にカリバチの巣があり、菜園作りが不可能になる
- 遺伝子組み換えされていないもの、またはオーガニックのものであると信じて買った種子が、のちにそうではないことが判明する
- 植える時期が早すぎた、もしくは遅すぎた
- フェンスを飛び越えて入ってきたシカが作物を荒らす
- 菜園をはじめたばかりで、自分の土壌で育てるには本来適さない種を植える
- 自分の菜園の頑丈な造り(または脆弱な造り)について隣人に批判される

👥 登場人物
- 子どもなど自分の家族
- 隣人や訪問者
- 野菜を育てている人

▶ 設定の注意点とヒント
やってみたいという思いから始めても、必要性に駆られてでも、人は皆自分の食糧を耕すことを楽しむものである。家庭菜園は実用的でありつつ、気晴らしにもなりうる。しかし野菜を育てたいという願いを抱いたからといって、必ずしも誰もがうまくできるわけではない。家庭菜園の様子が、所有者をどのように特徴づけるのかを考えてみてほしい。その菜園を作る場所の気候や文化も注意深くリサーチするようにしよう。気候にあわせて、この地域ではどんな作物がよく育てられているのだろう? あるいは、よく育つとわかっているものの、自分が美味しいと思わないので登場人物が植えることを拒否する種はなんだろう? また、その場所ではよく育たないにもかかわらず、それでも登場人物が作ることを諦めない作物とは何か? 登場人物を特徴づける機会をもたらすものとして家庭菜園を描く方法は、たくさんあるのだ。

例文
太陽はすでに沈んでいたが、サンドラは野原を突っ切り、子どもの頃に遊んだ家庭菜園へと向かう気持ちを抑えられなかった。ゲートの掛け金を外し、中に足を踏み入れる。ひんやりとした空気に包まれて、雫に濡れた母の豆のつるやビーツの葉を月明かりが照らしていた。暗闇に目が慣れると、端っこの方で、ずっと昔に2人で植えた松の木の姿が見えてくる。その木の全身を見つめる彼女の視界は霞んだ。松の木は、もはや痩せ細った小枝などではなく、母があの子どもみたいな目で見抜いていた通り、菜園の中心で空に向かって堂々と高く伸びていた。

使われている技法
象徴、天気

得られる効果
雰囲気の確立、感情の強化

ガレージ
〔英 Garage〕

関連しうる設定
地下室、物置き小屋、工房

👁 見えるもの
- インゲンマメのような模様を描くオイルの染みや、蛇行した亀裂の入ったコンクリートの床
- タイヤの跡
- 床に散らばった砂利や松葉
- 泥のついた通路
- ほこり
- 道具をかける有孔ボード
- 壁に取りつけた釘にかかったオレンジ色の延長コードの束
- 家へと通じる階段
- ぼろくなった金属製の棚
- 電動工具（ドリル、丸のこ、研磨機）
- モーターオイル
- 釘の入った容器
- 古い思い出の品やクリスマスの飾りが入っている箱
- 潤滑油や添加剤のボトル
- 塗料や木材目止め剤の缶
- 吊り下げ式フックにかかっている2台の自転車
- リサイクルや空き瓶回収のための容器
- ゴミ箱
- 芝生の種や肥料
- アリ駆除剤
- ナメクジ駆除剤
- カリバチ用スプレー
- 隅に積まれた園芸用具（シャベル、熊手、園芸用はさみ）
- 慈善団体に寄付するための服を入れたゴミ袋
- マットに並べられたゴム長靴
- 家庭用の道具や機器がいっぱい入っている道具箱
- ねじやワッシャーの入った缶
- 大量のスタッドレスタイヤやスペアタイヤ
- 巻き上げタイプのシャッター
- ガレージの扉のボタンと電気スイッチ
- 戸棚
- 業務用掃除機
- 壁に立てかけられた木挽き台
- 作業台
- コンクリートの平板に停められた車やトラック
- 窓台に横たわるハエやカリバチの死骸
- 壁についた指紋や傷跡
- 隅の方にかかるクモの巣
- 色とりどりの子ども用玩具で溢れた容器（水鉄砲、バケツとショベル、車やトラック、ラジコンカー、落書き用チョーク）
- スポーツ用品（バスケットボール、ホッケーのスティック、野球のグローブ、迷い込んできたゴルフボール）
- ピンク色や青色のウォッシャー液が入った容器
- 予備のポリタンク
- 壁に立てかけられたはしご
- 自転車用空気入れ
- 隅に積まれた木材

👂 聴こえるもの
- ガレージの戸が「カタカタ」と音を立ててこすれながら開閉する
- のこぎりが木材を薄切りにする音（ガレージを作業のために使用する場合）
- 「キューン」と鳴る電動工具
- ハンマーを打ちつける音
- 保管容器が汚れた床を引きずられる音
- ハエやカリバチがガラス窓にぶつかる音
- 金属製のチェストに投げ込まれる道具
- 床をこする足音
- 開閉する車のドア
- 車両のエンジンがかかる
- エンジンが冷却されるときに「ピュン」と音を立てるモーター
- 階段を歩く足音
- ラジオから流れる音楽
- 人の声
- 通りから聴こえる音（車、遊ぶ子どもたち、芝刈り）
- 掃除中にほうきの毛先が床で「シュッシュッ」と音を立てる
- 芝刈り機が轟音を立てる
- バスケットボールがコンクリートの上を弾む音
- 引き出しの開閉音
- フックから自転車を持ち上げるときの人の力み声
- 中身を調べるために段ボール箱の蓋を開ける音
- ちりとりですくったゴミをゴミ箱に「バン」と打ちつける
- 自転車のタイヤが「シュッシュッ」と音を立てて膨らむ

👃 匂い
- エンジンオイル
- ガソリン
- 潤滑油
- 熱くなったモーター
- 汗
- ほこり
- 冷たいコンクリート
- 刈ったばかりの芝生
- 腐りかけているゴミ

郊外編　基礎設定

がれーじ / ガレージ

👄 味
- 作業をしながら飲む冷たいビール（またはコーヒー、炭酸飲料、水）
- 舞い上がるほこり
- 台所から持ってきた昼食

✋ 質感とそこから受ける感覚
- 指につく粉末状のほこり
- 手を拭くために使うゴワゴワしたぼろ切れ
- ツルツルする潤滑油
- 鉄製レンチのひんやりとした感触
- 道具のラバーグリップ
- まめや擦り傷の痛み
- 額にたまり首に流れ落ちてくる汗
- 空気中のほこりでくしゃみが出る
- 電動工具の振動
- 汗で顔に保護メガネが貼りつく
- 目元に髪がかかる
- 車両の下で作業するために、床に敷いたマットや寝板に寝転がる
- 手に持つ道具の重み
- 割れやすい木材
- 指に触れるとざらつく紙やすり
- ラベルを読むために缶やボトルについた土をこすって払う
- 裸足に触れる冷たいコンクリート
- 必要なネジやボルトを探して容器の中を引っ掻き回す
- 戸を開けたときに突然入り込んでくる風
- 燃えるように熱いエンジンやモーター
- ものを取るために狭いスペースに体をねじ込ませる
- 棚の高いところにあるものを取るために背伸びして手を伸ばす

❗ 物語が展開する状況や出来事
- 火事
- ガレージから車が盗まれる
- バックや幅寄せのときに誤ってガレージの戸に車両をぶつける
- ガレージの戸が壊れて持ち上がらない
- 近所の人のプライベートな話を立ち聞きする
- 子どもたちが道具を元の場所に戻さない
- 散らかった玩具に行く手を阻まれる
- きちんとメンテナンスしていなかったため、道具が危険な状態と化す
- 化学薬品が漏れて大切なものに被害が及ぶ（古い記念品、高価なマンガのコレクション）
- ガレージ内ががらくただらけのため、家族や隣人との摩擦が生じる
- 背後から襲われて意識不明に陥る

👤 登場人物
- 大人
- 子ども
- 家族の友人
- 隣人

設定の注意点とヒント

ガレージは貯蔵品のゴミ置き場になることもあれば、家のために何かをこしらえる作業室になることもある。あるいは運動のためのスペースにしたり、趣味を楽しむ男の部屋へと作り替える人もいるだろう。物語においては所有者がどんなことに興味を持っているか、どんなふうにガレージを使うだろうかという点を考えてみてほしい。すると、車両を置くという本来の目的通りに使わない人物も出てくるはずだ。ガレージは、ただ文字通りガレージである必要はない。その役割や様子を通じて、家に暮らす人々について多くの事柄を伝えることができる場所である。だからこそ、登場人物の特徴づけに役立つ選択をするべきだ。

例文

電気のスイッチをつけて、トマト栽培用の支柱の山や、クリスマスの飾りつけ、古いタイヤ、自転車の部品などをざっと見回してみる。乱雑に積んである古びたリノリウムの束の近くにちょっとだけ色が見えたが、空振りだった。ただのライアンの古い凧だ。しかしそのとき、ガレージのずっと奥の方で、父さんのさびたゴルフクラブの上に乗っかっているのを見つけた。水鉄砲のスーパー・ソーカー9000だ。僕は息を吐きだした。さて、どうやって取ればいいんだ？何せここは「魔宮」である。横断するには、インディアナ・ジョーンズになる必要があった。

使われている技法
対比、誇張法、隠喩

得られる効果
感情の強化

郊外編 基礎設定

キャンピングカー
〔英 Motor Home〕

関連しうる設定
郊外編 ― 田舎道、キャンプ場
都市編 ― サービスエリア

👁 見えるもの
- 運転席と回転椅子型の助手席がある**運転席エリア**
- **ラウンジエリア**（ソファ、座り心地のよい椅子、柔らかい枕、壁から引きだすテーブル、テレビ）
- **食事エリア**（固定、あるいは引き出し型テーブル、椅子やベンチの座席）
- **簡易台所**（キャビネット、コンロ、食器洗い機、シンク、電子レンジ、冷蔵庫、ミニ冷凍庫）
- カーテン、あるいは引き下ろしシェードのついた窓
- 網戸
- 頭上の収納庫
- シャワー室のある**洗面所**
- カーテンや引き戸で車内のほかのエリアと仕切られた**寝室**（固定ベッドもしくは折りたたみ式二段ベッド、リネン、枕、クローゼット、引き出し）
- 積み重ねて設置された洗濯機と乾燥機
- タイル張りの床
- 天窓
- 床にある玩具
- ダイニングテーブルの上のノートパソコン
- シンクの中に置かれた皿
- 乾かすために椅子の背もたれにかけられた湿ったタオル
- しわの寄ったシーツと枕カバー
- 簡易台所で準備されている食事
- 窓の外に広がる眺めのいい景色
- 床に散らばるパンくず
- テーブルの上に付着した水滴
- 洗濯カゴに積んである服
- テーブルの上に広げられたハイキングトレイルの地図
- シャワー室に吊るしてある濡れた水着

👂 聴こえるもの
- ラジオから流れる音楽
- テレビの音声
- 道路の隆起やわだちに「ドスン」と当たる車輪
- 「ブルルン」と鳴るエンジン音
- 車の騒音（クラクション、スピードを出して通り過ぎる車、サイレン）
- 日よけを出すときの水圧のうなり
- キャビネットの中や床にものが倒れる音
- シェードを下ろす音
- 「ギィギィ」と鳴りながら開く窓
- 引き出しを滑るように閉める音
- キャビネットの中で「カタカタ」と鳴る皿
- 飲料をグラスに注ぐ音
- グラスの中で「カラカラ」と鳴る氷
- 雨の日に車内でお喋りしたりトランプに興じたりする人々の声
- 子どもの笑い声や泣き声
- ハエが「ブーン」と飛ぶ
- カーテンがつり棒に沿って滑る音
- タブレットや携帯でプレイされるゲームの電子音
- 電話が鳴る
- トイレの水を流す
- シャワーを浴びる
- 窓や出入り口から「ビュン」と入ってくる風
- 夜に開け放たれた窓から聴こえてくる田舎の音（虫の鳴き声、鳥の歌声、木々のざわめき）
- 進行方向について口論する大人たち
- いびきをかく同乗者

👃 匂い
- 革
- 調理している食べ物
- 新鮮な空気
- コーヒー
- 雨
- 排ガス
- 汗だくの子ども
- 臭い靴
- ゴミ
- 開け放たれた窓から舞い込む焚火の煙

👅 味
- ファストフード
- 簡易台所で作った食事
- 軽食
- 外の焚火で調理した食べ物（ホットドッグ、スモア、ポップコーン）

✋ 質感とそこから受ける感覚
- キャンピングカーの動きで体が揺れる
- テーブルの上で滑ったり飛び跳ねたりする品物を掴む
- 車酔い
- 柔らかなソファやベッド
- じゅうぶんな広さがない雑然とした車内で閉所恐怖症を感じる
- 窓から入るそよ風に髪が乱

- れる
- 旅や長期休暇に対するワクワクした気持ち
- 走行中の車内で慎重に飲み物を注ぐ
- 床にある玩具につまずく
- 狭いベッドに身体を押し込める
- 蚊に刺される
- 開いているキャビネットの扉で頭を打つ
- カウンターに腰をぶつける
- バケットシートに座り体をひねる
- 温かいシャワー
- 窓から降り注ぐ太陽の光で腕が熱くなる

❶ 物語が展開する状況や出来事
- 長期の旅行で故障する
- トイレが動かなくなったり水が溢れたりする
- 狭いスペースに人が多すぎる
- 運転手の注意を削ぐような騒音や行動
- 大型車両に対応していない区域に大きなキャンピングカーで乗り入れる
- 駐車場がなかなか見つからない
- ものがこぼれたり、破損したり、キャビネットから落下して人にあたる
- 誰かがお湯を独り占めする
- 事故に遭う
- 旅が始まってからレンタル車両の問題が発覚する（日よけが壊れている、シャワーが使えない、など）
- ヒッチハイカーを乗せたら車を乗っ取られてしまった
- 安全対策を怠っていた外の収納スペースから、ものが落ちたり盗まれたりした
- 10代の我が子が眠っていると思い込んでいたら、実はキャンピングカーの滞在施設で友人と落ち合うために車を抜け出していた

- 狭い車内に漂う不快な臭い
- 何もせず、ただ旅について不平を言う子どもたち
- プライバシーの欠如に悩む
- 自分のキャンピングカーは指定の高さを超えているが、低い橋の下を運転する

登場人物
- 家族
- 退職者

設定の注意点とヒント
キャンピングカーにはさまざまなサイズの車両が存在し、きわめて高級なものから車輪にみすぼらしい箱がついただけのものまである。比較的大きな車であれば、各部屋がきちんと線引きされていて、フルサイズのベッド、フルキッチン、大容量の収納スペースがあり、広さもじゅうぶんだろう。やや古いモデルの場合だと備品の数も少なく、外観もくたびれているかもしれない。さらに規模の小さい車両になると、非常にコンパクトで付属品も数えるほどしかないだろう。快適さの度合いは購入価格やレンタル料金に応じたものになるため、主人公のために車両を選ぶ際にはたくさんの選択肢がある。そしてキャンピングカーは各地を移動するためのものであるがゆえに、ほかの状況であれば不可能かもしれないさまざまな設定を物語に組み込むこともできるのだ。

例文
雨をすばやくよけながら、新しい住まいを見るために段を駆け上がるサラの手の中で、鍵がジャラジャラと音を立てる。車内には食事ができる小さなテーブルがあった。その隣には、ピカピカではないにしても機能的な小さい台所があり、チリや自家製ピザやグリルドチーズサンドなど、ここで調理する食事の匂いを想像して彼女は息を吸い込んだ。外では雨が屋根に叩きつけ、窓をびしょ濡れにしているが、この中は乾燥していてウサギの巣穴のような居心地のよさがある。サラの口元に笑みが広がった。小さいけれど、この車は彼女のものだ。住宅ローンがかからないのだから、これですぐに医療費を清算することができるはずだ。

使われている技法
多感覚的描写、直喩、天気

得られる効果
登場人物の特徴づけ、背景の示唆、感情の強化

きゃんぴんぐかー｜キャンピングカー

郊外編　基礎設定

キャンプ場
[英 Campsite]

関連しうる設定
森、ハイキングコース、湖、キャンピングカー、山

👁 見えるもの
- 木々や茂みに囲まれた砂利だらけの裸地
- 人工の焚火台
- 切った薪や集めてきた枯れ枝の山
- 水を入れるポリタンクが置かれたピクニックテーブル
- 移動式の食器洗い場
- プラスチックや紙製の皿やコップ
- 調味料
- 袋に入ったホットドッグ用のパン
- フワフワした白いマシュマロ
- (氷、ビール、ワインクーラーバッグ、炭酸飲料などでいっぱいの) 飲料を入れておく蓋つきのボックス
- (肉、パン、チーズ、卵、果物、その他傷みやすいものでいっぱいの) 食品用クーラーボックス
- 携帯式グリル
- ソーセージ用のドッグ棒
- 火を囲んで置かれた折りたたみ式の椅子や椅子代わりの切株
- 雨が降ったときのために頭上に広げて取りつけた青いビニールシート
- (寝袋、枕、エアーマット、服を入れたダッフルバッグ、予備の靴、懐中電灯もしくは電池式のカンテラなどが中に置かれた) 色とりどりのテント
- キャンピングカー、キャンピングトレーラー、テントトレーラー
- 子どもの玩具や屋外スポーツ用具 (蹄鉄、バドミントンのセット、凧、アメフトのボール、ブーメラン、ボール、バットとミット)
- 濡れた水着やタオルがかけられた、木から木へと吊るしてある洗濯ひも
- カップホルダーに置かれた真空断熱の携帯マグや空のビール瓶
- 蚊除けのために嫌な臭いの煙を放つシトロネラオイルのキャンドルや虫除けグッズ
- 虫除けスプレーや日焼け止めのボトル
- マシュマロをあぶるための棒を子どもがポケットナイフで削る
- 薪の山のそばに立てかけてある斧や手斧
- プロパンガスの調理コンロ
- トラックの荷台に立てかけた釣り竿や網
- 暗闇で輝く焚火
- トランプで遊んでいるときにピクニックテーブルの上で揺らめくキャンドルやガスランタン

👂 聴こえるもの
- カーステレオや携帯型ラジオから流れる音楽
- 近くを「サラサラ」と流れる小川
- 薪が燃えて「パチパチ」と音を立てながら樹液が出てくる
- 人の声
- 付近のキャンプ場から聴こえてくる騒々しいパーティーの音
- 夜に響くコヨーテの遠吠え
- 「ホーホー」と鳴くフクロウ
- 茂みの中を誰かがさまよっているときに、木の枝が「ポキッ」と折れる
- 風で「ギシギシ」と揺れる背の高い木々や「カサカサ」と鳴る葉
- マシュマロの袋を破いて開ける音
- 焚火の勢いで「ポンポン」と次々はじけるポップコーン
- 火にあてたマシュマロが静かに膨らんでいく音
- 斧で木を切る音
- ビール瓶で乾杯をする音
- 兄が妹に向かって濡れたタオルをはじく音
- 車が砂利の上を通り過ぎる音
- 食器を洗った水を茂みに「バシャッ」と撒く
- リスのお喋り
- 缶ビールを「プシュッ」と開ける音
- テントのファスナーを開け閉めする音
- 食べ物を求めて匂いを嗅いでいる大型の生き物がテントの外を歩き回る音
- コオロギやカエルの鳴き声
- ジャックナイフの刃が鋭い音を立てて飛び出す
- 携帯型ガスコンロやガスランタンのガスを「シュッ」とつける
- 真夜中にエアーマットの空気が「プシュー」と抜ける
- テント内に響くモスキート音
- テントの布地に「パタパタ」と当たる雨
- 付近のグループが夜遅くまでパーティーで騒音を立てる

👃 匂い
- 松葉
- 新鮮な空気
- 草
- 煙
- 焦げた肉
- 調理中のホットドッグ
- ココナッツの香りがする日焼け止め

きゃんぷじょう｜キャンプ場

- 刺激臭がする虫除けスプレーやシトロネラオイルのキャンドル
- 魚のバターソテー
- 火であぶられたベーコンの薫製
- 汗
- 脂っぽい髪
- 太陽の下に置きっぱなしのいくつもの空き瓶から漂う、ムッとするビールの臭い
- 草むらの朝露

🍴 味
- ケチャップを厚塗りされた焦げたホットドッグ
- ビール
- 炭酸飲料
- チョコレートがたっぷり入ったスモア
- ベーコン
- フライパンで焼いたハンバーガーや魚
- 湯気が立ち上るホットチョコレート
- リキュールを少し加えたコーヒー
- 甘いお菓子、ポテトチップスやクッキー
- ポテトサラダやコールスロー
- カリカリに焼かれたマシュマロの表面
- 焚火で作ったポップコーン
- シロップをたっぷりかけられた半焦げのパンケーキ

✋ 質感とそこから受ける感覚
- 指にベタベタしたマシュマロがくっつく
- アイスキャンディーの汁が手首に流れ落ちる
- 岩石の多いでこぼこした地面
- ベンチのとげが刺さる
- ハチや蚊にチクッと刺される
- 肌にベトベトした日焼け止めを塗る
- ヒリヒリと痛む日焼け跡
- 湖に飛び込んで髪からポタポタ水が落ちる
- 太陽の熱で温まったタオル
- 焚火の煙の風向きが変わり目がヒリヒリする
- 折りたたみ式の椅子に座ったときのわずかな弾力
- ビール瓶の冷たい水滴
- 硬い地面の上に寝たため、体が痛くなる
- じゅうぶんな睡眠がとれず目がしょぼしょぼする
- 寒気がして寝袋に深く潜り込む
- 寝心地のいい体勢を探して寝返りを打つ
- 火をおこしたあとで粉っぽいすすが手につく
- 歩くたびにビチャビチャ音を立てる濡れた靴
- 川や湖に飛び込んだ瞬間の低温による衝撃

❗ 物語が展開する状況や出来事
- 暴風雨に見舞われる（もしくはその最中に帰る支度をしなければならない）
- 湖やハイキングに出かけている最中に、自分のキャンプ地から物品がなくなる
- キャンプ地で泥酔している人
- 誰かが誤って火の中に倒れてしまったり、人里離れた場所で怪我をする
- 火気厳禁のため、焚火も禁止されていることが発覚する
- 付近でキャンプしている人々がうるさい
- 必需品が足りなくなる（食糧、飲料水、日焼け止め）
- いざキャンプ地を出ようというときにタイヤのパンクに気づく
- 悪天候のためキャンプを早めに切り上げなければならない
- 手の施しようがないほど火の手が広がる
- キャンプ地を徘徊する動物に、放置していた食糧を食べられる

👥 登場人物
- キャンプに来た人、およびその家族
- キャンプ地の管理人
- 動物管理官

設定の注意点とヒント

指定のキャンプ区域には、たいてい作りつけの焚火台や、販売用の薪、近所の小さな売店、給水ポンプ、ときにはシャワー付きのトイレ施設などが揃っている。自分の物語の登場人物は、きちんと管理されている場所でキャンプを張る方がいいのか、それとも本当に彼らだけしかいないようなより隔離された場所を選んで手荒に仕立てる方がいいのか検討してみよう。

例文

ロス伯父さんは頷き、例のクマに襲われた話をまた聞かせてくれることに同意した。みんないっせいに静まり返り、風に揺れるポプラの葉と、パチパチいう燃えさしの音が大きさを増す。話をはじめようと力が入った伯父の唇はぎゅっときつく結ばれていたが、手に持ったビールの缶にしわが寄ると、なんとか指の力をゆるめ、語りだした。狩猟用のライフルを手に山の頂上に辿り着き、そこで体重が何百キロもあるハイイログマに遭遇したという話を聞きながら、僕の視線は伯父の左の目尻から顎にかけて続くギザギザした傷跡を追った。もう少しで彼を殺すところだったクマからの餞別だ。

使われている技法
多感覚的描写、天気

得られる効果
雰囲気の確立、背景の示唆、感情の強化

教会
[英 Church]

関連しうる設定
墓地、通夜、結婚披露宴

👁 見えるもの
- 何列にも並ぶ艶のある木製の会衆席や折りたたみ椅子
- 各会衆席の背中にある、聖書と賛美歌集をしまうためのポケット
- 祭壇
- 説教台
- 壁に設置された十字架像と十字架
- ロザリオ
- 生け花
- 教会の歴史における重要な場面が描かれた旗、もしくは特定の宗教のシンボル
- 高いところにある窓
- ステンドグラスの窓
- 重要な聖人の彫像
- 会衆席を分ける通路
- 洗礼が行われる洗礼堂
- 聖書が置かれ装飾が施された聖書台
- 壇上にある楽器(ピアノやキーボード、オルガン、ギター、ドラムセット)
- 装飾的なアーチや繰形
- 音響システム
- コードレスマイク
- 聖歌隊
- 寄付集めのカゴや皿
- 聖体拝領のパンとワインが置かれた正餐台
- 会衆席でひざまずくときのためのクッション張りの手すり
- 祭壇および聖人像
- お香や灯されたロウソク
- 聖水瓶
- 司祭と侍者
- 懺悔室
- 入口と聖域を隔てる分厚い扉
- 無料パンフレットや宗教関連の書籍
- 寄付箱
- 教会のお知らせ板
- 託児室
- 子どもの授業や大人の聖書勉強会に使用される教室
- 青年のためのエリア
- 教会ホール(テーブルおよび折りたたみ椅子、配膳台、台所)
- 付近にあり牧師や主任聖職者が暮らす教区牧師館

👂 聴こえるもの
- 牧師や司祭が説教をしたり聖書を読み上げる声
- 声が大きすぎる子どもたちのヒソヒソ話
- 赤ん坊の泣き声
- ベンチで「モゾモゾ」と動く子ども
- すり足の音
- 静かに演奏される楽器
- 聖歌隊の歌声
- 祈りの言葉に対して「ボソボソ」と同意する声
- 荒い息づかい
- 咳
- ため息
- 席で姿勢を動かす人の服がこすれる音
- マイクのハウリング
- 教区民が肯定の意を唱える声(「アーメン!」「ハレルヤ!」)
- 参列者が賛美歌を一緒に歌い手拍子をとる
- 賛美歌の本が床に「バン」と落ちる
- ドアの開閉音
- 分厚いカーペットの上で静かに鳴る足音
- 着席時にきしむ会衆席
- 跪き台を「ドスン」と置く
- 信徒らが衣擦れの音をさせながらいっせいに起立、あるいは着席する

👃 匂い
- お香や灯されたロウソク
- コロンや香水
- ヘアスプレー
- 家具の艶出し剤
- クリーナー
- カビたカーペット

👅 味
- 水で薄められたワインや果物ジュース
- 味のしないパン
- ガム
- ミント
- 咳止めドロップ

✋ 質感とそこから受ける感覚
- (聖体拝領のとき)舌の上で溶けるパン
- 服の袖を引っ張り、礼拝がいつ終わるのかと訊いてくる子ども
- 落ち着きのない子どもが会衆席を揺らす
- ベンチが硬くて尻がしびれる
- 座り心地のよい体勢を探してモゾモゾ動く
- 跪き台のクッション性のある詰め物
- 十字を切る
- 襟の締めつけや足に合わない靴のせいで窮屈に感じる
- 欠伸を堪える
- 愛する者の手をぎゅっと握る
- 立ち上がるときに前の会衆席の硬い背もたれに手が触れる

きょうかい ― 教会

- 賛美歌や音楽が演奏されているときに足でリズムをとる
- 膝の上で本を開いてバランスをとる
- メモをとるときに紙の上でペンをカリカリと動かす
- 聖水をかけられた額の一部がひんやりする

❶ 物語が展開する状況や出来事
- とくに家族間における宗教的信念の衝突
- 個人的な葛藤があり、容赦することができない
- 教会内の派閥が、信徒たちや単独行動をとる信徒に対し権力を握っている
- 社会における典型が変わりつつあるのにもかかわらず、教会が基本的信条を拡大させることができず順応できない
- 資金面で問題があり、教会の存続が危ぶまれる
- 教会が破壊行為の被害に遭う
- 権力・職権の乱用
- 説教のやり方について、一部の信徒から不評を買う
- 人々が互いを批判する
- つまらないことで口論になる（ホールを何色にするか、礼拝を何時に行うか）
- 牧師が辞めて、あとを引き継ぐ者がいないために混乱が生じる
- 地域社会に奉仕しようと努めるものの、全員の要求に応えることができない
- 特別な企画のために資金を集めなければならないが、自分の信徒たちが経済的に苦しんでいることもわかっている
- 洪水のため、教会内の炊き出し所や食糧援助施設が閉鎖に追い込まれる
- 教会が時代にそぐわない信念や理念を掲げているため、地域社会から批判される
- 教会の外ではまったく異なるふるまいをする礼拝出席者

🧑 登場人物
- 管理スタッフ
- 侍者の男の子と女の子
- 子どもの面倒を見る人
- 聖職者
- 音楽家
- 礼拝に出たり、もしくは別の地区で（聖歌隊、技術担当、もてなしの準備など）ボランティアを務める教区民
- 賛美歌を演奏する楽隊
- 訪問者

設定の注意点とヒント
教会の環境は、築年数や資金状況、また所属している宗派によって大きく異なるはずだ。多くの教会が建物と土地を所有する一方で、(コミュニティセンター内の一室など) 既存の施設を短期もしくは長期的に借りている教会もあるということを頭に入れておこう。こうした教会の設備は一時的なものでしかなく、礼拝以外の日はほかの人々が部屋を使用するため、毎回当日に設備を組み立てたり解体する必要がある。よって、必然的に配置や仕様が必要最低限のものになる。

例文
手袋をはめた手を膝に置き、背筋をまっすぐ伸ばしてニーダは会衆席に座っていた。もう遅い時間なので明かりも薄暗く落とされ、祭壇にいくつか灯されたロウソクが、前方の座席をチラチラと赤く照らしている。昨日の葬式の説教でオークリー牧師が語った言葉が甦る中、彼女は十字にかけられたキリストを見上げた。牧師は神の栄光について話してくれたし、愛するアンドレがより良い場所にいるのだと言ってくれたのだから、その言葉に慰められるはずなのに、そんな気は起こらなかった。神とその栄光だなんて。だとすれば、酒を飲んだ運転手がハンドルを握ったとき、「神」はどこにいたのだろう？

使われている技法
光と影

得られる効果
背景の示唆、感情の強化、緊張感と葛藤

結婚披露宴
〔英 Wedding Reception〕

関連しうる設定
郊外編 ── 裏庭、ビーチ、教会、豪邸、南の島
都市編 ── ダンスホール、正装行事、コミュニティセンター

👁 見えるもの
- 紙吹雪を散りばめたテーブルクロスがかけられた丸テーブル
- 花でできたセンターピース
- 席札とともに置いてある陶磁器の食器
- シャンパングラス
- 風船やカーリングリボン
- 横断幕
- いくつも連なりキラキラ輝くライト
- 室内を彩る人工植物
- ダンスフロアとバンド、DJ
- 新郎新婦と花嫁・花婿介添人のために別にセッティングされたテーブル
- 前菜や飲み物をのせたトレイを手に人ごみの中を移動するウェイター
- バーテンダーがいるバー
- ウェディングケーキが置かれた小さなテーブル
- 揃いのドレスやタキシードに身を包んだ介添人
- 正装した招待客
- 室内に飾ってある新郎新婦のさまざまな写真
- 芳名帳
- ギフトや封筒が山積みになっているテーブル
- 黒い服を着たカメラマンが写真を撮る
- 踊っている招待客
- 床に置いてある、招待客が脱いで蹴飛ばしたハイヒール
- 椅子の背もたれに掛けられたジャケット
- テーブルの上に置いてあるクラッチバッグや携帯
- 介添人らがマイクを手に、幸せな2人を祝して乾杯する
- 写真のスライドショーが流れる

🔊 聴こえるもの
- 大音量で流れるダンス音楽
- 人々が談笑しているときに流れる静かなBGM
- 走り回る子どもの足音
- タイルやフローリングの床の上を歩くヒールの音
- スーツのジャケットを脱ぐときの衣擦れ
- 介添人たちを紹介するDJの声
- 新郎新婦が登場したときの拍手や口笛
- 椅子が床をこする音
- ナイフやフォークが皿を引っかく音
- グラスの中で「カタカタ」と鳴る氷
- 新郎新婦のキスをせがむときに人々がフォークでグラスを叩く音
- 喧噪に被せて招待客が互いに大声で話す
- ダンスフロアから聴こえてくる叫び声や大声
- 司会者がスピーチをする人や乾杯の音頭をとる人を呼ぶ

👃 匂い
- 燃えているキャンドル
- キャンドルの微かな煙
- 花
- ヘアスプレー
- 香水およびコロン
- 食べ物
- 古い挙式ホールやロッジのカビの臭い

👅 味
- 涙
- ミント
- 前菜
- 披露宴の料理（ビュッフェや厨房から一品ずつ出てくる形式）
- ウェディングケーキ
- シャンパン
- 水
- アルコール飲料
- ソーダ
- パンチ

✋ 質感とそこから受ける感覚
- 中に小切手が入った鋭利な角の封筒
- 脂っこい前菜
- 結婚する2人に贈られるプレゼントの箱の重み
- 硬いリネンのテーブルクロス
- 膝の上に敷く布ナプキン
- テーブルの下で靴を脱いでつま先をモゾモゾ動かす
- おろし立ての服の硬い感触、あるいは糊が効いた感触
- 首もとを引っ張るネクタイ
- きつすぎるドレス
- タフタ（絹織物）、あるいは絹
- ドレスを着て踊って汗が出る
- 新しい靴でつま先が痛む
- 薄いティッシュ
- スライドショーや新郎新婦のダンスを見ようとして、座ったまま首や背中をひねる
- 涙でチクチクと痛む目
- いくつもの燃えているキャンドルから漂う熱
- 冷たい飲み物を持った手に水滴がつく
- 胸にドスドスと響くベース音

けっこんひろうえん ── 結婚披露宴

- ダンスフロアで人とぶつかったり押されたりする
- 冷たい銀食器
- バランスをとってたくさんのものを一度に抱えようとする(クラッチバッグ、携帯、皿と飲み物、ナプキン)

❶ 物語が展開する状況や出来事
- 挙式を完璧なものにするために理不尽な要求を突きつけてくる花嫁
- 泥酔した招待客
- 家族の間で起きる騒動
- 贅沢な結婚式と披露宴を開催しようとして、自らに金銭的な負担がのしかかる
- 招かれざる客もしくは元恋人が現れて、トラブルを引き起こす
- 食べ物や飲み物が足りなくなる
- あるゲストが食中毒になる、もしくはアレルギー反応を起こす
- 花嫁のドレスにワインや何か色の濃いものをこぼす
- 人々の前で不適切にいちゃつく
- 手がつけられていない酒を盗んだ姪や甥が酔っ払う
- ケータリング業者が間違った料理を持ってくる
- ケーキが倒れる
- 納入業者が時間通りに遅れる
- 披露宴に向かう途中で新郎新婦を乗せた車が故障する
- 新郎新婦の間で喧嘩がぼっ発する
- 新婦の家族と新郎の家族の間で扱いに差が生じる
- 義理の両親らが式を牛耳り、新郎新婦が事前に決めていたことを拒否する

🎭 登場人物
- バンドやDJ
- フラワーガール
- リングボーイ
- 介添人
- ケータリング業者
- 家族
- 招待客
- カメラマン
- ウェイター、ウェイトレス
- 新郎新婦

設定の注意点とヒント

結婚披露宴は非常に個人的なものである。細かいところまで逐一入念に決められるものであるため、携わる人々の意向を色濃く反映したものになるはずだ。さらに、結婚式は新郎新婦の文化についてもヒントを与える場になるだろう。国、民族、宗教によって慣習は異なる。だからこそ、ディテールを注意深く選べば披露宴の場面に本物らしさがもたらされるだけでなく、物語に関与する文化や伝統について、重要な情報を明らかにするチャンスにもなるのである。

例文

どのテーブルも花のブーケで飾り立ててあり、白いかすみ草と一緒に結んである優美な黄色いリボンがそれぞれの椅子の背を彩っている。ダンスフロアを縁取るのは、花嫁介添人たちの花をあしらったドレスのように華やかな、12個の鉢に入ったフラワーアレンジメント。さらにバンドの向こう側では、グランドピアノが蓋の上にのったバラの重みに潰されそうになっていた。さまざまな花の香りが襲ってきて、私は鼻筋にしわを寄せた。詩人であるサラのママは、人生と再生なんてテーマを設けてやり過ぎたようだ。鳥の餌が入った小袋なんか配らずに、アレルギーに効く薬の試供品でも配るべきなんじゃないだろうか。

使われている技法
多感覚的描写、象徴

得られる効果
登場人物の特徴づけ、雰囲気の確立、緊張感と葛藤

豪邸
〔英 Mansion〕

関連しうる設定
郊外編 ― 全寮制の学校、ワインセラー
都市編 ― ダンスホール、正装行事、
　　　　　リムジン、ペントハウス、ヨット

👁 見えるもの
- 外周を囲むフェンスや壁
- 草で覆われた広大な芝生
- 手入れされた生け垣や低木
- ゲート式の入口
- 警備員室
- たくさんのライト
- 葉の茂った木々
- 玄関に向かって広がる、あるいは輪を描く長い私道
- スイミングプールやスパ
- ガゼボ
- テニスコート
- パット練習場
- 高級車で埋め尽くされた大型のガレージ
- ゲストをもてなす屋外の居間（ゆったり横になれる屋外用の家具、ガスで点く野外炉、バー、クッション、空間全体を照らす照明）
- 庭園
- サンルームや温室
- ゲストハウス
- スタッフ棟
- 屋上の休憩スペース
- テラスやバルコニー
- 彫像や噴水
- 一部が不気味なツタで覆われた大きな母屋
- 両開きの扉がある広い通路
- しばしば壁画や装飾が施された高い天井
- 廻り縁の天井
- 曲線を描いた階段
- シャンデリア
- 豪華な床（大理石、石、御影石、粘板岩、輸入硬材）
- 広々とした部屋
- 壁紙を貼って織り目加工された壁
- 高い窓
- 重たいカーテン
- 高価なじゅうたん
- 高級な装飾（ステンドグラスの窓、貴重な絵画やアートワーク、カスタマイズした照明や窓周辺の装飾、アンティーク）
- 重硬材（クルミ材やオーク材）や金属（錬鉄）でできた室内家具
- 長い廊下
- 大きなウォークインクローゼット
- 複数の暖炉
- ボウリングレーン
- ホームシアター
- 高価な電子機器（テレビ、サウンドシステム、警備システム）
- いくつもの浴室
- ビリヤード室
- 図書室
- ゲームルームやレクリエーションルーム
- 最高級の設備が揃ったホームジム
- 音楽室
- 居間
- ダイニング
- ワインセラー
- 台所とじゅうぶんに在庫のある食料庫
- 各階に食事や備品を運ぶための給仕用エレベーター、あるいは普通のエレベーター
- 屋内プール
- セーフルーム（緊急避難室）

🔊 聴こえるもの
- 重たいゲートが揺れて開く音
- プールから聴こえてくる音楽や人の声
- 「ブーン」「チョキチョキ」と音を立てる造園道具
- 鳥のさえずり
- 噴水の水しぶきの音
- 人が発する音や声（話し声、笑い声、歩く音、電話で話す声）
- 風が木々を「カサカサ」と揺らす
- 敷地に入ってくる車の音
- ドアの開閉音
- 通路を「コツコツ」と歩くヒールの音
- テレビの音声
- 電話の音
- 「カチャカチャ」と鳴る皿
- 走り回る子どもたちの音や声
- 給仕やスタッフのささやき声
- パーティーの喧噪
- 一般的な家の雑音

👃 匂い
- 屋外の新鮮な空気
- 刈り取られた芝生
- 花が咲いている植物
- 革
- 薪の煙
- 家具磨き
- 床用ワックス
- 柔軟剤
- ポプリなどの人工的な香り
- 台所で調理される食べ物
- 切り立ての花
- 古い本

👅 味
- 食べ物や飲み物
- 普通の食事と豪華な食事（キャビア、ロブスター、プライムリブ、スコッチ、バーボン、ポートワイン、シャンパン、上質なワイン）

ごうてい — 豪邸

❽ 質感とそこから受ける感覚
- 足元に生い茂る芝生
- 肌を滑るように流れる温いプールの水
- ジムやテニスコートで一汗かく
- 温度と湿度が調節された空気
- 贅沢なカーペット
- 滑りやすくひんやりしたシルクやサテンのシーツ
- ツルツルに磨かれた手すり
- 古い本の織り目加工がされた布や革のカバー
- 繊細な水晶や磁器
- リネンのナプキン
- 大理石や御影石の冷たいカウンター
- 柔らかな革の家具
- クッション性のある座席
- 織り目加工が施された内装
- 手に持つクリスタル製ハイボールグラスの重み
- 手を流れるように滑り落ちるビリヤードのキュー
- 高価なタオルやバスローブの贅沢な質感

❶ 物語が展開する状況や出来事
- 有利な地位を得ようとする、あるいは報道機関に噂話を売る使用人
- 嫉妬深い家族の一員による暴力や妨害工作
- 豪邸の所有者が破産する、もしくは一連の収益を失う
- 家族の死によって突然新たな人物に所有権が移る
- 害虫が侵入する
- もろい構造のせいで邸宅全体が脅かされる
- 敷地内で怪我を負った客に訴えられる
- 盗んだ品を飾っているのを目撃される
- 家族間に亀裂が入るような出来事が発覚する
- 不自然な状況で家族が死亡し、世間の噂の的になる
- 敷地内の昔からある場所で幽霊もしくは超常現象を目撃する
- 秘密の通路や部屋を見つけ、古くからの家族の秘密を発見する
- 家族の軽率な行動をごまかすために、ストレスや金銭的負担を被る
- 過去のビジネス取引について一家が脅迫を受ける
- 家族経営の企業の財政不安を防ぐために、(アルツハイマーや認知症による)所有者の精神的退化を隠蔽する

❹ 登場人物
- 執事
- ケータリング業者
- 運転手
- 建設業者
- コック
- 配達員
- 家族
- 客
- インテリアデザイナー
- 造園および管理業者
- メイド
- 乳母
- 家庭教師
- 警備員

設定の注意点とヒント
一般的に、豪邸は裕福で有名な人々と結びつくものだが、そうではない人々も頻繁に出入りする場所だ。使用人、友人、配達員、建設業者といった登場人物も物語に登場する可能性がある。対比や違った視点を提供するためにも、この点を忘れないようにしよう。

例文
建物へと向かう私道は延々と続いて明るく照らされていたため、飛行機が僕らの上に着陸するんじゃないかと心配になった。というより、目的地が見えてくると、僕はむしろそう期待せずにはいられなかった。白いスタッコ壁の邸宅は6階建てで立ちはだかり、建物を取り囲むたくさんの照明が、外観に冷たい輝きをもたらしている。隅の方にある小塔は闇を突き刺していた。軍でも通用する機器を持った警備員が窓のそばに立ち、脅威を与える人物を捕まえる機会をひたすら待つ様子が目に浮かぶ。僕は座席で体の向きを動かすと、注目に値しない小物に見えるように努めた。巨大な怪物が不気味に迫ってくる中、それはさして難しいことでもなかった。

使われている技法
対比、隠喩、直喩

得られる効果
雰囲気の確立、感情の強化

郊外編　基礎設定　こ

工房
〔英 Workshop〕

関連しうる設定
地下室、ガレージ、物置き小屋

👁 見えるもの
- 製作中のものが置かれた長い木のテーブル
- 床に積まれた、もしくは壁に立てかけられた板材の山
- （道具、接着剤、巻き尺、鉛筆、水準器、T定規などが置かれた）作業台
- 敷物の上に置かれた椅子
- 道具を引っ掛けるフックのついたハンガーボード
- テーブルソーやボール盤などの大型機械
- 電動工具（ドリル、研磨機、丸ノコ）の入った金属製のキャビネット
- ぼろくなった業務用掃除機
- ねじや釘が入っている古いコーヒーの缶
- あらゆる道具（ハンマー、ドライバーセット、ソケットセット、ドリルの刃、ペンチ、やすり、クリップ、はんだ付けセット）が入っている引き出しのついた赤い収納カート
- テーブルクランプ
- スプレー塗料やシーリング材の入ったプラスチックコンテナ
- コードレス式の道具とバッテリー
- 充填剤
- ゴミ箱
- 床におちたおがくず
- 送風機
- ラジオ
- 明るい照明
- 瓶に入った鉛筆
- ねじれた金属の削りくず
- ほこりっぽい棚に置かれた、ラベルの貼られた収納容器
- 壁に貼られたポストイット
- 床についた潤滑油のシミ
- 飛び散って乾いたペンキ
- 釘に掛けてあるテープ（絶縁テープ、ダクトテープ、塗装用マスキングテープ）
- 保護メガネおよび手袋
- 溶接装置
- 染みだらけの布巾
- ほうきとちりとり
- ダボが入っている背の高いプラスチックのバケツ
- 不要なコーヒーカップや水のペットボトル
- スツール
- 積み重ねて置かれた油で汚れた箱
- 棚に並ぶ液体の入った容器
- オイル缶や潤滑油の瓶
- 床に置いてある赤い油差し

👂 聴こえるもの
- 機械の稼働音（どもるような音を立てるボール盤のモーター、木材を薄く削る研磨機の金属音、2×4材を切る丸ノコの甲高い音）
- ザラザラする床をすり足で歩く靴音
- 掃除機が破片を吸い込む音
- ハンマーの打音
- 木材についた削りくずを誰かが吹き飛ばす息の音
- ラジオから流れる音楽
- 鼻歌
- 木材をこする紙やすり、あるいは金属にあてて鋭い音を出すやすりの音
- ハンマーが狙いを外したときに悪態をつく声
- 「ギシギシ」と鳴る板や「カサカサ」と鳴る紙
- 椅子を後ろに引いたときにキャスターが音を立てる
- ほうきの剛毛が床を掃く音
- スプレーから塗料が「シュー」と出る
- ポリタンクや瓶の中でバチャバチャ跳ねる油やその他の液体
- 板を切断したときに床にガタンと落ちる木材の一部
- 油を差す必要のある、「キィキィ」と鳴る金属の継手
- 引き出しの開閉音
- 必要なものを求めて道具箱を探すときに金属が「カチャカチャ」と鳴る
- ロールから紙タオルを引きちぎる音
- ゴミを捨てるためにゴミ箱の中で「バンバン」とちりとりを叩く

👃 匂い
- 接着剤
- ニス
- 切ったばかりの木材
- 塗料のきつい臭い
- 過熱したモーター
- 油
- 潤滑油
- アセトン
- 燃えている木材
- グリース
- 金属
- 木材の削りくず

👅 味
- 設定の中には、登場人物がその場面に持ち込むもの（チューインガム、ミント、口紅、煙草といったもの）以外に関連する味覚というものが特にない場合もある。特定の味覚がほとんど登場しないこのような場面では、

102

こうぼう ― 工房

ほかの4つの感覚を用いた描写に専念するのがよいだろう。

💭 質感とそこから受ける感覚
- 作業台の上のザラザラしたおがくず
- 塗料の斑点
- べとつく接着剤やコーキング剤
- 電動工具の振動
- 内側が熱い保護や防塵マスク
- 肌にあたる火花
- 鼻から落ちる保護メガネ
- 眉の上に溜まったり、分厚い手袋の中で手を熱くする汗
- 破片がチクッと肌を刺したときの痛み
- 紙やすりをかけて、ざらついた表面が徐々に滑らかになっていく
- 汚れた保護メガネ越しにものを見る
- 同じ動作を繰り返していたために筋肉疲労を起こす（せっせとハンマーを打つ、表面にやすりをかける、斧を振る）
- 鼻の中がほこりでムズムズして、くしゃみが出そうになる
- 腕の毛に付着したおがくず

❶ 物語が展開する状況や出来事
- 過熱した電動工具、または電気ショートによる火事
- 空気中を化学薬品が漂い、換気が不足しているためにクラクラする
- 不器用な客が誤ってテーブルの支えにぶつかり破壊する
- 電動工具によって災難が起こり、救急救命室の世話になる
- 自分の能力を超えた作業を引き受ける
- 新しいものを製作しはじめる前に、ほかのものを完成させろとうるさく言う伴侶
- 「手伝い」をしたいとせがむ子どもと一緒に作業を進めようとする
- 誤配線により感電するも、周囲に助けてくれる人がいない
- 家族の一員に自分の作業場を占領される

👤 登場人物
- （もし仕事の一環として工房を開いている場合）客
- 家族
- 友人や隣人
- 工房の所有者

設定の注意点とヒント
工房には、所有者の興味に関連した道具や資材、機器が揃っている。在宅で手がけるちょっとした仕事のため、飛行機の模型作りのため、工作のため、ナイフ作りのため、あるいはその他の目的など、自分の登場人物が何のために工房を使うのかを理解しておこう。また内部の片付き具合から、登場人物の性格について多くのことがわかることも考慮すべきだ。すべての道具が決められた場所にしまわれて整理されているのか？　それとも棚にはものがごちゃ混ぜに置いてあり、いざというときに必要なものが見つからず登場人物はイライラするのだろうか？　道具はきちんとメンテナンスされているのか、あるいはどうにか稼働する状態なのか？　室内は掃除されているのか、はたまたコーヒーカップやビールの空き缶、食べ物の包み紙などが散乱するブラックホールなのか？　工房とそこを所有する人物について説明するために、登場人物の性格のさまざまな面を際立たせるようなディテールを選ぶとよいだろう。

例文
小さな窓から昼前の日光が差し込んでくる——空気中を舞う無数のほこりを確認するにはじゅうぶんだったが、エディの所有している釘を数えるには明るさが足りなかった。それでも、ホームセンターに行かなければならないという事実は、缶をカタカタ振ってみただけでもわかる。木片が床を覆い、隅っこにはさびた庭仕事の道具が押し込んであり、機械の部品がそこら中に山積みになっているこの地雷原を、俺は睨みつけた。なんだってまたエディは工房にがらくたばかり詰め込んでいるくせに、門を組み立てるための釘すら手元に補充しておかないんだ？

使われている技法
光と影、隠喩

得られる効果
登場人物の特徴づけ、感情の強化

郊外編 基礎設定 こ

子ども部屋
[英 Child's Bedroom]

関連しうる設定
浴室、10代の息子・娘の部屋

👁 見えるもの
- 狭いベッド
- (メダル、賞品、トロフィー、ファストフード店のキッズミールの小さな玩具などが置かれた) ドレッサー
- 絵を描く道具 (鉛筆、ペン、瓶に入ったクレヨン、紙) が置かれたいたずら書きされた机
- 携帯型ゲーム機や音楽プレーヤー
- 本が置かれている壁に取りつけた棚、もしくは本棚
- (絵、キーホルダーの数々、写真、学校の予定が貼られた) コルクボード
- 壁に立てかけられた擦り切れたリュック
- 床に置かれたしわくちゃの服
- (洗濯前の服、玩具、ゲームがしまってある) クローゼット
- 壁に留めたり貼られた映画やアニメのポスター
- アニメのキャラクターや有名な格言が描かれたグラフィックTシャツ
- 床に敷かれたじゅうたん
- ベッドの下に隠れている丸められた靴下
- 積み重ねて置かれたスポーツ用品
- カーテンやブラインドが取りつけられた小さな窓
- ペットの金魚やケージの中にいるハムスター
- 中身が溢れているゴミ箱
- あたりに散らばっている空のグラスや皿
- ドアや照明のスイッチまわりについた指紋や土汚れ
- 隠れて食べたお菓子のゴミ

女の子
- 枕元や壁に取りつけた棚に飾られたぬいぐるみコレクション
- 人形や服が入ったケース
- スポーツ用品
- ネイルポリッシュ
- ヘアゴム
- バレッタ
- ヘアブラシ
- (プリンセスなどの) コスチューム
- 鮮やかな色のベッドカバーと揃いの枕
- パステルカラーのインテリア (カーテン、壁画)
- 化粧鏡
- 香水やボディスプレーの数々
- たんすに入っているスパンコールつきTシャツ
- 宝石箱

男の子
- スポーツ用品
- レゴがいっぱい入った容器
- コレクションとして集められたミニカーやラジコンカー
- フィギュアが並ぶ棚
- 水鉄砲やモデルガン
- ドアの裏側に取りつけられたミニバスケットボールのネット
- 暗めの色の、あるいはスポーツや人気の映画に関連したデザインの寝具とインテリア
- いくつかの野球帽
- 有名人のポスター (スポーツチーム、スポーツ選手、映画のスーパーヒーロー)

👂 聴こえるもの
- 音楽
- 笑い声
- 「カチカチ」と鳴る壁時計
- 引き出しの開閉音
- 子どもの独り言
- 寝転がるときしむベッド
- 引き出しを「ガサゴソ」と探す
- クローゼットの中でハンガーを左右にかき分ける音
- ボールが床に跳ね返る音
- ものを動かしたりぶつかったりしたときの「ドシン」「ドン」といった音
- 鉛筆やクレヨンで塗り絵をするときの「サラサラ」という筆音
- ハムスターが爪でケージを引っかく音
- 好きな歌に合わせて歌ったりハミングする声

👃 匂い
- ほこり
- カーペット
- サインペン
- クレヨン
- 汚れた靴下
- 汗

👅 味
- 部屋に持ち込んだスナック (サンドイッチ、ポテトチップ、グラノラバー、甘いもの)
- 隠してあるお菓子 (ガム、飴、チョコバー)
- 飲みもの (紙パックのジュース、ソーダ、牛乳)

✋ 質感とそこから受ける感覚
- テディベアの柔らかな毛皮

こどもべや — 子ども部屋

- フワフワした暖かな掛け布団
- ひんやりとしたドアノブ
- 寝転がると弾むベッドのスプリング
- 足元にあるビロードのカーペット
- 爪の上にのせるツヤツヤした冷たいネイルポリッシュ
- 入り込んできたそよ風がカーテンをはためかせ、頬を撫でる
- もつれた髪に引っかかるブラシやコーム
- Tシャツを頭から引っ張る
- 机やベッド脇のテーブルの角にぶつけたときの鋭い痛み
- ベッドからドサッと落ちたときの衝撃
- 本を読みながらビーズソファに沈み込む
- 机の前にある硬い木の椅子

❶ 物語が展開する状況や出来事
- きょうだいが勝手に部屋にいる
- きょうだいが許可なくものを触ったり借りたりする
- 大切なもの、あるいは人から借りたものをなくす
- 遊び仲間とのけんか
- 家族の一員や友人に脅威を感じる
- 悪夢を見る
- 暗闇が怖い
- 秘密が明かされる口論、あるいは電話の会話を耳にしてしまう
- 友だちが来たあとに、ものが行方不明になる
- ベッドの下に追いやってそのまま忘れていた甘いお菓子のせいで、アリが寄ってくる
- 煙たい匂いにびっくりして目覚める
- 暗闇で目覚めて、誰かが自分の部屋にいるのに気づく
- 窓をコツコツ叩く音がして目が覚める
- 誰かに名前を呼ばれた気がするのに誰もいない

👤 登場人物
- 家政婦
- 友人やきょうだい
- 親
- 子ども部屋の所有者

設定の注意点とヒント
この項目で性別をわけて明記した箇所は、ブレインストーミングの際にヒントを必要とする人のためのあくまでも大枠である。男の子だろうと女の子だろうと、関心を抱く事柄や好き嫌いというのは登場人物によって違うということを覚えておくのが重要だ。室内のインテリアを決めるのは、子どもの性別ではなく、性格なのである。自分が描く子ども部屋を際立たせるためには、その子が何に関心を抱いているのかが伝わるようなコレクションや、好きな楽器、あるいは才能やスキルが伝わってくる技能だとか、一番大切なものをしまってある秘密の場所(引き出し、隠してある箱)などについて検討してみるとよいだろう。

例文
眠っている甥っ子の姿をドアのところから眺めながら、この子ども部屋が夜を迎えてずいぶんマシに見えることに私は安堵した。開け放たれた窓から入ってくる涼しい風と暗闇によって、服の山も汚れたグラスの数々も中身が溢れ出ているゴミ箱も、すべてがぼんやりとした塊と化している。おかげで、前世紀にはこの部屋に掃除機がかけられたことだってあるはずだ、と思い込むことさえできそうだった。自由奔放な姉のことは愛している。だけど、整理整頓の大切さは、是非ともこの子に植えつけておいてほしかった。

使われている技法
光と影、天気

得られる効果
登場人物の特徴づけ、感情の強化

災害用地下シェルター
〔英 Underground Storm Shelter〕

関連しうる設定
裏庭、地下室、核シェルター

👁 見えるもの
- 蝶番やスライド式のドアがついた、正方形や長方形の穴
- 内側のロック機構
- 地下へと通じる狭い階段
- 強固な壁（コンクリートブロック、スチール、繊維強化プラスチック）
- ドーム型の天井や平たい天井
- 嵐が過ぎるのを待つためのベンチ
- 換気扇
- 応急処置キット
- 毛布
- 小さな玩具やゲーム
- カンテラ
- 懐中電灯や光る棒
- ロウソクとマッチ
- ペットボトルの水
- スイスアーミーナイフ
- ホイッスル
- 携帯トイレ
- トイレットペーパー
- 緊急時のための食糧
- プラスチック食器と紙タオル
- ドライペットフード
- 予備の服
- 重要書類のコピー
- 現金
- クモの巣とクモ
- 床に落ちている葉や破片
- ロウソクや光る棒が放つ薄暗い光
- 人々の怯えた顔
- 震える手で持つロウソクの揺れる炎

👂 聴こえるもの
- ドアがスライドしたり蝶番によって閉まる音
- 強風の音
- 電車が通過するような轟音
- 外で大きなガレキがこすれて「ギィギィ」と音を立てながら動く
- 木の枝や重たいガレキが天井に落下する音
- 人々が小声で話す
- 反響音
- 子供が泣いたり鼻を「グズグズ」させる
- 楽な姿勢をとろうと体勢を動かす音
- 携帯ラジオから聴こえてくる雑音
- 「ブーン」と換気扇がうなる
- マッチを「シュッ」とつける
- 食べ物の包み紙を「クシャッ」と丸める
- 床をこする靴
- 「カチッ」と鳴って光が点く棒
- 怯えた子どもをなだめようと静かに歌ったりささやく
- 扉がガレキで塞がれて自分の居場所を救助隊に知らせるためにホイッスルを吹く
- けが人に貼るために絆創膏やガーゼの袋を「ビリビリ」と破く
- 荒い呼吸
- 痛みで低いうなり声を上げる

👃 匂い
- ほこり
- 汗
- 洗っていない体
- つけたマッチの硫黄
- 燃えているロウソク
- カビ臭い毛布
- トイレの臭い
- 消毒ウェットシート

👅 味
- 緊急時の保存食（グラノラバー、クラッカー、シリアル、ピーナッツバター、ドライフルーツ、ナッツ）
- 水

✋ 質感とそこから受ける感覚
- 硬いベンチと壁
- チクチクする毛布
- すし詰め状態で感じる極端な寒さや暑さ
- 換気装置から肌に漂ってくる空気
- 暗闇で目を凝らす
- カンテラやロウソクの暖かさ
- 光源のそばに身を寄せる
- 湿度の高い空気
- 髪の毛を洗っていないためにかゆい頭皮
- くたびれた服
- 水分を節約したために乾く口
- 空腹に悩まされる
- 退屈
- 暗闇で長時間座っていることで襲われる倦怠感
- 閉所恐怖症
- 子どもが自分の膝に体をすり寄せてくる
- 自分の足に身を寄せるペットの震え
- 本のページを捲る
- 放送が入ることを願ってラジオのノブをいじる
- 嵐が過ぎ去ったあと、固くなったドアを押したり肩で突いたりする

❗ 物語が展開する状況や出来事
- 長いことシェルター内に閉じ込められる
- 食糧が尽きる

さいがいようちかしぇるたー——災害用地下シェルター

- シェルターに来る途中で深刻な怪我を負い、治療が必要な状況
- シェルターに避難するが中に食糧が何もない
- 保管していた食糧が期限切れだったり悪くなっていることを発見する
- シェルター内に人が多すぎる
- しゃくに障る人、あるいは激昂しやすい人と一緒にシェルターに入る
- 食糧の分配について口論になる
- 換気装置が損害を被り、新鮮な空気が届かなくなる
- シェルターに構造上の問題が発覚する
- 嵐の最中にドアを閉めることができない
- ペットがシェルター内で糞をする
- 嵐の真っ最中にドアが外れる
- 外で助けを呼ぶ悲鳴が聴こえたが、みんなの安全を犠牲にしてその人を助けるか迷う
- シェルターに入ったが、家族のうち誰かがその場にいない
- シェルターにこれ以上人を入れることができず、外に残った人々を見捨てなければならない
- 薬が必要な人がいるが手に入らない(インスリン)
- 嵐が過ぎたとき、中の人がパニック発作を起こすが、出口が塞がれていて誰も外に出ることができない
- 嵐が過ぎて外の人が助けを求める声が聴こえるものの、シェルター内に閉じ込められていて出られない

登場人物
- 家族
- 隣人

設定の注意点とヒント
災害用シェルターは、地上にも地下にも存在する。住居と離れて建てられた場合もあれば、嵐に耐えられるように補強された既存の地下室や貯蔵室もあるだろう。今日最も一般的に見られるシェルターは既製品だが、汚水処理タンクや壊れたバス、輸送コンテナをベースに制作することもできる。標準的なものだと10～12人を数時間収容することが可能であり、最低限の食糧が置かれている。最悪の事態を見越して、何日もシェルターに閉じ込められたときのために緊急時用の物資を内部に詰めておく人もいるだろう。

例文
棺の蓋が閉まる断固とした態度で、シェルターの扉がスライドして閉じる。するとイーライは叫び声を上げて私の膝によじのぼってきた。自分が感じている恐怖を鎮めつつ、なだめる言葉をささやきながら彼を抱き抱える。しかし3歳児にとって、暗闇とはいつだって切り札だ。カビ臭い毛布、その上にある木でできた粗いベンチ、さらにその下にある食糧が入ったプラスチック容器へと手探りで進む中、彼は私にしがみついたままだった。掛け金を見つけて蓋を外し、マッチ箱やグラノラバーや紙タオルの束をかき分けて、ようやく金属の長い円筒に手が届いた。懐中電灯の光が狭い室内を照らすと、イーライの泣き声はしゃっくりへと変わり、パニック状態だった私の呼吸も落ち着いた。

使われている技法
光と影、隠喩

得られる効果
雰囲気の確立、感情の強化、緊張感と葛藤

採石場
〔英 **Quarry**〕

関連しうる設定
郊外編 ― 廃鉱、峡谷
都市編 ― 古い小型トラック

👁 見えるもの
- 木々や植物のない広大な空間
- （都会の場合）外周の木々や低木が採石場を外から見えないように隠す
- 地面を掘った巨大な穴
- まっすぐな側面や上り階段のように段になった側面
- さまざまな色の岩（赤、ピンク、白、黄、灰、黒）が並ぶ、筋の入った壁
- 場内のそれぞれの場所に通じる舗装されていない道
- 粗石の山
- 石の厚板
- 大量の砂や砂利を積んだ小山
- トラクター
- ブルドーザー
- 掘削機
- ダンプカー
- クレーン
- 軽トラック
- 何も置かれてない木製パレット
- 資材を別の場所へと移すベルトコンベア
- 足場を組む
- 貯水池
- 粉塵雲
- 爆発後に大きく膨らむほこりの噴煙
- 管理者用のトレーラー
- 個人車両を停める駐車スペース
- 三角コーンや立ち入り禁止区域
- ほこりを制御するために水をスプレーする大砲のような機械
- 散水車
- 発電機
- 溜水を取り除くためのポンプ
- 仮設トイレ
- 土に残る長靴やタイヤの跡
- 山積みになっていたものが粉々に砕けた石や砂
- 安全用具を身につけた作業員（反射ベスト、重い長靴、工事用ヘルメット、保護メガネ、耳栓、防毒マスク）
- クリップボードを手に持った現場監督
- 騒音に被せて大声で話す作業員たち
- 採石場で十字交雑されたホースやワイヤー

👂 聴こえるもの
- 重機による轟音
- トラックがバックするときのビープ音
- くぐもって聴こえる地下の爆発音
- ロックハンマーや穴掘機を繰り返し打ちつける音
- 粉砕機で岩をすり潰す音
- 大型トラックのギアチェンジ音
- ダンプカーの荷台が上下するときの水圧による音
- 「カチャカチャ」とチェーンが金属音を立てる
- 石の塊が掘削機から転がり落ちて岩の山に積み重なる音
- 金属製の機械の挟み口が岩場をこする音
- 「ガタガタ」と鳴るベルトコンベア
- 「トントン」と音を立てる砕岩機
- ダンプカーの荷台から石が転がり落ちる音
- 爆発を実施する際に人々に警告するサイレン、あるいはその他の信号音
- 山積みの箇所から小さな石や砂が静かに転がり落ちる音
- 機械の騒音による耳鳴り
- 「キィキィ」もしくは「ギィギィ」音を立てる車両のドア
- 土の上を重い長靴が「ドスドス」と歩く

👃 匂い
- ほこり
- 岩
- 排ガス
- ディーゼル燃料

👅 味
- 歯に挟まるじゃりじゃりした砂
- 乾燥した空気
- 水
- コーヒー

✋ 質感とそこから受ける感覚
- 肌や髪に付着する岩の粉塵
- 削岩機やドリルの耳障りな振動
- 服の中に入り込む砂
- 汗によって保護ゴーグルやメガネが鼻をずり落ちる
- 重たい石の厚板
- ザラザラした岩の表面
- 長靴の下でつぶれる小石
- 反発力があるダンプカーの座席
- ゆるい砂の中を重たい長靴で歩き続けたために、ふくらはぎが痛くなる
- エアコンの効いた車両のドアを開けたときに吹きつけてくる外の熱

さいせきじょう ― 採石場

- 無限軌道式のトラクターで走行するときの、回転して進んでいく感覚
- 撒水機の噴霧で肌が涼しくなる
- 水たまりをザブザブと通り抜ける
- 地下の爆発によって足元に弱い衝撃波を受ける
- 目に砂が入る
- 着用が義務化されている保護服のせいで肌が火照りすぎる
- 乾いた口元や唇
- 喉にほこりが入って咳がなかなか止まらない

❶ 物語が展開する状況や出来事
- 割れやすい頁岩に滑って転倒する
- 頭上に石や岩が落ちてくる
- 重機の誤作動による怪我
- 爆発による怪我
- 爆薬が爆発したり、その他の危険な装置が行方不明になる
- 10代の子どもや大学生らが夜間にパーティーを開くために場内に忍び込む
- 重機オペレーターが薬でハイになっている、または二日酔い
- 環境保護を訴える人々
- 機械が盗まれたり破壊されてしまう事態に遭遇する
- 春の雪解けや水の流出によって土砂崩れが発生する
- 手抜きをするいい加減な現場監督の下で働く
- 考古学的・歴史的遺物を誤って破壊する
- 採石場の環境のせいで健康が悪化する

🙂 登場人物
- 管理者および採石場の現場監督
- 客
- エンジニア
- 環境検査官
- 重機オペレーター
- 事務スタッフ
- 採石場の作業員
- 安全検査官
- トラック運転手
- 本社からの訪問者

設定の注意点とヒント

採石場は基本的には土木現場であるため、通常は一般人が入ることはない。しかし採石場が閉鎖された場合には、見苦しかった場内が美しい場所へと変貌を遂げることも多い。たとえばゴルフコースに変わったり、植物が生い茂り湖がある景色のよい公園に変わったりする場合もある。ロッククライマーは筋状になった岩場を活用するだろうし、泳ぐのが好きな人や釣り人、ダイバー、崖から飛び降りる遊びをしたい人などは水場を利用するようになるだろう。そんなふうに修復された採石場は一般人が使うようになるが、放棄された採石場の中には安全とはいえない場所もある。だがそれでも、隠れてパーティーを開いたりたむろするためにそこに集う人々もいる。

例文

崖の端の方で両足をぶら下げていたジャスティンのジーンズを、ざらついた壁の表面が引っ張る。暗すぎて何も見えないものの、10メートルほど下のところには採石場の穴があって、ブルドーザーやダンプカー、穴掘機、砕岩機といった、親父のやる気をかき立てるいくつもの重機が転がっているのはわかっていた。ビールの缶をひねり月明かりをあてて、その光を缶の端に沿って走らせてみる。それから手を離すと、缶は岩棚にぶつかる音を立てて、弾みながら穴の中へと真っ逆さまに落ちていった。

使われている技法
光と影、多感覚的描写

得られる効果
雰囲気の確立、伏線

サマーキャンプ
〔英 Summer Camp〕

関連しうる設定
家畜小屋、キャンプ場、洞窟、田舎道、森、ハイキングコース、湖、草原、池

◎ 見えるもの
- 森に覆われた一帯にある木の小屋
- 二段ベッド
- カーテンがかけられている窓
- 寝袋と枕
- 窓に設置されたエアコン
- シーリングファン
- 床に置かれていたり、ベッドの下に押し込まれたナップサックやトランク
- 床に置かれた服
- 部屋の隅や天井の垂木に張られたクモの巣
- シャワー設備があり、トイレの個室に落書きが描かれた浴室専用の小屋
- 浴室の床に付着した泥だらけの足跡
- 食堂やホール
- 食堂の外で食事を待つ子どもたちの列
- 仕切りのついた食べ物のトレイ
- 端にピアノ、脇に旗が設置された舞台
- 屋外にある屋根つきの休憩所
- バレーボールのネット
- バスケットボールのゴール
- 蹄鉄投げ場
- ピクニック用のテーブル
- 綱引き用コート
- アーチェリーの的
- 馬がいる小屋
- あたりをうろつく野良猫
- 桟橋がある池
- 砂浜で逆さまにして置かれたカヌー
- 水中に浮かんでいる睡蓮の葉
- ライフガードの見張り台
- 屋外で使うものが収納された物置（釣り竿、オレンジ色のライフジャケット、スモア用の串、弓と矢、スポーツ用のボール、メンテナンス用具）
- 地面を覆う松葉や松ぼっくり
- 蚊
- ハエ
- ヘビ
- トカゲ
- カエル
- 鳥
- リス
- クモ
- 焦げた薪が入った大きな焚火台
- 腰掛け用丸太や切り株
- その地域に自生する植物や花
- 夜間にキャンプ場内をあちこち照らす懐中電灯の光線
- 洗濯物用ロープに干された濡れたタオル
- 資材が入った容器の置かれた工作コーナー
- 乾かすために置かれた湿った創作物
- キャンプ参加者のための案内表示が取りつけられた建物

◎ 聴こえるもの
- 子どもたちの声（笑い声、喋り声、叫び声、歌声）
- キャンプリーダーの大きな声
- 池で子どもたちが水しぶきを上げる音
- 「バシャッ」と水をかくオール
- ライフガードの吹く笛
- 蚊を両手で「ピシャリ」と叩く
- 木々を揺らす風
- 鳥のさえずり
- リスのお喋り
- 虫が「ブーン」と飛ぶ
- バレーボールを「バシッ」と叩く
- 「ガチャン」と鳴る蹄鉄
- 釣り糸を「カチャカチャ」と巻き取る
- 「バシッ」と音を立てるアーチェリーの弓
- コンクリートの上を「パタパタ」と歩くビーチサンダル
- 消灯後の小屋から聴こえるささやき声やクスクス笑う声
- ドアの軋みや「バタン」と閉まる音
- 食事時に食堂から聴こえてくるひときわ賑やかな喧噪
- バスケットボールのコート上を「パタパタ」と動く足音
- バスケットボールがネットに「シュッ」と音を立てて入る
- 松葉や下生えの中を「カサカサ」と進む足音
- 「パチパチ」と音を立てる焚火
- 爪弾かれるギターの音色
- 小屋の屋根に打ちつける雨の音
- 「ブーン」と飛んで窓に当たるハエ
- キャンプを締めくくるショーの最中にわき起こった拍手
- シャワーが設置された小屋の反響音
- 蛇口から「ポタポタ」と滴る水
- 濡れたタオルが「ピシャッ」と音を立てる
- 枕投げの最中に枕が「ドン」とぶつかる
- 古くなったエアコンが哀れな音を出して稼働しはじめる
- 「ブーン」と鳴るシーリングファン
- ビニール製のマットレスカバーのきしみ
- 紙の上をこすれるペンの音
- ベッドで懐中電灯をつけて読書しているキャンプ参加者が、本のページを捲る音

さまーきゃんぷ｜サマーキャンプ

👃 匂い
- 焚火の煙
- チョコレート
- 虫除けスプレー
- 日焼け止め
- 汗まみれの体
- グリルで焼かれるハンバーガーやホットドッグ
- 建物のカビ
- 漂白剤
- 小屋のカビ臭さ
- 雨
- 蹄鉄の金属の匂い
- 土
- 接着剤
- サインペン
- 濡れた紙
- 腐った卵のような臭いがする井戸水
- 湿った木材
- 石鹸
- ローション
- 馬

👅 味
- 甘じょっぱいスモア
- 煙の苦い味
- 焦げたハンバーガーやホットドッグ
- ポテトチップス
- ナッツ
- ベリー類
- トレイルミックス
- 新鮮な果物
- 自家製アイスクリーム
- 薄いレモネード
- 池の水
- 汗
- 唇に付着した日焼け止め

✋ 質感とそこから受ける感覚
- 弱い水圧で、もしくは冷たい水でシャワーを浴びる
- 重たい寝袋
- 厚い枕
- シーリングファンやエアコンから送られる冷気
- 投げ合っているときに自分に当たる枕
- ベッドに向かうときに木製のはしごを上る
- 冷たい湖で泳ぐ
- ウェットスーツから滴り落ちる水
- ヒリヒリ痛む日焼け
- 蚊やアブに刺される
- 肌の上に止まるハエの微かな感触
- ツタウルシに触れてかゆくなる
- チクチクするイバラやとげ
- 足元の柔らかな草
- 温かい砂
- 熱い太陽
- ザラザラした丸太
- 焚火から放たれる熱
- 重たい蹄鉄
- 釣り糸を引っ張る魚
- ピクニックテーブルの粗い厚板
- 手に鼻をこすりつけてくる馬
- 手で掴んでいるサドルホーンのとても硬い感触

⚡ 物語が展開する状況や出来事
- ツタウルシが一面に生えているところに落ちる
- ホームシックになり、自分がいない間に家で起きる事柄が心配になる
- 日焼けおよび熱中症
- 自分の身体に否定的なイメージがあり、自意識過剰になる
- いじめの被害者になる、または身体に関する悪口を言われる
- ほかのキャンプ参加者たちと仲良くなれず、孤独に過ごす
- 不注意だったり意地悪なキャンプリーダー
- 怪我をする（打ち返してきたオールにぶつかる、馬に蹴られる、溺死しそうになる）
- 森で迷子になる
- （年上のキャンプ参加者との）三角関係や噂
- 不健全な争いやライバル意識

👥 登場人物
- キャンプのスタッフ
- キャンプ参加者
- キャンプリーダー
- ライフガード
- 子どもを迎えに来て連れて来る親

設定の注意点とヒント
この項目に記したように、サマーキャンプはあらゆるものを網羅し、様々なアクティビティを提供する。しかし一方で、特定の趣味やスポーツなどに特化したキャンプもある。ロボット作り、数学、外国語、ファッション、演劇、ラクロス、コンピューター、音楽など、選択肢はほぼ無限だ。自分の登場人物にうってつけのキャンプや、はたまた参加を強制され、葛藤や緊張感でいっぱいの展開につながるようなキャンプに的を絞るのも難しいことではないだろう。

例文
森の開けたところに、10軒の小屋は輪になって存在している。それぞれの扉付近にはバラの茂みがあり、絹のような花にはマルハナバチがとまっていた。あたりを囲む森林から柔らかなそよ風が吹いてきて、どの窓にあるカーテンもはためき、私の腕の毛が逆立つ。ちょうど去年のキャンプ初日と同じくらい、完璧な光景だった。同室の子たちも、到着した日にそう思っただろうか。誰かひとりでも生き残っていて訊ねることができたらいいのに。

使われている技法
対比、多感覚的描写

得られる効果
雰囲気の確立、背景の示唆

児童養護施設
[英 Group Foster Home]

関連しうる設定
浴室、台所、居間

👁 見えるもの
- 簡素な家具
- 各自の割当作業が書かれた台所の壁のホワイトボード
- 施設内ルールの掲示
- 入所者のためにあちこちに掲示された使用ルールの貼り紙
- 去った子どもたちが置いていった、棚にあるぼろぼろの本
- 使い古された玩具やゲーム
- 共同寝室（二段ベッド、クローゼット、共有の引き出しスペース）
- クローゼットの中のダッフルバッグやトランク
- 子どもたちを監督し、施設内を運営するシフト制のスタッフたち
- ときどき来訪するカウンセラーやソーシャルワーカー
- 特定のドアや戸棚に鍵がかかっている
- 会議のための大きな談話室
- 食事時に入所者全員が集まる、長テーブルのあるダイニング
- 年上の子どもたちが当番制で食事を作ったり掃除を手伝ったりする
- 共同バスルーム
- 退所年齢に達したため、荷物をまとめている年上の子どもたち

👂 聴こえるもの
- 閉まった寝室のドアの先から聴こえてくる音楽
- 消灯を呼びかけたり、ルール違反をした子どもを叱責するスタッフの声
- ほかの子をいじめる子どもの声
- どのテレビ番組を観るのかという口論
- 宿題の時間に紙の上を走る鉛筆の音
- 食事時に台所で「ガチャン」と音を立てる食器
- 入所したばかりの子どもが夜中に泣く声
- もうすぐ家に帰れる、あるいはもうすぐ養子にもらわれるのだと、互いに、もしくは自分自身に嘘をついて、心の痛みを避ける子どもたち
- 怒って感情を爆発させたり叫んだりする
- 笑い声
- 就寝時間に相部屋の子同士でひそひそとお喋りをする
- 起床時間にスタッフがドアをノックする音
- 庭の人目につかない隅で誰かが煙草に火をつける音
- 引き出しの開閉音
- 流れるシャワーの音
- 寝室のドアが「バタン」と閉まる
- 親との面会や退所する子どもを迎えに来た車が、敷地内に入ってくる

👃 匂い
- 台所で調理される食事（チキン、パスタ、ハンバーガー、ホットドッグ、卵料理、ロースト肉）
- 煎れたてのコーヒー
- 清掃用品
- シャンプー
- 煙草
- マリファナ
- 汗をかいた子どもたち
- 古いカーペット

👅 味
- 大勢に適した典型的な料理（フレンチトースト、オートミール、スクランブルエッグ、パンケーキ、サンドイッチ、パスタ、ハンバーガー、ホットドッグ、キャセロール、シチュー）

✋ 質感とそこから受ける感覚
- 安らぎを求めて過去の大切な品を撫でる（テディベアの柔らかい毛、毛玉だらけな人形のスカート生地、別の施設にいるきょうだいの写真が入った滑らかなフォトフレーム、関係が良好だった頃に両親からもらったブレスレットやネックレスのでこぼこした輪）
- ゴツゴツした枕
- ワイシャツの襟や裾のほつれ
- 体型に合わなくなって体を締めつけ、無理矢理に伸ばされている衣服
- たるんだソファ
- 食器を洗うための、熱くて石鹸だらけのお湯
- 裏庭で素足にチクチクあたる芝生
- あざの痛み
- 動いたり服がこすれたりしたときに再び痛む火傷や切り傷

❗ 物語が展開する状況や出来事
- 面倒を見る人々が虐待をする、もしくは放置する
- 対抗するために問題行動に出る子どもたち
- 自分の持ち物を盗まれる
- 敵にはめられて自分の特権

じどうようごしせつ｜児童養護施設

- を失う
- 薬の変更や誤診のせいで、ふるまいにさらなる問題が生じる
- 暴力的な、あるいは残酷なほかの子どもたちと生活する
- 人を信頼することができず冷笑的になる
- 子どもをえこひいきするスタッフ
- 他人を操ってトラブルを発生させる子ども
- きょうだいと離される
- 生みの親との精神的につらい対話
- 帰宅することに対する複雑な心境
- 悪夢やPTSD
- 施設にいるがゆえに学校で味わう恥ずかしさに対処しようとする
- プライバシーがないことに苦しむ
- 自分には価値がないと感じ、低い自尊心と格闘する
- （服装、家族がいないこと、普通の「子どもらしい」生活ができないことなどを理由に）いじめのターゲットになる
- ほかの子どもが持っているものを切望する（愛情、家族、素敵な服、家族の休暇や家族みんなで何かをすること）

登場人物
- 家族
- 施設で過ごす幼い子どもや10代の子ども
- 警官
- ソーシャルワーカー
- スタッフや施設の保護者
- 訪問に来る精神科医

設定の注意点とヒント
養護施設にはピンからキリまで存在する。子どもたちのために健全で幸せな環境を作り、長年にわたる虐待や育児放棄によって形成されてしまった壁を取り払うことに懸命に尽力する施設もある。また、安定し安全な生活環境を与えつつ、必要なときにはスタッフが子どもたちを抱きしめてあげるような関係を助長する施設もあるだろう。しかし一方で窮屈な危険施設も存在する。そこでの子どもたちはほんのささいな違反を犯した場合でも権利を奪われ、あらゆるものへの——食べ物でさえ——アクセスは制限かつ監視され、必要最低限のケア以外に愛情や安定などというものはほとんど、あるいはまったく提供されないこともある。こうした両方の施設が存在することが、悲しい現実だ。その空間が支援的なものになるか、それとも虐待的な場所となるか、あるいはその中間になるのかは作家次第だろう。

例文
新入りの少女は、まるで保育園に預けられたチビのように、枕に顔をうずめて泣きじゃくっている。ビバリーはため息をついて、車が通り過ぎていくたびに壁を流れるライトの光を数えながら、自分はもうあんなふうに弱くないことを嬉しく思った。かつては彼女も新入りだった。ママのアパートから連れだされ、それでも一週間かそこらで帰れると思っていた頃。あれからあちこちを転々とさせられ、無視やいじめや虐待を経験して3年、彼女はもう泣くか必死に生きるかのどちらかしかないのだということを理解している。両方は無理なのだ。目を閉じて寝返りを打つと、ビバリーは暖かな毛布に潜り込んだ。あの新入りも、いずれわかるときが来るだろう。

使われている技法
多感覚的描写、直喩

得られる効果
登場人物の特徴づけ、背景の示唆、感情の強化

狩猟小屋
〔英 Hunting Cabin〕

関連しうる設定
森、ハイキングコース、湖、山、野外トイレ、河

見えるもの
- 外壁に沿って伸びる長い草や野草
- 焚火台
- 屋外にあるトイレ
- あたりに木片が散らばる薪の山と切り株
- 覆われた井戸
- 小川付近の泥に残る動物の足跡
- 敷地内を嗅ぎ回る、その地域に生息している動物（クマ、シカ、ヘラジカ、ライチョウ、リス、キツネ）
- あたりを形成している藪や木々
- 隙間に泥を詰めた丸太でできた小さな建物
- ゆがんでいる玄関へと通じる、半分朽ちた段
- 枯れ葉や小枝に覆われた、垂れ下がっている屋根
- 軒下にある使われなくなった鳥の巣
- 老朽化して肩で押さなければ開かない玄関
- さびたフックに吊るされ、くぼみのあるオイルランタンや灯油ランタン
- 灰や黒こげになった木切れが詰まっている薪ストーブや暖炉
- ほこりに覆われたコンロ
- 厚板のフローリング
- ドア付近にある古びた銃のラック
- 粗い合板の棚
- 寝室として使う屋根裏部屋
- 壊れそうな木のベンチ
- 薄汚い窓
- 床に散らばるネズミの糞
- ほこり
- ドアの下部分に残る噛み跡
- 小動物が侵入できるような、床にできた穴もしくはチンキング材の隙間
- クモの巣に覆われたブリキのカップやへこみがあるやかん
- 窓台に残るハエの死骸や丸まった姿のカリバチ
- 床板の上をすばやく駆け抜け、割れ目から外に出るネズミ

聴こえるもの
- 風に葉が「カサカサ」と揺れる
- 壁の割れ目や煙突から「ヒューッ」と入る隙間風
- 小屋の床下で動物が枯れ葉の中を這う音
- 床板のきしみ
- 締まりの悪い窓やドアが風で揺れる音
- 外をうろつき食べ物を求めて鼻を「クンクン」と鳴らす大型動物
- 鳥の鳴き声
- モスキート音
- 猛禽類の甲高い声
- オオカミやコヨーテが夜中に甲高い声を出したり遠吠えする
- フクロウが「ホーホー」と鳴く
- きしむ床板の上をブーツで「ドスドス」と歩く
- 玄関前のベランダで風に吹かれて動く枯れ葉の音
- 小屋の側面や屋根をこする木の枝の音
- 「パチパチ」と鳴る焚火
- 集めてきた一抱えの薪を暖炉に「カチャカチャ」と入れる
- ゆがんだドアが床板をこする音
- コンロの上でスープが沸騰する音
- ベッドのきしみ
- ダルマストーブの扉の蝶番が「キィキィ」と音を立てる

匂い
- 湿った木材
- 焚火
- すすや灰
- 腐朽
- ネズミの糞
- カビ臭い土
- コーヒー

味
- 焚火で調理する肉
- 乾燥した肉や果物
- 採ってきたナッツやベリー類
- 遠出用の食糧（トレイルミックス、グラノラバー、クラッカー、ピーナッツ）
- 水筒、または近くの小川の水の味

質感とそこから受ける感覚
- 腕を引っかくイバラや枝
- 腐った階段のわずかに感じる弾力性
- 顔に当たってムズムズするクモの巣
- ザラザラしたほこり
- 粗い丸太の壁
- でこぼこの床板
- 丸太に斧を振り下ろしたときの衝撃
- ゆがんだドアを無理矢理開けるために肩を使う
- 火の暖かさ
- 冬の夜のひどく寒い屋外にあるトイレ

しゅりょうごや ― 狩猟小屋

- 凍えるほど冷たい井戸の水
- グラグラしていたり一方に傾いたスツールにそのまま腰掛ける
- 触れると粉々になる朽ちた木材
- 壁にはっきりと刻まれた名前や日付
- 小屋に入ってくる冷たい隙間風
- 蚊に刺される

❶ 物語が展開する状況や出来事
- 見知らぬ者が無断で小屋に住む
- 10代の子どもたちが小屋をパーティーに使用し損害をもたらす
- 動物が中に侵入し小屋を破壊する
- 建物の下もしくは中に、ネズミやほかのげっ歯動物が穴や巣をこしらえる
- 小屋を訪れない間に嵐や降雪で屋根が被害を受ける
- 火をつけたまま寝寝し小屋が火事になる
- 外で大型動物がうろついている音を耳にする
- 暴力的で不穏な画像ばかりを載せた日記を見つける
- ドアの外から足音が聴こえる
- 低体温症の一歩手前という状態にあるが、火を起こすものが何もない
- 狩猟小屋を隠れて落ち合う場所として利用していることがばれる
- ストーブや暖炉の燃えかすの中に人の骨を見つける
- 床板の下に何かが隠してあるのを見つける
- 貯蔵物を置いて小屋をあとにするが、次に訪れたときにそれがなくなっている
- 緊急事態で小屋を使わなければならないが、中に入ることができない（ドアに南京錠がかけられている、窓にかんぬきがかかっている）

❷ 登場人物
- キャンプに来た人
- ハイキングに来た人
- ハンター
- 不法居住者

設定の注意点とヒント
狩猟小屋は人里離れたところにあり、たいていは空き家の状態である。訪れるたびにきちんと手入れをして戸締りをしておかなければ、すぐに汚損してしまう。10代の子どもたちのパーティーの場や、恋人たちの秘密の逢引き場所、放浪者の一時的な住居、連続殺人犯の隠れ家というように、本来とは異なる目的で使用される可能性もある。ひとつの物語の中であっても、一箇所の小屋がそれぞれの人物にとって異なる意味を持っているかもしれない。設定に予想外の展開を加える方法として、小屋の用途に種類を持たせてみるのもいいだろう。

例文
銀色に輝く月の光が汚れたガラスから差し込み、壊れたベンチと粗削りなテーブルをなんとか照らしてくれたおかげで、僕はつまずかずに済んだ。あさってきた薪を、石造りの暖炉のそばに置く。氷の張った川から這い上がった疲労感が骨まで浸透しているため、両手は震えていた。暖炉のところにとっておいたマッチ箱を掴むも、手の震えはどうにもおさまらず、これでは擦ることができるかどうかも怪しい。しかし、ライターやその他の持ち物はすべて、今やスノーモービルとともに川の底にあるのだ。歯を食いしばると、僕は木のマッチの端を握ることに集中した。火をつけなければ凍死してしまう。

使われている技法
光と影、天気

得られる効果
背景の示唆、緊張感と葛藤

郊外編 / 基礎設定

台所
[英 Kitchen]

関連しうる設定
居間

👁 見えるもの
- タイル張り、もしくは柄の入ったリノリウムの床
- 標準色（ステンレス、黒、白）の電気器具（食器洗い機、冷蔵庫、コンロ、電子レンジ）
- 深鍋や平鍋が掛かったラック
- 食器棚にしまわれた電気器具や食器類（ブレンダー、トースター、フードプロセッサー、缶切り、皿、カップ、カトラリー、調理器具、耐熱皿）
- カウンターに置かれた常用品（調理器具が顔をのぞかせている、装飾が施されたセラミックの瓶、包丁やハサミを支えている傷だらけの木のブロック、キャニスターのセット、果物ボウルに入っている茶色い部分のあるバナナやリンゴ、回転式の香辛料ラック、ポットに煎れたてが入っているコーヒーメーカー）
- コンロの上にある艶やかな黒い取っ手のやかん
- マットの敷かれた使い込まれたテーブルに収納された木製の椅子
- オレンジ色の花粉を周囲に散らしている、枯れかけの花がさされた花瓶
- 窓台で太陽の光を浴びるハーブの鉢
- 冷蔵庫に貼られた印つきのカレンダー
- 大事なもの（ランチメニュー、予定表、買い物リスト、学校のお知らせ、クーポン）が貼られたコルクボードやホワイトボード
- こまごましたものや写真が飾られた棚
- スプーンの上に置かれた使用済みのティーバッグ
- カウンターにこぼれた砂糖やジュース
- 缶詰やクラッカーでいっぱいの食料庫
- 雑多な引き出し（ロウソク、予備の電池、輪ゴム、鉛筆とペン、ビニールタイ、犬のおやつ、クーポンなどがごちゃ混ぜになっている）
- コンロの上の油っぽいレンジフード
- 曇った窓
- 壁や床板にかつて飛び散ったシミ
- 誰も中身を出したがらないので臭うゴミ箱
- マットの上に置かれた犬の餌入れ
- 周りにスツールが置いてあるアイランド式の台所
- 汚れや水滴の付着したシンクと蛇口
- ハエ
- シンクに積まれた汚れた皿
- カウンターに置きっぱなしの牛乳
- 朝食の食器の中に浮かぶシリアル
- カウンターに散らばったトーストのパンくず
- 床に落ちているペットの毛や足跡

👂 聴こえるもの
- 平鍋で「ジュージュー」と焼けるベーコンや油
- 「ポン」と音を立てて飛びだすトースト
- コンロの上で「ブーン」と音を立てる換気扇
- コーヒー豆を挽く音
- 「チン」と鳴る電子レンジ
- タイマーが鳴る
- 冷蔵庫のモーターが「ブーン」と鳴る
- 「バシャバシャ、ガチャガチャ」と鳴る食器洗い機
- 「ガラガラ」とゴミをすりつぶす生ゴミ処理機
- 蒸気が「ゴボゴボ、シューッ」と立つコーヒーメーカー
- けたたましく鳴る熱いやかん
- 家族のお喋りや笑い声
- まな板の上で包丁が食材を切り刻む音
- 熱い油の上に落とされる卵
- 沸騰して「シュー」と蒸気を発する深鍋
- 音楽やテレビ放送が後ろから聴こえてくる
- 食材を砕くフードプロセッサー
- カトラリーがテーブルに「ガチャガチャ」と当たったり皿をこすって音を立てる
- 「カチン」と鳴るグラス
- 「ゴロゴロ」と鳴る缶切り
- 「カタカタ」と引っ張られてゆるむラップやアルミホイル
- 外に出たくて戸を引っ掻く犬
- かき回したあとに深鍋の端を「トントン」と叩くスプーン
- 冷蔵庫の扉の開閉音
- ポテトチップスの袋を「カサカサ」と開ける
- 食料庫の扉のきしむ音
- 床をこする椅子の音
- 「バタン」と音を立てる深鍋の蓋
- ボウルに「パラパラ」と注がれるシリアル

👃 匂い
- トマトソースから漂うニンニク
- フライパンで炒めて

だいどころ 台所

- いる塩気のあるベーコン
- 香辛料（バジル、ローズマリー、カレーパウダー、コショウ、塩、フェンネル、シナモン、パンプキンスパイス、ジンジャー）
- 深鍋で膨らむ発酵したパン
- バターで炒めるタマネギ
- 沸騰したパスタの鍋から立ち上る湯気
- 焦げてくすんだトースト
- 電子レンジの中のポップコーン
- 冷蔵庫の中にある腐った食べ物の悪臭
- 食料庫内で腐食した根菜（ジャガイモ、タマネギ、カブ）
- 外に出さなければならないゴミ
- 香りつきキャンドル
- 焦げたステーキやソーセージの炭っぽい匂い
- クリーナーや石鹸
- 洗濯した方がよいカビ臭いキッチンクロス
- 雨に降られて屋内に駆け込んでくる濡れた犬

😋 味

- メープルシロップをたっぷりかけたフワフワのパンケーキ
- チーズ味のラザニア
- スパイシーな炒め物やカレー
- 甘い果物
- 新鮮でシャキシャキした野菜
- チョコレートケーキの上にのった大量の甘いホイップクリーム
- オーブンから取りだした粘り気のあるクッキー
- 苦いコーヒー
- コクのあるワイン
- 午後に飲むビール
- ハーブティー
- アイスクリーム
- 口に入れたスプーンの金属性の味
- 開封したてのバターが入ったクラッカー
- 焼肉
- パスタ
- 裂いてBBQソースで味付けし、パンに挟んだ豚肉

🫳 質感とそこから受ける感覚

- 洗い物をしているときにゴム手袋の上に当たる温水
- 肌についた石鹸の泡の柔らかさ
- 素足にくっつく砂糖の粒やパンくず
- 手に持ったスベスベのほうきや掃除機のハンドル
- 冷えたグラスに付着する水滴
- 使ったばかりの食器洗い機から上がる蒸気
- 湿った布巾
- 温かいコーヒーカップ
- カウンターに付着したべとつくジュースの輪状のシミ
- 野菜を切っているときに包丁でできた切り傷の痛み
- 湯気による火傷がひりひり痛む
- コンロをスポンジで磨く
- 金属のカトラリーの重み
- 口元にあてるテーブルナプキン
- 柔らかいパン生地
- 指に降りかかる小麦粉
- 温かな丸パン
- 熱すぎる料理で舌を火傷する

❗ 物語が展開する状況や出来事

- 台所での自分の役割を尊重してくれない訪問客や招待客
- 特別なデザートをおやつとして勝手に平らげる10代の子ども
- 夕食の席での口論
- 電気器具の故障、または配管の異常で水に影響が出る
- がらくたに占領された台所（書類、郵便物、宿題の道具、手袋や帽子など）
- 夕食の席で秘密が暴露される

👤 登場人物

- 近親者や友人
- 家族
- 訪ねに立ち寄った隣人
- 修理工

設定の注意点とヒント

多くの場合、台所とは家の心臓部であり、そこに誰が暮らしているのかについて（述べるのではなく）見せるチャンスをたくさん提供してくれる。崩壊している関係を目立たせたり、背景を示唆したり、家族間の親密さ、あるいは疎遠な関係を明かしたりする手がかりを盛り込むことで、この場所を家と呼ぶ人々の特徴づけをするために、作家は台所を容易に活用することができるだろう。

例文

お茶に招待されたのは、まさに絶好のタイミングだった。デールと私は引越しのトラックから最後の箱をちょうど運び終えたところで、一息つきたかったのだ。しかし、新しい隣人が台所へと案内してくれたとき、私の歩みは止まった。まだ洗っていない皿で一杯になったシンクの横に、昨晩の料理のかすがついた皿が積まれている。カウンターは、ピーナッツバターの塊とゼリーのベトベトしたシミによって形成された地形図だった。一歩進むたびに足元でパリパリと音がして、私は顔をしかめた——おそらく床はポテトチップスのタイル張りなのだろう——それでも、下は見るまい。代わりに私は微笑むと、ドナが紅茶を注いでくれているマグがどうか綺麗でありますようにと祈りつつ、椅子の上のパンくずを払った。

使われている技法
隠喩、多感覚的描写

得られる効果
登場人物の特徴づけ、緊張感と葛藤

郊外編 — 基礎設定

誕生日パーティー
〔英 Birthday Party〕

関連しうる設定
郊外編 — 裏庭、子ども部屋、台所、テラス、ツリーハウス
都市編 — ベーカリー

◎ 見えるもの
- 車がたくさん停まっている私道
- ポストに取りつけられた風船
- 壁に貼られたり照明からぶら下げられた装飾
- パーティーハット
- テーブルにまき散らされた紙吹雪
- リボンをつけて派手に包まれたプレゼント
- カラフルな封筒
- 薄葉紙が袋から飛びでているギフトバッグ
- テーマに合わせた紙製品やテーブルクロス
- 横断幕
- バースデーケーキ
- クッキーやブラウニー
- スナック(ポテトチップス、プレッツェル、一口サイズの果物、人参スティック、四角いチーズ、クラッカー)の入ったボウルや大皿
- 裏庭にある子ども用のエアー遊具
- 水やスプリンクラーの玩具
- ピニャータ(中にお菓子をつめるくす玉人形)
- 開け放たれたドア
- 走って出入りする子どもたち
- 散乱した玩具
- 背景で点灯するテレビの光
- 踊る子どもたち
- 食事とお喋りに興じる親たち
- しわくちゃの包装紙やばらまいて置かれた開封済みの箱
- 誰かの頭や服にくっついたリボン
- 中身が溢れ出ているゴミ箱
- カウンターに置きっぱなしになった、食べかけのケーキや溶けたアイス
- 散らかった台所(空の食品容器、カウンターに置かれた取り分け用の器具、こぼれた食べ物、半分中身が残ったままの紙パックのジュースや水のボトル、シンクの中や食器洗い機に入れるために積まれた汚れた皿)
- ガラス扉の汚れた指紋
- 水や氷が飛び散った床の上にあるクーラーボックス
- サインペンで名前の書かれたプラスチックのコップ
- 床に点在しているゴミ(ストローの袋、引き裂かれた包み紙の一片、クッキーのかす、粉々になったポテトチップス)
- そよ風にはためく飾りつけ
- 口元にクリームをたっぷりつけた子どもたちと、ナプキンでそれを拭いてやる親たち

◎ 聴こえるもの
- 鳴り響く玄関のチャイム
- 大声で出迎える子どもたち
- 子どもたちの笑い声
- 大人たちの話し声
- 「バタン」と音を立てるドア
- 「バタバタ」という足音
- クラッカーなどのノイズ音やホイッスル音
- 紙の飾りつけがはためく音
- 鳴り響く音楽やテレビ
- 裏庭から聴こえる叫び声
- 玩具やゲームのことで言い合いをする子どもたち
- 歌声
- ろうそくが「フーッ」と吹き消される
- 食べ物を頬張りながら話す子どもたち
- プラスチックのフォークや紙プレートがこすれる音
- 紙を「ビリビリ」と破く
- プレゼントを開けるときの喜びの声
- (浮き輪などの)エアー遊具を機械が「ブシューッ」と膨らませる
- 電子玩具の雑音
- ピニャータを棒で「バシッ」と叩く
- ピニャータが破れて中からお菓子が降ってきたときの歓声
- パーティーゲームをしている最中の張り合う声
- ヘリウムガスを吸って話す人々
- 「ポンッ」と破裂する風船
- 帰る時間になって泣いたり抵抗したりする子どもたち

◎ 匂い
- 焼かれているケーキやクッキー
- 掃除したばかりの床
- 匂いつきキャンドルや芳香剤
- その他室内に関連する特定の匂い(煙草の煙、犬や猫、ポプリ)
- 汗だくの子どもたち
- コーヒー
- こすったマッチ
- 吹き消されたろうそく

㊌ 味
- 甘過ぎるアイシング
- 湿っぽい、あるいは乾いたバースデーケーキやその他のデザート
- しょっぱいポテトチップス
- ギフトバッグに入っているお菓子

たんじょうぴーてぃー ― 誕生日パーティー

- アイス
- 塗布されたワックスの味がする飲料カップ
- ジュース
- 水
- ソーダ
- コーヒー
- ケーキにのせられたプラスチック製のデコレーション

質感とそこから受ける感覚
- 開け放たれたドアや窓から入ってくるそよ風
- エアコンや暖房から強く出てくる冷風や温風
- 丈夫なプラスチック製の食器
- 新しいケーキをすくうケーキサーバー
- べとつくアイシング
- 冷たい飲み物
- テーブルの上のケーキのかす
- 溶けかかっている柔らかなアイス
- 弾力のある風船
- 散らばった紙吹雪の質感
- 首に食い込んだパーティーハットの伸縮性のあるゴム
- 頭が傾いているパーティーハット
- 中身を当てようとしてプレゼントを振る
- 光沢のある包装紙
- クーラーボックスの周りで溶けている氷
- ジュースをストローで吸い込むときに収縮する紙パック
- ペットボトルについた水滴
- はしゃぐ子どもたちがぶつかってくる

物語が展開する状況や出来事
- 怪我をしたり、食べ物でアレルギー反応を出してしまう子どもたち
- 子どもたちが玩具をめぐって喧嘩する
- 招かれなかった人々が傷つく
- 贅沢なパーティーを開いたために金銭的に負担になる
- プレゼント、誕生日イベント、食べ物、参加記念品に不快感を示すわがまま子どもたち
- 仲間同士でいじめに発展する
- 方向が逸れたボールや自転車によって、車にへこみや傷がつく
- ほかの親たちがパーティーの様子に不快感を示す（誰かの親が喫煙や飲酒に耽っていたり、不適切な映画を上映していたりするのを見て）
- 互いのことを詮索したり、人の秘密を暴いたりする噂好きな親たち
- エアー遊具が壊れる
- 計算を間違えて、出席者に渡すギフトバッグが足りない事態となる
- 家に呼んだ芸人が不気味、プロ意識に欠ける、もしくは場にふさわしくないふるまいをする

登場人物
- 子ども
- 芸人（道化師、プリンセス、海賊、マジシャン、有名人のそっくりさん）
- 親
- 親戚や家族の友人

設定の注意点とヒント
子どもがいる人なら、もはや誕生日パーティーにスタンダードなど存在しないことは知っているだろう。家で開かれることもあれば、遊び場、ボウリング場、映画館、果ては遊園地といった公共施設で開催されることもある。ゲストだって5人の場合も50人いる場合もある。また、結婚式くらい綿密にテーマを決めて計画されることもあれば、シンプルに流れに任せるままの形式だってある。このイベントは、本来はその日が誕生日の少年少女の意向をいくらか反映して行われるはずのものだったが、近年では残念ながら主催者の意向ばかりが満たされたものになることも多い。

例文
稲妻が空に切り込みを入れたのを機に、水に濡れた子どもたちは慌ててプールから出て家の中に駆け込んでいった。雷が轟音を立てると、女の子たちはあちこちに水をまき散らしながら叫び声を上げる。飾りつけは垂れ下がってしまった。フローリングの床には6箇所ほど水たまりができている。プールの水でできた涙をぽたぽた流しているアニーが、両手を窓に押しつけて今にも雨が降りだしそうな空をじっと見つめている一方で、彼女のパーティーを救済する方法を見つけなければと、私は頭をフル回転させた。

使われている技法
多感覚的描写、天気

得られる効果
雰囲気の確立、感情の強化

郊外編 基礎設定

地域のパーティー
〔英 **Block Party**〕

関連しうる設定
郊外編 ── ガレージ、テラス
都市編 ── 小さな町の大通り

👁 見えるもの
- 隣接して、あるいは袋小路の周辺に建てられた家々
- コンクリートの歩道
- ポストに取りつけられた風船
- 交通規制のためのバリケードやカラーコーン
- 通り沿いに並べられた、キャセロールののった皿や電気鍋に入った料理が置かれたテーブル
- 保温プレートにのった料理
- ハンバーガーやホットドッグを作っているグリル
- 空中に揺らめく熱を放出するバーベキューの薫製グリル
- 深鍋で茹でられるとうもろこし
- 飲み物で溢れ返ったクーラーボックス（ソーダ、ペットボトルの水、ビール、子ども用のパウチ飲料）
- 地面に落ちて水たまりを作っている氷
- 紙皿で料理を食べる人々
- 一定の間隔をあけて設置されたゴミ箱
- 訪れる近隣住民（立っておしゃべりする、干し草の俵や芝生用の椅子に座る、料理をとるために並ぶ）
- 芝生の上で敷物を共有する家族
- 通りでボール遊びをしたり、キックボードや自転車に乗ったりする子どもたち
- バウンスハウス（エアー遊具）
- 近所のバスケットゴールの周りでみんなが適当に集まって遊ぶ
- 蹄鉄投げ
- 穴の空いた板にボールを投げ入れるゲーム
- 家に出入りする人々
- ベビーカーに乗っている、あるいは親がそばについて芝生で遊んでいる赤ん坊
- リードにつながれて暑さに喘ぐ犬
- 料理の周りを飛ぶハエ

👂 聴こえるもの
- 音響システムから流れる音楽
- 笑い声や人々の声
- 子どもたちの叫び声
- ソーダ缶が開けられる音
- 走る足音
- 足元で「バリバリ」と鳴る葉やどんぐり
- しわくちゃなゴミがゴミ箱に投げられる音
- 落ちたナプキンがはらはらと歩道を進み、持ち主がそれを踏みつけて止めるときの足音
- アルミホイルで料理に蓋をしたりそれを剥がすときの音
- 「ジューッ」と鳴るグリル
- 「バタン」と閉まるドア
- 「キィ」と鳴る自転車のタイヤ
- 木々のざわめき
- 椅子が歩道をこする音
- 赤ん坊の泣き声
- 芝生に「ドスン」と当たる蹄鉄
- アスファルトの上をアメフトのボールが跳ねる音
- 吠える犬
- 近所に住む主催者がお知らせや会場への感謝を述べる声
- テーブルクロスがそよ風にはためく音
- ハエや蚊が「ブーン」と飛ぶ
- アイスクリーム屋台がかける音楽

👃 匂い
- グリルから漂う煙
- 調理中の食べ物
- 汗だくの子どもたち
- 満開の花
- 熱い歩道
- 食べ物や飲み物
- 虫除け
- 煙草
- 刈りたての芝生
- 干し草
- 茹でているとうもろこし
- ビールや玉ねぎ臭い息

👅 味
- ハンバーガー
- ホットドッグ
- ソーセージ
- 手羽肉
- バーベキューソース
- ケチャップ
- ポテトチップス
- ポテトサラダ
- マカロニサラダ
- ラザニア
- キャセロール
- フルーツサラダ
- 切り分けられたスイカ
- レモネード
- ソーダ
- 水
- コーヒー
- ビール
- ジュース
- ブラウニー
- クッキー
- ケーキ
- パイ

ちいきのぱーてぃー ― 地域のパーティー

🖐 質感とそこから受ける感覚
- 肌をくすぐる風
- 太陽の熱
- 温まったプラスチックの椅子
- 足の裏に当たる折りたたみ式の椅子の織物部分
- 地面に近い高さの椅子から身体を起こして立ち上がる
- 手に持っている冷たいボトルや缶
- 濡れた飲み物の容器
- 手首を伝う冷たい水滴
- 犬の糞や落ちた食べ物を踏む
- グリルの熱で汗をかく
- 蹄鉄の金属の重み
- ごつごつした革のアメフトボール
- 膝の上で薄っぺらいプラスチックの取り皿のバランスをとる
- 薄い紙ナプキン
- 子どもの顔を拭くためにウェットティッシュを使う
- 蚊を叩く
- 飲み過ぎて「お触り」してくる近所の人

❗ 物語が展開する状況や出来事
- 腐った食べ物や水
- 怪我をした子ども（速く走りすぎて怪我をする、グリルに近づきすぎて火傷を負う、階段から落ちる）
- 人の料理の腕をけなす
- 自分がグリルで火傷を負う
- 蹄鉄やアメフトのボールが頭に当たる
- 赤ん坊のおむつからうんちがはみ出て服にまわる
- 悪天候で行事が台無しになる
- 人のしつけに文句をつける
- 人々の前で夫婦間の不仲を露呈する
- 飲み過ぎて遠慮をせず話す人々
- 他人の妻をいやらしい目で見ていることを気づかれる隣人
- 酒のせいで隣人同士の口論が激しさを増す
- 気さくなからかいが性的な方向へと行き過ぎて、隣人や嫉妬する配偶者の怒りを買う
- 子どもが迷子になる
- 子どもの誘拐
- 行事という機会を狙って窃盗が多発する

👤 登場人物
- 赤ん坊
- バイク乗り
- 子ども
- カップル
- 家族
- 近所の住人
- 犬の散歩をする人
- ランナーやジョギングをする人

設定の注意点とヒント
地域のパーティーは、通りの一箇所、または近隣、あるいは町や市という規模で開かれる。3軒の家の前だけということもあれば、市内の一区間を丸々使うこともあるだろう。堅苦しいものではなく、人々が食べ物や飲み物、椅子を持ち寄る形式もある一方で、ケータリング料理や音楽ライブを手配するなど、しっかりと組織だって行われる場合もある。天気が重要なポイントになるため、こうしたパーティーは寒気が完全に過ぎ去った春や夏に開催されることが多い。

例文
近所のみんながよどみないお喋りに興じる間、マーシーは適当に頷いていたが、それにしても子どもたちはどこにいるのだろう？ 夕暮れのためにあたりはよく見えなかった。街灯はまだ灯らず、家々の明かりも遠すぎて役に立たない。一匹の蚊をはたいたとき、ネルソン家の樫の木を半分まで登ったベンの姿が目に入った。彼の白いシャツが、褐色の樹皮と対照的に目立って見える。おかげで木の根元にいるマッティーの姿も間もなく発見できた。低い枝をよじ登りながら、置いて行かれたと今にも金切り声を上げそうな様子だ。ホッとすると、マーシーはプラスチックの椅子に再びもたれ、片目で子どもたちを見守りながら、みんなの会話に注意を戻した。

使われている技法
対比、光と影

得られる効果
登場人物の特徴づけ、感情の強化、緊張感と葛藤

郊外編 基礎設定

地下室
〔英 Basement〕

関連しうる設定
屋根裏部屋、地下貯蔵室、秘密の通路、工房

👁 見えるもの
- 暗がりへと降りていく擦り切れた木の階段
- カビた亀裂がうねるように入ったコンクリートの床
- 床のさびた排水溝
- ひものついた裸電球
- 分電盤
- 壁を背にして置かれた傷のついた洗濯機と乾燥機
- 古くなったシートタイプの柔軟剤や色とりどりの糸くずでいっぱいのゴミ箱
- 洗濯用洗剤や染み抜きが置いてある棚
- 枠の上にハエの死骸がある薄汚れた窓
- 古い箱や保管物（飾り、思い出の品、本、服、収集品）
- リサイクル品収納容器
- これから磨かれたり修理される予定の、室内に合わない見苦しい家具
- 収納棚（缶詰、貯蔵食品、電球の箱、トイレットペーパー、ペーパータオル、その他大量の家庭用品でいっぱい）
- 洗濯用の桶、あるいはシンク
- たくさんの古着
- 山積みになった箱の後ろにできた暗い一角
- ごちゃごちゃと並ぶペンキ缶
- 隅の方に巣をかけている、あるいは床の排水溝の中を這い回っているクモ
- むき出しの梁や毛羽立った断熱材
- 洗濯機と乾燥機の前に敷いてある汚れたマット
- 焼却炉や無骨な給湯タンク
- 過去に家の修繕作業で使い、巻いて保管している予備のカーペットやリノリウム
- 制御盤
- 吹き抜けの天井にかかっているパイプ
- ほこりやちり
- 壁の湿っている箇所
- カビ
- 壊れたランプ
- 食器棚
- アイロン台
- 古い写真が入った箱
- キャンプ用品やスポーツ用具
- 子どもの遊び場（玩具、じゅうたん、大きな段ボール箱の家、イーゼルと絵描き道具、コンクリートの上に横たわるラジコンカー）

👂 聴こえるもの
- 頭上から聴こえてくるくぐもった声や足音
- 乾燥機の中でファスナーが金属部にぶつかる音
- 鈍い音を立てる洗濯機
- 「キィキィ」という階段
- 段ボール箱が床を引きずられるときのやすりをかけるような雑音
- 焼却炉の火が「カチッ」と大きな音を立てて点火する
- 焼却炉が止まり「カチッカチッ」と音を出して冷えていく金属
- 上階で誰かがトイレの水を流したときに、パイプの中で「ゴボゴボ」と流れる水
- 音源が特定不能な引っかかり音や軋み
- 木の梁が「ミシミシ」と鳴る
- 「ピーッ」と鳴る乾燥機のブザー
- 乾燥機のドアや洗濯機の蓋が「バタン」と鳴る
- 電気が消された途端に「パタパタ」と早足で上階に向かう足音
- 蛾が裸電球の周りを飛ぶ音

👃 匂い
- カビ臭さ
- 食品のカビや建物のカビ
- 香りつきのシートタイプ柔軟剤や洗濯洗剤
- 漂白剤
- クリーナーや清掃用品
- 乾燥機から出したばかりの温かい服
- 洗濯機から出した湿っぽい服
- 濡れた箱
- 腐食
- 金属やコンクリートの刺激臭
- グレーチングから出る悪臭

👅 味
- 設定の中には、登場人物がその場面に持ち込むもの（チューインガム、ミント、口紅、煙草といったもの）以外に関連する味覚というものが特にない場合もある。特定の味覚がほとんど登場しないこのような場面では、ほかの4つの感覚を用いた描写に専念するのがよいだろう。

✋ 質感とそこから受ける感覚
- 階段でバランスをとるために冷たい壁に手を走らせる
- 古い階段のわずかな弾力
- ぐらつく手すり
- 電球の細いひも
- 箱にぶつかる
- ほこりっぽい段ボール

ちかしつ ― 地下室

- 地下に運ぶ、もしくは地下から持ち出す箱などの重み
- 洗い終わった洗濯物でいっぱいのカゴの重み
- 棚の高いところから何かを取りだした拍子に顔にかかるほこり
- 畳まれた温かい洗濯物
- 濡れた洗濯物の湿り気
- 肌に感じる冷たい空気
- 冷たいコンクリートの壁
- ものにぶつからないように暗がりをすり足で歩く
- クモの巣のくすぐったさ
- 肌に触れるとムズムズする絶縁体
- 素足につくほこりや砂の粒
- 洗濯機にこぼれた洗剤の粒を拭い取る

❶ 物語が展開する状況や出来事
- 暗闇への恐怖と、焼き切れる電球
- 厄介な錠のドアが閉まり、中に閉じ込められる
- 侵入者や悪ふざけに怒った年上のきょうだいから身を隠さなければならない
- 洗濯機から中身が溢れ出る
- 囚われた動物やげっ歯類が地下室に住み着いているのを発見する
- 下水管が氾濫する
- 制御盤の真上でパイプが破裂する
- 竜巻や嵐が家を揺らす中、暗がりで身を寄せ合う
- 大切にしていた品物をとりに地下室へ行ってみたら、配偶者に捨てられていた
- 貴重な収集品が、気づかぬうちに水漏れやカビで台無しになる
- 家の安定性を脅かす亀裂が土台に入っている

🧑 登場人物
- 住宅所有者
- 修理工

設定の注意点とヒント
地下室は、不気味な空間にも居心地の良い空間にもなりうる。どう描くかは作家次第だ。多くの人々はこの部屋をただ収納のためにではなく、娯楽スペースとしても活用している。それでもほとんどの地下室──とりわけ光が当たらず、低くて狭い未完成の空間──というものには、ほかの部屋にはない人目につかない場所や隙間があるので、ものを隠すにはうってつけの場所であるだろう。

例文
階段の上にあるスイッチを押してみたけれど、何もつかない。道具箱はママの果物の缶詰がぎっしり置いてある棚の真下にあるから早くとってこい、とパパが大声で言った。僕は頭の中で思い描いてみる。階段を下りた先の暗闇を、ほんの数歩進むだけさ。バシャバシャと動きながらげっぷをしている洗濯機が、美味しい料理を味わっている怪物みたいに聴こえることは考えないようにして、僕は唾を飲み込むとキィキィ音を立てる階段を下りはじめた。

使われている技法
多感覚的描写、擬人法、直喩

得られる効果
雰囲気の確立、緊張感と葛藤

郊外編 基礎設定

地下貯蔵室
[英 Root Cellar]

関連しうる設定
地下室、農場、家庭菜園

👁 見えるもの
- 草深い丘の斜面に斜めに取りつけられた地下に通じるハッチ式のドア
- 排水や換気のための網がつけられたむき出しのパイプ
- コンクリートの外枠と地下へ続く階段
- 階段の下にある2つ目のドア
- セメントレンガの壁と、排水溝があるレンガやコンクリートの床、もしくは土でできた床
- ガラスの瓶（チェリー、桃、ジャム、ピクルス、トマト、洋ナシ）が並ぶ木の棚
- 根菜や果物（ジャガイモ、ニンジン、ビーツ、パースニップ、ハツカダイコン、キャベツ、ズッキーニ、タマネギ、リンゴ、洋ナシ）の入った容器や木箱
- 乾燥豆が入ったバケツ
- 保存処理をした肉やソーセージを輪状につないだもの
- 蓋に日付が走り書きされた、ほこりっぽいネジ蓋のガラス瓶
- 缶詰の食糧
- 温度計や水分計
- 床にある乾いた土の塊

👂 聴こえるもの
- 狭い空間に反響する声
- でこぼこした床の上を長靴がこする音
- 換気口の端に風が入り込むときの陰気で悲しげな音
- 床にジャガイモが「ドスン」と落ちる
- 乾いたタマネギの皮が紙のように「カサカサ」と鳴る
- 棚に並べるときに「カチカチャ」と鳴るガラス瓶
- カゴや木箱を棚から取りだして床に置くときにこすれる音
- 重たい豆のバケツを「ドスン」と降ろす
- （電気がない場合）「カチッ」と鳴って点いたり消えたりする懐中電灯
- 閉ざされた空間で聴こえる自分の呼吸
- ドアの蝶番が「キィキィ」と鳴る
- 階段で「ドスドス」と鳴る長靴
- 果物の瓶が「ガシャン」と大きな音を立てて破裂する
- 中に入ろうとして換気口の格子をこじ開けようとするネズミや小動物の立てる物音
- 地面にむき出しの換気パイプを「クンクン」と嗅ぐ動物の音が反響する
- 風を受けてきしむドア

👃 匂い
- 湿った土
- 冷たいコンクリート
- 熟したリンゴ
- カビ臭い空気
- 木箱の底で腐ったトマト
- 発酵しはじめた果物
- 食品のカビ
- 割れたピクルスの瓶から香る酢やディル
- 薫製や香辛料（肉も保存している場合）

👅 味
- 重く土っぽい風味の空気
- シャキシャキしたリンゴ
- パサパサした未熟な洋ナシ
- 缶入りの桃やチェリーの甘いシロップ

✋ 質感とそこから受ける感覚
- 暖かい屋外からひんやりした地下貯蔵室に降りたときの肌寒さ
- 足元に触れる固まった土の床
- ザラザラしたカゴ
- 冷たいガラス瓶
- 空いているドアから風が吹き込んできて鳥肌が立つ
- ツルツルと滑らかなタマネギ
- 大量の重たいリンゴ
- かさぶたができた古いジャガイモの皮
- 冷たいガラス瓶の重さ
- 節くれ立ったジャガイモの芽
- 不格好なキャベツ
- 古くなった果物や野菜のしわだらけの皮
- ほこりっぽい野菜
- 熟しはじめて少し柔らかくなった果物
- ぼろぼろになって枯れた緑（ニンジンの上の部分、葉、茎）
- 目的の瓶を見つけるためにラベルを読もうと、懐中電灯をしっかり握る
- 自分が持つライトに引き寄せられてきた蛾が肌にあたるのを感じる
- 大量にある中から腐ったジャガイモやぐにゃっとしたリンゴを慎重に抜きだし、廃棄するために袋に放り入れる

❗ 物語が展開する状況や出来事
- 大型動物が無理矢理地下の貯蔵室に押し入る
- 食糧は尽きたが調達するこ

ちかちょぞうしつ ― 地下貯蔵室

とができない（厳しい気候にある辺ぴな地域の場合）
- 季節外れの天気（熱波、寒波）で食糧が凍ってしまったりだめになってしまう
- 地下貯蔵室に洪水が押し寄せて、貯蔵品が台無しになったり泥まみれになる
- ゆるんだ網や換気口のパイプから小動物（リス、アライグマ）が中に入り込む
- 誤って地下貯蔵室の中に閉じ込められる
- ガラス瓶のネジ蓋がきちんと閉まっていなかったために、中身が傷んでいたり、中身がドッと飛び出てくる
- 腐った作物に滑って転び、意識を失う
- 自分の地下貯蔵室に、置いたおぼえのないものが隠されているのを見つける
- 自分の貯蔵品を誰かが盗んでいることに気づく
- 自分の作物もしくは不適切な保存処理をした肉にカビが生えて、食べるには危険な状態になる
- 何かが腐っている匂いを嗅ぎつけたアリが、それを追いかけて換気口のパイプを通って中に侵入し、貯蔵室を占領する

登場人物
- 家の所有者とその家族

設定の注意点とヒント
地下貯蔵室というのは、たんに地面に掘った穴の場合もあれば、丘の側面に作られた保管室という場合もあり、既存の地下室の一部に設けられることもある。建物は土や石でできているか、木材やコンクリートなどで枠組みが作られていることが多い。食糧が悪くならないように、水分、温度、空気の流れのバランスをとることも必要だ。中にはこの部屋を悪天候時の緊急シェルターとして利用する人もいるかもしれない。今はかつてほど地下貯蔵室が一般的ではないものの、たとえば電力供給にむらがあったり電気が通っていなかったりするような地域では、肉やその他の傷みやすいものを腐らせないために必要な建物なのである。

例文
地下の貯蔵室へと通じるドアはひどくゆがみ、まるでゾンビが足を引きずっているかのように階段の一番上にこすりついていた。電気のスイッチを入れると裸電球がひとつついたものの、薄暗くて奥までは照らしてくれない。私は桃を探しながら棚の方へと急いだ。まったく、いつだってこうなんだから。おばあちゃんが私をここへ寄越すときは、必ず奥の方にあるものが必要なのだ。クモやラットのことを一生懸命考えないようにしながら、さまざまな保存食の横を通り過ぎる。薄明かりの中だと、瓶にはジャムだけでなく目玉や臓器が入っていてもおかしくないように見えた。ふと何かが手をかすめ、私は叫び声を上げてサッと後ろに下がった。見ると、ひらひらしたクモの巣が手に貼りついている。ジーンズで手を拭いてアンズの瓶を引っ掴むと、私はその場を一目散に離れた。桃が欲しいっていうんなら、おばあちゃんが自分でここに来ればいいのよ。

使われている技法
光と影、多感覚的描写、直喩

得られる効果
緊張感と葛藤

通夜
[英 Wake]

関連しうる設定
郊外編 — 教会、墓地、台所、居間、霊廟、テラス
都市編 — 葬儀場

👁 見えるもの
- 閉まったカーテン
- 喪服を着た弔問客
- 食べ物が置かれたテーブル（キャセロール、サンドイッチ、タルト、バナナブレッド、パスタ、サラダ、果物と野菜がのった皿、クラッカーとハムがのったトレイ、オリーブ）
- 皿およびカトラリー
- サイドボードに置かれた袋に入ったお悔やみのカードの山
- 親切な女性陣が慌ただしく動いている台所（トレイにのった食べ物を運ぶ、コーヒーや紅茶を入れる、皿を洗う）
- 丸めたティッシュをぎゅっと握りながら弔問客に礼を述べている、悲しみに暮れた遺族
- 目立つ場所に陳列された、故人のさまざまな写真
- 芳名帳
- さらに人が入れるように、折りたたみ椅子を居間に並べる
- 玄関に並ぶ靴の山
- 椅子やいくつものフックに掛けられたコート
- いとこと遊んだりお喋りできるように裏庭に案内される子ども
- 裏手のベランダで親族と葬式や近況について話す喫煙者
- コーヒーテーブルやサイドテーブルに飾られた花

👂 聴こえるもの
- 人々が小声で話す
- カトラリーが「カチン」と音を立てる
- こすったり切ったりする音が溢れる忙しない台所
- 食器洗い機に入れたり洗って積み重ねるときに「カチャカチャ」と音を立てる皿
- 母親が子どもに指示を伝える
- 紅茶を啜るたびに、カップがソーサーの上に置かれるときの音
- 鼻をかむ音
- 家族や友人が故人の楽しい思い出を語り合っているときに漏れる抑えた笑い声
- グラスにワインがなみなみと注がれる音
- グラスの端に氷が当たる音
- 家族のアルバムの分厚いページを捲る音
- ドアの開閉音
- チャイムが鳴る

👃 匂い
- キャセロール
- 煎れたてのコーヒー
- 香辛料（ガーリック、オレガノ、シナモン）
- 紅茶の葉
- 強烈な香水もしくはコロン
- コーヒー臭い息
- 喫煙者の衣服から漂う煙草の匂い

👅 味
- 遺族や哀悼の意を表す人々から提供されるいろんな食べ物（ハムとチーズのトレイ、マカロニサラダ、ポテトサラダ、ラザニア、キャセロール、パイ包み、コールスローサラダ、ブラウニー、お菓子のパイ、クッキー）
- コーヒー
- 紅茶
- アルコール
- 故人が好んだいくつかの食べ物や飲み物

✋ 質感とそこから受ける感覚
- 手に握られた丸めたティッシュの分厚い塊
- 肌をこする糊のきいた服
- きつすぎる靴
- 涙を受け止めるために目の下を指で払う
- ずっと作り笑いをしていたり、泣くのを堪えているために顔が凝る
- 震えないように両手をしっかり握る
- コーヒーや紅茶のカップから漂う温かい湯気
- スカートの生地を撫でつける、あるいはネクタイをまっすぐ引っ張る
- きついウエストバンドが肌をつねる
- 裾やボタンを気にする
- 泣き過ぎたり睡眠不足のために目がチクチクする
- 涙でかすれた感じがする喉
- めまいやその場から切り離された感覚に陥る

❗ 物語が展開する状況や出来事
- アルコールによって口が軽くなり、家族の対立が生じる
- 遺書や財産分与について口論になる
- 遺書が見つからないが、あることはわかっている
- 影響力のある親族と話し合っている中で、驚くべきことや不安になるようなことが発覚する
- 故人の借金について心配す

つや――通夜

- る
- 長きにわたる家族の秘密がとうとう明かされる
- アルバムを見ている最中に衝撃的なことが発覚する
- 一族の異端児が、故人のことを悪く言う
- 誰も弔問を望んでいない人物が姿を見せる（過去の浮気相手、故人を批判する人物）
- 長年にわたり一番重荷を背負ってきたのだと苦しみを装う親族
- 何かが得られることを期待して、自分たちの苦労について周囲に罪悪感を抱かせる親戚
- 故人の死によるストレスで、家族の一員が心臓麻痺や発作を起こす
- （一族の最年長者、故人の子ども、故人と共通の趣味を持っていた者として）自分が受け取るべきだと思う品を遺族がとっていく中で、遺品の一部が行方不明になる
- あまり好かれていなかった人物が亡くなり、誰も弔問に来ない
- 故人の慣習に従った通夜が開催されるため、弔問客や怖がっている小さい子どもたちが複雑な思いを抱く
- 通夜の機会を利用して偽の弔問客が家に侵入し、みんなが悲しみに暮れる間に物品を盗む
- 故人の家族が驚いたことに、第二の家族が通夜に姿を現す

👥 登場人物
- 親しい隣人
- 同僚
- 家族
- 友人
- 故人が関わっていたグループや組織のメンバー
- 故人の教会の仲間

▶ 設定の注意点とヒント
ほとんどの場合、通夜は故人の家や遺族の家で開かれ、親しかった家族や友人らが故人のことを思い出しながら、食事をともにし交流する機会をもたらすものである。故人が地域でとても愛されていた人物であったり、一族の人数や親しい友人の輪が大きかったりする場合には、教会や葬儀場といったもっと大きな公の場で開かれることも考えられる。文化によっては、遺体との対面のように、通夜にまつわる特別な慣習が存在することもある。自分の登場人物が特定の宗教もしくは文化に属している場合は、現実味を持たせるために、その文化におけるどの風習もきちんと示すようにしよう。

例文
イーディス伯母さんの家に足を踏み入れた途端、私は過去へと戻った。かぎ針編みの敷物がテーブルを覆い、レースのカーテンを通り抜けてどうにか日光が入ってこようとしている窓辺には、オリヅルランが吊るされている。部屋の隅にある大きな陳列棚には、子どもの頃いつも眺めては伯母に触らせてもらえることを願っていた、ティーカップのコレクションが並んでいた。アーチ型の通路をどうにか抜けて居間に辿り着いた自分の顔に、笑みが広がる。伯母はいなくなってしまったけれど、彼女はまだここにいた。弔問客で溢れ、座る場所が足りていないにもかかわらず、ビニールのカバーがかけられた伯母の椅子には、誰も座ろうとはしていなかったのだ。

使われている技法
擬人法

得られる効果
登場人物の特徴づけ

郊外編 基礎設定

ツリーハウス
〔英 Tree House〕

関連しうる設定
裏庭

👁 見えるもの
- 上に登るために木の幹に固定されたロープのはしごや板
- フラップ扉
- 木の厚板
- くり抜いて作られた窓
- カーテン代わりに窓に釘で打ちつけられた布
- 簡素な家具
- 半端なサイズのカーペット
- 「立ち入り禁止」の表示、あるいはクラブの名が描かれた看板
- ポケットナイフ
- 懐中電灯
- 宝物や禁止されたものの秘密の隠し場所
- 玩具
- コレクション（石、シール、フィギュア、硬貨）
- 雨から守るためにビニール袋にしまわれた紙類
- 欠けていたり不揃いだったりする皿
- ジャンクフードの包装紙
- 空のソーダ缶やペットボトル
- パンくず
- 本や雑誌
- 古いクッションや枕
- 壁に打ちつけられたポスター
- 木材の上に書かれた名前、あるいは木材に彫られた名前
- トランプをする人たち
- コマが一部紛失したボードゲーム
- クモの巣
- ツリーハウスの横やフラップ扉からブラブラと出された足
- そよ風に葉が揺れて、まだらな影や日光の斑点ができる
- 重いものをツリーハウスに上げるためにバケツがつながれたロープ
- 周りを囲む葉や木の枝
- 垂れ下がった苔
- リス
- 鳥
- 虫
- トカゲ
- 裏庭の眺め

👂 聴こえるもの
- 板のきしみ
- ロープのはしごが木の幹にこすれる音
- 風が葉を揺らす音
- 木の枝が屋根に当たり「ギシギシ」と鳴ったりこすれたりする
- カーテンのはためき
- ソーダ缶を「ブシュッ」と開ける
- お菓子の包み紙が「カサカサ」と音を立てる
- 「パリパリ」と鳴るポテトチップス
- 鳥のさえずり
- トカゲが木材をよじ上る音
- 「ブーン」と飛び回る虫
- リスのお喋り
- 笑い声
- 会話
- 本のページを捲る音
- 音楽プレーヤーからくぐもって聴こえる音
- 屋根に当たる雨音
- 誰かが「カタカタ」とメールを打っていたり、ゲーム機で遊んでいる音
- 自宅や近所から聴こえる遠くの声
- 道路を「ブーン」と走る車
- 吠える犬
- 「バタン」と閉まるドア
- スプリンクラーが「パタパタ」と一定のリズムで動く音
- ささやき声
- 「クスクス」と笑う声

👃 匂い
- 花
- 刈り取ったばかりの芝生
- 新しい木の厚板
- おがくず
- 雨
- きれいな空気
- 木の樹液
- 汗
- 裏庭のバーベキューグリルで調理している食べ物
- 煙突の煙
- カビ臭いクッションやカーペット

👅 味
- 水
- ソーダ
- ジュース
- チョコレート
- 甘いお菓子
- ポテトチップス
- サンドイッチ
- クッキー
- 雨
- 汗
- 盗んだ煙草やビール

✋ 質感とそこから受ける感覚
- ざらついた木の厚板
- 板から突き出る釘の頭
- 床板の隙間から入り込む涼しい空気
- 強風に揺れるツリーハウス
- 窓から入り込むそよ風
- 肌を撫でるカーテン

つりーはうす｜ツリーハウス

- チクチクするロープ
- 毛羽立ったカーペット
- 柔らかいクッションや枕
- 詰め物が入った寝袋の柔らかさ
- 雑誌や文庫本のツヤツヤした感触
- 粗い樹皮
- 蚊に刺される
- 窓の外に腕を突きだしたとき肌に落ちてくる雨粒
- とげが体に当たる
- 板の間で指を挟む
- 友人と大騒ぎをする
- 背中にあたる硬い床
- 大切なものに指を走らせる（野球カードのコレクション、発見された動物の頭蓋骨、私物が入った金属製の箱）
- ナイフで厚板を彫る

❶ 物語が展開する状況や出来事
- つくりがしっかりしていないためにツリーハウスが倒壊する
- 自分が避けようと努めている人物に見つかる
- ツリーハウスから落ちて負傷する
- カリバチがツリーハウスの中に巣をこしらえる
- 雨によってお気に入りの玩具や思い出の品が台無しになる
- 禁じられているものが人に見つかる（煙草、成人向け雑誌）
- マッチやロウソクで遊んでいて、ツリーハウスに火を点けてしまう
- カビた家具のせいで南京虫が現れる
- 気の進まないリスクを負うように仲間から圧力をかけられる
- 思い通りにするために誰かをいじめる友人
- 高く見晴らしのいい場所から隣家の寝室の窓を覗いているのを見つかる

- ひとりの友人に打ち明けた秘密が周囲に広まる
- 裏庭で自分の両親が離婚の話をしているのが耳に入る
- ライバルがツリーハウスに押し入って破壊する
- ばかげたことのせいで友情が壊れる
- 兄や姉に自分のツリーハウスを占拠される
- ツリーハウスからある出来事（殺人あるいはその他の犯罪）を目撃し、危うい立場に置かれる

❷ 登場人物
- 子ども
- 隣人
- 両親
- きょうだい

設定の注意点とヒント
ツリーハウスは、多くの子どもたちにとって必ず経験する通過儀礼のようなものだ。かつてのツリーハウスは祖末な材料で造られるものだったが、今日の隠れ家には、ガラス窓やデッキ、日よけ、滑り台、その他多くの機能を完備した、購入可能な組み立て済みのものもある。いずれにせよ、そこにいる人物の性格を本当に映しだすのは、ツリーハウスの内装だ。中はクモの巣だらけだろうか、それとも片付けられているだろうか？　かき集めてきた品々か、それとも中古品店で買ってきた揃いの家具が設置されているのだろうか？　孤立した子どもの自分だけの天国なのか、それとも近所の子どもたちがワイワイと集う場所なのか？　ここでも、落とし穴はあらゆる細部に潜んでいる。それを忘れずに、登場人物に関する事柄を表すためにツリーハウスを活用しよう。

例文
私は顔を上げて、みんなが何をやっているのか見てみた。ノラは小川で拾い集めた石を磨いて、窓の上の小さな棚に並べている。メリッサとブリーは奥の壁にペンキで絵を描いている——いろんなものがごちゃ混ぜになっていて、まだなんの絵かはよくわからない。私はにっこり笑って、読んでいた雑誌のページを捲った。これこそ夏休みって感じだ。こうして女友だちと集まって、男子も親も抜きで……そして何より、宿題という心配事もない。

使われている技法
季節

得られる効果
雰囲気の確立

庭園
[英 Flower Garden]

関連しうる設定
裏庭、温室、物置き小屋、家庭菜園

👁 見えるもの
- 雫に濡れて輝く葉をかすめる太陽の光
- 一気に視界に飛び込んでくるさまざまな花の色（赤いバラ、とげのある黄色いユリ、茶色い目をしたルドベキア、マリーゴールド、ムラサキバレンギク、ヒマワリ、プルモナリア、ラベンダー）
- 木や低木の茂みに咲く花（スノーボール大の青や白の紫陽花の数々、香りの良いライラックの紫色をした重たい球果）
- 草の中に隠れている踏み石
- 曲がりくねった小道
- 小さな石造りの中庭にあるベンチや低い木の肘掛け椅子
- 小屋を包み込み格子窓の覆いの役割を果たしている、上に伸びたつる
- 小道に置きっぱなしのホース
- じょうろ
- 鉢植え用の土が入った袋
- 引っこ抜かれてしおれてきた雑草の山
- ガーデニング用手袋
- 緑にやさしく霧雨を降らし、水で虹を作るスプリンクラー
- 花びらの周りをゆっくり進むハチ
- 土の上をゆったり歩く甲虫やアリ
- 植物の間に巣をかけているクモ
- 小さなヘビ
- 魚がいる池
- 鳥の水浴び場
- ローラーで平らにされた芝生
- 小鳥がサッと出入りしている鳥小屋
- 餌箱の下に散らばっている鳥の餌
- 空になったヒマワリの種子殻
- 小屋の屋根の裏面にできている薄いハチの巣
- 鳥の糞
- ガーデニング用品（熊手、剪定ばさみ、シャベル、ガーデニング用手袋、芝刈り機）
- 肥料
- 花で覆われた格子フェンス
- コケ
- 噴水や池など水を利用した装飾
- 少量のクローバー
- 子どもや孫から贈られた絵が描かれた石
- 太陽がまだらに当たる葉の上に止まったり、観賞用の池の上を飛んでいたりするトンボ

👂 聴こえるもの
- スプリンクラーが「シューッ」と作動する
- 高速で芝生を薄切りにする芝刈り機の音
- 「チョキン」と鳴るはさみ
- 「ブンブン」と飛ぶハチ
- 鳥の鳴き声
- リスやネズミがすばやく駆けていく音
- 水浴び場や餌箱で鳴く鳥の「パタパタ」という羽根の音
- ホースが敷石に水しぶきを飛ばす音
- ベランダで「バタン」と音を立てる網戸
- 雨で揺れる葉の音
- そよ風が葉を揺らす音
- 土を掘るときにシャベルの刃が石にこすれる音
- 地面に「ドサッ」と落とされるシャベル一杯分の土
- 「ブーン」と飛ぶハエ
- 蚊の羽音
- 庭で作業する人が鼻歌を歌ったり、植物に優しく話しかける声
- 近くで遊ぶ子どもたちの立てる音
- 息を切らす犬の声
- 近所の庭から聴こえてくる声
- ウィンドチャイムが「チリン」と鳴る

👃 匂い
- 甘い花の香り
- 刈ったばかりの芝生
- 湿った土
- 嵐の前後の独特な空気
- 温かい土
- ほこり
- 外に漂ってくる台所の匂い
- 近くの炉から出る煙

👅 味
- 葉の茎を噛む
- 階段でアイスキャンディーを舐める
- 雑草取りに戻る前に、一杯のレモネードやペットボトルの水を飲む
- 庭のベンチで苦いコーヒーを、または朝用の甘いコーヒーを楽しむ

✋ 質感とそこから受ける感覚
- スベスベした花びら
- もろい土
- スプリンクラーやホースから漏れる冷たい水
- 雑草を取ったり芝生を刈る

郊外編 基礎設定 て

てぃえん ― 庭園

- ときに首もとを照らす太陽の熱
- 木陰に吹くそよ風の涼しさ
- 眉にたまる汗
- 硬いガーデニング用手袋
- 手のひらにつく粉状の土
- 変なところから突き出ていて肌に当たるとげ
- 雑草を取ろうと土に膝を押しつける
- シャベルの柄の滑らかさ
- 移動させる植物の根元を両手で包むようにして持つ
- 低木のざらついた樹皮
- 切った枝や茎のべとつく樹液
- 粉末状の花粉

❶ 物語が展開する状況や出来事

- 肥料をやりすぎたり間違った種類のものを使って植物をだめにする
- 熱波や日照りで植物がだめになる
- 怒った隣人や敵の腹いせに庭を破壊される
- アブラムシがはびこる
- 造園の遺産を受け継ぐことを求められるが、本当は嫌がっている
- 人の庭（年配の両親や祖父母のもの）を手入れしなくてはならず、自分の庭の手入れをする暇がない
- シカやその他の有害生物によって努力を踏みにじられる
- 犬が庭にものを埋めたり温かな土の上に横たわったりしたがる
- 水の使用制限によって庭の手入れが難しくなる
- 隣家の庭の方がいつも一歩先を行っている
- 庭をもっとよくするために、いつも口出しをしてくるうるさい隣人

❷ 登場人物

- 子どもや家族
- 景観や芝生のメンテナンス作業員
- 隣人や訪問客
- 庭の所有者

▶ **設定の注意点とヒント**

庭は登場人物の特徴づけや雰囲気の設定に絶好の機会をもたらしてくれる。雑草だらけの荒れ地、枯れた低木の茂み、壊れた小道の厚板といったものによってひどく寂しい光景として示される庭もあれば、きちんと手入れされ雑草も取り除かれた、幸福や繁栄を象徴する美しさを印づけるような安らぎの場所とも呼べる庭もある。完璧主義で支配欲の強い主人公のことを、文字で記してしまうのではなく見せるには？　その人物の庭がどんな様子かを考えてみよう。きちんと刈り込まれ対称的に並ぶ低木の茂み、一定方向に成長するようにワイヤーで縛られたつる、ちりひとつなく掃除された通路沿いに、決まった間隔を開けて色分けして植えられた花。こんな描写がきっと効果的だろう。

例文

この家、そして家の中の活気のない音――ピーッと鳴る監視装置、皆がヒソヒソと話す声――から逃れてみたものの、外も同じようなものだった。春だというのに、庭園は茶色い荒れ地という有り様だ。葉のない枝に痩せた小枝、地面を覆う枯れ葉。覇気のない風が庭の残骸をかき回し、腐った臭いを空気中に充満させて唯一の音を立てている。昆虫の鼻歌も聴こえてこなければ、鳥の歌声だって一羽たりとも聴こえてこない。自分の足音ですら、ほこりっぽい地面に音もなく沈んでいった。

使われている技法
隠喩、季節、象徴、天気

得られる効果
雰囲気の確立、感情の強化

郊外編 基礎設定

テラス
〔英 Patio Deck〕

関連しうる設定
裏庭、庭園、ホームパーティー、台所、物置き小屋

👁 見えるもの
- 裏庭を眺めることのできるような地面に接した石積みの部分や、地面より高いところにある木製のスペース
- 大型の温水浴槽
- テーブルと椅子
- さまざまな色で満たされた花のコンテナ、プランター、吊りカゴ
- つる植物が絡みついた格子やパーゴラ
- テラスの一部を覆う日よけやパラソル
- テラスの周りにある木々の間から日光が差し込んでできる光と影
- 室内に通じるドア
- バーベキューコンロ
- 暖炉もしくは野外炉
- 山積みになった薪
- 屋外のくつろげる場所（ソファ、クッションつきの椅子、コーヒーテーブル、飾りとしての柔らかいクッション）
- シートクッションや飾りのクッションをしまっておく箱
- 芝生に散らばった玩具
- 外壁にかけられた時計
- 温度計
- 松明や虫除けキャンドル
- デッキ用ライト
- スツールが置かれた屋外バー
- 水滴のついたグラスやモヒートの入ったピッチャー
- 庭用ブランコやベンチ
- 噴水や水を使った装飾品
- ウィンドチャイム
- 隅にあるクモの巣
- アリやハエ
- 階段の下にできたカリバチの巣
- 散らばったほこり
- 掃除の必要がある花粉や松葉
- 家の所有者が、晴れた日に外に座って冷たいビールや朝のコーヒーを楽しむ
- 家具の周りをぶらついたり庭の隅を調べたりするペットの猫や犬

👂 聴こえるもの
- 木々の間で鳥がさえずる
- 虫が「ブーン」と飛ぶ
- 「ゲロゲロ」と鳴くカエル
- ドアの開閉音
- 人の話し声
- 室内もしくは近所の庭から聴こえてくる声
- 開いている窓から入ってくる家の雑音（テレビ、流れてくる音楽、ガレージの戸が開く）
- 庭で遊ぶ子どもの立てる音
- 犬が吠える
- 「ペチャクチャ」と音を立てるリスやシマリス
- 車両の往来の騒音
- 駆け足をする足音
- 笑い声
- 板のきしみ
- 「ゴボゴボ」と鳴る大型の温水浴槽や噴水
- テラスをこする椅子
- 植物に水をやるときのしぶき音
- バーベキューコンロで「パチパチ」と音を立てる食べ物
- 野外炉の中で「パキッ」と鳴る薪
- 火の中に丸太が投げ込まれる音
- 葉の間をすり抜ける風の音
- 芝生を整備する機械の轟音や吸い込み音（芝刈り機、ブロワー、縁刈り機、チェーンソー）
- 風が吹いて鳴るウィンドチャイム
- バーでグラスの中に「カラン」と落ちる氷
- 「キィキィ」と鳴るブランコやデッキチェア
- 背の高い木々が風に揺れる音
- そよ風に「パタパタ」となびく旗
- テラスに「カチカチ」と当たる犬の爪

👃 匂い
- 木材の煙
- バーベキューコンロで調理する食べ物
- 虫除け
- 花の咲いた植物
- コーヒー
- 雨
- カビ臭いクッション
- 虫除けキャンドル
- 松明の燃料

👅 味
- 飲み物（コーヒー、紅茶、ホットチョコレート、ビール、ソーダ）
- 軽食
- スモア
- 焼いた肉と野菜
- 家族や友人と過ごす夜を楽しむために外で食べる夕食

✋ 質感とそこから受ける感覚
- 蚊に刺される
- 肌にひんやりと触れる虫除けスプレーの噴霧
- 足の裏に当たる温かい木板

てらす｜テラス

- ざらついた木製の手すり
- でこぼこした石の舗装につまずく
- 大型浴槽の温水
- 体にあたる野外炉の熱
- 風が向きを変えたために漂ってくる煙が目に染みる
- クッション性のある座席
- 木製の硬いベンチ
- ブランコやハンモックの揺れ
- 外気の熱や肌寒さ
- 夕方にかけるブランケットの心地よい温もり
- 髪をクシャクシャにする風
- 花粉が散らばったテーブルの粉っぽい感触
- スベスベしたガラスのテーブル
- 太陽の熱で温まった錬鉄の家具
- 太陽が高くなる時間帯の日差しに目がくらむ

❶ 物語が展開する状況や出来事
- 詮索好きな隣人に窓から自分の家のテラスを覗き込まれる
- 野良犬が庭に迷い込んできて置き土産を残していく
- 近所で警察による追跡が行われる
- 手すりから落下する
- 松明もしくは移動式コンロの取り扱いを誤ってテラスに火をつけてしまう
- 支えが腐ってテラスが倒壊する
- 大型の温水浴槽で、周囲に疑われても仕方ないような状況に陥る
- 嵐のあとで木々もしくは枝が倒れる
- 誰かがテラスで過ごす「ひとりの時間」を人々が邪魔する
- ある季節に患うアレルギーのために、庭で過ごす楽しい時間が奪われる
- 家族間の口論
- 暑すぎたり寒すぎる気候のせいでカッとなる
- テラスでパーティーをしている最中に蚊の襲撃に遭う
- 孤独な隣人たちが、庭やテラスで何かやっている様子を見るやいなやかけつけてくる
- 客が食べ物や飲み物をこぼして、アリの一群を呼び込む
- 隠れたところにカリバチの巣があり、近づいた人々が刺される
- テラスで日焼けをしている最中、誰かに見られている気がする
- フェンスの向こう側で、近所の人々が自分の家のことを噂しているのを立ち聞きする

👥 登場人物
- 友人や親類
- 客
- 家の所有者
- 隣人とその子ども

設定の注意点とヒント
屋外にありながらも間違いなく居住空間と見なすことのできるテラスは、家族間の劇的な事件、物思い、内省のひと時、感情の爆発といったかたちで、物語に多くの葛藤をもたらす設定になりうる。そこは室内よりもやや多くの景色が見られる場であり、そして自然の中で自発的にオーガニックにもたらされる活動によって、あまり動的ではない場面にも運動感覚と前進する勢いとがもたらされるだろう。また隣の家がほんの数歩先にあるというような郊外に暮らしている場合ならば、立ち聞きされたり、覗かれたり、そして誰かに捕まるといった危険が潜んでいるかもしれない。

例文
松明がオレンジ色に輝いてほのかな光を放つ以外、テラスのほとんどは暗闇に包まれている。私はもういくつか松明をつけると、キャンドルも焚いた。みんなそれぞれグループになって寄り添い、リックが現れるのを待ちながら低く重々しい口調で話している——が、彼の母親だけは別だった。サンドイッチとブラウニーには手もつけず、周りに押しつけている。私はぐるりと目を回した。お邪魔虫さんの軽食は、マーガレットに任せておくことにしよう。

使われている技法
光と影

得られる効果
登場人物の特徴づけ、雰囲気の確立、緊張感と葛藤

郊外編 基礎設定

灯台
[英 Lighthouse]

関連しうる設定
郊外編 ― ビーチ、海
都市編 ― 漁船、マリーナ、ヨット

👁 見えるもの
- 水域付近にある高台に建てられた円筒ドーム型の建物
- 建物のてっぺんでぐるっと回りながら点滅する回転灯
- 灯台の土台付近にある茂みや植物
- 上まで行きたくない人のために置かれたベンチ
- 旗用のポール
- 低木の茂みや緑
- 蝶
- 中に入るための戸口
- 灯台の内部でらせん状になっている、縦格子のついた金属製の階段
- 壁に取りつけられた手すり
- 一定の段ごとに設けられている踊り場
- レンガ壁にはめ込まれた小さな窓
- 上まで行く途中で一休みするために踊り場に集まる観光客たち
- 階段の一番上付近にある跳ね上げ扉から差し込む自然光
- 主要な展望バルコニーへと通じる階段
- 灯台の最上部を取り囲む、胸元までの高さがある手すりのついた狭いバルコニー
- 最上階にある小さな丸窓
- バルコニーから見える景色（水、砂浜、ボート、橋、車、草の生い茂った丘や牧草地、家々やホテル、建設現場のクレーン、木々、あたりを移動していく雲の影）
- 監視室へと通じる狭いはしご
- 監視室の備品（救急箱、消火器、保管容器、折りたたみ椅子、昼食の入った袋、電話）
- 欠けた塗装
- さびている箇所
- 灯台守や地元の船員に捧げられた記念のプレート
- ギフトショップおよび博物館（灯台が史跡である場合）

👂 聴こえるもの
- 階段を上るときの荒い呼吸音
- 灯台の中の反響音
- 金属製の段に「カチャカチャ」と当たる靴音
- 観光客の話し声
- ツアーガイドの声
- 下の方から聴こえてくるボートのエンジン音
- 海鳥のやかましい鳴き声
- 轟音を立てて近くの橋を行き交う車両
- 「ブーン」と飛び回る虫
- 「ヒューヒュー」と吹く風の音
- 霧中の信号音
- 回転灯の機械音
- 訪問客がカメラで「カシャッ」と景色を撮る音

👃 匂い
- カビ臭く湿った空気
- 内部の籠った空気
- しょっぱい水
- 人々の入り交じった匂い（制汗剤、ヘアスプレー、汗、香水）

👅 味
- 設定の中には、登場人物がその場面に持ち込むもの（チューインガム、ミント、口紅、煙草といったもの）以外に関連する味覚というものが特にない場合もある。特定の味覚がほとんど登場しないこのような場面では、ほかの4つの感覚を用いた描写に専念するのがよいだろう。

✋ 質感とそこから受ける感覚
- 灯台内部の籠った温かい空気
- 階段の一番下から上まで空気が移動する
- 階段を上ったおかげでふくらはぎが熱くなる
- 階段を上るにつれて目まいがする
- 支えを求めてレンガの壁に体が軽く触れる
- 金属製の固い手すりを握る
- 足元の頑丈な階段
- 開け放たれた踊り場の船窓から入り込んでくる新鮮な空気
- 髪や服が汗で湿る
- バルコニーに出たときに吹きつける風
- 海の景色を眺めつつ手すりに寄りかかる
- スカーフの端が風に引っ張られたりなびいたりする
- どこでも登ってやろうと危険を冒しかねない自分の幼い子どもの手をしっかりと掴んでおく

❗ 物語が展開する状況や出来事
- バルコニーから転落するもしくは突き落とされる
- 階段から転落する
- 健康問題を抱えているにもかかわらず階段に挑戦する（心臓疾患、高血圧、妊娠）
- 高所恐怖症

134

とうだい ― 灯台

- 建物の脇で旅行者がカメラや携帯をなくす
- 灯台の一番上にある見晴らしのよい場所から犯罪を目撃する
- 照明が壊れているために航洋船を危険にさらす
- 観光客らが見ているバルコニーでプロポーズをしたものの、「ノー」を突きつけられる
- きちんと整備されていなかった灯台に勢力の強いハリケーンが襲いかかる
- 階段がさびているため、上るときに足元がやや不安定に感じる
- ツアー客の大集団が灯台を独占する
- ぐずぐずと写真を撮り、閉館時間を気にも留めない人々
- いたずら者がバルコニーからものを投げる
- 雷に打たれる
- 追いかけられて灯台に逃げ込むも、上しか行く場所がない
- 訪問客が上のバルコニーを利用して自殺する

登場人物
- 管理人および係員
- 地元の人々
- 学校の見学グループ
- 観光客
- ツアーガイド

設定の注意点とヒント
人々が灯台という場所に未だ引きつけられるのには立派な理由がある。それは、どれほどたくさんの灯台が存在していても、ひとつとして同じものがないからだ。定められた区域における塔の外側の模様は、灯台ごとにそれぞれ異なる。これは、明かりが消されている日中に、船員らが居場所を確認できるようにするためである。今や灯台はもっぱら機械化されており、灯台守はもはや必要なくなってしまった。それでも灯台という建築物の歴史的な重要性は否定できない。だからこそ多くは政府や非営利団体によって引き継がれ、メンテナンスをしてきちんとした状態に保たれているのである。

例文
灯台の鋳鉄製の階段を急いで駆け上がるジョジーの息は、突き刺すように苦しく喘いでいる。この場所は30年前から使われておらず、そのため中が完全に真っ暗であることを、彼女はありがたく思うと同時に呪った。汗まみれの手で手すりを掴み、壁に体をこすりつけて上っているため、ブラウスの生地にレンガの間の充填剤が付着する。踊り場まで来ると、彼女は南向きの窓から外の様子を伺うために歩みを止めた。夜空に浮かぶのは半月だったが、雲ひとつないために明るさはじゅうぶんであり、まるで灯台の誘導役であるかのように、自分を追いかけてくる男の姿を照らしていた。嗚咽を堪えながら、ジョジーは壁に思い切り背中を押しつけた。

使われている技法
光と影、多感覚的描写

得られる効果
伏線、緊張感と葛藤

郊外編 基礎設定

屠畜場
〔英 Slaughterhouse〕

関連しうる設定
田舎道、農場、牧場

👁 見えるもの
- トラックに乗せられて大きな倉庫形式の建物に連れていかれる動物たち
- 体に印を入れられていたり、耳にタグをつけられた家畜
- 家禽を入れる蓋つきプラスチックケース
- 人が旗などを振って動物を一箇所に集める
- 特定のエリアに動物を誘導するために設置された板
- 檻と囲われた敷地の間を行き来する動物の群れ
- 動くだけのスペースがある屋根つきおよび屋根なしの囲い場
- 水を入れる桶
- ベルトコンベア
- 油圧装置やコイル
- チェーンやホイストクレーン
- 保護装備を着けた作業員(帽子およびヘアネット、フェイスガード、イヤホン、サージカルマスク、手袋、ビニール製の作業着、エプロン)
- 血や汚物を除去するためのホース
- 麻酔をかけられた動物を入れておく部屋や桶のかたちをした容器
- 後ろ足で吊るされている屠体
- 殺されてからピクピクとけいれんする屠体
- 桶の中や床に血を垂れ流す動物
- 毛を柔らかくするための熱湯処理タンク
- 病原菌を殺し毛をすべて除去するための殺菌・毛焼き設備
- 皮を剥ぐ機械
- 冷蔵および冷凍室
- さまざまな業務に並んであたる作業員たち
- 内蔵を摘出し屠体を各部位にスライスする作業員
- 屠体を半分に切る大型のこぎり
- ベルトコンベア上を流れる肉
- 内蔵やその他の部位がベルトコンベアで運ばれていく
- 廃物

👂 聴こえるもの
- 「モーモー」と鳴く牛
- 「ブーブー」と鳴いたり鼻を「フンフン」といわせるブタ
- 「ゴロゴロ」と鳴く七面鳥
- 鶏がやかましい声を上げる
- 動物を前進させるために音の出る道具を振る
- 動物がコンクリートの床やおがくずの上を歩く音
- 「パタパタ」と鳴る家禽の羽
- 重量のある動物が板や壁にぶつかる音
- 「ブンブン」「ガチャガチャ」と音を立てる機械
- 水を「バシャッ」とかけたり撒いたりする
- 動物を呼んだり怒鳴りつける作業員
- 動物が音を立てて水を飲む
- 「ガラガラ」と鳴るベルトコンベア
- 「ガチャガチャ」と音を立てるチェーン
- 騒音に被せて作業員が掛け合う声
- 血や水が滴り落ちる音
- のこぎりが骨を切り裂く音
- 包丁で肉をスライスし、ケースにしまう音
- イヤホンをしている耳に聴こえるくぐもった音
- 床で「キュッキュッ」と音を立てるゴムの長靴
- 作業員の話し声
- すべてをグレーチングに向かって洗い流すホースの水流音

👃 匂い
- 家畜
- 温かい血
- 糞や小便
- 獣脂
- 殺菌剤
- マスクの中にこもる自分の息

👅 味
- 設定の中には、登場人物がその場面に持ち込むもの(チューインガム、ミント、煙草といったもの)以外に関連する味覚というものが特にない場合もある。特定の味覚がほとんど登場しないこのような場面では、ほかの4つの感覚を用いた描写に専念するのがよいだろう。

✋ 質感とそこから受ける感覚
- 首もとでうっとうしいヘアネット
- 頭にちょこんと乗せたヘルメット
- 重たいゴム長靴
- ビニール製のカバーオールやエプロン
- 手や指を厚ぼったく感じさせる手袋
- 囲いに入れようとしている動物たちに押される
- 金属製の壁にぶつかる
- ブタや牛に足を踏まれる

とちくじょう｜屠畜場

- くすぐったくなる家禽の羽
- 糞を踏む
- ごわごわしたブタの皮膚
- 柔らかい牛の皮膚
- 牛の尻尾にはたかれる
- ずっしりと重い屠体を押し動かそうとする
- 毛焼き設備から出る熱
- 冷凍庫で勢いよく吹きつける冷気
- 皮膚に食い込む包丁
- のこぎりの重み
- べとつく獣脂や皮膚
- ぬるぬるした内蔵
- 服や靴に飛び散った血
- 肉の柔らかな切断部
- 水がはねる

❶ 物語が展開する状況や出来事
- 作業員が正しい安全設備を使っていない
- 動物の虐待
- 設備に欠陥がある
- 一日中同じ作業をしている単調さのせいでミスが発生する
- 家畜に病気が広がり、感染した肉が出荷される
- つまらないあら探しをする検査員によって頻繁に検査される
- 高圧的な現場監督がいる
- マスコミに悪く言われ、動物保護団体によるデモが起きる
- 人々が肉を食べなくなる事態（道徳的な決断、もっと健康的な食事を摂りたい、経済的な不況により人々が貧しくなり肉を買う余裕がなくなる）
- 解雇や労組の問題がある
- この仕事を嫌悪しているが辞めることができない
- 血を見ると不安な気持ちになる

🧑 登場人物
- 管理スタッフ
- 検査員
- メンテナンススタッフおよび用務スタッフ
- マネージャー（買収、PR、現場監督）
- 作業員
- トラック運転手

⚑ 設定の注意点とヒント
すべての動物が、最期の瞬間まで敬意と労りの念を持って扱われていると考えるのはよいことだし、文化的な意識や政府の規制のおかげで、多くの屠畜場では思いやりを持って施設内の動物を扱うように高い基準を設けている。しかし、残念なことにこうした規制に従わない屠畜場も存在する。そこでは衛生面での基準が低く、作業員はさほど公平には扱われないし、設備もあまりメンテナンスが行き届いていない。処理方法も古いやり方のままで、動物たちはひどい扱われ方をすることが多い。感情をたかぶらせるような設定、もしくはひどく否定的な感情を呼び起こすような設定を求めている場合には、屠畜場は舞台としてふさわしいかもしれない。

例文
今日が出勤第一日目で、もう4時間は働いているにもかかわらず、未だにいつ吐いてもおかしくない状態だった。足元にある溝の中を、温かい血が流れていく。後ろ足を括り逆さまに吊るされたブタが、まるで並んで干してある不気味な洗濯物のように次々と目の前を通過していった。血が僕のエプロンに十字模様を描き、床に飛び散る。隣の男がひっきりなしにホースで水を撒くおかげで、血は水っぽくなり広がりやすくなっていた。ちらっと時計に目をやる。昼食まであと10分だ。でも、手袋をはめた手を口元に持っていくと、食べ物のことは考えないようにした。

使われている技法
直喩

得られる効果
感情の強化

鶏小屋
[英 Chicken Coop]

関連しうる設定
裏庭、家畜小屋、農場、農産物直売会、家庭菜園

見えるもの
- 庭を囲う雨風にさらされた木製の骨組みと金網
- 端に沿って生えている草
- 掛け金のついた狭いドア
- フワフワした鶏の集団（ガクガクと庭を横切りながら突然止まる、穴を掘る、虫を点在する餌をついばむ、草を食べる、羽づくろいをする）
- 踏みならされた土から雑草が顔を出す
- 地面に落ちた少量のかんなくず
- 石
- 色とりどりの種や穀類の飼料が入ったブリキの皿
- プラスチックの給水器
- 高台にある小屋の土台とその入口に通じる斜面を上がるための板
- 出口を抜けて土台の上に散らばるわらやかんなくず
- 囲われた巣箱
- 止まり木
- 黄金色のわらの中に半分隠れた卵（茶、白、黄褐色）
- 合板の床に落ちている、鶏の黒みがかった糞
- 換気口
- 寒いときに使う保温電球
- 夜間に鶏を保護し、小屋を風から守るスライドドア

聴こえるもの
- 「コッコッ」という弱い鳴き声
- 爪が地面を引っかく音
- 羽づくろいをする鶏の羽毛が「パタパタ」と逆立つ
- ドアの蝶番のきしみ
- フックの掛け金が「カチャッ」と外れる
- 合板の上で「カタカタ」と音を立てる爪
- 芝生を駆け抜ける風
- ブリキの餌入れをくちばしが突つく音
- 不安や危険が迫るときに徐々に高く増えていく鶏の金切り声
- 「コケコッコー」と鳴く雄鶏
- 卵を回収したり小屋を掃除する人の鶏をなだめる声
- 近隣周辺の音（犬の吠える声、「バタン」と閉まるドア、走る子どもたち、近所の家から聴こえる声、車の往来）
- 序列を形成するための、雌鳥同士の騒々しい取っ組み合い

匂い
- わら
- ほこりっぽい餌
- 悪臭を放つ水
- 土
- 鶏の糞

味
- 空中を舞うほこり
- わらの一片

質感とそこから受ける感覚
- 小石状の穀物飼料
- でこぼこの地面
- 足元の石
- 新鮮な卵の滑らかさ
- チクチクするわらや木のかんなくず
- かかとをくすぐる草
- 雨
- 服をはためかせるそよ風
- 飼料や水を運ぶとき手に食い込む、トレイの金属製の取っ手
- 鶏の柔らかな羽根
- 自分の手や足首に当たるくちばしの突つき
- バケツやシャツの裾に集めた数個の卵の重み

物語が展開する状況や出来事
- 野生動物が小屋に接近する
- 怒った隣人が飲料水に毒を盛る、または鶏を外に放す
- 格別に寒い冬
- 所有者が片付けられない人物であるため、鶏たちは荒れ果てた環境に暮らし、病気になりがち
- 鶏が卵を産まない
- 鶏が穴を掘って逃げだす、もしくはほかの方法でいなくなる
- 所有者やその子どもの中に鳥を怖がる人がいる

登場人物
- 農場直売の新鮮な卵を買い求める客
- 家族
- 隣人
- 小屋の所有者
- 訪問者

とりごや — 鶏小屋

設定の注意点とヒント
ますます多くの人が持続可能な暮らしに興味を抱くようになってきた中、鶏の飼育も人気が出てきた。もはや田舎や農場生活に限らず、郊外や都市部でも（認可される場合）裏庭に鶏小屋が建てられることが多くなっている。その小屋の種類も、木と金網でできたオーソドックスなものからデザイナーによるものまで多岐にわたる。なかには餌や水の供給システムを自動化し、古い温室や小屋、あるいはフォルクスワーゲン車のさびきった骨組みなどを新たに活用し建てられたものもあるだろう。もしくは熱心な人であれば、小屋に鮮やかな塗装を施し、鶏のネームプレートや洒落たアンティークの看板などを取りつけて、より美しく仕上げるかもしれない。小屋をデザインするときは、かたちにとらわれる必要はない。ゆえに所有者の性格に合ったものを作ろう。

例文
僕は急いで作業をしつつ耳を澄ませながら、小屋の中を動き回った。ゆがんだ板を通り抜ける風が音を立て、外では雌鳥が脚を引っかいていたが、雄鶏のぶっきらぼうな鳴き声はどこからも聴こえてはこない。僕は巣にある卵を急いで奪った。しかし、だからといって彼がそこにいないわけではなかったのだ。大丈夫だと思った次の瞬間、奴はいた。小さく喉を鳴らしながら頭をピクピクと動かし、あの天敵を見る目でこちらをじっと見つめていたのだ。外から叫び声が聴こえてきて、僕はビクッとした。まったく、気味の悪い野郎だ。

使われている技法
光と影、天気

得られる効果
雰囲気の確立、緊張感と葛藤

郊外編 基礎設定

トレーラーハウス用居住地
〔英 Trailer Park〕

◉見えるもの
- トレーラーハウスや移動住宅が互いに接近して設置されている
- 施設内に整然と、あるいはでたらめに並ぶ家々
- 狭く舗装されていない道
- まばらに生える狭い芝生
- 芝生に置いてある踏み石
- 屋外の居間スペース（トレーラーハウスに取りつけられた玄関前のベランダ、運搬可能な張り出し屋根、日よけ）
- 物置き小屋
- 風になびく旗
- 芝生の飾り（フラミンゴ、風車、陶器のノーム人形、花が植えられたプランター、玄関の明かりに吊るされたウィンドチャイム）
- 玄関前のベランダに置かれたプラスチックの椅子
- トレーラーハウスの脇に立てかけられた脚立
- がらくたの山（壊れた家具、ペンキのバケツ、古いクーラーボックス、自転車の車輪、空の木箱）
- ゴミ箱
- トレーラーハウスの上部に設置された金属アンテナやパラボラアンテナ
- 玄関前のベランダに座っている人々
- トレーラーハウスと電柱をつなぐ電線
- トレーラーハウスを下で支えるコンクリートブロック
- ウインドエアコン装置
- 防水シートで覆われた車
- 共同郵便受けやリサイクル用回収箱
- 木炭を使うバーベキューグリル
- 鉢植植物が入った容器
- 木製のトレーラーハウス周辺を縁取るように生えた雑草やタンポポ
- 洗濯物を干して垂れ下がる物干し用ロープ
- くぼみのある砂利の私道
- 道路沿いに停めてある何台もの車
- 玄関前のベランダにある壊れた洗濯機と乾燥機
- LPガスボンベ
- トレーラーハウスの側面についたカビや草の汚れ
- トレーラーハウスのさびた連結装置
- 裂けた窓の網戸
- トレーラーハウスや木に立てかけてある自転車
- 自警団による標識
- 管理オフィス
- 木々や生け垣
- 芝生や道路に散らばる落葉
- 鳥たち
- 蚊やハエ
- アリ
- 泥が溜まっている箇所

◉聴こえるもの
- 網戸が「キィ」と音を立てたり「バタン」と閉まる
- 泥や砂利を車輪が「バリバリ」と踏みつぶす
- 旗が「パタパタ」と揺れる
- 「チリンチリン」と鳴るウィンドチャイム
- エアコンが「カンカン」と音を立てて稼働する
- 砂利道を歩く足音
- 舗装されていない道の上で自転車が「ガタガタ」と音を立てる
- テレビやラジオの音声
- 開いた窓、またはストッパーなどで開けっぱなしの扉の先から聴こえる人々の声
- 子どもの遊び声
- 付近の道路を行き来する車の騒音
- 「ブーン」と鳴る照明や送電線
- 玄関前のベランダを誰かが掃いている音
- 蚊が「ブーン」と飛ぶ
- コオロギの鳴き声
- 車のエンジンがかかる音
- パーティーで流れている大音量の音楽
- 缶飲料が「プシュッ」と開けられる
- 犬のリードの鎖が地面を引きずる音

◉匂い
- 調理している食べ物
- 木炭を使うバーベキューグリル
- 虫除けスプレー
- さび
- 建物のカビ
- 土や泥
- 車の排ガス

◉味
- 設定の中には、登場人物がその場面に持ち込むもの（チューインガム、ミント、口紅、煙草といったもの）以外に関連する味覚というものが特にない場合もある。特定の味覚がほとんど登場しないこのような場面では、ほかの4つの感覚を用いた描写に専念するのがよいだろう。

とれーらーはうすようきょじゅうち ― トレーラーハウス用居住地

質感とそこから受ける感覚
- 足元の砂利道
- かかとをくすぐる背の高い草
- 蚊に刺される
- 頭上を飛び回るハエ
- 日よけの下、または玄関前のベランダの下で感じる涼しい空気
- 滑らかなコンクリートの厚板
- 太陽の下にあるゴミ箱の熱くなった金属部
- グラグラするプラスチックの椅子
- 座席の薄板が剥がれた箇所がある折りたたみ式の椅子に、注意深く腰を下ろす
- 素足を汚す土
- 火をつけたバーベキューグリルの暖かさ
- 物干しロープに湿った洗濯物を吊るすとき、肌に水滴が落ちてくる
- 舗装されていない道で激しく弾む車の車輪
- 自転車ででこぼこの道を走るときにハンドルから伝わる振動
- 狭い道を歩いているときに照りつける太陽
- 夏の暑さで肌を流れる汗

物語が展開する状況や出来事
- 仲良くない者同士が至近距離に暮らす
- きちんと片付けをしなかったり、うるさかったりする隣人
- 暖房もしくはエアコンなしで生活している
- トレーラーハウスに暮らしていることをからかわれる、もしくは見下される
- 自分だけのプライベートな空間がない
- 停電、水漏れ、配管の問題が頻発する
- ゴキブリやアリがはびこる
- 窃盗や不法侵入
- 暴力的な、あるいは子どもの周りで何をしでかすかわからない犬がリードを外れてさまよっている
- 管理者が怠惰で一向に修理をしない
- ハリケーンが迫っているため避難しなければならない
- 竜巻が発生したとき、避難できる安全な場所がない
- 嵐の最中に木の枝が倒れ、送電線を停止させる
- 隣人の家族がまったく訪問に来ないため、その人の健康や福祉について心配する
- 市の道路拡張計画のため、トレーラーハウス用居住地の住人が強制的に追いだされる

登場人物
- ごみ収集人
- 郵便配達員
- 管理業者
- 修理工
- 居住地の住人
- 訪問客

設定の注意点とヒント
トレーラーハウス用居住地は、敷地内に置かれたトレーラーハウスに人が転入・転出する形態の常設居住地である場合と、自分のトレーラーハウスを各地に運んで引っ越す一時的な居住地である場合が考えられる。トレーラーハウス用居住地には実に多様な人々が暮らしており、郊外に暮らす余裕はないものの住居が欲しい人や、その地域にある時期だけ滞在する人（一年のある期間は国外で働いている、あるいは油田採掘に従事しているような人）、はたまた運に見放されてしまった人もいる。さらに、生計を立てることが制限された状態だとか病気を抱えたまま暮らす人や、過去に問題があるがゆえにできるだけ目立たないように暮らしたい人、あるいは家族を支えるために安い給料で働きながら手頃なこの住居で暮らすことを選んだ人もいるかもしれない。

トレーラーハウス用居住地と似た場所として、キャンピングカーを所有する人が休暇中やシーズン中、あるいはレンタル代を払って年間停めておくことのできる、RV車専用のパーキングというものもある。高級なRV車のパーキングであれば、施設内に停められたトレーラーハウスの外観を規制するために、さまざまな決まりを設けている場合もあるだろう。また、敷地内にプールやコインランドリー、ジム、カントリークラブといった快適な施設が揃っていることもあるかもしれない。

例文
扇風機の涼しい風が再び自分の方にあたるのを待ちながら、私は玄関前のベランダに座っていた。シャツの裏を汗が伝い、両足は脚の短い折りたたみ椅子の薄い板に貼りついている。ルークがかけている音楽が台所の窓から大音量で外に漏れ、マクドナルド夫人が大声で文句をつけてきた。音を小さくするように注意しなくてはと思うものの、我が家の壊れたエアコンと同様、8月の私にはいっさいの気力がないのだ。

使われている技法
多感覚的描写、直喩、天気

得られる効果
登場人物の特徴づけ、雰囲気の確立

郊外編 基礎設定

農業祭
〔英 County Fair〕

関連しうる設定
郊外編 ― 田舎道、農産物直売会、牧草地、ロデオ
都市編 ― 駐車場、公衆トイレ

👁 見えるもの
- 広大な駐車場
- 緑に覆われた野原
- 農業関連のイベントを開催している大きなキャンバステント（家畜の品評会、ヒツジの毛刈りコンテスト、動物とふれ合うコーナー、全国農業青年クラブ連絡協議会によるイベントや実演）
- 娯楽施設（観覧車、メリーゴーラウンド、巨大スライダー）
- お祭りのゲーム（輪投げ、アヒル釣り、射的）
- 農業祭ではお馴染みの食べ物、あるいはめずらしい食べ物（アメリカンドッグ、プレッツェル、揚げバター、チョコがけベーコン、トルネードポテト、ミニドーナツ、りんご飴、綿あめ、揚げたスナックバー、サソリ入りのピザ）を販売しているトレーラーや荷馬車
- 色とりどりの風船
- 芸人（ピエロ、曲芸師、軽業師、フォークミュージシャン、火吹き師、剣を飲み込む人）
- 農産物直売会のコーナー（地元の果物、ベリー類、農産物、ピエロギ、ハチミツ、ジャムやゼリー、チリソース、焼き菓子、手作りのジュエリー、服、芸術作品）
- フェイスペイント
- 子どものためのゲーム
- トラクターや干し草用の荷馬車に乗って夜に遠乗りをする
- カラフルな照明や旗
- 仮装した人
- 誤って手を離し、空に昇っていく風船
- 回転する乗り物やチカチカ点滅しているライト
- 踏まれてぺしゃんこになっているゴミや煙草の吸い殻
- 食べ物でベトベトになった顔のまま、ぬいぐるみやその他の景品を手に持って歩く子ども
- 座るために置いてある干し草の俵

👂 聴こえるもの
- フォークミュージック
- お祭りらしい音楽
- 人々のさまざまな声（怒鳴り声、叫び声、笑い声、互いに声を掛け合う）
- 囲いの中で音を立てる動物（鼻をクンクンいわせる、わらの上をすり足で歩く、地面を前脚でかく、耳障りな声で鳴く、甲高い声で鳴く、いななく、モーと鳴く）
- マイクを通して競売人や司会者が喋る
- 祭りの乗り物や食べ物のトレーラーを稼働させるために「ブーン」と音を立てる電源供給機
- 疲れ果てた幼児の泣き声
- 客を呼び込むゲームコーナー店員のかけ声
- 大道芸人が「シュッ」と火を吹く
- 観客が息を呑む音
- 子どもが親を呼ぶ
- トラクターのエンジンが「ギシギシ」「ゴロゴロ」と音を立ててかかる
- 風船が「ポン」と破裂する

👃 匂い
- 揚げ物や直火の焼肉
- ポップコーン
- ほこり
- ホットドッグ
- 動物の堆肥
- 汗
- 体臭
- ビール
- 煙草やパイプの煙
- モーターオイル
- 熱くなった機械
- 刈り取ったばかりのわら
- 馬の皮膚

👅 味
- 油っぽくて甘い衣生地
- 砂糖をまぶしたドーナツ
- 水
- ビール
- かき氷やアイスクリームの甘さ
- フライドチキン
- ポテトチップス
- バターがけポップコーン
- チーズ
- 香辛料
- BBQソース
- ハンバーガー
- ホットドッグ
- サワークリームをかけたピエロギ

✋ 質感とそこから受ける感覚
- 家畜のざらざらした皮膚
- 足の後ろをこする干し草の俵
- 指につく脂っこいバター
- 激しく動く乗り物に乗って、体があちこちに揺れる
- 景品でもらった柔らかいぬいぐるみ
- メリーゴーラウンドの馬のツ

のうぎょうさい──農業祭

- ヤツヤした金属製のポール
- 自分の手のひらに置いたものを食べるヤギやラマのくすぐったい頬髭
- 枕のように柔らかくフワフワした綿あめ
- ベタベタしたかき氷のシロップが腕に流れ落ちる
- ポニーや馬の背を掴むために両足を大きく広げる
- 乗り物に乗りすぎて、または脂っこいものを食べすぎたために酔う
- 日差しを遮ってくれるテント

❶ 物語が展開する状況や出来事
- ステージの出し物が失敗する
- 子どもが迷子になったり、連れ去られてしまう
- 来場客を相手にする麻薬の売人
- あたりをうろつくスリ
- 動物とのふれあいコーナーで動物に噛まれる
- 動物が脱走して大惨事が引き起こされる
- 自分が乗っているときに乗り物が故障する
- 景品欲しさに金を遣いすぎる
- 自分が乗り物に乗っている最中に友人らに置いていかれる
- 乗り物に乗っているときに金を落としてしまったり、盗まれてしまう
- 品評会に登壇する間際に、自分の家畜が病気であることが発覚する
- 乗り物から落ちて怪我をする
- 食中毒が起きる
- 人ごみの中で誰かに見られている気がする
- 不気味な来場者が何度も自分のそばに姿を見せる
- 友だちと行動したいのに、きょうだいの面倒を見ることを任される
- 動物が虐待されているのを目撃する

🧑 登場人物
- その地域の職人
- 麻薬の売人や泥棒
- イベントスタッフ
- 農場や牧場の経営者
- 地元の取材班
- ミュージシャン
- 主催者
- その地域の住民
- 警官
- 10代の子ども
- 観光客

設定の注意点とヒント
農業祭は国や地域によっても異なることを頭に入れておこう。動物や農工具のオークションやクラシックカーのショーといった、農業寄りのいろいろなイベントを行う祭りもあるだろうし、一方でたんにその地域の特産品を並べた店が連なるだけの祭りもあるだろう。スコットランドのハイランドゲームズや中世の祭りのように、何かしらのテーマを決めて開かれるものもある。その場合、ゲームや衣装、装飾などはそこでのテーマに沿ったものになるはずだ。

例文
マーカスの野原では太陽がすばやく姿を消し、家族連れは砂糖をたっぷり摂った子どもたちが早く寝てくれることを願いつつ、めいめい駐車場に停めた車の方へと戻っていく。代わって祭りの場を占めるのは、もっと年上の人々だ。カップルは手をつなぎ、中にはマリファナとビールの匂いを微かに漂わせた10代のグループもいる。会場の音楽はよりディープなものに変わり、それほど主流でもない、奇妙で風変わりな芸の世界へ客をいざなおうと、見世物小屋のテントが開いた。

使われている技法
多感覚的描写、天気

得られる効果
雰囲気の確立、伏線

農産物直売会
〔英 Farmer's Market〕

関連しうる設定
家畜小屋、田舎道、農場、果樹園、牧草地

👁 見えるもの
- 地元で採れた季節の作物が並ぶテーブルやブースの列(ニンジン・ビーツ・アスパラガスの束、袋に入ったジャガイモ、木箱に入った光沢感のあるズッキーニ・キュウリ・ピーマン、トレイに置いてあるトマト、皮に包まれたトウモロコシ)
- 鮮やかな色のテーブルクロスや布の日よけ
- 看板や価格表
- カゴに入った果物(リンゴ、西洋ナシ、モモ、プラム、サクランボ、イチゴ、ブラックベリー、ラズベリー)
- 大量のナスやカボチャ
- 編んで房になったニンニク
- ハーブの束
- 瓶に入ったハチミツや蜜蝋製品
- ジャムやゼリー
- 花や植物
- 手作りの品物が置かれた工芸品のテーブル(編んだマフラー、人形、メッセージカード、ジュエリー、石鹸、服)
- テーブルの周りに積まれた容器やクーラーボックス
- 吊りはかり
- (ホットサイダー、新鮮な果物のスムージー、薫製にした肉、手作りパン、クッキー、パイなどの) 屋台
- 芸人(曲芸師、手品師、ダンサー、ミュージシャン)
- たくさんの商品が入ったビニール袋を持つ人
- ピクニック用のテーブルやベンチ
- 演奏スペースで楽器の準備をするバンド
- 動物とのふれあいコーナー
- 子どものための図画工作イベント
- 子どもが乗って遊べるトラクターや古いトラック

👂 聴こえるもの
- 地元のバンドの生演奏
- マイクを通して伝えられるお知らせ
- たくさんの人々が賑やかに交流する話し声や物音
- 子どもの笑い声
- 風が吹いて観葉植物が揺れたりテーブルクロスがはためく音
- 肉を「ジュージュー」と焼く
- 水の沸騰音
- 「シューッ」と音を立てる蒸気
- ビニール袋が「カサカサ」と音を立てる
- 新鮮なリンゴを「サクッ」とかじる
- 屋台の店員が通りかかる客に声をかける
- 子どもが親に甘いお菓子をねだる声
- 動物とのふれあいコーナーから聴こえる動物の鳴き声
- レジの引き出しがスライドして開く音
- 値段交渉の声
- はかりにものを乗せるときに鳴る「カチャカチャ」という金属音

👃 匂い
- 新鮮なハーブ
- 花(バラ、ラベンダー)
- 蜜蝋
- 柑橘系の果物
- 熟したベリー類、モモ、リンゴ
- 鼻にツンとくるトマトのつる
- 煙でいぶして薫製にした肉
- 天然のエッセンシャルオイルや、手作りソープおよびクリームの香り
- 根菜に付着した土
- 付近の駐車場から漂ってくる車の排ガス
- 食用油
- 砂糖や香辛料

👅 味
- 甘いハチミツ
- 酸っぱいリンゴ
- 汁を多く含むモモ
- 辛いソーセージやその他の肉
- もろくて甘い新鮮なチェリーやブルーベリーのパイ
- リンゴジュースやサイダー
- ジャムをつけたクラッカー
- ベリー類
- 作り立てのバターを使ったたっぷりのスプレッド
- 自家製クッキー
- ブラウニー
- 健康スナックバー
- サラダ
- 新鮮なゴートチーズ

✋ 質感とそこから受ける感覚
- 腕を伝うモモの汁
- 噛みごたえのあるパン
- トマトのツルツルした皮
- 両腕で抱えたカボチャの重み
- 滑りやすいビニール袋
- 農作物を入れた重たい袋が手のひらに食い込む
- プラムやモモの食べごろを探るためにギュッと握る
- ビロードのような花びら

のうさんぶつちょくばいかい — 農産物直売会

- 新鮮なハチミツが入った冷たいガラス瓶
- ゴツゴツしたジャガイモ
- 湯気が立ち上るホットチョコレートやサイダーのカップ
- ピクニックテーブルが古く台がデコボコしている
- 軽食を食べるためにチクチクする干し草の俵に腰を下ろす
- ふれあいコーナーにいる動物のザラザラした皮膚

❶ 物語が展開する状況や出来事
- 販売者が地元産だと偽って商用に製造された品物を売っていることが発覚する
- 不衛生な状態で準備したため、食中毒が発生する
- 客が食べ物や商品に対してアレルギー反応を起こす
- 飲酒運転の車が人ごみに突っ込む
- スリ
- 似たような品物を売っている販売者の間で争いが起きる
- 販売者が互いに低価格を張り合う
- 客がある品物を目当てに来たが、すでに農家側は完売していた
- 悪天候のため客足が伸びない
- 出店店舗が多すぎてスペースが足りない
- 経済の悪化で新鮮な食べ物を買う余裕のある人が減ってくる

❷ 登場人物
- 客
- 芸人
- 農家
- 自然食品や持続可能な生活に関心を寄せる人

設定の注意点とヒント
農産物直売会は屋外で開かれるものが多く、たいていは季節限定である。基本的には田舎の催し物だが、都会でも週末の通りや公園といった共用エリアでも開催されることがある。マーケットは実用的でもあるが娯楽的要素も含んでいるため、地域社会の雰囲気や近隣の人々の幸せな生活を育むことにも貢献し、音楽や芸人が加わることで、イベントは賑やかな雰囲気になる。

大都市で開催される場合には、屋内スペースを一時的に利用して開催されるものもある。すべてが地元の農家の製品というわけではなく、とりわけ地元でも収穫物がない時期には、より離れた産地から持ち込まれる作物もある。このようなマーケットには、たいがいさまざまな種類の手作り商品(ジュエリー、陶磁器、絵画、食器)や特産品(台所用の小物、紅茶、オーガニックのコーヒーやチョコレート、健康スナックバーやパウダー)を売る職人のコーナーも設けられている。

例文
汗にまみれたビチャッという音をさせながら、私は肌に貼りついたシャツを引っ張って剥がした。うちのブースの日よけをくぐり、午後の日差しが最悪の角度で入り込んできて、私がいる場所をすべて焼いているのだ。本当なら池にいて、ずっと涼しい状態でいられるはずなのに、こんなところにいなきゃいけないなんて。せめて座るための椅子くらいあってもいいのに、ベラ伯母さんはそれを絶対に認めてはくれなかった。「座って寛いでいては、ハチミツは売れませんよ」だって。私は呆れた表情でテーブルにもたれかかった。カチャカチャと瓶がぶつかり合う音がしたけど、だから何?こんなの、どうせ誰も買わないし。

使われている技法
光と影、天気

得られる効果
感情の強化

農場
[英 Farm]

関連しうる設定
郊外編 ― 家畜小屋、鶏小屋、田舎道、農産物直売会、果樹園、牧草地、地下貯蔵室、家庭菜園
都市編 ― 古い小型トラック

見えるもの
- 玄関脇に屋根のついた広いデッキや網戸のついたベランダ付きの横長な平屋
- フェンスで囲われた放牧地で草を食べている畜牛やヤギ
- 膝くらいまであるチモシーなどの作物の畑（菜の花、ウシノケグサ、トウモロコシ、大麦、小麦）
- 家畜小屋や飼料を保管しておくサイロ
- 鶏小屋
- 囲いの中をさまよい土の中の虫を突つく鶏
- きちんと手入れが行き届いた農作物（シダ状に茂ったニンジン、ネギの芽、葉が生い茂ったキャベツやチューリップ、白い花を咲かせているジャガイモ、トマト、サヤエンドウやマメのつる）が列をなす、小さな温室や庭
- 新たに育ったトウモロコシ畑に立てられたかかし
- 果物の木
- 雨水を貯めるためのタンク
- 有刺鉄線のフェンスに沿って頭をもたげている鮮やかな黄色いヒマワリ
- 柵で囲われたり放し飼いされているさまざまな動物（馬、牛、ヤギ、ブタ、ヒツジ、鶏、七面鳥、ガチョウ、犬、ネコ）
- 農業機械（耕運機、バックホー、播種機、プラウ、コンバイン、ベーラー、オーガ）と並んで停まるトラクター
- 軽油が入った傷だらけの樽
- トラクターが土を掘り起こす際に舞い上がるほこりの跡
- 玄関脇のベランダに置かれたロッキングチェア
- 巨大なナラやカシワの木に吊るされたタイヤのブランコ
- フランネルのシャツにオーバーオールを着た農夫
- 防水シートの下に置かれた丸い干し草の俵
- （スコップ、斧、熊手、ロープ、馬具、手押し一輪車がしまわれた）納屋に立てかけられた干し草用フォーク
- 水を入れる桶が置かれた豚小屋
- 燃やすためにまとめられた枝
- 折りたたみ椅子に囲まれた焚火台
- フェンス
- 屋根のバランスが崩れて垂れ下がった廃屋
- 壊れたトラックや農工具
- 建物の周りを囲む雑草や背の高い草
- 農場の庭を取り囲む木々
- 納屋の下のネズミを追いかける飼い犬
- （コヨーテ、クマ、シカ、オオカミ、ヘラジカ、アメリカアカシカ、キツネ、ウサギ、ネズミ、鳥が生息する）森林
- 家の軒にぶら下がるスズメバチやカリバチの巣
- 木の幹をよじ登るリス
- 灌漑用スプリンクラー
- ペンキの塗り替えが必要な玄関先のブランコ

聴こえるもの
- 地面を引っかきながら雌鶏が「コッコッ」と鳴く
- 夜明けを知らせる雄鶏の鳴き声
- 馬が鼻を鳴らしいななく
- 牛が「モーモー」と鳴く
- 風で「ミシミシ」と音を立てる建物
- 家畜小屋で馬がひづめを踏みならす
- 馬の尾が「シュッ」と音を立てる
- 豚が桶の中の飼料を鼻で漁る音
- 農作物や木々の間を通り抜ける風の音
- 果物の実が地面に「ドスン」と落ちる
- 「カサカサ」と鳴る葉
- 家畜小屋の壁をすばやく駆けるネズミの音
- 止り木にいる鳥が羽ばたきをする音
- コヨーテやオオカミが夜に遠吠えする
- キツネが「コンコン」と鳴く
- 干し草の俵が屋根裏から下に放り投げられる落下音
- 「ホーホー」と鳴くフクロウ
- 猛禽類の甲高い声
- モーターが「ギシギシ」と作動する
- プラウ（土壌を耕起する農具）が根を突き破り小さな石をはじき出す音
- 「パチパチ」と音を立てる焚火
- 轟音を立てるチェーンソー
- 斧で薪を割る音
- ハエやハチが「ブンブン」と飛ぶ
- 蚊のモスキート音
- 大きな音を立てる機械に被せて農夫たちが声を掛け合う
- ウィンドチャイムがそよ風に揺れて鳴る
- 空気中を満たす夏の嵐に伴う雷鳴

のうじょう ― 農場

👃 匂い
- 堆肥
- 農作物の緑の茂み
- 熟した果物（リンゴ、イチゴ、西洋ナシ、モモ）
- 松葉
- 苅りたての干し草
- カビ臭い家畜小屋
- ほこり
- 土
- 建物のカビ
- 太陽で温かくなった土
- 動物の皮膚の麝香
- ガソリンや軽油
- モーターオイルやエンジン潤滑剤
- トラクターの排ガス
- 肥料
- 野草の花の匂い（デイジー、ヤナギラン、インディアン・ペイントブラシ、イングリッシュ・ブルーベル）

👅 味
- 甘草を噛む
- 苦い噛み煙草
- 煙草やパイプの煙
- 土から引き抜いたばかりのニンジンを味わう
- 長い一日を終えて冷たい水を一杯飲む
- ホイルに包んだジャガイモを焚火の炭であぶる
- 火にあてて焦がしたホットドッグやマシュマロ
- 木や茂みから摘んだ新鮮な果物やベリー類
- アイスティー
- ミント
- 焼きたてのパン
- 野菜
- 舞い上がるほこりに含まれる砂粒

- 水筒に入れたコーヒー

✋ 質感とそこから受ける感覚
- もろく砕ける土
- 首に冷たい水を浴びせる
- 汗でゴワゴワして体にこすりつく服
- 爪に入り込んだ砂粒
- 大麦や小麦の上部の硬い毛
- 両腕に抱えた重たい薪
- 振り下ろした薪に斧が刺さったときの痛烈な感覚
- イバラでかすり傷を負う
- 馬を囲うツルツルした木の柵
- たこができた手
- チクチク痛む水ぶくれ
- ロープとの摩擦で火傷を負う
- 唇が荒れる
- 首や顔が日に焼けてヒリヒリする
- 昼食時に飲む冷たいレモネード
- 果物を採るたびに重さが増す木のカゴ
- アザミやバラのとげがチクッと刺さる
- ロッキングチェアや玄関先のブランコの動きに癒される
- 長い一日を終えて筋肉痛になる

⚡ 物語が展開する状況や出来事
- 収穫期に装置が壊れる
- 農工具で怪我を負う
- ホリネズミの巣穴によって馬が骨折する
- 野生動物がフェンスに穴をあけたり、家畜小屋に侵入したり、あるいは家畜や人を襲う
- 密猟者やハンターが自分の土地を勝手に利用する
- 農作物の病気や害虫の蔓延
- 作物の市場で変動が起きる
- 成人した子どもが都市部に出たいと願うが、居残って農場経営を手伝わなければならない
- 悪天候のため種まきや収穫に遅れが出る
- 日照りが数年続く
- 家族の一員が死亡し、その分の作業負担がのしかかる

👥 登場人物
- 家族
- 農場経営者
- 手伝っている農夫
- 近所の人
- 牧場経営者
- 獣医
- 客や検査官

▎設定の注意点とヒント
農場には農作物の栽培だけを行うところもあれば、家畜を育てているところもある。またほとんどの農場は、市場の悪化や収穫量が少なかった場合のリスクを最小限に抑えるために、複数の穀物を育てている。馬を飼っている場合は、飼料として与えられるように、最低でもひとつは干し草の区画を設けているはずだ。

例文
驚くほど背の高い緑に満ちたトウモロコシ畑のど真ん中に立ち、僕は耳を傾けた。高速を通り過ぎる自動車の音もしなければ、タイヤのきしみも聴こえず、痛みや苦しみの到来を告げる物悲しいサイレンの音もしない。聴こえてくるのは、ただ風の音だけだ。輝く茎を波立たせて通り抜ける恵みの風は、僕の喪失感を吹き飛ばし、代わりに食糧の保証と未来への希望を運んできてくれた。

使われている技法
対比、多感覚的描写

得られる効果
感情の強化、背景の示唆

郊外編 / 基礎設定

廃鉱
[英 Abandoned Mine]

関連しうる設定
洞窟、採石場

👁 見えるもの
- でこぼこした岩や土の壁
- 脇を支え屋根を取り囲んでいる厚い梁
- ほぼまっすぐ下に向かっている立坑
- ほこりや土
- 外から吹き込んできた小さなもの（小枝、葉、紙、ゴミ）
- 壊れたつるはし
- 鎖の一部
- さびた釘やねじ
- 荷馬車が通るための古い線路
- さびていたり壊れている手押し車
- 腐った木の柵
- 壊れた弁当箱
- 淀んだ水の水たまり
- 水浸しになっている箇所
- 壁からしみ出ている水
- 崩落した際の避難所
- 低い天井
- 岩についた削岩機の跡
- 爆破によって黒ずんだ跡
- リード線の断片
- コウモリ
- 虫
- 閉鎖された立坑
- 腐った木材やベニヤ板
- でこぼこした地面
- 狭い通路
- 屋根から滴り落ちる水
- ドリルで穴を開けた箇所にロウソクを置くために取りつけられた杭
- 滴り落ちる蝋
- 粉々になったカンテラ
- 乾腐のせいで劣化してグラグラする手すり
- 崩落や落石によって山積みになった岩
- 水たまりやツルツルした壁に反射する懐中電灯の光線やヘッドランプ
- 土の上に横たわる小さな生き物（ネズミ、トカゲ、コウモリ）の死骸
- 老朽化してあちこち穴が開いた、さびた古い標識
- 岩に彫られた名前
- 落書き

👂 聴こえるもの
- 反響音
- ブーツが岩をこする音
- あたりに小石が散らばる音
- きしみ
- 木材が動く音
- 滴り落ちる水音
- 外から聴こえてくるくぐもった音（通り過ぎるトラック、工事の騒音）
- だんだん大きくなる呼吸音
- 割れ目や出入り口から立坑に吹きつける風の音
- 崩落の轟音
- 人の声
- 「バタバタ」というコウモリの翼の音や「キーキー」という鳴き声
- 岩の上をすばやく移動する小動物の立てる音

👃 匂い
- 寒気
- 濁った空気
- 岩や石
- 食品のカビ
- 建物のカビ
- 乾腐
- 浮きかすで覆われた淀んだ水
- 汗
- ほこり
- 有毒ガス

👅 味
- 岩や鉱物でオゾンのような味がする空気
- 泥炭を多く含む淀んだ水の水蒸気
- ほこりとともに口に入り込んだ砂粒
- 乾いた口
- 唾液
- ペットボトルや水筒に入った水

✋ 質感とそこから受ける感覚
- ゴツゴツとした岩
- 指にこすれる硬い作業用手袋
- 狭い空間を屈んで動くことで背中が痛くなる
- 低い天井に頭をぶつける
- トンネルや浮き石の一帯を這って進むときに膝を擦りむく
- 首の後ろを流れ落ちる汗
- 大きな石や周囲より突き出た岩で指の関節を擦りむく
- 狭い場所でほかの人たちと体が触れる
- 頁岩や小石に滑る
- ほこりっぽいシルトが割れ目から漂ってきて顔にあたる
- 懐中電灯のゴム製の持ち手
- 電池が切れてきたためチカチカしている懐中電灯を、手のひらの上で叩く
- 素肌が冷える空気
- 徐々にこもって熱くなる空気
- 指に付着した、チョークのように粉っぽいほこりの感触
- クモの巣で肌がムズムズする
- 酸素が非常に少ない場所を通り抜け、頭がクラクラする
- どこも腐敗しているためグラ

はいこう ― 廃鉱

グラする手すり
- 方向感覚を保つため壁に手を走らせる
- 光源がなくなって周囲が完全に暗闇になってしまい、感覚が鈍る
- 身体が押しつぶされるような感覚、あるいは酸素が足りない感覚
- 地上や外に向かう道がわからないことでパニックに襲われる
- 水たまりに足を踏み入れたことで、悪臭を放つ水がブーツに染み込んでくる
- 奇妙なこだまや自分の呼吸音に震えが走る

❶ 物語が展開する状況や出来事
- 立坑に落下して負傷する
- 道に迷って食糧や水が尽きる
- 崩落中に閉じ込められる
- 酸素不足に陥る
- 光源を失う
- ひとりでいるときに、何かが動く音が聴こえる
- 有毒ガスがはびこる箇所に出くわす
- 眠りに落ちてクマネズミに噛まれる
- さびた工具で擦りむく
- 暗闇で釘を踏んだり足首をひねる
- 高体温症や低体温症
- 地下にいるときパニック発作に襲われる
- 連結している立坑から光が近づいてくるのを目にする
- ひとりでいるときに暗闇で何かが息をしているのが聴こえる
- 一帯の作業歴と関連のない妙な跡が壁についていたり、立坑内に遺物があるのを発見する

👥 登場人物
- 薬物使用者
- 探検家
- 地質学者
- スリルを求める10代の子どもたち

設定の注意点とヒント
地下の採鉱場というのは涼しいところのはずだと思う人もいるだろうが、場所や付近の地層によってその温度はさまざまである。涼しいところもあれば、耐えがたいほど暑いところもある。また、地下に行けば行くほど暖かくなるところや、逆に寒さが増すところもある。採鉱場の様子はそこで産出されるガスの種類によって異なる。その場所が使われなくなってからかなりの時間が経っていたとしても、そこには引き続きガスが発生している可能性がある。たとえば硫化水素のように毒性はないが不快な臭いを放つガスというものがある。その一方で、臭いはまったくしないが有毒性が強かったり可燃性のあるガス（一酸化炭素、ラドンガス、メタン）というものが存在し、それらによって採鉱場というのは非常に危険な場所になる。それ以外にも閉鎖された現代の採鉱場のインフラは（本項に記したような）昔のそれと比べて大きく異なるはずだし、人が侵入しないように厳しい警備も張られているはずだ。

例文
ジャネットは、立坑を覆っている朽ちたベニヤ板を剥がしながら、僕の方に懐中電灯を寄越した。枯れたやぶに向かって放り投げられた板はバラバラになり、大きく口を開けたブラックホールがお目見えする。中に向かって光をあててみたけれど、暗闇をほんのちょっと照らしただけにすぎなかった。元々これは僕が提案したことなのに、頭の中が突然宿題や次の試験のことでいっぱいになる。ジャネットは腕組みをして、すべてお見通しだというようにニヤッと笑っていた。僕に後戻りさせないつもりだ。

使われている技法
多感覚的描写

得られる効果
登場人物の特徴づけ、伏線、緊張感と葛藤

廃車部品販売所
〔英 Salvage Yard〕

関連しうる設定
都市編 ― 自動車修理工場

👁 見えるもの
- 窃盗に遭わないように有刺鉄線が張られた背の高い金網フェンス
- 入口にいる係員
- ほこりっぽい地面
- 収集されたタイヤやリムが置かれた、階段状のラック
- 窓が汚れていたりボンネットが持ち上がっている壊れた車両の列
- エンジンから飛び出たワイヤーやホース
- 側面に番号がスプレーで描かれた車両（車、トラック、バス、タクシー、キャンピングトレーラー）
- ガレキが散らばる地面（ゆるんだネジ、スパークプラグ、壊れたプラスチックや金属の破片）
- ハンドルがないドア
- くぼんで閉まらないドア
- 粉々になったフロントガラス
- 車内の様々なパーツ（シート、ハンドル、ダッシュボード）が剥ぎ取られた車
- さびた塗装や剥がれたルーフ
- 道具箱を手にパーツ（トランスミッション、コンバーター、バンパー、エンジンホース、ライトカバー、ミラー）を漁る人々や係員
- 部品を回収することができず解体のために積み上げられた燃えた車や大破した車
- 種類（メーカーやモデル、生産国）によって仕分けられた車両置き場
- パーツを運ぶ手押し車
- さびついたフォークリフト
- 金属製の廃棄物が積まれた隙間をくねくね通っている道
- 破片やガラスを集めるためのさびた樽
- レッカー車
- リサイクルされるゴムタイヤの山
- 機械（破砕機、ベーラー、剪断機、ベルトコンベア、運材トラック、フラットトレーラー、クレーン、リフティングマグネット）
- 小型トレーラーの中につくられた事務室
- 鎖につながれた番犬
- 警備員
- 投光照明
- 重機や焼却炉からのぼる煙
- 金属やガラスを微かに照らす日光
- 塵や砂を巻き上げる風

👂 聴こえるもの
- ハンマーを打ちつける音
- 「キィキィ」と鳴る金属
- 金属同士のこすれ
- ひときわ取りにくいパーツを解体するときに、口をついて出る作業者の悪態やうなり声
- エンジンがかかるときの騒音
- 「ギシギシ」と音を立てながら開くボンネット
- 道具箱に道具を入れる音
- 「ブルブル」と鳴ったり回転速度が急に上がる重機のモーター
- トラックがバックするときのビープ音
- 「ヒューッ」という音を立てる油圧ジャッキやウインチ
- 足元で「バリバリ」と鳴るガラスやプラスチック
- スピーカーから流れてくる声
- 開け放たれたドアやフロントガラスのない車両を「ヒューッ」と通り抜ける風
- 「カチャカチャ」と鳴る犬の鎖
- 吠える犬
- 車両のラジオから流れる音楽
- 携帯で話す人々
- 廃品の間をすばやく動き回るネズミや小動物の立てる物音

👃 匂い
- モーターオイル
- 潤滑油
- ガソリン
- 土
- 排ガス
- さびた金属
- 車の内装の朽ちた発泡体や布地のカビ臭さ
- ゴム

👅 味
- 汚染された空気中を漂う煙の刺激性のある味
- ほこり

✋ 質感とそこから受ける感覚
- さびた金属
- ツルツルした潤滑油
- 狭いところで作業しているときに指の関節をぶつける
- 鋭い縁で切り傷を負う
- 身を乗りだしたときに金属製の熱いボンネットで皮膚を火傷する
- 古い車のシートの微かな反発力や弾力性
- 手押し車で場内のわだちをガタガタと進む

はいしゃぶひんはんばいじょ ― 廃車部品販売所

- 分厚い作業用手袋をはめているため感覚が鈍る
- 重たい道具箱
- ボルトやねじをゆるめるために圧力を加える
- ほこりっぽい表面
- 車台に手を伸ばすために車の下に滑り込む
- 足元でひび割れるガラス
- 必要なパーツを取ろうと作業しているときに動いたりピンと張る筋肉

❶ 物語が展開する状況や出来事
- レアな車両パーツが盗まれる
- 失火したり、有害な液体が漏れる
- 破壊行為（フロントガラスが粉々にされる、ドアパネルにへこみ傷ができる）
- 下で支えられていた、あるいは積み重ねられた車が動いて地面に落下する
- 土地の所有者がこの場所を犯罪取引のために利用する
- 必要なパーツが見つからず、新品を買う余裕もない
- さびた金属で切り傷を負うが、最新の破傷風ワクチンを接種していない
- 車のトランクの中に犯罪の痕跡や死体を発見する
- 夜間に場内をうろついていると、番犬に襲われた
- 辺びな場所にある販売所を所有者が違法行為に利用する
- 廃車部品販売所を飲酒の場所として利用する子どもたち
- スリルを求めて夜中に訪れたところ、犯罪を目撃する（殺人、死体遺棄、薬物取引）
- ちょうど自分の車と似た大破車両を見つけて不審に思う

👤 登場人物
- 車マニア
- 整備士
- 予算があまりない車両所有者
- 販売所の従業員

設定の注意点とヒント
廃車部品販売所は工業地帯でよく見られるものであり、車両のパーツを扱うことを専門としている。車両の所有者や改造者らがここを訪れて、重さや個数に応じて金額を支払いパーツを購入していく。また、有料で従業員にパーツを回収してもらう人もいる。廃車部品販売所は、スクラップ置き場と混同してはならない。置いてあるものを漁って購入できるという点では似ているが、スクラップ置き場とは波形金属やアルミニウムの小さな破片といったものから、自転車、車両、飛行機、解体された建物の資材にいたるまで、金属製のものなら何でも扱う場所であるからだ。

例文
コナーは自動車の墓場に私を連れていってくれた。うなり声を上げる風がドアのない車体を通り抜け、剥がれたルーフの上を滑るように進んでいく中、場内にいるのは私たちだけで、ともに無言だった。足取りは重い。見たいけど、見たくなかった。積み重なったタイヤのリムの上に引き上げられている、たくさんの車両の横を通り過ぎる。ボンネットは照りつける太陽に向かって敬礼し、モーターの姿は見当たらず、ホースのはらわたが中から飛びだしていた。前方に、きらりと光る明るいブルーの塗装が見えて、私はドキッとした。あれは私たちのカムリだ。運転手席の方はひどい潰れようで、消防士は車体を噛み切るために油圧装置を使わなければならなかった。太陽による熱は冷や汗に取って代わり、コナーと私は悲痛な表情を交わした。すべてはなんと一瞬の出来事だったのだろう――ラジオに合わせてジョジーと調子外れな歌を歌っていたのに、次の瞬間には病院の天井を凝視しながら、医師から妹について聞かされることになるとは。

使われている技法
擬人法、象徴

得られる効果
雰囲気の確立、背景の示唆

剥製工房
[英 Taxidermist]

👁 見えるもの
- ガラス製の入口
- 剥製にされた動物の頭部
- 頭部とともに壁に広げて飾られた動物の表皮
- ガラスの下にピンで留められた蝶やカブトムシ
- まるで飛んでいるかのような姿で剥製にされた鳥
- 自然な姿勢をした等身大の動物
- 飾られた枝角
- レジ
- ガラスの中に入っている売り物の動物の皮膚や枝角の商品（財布、ナイフ、ボトルオープナー）
- ラジオ
- 扇風機
- 椅子
- トラックの荷台に積んで自宅に運ぶ際、商品を天候から保護するためのビニール製の梱包材や袋
- 作業場や加工エリアに通じるドア
- 液体をせき止めるために側面が高くなっている、もしくは容器が付いた金属製の準備台
- 締め具
- ゴム手袋が入った箱
- 拡大鏡および位置を動かせる頭上の照明
- トレイにのった器具（ワイヤーブラシ、メス、ピンセット）
- 廃棄するための肉や骨を集めておくボウル
- ゴミ箱
- 周囲を清掃するためのホース
- シンク
- 標本にする際に、削ぎ落とした肉や剥いだ皮を置くための、斜めに設置した細長い板
- なめし剤が入ったドラム缶
- 剥製をつくるための何も置かれていないエリア
- さまざまな大きさやポーズの動物のかたちをしたウレタンフォーム
- 剥製を置くためのスタンド
- 剥製にするための資材（切断工具、紙やすり、エポキシ樹脂、ワイヤー、モノフィラメント糸、パテの入ったバケツ、縫い針や留め針）
- ガラスやプラスチック製の目玉が入った引き出し
- 食塩の瓶
- 皮を標本にするためのオイルや化学薬品
- 実物そっくりのディスプレイを作るための草花の資材（コットン、ポリエステル、またはプラスチックでできた草や葉、自然のものを乾燥させたイグサ、岩、松ぼっくり、枝）
- 小さな生物（鳥、トカゲ、ヘビ）のためのガラスケースやテラリウム
- 羽や毛皮を毛羽立たせるためのドライヤー
- コルクボードにピンで留めてあるスケッチやデッサン
- 動物関連の書籍
- インスピレーションを得るために使用する、動物の動きを捉えたポスターや写真

👂 聴こえるもの
- 筋肉から皮膚を切りとるときに「パチン」と音を立てる湿った刃
- 電動工具の音
- 毛皮を毛羽立たせるドライヤーの送風音
- 皮からなめし剤が滴り落ちる音
- 角をとり完璧なかたちに仕上げるために紙やすりで発泡材をこする音
- 資料書籍のページをめくる音
- スケッチのときに鉛筆で紙の上をこする音
- 塗料で湿った刷毛を使い、剥製の中に入れるために発泡材を塗る音
- 土や小さなゴミを払うために毛をとかすワイヤーブラシ
- メスをカチャンと置く
- 留め針が床に落ちる
- 室内に流れるラジオ
- 床の上を転がる椅子
- シンクに勢いよく流れ出る水
- 加工エリアにスプレーで水を撒く

👃 匂い
- 血
- 動物の皮
- なめし剤の化学薬品
- 石鹸や食塩
- 清掃用の化学薬品やスプレー
- パテ
- ビニール
- 木材

👅 味
- 設定の中には、登場人物がその場面に持ち込むもの（チューインガム、ミント、煙草といったもの）以外に関連する味覚というものが特にない場合もある。特定の味覚がほとんど登場しな

はくせいこうぼう ― 剥製工房

いこのような場面では、ほかの4つの感覚を用いた描写に専念するのがよいだろう。

質感とそこから受ける感覚
- ベトベトした羽
- 滑らかな皮
- もつれた毛皮と格闘する
- 切断するために肢体の体勢を整える
- メスをつまむ
- 凝固した脂肪や内蔵が指に付着する
- 弾力のある肉
- 動物の皮膚を通して折れた骨に突っかれる
- ゴム手袋のサラサラした質感
- 指に触れる冷たい肉
- 手の上を流れる水
- 柔らかな毛皮
- べとつくパテ
- ザラザラした食塩
- 発泡材に被せるために皮を引っ張って位置を調整する
- 尾部を所定の位置にワイヤーで結ぶ
- 目立たない縫い目を縫うときに、必要に応じて力を込めて皮膚を伸ばす

物語が展開する状況や出来事
- 剥製師が道徳的な懸念を抱き、自分が生計を立てている仕事について葛藤する
- 娯楽として殺された動物を剥製にする依頼を拒む
- 加工をしくじり、そのことを依頼人に告げなければならない
- 加工をしくじり、それを隠蔽しようとする（皮に開けた穴を縫って隠す）
- 隠れて人間の死体を個人的に収集している剥製師
- 剥製師であることの恥ずかしさに苦しんでいる

登場人物
- アニマルホーダー（自分で面倒みきれない数の動物を収集してしまったり飼ってしまう人のこと）
- 動物と死別した飼い主
- ハンター
- 剥製師

設定の注意点とヒント
剥製術というのは、地元の野生動物を保存することに従事する小さな事業の場合もあれば、地元や外国産の動物を扱う大きな市場向けの事業の場合もある。剥製師は、たとえば自分が仕留めたものを保存したいと思うハンターや、死別した動物をなかなか手放すことができないペット愛好家、あるいは死んだ動物を見つけてその美しい姿を保存しておきたいと思った人など、さまざまな顧客に出会うはずだ。

剥製師には男性も女性もいて、いずれも自分の仕事を芸術的なものとみなす傾向にある。ほとんどの剥製師は、自分の手で動物の姿を甦らせることに強い情熱を抱いている。しかし中には道徳的な境界線を設け、絶滅危機に瀕している動物や、娯楽のために撃ち殺された動物の保存といった依頼については引き受けない人もいることを頭に入れておこう。こうしたディテールを物語の中に組み込めば、現実味も出るとともに、剥製師というのは怪しいことに興味を持っている不気味な人たちだ、というありがちな描写を打ち壊すことにもつながる。

例文
ショールームに足を踏み入れた私は、ターナー夫人が自分で店を訪ねればよかったのにという思いに再び駆られた。何せ男性ほどの大きさのクマは爪をキラリと光らせて私の上にのしかかっているし、壁に飾られた複数のシカの頭部は、私が撃ち殺した張本人ではないかと疑っているかのように、こちらを睨みつけているのだ。しかし、ペットと比べたら、野生動物などずっとマシだった。どのペットもカウンターの高さに置いてあるので、どうしても視界に姿が入ってしまう。頭を横に傾けている2匹のテリア、いたずらっぽいポーズをいろいろとっているネコたち、犬用ベッドの上で丸くなっているペキニーズ、石の周辺を見回しているフェレット。彼らは皆生きている姿そのものだったが、目に光が当たると、それはビー玉のように生気がなく空っぽだった。口の中に酸っぱいものが込み上げてくる。私の風変わりな隣人が、愛犬を永遠に追悼したいというのなら、この店は間違いなくやってのけてくれるだろう。

使われている技法
直喩

得られる効果
登場人物の特徴づけ、背景の示唆

ハロウィンパーティー
〔英 Halloween Party〕

関連しうる設定
浴室、台所、居間、男の隠れ家、テラス

👁 見えるもの
- 歩道や私道に並ぶカボチャのイルミネーション
- カボチャをくり抜いて作った手提げランプ
- 不気味なデコレーション（偽のクモの巣、窓のあちこちにつけられたぶら下がりコウモリやクモ、墓石、芝生に散りばめられた骨やバラバラになった体のパーツ、血のりのシミ、低木や木に掛けられた死食鬼や幽霊、ベランダやドアに飾ってある骸骨や死神）
- テーブルの上で泡立つドライアイスの入った大釜
- ロウソクの光
- 魔女や黒猫のハロウィンバナーや紙のポスター
- カボチャやお化けがひと繋ぎで形取られたデコレーションライト
- 外の庭に見える干し草の俵や秋の花
- 風船
- ドライアイス
- スモークマシンから出る煙
- ストロボライト
- ブラックライト
- そよ風にはためく飾りやクモの巣
- ハロウィンにちなんだ料理や飲み物
- 黒やオレンジのプラスチックの食器
- 仮装した人々
- 踊ったり飲んだりしている招待客

👂 聴こえるもの
- 招待客が到着したときに玄関のチャイムが鳴る
- 主催者が出迎えの言葉をかける
- ドアの開閉音
- BGMとして流れる有名なホラー映画のサントラや不気味な音（うめき声、叫び声、「ギシギシ」といいながら墓石が開く、不気味な足音、「ホーホー」と鳴くフクロウ、風のうなり声）
- センサーで人の気配を感知して室内をサッと横切る手の玩具を目にしたゲストが、叫び声を上げる
- 友人の仮装を見た人々の笑い声
- 仮装した人物になりきって人々が挨拶を交わす声
- ゲストの話し声
- ダンス用の音楽
- 衣装の生地が「サラサラ」「カサカサ」と鳴る
- 「プシュッ」と音を立てて開くビールやソーダの缶

👃 匂い
- お香
- 香りつきキャンドル
- ヘアスプレー
- フェイスペイント
- 仮面の内側のゴム
- 食べ物
- ほこりっぽい飾りつけ

👅 味
- 典型的なハロウィンの料理（コーンのかたちのキャンディ、ミミズのかたちのグミ、クッキー、ケーキやカップケーキ、サンドイッチ、ピザ、ポテトチップス、プレッツェル）
- ハロウィンの装飾に似せた自家製お菓子（目玉、指、墓石、クモ、幽霊、ミイラ、魔女の帽子）
- アルコール飲料
- ソーダ
- 水
- プラスチックの虫が入った、凍らせた氷が浮いているパンチ

✋ 質感とそこから受ける感覚
- 吊るし飾りが頭のてっぺんを撫でる
- 真新しい衣装の強ばり
- 小さすぎたり、ところどころで体に合っていない衣装
- 帽子やヘッドアクセサリーを顎の下で締めて止めるきついひも
- 素肌に触れる10月の肌寒い空気
- 燃えるキャンドル、あるいはその火の暖かさ
- 何かに驚かされてアドレナリンが駆け巡る
- チクチクする干し草の俵の上に座る
- 肌が強ばってヒビが入ったように感じる、乾いたフェイスペイント
- カツラのかゆみ
- 衣装の暑さで汗をかく
- 小道具を抱えたままなんとか踊ろうとする
- メイクやフェイスペイントが落ちないように食べたり飲んだりする

❗ 物語が展開する状況や出来事
- ほかの人と衣装が被る
- 仮装して来たのに仮装パーティーではないことに気づく
- 気になる相手に言い寄るも、その人は別の相手のことが

郊外編 基礎設定

は

154

はろうぃんぱーてぃー ― ハロウィンパーティー

- 気になっている
- みんなの運転手を務めるにもかかわらず泥酔する
- 自分を送ってくれるはずの人物が酔っ払っているのを発見する
- 雨に降られて衣装が台無しになる
- メイクにアレルギー反応を引き起こす
- いたずらを仕掛ける者の標的になる
- 薄明かりの中でつまずく
- キャンドルの火で衣装が燃える
- 飲み物に薬物を混入される
- みんな仮面を着けていて判別がつきにくく、落ち着かない気持ちになる
- 誰かにじっと見られたり観察されたりしている気がするが、その相手を特定できない
- みんなの衣装を目にして、自分の衣装に自信がなくなる
- よく知らない相手によって友人と引き離されて不安になる
- 気まずい光景を目にする（隣人が誰かの伴侶とキスをしている）
- 友人がよからぬ決断を下す姿を見て、介入すべきか迷う
- みんなに理解を得られないような、あるいはみんなを怒らせるような衣装を着る
- 器物破損もしくは泥棒
- 招待客が、できれば自分が会いたくない人物を連れてくる（別れた相手、ライバル、大嫌いな同僚）

登場人物
- ケータリング業者
- 配達員
- 家族
- パーティーに呼ばれてないのに押し掛ける人々
- パーティーの主催者と招待客

設定の注意点とヒント
ハロウィンパーティーは、気楽で楽しいものからダークで淫らなものまでさまざまだ。一年の中でもすべてがちょっとずつ不気味さを帯びる日なので、このパーティーは、疑うことを知らない登場人物に向けて、緊張感や葛藤となりうる事柄を増やすのに絶好の手段になるだろう。また、衣装と仮面に勇気づけられた登場人物は、いつもより大胆で率直な言動や行動をとるかもしれないし、普段であれば考えられないリスクを冒すこともあるかもしれない。

例文
玄関前の階段を上りながら、ジェイソンの海賊ブーツはキィキィと音を立てた。頭上の梁にはコウモリが吊るしてあり、クモの巣の連なりがそよ風にはためく。笑い声や興奮気味の声が網戸から外に漏れてきて、中では音楽が大音量でかかっていた。玄関先の赤い電気の下には、ピンクのリボンと数連の金・緑・紫のビーズで着飾った骸骨がロッキングチェアに置かれている。キュートだけど、怖いっていうのとは違う――職場であれだけ大口を叩いていたリサのことだから、もっとすごいのを予想していたのだが。しかし、彼がドアの取っ手に近づいた途端、突然骸骨が叫び声を上げて前方によろめいてきた。ジェイソンは後ろに飛び退くと、胸元をおさえながら爆笑した。《今のは悪くなかったぜ、リサ》

使われている技法
対比、多感覚的描写、天気

得られる効果
感情の強化、緊張感と葛藤

ビーチパーティー
〔英 Beach Party〕

関連しうる設定
ビーチ、灯台、海、南の島

👁 見えるもの
- 岸に打ち寄せる広大な海
- 貝殻や海草が散らばる浜辺
- 海辺の植物（草、ガマ、ハマベブドウ、クマコケモモ）が生えている砂丘
- 焚火
- 腰掛けられる流木
- あたりに散らばる小さな岩や大きな石
- 付近の桟橋
- ビーチチェアやパラソル
- 砂浜に敷かれたブランケットやタオル
- クーラーボックス
- 飲み物と食べ物
- スモアを刺すための棒
- 上空に揚がる凧
- ピクニックテーブルの置かれた屋根付き休憩所
- いろんな遊び（アメフト、バレーボール、蹄鉄投げ）に興じる人
- 踊る人
- ギターを弾く人
- 砂やブランケットの上に寝転ぶ人（日中は日焼けをし、夜には星を見上げる）
- 岸に沿って進むシギ
- 弧を描くように並んで濡れた砂の上に突き刺されたサーフボード
- 食べ物をかき集めるために降り立つカモメ
- 水に飛び込むペリカン

👂 聴こえるもの
- 誰かの音楽再生機器やスピーカーシステムから聴こえてくる音楽
- 生演奏
- 「ポロンポロン」というギターの音色
- 波のぶつかる音
- 一定のリズムで押し寄せる波の音
- 焚火が「パチパチ」と音を立てる
- 鳥が「カァカァ」と鳴く
- 人々の笑い声や話し声
- 少女の叫び声
- バレーボールを交互に打つ音
- 「ガチャン」と蹄鉄が鳴る
- そよ風にタオルがはためく音
- 飲料の缶を「プシュッ」と開ける
- 食べ物の包み紙が「カサカサ」と音を立てる
- 人が海に飛び込む音
- ライフガードが吹くホイッスル

👃 匂い
- 海水
- 日焼け止めや日焼け用オイル
- 汗
- 煙
- ビール
- 付近のプールから漂う塩素
- 洗い立てのタオルから香る柔軟剤

👅 味
- 汗
- 歯に挟まる砂粒
- ビール
- ソーダ
- 水
- 氷
- 軽食（サンドイッチ、ファストフード、ポテトチップス、プレッツェル、ナッツ、果物、あぶったホットドッグ、事前に調達してきたピザ、冷たいチキン、ポテトサラダやコールスロー）
- 焚火で焦げ目をつけたスモア

✋ 質感とそこから受ける感覚
- 風で髪が顔に当たったり服が引っ張られたりする
- 肌にまとわりつく湿った砂
- 足の裏がヒリヒリするような熱い砂
- 濡れた水着から滴がポタポタ落ちる
- チクチクするタオル
- 鼻から滑り落ちるサングラス
- 長いこと太陽の下にいたので少し頭痛がする
- 日に焼けてヒリヒリする
- べたつく日焼け止め
- 肌に付着した乾いた塩
- 小さな岩や貝殻を踏んで鋭い痛みが走る
- スナノミに刺される
- ゆるい砂の上で踊ったり走ったりしてふくらはぎが疲れる
- ビーチサンダルを蹴って脱ぐ
- 暑い日に飲む冷たい飲み物
- 粗い流木
- 服に砂が入ってムズムズする
- 踊っているときにほかの人とぶつかる
- 焚火の暖かさ
- 風向が変わり煙で目が染みる
- 火の粉や燃えさしが肌に落ちてくる
- 太陽が沈んで肌寒くなる
- 夜に羽織るものやスウェットシャツの暖かさ
- 砂の中でつま先をもぞもぞ動かす

びーちぱーてぃー｜ビーチパーティー

- 方向が逸れて飛んできたアメフトのボールやバレーボールによって、身体に砂がかかる
- 太陽が沈んであたりが涼しくなる
- 月明かりの下を散歩しているときに足の上に打ち寄せる波

❶ 物語が展開する状況や出来事
- 酔ってばかな真似をする（それを録画されてネット上で拡散される）
- クラゲやサメが現れる
- 炎症を伴うほど日に焼ける
- 貝殻や岩で足に切り傷を負う
- 離岸流に巻き込まれる
- 水着を波にさらわれる
- 悪天候のせいで楽しいひと時が台無しになる
- ゲーム中の張り合いのせいで葛藤が生じる
- 自分が好きな相手の注意を引くために、ほかの子らと張り合う
- バランスを失い火の中に落ちる
- ダンス中に恥ずかしい失態を犯す
- 休憩所が倒壊する
- ライフガードやビーチのパトロール隊が横暴
- 招待していない人々が姿を見せて雰囲気を壊す
- この場にいることを知られたくないときに家族の一員が現れる
- アルコールによって恋に関する判断力が鈍り、翌日後悔するような行動に出る
- 自分が知らない間に飲み物に薬物が混入される
- 誰かと辺りを散歩しようとパーティーを抜けだして暴行される
- 警察が来て、パーティー参加者の中に未成年がいることが発覚する

🙂 登場人物
- DJ
- ビーチのパトロール隊
- ライフガード
- パーティーの参加者
- パーティーに押し掛ける人
- 日焼けに来る人
- サーファー
- 泳ぐ人

設定の注意点とヒント
ビーチパーティーの形態は月日とともに大きく変わった。今ではほとんどの公共ビーチで車を走らせることが違法とされていたり、焚火が禁じられていたり許可が必要なところも多い。アルコール飲料の持ち込みについては、禁じられているビーチもあれば、規定を設けていないところもある。また、ビーチに来る人々の安全を守るために、夜間には警備のパトロール隊がしばしば巡回しているがゆえに、近くで行われるパーティーに彼らが水を差すこともあるかもしれない。一方、プライベートビーチや人里離れたところにあるビーチならば、規則もだいぶゆるいので、登場人物は自分にとって快適な──物語にとっても格好の材料となるような──パーティーに参加することができるはずだ。

例文
パキッという音を立てて、焚火がこっちに火の粉を浴びせてくる。スウェットシャツについたそれを、俺は手ではたいた。ドリューがビールを掲げてるけど、首を横に振る。蚊はやたらと刺してくるし、誰かはもう吐いてるし、パーティーはほとんど台無しだった。吹きつける風は火を煽り、氷のように冷たい指で俺の服を掴む。これがこの夏最後のパーティーだということを実感させた。ジーンズに手をこすりつけて、元カノの方を見ないように努めてみたけど、それは無理な話だった。彼女はちょうど向かいにいて、ジェイクの膝に潜り込もうとしているのだ。俺は唇を噛むと、送ってくれる奴はいないかとあたりを見回した。どう考えても、帰った方が身のためだ。

使われている技法
多感覚的描写、天気

得られる効果
背景の示唆、感情の強化、緊張感と葛藤

秘密の通路
〔英 Secret Passageway〕

関連しうる設定
郊外編 ── 廃鉱、遺跡、地下室、豪邸、霊廟、ワインセラー
都市編 ── 下水道、地下鉄トンネル

👁 見えるもの
- 隠された入口（書棚の裏、じゅうたんの下、地中のハッチ式ドア、食料庫やクローゼットの奥、食器棚や衣装だんすの背面パネルの奥、壁紙の模様に隠された壁の継ぎ目）
- （レンガ、石、土、モルタル、木板でつくられた）ザラザラした壁
- 地下へと通じる階段
- 土、ほこり、シミに覆われたでこぼこの床
- 急カーブやくねりがある各部屋と廊下の間の狭い通路、もしくは理由があってわざと直線にされている通路
- ほこりや土で覆われた壁
- 緊急時の資源が置かれた貯蔵スペース（食糧、水、毛布、ロウソク、懐中電灯、予備の服）
- 限られた人しか知らない部屋へと通じるドア
- 主要通路から伸びる壁のくぼんだスペースや廊下
- （地下の場合）壁から突き出た木の根
- トンネルの屋根から水漏れし、床に水たまりができる
- 懐中電灯の光線が、落下したレンガや石が散らばる床を照らす
- 頭上の古いパイプや垂れ下がったケーブル
- 間隔を置かれた支持梁
- クモおよびクモの巣
- ネズミ
- 不法占拠者や以前の居住者の痕跡（食べ物の包み紙、クシャクシャになったカップ、カビたシーツや毛布、汚れた床に敷いてある段ボールの断片）
- 暗闇
- 自分が手にしたロウソクや懐中電灯によって狭い範囲が照らされる
- 空気中を漂うちり
- 建設当時のことを示す経年を刻んだ品々（忘れられた道具、壊れた武器、さびたカンテラ、壁に殴り書きされた日付）

👂 聴こえるもの
- 水が「ポタポタ」と落ちる
- 土の上をすり足で歩くときに石の上をこする足音
- 水たまりを「ピチャピチャ」と進む足
- 反響音
- 荒い息づかい
- 通路に吹きつける風の音
- くぐもって聴こえる声
- 生き物が小走りで動き回る音
- 通路の向こう側にある何かから聴こえてくる音

👃 匂い
- 湿った土
- 泥
- 濡れた石
- ちり
- 腐食
- 汗
- つけたマッチから漂う硫黄
- 燃えているロウソク

👅 味
- 設定の中には、登場人物がその場面に持ち込むもの（チューインガム、ミントといったもの）以外に関連する味覚というものが特にない場合もある。特定の味覚がほとんど登場しないこのような場面では、ほかの4つの感覚を用いた描写に専念するのがよいだろう。

✋ 質感とそこから受ける感覚
- バランスをとるためだとか方向を掴むために、ほこりっぽい壁や粗削りなトンネルに手を走らせる
- 自分が触れたレンガから出てくるほこり
- 肌にまとわりつくクモの巣
- 淀んだ空気
- 濡れた石
- 足元の岩や木の根
- ざらついたレンガの壁
- 床に落ちている破片につまずく
- 完全な暗闇を手探りで進む
- 狭い空間で肩が壁にこすれる
- 不安定な階段を下りるときに体を壁に押しつける
- 脇の通路や換気口から吹き込む空気
- 頭や手に落ちてくる水滴
- 肌に付着するほこりや土
- 天井の低い通路を進むために身を屈める
- 狭い場所に体を無理矢理押し込める
- 閉所恐怖症
- 暗がりで何かが自分の肌をかすめる感じがして、叫び声を押し殺す

⚡ 物語が展開する状況や出来事
- 落ち着かない場所に通路を発見する（自分のクローゼットの中、自宅の下、地下室の中）

ひみつのつうろ ― 秘密の通路

- 暗がりで周囲を照らす光源を失う
- 通路を探検しているうちに迷う
- 通路につながるドアを閉められて、中に閉じ込められる
- 通路にいる別の人物に襲われる
- 個人の部屋（寝室、浴室）を見ることのできる覗き穴を通路に発見する
- 見えていなかった破片につまずく、もしくは落石にあたる
- 崩落で行く手が塞がれ怪我を負う
- 通路の端に不快なものを見つける
- 通路をどうするべきかを巡り論争が起きる
- （鉛、アスベスト、その他建物の汚染物質が混入した）有害な空気を吸い込む
- 愛する人や同居人が通路のことを知っていたにもかかわらず、教えてくれなかったことが発覚する
- 通路の中へと追いかけられて、行き先や隠れ場所の検討がつかない
- 光源がないため、暗闇で前に進まなければならない
- 被害者が拘束を解いて脱出しようとする
- 陥没穴、腐った手すりや階段、その他の危険な状況により、通路の利用が危ぶまれる
- 通路の終わりにある部屋が、魔術や悪魔崇拝に関連するもので溢れているのを発見する
- 通路を進んである部屋に入ったとき、かつて自分がそこで体験した衝撃的な出来事について封印していた記憶が甦る

登場人物
- 通路の存在を知る者（建設者、所有者、信頼できる家族や友人）
- 犠牲者を秘密の拷問部屋に連れていく通路の所有者
- 危険から逃れてきた人、もしくはある場所から人目を避けて別のところに移動したいだけの人
- さまざまな理由で中に入っている不法占拠者（安全確保、寝床、特別な所有物の保管所）

設定の注意点とヒント
秘密の通路の中には、塗装や装飾を施してよく管理された、きちんとした通路も存在する。こうした通路は贅沢であれ質素であれ、どんな家にも見られる普通の部屋につながっていることが多く、所有者がくつろいだり、誰にも邪魔されずに仕事をしたりするための個人的な空間として広がっていることもある。一方で、通路は暴力的な構想をもとに作られることもあり、人を監禁するための地下2階の秘密の部屋、防音の拷問部屋、さらには犯行後に遺体を廃棄するためだけにしつらえた部屋に通じている場合もあるだろう。でこぼこした秘密の地下通路には、ドラマチックで何が起きるかわからない性質があることから、本項目ではそうした点の方に重きを置いている。

例文
木の根や石に足を取られてつまずきながら、私は片手を土の壁に這わせて通路を走った。パニックに陥った自分の呼吸がけたたましく耳に届くも、背後から来るうなり声は未だに消えず、刻一刻と大きくなっていく。べとべとした空気が突然体に吹きつけて、持っていたロウソクの炎が揺れた。慌てて立ち止まり、パチパチ音を立てる炎の周りを手で囲みながら嗚咽をこらえる。しかしロウソクは消え、隙間を埋めるように暗闇が押し寄せてきた。

使われている技法
多感覚的描写、擬人法

得られる効果
雰囲気の確立、伏線、緊張感と葛藤

郊外編 基礎設定

ホームパーティー
〔英 House Party〕

関連しうる設定
裏庭、浴室、台所、居間、テラス

👁 見えるもの

室内
- 人でいっぱいの廊下と部屋
- 椅子に座る人々
- テーブルに置きっぱなしにされたビールの缶や瓶
- 大音量で音楽を流しているステレオ
- 煙草やマリファナによる煙のもや
- 居間の家具をさまざまな色に照らすストリングライト
- カーペットに落ちたポップコーンやポテトチップスのかけら
- トイレを使用するために列を作る人々
- ソファや椅子に集う、もしくは音楽にあわせてめちゃくちゃに飛び跳ねる人々
- ビリヤード台の周りに集まり、プレーヤーたちを応援する集団
- テーブルに置かれたスナックのボウル(ポテトチップス、プレッツェル、ポップコーン)
- 台所の冷蔵庫もしくはガレージにあるクーラーボックスに向かう人々の絶えない往来
- カウンターにこぼれている飲み物
- シンクの中に置かれた氷の袋
- あちこちに捨てられた赤いプラスチックのカップ
- アイランド型の台所に集う女の子たち
- カウンターや居間のテーブルに積んであるピザの箱
- くっついて立つカップル(からかう、口論する、いちゃつく)
- 誰かが嘔吐する
- ビールのケグ(ステンレスの大型容器)や漏斗
- シンクにたまっている空き瓶
- 溢れ返っているゴミ箱
- 空いているところに置かれた空の酒瓶
- 色鮮やかな酒やアルコール入りゼリーのトレイを持って各所を回る人
- ひっくり返されて壊れた小さな置物や写真立て
- 施錠していたがこじ開けられた寝室

外
- 芝生や茂みにある嘔吐物
- 裏庭のデッキで煙草を吸う人々
- 通路で踏みつぶされた煙草の吸い殻
- デッキチェアで酔いつぶれている人
- 暗がりでいちゃつくカップル
- 玄関からよろめきながら出てくるパーティー好きな集団
- 焚火
- 通りのいたるところに停められた車
- 玄関の段に腰掛ける、または戸口に集う人々
- 玄関の段に散らばった空のカップやビールの空き缶
- 玄関先の庭での喧嘩
- 怒った隣人が玄関を激しく叩く
- パトカーのライトの点滅
- 慌てて出て行く人々

👂 聴こえるもの
- 大音量の音楽
- 人々の様々な声(笑う、音楽に被せて大声で話す、泣く、叫ぶ、口論する)
- ガラスが割れる音
- 火災報知機が鳴る
- ドアの開閉音
- 冷蔵庫が開けられるたびに扉部分に入っているビール瓶が「カチャン」と鳴る
- テーブルにグラスが「ドン」と置かれる
- 酔って大声でわめく
- ビリヤードのボールが「カチン」とぶつかってポケットに落ちる
- ぶつかって飲み物がこぼれた人の憤った声
- 誰かがトイレのドアを「バンバン」と叩く
- 「パリパリ」と鳴るポテトチップス
- ビールや飲み物をする音
- 携帯が鳴る
- ビールの追加を頼む人々の声
- 駆け足で階段を往来する人々の足音
- 床のきしみ
- アイスホッケーの試合を大きな音で放映するテレビ
- ポテトチップスの入ったボウルがひっくり返るときの様々な音
- ものに人がぶつかって粉々になるときの破壊音
- 外で鳴り響くクラクション
- 隣人が玄関を激しく叩く音
- パトカーのサイレン
- 酔っぱらいのたてる様々な声や音(歌う、野次る、罵る、倒れる)

👃 匂い
- こぼれたビール
- 整髪料や強烈なアフターシェーブローションが混ざった鼻につく匂い
- アルコール
- 塩気のあるポテトチップス
- 電子レンジで加熱したばかりのポップコーン
- ピザ
- マリファナ

ほーむぱーてぃー ―ホームパーティー

- 煙草の煙
- 嘔吐
- 汗
- ビール臭い息

味
- 強い酒（ラム、ウィスキー、ウォッカ、ジン）
- 炭酸飲料
- 水
- 煙草
- マリファナ
- ガム
- ミント
- ポテトチップス
- ポップコーン
- プレッツェル
- ピザ
- ビール
- 清涼飲料

質感とそこから受ける感覚
- べとついたカウンター
- 足元でバリバリと割れるポテトチップス
- 人ごみの中で押されたり突かれる
- 混雑した階段になんとか体を押し込む
- 人で溢れた部屋の中で誰かにつねられたり体に触れられる
- 汗まみれの酔っぱらいに無理矢理抱きつかれる
- 人ごみの中で踊っている最中に、ほかの人と体が軽く触れ合う
- 手のひらでひんやり感じるビールのカップ
- 飲み物をゴクゴク飲んだあとの濡れた唇
- 自分のシャツの胸元にビールがはねてこぼれ落ちる
- 台所にこぼれている液体に滑る
- 椅子の端やソファのアームにバランスをとって腰掛ける
- 指に付着したポテトチップスの塩
- クーラーボックスの中を探る最中に感じる低温の衝撃
- ショットグラスで人と乾杯する
- 指に沿って滑らかに動くビリヤードのキュー
- 酔っぱらいを払いのける
- キスをする
- 手をつなぐ
- 素足にあたる裏庭のひんやりした芝生
- 焚火のまわりに座っているとき肌にあたる熱い空気
- 体に貼りつく服
- 煙草やマリファナのジョイントを吸う
- 人の煙草に火をつけてやる
- 酔い覚ましに顔に水をかける
- 目の赤みをとるために目薬をさしたときに感じる冷たい液体の衝撃
- トイレのツルツルしたドアノブがうまく開けられない
- 便器で吐いているときに膝にあたる硬いリノリウムやタイル張りの床
- 立ち眩みやめまいの感覚
- 庭に横たわると肌にチクチクあたる芝生
- ほかの人たちをクスクス笑わせる

❶ 物語が展開する状況や出来事
- 警察がやって来る、もしくは自分の両親が帰宅する
- 窃盗、器物破損、物的損害
- 薬物が売買される、もしくは誰かの飲み物に混入される
- 性的暴力
- ライバル同士で喧嘩がぼっ発する
- 酔っぱらいが人の秘密をばらす、もしくは撤回しがたいことを言う
- アルコール類を切らす
- 招かざる集団のせいでパーティーが台無しになる
- 敷地内で誰かが意識を失う

登場人物
- 怒った隣人
- 早く帰宅した両親
- どんなパーティーにも顔を出す連中
- 警官
- 弟妹

設定の注意点とヒント
パーティーは、出席者の程度によってどれだけハチャメチャで破壊的になるかが変わってくる。たとえば、主催者がたいてい礼儀正しく節度を持った人々と友人であれば、イベントが手に負えなくなることもないだろう。しかし、友人が解放感を味わいたくてたまらなかったり、ほかの招待客に対してむやみなふるまいに出たりするようなら、事態はそう簡単には収拾がつかないはずだ。そこにアルコールや薬物を加えれば、その場に溶け込みたいと思ったり、あるいは特定の人物の注意を引きたいという欲望を抱くことが、誤った判断につながることも考えられる。

例文
人で溢れ返った階段では、グレッグの広い肩幅が役立った。間に人が入ってくる前に、ジェンは密着して彼のあとを追う。空気は籠って熱く、マリファナの嫌な匂いがした。音楽が窓ガラスを揺らし、彼女の体はビートにのって弾む。地下に着いた頃には、彼女は完全にすべてを投げ捨てて、月曜の期末試験のストレスも、門限を破ったことも、アリソンとの喧嘩も振り切っていた。そういうことは、明日対処すればいい。

使われている技法
多感覚的描写

得られる効果
登場人物の特徴づけ、背景の示唆、感情の強化

郊外編 基礎設定

牧場
[英 Ranch]

関連しうる設定
郊外編 ― 家畜小屋、田舎道、農場、草原、牧草地、ロデオ、物置き小屋、家庭菜園
都市編 ― 古い小型トラック

👁 見えるもの
- いくつもの小道が通る広く開放的な牧草地
- 舗装されていない長い道
- 曲がりくねった小川や川
- ほこりっぽい地面
- 馬のひづめやブーツの下で立ち上るほこり
- 野草
- 木々や低木の茂み
- イバラや雑木林
- 野生のキイチゴ(ラズベリー、サスカトゥーン・ベリー、セイヨウスグリ、ブラックベリー)
- いくつも並んだフェンス
- 干し草の丸い俵
- 草を食べている家畜(乳牛、羊、馬、ヤギ)
- シカやウサギ
- プレーリードッグやホリネズミ
- ヘビ
- アライグマ
- 大きな納屋
- 農工具(熊手、スコップ、グラップル、焼印、輪状に巻いてあるロープ)
- 水や餌を入れる容器
- 肥料の山
- 納屋で隅の方へ小走りで逃げ込むネズミ
- 餌のバケツや手桶
- ガスボンベ
- トラクター
- 古いタイヤ
- さびたチェーン
- 水を撒くホース
- 風雨などから身を守る牛舎
- 牛の放牧地や馬を囲う柵
- 家畜が舐めるための塩
- 積まれた干し草の俵
- 壁に掛けてある散弾銃
- 太陽の下でゆったり横たわるネコ
- 馬の用具が置かれた倉庫(サドル、手綱、ハーネス、鐙、毛布、頭絡とハミ、鉄ぐし)
- 馬を乗せるトレーラー
- 故障したトラックや農業用機械
- 四輪バギー
- 貯水タンク
- 塵旋風や大草原を転がり回る草の束
- 鶏小屋
- 囲いの中のほこりっぽい地面に生えた雑草を突っつく、集団からはぐれた雌鶏や雄鶏
- 犬小屋や犬舎
- 農園
- 酪農場
- 薪小屋
- 薪の山
- 切り株を割ろうとしてつかえてしまった斧
- 放し飼いの犬
- だだっ広い母屋
- ロッキングチェアが置かれた玄関先のベランダ
- 牧場らしい装飾(荷馬車の車輪、畜牛の頭蓋骨、蹄鉄)
- ハエ
- クモ、クモの巣

👂 聴こえるもの
- 吹きつける風の音
- 馬のいななき
- 「キィキィ」という門
- 「パカッパカッ」という馬のひづめの音
- 夕飯を告げるベルやその他の合図音
- ラジオから流れる音楽
- 話し声や笑い声
- 労働者が動物を呼んだり話しかける声
- 「ギシギシ」と音を立てるハーネスや鐙
- 巻いたり結ぶときにこすれるロープ
- 馬が地面を前足で掻く音
- 「キャンキャン」と吠えたりうなる犬
- ドアの開閉音
- カウボーイブーツが地面にこすれる音
- ブーツに泥が「ペチャペチャ」とかかる音
- 「コッコッ」と鳴く雌鶏
- 「モー」と鳴く牛
- 足元で「バリバリ」と干し草が音を立てる
- トラクターがバックファイヤーを起こした音
- トラックのエンジン起動音
- 車輪のきしみ
- 安全対策用のチェーンが「ガチャガチャ」と鳴る
- 荷台のドアが「バタン」と閉まる音
- 重たい干し草の俵を屋根裏の端まで引きずる音
- ブーツのかかとが厚板の上で「カチカチ」と音を立てる
- 互いに「シューッ」という荒い鼻息を出す馬
- 「ニャー」と鳴くネコ
- 馬用トレーラーの金属製の傾斜台に馬のひづめが「カーン」と当たる
- 駆け抜ける馬の群れから聴こえるひづめの轟音
- 屋根裏から真っ逆さまに干し草が落ちる音
- 鳥のさえずり
- 虫が「ブーン」と飛び回る
- 散弾銃の銃声
- 金属製の餌用バケツや木製の飼葉桶に穀類が注がれる音
- カウベル
- 畜舎のドアを蹴る音、あるいは囲いの入口につめかける動物の鳴き声や音
- 手桶に「ピューッ」と注がれる動物の乳
- 薪を「カーン」と2つに割る
- 飼葉桶に注がれる水
- 玄関先のベランダに置かれたロッキングチェアが「キィキィ」

ぼくじょう　牧場

と音を立てる

匂い
- 肥料
- ほこりや土
- 乾いた草
- 馬の皮膚
- 汗
- アルファルファやチモシーグラスの乾草
- 汚れたわら
- 調理済の食べ物
- 焚火
- 煙草の煙
- 噛み煙草
- 家畜
- 革
- 馬用毛布
- レザーオイル
- さびた金属
- 雨
- 松の木
- 湿った土

味
- 口に入るほこり
- 唾
- 水
- 煙草
- 噛み煙草
- コーヒー
- 紅茶
- ビール
- ボリュームたっぷりの食べ物（ベーキングパウダーで膨らませた小さい円形のパン、シチュー、ステーキと卵、ベークドビーンズ、ハムステーキ、ミートローフ）
- 菜園でとれた新鮮な野菜
- 摘みたてのベリー類
- ビーフジャーキー
- ピクルスや缶詰

質感とそこから受ける感覚
- 馬がすり寄せてくる

- 唇の柔らかな毛
- 足元のこちこちに固まった土壌
- 粗削りのフェンスの柵
- フェンスの上部に掴まってバランスをとる
- 額に被ったカウボーイハット
- 額を拭うために汗まみれのバンダナを使う
- ザラザラしたナイロンのロープ
- 馬の温かな横腹
- 糞や泥で動きにくくなった重いワークブーツ
- 温かな金属のバックル
- きめ細かく作られた馬用毛布
- 採れたての野菜のほこりっぽい感触
- 首の後ろにかかる水
- 日焼け
- もつれた馬のたてがみや尻尾をほどく
- 自分の手に軽く当たる馬の豊かなたてがみ
- 背中の痛み
- 頭痛
- 日射病
- 疲労
- サドル越しに感じる振動
- 指の間で掴んでいる革の手綱
- 一定の動作で牛の乳搾りをする
- 夜になって涼しい空気を肌に感じる
- ひまわりの種を吐きだす
- 注意を引きたくてドンとぶつかってくる動物
- 穿いているジーンズに当たる膝丈ほどある草
- 乾いた口や喉

- 服を通して突き刺さるイバラ
- 散弾銃を撃ったときの反動
- 牛の乳が入った手桶や餌のバケツの持ち手が手に食い込む
- 牧草地のわだちや穴の上を弾みながら通る古い軽トラック
- 馬が後ろ足を蹴り上げる、あるいは後ろ足で立つためにバランスを調節する
- 斧を振り上げる

物語が展開する状況や出来事
- 干ばつによって、動物に水を与えることが難しくなる
- 餌代の高騰
- 牧場経営者が財政難に陥る

- 雇った働き手が冷酷
- 馬に蹴飛ばされる
- 暴走した動物の群れに襲われる
- （裁判の結果、政府の介入などで）土地を失う
- 自分の牧場から出荷した肉が原因でサルモネラ菌が発生する

登場人物
- 畜産家
- カウボーイおよびカウガール
- 家畜、あるいは処理したての肉を買いに来る客
- 家族
- 蹄鉄工
- 招待客および訪問者
- 賃金労働者
- 牧場経営者
- 獣医

設定の注意点とヒント

農場がおもに食物を育てる場所であることに対し、牧場の目的は家畜の育成である。家畜は食肉処理、品種改良、（牛乳をつくるために牛を飼うといった）加工食品生産、販売などの意図で育てられている。どちらの設定も田舎にあり目的も似通っていることから、重複する点も見られるだろう。

例文

マンディはあくびをかみ殺しつつ、囲いの柵のつるりとした上部に顎を置いた。馬のサンダンサーはほこりっぽい牧草地の真ん中に立ち、訓練用の頭絡を手に持ったローガンが慎重に距離を縮めていく。あたりのほとんどは影で覆われていた。太陽は、まだ東の方に顔を出したばかりだ。馬の調教には朝一がもっとも効果的だった。一晩休んだあとだから、誰より気難しい馬でさえもまだ言うことを聞く。ピンク色の筋が入った暗闇に目を細め、彼女は兄のやり方を習得しようと心に決めた。

使われている技法
光と影

得られる効果
登場人物の特徴づけ

牧草地
〔英 Pasture〕

関連しうる設定
家畜小屋、田舎道、農場、牧場

◎見えるもの
- さまざまな草やクローバーが生える放牧地
- 放し飼いにされた動物（ヒツジ、牛、馬）
- 動物の堆肥の山
- ハエ
- 岩
- フェンスの支柱や有刺鉄線
- 牧草地を通り抜けるトラクターや車両による車輪の跡
- 隣接した砂利道をトラックが走り抜けて巻き上がるほこり
- ところどころに色を添える野花
- ふぞろいの木々
- 雨が降ると水が溜まる峡谷や沼地
- 遠くにある農場の家屋や建物
- 付近の畑で稼働しているトラクターや農機具
- 牧草地を横断して生えるガマに囲われた小川
- 穴から飛びだしてくるホリネズミ
- 地面から隆起するアリ塚
- 上空を飛ぶ鳥
- 食べ物を求めて徘徊するコヨーテ
- 逃げ場を求めて走るウサギやネズミ

◎聴こえるもの
- 草の中をそよ風が「シュッ」と駆け抜ける音
- 動物の声（「モーモー」と鳴く、荒い鼻息、いななき）
- 動物が草を引き裂いて噛む音
- 馬がひづめで土を引っかく音
- 牧草地を馬が急激な勢いで駆ける音
- 「ヒュッ」と尻尾が鳴る
- ハエが「ブーン」と飛ぶ
- 天候に関する音（雷鳴、突風、地面に降り注ぐ雨音）
- 雨が降ったばかりの地面を「ピチャピチャ」と音を立てながら歩く
- 草地の中をすばやく動くネズミのたてる物音
- 「ホーホー」というフクロウの鳴き声
- 食糧を探しながら上空でタカやワシが鳴き声を上げる
- 「ブルブル」と音を立てるトラクター
- 付近の道路を通り過ぎる車の走行音

◎匂い
- 日光で温まった土
- ほこり
- 嵐のあとの新鮮な空気
- 雨
- 咲き誇る花
- 動物の皮膚
- 堆肥

◎味
- 設定の中には、登場人物がその場面に持ち込むもの（チューインガム、ミント、口紅、煙草といったもの）以外に関連する味覚というものが特にない場合もある。特定の味覚がほとんど登場しないこのような場面では、ほかの4つの感覚を用いた描写に専念するのがよいだろう。

◎質感とそこから受ける感覚
- 滑るように足にあたる草
- 足元の柔らかい地面
- 服に引っかかりチクチクする草
- 服や肌にあたるそよ風
- 馬のゆっくりとした足取り
- 穴にはまって馬がよろめく
- 動物の温かな脇腹
- 頭にあたる日光の温かさ
- 頭上を飛び回るハエ
- 蚊にチクッと刺される
- 日光によって温まった岩
- 花を摘んだときに土がこびりついた根も一緒についてくる
- 靴下に付着するひっつき虫
- 牧草地を走り抜けるときに轟音を立てる四輪バギー

❶物語が展開する状況や出来事
- フェンスが壊れていて捕食動物が侵入したり家畜が逃げだす
- 動物がフェンスに引っかかる
- 放牧している家畜を盗む泥棒
- 面白半分で動物を撃つ人々
- 農場のすぐ近くで密猟をしている人々の流れ弾が飛んでくる
- 地面にあるスズメバチの巣を踏む
- 乗っていた馬から振り落とされる
- 縄張り意識が強い雄牛が巡回する牧草地を横切る
- 牛の群れが突進してきて怪我を負う
- 群れを集めるために向かったものの、一頭いなくなっていることに気づく
- 日照りや過放牧によって土壌が損なわれる

◎登場人物

ぼくそうち ── 牧草地

- 家族
- 農場主
- 牧場主

設定の注意点とヒント
牧草地は基本的には静かな、とくに何も起こらないような落ち着いた場所であるため、設定としては理想的ではないように見える。しかし、ときにはこのコントラストこそが場面を活気づけるものになるのだ。たとえば穏やかに行われていた乗馬が、人が馬から振り落とされることで一気に危機的な状況を迎えたり、牧草地を片付けていた経営者が巨大な墓を発見したり、叫び声や銃声によって心地よい鳥のさえずりや虫の鳴き声が止んだりするといったように。コントラストというのは強力な道具になる。穏やかな設定を騒然としたものに一変させるために、効果的に使うべきだ。

例文
ゆっくりと、私はおじいちゃんの牧草地を歩いた。かつて青々としていた草地は、今や茶色く荒れ果てており、草は風に揺れるほどの高さもなくなっている。サンダルの底を通して、地面がいかに節くれ立って固くなってしまったのかを痛感した。照りつける太陽から目元を覆いながら、かつて腰まであった小麦がそよ風に吹かれ波のように揺れていた、黄金色の光景を思い浮かべる。あの牧草地は、まるで太陽の光そのものだった。でも、それは1990年の夏以前のこと。もはやどんな手を打っても、その光景を取り戻すことはできない。

使われている技法
直喩

得られる効果
背景の示唆、時間の経過

郊外編 基礎設定

墓地
〔英 Graveyard〕

関連しうる設定
郊外編 ── 教会、霊廟、通夜
都市編 ── 葬儀場

👁 見えるもの
- 錬鉄のフェンスやゲート
- 墓地の間をくねくねと走る舗装された車道
- 礼拝堂
- 太陽で色あせた天使の石像
- 彫刻が施された墓石（大理石、コンクリート、白・黒・灰色の混ざった御影石）
- 霊廟
- ロープで囲われた一族の墓
- きちんと手入れされた芝生
- 装飾的な花壇
- ベンチ
- 墓に供えられた生花や造花
- ドライフラワーや花輪
- 墓の周りに立つ喪服姿の会葬者
- バックホーの機械（通常は見えないところに置かれていて、閉園している時間帯にのみ表に出す）
- 聖職者や宗教的シンボルの石の彫刻
- 枝から苔が垂れ下がっている土着的な木々
- 墓石の上に置かれる写真立てに入ったポートレートや大切な意味を持つ小物
- 霊柩車とそのあとに続く車の列
- 執り行われている葬式（聖書を持った神父、棺、会葬者たち、生花、近くで付き添う墓地の作業員）
- 祈りの言葉が書かれた額
- 骨壺が納められた壁一面の供養棚
- 鳥
- リス
- シマリス
- 装飾的な岩や石
- ロウソク
- 手入れされていない古い墓地の様子（墓を覆う葉や小枝、まだらだったり草が伸びすぎている芝生、枯れた木や緑、倒壊していたりひび割れている墓石、破壊された石細工、変色した墓石、壊れたゲート、亀裂が入り間から雑草が出てきたコンクリートの歩道）

👂 聴こえるもの
- 会葬者が泣き声を上げたりすすり泣く
- 人々が低い声で話す
- 祈りの言葉がささやかれる
- 枯れた花を「カサカサ」と音を立てながら取り除く
- 刈り込みばさみが「チョキチョキ」と鳴る
- 墓地管理者が墓地内をほうきで掃く音
- 芝刈り機
- 車や霊柩車が縁石のところにゆっくりと停止する音
- （閉園後に）墓を掘る音
- 棺を土の中に納めるときに「ブーン」と鳴る機械のモーター
- 棺に土を「パラパラ」とかける
- 人々が大きな声をあげて悲しむ（声を出して泣く、うめき声を上げる、慰められないほどに泣きじゃくる）
- 神父が式を執り行い慰めの言葉をかける
- 「ギィ」と音を立てて開閉するゲート
- 草木の間を「ヒュー」と吹き抜ける風
- 「キーキー」と鳴いたり「チュンチュン」とさえずる鳥や小動物
- ゆっくり道を進むことで「コツコツ」と鳴る靴音
- 遠くから聴こえる教会の鐘の音
- 石畳の上を枯葉が「カサカサ」と動く
- 墓を訪れた人が、亡くなった愛する人に静かに話しかける声

👃 匂い
- 刈ったばかりの芝生
- 熱い石
- 掘り起こされたばかりの土
- 墓に供えられた花の香り
- 香水やアフターシェーブローションの匂い
- 季節に関連する匂い（冬のひんやりとした空気、早春や秋の終わりの雨や腐葉、春や夏に新たに芽を出す植物の匂い）

👅 味
- 設定の中には、登場人物がその場面に持ち込むもの（チューインガム、ミント、口紅、煙草といったもの）以外に関連する味覚というものが特にない場合もある。特定の味覚がほとんど登場しないこのような場面では、ほかの4つの感覚を用いた描写に専念するのがよいだろう。

✋ 質感とそこから受ける感覚
- 冷たい墓石
- 歩道に当たる自分の靴
- 芝生に沈み込むヒール
- 深い悲しみのために体の感覚がなくなる
- 錬鉄のフェンスのさびた支柱

ほ

- 石碑の粉っぽいほこり
- 手の中でクシャクシャになる枯れた花
- 頬についた涙
- 愛する人の手を握る
- ひざまずいたり座るときに、刈り取られた草がチクチクと刺す
- 絹のような生花
- 手の中で握りしめている乾いた土
- チクチクと痛む目
- 涙が喉につかえる
- 鼻水
- 手に持った汗まみれのティッシュ
- 湿ったハンカチ

❶ 物語が展開する状況や出来事
- 破壊された墓
- 家族の中で対立する者同士が同じタイミングで墓を訪れる
- 墓に供えてあったものが盗まれる(花、思い出の品や形見、手紙)
- 有名人の葬儀をカメラに収めようとする強引なパパラッチ
- 墓地で誰かの視線を感じる
- 人の感情を読み取る特殊能力がある者が、人々の感情がたかぶる墓地内での葬儀に参列しなければならない
- 超常現象
- 洪水や地下水の問題で地中にあった棺が浮上する
- 病的なフェティシズムを持つ墓地の管理人
- 墓泥棒
- 棺を沈める段になって機械が故障する
- 悲しみに暮れて死者を手放すことができない親族が、墓地の近くに祭壇を作ったりもしくは四六時中墓に居座ってしまう
- 葬式の参列者が喪失に対して妙な反応を見せる(式の最中に笑い声を上げる)
- 忘れたいと参列者らが感じている故人の過去(売春婦との軽率な行為、不倫、逮捕)を思い出させる人物が現れる

🧑 登場人物
- 墓地の管理人
- 聖職者
- 近しい家族や友人
- 会葬者
- 破壊行為をする者
- 墓地を訪れる訪問者や観光客(史跡の場合)

設定の注意点とヒント
墓地には文化や慣習の違いが影響を及ぼしていることが多い。物語にとって墓地が重要である場合には、会葬者と故人の民族的な背景を考慮し、墓地の様子に影響を与えたり、宗教に沿って一連の流れを誘導したり、会葬者らのふるまいを左右したりするような、死にまつわる特別な風習や信念があるかどうかを決めておくとよい。

例文
月が空にのぼると、先祖たちが眠る墓地は姿を変える。半透明の光が、祈りを捧げる子どもたちや翼の生えた天使たちといった、傷んで顔をなくした像に命を吹き込むのだ。おかげで亀裂は滑らかになり、欠けた縁は軟化する。月光の下では、ゆがんだ墓石も堂々とそびえ立ち、刻まれた言葉が月日の流れですり減っていながらも、自分の役目をしっかり務めていた。僕は絡み合う雑草の中を裏門まで進み、何もない一画に辿り着いた。古いカシの木の木陰になっているこの場所こそ、僕の墓なのだ。いつの日かこの場所から永遠に動かなくなることを知りながら、露にぬれた草むらに佇むのはなんとも妙だった。

使われている技法
対比、光と影、擬人法

得られる効果
雰囲気の確立、感情の強化

郊外編 基礎設定

物置き小屋
〔英 Tool Shed〕

関連しうる設定
裏庭、地下室、ガレージ、工房

👁 見えるもの
- 空気中を漂うほこり
- 汚れた窓や羽目板、屋根の梁の割れ目から差し込む光線
- 作業台
- 隅に立てかけられた芝生用の道具（熊手、シャベル、鍬、大型ハンマー、穴掘機、ほうき、斧、刈り込みばさみ）
- 積まれた塗料の缶
- 塗装用具（いろいろなサイズのブラシ、金属の受け皿、スパチュラ、ペンキを塗るときの敷物、マスキングテープ）
- 芝刈り機
- 道具箱と外に出ている道具（ハンマー、のこぎり、やすり、水準器、巻き尺、レンチ、ドライバー、ラチェットレンチ、ソケットセット）
- 古い自転車
- 折りたたみ式の椅子
- チェーンソー
- 造園道具（鋤、手袋、薄汚い日よけ帽、熊手）
- 汚れた花の鉢
- 庭用ホース
- 丸めてあるひもや延長コード
- 冬用タイヤチェーンやスペアタイヤ
- 芝生の肥料や鉢植え用の土が入った袋
- こまごましたものが入ったコーヒーの缶やガラスの密閉容器（釘、ナット、ボルト、ネジ、フック、磁石、座金）
- 油差しやポリタンク
- 電動工具（研磨機、マイター鋸、卓上丸ノコ盤、ドリル）
- 木挽き台
- さまざまな制作段階にある品物
- これから修理される品物
- 紙やすり
- 保護メガネや手袋
- 木工用ボンド
- バイス
- 粒餌の入った袋
- 輪状にして置かれた金網
- 物差し
- 油性洗浄剤
- 紙タオル
- 箱や缶が置いてある棚
- 鉛筆
- 首振り扇風機
- 汚れていたりひび割れた窓
- クモの巣とクモ
- ネズミの糞
- ネズミやシマリス
- 窓台の上にあるハエの死骸
- 溢れ返っているゴミ箱
- 細かな破片が散らばる床（土、おがくず、木の削りくず、吹き込んできた葉、刈り取った芝生）

👂 聴こえるもの
- フローリングの上を歩く重い足音
- きしむ床板の上を肥料の袋を引きずる音
- 「キィキィ」と鳴るドアの蝶番
- 窓の近くを「ブーン」と飛ぶ蜂や蝿
- 箱を動かすときのこすれる音
- ねじや釘を分類するときに「ガチャガチャ」と鳴る金属
- 床に「カチン」と落ちる釘
- 目的のものを見つけようとしてイライラしながら悪態をついたり、あるいはぶつぶつと呟く声
- 重たいものを動かすときに上げられる低いうめき声
- 狭い空間でものにぶつかったときに引きずる足音や「キィー」とこすれる音
- ほこりで咳が出る
- げっ歯類の「パタパタ」という足音
- 建物を覆うようにして立つ木の枝が屋根を引っかく音
- 軒下で風がそよぐ音
- エンジンがかかる音
- ハンマーを打ちつける音
- 手ノコで何かを切る音
- 硬いボルトが「キィキィ」と鳴りながら緩む
- チェーンソーの電源が入り轟音が鳴り響く
- 花の鉢に土を注ぐ音
- 「ガチャガチャ」と鳴る金属のチェーン
- 電動ノコギリの鋭い音
- 一定のリズムで「ゴシゴシ」と木材に紙やすりをかける
- 「ブーン」と扇風機が鳴る
- ほこりっぽい床の上をこする足音
- 積み重なっていたものをずらし、ものが床に「ガチャン」と落ちる
- 屋根をこする木の枝
- 松ぼっくりが落下したり、金属製の屋根に松葉が「ガサガサ」と当たる
- 夏の嵐のときに叩きつける雨や雷の轟き

👃 匂い
- ほこり
- 芝刈り機の刃についた芝生
- 肥料
- さびた道具や釘
- 日に焼けた金属

ものおきごや — 物置き小屋

- 油
- 潤滑油
- ガソリン
- 塗料
- 土

🔴 味

- 設定の中には、登場人物がその場面に持ち込むもの（チューインガム、ミント、口紅、煙草といったもの）以外に関連する味覚というものが特にない場合もある。特定の味覚がほとんど登場しないこのような場面では、ほかの4つの感覚を用いた描写に専念するのがよいだろう。

🔴 質感とそこから受ける感覚

- 隅の方にある肥料や粒餌の袋を持ち上げる
- 釘の入った缶や容器に手を入れて釘に突つかれる
- 硬い作業用手袋
- 目に入ってくる汗
- 放置していたものにつまずく
- 手に付着した土
- 喉に入るほこり
- 開いている窓から入ってくる風
- 道具のツルツルした持ち手
- 不安定に積み重なった箱や缶を倒さないように気をつけながら目的のものを取ろうとする
- 顔をかすめるクモの巣
- 指についた潤滑油
- 電動工具のスイッチが入ったときの振動
- きつく閉まった缶を開けるために圧力をかける

🔴 物語が展開する状況や出来事

- 高齢の身内が亡くなったため、ものがどっさりと溜め込まれた倉庫を片付けなければならない
- 目的の工具を見つけたものの、動きが鈍くなっていたり壊れている
- ネズミが侵入して、建材を台無しにしていたり種の袋に穴を開けたりしていたことを発見する
- 屋根の水漏れのせいで、高価な、もしくは特注の備品が駄目になる
- 探しているものが見つからない
- ほかのことをしたいのに、庭仕事をしなければならない
- 自分の道具倉庫に逃げ込んでいた危険人物と遭遇する
- 道具が盗まれる
- 隣人が道具を借りたまま返してくれていないことを思い出すまで散々探しまわり、時間を無駄にする
- 道具を取りに行き、その表面に乾いた血がついているのを見つける
- 修理が必要なものがあるのに、適切な方法がわからない

🔴 登場人物

- 小屋の所有者
- 子ども

設定の注意点とヒント

人々が道具や芝生用の機器を収納する物置き小屋は小さな建物であることが多い。なかにはもっと幅をとる（ものの組み立て、ガーデニング、ステンドグラス制作などの趣味のための）装置を置いたり、作業スペースを設けた広い小屋もあるだろう。小屋の中のがらくたどもは、一家のうちの誰かの独特な関心事を示したり、犯罪の証拠を隠す場所となったり、家族に見られないようにしたいもの、禁忌や違法な行為を含むプライベートな秘められた何かを、ひとりで楽しむために隠しておく場所としても長けている。物置き小屋とは、表面的にはたんにグチャグチャで散らかっただけの場所に見えるのだが、手元には置いておきたいけれど人に見られたくない品をしまっておくことのできる場所でもあるのだ。

例文

電車セットは物置き小屋の奥、僕の古い自転車の隣に置いてあるとパパは言ったし、僕も小さな従弟のためにそれを組み立ててやるのが一番だと思った。だけど、戸口のところで笑顔は消えた。この小屋には、これまでにもほうきや六角棒レンチや粒餌の袋を取ってくるように言われて何度も来ている。でも、あたりに夜が訪れて、今は暗闇が壁や棚にしがみつき、餌の入った樽の上に垂れ込めて、すべてを暗くしていた。吸い込む空気はほこりに満ちており、突風によって木の枝がブリキの屋根にあたり金切り声を上げたとき、僕はくるりと向きを変えると急いでその場を立ち去った。デイヴィーにはパズルで我慢してもらうしかない。

使われている技法
対比、光と影、天気

得られる効果
雰囲気の確立、緊張感と葛藤

野外トイレ
〔英 Outhouse〕

関連しうる設定
裏庭

👁 見えるもの
- 粗雑なベニヤ板の壁
- 鎌状に変形したドアの隙間から差し込む光
- 尖った屋根
- 木製の箱形ベンチに開けられた用を足す穴、あるいは取り付けられた便座
- ワイヤーハンガーに吊るされたトイレットペーパー
- でこぼこの床についた土の塊や枯れた草の一片
- 死んだハエ
- クモの巣およびクモ
- 出口を探している蚊
- フックのついたドア
- 穴の奥深くに溜まっているトイレットペーパーや排泄物の山

👂 聴こえるもの
- 隙間や端から入り込もうとする風の音
- 木材のきしみ
- 用を足しているときにベニヤ板を「コツコツ」と足で叩く音
- 野外トイレに沿って伸びる背の高い雑草の間を駆け抜ける風
- 固まった土の上を歩く人々の足音
- 農機具のエンジン音（トラクター、トラック、ドラグショベル、コンバイン）
- 互いに声をかけ合う農場経営者たち、あるいは一日の活動を始める農場の動物たちの声
- 「チョロチョロ」と穴に落ちていく小便の音
- 誰かがドアを叩く音
- 蚊の飛ぶ音が耳元で響く

👃 匂い
- 小便、大便の強いアンモニア臭

👅 味
- 設定の中には、登場人物がその場面に持ち込むもの（チューインガム、ミント、煙草といったもの）以外に関連する味覚というものが特にない場合もある。特定の味覚がほとんど登場しないこのような場面では、ほかの4つの感覚を用いた描写に専念するのがよいだろう。

✋ 質感とそこから受ける感覚
- ざらついた板材に肌を挟む
- チクッと刺す裂けた木材のとげ
- トイレットペーパーの柔らかさ
- 隙間風によって鳥肌が立つ
- ドアの冷たい金属ボルトやフックをスライドさせて戻す
- 周囲にできるだけ触れないように体を強ばらせて座る

❗ 物語が展開する状況や出来事
- 動物が野外トイレの下に穴を掘ったため、建物の安定感が弱まる
- 自分が用を足している間に、友人らが面白がって簡易トイレを横倒しにしようと計画する
- 動物があたりをうろついているために外に出られない
- 自分が中にいるときに穴が陥没する
- 野外トイレにいたずらを仕掛けられて閉じ込められる
- 何かが木の枠を嚙み砕こうとしているような、引っかく音や足を引きずる音が耳に入る
- 命の危険にさらされているため、野外トイレの中や下に隠れなければならない
- 閉めたときに隙間ができるドア
- 順番待ちでいらだつ人々
- トイレットペーパーが切れる

👤 登場人物
- 家族
- 送電網を利用せずに人里離れた場所で暮らす人々（水や電気を使用しない農家や牧場主）
- 土地の所有者

やがいといれ — 野外トイレ

設定の注意点とヒント
野外トイレは、一般的に流水のない農場や辺ぴな場所にある狩猟キャンプなどに設置されている。この設定はまた、工事現場や屋外イベントに見られる自己処理型トイレや、沿道の小さな停車場や人里離れたところにある公園などで見られる非水洗トイレとも重なりあうものだ。

　設定としてはやや妙な選択に思えるかもしれないが、この中にいるとき、登場人物はどちらかというと弱い立場になる。快適と言いがたいだけではなく、たいてい人里離れた場所にあるこの閉鎖された空間にいれば、人間の想像力は激しく暴れ回ることになるだろう。万が一誰か（あるいは何か）がドアのすぐ向こうでカサカサ音を立てようものなら、登場人物の思考はすぐに最悪の事態を想像し、そのまま中に留まって待つか、ドアの反対側で起きていることと対峙するかの選択を迫られる。このように、野外トイレというのは緊張感と葛藤をもたらすのにかなり優れた設定なのだ。

例文
うだるような暑さの中で家にいるよりも、ローおばさんとジムおじさんの農場を探検する方がいいと思い、ミカはほこりっぽい庭へ足を踏みだした。野草の中にはいくつかの建物がうずくまり、コインのかたちをしたたくさんの葉をつけた大木は、太陽の光にあたって靴の上にちらちらと影を落とす。彼女は小さなドアに三日月型の穴が開けられたちっぽけな建物を見つけた。野外トイレだ！外でトイレに入るというのはどんな感じなのかと思いながら、ミカは取っ手を引いてみる。すると、ハエの死骸がのった黄ばんだ便座の隣には、へこんだトイレットペーパーが置いてあった。頭上では、ハエ取り紙にもっとたくさんのハエの死骸がついている。小屋からは悪臭が漂い、彼女は急いで口と鼻を手で覆った。《きたない！》。まるで、海岸に2日間のドライブに出かけた最中に、弟がインフルエンザにかかったときのような臭いがした。

使われている技法
対比、光と影、天気

得られる効果
感情の強化

屋根裏部屋
〔英 Attic〕

関連しうる設定
郊外編 — 地下室、秘密の通路
都市編 — 骨董品店

👁 見えるもの
- ほこりっぽい床
- パイプや配線が見えるむきだしの木の梁
- 換気扇
- すすやハエの死骸に覆われた丸窓の枠
- 小さな出入り口と折りたたみ式の階段
- 電球と引きひも
- 軒付近の割れ目から差し込む太陽の光
- 通風管
- 床の上を急いで走り去るネズミや小動物
- 梁から外れて古いロッキングチェアやコート掛けをまたぐクモの巣
- 収納物が外側に明記された色あせている古い箱
- ガタがきている家具
- 壊れた掃除機
- 古い子ども用玩具やクリスマスの装飾品で埋め尽くされた隅
- 骨董品を覆うほこりまみれのシーツ
- 光線の中を舞う換気口や小さな窓から入る粉塵
- 古いボードゲームの山
- 丸めて置かれたじゅうたん
- 壁にかけられたほこりだらけの額や絵画
- ほこりに残る動物の足跡
- 床に落ちた蛾の死骸
- 出口を求めて丸窓のガラスにぶつかる虫
- 屋根や窓からの水漏れによってカビで汚れた箱
- 剥製のコレクション
- 洋裁用のマネキン
- ゴミ袋に入れられた古い服
- 戦争時の思い出の品（兵士の制服や所持品）や結婚式の記念品が入ったトランク
- 本や学校案内冊子の入った箱
- レコードやカセットテープのコレクション
- 着なくなった服の入った収納容器

👂 聴こえるもの
- 家のきしみ
- ネズミが「チューチュー」と鳴く
- 駆け回る足音
- 爪で床を引っかく音
- 電球をつけるときにひもを引っ張る音
- 建材の「カサカサ」という音
- 家に吹きつける風の音
- 鳥が軒で虫をつついて食べている音
- 屋根裏部屋の床を通して聴こえてくる声
- 足音
- 換気経路を伝い上階まで聴こえてくる音楽や物音
- 屋根に打ちつける雨やあられの音
- 雷音
- 家に枝がこすれる音
- 軒を流れていく水
- 水漏れする屋根から規則正しいリズムで落ちる滴の音

👃 匂い
- 断熱材
- ほこり
- 食品のカビ
- 建物のカビ
- おがくず
- 湿った木材
- 蒸れ腐り
- 腐った建材
- 湿った段ボール
- 古本

👅 味
- 湿っていたりムッとする空気
- ほこり
- 空気中に広がる冷たい金属の独特な味

✋ 質感とそこから受ける感覚
- ぐらつくはしごをバランスをとって進む
- ざらついた裂けやすい梁
- 天井の梁に取りつけられた裸電球のひもを引っ張る
- 家具などを覆うほこりまみれの大きな布
- 大切にされていた玩具や品物の滑らかなくぼみ
- 湿った段ボールの蓋
- 冷たい金属製のトランクの蝶番
- 重たい蓋を開ける
- ほこりの中で咳をする
- ほこりを払おうとして顔の前で手を振る
- ゆるんだりゆがんだりして曲がりやすくなっている床
- ネズミの姿を見て飛び跳ねたりたじろぐ
- レースのベッドカバー
- 古い帽子のフェルトの柔らかさ
- 中身を確認するために箱を窓辺に近づけるときの重さ
- 暗がりでトランクにすねをぶつける
- 狭い空間で肘をぶつけたりすりむく
- 錠に差し込む金属製の鍵のさびついた動き
- 箱やプラスチックの収納ケー

やねうらべや ― 屋根裏部屋

スに入っているものを仕分けする

❶ 物語が展開する状況や出来事
- 暗闇で何かが動き回る音を耳にする
- 光がある程度のところまでしか届かない
- 崩壊しそうな傷んだ箇所を床に見つける
- 両親のうち一方が別の家庭を持っていることを示唆する、隠された家族写真を発見する
- 家にひとりでいるとき、階下から人の動作に伴う音が聴こえてくる
- 古いトランクの中にあったものから家族の秘密を発見する
- トランクに隠されていた不穏なものを見つける（髪の房のコレクション、歯が入った瓶）
- 何かが死んでいる匂いがする
- カビやその他の健康に有害なものを発見する
- 屋根裏部屋の収納物に被害が及びそうなほど、屋根が水漏れしている
- 屋根裏部屋を訪れてみて、いくつかの物品が元の位置から動かされていることに気づく
- 停電
- 屋根に穴が開けられ、階下の寝室の覗き穴が作られているのを発見する
- 狭く風通しの悪い場所で、閉所恐怖症を感じる
- ほこりが引き金となってアレルギー症状を引き起こす
- 物品を置きに屋根裏部屋に上がってみたところ、誰かがそこに住んでいる証拠を見つける
- 床がきしむ屋根裏部屋に隠れなければならない
- ひとりで家に暮らしているの

に、ほこりの中に足跡を見つける
- 古いトランクの中に養子縁組の書類を発見する

🧑 登場人物
- リフォーム工事の作業員
- 家の所有者
- 保険査定員
- 修理工

設定の注意点とヒント
屋根裏部屋を描く際には家の築年数や、現在または以前の所有者について考えてみよう。すると、その屋根裏部屋にどんなものがしまわれているのか、あるいはいっさい何も置かれていないのか、といった状況が見えてくるはずだ。象徴的な物品を利用して、登場人物の状況を反映させたり、抱えている心配事を強調したり、感情を映し出す機会を検討するといいだろう。

例文
古い掃除機にもたれかかるようにして、片目の人形は暗がりの屋根裏の奥を見つめていた。あそこから、断続的に大きな音が聴こえてくるのだ。持っていた懐中電灯が震える。揺らめく光の中で、人形に縫いつけられた不快な笑みが広がったように見えた。まるで、私の知らない何かを彼女が知っているとでもいうように。

使われている技法
光と影、多感覚的描写、擬人法

得られる効果
雰囲気の確立、伏線

浴室
〔英 Bathroom〕

関連しうる設定
子ども部屋、10代の息子・娘の部屋

👁 見えるもの
- 狭い出入り口
- 光沢のある調和した備品（トイレ、シャワー、浴槽、シンク）
- カラフルなシャワーカーテン
- シンクおよびカウンター
- 鏡
- 薬棚
- 丸めたもしくは積んだタオルが置かれたラック、もしくは戸棚
- タオルかけ、およびバスローブをかけるドアフック
- 揃いの石鹸と液体用のディスペンサー
- 化粧用のパフやコットンが入った透明なガラス瓶
- 蓋から固まった液が漏れている、くぼんだ歯磨き粉
- カウンターの上のコップに入ったいろんな色の歯ブラシ
- 蛇口についている乾いた石鹸や歯磨き粉の泡のシミ
- 鏡についた指紋の汚れ
- シンクに落ちている縮れ毛
- 鏡についた歯磨き粉
- 可愛らしい壁の装飾（家や家族に関する有名な格言、花や自然の写真、貝殻のコレクション）
- 白くてフワフワしたお風呂マット
- トイレのそばに置かれた芳香剤の缶
- 誰も使っていないほこりを被った古いキャンドル
- メイクやヘアケア用品でいっぱいの引き出し
- トイレットペーパーのホルダー
- ラバーカップ
- トイレの後ろに置かれた大量の雑誌
- 壁に取りつけられた棚にあるドライヤー
- 丸い化粧鏡
- マウスウォッシュのボトル
- シャワーを浴びたあとの湯気で曇った鏡や筋状に水滴が流れる壁
- ヘアブラシや櫛
- カミソリ
- 隅にある体重計
- 浴槽周辺の変色した漆喰やトイレの下周辺の汚れ
- 隅にまとまった毛玉
- 室内に放置され壁の方に蹴飛ばされた服

👂 聴こえるもの
- 流水音
- トイレの水を流す音
- 誰かがシャワーを浴びながら歌っている声
- もうすぐ空になりそうで、げっぷのような音を出すシャンプーのボトル
- 咳
- 鼻をかむ音
- 歯を磨いて唾を吐きだす音
- シャワーカーテンを引き戻すときにカーテンリングが金属上を移動する音
- 開閉する際に「キィキィ」と鳴るシャワー室のドア
- 壁の中で振動したり「ゴボゴボ」と鳴るパイプ
- 止めたシャワーから濡れたタイルの上に落ちる水滴の音
- 湿ったタオルが床に落ちる音
- ドアを叩いたりドア越しに怒鳴ったりする子どもの声
- 閉まるときに「キィ」と音を立てる蛇口
- 引き出しの開閉音
- 「パチン」と鳴る爪切り
- 「シューッ」と噴射されるヘアスプレー
- ドライヤーの騒音
- 中に入りたくて猫や犬がドアの下を引っかく音

👃 匂い
- シャンプー
- ボディスプレー
- 芳香剤
- 収れん性クリーナー
- ヘアスプレー
- カビたタオルやマット
- 香水
- 浴室の不快な臭い

👅 味
- 歯磨き粉
- 水
- 不快なマウスウォッシュ
- ミント味のデンタルフロス
- 誤って口に入ったヘアスプレーの苦み

✋ 質感とそこから受ける感覚
- 柔らかいタオル
- 肌にのるクリーム状の石鹸や泡
- 足元のフワフワしたマット
- 冷たいシャワータイル
- 水がゆっくりと冷水からお湯になる
- 濃く湯気が立ちこめるシャワーの空気
- 皮膚を赤くする熱
- チクチクする鳥肌
- カミソリの刃を注意深く肌にこすりつける
- 熱い風呂に浸かる

よくしつ｜浴室

- 流しているときに背中を伝う泡
- べっとりしたコンディショナー
- 引っ張って髪に引っかかるヘアブラシの痛み
- どろりとしたヘアジェル
- 首から滴る水滴
- 肌にのせる滑らかなローションもしくはオイル
- ひげ剃り中に肌を切ったときの痛み
- 紙のティッシュ
- ドライヤーのせいで誤ってネックレスを温めてしまったときの痛みを伴う熱さ

❶ 物語が展開する状況や出来事
- シャワーで滑る
- トイレが溢れる
- イヤリングを排水溝に流してなくす
- 人の薬棚を探っているところを見つかる
- トイレットペーパーが切れる
- 家の中にたくさん人がいるのにドアの鍵がかからない
- 食中毒やアレルギーのせいで胃腸に問題が生じる（とくに他人の家で）
- 隣家の真向かいに浴室の窓がある
- 水の溜まらない浴槽
- 自宅で髪を染めたり切ったりして失敗する
- 支度を整えるだけの時間がない
- 大切な行事の準備をしている最中に、化粧品やヘアケア用品を切らす
- シャワーの最中に温水タンクが爆発する
- 浴室の掃除を引き受けたがらない、だらしないルームメイト
- 浴室に誰もいないと思って入ったら人に出くわす
- 不慮の溺死（大人が見守っていなかった子どもたち、浴槽で意識を失った大人）

❷ 登場人物
- 住宅所有者とその家族
- 招待客
- 配管工

設定の注意点とヒント
人物の性格を示すのに格好の場所が浴室である。さながら軍人のように整頓されているのか、それとも髪の毛やメイク用品やその他不潔なもので溢れ返っているのか。こうした室内から、登場人物の内面の様子を読者に伝えることができる。ただ、頻繁に客が出入りしている化粧室と、自分だけが使っている化粧室とでは、見た目が大きく異なることは頭に入れておこう。

例文
シンクで水を払い落すと、私はハンドタオルを探してあたりに目を走らせた。繊細な真鍮のスタンドに、貝殻の刺繍とレースが施された鮮やかなピンクのハンドタオルがかけてある。その先にはドアに取りつけられた華奢なフックに、揃いの大判のバスタオルが2枚。私はハンドタオルを掴むと室内を見回して、ほかの部分をじっくり観察してみた。レースのマット、ポプリの入ったボウル、鏡の周りにはステンシルで描かれた花の模様、カゴの中には天使の形をしたピンクの石鹸——うわぁ。雑誌のインテリアをそっくりそのまま移動させてきた、って感じ？

使われている技法
誇張法、直喩

得られる効果
登場人物の特徴づけ

霊廟
〔英 Mausoleum〕

関連しうる設定
郊外編 ― 墓地、秘密の通路、通夜
都市編 ― 葬儀場

👁 見えるもの

外
- コンクリートや石造りの角張った建物（大きさや様式には控えめなものも壮大なものもある）
- 柱
- （石造、錬鉄、木製）扉
- 採光用の小さな窓
- 草や木々
- 付近にある墓石
- 花および花輪
- 扉の上の石に刻まれた名字
- （カビ、鳥の排泄物、水のシミなどで）変色した石
- 壁を這うツタ
- 石の割れ目に生えた苔
- 彫像
- 外壁に彫られた宗教的シンボル（十字架、天使、祈りの手）
- 鉄の柵
- 隅の方に溜まっている葉の山
- 故人を偲んで近隣の墓に集う人々
- 丘の上で古い墓地の美しさを楽しんだり、愛する人との別離を思い出すピクニック参加者たち
- スケッチブックを持った芸術家
- 芝生のゴミや道具などを運んでいるメンテナンス用のカート

中
- 個別型納骨所・スタック式納骨所
- 火葬された遺骨が入った骨壺
- 室内の中央や壁のくぼみに設置された石棺
- 花
- 台の上に置かれた胸像
- 像
- 飾り額
- 訪問者が座るためのベンチ
- 宗教的な品
- 私物（盾、家紋、小物、ポートレート、故人を偲ぶ記録）
- 甲虫
- クモの巣
- ラットなどの小動物
- 土や風に吹かれて丸まった葉
- 花瓶や骨壺から突き出ている朽ちた花
- 燃え尽きたロウソクやワックスの滴り
- 窓から差し込む光
- 懐中電灯の光
- ちらちら揺れるロウソクの明かり
- 壁のモザイク画
- 壁に彫られたラテン語や格言
- 塵

👂 聴こえるもの
- さびた錠が鋭い音を立てて開く
- 重たい石扉や鉄扉が地面をこすりながら「ギィギィ」と開く
- あたりに響く足音
- 狭い空間でささやき声や咳き声が大きく響く
- 唱えられる祈りの声
- 響いてよく通る声
- 「キィキィ」と枝がこすれる音
- 風が地面の小さなゴミをかき回す音
- 鳥や虫の声
- 「ポタポタ」と落ちる水の音
- 突然の光に慌てて走り去る虫の音
- マッチを擦る音
- 鼻をすする音、泣き声
- 外を通り過ぎるメンテナンス車両の騒音

👃 匂い
- 建物のカビ
- さび
- 植物のカビ
- 燃えているロウソク
- マッチの硫黄
- 湿った石
- ほこり
- 淀んだ空気
- 新鮮な花
- 淀んだ水
- 古くなった花

👅 味
- 設定の中には、登場人物がその場面に持ち込むもの（チューインガム、ミント、口紅、煙草といったもの）以外に関連する味覚というものが特にない場合もある。特定の味覚がほとんど登場しないこのような場面では、ほかの4つの感覚を用いた描写に専念するのがよいだろう。

✋ 質感とそこから受ける感覚
- 湿った壁
- ほこりっぽい表面
- 散在するクモの巣が肌をかすめる
- 気持ち悪く冷たい空気
- 納骨所の周りに置かれた硬い石のベンチ
- 彫ってある墓碑銘のくぼみを指でなぞる

れいびょう｜霊廟

- ざらついた石
- 像や石像物をかさぶたのように覆うカビ
- 柔らかなハンカチやティッシュ
- きつく握られた手
- ロウソクの炎の温かさ
- 納骨堂に納められたとげの多い花束
- 足の下で潰れる枯れ葉

❶ 物語が展開する状況や出来事
- 中に閉じ込められる
- 光源を失う
- 愛する人の遺体がなくなっているのを発見する
- 追っ手から身を隠すため仕方なく霊廟に入らなければならない
- 家族の謎や秘密がしまわれた箱や本を見つける
- 霊廟が何かに取り憑かれていることが発覚する
- どこか別の場所へ通じる秘密の羽目板や跳ね上げ扉を発見する
- 霊廟を荒らしたいが、何かしらの保護をされていることがわかる
- 一族の霊廟に入ったところ、内部が破壊されていたり汚されているのを発見する（あちこちに落書きがある、ものが盗まれている、像や彫像が傷つけられている、悪魔崇拝の儀礼が行われた痕跡）

🎭 登場人物
- 聖職者
- 故人の家族や友人
- 土地管理人
- 歴史学者
- メンテナンススタッフ
- 会葬者
- 霊廟の歴史やこのような場所の霊的な美に関心を抱く訪問者や芸術家

設定の注意点とヒント
霊廟にはさまざまな種類がある。墓地が所有している建物であれば、そこには購入可能な納骨スペースがたくさんある。内部には通常こういう場に見られるものが一通り揃っているほか、空間もとても広くとられている。一方、家族所有の霊廟の場合も、たくさんの遺骨を納められるように大きな造りになっている。ウォークイン式の霊廟の場合にはやや規模が小さく、人々は故人を偲ぶために狭い通路に集うことになるだろう。個人用の霊廟は小型なもので、そこにはひとり分の遺骨のみ収納が可能だ。この構造であれば建物は施錠されており、中には誰も入ることができなくなっている。

今日の埋葬では故人の遺体を保護するために厳しい規制が設けられているが、かつてはそのような指針はなかった——これは特定の時代の物語を書く場合に忘れてはならない点である。故人が眠るこうした霊廟を訪れる人々はそうした理由で、現代よりももっと不快な光景や死者の臭いに対処しなければならなかったはずである。

例文
霊廟の青白い石が、暗闇の中で弱々しく輝いていた。雲の隙間から月明かりがチラついて、そのたびに墓を守る大理石の天使たちを照らしている。その間に挟まれて、暗がりの中の引っ込んだところに入口はあった。入りたくはなかったが、僕の一族の秘密にされてきた歴史を明らかにし、統治者から反逆の告発を受けたことの裏に隠れている事実を見つけだすためには、足を踏み入れるしかない。

使われている技法
光と影

得られる効果
雰囲気の確立、伏線

郊外編 / 基礎設定

ロデオ
〔英 Rodeo〕

関連しうる設定
郊外編 ── 家畜小屋、田舎道、農場、牧場
都市編 ── 古い小型トラック、スポーツイベントの観客席

👁 見えるもの
- 階段式に並ぶベンチや観客席に囲まれた土の競技場
- 競技場と観客席を仕切る金属のフェンス
- 乗り手を振り落とそうとする野生の馬や雄牛
- 配置された樽の間を走り抜けるバレル・レーサー
- 馬に乗って子牛や雄牛を追いかけ、縄で仕留める人
- スティアー・レスリング(馬に乗りながら牛に飛びついて地面に倒す競技)
- 競技場内の土に水を撒く散水車
- 掲げられた旗
- 蹴り上げられ舞い上がる砂煙
- シャツの胸元に番号をつけ、伝統的な服装に身を包んだ参加者(テンガロンハット、カウボーイブーツ、ボタンダウンシャツ、ベルトのバックル、バンダナ、ジーンズやチャップス)
- 焼き印を押されていたりタグをつけられた家畜
- 番号のついた囲いや馬房
- 囲いの中にいる家畜
- 競技者を保護する役割を担うロデオ・クラウンが、雄牛の注意をそらしたり空の樽に飛び込んだりする
- デジタルタイマーの表示
- 競技場の外周に貼られた広告
- 干し草の俵
- 軽トラックや馬用のトレーラーで埋め尽くされた駐車場
- 仮設トイレ
- ダンスフロア
- 家畜ショー
- ブースや売店が集まる展示エリア
- ロデオマシーン
- ウェスタンの衣装に身を包んだ子どもたちが出てきて、投げ縄をして競い合ったり雄牛を縄で仕留めたりするハーフタイムショー

👂 聴こえるもの
- 場内に流れるカントリー・ミュージック
- スピーカーから聴こえてくるアナウンサーの声
- 人々の野次や叫び声
- 拍手
- エアーホーンやカウベル
- 「ギィギィ」と開き「バタン」と閉まるゲート
- 轟音を立てる馬のひづめ
- 哀れな声で鳴く子牛
- 馬のいななき
- 牛の荒い鼻息
- 空中をすばやく「シュッ」と舞う投げ縄
- 競技の終わりを告げる警笛
- 「チリンチリン」と鳴る馬具
- 「ブーン」と飛ぶハエ
- 馬の尻尾が「ヒョイ」と動く
- 金属製の観客席で「カチャカチャ」と音を立てるカウボーイブーツ
- 気を引くためにロデオ・クラウンが動物に向かって叫び声を上げる
- 軽食を売り子が喧伝する

👃 匂い
- ほこり
- 馬
- 干し草
- 革
- 汗
- 動物の糞
- ロデオ大会で販売されている食べ物

👅 味
- ほこり
- ビール
- ソーダ
- 水
- ポップコーン
- 綿あめ
- 七面鳥の足
- リブ肉
- ソーセージ
- ナチョス
- タコス
- フライドポテト
- パイ
- BBQサンドイッチ
- ハンバーガー
- チリ
- ピザ
- アメリカンドッグ
- ファンネルケーキ(揚げ菓子)
- ドーナツ
- アイスクリーム
- シナモンロール
- ホットスナック(チキンと小エビ、ベーコン、チーズケーキ、ピクルス)

✋ 質感とそこから受ける感覚
- 喉に入るほこり
- 背中を伝う汗
- 日焼け
- 頭に貼りつく汗ばんだ髪の毛
- チクチクするテンガロンハット
- 湿ったハンカチ
- 背もたれのない金属製の観客席

ろ

ろでお｜ロデオ

- 食べにくい料理を口にしてべとつく手
- 腕を置く金属製の硬い手すり
- 乗り手を振り落とそうとする雄牛や野生の馬による振動や衝撃
- 乗った馬が全速力で駆け回る
- 投げ縄を一定のリズムで回して投げる
- ドスンと地面に落下して、雄牛のひづめを避けるために転がる
- 馬に乗って樽の周りを曲がりながら進む
- 手にザラザラしたロープを持つ
- 太陽で温まった革
- 馬のたてがみが指をかすめる
- 頭上をブンブン飛び回るハエ
- 手をすっぽり包み込む重たい革の手袋

❗ 物語が展開する状況や出来事
- 雄牛や馬に踏みつけられる
- あぶみに足が引っかかったまま馬が駆けだす
- 去勢された雄牛に突かれる
- 頭から落下して意識を失う
- 頭を蹴られる
- 出場競技で腕の立つ相手に立ち向かう
- 自分の馬の歩行が困難になる
- 装具に不備があったり妨害工作を受ける（手綱やロープがゆるくなって切れる、サドルの下にとげが置いてある）
- 審判の決定に反対する
- 競技で本領が発揮できない
- 監督やスポンサーから圧力をかけられる
- ファンや追っかけに気をとられる
- 賭け屋に借金のことで圧力をかけられる
- ロデオにつきものの脂っこい料理を食べ過ぎて具合が悪くなる
- 酒を飲み過ぎて誤った決断をする
- 人ごみの中で自分の子どもとはぐれる
- 動物が脱走する
- 動物に対して調教師がひどい扱いをする

👥 登場人物
- アナウンサー
- カウボーイおよびカウガール
- タイムキーパー
- 審判員
- 記者
- ロデオ・クラウン
- 売り子
- 見物客

設定の注意点とヒント
ロデオは広い競技場で開催される一大イベントとして国中にテレビ中継される規模のものも、小さな町でつつましく開催されるものもある。地元で開催されるものであれば競技数も売店もそこまで多くはないが、より大きなイベントになると、家畜の販売、業者の展示、さまざまな売店、ダンス、出し物、幌馬車やバレル・レース、幅広い料理の店など、内容もかなり濃くなる。また、ロデオが開催される場所によっても、基本的なイベントの在り方やルール、賞に違いがあることは覚えておこう。

例文
子牛が放されるのを待ちながら、ジーナは前屈みになってサドルに座り、呼吸を落ち着かせようとしていた。彼女の馬は、まるでスピーカーから大音量で流れる実況の声が聴こえないのか、それとも自分たちの隣の囲いにいる動物の麝香が匂わないのかというくらい、石のようにじっとしたまま動かない。ジーナの足の下に触れるランサムの筋肉は、肉体というよりも鉄のようで、耳はピンと張ったままびくともしなかった。手綱を握る手がわずかにゆるみ、少し心が落ち着いてくる。そのとき、子牛が飛び出してきた。

使われている技法
多感覚的描写、直喩

得られる効果
雰囲気の確立、緊張感と葛藤

郊外編 基礎設定

ワイナリー
〔英 Winery〕

関連しうる設定
ワインセラー

👁 見えるもの
- ワイヤーや支柱で固定された緑の葉が生い茂るブドウ畑
- 列の間にある通り道でかちこちに固まった茶色い土壌
- つばの広い帽子を被った作業員（スプレーをかけている、水を撒いている、状態を調べている、草木を刈り取って整えている、収穫している）
- 畑の中にありワイナリーのメインの建物へと通じる、木々が並ぶ道
- （水を使った装飾、美しく刈り込まれた庭木や花を咲かせる植物、彫像や鉄のゲート、石造りの通路がある）よく手入れされた庭園エリア
- その地域に合った装飾物
- 刈り取られたばかりの芝生
- 鏡のようによく磨かれた窓
- ワイナリーのレストランやビストロの外にあるテラスエリア
- 入口付近にある標識にエンボス加工で描かれたワイナリーの名前やロゴ
- （オーク樽・コルク・ガラス製品・ワインのボトルを使ったアートワークや装飾、自社ブランドの名称およびワインの試飲時間が書いてある黒板、床から天井まであるワインラックなどが置かれた）受付へと通じるドア
- 試飲エリア（ワインボトルが並ぶ艶やかな木でできたバー、さまざまなグラス、氷が入ったバケツ、水の入ったデカンタ）
- 従業員が原料や蒸留の過程について説明する最中にワインググラスを回す客
- ワインセラーやアーチ型の地下貯蔵所（積み重ねてラベルが貼ってある熟成したワイン樽の長い列、コンクリートでできた床や壁、天井部に沿って設置された照明、温度調節装置）
- ブドウを粉砕したりプレスしたりする加工エリア（ステンレス製の大樽、発酵させ低温を保つタンク、瓶詰め作業ライン）
- ギフトショップ（ワイン、職人が制作した品物、ワイナリーのロゴが入った品物）
- レストラン（ワインを陳列しているガラスケースやタワー、白いリネン、美しく盛られたタパスやメインディッシュ、ブドウ畑に臨むテーブル）

👂 聴こえるもの
- 風に揺れるウィンドチャイムの音
- 石造りの通路を歩く足音
- ブドウのつるや木々の間を通り抜けるそよ風の音
- 鳥のさえずり
- 畑の付近で音を立てるトラクターや機器
- 「ブンブン」と飛ぶハチ
- 車が停車する音
- レストランのスピーカーから流れる音楽や自然音
- 庭師が草木の世話として芝を刈ったり熊手で掃く音
- スプリンクラーの稼働音
- 大理石や石の床に響く靴音
- 「カチン」と鳴るグラス
- バーにワインボトルが置かれる音
- エアレーターから「トクトク」と注がれるワイン
- レストランの扉の向こうで厨房スタッフが忙しなく働く音
- 人々のさまざまな声
- 心地よい音楽
- 指の関節でオーク樽を軽く叩く音
- ワインセラー内に響く声や足音

👃 匂い
- 春に蜜の甘い香りを漂わせて咲く花
- 混じりけのない空気
- 刈り取られたばかりの芝生
- 熟した果物
- 日光で温められた土
- ピリッとした赤ワインや甘味のある白ワイン
- オーク
- 香辛料
- 果物の香り
- 試飲のとき大皿に盛られる辛味のあるチーズ
- 油を塗った木材や清掃用品
- 切り取られたばかりの花
- 加工室から漂う発酵の香り
- レストランの厨房から漂う調理の匂い

👅 味
- 舌の上にのるワイン（フルーティー、酸っぱい、ビター、辛い）
- 辛味があるチーズ
- 風味のあるクラッカーやパン
- チョコレートの甘味
- 次の試飲に備えて先のワインの味を消すために、口内を水でゆすぐ

✋ 質感とそこから受ける感覚
- ボトルの重み

わいなりー──ワイナリー

- でこぼこしているエンボス加工されたラベル
- 華奢なグラスの脚（白ワイン）を指でつまんだり、グラスの冷たいボウル（赤ワイン）を手で包む
- もろいチーズやクラッカー
- 滑らかなリネン
- 唇に付着するワインの湿った酸味
- グラスを回すときに中で動くワインの重み
- アルコールが回ってクラクラする

❶ 物語が展開する状況や出来事
- 得意客が酔っ払って大声を上げ、ほかの人々の楽しいひと時を邪魔する
- 料理が気に入らなかったといってレストランの支払いを拒否する、権利意識を持った得意客
- 酔い過ぎているにもかかわらず、運転すると言い張る得意客
- 地震によりボトルが倒れ粉々になる
- 帰宅するためにタクシーを呼ぶも迎えに来ない
- ライバル業者が樽に入っている段階のワインに異物を混入する
- （イノシシなど）ブドウ畑を荒らす動物
- 敏感な食物アレルギーを持つ得意客が、ワインの原料のひとつが原因で体調を崩す
- （竜巻、霜などの）危険な天候によって生産物が台無しになる
- アルコールが入ったカップルが口論に発展する
- 企業の試飲会で、酔って判断を誤ったり社内恋愛に発展したりする
- ワインの味などわかるまいと人々を見下す高慢なソムリエ

👤 登場人物
- 案内係（男性・女性）
- バスやタクシーの運転手
- ワインセラーの助手
- 配達員
- 従業員（マネージャー、イベントコーディネーター、農業労働者、庭師、後援者、ワインテイスター、技術者、ブドウ畑やその他のサポートスタッフ）
- ウェイター
- ワインを作る人
- ワイナリーの所有者

設定の注意点とヒント
ワイナリーは、場所や大きさ、製造する商品によって規模や様子が異なる。ブドウ以外の果物や、いくつかの原料を実験的に混ぜ合わせてワインを製造しているところもある。また、ブドウ畑を持っておらず、地元の生産地からブドウを購入しているワイナリーもある（都会のワイナリーによく見られる手法だ）。

　ワイナリーの様子や印象は、その地域や、ワイン製造者が決めたブランド戦略（伝統的な感じ、先端的で楽しい感じなど）と密接に関係しているはずだ。このことを頭に入れて、そこで事業や運営する登場人物について言葉で述べるのではなく見せるためには、場所の中にワイナリーのロゴや象徴をどのように盛り込むことができるかを検討してみよう。

例文
木からいくつものブドウを切りとると、ジョシュはそれを自分のカゴの中に入れた。ほかの作業員たちは、暑さや虫さされや無風状態について愚痴をこぼしているが、ジョシュは気にも留めない。唯一把握しているのは、つるのどこにはさみを入れたらよいかということだけだった。それに、思い出が詰まりすぎている誰もいない家にいるくらいなら、8月のブドウ畑に出ている方がまだよかった。

使われている技法
対比、天気

得られる効果
背景の示唆

ワインセラー
〔英 Wine Cellar〕

関連しうる設定
郊外編 ― 地下室、台所、豪邸、ワイナリー
都市編 ― アートギャラリー、ダンスホール、正装行事

◎ 見えるもの
- （セコイア、マホガニー、サクラ材、オーク材でできた）なだらかなラックがいくつも並んでいる、もしくは段が複数にわかれたひとつのラックが壁を背に置かれている
- ワインとワイングラスを入れる箱
- ガラスのデキャンタ、グラス、ワインエアレーターが置かれた、光沢のある大理石や御影石の試飲テーブル
- ラベルが見えるように水平に置かれた箱
- 雰囲気を出すために薄暗い光を放つダウンライト
- ディスプレイ照明
- 冷蔵庫
- 石やタイル張りの床
- 強化ガラスのドア
- 気候調節のための温度計
- ワインボトル
- お洒落に仕上げられた壁の外装
- 特別なワインを展示するための樽
- 木レンガでできたカウンター
- 彫刻が施されたキャビネット
- 見えないところに設置された音楽スピーカー
- テイスティングおよびペアリングのためのチーズ、ドライフルーツ、ナッツがのったトレイ
- ナプキン

◉ 聴こえるもの
- 優しく静かに音を立てる分割冷却システム
- 温度と湿度が調節された狭い空間内にわずかに響く声や足音
- 静かに流れる音楽
- 笑い声
- ワイングラスが「カチン」と鳴る
- ディフューザーやエアレーターを通して「ゴボゴボ」と流れるワイン
- デキャンタから注ぐときにワインが飛び散る音
- キャビネットや引き出しの開閉音
- スクリューキャップの封が「カチッ」と外れる
- ゆるくなったコルクが「ポン」ととれる
- 御影石のテーブル上で、向かいの人に渡すときにグラスがこすれる音
- ボトルのラベルに親指を走らせて紙をさする音

◉ 匂い
- 木材
- 石
- オーク材
- 葡萄
- さまざまな種類のワインに基づいた香り（土臭い、酸っぱい、辛い、スモーキー）
- 古いコルク

◉ 味
- ワイン（酸っぱい、甘い、フルーティー、酢のような味、ドライ、ピリッとしている、土臭い、風味豊か）
- テイスティングと合うように注意深く選ばれた食べ物（水、チーズ、ナッツ、ドライフルーツ、チョコレート）
- 古いワインが悪くなったときの、悪臭のするいやな味

◉ 質感とそこから受ける感覚
- 手に持つワインボトルの重み
- やや古いボトルについたほこりや指紋
- 丈夫なグラスの脚をつまむ指先
- ボトルのやや古いコルクを徐々に外すために、ねじるもしくは引っ張る
- 風味を出すために、グラスに入った赤ワインを一定のやり方で回す
- 柔らかいチーズの弾力性、またはでこぼこしたナッツ
- 一口啜ったときに舌の上で一気に広がる味わい
- 唇についた酸味を舐める
- ナプキンで口元を軽く叩いて拭う
- たっぷり入ったグラスやボトルを誤って落とし、自分の足に液体がかかる感触

❗ 物語が展開する状況や出来事
- やや古く傷みやすいワインをしまっているワインセラーの冷却システムが故障する
- 地震により棚材料がもろくなる、またはボトルが落下する
- レアなボトルもしくは大量のワインが盗まれる
- 封が壊れていたために高級ワインをだめにしたことが発覚する
- 真っ直ぐ立てて保管していたボトルのコルクが乾き、空気が入り込んでワインが傷む
- 不器用な客がボトルを落とす
- 友人が酒に弱く、もてなし

わいんせらー――ワインセラー

てくれた人物にばつの悪い思いをさせる
- 自分のようにワインに対する情熱を持たない友人が、ワイン愛好家をばかにする

👥 登場人物
- レストランオーナー
- (ホテル、特別なクラブ、高級レストランの) ソムリエ
- (個人のワインセラーの場合) 友人や家族
- 給仕

設定の注意点とヒント
ワインセラーは、今やかつてのようにお高くとまった様子や裕福な暮らしを示唆するものではなくなった。ときが経つにつれてワインの人気は高まり、ワインバーが始まったことで、多くの人にとってよく知られる楽しみへと成長したのだ。登場人物によっては、テイスティングエリアを設け、クリスタル製の高級なグラスや高価なワインを豊富に取り揃えて、温度と湿度が調節されたカスタムメイドのワインセラーを保有しているかもしれない。あるいは、この気晴らしに捧げるために、たんに地下室をワインセラーへと改造しただけの者もいるだろう。造りはどうであれ、何よりも大事なのは、やはり中にあるワインだ。

例文
リンデンは何かを見せたくてたまらない様子で、私を階段へと追い立てた。支えてやりたいのは山々だけど、ここまで来るのに情け容赦ない乗り継ぎ時間を切り抜けて、格安飛行機に3度も乗ってきたために、私の身体はまだフラフラしていた。破局後に元気をなくしている彼が、決して口には出さないけれど私のことを必要としていると母に言われ、いつものようにすべてを放って駆けつけたのだ。でも、私の家の家賃などよりも確実に高そうな、月桂樹の葉の模様が入ったオーク材のアーチ道を進みながら、果たして自分の決断は正しかったのだろうかと疑問が湧いてくる。リンデンがガラス扉を押し開けると、周囲の温度がわずかに下がった。粘板岩で仕上げられた壁は床から天井まであり、いくつも並ぶひし形の棚の中に、それぞれワインボトルが寝かせてある。その棚が骨組みとなり、御影石でできた円形の試飲テーブルが置いてあった。観客をあっと驚かせたいマジシャンのごとく、リンデンは大げさにリモコンを振ってみせる。すると照明が薄暗くなって、隠れたところにあるスピーカーからアリアが流れてきた。私はなんとか微笑んでみせる。元気がないですって？ だからって、甘やかされているこの弟がすべてを完備したワインバーを与えられるなら、どん底に落ちた場合には果たしていったいどうなるのか、見たくもなかった。

使われている技法
対比、直喩

得られる効果
登場人物の特徴づけ

183

10代の息子・娘の部屋
[英 Teenager's Bedroom]

関連しうる設定
浴室、子ども部屋

👁 見えるもの
- 必要不可欠な備品（狭かったり小さ過ぎるベッド、机、たんす、鏡、椅子、ベッド脇のサイドテーブル）
- 床を覆う服の山
- 整えられていないベッド
- 信念や関心事を象徴するポスター（セレブ、アイドル、モデル、政治的な声明、世界観）
- （小銭、化粧品、ネイルポリッシュの瓶、アクセサリー、写真立て、制汗剤、アフターシェーブローション、財布、レシート、ポケットナイフなどがごちゃ混ぜに置かれている）ドレッサー
- 机の上で開かれた状態のノートパソコン
- 携帯電話と充電器
- 音楽プレーヤー
- クロックラジオ
- 机のランプ
- 床のじゅうたん
- 勉強ノートの山
- 机の上に積まれるか引き出しに押し込まれた過去の採点済みテスト
- 丸められるか、片方がなくなっている靴下
- クローゼット（よく整理されているか乱雑に放り投げられた靴、棚、コート、ハンガーにかけられた服、古い本やボードゲーム、小さい頃の思い出の品が入った箱）
- 棚に置かれたスポーツのトロフィーやメダル
- ぬいぐるみ
- フックにかけられたバスローブ
- ドアの裏に設置された鏡
- スポーツ用品（テニスラケット、アメフトのボールとショルダーパッド、スポーツシューズ、ゴーグル、バスケットボール、バレーボール）
- ダッフルバッグ
- リュック
- テレビとゲーム機
- 隠してあるアルコール
- 隠してある薬物や煙草
- 今にも中身が溢れだしそうなゴミ箱
- 空のペットボトル
- 机やサイドテーブルに置いてある炭酸飲料の缶や栄養ドリンク
- 台所に戻すべき汚れた皿やボウル
- カーペットのシミ
- 容器に入ったお香やキャンドル

🔊 聴こえるもの
- 音楽
- テレビやストリーミング中の映像の音声
- 目覚まし時計が鳴る
- ドアの蝶番がきしむ
- 脱ぎ捨てた靴が壁に当たる音
- 引き出しの開閉音
- 金属製のバーの上をハンガーがスライドする音
- 携帯やビデオ通話で話したり笑ったりする声
- 新着メールの通知音
- 力を入れて開けたり閉じたりするときにバインダーのリングが鳴る
- メールを打つ音
- 「カサカサ」と鳴る紙
- 悪態をつく声
- ベッドのスプリングのきしみ
- 開け放たれた窓から入ってくる騒音（庭にいる隣人、風、芝刈り機、通りの車両の往来、近所の子どもたちが即席チームでバスケットボールをする）
- 扇風機の稼働音
- パソコンの電源を切るときに「プツッ」と音が鳴る
- 使用中の電子機器の「ブーン」という低い音
- ドアを「バタン」と閉める

👃 匂い
- 香水
- ボディスプレー
- 制汗剤
- ネイルポリッシュとリムーバー
- 化粧品
- ヘアスプレー
- 腐ったオレンジの皮やほかの有機物
- 汗
- アフターシェーブローション
- 洗い立ての髪
- カビの生えた残飯
- ポテトチップス
- チンしたピザ
- マリファナ
- 煙草
- ビール
- 洗っていない洗濯物
- 濡れたタオル
- 臭い靴や運動着
- 体臭

👅 味
- 栄養ドリンク
- 炭酸飲料
- 水
- 食べ物
- ミント
- ガム

10だいのむすこ・むすめのへや

❶ 質感とそこから受ける感覚
- 服や寝具、家具のさまざまな生地の質感（ウール、ポリエステル、綿、シルク、シェニール、デニム、革）
- タイトなジーンズを引き伸ばしながらなんとか穿こうとする
- 喋りながら携帯を耳にあてる
- 自分の肩を引っ張るリュックの肩ひもの重み
- 金属性のファスナーやひんやりしたスナップボタン
- ベッドに倒れ込む
- 快適なビーズクッションの心地よいたるみ
- 目覚ましを止めるために叩く
- 読書するためにベッドや床に寝そべる
- 温かい掛け布団
- 毛羽だったテディベア
- コーディネートのために、キラキラ光るものや上品なアクセサリーをかき分けながら選ぶ
- 首もとのマフラーが滑り落ちる
- 服を着たり脱いだりする
- 帽子を被って位置を整えてから鏡で見てみる
- 整えるために髪に手を通す
- ベッドの中で映画を観ながら、しょっぱいポテトチップスの袋に手を突っ込む
- 寝るときの枕の柔らかな弾力

❷ 物語が展開する状況や出来事
- 妙な音に目が覚める
- 誰かが自分の部屋の中を探っていることに気づく
- 大切にしていたものが行方不明になる
- きょうだいが無断で私物を借りていく
- 煙草の火やノートパソコンの壊れたファンのせいで火事になる
- 隣の部屋で誰かが泣いているのを耳にする
- 目覚めると、誰かほかの人間が室内にいる
- 自分のノートパソコンがハッキングされたことが発覚する（メール、個人的な日記のファイル、webカメラ）
- 隠してある薬物やコンドームを親が発見する
- カーペットにネイルポリッシュをぶちまける
- 自分の部屋が安全な場所だと感じられない（家庭内暴力や虐待）
- 室内をこそこそ嗅ぎ回っていた親が、子どものパソコンに入っていたわいせつ映像を見つける
- きょうだいもしくは家を追い出された友だちと部屋を共有するため、プライバシーがない
- 友人が泊まりに来たときに秘密を打ち明け合って生じた心配事を、いつ大人に話したらよいのか心の中で葛藤する
- 自室で暴行を受ける、または拉致される

❸ 登場人物
- 部屋の所有者およびその友人
- 両親
- きょうだい

設定の注意点とヒント
10代の息子・娘の部屋は個人的な空間であり、性格、感情、興味を示すのに優れた場所である。10代の子どものプライバシーを誰もが尊重するわけではないことを忘れずにいよう。つまり、親やきょうだいが出入りできる場合、部屋の所有者は「親に見せてもいいもの」だけを表に出しておくかもしれない。作家は、10代の子どもが抱える秘密や、大事なものの隠し場所を楽しみながら考えることができるだけでなく、親が求める子どもの姿を表すものとその子どもの本性を表すものの二面性を示すこともできるだろう。

例文
ノートパソコンを閉じると、レスリーは布団の奥へ潜り込んだ。部屋はしんとして暗闇に包まれていて、静寂を破るのは時を刻む壁時計の音だけだった。目が慣れてくるにつれ、机や壁に貼ったポスターの輪郭や、クローゼットの扉の白さが見えてくる。彼女の呼吸は乱れた。3センチほどの細い黒い線が、扉の片側を急上昇してきたのだ。3センチの動きなどたいしたことはないだろう――だが、スティーヴン・キングの小説をもとにした映画をたった今見終えたばかりとなれば話は違う。レスリーは布団をはぐと、駆け足で扉を閉めに向かった。

使われている技法
対比、光と影

得られる効果
登場人物の特徴づけ、雰囲気の確立、伏線、感情の強化

場面設定 類語辞典 郊外編

学校

- 更衣室
- 高校の食堂
- 高校の廊下
- 校長室
- 子どもの遊び場
- 小学校の教室

- 職員室
- スクールバス
- 全寮制の学校
- 体育館
- 大学のキャンパス
- 大学の講堂

- プロム
- 保育園・幼稚園
- 用務員室
- 理科実験室
- 寮の部屋

あ か さ た な は ま や ら わ

郊外編 / 学校

更衣室
〔英 Locker Room〕

関連しうる設定
郊外編 — 体育館、高校の食堂、高校の廊下、スクールバス、10代の息子・娘の部屋
都市編 — スポーツイベントの観客席

👁 見えるもの
- 横に通気口の切り込みが入った金属製の狭いロッカー
- 明るい蛍光灯
- ベンチ
- カビで漆喰が黒ずんだ地味なタイル張りの床
- 薄い布やビニールのカーテンがついたシャワー
- シャワーの天井を囲む湯気
- 汚れたタオルを入れる大きな容器
- 閉じたロッカーからはみだしている服や靴ひも
- 鏡とシンクが並ぶ壁
- トイレの個室や男性用小便器
- ハンドソープのディスペンサーの下にできるベトベトしたピンク色の液体の塊
- シャワーの排水溝に引っかかっているやせた髪
- 小さなゴミが散らばる床（土の塊、使用済みのティッシュ、髪の毛、栄養食品の包み紙）
- ドアが半開きの空のロッカー
- 使い古された運動器具や汚れたスポーツ用品（防具、ジャージ、ジョックストラップ、靴）
- カウンターの上に置き忘れられたクシ
- ベンチに放り投げられた持ち主不明の服
- 床の排水溝
- 空のロッカーに描かれた落書きや中に入っているゴミ
- 誰かが置き忘れた片方だけのソックス

🔊 聴こえるもの
- 反響する叫び声
- 笑い声
- 噂話をしたり互いにふざけ合うチームメイトの声
- 監督や相手チームに対する愚痴
- 金属に錠が「カチン」とぶつかる
- 金属製のドアの「ガチャン」という開閉音
- ダッフルバッグや器具をベンチや床に「ドスン」と置く
- 床をこすったり「キュッキュッ」と音を立てる靴
- カーテンを引く音
- 「ジャーッ」と出てくるお湯
- 「ゴボゴボ」と排水溝が鳴る
- 残り少ないシャンプーのボトルから音を立てて噴出する液体
- シャワーに入りながら誰かが歌っている
- タイル上で「パタパタ」と音を立てるビーチサンダル
- 「シューッ」と鳴るスプレー缶（ボディスプレー、制汗剤、ヘアスプレー）
- ポテトチップスの袋が「カサカサ」と音を立てる
- 湿ったタオルが「パチン」と体に当たり、痛くて声を上げる
- ファスナーの開閉音
- 身体がロッカーに衝突する音
- 携帯が鳴る
- イヤホンから聴こえてくる耳障りな音楽
- ロッカーの中のものが床に落ちる音
- 吹きつけるシャワーの大きな音
- ドライヤーが熱い空気を吐き出す音

👃 匂い
- 汗
- 体臭
- ボディスプレーや香水
- 制汗剤
- 隣接するシャワーから漂うシャンプーの香りの湯気
- アメフトのユニフォームやサッカーのジャージに付着した草や泥
- 湿ったタオル
- 漂白剤や松の精油のクリーナー
- 汚れた服
- 芳香剤
- ヘアスプレーなどの整髪剤

👅 味
- 汗
- 水
- スポーツドリンク
- 練習や体育のあとですばやく食べられるようにロッカーにしまわれたスナック菓子（栄養食品、ポテトチップス、グラノラバー、甘い菓子）

✋ 質感とそこから受ける感覚
- 柔らかい綿のタオル
- 冷たいロッカーのドア
- 隆起した南京錠のダイヤル部分の冷たさ
- ファスナーをグイと引っ張る
- シンクで顔を水で洗う
- 練習のあとで疲れた筋肉に熱いシャワーをあてる
- 顔や体を滴る汗
- 汗で貼りつくユニフォーム
- きつい防具が自分の体を小突く
- あざやその他の怪我にそっと指を走らせる
- ストレッチ、または固くなっ

こういしつ — 更衣室

- た筋肉の痛み
- 疲労からくる倦怠感
- 綺麗な綿のタオルを顔に当てる
- ユニフォームを脱いだときの汗だくの体に触れる冷気
- はじいたタオルが「ピシャリ」と肌に当たって刺すように痛む
- 試合後の気楽なふれ合い（相手を突く、叩く、ハイタッチ、抱擁）
- スパイクシューズを脱いで、熱くなった足を外に出すときの解放感
- 硬いベンチにドスンと座る
- カラカラに渇いた喉を潤す冷たい水
- 叫びすぎて枯れた喉
- ロッカーに拳を叩きつける
- すべての用具を装着したときのゴワゴワした感覚
- ひんやりとしたコンクリートの壁

❶ 物語が展開する状況や出来事
- 敗北に対する怒り
- チームメイトらと責任をなすりつけ合う
- 監督に怒鳴られる
- ロッカーの中を遊びで引っ掻き回される
- いじめをされたり仲間からのプレッシャーをかけられる対象になる
- 自分の能力に対して自信がない
- チームメイトの成功や人気に嫉妬する
- 審判の誤った判定に対し、ハーフタイムに怒りを爆発させる
- 不適切なからかいの収拾がつかなくなる
- 自分の身体つきに自信がない選手が、みんなの前で着替えることに必死で慣れようとする
- 長期にわたる虐待、あるいは自傷を示す傷跡や切り傷

- を目にするが、どうすればいいのかわからない
- 誰かが携帯で動画や写真を撮る
- 体型に関してひどいことを言う、またはその他の嫌がらせを目撃するが、恐くて何も言えない
- 不快なものを更衣室内で見つける（使用済みの生理用品、床の排泄物）
- 新入りのチームメンバーがしごかれて脅される
- 友情に亀裂が入る（チームメイトが自分の元恋人と付き合う）
- ジェンダーや性的指向の違いから、更衣室で自分自身が、もしくは周囲の生徒たちが気まずくなる

🧑 登場人物
- 監督
- 用務員
- 選手
- 体育の授業のために着替える生徒

設定の注意点とヒント
更衣室は、たいていフィットネスジムや学校の体育館に設けられており、人々はそこで自信たっぷりの感情だったり、ひどく不安な感情を抱いたりするものである。ここに、人前で着替えるという傷つきやすい状況も加わるため、自然と物語を展開する状況や出来事が生まれる設定になる。

例文
俺は冷たい金属のベンチにへたり込んだ。背中や脇を汗が伝う。汚れた防具と汗まみれのユニフォームの悪臭で、今にも気絶しそうだ。仲間が順に入ってきても、俺は足元のすり減った青いタイルから視線を上げなかった。口を開くやつはひとりもいない。無気力に足を引きずって歩き、ギーギーと弱い音を立ててロッカーを開けるみんなの動作は、今日の致命的な敗戦にそれぞれが自分で対処することをはっきりと物語っていた。

使われている技法
多感覚的描写

得られる効果
雰囲気の確立、感情の強化

郊外編 学校

高校の食堂
〔英 High School Cafeteria〕

関連しうる設定
郊外編 ― 全寮制の学校、体育館、高校の廊下、スクールバス、理科実験室、職員室、10代の息子・娘の部屋
都市編 ― スポーツイベントの観客席

◉見えるもの
- 天井に並ぶ明るい直管蛍光灯
- 両開きのスイングドア
- 学校行事を告知するために壁に貼られた手描きポスター
- 壁画
- 座り心地の悪いプラスチック製の椅子が置かれた長テーブルの列
- 使用済みトレイが積まれている汚れたゴミ箱
- 押し合いへし合いする10代の子どもたちでいっぱいの列
- 色のついたプラスチックまたは金属製のトレイ
- 白いエプロンとヘアネットを身につけた不機嫌な食堂のスタッフ
- レジ
- 紙の皿やプラスチックのカトラリー
- 料理と値段を記したメニューボード
- ステンレス製のカウンター
- 食事のトレイが冷めないようにする保温プレート
- スープの入った蓋つきの深皿ボウルとおたま
- ソースや脂ののった肉やパスタから立ち上る湯気
- サラダバー
- 料理をほこりなどから覆う、引っかき傷だらけのスニーズガード
- ヒートランプウォーマー
- デザートや飲み物が入った小型の冷蔵ケース
- 生徒（座る、くつろぐ、集団でまとまる、押し合いへし合いする、ふざける、読書をする、食べる）
- テーブルに置かれた水入りのペットボトルまたは炭酸飲料の缶
- 紙パックのジュースや牛乳
- 料理とは別のカウンターに置かれた調味料のディスペンサー
- 床にこぼれている液体、プディングのかけら、踏まれたフライドポテト
- 丸められたナプキン
- 家から弁当を持参している子ども
- ボール状に丸められて床に転がる食品ラップ
- テーブルの上の食べこぼし
- ケチャップやグレービーソースの染み
- トレイに残された煮崩れした食べ物
- 椅子の上に残っているサンドイッチの食べかす
- テーブルの上のゴミや空のペットボトル

◉聴こえるもの
- 笑い声
- 話し声
- 歓声
- 叫び声
- テーブルの上にトレイを「ガシャン」と置く
- 椅子が床にこすれる音
- 食べ物を噛む音
- 炭酸飲料の缶が「シュワッ」と音を立てて開く
- 「チン」と鳴るレジスター
- 調理場で皿が「カチャカチャ」と音を立てる
- ラザニアをおたまで乱暴にすくって皿にのせる音
- フライドポテトの入ったカゴを油の中に沈めるときの泡立つ音
- トレイがカウンターの上を滑るように動く音
- ポケットの中で「ジャラジャラ」と音を立てる小銭
- 残飯をゴミ箱に捨てる音
- ドアの「バタン」という大きな開閉音
- 冷蔵ケースのガラスドアをスライドさせて開ける音
- 閉じていた冷蔵ケースを開けるときの音
- 電子レンジでブリトーを温めるときに「ブーン」と鳴る
- 電子レンジの中でポップコーンがはじける音
- ポテトチップスの袋を「カサカサ」と開ける
- 靴が「キュッキュッ」と床で鳴る
- 職員室に学生を呼びだす放送の声
- 昼food時間の終わりにベルやブザーが鳴る

◉匂い
- その日の献立料理（ホットドッグ、チリ、チキンフィンガーとフライドポテト、アメリカンドッグ、ブリトー、タコス、ハンバーガー、ピザ）
- 脂
- 炭酸飲料
- 甘いケチャップ
- 渋いマスタード
- こぼれたり調理し過ぎた食べ物の焦げた臭い
- バター
- 香辛料（チリパウダー、シナモン、ガーリック）
- タマネギ臭い息
- 混ざり合う体臭
- 香水
- コロン
- ボディスプレー
- ヘアスプレー
- 喫煙者の服から香る煙草やマリファナの匂い

こうこうのしょくどう ― 高校の食堂

🍴 味
- その日の献立料理（スープ、サラダ、ホットドッグ、ブリトー、アメリカンドッグ、フライドポテト、ハンバーガー、ピザ、シチュー、チリ、チキンフィンガー、タコス、細長いパンのサンドイッチ、ベーグル、マフィン、ポテトチップス、クッキー、スナックバー、生野菜とディップ、ラップサンド、パスタ）
- 家から持参した食べ物（押しつぶされたサンドイッチ、やや傷んだバナナやリンゴ、袋に入れたブドウ、パスタサラダ、残り物）
- コーヒー
- 水
- 栄養ドリンク
- 牛乳
- 炭酸飲料
- ジュース
- アイスティー

🖐 質感とそこから受ける感覚
- 硬いプラスチック製のトレイ
- 冷たい金属製のカウンター
- しわの寄った包み紙
- 曲がりやすいプラスチック製の食器
- 水滴に覆われて滑りやすい牛乳の紙パック
- 舌を火傷する
- フライドポテトの油で指がツルツルする
- 硬いベンチやプラスチック製の椅子
- 塩の粒が飛び散るテーブル
- 混雑した列に並んでいるときの圧迫感
- テーブルでほかの人と肘がぶつかる
- コーヒーの入ったカップから伝わる熱さや温かさ
- ザラザラした紙ナプキン
- 包み紙を丸めてゴミ箱に放り投げる
- 中身が残っているか確かめるために炭酸飲料の缶を振る
- 口の端についた冷たいマヨネーズ
- わずかにグニャッと曲がる熟れた果物
- バナナの皮を剥くためにてっぺんを爪で突く
- テーブルの下で誤って誰かの足に触れる
- 座る前に椅子についた食べかすを落とす
- 指に付着したケチャップを舐めてとる
- 何か柔らかいものを踏む
- こぼれている液体に滑る

📖 物語が展開する状況や出来事
- 混雑したお昼時に座る場所を探す
- 排他的な校内グループ
- いじめっ子に自分の食べ物をいじられる、あるいは全校生徒の前で恥をかかされる
- 支払いをしようとして財布を家に置き忘れたことに気づく
- 食事代を引き落とす昼食用口座が空になっていることが発覚する
- 食事をとる金銭的な余裕がないため空腹のままで耐える
- 昼食を摂ってアレルギー反応が出る
- 食中毒になる
- 一緒に座る人が誰もおらず、みんなに見られている気がする
- 摂食障害または身体イメージに関する問題があり、人前で食べるのが怖い

👤 登場人物
- 用務員
- 配達員
- 健康および安全監査役
- 食堂スタッフ
- 生徒
- 教師

設定の注意点とヒント
学校の食堂の様子はさまざまである。たとえば1年のはじめに年間の食費を払い込んでおき、あとは生徒がIDカードをスキャンして支払うという方式のところもあれば、現金のみしか取り扱いのないところもあるだろう。学校によっては経済的な支援プログラムを提供していたり、食べ物を必要としている生徒たちに、ベーグルやマフィンをしばしば支給してくれる教師がいるかもしれない。規模の大きな学校では、一度に食堂に入る人数を規制するために、食事の時間をいくつかに分けて設けている場合も多い。また、食堂は病院や大学、大型小売店などにも設置されている場所なので、微調整すればここに書かれていることはそのような場所にも当てはめることができるだろう。

例文
私は入口に立って、それぞれの列に目を走らせた。一番生徒が並んでいる列から漂ってくるのは、脂がたっぷりのった、思わずよだれが出てしまいそうなピザの匂い。真ん中の列では、みんながサラダバーでチキンフィンガーをよそってる。もっとも人が少ない右側の列に何があるかは、カサカサ鳴るビニールの誘惑音でわかる。甘いケーキにポテトチップス、それにスナックバーだわ。私は両足に交互に体重をかけつつ、何を食べようか迷った。体重計は「サラダ」と主張してくるけど、お腹は「甘いケーキ」って言ってる。チラッと時計を見て、私は心を決めた。この食生活は絶対に偉い人たちのせいなんだと確信しながら、右側に向かう。だって、きちんと食べなさいって言うんなら、食事の時間は23分以上くれるべきでしょう？

使われている技法
多感覚的描写

得られる効果
登場人物の特徴づけ、緊張感と葛藤

郊外編 / 学校

高校の廊下
〔英 High School Hallway〕

関連しうる設定
用務員室、体育館、高校の食堂、更衣室、校長室、スクールバス、理科実験室、10代の息子・娘の部屋

👁 見えるもの
- 壁を背に並んだヘコみがあったり傷のついたロッカー
- 擦り切れた床
- トロフィーケース
- 生徒が描いた壁画
- 学校行事のためのカラフルな手描きポスター（これから開催されるダンスパーティー、チェスクラブのトーナメント、演劇オーディション、壮行会のお知らせなど）
- 消火器
- 教室のドア
- 生徒の彫刻作品がしまわれた陳列棚
- 学年の集合写真
- 額に入った学校指定のジャンパーや学校旗
- ゴミ箱
- ゴミがあちこちに落ちた床（捨てられたガムの包み紙、壊れた鉛筆、鉛筆の上部に取りつける消しゴム、丸められた紙）
- 幅広ほうきを押しながら掃除する用務員
- 教室に向かっていたり生徒と立ち話をする教師
- 廊下を巡回する学校駐在の警官
- 生徒（急いで教室に向かう、リュックの中をガサゴソ探る、ロッカーのドアをバタンと閉める、背中をロッカーにくっつけてその場に座る、グループでつるむ、友だちと喋る、自分の隣に山積みの教科書やリュックを置いてテスト直前の勉強に励む、携帯でメールを打つ）
- トイレ
- ドアの枠に小さく彫られていたり壁にサインペンで描かれた落書き
- ロッカーにつけられたピカピカした銀の錠
- ロッカーの扉の通気口からはみ出した紙や靴ひも
- 別の階に向かうための階段

👂 聴こえるもの
- 床で靴が「キィキィ」と鳴る
- 反響音
- 生徒の声（話す、笑い声を上げる、友人に大声で挨拶する）
- ロッカーが「カチャッ」と音を立てて開く
- ロッカー内の棚に「ドスン」と教科書を置いたり、靴を放り入れる音
- ドアを「バタン」と閉める
- 生徒たちがロッカーのところで押し合う音
- 「落ち着きなさい」「教室に入りなさい」と命じる教師の声
- 授業の開始と終了を告げるベルやブザーの音
- 校内放送
- 誰かのヘッドホンから漏れたくぐもって聴こえる音楽
- 携帯が立て続けに鳴ってしまいすぐに止められる
- 咳
- くしゃみ
- 授業をする教師の単調な声

👃 匂い
- 香水
- 制汗剤
- アフターシェーブローション
- ヘアスプレー
- ロッカーの中に何か嫌なものが入っている臭い
- ミントの香りがする息
- 清掃用品
- 汗まみれの体育着
- 食堂または生徒用の台所から漂ってくる食べ物の匂い
- 貼りつけられたばかりのポスターから漂うサインペンの匂い
- 絵の具
- 印刷したばかりのチラシから漂うプリンターのインクの匂い
- 喫煙者から香るマリファナやムッとするような煙草の匂い
- 誰かの息から漂うアルコール臭
- 床用ワックス
- ペンキ塗り立てのロッカー

👄 味
- 登校時に持参した食べ物（ベーグル、グラノラバー、果物）
- おやつ（甘い菓子、チョコレート、ガム、ミント）
- 炭酸飲料や栄養ドリンク
- 苦い、もしくは甘いコーヒー
- 水
- マウスウォッシュ
- 歯間矯正器具に付着した食べ物
- ほこり
- 教室で眠ってしまったあとの口の中の酸っぱい味
- 煙草または煙
- スキットルに入ったアルコール

✋ 質感とそこから受ける感覚
- 冷たい金属製のロッカー
- 片手に持つ錠の重み
- ツルツルした紙

こうこうのろうか — 高校の廊下

- プラスチックのバインダー
- 汗をかいた手
- 噛んでいた鉛筆の木の味
- 肩にかけたリュックに引っ張られる感覚
- 塗ったばかりのリップグロスに長い髪が貼りつく
- 友人が狙いをすまして軽く突いてきたり押してきたために、体がロッカーに激突する
- 授業の合間に、生徒の波に埋もれて自分が目立たずに済むことの安堵感
- 靴に付着したベタベタするガム
- でこぼこしたコンクリートブロックの壁に紙をあてて文字を書こうとする
- インクが出なくなったペンを振る

❶ 物語が展開する状況や出来事
- いじめまたは仲間からの圧力
- 薬物取引
- 喧嘩、ボディチェック、その他の身体的ハラスメント
- ほかの生徒たちの前で教師に怒鳴られる、または恥をかかされる
- 誰かが火災報知器を鳴らす
- ハンドバッグを落とした拍子に見られたくないものが飛び出す(タンポン、コンドーム、コカインの吸引パイプ)
- 友人に私的なことを打ち明けているのを立ち聞きされる
- 「自殺する」と冗談を言う友人を心配する
- ロッカーをいじられる(通気口から潤滑油が噴出している、錠にコンドームが取りつけられている)
- いつも遅刻しない友人が約束の時間になっても現れず、メールにも返事を寄越さない
- 友人があざや切り傷を負っているのに気づくが、何があっ

たかについては話したがらない
- みんなが見ている前でひどい別れ方をする
- いたずら(廊下でスイカを投げて破裂するのを見守る、階段の吹き抜けで大量のゼリービーンズをばらまく)
- 調理室または実験室から火が出て廊下に煙が充満する
- ロッカーからものが盗まれる
- 抜き打ちでロッカーを検査して薬物を押収する
- 突然パーティースプレーをかけ合うバトルがぼっ発し、廊下中が糸状の泡だらけになる
- 封鎖によって廊下に誰もいなくなる

🙂 登場人物
- 管理スタッフ
- 用務員
- 講演のゲスト
- 警官
- 学校所属の療法士や助手
- 生徒
- 教師
- 校長および副校長

設定の注意点とヒント
学校によっては警官または巡査が駐在していて、口論の仲裁やロッカー検査の実施をしたり、すべての来客の身分証を閲覧し校内に立ち入る正当な理由があるかどうかを確認する任務を担っている。彼らの狙いは、生徒たちを脅かして品行方正な生活を押しつけることではなく、助けやアドバイスが必要になるかもしれない生徒たちと良好な関係を築きながら、みんなにとって学校を安全な場所に保つことにある。

例文
オフィスから廊下に出ると、僕は明らかに漂白剤とレモンの香りがするクリーナーだとわかる匂いを吸い込んだ。窓から太陽の光が差し込み、磨いたばかりの床がキラリと光る。壁にはいくつものロッカーが並んでいた。たくましい見張りは、ペンキで着せてもらったばかりのユニフォームを誇らしげに見せびらかしている。僕は微笑んだ。すべてがあるべきところに収まっている。間もなく、夏は終わりを迎えるだろう。そしてすぐに、この廊下は勉強意欲のある若者たちで再びいっぱいになるのだ。

使われている技法
隠喩、多感覚的描写

得られる効果
登場人物の特徴づけ、雰囲気の確立

郊外編 / 学校

校長室
〔英 Principal's Office〕

関連しうる設定
全寮制の学校、小学校の教室、体育館、高校の食堂、高校の廊下、更衣室、職員室

👁 見えるもの
- 基本的な事務用品が揃った大きな机（ポストイット、計算機、ホッチキス、ペンとメモ帳、鉛筆削り）
- ネームプレートと名刺
- ランプ
- 電話
- （水、ソーダ、コーヒー、紅茶が入った）飲み物のコップ
- ティッシュ箱
- 山積みになったファイルや書類
- 紙で溢れた書類トレイ
- キャスターつきの椅子
- 額に入った免許状
- 壁に掛かっている生徒から贈られたメッセージや芸術作品
- 書類棚
- 教科書やバインダーが入った本棚
- 私物（家族写真、出身大学を示す帽子や旗、その他こまごまとしたもの）
- スポーツ用品
- トロフィーや賞状
- 鉢に入った植物やサボテン
- 花瓶に入った花
- 壁掛け時計
- 来客用の椅子
- エンボス加工され格言が刻まれた楯
- パソコンとプリンター
- 隅に積まれた箱
- 傘
- ハンドクリーム
- 除菌ハンドローション
- ゴミ箱
- 音楽プレーヤー
- エアコンが設置された窓
- 学校の横断幕や校旗
- 飴の入った瓶

👂 聴こえるもの
- 電話が鳴る
- 廊下や周囲の事務室から聴こえてくる足音
- 授業開始のチャイムが鳴り、急いで移動する生徒の足音
- 教師と生徒の口論
- 「カサカサ」と紙を動かす音
- 書類棚のドアをスライドして開けたり「バタン」と閉める音
- コピー機やプリンターの稼働音
- ドアを開けて来客が入ってくるときの周囲のざわめき
- お知らせを放送する声
- 授業の終わりを告げるベルやブザー
- 壁を通じて聴こえてくるくぐもった声
- パソコンのキーボードを「カタカタ」と打つ
- 鉛筆削りが「ガリガリ」と音を立てる
- 火災報知器が鳴る
- シャープペンやボールペンの頭を「カチカチ」と何度も押す音
- 座っている保護者や生徒が椅子の上でそわそわと体を動かすときのきしみ
- エアコンや暖房の作動音
- 開いている窓から聴こえる外の音（運動場で遊ぶ子ども、バスケットボールをする10代の子ども、車両の往来、鳥のさえずり、芝刈り機、風で鎖が旗用のポールにあたる）

👃 匂い
- コーヒー
- カーペット
- ほこりを被った本
- 花
- 芳香剤
- 除菌ハンドローション
- ハンドクリーム
- 汗臭い子ども
- コロンや香水
- カビたカーペット

👅 味
- コーヒー
- 紅茶
- 水
- 飴

✋ 質感とそこから受ける感覚
- 校長との面会を待つ間、じっと座っていられない生徒（モゾモゾ動く、かかとで椅子の脚を蹴る、クッション性のある布張りの椅子に指の関節を押しつける）
- リクライニング式デスクチェアの背もたれの動き
- 文字を打ったり書いたりしながら受話器を肩と耳の間に挟み、首の筋を痛める
- 滑らかに動くペン、あるいは書き味の悪いペン
- ペンの先が急にポキンと折れる
- 紙で指を切る
- 目的の書類を探して次々とファイルを捲る
- 金属製のドアノブや取っ手
- 大きな椅子に腰掛けた子どもが、足をブラブラさせたり振り上げたりする
- 冷たい除菌用ハンドローション

こうちょうしつ ― 校長室

- 開いている窓から一瞬吹きつける微風
- 食べたい味の飴を求めてボウルの中を引っかき回す
- 小さな子どもが、自分の膝のあたりをギュッと抱きしめてくる
- 人とハイタッチを交わす

❶ 物語が展開する状況や出来事
- 学校に不満を抱いている親と非協力的な生徒
- 教員の間で意見がぶつかる
- 生徒や職員から不適切な行為をしたとして非難される
- 校内で銃声や叫び声を耳にする
- 可愛がっていた生徒が有罪であることが発覚する
- 生徒を身体的に押さえつけなければならない
- 予算削減のため解雇される、またはある教師を解雇しなければならない
- 爆弾予告を受ける、または火災報知器が鳴る
- 児童虐待の疑いがある件を追跡する
- 道を誤った生徒に下す処罰を決める
- 人手が足りない
- 自分の子どもを優遇してほしいと求める親に対処する
- （不適切な言動、頻繁な遅刻、親からの叱責のため）ある教師を懲戒処分にしなければならない
- ある生徒が武器を所持していることが発覚する
- 生徒同士で喧嘩が発生し、怪我人が出る
- 脅迫があったため、校内の閉鎖に追い込まれる

❷ 登場人物
- 配達員
- 事務員
- 親
- 学校で働くための採用面接に来た人
- PTAまたはPTOの役員
- 教育委員会の委員
- 生徒
- 教師
- 校長

設定の注意点とヒント
校長というのは教育システムの諸段階に属している人物のため、彼らのオフィスにはその段階の違いが反映されていることが多い。たとえば、大学の学長室の学者的な雰囲気と比べてみると、小学校の校長室の様子というのはもっと初等的に見えるだろう。校長室に狭いスペースしか設けられていない場合には、その学校全体が散らかって込み入った空間であることが予想される。もちろん学費も関係してくる。しかし、どんな個人の空間にも言えることだが、見た目や雰囲気に一番大きく貢献するのは、そこを使う人物の性格である。それによって、室内が整理整頓されているのか混沌としているのか、温かみがあるのか独創性に乏しいのか、飾り立てすぎているのか殺風景なのかが決まってくるのだ。

例文
ペン校長は椅子の背に寄りかかると伸びをした。放課後に片付けられる仕事の量といったら、信じがたいほどだ。電話も鳴らないし、携帯を返してほしいと涙ながらに訴えに来る女子生徒もいないのだから……。突然ドアがバタンと閉まる音がして、彼女は飛び起きた。あれは南側の外のドアだ。あまりに強く閉められた勢いで、ケースに入ったトロフィーが揺れる。でも、金曜の夜10時を過ぎたこんな時間に、誰が来校するのだろう？ 人がいないはずの廊下に、重たい足取りが響きわたる。彼女は急に立ち上がると電話を掴んだ。しかし、つながらない。くるりと向きを変えたが、携帯はそこになかった——さっき使った受付の机に置いたままだ。校内にいる誰かの音がゆっくりと近づいてくるにつれ、彼女の全身に震えが走った。

使われている技法
対比、多感覚的描写

得られる効果
雰囲気の確立、伏線

郊外編 / 学校 / こ

子どもの遊び場
〔英 Playground〕

関連しうる設定
郊外編 ― 子ども部屋、小学校の教室、保育園・幼稚園
都市編 ― 公園、公衆トイレ、レクリエーションセンター

👁 見えるもの
- 敷き詰められた黒いゴムマット
- ウッドチップ
- 遊具（ブランコ、滑り台、ジャングルジム、チューブ式の迷路、タイヤのブランコ、雲梯、低いクライミング用の壁）が設置された人工芝や砂利のエリア
- 半分だけ顔を出した玩具の車や、掘るための道具が置かれた砂場
- 小さな日よけ木や低木の茂み
- ベンチやピクニックテーブル
- キラキラ光っていたり、あるいはさびている金属製品（柱、はしご）
- ブランコの下にできた土のくぼみ
- 砂場に見受けられる虫や草
- 太陽の光を浴びて滑り台が輝く
- 鬼ごっこをして駆け回ったり、地面が溶岩であるかのような設定をつくって遊ぶ子どもたち
- ベビーカーに乗った赤ん坊が足で宙を蹴って自由になろうと身をよじる
- ベンチに腰掛ける親
- ピクニックテーブルの上に置かれた紙パックのジュースや軽食の入った袋
- 近くの草深い丘でブラブラしている10代の子どもたちの集団
- リスがドングリを集める
- 芝生をかすめるトンボや蝶
- 木の葉を這うテントウムシ
- コンクリート上にこぼれたジュースに群がるアリ
- 落ちたクラッカーやパンくずをめがけて飛び込む鳥
- 周辺にゴミが散らばった樽型のゴミ箱
- スタンドに駐輪され、ハンドルにヘルメットが掛けられた自転車
- 地面に寝かせられたキックボードや自転車
- 水飲み場
- 金網の外周フェンス
- 近隣の家や道路

👂 聴こえるもの
- 子どもたちの笑い声や叫び声
- 親同士が携帯で話していたり、対面して話し合う
- 「キィキィ」と鳴るブランコの鎖
- 規則正しくブランコが「シュッシュッ」と音を立てて行き来する
- 滑り台をゴム靴で滑る音
- 「ザクザク」と砂場のあちこちに移動される砂の音
- 風が吹く音
- ウッドチップに足がこすれる音
- 子どもが転んで泣きだす声
- 芝刈り機の稼働音
- 親に向かって子どもが「見てて」と叫ぶ
- 「ドタドタ」と鳴る足音
- 昆虫のたてる音
- 鳥のさえずり
- 滑り台の下に置き去りにされ砂利が溜まっている靴に、土砂降りの雨が当たる音
- 帰る時間になって子どもが金切り声で叫ぶ
- 近くのサッカー場や野球場のダイアモンドから聴こえてくる騒音
- 通り過ぎる車
- 吠える犬
- コンクリートの厚板でできた歩道の割れ目の上を転がるキックボードの車輪のたてる音

👃 匂い
- 刈ったばかりの芝生
- こぼれてベトベトした甘いジュース
- 袋の入れ替えが必要なゴミ箱
- 使用済みのおむつ
- 松の木
- 木に咲く花
- 野草
- 泥
- 濡れた土
- ほこりっぽい砂利
- 煙草の煙
- 汗
- 熱くなったゴム
- 駐車場の排ガス
- 熱い金属
- 日焼け止め
- 虫除けスプレー
- 芝生の中に隠れている犬の糞

👅 味
- 土
- ジュース
- 水
- コーヒー
- アイスキャンディー
- 子ども用の軽食（クラッカー、葡萄、チーズ、果物グミ、サンドイッチ、薄く切ったリンゴ、クッキー）
- 舞い上がる砂利やほこりのチョークのような味

こどものあそびば — 子どもの遊び場

- ミント
- ガム
- 炭酸飲料
- アイスティー
- 口に入った砂

質感とそこから受ける感覚
- 靴底から突き刺してきたり手を突く砂利
- 冷たい金属
- 太陽の熱で温まったゴムタイヤのブランコ
- ピクニックテーブルや公園のベンチの不揃いな厚板
- 足元の冷たい芝生
- 松ぼっくりや松葉に小突かれる
- ブランコのツルツルした鎖
- ベトベトしたりザラザラした手
- 汗だくの手や顔
- スベスベしたビニールシート
- ザラザラした砂
- 背中に食い込む公園のベンチの羽目板
- 足元を滑るように動くシダーチップ
- マルチング材が靴の中に入り込む
- 目に砂が入る
- 燃えるように熱い金属の滑り台
- 誰かがあまりに高く漕いだため、ブランコの両端の支柱がわずかに浮き上がり、地面にドンと叩きつけられる
- チューブ状になった迷路の中で、進路を間違えた子どもとぶつかる
- ブランコの鎖をグルグルねじってから解き、その揺れに気持ちが悪くなる
- 照りつける太陽と騒がしい子どもの声に頭痛が生じる

❶ 物語が展開する状況や出来事
- 遊具から落ちて怪我をする（とげが刺さる、間に挟まれる、切り傷を負う）
- いじめっ子や都合のいいときだけ友だち面をする子
- 子どもの遊び場に長居する怪しい人物
- 子どもが誘拐されたり、ひとりでどこかに行ってしまう
- 薬物の注射針や使用済みのコンドームを見つける
- チューブ状の迷路内で子どもがパニックを起こし、救助が必要になる
- 家に帰る時間になり、一悶着を起こす
- できれば会いたくない親やほかの子どもに出くわす
- 子どもを見張っていない親
- 日よけのない遊び場で熱射病状態になる
- （親がいる前で）他人の子のしつけをする大人
- 互いに親が同伴して遊ぶことにするが、（子ども同士または親同士の）相性がよくないことが判明する
- 子どもに与える軽食やその子どもの乱暴な遊び方を見て、その子の親を批判する別の親

登場人物
- 赤ん坊
- 子ども
- 犬の散歩代行者やジョギングをする人
- 乳母やベビーシッター
- 兄姉
- 両親や祖父母
- 10代の子ども

設定の注意点とヒント

子どもの遊び場は今では劇的な変化を遂げた場所だ。シーソーやメリーゴーラウンドなど有害だとみなされた遊具は、もはやほとんど見られない。かつてコンクリートだった地面は、スペースが限られている一部の都会を除き、転倒による怪我を減らすためにマルチング材、ゴム、土、人工芝などに交換された。作家は特定の設定について、自分の経験に基づいてディテールを描く傾向にある。物語にやや古びた遊び場が必要な場合には、この方法も上手くいくだろう。しかしそうではないのであれば、描く情報を確実に最新のものにするためにも、今時の遊び場に足を運んでみるのが賢明である。

例文

遊び場に近づくにつれ、私たちの足取りは遅くなった。滑り台の階段には、鮮やかな色をしたさびのかさぶたができている。それに滑り台自体も、まるでロッキー・バルボアと数戦交えてきたかのごとく、くぼんで、こすれて、所々ゆがんでいた。シーソーの座る部分は片側しかペンキの色が残っておらず、その青も太陽の光ですっかり落ちている。数メートル離れたところにいる相方は、半分砂利に埋まっていた。風が吹き、ブランコが金切り声を上げるバンシーの四重奏を披露しはじめると、エイミーは私の手をますますぎゅっと握った。どうやらYMCAに行ってみる方がよさそうだわ。

使われている技法
誇張法、擬人法、天気

得られる効果
雰囲気の確立

郊外編 学校

小学校の教室
[英 Elementary School Classroom]

関連しうる設定
子ども部屋、用務員室、体育館、子どもの遊び場、校長室、スクールバス

◎見えるもの
- 教室の前方に広がるホワイトボード
- 色とりどりのマーカーや黒板消しが置かれた粉受け
- 教師用の机（パソコンとプリンター、ゴミ箱、成績表や出席表、コーヒーカップ、以前に受け持った生徒たちにもらった品々、壁掛けカレンダー、ホッチキス、椅子）
- （持ち主のわからない短い鉛筆、消しゴム、キラキラしたヘアゴムが散らばっている）タイル張りの床、またはカーペットの敷かれた床
- 美術の作品や特別な制作物がホッチキスでとめられ、飾りつけが施された掲示板
- 窓台に置かれた花の苗を入れた発泡スチロールのカップ
- 本棚に詰め込まれた本
- 生徒の机の列（教科書、紙、ノートが傷んだ机に積んである）
- 教科書や学校の備品がしまってある机
- 天井からひもで吊るされた惑星の模型や星座
- リュックやコートをかけるための教室後方のラベル付きフック
- 石鹸が置かれたシンクときつね色の紙タオルの山
- （美術用品、パズル、数学ゲーム、視覚教材が入った）戸棚
- 壁に取りつけられた、削りかすが床に落ちるタイプの鉛筆削り
- 教室の後ろに置かれた2台のパソコン
- 落し物の入った箱
- 壁かけ時計
- （シール、個包装された甘いお菓子、タトゥーシール、100円ショップのちょっとした小物が入った）宝箱やご褒美用のケース
- 水槽やクラスで飼育するペット用の檻
- 壁を大きく使って貼られたアルファベット
- 放送用スピーカー
- 黒板で説明をしている、あるいは一対一で生徒に手を貸す教師
- 課題を手伝う指導助手や保護者のボランティア
- 授業中にふざけていたりメモを回している生徒

◎聴こえるもの
- 生徒の立てる物音や声（話し声、笑い声、ささやき声、叫び声、歌声、教室内を動き回る音）
- 単調に話す教師の声
- 火災報知器がけたたましく鳴る
- 校長が校内放送をするときに古いスピーカーが「キィ」と鳴ったりくぐもった音を出す
- 「バタン」と閉まるドア
- 「キュッキュッ」と鳴るスニーカー
- 廊下に響きわたる声
- 椅子が床をこする音
- リュックを開ける音
- 鉛筆削りの音
- 生徒がペンの頭を何度も「カチカチ」と押す
- 金属製のゴミ箱に「ガチャン」と物が捨てられる
- 教室の後ろで生徒が「ヒソヒソ」と話す
- 紙を動かしたり丸めたりする音
- バインダーを開く音
- ノートの紙をちぎる音
- 教科書のページを捲るときのはためき
- 音読させられる生徒のたどたどしい小声
- 棚に置いてある容器を引っ張り出す音
- パソコンのキーボードを指で「カタカタ」と打つ音
- 「カチッ」と鳴るホッチキス
- 「チョキチョキ」と鳴るハサミ
- 「カチカチ」と音を立てる壁の時計
- タイマー音が鳴り響く
- 外を吹く風、または教室の窓ガラスに雨が「パラパラ」と当たる音
- 開いた窓から聴こえてくる、校庭にいる生徒の声
- 暖房やエアコンが「パチン」と鳴ってからうなり声を上げて稼働する音
- 床に本が「ドスン」と落ちる

◎匂い
- 食堂から漂う油っこい料理の匂い
- 開いた窓から入ってくる新鮮な空気
- ろうの香りがするクレヨン
- 匂いつきサインペン
- 汗をかいた体
- 臭い足
- 糊
- 消しゴム
- 抗菌ハンドローションや清

しょうがっこうのきょうしつ ― 小学校の教室

掃用品の鼻をつく匂い
- 絵の具
- 粘土
- 古い敷物
- 棚やリュックの中に入れたまま忘れられて腐った果物
- 理科実験に関連する匂い（化学薬品、土、水、酢、金属、プラスチック、ゴム、太陽灯）
- スナック菓子（クラッカー、クッキー、ポテトチップス）
- 混じりけのない雨の匂い

🌀 味
- 木の鉛筆
- 果物味のチューインガム
- ミント
- クラスメイトの誕生日に持ってきたカップケーキやドーナツ
- スナック菓子
- 水
- ジュース
- 唇で舐めとる汗

🌀 質感とそこから受ける感覚
- ツルツルした机
- 鉛筆の先
- 床に座っているときに手の下で触れるフェルトのカーペット
- わずかにぐにゃっとかたちが崩れる消しゴム
- 鉛筆削りの振動
- 硬くて座り心地の悪い椅子
- 小さすぎる机の裏に膝をぶつける
- 肩から床に滑り落ちるリュック
- だらりと垂れた靴ひも
- 後ろの席の子に背中を突かれる
- スベスベした紙
- ホワイトボードの上をスルスルと進むマーカー
- 乾いた絵の具の筆のチクチクする毛
- ツルツルした絵の具
- べたつく糊
- 背中にもたれたときによろめく椅子
- 机に貼りついている乾いた糊の塊
- 自分の腕に貼りつく机の上の消しかす
- 手に持つ教科書の重み
- 背中に食い込む椅子の薄板
- 順番待ちをしているときに人がぶつかる、あるいは転ばされる

❶ 物語が展開する状況や出来事
- クラスメイト同士のいじめ、あるいは生徒同士の張り合い
- ほかの生徒たちの問題行動
- 心が傷つき友情が壊れる
- テストの点が悪かったり学習レベルの低さに自分が馬鹿だと感じる
- チームに選ばれなかった
- 片思いがクラスのみんなにばれる
- ものがなくなる、または盗まれる
- 教師や生徒にしかけられたいたずら
- （明らかに家が貧しい、トランスジェンダー、ある特定の宗教を信仰する子どもたちに対して）容赦のないクラスメイト

👥 登場人物
- 保健師
- 保護者のボランティア
- 指導助手
- 特別ゲスト（コメディアンや作家）
- 生徒
- 教師
- 校長

設定の注意点とヒント

小学校の教室の様子は、学校の形態や場所、また財政状況によっても大きく異なる。それ以上に教室の様子に大きな影響を与える存在が教師だ。その教師は整理整頓をきちんとする人物なのか、それとも散らかすタイプなのか？ 伝統を重視するのか、それとも進歩的な考え方の持ち主なのか？ 心が温かく穏やかなのか、真剣で厳しいのか？ 教室の場面が話の中でたんに本筋に付随するささやかなものであれば、簡単な描写だけでかまわないだろう。しかしこの設定が重要な役割を担う場合は教師についてもきちんと把握し、その人物に応じて室内を仕立てる必要がある。すると、クラスで発生しうるような状況や出来事が浮き彫りになるはずだ。

例文

最後の生徒が教室を出てドアがバタンと閉まったところで、私は被害状況を見渡した。空気中にはキラキラしたラメパウダーが舞っている。ホワイトボードにはゼリーとリンゴジュース、それにストロベリーヨーグルトの強烈な臭いを放つ虹が描かれていた。水が溢れたシンクからは水滴がポタポタこぼれ落ち、蛇口を閉めるためにカーペットを横切る私の靴がキュッキュッと音を立てる。初日にしては、悪くないんじゃないかしら。

使われている技法
誇張法、多感覚的描写

得られる効果
登場人物の特徴づけ

郊外編 学校

職員室
〔英 Teacher's Lounge〕

関連しうる設定
小学校の教室、体育館、高校の食堂、高校の廊下、更衣室、子どもの遊び場、校長室

👁 見えるもの
- 頑丈なテーブルと椅子
- やや古いソファ
- 生徒の親やスタッフが持ってきた差し入れ
- （人工）植物
- コーヒーメーカー
- 台所エリア（コンロ、電子レンジ、冷蔵庫、シンク、食器用洗剤、カウンター、紙タオルが入ったディスペンサー）
- カトラリー
- コーヒー関連の品（コーヒーメーカー、クリーム、砂糖、ティーバッグ）
- 手ぬぐいや布巾
- 乾かすために布巾の上に寝かせたコーヒーカップ
- ペットボトルの水
- 採点のためにテーブルの上に置かれた用紙
- ゴミ箱
- 炭酸飲料の自販機
- 昼食をとっている教師
- 半分空になった昼食のトレイ
- 水滴が付着したソーダの缶
- 学校行事の掲示と参加記入表
- 心を打つ格言が描かれたポスター
- 電話
- 戸棚
- 募金用に販売している甘いお菓子や軽食
- 読み込まれた新聞
- 各自の書類ボックス
- コピー機とコピー用紙
- 型抜き機
- カッター
- テレビ
- 壁に設置された放送スピーカー
- 事務用品（ペン、テープ、ハサミ、糊、ポストイット、ホッチキス、修正液）
- 掲示用紙の束
- 空っぽの郵便物入れ
- リサイクル用紙入れ

👂 聴こえるもの
- 笑い声
- 電子レンジが「ピー」と鳴る
- ポップコーンがはじける音
- 冷蔵庫のドアの開閉音
- 引き出しの中でカトラリーが「ガチャガチャ」と音を立てる
- 水を出す音、止める音
- 「ゴボゴボ」と鳴るコーヒーポット
- 椅子が床をこする音
- 低いささやき声
- 食べ物の蓋をポンと開ける
- 「ビリビリ」「カサカサ」と音を立てる食べ物の包み紙や紙袋
- コーヒーや紅茶を啜る
- かき混ぜるときに「カチャカチャ」と鳴るスプーン
- 誰かが腰を下ろしたときに「シューッ」と空気が漏れる椅子
- 戸棚の開閉音
- ぶつぶつと喋ったり、噂話をする
- 「カチャカチャ」とぶつかり合う皿の音
- 電話が鳴る、放送が入る
- 金属製のシンクに水が当たる音
- 自販機からソーダの缶が「ガタン」と落ちる
- 「ブシュッ」とソーダの缶が開く
- 「カサカサ」と鳴る新聞紙
- コピー機から紙が出てくる音
- 昼休みに休憩をとりつつカッターで紙を切るときの音
- テレビで放送されている昼メロやニュース番組の音声
- テーブルの上にコーヒーカップを置く音
- 誰かがピザを手に現れたときに上がる歓声

👃 匂い
- コーヒー
- 味がついたコーヒークリーマー
- 昼食時に温められる食べ物
- 持参したファストフード（ハンバーガー、ピザ、長いパンのサンドイッチ）
- ポップコーン
- 紅茶
- コロンや香水
- 冷蔵庫の中で傷んだ食べ物
- 焦げた食べ物
- 食堂の食べ物
- 焼きたての食べ物

👅 味
- 食堂の食べ物（スープ、サラダ、サンドイッチ、ピザ、ハンバーガー、チリ、長いパンのサンドイッチ）
- スナック菓子（ポテトチップス、クッキー、ブラウニー、ポップコーン、飴）
- 温かい飲み物（コーヒー、紅茶、ホットチョコレート）
- 冷たい飲み物（水、炭酸飲料、ジュース、牛乳）

しょくいんしつ ― 職員室

◉質感とそこから受ける感覚
- 冷蔵庫を開けたときの冷気
- 手に降りかかる熱いコーヒー
- カウンターの上に残る邪魔な食べかす
- 容器から剥がしたときに手にくっつくラップ
- 硬い金属製の椅子
- 柔らかいソファ
- 脚の高さがまちまちなために不安定なテーブル
- 食堂の温かいプラスチック製トレイ
- 湯気が出ているポップコーンの袋
- 薄い紙ナプキン
- 裸足に触れるザラザラしたカーペット
- 指に触れる新聞紙
- シンクで濡れた手
- 採点中にカリカリとペンを走らせる
- コピー機から出てきた温かい紙

❶物語が展開する状況や出来事
- 互いを忌み嫌う教師
- 政治的（あるいは仕事に関連した事柄についての）意見の対立
- 嫉妬深い教師（別の教師の方が生徒に人気がある、もしくは先に昇進された）
- コーヒーを切らす
- 共同冷蔵庫から自分の昼食が何度もなくなる
- 自分の昼食を家に忘れてきた
- 自分の休憩時間が短くなる、または取り消される
- いつも愚痴をこぼしたり他人を攻撃したりするような不満を抱いた教師
- 教員用の台所を使用する生徒が、酒の隠し場所を発見する
- 相席している教師がみんなの噂をすることで有名なため、ある事柄について声を上げることを恐れる
- ほかの教師たちが、ある同僚について意地悪な噂話をしているのを耳にする
- 教員同士で付き合っているが、ほかの教師や校長には秘密にしてある
- 台所にあるものを使っても絶対に片付けない、いい加減な教師
- ある教師が家から残り物を持参したせいで、部屋中が臭くなる
- ある教師が生徒の障害、服装、知性についてからかっているのを耳にする
- 自分の力が及ばないことについて不満が募る（予算の削減、職務の先行きが不透明、親が厄介または不在、無気力な生徒、経営陣からの現実離れした要求、試験のプレッシャー）

◉登場人物
- 学校経営者
- 助手
- 監督
- 用務員
- 教師

設定の注意点とヒント
職員室は、どの学校も形態がそう大きく変わることはないが、内実は財政状況によって異なるはずだ。たとえば収入の多い学校の場合なら資金も豊富なため、教師は質のよい備品をより多く利用できるだろう。ただ、学校の地位や場所にかかわらず、休憩室に一番大きな影響をもたらすのは全体の雰囲気だ。職場に不満を抱いていたり、辛辣だったり、あるいはやる気のない教師が集まる部屋というのは、協調性の豊かなやる気に満ちた教師たちが集う部屋とは雰囲気や様子がだいぶ異なるだろう。設定において雰囲気は非常に大きな要因であるため、物語がどこで展開する場合にもこのことを頭に入れておく必要がある。

例文
数学の補習クラスで代数を理解させようと苦痛な2時間を送ったため、ハリケーン級の頭痛が頭を襲ってきた。やっとのことで休憩室に向かうと、ガス台の上には煎れたてのコーヒーが入ったポットが、綺麗に拭いてあるカウンターには洗ったマグカップが置いてあるではないか。極上の深煎りコーヒーの香りは、アスピリン錠よりも僕を癒してくれた。

使われている技法
誇張法

得られる効果
雰囲気の確立

郊外編　学校

スクールバス
〔英 School Bus〕

関連しうる設定
郊外編 ― 小学校の教室、児童養護施設、体育館、高校の食堂、高校の廊下、保育園・幼稚園、校長室、サマーキャンプ
都市編 ― レクリエーションセンター

👁 見えるもの
- 黒の線や文字が記された黄色い車両
- 紙に書かれ窓に貼られたバス番号
- 点滅して後方のドライバーに停止を知らせるストップサインや、バスに取り付けられた伸縮式ゲート
- 汚れた窓
- ガラスに押しつけられた顔
- 悪天候の際に点灯する、バス上部に設置されたフォグランプ
- アコーディオン式のドアや高さのあるステップ
- 緑や黒の座席の列を仕切る、真ん中を通る狭い通路
- 非常用のドア
- ゴミ箱
- 上下にスライドして開閉する両脇の窓
- バスの後方を確認するためのバックミラーがついた運転手席
- 表示（非常口、ルール、運転手の名前）
- 首振り式の小さな扇風機
- ハンドルおよびペダル
- 出入り口の開閉を操作するバー
- 足を通路に出し横向きに座っている生徒
- 床に置かれたリュック
- ゴミ（丸めた紙、飴の包み紙、短くなった鉛筆、スナック菓子の食べかす）
- 使ったり使われなかったりするシートベルト
- 床や座席の下に貼りついたガム
- 子どもたち（隣の子または通路を挟んだ向かいの子と話す、本を読んだり宿題をする、窓の外を眺める、座席で飛び跳ねる、座席の上から顔を覗かせる、携帯をチェックする、音楽を聴く、運転手に怒られる）
- バスの動きにつられて身体が揺れる
- 鉛筆で開けられた背もたれの穴
- バスの壁に描かれた、あるいはこすり描きされた落書き
- 天井に埋め込まれたライト
- 列になって乗車・降車する子どもたち
- ビュンと一瞬で過ぎ去る窓の外の車や景色
- バスが道路の段差を通過するときに後ろの座席で飛び跳ねる子ども

👂 聴こえるもの
- アイドリング中のバスが一定のリズムで「ブルブル」と音を立てる
- バスが速度を上げるにつれて騒音が大きくなる
- 「キィ」と鳴るブレーキ
- 乗車する子どもたちに運転手が挨拶する
- ラジオから流れる音楽
- 無線から聴こえる指令担当者の声
- バスの監督役が「落ち着きなさい」と子どもたちに告げる
- バスの音に被さる子どもたちの笑い声や話し声
- 床にリュックを「ドスン」と置く
- 通路をすり足で進む足音
- 座席に腰を下ろす音
- 鉛筆やクレヨンが車内を行ったり来たりするように転がる音
- ポテトチップスなどスナック菓子の袋を開ける音
- 窓を開けた途端に大きくなる外の音
- 開いた窓から風が「ヒュー」と音を立てて吹き込む
- 踏切に差し掛かり、運転手に静かにするよう命じられた途端に車内が静まり返る
- 電話が鳴る
- 子どもが手すり代わりに背もたれに「バン」と手を置いて通路を進む音
- 飴の包み紙が「カサカサ」と鳴る
- 紙パックのジュースや水を啜る音
- 昼食の入った袋のマジックテープを「ビリビリ」と剥がす
- リュックのファスナーを開ける音
- シートベルトを「カチッ」と装着する

👃 匂い
- 足
- 汗
- 果物味またはミント味のガム
- 香水やボディスプレー
- 開いた窓から入り込む新鮮な空気
- （寒い雨の日の）カビや泥
- 排ガス

👄 味
- 味つきリップバーム
- 昼食の残り（グラノラバー、果物、サンドイッチ、ポテトチップス、クッキー、ニンジン、セロリ）

すくーるばす｜スクールバス

- 炭酸飲料
- 水
- ジュース
- ガム
- ミント
- 飴
- チョコバー

質感とそこから受ける感覚
- 薄い詰め物の入った座席
- バスの冷たい金属製の壁
- 肩に背負ったリュックに引っ張られる
- 重いリュックを座席から持ち上げる
- 床にこぼれたものに靴が貼りつく
- 後ろの子が自分の席を蹴ってくる
- 窓から突然吹きつける涼しい空気
- 後ろの子にトントンと叩かれる
- 干渉したり突いたりする
- 胸元でリュックを抱え込む
- 本やマンガのページを捲る
- 手に持った冷たい飲み物
- 外を見るために窓の霜や霧を指でこする
- 霜が降りた窓に落書きをしたり○×ゲームをやる
- 窓に息を吹きかけて指で文字を書く
- 前の座席を蹴る
- 座席で短い足をブラブラさせる
- 前方を見ようと背筋を伸ばす
- バッグやリュックの中をガサゴソ探る
- 飲み物の水滴で手がツルツルする
- 窓をなんとか開閉しようとする
- 座席にドスンと座る
- ひとつの席に3人で座ろうとする
- バスが段差を通過する際に身体をあちこちにぶつける
- 運転手がブレーキを踏んだ拍子に、前の座席に掴まる

物語が展開する状況や出来事
- 車内でのいじめや殴り合い
- 禁止されているスナック菓子や飲み物をこぼし、混乱を引き起こす
- 運転手を怒らせるためにばかな真似をするように仲間からけしかけられる
- トイレに行きたくてたまらない
- 降りる場所を通り過ぎる
- 嫌がっているのに別の生徒が言い寄ってくる
- 運転手に嫌がらせをする、嘘を広めると脅す、わざと危害を加える子ども
- 外出禁止を言い渡され運転が認められないため、仕方なくバスで通学する
- 車内の監督役が横柄だったり不注意だったりする
- 止まれの標識でも停まらない向こう見ずな運転手
- 子どもが自動車にひかれる

登場人物
- 車内の監督役
- 運転手
- 生徒

設定の注意点とヒント

スクールバス車内の雰囲気は、乗車している生徒の数やその年齢層などいくつかの要因によって大きく変わってくる。また、車内の騒がしさや活発さは、ハロウィンの翌日や、待望の校外学習の当日、クリスマス休暇の直後など、一年の中の特定の日にひときわ増すだろう。さらにバスの運転手（同乗している場合は監督役も）は、その人が子どもたちをどの程度管理するかによって、生徒にとっての登下校を気楽なものであるか、はたまた厄介なものであるかを決定づけることになるがために重要な人物であるといえる。生徒に目を配り注意を怠らない大人なのか、それとも無関心だったりイライラしていたり、あるいは不注意な大人なのかによって、通学の様子はずいぶん変わってくるはずだ。

例文

私は息をしっかり止めたまま通路を進んだ。まるで、そうすれば自分がどことなく小さく見えるかのように。自分の腰が両側の座席に触れてなどいなくなるかのように。車内は静寂に包まれ、いくつもの目が私の方に向けられていた。一番近くの空いている席に腰掛けると、本当に久しぶりに、今度の学校は違うかもしれないという希望が湧いて来た。口元に笑みが広がる。そのとき、後ろからひそひそ声というにはあまりにも大きな声が聴こえてきた。「横幅オーバーのシールが必要なヤツがいるぜ！」

使われている技法
隠喩

得られる効果
感情の強化

郊外編 / 学校

全寮制の学校
〔英 Boarding School〕

関連しうる設定
寮の部屋、体育館、
高校の食堂、大学のキャンパス

👁 見えるもの
- 歩道と十字に交差して建物に囲まれた青々とした中庭
- 鐘楼のある校内の礼拝堂
- 校長室や保健室がある管理棟
- ガラス屋根などで覆われたアトリウム
- 図書館
- 大教室
- 演劇シアター
- たくさんの教室がある建物
- 洗濯施設
- 共有スペースおよびラウンジ
- 食堂
- 複数階建ての共同浴室がある寮
- スタッフ棟
- 体育館
- 運動場
- 屋外テニスコートまたはバスケットボールコート
- メンテナンスや保管用の倉庫
- 長テーブルのある大食堂
- 池または湖
- 葉の茂った木々
- 休憩用のベンチやピクニックテーブル
- 駐車場
- スクールカラーやシンボルで装飾された旗やポスター
- 制服を着た生徒たち（中庭でゆったり過ごす、共有スペースでたむろする、図書館で勉強する、大食堂に集まる）

👂 聴こえるもの
- 生徒の声や物音（話し声や笑い声、一緒に課題に取り組む、授業中にひそひそ話す、教室まで走る）
- フローリングやタイル張りの床を歩く足音
- 階段を「バタバタ」と昇降する足音
- 重いドアが「ガチャン」と閉まる
- 授業をする教師の声
- 寮の部屋から聴こえてくる音楽やゲームの音
- 「ブーン」と鳴るドライヤー
- シャワーの流れる音
- 歌声
- コーチが練習中に大声で怒鳴る声や笛を吹く音
- コンクリートブロックでできた階段の吹き抜けを跳ね返る声や反響音
- 校内放送
- プリンターが印刷物を吐きだす音
- 重たい本を「バタン」と閉じる音
- ノートパソコンのキーを「カタカタ」と打つ音
- 携帯で通話する声やストリーミング映像の音声
- 食堂でカトラリーやガラス食器が「カチャカチャ」と音を立てる
- 「キィキィ」と鳴る自転車
- 中庭で聴こえる自然音（背の高い木を「ギシギシ」と揺らす風、地面をこする乾燥した葉、鳥のさえずり、樹皮または芝生の上をちょこちょこ駆け回る小動物）
- 携帯の着信音、あるいはバイブレーションの作動音
- メンテナンススタッフの立てる物音（芝生を刈る、窓を拭く、生け垣を手入れする、芝生に水をやる、歩道のごみを掃く）

👃 匂い
- 食堂で調理している食べ物
- 寮の個室のお菓子の隠し場所から匂うストロベリー味のリコリスキャンディの匂い
- シャンプー
- 香水
- 制汗剤
- アフターシェーブローション
- ボディスプレー
- 汗
- 濡れたタオルや洗濯していない服
- 化学棟内の化学物質や酸性ガス
- 日光で温まった中庭の土や新葉
- 開花したバラ
- 刈ったばかりの芝生
- 松の木
- 洗濯場の洗剤、漂白剤、乾燥機用の柔軟剤シート

👅 味
- 家から持参した食べ慣れた食べ物（パスタ、ミートローフ、ハム、蒸し野菜、サンドイッチ、シリアル、フレンチトースト、ローストビーフ、フィッシュ＆チップス、BBQリブやステーキ、果物、パン、クッキー）
- コーヒー
- 紅茶
- 牛乳
- ビタミンウォーター
- スポーツドリンク
- 栄養ドリンク
- 自宅から届く、甘いお菓子やチョコレートの入った差し入れ

ぜんりょうせいのがっこう｜全寮制の学校

- 隠して持ち込んだアルコールや煙草

💭 質感とそこから受ける感覚
- 肩を引っ張るリュックの重み
- いろんな本を胸元に抱えながら教室まで歩く
- 薄いマットレスの上に眠る
- 自分の机や自習室で集中して勉強していたために、首や背中が凝る
- 大食堂の柔らかいナプキンや冷たいカトラリー
- 硬い椅子
- ツルツルした紙の手触り
- 両手を解放するために、電話を肩と耳の間に挟む
- 足に当たる草の根元
- 顔や肩にあたる暖かい日差し
- そよ風が肌に触れる
- 建物を出入りするときの温度の変化
- 遅くまでパーティーをしていたり勉強をしていたために感じる疲労感

❗ 物語が展開する状況や出来事
- 排他的で人を傷つけるグループがある
- 成績が悪く自分の将来が危うくなる
- 自室に泥棒が入る
- 酒や薬物が見つかって除籍処分を受ける
- 家の経済事情が悪くなり、このまま在籍し続けられるかわからない
- 間違った寮に入り込む
- 門限を破ったことが見つかる
- 仲間からの圧力により、摂食障害を患う
- いじめによって不安が悪化し、鬱状態が生じる
- 自分の意思に反して全寮制の学校に入れられる
- 成績不振のためチームやクラブから除名される
- 生徒たちが怖くて口を開くことができないような状況
- えこひいきをする教師
- (経済的格差や、みんなと同じことに関心がなかったり、性格の不和で) 自分はここに溶け込んでいないと感じる
- 実家の弟妹や友人が恋しい
- 両親がいつも家にいないため、祝日や長期休暇でも寄宿舎に居残る
- 校内での薬物使用
- 学習障害があるため、成績を維持するのに苦労している
- 人気があって影響力のある生徒が起こしたいたずらの身代わりにされるが、誰もそのことを信じてくれない

👤 登場人物
- 校長や管理人
- 保健師やカウンセラー
- 食堂スタッフや用務員
- 監督
- 寮母
- 修繕人
- 生徒
- 教師
- 来訪する親
- 生徒の前で講演するために来校したゲストや専門家

設定の注意点とヒント
全寮制の学校は国によっても形態が異なり、何に重点を置いているかという点やその財政状況によっても、施設や授業内容は変わってくる。どの全寮制の学校も勉強に焦点を当てているのはもちろんだが、それに加えて特定のスポーツトレーニング、美術や音楽における独自のプログラム、外国語を重視した学習内容など、さまざまな分野に対して際立った専門性が見られるかもしれない。また、入学制限を設け、目や耳に障害があるような特定の生徒たちの受け入れを対象とする全寮制の学校もあるはずだ。

例文
ハンナがストロベリー風味の紅茶を啜りながら本を読もうとしている一方で、リサは机の引き出しをがさごそやりながら、誰かが自分のものを盗ったに違いないとわめいていた。ノート、パソコンの充電器、半分食べかけのポテトチップスが入った袋、それにピンクのブラジャーが次々とリサのベッドに放り投げられて、携帯ではないものたちの山は一段とうずたかくなっていく。ハンナはため息をついた。このアメリカ人のルームメイトが使っている方のスペースは、まだ学期が始まってほんの2週目だというのに、もう大惨事になっている。

使われている技法
対比

得られる効果
登場人物の特徴づけ

郊外編 学校

体育館
[英 Gymnasium]

関連しうる設定
郊外編 — 全寮制の学校、小学校の教室、高校の廊下、更衣室、プロム、大学の講堂、大学のキャンパス
都市編 — スポーツイベントの観客席

👁 見えるもの
- チケットカウンター
- トロフィーケースが並ぶロビー
- 軽食を販売する売店エリア
- コンクリートブロックの壁と艶やかなフローリング
- 壁の下方に埋め込まれた詰め物
- シーズン優勝を祝う横断幕
- 床に描かれた学校名とマスコット
- 来たる学校行事を告知する手描きのポスター
- 壁に貼られたさまざまな広告
- 壁の中に収納可能な観客席
- バスケットボールのゴール(固定式のもの、高さ調節可能なもの、折りたたみ式のもの)
- スコアボード
- スピーカー
- 床に描かれたライン
- ガラス張りのアナウンサーや記録員用ブース
- 体育館を舞台ホールとして使用する際に必要なセットが、片方の壁側にカーテンで仕切って置かれている
- 床用ポリッシャー
- 複数配置された両開きのドア
- 壁に掛かった旗
- 体育の授業のための運動用具(ボールが入ったラック、レスリング用マット、テニスラケット、ウエイトトレーニング用設備、平均台、縄跳び、小型のトランポリン、ビーズクッション、パラシュート、その他体操器具)
- あちこちに転がっているボール
- 特定のエリアを囲うためのカラーコーン
- 男女別の更衣室
- トイレ
- 水飲み場
- 体育の授業で運動する子ども
- 練習や競技を行うスポーツチーム
- 生徒と言葉を交わしたり笛を吹く監督
- 電球を取り替えたり床にワックスをかけるメンテナンススタッフ
- 試合中にスタンド席にいる観客
- 階段式の観客席を走って行き来する子ども
- 床に落ちる汗の粒

👂 聴こえるもの
- 反響音
- 音響システムから流れるアナウンサーの声
- 「キュッキュッ」と鳴るスニーカー
- たくさんの人が轟音を立てて走る
- 審判のホイッスル
- 試合時間の終了を告げるブザー
- 監督がチームに怒鳴る
- 観客の拍手や叫び声
- チームメイトが互いに声を掛け合う
- ボールの弾む音
- 「バシン」とはたかれるバレーボール
- 選手が床を滑る音
- バスケットボールがリングの真ん中を通ったりバックボードに当たる音
- 重たいドアを「バタン」と閉める
- 子どもたちの笑い声
- 生徒たちの話し声
- 誰かが勝利したときに巻き起こる歓声や拍手
- 試合終了を迎えて両チームが交わすハイタッチの音
- 親が選手を大声で励ましたり叱る声
- 応援するチアリーダーの声
- 「カサカサ」と音を立てるポンポン

👃 匂い
- 汗
- 売店の熱い食べ物
- コーヒー
- 臭い靴
- 洗い立てのユニフォームから香る柔軟剤の匂い
- 床用ワックスやクリーナー

👅 味
- プラスチック製のマウスピース
- 金属製のホイッスル
- 売店の食べ物(ナチョス、ピザ、ホットドッグ、ハンバーガー、ポテトチップス、甘い菓子、ポップコーン)
- 水
- ソーダ
- コーヒー

✋ 質感とそこから受ける感覚
- 硬い金属または木製の観客席
- 背もたれなしで長時間座っているために背中が痛くなる
- 膝の上でバランスをとって軽食を置く
- 肌を流れる汗
- パタパタ揺れる靴ひも

たいいくかん ― 体育館

- ポニーテールにしていた髪がゆるんで視界を邪魔する
- 粗くゴツゴツしたバスケットボール
- ツルツルしたバレーボール
- ネット上でバレーボールを強く打つ
- ほかの選手と押し合いへし合いする
- 床に転倒する
- 壁の詰め物が入った箇所に激突する
- 膝を思い切りぶつける、または足首をひねる
- 足を踏まれる
- 運動量の多さから筋肉痛になる
- 胸を裂くような苦しい呼吸
- 怪我をおして戦う
- 乾いた口
- 非常に喉が渇く
- 休憩中に水をがぶ飲みする
- 肌にまとわりつく汗まみれのユニフォーム
- 額にはりついた汗だくの髪
- 試合開始の準備をしながら感じる緊張感
- 休み時間または体育の時間に、駆け回って体を動かすことができるためウキウキしている子ども
- 音響システムがうるさくて耳が痛くなる
- チームメイトからハイタッチされる

❶ 物語が展開する状況や出来事
- チームをまとめあげる力に納得がいかず、監督に向かって怒鳴る親
- ふるまいの悪さに試合から追い出される生徒、監督、親
- 地元出身の審判がひいきをしているとして非難される
- （偶然または故意の）怪我
- 自分の能力について心の中で葛藤する
- 試合中に致命的なミスを犯す

- 欠陥のある器具を用いて運動する
- 音響システムやスコアボードの故障
- スカウトが来ているためプレッシャーを感じる
- 体育の授業中にボールを独り占めする
- 自分が気に入っている選手に媚びたり、考え方が偏っている監督
- 上級生から賄賂に誘われその報酬を提示される選手
- 高校スポーツを対象に賭けをする賭博組織
- チームや学校同士の過度な敵対心
- 放課後の暴行
- 行事を運営するためのボランティアが不足している
- いつも多忙で試合に来ることができない親

👤 登場人物
- 監督
- 大学スカウト
- 親

- 体育の授業を受ける生徒
- 審判
- 記者
- 観客
- スポーツチームや運動選手
- 教師

設定の注意点とヒント
学校の体育館は主としてスポーツ行事に使用されるが、広く座席もあるがゆえに、その他の集会にとっても最適な場所である。規模や予算によっては、特別行事、授賞式、（プロムなどの）ダンスパーティー、地域の投票、（催眠術またはマジックショーなどの）エンターテインメント、あるいは卒業式などに体育館が使われることも考えられる。

例文
コーチのターナーが笛を吹いても、状況に変化はなかった。フラフープは未だ床でガタガタ音を立てているし、ボールはあちこちに飛んでいる。幼稚園児たちは子犬のように体育館の床を転げ回り、堂々と描かれた学校マスコットの面などおかまいなく、その上をゴロゴロと行き来している。自分の坊主頭に手を走らせつつ、ターナーは初級体育の授業を受け持って小金を稼ごうと思った自分の決断を後悔した。

使われている技法
直喩

得られる効果
登場人物の特徴づけ、緊張感と葛藤

郊外編　学校

大学のキャンパス
〔英 University Quad〕

関連しうる設定
寮の部屋、大学の講堂

見えるもの
- 歩道が十字に通る芝生
- 小道に沿って置かれたベンチ
- 周囲に立つ背の高い建物（図書館、講堂、寮、男女別の学生社交クラブ会館、食堂、管理事務所、警備事務所、立体駐車場、保健室、礼拝堂、鐘楼や時計塔）
- 中庭（装飾的な敷石、噴水、彫像、ポールに掲げられた旗、何かを記念したプレート）
- 木々や低木の茂み
- 花壇
- 大きな鉢に植えられた植物
- ゴミ箱
- 装飾的なアーチのある道
- 案内標識
- 自転車用ラック
- 歩道や建物に掲げられた横断幕
- 学生（芝生で寛ぐ、フリスビーやアメフトのボールを投げる、グループもしくはひとりで座る、ベンチで本を読む、授業に向かうまたは授業から戻る、チラシを配る、キャンパス内を自転車で走る、勉強する）
- キャンパス内を巡回する警備車両や警備員
- いろんなクラブや団体のメンバーが待機する案内所のデスク
- 周囲をうろついていたり、行事の参加登録をする学生
- ストレスを感じている学生が勉強を一休みして犬とふれあうことができるパピープログラムが、芝生の一角にある囲われたところで行われる

聴こえるもの
- 学生の話し声や笑い声
- 学生が芝生を挟んで互いに声をかけ合う
- 通り過ぎる自転車の音
- 風が木々を揺らす音
- そよ風が紙を「カサカサ」と動かす音
- スナック菓子の包み紙を「ガサガサ」と開ける
- 走っている足音
- 鳥のさえずり
- 車両の往来に伴う騒音
- 飛行機が上空を飛ぶ音
- 芝刈り機やその他のメンテナンス機械による騒音
- ドアの開閉音
- 携帯が鳴る
- ベンチや芝生の上にリュックを「ドスン」と置く
- 近くの噴水が水しぶきを上げる音
- 旗が「パタパタ」とはためく音、チェーンがポールに「カチャカチャ」と当たる音
- 虫の鳴き声
- 頭上で街灯が「ジィジィ」と音を立てる

匂い
- 刈ったばかりの芝生
- 松葉
- 太陽の光で温められた土
- 露
- 花

味
- コーヒー
- 水
- ジュース
- 炭酸飲料
- ビール
- 栄養ドリンク
- 甘い菓子
- ポテトチップス
- クッキー
- 歩きながら食べられるもの
- 歯磨き粉
- マウスウォッシュ

質感とそこから受ける感覚
- キャンパスを横切ろうと寮から外に出たとき、肌にあたる冷たい空気
- 雲の背後から顔を覗かせる太陽の暖かさ
- 肌にチクチクと触れる芝生
- 芝生を踏んだときの柔らかな弾力性
- 足に当たる温かな金属製のベンチ
- 教科書をかすめる太陽のまぶしい日差し
- ひんやりとした、もしくは温かな金属製のドアの取っ手
- 足元の硬い丸石やレンガ
- 髪をもつれさせる微風
- でこぼこした地面の上で揺れる自転車
- ほかの学生に押しのけられる
- 肩を引っ張る重たいリュックのストラップ
- キャンパスを走って横切る学生の背中にカバンが勢いよくぶつかる

物語が展開する状況や出来事
- 天気に合う服装をしていないときや傘を持っていないときに雨に降られる
- 歩道で滑って転ぶ
- 新入りへのいたずらや洗礼が悪い方へ向かう
- 遅刻したためにキャンパス内を走らなければならない

だいがくのきゃんぱす —大学のキャンパス

- 金品を強奪されたり性的暴行を受ける
- 人前で破局を迎える
- （授業ノート、鍵、財布が入った）自分のリュックを置き忘れる
- 朝帰りのためキャンパス内を急いで通り抜けて帰宅し、授業の前に着替えなければならない
- 前夜に羽目を外しすぎた学生が、キャンパス内で酔って意識をなくしている
- お金の管理を誤って、次の奨学金が振り込まれる前に口座が底をつく
- 依存症と格闘中だが、心配してくる友人らにはそのことを隠そうとする
- ライバルの大学がいたずらを仕掛けてくる（木々にトイレットペーパーをぐるぐる巻きにする、キャンパス内に数頭のヤギを放す）
- 学生を脅そうとしたり、自分の権限を不適切なやり方で悪用しようとする警備員
- キャンパスで昼食を摂っている最中に、飛び降り自殺を目撃する
- あるカップルの口論が激化していく様子を目撃する
- 散歩に出たところ、明らかに人の手で殺された動物の死骸を見つける

登場人物
- 校内警備員
- 教職員
- 庭師や用務員
- 大学院生やインターン
- メンテナンススタッフ
- 学生
- 大学を訪れる親

設定の注意点とヒント
短大や大学のキャンパスは、ロケーションやその学校が何に特化しているかによって様子が異なる。一般教養一筋という大学もあれば、芸術や工業分野に関するプログラムを提供している大学もある。たとえ架空の大学を作りだす場合にも、その学校施設の系統というものを考慮してみるべきだ。たとえば、大学は創立してからどれくらい経つのか？ 大学が促進しようとしたり、あるいは頑なに固持しようとするような伝統、理想、モットーはなんだろう？ そこは誰にでも入学資格があるのか、学業成績で判断されるのか、それとも家庭の裕福度や人脈に応じているのか？ 一方で実際に存在する大学機関を描く場合には、ディテールに不備がないようにしっかりとリサーチをしておこう。

例文
サーシャは地面に倒れ込むと手足を広げて寝そべり、大きなため息を吐きだした。期末試験が終わったわ！ 通り過ぎる学生たちのお喋りが彼女の耳に打ち寄せ、微かな足音が体を揺らした。太陽に温められた芝生に浸かり、そよ風が髪を乱す。閉じた瞼の向こうでは、冬も春も切り抜けてようやく夏を迎えた今、頂点に立つのは誰かを見せつけてやろうと言わんばかりに、太陽が強烈な輝きを放っていた。彼女はニヤッと笑った。かかって来なさい！

使われている技法
季節、象徴

得られる効果
雰囲気の確立、感情の強化

郊外編 / 学校

大学の講堂
〔英 University Lecture Hall〕

関連しうる設定
寮の部屋、大学のキャンパス

👁 見えるもの
- 講堂の後方にある両開きのドア
- 調節可能な机がついた折りたたみ式の椅子
- 演壇とスツールが置かれた教壇に通じる通路
- 大きなホワイトボードや黒板
- プロジェクター
- 壁に貼ってあるポスター
- 出入り口付近のお知らせや宣伝が貼られた掲示板
- 学校名やマスコットが描かれた旗
- （教授のノートパソコン、メモ帳、ペンが置かれた）机
- 題目にしている事柄に関連した視覚教材
- 壁の吸音板
- 席についている学生（ノートをとる、ノートパソコンのキーを打つ、教科書をパラパラ捲る、飲み物を啜る、眠る、質問をする）
- 教室の前方を行ったり来たりしながら、指導したり学生に発言を求めたりする教授

👂 聴こえるもの
- 授業を行う教授の声
- 上映される映画やビデオの音声
- 学生の声（質問をする、互いにひそひそ話す、どっと笑う）
- パソコンのキーを「カタカタ」と叩く音
- 紙が「カサカサ」と音を立てる
- 教科書のページを捲る音
- 学生が姿勢を変える際に椅子がきしむ
- 「バタン」とドアが閉まる
- 足音
- 紙の上でペンや鉛筆を「カリカリ」と走らせる音
- タイルの上でスニーカーが「キュッキュッ」と鳴る
- 教授のスツールが教壇の上をこする音
- エアコンまたは暖房が「カチッ」と音を立てて作動する
- ソーダの缶が「プシュッ」と開く
- スナック菓子の包み紙が「カサカサ」と音を立てる
- 講堂内に入る放送
- 別の部屋や外の廊下から聴こえるくぐもった声
- 携帯が鳴るが、すぐに止められる
- リュックのファスナーの開閉音
- シャープペンやボールペンの頭を何度も「カチカチ」と押す音

👃 匂い
- 床用洗剤
- 芳香剤
- カビ臭いカーペット
- コーヒー
- コロンや香水

👅 味
- コーヒー
- 水
- ジュース
- 炭酸飲料
- 栄養ドリンク
- 自販機で買ったもの（スナックバー、ポテトチップス、クッキー、菓子パン、トレイルミックス）
- グミ
- ミント

✋ 質感とそこから受ける感覚
- 硬いプラスチックの椅子
- 故障しているためにかなり前に傾いていたり後ろに反った椅子
- 狭すぎる机の上になんとかすべてを置こうとする
- リュックの中をガサゴソ探る
- 重い教科書
- 室内が寒すぎたり暑すぎる
- 離れたところから黒板を見ようとして目を細める
- メモをすばやくとったために手がけいれんを起こす
- 睡眠不足で目がしょぼしょぼする
- 二日酔いの頭痛
- 冷たい缶やペットボトルについた水滴で自分の書いた字が滲む

❗ 物語が展開する状況や出来事
- 学生の間で競争意識が高まり不正行為に発展する
- 過剰なストレスで学生が自殺したり入院する
- セクハラ
- 泥酔または二日酔いのまま授業に出席する
- 明らかに具合が悪そうな学生の隣に座る
- 成績が下降してしまい奨学金を貰えなくなる
- 履修した授業が予想していたよりもずっと大変だった
- 講義の真っ最中にノートパソコンのバッテリーが切れる
- 授業に来たが、必要な持ち物が全部揃っていないことに気づく
- 教授に指されるが答えがわ

からない
- 異なる宗教や哲学的信念を抱く学生に対して偏見を示す教授

🎭 登場人物
- 教職員
- 大学院生やインターン
- メンテナンススタッフ
- 学生

設定の注意点とヒント
大学の講堂は、そこを頻繁に利用する者たちを取り巻く特有の葛藤があるがゆえに、申し分のない設定といえる。大学生はまだ大人になったばかりで、人生で初めて家族から離れて暮らす者がほとんどだろう。ほんの数週間前までなんの責任も負っていなかった彼らには、しかし今やすべての物事に対する責任がある。よい成績を収めなくてはならないというプレッシャー、友人や恋人へ歩み寄ってみたり、経済的に賢い判断をしなければならないといった状況が、大学生にとっては大きな不安につながる。さらに睡眠不足だとかアルコールが手に入りやすい環境といったものをそこに加えれば、意思決定を誤って大惨事を発生させるための材料は揃っている。こうしたシナリオは講堂でたやすく引き起こすことができる。すべてが山場を迎える舞台としてもこの場所を利用することは可能だろう。

例文
講堂のドアをそっと開けると、ルーカスはニンジャのごとく室内に忍び込み、音を立てず一番後ろの席に腰を下ろした。演壇に立つロンロイ教授は、犯罪の実例を説明しながら、スクリーンに映る犯罪現場の詳細をレーザーポインターで指し示している。血の飛沫している方向から読み取れることについて語りつつ、教授は手首を軽く振って腕時計を確認すると、ルーカスのいる方へ咎めるような視線を寄越した。《バレたか》。ほかのみんなは遅刻したことなど気づかれないだろうに、教授が自分の父親となると、時間厳守は絶対なのだ。

使われている技法
直喩

得られる効果
背景の示唆

だいがくのこうどう — 大学の講堂

郊外編 学校

プロム
〔英 Prom〕

関連しうる設定
郊外編 ── 全寮制の学校、体育館、高校の廊下
都市編 ── ダンスホール、正装行事、カジュアルレストラン、美容院、リムジン

◎ 見えるもの
- テーマに合わせた装飾（パリの夜、黒と金の夕べ、ミュージカル、マルディグラ・カーニバル）
- 風船で作られたアーチの入口
- キラキラと輝くたくさんの照明
- チュールでこしらえたドレープ
- 天井に浮かんでいるたくさんの風船
- チケット回収係がいるテーブル
- 記念撮影のための西洋風の移動式東屋
- ダンスフロア
- （テーブルクロス、テーブル中央の装飾、炎が揺らめくキャンドルや紙吹雪などで）彩られた円形テーブル
- ミラーボールや部屋全体をわずかに照らす特殊な照明器具
- 生徒や学校活動の写真を映しだす映像スクリーン
- DJブース
- 予定通り進むように調整を行う事務局
- 床に散らばった紙吹雪
- 色が変わるスポットライト
- ダンス中にあたるストロボライト
- 飲み物や軽食が置いてあるテーブル
- 床まであるドレスを着てコサージュを付け、クラッチバッグを持った女子生徒
- ボタン穴に花を付けたタキシードに身を包んだ男子生徒
- 踊っている人々
- 座って飲食している人々
- 携帯をチェックしたり写真を撮ったりしている人々
- パーティーを見守る教師や保護者のボランティア
- スキットルに入った酒をこっそり飲んだり、煙草を吸うために外に出る10代の子ども

◎ 聴こえるもの
- ドアが開いたときに一瞬大きくなり、ドアを閉めるときに聴こえなくなる音楽
- タイル張りの床をハイヒールで歩く足音
- 笑い声や喋り声
- 音楽にかき消されないように大声で叫ぶ
- 歓声や野次
- 甲高い叫び声や口笛
- ボリュームを上げたDJの声
- 生徒会長のスピーチ
- 校長や教師がお知らせを話す
- カップルがこっそり抜けだすときに廊下に響きわたる靴音
- トイレに向かう女子生徒の集団のたてる物音
- パーティーの王と王妃に王冠が授与され、歓声や拍手が上がる

◎ 匂い
- 新鮮な花
- ヘアスプレー
- コロンや香水
- マウスウォッシュ
- 軽食

◎ 味
- パンチ
- 水

- ソーダ
- ジュース
- 果物
- プレッツェル
- ポテトチップス
- ピーナッツ
- 生野菜のディップ
- チーズとクラッカー
- サンドイッチ
- キノコの詰め物
- ケバブ
- ミートボール
- ケーキ
- クッキー
- ブラウニー
- チョコレートファウンテンに浸したもの（イチゴ、マシュマロ、キューブ型のパイナップル、一口大のチーズケーキ、ビスコッティ）
- ミント
- ガム
- リップグロス
- アルコール

◎ 質感とそこから受ける感覚
- きついドレスや襟
- 暑いスーツジャケット
- 手首につけた大きすぎて邪魔なコサージュ
- ピンで留めたりスプレーをかけて整えた髪
- 流れるように動くドレスの素材
- ザラザラしたスパンコールやレース
- ハイヒールを履いてよろめきながら歩く
- 靴が新しくて足が痛くなる
- パートナーと密着して踊る
- 相手の肩に頰を寄せる
- 温かく汗をかいた手を握る
- 踊っているほかの人にぶつ

ぷろむ｜プロム

- かる
- ダンスの合間に飲み物を飲む
- 格好が崩れないように身だしなみを直す
- 相手の腕が自分の腰にしっかりと巻かれる
- 胸にドスドスと響くベース音
- 踊っているうちに暑くなり、汗が流れてくる
- 夜風にあたろうと外に出たときに感じる温度差

❶ 物語が展開する状況や出来事
- 友人や同行する相手を喜ばせるために、お金を遣いすぎる
- パーティーの前日に同行する相手に振られる
- ドレスやスーツに何かをこぼす
- 着ているものまたは一緒に行った相手のせいで恥をかく
- カップル同士で来たグループの中で、ひとりだけ相手がいない
- パーティーの王または王妃の座を逃す
- 遭遇した元恋人が、自分の嫉妬心を煽ることを楽しんでいる
- 意地悪な女子生徒たちやいじめっ子たちの犠牲になる
- 恋人と別れトイレに籠る女子を励ますために、仲間が集まってトイレを占拠する
- よく知らない相手とパーティーに参加するが、相手とは気が合わないことが発覚する
- パーティーの最中やそのあとに、「ある行動」を起こすようにプレッシャーをかけられる
- 本命ではない相手と参加する
- 自分の相手の踊りが下手すぎたりみっともないことが発覚する

- 不当な門限を設けて、その時間に迎えに行くと言い張る親
- パーティーのボランティアを務めて自分の子どもを見張る厄介な親
- 飲み物に薬物を入れられる
- 同性の子にダンスを申し込みたいが、相手の拒絶やみんなの前でカミングアウトすることを恐れる
- どの二次会にも呼ばれない
- 自分の相手が廊下で別の人物とイチャイチャしているのを見つける
- 身体的な問題、あるいは体型についてひやかされることに苦しむ

❷ 登場人物
- DJ
- 写真家
- 生徒
- 教師および校長
- パーティーの男女の主役（王と王妃）
- 会場スタッフ（ウェイターおよびウェイトレス、管理者）
- ボランティア

設定の注意点とヒント
プロム（高校の学年末に行われるダンスパーティー）は、田舎風で素朴なものからハリウッドのレッドカーペットのようなものにいたるまで、かかる費用はじつにさまざまだ。裕福な地域にある学校の場合にはホテルで開催されることも考えられる。そこではいろんな種類の美味しい食べ物が用意され、装飾も高級感に溢れているし、生徒たちには豪華なギフトが入った袋が手渡されもするだろう。その真逆に、規模の小さいプロムの場合だと、学校の体育館や地元のロータリークラブ、教会のホールなどで開催されることもある。

例文
何百個という数の風船が天井に浮かび、いつも体育館に飾ってあるスポーツの横断幕を覆い隠している。照明がキラキラと輝き、きらびやかなドレスを着た女子たちや、タキシードを着たカッコいい男子たちの姿に覆われて、バスケットボールのコートは見えなくなっていた。普段なら、ここは汗と屈辱の臭いがするのに、今夜は香水やヘアスプレーの香りで満たされている。扉が開き、隙間風を受けて素肌の肩が震えた。私はドレスの上部を引っ張り上げて、髪に軽く触れると、人生最高の夜に向かって10センチヒールを履いた足を踏みだした。

使われている技法
対比、多感覚的描写

得られる効果
雰囲気の確立、感情の強化

郊外編 学校

保育園・幼稚園
〔英 Preschool〕

関連しうる設定
子ども部屋、小学校の教室、子どもの遊び場、スクールバス

👁 見えるもの
- イラストで覆われた壁
- タイル張りの、または薄いカーペットが敷かれた床
- 靴箱
- リュックやコートをかける名前が貼られたフック
- カラフルなお弁当箱
- 子ども用の椅子が置かれたテーブル
- 鉛筆削り
- 絵を描くときのために新聞紙で覆われた長方形やビーンズ形のテーブル
- 絵を描くときのスモックとして大人用のシャツを着る子ども
- 学校の備品が入ったカゴ（クレヨン、鉛筆、糊、安全ハサミ、図工用のモール）
- （授業計画表、カレンダー、ホッチキスやセロテープ、ペンがいっぱい入ったマグカップ、ティッシュ、抗菌ハンドローションが置かれた）保育士の机
- 「今週の主役」である園児の写真がピンで留められた掲示板
- 柔らかなマットが敷かれ、簡単に演奏できる楽器（木琴、タンバリン、ベル、マラカス、リコーダー）が置かれた音楽コーナー
- （玩具の自動車、キッズハウス、変身衣装、積み木などの玩具が置かれた）遊び場
- たくさんの本が置かれた棚と、腰掛けるためのビーズクッションや柔らかいクッションが置かれた読書コーナー
- 備品をしまう戸棚やキャビネット
- 折り畳んで置かれた昼寝用マット
- 丸めた紙やクラッカーの食べかすがあたりに散らばるゴミ箱
- グループ活動のためのカラフルな敷物
- 季節に合わせたアップリケや子どもたちの作品が一部に飾られた窓
- 天井から吊るされた紙工作
- 敷物の上でキラキラ輝くラメ
- 画鋲の穴やセロテープ、あるいは接着剤の残りがあちこちについた壁
- （滑り台、ブランコ、砂場、またはゴム製マットの上にキッズハウスが置かれた）フェンスで囲まれている遊び場に通じる園内専用の出口
- トイレ
- 走り回ったりゲームをして遊んでいる子どもたち
- 見張っている保育士
- 子どもの送迎に来る親
- 活動の手伝いをしたり、おやつの時間を監督するボランティア
- リサイクルのためにシンクのそばに置かれている潰されたジュースの紙パック

👂 聴こえるもの
- 子どもたちの声（笑い声、空想話を語る、叫ぶ、口論する、泣く、歌声）
- 子どもたちが人形や恐竜を使って架空の闘いを繰り広げる声
- ドアが「バタン」と閉まる
- ハサミで「チョキチョキ」と紙を切る
- 軽快な音楽や歌
- 風のある日に金網フェンス沿いで「カサカサ」と葉が鳴る
- 昼寝の前に読み聞かせをする保育士の声
- スナック菓子の袋が「カサカサ」と音を立てる
- 弁当箱を「パチン」と開閉する
- 紙パックに入った最後のジュースを「ズズー」と吸い込む音
- 椅子が床をこすったり横倒しになる音
- 積み木が崩れる音
- 玩具の車が壁に激突する音
- 本を読んでいる子どもが静かにページを捲る音
- 掃除のときにシンクに水が飛び散る音
- トイレの水を流す音
- 遊び場のゲートが「キィキィ」と音を立てながら開く
- ファスナーを上げ下げする音
- 楽器が甲高い音やいい音を出して演奏される
- 鼻をかむ音
- 具合が悪いときの身体が発する物音（くしゃみ、咳、鼻をすする）

👃 匂い
- 軽食（クラッカー、グラノラバー、クッキー、ポテトチップス、果物）
- ジュース
- 牛乳
- コーヒー
- 糊
- 絵の具
- 殺菌剤
- 汗
- 小便
- 芳香剤

ほ

ほいくえん・ようちえん

保育園・幼稚園

- 匂いつきサインペン
- 紙
- 嘔吐物

🟢 味
- 家から持参した軽食や昼食
- ジュース
- 水
- 牛乳
- 砂
- 絵の具
- 土

🟢 質感とそこから受ける感覚
- 換気口から吹きつける熱風
- 扇風機による涼風
- 子どもに抱きしめられて突然ギュッと圧力がかかる
- ベトベトした手
- 子どもの額に貼りついた汗に濡れた髪の毛
- 肌を拭く柔らかいティッシュ
- 絵本の滑らかなページ
- 椅子に落ちていたクラッカーの食べかすが足にくっつく
- 毛羽立ったカーペットやぬいぐるみ
- 硬いプラスチックの椅子
- リュックに肩を引っ張られる
- 遊び場のザラザラした砂や土
- 指先についたほこりっぽいチョークの粉
- 椅子や壁の出っ張り部分からジャンプして、着地に失敗したときに走る痛み
- けんけん遊びをしながらコンクリートに足が当たるときの衝撃
- ブランコを漕いでいるとき顔に勢いよくぶつかる空気
- 顔や髪に落ちる雨粒
- 足の後ろ側がヒリヒリする熱い滑り台
- 鬼ごっこの最中に加減のない力で押される
- ビーズクッションや柔らかいクッションの弾力性
- 肌にくっつくラメ
- ベトベトする糊

- グニャッとする粘土
- 水飲み場で顎を伝う冷たい水
- まだ描いたばかりで湿っている絵
- 滑って掴みにくい石鹸
- 冷たい抗菌ハンドローション
- 昼寝の時間に瞼が重くて開けていられなくなる
- 電動鉛筆削りの振動

🟢 物語が展開する状況や出来事
- 子どもの送迎時に親同士が口論になる
- シラミが突然大量に発生する
- 子ども同士が喧嘩になり、大騒ぎや怪我の原因になる
- 子どもが原因不明のあざや切り傷を負う
- 火災報知器が鳴る
- 子どもの迎えに遅れたり、酔っ払った姿で現れる親
- 具合の悪い子どもを連れてくる親
- 近所の遊び場に外出した際に、ひとりの子の姿が見えなくなる
- 心配になるような事柄を子どもたちが話し合っているのを耳にする(虐待、薬物使用、性的違法行為)
- 園内に人が侵入する
- ある人物が、許可もなく子どもを迎えに来て連れていこうとする
- 園児のひとりが予防接種を受けていないことが発覚する

🟢 登場人物
- 管理者
- 助手
- ケアワーカー
- 子ども
- 両親や祖父母
- 特別ゲスト(マジシャン、音楽家、作家、人形使い)
- 保育士

設定の注意点とヒント
保育園・幼稚園は、オーナーの自宅外で運営されるものもあれば(託児所)、オーナーの所有する建物内に設置されているものもある。場所を選ぶ際には住宅街(たいていは登場人物が暮らす地域)にあるのか、それとも職場内にあるのか(この場合は商業ビルの中に設置されていることが多い)について決める必要があるだろう。また託児所の場合には、規模の大きい保育園・幼稚園よりも子どもの数が少ないはずである。

例文
保育士に優しく押されるがままにドアを出たものの、サラは急いで窓辺に駆け寄り中を覗き込んだ。ほとんどの園児らが読書コーナーに集まり、お話の時間が始まるのを待ちながら、互いにひそひそ話をしたりクスクス笑ったり、敷物のほつれた糸を引っ張ったりしている。子どもたちの輪の方へすり足で近づいていく娘のモリーの髪が、扇風機の風に揺れていた。サラの人生でもっとも長い5秒間ののち、ひとりの少年が場所を空けて、モリーが座れるようにしてくれた。彼はチーズのクラッカーが入った袋を差しだしている。モリーはひとつ受け取ると、新しくできた友だちに微笑んだ。涙を堪えながら窓台から離れ、サラは仕事に向かった。彼女の靴は、タイルの上でコツコツと寂しげな音を立てていた。

使われている技法
多感覚的描写

得られる効果
雰囲気の確立、感情の強化、緊張感と葛藤

郊外編 学校

用務員室
〔英 Custodial Supply Room〕

関連しうる設定
小学校の教室、体育館、高校の廊下、更衣室、理科実験室

👁 見えるもの
- さまざまな色の化学製品が置かれた棚（ガラスクリーナー、床用ワックス、ステンレスクリーナー、抗菌洗浄剤）
- 壁に留められた多様なサイズのほこり取り
- 替えのゴミ袋が入った箱
- トイレ用品（トイレットペーパー、紙タオルのロール、ディスペンサーの詰め替え用ソープ）
- 予備が揃った何台かの備品カート（ゴミ箱、スプレー瓶に入ったクリーナー、卓上ほうきとちりとり、ゴム手袋、スポンジとへら、掃除用クロス、トイレブラシ、はたき）
- 掃除機
- バケツに入ったモップ
- ラベルが貼ってある箱やトートバッグ
- 何脚かの折りたたみ式の椅子
- 壁に掛かっている輪状の電源コード
- 安全や作業効率について描かれたポスター
- 汚れた布巾を入れる容器
- 隅に立つほうき
- 壁に立てかけられた脚立
- 道具箱
- 折りたたみ式の踏み台
- キャスターのついた大型のゴミ箱
- ホース付きの深さのあるユーティリティシンク
- 床の排水溝
- 狭い事務作業スペース（書類、注文用紙、パソコン、トランシーバーまたは携帯）
- お知らせや幼い生徒たちが描いた絵がピンで留められた掲示板
- 壁に取りつけた釘に掛けられた、チェックリストや記入用紙が挟んであるクリップボード
- 衣服を吊るす洗濯バサミ（腰サポーター、上着、冬の手袋、その他上に羽織るもの）

👂 聴こえるもの
- ドアの開閉音
- 大型のキーリングが「ジャラジャラ」と鳴る
- 「キィキィ」と鳴るカートの車輪
- バケツに入った液体が「ゴボゴボ」と音を立てる
- ウォールクリップから「パチン」とほうきを外す
- ドアの外を猛スピードで通り過ぎる足音
- 廊下でさまざまな話し声がざわつく
- 電話をかける声、あるいは電話のベルの音
- 蛇口から勢いよく出る水の音
- ゴミ袋を持ち上げて口を縛るときの「カサカサ」と鳴る音
- 段ボール箱の蓋が開けられる音
- カッターナイフでテープを上から薄く切る音
- 排水溝が「ゴボゴボ」と音を立てる
- 蛇口から「ポタポタ」と滴る水の音
- 壁の時計が「カチカチ」と鳴る
- 「クシャッ」と紙を丸める
- 紙の上を「サラサラ」と走るペン
- 床を重い箱やトートバッグがこすれる音
- 重い道具箱を「ドスン」と置く
- 道具が「カチャカチャ」とぶつかる
- タイルの上の割れ目に当たって「カタン」と音を立てるキャスターつきのバケツ
- 書類を動かしたり積むときの音

👃 匂い
- 化学薬品
- ほこり
- 接着剤
- ビニール
- カビたモップ
- 淀んだ水

👅 味
- 設定の中には、登場人物がその場面に持ち込むもの（チューインガム、ミント、煙草といったもの）以外に関連する味覚というものが特にないものもある。特定の味覚がほとんど登場しないこのような場面では、ほかの4つの感覚を用いた描写に専念するのがよいだろう。

✋ 質感とそこから受ける感覚
- スベスベしたゴミ袋
- 化学薬品をばらまいて目から涙が出る
- 手に当たる冷たい水
- 硬い作業用手袋
- ザラザラした手のたこ
- 所定の位置まで箱を引きずったり、あるいは棚からポリタンクを引っ張りだすときの重み
- 紙をクシャッと丸める

よ

ようむいんしつ ― 用務員室

- 足元のザラザラした床
- もこもこ泡立つ石鹸
- 湿った掃除用クロス
- ポケットの中の鍵が鋭くあたる
- 作業によってできた切り傷や擦り傷
- 袖口やズボンの裾が水で濡れる
- 手に持つモップの滑らかな取っ手
- スベスベした段ボール
- ファックスから出てくる温かな請求用紙
- まとわりつくゴムまたは使い捨て手袋
- 敏感な肌に触れた化学薬品による火傷

❶ 物語が展開する状況や出来事
- こぼれた液体に滑る
- 重すぎるものを持ち上げて、筋を違えたり捻挫する
- 棚に禁止されているものが隠されているのを見つけるが、持ち主がわからない
- 自殺した生徒、あるいはクラスメイトたちに殴られて用務員室に放り込まれた生徒を発見する
- 校内または自分が管理している建物の内部に害虫の痕跡を見つける
- 誰かが危険な目に遭っていることが伺える会話がドアの外から聴こえてくるが、それが誰なのかはわからない
- 化学薬品を吸い込んだり皮膚から吸収したことによる健康上の危機
- わざと内部を散らかす生徒たち
- からかいやいじめが行き過ぎて、用務員が我慢できずに暴力をふるう
- 安全手順をないがしろにしたために火事が発生する
- 管理先の建物の人々が自分の仕事や地位に敬意を払わないことに恨みを抱く
- 自分の部署が人員も予算も足りない中で、管理者からあり得ない期待を抱かれる

❷ 登場人物
- ビル管理業者
- 用務員
- 配達員
- 監査官
- メンテナンス作業員
- スタッフ

設定の注意点とヒント
用務員室は、狭いクローゼットほどの広さのものから、複数の備品室に事務室、休憩スペース、隣にボイラー室のある大きなものまで存在する。室内や備品の状態もさまざまだ。(病院など) 厳しく規制され点検される建物もあれば、物資が散乱して整理されておらず、破損した備品だらけのところも考えられる (人員や予算の足りない学校など)。また、用務員の仕事は報われないことがほとんどであり、日々のルーティンに紛れてしまい、周りの人々には目に見えない存在として扱われる場合もある。しかしそれゆえに用務員室というのは、人が秘密の会話を交わしたり隠れて落ち合うことができるような、意外な設定として活用できるのである。

例文
用務員室に滑り込んだケントは背後のドアを閉めて、日々ルーズヴェルト高校の玄関ホールを行き交う2,579名の生徒たちが生み出す騒音、混乱、それに彼らが運ぶ無数の細菌を遮断した。鼻から深く息を吸い込み、漂白剤の匂いがする空気を肺に入れて気分を落ち着かせてから目を開ける。室内には、ピカピカに磨かれたクロムメッキの棚が壁にずらりと並んでいた。アンモニア、床磨き、ガラスクリーナーといったボトルが順に列をなし、ラベルは揃って北側を向いている。モップはラックにかけられ、隅に固まろうとするほこりや土からはしっかりと距離を置いている。気分がよくなった彼は、椅子に深く腰掛けると机の上にある鉛筆立ての位置を直した。ケントのような人間に用務員が務まるものか、と父はいつも言っていた。しかし、自分よりも清楚に保つことに長けた人物がどこにいるというのだろう？

使われている技法
多感覚的描写、象徴

得られる効果
登場人物の特徴づけ、雰囲気の確立

郊外編 学校

理科実験室
〔英 Science Lab〕

関連しうる設定
全寮制の学校、寮の部屋、高校の廊下、スクールバス、大学の講堂

見えるもの
- 深いシンクとガス栓のある長いカウンター
- 実験道具が入ったキャビネット(顕微鏡、テクルバーナー、実験スタンド、ビーカー、フラスコ、シリンダー、シャーレ、ラックに入れてある試験管、その他のガラス製品)
- 机やテーブル
- 全熱交換器
- 小さな備品がしまわれたラベル付きのトートバッグ(ウェットティッシュ、スライドガラス、プラスチックのピペット、金網、るつぼ、蒸発皿、時計皿、滴板、ガラス棒)
- 備品をしまっておく引き出し(試験管ホルダー、ビーカーやるつぼ挟み、締め具、三角架、着火装置、ビュレット、漏斗、温度計、ホース、外科用メス)
- 薄葉紙
- 壁に貼られた教育用のポスターや安全な実験方法の注意書き
- 明るい蛍光灯
- 消火器
- コンセント
- 安全メガネが入った容器
- 洗眼器
- 天秤
- 化学薬品や高価な備品が収納され鍵のかけられたキャビネットやクローゼット
- ディスペンサー
- 元素周期表
- 有害物質が充満した実験のためのドラフトチャンバー
- ホワイトボード
- 使い捨て手袋の入った箱
- 救急箱
- 固体化合物が入った瓶
- 白衣やエプロン
- 実験の失敗(ビーカーから火が出る、化学薬品の爆発、薬品の蒸気が実験室内を汚染する、こぼして燃焼する)

聴こえるもの
- 蛇口から勢いよく出る水の音
- 液体に泡や気泡が発生する音
- ガスが「パン」と音を立ててつく
- 全熱交換器の強力なファンの音
- ガスが「シューッ」と放出される
- 蛇口から水滴が「ポタポタ」と落ちる
- 紙タオルを「クシャクシャ」と丸める
- 鉛筆が紙の上で「カリカリ」と音を立てる
- 椅子やスツールが床をこする音
- キャビネットの扉を開閉する際に「ギィギィ」と蝶番が鳴る
- 引き出しを「バタン」と閉める
- ガラス製品同士が「カチャン」と当たる
- 床にビーカーが落ちて粉々になる音
- 重たい顕微鏡を作業台の上に「ドスン」と置く
- 着火装置が「カチッ」と音を立てる
- 生徒が実験について話し合う声
- 生徒たちに説明をする教師の声やホワイトボードに板書

する音

匂い
- 鼻をつく化学薬品や蒸気
- ホルムアルデヒド
- 酢
- アルコール
- 指導役がいない中で行われた実験から漂う燃焼臭
- ハンドソープ
- クリーナー
- ガス
- 漂白剤
- 熱くなったゴム
- 使い捨て手袋

味
- 設定の中には、登場人物がその場面に持ち込むもの(チューイングガム、ミント、口紅、煙草といったもの)以外に関連する味覚というものが特にないものもある。特定の味覚がほとんど登場しないこのような場面では、ほかの4つの感覚を用いた描写に専念するのがよいだろう。

質感とそこから受ける感覚
- メモをとるために鉛筆を握る
- 使い捨て手袋が手に貼りつく
- バーナーに点火するときの着火装置の引張コイルばねの抵抗力
- ガラス製のビーカーや試験管の壊れやすさ
- 顕微鏡のどっしりとした重さ
- 廃棄するためにまとめる際、手袋をした手に当たる化合物の小石のようなザラザラした感触
- 薄いスライドガラスや時計

りかじっけんしつ — 理科実験室

- 皿を指でつまむ
- 温かい金属製のトングや締め具
- 急を要して目を洗うときに顔に触れる冷たい水
- 肌に食い込む安全メガネのきついひも
- 肌をかゆくさせたりヒリヒリさせる不快な化学薬品
- バーナーの炎の暖かさ
- 実験のために前屈みになっていたので、背中や首が凝る

❶ 物語が展開する状況や出来事

- 化学反応が起こり、爆発したり有害な蒸気が発生する
- つまずいてクラスメイトに危険な液体が降りかかる
- 消火器が正常に作動しない
- メスで切り目を入れた際、血を見て誰かが失神する
- 不均一な熱を加えたため、試験管が粉々になる
- 目立つ行動に出たクラスメイトが事故を起こす
- 生徒を入念に監督しない不注意な教師
- 高価な備品が行方不明になる
- 放課後の窃盗
- 化学薬品が飛び散り、皮膚が損傷を負う
- バーナーの火が袖に燃え移る

🧑 登場人物

- 用務員
- 生徒
- 教師

設定の注意点とヒント

学校の実験室の様子や雰囲気は、その学校がどの程度の財政援助を得ているかという点や、実験室を利用する生徒の年齢によって異なるだろう。この場所を舞台にした実験の場面を忠実に描くには、物語に登場する人物の年齢層、それに伴う典型的な行動についてきちんと把握するべきである。そして過度に専門的になり過ぎることなく、それでも説得力のある場面に仕上げられるよう、実験の内容やその方法、あるいは使用する器具については必ず調査しておくべきだ。

例文

テクルバーナーのねじをいじりながら、キャットは炎とぐつぐつ煮えている液体に交互に視線を走らせた。どうしよう、本当ならもう沸騰してるはずじゃないの？ ねじを調節しようと手を伸ばしたが、普段バイオリンを弾く彼女の指はひどく震え、誤って水の入ったフラスコにぶつかってしまった。それを掴もうとして今度はアルコールをひっくり返し、万が一液体をこぼしたときのためにと準備しておいた紙タオルがびしょびしょになる。どうやらバーナーのあまりにも近くに置いていたようだと彼女が気づいたのは、紙タオルが燃えだしたときだった。まるで樹木を粉砕するウッドチッパーのごとく、火は隣の男子のルーズリーフに燃え移り、さらにその隣の子のノートも粉々に噛み砕いていく。キャットは水で消火しようと試みたが、掴んだのはアルコールだった。もはや炎は勢いを増す一方だ。ガラスは爆発し、叫び声を上げながら子どもたちが机の下に飛び込む。事態を収めるためにグルーバー先生が駆けつけたときには、キャットは壁に背をつけて小さくなっていた。だから化学は合わないと思うって履修アドバイザーに言ったのに。当初の望み通り、どうして音楽の第二選択科目を取らせてくれなかったのかしら？

使われている技法
誇張法、擬人法

得られる効果
登場人物の特徴づけ、背景の示唆

219

郊外編 学校

寮の部屋
[英 Dorm Room]

関連しうる設定
郊外編 — 全寮制の学校、大学の講堂、大学のキャンパス
都市編 — カフェ、コインランドリー、図書館、スポーツイベントの観客席

👁 見えるもの
- 壁に貼られたポスター（やる気を起こさせる言葉、ユーモラスなイラスト、皮肉を表したもの、芸能人またはスポーツ選手、独自色の強いロックバンド）
- 窓台に空の栄養ドリンクの缶が並ぶ小さな窓
- （フリルつきの、地味な、スポーツ柄の、幾何学模様の、家庭的な、強烈なデザインの、カラフルな、擦り切れた）寝具に所有者の性格が表れる狭いベッド
- 机が置かれた共有スペース（ノートパソコン、携帯の充電器、音楽プレーヤー対応のスピーカー、教科書、プリンター、ノート、ティッシュ箱、小型扇風機、ペンや鉛筆などが置かれる）
- スペースを最大限に用いるよう整理されたクローゼット（ハンガーにかけられた服、ラックに並ぶ靴、スナック菓子や飲み物が入ったプラスチックコンテナ、いくつかの清掃用品、予備の洗面用品、タオル）
- 小型電子レンジや（果物、ヨーグルト、サルサ、チーズ、カットフルーツ、飲み物、テイクアウトの容器が入った）小型冷蔵庫
- 店から持ち帰ったさまざまな調味料の小袋がのった皿
- 小分けされたホットチョコレートの袋やティーバッグが入った小さな袋
- （写真、実家から届いた絵はがき、授業予定表、啓蒙的な引用句、楽しく夜遊びしたときの思い出の品、コンサートのチケットなどが）コラージュされたコルクボード
- 目覚まし時計とランプが置かれたサイドテーブル
- 来客時に使う折りたたみ椅子
- ゴミ箱
- 1ケース分のペットボトルの水、またはお気に入りの炭酸飲料
- 引き出し式のチェスト
- （マフラー、コート、フードつきのスウェットなどがかけられた）ドアフック
- オットマンやコーヒーテーブルとしても使える収納つきベンチ
- コーヒーメーカーとマグカップ
- 壁に設置された鏡
- 狭い共同浴室
- スポーツ用品が入ったダッフルバッグ
- 洗濯物を入れておく袋
- 教科書とバインダー

👂 聴こえるもの
- 音楽
- ストリーミング・コンテンツやビデオゲームから流れてくる音声
- ルームメイトのお喋りや笑い声
- シャワーを浴びながら歌う声
- ドライヤーで髪を乾かす音
- 「カチャカチャ」と音を立てる皿
- アルミホイルやスナック菓子の入ったビニール袋が「パリパリ」と音を立てる
- 「ブーン」と鳴る扇風機
- 携帯の着信音やメール受信音
- ベッドのスプリングが甲高い音を立てる
- 枕をフワッと膨らませる音
- 流水音
- 開け放たれた窓から聴こえる外の音
- 誰かがドアを蹴る音
- ものを探して引き出しを勢いよく開閉する音
- コーヒーを煎れているときに「ゴボゴボ」と鳴るポット
- 稼働中に「ブーン」と鳴る電子レンジや冷蔵庫
- 「カチカチ」と鳴る時計
- 廊下から聴こえる口論
- 電子レンジの中でポップコーンがはじける音
- 机の上の紙がそよ風に揺れる音

👃 匂い
- 汗
- 洗っていない洗濯物
- 芳香剤
- 硬くなったパン
- ゴミ箱の中のカビた果物の皮
- 臭う靴や靴下
- 香水
- ボディスプレー
- ハンドクリーム
- ヘアスプレー
- 電子レンジで温められた食べ物
- コーヒー
- できたてのポップコーン
- ピーナッツバター
- 紙
- サインペン
- ムッとする煙草の煙

り

りょうのへや ― 寮の部屋

🍴 味
- コーヒー
- 紅茶
- ホットチョコレート
- アルコール
- 炭酸飲料
- 水
- 栄養ドリンク
- クラッカー
- シリアル
- ヨーグルト
- 果物
- プロテインバー
- ポテトチップスやその他のスナック菓子
- 地元のレストランのファストフード

✋ 質感とそこから受ける感覚
- 長い一日を終えてベッドに入ったときのスプリングの弾力感
- 滑らかなキーボード
- 唇につけた温かなコーヒーカップ
- 教科書のページの光沢感
- 洗い立てのバスタオルのフワフワした柔らかさ
- 肌に吹きつける携帯型扇風機の風
- 履きやすい靴に足を突っ込み、急いでドアを出ていく
- 目覚ましをピシャリと止める手
- ひんやりしたドアノブ
- 両肩でリュックのバランスをとる
- 床に落ちている破片につまずく
- 開いた窓から入ってくるそよ風

❶ 物語が展開する状況や出来事
- 気の合わないルームメイト
- パーソナルスペースについて、あるいは整理整頓について口論になる
- 私物が行方不明になる
- 室内に誰かが侵入し、ものが盗まれる
- 勉強しなければならないのに、ルームメイトがしょっちゅう人を部屋に呼ぶ
- 自分のものをなくしただとか使い切ったからとルームメイトがいろいろなものを借りにくる
- 違法薬物を使用し、それを寮の部屋に隠し持っているルームメイト
- 詮索好きで権力に執着している寮長
- 規則が厳しく、不安や不満が募る
- 寮の規則を破ったことが見つかる
- 自分の持ち物を探ってきたり自分宛のメールを勝手に読んだりするなど、プライバシーを侵害する行為をはたらいてくるルームメイト
- ルームメイトが自傷的な行動をとるが、どう対処したらいいかわからない
- 自傷行為をしているルームメイトの姿を目撃する
- 助けが必要なのにそれを認めようとしないルームメイト

👤 登場人物
- 寮長
- 友人
- ルームメイト
- 学生
- 訪ねてきた親

設定の注意点とヒント
寮の室内はそこに暮らす人物の性格と一致するものであり、男子寮と女子寮では多くの違いが見られる。部屋を共同で使用する場合、それぞれのスペースは大きく様子が異なり、さまざまな衝突が生じることを予感させるだろう。あらゆる家具はその室内にフィットするような経済的なものが備えつけられているはずだ。浴室をルームメイト同士で使用する寮もあれば、もっと大人数で入ることのできる共同浴室を設けている寮もあるかもしれない。たとえ本来は散らかし放題な性格の人物であっても、すべてのものをしまうスペースを作らなければならないので、整理整頓は必須である。

例文
暗闇に一筋の光が差し込み、僕は目を覚ました。続いてドアがバタンと閉まる。酔っ払ったリックがどこにいるのかは、音だけでわかる――机の角にぶつかって悪態をつき、くぐもった音を立てながら蹴って脱いだ靴が、共同で使っているゴミ箱にあたって跳ね返った。ようやく彼はベッドに倒れ込み、その190cmの身体にベッドのスプリングがギシギシと苦しそうな声を上げる。ムッとするビールの匂いが充満する中、2秒後にはいびきが部屋を揺らしていた。僕は天井をじっと睨むと、彼がさっさと落第してくれてもっといいルームメイトに替わりますようにと大学の神様に祈った。

使われている技法
光と影、多感覚的描写

得られる効果
緊張感と葛藤

場面設定類語辞典 郊外編

自然と地形

- 荒れ地
- 池
- 海
- 小川
- 温泉
- 海食洞
- 河
- 峡谷

- 砂漠
- 湿原
- 草原
- 滝
- 低湿地
- 洞窟
- 沼地
- 熱帯雨林

- ハイキングコース
- ビーチ
- 北極のツンドラ
- 湖
- 南の島
- 森
- 山

あ
か
さ
た
な
は
ま
や
ら
わ

郊外編 自然と地形

荒れ地
〔英 Badlands〕

関連しうる設定
峡谷

👁 見えるもの
- 風や水に浸食されて赤や黄色に変色した、高く積み上がった岩層
- かつて水が流れていたと思しきひび割れた粘土層
- でこぼこした地形において、動物によって踏みならされてできた砂の道
- 砂岩や石灰岩の岩壁
- 岩でできたアーチ
- 平坦なビュート（孤立丘）やフィン（堆積岩のアーチ）
- 厚い石の上に見られる小さな化石
- 深い裂罅や乾いた峡谷
- 不安定なオベリスクのようにそびえる薄い岩の尖塔（岩柱）
- 陸地と空を分岐するギザギザした稜線
- 腐食動物によって剥ぎ取られ日光で色あせた動物の頭蓋骨や骸骨
- 幅の広い峡谷
- 成長は止まっているが生き延びている木々や低木の茂み（ビャクシン、ビロードトネリコ、ヤマヨモギ、セアノサス）
- とげのある顕花植物（ムラサキバレンギク、アザミ、トウワタ）
- サボテンや野草の群生地（スパルティナ、オガサワラスズメノヒエ、スズメノテッポウ、ブルーグラマ）
- 巨礫の日陰や茂みの下で休む野ウサギ
- 背の高い岩壁の穴に潜り込んだイワミソサザイ
- 岩から茂みへと駆け回る爬虫類（サソリ、ヘビ、トカゲ）
- 雲の筋のある広々とした青空
- リュックを背負ってハイキングをする人々
- 発掘調査をするためにロープを張る地質学者
- オオツノヒツジ

👂 聴こえるもの
- 岩や渓谷を風が「ピューッ」と通り抜ける音
- 足元で頁岩が「バリバリ」と音を立てる
- ネズミやトカゲが枯れた草の上を駆け抜ける音
- 上空を旋回する猛禽類の鳴き声
- 不安定な土壌が崩壊し、岩が動いて下の渓谷に転げ落ちる音

👃 匂い
- きれいな空気
- 砂岩や石灰岩の強い匂い
- 枯れた草
- ほこり
- 鼻にツンとくるビャクシンの葉
- 動物の糞
- 汗

👅 味
- 山歩きのための食べ物（グラノラバー、レーズン、ナッツ、ドライフルーツ、サンドイッチ、ビーフジャーキー、水や電解質補給ができる飲み物）

✋ 質感とそこから受ける感覚
- 風で削られてスベスベした砂岩
- ふくらはぎをこするわらのような草
- 蚊に刺される
- 日よけをせずに顔や首が日に焼けてしまいズキズキする
- 手に付着した粉っぽいほこり
- 眉から滴り落ちる汗
- トレッキングブーツの中に入り込む頁岩の破片
- 足元で動く緩い砂や頁岩
- チクチクする葉やとげのある茂みにひっかかる
- 峡谷、渓谷の間をグルグル回りながら吹いてきた風が、服や顔面に触れる
- 起伏のある道で慎重に足を踏み出す

❗ 物語が展開する状況や出来事
- つまずいたり転倒して怪我を負う
- 同じところをグルグル回る、道に迷う
- 雨風にさらされる
- 水が尽きる
- ツアーの集団から置いていかれる
- 毒ヘビや毒グモに嚙まれる
- ピューマなどのその土地に生息する危険な動物に遭遇する
- 岩が落下したり、崩れかけた岩棚が崩壊する
- 珍しい化石を相手と一緒に発見し、どちらが先に見つけたか、どちらがそれを預かるべきかをめぐり争いになる

👤 登場人物
- 考古学者
- ハイキングをする人
- 一帯について学ぶ校外学習

224

のグループ
- ツアーの団体および観光客

あれち｜荒れ地

あ

設定の注意点とヒント
荒れ地は自然に形成されるものではあるが、過剰な採鉱や農業開発などといった人為的な干渉によって引き起こされる場合もある。たとえば汚染物質によって一帯の水質が損なわれ、植物が枯れ、土地の浸食が急速に進んでいくようなシチュエーションを考えたとき、荒れ地という設定はディストピアを描く物語にも用い得る選択肢だと言えるだろう。

例文
もう認めるしかない。俺は道に迷ったのだ。岩壁に背中をつけると、凍えた両手を温めるために脇の下に押し込んだ。冷たい星の光と爪のように細長い月によって、周りを囲む岩柱は硬い手足の骨へと姿を変え、あたりの静けさはまさに墓地のそれだった。吐きだす息が白い。寒い夜になりそうだが、火を起こす燃料もなければ懐中電灯もない中で、一番賢い方法といえば日の出を待つことだ。天気のリスクを負う方が、暗闇で進路を見つけようとしてガラガラヘビの巣を踏んでしまうよりもまだいい。

使われている技法
光と影、隠喩

得られる効果
雰囲気の確立、伏線

郊外編 自然と地形

池
〔英 Pond〕

関連しうる設定
キャンプ場、小川、田舎道、農場、湖、草原、果樹園、牧場、サマーキャンプ

👁 見えるもの
- 淀んだ水が溜まった水たまり
- 水面に浮かぶ睡蓮の葉
- 水の中から突き出たアシや長い草
- 縁に沿って生えている雑草や野花（タンポポ、ヒナギク、野イチゴ、クローバーの花、イングリッシュ・ブルーベル）
- 小さな岩や小石が散らばった泥だらけの岸
- 水中にある岩を覆う藻
- 折れて半分水面に沈む枝
- 池の縁に浮いたびしょ濡れの小枝
- 岸に沿って生える木々
- 水面に浮かぶ葉
- 浅瀬を泳ぐ小魚やオタマジャクシ
- 水の中に飛び込むカエル
- さまざまな水鳥（サギ、シラサギ、カモ、ガン、白鳥）
- 気泡が立ちのぼって渦巻く水
- 水面をスイスイと滑るアメンボ
- 水面をスルスルと滑るヘビ
- 岸辺で日光浴をしているワニ
- 水を飲んでいるシカ
- ウサギ
- リス
- マスクラット
- 遊んでいるカワウソ
- 朽ちた幹に沿って転がるように進む甲虫
- あちこちを飛ぶトンボやチョウ
- 草の間から飛び出すイナゴ、バッタ、キリギリス
- ハエやハチ
- 蛇行して進むアリの列
- 蚊
- クモ
- 水中から顔を覗かせるカメ
- ヒル
- カタツムリ
- 水面に反射する木々や雲
- 岸に引き上げられた古い漕ぎ舟
- 壊れそうな桟橋
- 橋

🔊 聴こえるもの
- 水が跳ねる音
- 水浴びや羽づくろいのときに鳥の羽が「パタパタ」とはためく
- 鳥のさえずりやカエルの「ゲロゲロ」という鳴き声
- やぶの中にいる小動物
- 雄ジカやヤギが水を「ピチャピチャ」と飲む
- 鳥がやかましい声を上げる
- 昆虫が「ブンブン」「ブーン」と飛ぶ
- 木々を風が「カサカサ」と揺らす音
- コオロギやイナゴ、バッタ、キリギリスの鳴き声
- 薄い石が湖の水面で水切りをする音
- 泥の中を「ピチャピチャ」と歩く
- 鳥が「パタパタ」と羽を動かして飛び立つ音
- カエルやカメが池の中に「ポチャン」と飛び込む
- 漕ぎ舟のオールが水面に割って入る音
- 雨粒が池に当たって跳ねる音
- 遠くから聴こえる雷
- 誰かが橋の上を歩くときに「ギシギシ」と音が立つ
- 小さな埠頭や桟橋を歩くビーチサンダルの足音

👃 匂い
- 淀んだ水
- 草
- 野花
- 野生のミント
- 甘い香りのクローバー
- 松やトウヒの木
- 濡れた地面
- 腐りかけた物質
- アオコ

👅 味
- 旬のベリー種（サスカトゥーン・ベリー、セイヨウスグリ、イチゴ、野生のラズベリー、ブラックベリー）
- 摘みたてのベリーに付着した土
- ローズヒップ
- 池の水
- 家から持参した昼食（ピーナッツバター・サンドイッチ、果物、クラッカー、チーズ、グラノラバー）
- 葉の茎を引き抜いて、中の甘い部分を噛む

✋ 質感とそこから受ける感覚
- 肌を滑り落ちる冷たい水
- 足の指の間で押しつぶされた泥
- 温かな日光
- 背中に当たる柔らかな葉や苔
- 肌の上にとまったり肌を這う昆虫
- 虫に刺される
- ヌルヌルしたカエルやオタマジャクシ
- 草を引っ張ってもぎとる

いけ — 池

- 滑らかな花びら
- スベスベしたり泥だらけの小石を水の中に投げる
- 肌に付着したヒルを引きはがす
- 池から上がって濡れた体の上から着た服が肌に貼りつく
- フワフワしたタンポポが風に吹かれてバラバラになる
- 水が靴の中に染み込む
- 木のような花の茎
- ベリーの汁が指や唇を汚す
- 太陽に焼かれた小石の温かさ
- 日焼け
- 爪の中に砂粒が入る
- 水の中で手をゆすぐ
- 草に覆われた岸を裸足で歩く
- 池の底にあるヌルヌルした小石
- 泳いでいる最中に足先や脚をかすめる水生植物
- 濁った水の中に浮いた手作りのいかだの、ゴツゴツした丸太の上にひざまずく

❶ 物語が展開する状況や出来事
- 池で泳いでいるときに、水を媒介して伝染するバクテリアが体内に入る
- ワニやヘビ
- ハチに刺されてアレルギー反応を起こす
- 動物の死骸が池に浮いているのを見つける
- 有毒なベリーを食べる
- 魚が一匹も釣れない
- 年下のきょうだいが溺れかける
- 泥を踏んで靴が泥に浸かる
- 池に落ちる
- 悪天候に見舞われる
- 乗っていたいかだが壊れたりカヌーが水浸しになる
- もともと屋外で過ごすことが好きではない
- 虫が怖い
- 水から上がり、全身にヒルがくっついていることに気づく
- 何かゾッとするようなことを仲間から強要される（池の水を飲む、オタマジャクシを食べる）

登場人物
- キャンプをする人
- 釣りをする子ども
- ピクニックに来る人
- 敷地の所有者とその家族

設定の注意点とヒント
池の生態系というのは、登場人物がふれあうことのできる多くの植物や動物を支えている。もし人との関わりを求めているのであれば、人々がより日常的に足を向けるような都会の公園にある池や、地元の人々が泳ぐためによく利用するようなローカルな池も考えられるだろう。

例文
まったく動きのない水の中で釣り竿が線を描く中、フリンと僕は湿った岸辺に腰掛けていた。浮き草の近くにいるウシガエルが顔を上げて、僕らの方を物珍しそうに見つめると、再び真っ暗な中へと戻っていく。この池に魚がいるかどうかなんてわからないけど、絶対にここにはないものならわかる。叫び声に悪態、気の抜けたビールの嫌な臭い、それにいつ爆発するかわからない父さんの怒りだ。

使われている技法
対比

得られる効果
背景の示唆

海
〔英 Ocean〕

関連しうる設定
郊外編 ― ビーチ、ビーチパーティー、海食洞、南の島
都市編 ― 漁船、マリーナ、ヨット

👁 見えるもの
- 砂の地面
- 砂州や下り斜面
- 砂利
- 浅瀬の底
- 海草
- 半分埋まった貝殻
- ナマコや海綿動物
- イソギンチャク
- 色とりどりの海草
- とげだらけの黒いウニ
- 光の筋があちこちに降り注ぐ日当りのよい箇所と暗がり
- 大洞窟
- さまざまな種類のサンゴ（ノウサンゴ、シカツノサンゴ、ウミトサカ目）
- 潮流
- 石灰岩の海溝
- カラフルな魚たち（マグロ、タラ、メカジキ、サケ、フグ、マンボウ、バショウカジキ、ハタ）
- 岩に沿ったり海底を滑りながら移動するタコ
- カニ
- オオシャコガイやホラガイ
- すばやく上下に動くタツノオトシゴ
- プランクトン
- ウナギ
- ロブスター
- 海底を背に人目につきにくいオニイトマキエイ
- 泳ぎながら通り過ぎるサメ
- エビ
- 藻に覆われた岩
- 部分的に岩に隠れたヒトデ
- 潮の流れに漂う海草
- 海産巻貝やウミヘビ
- ところどころに薄く広がる海草を食べるカメ
- 巨大なクジラ
- 戯れることが好きなイルカ
- すばやく動くバラクーダ
- イカやクラゲ
- スキューバダイビングをしている人の装備から上がる気泡
- 水面を通過して跡を残すボート
- 頭上を通過するボートの船体
- 水面に浮いたかすや油膜
- 半分砂に埋まった魚の死骸、カニやロブスターの壊れた外骨格
- 地面に仕掛けられた小エビやカニの罠
- さびや藻に覆われた難破船
- 難破船のガレキ（古い網、木材、瓶、蔓脚類、さびたチェーンや碇）
- 最近捨てられたゴミ（タイヤ、生ゴミ、瓶、缶）
- 珊瑚礁の死滅した箇所

👂 聴こえるもの
- チューブを通して大きく聴こえる呼吸音
- 耳に伝わる自分の鼓動
- 背負われた装備から「シューッ」と音を立てて出る空気
- あたりの水をかき分けるために足ヒレで「シュッ」と蹴る
- 水がボートの船体に打ち寄せる音

👃 匂い
- 密封された空気
- ゴム
- マスクの防水剤
- 汗
- 日焼け止め

👅 味
- 設定の中には、登場人物がその場面に持ち込むもの（チューインガム、ミント、口紅、煙草といったもの）以外に関連する味覚というものが特にないものもある。特定の味覚がほとんど登場しないこのような場面では、ほかの4つの感覚を用いた描写に専念するのがよいだろう。

✋ 質感とそこから受ける感覚
- 冷水と温水
- 垂れ下がったビキニのひもが肌をくすぐる
- 肌をカプセルのように包み込むウェットスーツ
- 濡れたクロロプレンゴム
- 肌やウェットスーツに当たる水の感触
- 頬にあたって跳ね返る気泡
- 頭皮から髪の毛が持ち上がり水中で波打つ
- 砂の中に沈めたりサンゴや岩をかすめる指
- 足ヒレが固いものにぶつかる（海底、難破船、至近距離で泳いでいたほかのダイバー、岩）
- 魚が自分の手や体に軽く触れる
- 潮流に引っ張られる
- カメの硬い甲羅に手を這わせる
- 口にマウスピースをはめたときのぎこちなさ
- 石灰岩の塊を支えに手で掴みながら海底から上がる
- 潮の流れにのって浮かんだり逆らって泳ぐ
- 速く泳いだために筋肉が疲労する

うみ──海

- マスクのストラップが頭の後ろや顔の横を引っかく
- 肩を引っ張るずっしりした装備の重み
- 砂を払ってそこにあるものを見ようとする
- 砂を押しのけようと海底付近の水を扇ぐ
- （サメ、バラクーダ、タコ、クラゲなど）危険な海洋生物から逃れるために後ろに向かって泳ぐ
- 頭上から海水に圧迫されていることに気づき、閉所恐怖症の感覚に陥る
- 貝殻やヒトデを手に取ってよく観察してから、また元の場所に戻す

❶ 物語が展開する状況や出来事
- ダイビング中にパニック状態になる
- 装備に欠陥がある
- 溺れかける
- 仲間と離ればなれになる
- 危険な海洋生物（サメ、クラゲ、ウナギ、エイ、バラクーダ）
- 経験の浅い人物と組んでダイビングをすることになる
- 水中で怪我を負う
- 酸素が尽きる
- 水中で出られなくなる（洞窟内や難破船の中）
- マスクに水が入る
- 触れたときに動いた石灰岩によって、岩の間に足ヒレが挟まれる
- 難破船から財宝を持ちだしたトレジャーハンターたちに、自分たちの目的を邪魔する脅威だとみなされる
- 水中の潮の流れが速く、ツアーグループから引き離される

❷ 登場人物
- 海洋生物学者
- スキューバダイビングをする人
- シュノーケリングをする人
- 水中写真家や映像作家

設定の注意点とヒント
水中の設定は、それを活用するための創造力と活用に伴う難題の両方を投げかけてくる。『ジョーズ』『ザ・ディープ』の作家、ピーター・ベンチリーはそれをいとも簡単そうにやってのけた。だから、やってやれないことはないはずである。海中では音は弱まり、ダイビングのマスクを着けた状態では味や匂いもほとんどわからない。ゆえにこの設定では視覚と触覚にかなりの部分を頼ることになるだろう。それでもやはり、荒涼とした独特なビジュアルが、海という設定を、物語において興味深く好奇心をそそる選択肢にしているのである。

例文
肌を擦りむかないように──水の中で血が出ることだけはなんとしても避けたい──足を思い切り引っ張ったりひねったりする私の耳に、心臓の鼓動がホームに入ってくる列車のように轟音を立てて鳴り響く。だいたいなんでこんなことになったのよ？　ほんの1分前にはクラゲの姿を収めようと岩から身を乗りだしていたのに、それが今では足が引っかかってしまっている。酸素を飲み込むと、私は必死に頭を左右に動かして、巨大で危険なものに見つかる前に誰かが気づいてくれないかと、別のダイバーの姿を探した。

使われている技法
直喩

得られる効果
感情の強化、緊張感と葛藤

郊外編 自然と地形 お

小川
[英 Creek]

関連しうる設定
キャンプ場、峡谷、田舎道、森、ハイキングコース、狩猟小屋、草原、山、池、河

👁 見えるもの
- 曲がりくねった水の流れを取り囲む木々や低木の茂み
- でこぼこした地面
- やぶ（倒れて苔に覆われた木々、樹皮の断片、背の高い草に絡まる枯れ葉や松ぼっくり）
- 水辺を訪れる動物たちに踏みならされてできた森の通り道
- 浅瀬を縁取る草の生い茂った岸
- 流れの中に小さな島を形成している岩
- 濡れた石の上を滑り落ちる水
- 日光がまだらに当たる水面に沿って流される葉や松葉の断片
- 波打つ水
- 水の中をすばやく通り過ぎていくミノウや小魚
- 緑や茶色の砂、岩、藻がまだら状に見える川底
- 濁った小川の底に半分埋まっている小石や礫岩
- アシなどのさまざまな草の周りを流れる水
- ヒル
- カエル
- カメ
- ヘビ
- オタマジャクシやハサミアジサシ
- 泥のついた岸に残る動物の足跡
- ゆったりと浮かびながら下流に向かう葉や気泡
- 岸で野ざらしになった木の根
- 部分的に水面に沈んだ小枝
- 水を飲むために立寄る動物（キツネ、シカ、ウサギ、リス、アライグマ）
- 水浴びをしている鳥
- 水面に沿って急降下するトンボ
- 水際に集まった軽量のゴミ（飲み物のカップ、アルミホイルの破片、ビニール袋）
- ピクニックに来た人々がブランケットを敷いて静かな空間でランチを楽しんでいる
- 岸に沿ってカエルやヒキガエルを探す子ども
- 暑い日の午後、互いに水をかけ合ったり飛ばし合う子どもたち

👂 聴こえるもの
- 岩の周りや小枝の上を水が「チョロチョロ」と流れる
- 蚊が「ブーン」と飛ぶ
- トンボの羽がうなる
- 鳥が水中でしぶきを上げたり、木々の上で互いに鳴き声を上げる
- 甲高い声で鳴くコオロギや「ゲロゲロ」と鳴くカエル
- 葉や背の高い草の間を滑るように通過していく風の音
- 投げた石が「ポチャン」と小川に落ちる
- 釣り針に引っかかった魚が「ジタバタ」と水をまき散らす音
- 風の強い日に「ギシギシ」と鳴る木々
- 小動物が通ってやぶが「カサカサ」と音を立てる
- 子どもが水しぶきを上げたり笑い声を出す
- 誰かがリールで魚を引き寄せながら金切り声を上げる
- 小川が河と合流する下流に向かうほどに増してゆく水音

👃 匂い
- 藻
- 緑の草木
- 太陽に温められた土や岩
- 朽ちた樹皮や葉
- 湿った土
- 汗
- ゴム長靴
- 魚臭さ
- 泥

👅 味
- 山から流れる小川の混じりけのない水
- ピクニックの食べ物（サンドイッチやラップサンド、チーズ、クラッカー、ポテトサラダ、果物、ポテトチップス）
- ハイキング用の食べ物（木の実が入ったトレイルミックス、ビーフジャーキー、ドライフルーツ、プロテインやグラノラバー）
- 茂みから摘んできたベリー種やローズヒップ
- 森から採ってきた木の実や菜っ葉

✋ 質感とそこから受ける感覚
- 体を引っかく草ややぶ
- 長靴が湿った土に沈み込んだときのグニャッとした柔らかな感触
- 小川の底にある岩が素足を突つく
- つま先の間から滲み出る泥
- 足の上を流れる水の冷たさに驚く
- 靴や長靴の中に染み込む水
- 水を含んだ苔や草の柔らかな弾力性

230

おがわ — 小川

- 釣り糸の端に引っかかった魚の重みにグイっと引っ張られる
- ツルツルとした魚の表面
- 素足の足首の周りを穏やかに流れる水
- 蚊に刺される
- 温かな岩
- 水に流された小枝が足をかすめる
- ミノウがつま先に触れてくすぐったくなる
- 岸辺の柔らかな草の上に寝そべり、木の梢や空を見上げる

❶ 物語が展開する状況や出来事
- 発情期や出産期に危険な動物と遭遇する
- 小川が汚染されていることを発見する
- ライバルにお気に入りの釣り場を奪われる
- 死体を発見する
- 道に迷って水をひどく欲しているときに、見つけた小川が乾ききっている
- 汚染された水を飲んで体調を崩す
- 自分のお気に入りの小川が干上がっていることを知る
- 2人きりで静かな昼食を楽しんでいるとき、誰かに見られていることに気づく
- 岸で魚やサンショウウオが死んでいるのを発見する
- 土地の所有者に遭遇し、自分の敷地に不法侵入したとして慨される
- 小川のすぐそばにキャンプを張ったため、ひどい暴風雨の最中に流されてしまう
- 巣を作る鳥たちが、自分を追いだそうと襲撃してきて引っかこうとする
- 顔を上げたとき、危険な動物（クマ、ピューマ、ヘラジカ）とともに自分が小川にいることに気づく

👥 登場人物
- キャンプをする人
- 釣り人
- ハイキングをする人
- ハンター
- 自然が好きな人
- 敷地の所有者

設定の注意点とヒント
小川は河よりも幅は狭く深さも浅い。流れもゆっくりで浅く、天候さえ影響しなければほぼどこにでも見られる場所だが、暑い時期には一時的に干上がるところがある。流れが滞ることのほとんどない河とは異なり、小川の流れはゆるやかなので冬になるとカチカチに凍るところもある。沈泥により中が見えにくい小川もあるし、鏡のように底まではっきり見える小川（とくに山の近くのもの）もある。

例文
小川の岸に腰を下ろし、つま先の上をちょろちょろと水が流れていく中、足元にある小石で足裏を揉んだ。流れに沿って滴る水、ブンブン飛び交う虫、カサカサと音を立てる葉、そして何よりも、稜線のちょうど上を流れる河のごう音と激しくぶつかる音に耳を澄ませる。私は大きく首を回した。ここからたった5分歩いただけで、この穏やかな「青の小川」が、私たちの土地を貫通し家族を真っ二つに分けた、あの大きな音を立てる急な河に変貌するとは、なんとも信じられなかった。

使われている技法
対比、天気

得られる効果
背景の示唆

郊外編 自然と地形

温泉
[英 Hot Springs]

関連しうる設定
峡谷、海食洞、ハイキングコース、山、熱帯雨林、南の島

👁 見えるもの
- お湯からゆっくりと立ち上る湯気
- 温泉の周りを囲む岩の厚板や濡れた岩棚
- 湧き上がる熱でお湯の中に泡がブクブクと広がる
- かすみがかった空気
- 頬を火照らせた訪問客らが泳いだり端の方でくつろぐ
- 澄んだお湯
- ザラザラした、あるいはツルツルした岩底
- 温泉のふちに置かれたタオル
- 脱ぎ捨てられたビーチサンダル
- 水面上を取り巻く葉の生い茂った枝やヤシの葉
- 木々の間を忙しなく飛び回る鳥
- ところどころで水面から突き出る石や岩棚
- 水面に沿って流れている白や黄色い鉱物の塊
- 水面にチラチラと揺らめく太陽の光
- 温泉のふち近くに置かれた水入りペットボトル

👂 聴こえるもの
- 温められて表面にお湯が「ゴポゴポ」と押し上げられる
- 水しぶきの音
- 水が滴り落ちる音
- 至福のため息
- 笑い声
- 友人と話す人の声
- 濡れた石の上をサンダルで「パタパタ」と歩く
- 湯に小さな滝が「ザブン」と流れている
- 温泉の端にある石にお湯が打ち寄せる音
- 鳥のさえずり
- コオロギやその他の昆虫の鳴き声
- あたりを涼しくする熱帯雨林のにわか雨が水面に「ポツポツ」と当たる
- 足元で小石が「ジャリジャリ」と音を立てる
- 突き出た茂みや木々から水滴が滴り落ちる音
- 温泉に浸かりながらカップルが頭を寄せ合って話したり笑い声を上げる

👃 匂い
- 硫黄
- 鉱物
- 湿った岩
- 肥えた泥
- 汗
- 付近に咲く花や草木

👅 味
- 唇から舐めとった汗
- ペットボトルに入った水
- 鉱物をたっぷり含む温泉のお湯の独特な味（苦いなどの不快な味）

✋ 質感とそこから受ける感覚
- 素足の下にあるでこぼこした岩
- 滑らかなお湯が肌を流れ落ちる
- 湯気によって顔や首が温かくなる
- ツルツルした岩棚に座ったり寄りかかったりする
- 泥や砂利だらけの泉底につま先を沈み込ませる
- 濡れた髪から肩に水が落ちる
- 筋肉の緊張がほぐれる
- うずきや痛みが跡形もなく消えていく
- 濃く湿った空気を吸い込む
- 幸福感を味わう
- 汗の輝きが肌を覆う
- 熱いお湯を出て、冷たい空気の中でフワフワしたタオルに身を包む
- 濡れた足をビーチサンダルに滑り込ませる

❗ 物語が展開する状況や出来事
- 都市開発や企業による開発のために温泉の解体が予定されている
- マナーに欠けた客がゴミを放置していく
- ほかの客のことなどお構い無しにいちゃつくカップル
- 酔った客がアルコールと温泉の組み合わせでめまいに襲われる
- 権利意識を持った客がルールを無視する（飲み物の入ったグラスを温泉の中に持ち込み、誤ってそれにぶつかって倒してしまったり、温泉を破壊し閉鎖されるような事態を招く）
- 穏やかな環境をぶち壊すうるさい集団
- 温泉が汚染される
- 体温が高くなりすぎた客
- 温泉から上がろうとして濡れた岩に滑る
- 岩に膝を強打する、あるいは太腿を擦りむく
- すべてにおいていちいち大声で文句をつけるカップル

👤 登場人物
- 地元の人

おんせん — 温泉

- 温泉の鉱水による治癒効果を求める自然愛好家
- 温泉の運営スタッフ
- 観光客

設定の注意点とヒント
温泉はその立地や商業施設化の程度、含まれる鉱物の濃度によって大きく様子が異なる。お湯は澄んでいることもあれば濁っていることもあり、山間部や熱帯雨林、あるいはより乾燥した場所につくられていることもある。観光地化されている場合には、たくさんの客が入れるよう複数の場所にお湯が流れ込むようにして、見た目も流行に沿った大きな温泉として開発されているかもしれない。アクセスの容易な温泉もあれば、なかなかたどり着けないような辺鄙な温泉施設も存在する。そうした場所は客も少なく見た目も美しく、訪れる苦労に応じた場所であるといえるだろう。

例文
温泉の湯の中に身を沈めていきながら、私の心配事や体の痛みは徐々に去っていった。ここにあるのは肺に取り込む湿った空気、体に押し寄せる温かさ、周りを囲む自然の音だけだ。穏やかな気持ちで浸かりながら、私は今朝置いてきた人生にまつわるあれこれの思考を閉めだすと、出来る限りこの休暇を楽しもうと心に決めた。

使われている技法
多感覚的描写

得られる効果
雰囲気の確立、感情の強化

海食洞
[英 Grotto]

関連しうる設定
ビーチ、洞窟、熱帯雨林、南の島、滝

👁 見えるもの
- 岩でできた高いアーチ型の天井
- 岩の割れ目から差し込む太陽の光線
- 潮流（海岸線沿いにある場合）や強い風（内陸にある場合）によって上下して波打つ水
- 苔や地衣類
- 風や水に削られて滑らかになった岩の壁
- （壁、石筍、岩棚、地表より上にある岩を流れる）小さな滝
- コウモリの糞の化石
- 高所の岩棚にしがみつくコウモリ
- ひとまとまりの暗い影
- 海岸線の濡れた岩に貼りついたカタツムリ
- 割れ目に隠れるカニ
- 低所や暗所に適した水生生物（蔓脚類、魚、小魚）
- 足元に広がった水を濁らせる沈泥
- 水線の上や下でトンネルを枝分かれさせている箇所
- 地下に入り込んできた枯れ葉や木の破片
- まだらに当たる日差しの中でも育つ耐寒性の植物
- 岩の天井から垂れ下がり、地表で雨が降ると水を滴らせるねじれた木の根
- 塩や藻（海食洞が海岸沿いにある場合）によって汚れた岩や砂
- 水中を泳ぐ魚

🔊 聴こえるもの
- 岩に打ち寄せてぶつかる波の音
- 大波が通過したあとに表面から雨のように降り注ぐ水滴の音
- 海鳥が付近で甲高い声を出す
- 石の上を急ぎ足で歩くカニの足音
- 反響音
- 足で払い落とした岩が粉々になる音
- 滝の水が頭上の穴から侵入してくる音
- 石にあたって跳ね返る音
- 滴る水の音
- 穏やかな天候のときに縁に打ち寄せる水の音
- コウモリの鳴き声や翼の音

👃 匂い
- カビ
- 湿った石
- 藻
- （海食洞が海岸沿いにある場合）塩水
- 緑の草木および野草（内陸にある場合）

👅 味
- 唇に付着した塩水
- 真水
- 空気中に漂う鉱物のピリッとした味

✋ 質感とそこから受ける感覚
- 鋭い岩や蔓脚類で手足を切る
- 靴のつま先に入るザラザラした砂
- 岩に滑って肌を擦りむく
- 泳いでいるときに頭に降りかかる冷たい水
- 天井から落ちて来る水滴が肌に当たる
- すり減った石
- 自分の指の上を急いで通過していくトカゲやカニ
- すり減って滑らかになった流木
- 体に打ち寄せる波や潮流

❗ 物語が展開する状況や出来事
- 満潮時に中に閉じ込められる
- 暴風雨によって水位が上昇し出口が塞がれる
- 暗闇や囲まれた場所にいることでパニックに陥る
- 滑って怪我を負う
- 水中の洞窟を探検していて道に迷う
- 水中の洞窟網で友人たちとはぐれる
- 水中で光源がなくなる、もしくは照明の電池が切れる
- 高いところにある岩棚に、犯罪を示唆するものが隠されているのを見つける（血のついたナイフ、巾着に入った結婚指輪の数々）
- 水中で何かが足にぶつかる
- 怪我を負い、泳いでその場を離れることが不可能になる

👤 登場人物
- 冒険好きな人
- 考古学者
- 洞窟潜水をする人
- ハイキングに来る人や登山者
- トレジャーハンター

かいしょくどう ― 海食洞

設定の注意点とヒント
海岸線沿いにある海食洞と地下水脈や泉によってできた内陸の海食洞とでは、潮流の有無から見た目や匂い、あるいは音も異なるはずだ。ひとつの洞窟に水が溜まっているだけという場合もあれば、何キロメートルにも渡り連結した洞窟網となっている場合もある。

例文
潮の流れに優しく引き寄せられながら、私は水中から上がり地下の洞窟に出た。頭上にある小さな割れ目から差し込む光は、毛羽立ってぶら下がっている木の根を通り越し、水面に一筋の光を注いでいる。私は平らな岩の上に腰を下ろすと、壁に打ち寄せる水音や、どこか遠くで鳴いているカモメの声、餌を求めて岩の上をちょこちょこ動いていくカニの足音に耳を澄ませた。水中に潜り、どこに向かっているのかもわからない岩礁の穴を通り抜けることはドキドキしたけれど、手つかずのこんな美しい場所を発見できるなんて、本当にその甲斐があったと思う。

使われている技法
光と影、多感覚的描写

得られる効果
感情の強化

郊外編 自然と地形

河
[英 River]

関連しうる設定
キャンプ場、峡谷、小川、森、ハイキングコース、湖、低湿地、草原、山、熱帯雨林、滝

👁 見えるもの
- 河の動きを絶えず持続させる渦や白波
- 葉の隙間からまだらに差し込む太陽光
- きらめく濁った水
- 河底にあるシルトや泥
- 土手付近に生えているアシ
- 水に覆い被さるように垂れ下がっている木々
- 風で折り曲げられた土手の草
- 緩急のある河の流れ
- 水面を遮断し白波や泡を立たせる巨礫
- 水際に引っかかったごみ(紙コップ、ソーダ缶、ビニール袋、捨てられた服)
- 土手に沿って生えた枝の間に張られたクモの巣
- 飛び跳ねる魚
- スベスベした石
- 藻がくっついてつるつるした水中の岩石
- 野花や雑草が点在する土手
- 河の流れに浮く自然に発生したくず(花びら、小枝、葉、虫の死骸、枝)
- 水位が下がり露になった水際のひび割れたぬかるみ
- 濁った汚水
- 枝や小枝を使ってビーバーがこしらえたダム
- 河のカーブに集まっている枯れ木
- 河の行く手にある分岐点
- 急流や滝
- 水の中で夕飯を洗うアライグマ
- 水飲みに来たシカやキツネ
- 河の中で遊ぶカワウソ
- 魚を採るために水面を静かに飛ぶ鳥(サギ、アビ、カワセミ、カモ、シラサギ)
- クモやアリ
- うっとうしい小さな昆虫や蚊
- アシの間をぐるぐる回るトンボ
- 幹の上で休むカメ
- 土手で日光浴をしているワニ(特定の地域のみ)
- ロープを越えて河の中に飛び込む子ども
- 浅瀬や土手で釣りをする人
- 歩道橋から深い水の中に飛び込んだり、流れの穏やかな日に浮き輪やゴムボートで河遊びする10代の子ども

👂 聴こえるもの
- 泡立ったりぶつかったりする荒い流水音
- 穏やかに水が「チョロチョロ」「サラサラ」と流れる
- 水が岩にぶつかってしぶきを上げ、滝や急流を流れ落ちる轟音
- 鳥のさえずり
- リスのお喋り
- 昆虫が「ブーン」と飛ぶ
- 付近のやぶを動物が急いで移動する物音
- 魚が飛び跳ねる音
- 亀が「ポチャン」と水に落ちる
- ワニが水の中に滑り降りる音
- 枝や小枝がしぶきを上げて水中に落ちる音
- カヌーやカヤックで河を流れていく音
- オールが河の水面を叩く音
- 釣り糸を「シュッ」と投げ込む音
- 泳いでいる人が水を飛び散らせ笑い声を上げる
- ウェーダーを着た人が「パシャパシャ」「ザブザブ」と音を立てて歩く
- 鳥が飛び立つときの羽のはためき
- ピクニック中の人々の声
- 子どもが叫び声を上げる
- 遠くから聴こえてくる街の音(車両の往来、互いに声をかける人々、バタンと音を立てるドア)
- ボートのモーターの駆動音

👃 匂い
- 藻
- 湿った土
- 奇麗な水や淀んだ水の匂い(場所や時期による)
- 野花
- 草
- 倒れて朽ちかけた木や葉
- 釣ったばかりの魚

👅 味
- 誤って飲み込んでしまった河の水
- スナック菓子(ポテトチップス、プレッツェル、砂糖菓子、グラノラバー)
- ピクニックの食べ物(サンドイッチ、果物、クッキー、ブラウニー)
- クーラーボックスに入った冷たい飲み物(水、ビール、ソーダ)
- 土手沿いにある野生のベリー種やローズヒップ

✋ 質感とそこから受ける感覚
- 冷たい水やぬるい水
- 友だちに水をかけられる
- 肌をこする葉や小枝
- 足元のツルツルした小石
- つま先の間を滲み出る泥

かわ — 河

- 日光で温まった岩の上に腰掛ける
- 漕ぐ側を変えるときに、持ち上げたオールから水滴が足に落ちる
- 硬いプラスチック製カヌーの座席
- 背もたれのない座席に座っていたため、腰が痛くなる
- 日焼け
- 濡れた肌が日光によって乾く
- 風が勢いを増して寒気を感じる
- 釣り糸の端を噛んでいる魚にグイッと引っ張られる
- 蚊に刺される
- 乗っていたカヌーがひっくり返り、河の水の冷たさに衝撃を受ける
- 強力な河の流れに引っ張られる
- 岸に向かって泳ごうとするもほとんど進まない

❶ 物語が展開する状況や出来事
- 誰かが溺死する、あるいは溺れかける
- 頭を岩に打つ
- 汚染された水を飲み込む
- (特定の気候や地域で) ワニ、クロコダイル、ヘビに遭遇する
- ボートに轢かれて意識を失う
- 氷が割れて河に落ちる、水中から長時間出られなかったために低体温症になる
- 滝や急流の一帯に出向いて負傷する
- 水が怖い
- 河底にある見えないゴミを踏み、切り傷を負う
- 水の流れが速くカヌーが転覆する
- 隣接した森の中で道に迷い、ボートの集合場所がわからなくなる
- まったく経験がない人物と組んでカヌーを漕ぐ

- 魚が一匹も釣れない
- 釣りをしている最中に厄介なものが引っかかる（人体の一部が入ったゴミ袋、血のシミが付着したシャツ）

🙂 登場人物
- カヌーに乗る人
- 釣り人
- カヤックに乗る人
- 散歩に来る地元の人
- ピクニックに来る人
- 泳ぐ人

設定の注意点とヒント
河やそれに関連する地形（細流や小川）は、自然の設定としてとてもよいチョイスだ。なぜならそうした場所に関連づけられる固有の活動が、場面に運動や行動の感覚をもたらしてくれるからである。とはいえ重要な意味を持たせるために、必ずしも速い流れでスリル満点な河が必要だということではない。たとえば淀んで汚染された河の場合なら、物語はまったく違った雰囲気を持つものになるだろう。河の多くは森林地帯に流れているものだが、もちろん平原地帯を横断したり、山を蛇行して流れたり、峡谷や渓谷を勢いよく流れている場合も考えられる。そのような多様性のおかげもあって、河は物語にとって有能な設定になる。

例文
俺はよろめきながら丘を上った。体は横断してきた土地と同じくらいカラカラに乾燥している。前方に生える木々の間から、液体の光がチラチラと揺らめいて見え、両足に震えが走った。頭を傾け耳を澄ませると、遂に聴こえてきたのだ。ゴボゴボという優しい救済の音が。

使われている技法
隠喩、直喩、象徴

得られる効果
感情の強化、緊張感と葛藤

郊外編 自然と地形 き

峡谷
〔英 Canyon〕

関連しうる設定
荒れ地、キャンプ場、洞窟、砂漠、河

👁 見えるもの
- 下方に河や乾いた土壌が広がる、曲がりくねった壮大な深い谷
- (灰、茶、黒、橙、白など)さまざまな色合いが層になって高くそびえる岩壁
- 雑木林
- 茂みの中に生えた野草
- 発育不良の木々
- 壁に日差しを遮られてできた日陰や暗がり
- 枯れ枝
- 猛禽類
- トカゲ
- アリ
- クモ
- 元気な動物たち
- 昆虫
- 河から突き出た岩や倒木
- 急流、段差がある箇所
- ヤギの足跡
- 頁岩や粉塵
- 土手や絶壁が水食に噛み砕かれて生じた小さな土砂
- 動物の骨
- 馬の足跡
- 動物の糞
- 風に削られた滑らかで背の高い峡谷の先端部分
- サボテン
- 岩棚や台地
- 長らく状態を保っている岩滑りした部分
- 岩に空いた穴に巣を作る鳥
- 小さな洞窟
- 砂
- ヘビ

🔊 聴こえるもの
- 岩肌を「ヒューッ」と吹く風の音
- 岩肌を下流に向かう水の音
- 落下する岩の音
- 砂利だらけの道を歩く足音
- 道に沿って草を食べる馬のひづめの音
- 峡谷の高い壁に跳ね返る声
- 驚いたネズミやトカゲが草の枯れた一帯を駆け抜ける音
- 峡谷の壁に反響する猛禽類の叫び声
- ヘビの尻尾が「カサカサ」と音を立てる
- 飛行機が上空を飛ぶ際に増幅させるジェットエンジンの音

👃 匂い
- 石灰岩の強い匂い
- ほこり
- 乾いた空気
- 焚火
- 動物の麝香
- 珍しい野草や花を咲かせているサボテンの匂い
- 汗や体臭

👅 味
- 馬に乗って出かける遠出や遠足の際に持参する食べ物や飲み物(水筒に入れた水、ナッツ、種、ジャーキー、ドライフルーツ、栄養バー、栄養分を強化した硬いビスケット)

✋ 質感とそこから受ける感覚
- 顔に付着する砂粒や汗
- 乾いた強い風が服や髪に吹きつける
- ブーツの下でごぼこした地面や頁岩
- 坂や壁を登り筋肉痛になる
- 肌に触れる冷たい河の水
- 風によって削られて滑らかになった石
- 汗まみれの服や汚れた服が肌にこすれる
- 砂嵐でほこりや砂が体にふりかかる
- 温かな馬の体
- サドルにある革のホーンや手綱
- 坂を下るロバに揺さぶられる
- 馬の広い背中にまたがっているために痛む足
- 太陽に照らされて体が疲れ果てる
- 時間が経つにつれて重みが増すリュックサック
- 涙が溜まった目元、あるいは完全に乾いた目元
- 吹きつける砂やほこりが目尻に堅い縁をこしらえる

⚡ 物語が展開する状況や出来事
- 遠足や馬での遠出の最中に、道に迷ったり怪我を負う
- 生き延びるための資源が尽きる
- 疲れ切って馬やロバが正常に動けない
- 雨風にさらされる(そのため熱中症や脱水症状を引き起こす)
- 突然の落石で出口が塞がれる
- 攻撃的な動物
- トイレに行っている間や断崖の写真を撮っている間に、ツアーの仲間が先に移動してしまったことが発覚する

👥 登場人物
- ハイキングをする人
- 牧場経営者
- 観光客

きょうこく｜峡谷

設定の注意点とヒント
峡谷は世界中に見られるものであり、それぞれの場所や気候に由来した特徴を持つ。たとえば、多くの谷間や割れ目があるうえに規模がとても大きく、通り抜けて全体を探索することなどほぼ不可能なところもあれば、水源に向かう道筋を形成していたり、探検家に対して自然な目印が山間に形成されているような場所もある。あなたの物語の登場人物に葛藤を与えたり、彼らに挑戦を自然に促すことのできるような特性を有した峡谷とは、いかなる種類のものなのか。この設定を用いる理由とともに考えてみよう。

例文
冷や汗の酸っぱい臭いに吸い寄せられて、リッキーと俺のところにハエが飛んできた。上空に現れたハゲタカは、落下して亡くなった俺たちの馬を味わいに来たに違いない。捻挫した足首の痛みを無視して、兄貴の弱々しい脈拍を確かめるために足を引きずって向かった。震えはじめたということは、良くても熱があるということだ。最悪の場合には、怪我が感染症にかかっていることも考えられる。選択肢が消えて、俺は肩をがっくりと落とした。漁ってきたわずかな枯れ枝でできる限り火をかき立てると、夜を迎えるまでには助けを連れて戻ってこられるように祈りつつ体を起こす。このいくつもの巨岩の裏にいれば、兄貴は太陽に当たらずにいられるはずだが、夜になればコヨーテが出てきてしまう。煙がリッキーの匂いを覆い隠してくれるといいのだが。

使われている技法
多感覚的描写

得られる効果
雰囲気の確立、伏線、背景の示唆

郊外編 自然と地形

砂漠
〔英 Desert〕

関連しうる設定
荒れ地、峡谷

👁 見えるもの
- サボテン（背の高いベンケイチュウ、タマサボテン、ウチワサボテン）が点在し、砂と岩が広がる一帯
- アカシアの木
- メスキートの茂みやバッカリス
- 起伏のある丘陵地帯
- 回転草や塵旋風
- ところどころひび割れて乾いている河床や渓谷
- 崩れかけた岩
- 砂岩
- 広大な峡谷
- 風によって削られた岩層
- 太陽の光がペットボトルや壊れたガラスの破片に反射してきらめく
- 動物の足跡（リス、レイヨウ、キツネ、白尾ジカ、ビッグホーン、コヨーテ、ノウサギ、ネズミ、ボブキャット）
- 太い茎をした黄色や緑の草
- 雨が降ったあとの砂漠に咲く（黄色、ピンク、白の）鮮やかな花
- 山から滝のように流れ落ち、土の中に河床を形成する鉄砲水
- 砂の中にさざ波のような模様をつけて進むヘビ
- 星がキラキラと輝く、ビロードのような漆黒の夜空
- 明るく輝く月
- 枯れた木々
- 遮るもののない広い空
- 遠くに見える空気の青いもや、山脈や丘陵地帯
- 岩から立ち上る熱波
- 岩の上で日光浴をしていたり茂みのとげの下に隠れているトカゲ
- 明るい緑色のアロエの芽
- 大きく波打つ砂嵐がカーテンのように一面を茶色く覆いながら横断する
- 日光に当たって色あせた骨や骸骨
- 上空を旋回するタカやハゲタカ
- 発育不全の低木の茂み
- とげの多い低木
- カリバチ
- 動物の巣穴
- タランチュラやサソリ
- 小さな穴だらけの朽ちかけたサボテン
- 地下の湧き水によってできた緑の草木に囲まれた小さな池

👂 聴こえるもの
- （ヒューと吹く、うなる、金切り声を上げる、引き裂くような音を出す、蛇行して吹く、巻き上がる、突然の）風の音
- 鳥が「カーカー」とやかましく鳴く
- 羽が「パタパタ」とはためく
- 割り込んで餌を食べようとする鳥が「パタパタ」と移動する
- ワシが金切り声を上げる
- 石の上を「ドスドス」と歩き、砂を押しのけるような足音
- 重苦しい静寂
- 丘を砂が「サラサラ」と落ちる
- 野生の犬が吠える
- 夜間に聴こえてくる捕食動物とその標的による鳴き声や物音
- 風が吹いて乾いた枝が互いにこすれる音
- 干上がった河床を歩いているときに足元で石が動く音
- 小石が渓谷をコロコロと落ち、何かにぶつかって「カチン」とうつろな音を立てる
- コヨーテの遠吠え

👃 匂い
- 熱く乾燥している空気
- 自分の汗や体臭
- 太陽光に焼かれた土壌
- 腐肉
- （旬の時期に香る）サボテンの果肉

👅 味
- 砂粒
- ほこり
- 乾いた口と舌
- 水筒のぬるい水
- 口内の銅のような味
- どうしても食べるものが必要で口に入れた昆虫の苦い味
- 筋の多いジビエ（野ウサギ、大きなネズミ、コヨーテ）
- 固くてしょっぱいジャーキー
- 乾燥ビスケット
- 満たせない喉の渇きや飢え
- 唇に付着するしょっぱい汗

✋ 質感とそこから受ける感覚
- 汗や汚れで服が肌にこすれたり付着する
- 汗が滴り落ちて目に入る
- ひび割れた唇に吹きつける乾いた風
- ブーツの中に入り込む小石
- 目尻に貼りつくザラザラした砂
- 疲労した足を引きずって土の中を進む
- 夜の激しい寒さ
- 唇が切れて痛む

さばく｜砂漠

- 脱水症状
- 足の感覚がなくなる
- 日射病で高熱が出てめまいがする
- 首や顔をバンダナで強く叩く
- 動かなくなり震えだす筋肉
- ヒリヒリする肌
- 粉塵でゴワゴワした感じがする服
- 痛んでいたまめがこすれて破れる
- 服の中に砂が入る
- チクチクするサボテン
- とげの多い茂みを通り過ぎるときに突つかれたり引っかかれる
- まっすぐな姿勢を保つために、ほこりっぽい峡谷の壁に手を走らせながら進む
- 道中にある小石につまずく
- 自分のブーツの上をタランチュラが足早に通過していく

● 物語が展開する状況や出来事
- 食糧や水が尽きる
- 砂漠にいる捕食動物にあとをつけられる
- 道に迷う
- 時間の判断を誤り、夜間の天候と格闘する
- 日射病
- 毒を持った動物に噛まれる（ヘビ、サソリ、クモ、トカゲ）
- 落下して怪我を負う
- めったに旅行者が通らない道で故障を起こす
- このまま進めば行き止まりであることが判明する
- 避難場所がない中で砂漠の嵐や砂塵風に巻き込まれる
- 雨期に河床で予期せぬ氾濫が起こる
- 進路を逸れてみたら元の道に戻れなくなってしまった
- ナイフを携帯していない、または火を起こすものがない
- 助けが必要な事態でようやく人々に遭遇するが、非協力的だったり危険な相手だと判明する
- 飛行機やヘリコプターの姿が見えるが、助けを求めて合図を送る手段がない

● 登場人物
- キャンプをする人
- 世捨て人
- ハンター
- 先住民
- 地元民
- アウトドア活動の愛好家
- 災害時のために備える人
- 四駆や四輪バギーに乗ってストレス解消をする10代の子ども
- ツアーの一行
- 観光客

設定の注意点とヒント
砂漠は特定の季節になると生き物でいっぱいになるが、夏の暑さの中でも探す場所さえ心得ていれば、食糧や水、避難場所を確保することができる。最大の危険は道に迷うこと、あるいは毒を持ったヘビやクモに噛まれることだろう。中には、治療を施さなければ（数分とはいわずとも）数時間以内に成人男性でさえ死にいたらしめる種類も存在する。

例文
石でできた寝床の上で震えながら、俺は猛烈に吹きつける風に背を向けた。ほんの数時間前には、涼しいそよ風に我が身を預けていたというのに。今や真冬よりもひどく歯がガチガチと音を立て、俺は容赦なく照りつける太陽を恋しく思った。

使われている技法
対比、多感覚的描写

得られる効果
雰囲気の確立、緊張感と葛藤

郊外編 / 自然と地形

湿原
[英 Moors]

関連しうる設定
遺跡、小川、草原、河

👁 見えるもの
- 丈の低い植物が生えた起伏のある丘
- 低い雲
- 群生したやぶの茂み
- 発育不良の木
- ギョリュウモドキが花を咲かせたときに見られる、紫の花や赤い花のじゅうたん
- 朝もや
- 黄色いハリエニシダの花
- 一帯に点在する巨礫や岩
- 池や小川の付近に生えているカヤツリグサ
- 草を食んでいる動物（ヒツジ、牛、シカ、ポニー）
- さまざまな鳥（ライチョウ、コチョウゲンボウ、ハヤブサ）
- くねくねと動きながら土の中に戻る蠕虫
- 茂みから茂みへと急いで駆けていくハタネズミやネズミ
- 低木の中に隠れたウサギ
- 夕食を求めて匂いを嗅ぐキツネ
- 花から花へとブンブンと飛ぶハチ
- パタパタ羽をはためかせる蛾やチョウ
- 泥炭の沼地
- ベリー種の茂み
- 一帯を交差する浅い細流
- 小さな池
- 野焼きから上がるかすみがかった煙やオレンジ色の炎
- 動物たちを一箇所に集めた羊飼い
- 曲がりくねった土の小道

👂 聴こえるもの
- 餌を求める鳥の鳴き声
- 鳥のさえずり
- ギョリュウモドキの間を風が「ヒューッ」と通り抜ける
- 突風の音
- ハチが「ブンブン」と飛ぶ
- 「ゴロゴロ」と鳴る雷
- 草むらを動物が「カサカサ」と動く
- 野焼きが「パチパチ」と鳴る
- 野焼きから逃れようと動物が茂みから飛びだす音
- 細流が「ゴボゴボ」と流れる
- 畜牛が「モーモー」と鳴く
- ヒツジが「メーメー」と鳴く
- 動物を呼ぶ羊飼いの声

👃 匂い
- ギョリュウモドキの香り
- 草
- 草を食む動物の糞
- 煙
- 雨
- 泥炭の腐敗臭
- 淀んだ水
- 湿った土

👅 味
- 設定の中には、登場人物がその場面に持ち込むもの（チューインガム、ミント、口紅、煙草といったもの）以外に関連する味覚というものが特にないものもある。特定の味覚がほとんど登場しないこのような場面では、ほかの4つの感覚を用いた描写に専念するのがよいだろう。

✋ 質感とそこから受ける感覚
- 湿った土
- 岩石の多い地面でつまずく
- ギョリュウモドキの木のような茎
- ひっつき虫のとげに肌を刺される
- 風が顔面に吹きつける
- 足元に広がる起伏のある地面
- ひんやりした巨礫
- 髪や肌を濡らす雨
- 穿いているスカートやズボンに引っかかる下生えの茂み
- 足元の柔らかな草
- 遠くで上がる煙の匂いによって、喉がむずがゆくなる
- 肌に感じる涼しい夜の空気

❗ 物語が展開する状況や出来事
- 暖を求めて火を起こしたいが薪が見つからない
- 細流に落ちて低体温症にかかる
- でこぼこした地面で転倒し負傷する
- ヘビに噛まれる
- 飢えに苦しむ
- 食べられるベリー種と毒を持つものの見分けがつかない
- 雨や雪に降られる
- 野焼きに遭遇し、追いつかれる前に逃げなければならない、あるいはそこを通り抜けなければならない
- 敵がわざと火をつける
- 煙が充満する地帯に追い込まれ、頭がクラクラする
- 隠れていた沼地につまずく
- 目印になるような目標物がなく、道に迷う
- 霧や煙によってあたりにもやがかかり、危険性が察知できない
- 頻繁に霧雨が降り、関節炎が再発したり骨が痛くなったりする

しつげん — 湿原

登場人物
- ハンター
- 地元の人
- 湿原の管理者
- 休暇に来る人
- 羊飼い

設定の注意点とヒント
湿原は雨量の多い高地に見られる。土壌は泥炭が多く酸性であるため、栄養分があまりない環境でも生き延びることができるような、限られた種類の植物だけが育っている。高地にあることから、湿原は低いところにある場所よりも涼しい傾向にあり、降水率が高いため雨や雪が頻繁に降る。

例文
焚火が震え、僕は炎にますます身を寄せた。火の明かりによって、どの草の刃もギョリュウモドキの茂みも鋭さを帯びる——しかし、それはごく狭い範囲にすぎない。その先には、インクのような暗闇が広がっていた。風がうなり声を上げて茂みの中を吹くのが聴こえるが、枝を震わせる様子までは見えない。獲物を求める鳥の鳴き声も耳に届くが、闇の中で姿は見えなかった。微風が焚火を脅かす。火はパチパチと音を立てた。僕は小枝をひと掴み放り入れると、寝袋にいっそう深く潜り込んだ。

使われている技法
対比、光と影

得られる効果
雰囲気の確立、感情の強化、緊張感と葛藤

郊外編 自然と地形

草原
[英 Meadow]

関連しうる設定
キャンプ場、田舎道、小川、森、ハイキングコース、狩猟小屋、湖、山、池、河、サマーキャンプ

👁 見えるもの
- 野花が咲く長い草地
- たっぷりと降り注ぐ日光
- 草の小山に引っかかっている枯れ葉
- 草原を囲う背の高い木々
- あちこちを飛んでいるチョウやトンボ
- 草むらを進むアリ
- 花の間をヒラヒラと飛び回るハチ
- 巣をこしらえているクモ
- 細流や小川の近くをピョンピョン飛んでいるカエル
- 巣作りをしている鳥が、人の気配を感じて草むらからいっせいに飛び立つ
- 草を食んでいるシカ
- 低い姿勢で地面をこっそりと進むキツネ
- 餌を食べているウサギやネズミ
- 巣穴から思い切って顔を出すモグラ
- 草の茎の周りや倒れた幹に沿ってスルスルと進むヘビ
- その場に潜んでいる動物の動きにつられて揺れる草
- 空を流れる雲
- 草原をところどころ照らす金色の陽の光線
- 草原をブクブクと横切る細流
- 遠くにある山々や丘
- 上空を雲が通り過ぎるときに草原を覆う影
- 苔むした岩
- 周辺に散らばる折れた枝
- ホリネズミの巣穴
- 風に揺れる木々
- クルクル回転して地面に舞い落ちる紅葉

👂 聴こえるもの
- 風に吹かれて草が「ヒューッ」と音を立てる
- ハチやその他の昆虫が「ブンブン」と飛ぶ
- 鳥の歌声やさえずり
- 鳥の羽が「パタパタ」音を立てる
- 葉が「カサカサ」と鳴る
- 水が「ゴボゴボ」と鳴る
- 草原を歩くくぐもった足音
- 動物が走り去る音
- 葉が「カサカサ」「ザワザワ」と音を立てる
- 風が立てる「シーッ」という周囲を黙らせるような音
- 小動物が草むらを急いで駆けていく足音
- コオロギの歌声
- 近くの小川で石や木の根の上を水が「チョロチョロ」と流れる
- ハチやトンボが「ブーン」と飛ぶ
- ハエや蚊の鳴き声
- 鳥が「カーカー」と鳴いたりやかましい声を上げる
- リスやシマリスのお喋り
- 草が足元で「ザクザク」と音を立てる

👃 匂い
- 草
- 温かな土と太陽の光
- 花粉
- 甘い香りの花やベリー類
- 澄んだ空気
- 露
- 小川の水

👅 味
- 甘い草の茎を噛む
- 草原に持参したピクニック用の食べ物（サンドイッチ、ワイン、チーズ、パン、ハムやソーセージなどの薄切り肉、ドライフルーツ、ポテトサラダ、チョコレートやクッキー、フライドチキン、果物、クラッカー、フルーツサラダ）
- 旬の時期に摘む野生のベリー一種（ストロベリー、ラズベリー、セイヨウスグリ、サスカトゥーン・ベリー）
- ペットボトルに入った水

✋ 質感とそこから受ける感覚
- 顔にあたる暖かな太陽の光
- 髪や肌をかすめるそよ風
- 突風でバランスを崩す
- 温かな土
- 柔らかい草
- 地面のすぐそばにあるチクチクする枯れ葉や草
- ハチや昆虫にチクッと刺される
- 滑るように自分の足に当たる草
- 足元で折れる枯れ葉や草
- 雲が太陽を覆い隠して通り過ぎるときに感じる気温の変化
- 小さな丘や穴で起伏のつくられた地面
- 耳元にさした長い花の茎
- 汗でシャツが背中に貼りつく
- 木から落ちた葉や松葉が髪の毛にくっつく
- ズボンの裾を捲り、浅い小川に足を入れてブラブラさせる
- ブランケットを広げて食べ物を並べる
- 風が強まりゆったりしたシャツが自分の体に押しつけられる

そうげん｜草原

- 手の甲をアリが這って渡るときに感じるくすぐったさ
- 一面の草原に仰向けになって空を見上げる
- 雄のシカやヤギが目の前に現れて息を止める
- あたりの景色をスケッチするときに鉛筆が紙の上をこする

❶ 物語が展開する状況や出来事
- 足元にあるカリバチの巣を踏んで刺される
- 草むらにいるヘビに噛まれる
- 眠りに落ちて日に焼ける
- ひとりでハイキングに来て、見知らぬ人々に出会う
- きちんと予防策をとっていなかったために熱中症になる
- ホリネズミの巣穴を踏み、足を捻挫する
- 雨や雪に降られる
- 木々の間から見られている気がする
- 季節にまつわるアレルギー症状のため、外出が台無しになる
- 獲物を切り分ける密猟者に出くわす
- 墓標を見つけるが、そこに埋葬された人物が誰なのかわからない
- ブランケットにピクニックの支度が広げてあるのを見つけるが、あたりに誰もいない
- 草原にクマの子どもが入ってきて、母親グマも近くにいることを察知する
- まだ日の浅い血の汚れが点々と付着している草むらに出くわす

🎭 登場人物
- キャンプをする人
- ハイキングをする人
- 鳥類学者
- ピクニックをする人

設定の注意点とヒント
草原には生態学的にたくさんの種類が存在する。たとえば干し草のために刈り取られた草原は牧草地となる。大草原地帯というのは、乾燥した気候のために草原よりも植物の種類が少ない草地のことだ。さらに、荒れ地も草原と似ているが、草ではなく低木の茂みに覆われた場所であることが多い。

草原は、どちらかといえば優しい音や感触に溢れた穏やかな場所だ。しかし、ヘビや毒グモ、見つかりにくいホリネズミの巣穴、人を刺す昆虫、容赦ない天候の変化など、危険な特性もある。どんな設定においても騒動を引き起こすことは可能である。そのような厄介な要素を加えることこそが、作家の仕事なのだ。

例文
横断するには午前中いっぱいかかりそうだと読んで、俺は足早に草原の中を進んだ。雑草みたいな花は膝をかすめるし、イバラは靴下の中に入り込んでくる。ほどなくして汗が襟を湿らせて、背中のくぼみにまで流れ落ちてきた。俺はバシッと蚊を叩いた。さっさと都会に戻りたい。

使われている技法
多感覚的描写

得られる効果
登場人物の特徴づけ、雰囲気の確立

滝

〔英 Waterfall〕

関連しうる設定
遺跡、キャンプ場、峡谷、森、ハイキングコース、湖、山、池、熱帯雨林、河、南の島

◎ 見えるもの
- 滝つぼへと次々流れ落ちる泡状の水
- 周囲の地表よりも上に露出した岩石群
- 岩や木の幹に貼りついた地衣類や苔
- 滑りやすい岩
- 滝つぼのまわりに生い茂る草
- 葉および群葉にツヤツヤと光沢のある植物や花
- 滝つぼに落ちる際にしぶきを上げる水
- 視界の端でチラチラと揺らめく虹
- 水のさざ波
- 水滴に濡れた葉や枝
- 崖にしがみつき滝つぼを覆うように垂れ下がっている木々
- あたりを忙しなく飛び回る昆虫（チョウ、ハエ、トンボ、蚊）
- 飛んでいる鳥
- 水を飲むために付近をぶらつく動物
- 水中でチラチラと光る魚のうろこ
- 日焼けした岩
- 柔らかな草が生い茂る一帯
- 泳いだり写真を撮る観光客
- 滝の底にある砂や頁岩
- 水際のさまざまな色をした小石
- 雑草やガマ
- 木陰に生えているシダ
- 苔むした巨礫
- 青緑色をした水
- 水際に打ち寄せる穏やかな波
- 水面に反射してキラキラ輝く太陽の光
- 水が落ちるところに重層的に重なる岩
- 朝もや
- 崖の壁の岩棚や割れ目
- 濡れた岩の台地
- 滝の背後にある洞窟
- 緑の林冠に囲まれた遮るもののない広い空

◎ 聴こえるもの
- 水の轟音
- 岩や葉に水滴が「パタパタ」と落ちる音
- 人々が大きな声で話す声
- 笑い声
- 鳥のさえずり
- 昆虫が頭上を「ブーン」と飛び回る音
- 滝つぼの中で水しぶきを上げて泳ぐ音
- 滝の背後にある洞窟内の反響音
- 誰かの携帯プレーヤーから流れてくる音楽
- 四輪駆動車やその他の車が砂利道を通り過ぎる騒音
- 高い岩棚から滝つぼの深いところに向かって叫び声を上げて飛び降りる声や音
- 魚がしぶきをまき散らして水面に浮上しすぐにまた沈む一連の動きの音

◎ 匂い
- 水気をじゅうぶん含んだ空気
- 肥沃な土壌
- 空気中を満たす花の香り
- ヌルヌルした藻
- 日焼け用ローションや日焼け止め
- ピクニックに来た人々から漂う食べ物の匂い

◎ 味
- 設定の中には、登場人物がその場面に持ち込むもの（チューインガム、ミント、水といったもの）以外に関連する味覚というものが特にないものもある。特定の味覚がほとんど登場しないこのような場面では、ほかの4つの感覚を用いた描写に専念するのがよいだろう。

◎ 質感とそこから受ける感覚
- 肌にあたる霧
- 肌を滑り落ちる水の冷たさ
- 足に水が触れたときの冷たい衝撃
- 靴の中に水が染み込んでくる
- 靴底を押す節くれだった小石や岩
- ふくらはぎをかすめる背の高い草
- 温かな岩
- 石の粗い部分に手をかける
- 濡れていたり藻に覆われた岩の感触
- 誤って擦り傷を負ったときの痛み
- 滝の真下に叩きつけるように頭や肩にザーザー降り注ぐ水
- 耳に水が入る
- 水に濡れた髪が頭皮に撫でつけられる
- 水中に潜ったときに頭上を覆う冷たい水
- 肌を伝い流れる気泡
- つま先をくすぐる魚
- 岩棚から飛び降りることを迷ったときに緊張で胃が締めつけられる感覚
- 濡れた靴や靴下

- 化粧や日焼け止めが目に入り痛む
- 細かな水滴がメガネに溜まり視界がぼやける

❶ 物語が展開する状況や出来事
- （ボートから、岩で滑って、水の流れに飲まれて）思い切り落下する
- 滝の岩棚から飛び降りるが、水中にある見えないものにぶつかる
- 魚に噛まれる
- シャワークライミング中に苔むした岩に滑り転落する
- 地表の上の尖った岩で切り傷を負う
- うるさい観光客たちのせいで、落ち着いた静かなひと時が台無しになる
- 自分のプライベートな空間に見知らぬ人々が侵入してくる
- 毒を持った水ヘビやその他危険な生物
- 滝の騒音で大事な音がかき消される（怪我をした人が助けを求める声、道に迷った子どもの泣き声、野生動物のうなり声）
- 汚染によって泳ぐことが危険になる
- 水を飲んで具合が悪くなる
- 泳ぎが下手なのにもかかわらず、岩棚から飛び降りろと圧力をかけられる
- 水着が脱げる
- ひとりで何も身につけず泳いでいたところ、バスいっぱいの観光客が到着する
- 安全に下山するために水の流れを追って下りたいが、別ルートを辿ることを強いられる

❷ 登場人物
- ハイキングに来る人
- 地元の人
- ピクニックに来る人
- 泳ぐ人
- 観光客

設定の注意点とヒント
滝は高地であれば世界中に存在する地形であるため、山、氷河、森、熱帯雨林など、どういった場所にそれがあるのかによって設定は変わってくる。たとえば広大な貯水池や、広い河、あるいは海へと下るような滝もあるだろうし、岩壁や崖の表面をちょろちょろと伝い落ち、浅い小川やゆったりとした河に流れ込むだけの滝もある。長い距離を落下するものも比較的短い距離を落ちるだけのものもあるだろう。また滝の様子は大滝、段瀑、分岐瀑、渓流瀑、直瀑、潜流瀑など種類によって分類され、それぞれに特徴が備わっていることから、正確な描写をするためにも、どういう滝を設定として組み込むかについてはディテールを調べる必要がある。

例文
滝の無数の水滴が月明かりに反射してキラキラと輝いているが、下の方では霧が滝つぼを覆い隠していた。銀色に覆われた一面をくぐり抜けたどこかで、ジョージーは水から這い上がり、彼女の突拍子もない行動に僕が続くのを待っている。滝の轟音で何も聴こえてはこないが、彼女はきっと滝つぼの縁に腰掛けて、水が次々と流れ込んでくる中、夜の空気に震えながら僕に向かって「早く飛び込みなさいよ！」と叫んでいるはずだ。指先がアドレナリンにうずく。夜の滝にやみくもに飛び込んだ向こう見ずな彼女と、そのあとに続こうとしている僕と、いったいどっちの方がイカれてるんだか。

使われている技法
光と影、天気

得られる効果
登場人物の特徴づけ

郊外編　自然と地形

低湿地
〔英 Marsh〕

関連しうる設定
小川、草原、河、沼地

👁 見えるもの
- 溜まり水（淡水や海水）
- 水たまりをつくっている、あるいは蛇行しながら草に覆われた平原へと侵入している水
- 泥の多い土壌
- 半分沈んだ丸太や枯れた立木
- 水面上に盛り上がったビーバーが作ったダムやマスクラットが作った巣
- 風が吹いてさざ波のように揺れる草やアシ
- まとまって生えているヒトモトススキやスゲ
- 細い茎でてっぺんが垂れたカミガヤツリ
- 低く生えた低木
- 水面に浮かぶ睡蓮や鮮やかな緑色の浮き草
- カエルやヒキガエル
- 岩の上で日光浴をするカメ
- 草の間を滑って動くヘビ
- 水中を密かに動くワニ
- サンショウウオ
- 昆虫や魚にパクリと噛みつく水鳥（サギ、シラサギ、カモ、ツル、ガン、カワセミ）
- 空のずっと高いところで気流に乗るタカやワシ
- イトトンボ
- 葉の茎の間に張られた、濡れてきらめくクモの巣
- 水面を舞う水生昆虫
- 短い距離を飛ぶバッタやキリギリスやイナゴ
- 野ざらしになった倒木に沿って這う甲虫
- ビーバーやマスクラット
- ミンクやカワウソ
- キツネ
- 魚
- 小エビ
- カタツムリ
- 水際で水を飲むシカ
- ザリガニを探すアライグマ
- 水路に沿って高速で進むエアーボート
- オールで漕がれる舟やモーターボート
- 休暇に来てカエルを探したり写真を撮る人
- 水面に湧いては割れる沼の気泡
- 草の多い平坦な一帯と、そこに隠されたいくつもの卵
- 水に沿ってかかる霧

👂 聴こえるもの
- 風に草が「カサカサ」と揺れる
- 水の中に亀が「ポチャン」と入る
- 魚や鳥が突然横切って水が「パシャパシャ」と跳ね飛ぶ
- 鳥虫のさえずり
- 昆虫が「ブンブン」「ブーン」と音を立てる
- 鳥が飛び立つときに羽が「パタパタ」と鳴る
- カエルが「ゲロゲロ」と鳴く
- 水面に雨が「ピシャピシャ」と当たる
- 空にとどろく雷鳴
- キツツキが「トントン」と軽く木を叩く音
- 動物が泳いで間を通るときに草が「シュッ」と音を立てる
- 動物が歩くときに足元で草が「カサカサ」と音を立てる
- 泥の中を移動する動物の吸水音
- ボートのモーター音
- ボートのオールが水面に「ピシャリ」と当たる
- アシや半分沈んだ流木がボートの船体を引っかく音

👃 匂い
- 淀んだ水
- 硫化水素
- 腐った卵
- 朽ちかけた植物
- 湿った草
- メタンガス
- ジメジメした空気
- 海水
- 木材の腐朽
- 青カビや白カビ
- 魚

👅 味
- 設定の中には、登場人物がその場面に持ち込むもの（チューインガム、ミント、口紅、煙草といったもの）以外に関連する味覚というものが特にないものもある。特定の味覚がほとんど登場しないこのような場面では、ほかの4つの感覚を用いた描写に専念するのがよいだろう。

✋ 質感とそこから受ける感覚
- 草に足や袖を掴まれる
- 水の中をスイスイ流れていくボート
- 水中の泥の多い箇所にこすれたために、ボートが急にガクンとなったり動きが遅くなったりする
- オールを動かしすぎて手のまめが痛む
- 頭に照りつける太陽
- 風に吹かれた水が勢いよく肌に当たる

ていしっち — 低湿地

- 蚊やその他の虫に嚙まれる
- 昆虫が肌の上に舞い降りる
- つま先の間をにじみ出る泥
- 指がふやける
- 濡れた服が肌をこする
- 泥だらけになった靴の重み
- 雨粒
- 釣り糸が急に引っ張られてピンと張る

❶ 物語が展開する状況や出来事
- ボートから転落する
- ボートが浸水する
- 一帯にワニやヘビがいる
- 遭遇した地元の人々がプライバシーを守るためによそ者を嫌悪する様子を見せる
- 交通手段や避難場所がないまま、夜間の低湿地に置き去りにされる
- 濡れた靴で歩いていたため水ぶくれになる
- 豪雨に遭う
- 方向感覚を失う
- 所有品（釣り具、着替えの服、財布、携帯、寝袋）を水中に落とす
- 出口もわからぬまま道に迷う
- ワニに遭遇する危険性を鑑みると、舟や荷物を担いで渡ることが難しくなる
- 乾いている場所に立ち寄ったところ、ワニの巣に出くわす
- 真水が尽きる
- 自分のボートが転覆する
- 何かに嚙まれるが、その正体がわからない
- 汽水の中にいる生き物が、自分のボートの船体にぶつかってくる
- モーターボートのガス欠やエアーボートの故障に見舞われる
- 一歩踏みだすごとに足をとられるような草地を歩き続けて疲れ果てる

🎭 登場人物
- バードウォッチャー
- 生態学者
- 釣り人
- オールで漕ぐ舟に乗った地元の人
- モーターボートツアーに参加している人

設定の注意点とヒント
低湿地と沼地には似ている点もあるが、それぞれの場所に育つ植物が異なるために、地形にはかなりの違いがある。低湿地には草やスゲ、アシといった葉状植物が見られる一方で、沼地は低湿地よりも深さがあり、マングローブやイトスギの木といった木本植物が多く見られる。また低湿地には海水と淡水の双方が含まれる場合も考えられる。水の種類によってそこに育つ植物や生息する動物が変化するため、考慮が必要だ。

例文
茶色を帯びた緑の波が水面上でちらちらと揺らめき、背の高い草たちが風に震えている。雲が空を覆い隠し、灰色をしたその腹に閃光があたった。轟音を立てた雷は、驚いたガンたちをいっせいに飛び立たせ、ここを発ちなさいと僕に告げてきた。

使われている技法
天気

得られる効果
伏線

郊外編 自然と地形

洞窟
〔英 Cave〕

関連しうる設定
ビーチ、峡谷、森、ハイキングコース、狩猟小屋、山

👁 見えるもの
- 隙間から非常に小さな木の根が生えたでこぼこした石の壁
- 動物によって持ち込まれたり風に運ばれた土や枯れ葉
- 小枝
- 動物の糞
- 毛皮の塊
- 嚙み潰された骨
- 土についた足跡
- クマやアメリカライオンによって岩に刻まれた爪跡
- 天井からぶら下がる鍾乳石
- 高いところにとまるコウモリ
- 地面から突き出ている石筍
- 天井の割れ目や木の根から滴り落ちる水
- 水たまり
- ほかの洞窟や地下水路へと通じる通路
- 土の中を激しくかき回すミミズ
- クモの巣
- 洞窟の入口を照らし奥に向かうにしたがって弱まる日光
- （古代人の居住地だった場合）ヒエログリフや洞窟壁画
- （一時的にここに人が滞在したりパーティーが開かれていた場合）落書きやゴミ
- 壁から滴り落ちる水
- 地衣類や苔
- 粉々に砕けた岩
- 堆積したコウモリの糞
- 割れ目から生えた柔らかいキノコ

👂 聴こえるもの
- 石の裂け目を通って「ヒューッ」と吹く風
- 外で木々が揺れる音
- 地面をこする靴音や動物の手足の音
- 動物がすばやく走り去る音
- 興奮したコウモリが「パタパタ」と翼を動かして飛んだり「キーキー」と鳴く
- 水が「ポタポタ」と落ちる
- 足元で枯れ葉や小枝が「カサカサ」と音を立てる
- 外のどこかでコオロギやカエルが鳴いている
- 洞窟の入口付近で「パチパチ」と鳴る焚火
- 懐中電灯が「カチッ」と音を立ててつく
- 反響する声
- 暗がりで浮石を蹴る音
- うなり声
- 洞窟に暮らす動物が眠るときにとどろく呼吸音
- 風が「サラサラ」と吹く
- 入口付近の枯れ葉や草を踏む音
- 小動物の「キーキー」という鳴き声や喋り声

👃 匂い
- ひんやりしていたり湿った石
- 動物の糞
- 麝香の香る毛皮
- 動物の腐敗臭
- 腐りかけの植物
- 濁った空気
- 淀んだ水
- 薪の煙
- 調理するときの焦げの臭い
- 汗や体臭

👅 味
- 水
- 火で調理した食べ物（仕留めた動物、魚、ホットドッグ）
- その場で作った飲み物や持参した飲み物（紅茶、コーヒー、水）
- 付近の森で採った木の実やベリー種

✋ 質感とそこから受ける感覚
- でこぼこしていたり節くれだった石の壁
- 崩れてでこぼこした岩
- 濡れた岩で足が滑る
- 手すりを求めて石の割れ目に指を引っ掛ける
- 洞窟の狭い箇所で両脇がこすれる
- 石の塊に背中を突かれる
- 暗闇で低い天井に頭をぶつける
- 両手に付着する粉塵
- 石英やその他の鉱石（金、銀、トルコ石）の鉱脈に指を走らせる
- 水滴で濡れてヌルヌルした壁
- 洞窟の道が開けて大きな水たまりや洞穴内の寒さに驚く
- 天井の割れ目からポタポタ落ちてきた水が首の後ろを流れ落ちる
- 冷たい風や雪が洞窟に入り込んでくる
- 足元でバリバリと踏みつぶされる骨や小枝
- 石の冷たさが、夜間になって体に浸透してくる
- 硬い石の床で眠る

⚡ 物語が展開する状況や出来事
- 水はけが悪いため、嵐のときに洞窟の中が水でいっぱいになる
- 洞窟の中で暮らし、空間の共有を拒む動物
- 人が入ってきて驚いたコウモリが、慌てて一斉に飛び

どうくつ｜洞窟

出してくる
- 洞窟内で毒を持ったサソリやヘビを発見する
- 洞窟に入るために何かを撃退しなければならないが、武器を携帯していない
- 追われて洞窟に入ったものの、入口以外に抜け道がないことが発覚する
- 換気が悪いために、洞窟内に煙が充満する
- 洞窟内に生えているキノコの胞子のせいで幻覚症状が出る
- 内部の脇道を探索している最中に迷子になる
- 体が挟まって抜け出せなくなりそうなほど、通路がどんどん狭まる
- 隣接している洞窟や通路から複数の声が聴こえてくる
- 怪我が化膿したり悪化してしまい、動くことが困難になる
- 自分が外に出るのを、敵が洞窟の外で待ち伏せしている
- 自分が必要とする物資を洞窟内で見つけるが、他人のものを奪うことに葛藤が生じる
- 洞窟の中で不快なものを発見する（人の骸骨、悪魔の絵、指の骨ばかりが入った箱）

登場人物
- 洞窟潜水をする人や探検家
- キャンプ地やパーティのために洞窟を利用する地元の人々
- 災害時のために備える人

設定の注意点とヒント
洞窟はかたちも大きさもさまざまであり、例外的に内部が温暖なところもあるが（火山地帯など）、ほとんどは冷たい場所だ。どんな動物が住処とする場所なのかは、その地の気候や季節、あるいは立地によって変わるだろう。洞窟は地表に入口が見られるものだが、内部では地面を突き抜けて広がっていることも考えられる。内部にじゅうぶんな日光や水が行き届いていれば、独自の生態系を築いているような大きな洞窟も存在する。また、地下水脈につながっている洞窟もあれば、海岸線沿いに打ち寄せる波によって石灰岩が削られて出来上がったところもある。洞窟という設定にはさまざまな場所、さまざまな種類の選択肢があるので、そこを探検する登場人物にふさわしい要素を揃えるにあたっては、たくさんの可能性があるはずだ。

例文
リマはもう少し体を近づけてみた。持っている松明のオレンジ色をした火の手が、先祖によって描かれた壁画を映しだす。赤茶色をした力強い線で表されているのは、オオヤマネコの毛皮でできたマントに身を包み、石槍を持って「祖父グマを捕らえる大狩猟」を行っている戦士たちの姿だった。喉が重苦しさを帯びてくる。父も叔父も祖父も、この場に立ったのだ。彼らもまた、ちょうど今の自分のようにこの物語を目にしながら、成人するということ、マントの権利を得るということの意味を熟考したのだろうか。

使われている技法
光と影

得られる効果
伏線、背景の示唆、感情の強化

郊外編 自然と地形

沼地
〔英 Swamp〕

関連しうる設定
低湿地

👁 見えるもの
- 樹皮を水が滴り落ちる黒い幹の木々
- 朽ちかけた植物
- 浮きかすがある水
- アシ
- 木の根でひと休みしているカエル
- ナメクジや太り過ぎのヒル
- 深いところをすばやく泳いでいくナマズ目
- 泥だらけの沼地の底を這うザリガニや小エビ
- 倒れた枝の上を転がるように進む甲虫
- 木々に巣を張るクモ
- 枝の上でとぐろを巻いていたり、水中を滑るように進むヘビ
- 水の中を泳ぐカメのツルツルした甲羅が浮き草をかき分ける
- ブーンと飛ぶハエや蚊
- 空中をうろついているブヨの群れ
- 木の幹の周りを這って進むトカゲ
- サッと舞い降りるコウモリ
- クマ
- 水面に浮いている藻
- 枯れた木々
- 目とゴツゴツした鼻だけを外に出しつつ水中をスルスルと進むワニやクロコダイル
- 泥だらけの土の中でクネクネと動く蠕虫
- 長い脚で立つ水鳥(シラサギ、ミサゴ、ツル)
- 夜間に飛んでいるフクロウ
- 木に穴を開けるキツツキ
- 波打つ水
- あたりに渦巻くもや
- 木の枝から垂れ下がっている苔
- 倒れた木
- 水面を覆うように折り曲がった木
- 泥まみれの岸
- 泥に覆われた岩
- 水面に立ちのぼり破裂する気泡
- 移りゆく影
- 水面を走行していくモーターボート

👂 聴こえるもの
- 水が「ポタポタ」と滴る
- 水が「バシャン」と跳ねる
- 泥が「ペチャペチャ」と音を立てる
- カエルが「ゲロゲロ」と鳴く、ハエが「ブーン」と飛ぶ
- 枝が「ポキン」と折れる
- 獲物を追う動物や追われる鳥の金切り声
- 重々しい静けさ
- 閉じ込められた空気が水面で「ゴボゴボ」と破裂する
- カメが水中に滑り降りる音
- 鳥が水から上がる音
- キツツキが「トントントン」と木を叩く
- 何か重いものが水中に落ちるときに「バシャン」と上がる水しぶきの音
- ワニが「シューッ」と音を立てる
- 皮膚を刺す虫を手で「バシン」と叩く
- 濡れた長靴や靴で「ピチャピチャ」と音を立てながら地面を歩く
- ボートや1人乗りの小舟が水中に落ちたガレキにこすれる音
- トカゲが木の皮をよじ登る音
- 鳥の羽が「パタパタ」とはためく
- 上空でコウモリが「キーキー」と鳴く

👃 匂い
- 腐敗
- 腐食
- 塩水の匂いがする藻
- 汗
- メタンの気泡

👅 味
- 設定の中には、登場人物がその場面に持ち込むもの(チューインガム、ミント、口紅、煙草といったもの)以外に関連する味覚というものが特にないものもある。特定の味覚がほとんど登場しないこのような場面では、ほかの4つの感覚を用いた描写に専念するのがよいだろう。

✋ 質感とそこから受ける感覚
- 熱く湿った空気のせいで服が肌に貼りつく
- 水が長靴の中に入り込む
- 濡れた服が肌にこすれる
- 藻や浮き草が肌に付着する
- 枯れ葉の破片や泥の塊が濡れた肌にくっつく
- 水中にいる何かが足をかすめる(魚、浮枝、ヘビ)
- 木の棒をしっかりと握りしめる
- ブヨや蚊に刺される
- 顔や肩甲骨の間を流れ落ちる汗
- 冷たい水に肌寒さを感じる
- どんな音や水しぶきにもソワソワして鼓動が落ち着かな

ぬまち｜沼地

- い
- 長靴が泥に引っ張られる
- 倒木を登った際に切り傷や擦り傷を負う
- 岩や木々に付着したヌルヌルした苔
- 肌にくっついたヒルを引きはがす
- 垂れ下がっている苔が頭に軽く当たる

❶ 物語が展開する状況や出来事
- 濁った水の中に潜んでいるワニ、クロコダイル、ヘビ
- 大量の群れをなした蚊や人を刺す虫に焦って、分別のない行動に出る
- 乗っているボートが浸水する
- オールや棹を失う
- クモの巣にぶつかる、またはヘビの行動を遮ってしまう
- 濁った水の中に落ちる
- 沼地で迷子になる
- 光源を失う
- 悪環境で病原菌に感染しやすい傷を負ってしまう（切り傷、擦り傷、刺し傷）
- 自分のボートを失う（ガス欠、エアーボートのエンジン故障、船体の損傷）
- 塹壕足炎にかかる
- 食糧や水が尽きる
- 固まっているように見えた地面が実はそうではなかった
- 近くにインドニシキヘビがいることに気づく
- 自分の居場所を確かめるために高台に行きたいが、あたりにひとつも見当たらない
- 沼地で一晩明かさなければならないが、火を起こすことができない
- よそ者を嫌い、自分たちの都合でしか行動しない地元の人々に出くわす

登場人物
- 近隣への移動のために沼地を利用する地元民

- 釣りや狩猟をする人
- ガイドつきツアーに参加している旅行者

設定の注意点とヒント
沼地というのは淡水や海水からなり、場所によって生息している動植物が異なるので、起用する沼地が自分の求めている種類のものと一致するかどうかについてはしっかりと確認しよう。一般的にこのような湿地帯に足を運ぶ人は限られている。そのため沼地はしばしば謎に包まれた場所としてある。

例文
何かが背後で水しぶきを上げて、私は一番近くの木に急いでよじ登った。樹皮がヌルヌルしているため長靴は苦戦を強いられたが、老いた低い枝になんとか飛び乗る。息を震わせながら、水面を覆っているもやを見渡した。すると、ほぼ動きのないところにかすかな溝ができていくのが見えて、鼓動が乱れた。水面にかかる白いカーテンを優しく押しのけながら、何かが水の中を移動し、こちらに向かってまっすぐ進んでいた。

使われている技法
光と影、多感覚的描写

得られる効果
緊張感と葛藤

郊外編 自然と地形

熱帯雨林
〔英 Rainforest〕

関連しうる設定
小川、温泉、山、河、南の島、滝

👁 見えるもの
- 輝く葉が生い茂る林冠
- ヤシの葉や部分的に見える明るい太陽と空
- 背の高い木々を滑り降りる、あるいは幹の周りを絞めるように巻きついたロープのようなつる
- 肥えた土や朽ちかけた植物が広がる一帯に濃い緑色で生えたやぶ
- 食べかけの果物を地面に落とすサル
- 色とりどりの鳥
- 滝や濡れた石
- さざ波が立つ沼地に水を送り込む小川や細流
- 枯れ葉が風に動かされて地面で渦巻く
- 隠れたところにある崖や、周囲の地表よりも上に突き出た岩
- 新芽に隠された倒木
- カラフルな小動物(トカゲ、カエル、ヒキガエル、コウモリ、甲虫、クモ)
- 腐ったマンゴーを貪るように食べるグンタイアリの群れ
- 隠れて獲物のあとをつける、あるいは高い木の枝で眠るピューマ
- 食糧を探しまわったり縄張りに印をつけるゴリラやホエザル
- 動物の通る道をぼんやりと音を立てずに歩くトラ
- 土を掘り返したり牙状の歯を木の幹にこすりつけるイノシシ
- 枝の周りを回ったり木の根の上をスルスルと移動するヘビ
- 背の高い竹の群生
- 木にぶら下がるバナナの房
- パンノキ
- イチジクの木
- タロ芋
- 地面に散らばっている茶色い植物の莢(殻)
- 濁った水たまりの中でコソコソと動くヒル
- 小道をでこぼこさせるねじれた木の根
- カシューの木
- 枝にしがみついたカマキリ
- 群葉の中に隠れているイグアナ
- 群れで移動したり人を刺したりする蚊やブヨ
- 木の大枝に付着したシロアリの大きな巣
- 茎や葉を切りとるハキリアリ
- 熟した実をつけた先の尖ったパイナップルの低木の茂み
- 人を刺そうと待ち受ける意地悪なとげ
- さまざまな大きさやかたちをした光沢のある葉
- 土砂降りの雨
- 葉に降り注ぐ水
- 曲がりくねって流れる川や細流
- 動物の足跡
- 垂れ下がる苔や先端の尖った樹木に着生した植物
- 断片的にチラチラと光って見える日差しや空
- 割れ目や崖の側面に生える木々やその他の植物
- 先住民たち(狩猟に出る、食糧を探しまわる、手作りのカヌーに乗って釣りをする)

👂 聴こえるもの
- 風変わりな鳥のさえずり
- 羽が「パタパタ」と音を立てる
- 木々の間でサルがわめいたり金切り声を上げる
- 下生えを通って移動する動物の足音(地面を引っかく手足、「スルスル」と進む物音、枯れ枝が「ポキン」と音を立てる)
- 動物の声(うなる、低くうめく、鼻を鳴らす、鼻を「クンクン」といわせる、「シーッ」と鳴く、吠える)
- 小さな細流や小川の静かな流水音
- 轟音を立てる滝
- 林冠の中を「ザーザー」と降る雨
- 自分の荒い息づかい
- 遠くから聴こえてきた鳴き声がすぐに止む
- 風で木々が「ギィギィ」と音を立てる
- 昆虫が「ブンブン」「ブーン」と飛ぶ
- 熟れ過ぎた果物の実が地面に「ドサッ」と落ちる

👃 匂い
- 茂みや朽ちかけた植物の匂いに満ちた空気
- 体臭
- 自然の植物の匂い(甘い、刺激臭)
- 動物の麝香や糞
- ときどき香る花の匂い
- 腐った果物の甘すぎる匂い
- 泥
- 沼地の水
- 木が燃えたときの煙

👅 味
- 水

ね

ねったいうりん ― 熱帯雨林

- 舌の上で濃い味がする空気
- 食べられる葉
- 木の根
- 木の実
- 果物（マンゴー、パイナップル、パパイヤ、バナナ、イチジク、ドラゴンフルーツ、ライチ）
- 捕らえて焚火で調理した獲物（獲物の味がする、筋が多い、噛みごたえがある、ゴムのような肉）
- ムッとするような自分の息
- 降ったばかりの雨
- 汗

質感とそこから受ける感覚
- 肌の上を滑るように動く濡れた葉
- 背中や胸部に筋を描く玉のような汗
- 汗だくの顔をバンダナで拭う
- ざらついたつる
- 一歩踏みだすたびに沈む地面
- 昆虫やヘビにチクッと噛まれる
- その場所を通過するために曲げた枝の張力
- 硬い茎になたを入れたときに感じる柄の振動
- 木立を無理矢理通り抜けようとするときに胸元をこする竹
- 厚い葉の上の露を啜る
- 柔らかな苔
- 自分のブーツの上を流れる小川の水
- 登るためにつるを掴んで手のひらがヒリヒリする
- とげや先の尖った葉で引っかき傷を負う
- 土砂降りの雨によってものの数秒で全身がびしょ濡れになる
- 皮膚にこすれる汗や垢
- まめの痛みでジンジンする足
- 爪の中に砂粒が入り込む

- 水たまりに飛び込む
- 肌にあたる滝の水しぶき
- 朽ちかけている湿った葉
- クモの巣が肌に触れてくすぐったくなる
- 葉が髪の毛の中に落ちてくる

物語が展開する状況や出来事
- 道に迷う
- ヒョウ、ライオン、ピューマといった大型動物に狙われる
- 縄張りを持つ動物の領域に誤って足を踏み入れる
- ヘビやクモに噛まれる
- グンタイアリの巣にはまる
- モンスーンに足止めを食らう
- 脱水症状や飢え
- 武器を失う
- 非友好的な過激派集団に遭遇する
- 湿気のある環境のために、開いている傷口が感染症にかかるリスクが高まる

登場人物
- 開発を検討中の大企業の調査団や運営スタッフ
- 自然保護活動家
- 農場経営者
- ガイド
- 歴史学者や人類学者
- 先住民を擁護する人道主義者
- 自然写真家
- さまざまな政治団体を代表する兵士
- 観光客

設定の注意点とヒント
多くの田舎町や都市は、作物を育てている農場とともに、熱帯雨林を開拓することで形成されている。人の手による管理を逃れて急速に成長していく熱帯雨林は、過激派組織や廃れた村落、古くからの伝説、あるいは人目から逃れて暮らす人々を題材にするには、うってつけの設定となるはずだ。

例文
メロディが叫び声を上げたのは、ちょうど焚火の光がほんのかすかに見えたときだった。いくつかの影が揺らめき、俺には松明がちらっと見えた。奇妙な声が聞き慣れない言葉を紡いでいる。彼女に向かって大声で応えつつ前に進もうとしたが、肌を叩いてくる葉や絡まったつる、それに竹の障壁という広大な植物の網に捕らえられてしまった。

使われている技法
擬人法

得られる効果
緊張感と葛藤

255

ハイキングコース
〔英 Hiking Trail〕

関連しうる設定
荒れ地、キャンプ場、峡谷、洞窟、小川、森、温泉、狩猟小屋、湖、低湿地、草原、湿原、山、池、河、滝

👁 見えるもの
- 曲がりくねった土や石の小道
- 両脇に生えている植物やシダ
- 苔に覆われた岩
- 切り立った岩肌の間を通る道
- 息を飲むほどの絶景
- 道に交差して生える木の根
- 小道に向かって垂れ下がる枝
- 道が見えなくなるほど草木に覆われた箇所
- 半分埋まっている小石や岩
- 落ち葉や小枝
- 野花やベリー種の茂み
- 破けたクモの巣
- 木陰や日が当たる箇所
- ハイキングをする人に進行方向を示す道標やコースの始点
- 細流や渓谷の上に架かる歩行者用の橋や丸太
- 歩いて渡らなければならない浅瀬
- 雨水でできた小さな水たまり
- 道沿いをちょろちょろと流れる雨水による細流
- 倒れた木の幹
- 朽ちかけた枝や葉
- 急な坂を削ってできた階段や、人の手で設置された大ざっぱな階段
- 遠方の滝
- 積み重なった巨礫
- 祖末なベンチ
- トレッキングポールを持ちリュックサックを背負う人
- 上空を飛ぶ鳥
- リス
- ウサギ
- シカ
- 犬
- ブヨ
- ハエ
- 蚊
- アリ
- 甲虫
- クモ
- トカゲ
- ヘビ
- ハイキングをする人たちが休憩をとったり、眺望がきく別の場所を調べることのできる、コースから逸れたところにある見晴台

🔊 聴こえるもの
- 鳥のさえずり
- リスが木の幹の周りを引っかく音
- ハエや蚊が「ブーン」と飛ぶ
- 昆虫の鳴き声
- 落ち葉の上をトカゲがすばやく走る音
- 岩だらけの道をこする靴の音
- 葉が足元で「バリバリ」と音を立てる
- 道沿いで小石が跳ねる音
- 木々の間を通る風の音
- 風で「ミシミシ」と鳴る枝
- 固い道の上を葉がかすめる音
- 犬の吠える声や喘ぐ声
- 「チョロチョロ」という細流や小川のせせらぎ
- 岩に水が降りかかる音
- 急勾配を石が転げ落ちる音
- やぶの中を動く小動物の物音
- 荒い息づかい
- 食べ物の包み紙を「カサカサ」と開ける
- ハイキング用品が「カチャカチャ」と音を立てる
- 熊避けベルの音
- ハイキングをする人たちの喋り声や互いに呼び合う声

👃 匂い
- 土
- 雨
- 朽ちかけた木や葉
- 野花
- 汗
- 虫除けスプレー
- 濡れた石

👅 味
- 新鮮なベリー種
- ハイキングの食べ物(グラノラバーや栄養バー、トレイルミックス、ナッツ、新鮮な果物やドライフルーツ、砂糖菓子、クラッカー、チーズ、ビーフジャーキー)
- 水

✋ 質感とそこから受ける感覚
- 肩に固定した大きなリュックサック
- 重たい靴
- 足元のでこぼこした道
- とげの多いイバラ
- 服に付着するひっつき虫
- 石の階段を歩くときに足元を転がる小さな石ころ
- 手に持った粗い感触のトレッキングポール
- 汗で肌が濡れる
- 蚊にチクッと刺される
- 顔の周りをブーンと飛ぶブヨ
- ザラザラした木の樹皮
- 温かいベリー種
- 木の枝にはたかれる

はいきんぐこーす｜ハイキングコース

- 足元のツルツルした葉
- 木から頭上に落ちてくる雨粒
- 疲労してヒリヒリと熱くなった筋肉
- 乾燥した口
- 喉の渇き
- 毛羽立った苔
- 木の根につまずく
- 上り坂や狭い橋を渡るときに注意深く足を踏みだす
- 小川の冷たい水
- 細流を裸足で渡る
- 日差しの当たるところから木陰に移動したときに感じる気温差
- ひんやりとした石やザラザラした丸太の上に腰掛けて休憩する
- そよ風に髪がなびく
- 熱疲労

❶ 物語が展開する状況や出来事
- 動物に襲われる
- ハチに刺されたりヘビに噛まれる
- 縁すれすれのところを歩いていたために崖から転落する、または土砂が盛り上がっているところから落下する
- 携帯がつながりにくい
- ひどい怪我を負い、助けなしでは車両に戻ることができない
- 必需品が尽きる（とくに水や食糧）
- ハイキング用品の故障（トレッキングポールがポキッと折れる、靴のストラップが破損する）
- 荷物を詰め過ぎたため重さに苦しむ
- 自分のハイキングの腕を過大評価している
- 自分の実力を周囲に証明するために頑張りすぎる
- 自分のハイキングの経験とそぐわない人たちとコースを歩く
- 熱射病や脱水症状

- ぜんそくの発作に苦しむ
- 毒のあるベリー種やキノコを食べる
- コースの始点を見逃し道に迷う
- 道が崩れ川に落ちる
- 危険な動物に遭遇する（ハイイログマ、ピューマ）

❷ 登場人物
- キャンプをする人
- 運動が好きな人
- ハイキングをする人
- 自然愛好家
- 自然写真家
- もしもの場合に備える人

設定の注意点とヒント
ハイキングコースはありふれたものだが、さまざまな難易度がある。山の中を歩くことと、高原や平野部の森を歩くことでは様子は大きく異なるし、そこから見える風景もルートが当然大きく関係してくるはずだ。コース自体も、ベテランの選ぶようなルートだとか、新しいエリアを開拓しようとする冒険心のある人の選ぶルートなど、選択肢に溢れている。道に迷ったり、予期せぬかたちで野生生物に遭遇したり、道を逸れた突飛な行動のせいで試練に直面するといった可能性は無限にあり、すべては作家次第である。

例文
荒々しい風に僕の頭皮は引っかかれ、道沿いにある葉ははじき飛ばされて、オレンジと赤の混乱が発生している。日光がところどころ肌にあたるも、温かさは感じられなかった。空気は乾燥した葉と冷たい樹皮、それにすぐそこに迫っている冬の匂いがする。リスの動きや喋り声に耳を澄ませてみたものの、彼らはすでにいじめっ子の風に追われて穴へと逃げてしまったあとだった。悪天候がこのまま続くなら、そのうち僕も追いやられることになるのかもしれない。

使われている技法
多感覚的描写、擬人法、天気

得られる効果
雰囲気の確立、伏線

ビーチ
〔英 Beach〕

関連しうる設定
郊外編 ― ビーチパーティー、灯台、南の島
都市編 ― クルーズ船、マリーナ、ヨット

郊外編 自然と地形

◎ 見えるもの
- 砂の上に敷かれた色とりどりのビーチタオル
- ビーチチェアや日光浴をする人
- 蛍光色のアームヘルパーをつけた子どもたち
- バレーボールやアメフトに興じる10代の子どもたち
- 食べ物の入ったクーラーボックスを開けたり、水遊び用の玩具やエアーマットを膨らませる家族
- 食べ物や飲み物の屋台が連なる遊歩道
- 近くの岩礁や桟橋で釣りをする人々
- びしょ濡れのオムツをつけてよちよちと歩いている赤ん坊
- 日光浴で腹が赤くなったり肩が日に焼けた人々
- つば付き帽子やサングラス
- ビーチバッグから飛び出ているビーチ用ローションや日焼け止めのボトル
- 砂の中に置き去りにされたビーチサンダル
- 旗がなびく白いライフガード用見張り台
- 波に押し寄せられた海草
- 黄金色をした砂上に点在する煙草の吸い殻や瓶のフタ
- 携帯式コンロから出る煙
- 食べ物でいっぱいのピクニック用バスケット
- 鮮やかな色のバケツや手桶
- 作りかけの砂の城
- (宝石、帽子、日焼け止め、ビーチで使える玩具を携えて) 人ごみの中を売り歩く行商人
- すばやく動くカニやサシチョウバエ
- 水に揺れる浮き輪やエアーマット
- 浅瀬でストライプ柄のビーチボールを投げる子どもたち
- 一面に広がる泡状の水 (青、緑、海緑、沈泥混じりの茶色など、場所や時期による)
- 表面を叩きつける白波
- 内陸部を流れ浜で泡になる波
- (ゴツゴツした破片、貝殻、海草の塊などが散らばる) ムラのある海岸線
- 地平線に輝く太陽
- 遠くに見えるクルーズ船やヨット
- 宣伝の横断幕をつけて頭上を飛ぶ飛行機
- ゴミや釣り糸にもつれた流木の塊
- 波状になった砂丘
- 風に吹かれて優しく揺れるガマ
- 岸に打ち上げられたヒトデやクラゲ
- 上空を勢いよく飛ぶカモメ
- 砂の中に海水のくぼみを形成するタイドプール
- 潮の到達点のすぐ下に残る足跡

◎ 聴こえるもの
- 浜辺を一掃して砂に広がる波の音、その泡が立てる「シューッ」という音
- 突風でビーチパラソルがよじれたり「パタパタ」とはためく音
- 食糧をめがけて飛びつくカモメの鳴き声
- 子どもの笑い声
- ビーチタオルを敷いてお喋りする人々
- 風に運ばれて微かに聴こえてくる人々の会話
- 吠える犬
- 音楽
- 波が打ち寄せて子どもが悲鳴を上げる、あるいは疲れてきて泣きだす声
- ジェットスキーやモーターボートが轟音を立てて通り過ぎる
- 付近の道路から車両の往来の騒音が聴こえてくる
- ラジオや遊歩道に並ぶ店から聴こえてくる音楽
- 風に揺れて海草がそっと動く音
- 上空を飛ぶ飛行機の音
- 吹流しが風にワサワサと揺れる
- 休暇に来た人々が浮き具を膨らませようと空気ポンプを「シューッ」と鳴らす

◎ 匂い
- ココナッツの香りがする日焼け止め剤や日焼け用ローション
- 塩辛い海辺の空気
- グリルで調理された煙たいホットドッグやハンバーガー
- 濡れたタオル
- 海草
- こぼれたビール
- (許可された区域の場合) 煙草の煙
- スパイシーなタコチップ
- 屋台で調理された食べ物から漂う油
- 虫除けスプレー

ひ

258

びーち｜ビーチ

👅 味
- しょっぱい空気と水
- 汗に縁取られた唇
- ペットボトルの冷たい水
- 炭火焼きしたホットドッグやハンバーガー
- ソーダ
- 口のすぐ近くに付着したローションの苦味
- 冷たいアイスクリームのお菓子やアイスキャンディー
- しょっぱいポテトチップス
- 風に吹かれてサンドイッチに入り込んだザラザラした砂

✋ 質感とそこから受ける感覚
- 熱い砂に足がヒリヒリする
- 水着の中に入り込んで体にこすりつく砂
- 虫に刺される
- 額や鼻を流れ落ちる汗
- 首の後ろが日に焼けてチクチク痛む
- 体を乾かそうと太陽の下で横たわるときに感じる日光の温かさ
- 最初の波が打ち寄せたときの冷水の衝撃
- 頭や背中に降り注ぐ水
- ブランケットに付着した砂
- 体にくっつくザラザラした砂
- ギトギトしたローションや日焼け止め
- ジトジトと湿ったタオル
- 氷のように冷たい飲み物
- 涼しいそよ風
- 目に砂や日焼け止めが入る
- うねのある貝殻
- チクチクする海草
- 素足に水がかかる
- 引き波に突然すくわれる
- 尖った石に滑った感覚、あるいは踏んだときの痛み
- 水中で足に何かが当たったときの衝撃
- 濡れた髪が風でもつれたり首に貼りつく
- クラゲに刺される

❗ 物語が展開する状況や出来事
- ガラスを踏む
- ビーチに来た人々のふるまいが乱暴だったり、日光浴をしている人々が騒がしい
- いっこうに泣き止まない不機嫌な子ども
- 自分の持ち物を誰かに盗まれる
- 風でパラソルが倒れて砂が舞い上がる
- 日焼けで炎症を起こす
- 危険で有害な海洋生物（クラゲ、アカエイ、サメ、ウオジラミ）
- 波が荒く泳ぐのが危険な状態
- 離岸流に流される
- いらないという言葉に耳を貸さない強引な行商人

👥 登場人物
- 家族連れ
- 釣り人
- 食べ物を売る人
- ライフガード
- 休日を過ごす地元の人
- 警官
- サーファーやボート愛好家
- 泳ぐ人
- 10代の子ども
- ツアーの一行
- 休暇を過ごす人

設定の注意点とヒント
ビーチは場所によって大きく異なる。砂にしても白だったり黒だったり、あるいは赤だったりするだろう。手入れが行き届いているビーチもあれば、煙草の吸い殻、食べ物の包み紙、海草、死んだ魚などが散乱しているところもある。一般的な公共のビーチは人で溢れかえっているかもしれないが、プライベートビーチならば隠れた場所に広大な敷地を有している場合もあるだろう。このような設定の細部は登場人物の気分に影響を与え、さまざまな感覚的描写の工夫をもたらしてくれるものだ。そのため、よく考えて選択することが重要である。

例文
祖母の大皿ほど真ん丸く、陶器のように輝く月の姿にうっとりする私の疲れた足を、湿った砂が揉んでくれる。ビロードのような漆黒を遮る建物も煙霧もないので、ここの空は澄んでいて広大だった。打ち寄せる波は心地よいメロディを奏で、風は私の髪や服を押したり引いたりしながら、仕舞い込んだショールの縁を奪おうとする。目を閉じて塩気のある空気を吸い込むと、これからホテルに戻り、スーツケースの荷造りをして、家で待ち受けるあれこれへと向かう前に、私はこのひと時をブックマークした。

使われている技法
多感覚的描写、直喩

得られる効果
雰囲気の確立、伏線

郊外編 自然と地形

北極のツンドラ
〔英 **Arctic Tundra**〕

👁 見えるもの
- 平らな地形
- 吹雪
- 氷床
- 氷河
- 雪の山
- 流れる雲、あるいは低く垂れ込める雲
- はるか向こうにのぞむ雪に覆われた山岳地帯
- カリブー
- オオカミ
- ジャコウウシ
- ノウサギ
- ホッキョクグマ
- キツネ
- ハクガン
- 雪上の動物の足跡
- 雪の吹きだまり
- 雪の中から顔を出す耐寒種の草による茂み
- 岩層
- イグルー
- そりを引く犬
- スノーモービル
- 毛皮や革に身を包んだ先住民
- 動物の毛で覆われた上着を着たハンター
- スノーモービルの跡
- 古い焚火台やキャンプ地
- 簡素な組み立て式テントや動物の革製のテント
- 氷の中で半凍結した動物の糞
- 真っ白な息
- 焚火から空に上る煙
- （時期によって）明るくはあるが暖かさのない陽光
- 氷殻
- 氷柱
- 点在する凍結土
- ところどころまばらに生えた木々
- 渡り鳥
- 雪や氷を照らす日光
- 孤立して建つシェルターや建物
- 雪を、流線型のカーブや山頂に吹き飛ばし積もらせる風

👂 聴こえるもの
- うなり声を上げて引き裂くような音を出す風
- テントのはためき
- 火が「パチパチ」「シューッ」と音を立てる
- やかんが鳴る
- 冷たい生地（パーカー、テント、寝具）が「カサカサ」と鳴る
- ブーツの下でバリバリと鳴る雪
- 雪の中を一定の速さで静かに走るそりの刃の立てる音
- 犬の喘ぎ声や遠吠え
- エンジンの回転数が上がる音
- 熊が吠える
- そりを引っ張るシベリアン・ハスキーの「パタパタ」と鳴る足音
- 動物の「キャンキャン」と吠える声
- 馬の装具と締め金が「ギシギシ」と音を立てる
- 食糧をあさったり獲物を追う鳥の鳴き声
- くしゃみの音
- 鼻をすする音
- 咳
- 雪の結晶がコートに「サラサラ」と当たる
- 氷をピッケルで「カチカチ」と割る
- 風が乾いた草の茂みをこする音
- 硬くなった雪の上を進む「ザクザク」と鳴る足音
- 火に流れ込んで溶け始めた雪が「ジューッ」と音を立てる
- オオカミの遠吠え

👃 匂い
- 汗
- 降ったばかりの雪の混じり気のないオゾンのような匂い
- 温かくなった革
- 犬などの動物
- 仕留めたばかりの獲物や発見された腐肉
- 風が塩水の香りを運ぶ
- 薪の煙
- 紅茶
- コーヒー
- 炙られた肉や生肉の匂い
- 枯れた草
- 血

👅 味
- 生肉
- 堅パン
- ビスケット
- ジャーキー
- 紅茶
- コーヒー
- 調理した肉
- トレイルミックス
- 旅のために持参したドライフルーツやその他の栄養食品
- 溶けた雪
- 唇に付着したしょっぱい汗
- ジビエ
- 魚
- 脂身
- スエット（牛やヒツジの腎臓あたりの脂肪）

ほ

ほっきょくのつんどら ― 北極のツンドラ

🔵 質感とそこから受ける感覚
- 素肌を切る風
- あかぎれができた肌や血が出た唇
- ひび割れた指の関節
- 手足の指の感覚が麻痺する
- 顔が日に焼ける
- 頬や額が風焼けする
- ひっきりなしに風が吹くため耳が痛くなる
- 自然環境から身を守るため身体に蓄えた脂肪
- 乾いた口
- 体力を使い果たしたことで生じる震え
- 喉を切るような冷たい空気を呼吸する
- 冷たい空気を吸い込んで胸が痛くなる
- 風に吹かれた雪が肌にバシッと鋭く当たる
- 頭痛
- 雪眼炎
- 方向感覚を失う
- めまい
- けいれんして震える筋肉
- 手に触れる冷たい雪
- ブーツのひもが凍る
- 深く積もった雪の中をとぼとぼと歩き続けたため筋肉疲労を起こす
- ブーツや手袋の中に入り込む雪
- 身体を酷使したために汗が出る
- 凍った手足に温かさが戻ってくるときのうずき
- 顔面を圧迫する火の熱
- 顔の毛に付着した氷の結晶を払いとる
- 指の感覚がないため動きが鈍くなる

⚠️ 物語が展開する状況や出来事
- 凍傷、低体温症、凍死
- 熱源の燃料が尽きる
- 必要な物資を失う
- オオカミやその他の動物に襲われる
- 氷や雪が割れたため、地表からずっと下にある渓谷に落下する
- 医療処置を必要とする深刻な怪我を負う
- 人里離れた場所で病気にかかる
- 食糧が見つからない
- 手袋の片方や頭を覆うフードをなくす
- 敵対心を抱く地元の人々に遭遇する
- 道に迷う
- 精神的に不安定な人と組まされる(ガイド、作業パートナー)
- シェルターがない中で異常気象に見舞われる
- 動物にあとをつけられる
- 地元の言い伝えや迷信についての懸念
- 雪が吹き寄せてホワイトアウトが発生し、方向感覚を失う
- 荒天が迫っているため、避難できる場所を見つけなければならない

👥 登場人物
- 環境保護主義者
- エクストリームスポーツ愛好家(冒険家、犬ぞり使い、登山家)
- 地質学者や生態学者
- 入植者
- 先住民
- 写真家
- 科学者

設定の注意点とヒント

北極のツンドラのほとんどは一年を通して凍った状態だが、南部には短い夏季があり、雪が溶けて植物や動物の生態を活気づける。その時期にできあがった沼地や池には昆虫たちが群がり、渡り鳥は虫を餌にするためにやって来る。こうした一帯の中には24時間太陽が上ったままのところもあり、冬に備えてじゅうぶんな食糧を捕まえて保存しておくために、地元の人々はお気に入りの狩猟スポットや釣り場に移り住む。どんな設定にも言えることだが、気候や動物、植物の生態を選んだ地域にきちんと沿ったものにするためには、徹底的なリサーチが必要だ。

例文

テントの入口を引き下げて、目元を覆う。太陽が氷の結晶を照らし、地面は雪に覆われた宝物へと姿を変えていた。僕は微笑んで、冷たく爽快な空気を深々と吸い込みながら、こんなにも美しい光景に囲まれてホッキョクグマの観察地まで行けるのを嬉しく思った。

使われている技法
直喩、天気

得られる効果
雰囲気の確立、感情の強化

郊外編 自然と地形

湖
〔英 Lake〕

関連しうる設定
ビーチパーティー、キャンプ場、森、ハイキングコース、草原、山、池、河

見えるもの
- グレイやホワイトの色とりどりの小石、岩石に満たされた湖岸線
- 水際にある節くれだった流木
- 岸に打ち寄せる波
- 水面をすばやく動く細長い足をしたハサミアジサシ
- 岩の間をサッと泳いでいる小魚
- 海藻の周りで浮かんでいるカモ
- 湖岸線に沿って生えている草をついばんだり優雅に翼の羽づくろいをするガン
- 残飯を求めてピクニックエリアを探すカモメ
- 水面をかすめて飛んでいくトンボ
- 蚊やアブ
- 家族連れの人々や友人同士の人々が横になるために広げられたブランケット
- 長い桟橋
- 水の流れに揺れている、縛って固定されたボート
- 舗装されたボート置き場
- 水際で遊ぶ水着姿の子どもたち
- 浮き輪やエアーベッドで水に浮いて遊ぶ年上の子どもたち
- 桟橋で糸を垂らす釣り人
- 陸から離れたところを全速力で往来するボートやジェットスキー
- 蛍光色のライフジャケットを着た漕ぎ手が乗るカヌー
- 水上のあちこちに見られる釣り用のボートやオールで漕ぐ舟
- 流木の上で日光浴をするカメ
- 飛び込む準備をしていたり、木の厚板の上で日光浴をする10代の子どもたちでいっぱいの浮桟橋
- 魚
- ウキクサ
- 湖岸線に沿って見つかる浮きかす
- 岩に引っかかった割れたガラスや縮れた釣り糸の破片
- 草むらに置き去りにされたビールの空き缶
- 湖に向けて頭を垂れ、水面に影を落とす木々
- 波をキラキラ輝かせる太陽の光
- 専用の桟橋を持つ家
- 水中へと通じる小道
- 水際で水を飲むシカ
- 草の中に隠れた小さな花
- 水面から突き出た沈んだ流木（細い木の幹）
- 水上スキーをする人
- 渦巻く暗い雲
- ピカッと空を突き刺す雷
- 公衆トイレ
- 色とりどりの車両や長期休暇用のトレーラーで埋め尽くされた駐車場

聴こえるもの
- ボートのモーターの立てる轟音
- 別のボートの航跡と交わるようにスピードボートが大きな音を立てて進む
- 携帯プレーヤーから流れる音楽
- 友人同士の話し声や笑い声
- 湖岸線に優しく水が打ち寄せる音
- 「ブーン」と飛ぶ昆虫
- 木々をそっと通り抜ける風の音
- 水が「パシャパシャ」と跳ねる
- 水の中にカメが「ポチャン」と入る
- カモメの鳴き声
- ボート置き場でトレーラーの上にボートを誘導するときに聴こえるエンジンの回転音
- オールで水を滑るようにかく音
- 静かな日に耳に届く木々のきしみ
- 砂利の多い湖岸線に沿って「ザクザク」と音を立てる足音
- 折りたたみ椅子を「ドサッ」と置く
- 食べ物の包み紙が「カサカサ」と鳴る
- ビールや炭酸飲料の缶が「シューッ」と音を立てて開く
- コオロギ
- カエルが「ゲロゲロ」と鳴く
- 岸辺の焚火が「パチパチ」と音を立てる

匂い
- 藻の泥炭の匂い
- 新鮮な空気
- 携帯式バーベキューグリルで調理している食べ物
- 濡れた土
- 水
- ボートから匂うガソリン
- 日焼け止め
- 花
- 湖岸線に沿って生えている朽ちた草木
- 棒に刺したマシュマロの焦げた匂い

みずうみ／湖

🍴 味
- 湖の水
- 携帯式バーベキューグリルで調理された食べ物（ハンバーガー、ホットドッグ、チキン、ステーキ）
- ポテトサラダ
- ポテトチップス
- アイスキャンディー
- コールスロー
- テイクアウトの食べ物（チキンバケット、ピザ）
- ビール
- 家から持参したサンドイッチ
- 水、炭酸飲料、ビール、カクテル
- 紙パックのジュース
- マシュマロ

質感とそこから受ける感覚
- 素足を突つく尖った砂利
- すねの周りを滑るように動く水
- 寒気
- 足首を突き刺す草
- 頻繁に位置がずれる水着をほどいたり引っ張ったりする
- 水が靴やサンダルに染み込む
- 砂が靴の中に入る
- ザラザラした砂が顔にくっつく
- ベタベタする日焼け止め
- 日光の温かさ
- 髪から肩へと落ちる水滴
- 何かが自分の足をかすめたり、何かに噛まれたりして飛び上がる
- 風で髪の毛が顔に吹きつける
- 速いボートに乗ったために髪がもつれる
- 鼻を滑り落ちるサングラス
- クーラーボックスの中をかき分けているときに、冷たい氷に触れたときの衝撃
- 温かいブランケット
- チクチクするタオル
- 着たばかりの乾いた服が湿った肌にこすれる

- 釣りをする桟橋のゆがんだ木板
- 桟橋に腰掛けて両足をブラブラさせる
- 水をオールでかく

⚠ 物語が展開する状況や出来事
- 泳いでいる人々に対して危険な走行をするたちの悪いボート運転手
- 小さな子どもが水際にいるのにそのことに気を払わない親
- 虫除けスプレーを忘れて蚊に食い物にされる
- 炎症を伴い痛む日焼け
- 騒がしくパーティーをする人々
- 泳いでいる最中に足がけいれんする
- 何かが足に擦り寄ってきて、水中に生き物がいるのを感じる
- ミズヘビに驚かされる

- トラックやボートのトレーラーが泥にはまる
- 許可を得ずに魚釣りをしていることがばれる
- ボートの浸水や転覆
- 泳げないが、恥ずかしくてそのことを打ち明けられない

👥 登場人物
- キャンプをする人
- 自然保護官
- 家族連れ
- 魚類野生生物保護官
- アイスクリームトラックやフードトラックを運営する人
- スポーツフィッシングをする人
- 10代の子どもたち
- 休暇に来る人

設定の注意点とヒント
湖は地味で穏やかなところが多いが、キャンプ場や政府運営による公園とつながっていると人通りも多い。こうした場所では、夏場はいっそう観光客が増え、ボートに乗りにきた人々、休暇に来る人々、水上でのアクティビティをしにきた人々が増し、喧噪も必然的に大きなものとなる。殺到する観光客に慣れている地域なら、ハウスボートやその他の船を所有する人々にも対応できるように、たとえば水上ガソリンスタンドやレストラン、売店など、ふつうの湖では目にすることがないような設備も整えられているかもしれない。

例文
湖の水面にちらちらと月明かりが揺れる中、足元から寒さが上昇してきて、私は浅瀬で身震いした。みんなはもう飛び込んでしまったあとで、水をかけたり相手を沈めたりすることに夢中になって、喜びの悲鳴で辺りを満たしている。私はというと、腰に両腕を巻きつけて、水の深いところで待ち受けているもののことを考えていた――割れたガラスで足を切るかもしれないし、ヌメヌメした藻に滑るかもしれない。もしも暗闇で魚が足に触れたらどうしよう？それにワニがいたら……水から這い出ると、私はタオルを探しに向かった。

使われている技法
対比、多感覚的描写

得られる効果
登場人物の特徴づけ

郊外編 自然と地形

南の島
[英 Tropical Island]

関連しうる設定
- 郊外編 ― 遺跡、ビーチ、ビーチパーティー、ハイキングコース、山、海、熱帯雨林、滝
- 都市編 ― 飛行機、空港、クルーズ船、ゴルフ場、ヨット

◎ 見えるもの
- 白い砂浜の広がるビーチ
- 斜めに傾いて生えているヤシの木
- 緑が生い茂るやぶ
- さまざまな青や緑色をした水
- 濡れた砂についた足跡
- 海辺に散らばった貝殻や海草
- 海岸に打ち上げられた流木
- 木から落ちたココナッツ
- 海へとつながる桟橋や埠頭
- 遠くにぼんやりと見える近隣の島々
- プラスチックのビーチチェアに寝そべる人
- ビーチや海上に設置されたプライベートな小屋やバンガロー
- 土地の多くを占める広大なリゾート施設
- ゴルフコース
- レンタルサービス（自転車、ジェットスキー、パラソル、カタマランヨット、サーフボード、シュノーケリング用具）
- 曲がりくねった道
- 景観の間を流れる河や小川
- 青々とした山
- 崖の縁から降り注ぐ、または岩壁を降る滝
- 活火山や休火山
- 植物や動物が密集している熱帯雨林
- 古代遺跡や史跡
- （ボート、バス、モペッド、四輪駆動車、自転車、馬、四輪バギーに乗った）ツアーグループ
- （シナモン、バニラ、コーヒー、サトウキビ、バナナ、カカオ、パイナップル、ココナッツの）プランテーション
- 木々の間にいるカラフルなオウム
- 砂の上で日光浴をしているカメやトカゲ
- ヘビ
- 昆虫
- クモ
- 雑木林から出て餌を探し求めるウサギ
- 茂みの中で地面を掘っている野生のブタ
- 木の梢に集まったり、観光客が置きっぱなしにした荷物を盗むために木から降りるサル
- 客を島から島へと運ぶボートやヘリコプター
- （レストラン、バー、ナイトクラブ、小売店、屋台、通りの祭りなどがある）都市部の繁華街
- 頻繁に降る雨
- スリリングなアクティビティ（ジップライン、クリフダイビング、洞窟探検、パラセーリング）に参加するアドレナリン・ジャンキー
- 沖に停泊している漁業用の大型船

◎ 聴こえるもの
- 耳に心地よい「シュワーッ」と打ち寄せる波の音
- 岩にぶつかる波の音
- カモメの鳴き声
- 人の話し声や笑い声
- 遊んでいる子どもたちの立てる物音や声
- 「バシャバシャ」としぶきをまき散らして泳ぐ音
- 本のページを捲る音
- ボートがエンジンの轟音を立てて通り過ぎる
- 近くのリゾート施設から聴こえてくる音楽
- ヤシの葉が風で互いにこすれる音
- 小屋の屋根に「パタパタ」と落ちる、あるいは砂の上に「ドンドン」と降る雨の音
- 響き渡る雷鳴
- 強風に耐えてはためくビーチパラソル
- 嵐の最中に「ヒューヒュー」と吹きつける風の音
- 轟音を立てたり「チョロチョロ」と流れる滝の音
- 南国の鳥の甲高い声
- ハエが「ブーン」と飛ぶ
- 昆虫が「ブンブン」と音を立てて飛び、甲高い声でさえずる
- サルの話し声
- 動物がやぶの中を小走りで進む物音
- 「サラサラ」と流れる川の音
- 地元民が現地の言葉で早口に喋る
- 客が行商人と交渉する
- 熱帯雨林の小さなこけくずをスニーカーで「バリバリ」と踏む
- 通りで生演奏されている音楽
- 街を走る四輪駆動車や車の騒音
- でこぼこした未舗装の通りを自転車が「ガタガタ」と走る
- 上空をヘリコプターが「ブーン」と飛ぶ

◎ 匂い
- 海水
- 近くの店から漂う食べ物の匂い
- 薪の煙
- 日焼け止めや日焼け用オイル
- 汗

みなみのしま　南の島

- 雨
- 熱帯雨林の土の匂い
- 朽ちかけた植物
- 新鮮な果物や独特な調合の香辛料

🔴 味
- 海水
- 汗
- 南国の果物（パイナップル、マンゴー、アプリコット、バナナ、イチジク、メロン、グアバ）
- ココナッツ
- サトウキビ
- 地元のレストランで提供される料理
- 新鮮なシーフード
- ペットボトルに入った冷たい水
- ソーダ
- 南国の飲み物
- スムージー
- 地元のビールやワイン
- 屋台で売っている食べ物（揚げドーナッツ、香辛料を振りかけたナッツ、ケバブ、ラップサンドやタコス、網焼きしたパイナップル）

🔴 質感とそこから受ける感覚
- 温かい太陽の光と暑い空気
- 肌に塗った日焼け止めに砂が付着する
- 風に髪の毛が引っ張られる
- ざらついた流木
- 濡れた水着
- ヒリヒリと痛む日焼け
- 肌の上を滑るぬるい海水
- 足元の熱い砂
- 一歩踏みだすたびに足が砂の中に沈み込む
- ザラザラしたヤシの木
- 水中で足をかすめる海草
- 尖った貝殻や小さい石を踏む
- 温かくてチクチクするタオルが肌に触れる
- でこぼこした道路を走るときに自転車の前輪がガタガタ揺れる
- 起伏のある地面を走る際に弾む四輪駆動車

- 曲がりくねった道を走行して乗り物酔いに見舞われる
- 熱帯雨林の茂みの下で感じるジメジメした空気
- 足元で潰れる岩屑
- 冷たい小川の水が顔にかかる
- 自分を乗せたヘリが離陸するときに、緊張で胃が飛びだしそうになる
- ジップラインやクリフダイビングの準備をしているときにほとばしるアドレナリン
- 嵐がやって来て気圧が急速に落ちる

🔴 物語が展開する状況や出来事
- クラゲやサメの出現
- 激流にのまれる
- 人に騙されるまたは襲われる
- 自分の旅行カバンやハンドバッグを盗まれる
- メキシコや中南米を訪れる者に特有の下痢
- 田舎風の建物に泊まるが、蚊がいたりエアコンがなかったりで眠れない
- 荒れた天気
- 地元の人たちとうまくコミュニケーションがとれない
- 自分とは違うことに興味を持つ人々と休暇に出る
- パスポートをなくす
- 家で家族に惨事が起きているようだが、今すぐには南の島を発つことができない
- 飛行機や水が怖い

🔴 登場人物
- 春休みを過ごす大学生
- カップル
- 家族連れ
- ハネムーンに来る人
- ホテル従業員
- 地元の人
- タイムシェア施設の販売員
- ツアーガイド
- 観光客
- 行商人

設定の注意点とヒント
南の島というのは、プライベートの天国のような場所から観光客の集うにぎやかな街まで実に幅広い舞台が用意されている。前者は喧噪から隔離され、プライバシーの守られたゆったりとした時間が約束されているだろうし、後者はより楽しげでエキサイティングなガイド付きクルージングなどの機会がより豊富にあるだろう。時期によってはハリケーンやモンスーンの影響を被る島もあるので、自分の作品の登場人物がそうしたトラブルに見舞われないようにするには——あるいは、まさにそのトラブルに彼らが直面できるようにするには——事前によく調べておくことが必要だ。

例文
ジェイクは背後の網戸を思い切り閉めたが、それでもトリーナの声は開け放たれた窓を通ってビーチまで追いかけてくる。彼女の怒りが届かないところまでゆっくり走ったところで、のろのろ歩きに切り替えた。「あなたたちに必要なのは休暇よ」と彼の両親は言ったのだが。ジェイクは鼻で笑った。必要なのは審判だ。一週間の休暇が始まった2日目にして、彼らはもう激しい喧嘩に突入しているのだから。何かにチクッと刺され、自分の腕をはたいた。目に見えないほど小さな虫には勇敢に立ち向かえるというのに、婚約者とは1秒たりとも一緒に過ごしたくないとは、なんとも悲しい現実だった。

使われている技法
多感覚的描写

得られる効果
伏線、緊張感と葛藤

郊外編 自然と地形

森
〔英 Forest〕

関連しうる設定
廃鉱、洞窟、小川、ハイキングコース、狩猟小屋、湖、山、熱帯雨林、河、サマーキャンプ、滝

👁 見えるもの
- 土から天に向かって伸びる背の高い木々
- 日光がまだらに当たって、地面に揺らめくような影を描く葉
- やぶの中に消えていく動物の足跡
- 苔の一群に引っかかった枯れ葉や松葉
- 折れた枝からぼろぼろになって剥がれた樹皮
- 太い木のこぶ
- 幹の周りに絡みついた苔
- 枯れたトウヒの枝から垂れ下がるサルオガセの細い束
- 小さな宝石のように地面に散らばるマツボックリ
- 朽ちて倒れた丸太の上をよたよたと進むタマムシ
- 積み重なった石の周りにチラッと見えるシマリスの尻尾
- 土壌を切り裂く渓谷
- 木々の間を蛇行して流れる川
- 酔っぱらいのように互いにもたれかかる、風雨にさらされて倒れそうな木々
- 木の根の下に隠れている動物の巣穴
- シダの葉の中を舞い朝露をきらめかせる日差し
- 苔やキノコの住処になっている枯れた幹
- 樹皮が巨大な白い渦に覆われたカバノキ
- 木の樹皮の隆起した縁
- 赤茶けた松の葉に覆われた地面から姿を覗かせる石
- 枯れた切り株から生えはじめた雑草
- 道中にある動物の糞の山
- 古くなったクモの巣に引っかかる松の葉やその他の小さな破片
- 密集したイバラ
- 鮮やかなベリー種の茂み
- どんぐり
- 昆虫
- ウサギ
- 鳥
- リス
- ネズミ
- キツネ
- 枝を激しく揺らして通過する風
- 小道に沿って草を食べるシカ
- 野生のキノコや毒キノコ
- 野花（ツリガネイセン、ヒナギク、アキノキリンソウ）の近くをヒラヒラ飛んでいるチョウや蛾

👂 聴こえるもの
- 風が葉を「カサカサ」と揺らす
- 何層にも重なった足もとの松の枯れ葉や小枝が踏んだときに柔らかな音を立てる
- 鳥の鳴き声やリスの喋り声
- 昆虫が「ブーン」と飛ぶ
- シカが草を一口分食んだときにカサカサと鳴る
- やぶの周りを動物があさっている音
- リスが木のてっぺんまですばやく走り登る際に爪で木の樹皮を引っかく音
- 暴風で大枝が地面に叩きつけられる音
- 土の地面に「パタパタ」と降る雨の音
- 背の高い木々が揺れてきしんだり「ミシミシ」と音を立てる
- 遠くで枝が「ポキン」と折れる
- 追われている動物の金切り声や鳴き声
- 鳥の群れをいっせいに空へと羽ばたかせる銃声
- 動物の喘ぎ声や荒い鼻息
- 夜間に「キャンキャン」と吠える声
- キツツキが木を「トントン」と軽く叩く
- 豪雨によって渓谷を勢いよく流れる雨水の音
- ハチやハエが「ブーン」と飛ぶ

👃 匂い
- 松
- 野草の花の香り
- 朽ちかけた葉っぱの土のような匂い
- 動物の糞
- 腐った木
- 新鮮で混じりけのない空気
- 露
- 付近に漂う匂いを運んでくる風（薪の煙、海、排ガス）
- 野生のミントやハーブ
- 腐敗臭（沼地、淀んだ水たまり、死んだ動物）
- スカンクやスカンクウィード（悪臭を放つ背の高い草）の鼻をつく悪臭
- 甘いスギの香り
- カビ臭い苔
- 生えている緑の植物
- 太陽で温かくなった土

👅 味
- 酸っぱいクランベリー
- 甘い野イチゴやサスカトゥーン・ベリー
- パサパサしたローズヒップ

もり ― 森

- 木のような味がする木の実
- 舌を刺激するキノコ
- ネギ
- 種
- 食べられる葉や樹皮
- ハイキングやキャンプに来る人々が持参する食べ物や水（グラノラバー、ビーフジャーキー、ナッツ、リンゴ、ドライフルーツ、サンドイッチ）

質感とそこから受ける感覚
- 樹皮のひび割れてざらついた突起部分
- 頭の上に落ち葉がのる
- 肌をこする枝
- とげやひっつき虫が肌を突き刺してくる
- 踏みしめたやわらかな苔の弾力性
- 石や木の根によってあちこちくぼんだ起伏のある地面
- ベタベタする樹液のしずく
- やぶに足をとられたり引っかける
- 露に濡れてツルツルした葉
- 垂れ下がった苔が頬を撫でる
- クモの巣に当たる
- 涼しいそよ風
- 突然の強風が小さなかけらを巻き上げて周囲にまき散らす
- 蒸し暑さ
- 背中を伝い落ちる汗
- 触れると粉々に崩れる枯れた苔
- ツルツルしたキノコが群生する箇所で足を滑らせる
- 風で前髪が押し上げられる
- 濡れた草が滑るように足に触れる
- 長靴の中に水滴が染み込む
- 腕を引っかく松の葉
- 靴の中に小さな石が入り込む
- 汗でベタベタした服
- ネバネバした地衣類
- 小川で手を洗い、バンダナを水に濡らしてから額に着け直す

物語が展開する状況や出来事
- 野生動物に出くわす
- 森の中で迷い方向感覚を失う
- 暖を求めて火を起こしたが、それが木々や雑木林に飛び移る
- 補食者（動物や人）に追いかけられる
- 精神的に不安定な一帯の所有者に出会う
- 夜間に特定不可能な妙な音が聴こえる
- 足首を捻挫する
- 川や渓流の汚染された水を飲む
- 小さな昆虫やアブによって感染症を引き起こすが、噛まれたところを保護する手段がない
- 森の中で違法行為が行われているのを発見する（人が捕虜にされている、死体が遺棄されている、覚せい剤の製造施設がある）
- 車両が壊れ、人里離れた場所で立ち往生する
- 携帯が通じないところでハイキング中に助けが必要になる

登場人物
- キャンプをする人
- 世捨て人
- ハイキングをする人
- ハンター
- 自然写真家
- 屋外活動の愛好家
- 密猟者
- 逃亡者

設定の注意点とヒント

森の動植物の生息状況は場所や気候によってまったく異なる。カナダにある森は、スイスやドイツにある森とは違う。設定が実際の場所（アメリカのモンタナ州など）と結びついている場合には、自分が描く森にそこで一般的に見られる植物や生き物を組み込むことができるように、一帯についてリサーチするといい。物語の舞台となる時期についても考えてみてほしい。春と夏、秋と冬では森の姿は変化し、そこでは移住したり冬眠したりする動物も存在するからだ。

例文

日差しが弱まり、自分を取り囲むのは陰やところどころにできた暗がりだけとなった。中が空洞になっている木から、何かの目がチラチラ光って見える。風は嘆き声を上げながら変形した幹の間を通り抜け、朽ちた木の不快な臭いを運んできた。ジーンズに引っかかるイバラや肌を汚す湿った葉を無視して、俺は先を急いだ。

使われている技法
光と影、多感覚的描写

得られる効果
雰囲気の確立、緊張感と葛藤

郊外編 自然と地形

山
〔英 Mountains〕

関連しうる設定
郊外編 — 廃鉱、キャンプ場、洞窟、小川、森、ハイキングコース、温泉、狩猟小屋、湖、草原、河、滝
都市編 — スキーリゾート

👁 見えるもの
- 地形に点在する岩石や巨礫
- 岩だらけの崖
- 足元の頁岩や砕石のがれき
- 岩の割れ目や亀裂
- 足元を覆う粘板岩や小石
- 岩崩れ
- 雪崩の通り道
- ところどころ苔が生えた木の幹
- 森や木の生い茂る一帯の端を定める木々の列
- 山の頂上を霧で覆う低く垂れ込めた雲
- 急勾配
- 渓谷に降り注いだり岩の表面をなだらかに流れ落ちる滝
- 木陰に積もっている雪
- 動物の足跡や糞
- 餌を探し求める鳥（タカ、ワシ、ワタリガラス、ハヤブサ、フクロウ）
- 低木の茂みの間をすばやく進むネズミ
- 用心深く群れを成して進むシカ
- 恥ずかしがりやのキツネ
- オオツノヒツジ
- 山にいる捕食動物（オオカミ、クマ、ピューマ）
- 人間が近づく音を聴きつけてピタッと動きを止めるウサギ
- 岩を急いで渡っている甲虫
- 木々の間に巣を張っているクモ
- 蚊
- ブヨの大群
- 地面に散らばる松ぼっくりや松葉
- 林床に見られる小枝や岩屑
- 倒れた木々
- 下り坂を流れる細流
- 草の多いところや小川に沿って生える野花
- 霜で銀色に覆われた草
- 草むら
- ネギ
- 野生のベリー種の茂み（クランベリー、サスカトゥーン・ベリー、ラズベリー、セイヨウスグリ）
- 木のてっぺんにつくられた捕食鳥の大きな巣
- 遠くに見える山頂
- ずっと下の方にある谷
- 剪断されたり風に削られた岩肌
- 曲がりくねった未舗装の道
- 木からハラハラと落ちてくる葉
- 空中を漂う花粉の塵

👂 聴こえるもの
- 傾斜に沿って風が「ヒューッ」と吹き「カサカサ」と木々を揺らす
- 動物のうなり声
- 葉が「カサカサ」と音を立てる
- 泡立つ滝の音
- 解けた雪に水が「チョロチョロ」と流れ込む
- 足元に堆積した砕石が動く音
- 鳥の「ホーホー」といった鳴き声
- やぶを動物が「パタパタ」と通る
- 枝が「ポキン」と折れる
- 足元で松葉が「ザクザク」と鳴る
- 急斜面を登るときの苦しげな呼吸音
- 小石が動いたり滑り落ちる音
- 小川で優しく水が跳ねる音
- 融雪により細流が轟音を立てる
- 捕食鳥の鋭い鳴き声
- 蚊が「ブーン」と飛ぶ
- 重量のある動物が小枝を踏む音
- 山の斜面を小さな岩が「ゴロゴロ」と落ちていく

👃 匂い
- 松葉
- 清々しい空気
- 混じりけのない水
- 土の香りが漂う苔
- 朽ちた幹や木々
- 冷たいまたは濡れた岩
- 花を咲かせる野花
- 雪や氷
- オゾンや鉱物

👅 味
- 野生の植物（ベリー種、ネギ、塊茎、木の実、種）
- 食べられる葉や樹皮から作った紅茶
- 捕らえた動物や鳥の獣の匂い
- 温泉
- 旅の食べ物（乾燥食品、キャンプ用のコンロで調理したラーメン、サンドイッチ、トレイルミックス、栄養バー、袋入りのビーフジャーキー、栄養分を摂るためのミックスナッツや種、ドライフルーツや果物）

✋ 質感とそこから受ける感覚
- 頑丈な岩石
- 皮を剥ぐナイフの持ち手
- 顔面にあたる砂粒

- 柔らかな苔
- ブーツの中でチクチクする松葉
- 滑りやすい頁岩
- 岩肌の手をかけるところをしっかりと掴む指先
- 足をかけられる岩肌にブーツを無理矢理押し込む
- ロープとの摩擦で火傷を負う
- 淡水の細流に両手を突っ込んで袖が濡れる
- 首や顔から流れ落ちる汗
- あまりに暑くて重ね着している服を脱がなければならない
- ツルツルした金属製のカラビナ
- きつく編み込まれたロープ
- 寒さで荒れた肌や唇
- 空気が薄くて喉が痛む
- 風や悪天候にさらされる（震え、しびれ、氷のように冷たい指、凍った肌、方向感覚を失う、飢餓、体力低下）
- 滑ったり転んだりして切り傷やあざを負う
- 虫に刺された痛みやかゆみ

❶ 物語が展開する状況や出来事
- 動物にあとをつけられたり襲われる
- 怪我を負い、急勾配を昇降することが不可能になる
- 崖から落ちる
- 流れの激しい川に流される
- 低体温症
- 自分の必需品が尽きる、あるいは失う（落下させてしまう、山の細流に流される）
- 病気が発症して登山を中断しなければならない
- 雪崩や岩すべり
- 突然天気が荒れる
- 高所恐怖症
- 雪や氷の割れ目に落ちる
- ロッククライミングをするが、ロープやピンがしっかりと固定されていない
- ストラップが切れて、高価なカメラを失う
- サングラスを忘れてしまい、高地で眩しく輝く雪によって半盲になる
- ガイドがいない、またはガイドが一帯の危険性について把握していない
- 登山を計画しているが、それにふさわしい用具を持っていない（雪用のクリート、ピッケル、ロープ）

🧑 登場人物
- キャンプをする人
- 登山をする人
- ハイキングをする人
- ハンター
- プロの写真家
- 森林警備隊
- ロックスキーをする人
- 災害時のために備える人

設定の注意点とヒント
どんな設定にも共通していることだが、山にもさまざまな種類がある。雪の多いアルプスに、緑の多いキャッツキル山地。ドーム型の山や、山頂部分が尖った山。無秩序に広がる山脈も、火山がたったひとつだけの山脈もある。自分が起用する山の設定についてきちんと書くためには、それがどんな種類の山なのか、そしてどこにあるのかということを把握しておく必要がある。

例文
ジャネットは道中にある何かにつまずき、危うく転びそうになった。小声でぶつぶつ言いながら、ちらっと顔を上げてみる。木々の隙間から光る星の姿が目に入り、どこかで三日月が輝いていた。ただ……ここではなかった。足が岩にあたり、遠くからオオカミの遠吠えが聴こえてくる。彼女は悪態をついた。いったいキャンプ場はどこなのよ？

使われている技法
光と影

得られる効果
雰囲気の確立、緊張感と葛藤

場面設定
類語辞典
都市編

「設定など誰も気にしない」 という大きな誤解

　説得力のある物語作りの骨組みを話し合っているときに、いつも必ず重視される特定の要素がある。たとえば登場人物というのはそのピラミッドの頂点に立つことが多いが、それは納得がいくだろう。彼らの感情というのは、どんな物語においても心臓部であるからだ。とりわけ読者を引き込むのは主人公である。主人公の心の中では欲求、欲望、恐怖、希望が複雑に絡み合っており、最終的により大きな充足感を得るのがこの人物のはずだ。行く手を阻む障害を克服しながら自己発見の旅を続ける主人公の姿に、読者は共感する。さらに、主人公が満足感や達成感を抱くことのできる場所に、一歩、また一歩と近づくごとに、読者は声援を送るのである。

　プロットを展開させていくことは最も重要だ。なぜなら、主人公の進路を築く外的な出来事（目標を追い求める過程で支障やチャンスをもたらすもの）がなければ、読者の前に現れるのは、目的もなくただ闇雲にさまよう登場人物になってしまうからだ。

　プロットと登場人物の特徴づけは、ストーリーテリングにおいて欠くことのできない2大要素であることは間違いない。これに加えて編集者や指導者からよく教え込まれるのが、声、物語のペース、葛藤、テーマ、描写、会話といったものである。

　しかし、「設定」はどうだろう？　重要度でいえば、どのあたりに位置するものなのだろうか？

　いい質問だ。創作に取り組みはじめたばかりの新人作家であると、設定など物語の中で起きる出来事のほんの背景にすぎない、と誤解してしまう場合がある。必要ではあるが、そこに多くの文字を割くほどのものではなく、場面に合った設定を選ぶことに頭を悩ませる必要などないのだ、と。

　もちろんこうした考え方は落とし穴である。というのも、実際に大きな視点で見てみると、設定というのはそれぞれの場面を深めてくれるもの、ストーリーテリングの核であるからだ。出来事が紐解かれる状況で読者をしっかりと支えるばかりでなく、よく考えて適切な設定を選ぶことができれば、登場人物の特性を明らかにしたり、物語に深みを与えるような方法で背景となる話を描いたり、感情を伝えたり、緊張感を引き起こしたりするといったように、読者に唯一無二の体験をもたらす多くの

「設定など誰も気にしない」という大きな誤解

ことを成し遂げられるからである。しかし実際には、人の心を掴む物語を生み出す原料のうちでも「設定」は、その使い道の多様さに対して、じゅうぶんに活用されていないことが多い。

　どうしてだろう？　理由は簡単である。読者という人々は設定などに興味はなく、そのための描写部分など読み飛ばしてしまうはずだ、と誤解されているからである。このために作家は設定によって成し遂げられることを知ろうともせず、掘り下げないことも多々ある。せっかく登場人物の思考を明るみに出したり、物語全体に深みを加えたりする方法があるというのに、それを自ら逃してしまうのだ。その代わりとしては、読者に文脈（コンテクスト）を与える程度の設定しか描かない。もちろん人物の居場所について把握してもらうためには文脈も大事だが、それよりも物語の中で設定がもたらす効果は、はるかに大きい。

「設定」を描くということは一筋縄ではいかない。話のペースをもたつかせることなく、「述べる（tell）」ことと「見せる（show）」ことのちょうどいいバランスを見つけるのは難しい。説明に次ぐ説明では読者はページを飛ばしてしまうかもしれないが、だからといって逆にほとんど説明をせず、場面を思い描くのに読者が苦労しなければならないのも困りものだ。登場人物の生きる世界をいっこうに想像できず、いらだちが頂点に達すると、読者は本を閉じて二度と開きはしないだろう。

　疑いの余地はなく、設定描写は重要だ。それを「どの程度」に描くかというバランス感覚を完璧にすることこそ、すべての作家たちが習得すべきスキルである。設定が果たせるたくさんの作用を理解し、少しの描写でより多くを達成する手法を身につけることこそ、読者をフィクションの世界に没頭させるカギなのだ。

　それもただいくつかのディテールを抜きだして寄せ集めればいいというものではない。感覚に訴えかける体験を生み出すような設定を選ぶ必要がある。ありありと実感できる描写であれば、それは読者の記憶に働きかけ、その場面に感情的に入り込むことにつながる。「都市編」と「郊外編」を通じて、作家は読者を物語に引き込むための設定の使い方や、読者と登場人物を結ぶ、共感への道を切り開く方法を学ぶことができるはずだ。

登場人物を特徴づける
手段としての設定

　創作における作家にとっての一番の仕事は、読者に関心を抱いてもらうことだ。自分の物語があらゆるレベルで読者を虜にし、登場人物たちがまるで実在するかのように、読み終わってからもずっと読者の心の中で生き続けるようにしたい。この域のリアリズムを作り上げるためには、作家は自分が描く世界と登場人物について、徹底的に掘り下げなければならない。そうすることによって、機会があるごとに登場人物の人となりを明かし、読者をよりいっそう引きつけることができるからだ。

　登場人物に関して、主人公を含む各登場人物の性格の手がかりを提供するには、ただ文字で「述べる」よりも「見せる」ことが効果的だ。つまり、びっしりの情報を用いて説明するよりも、人物の行動を通じてどういう人なのかを読者に見せる方がずっと面白いということである。たとえば、「この女性は復讐に燃える登場人物だ」ととたんに言葉で記してしまうこともできるが、彼女が自分に暴力をふるった男を漁船に閉じ込め、デッキにガソリンを撒いて火の海に放る、という行動によってそれを表現すれば、読者を何倍も夢中にさせるはずだ。登場人物の行動、思考、感情こそ、読者が最も引きつけられる部分である。彼らに発見してもらう登場人物の新たな一面を引きだすために、「設定」がきわめて重要な役割を果たすのである。

● **設定から人物像に迫る**
　現実の生活において私たちは、たとえば食品ブランド、薬、掃除用品、ミネラルウォーター、電池等々といった一般的な物品をたくさん目にする。さらに私たちが過ごす場所の中には、地域は違っても見た目や雰囲気が似た普遍的な場所というものもある。たとえば湖、スポーツの観覧席、映画館、高校の廊下といった場所は、それがアメリカのものであれカナダのものであれ、似たような特徴を持っているはずだ。実際それらはどこにあっても共通性が見られるものであるため、作家が小説においてこうしたタイプの設定を用いることはしばしばある。そのような設定であれば読者がすぐ慣れることができ、細かいところは各自で補えるだろうし、その分だけ行動描写に文字数を割くことができるから、というわけだ。

　読者にはある程度の世界観を想像することで物語に入り込んでもらいたいと思う

登場人物を特徴づける手段としての設定

　一方で、たまの場面転換を除けばフィクションの中に「一般的なもの」の居場所はあまりない。重要な意味を持った説明を避けようとして共通性に頼ることは、読者に対するごまかしであり、共感を深めてもらうための貴重なチャンスを失うことでもあるからだ。

　場面転換部分の設定は別として、もしある場所が場面の一部になるほど重要なのであれば、その場所には何か特定のアイデンティティーがあるはずだ。では、どうやってそれを引きだしたらいいのだろう？　答えは、設定を主人公に合わせて作り替え、人物像に関する特徴的なディテールを明かすためにかたちを整えていけばよいのである。

　設定の中にはほかのタイプよりも特徴づけしやすいものがある。たとえば登場人物の自宅や職場というのは、その人の性格、興味、趣味、価値観や信念を示すようなディテールを簡単に散りばめることができる場所だ。基本的なオフィス用品が並ぶ仕切られた作業スペースに、大きく休暇の印がついたカレンダーがあり、さらにその周りに今までの旅行の写真がたくさん飾ってあるだけで、そこで働く人物のことがいろいろと把握できる。第一に、彼女はおそらく仕事人間ではない。ワーク・ライフ・バランスを強く意識し、旅行に出かけることに重きを置いている。数々の写真をじっくり観察してみれば、彼女のことがますますわかるかもしれない。スキーを愛し、小さな子どもがいて、大酒飲みであるといったことまで判明するかもしれない。そんな彼女と正反対なのが、潔癖なほど整頓された作業スペースに、置いてあるものは「幸運は勇者を好む」と書かれた自己啓発ポスターだけ、というような人物である。今度は、この女性が勤勉で、非常にきちんとしていて、チャンスに飛びつくタイプであり、この仕事をより大きな場所への足がかりだとみなしていることがわかるだろう。

　なんとも見事ではないだろうか？　個人の設定におけるディテールの配置だけで、特に大変な苦労をすることもなく性格描写ができてしまうのである。

　たとえ登場人物にとってあまり親しみのない場所の設定であっても、その人がどういう人物なのかを明らかにするようなディテールの特徴づけを引きだすことは可

275

能だ。登場人物がそれぞれの場所で気づくこと、感じること、ふれ合うものから、この人物が何を重視しているのかを読者に伝えることができる。

　ここに、店が連なる大通りでタクシーを待っている女性がいたとする。クリスマスも間近という頃で、店先のスピーカーからはクリスマスソングが流れ、店のドアが開閉するたびに、色とりどりのモールやキラキラと輝くリボンがはためき、外にちらつく雪であたりは澄んで見える。彼女にとっては、一週間前に流産をしてから初めての外出であり、医師のもとを訪れた帰りだった。では、デリケートな状況にあることも示唆しつつ、彼女がいったいどういう人物で、どういう信念の持ち主であるのかを表現するために、作家はこの設定をどうすれば彼女に合わせて特徴づけることができるだろうか？

　　リンダはカーブのところに立って、タクシーであることを示す黄色を探しながら、向かってくる車に目を走らせていた。背後では、クリスマスの買い物を済ませてしまおうと、昼下がりの買い物客たちが雪の上をブーツでざくざくと歩き、寒さで買い物袋をしわくちゃにしながらにぎやかに駆け抜けていく。店先のスピーカーから明るいクリスマスソングが聞こえてきて、彼女は喉の奥に耐えがたい苦しさを感じた。クリスマス。身を潜めて悲しみに暮れていたいのに、またひとつ容赦なく日常が突きつけられ、機関車のごとく前に進んでいく。
　　医師との対面で疲れ切っていた彼女はとにかく家に帰りたかったが、通り過ぎるタクシーにはどれも先客がいるようだった。諦めて近くのバス停に向かいはじめたとき、リンダの目に飛び込んできたのは、玩具屋の前にひとりで佇む子どもの姿だった。ショーウィンドウの明かりに照らされた男の子の頬は輝きに満ちていて、つま先立ちをする彼の弱い息がガラスを曇らせる。その完璧な姿に、彼女は息をのんだ。買い物客たちは彼のそばを通り過ぎるものの、誰一人構うことはなく、その様子が胸の内を重くさせた。誰が見張ってあげてるのかしら？　両親はどこなの？　誰かが来て男の子

登場人物を特徴づける手段としての設定

> を抱き上げてしまえば、彼がその場にいたことを示すのは、雪の積もる建物の棚に残された手袋の跡だけじゃない。
>
> 彼女は男の子に向かって駆けだした。熱が全身を走り抜ける。ちょうど辿り着いたそのとき、スペイン語で誰かを呼ぶ女性の声が聞こえてきた。すると男の子は振り向き、縁石に停められた車の方へと走って行く。見ると、母親がほかの2人の子どもたちを車に乗せているところだった。男の子は飛び跳ねてふらつきながらショーウィンドウを指差し、母親は笑って彼を座席に乗せた。
>
> 車が走り去っていくのを見つめながら、リンダは身震いした。どうして誰が見ても明らかなことに気づかなかったのか、状況を完全に読み違えてしまったのかと、今しがたの場面を回想しながら額に手を当てた。幸い、あの母親が車を停めていた場所にタクシーが滑り込んできたので、彼女はほかの人に乗り込まれてしまう前に駆け寄った。今や、ますます自宅に戻る必要があった。

　この場面では、設定内に登場人物を特徴づけるディテールが仕掛けられている。リンダについてわかったこととはなんだろう？　まず、彼女は今もなお深い悲しみに暮れており、クリスマスが自分に起きた喪失の影を薄めていることに怒りを感じている。一方で、タクシーを捕まえるのが難しいとわかるとバス停を探すというように、現実的な人間だということもわかる。そしてあの幼い子どもが彼女に深く根付いた母性本能の焦点となるが、その母親との様子から、読者はリンダが一番欲していながら手に入れることのできないものを理解することになる。こうした具体的なディテールによって、この設定は無事登場人物に合わせて特徴づけられた。おかげで読者は、彼女と一緒になって設定と関わり、彼女と同じように感情の乱れを経験することができるのである。

　読者に向けて設定を描くときには、「上辺だけのディテール」を超えて考えてみるのがよい。個人に迫り、主人公の頭の中に入り込み、読者が主人公のより奥深い部

分を見いだすことができるようなやり方で表現してみよう。

● 視点というフィルターの感情的な力

あなたは、三人称限定視点（deep point of view／deep POV）という言葉を聞いたことがあるかもしれない。カメラのレンズが被写体をクローズアップする様子を思い浮かべてほしい。三人称限定視点とは、深く感情的なレベルで登場人物（たいていは主人公）の視点を描写する手法である。読者はこの人物が見ているものを見て、感じていることをそのまま感じる。この手法によって詳しい特徴づけをすることが可能になり、そして登場人物の感覚、思考、信念、感情の矛先、判断などによって活気づけられた物語を通して、共有体験を作りだすことができる。うまくいけば、何か出来事が発生したとき、視点となる登場人物が体験していることに読者が夢中になることで、現実とフィクションの境目は曖昧になる。

すべての物語に三人称限定視点を用いるべきだというわけではないが、作家は誰もが登場人物と読者の距離を縮めるために励むものであり、それを実現するには技術が必要になる。設定というものは、これを手助けしてくれる物語の要素だ。なぜなら、感情に突き動かされた主人公の視点を伝えることは、その場面に息吹を与えるということだからだ。主人公の感情や感覚を通じた設定からディテールを体験すると、読者は自分が本当に物語の一部になったような気持ちを抱く。つまり、各場面にふさわしい設定を選ぶことは、出来事を展開させるのに役立つだけではなく、読者と登場人物の絆を深めるためにも重要なのだ。

三人称限定視点を上手に活用することとは、物語にとって感覚表現（これについては後述）が不可欠であるということ、設定には**感情的価値**が含まれるべきだと真に理解するということである。設定が主人公や、場合によってはほかの登場人物らと特別な感情的つながりを持つのは、そうした理解に基づいてのことである。何かしらの意味や象徴的な役割を果たす設定こそが、場面を盛り上げる。

たとえば、設定が過去に起きた出来事の象徴とそのとき抱いた感情を想起させる場合がある。ある男が、かつて恋人にプロポーズして断られたレストランに、大事

な仕事の会食で呼ばれたとしよう。その事件からしばらく、もしかすると数年が経っているかもしれないが、レストランにいる間、心の痛みと恋人の拒絶というこだまが彼の感情をかき立て、結果的に彼の行動にも影響を及ぼす可能性がある。

　設定が主人公にとって中立であり、過去の認識や経験に基づく感情的価値を持たない場合であっても、雰囲気を作りだすことによってそれを前面に持ってくることができる。やり方としては、登場人物（および読者）に感じてもらいたい特定の感情（恐怖、平穏、心配、自尊心）を強めるような感覚表現を選んでみることだ。「光と影を使って舞台を整える」の項目で詳しく記載した通り、光と影、普遍的な象徴、天候、その他のテクニックを使っても雰囲気は編みだすことができる。もともと感情的価値が備わっている場合でも、あるいは雰囲気を作ることでそれが加えられる場合でも、感情的な反応を呼び起こす設定を選ぶことが重要である。なぜなら、自分が置かれた環境に対する登場人物の感情が場面にリアリズムをもたらし、読者を引き込むことになるからだ。

　では、この感情的価値はどのようにして創造すればよいのだろうか？　第一段階は、ある場面にふさわしい設定を検討することである。これは、その場面で何が起きてそこにどんな感情が現れるのかを探っていけば見つかるだろう。まず、その場面における主人公の目標を突き止める。どんな行動に出て、何を学ぶのか、もしくは何を達成するのか？　また、主人公や周りの登場人物たちには何を感じてもらいたいのだろうか？　こうした問いの答えを掴んだら、今度は場面を展開する場所としてさまざまな設定を想像してみよう。話の流れにふさわしく、登場人物がそこを訪れることに納得できる場所はどのようなものか、リストアップしてみるのもいい。こういう場合は即座に頭に思い浮かんだ設定が一番ふさわしいことが多いものだが、もう少し掘り下げてみることで、より独創的で面白い設定を発掘することができることもある。

　いくつか候補を選ぶことができたら、今度はそれらを順番に検討し、登場人物の感情的な反応により効果的な雰囲気を引き出すべく、自分がその場所をどんなふうに描くことができるのかについて検討してみよう。緊張感というのもひとつの要素

である。その場面で起きる出来事によっては、登場人物に心の揺らぎを感じてもらいたいかもしれない。あるいは、これから起こる事柄に気づかずにいてもらうために、わざと安心感を与えたいのかもしれない。いずれにしても、設定を描くために作家が選んだディテールが、登場人物の感情を誘導する助けになる。

最後に、その場面で起きる出来事によって、登場人物がそこから何を学び、何を決断し、そしてどうするのかについて考えてみよう。設定は、そうした決意や行動へと導く**感情的要因**で登場人物の周辺を囲むことで、この最終的な結果を増幅させる役割を果たすのだ。

ここに、ビジネス界の大物である両親に強いられて、資本投資会社で上り詰めてきた男がいるとしよう。成功欲を持つ親にようやく満足してもらえるような権威ある役職をオファーされたものの、それを受諾するとほとんど出張ばかりになり、家庭を持つことを犠牲にしなければならないことが判明する。実は彼には真剣に付き合っている相手がおり、彼女とは養子を迎える話を進めていたところだった。しかし、この仕事の転機がその夢を奪うことになる。

彼が選択に格闘するなかで、作家としては、思考の行方を誘導する感情的要因で彼を満たすことができる場所に導きたい。今回の場合であれば、子どもの頃に両親に連れられてきた公園（感情的価値の提供）や、彼が働く高層ビルの真向かいにある都会の公園（2つの世界が対立していることの象徴）などが考えられる。

それぞれの場所は、感情的要因を設置するのに絶好のチャンスを与えてくれるだろう。たとえば、滑り台の上によじ登ったり芝生でサッカーボールを蹴っていたりする子どもたちの姿や、ベビーカーを押しながら歩道を行く若いカップルの姿に、この男性が気づいたと想像してほしい。こうした要因は、彼がオファーを断り、家庭を築くために留まった場合の未来を象徴するものだ。あるいはまた、別の要因を設定の中で選ぶこともできる。公園で凧揚げがうまくいった息子の頭を撫でる父親の姿であれば、登場人物自身が父親の承認を切望していることを象徴する。また3つ目の例として、高価なスーツに身を包み、昼休みの散歩に出ている年上の男性が、携帯で話しながら会話の主導権を握っている姿に気づくとする。この要因からは、

出世街道を選んだ場合の主人公の未来が伺える。つまり、裕福で権力もあり、尊敬されていて……それにたぶん、孤独であるということが示される。

　このように、場面に合わせて強力な設定を選んで要因を散りばめていけば、登場人物の内面の葛藤を増幅させる押し引きの効果が生まれる。登場人物の設定との関わりを通して、その人を行動へと至らせる欲求、欲望、道徳的信念、恐怖、個人的偏見に的を絞ることができるのだ。こうした要因に対する主人公の反応によって、登場人物の特徴が自然とにじみ出てくるだけでなく、心の傷というかたちで未だにこの人物を支配している過去の体験についてほのめかすというようなことも可能である。

　設定における感情的価値や要因になりそうな事柄を見極める手引きとしては、付録の「感情的価値の設定ツール」（P576）を利用してみよう。

● 主人公以外のキャストの特徴づけに設定を活用する

　設定を利用すれば、主人公の特徴づけが可能になるだけでなく、視点となる人物以外の登場人物たちについても、三人称で書いていなければ表現が難しいような特徴、態度、信念、感情などを明かすことができる。

　あなたは、亡くなった方の家で開かれる接待や通夜に参列した経験があるだろうか？

　葬式のようにありとあらゆる人々が集まる状況というものが、数は少ないが存在する。一族や友人らが顔を合わせ哀悼の意を示したあとには、火傷しそうなほどに苦痛な事態が待ち受けていることもある。あえて互いに距離を置くことを選択した人々が一堂に会するとなれば、それはもう深い傷口が開かれるこの上ない機会だ。ストレスや悲しみ、さらにもちろん酒の力もあって、本来なら言わずにいればよい言葉が口をついて出てくる。いつしか会話は秘密にしていたことが飛びだす暴露話になり、言い争いのせいで昔の確執がよみがえったり、新たな確執が生まれたりする。

　では、疎遠になっていた家族が、母親の死によって再び集まる様子を見てみよう。兄弟姉妹、義理の両親やいとこなど、その場にいる誰もが血縁関係にあっても親しいというほどではなく、仲がいいとはいえない人々もいる。それぞれがぼんやりと料理をつつきながら近況を語り合う通夜の席で、場面が展開していくうちに、各自が

異なる見解を抱いていることがわかってくる。このすべてを視点となる登場人物の側から明かしていくのはなかなかの試練だが、ここでもまた設定がそれを可能にしてくれるのだ。

> ローラにとって、この応接室はいつでも一番寒い部屋であった。淡い緑色の絵画と透けたレースのカーテンが肌寒さをいっそう強め、母の新品同様のカウチと誰もその上を歩くことが許されなかった東洋の絨毯をよそよそしく感じさせる。陰気な部屋を明るくしようという試みなのか、誰かが暖炉に火をつけたが、パチパチと音を立てる薪の熱は奥まで行き渡っていないようだ。窓の外に吹雪く1月の雪のせいというよりも、彼女とともにこの部屋にいる面々のせいという方が正しいだろう。
> タミーとリックは隅にある肘掛け椅子をそれぞれ占領し、堂々とした様子で葬列者の到着を待っていた。ひそひそ声で話しながらローラの方を睨んでいるところをみると、2人が彼女のことを話しているのは明らかだ。母親がこの家をローラに遺したことに慣慨しているのだろう。それにおそらく、彼女が去年看病している間に画策したのだと思い込んでいるのだ。実を言うと、ローラ自身もみんなと同じように驚いていた。むしろこの家は、一家の末っ子であり、彼女が推測するに母の密かなお気に入りであったチャーリーに遺されるものと思っていたからだ。
> 陶磁器のカップに口をつけて温かい紅茶を啜るローラの視線は、本棚のところに立っているチャーリーに向けられた。書物を眺めるふりをしているものの、前屈みになっている様子をみると、どうやら彼女が最近そこに飾った額入りの写真に目を留めたようだった。それは、チャーリーと双子で、4歳のときに髄膜炎で亡くなったアランの写真である。暖炉の上で、タミーが勝手に中央に移動させたと思われる彼女の写真の数々に埋もれ、後ろで倒れていたその一枚を、ローラが救出したのだ。よくそこの掃除をしていた彼女は、自分たちの母親がみんなの写真を等しく扱っていることを心得

ていたが、平等というのはタミーには決して理解できない概念だった。

ハイヒールに短すぎるスカートという出で立ちで部屋に入ってきたタミーのようには木の床の上で大きな音を立てまいと配慮しながら、ローラは向かいにいるチャーリーのもとに近づいた。

「大丈夫？」とチャーリーの背中に手を置く。

「この写真を撮った日のこと、覚えてる？」そう言って、弟は滑らかな金色の額に親指を走らせた。

色あせた写真の中で、裏庭にある紅葉の木の低い枝にアランがぶら下がっている。当時まだ若木だった紅葉は、今や家を覆うほどにまで成長していた。ローラは小さく笑い声を上げた。「忘れるもんですか。アランが何かすると、5分後にはあなたも同じことをしなきゃ気が済まなかったじゃない」

「でもあいつは俺と違って、骨折を免れたけどな」目を潤ませたまま微笑むと、チャーリーは写真を棚に戻した。母の死が彼に思いださせたものを、ローラは想像することしかできない。双子であることの特別さが何もわからないほど幼いうちに、彼はそれを奪われてしまったのだ。

玄関のチャイムが鳴ったが、ローラはその場を離れなかった。きっとマリッサが出てくれる。チャーリーの妻は人好きで生粋のもてなし上手であり、子どもをあやすのも上手い。そうした役割を彼女が買って出てくれたとき、ローラは喜んで甘えることにしたのだ。

弔問客らが玄関で雪を払い、コートを脱ぎながら話す声が聞こえる。彼らがホイルで蓋をして持参したキャセロールから、ニンニクとセージの香りが漂ってきた。ひとりで悲しみに浸る前にこなさなくてはならない雑談や細々とした用事を思うと、ローラの胸は締めつけられた。いったいいつまでこの状況が続くのかしら？

わずかに音を立てて、彼女がソーサーの上にカップを乗せると、チャーリーがジャケットから何かを取りだした。ピューター製のフラスクボトルを金の陶磁器の縁につける。まず彼女のカップに、それから自分のカップに。スコッ

> チによるひりひりした感覚が、2人の身体を上昇していく。末弟と長女はにやりと笑みを交わした。

　このささやかな場面における設定のディテールは、読者をそのひとときにつなぎ留めるばかりでなく、登場人物の特徴や感情を表現するためのパイプにもなっている。依然としてローラの視点を保ちつつも、登場人物たちが設定と関わる中で、読者は各人物像と彼らの気持ちを感じとることができる。その場で人々が感じていることをイメージできるように、そこにはさまざまな象徴が盛り込まれている。淡い緑色、レースのカーテン、誰もがその上ではなくその周囲を歩くことを強いられる絨毯といった部屋の装飾品や、外の天候までもがこの場面における雰囲気を示すのに一役買い、家族間に隔たりが存在する事実を強めているのである。暖炉の上に置かれた写真からは、母親が公平な人であったことがわかる。しかし室内の嗜好からは、彼女はまた小うるさく、思いやりにやや欠ける人で、それが現在の家族関係に影響しているのではないか、ということも推測できる。とくにアランの写真は喪失の象徴となり、過去に起きたことを断片的に明かす役割を果たしている。
　また、写真についてのやりとりや、その後一緒にスコッチを飲む様子から、読者にはローラとチャーリーが親しいこともわかる。一方で、タミーとリックの噂好きな性質や彼らが座っている位置は、2人が偉ぶった見解の持ち主であることを示唆している。自分の写真ばかりを真ん中に持ってこようとして家族写真の配置を換えたタミーの行動からも、それがよくわかる。またローラについては、この一年母親の看病をしていたことがもし知らされなかったとしても、アランの写真を救いだしてきた行動から、彼女が一家の世話人を務めていることが伝わってくる。
　このように巧みに仕上げることができれば、とりわけ登場人物の特徴づけや雰囲気の構築に関しては、描写のために選んださまざまな事柄と設定自体によって、実に多くのことを積極的に読者に伝えることができるのだ。

設定で考慮すべき「場所」の重要性

　物語の舞台をどこにするかという決断は、本全体のトーンに影響をもたらすものであり、多くの場合そのジャンルが物語全体を通して用いる場所の範囲を定めることが多い。たとえば現代のヤングアダルト小説を書くとする。となると、物語全体の設定として高校を選ぶのは、ほぼ間違いないはずだ。

　だからといって、もちろんすべての話を校内で済ませることは不可能である。主人公の人生における重要な出来事はさまざまな場所で起こるからだ。自宅で、アルバイト先で、友人と遊んでいるときに、デート中、あるいは移動している最中。設定はそのようなそれぞれの場面に合わせて選ぶべきであり、そのコツは物語の中で起きる重要な出来事を把握することである。雰囲気づくり、象徴化、特徴づけを通じて、それぞれの場面により深く強い感情をもたらすように、適切な設定は楽譜のような機能を果たすのだ。

　主人公の存在もまた、設定を選択するための助けになる。その人物が人気者であったとしたら？　パーティーや修学旅行で何かが突然ひらめくかもしれない。内気だったり内向的だったりするのなら？　学校から帰る途中や、家業であるがゆえに渋々とアルバイトをしているアイスクリーム屋、もしくは自宅の裏庭などがその人物にとっての葛藤の舞台になるかもしれない。

　場面に適切な場所を探す段階で、ジャンル内に見られる代表的な設定範囲に限界を感じる作家もいるだろう。しかしその必要はない。というのも、すべての作家は創造性を発揮してこそ輝くものであり、読者に対して、起きる出来事から最大の衝撃を与えることができるようなうってつけの場所を、それぞれの場面で見いだす義務が作家にはあるからだ。なにも小説にあまり登場しないような、大掛かりで派手な場所を選ぶ必要がつねにあるわけではない。インパクトのある設定の方が、かえって平凡に見えてしまうこともあるのだ。

　ローリー・ハルツ・アンダーソンによる小説『スピーク』の中で、主人公のメリンダはほとんどの時間を学校で過ごしているが、最近自分の身に起きた衝撃的な出来事のせいで、外界のすべてを完全に遮断して生きている。そこで作者がメリンダに与えた意外な避難所が、用務員室であった。PTSDに苦しむ彼女は、平静を取り

戻す必要があるたびにその部屋を訪れる。思いもよらぬ場所が、メリンダばかりでなく読者にも、ありがたい休息を与えてくれるのだ。

　ある設定が主人公と感情的な結びつきを有していれば、一見するとつまらなく単調に思えるものであっても、それを作り変えることで読者を驚かせ、何か新しい体験をもたらすこともできる。だから、もし物語の舞台としてどこを選ぼうか決めかねているのなら、少し探求してみてはどうか。感情的価値や要因を描くにははたしてどこを舞台にすることがもっともふさわしいのか、頭の中でいくつかの場所を試してみるのだ。

● 設定に見合う最大の感情を得る

　ここまで読んできた通り、各場面に合った設定を選ぶことは、登場人物の特徴を明らかにし、そして読者自身もその展開の一部であるかのように感じてもらおうとする作家の手腕に、大きな影響を及ぼす。だが、構想を練る苦しい段階にあると、登場人物がたまたま居合わせた場所に当てはめてしまうような、都合のよいだけの設定を採用してしまいたくなるかもしれない。どうしても交わす必要のある会話があってそのための場所を必要とする場合など、動きが控えめな場面である場合はとりわけそうだ。しかし、騙されてはいけない。強烈な効果のある物語を放つには、たとえ人物同士の関わりがたんなる会話のみの場合でさえ、吟味して設定を決めるべきなのである。

　それがどういうことなのか、別の例を見て考えてみよう。主人公のメアリーはセラピストの助言に従い、幼少期に受けた虐待について年老いた父親に問いつめるつもりで、生まれ育った家に帰ってくる。彼女の目的は、この件を封じ込めて心の傷を乗り越えるために父と対面し、自分がどれほど傷ついたかを彼に知ってもらうこと。この会話場面は性質的に、たとえどんな場所で展開してもきわめて真実味のある感情の混乱が生じることは予想されるが、だからといって設定選びを具体的に行わずに、より明確な緊張感を捻出する手間を省いていいことにはならない。

　この場面なら、たとえば空港まで迎えに来たメアリーの父親の車内や、彼が手作

りした一番新しいカヌーにやすりをかけている最中の工房、あるいは料理を囲んだ食卓など、無数の場所が舞台の候補に挙げられるだろう。

　ではこれらの場所のうち、メアリーにとって感情的要因をもっとも含んでいるのはどこか？　もし、この家族がゆがんだ宗教的信条を抱いており、「鞭を惜しめば子どもはダメになる」という信念に従って、それを言い訳にメアリーを殴っていたのだとすれば、その宗教的な象徴は台所のドアの上に飾られた十字架で示すことが可能ではないか？　もしかすると聖書の一節の刺繍が食卓の上に目立つように飾ってあるかもしれない。ここはメアリーにとって、たとえ水が欲しいと口にしただけでも、食事を終える前に口を開いたとしてお仕置きされた現場である。そうした嫌な思い出に満ちていることから、台所は設定として強力である。

　ほかの選択肢も検討してみよう。たとえば父親の工房で場面が展開することも考えられる。メアリーがしばしば連れて来られてひどい暴力を受け、涙を流しながら許しを求めた場所だ。そこは確実にメアリーを不愉快な気分にさせ、それゆえ読者にとっても緊張感が増すことになる。ここで起きた数々の出来事が、彼女を虐待という鎖につないでいる。しかしそのような設定の中で父親に立ち向かうことが、過去の暴力に縛られない未来へ踏みだすための彼女の力強い宣言にもなる。

　3つ目の選択肢として、車内で議論にいたる場合ならば、メアリーは完全に自分の話に父親の耳を傾けさせることができる。父親は彼女の非難から逃れることはできない、つまり、娘の子ども時代をぶち壊した責任を免れることができない。車の中で、彼は自分の過去の行為と向き合わなければならないのである。しかし先に挙げた2つの設定と異なり、その車中にはメアリーにとって感情的なつながりを持つ細部は何もなく、要因を通じて対決にいたる中で、より強い迫力を引きだす機会は失われてしまう。一方、自身を押さえつけてきた宗教という束縛が感じられる台所という選択には説得力がある。かつて心に受けた傷のせいで抱くようになった、自分には価値がないという思いに彼女を挑ませることになるだろう。同様に彼女を工房へ導けば、かつての記憶に苦しめられることで彼女の決断が試されることになる。都合よく車内に両者を閉じ込めてしまうよりも、この2つの設定の方がより影響力のある選択肢

となるのではないだろうか。
　登場人物にとって特定の意味を持ち、そこで起きる出来事に対してしっかりとした文脈をもたらす設定を選べば、作家はその場面を感情で満たし、積極的かつ自然なやり方で、登場人物たちが自分自身についてもっと明らかにするような機会を設けることができる。

背景を伝える役割
としての設定

　より深いレベルで登場人物の特徴づけを実施したり、主人公の動機に対する手がかりを提供したりするために、ときとして作家は背景事情を描く必要がある。背景とは、小説が始まる前に登場人物の身に起きた決定的な体験や相互的な影響のことであり、これはなかなかに扱いづらい要素だ。というのも、必要な情報を正しく扱わないと、さまざまな問題が発生しかねないからである。背景には2種類あり、読者のための**見える**背景と、作家のための**見えない**背景が存在する。
「見えない背景」とは、登場人物について作家が知っておくべき情報のことだ。登場人物の好きなものや嫌いなもの、趣味や気晴らしを育んできた過程、一番恐れている事柄の根本にあるもの、もっとも深い心の傷の原因などである。また、過去に（良くも悪くも）登場人物に影響を与えた人物や事柄について、あるいはさまざまな出来事を経験してどのように性格が形成されてきたのかという情報も含む。この種の背景は通常、小説のブレインストーミングの段階で決めるものであり、作家が自分の登場人物についてさらに踏み込んで把握できるようにすることが目的である。そうすれば、登場人物の頭の中に入り込み、行動やふるまいのひとつひとつを忠実に表現することが可能になる。

　作家の熱の入れようによっては、こうした背景の企画自体が一冊の本になってしまいそうなほどだろう。登場人物作りに関する詳細は、『性格類語辞典 ポジティブ編』『性格類語辞典 ネガティブ編』（ともにフィルムアート社）を参照してみてほしい。

　一方、「見える背景」とは、登場人物がどうしてある行動に出るのかといった動機をより良く理解できるように、読者が知っておくべき事柄のことだ。行動の中には、読者が背景を覗かなければ納得しがたいものもある。登場人物の過去を垣間見せることは、その人物が求めているものやその理由、恐れていること、望んでいること、夢中になっていることなどをかたち作るのに役立つ。
「見える背景／見えない背景」について、それぞれどれくらい明らかにすればよいのかについて検討するときは、ジョッキに入ったビールを想像してみてほしい。中身のほとんどを占めながらも外には出ない金色の液体、これが「見えない背景」。そして、てっぺんにそびえ、最初に口が触れるクリーム状の泡の部分、これが「見え

る背景」である。どこまで背景を描くのかを決めるときは、この配合を利用してみよう。登場人物の過去について作家が把握している事柄のうち、小説の中に組み込むべきものはごくわずかである。だからこそ、何を選ぶかが肝心なのだ。

「見える背景」は、重要な場合には読者に**脈絡**をもたらすことができる。たとえばここに、トマト、ザクロ、クリスマスに貰ったセーターなど、赤いものならとにかくなんでも避けるし、血を見て気分が悪くなることもある登場人物がいるとしよう。しかし、もしここで彼が赤色だからといって長椅子の購入を拒否したり、きれいな赤リンゴが入ったカゴの贈り物を捨てたりする姿を作家が見せたら、なんだか妙で理不尽だし、読者も理解できずにうんざりしてしまうかもしれない。しかしながらそれが、背景をほんの少し加えるだけで、一気にその描写に脈絡が現れるのである。

> ルーカスは、ペイントローラーを青ペンキまみれの布巾に持ち替えると両手を拭き、指を腰に押しつけながら伸びをした。背中は真っ直ぐ伸びることを頑なに拒んでいるが、いくら身体が凝っていようと、彼の顔から笑みが消えることはない。塗装は3回目なので、できればこれでもう最後にしたいが、何度も塗る価値はあった。自分自身とこの家の再出発のためには、どうしてもこの手でやり遂げる必要があるのだ。そして今、真昼の陽光が窓から差し込み、青いペンキをかすかに照らす。広大な壁は、まるで彼だけの空のように部屋いっぱいに広がっていた。
>
> 壁の最上部に古い深紅のペンキがわずかに残っているのを見て、彼は唇をぎゅっと結んだ。前の持ち主はなんだってこんな色を選んだのか理解しがたい。でも、どのみち全面を覆ってしまうまではここに越してくるつもりもなかった。あれから20年のときが過ぎたが、未だにその色が視界に入ると、祖母であるジーンの家の食料庫に引き戻されてしまう。中は腐敗し、果物は朽ちて、赤く塗られた壁の裏をネズミが這っていた。赤を見ると、喉から声の限り絞りだした叫び声や、血が出るまで戸をかきむしった自分の小さな指の痛みを思いださずにはいられないのだ。祖母はとうに亡くなって

> いても、繰り返し彼女にされたことの記憶は居座り続けていた。
> 　玄関のチャイムが鳴り、ルーカスはハッとして、細長く残る赤いペンキから視線を外した。梯子に登って小さなはけでしばらく作業すれば、まるで元から赤くなどなかったかのように仕上がるだろう。そんなふうに、過去もたやすく消し去ることができたなら。口元を覆う苦々しさを飲み込むと、彼は「気さくな新しい隣人」らしい笑みをたたえて、玄関に向かった。

　このように人物の背景を加えれば、過去のトラウマによる恐怖がよみがえってしまうというルーカスの行動の真相が見えてくる。この描写のおかげで彼の行動理由がはっきりするだけでなく、未だに彼を苦しめ続けているかつての心の傷に一歩踏み込み、読者を物語に引き込むことができるのである。

　背景を用いることの問題点は、話のペースがのろくなったり止まったりしやすいことだ。作家は過去を明かすことに没頭するあまり、読者にとって不要な情報を目一杯注ぎ込んでしまいがちである。上手に背景を描くコツは、現在の場面に対し意味のあるやり方でそれを組み込み、読者がその場面における人物の行動を理解するのに必要な事柄だけを描くことである。ルーカスが壁のペンキ塗りをしていたという事実には、たんに新居を完成させるための雑用以上の意味があった。ここでは赤いペンキを要因として効果的に利用することで、文脈に沿った過去を少しだけ明らかにし、虐待のむごさが感じとれる描写を提供し、玄関のチャイムが鳴ったのを機に再び現在に戻るという流れが生み出されている。このような意味のある背景を伝えたい場合にも、設定は救いの手を差し伸べてくれるものなのである。

　さらに背景と設定は、作家がある人物の成長や変化した姿を描きたいときにも、首尾よく連携してくれる。内面が変化を遂げた登場人物が、かつて訪れた場所に再び赴くとしよう。この場合、以前の自分の知識と現在の思考や感情を、彼が心の中で比較する様子を見せることも可能になる。

　裏通りに佇んでいる主人公が、心にひどい嫌悪感を植え付けられた記憶と向き合っている場面を想像してみてほしい。10代の頃、彼は民族が異なるという理由でこの

場所に追いつめられ暴行を受けたことがある。この場の光景、匂い、音が彼の過去の扉を開く。しかし、今や成長して警官になった彼にとって、過去の幻影はもはや昔ほどの影響力を持たない。恐怖を感じるよりもむしろ、燃えるように熱い決意が彼に火をつける。自分と同じ苦しみをほかの誰かが味わうことがないように、自分の世界の人々を守ることが彼の任務だ。それは、主人公がこの特定の設定にさらされたからこそ、作家が説得力を持って見せることができるものなのである。

また設定は、世界が変貌を遂げた場合などに、より大きな規模で背景を明かす役割も果たせる。たとえば、かつて家族と暮らしていた裕福な村を再訪した主人公が、今や戦争により荒廃し貧困にあえぐその村の様子を目の当たりにする場面。ここからは、彼のいない間に村で起きたことがたくさん見えてくるはずだ。

視点となる登場人物以外の人物の過去について、読者に想像してもらう必要がある状況でも設定は効果的だ。ここに実父を探している主人公がいたとしよう。ついに居場所を突き止めたものの、父はちょうど一週間前に自動車事故でこの世を去っていた。主人公が近親者としてその亡き父のアパートに足を踏み入れたとき、そこで描写する事柄を上手に選ぶことによって、父の孤独で寂しい生活の片鱗を見せることができる。たとえば、ほこりまみれのカーテンがかけられた散らかった室内、テーブルの上に積まれた「居住者さま」と印字の入ったダイレクトメール、家族写真や思い出の品が一切飾られていない様子などである。こうした設定のディテールが、この男の暮らしの手がかりになるだけでなく、実父の発見が遅すぎたことや、空白の期間を埋めるまであと一歩だったのに、もはや永遠にそれが叶わなくなってしまったことについて、主人公が自分の思いを読者と共有する機会を無理なく作りだすことができるのだ。

● 背景とともに、登場人物の相互関係がカギとなる

作家として何を描くかという決断は、背景の伝え方にも直接関係してくる。もっとも重要な面は、**ミクロレベル**であれ**マクロレベル**であれ、登場人物が設定と相互関係を築いているかということだ。たとえばミクロの関係とは、チャーリーが亡くなっ

た双子の片割れの写真を手にしていたように（P282〜284の例文参照）、設定の中から何かを登場人物に選びだしてもらい、背景を伝える焦点としてそれを用いるやり方である。一方でマクロの関係とは、たとえば自分が育った酪農場に戻った登場人物が、再び農場の仕事をこなしたり、酪農場の中を見て回ったりする間に、背景となる話をいくらか挿入していくという手法だ。

別の選択肢として、背景を「ほのめかす」ためだけに、登場人物と設定の相互関係を利用する方法もある。適切な情報を伏せておくことは、満足感を先送りし、話の後半でさらに大きな暴露があると読者に心構えをさせて、緊張感を築きあげる手法である。

では、朝早くに出発する母親を駅で見送ったあと、強奪の被害にあった女性がいたとしよう。後日、似たような設定に置かれた彼女の行動からは、不安が滲みでているはずだ。以下のように、そのときときわめて近い要因が多くあればなおさらである。空には、日の出の頃には見てとれたオレンジとピンクの色合いの名残をすでに捨て去った太陽が輝いている。駅には人がほとんどおらず、風の行く手に押しやられた落ち葉やごみが、セメントの上で音を立てている。

この設定において、登場人物は当然その場所に強い警戒心を抱く。不審そうに見える人々にしょっちゅう目を向けたり、ポケットに催涙スプレーを忍ばせたり、物音に敏感になったり、絶えず呼吸を整えようとしていたり、さまざまな行動によって彼女の神経が高ぶっている様子を示すことができる。これらの行動を混ぜ合わせれば、彼女が何かよからぬことが起きるのを想定していること、あるいは少なくとも、何かが起きたときのために準備しているのだと、読者にあらかじめ警報を出すことができる。しかしながら、まだ真の背景は一切明かされていないがゆえに、「どうしてこの登場人物は神経質になっているのだろう？」「なぜ特定の物音や匂いが彼女の神経に障るのか？」「昔、彼女の身に何があったのだろうか？」と、興味津々の読者は自然と疑問を抱きはじめるはずである。

ときには背景を明かさず、読者にいろんな疑問を持ったままの状態でいてもらう方がよい場合もある。読者は答えを知りたいという気持ちに導かれることで物語を

読み進めることになるだろうし、作者がすべてを暴露せずに過去の出来事についてほのめかしたいときにも、設定は大いに役立つ。注意点としては、その真実をついに明らかにしたときに、読者が満足感を得られるよう、じゅうぶん説得力のある背景を作り込んでおくべきということだ。

感覚のディテール、
設定における最上級の宝石

　読者を場面に完全に引き込むためには、想像力を刺激する感覚的な喜びを作りだしたい。つまり、自分が描くそれぞれの場所に息吹を与えるために、さまざまな感覚を活用して、新鮮かつ鮮明な描写を維持するということである。架空の出来事を読んでいることを読者に忘れさせ、視点となる登場人物もしくは語り手と同じ光景、匂い、味、感触、音を体験しながら、自分があたかもその場面にいるような気持ちになってもらいたいのだ。

　あなたは、自分がその場を訪れてみたいと願うほど巧みに描かれた本を読んだことがあるだろうか？　物語が終わったあともずっと印象に残り、その場所のことを想像しては、そこで今は何が起きていて、そこで暮らす人々は何をしているだろうと、つい思い描いてしまうような作品だ。きっと思い当たる節があるだろう。まるで本物のように感じられる設定というのは、人々の想像力をシナプスが弾けんばかりの熱狂の渦へと誘い込む。中でも卓越した例が『指輪物語』に登場するホビット村である。緑豊かな野原、心地よい快適さと豪勢な食事が約束された丸屋根の家々、ガンダルフのパイプから立ち上る煙。こうした描写によって、読者は大皿にのった濃厚なチーズの香りを嗅いだり、素足の下に広がる柔らかな芝生を感じたりすることができるような、そんな世界に誘われるのである。

　設定を記述しつつ多様な感覚を描き出すことは、驚くほどリアルに感じられるような風景のレイヤーを創造する。自分が描く設定と読者のつながりが深まれば深まるほど、構築された世界の一部になりたいという憧れをますます生み出すことができる。各ディテールは、読者を場面に引きつけるためだけではなく、感情的反応を呼び起こすようなメッセージを送るように選ばなくてはならない。その内容は作家次第ではあるが、読者に何か強いものを感じてもらうことを目指してほしい。

● **フィクションに息吹をもたらす光景**

　あらゆる感覚のうちでも、作家がもっとも頼りにするのが視覚であるということは不思議ではないだろう。なぜなら、登場人物が見ているものを説明することは、読者にもそれを思い描いてもらうことにつながるからだ。しかし、視覚を活用した真

に説得力のある表現をするためには、まずすべての描写を、登場人物の視点もしくは語り手の感情というフィルターに通す必要がある。

こんな有名な格言を聞いたことはないだろうか。「どんな物語にも2つの側面がある。あなたが見たことと、実際に起きたことだ」。これはフィクションにも言える事実である。というのも、登場人物というものは自身がどのように感じているかに従って、目の前の事柄を解釈する存在だからだ。では、週末の出張を終えて家に戻った父親の例で考えてみよう。

> 真昼の暗闇に目を細めながら、リロイはアパートの玄関を閉める。しかし、目が慣れてきたところで、スーツケースの取っ手が握りしめていた手から滑り落ちた。台所のカウンターの向こうにできた影が、はっきりとかたちを帯びてくる——乾いたカスがこびりつく2つのフライパンとともに、卵の殻やオムレツの具材の惨事が広がっていた。いくつもの食器がシンクを埋め尽くし、冷蔵庫のドアは半開きのままだ。彼の心拍数は一気に跳ね上がった。たったの2日留守にしただけでこれか？《もう大きいから自分たちだけで大丈夫、なんてはずがあるか》。子どもたちが学校から帰ったら、彼は首を絞めてやるつもりだった。

今度は、異なる感情の視点から見たときに、同じ場面がどのように変わるか注目してほしい。

> 閉めた玄関にリロイは倒れ込んだ。溜めていた息が口からこぼれ出る。震える足はほとんど支えになっていなかった。《あの木材のトラックめ……もしあそこで俺が車線を変えていなければどうなってたか……》。呆然としたまま、それでも心を落ち着かせ、死にかけた体験の重苦しさが身体から離れていくのを待ちつつ、彼は暗い部屋の中をじっと見つめた。視界が暗がりに慣れたところで待ち受けていたのは、台所の悲惨な状態だった。紙パッ

> クのジュースはカウンターに出しっぱなし、コンロの上には焦げた卵ののったフライパン、シンクには洗い物が山のように積まれている。まったく。挙げ句の果てには冷蔵庫の扉もほんの少し開いたままではないか。突然、彼は短く笑い声を上げた。あの2人ときたら。もう自分たちだけでいられるなどと自信満々だったクセに。首を横に振りながら、彼はにやっと笑った。《少なくとも、俺がいない間になんとか料理はしたんだな》。

　どちらもリロイの感情を通して描かれた同じ場面でありながら、2つの描写はまったく異なっている。前者では、リロイが怒りによって非常に細かなところまで過敏になってしまっているのに対し、後者では、リロイは安堵感のおかげで散らかった台所のユーモラスな面に視点が向けられ、この光景に出会えたことを彼はありがたいとすら感じている。

　このように、視点となる登場人物の感情を通した描写によって、読者がその設定をどのように体験するのかも変わってくる。だから、登場人物もしくは語り手がそれぞれの場面で感じていること、またそれを強調するにはどんなディテールを起用すれば効果的なのかについてはじっくり考えてみよう。登場人物の感情を示すための手引きとしては、『感情類語辞典』（フィルムアート社）を利用してみることをおすすめする。

● 感情的な記憶の引き金となる匂い

　これまでに、過去のある瞬間を即座に連想させるような匂いを嗅いだことはあるだろうか？　きっとあるはずだ。なぜなら、記憶の保存を助ける受容体は、脳において嗅覚を司る箇所とごく近接したところに位置しているからである。このことは、あらゆる感覚のうちでも嗅覚が、読者自身の過去から感情的な記憶をもっともよく喚起させる感覚であることを意味する。そして嗅覚は、読者を物語の奥深くにまで引き込もうとするとき、そのために最も重要な「体験の共有」をもたらす感覚でもあるのだ。

皮肉なことに、匂いというのはフィクションの世界では忘れられがちな感覚である。そのため、自分の描写を批判的にチェックして、いくつか匂いを足してみるということは重要だ。匂いの長所とは、選択した匂いをより深い意味を持った象徴とすることができ、場面の雰囲気を強めることができ、そしてそこに感情を呼び起こすことができるという点である。たとえば、駐車場で車が故障してしまい、レッカー車を待っている女性がいたとする。そこに隣のベーカリーから酵母パンと香り高いスパイスの匂いが漂ってきたら、彼女のイライラした気分は和らぐかもしれない（と同時に、空腹感も増すだろう）。だが、これが日差しの照りつけるアスファルトのむかむかするような匂いと、近くの空き瓶回収所から漂ってくる酸っぱいビールの匂いに取って代わったとしたら、彼女の機嫌は悪くなる一方のはずだ。

　場所に強くひもづいた特定の匂いもまた、物語にリアリズムをもたらしてくれる。逆にそうした状況で匂いについて触れることを省略してしまったとしたら、読者は描写のなかに隙間を感じ取ってしまうかもしれない。港に漂う藻の塩っぽい匂いや、映画館の中に広がるできたてのポップコーンと塩の匂いを比べて考えてみてほしい。このような象徴的な匂いは、読者がその場面に身をおちつけるのを助ける。もし、自分が描く設定が実生活で忘れがたい匂いを含んでいるとしたら、物語の中にも必ずそれを取り入れるようにしよう。

●リアリズムで世界を満たす音

　設定に豊かさを加えてくれる別の感覚が音である。現実の私たちが音のない真空空間に暮らしているわけではないように、登場人物にとってもそれは同じことである。だから、登場人物のいる世界に音を加えることは、読者をスムーズに設定に浸らせることができる。パズルの大事なピースのように、読者が心の中でイメージを描くことを音は助ける。しかしながら、音はたんに舞台にリアリティをもたらすだけのものではない。ほかの感覚と同様、聴覚は多岐にわたる手法で活用できる感覚なのだ。

　人には自衛のための本能的な欲求と、闘争／逃走に対する自動的な反応があるがゆえに、突然に変調したり周囲の環境にそぐわないような音に対して、人は非常に

感覚のディテール、設定における最上級の宝石

　敏感である。この前提を物語の世界に持ち込んでみると、音というのは良いことや悪いことが生じつつあることを、伏線を張りながら読者に対して警告するにあたって優れたテクニックとなる。登場人物から反応を引きだすためには、すべての音を大きく鳴らす必要はない。タイミング悪くドアの金具がゆっくりときしむ音を立てても、銃で集中砲火を浴びせても、どちらにもまったく同じ効果があるからだ。

　もしも設定において、ある雰囲気を意図的に強調したい場合であれば、まずはその場面の状況と、そこでどんな感情が効果を発揮するのかについて考えてみるのがよい。そのあとで、選んだ感情を高めたり、緊張感を加えたり減らしたりするために音を起用するのだ。例として、ベビーシッターの仕事を終え、夜遅くに帰宅途中の女性がいたとしよう。彼女は一歩進むごとに誰かに見られているような気配を感じているが、自宅前の道路にさしかかったときに、兄のトラックのエンジン冷却音が聞こえてきたとしたら、彼女はきっと安心するに違いない。その音は、助けが必要であったとしても誰かがすぐそばにいることを表す安全の象徴であるからだ。一方で、背後から砂利道を踏む足音がしたり、玄関先にある電球が大破して地面に落ちる音がすれば、彼女の恐怖心は増すことになる。

　少ない感覚的な描写で多くの効果をあげるには、ただリアリズムをもたらす以上の目的を有した音を挿入するように心がけよう。設定描写において何を描くべきかを慎重に検討して決める癖をつけていけば、それだけ文章もすっきりして、自分の文章力によって読者に決して忘れられない読書体験をもたらすことができるはずだ。

● 読者を物語の世界にいざなう味

　あらゆる感覚のうちでも、使われる頻度がもっとも少ないのが味覚である。食べ物や飲み物が、場面に直接的な影響を及ぼすことは滅多にないという見方が理由だ。たとえば、飲み物に毒が入っていないか調べたり、有名な料理コンテストで作品を審査したり、食糧を仕留めなければ自分が殺されて食卓にのぼることになってしまう状況であったりと、味覚的な体験が話の筋（一か八かという場面であることが多い）に関係していない限り、登場人物がものを食べる姿を眺めるというのは、やはり心

299

奪われる展開ではないのだろう。

　食べることは、身体にとって必要な働きであるか社交的な活動であることが多い。そこで、表現の中でこの感覚を正しく利用するには、ただ味わうという体験を超えた意味を付け加える必要がある。味覚の表現はチャレンジングな試みではあるが、読者が場面を体験することを手助けする独創的な手法でもあるのだ。この感覚を用いるときに作家を手助けしてくれるのが、文脈、比較、対比という3つの要素である。「文脈」は、誰が、どこで、いつ、どうして、といった要素を束ねる役割を果たす。登場人物が食事をしているとき、そこは誰の家なのか、レストランなのか、それともキャンプファイアーを囲んでなのか、あるいは屋台の前に立っているのか？　あるいはどうしてそこで食事をしているのだろうか？　食事と場所の質から見て、この場面に集う人々について言えることは何か？　など、味覚と結びついた文脈は、まだ明かされてはいないがその場面に関連性のある疑問に答えることのできる、独特な手法なのだ。さらにある登場人物とその人物が味わっているものの比較や対比は、その人物の性格を伝えるヒントになったり、人間関係を示したり、感情や気分を注ぎ込む助けにさえなる。たとえば、激しくズケズケとものを言う登場人物であれば、スパイシーで汗が出てくるような食べ物を好むのではないか？（比較）　あるいは寄付集めを目的にしたパーティーに出席している女性が、人生で最高級のシャンパンを啜っていたまさしくその瞬間に、夫が浮気をしているところを目撃してしまうということも起こりうるのではないか？（対比）どちらのテクニックも、予想外かつ印象的なやり方で登場人物のディテールを表現するのに、味覚を利用したものである。

　味覚はまた、日常風景をフィクションの世界に持ち込むことも可能にしてくれる。実生活において人間には食べ物が必要なのだから、それを物語の世界で変える必要はない。もし作中で一度も食べたり飲んだりしないような登場人物であれば、おそらく読者はそれに気づき、作家の文章力に対する信頼が揺らいでしまう可能性もある。味覚が人物の特性を明らかにする場面だけでなく、話の筋と直接的な関係を持たない場合でも、リアリズム、そして読者の信頼を築くという観点から、折りをみて食事について描いてみるとよい。

●設定との相互関係を促す触覚

　あらゆる感覚のなかでも触覚は、場面に動きを与えたり話の流れをスムーズにする役割を果たすばかりでなく、登場人物の考え方に内面的な方向性を与えることで、もっとも設定と関わりを持つ。触覚とは、登場人物にとっても、そして登場人物を通じて読者にとってもそのすべてが探求に関わるものだ。触覚は普遍的なものであるがゆえに、設定をより本物らしく見えるようにしてくれるし、何かの手触りを表現すれば、読者は自身が過去に同じ触覚に出会ったときの体験を思い起こすはずだ。

　動物病院で最愛のペットを安楽死させなければならない登場人物がいるとする。その人物は柔らかな毛を何度もなでながら、必死でペットを手放そうとしている。彼らのこのひとときを見て、読者はきっと動物との強い絆を体験した自身の過去へと導かれるだろう。読者は自分が似たような出来事を体験したときに感じた激しい動揺を思い出すかもしれないし、あるいはまたこの人物の立場に置かれるとはどういうことなのかと想像の扉を開くかもしれない。いずれにしろ上手に表現すれば、犬の毛の滑らかな質感に読者は共感心を開花させ、登場人物とのつながりを強固なものにするのである。

　触覚を描くときに忘れずにいてほしいのが、どの描写にも価値を持たせるということだ。何かに触れた登場人物は、やはりそれに応じて行動をとるはずであり、それによって導かれたどんな行動も物語を前進させるべきものである。とくに意味もなく登場人物に何かを触らせたり手に取らせたりしても言葉の無駄だ。しかし、雰囲気を強めたり、感情をあらわにしたり、登場人物のより深いところを読者に示したりする目的で加えるなら、触覚はきちんと役割を果たしているといえよう。

　触覚によって描写に磨きをかけるには、暗示や象徴として利用する方法もある。たとえばさびついたゴミ箱の脇を走り抜けるとき、登場人物がそれに刺されたような切り傷を負えば、危険が迫っている前兆となるかもしれない。もしくは、登場人物がもうすでに危機に直面しており、追っ手から逃げているところであれば、痛みは逃亡の代償の象徴になり、その人物にとっては、冒す価値があるとはいえ、そこにリスクも存在していることを示す証しになる。

● 感覚をバランスよく使用する

　感覚的な描写の大部分は、視界に入るものに焦点を当てがちだが、目に見えない感覚的なディテールを表現すれば、描写のレベルを「良」から「優」へと上げることのできる厚みが加わる。だからといって、すべての感覚をつねに活用しなければと力む必要はない。それらを少しずつ混ぜ合わせることで、感覚のどれかひとつだけを用いるよりもずっと面白いイメージに仕上がるのだ。ときには新しいやり方を試してみることも、多様な感覚効果を生み出すのにはよい方法だろう。たとえば、隠喩や直喩は視覚的なものに向かいがちだが、代わりにほかの感覚を用いてみると新鮮な文章が出来上がる。名作からいくつか例を見てみよう。

> 　ベルは鳴りはじめたときと同じように、すべてが一斉に鳴り止んだ。次いで、がちゃがちゃという音が階下から聞こえてきた。まるで誰かがワイン商人の貯蔵室で、樽に重たい鎖を巻き付けて引きずっているかのようである。(音、『クリスマス・キャロル』より)

> 　彼は、これまで生まれてから一度たりとも川というものを見たことがなかった——つやめきながら曲がりくねる、なんとも豊かなこの生き物は、追いかけたりくすくす笑ってみたり、ごぼごぼと音を立てながら何かを掴んだかと思うと、笑いながらそれを手放し、次の遊び相手に飛びついている。振り払おうとも、相手はまた追いつかれて捕まるのだ。(音と触覚、『たのしい川べ』より)

> 　間違えようのない、私的な甲冑の匂いと混ざったサドルソープの香りがした。ちょうどゴルフ場にある専門店で嗅ぐような、独特の匂いである……。(匂い、『永遠の王 アーサー王の書』より)

以上の抜粋は、どれも読者にはっきりしたビジュアルをもたらすものだが、視覚以外の感覚を用いて心に訴えかけるイメージを作り上げている。匂い、味、音、感触を上手に配置すれば、どのような設定でも影響力は深まり、起きている内容に読者がいっそう関与している気分になれる。また、三人称限定視点による効果もある。視点となる登場人物の感覚を通した描写はより具体的になり、そのおかげで読者が登場人物の感情と調和できるようになるからだ。

都市の建造物：実在の場所を起用することの良い点・悪い点

　きわめて多くのフィクションが現代の世界を舞台にしているのだから、その多くの設定が都市部に位置するのもごく自然なことだろう。なにせ今の世の中、仕事も学校も遊びも、私たちはほとんどの時間を社会の中枢で過ごしているのだ。物語の世界が現実を反映していてもおかしくない。

　都市という設定を用いる場合、実在の場所を起用するのか、それとも自分で想像して場所を新たに作り上げるかという課題がある。実在の場所を選んだときは、それが自分のよく知っている場所であれば、作家は登場人物の世界によりしっかりと焦点を合わせることができるだろう。

　ある特定の都市名を挙げたり、よく知られている名所に触れたりすることも、読者に対して即座に場所の特徴を伝えることで、ほかの場合であれば成し遂げにくいレベルのリアリズムを描写に注ぎ込むことが可能になる。光景、匂い、音、味、感触を再構築する際に自分自身の記憶を利用することができるため、効果的な表現の達成につながり、個人的見解とフィクションとがぶつかり合って、そこに真実味が発揮されるのだ。さらに、描かれている地域に馴染みのある読者は、登場人物と共有体験をしているという思いをますます強め、その人物の欲求に関心を抱くことがもっと容易くなり、主人公と一体化するように話に引き込まれていくことになるだろう。

　ジャンルによっては、たとえば政治スリラーのように、実在の場所を頻繁に起用するものもある。今まさに何かが起きているのだということを伝えたり、そのような物語は現実でも起こりうるのだという発想を強めることで、生理的なレベルで読者の心を掴むためだ。しかしそこには難点もある。というのも、読者とは自分が訪れたことのある場所や、住んだことがある場所について書かれたものを読みたがるものなのだが、これを成功させるには、作家がその場所のことを徹底的に把握しなければならないからだ。もし何かディテールを誤ってしまうと、読者はそれに気づいて物語から身を引いてしまう可能性もある。作家のリサーチ不足に対していらだつ読者もいるかもしれない。

　実際の設定を用いることについての別の難点は、作家がその実際のロケーションをコントロールすることができないという点である。つまり、時間が経つにつれて

都市の建造物：実在の場所を起用することの良い点・悪い点

　場所は変わってしまうのだということ。新しい店ができてはなくなり、建物は貸しだされ、外観は変わり、あるいは取り壊されてしまうこともある。高架道路や高速道路を建設するために近隣が改装されたり、それどころか地図上から消えてしまったりすることも考えられる。それゆえに、執筆時点では正確なものとして設定描写がなされたとしても、そのロケーションがずっと同じままというわけにはいかない。その上、読者がつねにそうした変化を把握しているとも限らない。10年前にその地域に暮らしていた人たちが読者であれば、彼らはその場所に当時のままの姿を思い描いているので、自分たちの記憶と描写が一致していないことに混乱してしまうかもしれない。また、読者というのは独自の偏見を物語に持ち込んでいるものであり、もし登場人物が行きつけにしている実在のデリが、かつてたまたま読者が実際にひどいサービスを受けた店だったとしたら、異なる見解が読者と登場人物の間に生じ、感情的な不和を引き起こすことになってしまうかもしれない。

　そのような実在の設定を描くことで生じるおそれのある穴を避けるため、完全にフィクションの都市を創造する作家もいる。一から構築された世界には、読者にも個人的な愛着は一切ないし、作家が戦わなければならないような偏見もないので、自分が思い描く通りにその設定を仕上げることができるだろう。このようなフィクションの世界の難点といえば、作家が心に描いている図を、読者が思い浮かべやすいような具体的な場所へと翻訳するために、よりいっそう骨を折る必要があるということだ。（現実には存在しない都市や国を含む）ロケーションは、政府の運営方法や、社会の機能の仕方、話に関連してくる男女の役割、その他数多くのディテールなど、現実とは何が異なるのだろうという読者の好奇心を刺激する。この手法を選んだ作家は、自分が構築する世界を実在のものと同じくらい豊かで真実味のあるものにするために、細部にいたるまでしっかりと計画を立てる必要がある。

　現代の設定に関して一番簡単な解決策は、実在の世界と想像の世界を半々ずつ混ぜ合わせるやり方だ。実際にある国や有名な都市を選ぶと、あらゆるものがどのように機能しているのか、読者が何を期待しているのかについての土台を作ることができる。そうすれば、大きな設定（地域、街、通りなど）の中に架空の場所を作っ

ていくことで、作家は実在する名所や読者が偏見を抱いているかもしれない場所などにとらわれることなく、物語に一番ふさわしい都市的要素を組み込むことができるのである。

　設定が実在のものであれ想像のものであれ、読者が架空の世界の登場人物やそこで直面する物事に共感できるように、普遍的な事柄を取り入れることは大切だ。たとえ設定がまったく新しく特別な場合でも、馴染みのあるものに根ざしたディテールというのは、読者に順応してもらうのに役立つ。ほんのささやかなこと、たとえば風変わりだが香り豊かなケバブを手押し車で売り歩く男についての描写が、よだれが出そうなほどいい匂いを漂わせてポーランド風ソーセージを売る現実の移動式屋台を彷彿とさせることもある。同様に、子供たちが学校に向かうだとか、親たちが井戸端会議に興じるだとか、警官が通りを巡回するといった行動のルーティンはすべて、作家が読者を誘おうとする設定がどれほど空想的なものであっても、読者の日々の体験を忠実に反映するものとしてある。このように新しい場所に読者にとって馴染み深い要素を加えておけば、いざ都市の中でもっとも馴染みの薄い場所について必要なディテールが披露される段階になっても、読者は作家を信頼することができるのだ。

設定によくある落とし穴

　設定とは、登場人物の特徴づけ、雰囲気の強化、背景の披露、象徴の加味、対立の提供というように、作家の要求になんでも応じることのできるカメレオン的存在である。しかしもうおわかりの通り、出来事に多大な影響を及ぼすような物語要素を用いる際には、注意しておかなければならないいくつかの問題が伴う。

　どんな種類の描写においてもペースというものが肝心だが、設定に関わるディテールの場合はなおさらだ。説明が少なすぎても読者は地に足がつかないまま場面に放り込まれてしまうし、逆に多すぎても場面の動きをペシャンコにならしてしまう。場面に応じてどの設定場所がふさわしいかを検討することは、間違いなく重要な一歩になる。なぜならそれは**退屈**、**単調**、**混乱**といったものをはじめとする、多くの問題を回避することにつながるからだ。

● 読者が眠りに落ちてしまうような、退屈な設定を避けるために

「これはペンキが乾くのを見物するのと同じくらい面白い」という言い回しを耳にしたことがあるだろうか。（設定に対してこの言葉が放たれる場合、）それは作家がディテールを事細かに説明し過ぎるあまり、飽きた読者が次のアクションの発生を待ちきれなくなる、という意味である。あたかも読み飛ばされることを懇願しているかのような設定に書き手が陥ってしまう最大の原因を、いくつか確認してみよう。

説明過多

　ひとつのシーンでこれから発生するアクションに対して読者に身構えてもらうには、そのための舞台を整えたり、緊張感を強めたり弱めたり、雰囲気を盛り上げたり、重要なものを象徴化したりするために、示唆に富んだ設定のディテールを準備するといった作業が必要になる。しかし、入念に選択したディテールをまとめるはずが、説明文の嵐でページを埋め尽くす作業に突入してしまうと先が危うくなる。構築した世界を細部まで表現するという方向に、作家が飲まれてしまうのは容易い。しかし、読者もまた自分でいくらか空白を補完するはずなのだ。そうでなければ物語は永遠に終わりを迎えないだろう。

過剰な説明を避けるためには、ディテールを入念に選択する必要がある。そのためには、設定をひとりの登場人物として想像してみるといい。たとえば、面接で名前が呼ばれるのを待っている女性について、彼女の身長や体重、目の色、髪型などを描写するだけでは、外見を伝える以上の意味を持たないために説得力に欠ける。そうではなく、彼女がサイズの合わない高価な服をしょっちゅう引っ張っている様子や、こわばった姿勢、胸元の奥に感じる痛みをマッサージするかのようにさする様子など、人物を特徴づけて感情を示すことができるようなディテールを選ぶべきだ。こうしたディテールならば、彼女の容姿について大まかな情報を提供するだけでなく、登場人物が抱く不安の中身を、読者に垣間見せることができる。

　設定自体についても、少ない説明で多くを語ることで、同様の原理を適用していくのがよいだろう。舞台の下準備以上のものが自分の設定に組み込まれているか、付録の「設定チェックリスト」（P578）を使って確認してみよう。それぞれの場面のロケーションがあなたの物語のために何を成し遂げられるか、という視点において、このリストはあなたとそのプランの手助けになるはずだ。

装飾過剰

　説明過多と似た問題が、装飾過剰である。説明を際立たせることに躍起になるあまり、文章が感覚的なイメージや隠喩、あるいは大げさな言い回しで埋め尽くされてしまうことを指す。もしもあなたが、わすれな草の花びらについて「薄い青色」ではなく「冬氷の青色」などと表現してしまっていたら、あるいは山脈の頂上に達した日の出を「王座に君臨する女王の輝かしいきらめきを放つ王冠」になぞらえてしまっていたら、それはもうこの症状に見舞われていると思ってほしい。

　言語とは私たちにとってのパンとバター（訳注：必要不可欠なものの意）なのだから、比喩的な表現の活用方法を学びつつ語彙を操っていくことは大切なことだ。ただ、それをやり過ぎてしまうと、読者の目には物語ではなく言葉しか入らなくなってしまう。物語の魔法を解くのが作家の願いではない。だから、ときにはお気に入りの言い回しも抹殺する必要がある。もし、心が痛むほど響きが美しい表現があっ

たとして、でもそれが物語を進展させる効果を持たないのだとしたら、それは表現の墓場に送ることにしよう。

過度に専門的

　エイリアンの惑星や、ハイテクもしくはバーチャルな環境、敵同士が対決する迷路のような戦場というように、多くのことが進行しているロケーションでは、状況を見せるためにより多くの時間を要する場合がある。この場合、場面が成功に終わるか失敗に終わるかは、どんなに馴染みのない場所であっても読者をしっかりとつかむために、いかにその独特な設定を見せることができるかという作家の手腕が試されている。

　ときとして作家はまったく未知の設定について、読者の想像力の手助けになればと思い込み、ひとつひとつ嚙み砕いて説明することで、話のペースを行き詰まらせてしまい、その専門的なディテールの中で読者に身動きをとれなくさせてしまうことがある。たとえるなら銃と同じだ。それがいったい何であるかを理解するためには、必ずしもその全てのボルトやピンについて知る必要はないのである。難解な設定においては、読者がよく知っているものとの類似点を示しながら、より大枠のディテールを引きだす方法を考えてみるべきだ。特定の雰囲気を作りだしたり、背景を促したり、多面的な描写の別の面を活用したりできるような、磨きをかけたディテールを加えてみるのはそのあとからでいい。じゅうぶんな強度のロープを与えることができれば、読者は自力で話について行くことができるし、話の成り行きを犠牲にしなくても場面を理解できるはずだ。

背景の渦

　設定とは場面で起きる出来事に適用するのと同様に、背景を自然に組み込むことにも効果的なものだと述べた。確かに設定は、性格描写や背景を通じて物語のより深い意味を明らかにしていくための宝庫ではあるが、その過去から物語が抜けだせなくならないようにも気をつける必要がある。背景の渦に絡みとられないようにする

ためにも、説明や回想を通して過去を見せるときには、そこに「出入り口」の考え方を導入しよう。設定とは引き金であり、そのようなものとしてすばやく効果的に役割を果たすべきだ。読者には登場人物の振る舞いや思考、あるいは話に絡む利害関係をより理解するための文脈を与えつつ、特定の場面において絶対に欠かせない背景だけを明かすのがよい。たとえば今現在の場面で起きていることに結びつく音や、登場人物を現在に引き戻す匂いや、あるいは過去のひと時とのつながりを切断するような感触といった、今現在に戻ってくるための「出入り口」となる感覚的なディテールを決めておくことはきっと役に立つはずだ。

設定が孤島になる

　ひとつの場面の構造、それは鳩時計のようなものである。すべてが本来の通りに動いて機能し続けるには、たくさんの歯車や脚、そしておもりが必要だ。このプロセスを停止させてしまうと、描写の効果に大きなダメージを負わせてしまう。たいていの場合、そのように場面の構造を凍結させてしまうのは、設定描写を特別扱いしてしまうことに原因がある。

　設定のディテールをわざわざ指摘するために話を止めてしまっては、流れに不適切な中断が生じることになる。その描写が延々と続く場合はなおさらだ。それよりも、物語の全要素をきちんとまとめて包み込む外皮のように、すべてを束ねる包装紙として設定を扱うべきなのである。このことを頭に入れておくと、設定描写がいつ始まりいつ終わりを迎えたのか、継ぎ目もわからないほどに上手に組み込むことができる。

　　　車がスピードを落とし、ヘッドライトが露に濡れた芝生と隣家の羽目板を照らす。その場にうずくまりながら、ドノヴァンの呼吸が止まった。手入れされた生け垣に肌が擦れ、服が引っ張られる。エリックが運転するダッジ・チャージャーの低い音が、ドノヴァンの胸を震わせた。エンジンが切られ、きしむ音を立ててドアが開くのを待ちながら、彼の身はすくんだ。弟の親

> 友だったこの男は、歩道橋を渡るドノヴァンの姿を見たに違いない。しかし、迷路のような住宅街で振り切ったと確信していた。それなのに今、やつは目の前にいる。変な時間に姿を見せるところは言うまでもなく、エリックの存在と彼のその妙な微笑みは、ドノヴァンをいつも不安にさせた。
> 　時間はのろのろと過ぎていった。湿った土に押し付けるジーンズを穿いた膝から、寒さが染み込んでくる。追っ手がいなくなることを祈ったが、エリックは借金を忘れるような人物ではない。借りたのがドノヴァンの死んだ双子の弟であろうと、彼が弟と似て非なる人間であろうと関係ないのだ。よくても、エリックは清算するまでしつこく追い回してくるだろう。それか最悪の場合には、彼も弟のように溜め池で一生を終えることになるのだ。

　さて、今の場面で何が起きているのかについて、設定と関わるなかに生じる、登場人物の行動や感情の裏に隠された「理由」といっしょに想像することができただろうか？　そうであると願いたい。展開する行動として設定を描くことは、設定のディテールだけに焦点を当てることによって、起きている出来事の描写を排除してしまうよりも、ずっと多くのことを内包することができる方法なのである。この場面で表現されているように、感覚的なディテール、感情、文脈上の背景、緊張感といった歯車は、話の筋の効果を損なうものとしてではなく、むしろ向上させるものとして、一緒になって動かなければならないのだ。

● 見渡す限り広がる単調な設定を避けるために

　さて今度はこの問題の反対側を見てみることにしよう。それは、あまりに効率的すぎるか、もしくはパッとしない描写のせいで引き起こされる、単調な設定のことである。この原因はさまざまなかたちで存在する。

つまらない設定

　とうに知れた話を蒸し返すわけではないが、世にある膨大な傑作の数々において、

「標準的な仕様」というものが入り込む余地はない。これは話の筋、登場人物、そしてもちろん設定にも言えることだ。場面を展開するために選んだ場所がどのようなものであれ、作家は構築した世界を鮮明で真実味のあるものにするために、自分なりの型、自分だけのオリジナルのビジョンが確実に機能してほしいと願うものである。

たとえ、ありとあらゆる本に必ずといっていいほど使われているような設定を選んだ場合でも、その特定の空間の視点となる登場人物に対し、あつらえたかのようにぴったりなものであることを示すのは可能だ。たとえば選んだ場所が寄宿学校であれば、そのさまざまな特定の要素が学校の様子に影響を与える。規模の大小、場所は都市か郊外か、公立なのか私立なのか。こうしたすべての要因が、登場人物の住環境や経済状況について物語る。そしてこの登場人物の視点を通して学校についての知覚的なディテールは伝えられることになるがゆえに、寄宿学校に対するこの人物の考えというのは、環境や状況についての描写自体がほのめかすことになるというわけだ。学校はきちんと手入れされているか、それとも荒れ放題なのか？ 教師たちは熱心か、それともやる気がないのか？ スポーツや芸術、課外活動やクラブ活動には重きを置いているかどうか？ こうした問いに答えていくことで、標準的な寄宿学校の類型を破ることができるはずだ。

また先に書いたように、ある場所が登場人物にとって馴染みがあろうとなかろうと、設定に感情的価値が備わっていなくても、それを特徴づけすることで感情的要因の種をまくことは可能である。公園を決してただの公園に留めず、ホテルの一室を決してただのホテルの一室に留めないこと。それぞれの場所と結びついた感覚的なディテール、照明効果、人、象徴について作家が下す決断こそが、物語の登場人物を特徴づけ、各場面と読者のつながりに影響を与えることになるのだ。

感覚への飢餓

人は、それがたとえベーコンであろうとチョコレートであろうと、同じものだけを食べ続けることを楽しいと思わない。同様に読者もまた、ただひとつの感覚だけを通じて伝えられる設定にはいつか飽きてしまうものだ。視覚というのは実生活でも

設定によくある落とし穴

　私たちが非常に頼りにしている感覚であるがゆえに、目に見えるものだけをあてにして描写をするのは簡単なことであるといえる。これを食い止めるためには、匂いや味、感触、音といったほかの感覚を用いて登場人物が場面を体験する方法を考えたり、どうしたら登場人物の世界がこうした感覚を通じてより本物らしく広がりを獲得するのかを考えてみる必要があるだろう。

　ときには、自分自身を登場人物として想像し、その瞬間に身を置いてみるということも役に立つ。登場人物が抱いている感情について考えてみよう。この場所で、彼は何が起こることを期待しているのだろう？　その人物の思考に従って、何に注意が向くのかは変わってくる。たとえば、もし彼が不安定な状態だったり何かに心配していたりするのなら、闘争／逃走本能が反応し、脅威に対して警戒態勢をとるだろう。すると、たとえば歩道にチョークで絵を描いている子どもといった無害な存在にではなく、その場にそぐわない奇妙な動きや音の方に気づくことになるかもしれない。

　もし、使用頻度の低い感覚を描くことをなかなか頭に叩き込めなくても、心配しなくていい。「感覚」について考えるということは、練習を積んでこそ簡単になってくるものなのだ。もちろん本書に記載されている項目が、新しい表現の習慣を構築していく助けになるのは間違いない。

手に負えなくなった頼みの綱

　表現に関しては、どんな作家にも好みがある。たとえば、ある場面を描くなかで、カーブに停められた錆ついた黄色い軽トラックを登場させたとしよう。それ自体にはなんの間違いもない。ただし、その次の場面で登場人物がベーカリーの外にある駐輪場に、バナナ色をした自転車をチェーンでつなぎ、さらにそのベーカリーのドアが黄色く塗られていたとなると、それは問題だ。なぜなら意図的ではない繰り返しのせいで、こうした場面の描写が平坦になってしまうからである。

　同様に感覚についても頼みの綱として安易に用いてしまう可能性がある。生い茂る葉の間を吹き抜けていく風の音が大好きだったとしよう。単独で使用するならば、

こうした感覚的ディテールは読者が設定を体験する助けにもなるのだが、あまりに多くの場面でその音に言及してしまうと、読者はその嗜好に気づいてしまう。読者に書き方のクセを決して気づかせてはならない、というのは大前提だ。風のうなり声が物語全体を通してモチーフとして使われるなど、その繰り返しが意図的な場合は別である。しかし、感覚に起因するディテールが思いがけず現れてしまう場合は、編集というハサミの出番となるだろう。

　色、感覚的なディテール、言い回し、比喩的な言語といった、自分が頼ってしまいがちな表現に対処する方法として効果的なのが、気に入っているディテールやアテにしているテクニックをリスト化してみることだ。そして編集の段階で、リストを片手にいくつかの場面をランダムにチェックしてみよう。描写に何かしらのパターンを発見しただろうか？　直喩を使いすぎてはいないだろうか？　そのような場合はいくつかを削除して、新たな表現に置き換えることにしよう。

　幸いなことに、頻出している表現が自分では見当たらない場合でも、批評仲間のような人がいれば、たいていはそれを見つけてくれるものだ。第三者の視点は、自分では見ることのできない事柄に気づいてくれるものだ。だから、頻出する言葉や言い回しや描写があるようならリストにしてほしい、と初稿を読んでくれるパートナーや批評仲間に頼むことを忘れずにしよう。そうすれば、再び自身での編集段階に入ったときに、第三者によるチェックの時点では見落とされてしまった表現に目を光らせつつ、繰り返し使ってしまっていた表現を、新しいものに置き換えることができるはずだ。

無力な文章

　つまらない設定と結びついているものとは、描写のテクニックにおける、言葉の選択の貧しさ、形容詞や副詞の乱用、恒常的な変化の欠如などである。本来的には、感情を中心とするイメージを導くのみならず、文章を読むこと自体が楽しみにつながるように、さまざまな文の構造を利用し、数多くの比喩的な言葉を用いて描くことが理想的だ。

設定によくある落とし穴

　言語能力を培うには、とにかく練習すること（書いて書いて書く！）、そして同じくらいに読みながら観察してみることが肝要だ。執筆にまつわるすべての技術は、発展途上の段階にあることを頭に入れておこう。生まれつきマスターしていることなどありえない、学ぶことに対してオープンな姿勢を持ち続けることで、絶えずそれは向上していくのである。自分が今、道筋のどこにいようと、次に踏みだすべき一歩は必ず存在する。そして、それこそが作家として成長していくことの真の喜びのひとつなのだ。

● ここはどこ？　混乱を招く設定
　取り除いておきたい3つ目の問題は、読者を混乱に陥れることだ。これは設定描写において、読者が場面をしっかりと把握できるような明確さが欠けている場合に起きることが多い。作家はとびきりの思わぬ展開や、緊迫感ある恋愛の衝突といったものにばかり気を取られ、読者についてはきちんとついて来てくれるだろうと勝手に推測し、設定にあまり気を払わないことがある。だが、場所の特徴がきちんと記されていなければ、読者は混乱してしまうだろう。以下に、執筆の過程で注意したい2つの領域を挙げてみる。

動きに支障が出る

　手直しの段階ではしばしば、描写を編集したことで動きの連続性がめちゃくちゃになり、混乱が生じてしまうことがある。場面を簡潔にしようとすると、どうしてもそういう部分を最初に削ってしまうことが多いからだ。その結果どうなるか？　さっきまで、8番の玉を入れようとビリヤード台のそばのスツールに腰掛けて順番待ちをしていた登場人物が、次の瞬間にはバーの前に立っていて、無人のトレーから酒をかっばらっている、といったことが起きるわけである。こうしたしゃっくりのような間違いは耳障りなもので、読者を一気に物語から引き戻してしまう。とはいえありがたいことに、修正するのはわりと簡単である。編集済みのそれぞれの場面について、登場人物がAからBに向かうなかでCと関わるといったような場面で、スムーズな動

315

きの推移が描かれているかどうかに注視して、最終チェックをしてみればよいのである。

速いテンポの動きの連続

　激しいアクションが進行しているときには、設定描写というのは後回しになりがちだが、とはいえ、いったいその場面で何が起きているのかを読者にもれなく想像してもらうためには必要なものである。とりわけ格闘場面は混乱の泥沼にはまりやすい。なぜなら、焦点が登場人物間の対立にほぼ集中してしまうからだ。乱闘場面がパンチや顔面キック、ときには股間への膝蹴りの応酬による血みどろの争いになると、設定のことをすっかり忘れてしまうのも無理はない。しかし、読者はその場面を「理解する」ことができなければ、関心を失ってしまうものである。

　描こうとしている場面が喧嘩であれ、カーチェイスであれ、激しい逢引きであれ、設定のさまざまな要素がどのように関わることができるのかについて考えてみよう。たとえば殴り合いの場面なら、壁に穴があいたり、母親が大切にしているガラス製のフクロウの置物コレクションが、一発で粉々になったりするのではないか？　タイヤが悲鳴を上げるほどのカーチェイス場面では、登場人物が郵便配達員を轢きそうになったり、スクールバスに接触したり、高級レストランの中庭の芝生を刈り取ってしまったりするかもしれない。あるいは、無我夢中で寝室へともつれ込む恋人同士の場面なら、ぶつかった写真立てが斜めに曲がったり、マットレスがベッドから半分ずれたり、雰囲気を壊しかねないテディベアのぬいぐるみを脇に追いやったりするのでは？　どんなタイプの動きであれ、その場の出来事に違和感なくはまる設定のディテールを選べば、読者は場面をより想像しやすく（そして楽しみやすく）なるはずだ。

そのほか「都市」の設定について考慮すべきこと

　設定として都市を選択する最大の強みのひとつが、その順応性だ。設定とは、話の筋を前に押し進め、作家が伝えたいメッセージを強固なものにしながら、物語のために懸命な働きをするべきものである。では、場面ごとに都市を構築していく際、頭に入れておいてもらいたい最後の事項をいくつか挙げておこう。

● **具体的かつユニークに**
　設定がどんなにありふれたものであれ、あなたが構築する都市のロケーションは、読者にとってユニークなものになるよう仕立てなければならない。無数の決断が作家の肩にかかっているのだが、そのひとつひとつというのは、まるで本当の世界から飛びだしてきたような設定を作りあげるためのチャンスでもあるのだ。ある登場人物が通りを歩いているとしよう。歩道が混雑しているのか誰もいないのか、道行く人を楽しませているのはどんな大道芸人なのか、車の渋滞状況はどうか、周辺の建物からは貧困と繁栄のどちらが伝わってくるのか、そのほか合間に存在するさまざまな事柄についての決断は、あなたに委ねられている。近所にあるベトナム料理店から漂ってくる沸騰したフォーの麺の香りを盛り込んだり、道路を挟んだ向かいにある建設現場の岩屑を含んだ風によってざらついた埃の渦が舞う様子を描くことで、読者の感覚的な体験を指揮するのは、あなたなのである。
　また、都市においては、たとえば商店の開店と閉店のリズムや、ラッシュアワーの渋滞のパターン、荷物を配達する宅配便業者、そして路線上の各駅に停車するバスや地下鉄の描写を通じて、現実において馴染みのある事柄を映しだすことも可能である。こうしたディテールが、信用に足るものとして周りを取り囲み、物語にとってもっとも効果的と思われる、その他の設定要素で遊ぶ自由を与えてくれるのである。

● **設定の回し車から降りてみる**
　ふさわしい設定が思いつかないと、作家はしばしば自分が描こうとする話と似た映画や本からアイデアを引っ張ってこようとする。しかし、ありふれた設定をあまりに何度もリサイクルしていては、物語のユニークさを奪うことになる。読者は新

鮮な体験をしたいと望んでいるからだ。そこで、絶対に確実だと思われる設定に頼る前に、これまでとは違った観点で考えてみよう。たとえば、10代の若者たちのパーティーだからといって、いつも場所がビーチであったり、両親が留守にしている誰かの家であったりする必要はない。代わりに、彼らを閉鎖中の建設現場や、売りだし中の空き倉庫に忍び込ませてみるのはどうだろう？　そこに、ビール、スプレー缶、さらにスタンガンを持った警備員の予期せぬ登場を付け足してみれば、衝突が巻き起こる寸前のユニークな設定に仕上がるというわけだ。

　また、登場人物の内面で多くのことが起きている場合、その内なる混乱の方にもっとしっかり焦点を当てておきたいがゆえに、平凡な場所に意図的に留まっていたいという誘惑に駆られることもあるだろう。しかし、登場人物の内面で発生していることに注意を向けすぎるのも、話のペースに問題を起こしかねない。適切な設定を用いれば、象徴を示したり、背景を積極的に伝えたり、相互関係から感情を明かしたりする機会を与えてくれるものだ。だから、ペースを保ちつつ話を前に進めながら、登場人物の心の情景とつながりをもたらすような設定を、広い視野で見つけてみるといいだろう。

場面設定 類語辞典 都市編

基礎設定

- アートギャラリー
- 空き地
- アトリエ
- ウォーターパーク
- 映画館
- エレベーター
- 屋外スケートリンク
- 屋外プール
- 屋内射撃場
- オフィスの個人スペース
- 楽屋
- カジノ
- ガソリンスタンド
- 鑑別所
- 救急救命室
- 居住禁止のアパート
- 銀行
- 軍事基地
- 警察署
- 競馬場
- 刑務所の独房
- 劇場
- 下水道
- 建設現場
- コインランドリー
- 公園
- 公衆トイレ
- 工場

- 交通事故現場
- 荒廃したアパート
- コミュニティセンター
- ゴルフ場
- サーカス
- 死体安置所
- 自動車修理工場
- 消防署
- 心理セラピストのオフィス
- スキーリゾート
- スケートボードパーク
- スパ
- スポーツイベントの観客席
- 精神科病棟
- 正装行事
- 洗車場
- 葬儀場
- タトゥースタジオ
- ダンスホール
- 小さな町の大通り
- 地下道
- 駐車場
- 動物園
- 動物病院
- 図書館
- ナイトクラブ
- 難民キャンプ

- ニュースルーム
- 博物館
- パレード
- 繁華街
- 美容院
- 病室
- ビリヤード場
- フィットネスセンター
- ペントハウス
- 法廷
- ボウリング場
- ホームレスシェルター
- ホテルの部屋
- 待合室
- モーテル
- 役員室
- 遊園地
- 遊園地のびっくりハウス
- ラスベガスのショー
- 立体駐車場
- レクリエーションセンター
- レコーディングスタジオ
- 老人ホーム
- 路地
- ロックコンサート

あ / か / さ / た / な / は / ま / や / ら / わ

都市編 基礎設定

アートギャラリー
〔英 Art Gallery〕

関連しうる設定
アトリエ、正装行事、博物館

👁 見えるもの
- パトロンを誘うような数点の代表作が展示された、入りやすい雰囲気の開放的な入口
- 造花のアーティスティックなフラワーアレンジメントが飾られた、小さな受付の机
- 机の上に置かれた名刺や名簿
- 人々が芸術作品だけに注目するような飾り気のない壁
- 光の当て方をよく考えて配置された照明
- パトロンが自由に見て回れるように設置された仕切り
- (特定のテーマ、様式、アーティストに関連した) 一堂に集められた作品
- スポットライトの下のメインの作品に面して置かれた、観賞用の地味なベンチや椅子
- (しばしば消音用の薄いカーペットが敷かれた) 綺麗な床
- (吹きガラスの作品、彫像、石の彫刻など) 小さな作品を置いたテーブル
- (作家の名前と価格を示す) カードと併せて掲示される額入り絵画やテクスチャー表現作品
- 作品に感心して価格を確認するパトロン
- 各部屋へと通じる扉のない出入り口
- 作品と作品の間に設けられた広いスペース
- いくつかの窓がある部屋、あるいは窓が一切ない部屋
- 高い天井
- 購入を検討している客と作品について協議していたり、新しい芸術家のポートフォリオに目を通しているギャラリーのオーナーやキュレーター
- 展覧会会期中に招待客に挨拶する芸術家

👂 聴こえるもの
- 作品について人々が低い声で話し合う
- ギャラリーの雰囲気にそぐう心地よいBGMやテーマに沿った環境音 (流水、鐘、ベル)
- コツコツとくぐもった音を立てたり、すり足で床を歩くときの足音
- むき出しの壁や高い天井に反響する音
- 入口や受付付近でお喋りする人々の声
- 机の電話が鳴る
- パトロンが作品のすばらしさを芸術家に伝える声
- 小さな噴水や水を使った装飾の心地よい音

👃 匂い
- 絵の具
- 消毒剤
- 木材クリーナー
- ポリウレタン
- ヒマラヤスギ
- 石膏
- 革
- パトロンに嗅覚の体験を楽しんでもらうために持ち込まれたアロマ (甘い草をブレンドしたもの、セージ、ラベンダー、柑橘類、エッセンシャルオイル)

👅 味
- この設定に関連する味はないが、特別展やイベントが開催される場合は別である。こうした種類のギャラリーイベントにおいては、ワイン、スパークリングウォーター、外国産のビール、軽食、一口サイズの前菜 (上質なチーズをいくつかのせたもの、ハーブや柑橘類をまぶしたオリーブ、串に刺してある牛肉のマリネ) などが振る舞われることもある。

✋ 質感とそこから受ける感覚
- ギャラリーにおいては作品に触れないことが求められるため、この設定において感触を描写する機会はごく限られている。イベントの最中ならばワイングラスの脚の部分をつまんだり、ボウルを手のひらで掴んだりして持つこともあるだろうし、ちょっとした前菜をつまんだり、皿やナプキンの重みを感じるかもしれない。そのような場でないのなら、たとえば作品をじっと眺めながらネックレスに触れてみたり、芸術家の名前を覚えるためにカードホルダーから名刺を選ぶなど、そこでの登場人物に関連すると思われる感覚を考えてみるといいだろう。

⚡ 物語が展開する状況や出来事
- 誤って作品にぶつかってダメージを与える
- 地震、あるいはパイプの破裂などで誰かの作品が台無しになる

あーとぎゃらりー――アートギャラリー

- ある作品をめぐって入札合戦が起きる
- 自分の作品をパトロンが酷評している場に居合わせる
- 作品を扱ってもらおうとギャラリーのオーナーを訪ねるも却下される
- ギャラリーで扱ってもらえるように訪問を考えているが、そこで働く従業員のひとりと個人的な対立関係にある
- 自分の作品展への来場者が少ない結果に終わる
- 偽物を本物だとして客につかませるオーナー
- 芸術評論家からひどい評価を受ける
- 有名な芸術家に自分の作品を模倣したと非難される

登場人物
- 芸術家のパトロンや客
- 芸術家
- 芸術作品を組み立てる作業員や配達員
- ギャラリーの従業員およびオーナー

設定の注意点とヒント
ギャラリーにはさまざまなタイプが存在する。芸術家たちが自身で運営する共同経営のものも、美術関連企業やデザイン企業が所有しているところもある。種類や資金状況によって、中は狭くて薄暗い照明がまばらについているようなところもあれば、広く明るさもじゅうぶんで、上流階級の顧客を引きつけることを目的に作られた空間もある。ギャラリー内で額の取りつけを行っているところも多く、そのようなところでは額縁の資材を揃えた作業室や倉庫スペースが設置されている。ゆえに芸術作品を新たに買い求めに訪れる客だけではなく、すでに手持ちの作品を新たに額に入れてもらうためだけに訪れる客もいる。

例文
フルート型のグラスに入ったシャンパンを啜りながら、レッドは客を部屋から部屋へと誘導するために支えなしで置いてある仕切りに沿ってぶらついた。ライトに照らされた作品の前に来ては立ち止まったが、中でも一番奇妙な作品、とりわけ金属やワイヤーを使ったものにばかり惹かれることに気づいた。そのことが頭をよぎると、彼はクスクスと笑った。まさかな。こんな場でも、自分の分野にまつわるものに目が行くようになったのか？　周囲には、高価な香水の匂いを部屋中にぷんぷんさせながら展覧会に出席している、金持ちの客たちの姿があった。スパンコールが散りばめられたブランドもののハンドバッグや高級靴をひけらかしつつ、皆分厚い質感の絵画を見ては「おお」だの「まあ」だのと声を上げているが、教養のない彼にしてみれば、どれもゲロにしか見えない。でも、そんなことはどうでもいいのだ。レッドが専門とする技巧はたったひとつ。だから彼は、自分がもっとも得意とする行動に出た。ターゲットは集まった人々だ。微笑んで、ちょっと言葉を交わし、手首に触れる……彼のポケットは、2つの財布、ロレックス、真珠のブレスレットでどんどん重さを増していった。

使われている技法
多感覚的描写

得られる効果
登場人物の特徴づけ

都市編 基礎設定

空き地
[英 Empty Lot]

関連しうる設定
居住禁止のアパート、繁華街、建設現場、駐車場、小さな町の大通り

◎ 見えるもの
- ひび割れて隙間から雑草や草が生えている舗道
- ゴミが散乱する枯れ葉の草むら(チョコバーの包み紙、テイクアウトフードの容器、ストロー、丸められた紙ナプキン、煙草の吸い殻)
- 雑草に半分隠れたゴミ袋
- 割れたガラス
- 散らばったレンガや割れた縁石の破片
- ぺしゃんこになった段ボールや棄てられた合板が散乱している
- 日に焼けた不動産の看板
- 付近の建物の壁にスプレーで描かれた落書き
- 砂利や土
- 周囲に黄色い彩りを添えているたくましいタンポポ
- 8の字にねじ曲げられた古い自転車のゴムタイヤ
- 沈んでいたり壊れているフェンス
- 成長の止まった木や低木
- 捨てられたヘアゴム
- 下水溝のグレーチング付近にあるペンの蓋やガムの包み紙
- 暴風雨のあとに水が溜まった道路のくぼみ
- 地面にある汚れの山に貼りついた古いシャツ
- 逆さまになったショッピングカート
- 捨てられたコンドーム
- 薬物の注射針や自家製の吸引パイプ
- 空き地を遊び場にしている子どもたち(けんけんや鬼ごっこ、縄跳び、缶蹴りをしたり、サッカーボールで遊んでいる)
- 人が近道として空き地を通り抜ける
- 草むらに小便をする犬

◎ 聴こえるもの
- 風が低木に引っかかっているビニール袋をはためかせる音
- 新聞紙の一片が舗道を滑る音
- 通りの騒音(車両の往来、歩道を歩く通行人、クラクション、サイレン、「キキィ」と鳴るブレーキ、上空を飛ぶ飛行機)
- そよ風に葉が「カサカサ」と揺れる音
- 嵐の中「パタパタ」、「ポタポタ」と雨粒が落ちる
- ドブネズミやハツカネズミが周辺をすばやく走り抜ける音
- 鳥が「カァカァ」と鳴く
- 開け放たれたアパートの窓から聴こえる声
- 遊んでいる子どもに関連した音(お喋り、笑い声、からかい、ボールが弾む、缶が蹴られる、縄跳びの縄がコンクリートを「ピシャリ」と打つ、手遊び、けんけんの最中に足を踏み鳴らす)

◎ 匂い
- 熱い舗道
- 腐ったゴミ
- カビた段ボール
- 排泄物
- ほこり
- 草

◎ 味
- 設定の中には、登場人物がその場面に持ち込むもの(チューインガム、スナック、煙草といったもの)以外に関連する味覚というものが特にないものもある。特定の味覚がほとんど登場しないこのような場面では、ほかの4つの感覚を用いた描写に専念するのがよいだろう。

◎ 質感とそこから受ける感覚
- 歩みを妨げるでこぼこな地面
- むき出しの足首を突つく背の高い草
- 靴に何か鋭いものが突き刺さる
- 薄い一枚の段ボールだけを敷いて、ひどく固い土または舗道の上で寝る
- 友だちを待つ間に腰掛けるコンクリートの段
- 頭に照りつける、燃えるように熱い太陽
- コンクリートの厚板から上昇してくる熱
- 水たまりに足を踏み入れて温い水に濡れる
- 危険を感じて首の後ろの毛が逆立つ
- 空き地を走って横切るときの重たい足音
- 散歩している愛犬に空き地の方へ引っ張られる
- 縄跳びをするときにコンクリートをはたく裸足
- けんけんのための四角を描くときにでこぼこのアスファルトに当たるチョーク
- 遊ぶ場所を確保するためにガレキを蹴って移動させる

あきち｜空き地

❶ 物語が展開する状況や出来事
- 人気のない夜に、暗い空き地で襲われたり、金品を奪われる
- 空き地に隣接する土地を所有しているが、ホームレスや犯罪のせいで価値が下落する
- 空き地を購入しようと金を貯めていたが、別の目的に使用するために大企業がそこをもぎ取る
- 孤立した空き地に誘い込まれ、危害を加えられて犠牲になる
- 自宅の隣の空き地を、犯罪者が違法行為のために頻繁に利用する
- 薬物を購入しているところを捕まる
- 空き地を住まいとして利用し、警官に追い出される
- 評判の悪い人たちに空き地で遭遇する

❷ 登場人物
- 犯罪者
- ホームレス
- 遊んでいたり、たむろしている子ども
- 近道をする地元の人
- 犬を散歩させている近所の住人

設定の注意点とヒント
人がほとんど近寄らず、警官もめったに巡回に来ないような区域にある空き地では、葛藤や興味深い計り知れないどんでん返しを引き起こされる可能性もある。薄暗い場所であることから、秘密の面会や取引にうってつけの場所にもなるだろう。近道として空き地を通り抜けようとした登場人物が見聴きするかもしれない事柄や、どんちゃん騒ぎのあとで目を覚ました登場人物が目にするかもしれない光景を想像してみてはどうだろうか。

例文
雑草や時間の経過によって引き裂かれ、今にも粉々に砕けそうな隆起したアスファルトからなる細長い一角「無人地帯」に集まるのを、デニスは忌み嫌っていた。かつて駐車場だったそこは、今やとどして危険な島と化し、通りの明かりもじゅうぶんに届かず、警官にも無視されている。一方には野草の野原、もう一方には沼地の森、さらに別の方向には全壊した小学校の崩れかかった壁があるこの一角は、身を隠せる暗い場所ならたんまり存在し、暗闇で友人と落ち合う者がそのまま行方不明になる方法だっていくらでもあった。

使われている技法
光と影、隠喩、時間の経過

得られる効果
雰囲気の確立、伏線

都市編 基礎設定

アトリエ
〔英 Art Studio〕

関連しうる設定
アートギャラリー

👁 見えるもの
- 色ごとに分けられた絵の具のチューブが並ぶ壁の棚
- スケッチや絵を描くために調節可能なイーゼル
- 画材が入っているラベルの貼られた透明な容器やトートバッグ
- アトリエで作業する芸術家に着想を与えるような壁に貼られた絵や写真
- (天窓や覆いのない窓から入る) 自然光や、作業中の作品にあてられた強めの照明 (または移動式のランプ)
- (スケッチや方眼紙、デッサン用の鉛筆が入っている瓶、サインペン、色鉛筆、あるいはブレインストーミングやスケッチのために好んで使う画材の置かれた) テーブル
- スツール
- 絵筆が入った瓶
- 壁画
- 積まれたパネルやカンバス
- 拭き消すために用いるぼろ切れや紙タオルのロール
- 換気手段 (開け放たれた窓、特別な作りつけの換気システム)
- 自分の芸術分野に関連した書籍が並ぶ本棚 (絵画の技法、スケッチ、漫画、彫刻)
- 静物が置かれた棚 (陶器の水差し、アンティークのティーセット、古い人形、ワインボトル)
- 壁に立てかけられたいくつもの練習作品やグレースケール
- フレーム
- 留め具

- ひと巻きのテープ
- イーゼルの上に置かれた絵の具が飛び散った板
- 壁にテープで貼られていたりクリップボードに留められている線画や写真
- パレット
- 塗料用シンナーが入ったバケツ
- 溶剤
- あちこちに点在する空のコーヒーカップ
- 床に敷かれたビニールや布製のシート
- 絵の具の飛び散った跡やシミ
- 作業の各段階を記録しておくためのカメラ

👂 聴こえるもの
- 作業中に流れる好みの音楽
- 開かれた窓から聴こえる外の音 (車両の往来、庭で遊ぶ子どもたち、芝刈り機)
- 扇風機やエアコンの音
- まっさらなカンバスに絵筆を滑らせる音
- 水をたっぷり入れたガラス製のメイソンジャー (保存用ガラス瓶) の中で「カタカタ」と鳴る絵筆
- 紙の上を鉛筆がこする音
- 手で消しゴムのかすを払う音
- 芸術家がぶつぶつと言ったり鼻歌を歌う
- テープを引きちぎる音
- ロールから一枚の紙タオルを破りとる音
- 製図用紙を「クシャクシャ」と丸めてゴミ箱に放り入れる音
- 必要な一本を探しているときに、瓶の中で「カチャカチャ」とぶつかり合う絵筆
- (複数の芸術家たちがアトリエを共同で使用している場合) ひとつの作品について芸術家たちが協議する声
- テーブルの上にコーヒーカップを置く音
- 電気のスイッチを「カチッ」と入れる
- 「カサカサ」と鳴る紙
- すり足で歩く足音
- 混合物や接着剤のプラスチックの蓋を「パカッ」と開ける

👃 匂い
- 絵の具
- 油
- 溶剤
- 塗料用シンナー
- テープ
- ビニール
- 鉛筆の削りかす

👅 味
- 設定の中には、登場人物がその場面に持ち込むもの (チューインガム、ミント、口紅、煙草といったもの) 以外に関連する味覚というものが特にない場合もある。特定の味覚がほとんど登場しないこのような場面では、ほかの4つの感覚を用いた描写に専念するのがよいだろう。

✋ 質感とそこから受ける感覚
- 絵筆のツルツルした柄
- 指先で鉛筆を強く押す
- 指先に付着する粉っぽいパステルクレヨンの油
- 冷たくてツルツルした少量の絵の具が肌に付着する

あとりえ｜アトリエ

- 箱型に仕切った暗い空間の中や陳列台の上に、描く対象物を運んで配置するときの重み
- 汚れた絵筆や鉛筆を耳元にかける
- 作業スペースから消しかすを払うときのでこぼことした感触
- 画布の表面にのせる絵の具の滑らかな動き
- 窓からそよ風が流れ込み、わずかに吹きつける
- 引き出しを開閉する
- 光沢紙でできた美術本をパラパラと捲る
- ぼろ切れで両手をゴシゴシ拭く
- 乾いてチクチクとする紙タオル
- きつく閉められたチューブの蓋の抵抗力
- 柔らかな刷毛
- 乾いてくると肌を硬くさせる絵の具のシミ

❶ 物語が展開する状況や出来事
- 器物破損
- 地震や火事により、何年分もの作品が損傷を負ったり破壊される
- 別の芸術家の指導にあたるが、その人物が自分の技法や様式を真似した上に独自のやり方だと主張する
- 換気が不十分なために、肺の健康を損なう
- アートギャラリーや購入者のもとに送ろうと準備していた自分の絵が盗まれる
- （パーキンソン病などの）病気や健康状態のせいで体が震える
- いくつかの作品が思い通りの完成度に至らず、自分の作品に対する信念を失う
- 展覧会のために準備を進めていたが、突然キャンセルされる（ギャラリーの廃業、酷評のせいでオーナーが心変わりした、ギャラリーにおける緊急事態）

❷ 登場人物
- 美術教師
- 芸術に熱心な人
- 芸術家
- 招き入れられた芸術家の家族や友人

設定の注意点とヒント
アトリエは、自分の家やアパート内の奥まったところにある簡素な一室の場合もあれば、美術学校が使うような複数の生徒を指導するための広々とした空間の場合もあり、その中間もある。アトリエ内にある画材は、そこで制作される芸術作品の種類——たとえば絵画、スケッチ、線画、漫画、パステル画、あるいはその他のもっと近代的でめずらしい表現手段——に応じて異なるはずだ。この設定を起用する際には、アトリエの整頓具合、画材の質、登場人物が手元に置く着想元の素材などを検討し、それぞれのディテールを通して登場人物の特徴をどのように読者に伝えることができるかを考えてみよう。

例文
怒りが湧いているときにいつもそうするように、リードは赤色を選ぶと、まっさらなカンバスをその色で切りつけた。思い浮かべるのは彼のミューズ、彼のロルナだ。描かれる線は、嘘つきで自分を裏切った彼女の滑らかな肌を突き刺す刃だった。激情に駆られ、何度も何度も切るように絵の具をぶちまける彼の呼吸は速さを増し、荒く耳障りな音を立てる。描き終えた頃には赤色がイーゼルを汚し、床の敷物に斑点のシミをつけ、着ている白いシャツにも付着していた。幸運にも、リードは彼女との最後の対面を見越して赤い絵の具を買い込んでいた。一緒に3年を過ごすうちに学んだことだ。2人の関係はいつだって一触即発状態だったし、彼の怒りの炎は簡単には収まらなかった。しかし、彼女の浮気が発覚した今、その一触即発状態も激情も終わりを迎えることになるだろう。

使われている技法
対比、象徴

得られる効果
雰囲気の確立、背景の示唆、感情の強化、緊張感と葛藤

都市編 基礎設定

ウォーターパーク
〔英 Water Park〕

関連しうる設定
遊園地、屋外プール

👁 見えるもの
- 外周を囲む金網フェンス
- 舗装された通路
- 空高くらせん状にうねる塗装されたトンネルやスライダー
- 人々が長い列をなす階段
- 複数のスイミングプール
- 乗り物から滴り落ちる水
- 乗り物が着地したときにスライダーの端から飛び散る水
- 乗り物や階段の接合部分を損なうさびた箇所
- あちこちにできた水たまり
- ライフガードの見張り台
- はためく旗
- 水着姿でびしょ濡れの人
- 人々と浮き輪で混雑しているウェーブプール
- ビーチチェアのところに日陰を作っているストライプ模様のパラソル
- 芝生に敷かれたタオルやブランケット
- 水が撒かれたり噴きだしているカラフルな子ども用エリア
- 売店
- ピクニックテーブル
- ロッカー
- トイレ
- キッズエリアで水を飛び散らせる子ども
- 走り回る子ども
- トランシーバーと救命浮き輪を携帯したライフガード
- パーク内の各エリアを案内する標識
- ウォーターカーペット
- 救命胴衣
- アームリングをつけた子ども
- 水の中に浮いたヘアゴム
- カリバチが群がるゴミ箱
- ビーチチェアに寝そべり日光浴をする人
- スライダーの上部で出発してよいという合図を送るライト
- 浮き輪の貸出兼返却所

👂 聴こえるもの
- 人々がトンネルやスライダーの中をすいすいと下る音
- トンネル内に響く絶叫や笑い声
- 太陽の下でくつろいで話をする親の声
- 急いで走ったために滑って転んでしまった子どもの泣き声
- 家族がいるブランケットの上に、子どもが水を「ポタポタ」と滴らせたり「バシャバシャ」と跳ね飛ばす
- 一段進むごとに階段がきしむ
- 舗道を「ペタペタ」と歩いたり水たまりを「ビチャビチャ」と通過する足音
- 有線放送による音楽
- 旗が風にはためく音
- 場内放送の声
- ライフガードの吹く笛
- ライフガードがメガホンを通して大声を上げる
- 日光浴エリアで携帯が鳴る
- ストローを使ってソーダを啜る音
- 食べ物の包み紙で「カサカサ」と音を立てる
- ほぼ空のケチャップやマスタードの瓶から出る空気の音
- トイレのドアの開閉音
- トイレの水を流す音
- 水がスライダーを「シュッ」と流れ落ちる音

👃 匂い
- 塩素
- 日焼け止め
- 日焼け用オイル
- 濡れた水着やタオル
- 食べ物の匂い
- 風船ガム
- 虫除けスプレー
- 建物のカビ

👅 味
- 塩素消毒された水
- 汗
- 売店の食べ物（ハンバーガー、フライドポテト、ホットドッグ、ピザ、ナチョス、アイスバー）
- 水入りペットボトル
- ソーダ
- スナックバー

✋ 質感とそこから受ける感覚
- 足がヒリヒリするほど熱い舗道
- 暑い日に足の底の涼しさを保つため、水たまりから水たまりへジャンプして移動する
- コンクリートにペタペタと当たる裸足
- 濡れた水着が肌をこする
- 巨大なスライダーを滑ったあとで水着が食い込む
- 目に水が入る
- 濡れた髪が首や顔に貼りつく
- 日焼け
- べとつく日焼け止めや日焼け用オイル
- 温まったプラスチック製のビーチチェア
- 混雑しているため不快なほど人との距離が近い

うぉーたーぱーく ─ ウォーターパーク

- 手を置いたプラスチックやファイバーグラスの手すり
- 階段を上りきったときに緊張で胃が震える
- 上から見渡して水に飛び込む覚悟を決めたがめまいを起こす
- 肌に水が飛び散る
- 濡れたタオルでパチンと叩かれるときの痛み
- 冷たい飲み物やアイスクリーム
- グニャグニャする浮き輪
- トイレの冷たい空気に鳥肌が立つ
- ウェーブプールの中でうねる波
- 濡れて絡まった髪の毛
- 顔に水が降りかかる
- 水が鼻に入ったときのツンとする痛み
- 耳に水が詰まっているため音が割れる感覚
- 胃けいれん

❶ 物語が展開する状況や出来事

- 溺死、あるいは溺れかけてしまう
- 階段から転落する
- 滑ってコンクリート上に転ぶ
- 泳げない
- 高所恐怖症だが友人に悟られたくない
- 横柄だったり不注意なライフガード
- いじめっ子たち
- 泳ぎが上手ではないが怖いもの知らずの子どもを見守る過保護な親
- いつも時間を守る子どもが決められた時刻になっても集合場所に現れない
- 小児性愛者
- 自分の身体の見映えに悩む
- 炎症を伴う日焼け
- 設備がきちんとメンテナンスされていない
- 水がきちんと塩素消毒されておらず、病原菌の繁殖場所になる

- それぞれ自分とは違う目的を抱いた友人たち（できるだけたくさんの乗り物を制覇したい vs. 女の子をナンパしたい vs. 誰かに喧嘩をふっかけたい）とプールを訪れる
- 波のあるプールで水着が脱げる

🗣 登場人物

- 子ども、10代の少年少女
- ライフガード
- 親
- 施設の従業員
- 日光浴に来る人
- 休暇中の旅行者

設定の注意点とヒント

高い階段、命がけのスライダー、波のあるプール、どこもかしこも濡れている場内では危険物と化す金属製の遊具、トイレに行くタイミングを計れない小さなスイマーたち──ウォーターパークで発生する出来事や状況には、ちょっとした恥ずかしいハプニングから生命に関わる事件までいろんなものがある。現実においてこのような施設にはしっかりした監視と規制が敷かれているものので、安全性と清潔さは一定の基準を満たしていることが多い。しかし物語となれば何が起きても不思議ではない。ウォーターパークというのも、しっかりと土台を作り上げれば、主人公が運悪く面倒に巻き込まれるような展開にうってつけの場所になるかもしれないのだ。

例文

段に敷いてあるザラザラした滑り止めのゴムが足に食い込むのを無視しながら、私はマットに続いて急な階段を上がった。てっぺんまで来ると、夜のウォーターパークの姿を見渡してみる。水に濡れた場所すべてに照明が反射してキラキラ光っているため、自分たちがどれくらい高いところにいるのかはわからない。突然風が吹き、台がほんのわずかに揺れた。暗闇の中でこれから体験するぶっ飛んだ落下を想像して、胸がウズウズする。金属の手すりに掴まりながら、私は前の連中がさっさと出発してくれることを願った。

使われている技法
光と影、多感覚的描写

得られる効果
登場人物の特徴づけ、雰囲気の確立

都市編 基礎設定

映画館
〔英 Movie Theater〕

関連しうる設定
立体駐車場、駐車場、劇場、ショッピングモール

👁 見えるもの
- 上映中の映画タイトルが黒字でリストアップされた白い看板
- 建物の外壁に貼られた映画ポスター
- 歩道の縁石のところまで車で送ってもらう子どもたち
- スタッフが椅子に座って待機するガラス張りのチケット売り場
- 劇場へのいくつもの入口扉
- ロビーのタイル張りの床
- 上映中の映画タイトルやその上映時間を表示するLEDディスプレイ
- 自動券売機
- チケットを購入するために並ぶ客の列
- 明るい照明がついたロビー
- ゲーム機やメダル貸出機が置かれたアーケードエリア
- 床が濡れていることを示すカラーコーン
- 俳優たちのパネル
- 近日中に上映される作品の宣伝用ディスプレイ
- チケット売場と売店を仕切るロープ
- ネオンによる照明と価格表が設置された売店カウンター
- ポップコーンやソーダの機械
- さまざまな砂糖菓子
- ストローやナプキンのディスペンサー
- 調味料が置かれた一角
- ゴミ箱
- 子ども用の補助椅子が積まれている
- 噴水式水飲み場
- トイレ
- パーティー用の部屋
- チケットを確認し客に上映ホールを案内するスタッフ
- 3Dメガネの容器
- 上映ホールへと通じる薄明かりの通路
- 各ホールの外に設置された上映作品タイトルが描かれた看板
- 劇場内のカーペット張りの階段
- 両脇にカーテンがある大きなスクリーン
- 壁に設置されたスピーカー
- 階段に設置された誘導灯
- 暗闇で光る携帯
- 階段式に並ぶクッション張りの座席列
- カップホルダー
- 床に落ちているポップコーンやストローの包み紙
- 階段にこぼれて散らばるカラフルな砂糖菓子
- 床に落ちているくしゃくしゃのナプキン
- 並んで座りスクリーンに集中している客たち

👂 聴こえるもの
- 観る作品について揉めている人々の声
- 人々が縁石のところで車を降りて「バタン」とドアを閉める
- マイクを通して聴こえるチケット売り場のスタッフの小さな声
- タイル張りの床の上で「コツコツ」と鳴る、あるいは小足で歩くときの靴音
- スタッフの話し声
- ポップコーンが「ポン」と跳ねる
- ソーダがカップに注がれる音
- 機械から「カサカサ」とポップコーンをすくいあげる
- 館内に響く声や足音
- ゲーム機から絶えず聴こえてくる音やベル
- 子どもたちの笑い声や走る足音
- ほうきで掃く音
- 劇場内で「キィキィ」ときしむ座席
- 映画が始まるのを待ちながら小声で話す人々
- 砂糖菓子の包み紙を「カサコソ」と開ける
- ポップコーンやナチョスを「バリバリ」と噛む
- 電話が鳴る
- 大音量で流れる予告
- 笑い声
- ささやき声
- 隣で「クチャクチャ」と食べ物を噛む人たち

👃 匂い
- ポップコーン
- 塩
- カビ臭いカーペット

👅 味
- 水、ソーダ、ポップコーン、バター、ナチョス、プレッツェル、ホットドッグ、砂糖菓子

✋ 質感とそこから受ける感覚
- 開いているドアから勢いよく入り込んでくる風
- ひどく寒いエアコンの冷気
- 金属製の階段の手すり
- 座席の揺れ
- 前屈み気味の座席や、背もたれが後ろに傾き過ぎて壊

れ気味の椅子
- 肘掛けの上で互いにふれ合う腕
- ポップコーンを食べてベトベトした指や、溶けたチョコレートのせいで汚れた指
- 飲み物のカップに付着した水滴
- 落着きのない子どもたちに自分の座席を蹴られる
- 唇や指についたバターをナプキンでこすって取る
- 肘掛けの一部がこぼれたソーダのせいでべとつく
- ベトベトした床
- 大きすぎる音にビクッとする
- 泣くのを堪える
- 劇場内が暑すぎたり寒すぎる
- 咳き込んだせいで喉がヒリヒリ痛む

❗ 物語が展開する状況や出来事
- 暗闇でつまずく
- チョコレートやその他の砂糖菓子を喉に詰まらせる
- 自分が観たい映画ではない作品を観ることになり腹を立てる
- 自分の子どもたちの前で10代のカップルがいちゃつく
- 楽しい時間を台無しにするような人物の隣に座る（いびきをかく、肘掛けを占領する、食べ方が汚い、喋る、変なタイミングで笑い声を上げる、上映前や上映中に何度も席を立つ）
- 混雑した劇場に遅れて到着し、最前列に座る羽目になる
- 自分の軽食・飲み物をこぼす
- 暗闇の中で荷物を盗まれる
- 一緒に観ている相手が終始作品を批判する
- 観客の間で喧嘩が起きる
- 自分の座席の後ろを誰かが蹴ってくる
- 上映中ずっと大声で話す人々

- 野次を入れて上映を妨害する人
- 初デートまたは両親と映画に出かけて、気まずいセックスシーンを観る羽目になる
- 人ごみ、暗闇、大きな音、細菌に触れる可能性などが原因で不安になる

👥 登場人物
- レジ係
- 用務員やメンテナンススタッフ
- 客
- 支配人
- その他のスタッフ

設定の注意点とヒント
ほとんどの映画館は大きさも場内のつくりも似通っているが、中には例外もある。シネコンが人気を博す一方で、規模の小さい限られた上映作品数の映画館もまだ存在しているのだ。列をなした座席ではなくテーブルに着席し、スナック菓子をムシャムシャ食べながらではなくディナーを優雅に食べながら新作映画を観るというレストラン形式の映画館もある。絶滅の危機に瀕してはいるものの、車に乗ったまま映画を見ることができるドライブインシアターもまだ各地に存在しているはずだ。リバイバルされた名作やインディーズ作品などを中心に、歴史ある建物やアールデコ調の装飾を施した空間で上映するアートファン向けのミニシアターもある。

例文
まるで狂ったガチョウのような笑い声を上げながら、ほかの女子たちがへこんだ座席に身を沈める一方で、ジャネルはパニックに陥らないために必死だった。床にこぼれて一度も掃除されてこなかった10年分のソーダのシミに、自分の靴が貼りつく感じがする。気持ち悪いバターまみれの手で触られ、唾をたっぷり付着させたポップコーンのかすは、座席の人目につかない箇所や隙間を埋め尽くしていた。それに、この臭いはいったい何？ 食べ物のカビ？ それとも建物のカビ？ できる限りものに触れないようにしながら、彼女は恐る恐る席に着いた。映画なんて心底嫌いだ。

使われている技法
誇張法、多感覚的描写、直喩

得られる効果
登場人物の特徴づけ、感情の強化、緊張感と葛藤

えいがかん──映画館

エレベーター
〔英 Elevator〕

関連しうる設定
役員室、病室、オフィスの個人スペース、荒廃したアパート

見えるもの
- 金属製の扉
- ガラスにはめ込まれたポスター広告や特別行事のお知らせ
- 定員の記載
- 最新の検査報告
- プラスチックのパネルカバーがついた天井の明るい照明
- 壁に付着した染みや指紋
- 床に落ちている小さなゴミ（しわくちゃになったガムの包み紙、土、豆砂利）
- 出入り口のすぐ外に置いてある除菌ローションの入ったディスペンサー
- 押すと光るボタンのついた操作パネル
- 赤い緊急停止用ボタン
- 鍵穴
- 手すり
- 天井や側壁についているスピーカー
- 緊急通話用ボタン
- 見せかけの格子または金属メッシュの天井
- 非常用脱出口
- 互いに無視したふりをする乗客（腕時計や携帯をチェックする、デジタルのインジケーターをじっと見つめる、降りる階に近づいて前に出る）
- ベビーカーを押す母親やトランクを持った旅行者
- 最大積載量の表示

聴こえるもの
- 金属同士がこすれる
- 「キィー」という高い音やきしむ音
- 水圧で扉が閉じられる音
- 「パチパチ」と鳴るインターホンのスイッチ
- スピーカーから流れる音楽
- エレベーターのケーブルに圧力をかけて「キィキィ」と鳴るブレーキ
- エレベーターが揺れて「ガクン」と停止する
- 機械の金属音が「ブンブン」と鳴る
- 人の咳
- 服やジャケットの衣擦れ
- 降りる階のボタンを押してほしいと頼む人の声
- 雑談
- 階に着いたときに「ピン」と鳴る音
- 降りるためにドアの方へ向かう人の謝る声
- 緊急ボタンが押されて鳴り響く警報
- 乗り込む人のためにスペースを空ける乗客のすり足

匂い
- 湿っていたり汚れている床のマット
- 狭い室内に籠る衛生用品の混ざった匂い（香水、ボディスプレー、ヘアスプレー、アフターシェーブローション）
- 喫煙者の服についたムッとする煙草の煙の匂い
- ベビーカーに乗った赤ん坊の汚れたおむつの臭い
- のど飴やミント
- 口臭やビール臭
- 誰かが手に除菌ローションをつけたときの香り
- 汗や体臭
- 清掃用品
- 配達される料理の容器から匂ういい香り、または脂っぽい香り
- 乗客が手に持つテイクアウトのコーヒー

味
- ガム
- 砂糖菓子
- のど飴
- 炭酸飲料
- 冷たい飲み物
- エレベーター内に持ち込まれたジュースや水
- 中で人が食べているスナック

質感とそこから受ける感覚
- スベスベしたボタン
- 場所を空けるため壁に寄りかかる
- 混雑したエレベーターで少しでも空間を空けるために息を止める、あるいは両腕を脇につける
- 金属の手すり
- 汚れた壁から離れる
- 階数表示が変わっていくのを見ようと頭を後ろに傾ける
- エレベーターの揺れにガクンとバランスを崩す
- ほかの乗客との距離に過度に敏感になる
- 人の息で自分の髪がそよぐ、もしくは息が自分の首の後ろにかかる
- 乗車時間が長く、手荷物の重みで腕が疲れてくる
- ご機嫌斜めな赤ん坊をなだめるために、ベビーカーを前後に転がす
- 扉が閉まるのを止めようとしたときに手に軽く触れる扉のゴム

物語が展開する状況や出来事
- 停電によって、階と階の間

えれべーたー｜エレベーター

でエレベーターが停止する
- エレベーターの故障
- 建物内で火事が発生する
- 落ち着かない気持ちにさせる人と乗り合わせる（怒鳴り散らす、暴力的になる、こちらを凝視する、またはあまりにも接近して立つ、不適切な質問をする、ひとりごとをぶつぶつ言う）
- エレベーター内でいちゃつく人々
- 金切り声を上げる子ども
- 乱暴な子ども
- パーソナルスペースを尊重しない乗客と乗り合わせる
- エレベーターに乗り込んで、避けていた相手とばったり遭遇する

登場人物
- 建物の警備員
- ビジネスマン・ビジネスウーマン
- 清掃員
- 顧客
- 配達員
- 建物の居住者や滞在者

設定の注意点とヒント
セキュリティが強化されている建物の場合には、エレベーター内に防犯カメラが設置されていることもある。こうしたカメラは実際に録画している場合も、たんに見せかけだけの場合もあるだろう。エレベーターの壁がガラスでできていたり、用途によって大きさが異なったりすることも考えられる。より大きく積載量も多いエレベーターがある一方で、小型で一度に数人しか乗れないものもある。エレベーターの中では閉所恐怖症を感じる人も多いので、自分が描く登場人物の快適度については、その内部の大きさを考慮してみよう。もし不安な雰囲気を作りだしたいのなら、エレベーター内の状態によって高めることもできるはずだ。

例文
エレベーターが急に揺れて止まり、エマはべとついた金属の手すりにしがみついた。扉が開き、ベビーカーを押した女性が笑顔で乗り込んでくる。昇降機がガタガタと揺れながらロビーに下りていく中、エマは首を横に振った。どう考えても酔っぱらいの修理工がメンテナンスしてるような不潔で風通しの悪い棺の中で、なんだってこの女性はこんなにも気楽で、赤ん坊をあやして笑い声を上げていられるのよ？ ここがまさに死の空間だってことがわからないわけ？

使われている技法
対比、隠喩

得られる効果
感情の強化、緊張感と葛藤

331

屋外スケートリンク
〔英 Outdoor Skating Rink〕

関連しうる設定
郊外編 ― 湖、池
都市編 ― 公園、スキーリゾート、レクリエーションセンター

👁 見えるもの
- 外周に低い壁や手すりがついた楕円形のアイスリンク
- リンク周辺の冬景色（霜に覆われた木々、雪の吹きだまり、店やレストランが並ぶ通り、高層ビル群、街灯、排ガスを出して勢いよく通り過ぎる車両）
- （トイレ、レンタル用品カウンター、ロッカー、売店などの店舗が入った）リンクに併設された建物
- 屋外に設置された椅子やテーブル
- 夜間用の投光照明
- アイスホッケーのゴールや氷のコートに描かれた印
- リンクに沿ってゆっくり進みながら、通った箇所に滑らかな氷を落としていく整氷車
- 氷が付着したズボンでスケートをする人
- 壁を支えにしながらリンクを回る子ども
- （歩行器のような）補助具やそりを使う子ども
- 決められた時間の中で練習を行うホッケーチーム
- みんなの顔面から立ちのぼる白い息
- 弧を描きながらターンや回転をきめる目立ちたがりな人
- 互いの手を握っているカップル
- リンク中央のフィギュアスケートエリアと境目を作るために設置されているコーン
- 衣装を着て演技の練習を行うフィギュアスケートの選手
- リンクに水を撒いたり、シャベルで氷を掻くメンテナンススタッフ
- リンクに降る雪
- リンク上でひとりでレースをしている人
- たくさんの人々が氷の上をゆっくりと滑っていく

🔊 聴こえるもの
- スケート靴の刃が氷を薄く切ったり、氷の表面をこする音
- 人々の笑い声や話し声
- 子どもの叫び声や泣き声
- ステレオ装置から流れる音楽
- ホッケーのスティックが氷を叩く音
- ゴールキーパーのグローブに「バン」と当たるパック
- パックが周囲を囲むボードにぶつかる音
- 選手に向かって大声を出す監督
- 氷上で競い合って滑る人たちの動きの速い靴の刃の音
- カチャカチャとスケート靴が絡まって人々が地面に転ぶ
- 木々の間を吹きつけたり建物の間を駆け抜ける風の音
- そよ風に揺れる旗や飾りのざわめき
- 氷上を「ブーン」と進む整氷車
- ゆるい雪をシャベルでかき集める音
- 湯気が立ちのぼるホットチョコレートを子どもが啜る音
- 上着やスノーパンツが寒さで固まって「カサカサ」と音を立てる

👃 匂い
- オゾン

- 氷
- コーヒー
- ホットチョコレート
- 紅茶
- 付近のレストランから漂ってくる食べ物の匂い
- 売店で調理しているホットドッグ

👅 味
- 冷たい空気
- リップクリーム
- コーヒー
- ホットチョコレート
- 水
- 売店の食べ物（ナチョス、ピザ、ホットドッグ、フライドポテト、サンドイッチ）
- 自販機の食べ物（ポテトチップス、砂糖菓子、チョコレート、クッキー）

✋ 質感とそこから受ける感覚
- 氷に照りつける太陽の強い光を目を細めて逸らす
- 雪の白い色が眩し過ぎて頭が痛くなる
- 指やつま先の感覚がなくなる
- 手をついたときに壁から剥がれた破片が手袋に付着する
- 細い2本の刃の上でバランスを取ろうとする
- 滑っているほかの人に押される
- 人にぶつかるのを避けようとしてわざと自分の体勢を崩す
- 足や足首をきつく締めつけるスケート靴
- 緩すぎるスケート靴のせいで足首や足の甲が痛む

おくがいすけーとりんく ― 屋外スケートリンク

- 固い氷の上に尻もちをつく
- 転んで手のひらや顔を擦りむく
- リンクの周囲を囲むボードに頭をぶつける
- 寒さにブルブルと震える
- 冬服を着ながら汗をかく
- 重たい服を着込んでゴワゴワする感触
- 自分の目の前で滑り止まった人の氷飛沫が頭からかかる
- 顔面にひどく冷たい風が当たる
- 髪の毛がリップクリームを塗った唇に貼りつく
- 毛羽立った冬用の帽子に静電気が生じる
- 金属製の手すりに触れて静電気が放電する
- 足をひねったため、引きずりながらリンクを去らねばならない

🎭 登場人物
- スケートを楽しむ人
- 子ども
- 売店やレンタルカウンターで働く従業員
- 家族連れ
- フィギュアスケート選手
- フィギュアスケートやアイスホッケーの監督
- ホッケー選手
- メンテナンススタッフ
- ボランティア
- 整氷車の運転手

❗ 物語が展開する状況や出来事
- レベルの違うさまざまな人たちが、狭い空間で一緒にスケートをする
- 監視役がいない
- 足首の筋力が低下する
- スケートにふさわしい服装をしていない
- 向こう見ずに滑る人
- アイスホッケーのパックが宙を飛ぶ
- スケートをする者同士が不健全な競争を行う
- 木の大枝が倒れてくる
- スケートリンクがメンテナンスされていないために、表面に小さな穴、くぼみ、大きな穴、溝ができている
- 怪我（転倒、擦り傷、打撲、衝突）
- 親が子どもを迎えに来るのを忘れる
- 夜間に滑っているのが自分だけになり、身の危険を感じる

設定の注意点とヒント
この項目では、おもに機械でリンクがつくられるスケートリンク場に焦点を当てているが、天然のスケートリンクというのももちろん存在する。北部の気候においては凍った池や湖で、より自然なままのスケートを体験することが可能だ。周囲を囲む壁や投光照明、売店などがない代わりに、こうした場所には手つかずの自然回帰的な雰囲気があり、人工のリンクとはまた違った印象をもたらしてくれる。ウインタースポーツが好きな一家によく見られるのが、裏庭や敷地内の一画に氷を張り、子どもたちが友だちと遊んだり滑り方を習得したりできるよう、小さなリンクをこしらえるという方法だ。表面からかきだした雪は、ゴールを逸れたアイスホッケーのパックを食い止めるために外周に積み上げられたり、初心者が転んでも大丈夫な柔らかい場所を作るために脇の方に土手のように積み上げられている。

例文
手袋をした両手で、レニーはパパの手をぎゅっと握りしめた。立とうとしてみたけれど、スケート靴が金属のヘビみたいに滑って動いてしまう。固い氷を見つめてから、今度はしっかり目を瞑ってみたものの、ツルツル滑る感覚がもっとひどくなるだけだった。握っていたパパの手を離すと、レニーは彼の足に両腕を巻きつけて、氷がまぶされたズボンに顔を埋めた。

使われている技法
多感覚的描写、直喩

得られる効果
感情の強化、緊張感と葛藤

屋外プール
〔英 Outdoor Pool〕

関連しうる設定
郊外編 ― 湖、サマーキャンプ
都市編 ― モーテル、ホテルの部屋、公衆トイレ、レクリエーションセンター、ウォーターパーク

👁 見えるもの
- 日光がまだらに降り注ぐ水
- 子どもたち（パチャパチャと進んだり泳いだりする、プールに飛び込むときに鼻に栓をする、ゴーグルを装着する、プールヌードル［細長い円柱形の浮き輪］で水を叩く、手足をバタバタと動かして進む、足をキックする、口から水を吐きだして顔に貼りついた濡れた髪を払う、耳に指を入れて水を出す、水着の位置を直す）
- 水泳用品（アームリング、ノーズクリップ、スイムキャップ、ゴーグル）
- 水中に漂う絆創膏やヘアゴム
- まとめて置かれた、もしくは芝生やコンクリートの上に広げられた濡れタオル
- サンダルや靴の上に重ねられた服の山
- 日差しで色あせた壁に沿って並ぶロッカー
- 羽目板のついた木のベンチ
- ところどころにリュックサックやバッグが置かれた芝生用の低い椅子の列
- ピクニックシート
- 売店
- いくつか小さな木が並ぶ芝生エリア
- シャワーと更衣室があるお手洗い
- つばの広い帽子を被ってフロートの上に腰掛けている赤ん坊
- 子どもが目の届かないところに行かないように付き添う親や、ダイブスティック（潜って拾う遊び道具）を投げる親
- ウォータースライダー
- 水の中で足をブラブラさせている子ども
- プールの端に腰掛ける母親
- 応急処置室
- 救命用具やライフジャケット
- 覆い付の見張り台に座るサングラスをかけたプールの監視員
- あちこちに水たまりや急速に乾く足跡が見える濡れたコンクリート
- ハエ
- ビーチパラソル
- 水遊びの玩具（ウォーターガン、スポンジ製のアメフトボール、浮き輪、ボール）
- ビーチサンダル
- 目立つ行動をとる10代の男の子
- 落ちたメイクが顔を伝わる10代の女の子
- プールの深さを示す水位の印
- 浮かんでいるコースロープ
- 排出口
- 排水口
- ろ過装置

🔊 聴こえるもの
- 子どもが笑い声や叫び声を上げる
- 親や10代の子どもの喋り声
- 泳ぎながら苦しげに喘ぐ
- 息を整えようと途切れ途切れに話す声
- 母親が子どもに向かって怒鳴る
- 監視員の笛
- 葉が「カサカサ」と音を立てる
- 水が「パシャパシャ」と跳ねる
- シャワーの噴霧の音
- 腹打ちで飛び込む音
- 濡れたコンクリートの上を「ペタペタ」と歩く足音
- プール用の玩具が水面に当たる音
- 助走して飛び込む音
- シートの上の食べ物を奪った鳥がやかましく鳴く
- 耳に水が詰まったときに、耳栓をしているかのようにくぐもって聴こえる周囲の喧騒
- 水を飲み込みすぎて咳をしたりむせる
- ポテトチップスの袋やアイスクリームの包み紙が「カサカサ」と鳴る
- 携帯が鳴る
- スピーカーから流れる音楽
- ろ過装置が「ゴボゴボ」と音を立てる

👃 匂い
- 塩素
- 日焼け止めや日焼け用ローション
- 虫除けスプレー
- 売店で買ったフライドポテトの油や脂の匂い
- 塩
- 刈ったばかりの芝生
- 清潔なタオルから香る柔軟剤

👅 味
- 売店の食べ物（炭酸飲料、ジュース、水、フローズンドリンク、アイスクリーム、ポテトチップス、ナチョス、フライドポテト、ホットドッグ、チョコバー、アイスキャンディー）
- ガム
- 家から持参した食べ物（サンドイッチ、果物やベリー類、クラッカーやプレッツェル、グラノラバー）
- 塩素消毒された水

おくがいぷーる｜屋外プール

- 肌を伝い口に入る日焼け止め

🔵 質感とそこから受ける感覚
- 足元のザラザラしたコンクリート
- 滑りやすいタイル
- 肌に当たる冷たい水
- プールから出たときに顔や足から細く滴り落ちる水
- 足の上に落ちる水滴
- 熱い通路
- 肌をこする清潔なタオル
- 水着や肌に貼りついてチクチクする草
- 髪の房が首や肩に貼りつく
- 顔面に垂れ下がる髪の毛
- ゴーグルのストラップがきつくて痛い
- 熱い金属製の手すり
- 塩素が目に染みる
- 指先やつま先がしわしわになる
- 熱い太陽の光を浴びて肌が乾く
- 食い込んだ水着を直す
- 日焼け
- 濡れた足にポテトチップスのカスがくっつく
- 泳いでいるときにほかの人とぶつかる
- プールのザラザラした側面に体が軽く触れる
- 小石の多いプールの底をつま先で掴む
- 日光浴のときにかかる水しぶきの冷たい衝撃
- ぬるい水たまりの中を通り抜ける
- 鼻に水が入ってツンとする
- 風の強い日に太陽が雲に隠れているため、水に濡れた寒さに震える

❗ 物語が展開する状況や出来事
- 泳ぎが下手な人がいつの間にかプールの一番深いところに辿り着く
- 不注意な親
- 水の中で暴れ回る子ども
- 横暴な監視員

- 自分の身体つきにコンプレックスがあり自意識過剰になる
- 日焼けのせいでプール遊びを早く切り上げることになる
- 不機嫌そうに日光浴をしている人物
- 不適切な服装で日光浴をする人
- 意地悪な女の子たち
- 突然の豪雨
- 不審物がプールに浮く
- プールに来てみたら修理のため閉鎖していることが判明する
- 滑る、落ちる、その他の怪我
- 水着のひもがほどけて滑り落ちる
- 朝一のプールにお呼びでない生き物が現れる（ヘビ、ワニ）
- 遊びに来た友人同士が、喧嘩のせいで予定よりも早めに切り上げて帰る
- 自分は好まないが、友人たちは相手を水中に沈めたり取っ組み合いをしたがる

👥 登場人物
- 誕生日パーティーの出席者
- 子ども
- 売店の従業員
- 水に飛び込むのが好きな人
- 監視員
- メンテナンススタッフ
- 子守り
- 親
- 泳ぐ人
- 10代の子どもたち
- 水泳レッスンを受ける小さな子どもや大人

設定の注意点とヒント

ここでは屋外のプールについて記載しているが、天気や気候にシーズンを左右されることのない屋内の公共プールも多い。このような公共施設にはさまざまなタイプの人が集まるため、誰もが「人に見られている」という思いを抱きがちで、その場に馴染むためにいつもと振る舞いを変えたり、あるいはそのために本性を現してしまう人もいるだろう。たとえば近所に越してきたばかりの若い母親は、ちょっとした揉め事でほかの母親たちにしつけが悪いとみなされることを心配して、いつもより厳しく子どもに接するかもしれない。あるいは夏の間にできた新しい友人が、学校で人気者の女の子たちが日焼けをしたり男の子たちをチェックしにプールへやって来た途端、主人公のことを無視するようになるかもしれない。年齢にかかわらず、人に見られたり審査されたりしていると感じたとき、人は自分の価値を疑うようになり、その輪に加わろうとして普段の自分らしからぬ行動に出ることもあり得るのだ。

例文

プールから体を引っ張り上げると、私はザラザラしたコンクリートの上を重たい足取りで歩き、くしゃくしゃに丸めたタオルが置いてあるところに向かった。ストライプ柄の布にくっついている草を揺すって払いながら、水滴が雨のように体を流れ落ちていく。午後の太陽の下で数分寝そべれば、もうじゅうぶんに乾いて自転車で家に帰れるはずだ。

使われている技法
多感覚的描写、直喩、天気

得られる効果
雰囲気の確立

都市編 基礎設定

屋内射撃場
[英 Indoor Shooting Range]

関連しうる設定
郊外編 ── アーチェリー場
都市編 ── 軍事基地

👁 見えるもの

物販フロア
- 壁側やガラスケースの中に銃が並べられたラック
- 合法的な防犯グッズ（トウガラシスプレー、防犯ブザー、電子ホイッスル、催涙スプレー）
- ホルスターや銃のケース
- クリーニングキット
- 銃の保管用ケース
- 三脚
- 弾薬箱
- 射撃場のロゴが入ったTシャツや帽子
- 銃を運ぶためのダッフルバッグやカバン
- 耳を保護するイヤーマフ
- 紙製のターゲット（単色で一般的には人間の輪郭をしたもの）
- 射撃銃のレンタルコーナー
- 地元の店などのパンフレットや名刺
- 待合室（ソファ、テーブルと椅子、雑誌、テレビ）
- ルールや規制に関する掲示物
- ポスター
- トイレ
- 水飲み場
- 射撃場へと通じる二重構造のガラス窓

射撃場
- 吸音材製の壁
- 射撃場の奥に設置された突き抜け防止のゴム製の壁
- 番号がつけられたレーン
- 各レーンを仕切る防弾ガラス
- 各レーンの上部に沿って備え付けられた、紙製の標的（ターゲット）を移動させる金属製のレール
- 的の位置を前後に動かすボタン
- 標的までの距離を表示するデジタルの読取器
- 大型の銃を撃つ際に安定させるための三脚
- 銃を持ってイヤーマフや保護メガネを装着した常連客
- 座って撃ちたい人のための折りたたみ椅子
- お知らせの掲示（ルールや規制、安全に関する情報）
- 射撃をする人のケースやダッフルバッグを置くためのテーブル
- 消火器
- 使用済みの標的を廃棄するゴミ箱
- 床に散らばった艶やかな空薬莢
- 作業服を着てシューターたちに手を貸したり、その銃の扱い方を見張る監視員
- シューターの後ろ側にある壁に寄りかかったり、防弾のプレキシガラス越しに見守る見物人の列
- コンクリート床の上に引かれた乗り越え禁止の赤線
- 標的を撃ったときに周囲を舞う段ボールや紙の破片
- 標的を比較したり互いの銃を褒め合うシューターたち
- 室内に冷気を送ったり空気の流れを管理する大型の換気空調システム

🔊 聴こえるもの
- 発砲したときの大きく鋭い銃声
- 金属製の薬莢が「カチン」と床に落ちる
- 標的が「ウィーン」と音を立てて金属製のレール上を動く
- イヤーマフを通じて聴こえるくぐもった周囲の音
- ケースやダッフルバッグのファスナーを開ける音
- 銃に弾をスライドさせて込めるときの音
- 弾を込めた弾倉が「カチッ」とはまる
- 標的の状態を調べたりあるいはそれを持ち帰ろうと丸めるときに「カサカサ」と紙が音を立てる
- コンクリート床の上での足音
- ブーツで薬莢を脇に蹴飛ばす音
- シューターたちが互いに大声で話す
- 射撃場に入るドアの開閉音
- 射撃場所有の銃に装填して準備を整えたり、各シューターたちと安全手順について再確認する監視員の声

👃 匂い
- エアコン
- コンクリート
- 弾丸
- 火薬

👅 味
- 設定の中には、登場人物がその場面に持ち込むもの（チューインガム、ミント、口紅、煙草といったもの）以外に関連する味覚というものが特にない場合もある。特定の味覚がほとんど登場しないこのような場面では、ほかの4つの感覚を用いた描

おくないしゃげきじょう ― 屋内射撃場

質感とそこから受ける感覚
- 手に持つ銃の重み
- スベスベした木製の銃床
- プラスチックやラバーグリップのざらついた格子線
- 意を決して引き金に軽く触れる
- 引き金の抵抗力
- 適切なバランスをとるために重心を移動させる
- 発砲する前に呼吸を整えながら気持ちを落ち着かせる
- 銃声を耳にして本能的にまばたきをする
- 肩が圧力でグイと引っ張られ、痛みを伴う
- 銃声を聴いて胸に激しい衝撃を感じる
- 温度が調節された涼しい空気
- 強力な銃を発砲するときに全身をアドレナリンが駆け巡る
- 自分の射撃の精度を目にして喜んだりがっかりする
- 近くでじっくり見てみるために、滑らかな紙製の標的を外す
- 耳を包み込み、周囲の音を弱める保護用のイヤーマフ

物語が展開する状況や出来事
- 老朽化していたりきちんと保管されていなかった銃による誤射
- シューターの間で口論になる
- 常連客らと銃規制を求める活動家らの争い
- 空気清浄システムに欠陥があり、シューターが弾丸の燃えかすを吸い込む
- 銃弾が跳ね返る
- 落ちている薬莢にシューターが足を滑らせて転ぶ
- 射撃場が犯罪者たちによって運営されていることが発覚する
- 長きにわたる常連客が、発砲事件に関係していることが判明する
- 銃のマナーが悪い常連客(銃を振り回す、人に銃を向ける、自分の銃に適切な手入れを施さない)を追放しなければならない
- 所有している銃を使って客が自殺する

登場人物
- 退役軍人
- 銃愛好家
- 銃の所有者
- ハンター
- 警官
- もしものために備える人
- 観光客

設定の注意点とヒント
射撃場には、ここに記したように屋内のものも、屋外でより遠くの標的を撃つ施設もある(その場合、屋内よりも強力な銃を用いることが多い)。新しい施設だと、弾薬の燃えかすをシューターから遠ざけて急速な冷却を可能にするような空気清浄システムが完備されていることもある。反対に古い施設では最新の保安設備や警備設備が揃っていないため、みすぼらしいばかりでなく危険性も高い。レンタルできる銃の種類は、その射撃場が建てられた国、州(県)、各自治体の法令に沿っていることを頭に入れておこう。違法な銃はもちろん販売されていないし、場内での使用も禁止されているはずだ。

例文
服で覆っていない腕を温めようとさすりながら、見学エリアのコンクリートの壁にもたれる。一定の冷気を吐きだしているエアコンのせいで、私は凍えていた。各仕切りの後ろの床には空薬莢が散乱していて、誰かが発砲するたびに新たな分が飛び散り、仕切りにあたって跳ね返ったり鉄芯が入った監視員のブーツの上で弾かれたりしている。銃声のおかげで胸元の心臓が激しく叩きつけるので、音をかき消そうとイヤーマフを耳に押し当てた。トムは自分が申し込んだ「使命感」なんて名前のパッケージに含まれた武器のひとつで、AR-15とかいう銃を監視員に手渡されてバカみたいにニヤついている。とにかく、これに付き合ってあげたら、今度は私の絵の具を買いに画材屋を訪れることに文句ひとつ言わせないんだから。

使われている技法
多感覚的描写

得られる効果
登場人物の特徴づけ、感情の強化

都市編 / 基礎設定

オフィスの個人スペース
〔英 Office Cubicle〕

関連しうる設定
役員室、エレベーター

👁 見えるもの
- 柔らかい仕切り壁
- 机の上や壁に留められたネームプレート
- パソコンとヘッドセット
- 机の端にぶら下がる電気コード
- ゴミ箱
- キャスターつきデスクチェア
- 座席用クッション
- オフィス用品（ホチキス、ハサミ、ペン、蛍光ペン、メモ帳）
- 写真立てに入った個人的な写真
- 電話
- マグカップやペットボトルの水
- 軽食
- マグネットや大切なメモが貼られた書類棚
- 書類やファイルが置かれたデスクトレイ
- こまごました小物や私物
- 仕切りの壁にピンで留められた子どもが描いてくれたクレヨン画
- 出身大学の旗
- 仕切りの壁に貼られた絵はがきやポスター
- 机やパソコンのモニターに貼られたポストイット
- ティッシュの箱
- バインダーや説明書が入った棚
- 鉢に植えられた植物
- 季節に合わせた飾りつけ
- 写真や思い出の品が貼られた掲示板
- カレンダー
- ホワイトボード

👂 聴こえるもの
- 仕切られた他の仕事スペースから聴こえてくる声
- ほかの社員が集まって話している際の笑い声
- 電話が鳴る、もしくはビープ音
- キーボードを「カタカタ」と叩く
- プリンターから紙が出る音
- 椅子が回転したり「キィキィ」と音を立てる
- ホチキスが「カチッ」と鳴る
- 誰かのヘッドセットから漏れ聴こえる耳障りな音楽
- スナック菓子の袋が「カサコソ」と音を立てて開けられる
- ソーダ缶が「プシュッ」と開く
- 書類棚のドアがスライドして閉まる音
- 紙を捲ったりメモ用紙をちぎる音
- パソコンから小さく流れている音楽
- 誰かがペンを「コツコツ」と叩いたり「カチカチ」と鳴らす
- 電卓のボタンを押す音
- ファンが「ブーン」とうなる
- 本のページが捲られる音
- キャスターつきのカートが通路を進む音
- 足音
- 「チン」と鳴るエレベーター
- 掃除機の駆動音
- メンテナンススタッフがカーペットの上を掃く音
- 鉢にそっと水をやる音

👃 匂い
- サインペンや蛍光ペン
- 古いファイル
- ポプリや芳香剤
- 香りつきのキャンドルスタンド
- カーペット
- 清掃用品
- 除菌ハンドローション
- 香水やコロン
- ヘアスプレー
- 紙
- 段ボール箱
- 電子レンジで温めた昼食
- コーヒー
- バースデーケーキ

👅 味
- 切手や封筒を舐めたときのゴムのような味
- プラスチック製のペン
- コーヒー
- 紅茶
- ソーダ
- 水
- 自販機のスナック菓子
- 家で作ってきた軽食
- 家から持参した昼食（サンドイッチ、果物、ヨーグルト、チーズとクラッカー、サラダ）
- ドーナツ
- 誕生日を祝うカップケーキ
- 宅配ピザ
- テイクアウトの食事

✋ 質感とそこから受ける感覚
- 仕切りの壁のザラザラした詰め物入りの素材
- 背にもたれたときの椅子の弾力性
- クッション性のある椅子
- タイピングのしすぎで手首や指の関節が痛む
- 耳と肩の間に電話を挟んで首の筋を違える
- 背中の痛み
- 足がしびれないように位置

おふぃすのこじんすぺーす｜オフィスの個人スペース

- を変える
- 冷たい手と足先
- 机の下に置いてあるヒーターから出てくる暖かさ
- 首振り扇風機から断続的に届く突風
- 落ち着きのない動き（机の上でペンをコツコツ鳴らす、指でリズミカルに音を立てる、貧乏揺すり）
- ストレッチをするために立ち上がる
- お気に入りのペンが紙の上でサラサラと満足のいく動きをする
- 冷えたペットボトルの水やソーダ缶に付着した滑りやすい水滴
- 暖かさを求めて着ているセーターを体に引き寄せる
- 紙でできた切り傷
- 両手を温める入れたての紅茶やコーヒー

❶ 物語が展開する状況や出来事
- 自分の空間を尊重してくれない同僚
- こびへつらう同僚が上の社員にごまをすり、そうしない人たちの印象を悪くする
- 社員同士の権力争いや衝突
- 威圧的な、あるいは無能な上司
- 隣で働く社員が迷惑になる臭い（ニンニク、コロン、体臭）を放つ、またはイライラする音（カチャカチャとペンを鳴らす）を発する
- 自分のアイデアやクライアントを奪う同僚
- 無能、あるいは無責任な同僚と組まされる
- うっとうしかったり傷つくような悪ふざけ
- セクハラ
- 品質が悪かったり欠陥のある備品を用いて作業しなければならない
- 仕事と家庭の間で生じる葛藤
- 近くで自分のことが話題に上がっているのを立ち聞きする

❷ 登場人物
- クライアント
- 配達員
- 社員と上司
- 弁護士や広報担当者
- メンテナンススタッフ
- 清掃スタッフ
- 商談に出席するために来たほかの企業の社員たち

設定の注意点とヒント
社員は仕切られた自分の仕事スペースで膨大な時間を過ごすことになるがゆえに、この場所は人物の性格を色濃く示す空間になるはずだ。その人はどんな思い出の品を保有しているのか？ 空間はきちんと整理されているのか、それとも散らかっているのか？ 無味乾燥なのか、あるいは逆に飾りつけをしすぎているのか？ あるいは自分のものに対する執着心はどれくらいあるだろう？ このような問いに答えていけば、登場人物の作業スペースの様子は決められるし、人物自身と同じくらいユニークな仕事環境を生み出すこともできるだろう。

例文
蛍光灯がぷつんと消え、パソコンの光とデスクランプの薄明かりだけが頼りとなった。車輪にしっかりと油が差された清掃カートがそばを通り過ぎていく。漂白剤やガラスクリーナーの匂いで鼻がぴくぴくしたが、それでもマイクは仕事の手を止めなかった。まるで洪水の前に急いで山をこしらえるシロアリのごとく、彼の指はキーボードの上を勢いよく動き回っていた。

使われている技法
光と影、多感覚的描写、直喩

得られる効果
登場人物の特徴づけ

都市編 — 基礎設定

楽屋
[英 Green Room]

関連しうる設定
郊外編 — 豪邸
都市編 — クルーズ船、リムジン、ペントハウス、劇場、ロックコンサート、ラスベガスのショー、ヨット

◉見えるもの
- 清潔かつ魅力的な装飾
- くつろげる座り心地のよい椅子やソファ
- 飾り枕
- コーヒーテーブル
- 水や主要な酒類が補充してあるミニバー（ラム、ウイスキー、スコッチ、ウォッカ、ジン、ワイン）
- 冷蔵庫の中のソーダやカクテル
- ボウルに入った果物
- 氷の入ったバケツ
- カウンターに並べられた大皿にのった食べ物（野菜、果物、チーズ、シュリンプ）
- （一口サイズの軽食やサンドイッチ、皿とナプキン、コーヒー、砂糖菓子、ポテトチップス、アイスクリームなどが置かれた）小さなビュッフェテーブル
- （番組が放映されていたり、もしくは楽屋にいる芸能人がこれから向かうスタジオの状況がモニターされた）薄型テレビ
- 会場やスタジオの壁に、これまでパフォーマンスを披露したりインタビューを受けた有名人のポートレートやポスターが額に入って飾られている
- 心地よい音楽や環境音を流すステレオシステム
- 何冊かの人気雑誌
- 電話
- お洒落でゆったりできる空間を強調するようなアートワークや装飾
- 明るい照明と鏡のある化粧室
- ステージに上がる前に、台本カードや進行表に目を通している芸能人
- 芸能人の髪やメイクを直すスタイリスト

◉聴こえるもの
- 心地よい音楽（会場やその場にいる人々に調和した音楽）
- 腰を下ろしたときに革のソファがきしむ音
- グラスの中で「カラカラ」と鳴る氷
- 笑い声
- 背後から聴こえるテレビの音
- サポートスタッフが芸能人の支度を整える物音
- 砂糖菓子の包み紙やポテトチップスの袋が「カサカサ」と鳴る
- スナック菓子を「バリバリ」と噛む
- シャンパンのコルクを「ポン」と抜く
- ソーダ缶が「シューッ」と音を立てて開く
- エスプレッソマシンが「ギシギシ」と轟音を立てる
- ミュージシャンが声出しをする
- スタイリストがヘアスプレーをかける音
- イベントの前に芸能人にインタビューを行う記者の声
- イベント後にファンと対面しサインに応じる芸能人の声

◉匂い
- 温かな食べ物
- 芳香剤
- コロン
- 香水

- 汗
- コーヒー
- 柑橘類
- ビール

◉味
- 楽屋を使用する人物が持ち込んだ飲食物（アルコール類、軽食やスイーツ、肉、チーズと果物がのったトレイ、シュリンプカクテル、前菜や芸能人から特別に要望があった食べ物）

◉質感とそこから受ける感覚
- クッションの柔らかい座席にもたれる
- 本番前に気持ちを落ち着かせようとして、光沢のある雑誌をパラパラと捲る
- 室内の端から端まで行ったり来たりする
- インタビューや登壇前にストレッチをしたり、リラックスするための習慣をこなす
- バックステージパスを持ってきたファンにサインを書く際に、ボールペンやサインペンをしっかりと握る
- 食後に柔らかな布ナプキンで唇を軽く叩く
- シルクのネクタイを整えたり、衣装や服をグイッと引っ張る
- 髪を撫で上げる
- シャツやドレスのシワをとるように撫でつける
- 緊張をほぐそうとして、爪をいじくるなど悪い癖が出る
- メイクアップアーティストに顔をパタパタと軽く叩かれる
- スタイリストに髪をあれこれいじられる

がくや｜楽屋

- 背中や脇の下に汗が溜まる
- 熱く汗ばんだ手
- みぞおちが降下するような緊張感
- あがり症が押し寄せてくる

❗ 物語が展開する状況や出来事
- ほかの人たちと楽屋を共有することに個人的な葛藤を抱く芸能人
- 芸能人が楽屋の気に食わない部分に注文をつける（特定の装飾、食べ物、飲み物、ムードを作り上げるもの）
- あがり症
- バンドのメンバーが遅刻したり酒や麻薬で酔っている
- 泥酔したり、ハイになった芸能人が楽屋をメチャクチャにする
- 楽屋で違法行為が行われる（麻薬を使用する、売春婦を連れ込む）
- 未成年のファンや追っかけが楽屋に入ろうとする
- 警備員の失態により、気の狂ったファンやその他の脅威が楽屋に入り込む

👥 登場人物
- 芸能人および付き人
- スタジオや会場のイベントコーディネーター
- 追っかけ
- 芸能人が呼んだ特別ゲスト（コンテストの当選者、ツアーに同行している家族、取り巻きの軍団）
- スタジオやロケ先の地元司会者
- 芸能人やミュージシャンなどを取材するために招待されたテレビリポーター

設定の注意点とヒント

楽屋には非常にシンプルなものもある。司会者とともに本番やイベントのステージに登壇する前に、芸能人がただ待機するためだけのシンプルな部屋だ。座り心地のよいソファ、スタジオの様子を映し出すテレビ、軽食が置かれたテーブル、化粧室などが揃った標準的な部屋なら、人が絶えず出入りする短時間のインタビューにもじゅうぶん対応できる。しかし、激しいライブパフォーマンスの合間に途中休憩を挟んだり、カバーバンドが前座として演奏する間に楽屋で過ごす時間があるミュージシャンであったりすると、彼らは楽屋に特別な注文をつけるかもしれない。ヴィーガン（完全菜食主義者）の芸能人のために動物の皮革の使われていない調度品や野菜のみの軽食を用意したり、またはある特定のブランドの輸入品ミネラルウォーターを準備しなければならないなど、楽屋を管理する人々にとってこのような芸能人の要求というのは一種の試練である。この設定を物語に組み込む際には、それら特別なリクエストからどのような人物像が見えてくるのか、またそれが叶えられなかった場合にはどんな葛藤が芸能人との間に生じる可能性があるのかについて検討してみるとよいだろう。

例文

マーティンはリモコンを取ってジャズのスイッチを入れ、続いて背もたれのついた白い長椅子と、同じく白の布張りの肘掛け椅子に置いてあるプラム色の枕をふんわりと膨らませた。この楽屋に対する注文は非常に具体的だった。インテリアは白と紫のみ。冷やしたプロセッコを3種類、それぞれ別に氷の入ったバケツに入れておくこと。落ち着いたジャズ。それから妙なことに、ライム味のゼリービーンズ。紫か白でライム味をしたゼリービーンズがないものかとネットで探してみたが、あいにく存在しなかった。しかし、がっかりする代わりに、彼は緑色をしたビーンズを紫のガラスの器に入れて、万事上手くいくことを祈った。

使われている技法
対比、多感覚的描写

得られる効果
登場人物の特徴づけ、雰囲気の確立

カジノ
〔英 Casino〕

関連しうる設定
クルーズ船、競馬場、ラスベガスのショー

👁 見えるもの
- ドーム型防犯カメラが設置されたアーチ状の高い天井
- 明滅する照明や裏側から光で照らされたスロットマシン
- どこまでも同じ模様が続くカーペット
- スツールに座っているプレイヤー（ボタンを押している、酒を飲んでいる、煙草を吸っている、精算レシートを印刷している）
- 照明を反射してマシンの輝きを増幅させる鏡張りの壁
- 制服を着た従業員
- 給仕やディーラー
- ブラックジャックやその他のトランプゲーム用テーブル
- ルーレット
- クラップス用テーブル
- チップやサイコロが置かれたトレイ
- スーツ姿の警備員
- ロープが張られた高額レートの賭けが行われるテーブルやゲームエリア
- オンラインカジノ用の巨大なテレビモニター
- スクロールしてジャックポットを知らせる画面
- ATM
- （高級宝飾品、ハンドバッグ、葉巻、腕時計、服などを販売している）ブティック
- 流行りのレストランやバー
- 強化ガラスが張られた精算カウンター
- テーブルの上やマシンの近くに置き去りにされた飲みかけの飲み物
- 派手なポスターや華やかな芸術作品
- 酔っ払った常連客
- 売春婦
- サングラスをかけたポーカープレイヤー
- 写真を撮っている観光客
- 陳列された高価な景品（台の上を回っている自動車や特注オートバイ）
- カジノと提携しているビュッフェやショーのクーポンを配る従業員
- ホテルのほかの階に通じるエレベーター

👂 聴こえるもの
- 自動ドアの出入り口が「シュッ」と音を立てる
- 電動で回転するスロットマシンの音
- ボタンを強く叩く音
- 独り言を呟いたりマシンに向かって悪態をつく人
- 誰かが勝ったときに「カンカン」と響き渡る音
- 笑い声を上げたり話したりする人
- カジノをしながら飲み物を注文する客の声
- トランプが機械によってシャッフルされる音
- トリック数を宣言する前に、ポーカーのプレイヤーがカチャカチャとチップをいじる
- ルーレットボールが「カチャン」と音を立てる
- ベットを募るディーラーの声
- スタッフのトランシーバーから聴こえてくる雑音混じりの返事
- フェルトの上をサイコロが転がる音
- 「キィキィ」と鳴るスツール
- 飲み物の中で溶けて「カラカラ」と音を立てる氷
- 音楽や別の部屋から聴こえてくる生演奏の歌声
- モニターに表示されたディーラーのあらかじめ録音された声
- 携帯が鳴る
- 誰かが大勝利を収めたときの周囲の歓声

👃 匂い
- 煙草や葉巻の煙
- 古いカーペット
- 香水
- コロン
- アフターシェーブローション
- 汗
- 食べ物の匂い
- 金
- 熱を持った機械
- 芳香剤
- エアコン
- ビール臭い息

👅 味
- 水
- ソーダ
- アルコール飲料
- チューインガム
- ミント
- 刻み煙草
- 煙が出ない味つきの電子タバコ

✋ 質感とそこから受ける感覚
- 足元の薄いカーペット
- 涼しいエアコン
- 詰め物が入ったスツールや椅子
- ツルツルしたカード
- プラスチック製のチップ
- フェルトに覆われたテーブル
- 木のテーブルの縁

かじの｜カジノ

- スロットマシンの金属製アーム
- スベスベしたプラスチックのボタン
- 賭けに力を注ぎ過ぎたときに伝う汗
- 熱すぎる服
- 鼻の下にずり落ちてくるサングラス
- 人ごみの喧噪
- こぼれたビールを踏む
- べとつくスロットマシン
- 自分のチップに手を伸ばしたときに袖がフェルトを引っ張る
- 手の中やカップの中で「カタカタ」と鳴るサイコロ
- 汗ばんだ手をズボンを穿いた足にこすりつける
- 唇に触れる冷たい飲み物
- 幸運を祈ってサイコロにフッと息を吹きかける
- チップの重みでシャツや上着のポケットが垂れ下がる
- 精算の際にスロットマシンからレシートを引きちぎる

❶ 物語が展開する状況や出来事
- 酔った人々がポーカーに負けてひと騒ぎ起こす
- 給仕スタッフの体に触る男性客
- スリ
- 飲み物をこぼす
- 泥酔し部屋まで付き添いが必要な人々
- ビュッフェで食事をしたあとに具合が悪くなる
- 有名人を警護する一団が、やや過剰に攻撃的なふるまいに出る
- カジノにて、一晩で週末分の金を失う
- 友人に置いていかれる
- 未成年者が賭け事をしようとする
- 警備員に見つからないようにトランプを数えようとする
- 店のルールに反して密かにチームを組んでいるギャンブラーたち
- ギャンブル依存者と、その人を愛し道理をわきまえてほしいと思っている人の間で口論が起きる
- 売春婦とは知らずに相手をナンパする

❷ 登場人物
- バーテンダーおよび給仕
- 著名人
- 犯罪者
- ギャンブル依存者
- ホテルやカジノの従業員
- 常連客
- 警備員や警察官
- 休暇で訪れている人

設定の注意点とヒント
ホテルの一部として運営されているカジノの場合だと、どこも同じような壮大な様式で飾り立てられているはずだ。天井は低いことも高いこともあり、築年数や空気清浄システムの効き具合によって、室内の空気の質は異なるだろう。いくつかのカジノを訪れてみても、様子や印象はどこも同じに見えてくるものだが、ギャンブル愛好家にとってはその中にピンとくる店があり、自分の運はその建物と関係しているのだと信じ込むことがあるという。大きく無秩序に広がった空間を持つカジノの場合、どこを向いても似通った光景が見られるので迷子になったような気がするかもしれない。いくつか目印となるものを設置しておけば（ポーカーの特賞として台の上を回る自動車、過去に店内で演奏を披露した人々の蝋人形、ロビーやビュッフェの方向を示すために天井から吊るされた標識）、登場人物にとって方角を掴む役に立つだけでなく、ここでの体験をあたかも本当の出来事のように読者に感じ取ってもらうことができるだろう。

例文
俺は軽蔑の気持ちを表に出さないようにしつつ、カードを配った。オンラインカジノでちょっと儲けたくらいで一流のプレイヤーになったと思い込んでのぼせ上がり、コロンをつけまくった負け犬たちが毎晩俺のテーブルにやって来る。そして、夜が更ける頃には、まるで警官が通りから引っ張って来て面通しの列に並ばせるような連中の姿に変わるのだ……猫背で不機嫌そうな目をして、それにプライドのおかげで空っぽになったポケットを携えて。

使われている技法
多感覚的描写

得られる効果
登場人物の特徴づけ

ガソリンスタンド

[英 Gas Station]

関連しうる設定
洗車場、コンビニエンスストア、駐車場、サービスエリア

👁 見えるもの

外
- 黒ずんだガスポンプ
- 溢れ返ったゴミ箱の周りを飛ぶカリバチ
- 従業員が前屈みになり、柄つきワイパーで虫の死骸が付着した窓を拭く
- 満タンの価格に不平を漏らす客
- ペーパータオルのディスペンサー
- ドア付近の荷台に置かれた窓のウォッシャー液の容器
- 「ポンプのところでお支払いを」と書かれた看板
- 陳列されたモーターオイル
- 鍵のかかった製氷機
- 薪の入った袋
- 現在の石油価格を表示した大きな看板
- 建物や屋根に取りつけられた防犯カメラ
- ポンプの周りを囲む黄色い縁石線
- 汚れて落書きだらけの店内の客用トイレ
- 併設されたコンビニの特売品を宣伝した窓の貼り紙
- 空気ホースや複式ポンプへの接近を阻む巨大なRV車
- 泥だらけのオフロードトラックやオートバイ
- 車やトラック
- ひび割れた歩道上にある石油のシミ
- 地下タンクに給油するために操作が難しい給油車

中
- 手動ドアや自動ドア
- 食べ物でいっぱいの棚（ポテトチップス、スナックバー、トレイルミックス、クッキー、甘い菓子）
- ごく限られた品種の惣菜コーナー
- 飲み物が陳列された冷蔵庫（ソーダ、フルーツジュース、牛乳、水、アイスコーヒー、栄養ドリンク、ビール）
- 出来合いの食べ物が置かれた小さな仮設フードカウンター（ピザ、ホットドッグ、チュロス、サンドイッチ、フライドチキン、ポテト）
- 雑誌や新聞のラック
- 新鮮な果物の入ったカゴ
- レジ（レジ打ちをする店員、煙草が並ぶ一角、成人雑誌、宝くじ）

🔊 聴こえるもの

外
- 給油キャップを開ける音
- ポンプが始動したり止まるときの金属性の騒音
- ガソリンが「ゴボゴボ」とホースを流れる
- 停車中の車から流れてくる音楽
- 車が往来で道路を「ブーン」と走る
- トラックの中で犬が吠える
- 自動車旅行で車内に閉じ込められた子どもたちの騒ぐ声
- オートバイのエンジンをふかす音
- エンジンが「ピュン」と冷却される音

中
- レシートがデビットカード端末から出てくる音
- コーヒーマシンが「ゴボゴボ」とコーヒーを抽出する
- フローズンドリンクの機械が「ブーン」と音を立てる
- ラジオから流れる曲
- プラスチックのカウンターに「パチン」と置かれるクレジットカード
- ポテトチップスの袋を「ガサガサ」と開けたり、ストローの包み紙を開ける音
- レジのトレイに小銭が「チャリン」と置かれる音

👃 匂い
- ガソリン
- 汚れたモーターオイル
- 熱い太陽に照らされて腐ったゴミ
- トラックのバックミラーに吊るされた芳香剤
- 排ガス
- 日焼けした歩道

👅 味
- ドライブ用の食べ物や飲み物（栄養ドリンク、コーヒー、炭酸飲料、甘いフローズンドリンク、塩気のあるポテトチップス、砂糖がついたミニドーナツ、ビーフジャーキー、チョコバー、栄養バー）
- 紙巻き煙草や噛み煙草

✋ 質感とそこから受ける感覚
- ゴム製ガソリンノズルの汚れた感触
- ポンプが満たされていくにつれて圧力を保つためにぎゅっと押す
- 車内のゴミを取り除いているときの、古いテイクアウト飲料やアイスのカップの湿っ

がそりんすたんど — ガソリンスタンド

- たべとつき
- ディスペンサーから取ったペーパータオルのざらつき
- 腿や足元を流れる柄つきワイパーの汚水
- 汚れた車のドアやパネルから出る粉のようなホコリ
- 支払いのため端末にカードを押し込む
- ノズルを外したときに足元に滴り落ちるガソリン
- 機械からレシートをちぎる
- 再び車に乗り込んだときのシートの柔らかな弾力性
- ポンプに触れたあとでつける冷たい殺菌ジェル

❶ 物語が展開する状況や出来事
- 支払いをせずに車が立ち去る
- 強盗
- 酔っぱらいや不注意な運転手が車でポンプや店に接近しすぎて衝突する
- 客同士の口論
- ガソリンが不足しているために長蛇の列ができて客が短気になる
- ポンプの間に駐車し、両側にアクセスできないようにする無礼な運転手
- 小銭やしわくちゃな小額のお札で支払おうとする人
- 宝くじやスクラッチを大量購入してレジの列を詰まらせる
- トイレを使いたいがそのひどい有り様に嫌悪感を抱く
- 自分の車に間違った種類のガソリンを入れる
- セルフ式クレジットカード画面の故障でポンプが正常に作動しないため、併設のコンビニに行ってカード払いを済ませ、レシートにサインをしなければならない
- 車が停まるたびに叫びだす赤ん坊

👤 登場人物
- 客
- 配達員
- スタンドの従業員
- ガスタンクの運転手
- 自動車に乗った子どもたち

設定の注意点とヒント
人殺し、連続殺人犯、精神病院の通院患者、ポルノスター、教育ママ、修道女、薬物中毒者、さらには警官にいたるまで、とにかく誰もがガソリンを必要としている。それが人生における事実だ。ガソリンスタンドというとひねりのない設定に思えるかもしれないが、実はその真逆である。ぶつかり合うような登場人物を数名寄せ集め、防犯カメラを何台か準備すれば、これでもう見事な出来事や状況を引き起こすのにおあつらえの舞台が出来上がるのだ。

例文
仕事に大幅に遅刻した日に限って、4台のポンプはすべて埋まっていた。俺は汚れた黄色いバンの後ろにつけると、太鼓腹の運転手がさっさと終わってくれるのを祈りつつ、指でハンドルをコツコツ叩きはじめた。ようやく、彼がノズルを叩いてホルダーに戻す。姿勢を正すと、俺はギアをドライブに入れる準備を整えた。しかし、男がバンに乗り込む一方で、スライドドアが開いたかと思うと、中から6人もの子どもが巣から脱出するアリのように飛びだしてきたではないか。彼らは大急ぎで製氷機とモーターオイルの棚を通り過ぎて、コンビニの自動ドアへと吸い込まれていく。俺はヘッドレストに勢いよく頭を打ちつけた。どうやらこの列で死を迎えることになるらしい。

使われている技法
誇張法、直喩

得られる効果
時間の経過、感情の強化

345

鑑別所
〔英 Juvenile Detention Center〕

関連しうる設定
郊外編 ── 児童養護施設
都市編 ── 法廷、ホームレスシェルター、パトカー、警察署、刑務所の独房、精神科病棟

👁 見えるもの
- 金網フェンスで囲われた施設
- 壁に取りつけられたベンチとトイレがある狭い拘置所
- 小さい窓と頑丈な備品のあるコンクリートや軽量コンクリートブロック製の部屋
- さびつきや引っかき傷が見られる金属製のドア
- 数台の二段ベッドや折りたたみ式ベッド
- 落書きされた壁
- ステンレスのトイレとシンク
- 薄いマットレスと枕
- 標準仕様の服(スクラブ、つなぎ、Tシャツ、スウェット、靴下、ボクサーパンツ、スニーカーやスリッポン、識別用の腕輪)
- 独房
- 放送システムと防犯カメラ
- 厳しく施行される一日の予定の掲示
- バスケットボールのコート
- 芝生やコンクリートの屋外エリア
- 看護師や医師が勤務にあたる保健室
- 図書室
- 調理場
- 多目的レクリエーションルーム(ソファ、テーブルと椅子、壁に取りつけられたテレビ)
- テーブルや椅子がある面会エリア
- グループ・個別心理療法のための施設
- 庭
- 基本的な備品がある教室(生徒の机と椅子、教師の机、鉛筆と紙、教科書、ホワイトボード、壁に貼られた視覚教材)
- 個室の外に脱いであるスニーカー
- 監視下でパソコンを利用する
- 決められた時間のみ利用できる数台の電話

👂 聴こえるもの
- 廊下での反響音
- コンクリートの壁のために大きく聴こえる雑音
- 声や笑い声
- タイルの上で「キュッキュッ」と鳴る靴
- ドアが「ガチャン」と閉まる
- 電子ロックのドアが「ブー」と鳴って開く
- スピーカーから聴こえてくる声
- 教師が教室で指導する声
- 屋内または屋外コートでバスケットボールが弾む音
- 入所者がレクリエーションルームでゲームをしたりテレビを見たりする音
- 入所者同士の口論(馬鹿にする、怒鳴る、悪態をつく)
- 見物人が輪になって集まる殴り合いの喧嘩での騒音
- 大勢の集団が食堂で食事をするときの物音
- モップが床の上を「シュッ」と滑る音
- 部屋で誰かが読書しているときのページを捲る音
- 職員が規定に従って部屋のチェックを行うときの声
- 廊下を通る足音
- 相部屋の入所者の発する物音(話す、声に出して本を読む、歌う、鼻歌または口笛、いびき、ベッドで体の向きを変える)

👃 匂い
- 食堂の食べ物
- 床磨き
- 汗
- トイレの臭い
- 教室のホワイトボードのマーカー
- 図書室にある本の紙の匂い

👅 味
- 食堂の食べ物
- 歯磨き粉

✋ 質感とそこから受ける感覚
- 冷たいコンクリートの壁
- 狭い部屋に閉じ込められて気が変になる
- だぼだぼの服
- 背中にあたる金属やコンクリートの寝台の感触を和らげることにあまり効果のない薄いマットレス
- ひんやりしたスチール製のトイレ
- 手首を上下するプラスチックや金属製の識別腕輪
- 運動の時間に外に出たときに肌に当たる陽射しや風
- 法務教官や精神科医に呼び出され緊張して落ち着かなくなる
- 愛する人からの手紙の感触
- レクリエーションルームのソファに沈み込む
- 教室で紙の上を走る鉛筆
- 金属トレイの上をこする銀食器
- 薄い毛布

❶ 物語が展開する状況や出来事
- ほかの入所者との対立

かんべつしょ — 鑑別所

- ギャングや人種に関係した葛藤
- 過度に好戦的な看守
- 不眠症
- 将来について心配になる
- 閉所恐怖症
- じゅうぶんに体を動かしていないために落ち着かない
- 学問に適応できず、学習することが難しい
- 退屈
- 冤罪で捕まる
- 面会日に家族と衝突が起きる
- 面会を拒む家族
- 心理療法で、入所者が過去に負った心の傷と向き合うことを強要される
- 仲間からの圧力
- 看守から暴力を受けたり放置されたりする
- 予算の削減により、施設のじゅうぶんな資源や人材を確保することが難しくなる
- その施設に悪いイメージがつきまとっている

登場人物
- 法務教官
- 武装した看守
- 医師および歯科医
- 用務員
- 調理場スタッフ
- 弁護士
- 看護師
- 精神科医
- 入所者
- ソーシャルワーカー
- 教師
- 面会者

設定の注意点とヒント
鑑別所は刑務所ではない。審理を待つ少年犯が必ず入る一時的な収容施設である。ときに裁判官は特定の子どもに対し、もう少し長めに鑑別所に留まる方が有益だと決定を下し、長期にわたり入所することになる人物もいる。また、このレベルの治療や処置に子どもが更生反応を示さない場合には、事実上の刑務所である少年院に転送される場合もある。

例文
薄いマットレスに横になり、ミアはなんの役にも立たない毛布を目元まで引っ張り上げる。広げても足まで届かないのなら、ずっとついたままの明かりを遮るのに使う方がましだろう。靴が廊下でキュッキュッと音を立て、彼女の部屋の前で立ち止まってから通り過ぎていく。これまでにいったい何人がこうして通過していったのか、そもそもこの箱の中に何時間、何日間、いや何週間閉じ込められているのかももう数えきれなくなった。彼女は罠に捕らえられたネズミだったが、そんなのはどうでもいいことだ。罠というのは、彼女のような者が絶対に出口を見つけられず、粗末なチーズのかけら以外に何も期待できないようにさせるために仕組まれた迷路のほんの一部なのだから。おいしい話には、必ず代償が伴うのだ。

使われている技法
隠喩、象徴

得られる効果
雰囲気の確立、時間の経過、感情の強化

都市編 基礎設定

救急救命室
[英 Emergency Room]

関連しうる設定
救急車、交通事故現場、病室、待合室

◎見えるもの
- 使い古された椅子がびっしりと並ぶ待合室に通じる自動ドア
- さまざまな程度の怪我や病気を抱えた患者たち（骨折し鼻から血を流している、切り傷、擦り傷、打撲、嘔吐するため容器を抱えている、負傷した箇所にアイスパックをあてる、医療用マスクを着用する、泣く、隣の人に掴まって支えてもらう）
- 患者を愛する人々がその容態を聞くために待っている（雑誌や本を読む、機器を使ってネットサーフィンをする、ハンドバッグを握りしめる、腕にかけた上着をぎゅっと掴む、椅子で眠る、あたりを行ったり来たりする）
- ゴミ箱
- テーブルの上に置きっぱなしの飲みかけのコーヒー
- 乱雑に積んである新聞や雑誌
- 色分けされたスクラブを着た従業員（看護師、雑用係、清掃スタッフ）
- 伝染性の病気の疑いがある患者をほかの患者と引き離すための仕切りカーテンやガラス
- ガラス張りの入院手続きカウンター・受診受付カウンター
- 問診中のスタッフ
- トイレ
- 除菌用ハンドローションが置かれたスペース
- 自販機
- 病院内のほかのエリアの方向を示した案内表示
- 救急隊員が犠牲者の手当をしながらスピーディに移動するストレッチャー
- スクラブや白衣に身を包み、あたりを通り抜けていく医師
- 車いすに乗った人
- 待たされていることに大声で愚痴をこぼす中毒者
- 一箇所に集まって心配する両親や友人
- 親の腕の中に身を寄せる小さな子ども
- 乗客を迎えに来るタクシーの運転手
- 包帯を積んだカート
- 首にかけられた聴診器
- ひそひそと話す人々
- 施設を巡回する警備員
- トリアージ（識別救急）を行うエリア
- 骨折箇所にギプスをあてる部屋
- X線・CTスキャン室
- 患者が待つ個室への引き戸（中で患者がベッドに横たわっている、点滴ポールにつながれている、血圧計のカフをつけて看護師に測定されている、心電図モニターをつけている）

◎聴こえるもの
- ささやき声
- 泣き声
- 苦しげな呼吸音
- 誰かが吐き気を催し嘔吐する音
- うめき声やしくしくと泣く声
- 愛する人が小さな声で祈りを唱えている
- 「カサカサ」と鳴る新聞
- 人々の口論
- 雑誌のページが捲られる音
- ガラス扉の開閉音
- 患者を入院手続きカウンターに呼ぶ声
- 放送で誰かが呼びだされる
- 警察または警備の無線
- 看護師の落ち着いた声
- 「カサカサ」と鳴る書類
- 誰かが用紙に記入するためにペンで走り書く筆音
- 罵り声
- 酔っぱらいの不明瞭な声
- 自販機で小銭が「チャリン」と鳴る
- スナックバーや炭酸飲料が「ガタン」とトレイに落ちる
- 外に停まる救急車のサイレン
- 救急カートやストレッチャーのきしむ車輪
- 除細動器の充電音
- 「ピッピッ」と鳴る心電図モニター
- 保護包装から医療品（包帯、注射、チューブ）を引っ張り出す音
- カーテンが勢いよく閉められる音
- 救急隊員が看護師に対して簡潔にバイタルサインを報告する声
- 医師が大声で指示を出す
- 医療用ワゴンの引き出しを「サッ」と開けたり「バタン」と閉じたりする音
- 叫び声

◎匂い
- 消毒剤
- 清掃用品
- 除菌ローション
- 嘔吐
- 体臭
- 酒臭い息
- エアコンもしくはフィルター

救急救命室

の空気
- 血

🔵 味
- 設定の中には、登場人物がその場面に持ち込むもの（チューインガム、ミント、口紅、煙草といったもの）以外に関連する味覚というものが特にない場合もある。特定の味覚がほとんど登場しないこのような場面では、ほかの4つの感覚を用いた描写に専念するのがよいだろう。

🔵 質感とそこから受ける感覚
- あまり快適ではなく座席スペースも狭い、ビニール椅子や薄いクッションの椅子
- 腕に食い込む金属の手すり
- 手首を滑るビニールの入院患者用リストバンド
- チクッと肌を刺す点滴の注射針
- 不安や心配
- ベッドが上げられたり押されたりする
- 傷口を診るために、看護師または救急隊員によって自分の体が動かされる
- 痛む箇所を医師によって綿密に調べられる
- ベッドからベッドに移されるときに痛みが増す
- 痛み止めが効いてきたときの幸せな解放感
- 体温が危険なレベルまで上昇し、激しい寒気や熱を感じる
- ショック状態を伴う制御のきかない震え
- 特定の負傷に伴う痛み
- さまざまな病気の症状

🔵 物語が展開する状況や出来事
- 薬物使用のため被害妄想に陥ったり暴力的になったりする人物
- 救急救命室のスタッフに負担がかかりすぎる大規模な事故（市バスを巻き込む事故、アパート火災、テロ攻撃）
- スタッフの数が足りない
- 治療が必要だが適切な書類がない、または保険に入っていない
- 空気感染する病気が即座に広まり、周囲も感染する
- 睡眠不足の医師に治療される
- 医薬品に対してアレルギー反応が出る
- 病歴について正直に申告しない患者の治療を試みる
- ささいな症状で入院した患者に深刻な問題が発覚する
- 患者（子ども）が亡くなる

🔵 登場人物
- 管理スタッフ
- 医師
- 患者を支える家族や友人
- 看護師
- 雑用係
- 救急隊員
- 警官
- 病人またはけが人

設定の注意点とヒント
病院の救急救命室は、財政的な支援や、サービス提供地域の規模、そこでおもに扱われる救急症状によって少しずつ異なってくる。たとえば犯罪発生率の高い地域にある場合、その病院はセキュリティも厳しく警備員の数も多いはずだ。刺されたり撃たれたりするような患者の処置にも慣れているだろう。一方で、小さな町の病院で扱われる患者は医師の診察を待てないほど具合が悪くなった子どもや、骨折や心臓まひ、自動車事故や発作に見舞われた子どもであることが多いため、セキュリティはよりゆるいことが考えられる。

例文
救急救命室の待合室に入った途端、咳と空咳とぜーぜー苦しそうに息を切らす音のシンフォニーに出迎えられたベッキーは、一番近くにある抗菌ハンドローションを見つけると、スロットマシンで次から次へと稼ぐギャンブル中毒者のごとく、何度もポンプを押してそれを手に塗りたくりはじめた。

使われている技法
直喩

得られる効果
雰囲気の確立

都市編 / 基礎設定 / き

居住禁止のアパート
[英 Condemned Apartment Building]

関連しうる設定
路地、救急車、ホームレスシェルター、パトカー、荒廃したアパート

👁 見えるもの
- 硬くなった塗料や剥がれた壁紙
- 色とりどりの落書き（サイン、人種差別的な中傷、でたらめの番号、メッセージ）
- ゴミが散らばる床（壊れた石壁やガラス、ビールの空き缶、酒の瓶、くず、ぼろ切れ、古びた汚いマットレス、煙草の吸い殻、使用済みの針）
- ネズミが噛んだ断熱材が飛び出ている、壁のでこぼこした穴
- 壊れた漆喰
- 蝶番が壊れているドア
- ガレキの間をサッと横切るドブネズミ
- ここで寝たりパーティーを開いたりする不法占拠者
- ゴミだらけの階段
- 入口付近にある、さびていたりでこぼこした郵便受け
- 古い照明器具にかかっているクモの巣
- 壊れたエレベーター
- むきだしのパイプや、天井の穴から垂れ下がるたるんだ輪状の配線
- 剥がれた床材
- 古いくたびれたじゅうたんもしくはカーペット
- 汚れた窓（窓枠がない、格子が錆びている、上から板が打ちつけられている）
- コンドームの袋
- 崩れたレンガやその他のガレキ
- 黄色く変色した新聞紙や粉々になった鏡
- 汚れたトイレ
- 廃棄物でいっぱいの浴槽
- 以前の居住者が蹴り飛ばしてついた壁の汚い染みや足跡
- 壊れた家具
- 廃棄された私物（使えない掃除機、粉々になったテレビ、マグカップ、電化製品、斜めにかかっていたり床に落ちていたりするさえない絵画、雑誌、クッションがない古びたソファや椅子）
- ほこりで覆われた通気孔
- 食器棚の開けっ放しの扉
- ネズミの糞や死んだハエに覆われた棚
- 隣の部屋が見える壁の穴
- ほこりの筋が付着した階段の吹き抜け
- むき出しの鉄筋
- 照明のスイッチやドアノブがなくなっている
- 引き出しが開けっ放し、もしくは中身が見当たらない
- ゴキブリ
- 破壊された本棚やカウンター
- 動物の死骸
- 使われなくなった巣
- 壁の腐食や黒ずんだカビの染み
- 窓台やベランダに生えている雑草

🔊 聴こえるもの
- 押し開けるときに「キィキィ」と鳴るドア
- 壊れた窓枠から「ヒューッ」と音を立てて入り込む風
- ハエが「ブーン」と飛ぶ
- 断熱材を噛んだり壁の裏を走り抜けたりするドブネズミやハツカネズミ
- 足元でガラスやガレキが「バリバリ」と割れる
- 中にいる人たちの声
- 建物が「ミシミシ」ときしむ
- 上階を歩く足音
- 近くにいる人が壁を打ち砕いたり家具を引きずる音
- 嵐のときに滴り落ちる水の音
- 外から聴こえてくる車の騒音

👃 匂い
- 腐ったカーペット
- 建物のカビ
- カビたクッションや布地
- 土
- マリファナ
- 排泄物
- 体臭
- 死物
- 湿った犬の毛
- 冷蔵庫から漂う悪臭

👅 味
- 安物の酒のヒリヒリする味
- マリファナを肺に吸い込む
- ハイになるために吸引する麻薬や覚せい剤の辛く苦い味
- 安いファストフード
- ゴミ箱から見つけてきた食べ物
- ほこりっぽい空気

✋ 質感とそこから受ける感覚
- 壊れた家具や漆喰の破片が散らばる床を注意深く進む
- 足元でバリバリと砕けるガラス
- 指についたり服に筋をつけるカウンターのほこり
- 内部で何かが巣を作っていないか確かめるために、古いソファに木材やパイプを叩きつける
- じゅうたんや古いクッション

きょじゅうきんしのあぱーと ― 居住禁止のアパート

- を敷き詰めた祖末なベッドで眠る
- 肩でドアを乱暴に開ける
- 踏むと少しへこむ、床の柔らかくなった箇所
- 雨風にさらされてびっしょり濡れたカーペットがピシャピシャと音を立てる
- 非常階段のさびた手すり
- 自分の体重で動いたり揺れたりする非常階段
- 壊れた窓から入り込む冷たい隙間風に感じる肌寒さ

❶ 物語が展開する状況や出来事
- 建物の状態が危険になる（崩れた床、ボロボロで今にも壊れそうな階段）
- 内部に不穏なものを発見する（血、死体、血が関係する儀式を行った痕跡）
- 建物が敵対しているギャングの縄張りにあり、利用者が危機にさらされる
- 中にいるときに何者かに襲われる
- 赤ん坊の泣き声を耳にする
- 転倒して怪我を負うものの、助けを呼ぶことができない
- 中にいるときに超常現象を体験する
- 建物内の不法占拠者を追いだすために、警官が頻繁に現れる

❷ 登場人物
- 建築物調査員
- 麻薬使用者
- 消防士
- ギャング
- 救急隊員
- 警官
- 不法占拠者

設定の注意点とヒント
その建物が使われなくなって何年経つのか、また使用禁止判定を受ける際にはきちんと閉鎖されていたかどうか（窓を板で封じたり、ドアにチェーンをかけて封鎖したり、水道管を空にする）によって、腐朽の度合いは変わってくる。値打ちのあるものはすでにすべて略奪されたり取り除かれたりしているかもしれないが、なにか風変わりなものがどこかの一室に隠されているのを発見する可能性がないとは言い切れない。このような建物はコカインの密売所になることも多い。見知らぬ人々がここで薬物を売買し、共有し、ともにハイになる。失うものがほとんどなく、自暴自棄になっているこうした人々の集いは、登場人物にとって危険な環境を生み出すだろう。

例文
紅茶のシミのついた弱々しい明かりが、階段の吹き抜けと足元を覆う破片を照らす。壊れた壁から、まるで死体のはらわたのように飛びだしている配線を避けながら、俺はゴミやドブネズミの糞が散らばる中を進んだ。数歩行くごとに立ち止まり、建物のきしみと隙間風で動く紙の音以外何も聴こえてこないことを祈りつつ、耳を澄ませる。空っぽであれば、こういう古い建物は一休みするのに最適の場所だった。しかし実際は人がいないことなどほとんどない。ほかの連中がしょっちゅうやって来ては、眠らずに破壊的な性欲処理に及ぶため部屋を使ったり、あるいは部屋にいる誰かを利用したりするのだ。

使われている技法
光と影、多感覚的描写、直喩

得られる効果
雰囲気の確立、緊張感と葛藤

銀行
〔英 Bank〕

👁 見えるもの
- ガラス張りの出入り口
- 光沢のある床に敷かれたマット
- 周辺に配置された警備員
- 防犯カメラ
- 列の先頭まで顧客を案内するロープが張られたエリア、および片側の壁に沿って一列に並ぶ窓口
- チェーンにつないだペンが置かれた、預金伝票や記入用紙を書くためのテーブル
- 窓口（計算機やコンピューターにアクセスしている、現金やトラベラーズチェックの入った引き出し、書類用の戸棚、プリンターとファクス機、印鑑とスタンプ台、シュレッダーのコーナー、鍵のかかった引き出し、引き落とし用機械）
- 出入り口付近や外に設置されたATM
- 壁に掲示された住宅ローン利率の表示
- 為替レートの書かれた掲示板
- 安全な投資を呼びかけるポスター
- 待合室（カップ式自販機、雑誌、プラスチック製の椅子）
- デスクの後ろにいるフロアマネージャー
- ローンや投資用の個室
- 金庫室や貸金庫につながる廊下
- タイル張りの床
- 大きなガラス窓
- ゴミ箱
- 長蛇の列（両足に交互に体重をかける顧客、財布・小銭入れ・預金の入った袋などを手に持っている人々）

👂 聴こえるもの
- 札束が手で数えられる際に「パラパラ」と鳴る音
- 金額をすらすらと述べる窓口係の声
- 印鑑が書類に「ズン」と押される音
- 並んでいる次の顧客を呼ぶ窓口係の声
- 店内に小さな音で流れる音楽
- 人の咳
- 人々が小声で話す
- 「ゴボゴボ、シューッ」と鳴るカップ式自販機
- すり足で列を進む足音
- 戸や引き出しの開閉音
- 「カタカタ」とキーボードを叩く音
- 走り書きをする筆音
- 財布や預金の入った袋を開ける音
- キャッシュカードがカウンターに「ピシャリ」と音を立てて置かれる
- 機械から領収書が出てくる音
- 「ブーン」と鳴るファックス機
- 「コツコツ」と床を踏むヒール
- エアコンや暖房器具が轟音をたてる

👃 匂い
- クリーナー（松の精油、レモン、アンモニア）
- 紙
- 熱を持った電子機器（ほこりっぽく生臭い）
- 空気中に混ざった香水やコロンの香り
- 口臭
- 裏の休憩室で温められる食べ物
- ヘアケア製品

👅 味
- ボウルに入った安物のキャンディ
- ミント
- ガム
- 水
- コーヒー
- 紅茶
- 職員が休憩中に食べるために買ってきたサンドイッチや家から持参した食べ物

✋ 質感とそこから受ける感覚
- 重たかったりべとついたドアを押し開ける
- 待たされている間に身体の重心を移動させる
- 小切手や預金伝票をぼんやりと捲る
- あばらや腕に食い込むサービスカウンターの尖った縁
- 短すぎるコードでカウンターに取りつけられたペンの使用に四苦八苦する
- ピン札
- くっついて数えにくい札
- ツルツルした領収書
- 太陽をさえぎるため、もしくは他人に画面が見えないようにするためにATMを身体で覆う
- 紙による切り傷

❗ 物語が展開する状況や出来事
- 銀行側のミスによって金が行方不明になる
- 銀行の機械が顧客のカード

ぎんこう ― 銀行

を飲み込む
- いらだって割り込む顧客
- 強盗
- 医療緊急事態（顧客が倒れるまたは発作を起こす）
- 権力をひけらかす警備員
- 一日の業務後に、窓口係の引き出しの金が不足している
- 顧客にクレジットカードやローン、その他のサービスを勧誘してくる強引な従業員
- 暗証番号や口座番号を忘れる
- 停電のせいで、きわめて大事なときに顧客が金を引きだせなくなる
- 貸金庫を開けたところ、中身が消えていることを発見する

登場人物
- 銀行強盗
- 従業員
- 顧客
- 配達員
- 警備員
- 保管庫を作ったり機械の現金を補充したりするセキュリティ専門家

設定の注意点とヒント
銀行は、その規模やサービスを提供する顧客によって違いが出てくる。たとえば大きな銀行の場合、より多額の現金が手元にあるため、通常の銀行よりもセキュリティ対策をとっているはずだ。また、顧客が車に乗ったままで小切手を預金したり現金を引きだしたりすることができるような、ドライブスルーサービスを設けている銀行も存在する。

例文
帽子を深く被り、俺はテーブルの上の白い封筒を持ち上げると、ペンの在処を探しているかのようにゆっくりと上着を叩いた。防犯カメラは7台……いや、8台か。窓口係は4人、だがカウンターは6つあるから、2人は休憩に出てるのかもしれない。支配人はガラス張りのオフィスの中にいて、その隣の部屋にはローンの係が1人、ぜんそくを患ったプリンターから苦しそうに出てきた書類を整理している。俺は一番近くのカメラから体をそらすと、かがんで封筒に何か書くふりをした。襲撃のあとに警察は必ずカメラのチェックをするはずだが、周りの人間たちと同じように顧客を装っておけば、誰も俺のことなど怪しまないだろう。紙の上で適当に殴り書きをしながら、ふと出入り口付近の警備員が、痛みがあるかのように胸元をさすっているのに気づいた。《なるほど》。彼は左手にある廊下の方を何度もちらちらと見ている。見取り図によれば、それはトイレがある方だ。典型的な午後の胸焼けってわけか。俺は微笑んだ。多分、あの男は、俺みたいな奴のために絶好の機会をこしらえてくれることになるとも知らず、ちょっと一杯引っ掛けに行ったのだろう。だからって、どうってことはない。何せ初めてじゃないのだ。根気こそが自由への道。とにかく今日の使命は2つ――店内が俺の見取り図と一致しているか、それから正確な従業員数を把握することだ。

使われている技法
多感覚的描写、擬人法

得られる効果
伏線、背景の示唆

軍事基地
〔英 Military Base〕

関連しうる設定
軍用ヘリコプター、潜水艦、戦車

👁 見えるもの
- レーザーワイヤーや有刺鉄線が巻きつけられた金網の防御線
- 電動式ゲートバリアのある警備員つきの入口
- 防犯カメラ
- ポールの先や屋上ではためく旗
- 警備員室
- 典型的な標識や街灯が設置された道路交差
- 管理室
- 基本的な公共サービス（発電所、浄水場、下水処理施設）
- 病院
- さまざまな医療施設
- 郵便局
- ガソリンスタンド
- 駐車場（自動車整備のガレージ、四駆、ハンヴィー、トラック、重機、政府発行の車両）
- 売店
- 幅広い品物が揃う陸軍・空軍の売店（食料品、煙草、スポーツ用品、服、ハードウェア）
- 軽食の専門店（コーヒー、アイスクリーム、ホットドッグ）
- 基地内を巡回する警備車両
- 床屋
- コインランドリー
- ドライクリーニング店
- 銀行
- レクリエーションエリア（プール、卓球台、ボウリング場、バスケットボールやバレーボールのコート、パッティンググリーン、ジム）
- 映画館
- 図書館
- 公共の公園や遊び場
- 学校
- 宗教施設（プロテスタントやユダヤ教の礼拝堂）
- 一戸建てあるいは二世帯住宅が並ぶ基地内の住宅地
- 食堂
- 兵舎（二段ベッド、枕、シーツ、毛布、制服や私物用の棚やロッカー、ダッフルバッグ、ノートパソコン、本、愛する人の写真）

👂 聴こえるもの
- 起床と消灯のラッパ音
- 旗のポールに鎖が「カチャカチャ」と当たる
- 車両の音（車のエンジンがかかる、赤信号でアイドリングする、ブレーキが甲高い音を上げる、サイレン）
- 人が話す声や歩く足音
- 電話が鳴る
- 旗がそよ風にはためく音
- ドアの開閉音
- 犬が吠える
- テニスシューズを履いてジョギングする人の足音
- 学校や遊び場から聴こえる子どもの笑い声やいろんな声
- レクリエーション施設から聴こえる音（ボールが弾む音、プールの水しぶき、ボウリングのボールがピンに当たる音、ジムでウエイトトレーニングの用具が「ガチャガチャ」と音を立てる）
- 誰かが犬を散歩しているときにリードが「ジャラジャラ」と鳴る
- 二段ベッドで寝ているときのきしみや衣擦れの音
- 軍用機の離着陸音

👃 匂い
- 車の排ガス
- 開花した木々や花
- 食べ物
- コーヒー
- バーベキューグリルで焼かれる肉
- 雨
- 濡れた歩道

👅 味
- 食べ物や飲み物に関して、基地内には非常に多くの選択肢がある。内部の住居に暮らしている者は自宅で調理することができるし、兵舎に暮らす者には食堂でさまざまな料理が提供される。また、外食できる小さなレストランや店もあり、売店でも多様な食べ物が手に入る。

✋ 質感とそこから受ける感覚
- シャツのポケットにぶら下がるプラスチックのバッジ
- アイロンがかけられた制服のパリッとした滑らかな質感
- 額まで深く被った帽子
- きちんと維持された道路の上を走る車の車輪
- 規則に沿って散髪し、切った箇所に手を走らせる
- 食料雑貨店で車輪がグラグラするカートを押す
- 売店で、満杯のカゴが自分の肘の内側を引っ張る
- 二段ベッドの薄いマットレスの上に倒れ込む
- アイロンがかけられてパリッとした制服に袖を通す

❗ 物語が展開する状況や出来事
- 軍人の家庭に暮らしている

ために生じる家庭内の葛藤（頻繁な引越し、プライバシーや個人スペースの欠如、厳しいルールや規制に対する反抗）
- 厄介な隣人
- 昇進から除外される
- 悪い評価や結果を受け取る
- 自分が住みたくない地域に配属される
- 伴侶と離れて暮らすため、相手の貞節を懸念する
- 自分の記録に永久に残るようなトラブルに巻き込まれる（喧嘩、逮捕、飲酒運転、命令に背く）
- 非現実的な期待を抱かれてイライラする
- 完璧主義に苦しむ
- 軍人と民間人のあいだで性格の衝突が起きる
- PTSDに悩まされる

登場人物
- 牧師や宗教関係者
- 支援サービスを提供する民間人や個人の建設請負業者（芝生のメンテナンス、学校での指導、自販機のメンテナンス）
- 配達員
- 医師および病院関係者
- 軍人とその家族
- 特別な要人や訪問者

設定の注意点とヒント
軍事基地というのはさながら小さな町のようなものであり、自立した共同体に見られるような便利な設備が内部に多く存在する。基地の規模によって利用できる施設は変わってくるはずだ。また、それぞれの基地やそれを有する国によって、あるいは基地が国内にあるのか他国に駐留しているのかによっても、形態は異なってくるだろう。この種の設定の様子というのは天気や気候、場所や季節によって移り変わるし、国や地域の環境課題によって建物や住宅の様子が違ってくることなども考慮しよう。

例文
引越しトラックが完全に停止する前に、親父はもうトラックを飛び降りて大声で指示を出し始めている。俺は風にあたろうとしてドアを開けたものの、助手席から降りようとはしなかった。暗い通りは、一定の間隔で設置された街灯に照らされている。新入社員のように整列して並ぶ家々は、どれも四角くこじんまりしたもので、家の前には庭があった。カエデの木の代わりに、今回はかたちの整ったヤシの木が見張りについてるけど、基地の中での暮らしなんて、いつもと違うスーパーで買い物をするのとそう変わらない――つまり、どこへ行こうがたいして代わり映えがしないのだ。こんな夜遅くだから細かいところまでは見えないとはいえ、道端には玩具ひとつ落ちていなければ、落ち葉ひとつさまよっていないことに携帯を賭けてもいい。俺はもうつまらなくなって、あくびをした。

使われている技法
光と影、直喩

得られる効果
雰囲気の確立、感情の強化

ぐんじきち ― 軍事基地

都市編 基礎設定 け

警察署
〔英 Police Station〕

関連しうる設定
法廷、パトカー、刑務所の独房

👁 見えるもの
- (椅子、旗、彫像、市内または国内の地図、ロータリークラブの額、トイレ、水飲み場、署内に入るために用件を告げるガラスで仕切られた場所、人を呼ぶために鳴らす呼び鈴、電子錠やキーパッドのついた扉が設置された) **待合所**
- **通信指令室** (パソコン、電話、テレビ)
- 武器が置かれた**保管庫**
- **面会室** (テーブルと椅子、手錠、ペンとメモ用紙)
- **留置場** (コンクリートの壁、覗き窓がついたドア、床に固定されたスチール製のテーブルとスツール)
- **取調室** (聴取内容や目撃証言を録画するパソコン、取調室内で起きていることを映しだすテレビの画面、ペンと紙、テーブルと椅子)
- **記録室** (仕切りのある部屋、録音機器に報告内容を吹き込む警官、録音された報告内容をパソコンに打ち込む警官)
- 目下の事件の解決を促進するために警官らを集める**会議室** (大きなテーブルと椅子、ホワイトボード、掲示板、ファイルが入ったいくつもの箱、ペンとメモ帳)
- **証拠品保管庫** (証拠品が詰まった袋、ラベルのついた袋がのっているカート、ものでいっぱいの棚、証拠品が入ったロッカー、予備の証拠品袋が入った箱、証拠品および訪問者の記録をとっている警官)
- (巡査部長や刑事、SWATおよび彼らの装備、地域業務課のための) **オフィス**
- 待機や面会のための**子ども用スペース** (角のない家具、塗り絵とクレヨン、ボードゲーム、積み木、本、玩具)
- 証拠を求めて車内を捜査する場合や、潜入捜査に用いる車両を準備する場合 (道具、自動車用品)、あるいは警察車両に囚人を乗せて確実に出入りするために利用する**ガレージ**
- 押収した自転車を入れる金網の張られたケージ
- 証言をしている目撃者
- 取り調べを受けている被疑者
- 待合所で待機している子どもや家族
- デスクワークをしている警官
- 休憩室

👂 聴こえるもの
- 待合所にいる人々の立てる物音
- 警官がガラスの向こうで事件を話し合う声
- 電話が鳴る
- ドアのブザー音
- 「ジャラジャラ」と鍵が鳴る
- 電子錠が「カチャッ」と開く
- ヘッドセットに向かって指令室のスタッフが小声で話す
- 被疑者に警官が話を聞く声
- 質問に答える被疑者の手錠が「カチャカチャ」と鳴る
- 「カタカタ」とキーボードを打つ
- 「パラパラ」と紙を捲る
- プレーヤーから流れる音楽
- タイル張りの床の上で靴が「キィキィ」と音を立てる
- 書類棚の扉をスライドして開ける音
- 警察無線がやかましい音を立てる
- 口論
- 赤ん坊の泣き声
- 外からサイレンの音が聴こえる
- 署内放送から聴こえる声
- 口笛や鼻歌
- ドアの開閉音
- 警官が休憩室で喋ったり冗談を言う声
- 逮捕記録を印刷するプリンターの音
- 休憩室からテレビや電子レンジの雑音が聴こえる

👃 匂い
- 古くなったコーヒー
- 清掃用品の化学薬品
- 金属
- 汗
- 喫煙者の服から漂う煙草の煙の匂い

👅 味
- コーヒー
- ソーダ
- 出前や家から持参した昼食

✋ 質感とそこから受ける感覚
- 施錠された施設に放り込まれ閉所恐怖症のために怯える
- 狭い留置場内を行ったり来たりする
- 手首を縛りつける冷たい手錠
- 硬いプラスチックの椅子
- 背中を流れる汗
- 証拠品を扱うときにつけるゴ

356

けいさつしょ ― 警察署

ム手袋の粉っぽい感触
- 長時間前屈みになってファイルやキーボードに向かっていたため、ストレッチをしたり立ち上がって辺りを歩いたりする
- ヘッドセットが耳をこする
- パソコンの前でひたすらタイピングをしていたために手首や指が痛くなる
- 腰につけた銃の重み
- 報告に耳を傾けながら、キャスターつきの椅子の背にもたれる

❶ 物語が展開する状況や出来事
- 非協力的な被疑者
- 薬物でハイになっている、もしくは泥酔している被疑者
- 事務作業やお役所仕事のせいで進行が遅くなる
- 目撃者が不誠実だったり信用できなかったりする
- 警察の人員が不足している
- 非倫理的だったり無能だったりする警官
- 署内の政治情勢
- 上司からプレッシャーをかけられる
- 警官が鍵もしくはアクセスするためのカードをなくす
- 強引な弁護士のせいで話がややこしくなる
- 停電により、電子錠の機器が作動しなくなる
- 証拠品を間違った場所に置く
- 利益の衝突（尋問のために連れてこられた家族や友人）
- エアコンが故障する

🧍 登場人物
- 被害届を出したい一般市民
- 配達員
- 刑事
- 指令員
- 被疑者の友人や家族
- 弁護士
- 警官
- 報道陣
- 被疑者や容疑者

設定の注意点とヒント
『メイベリー110番』の時代に比べて警察署は大きく変化した。当時と同様に規模が小さいままの署もまだ残っているが、より広々として建物の複数階にオフィスを構えているような署も存在する。環境を左右する要因は、予算状況や業務管轄地区の規模などさまざまだ。人の出入りが少ない警察署であれば内部は清潔で無菌に近い状態であるかもしれないが、犯罪率の高い地区の署であればもっと汚さが目立つはずだ。待合所についても、落ち着きのない人々で溢れているところも、逆にほんの数脚の椅子が置いてあるだけで空っぽの場合も考えられる。大人数を収容できる広い留置場がいくつも並んでいる署もあれば、被疑者をひとり収容することのできる部屋が1つ2つあるだけの署も存在するだろう。

例文
ミナス夫人は猛烈な力を込めてハンドバッグを掴みながら、プラスチック製の椅子の端に腰掛けていた。ブライアンについて彼らが電話を寄越してから、もうかれこれ2時間が経ち、そのうちの90分はここに座っている。室内は勲章を授与された者やえくぼをたたえた警官のポスターに囲まれているが、その中の誰一人として、彼女の孫が逮捕され、本人の意思に反してガラスで仕切られた向こう側のどこかに拘留されていることなど気にしていないようだった。

使われている技法
対比

得られる効果
感情の強化

都市編 基礎設定

競馬場
[英 Race Track (Horses)]

関連しうる設定
カジノ、駐車場

👁 見えるもの

外
- フェンスに囲まれた楕円形の土のコース
- そよ風になびく旗
- コースの柵に取りつけられた広告
- コースの周りに一定の間隔を空けて設置されたストライプの棒
- 夜のレース用の投光照明
- 芝に覆われたコースの内側
- 番号がついたゲート
- 大型映像装置
- コースとグランドスタンドの間のエプロン・エリアに並ぶベンチ
- ピクニックテーブル式の座席
- レースを屋外で観戦したい人のための階段式グランドスタンド席
- 鞍敷および鞍をつけた競走馬
- 色とりどりの勝負服と帽子を着用した騎手
- 倍率の情報を表示するオッズ板
- コースに隣接するさまざまなエリア(厩舎、寮、パドック、厩舎で働く人たちのための台所や休憩エリア)
- はっきりと記された決勝線
- レース前にコースの準備をする散水車やグレーダー
- 走る馬のひづめによって舞い上がる土
- プログラムで自らを扇ぐ観客

中
- コースを見渡せるガラス張りの壁
- 賭けブースや賭けテーブル
- 室内用観客席の列
- 間隔を置いて設置されたテーブルと椅子
- 特別料金がかかるクラブハウスやボックス席
- レースモニター
- 双眼鏡を使って観戦する観客
- レース前に軽食をつまみたい人のための、食堂形式の売店
- エレベーターやエスカレーター
- トイレ
- 自販機
- ATM

🔊 聴こえるもの
- 人の喋り声や賭けの声
- ビール瓶が「プシュッ」と開く
- 食べ物の包み紙が「カサカサ」と音を立てる
- ソーダを啜る音
- ドアの開閉音
- 観客がプログラムのページを捲る音
- スピーカーから聞こえる放送
- ラッパやその他の管楽器がファンファーレを吹く
- レース開始を告げる鐘
- スターティングゲートが「ガチャン」と開く
- 馬のひづめが「ドスドス」と音を立てる
- 調教師の怒鳴り声
- コースの端の方へ走る馬の音が徐々に小さくなり、一周して戻ってくるときにまただんだん大きくなる
- 実況の声がスピーカーから聞こえる
- 観客が大声を上げたり悪態をつく
- 拍手
- レースが展開するにつれて観客たちの声がだんだん大きくなる
- 払い戻しに急いで向かう観客たちの忙しない足音
- 負けた馬券を「クシャクシャ」と丸める
- レースが終了して飛び跳ねる人の歓声や怒号

👃 匂い
- 調理中の食べ物
- 汗
- 日焼け止め
- 太陽の光に温められた土
- 煙草の煙
- 馬
- 馬糞
- 苅り立ての芝
- 勝った騎手がつけている花輪から漂う生花の香り

👄 味
- 売店の食べ物(ホットドッグ、プレッツェル、ポップコーン、ハンバーガー、ナチョス)
- レストランで提供されるより高級な料理
- ソーダ
- ビール
- ワイン
- 水
- スナック菓子

✋ 質感とそこから受ける感覚
- 賭けをしたときに湧き上がる期待感
- 馬券をギュッと握りしめる

けいばじょう
競馬場

- 足の裏に当たる金属製や木製のベンチ
- 座席の端に腰掛ける
- レース中に突然立ち上がる
- 肌に照りつける太陽
- 汗が流れ落ちる
- そよ風に髪が持ち上がる
- 頭上をブーンと飛び回るハエ
- 手のひらを冷やす缶や瓶
- 室内にいるときに肌をかすめるエアコンの風
- 太陽の眩しさに目を細める
- 汗でサングラスが鼻の下にずり落ちる
- プログラムを目元にかざして日光を遮る
- 固い双眼鏡を目に押しつける

⚠ 物語が展開する状況や出来事
- 酒を飲み過ぎる
- 相当の額を賭けて負ける
- 自分の負けをなかなか認められず大騒ぎする
- 出来レースだったことが発覚する
- 古き良き競馬場の姿を愛する排他的なファンたちが、新参者たちを見下す
- レース中に馬が負傷する
- 妨害工作
- 騎手の間で起きる波乱
- きわどいゴールの判定結果に納得できない
- 売店の食べ物を食べ過ぎる
- 観客たちにスリを働く
- 競馬依存症と格闘する心の葛藤

👥 登場人物
- レジ係
- 厩務員
- ギャンブル依存症者
- 馬主
- 調教師
- 用務員
- 騎手
- メンテナンススタッフ
- 実況・解説者

- 観客
- 獣医

設定の注意点とヒント
規模が小さくみずぼらしいコースのものから、サラトガ競馬場やチャーチルダウンズ競馬場のような由緒ある壮大なものまで、競馬場は幅広い種類がある。しかしそのどれにも共通しているのは観客の多様性だ。どんな競馬場にもプロのギャンブラー、ギャンブル依存症者、デートにやって来たカップル、古き良きレースのファン、気軽に足を運んでみた客といった人たちがいて、その一人ひとりがごくありふれた悩みを抱えていたりする。競馬場に関係する劇的な出来事といえばギャンブラーや依存症にまつわるものだと安直に考えるのではなく、ほかの人々にも注目してもらいたい。彼らはどういう人物であり、どんな行動に出て主人公に面倒をかけることになるのかについて考えてみるといいだろう。思いもよらない人や物事を用いて説得力のある転回を物語に持ち込むのは、面白さを維持する優れた方法なのだ。

例文
メリー・イン・ザ・モーニングを追ってコースを横切る俺の足は、温かな土をバリバリと踏みつぶす。風が吹き、醜い灰色の腹をした雲もいくつか集まって来てはいたものの、嵐にはならないはずだと直感的に悟った。ほかのゲートでは、仲間たちがそれぞれ自分の馬に向かってささやいていたが、メリーには問題がないし、びっくりさせたくなかった。2番ゲートに入った彼女はまるで生まれたての子馬のようにおとなしく、俺はきしむ音すら立てずに戸を閉めた。

使われている技法
多感覚的描写、直喩

得られる効果
登場人物の特徴づけ、雰囲気の確立

359

刑務所の独房
〔英 Prison Cell〕

関連しうる設定
救急車、法廷、パトカー、精神科病棟、心理セラピストのオフィス

👁 見えるもの
- ところどころで囚人が握りしめた痕跡が光って見える鉄格子
- コンクリートの壁
- 壁や床にしっかりと固定された家具
- 一段ベッド、二段ベッド
- 金属製のロッカー
- 机と椅子
- 鉄格子がはめられた窓
- 薄いマットレスと枕
- 古いシーツ
- ザラザラした毛布
- トイレとシンク
- 壁の落書きや彫られた言葉
- (行ったり来たりしたり、腕立て伏せをしていたために) ところどころ老朽化した塗装済みのコンクリートの床
- 支給品の服と靴
- いくつかの洗面用品 (歯磨き粉、くし、石鹸)
- 檻で囲まれた電球
- 読書用テーブル
- 本や雑誌
- 壁に貼られた写真
- 見えないように隠された禁制品 (煙草、薬物、刃物、金、注射器、電子機器、ライター、食べ物、切削工具)
- 受刑者 (あたりを行ったり来たりする、読書をする、寝る、壁を凝視する、腹筋や腕立て伏せをする、手紙を書く)
- 二段ベッドの下に眠る受刑者が、上段ベッドの裏面のスプリングに写真を挟んでいる

👂 聴こえるもの
- 通路に反響する足音
- 咳
- 受刑者が隣の部屋に小声で話しかける
- 口笛や鼻歌
- 悪態
- 受刑者が独り言を呟く
- 「キィキィ」と音を立てたりすり足で歩く靴音
- ページを捲る音
- 水を出し止めする音
- トイレの水を流す音
- 運動しているときの低いうなり声や荒い息
- マットレスのきしみ
- 刑務官が受刑者に話しかけたり怒鳴る声
- ドアのブザーが鳴る
- 鉄格子のドアが前後に揺れて開く音
- 電動ドアがスライドして閉まる音
- 電動式ロックが解除されたり閉まる音
- スピーカーから聴こえてくる声
- サイレン
- 暴動や喧嘩の勃発に伴う騒音
- 手錠や足かせの鎖が「ジャラジャラ」と鳴る
- 室内の端から端まで行ったり来たりするときの一定のリズムの足音

👃 匂い
- 汗
- 金属
- 建物のカビ
- 清掃用品
- 石鹸
- エアコン
- 食堂で調理している食べ物
- ほこり
- 土

👅 味
- 水
- 禁制品
- 刑務所内の売店で購入された、許可されている品 (クッキー、ポテトチップス、インスタントコーヒー、チョコレート)
- 厳密に決められた食堂の食事

✋ 質感とそこから受ける感覚
- 冷たい金属棒やステンレスのシンク
- 削り取られた痕跡やメッセージを書きなぐった箇所のあるくぼんだコンクリートの壁
- 背中を支えるものがいっさいないへこんだマットレス
- 背中に食い込むスプリング
- でこぼこした枕
- チクチクする毛布
- 肌をこする毛玉だらけのシーツ
- 写真に映った愛する人の顔に指を走らせる
- ツルツルした雑誌のページ
- 手紙を書くときにペンをしっかりと握る
- 受刑者や刑務官との喧嘩であざができて筋肉痛になる
- 硬いコンクリートの床
- 室内で運動をしているときに顔を流れ落ちる汗
- 高いところにある窓から差し込む太陽の光
- 手錠や足かせが肌をこする
- 自分の足にこすれる履き心地の悪い靴
- ズボンが頻繁にずり落ちてくるため、引っ張り上げてべ

けいむしょのどくぼう｜刑務所の独房

- ルトをよりきつく締めなければならない
- 冷たい鉄格子に額を押しつける

❶ 物語が展開する状況や出来事
- 受刑者や刑務官との対立
- 絶望して自殺するという考えを抱く
- 退屈
- 受刑者の人生を苦痛なものにしてやろうと不当に貶める刑務官
- 厄介な受刑者と相部屋になる（いびきをかいたり絶えず喋っている、余計な忠告をしてくる、迷惑なちょっかいを出してくる、暴力的、人のものを盗む、嫌な癖がある）
- 自分が隠し持っていた禁制品が刑務官や同室の受刑者に見つかる
- 別の受刑者による暴力や報復を恐れて部屋から出るのを怖がる
- トイレの故障
- 室内に受刑者が多すぎる
- 刑務所内の暴動に巻き込まれる
- 無実だと心から信じられる受刑者に出会う

❷ 登場人物
- 刑務官
- 受刑者
- 内部を見学する役人

設定の注意点とヒント
時代の流れで刑務所の様子もだいぶ変化しているため、この設定の基準を見極めることは難しくなってきた。最新の刑務所には、古びた鉄格子に代わり頑丈な壁とドアがあり、ステンレスの家具は磁器製の日用品に取り替えられている。ドアもほとんどが電動で、ボタンを押すことでブザーとともに開閉するようになり、ジャラジャラと鳴る鍵束などいまや過去のものである。しかしそのような新しい設備にするためには予算が必要だ。先述したように改善された刑務所がある一方で、以前のままの体裁を保ち続けているところ、あるいはその両方が混在しているようなところもまだ存在する。刑務所の種類によって居室内の様子も変わってくる。警備が非常に厳しい場所であれば、受刑者は共同の部屋ではなく、それぞれ単独の房に入れられて、備えつけの家具も必要最低限のものしかないことだって想像できるだろう。

例文
ドアの横に立って看守が待ち受ける中、俺は7年間閉じ込められてきた殺風景な部屋を、最後にもう一度ざっと見回した。室内はきちんと整理してある——ひび割れたシンクについた歯磨き粉の浮きかすは流し、テーブルは片付けて、ベッドも整えた。もうそうする必要はなかったが、習慣はすぐには変えられないものだ。持ち物は3つ。ジョージ・オーウェルの『1984』、妻と子どもの写真、それから歯ブラシ。歯ブラシを持っていくなんてばかばかしいかもしれないが、ここには私物をいっさい残しておきたくなかった。室内に背を向けると、看守のあとに続いて、家族が待ち受ける外へと通じるいくつもの通路や門の迷路に向かう。不思議な気持ちが胸の中で大きくなってきた。もうずいぶん長いこと感じていなかったために、もう少しで気づかないところだった。希望、だ。

使われている技法
隠喩、象徴

得られる効果
登場人物の特徴づけ、感情の強化

361

都市編 基礎設定 け

劇場
〔英 Performing Arts Theater〕

関連しうる設定
アートギャラリー、正装行事、楽屋、映画館、ラスベガスのショー

👁 見えるもの

外
- 上演作品のタイトルや有名な出演者の名前が書かれた、明るく照らされた劇場の看板
- 上演作品のポスター
- チケット売り場
- 歩道のダフ屋
- 並ぶ場所を示すロープ
- 入場を待つ人々の列
- 上演前に一服している客

中
- 人々が行き交うロビー
- プログラムや関連商品を販売する従業員
- クローク
- 軽食や飲料を売るバーや売店（砂糖菓子、水、ソーダ、アルコール飲料）
- お手洗い
- バルコニー席やボックス席に通じる階段
- 劇場内に通じるいくつものドア
- クッション性のある座席列
- プログラムを読んだり近くの人とお喋りする観客
- 補助椅子に座る子ども
- 薄明かりが灯されたカーペット敷きの通路
- 頭上に並ぶバルコニー席やボックス席
- 懐中電灯をかざしながら客を席に誘導する案内係
- オーケストラピット
- 重たいカーテンで一部隠された舞台
- 照明やミキシングのためのコントロールルーム
- 天井階のキャットウォーク（通路）
- 天井から吊るされた照明
- 黒い服に身を包んだ舞台スタッフ
- 上演開始を知らせるために照明が点滅する
- 上演が始まると同時に薄暗くなる照明
- カーテンの開閉
- 舞台上の背景幕および背景
- 小道具
- 舞台に立つスターたち（歌う、踊る、セリフを言う、演じる）
- 作品に合った衣装
- 舞台上のあちこちを目立たせるスポットライト
- 暗闇の中を案内係が歩く際に上下に揺れる懐中電灯の光
- 客が使用する携帯電話の光

👂 聴こえるもの
- 人々が小声で話す
- カーペット敷きの階段を歩くくぐもった足音
- 自分の席につくために座っている人たちの前を「ボソボソ」と謝りながら通る
- スナック菓子の袋を「カサカサ」と音を立てて開ける
- 「キィキィ」と鳴る座席
- スピーカーから聴こえるお知らせ
- 上演が始まるときにいっせいに声が止む
- カーテンが「ウィーン」と開く
- オーケストラが奏でる音楽
- 観客の笑い声や息を飲む音
- 拍手
- 座席で姿勢を変えるときの物音
- 役者が舞台上で話す声や動き回る音
- 音響効果
- 客がトイレに行くために立ち上がる音
- 携帯を鳴らしてしまい、すぐに止める

👃 匂い
- 香水やコロン
- 誰かの息から放たれるアルコールの匂い
- マウスウォッシュやミント

👅 味
- 売店で買った砂糖菓子
- 水
- 炭酸飲料
- （アルコールが提供される場合）ワインやビール
- チューインガム

✋ 質感とそこから受ける感覚
- エアコンが効き過ぎていて、暖を求めて上着やショールを体に引き寄せる
- 手に持ったチラシやプログラムのツルツルした紙
- 観客席の柔らかなクッションと弱い揺れ
- 肘掛けで隣の人の肘と軽く触れ合う
- カーペットが敷かれた階段
- 照明が薄暗い中、慎重に階段を昇降する
- 舞台の感情的な場面で涙が溢れそうになる
- ドラムの音が胸に深く残響する
- 突然の音楽や音響効果にびっくりする
- 上演が始まるときの期待感

げきじょう｜劇場

❶ 物語が展開する状況や出来事
- 階段を踏み外す
- ボックス席やバルコニー席から落下する
- 劇場の倒壊
- (泥酔している、ひっきりなしに喋る、刃向かうように振る舞う、議論をふっかけてくるなどして)トラブルを引き起こす人物の隣に座る
- 近眼のため舞台がよく見えない
- 五感が敏感なため、さまざまな光景や音に圧倒される
- (背の高い観客の後ろに座っていたりポールや支柱の後ろに座っているため)座席から舞台がよく見えない
- (泣きだす子どもがいる、舞台に技術的な問題が生じる、何度もトイレに立たなくてはならないといった理由で)上演中にしばしば邪魔が入る
- 法外な値段でチケットを買ったものの、上演内容にがっかりさせられる

🧑 登場人物
- 役者
- チケット売り場の係
- クローク係
- ダンサー
- 舞台監督
- 売店の店員
- ミュージシャン
- 観客
- ダフ屋
- 歌手
- 舞台スタッフ
- スカウトマン
- オーケストラの指揮者
- 案内係

設定の注意点とヒント
劇場は、ミュージカルやオペラ、バレエ、コンサート、演劇、スタンダップコメディなど、あらゆる芸術的パフォーマンスに使用される場所だ。高級で壮大なつくりの劇場もあれば、形式張らずにくつろげる劇場もあるだろう。ブロードウェイのような人気の場所に構えているかもしれないし、辺ぴなところに隠れて存在しているかもしれない。上演中の飲食を禁止しているところもあるが、そうした劇場では、観客が軽食やスナック菓子をつまむためにロビーのバーを訪れることができるよう、途中休憩が挟まれることが多い。

例文
風に髪を掴まれそうになる中、私のヒールはコツコツコツと猛烈な勢いで歩道を叩きつけた。夜空に対して輝きを放つ劇場の看板まで、優に3ブロックはある。私はマフラーを結ぶと駆けだした。このチケットを取るのは、それこそ絶滅危機に瀕した動物を捕まえるくらい大変だったのだ。絶対に上演を見逃すわけにはいかない。

使われている技法
光と影、多感覚的描写、直喩

得られる効果
緊張感と葛藤

下水道
〔英 Sewers〕

関連しうる設定
地下鉄トンネル

👁 見えるもの
- コンクリートでできた曲線状の壁
- さびた金属のグレーチング
- パイプ
- メッシュネット
- 濁った水
- 水路とトンネル
- 比較的大きな調整池
- 地面よりも一段低いところにある歩道
- 水を流すための大きな下水道管がいくつもある中心幹線
- マンホールに接続された部分
- 道路に通じるはしご
- 壁の落書き
- びしょ濡れのゴミが散らばる油水
- 水泡やその他ぬるぬるしたものの塊
- 主幹線から分岐したマンホールやトンネル
- 暗がり
- 建物のカビや藻
- 滴り落ちる水
- ラット（ドブネズミ）
- クモ
- ゴキブリ
- 甲虫
- ムカデ類
- 麻薬用品
- 道路のグレーチングから弱く差し込んでくる光
- 導水路
- べとつく壁
- 水の中に浮いているげっ歯動物の死骸
- 換気口
- 壁の高いところに位置する排水管
- 変色したレンガの壁
- 格子に引っかかったゴミ（びしょ濡れのビニール袋や布、葉、枝、段ボール箱の一部）
- ひび割れたコンクリート
- 壁にあるパイプの接続部分から流れ出ているさびの跡
- 作業スタッフを指定エリアへと導く、塗料の気泡が浮いている標識
- 作業スタッフやその他の訪問者が照らす懐中電灯のすばやく動く光線

👂 聴こえるもの
- 「ポタポタ」と落ちる水
- 水しぶきや奇妙な反響音
- 「キーキー」「カタカタ」とラット（ドブネズミ）が集まる音
- 「パシャパシャ」という足音
- 頭上から聴こえる都市の騒音（車の往来、通りの雑音、人の声）
- パイプを振動させる地下鉄の轟音
- 排水路を作るためにできた人工の滝
- パイプの中で「ゴボゴボ」と鳴る水
- （嵐の最中、あるいはそのあとに）大量の水がやかましい音を立てて流れる
- 流水音
- パイプの端をこすったり格子に引っかかる破片の音
- 近くを走る地下鉄の甲高いブレーキ音

👃 匂い
- 悪臭
- 汚水
- （下水道が汚水処理にも使われている場合）非常に強い汚物の臭い
- 腐敗
- 汚染物質（モーターオイル、油脂、その他道路の水とともに流れ込んできた潤滑油）
- 濡れた石の独特な臭い
- 建物のカビ
- さび

👅 味
- 設定の中には、登場人物がその場面に持ち込むもの（チューインガム、ミント、口紅、煙草といったもの）以外に関連する味覚というものが特にない場合もある。特定の味覚がほとんど登場しないこのような場面では、ほかの4つの感覚を用いた描写に専念するのがよいだろう。

✋ 質感とそこから受ける感覚
- 長靴の中に染み込んでくる水
- 服に染み込んでくる冷たい水
- 歩道を歩く自分の長靴にぶつかったり、その上を駆けていくラット（ドブネズミ）
- べとつく壁に手を滑らせながら進む
- はしごの段の冷たい鉄
- 濁った水の中を膝まで浸かって進む途中で見えないゴミにぶつかる
- ゴムの長靴に何かが触れる感覚
- 喉の奥から込み上げる吐き気
- 閉所恐怖症
- 下水が流れる脇にある一段高いところでバランスをとろうとして、風車のように両腕を広げてパタパタ動かす

げすいどう──下水道

- 上下左右に懐中電灯を動かす
- 狭い通路を屈んで進むために背中や首が痛くなる
- 水面に浮かぶ不快な物を避けるためにサッと身を離す
- 顔を伝う汗を手の甲でこする
- 頭上に落ちてきたり首を伝い流れる水滴
- 水中のグニャッとしたゴミを踏む
- 防護服の中で汗をかく
- 防毒マスクのストラップが肌をつねる

❶ 物語が展開する状況や出来事
- 脱出する手段として下水道に逃れなければならない
- 嵐の最中や水の流れが速いときに下水道で足止めを食らう
- ラットやヘビ
- 水の中に落ちる
- 閉所恐怖症
- 溺れることへの恐怖
- 汚水が口に入る
- 汚水によって傷口から菌に感染する
- 危険な破片を踏む
- 光源がなくなる
- 近くに誰も助けてくれる人がいない地下で見知らぬ人に遭遇する
- 迷子になり、暗がりで出口を見つけることができない
- 低体温症

🅰 登場人物
- 土木技師
- 検査官
- メンテナンススタッフ
- 都市探検家
- 放浪者

設定の注意点とヒント
ビデオゲームや映画などの下水道には隠れた部屋があったり、秘密の会合を持つのにプライバシーが守られる場所として登場することも多いが、実際の下水道の内部にアクセスすることは難しく、居住には適さない場合がほとんどである。とはいえその様子はそれが設置されている地域によっても違うだろう。たとえば、内部があまりにも狭すぎるため、そこで作業する市の職員はおろか、物語の登場人物さえも通り抜けるのは困難なところもあれば、一方ではかつて成長期の都市部に物資を運搬するための水路として機能していたために、広大でありながら驚くほど手入れが行き届いている下水道もある。下水道という設定は、現代の特定の場所を舞台にした物語でない限りは、自由に創造することができる場所であるといえる。とはいえ読者がリアルで鮮明に感じることのできる設定を作るためには、現実的な感覚描写（とりわけ匂い／臭い）についてじゅうぶんに盛り込むべきである。それから実際にある下水道を設定に起用する場合であれば、実地調査を行って下水道システムについてどんな情報を得ることができるかについて探ってみるのもいいだろう。

例文
持っている懐中電灯が、不潔なもので覆われた壁を照らす。水跡は、水位が少なくとも120cmは下がった場所を示していた。何かの爪が金属にカチカチあたる音がして、俺は飛び上がった。さびたパイプに沿ってそそくさと駆けていく生き物の尻尾を、懐中電灯の光が捉える。全身に震えが走った。だから地下は嫌なんだ。猛烈に。防水加工がされた防護服に冷い水が押し寄せる中、一歩進むごとに目に見えないゴミを足で突つく。分岐トンネルの入口付近まで辿り着くと、突然とんでもない悪臭に襲われた。袖を鼻に押しつけて、臭いを遮断する。近隣の6箇所で一週間分に相当するほどの雨が降ったあとだから、格子の中には数匹のペットの死骸やほかの動物が閉じ込められているのは確実だった。見つかるものはそれだけだといいのだが。

使われている技法
光と影、多感覚的描写、天気

得られる効果
雰囲気の確立、感情の強化、緊張感と葛藤

都市編 / 基礎設定

建設現場
〔英 Construction Site〕

関連しうる設定
郊外編 ─ 埋め立てゴミ処理場
都市編 ─ 古い小型トラック

👁 見えるもの
- コンクリートから突き出ている支柱や鉄筋
- 材木の山
- 鉄骨の壁
- 資材を覆ったり危険なエリアを囲ったりするための防水ビニールシート
- レンタルの大型ゴミ箱
- 作業員（安全ベストとつま先に金属のついた安全靴姿、保護メガネ、耳栓、ヘルメットをつけている）
- 移動式事務所（大きな建設現場の場合）
- 石膏ボードの薄板
- テーブル
- セメントの袋
- 木挽き台
- 塩化ビニールパイプの山
- 輪状に巻かれたホースや電線の束
- 巻かれたゴムやビニールチューブ
- 建造物の脇を上っていく塗料の飛び散った足場
- 大型ゴミ箱へと通じる、拡張できるダスト・シュート
- （コンクリートブロック、パイプ、屋根ふき材を載せた）木製パレット
- 台車
- 小型フォークリフト
- シールを貼ったままの新しい窓
- ダクトや換気系
- はしご
- 手すり
- タール紙
- コンクリートミキサー
- 研磨機
- テーブルソー
- 空気圧縮機

- 手押し車
- 重機（クレーン、ダンプカー、資材を運ぶ平床トラックやブルドーザー）
- 自己処理型トイレ
- 砂利の山
- 道具箱
- 診断および機械装置
- 破片類（釘、ラベル、シール、破れたビニールシート、ルーフィング原紙、段ボール、水のペットボトル、木口、おがくず）
- 現場を囲むフェンス
- 安全看板
- 現場を見回り、作業員が手順に則っているかを確認する監査委員

👂 聴こえるもの
- 「ポッポッ」と鳴る重機のエンジン
- 「ビーッ」と鳴るバックアップセンサー
- 「ウィーン」と鳴る空気圧縮機やドリル
- ハンマーを打ちつける音
- 一定のリズムでネイルガンが「ドン」と打たれる
- 金属製の階段を「カンカン」と駆け上がり、木材の足場を「ドスドス」と踏みつける長靴
- 建造物内で作業員がかけているラジオから流れる音楽
- のこぎりで「ギシギシ」と高い音を立てて木材を切る
- 巻き尺を元に戻すときの音
- 設計図が開閉される音
- 風ではためくビニールシートや防水布の音
- 作業員が怒鳴り声を上げる
- 「カンカン」と金属に金属を打ちつける
- 材木やパイプの落下音
- 火のついたカンテラから「シュッ」とガスが出る音
- 削岩機でコンクリートを粉々にする音
- 支持梁が宙に持ち上げられたときの木材や針金のきしみ
- 耳鳴り
- コンクリートが「ドボン」と注がれる
- ミニショベルが土をこする音

👃 匂い
- 切り立ての材木
- 土やほこり
- 燃えるビニール
- 煙
- 排ガス
- おがくず
- 切った石膏ボードや漆喰のチョークのような匂い
- 化学物質
- 接着剤や塗料
- 煙草の煙
- 電動工具や装備の過熱したモーター
- 金属
- セメント

👅 味
- 設定の中には、登場人物がその場面に持ち込むもの（チューインガム、コーヒー、煙草といったもの）以外に関連する味覚というものが特にない場合もある。特定の味覚がほとんど登場しないこのような場面では、ほかの4つの感覚を用いた描写に専念するのがよいだろう。

け

けんせつげんば｜建設現場

⚪︎ 質感とそこから受ける感覚
- 保護メガネにあたって潰される耳栓
- 汚れたメガネで目を細めながら見る
- 汗や肌についた土
- 暑い日に被るヘルメットの熱
- たこやまめをこする分厚い手袋
- 誤って自分の指をハンマーで強打する
- 全身に振動を感じる削岩機
- 細長い傷
- 切り傷や擦り傷
- 眉または首の後ろの汗を拭う
- 空気工具や電動車両（クレーン、フォークリフト、平床トラック、ダンプカー、運搬車両）の振動またはガクンとなる動き
- かさばったり重いものを運ぶときの重み
- 切り立ての材木を覆うおがくず
- 指の間を滑るように動く巻き尺
- 測量機器を所定の位置に設置する
- 泥や砂利をショベルで掘るときの弾力
- きつい肉体労働からくるうずきや痛み
- 腰に巻いた工具差しの安定感

⚪︎ 物語が展開する状況や出来事
- 建設現場で窃盗が発生する
- 現場で負傷者または死者が出る
- 計画が不十分だったために一部倒壊する
- 雨で現場が氾濫し、基礎または備品がだめになる
- 財務記録を変えたとして従業員が捕まる
- 作業員同士が対立し、争いや破壊工作に発展する
- 器物破損
- 基礎をつくるために地盤を掘っていたとき、人間の骨を発見する
- 期限日に影響が出るようなミスが発生する

⚪︎ 登場人物
- 建設作業員
- 開発業者
- エンジニア
- 料理の移動式屋台
- 安全検査や建物検査を行う調査員
- トラックや重機のオペレーター

設定の注意点とヒント

建設現場はそこで建てられるものの種類によって大きく異なる。たとえば新しい橋を建設する現場であれば、そこにある備品や資材は、家を建てる現場やあるいは病院を建てる現場とは違うはずだ。また現場区域が広大であれば、無秩序な工事のせいで「虫食い」状態に空いている部分が出てくるかもしれない。都市部においては、より省スペースを重視した建設が行われる傾向にある。

例文

朝の空気の中でコーヒーの湯気を漂わせながら、ランディは早くに到着した。電気作業の連中が、期日に間に合わせようと前の晩に急いで作業していたので、電線やプラスチック被覆が現場に散乱しているだろうと見越していたのだ。だが、代わりに目に飛び込んできたのは、潰れたビールの缶、石膏ボードの全体に付着したペイントボールの赤い跡、2箇所もある巨大な嘔吐物、それに破裂した自己処理型トイレの様子だった。その「青い巨漢」の側面の下に巨大な穴が出来上がっているのを見て、彼の手からコーヒーが落下した。トイレにとって必須である下水と化学物質は砂利に溶けだし、青いプラスチックと排泄物の山が、これから取りつけるはずの大量の窓を覆っている。なんでもいいから首を絞めてやりたいという思いで、ランディの両手は引きつった。後処理が高くつくというだけではない。ここまで散々働いてきてくれた「青い巨漢」が、こんな暴力的な最期を迎えてたまるものか。

使われている技法
多感覚的描写、擬人法

得られる効果
雰囲気の確立、時間の経過、感情の強化、緊張感と葛藤

都市編 基礎設定 こ

コインランドリー
〔英 Laundromat〕

関連しうる設定
繁華街、駐車場、小さな町の大通り

👁 見えるもの
- 通りに面した窓
- 壁にボルトで固定されたテレビを見ることのできる距離に置かれた、揃いの椅子の列
- 縁が欠けた折りたたみ式テーブル
- 車輪のついた金属の洗濯カゴ
- 並んで置かれた業務用洗濯機および乾燥機
- 防犯カメラ
- 天井のシーリングファン
- ゴミ箱（シート状の柔軟剤、糸くず、洗剤の空き瓶がたくさん入っている）
- ときどき乾燥機の糸くずの塊が落ちているタイル張りの床
- 洗剤がこぼれてタイルに粉末がかかっている
- 設備の使い方を説明した表示
- 洗剤や乾燥機用柔軟剤を販売する自販機
- （硬貨で動くものの場合）機械の硬貨投入口
- あたりを走り回る子ども
- 退屈した客がメールを打ったりプレーヤーで音楽を聴いたりしている
- まぶしいほど明るい頭上の蛍光灯
- 服を畳むテーブルに置きっぱなしの忘れられた靴下
- デスクの後ろにいる従業員
- 甘い菓子やソーダの販売機
- 両替機
- 洗濯機の中で回る洗濯物
- テーブルの上に積まれた洗い済の洗濯物
- 空いている洗濯機のそばの床に置かれた洗っていない洗濯物の入ったゴミ袋や布袋
- ステンレスのシンクとスプレーヘッドのついた蛇口

👂 聴こえるもの
- 洗濯機がうなり声や「ビチャビチャ」という音を立てる
- ドラム式洗濯槽の中でボタンやファスナーが「カチャカチャ」と金属部分に当たる
- 洗浄中にあちこちで「バン」とぶつかるスニーカー
- 乾燥機の中で「チャリン」と転がり回る小銭
- 機械が作業を切り替えるときに自動で鳴る「カチッ」という音やブザー音
- 吸着力の強い洗濯機の蓋の開閉音
- 洗濯槽が回転するときに金属同士がこすれる振動に伴う「キィー」という音
- 人の笑い声や話し声
- 子どもが走り回ったりものによじ上ることをやめるように注意する親の怒鳴り声
- テレビの音
- 投入口から硬貨が落ちる音
- 回転式のスナック用自販機からガムや菓子袋が飛びだしてくるときに「カチッ」という音が鳴る
- 洗濯用カートの「キィキィ」と鳴る車輪
- 畳む前にシーツや服を「パンパン」と振って乾かす音
- 開店時になだれ込む人々の騒音
- 頭上のファンの翼が「グルグル」と回る音
- 広げたり畳んだりするときに静電気で「パチパチ」と鳴るシーツ

👃 匂い
- 洗剤
- 化学薬品
- 漂白剤
- 花や柑橘系の人工的な香り（ラベンダー、レモン、ライラック）
- 温かい布地
- 酷使されたモーターの金属性の匂い
- 汗
- 体臭
- 湿った洗濯物
- 中を掃除する必要がある洗濯機のカビ臭い湿気
- 長いこと袋に入ったままの汚れた服

👅 味
- 機械式自販機の菓子やガム
- グラノラバー
- ポテトチップス
- 電子式自販機のチョコバーやプレッツェル
- 店内に持ち込まれた水や炭酸飲料

✋ 質感とそこから受ける感覚
- 硬いプラスチックの椅子
- ポケットから取り出す温まった硬貨
- 投入口に入れるときに触れる硬貨の隆起した縁
- 指に付着する乾いた洗剤の粒
- ベトベトする液体洗剤または染み抜き
- 洗濯機から取りだす清潔な服のひんやりした湿気
- 服を取りだそうと乾燥機を

こいんらんどりー｜コインランドリー

- 開けたときに顔にあたる熱気
- 乾燥機から取りだしたばかりのふんわりした服
- 洗濯物を分けて畳んでいるときに感じる静電気の衝撃
- タイル張りの床にこぼれていた液体洗剤に滑る
- 手についた滑らかで落ちにくい漂白剤の感触
- 洗濯機の糸くずフィルターをはがして捨てる

❶ 物語が展開する状況や出来事
- 乾く前に誰かが乾燥機から自分の服を取りだしている
- 服を畳むテーブルから自分の服がなくなる
- 客の連れて来た子どもがあまりに騒々しくて周囲に迷惑をかける
- 夏の間にエアコンが故障して、客たちのイライラが募る
- 機械を故障させてしまうようなものを誰かが洗ったり乾かそうとする
- 乾燥機にペンを入れておいて、次の客の洗濯物にインクが飛び散るようにするといういたずら
- 停電のせいで洗濯の真っ最中に機械が止まる
- コインランドリーに着いたものの、洗剤が切れていたり家に小銭を忘れたことに気づく
- コインランドリーを利用しなければならないような状況に陥って不満が募る

🎭 登場人物
- 大学生
- 客（アパート暮らしの人）
- 家の洗濯機や乾燥機が壊れた人
- コインランドリーの店員
- 休暇中の人
- 家の洗濯機には入らない大きなものを持ち込む人（掛け布団、枕、寝袋、小さなじゅうたん）
- 修理工
- ホームレス

設定の注意点とヒント
コインランドリーの中には、新型の機械、無料Wi-Fi、無料コーヒー、テレビ、子どもの遊び場などを完備した快適なところもある。さらには洗濯物の回収および配達サービスを行っている店もある。硬貨式の機械もまだ存在するが、新しいコインランドリーの多くは利用時にレジで支払う方式をとっている。

例文
ネコの小便臭いばあさんが店を出た途端、俺はカーマイケルを金属のカゴに乗せて、頑丈かどうか車輪の動きをテストするために揺らしてみる。彼は針金でできた底をしっかり掴むと頷いた。洗濯機はいろんな色をした食べ物の塊みたいに洗濯物をすりつぶしながら、ゴボゴボ大きな音を立てている。おかげでタイル張りの床の上をガタガタと動く車輪の音はかき消されるはずだけど、念のため誰もこっちを見てないことを確かめた。ママは外の歩道で煙草の煙を吐きだしながら、デニースおばさんと携帯で噂話をしてる。店員は俺たちの方に背を向けて、携帯でアニメを観ていた。弟に親指を立てると、俺はカウントダウンを始めた。こんなところで金曜の夜を無駄にするとなれば、唯一の楽しみのコインランドリーレースをやらないと。

使われている技法
多感覚的描写、擬人法、直喩

得られる効果
登場人物の特徴づけ

都市編 基礎設定

公園
〔英 Park〕

関連しうる設定
郊外編 ― 森、ハイキングコース、湖、草原、子どもの遊び場、池、河
都市編 ― 屋外スケートリンク、駐車場、公衆トイレ、スケートボードパーク

◎ 見えるもの
- 成長した木々、曲がりくねった散歩道
- 人々が屋外で過ごす時間を楽しむ芝生エリア（犬の散歩代行者、ブランケットを敷いて読書する人、アメフトやフリスビー遊びを楽しむ若者、鬼ごっこをする子ども、結婚写真を撮影中のカップル）
- 散歩道や芝生をじゅうたんのように覆う落ち葉
- 腰掛けるためのベンチ
- 散歩道の途中にあるエクササイズコーナーに設置された鉄棒などの器具
- 見晴らし台
- ピクニックテーブルが置かれた屋根に覆われた場所
- 縁に沿ってガチョウが草をかじっている池や川
- 歩行者用の橋
- 装飾的な岩層
- 遊び場や野球の区画線が描かれたエリア
- 枝から枝へ飛び移る、あるいは芝生の上を走り抜けるシマリスやリス
- リードにつながれた犬
- 噴水で水浴びをする鳥
- 芝生の上をゆっくり進むアリ
- 頭上をブーンと飛び回るハエやブヨ
- 花の間を軽やかに飛び回る蝶
- ブーンと哀れな音を出す蚊
- バタバタと池を進むアヒルや白鳥
- 植物や木の名称が記された標識
- 街灯
- ゴミ箱
- 旗用のポール
- ベンチに置き忘れられた子どもの帽子や赤ん坊の靴の片方だけ
- 園内のコースを利用するランナーやサイクリスト

◉ 聴こえるもの
- 人々が歩いたりたむろしながら話す声
- ジョギング中の人が一定のリズムで走る足音
- 子どもの笑い声や叫び声
- 犬が吠える声
- 鳥のさえずり
- リスが「ペチャクチャ」と喋ったり茂みの間で活発に動く物音
- ボールがミットに「バシッ」と入る
- 野球バットが「カーン」と音を立てる
- 噴水の水しぶきの音
- 子どもを呼ぶ大人の声
- スナック菓子の袋が「カサカサ」と開けられたり丸められる音
- 川で「ゴボゴボ」と音を立てたり噴水でほとばしる水の音
- ハエが「ブーン」と飛ぶ
- ガチョウが鳴き声やうめき声を上げる
- 遠くに聴こえる街の音（サイレン、クラクション、車両の往来）
- 携帯が鳴る
- 葉に雨粒が「パラパラ」と当たる
- 雷が「ピシャリ」と鳴る
- 風が背の高い木々を吹き抜けて「ギシギシ」と音を立てる
- 飛行機が上空を飛ぶ音
- 自転車が「キィキィ」と音を立てて通り過ぎる

◉ 匂い
- 刈ったばかりの芝生
- 雨
- 花が咲いた木や植物
- 森
- 土
- コーヒー
- 日焼け止め
- 袋を取り替えるべきゴミ箱

◉ 味
- ピクニックの食べ物（サンドイッチ、果物、ポテトチップス、プレッツェル）
- ファストフード
- 水
- コーヒー
- ソーダ
- ビール
- 軽食（スナックバー、ピーナッツ、グラノラバー、トレイルミックス）

◉ 質感とそこから受ける感覚
- 温かいブランケットやタオルの上に座る
- 肌にチクチクあたる芝生
- 金属製のベンチの熱
- 太陽の光で頭が痛くなる
- 本のページの乾いた感触
- 裸足になって芝生の上をすり足で進み、つま先で土に触れる
- 顔に当たる太陽光の暖かさ
- 不揃いな小さい丸石でできた歩道
- パタパタと音を立てて道路を走るランナー
- 池や小川を裸足で歩く
- 風の強い日に噴水から飛び

こうえん ｜ 公園

- 散る霧雨
- 太陽の熱で温まった岩
- 小川に架かる橋のザラザラした木製の手すり
- 突進していく犬のリードを引っ張るときの力
- 胸元にドスンと当たるアメフトのボール
- 指の間をすり抜けるフリスビー
- 顔の周りをブーンと飛ぶブヨ
- 肌の上にとまるハエ
- 穏やかに休むことができて、完全に緊張感から解放された感覚を味わう
- ペットボトルに入った冷たい水
- 靴の下で葉を踏みつぶす
- サングラスが鼻の下にずり落ちる
- 汗が流れる

❶ 物語が展開する状況や出来事
- 夜間に強奪に遭う
- 進路を外れた野球のボールやフリスビーが直撃する
- ひどく日に焼けて炎症する
- 子どもがひとりでどこかに消えてしまう、または水中に落ちてしまっているが泳ぐことができない
- 暑さで傷んだ食べ物を口にする
- 道で転倒し肌を擦りむいたり足首をひねる
- カップルの喧嘩
- いじめっ子が公園内であとをつけてきて脅す
- 誤って蟻塚の上に座る
- 気候に合わない服装で来たために暑すぎたり寒すぎたりする
- リードにつながれていない犬に噛まれる
- 犬の糞を踏む
- 自然の中でくつろぐはずが、行ってみると公園内の様子が驚くほどひどかった（干ばつ、火事、害虫の侵入のため）

- 子どもの誘拐
- カリバチに刺されてアレルギー反応を起こす

❷ 登場人物
- 自転車に乗った人
- 犬の散歩代行者
- 家族
- ゴミ収集人
- 庭師や用地管理人
- メンテナンススタッフ
- ピクニックに来た人
- ランナーや散歩する人
- 学校のグループ
- 警備員
- 日焼けをしに来た人

設定の注意点とヒント
公園内にあるものというのは、その規模や場所によって異なるだろう。たとえばセントラルパークは広大なので、通常の設備に加えてアイススケートのリンクや馬車、軽食の屋台など、さまざまなものが揃っている。逆に小さな公園であれば、一面に芝生が広がるほかは木が1、2本あるだけかもしれない。都市の中の公園であれば、あらゆる自然の環境音ばかりでなく車両の往来や膨大な数の人による都市部の典型的な騒音も聴こえるはずだ。一方、田舎の公園は自然の音ばかりが背景に鳴り響く静かな空間であるはずだ。季節や天気も描写に大きな影響を与えるものである。公園に含まれる特定の要素については、リアリズムを強化するために、その要素を視点となる登場人物の感覚というフィルターを通して描くよう検討しよう。

例文
散歩道には木々が並び、黄色くなった上部の厚い葉を支えるために、枝が互いに織り合わさっている。リスたちは、鏡ほど微動だにしない湖の周りで、巣や冬場に向けた貯蓄のためにあれこれと集めながら、木から木へと自分たち専用の道を飛び移っていた。ときどき、一枚の葉が歩道のベッドで眠る仲間のところへ向かおうと、はらはら舞い落ちる。彼らはランナーや自転車が大きな音を立てて駆け抜けるたびに、目を覚まして身をよじり、少しだけ活発に動いてから、再び眠りに落ちるのだった。

使われている技法
隠喩、擬人法、季節

得られる効果
雰囲気の確立、時間の経過

都市編 / 基礎設定 / こ

公衆トイレ
〔英 Public Restroom〕

関連しうる設定
空港、遊園地、市場、コンビニエンスストア、ガソリンスタンド、ホームレスシェルター、公園、ショッピングモール、スポーツイベントの観客席、ウォーターパーク、動物園

👁 見えるもの
- 片側の壁に設置されたいくつかの小さな個室
- ドアがへこんでいる、または鍵がなく、くしゃくしゃになったトイレットペーパーが散らばっている
- 蛇口からポタポタ水が滴り落ちているシンク
- 排水溝のまわりで輪状に付着したさび
- 白いシンクにこびりついた髪の毛
- 小便器用の排水口まわりに置く尿石除去剤
- コンドームやタンポンの販売機
- 壁や個室内に書かれたメッセージ
- 個室のドアの内側に貼られた広告
- (壊れていたり替えがなかったりすることもある) トイレットペーパーのディスペンサー
- 便座や床に付着した小便
- サニタリー用のゴミ箱や便座シートの入ったディスペンサー
- 床に付着した汚物やちぎったトイレットペーパー
- 個室内にあるコートやハンドバッグをかけるためのフック
- きつね色の紙タオルで溢れ返ったゴミ箱
- シンクまわりに散らばる濡れた紙タオル
- ディスペンサーから漏れてシンクに筋をつくっているピンク色のハンドソープ
- 故障していたりしていなかったりするハンドドライヤー
- 銀が剥げてきた古い鏡
- 水滴があちこちついたシンクまわりの壁に設置された折りたたみ式のおむつ交換台

👂 聴こえるもの
- きちんと閉まらない蛇口から「ポタポタ」と落ちる水
- トイレの水を流す音
- 笑い声を上げながらメイクや髪を直す女の子たち
- 轟音を立てるハンドドライヤー
- 壁のディスペンサーから紙タオルをちぎって「カサカサ」と音を立てながら使う
- トイレの水が「ゴボゴボ」と補充される
- 反響する声
- 個室のドアが「バタン」と閉まる
- 個室の鍵を「カチャッ」とかける
- 携帯でお喋りする人
- トイレの使用時に一般的に発生する身体機能の音
- どこにも触れないようにと幼児に命じる親
- 赤ん坊の泣き声

👃 匂い
- クリーナー
- 石鹸
- 漂白剤
- 鼻につく香水
- ヘアスプレー
- トイレの臭い

👅 味
- 設定の中には、登場人物がその場面に持ち込むもの (チューインガム、ミント、口紅、煙草といったもの) 以外に関連する味覚というものが特にない場合もある。特定の味覚がほとんど登場しないこのような場面では、ほかの4つの感覚を用いた描写に専念するのがよいだろう。

✋ 質感とそこから受ける感覚
- 紙ほどに薄い便座に座る
- 鍵が壊れているとき、開かないように足でドアを支える
- 水を流すときに足を使う
- 肘や額でドアを開ける
- 滑りやすい石鹸
- 洗ったばかりで濡れている手
- モコモコ膨れる石鹸の泡
- 手を拭くために使うザラザラした紙タオル
- 口紅を塗る、髪を整える、メイクの汚れをとるために目の下を指でこする
- 公衆の場で用を足すことが恥ずかしく、なるべく静かにことを済ませようとする
- 手を洗うときに濡らさないように、袖をたくし上げる
- シンクまわりについた水がシャツの前を濡らす
- 用を足している際に、なんとか服が床につかないようにする
- ザラザラして薄いトイレットペーパー

⚡ 物語が展開する状況や出来事
- 誰かが個室の中で待ち伏せている
- トイレットペーパーや石鹸が切れている
- どのトイレもすべて詰まっていることが発覚する
- いじめっこたちにあとをつけられ、出口を塞がれる

こうしゅうといれ｜公衆トイレ

- 会話を立ち聞きしたことで、自分の身に危険が迫る
- 個室に入っているときに残忍な犯罪を目撃する
- 胃腸の問題
- 極度の潔癖性だが公衆トイレを使用しなければならない
- プライバシーを要するときに個室が使われている
- どうしてもトイレに行きたいときに、中に入ることができない

登場人物
- 清掃スタッフ
- 利用客

設定の注意点とヒント
公衆トイレの中にはきちんと管理されていて、頻繁に掃除されていることを示す当番のチェックリストがドアのそばに貼られたところもあれば、用務員がめったに来なかったり、備品がほとんど補充されないようなところもある。公衆トイレを場面で起用するときには、この場所を利用することになる登場人物の理由と、そこで発生する事柄について検討してみよう。強い対比を生んだり、緊張感を加えたり、象徴を示したりすることができるのは、どんな種類のトイレだろうか？

例文
昼にハンバーガーを食べたとき、特大サイズのソーダを頼むんじゃなかったと後悔しつつ、エイミーはサービスエリアにあるトイレのドアを肩で開けた。入り込んだ風によって、汚いタイルの上でくしゃくしゃになったトイレットペーパーがわずかに動く。頭上の蛍光灯はブーンと音を立てながらチカチカ点滅し、出て行けと脅してきた。一台のひび割れたシンクには虫の死骸が見られるが、蛇口からは水が滴り落ちているので、少なくとも使うことはできるようだ。個室のうち2つはドアがなく、3つ目のドアは斜めに曲がっている。数切れでもいいからトイレットペーパーが残っていて、間違っても中でヤク中が意識を失っていたりしませんようにと祈りつつ、彼女はその個室に向かった。

使われている技法
対比、多感覚的描写

得られる効果
雰囲気の確立、緊張感と葛藤

工場
[英 Factory]

👁 見えるもの
- 裏側に広い配送区画のある大規模なトタン屋根の建物
- 大煙突から出ている白煙
- 外観に設置された企業の巨大なマークまたはロゴ
- 販売・管理事務所または事務所棟(机、電話、パソコン、事務スタッフ)
- 生産に向けて装置を調査したり設計したりする事務所工学部門(機械工や電気技師らが、パソコンで性能をシミュレーションするために3D技術を駆使したり工程を設計したりする部門)
- 製造センター(技術者や専門家が集まる広々と明るい倉庫、道具や機械、ロボットによる機械加工の部屋、歩道の線が引いてあるコンクリートの床、物品棚、自動塗装室、荷台、原材料、ホース、バルブ、金型、チェーン、工具、温度が制御された検査室、安全標識、負傷または緊急停止の際に信号灯を点滅させるため柱に取りつけられたボタン、洗眼器室、救急キットがある応急処置室)
- 組立・生産センター(組立ライン、ヘルメットを被った技術者らがすべての接続を行い診断装置を使ってダブルチェックをしている、生産部長、保安スタッフ)
- 梱包センター(荷台、ビニールの包装紙、段ボール箱、フォークリフト、ステッカーやラベル、配送トラック)
- 床に落ちた破片を掃いたりゴミ箱を取り替えたりする清掃員
- 空気ホースや工業用ドリル、湿式・乾式タイル鋸がある複数の部屋
- 状況観察のため組立室の上に設置された金属の歩道

👂 聴こえるもの
- 「ウィーン」「ブーン」とうなる機械
- 空気圧縮機の作動音
- 金属が「チャリン」と鳴る、あるいは金属同士でこすれる音がする
- 組立ラインでコンベアローラーやチェーンが「カタカタ」と鳴る
- 「シューッ」とプレス機が鳴る
- 大きな空間に反響する音
- 重機や小型マニュアルリフトが後退するときのビープ音
- 「サラサラ」と床にフロアブラシが当たる
- 重工具を作業台に置く音
- 金属製の階段で「ガチャガチャ」と鳴る重たい長靴

👃 匂い
- 匂いはその工場で製造されているものによって異なる。大量生産を実施し、非有機的なものを扱う生産工場の場合では、モーターオイル、潤滑油、金属、ゴム、熱い機械、化学薬品、木材、塗料、樹脂などの匂いが一般的なものになるだろう。

👅 味
- コーヒーやボトル入り飲料が考えられるが、たいてい工場では飲食が禁止されている。ただし消費者向けの食品を生産している工場であれば(ビールの瓶詰め工場、クッキーやキャンディーの工場、冷凍ピザ生産ライン)、製品をランダムに試食するための品質管理試食センターが設けられているかもしれない。

✋ 質感とそこから受ける感覚
- 厚い手袋の中で汗をかいている指
- 頭皮を締めつけるヘルメットやヘアネット
- 加工の最中についた破片を取り除くために、金属やプラスチックの溝に指を走らせる
- ザラザラした紙やすり
- 可動部を直したり潤滑油を塗ったりすることでべとつく指
- 肌に当たる冷たい金属
- 素手で小さな部品を組み立てているとき、それに挟まれたり突つかれたりする
- 手の甲で額のべとつく汗を拭う
- 指につくプラスチックや木材のかんなくず
- 作業室に敷かれたクッションマットの弾力
- 重たい作業長靴を履いて足が熱くなる
- 一日中立ちっぱなしで疲れた足
- 生産品に取りつけるためにクリップやファスナーの入った箱の中をかき分ける

❗ 物語が展開する状況や出来事
- 現場での負傷
- 不満を抱いた従業員による

こうじょう｜工場

妨害工作
- 労働組合員のストライキ
- 悪い評判
- 工程が危険であったり非衛生的であったりする
- 夜間の器物破損や窃盗
- 財政トラブル
- 工場が閉鎖され、従業員が職を失う
- ほかの従業員を脅したり利用するために権威を振りかざす従業員
- 従業員らの職を脅かす新たな技術や工程の機械化

登場人物
- 企業経営者
- 工場従業員
- 衛生および安全指導員
- 投資者
- 清掃員
- 経営管理者
- トラック運転手や配達員

設定の注意点とヒント
工場は所在地、使用する工業技術の分量、あるいは製造するものによって、光景や音、匂いに違いが出てくるはずだ。

例文
マデリーンは、この5年の間に培ったリズムにのって動いていた――鋼板を選び、プレス機に滑り込ませ、吊り下げられたボタンを親指で押して、機械がVG10の薄板へと下降し、30本のナイフの刀身が出来上がるのを見守る。それからプレス機を開けて使った板を取りだし、成形と研磨のために刀身がガタガタと音を立てて漏斗に向かう一方で、また次の板を入れるのだ。ああ、ナイフ工場で働くってなんて魅力的なんでしょう。冗談は抜きにしても、彼女とまだ養育が必要な息子を置いてイアンが出ていってしまってから、こうして仕事があることに感謝はしている。日々食べていけるのだから、手にできたいくつものたこや、いくら洗っても落ちない黒いすすで汚れる価値もあった。それに、かけてきた苦労を把握しているからこそ出来上がった製品もなかなか美しく、彼女は生産過程の一端を担っていることにささやかな喜びを感じるのだった。

使われている技法
多感覚的描写、時間の経過

得られる効果
登場人物の特徴づけ、背景の示唆

交通事故現場
〔英 Car Accident〕

関連しうる設定
郊外編 ── 田舎道
都市編 ── 救急車、繁華街、救急救命室、病室、
　　　　　パトカー、警察署、小さな町の大通り

👁 見えるもの

事故の最中
- 自分の車線に車やフェンスが近づいてくる
- 衝撃の直前、対向車に乗っている人々の恐怖に満ちた表情
- ボンネットがぺしゃんこになる
- ガラスが破壊される
- 身体が座席前方にもっていかれる乗客
- 白雲の中で作動するエアバッグ
- 意識が途切れ、それぞれの瞬間が断片的にしか認識できない

事故後
- 割れたガラス
- 事故に遭った車がおかしな向きで停まっている
- 壊れてぺしゃんこになった車両
- パトカーの警光灯
- 煙や蒸気
- ゆがんだ金属やプラスチックの塊
- 砕け散ったフロントガラス
- 救急車両（パトカー、消防車、救急車、牽引トラック）
- 車内に閉じ込められている人々のそばにひざまずいたり、搬送のために犠牲者を固定する救急隊員や消防士
- 目立つ色の防弾チョッキを着た警官（黄色いテープで現場を固定する、バリケードを作る、交通整理をする、目撃者に話を聞いて調書を取る）
- 大勢の見物人
- 現場を録画しようと携帯を掲げる野次馬
- 血の汚れや包帯
- こぼれた液体による水たまり（冷却水、ガス、オイル）
- 医療カバンやストレッチャー
- 道路沿いに停められた車
- 作動したエアバッグ
- 車道に横たわる外された車のドア
- ヘリに乗った救急隊員
- 泡消火装置によって消火される炎
- 現場を照らしたり夜間の煙を背後から照らす、懐中電灯の揺れる光や車のヘッドライト
- 壊れたガードレールや折れた木
- 地面に散らばる木の枝

👂 聴こえるもの

事故の最中
- 「キーッ」と鳴るタイヤ
- 大きく鳴り響くクラクション
- ブレーキでこすれる音
- 息を飲む音や叫び声
- 「ピンッ」と切れるシートベルト
- 「バリバリ」という金属
- 「ガシャン」と割れるガラス
- 人やものが「ドスン」と放り投げられる
- 「バキン」と折れる木や看板
- バリケード沿いを「キーッ」と音を立てて滑る金属

事故後
- 熱いエンジンに液体がこぼれて「シューッ」という音が鳴る
- 衝突をさけて車がスリップした音、あるいはブレーキをかけて停まる音
- 冷却する最中にノッキングを起こしたエンジンの音
- 犠牲者がわずかに体を動かした際に割れたガラスが地面に落ちる音
- 窓ガラスを叩いて中の犠牲者に大丈夫かと呼びかける
- 事故にあった犠牲者が「キーン」と耳鳴りしている
- パニックで速くなる呼吸
- 泣き声
- うめき声
- 叫び声
- 火の手が「パチパチ」と上がる
- 塗料や金属が熱くなって「ブクブク」と膨れる音
- 運転席に有毒なガスが入り込んできて咳き込む
- 必死に車から脱出しようとする人の立てる音
- 横転した車の壊れた窓から犠牲者が滑り出る際に、アスファルトの上に金属片が落ちる音

👃 匂い
- こぼれたガソリン
- 燃えたゴム
- オイルやその他モーターの液体
- 煙
- 血

👅 味
- 血
- 涙

✋ 質感とそこから受ける感覚

事故の最中
- 両腕でハンドルを握りしめ、背中をシートに押しつける

こうつうじこげんば ― 交通事故現場

- 胸や腰をぐいと引くシートベルトのストラップ
- 体を左右に揺すられる
- 頭と体の側面をドアに強打する
- 前後にカクンと動く首
- 車内のものに当たって激しく痛む（ハンドバッグ、カバン、ペット、その他固定されていないもの）
- 衝撃に備えて全身に力を入れる
- エアバッグが作動して化学物質のほこりが顔にかかる
- エアバッグの威力で後ろに押し戻される

事故後
- 徐々に自分の居場所がわかってきたが、ショックで何も感じられなくなる
- 時間がゆっくりと経過し、思考に靄がかかっている感覚
- 混乱状態
- あちこちにできた切り傷やあざ、または重傷を負っている箇所（脳しんとう、動けなくなったあるいは折れた手足、車体の一部が皮膚を貫通している）の痛みがだんだんわかってくる
- 激しい恐怖、および車内にいるほかの人たちに対する心配
- 動こうとしても動けない
- いらだちとパニックが募る
- 肌を伝う、あるいは動脈の傷からほとばしる血
- ショックに伴って抑えきれない震え

❶ 物語が展開する状況や出来事
- 一台の車から火の手が上がる
- 運転席に有毒ガスが充満する
- あちこちの骨が折れているために生存者が動けない状態
- 後部座席に負傷した愛する人（子ども）がいるものの、手を伸ばしたり確認したりすることができない
- 車内で意識が戻ると、乗客が亡くなっていた
- 助けを求められる目撃者がいないような人里離れた場所で自動車事故に遭う

🎭 登場人物
- 居合わせた人
- 消防およびレスキューチーム
- 医療スタッフ
- 救急隊員
- 警官
- 犠牲者

設定の注意点とヒント
ささいな自動車事故であれば、警察や救急隊員が関わることはないだろう。彼らがやって来るのは、人が負傷したり、もしくは特定の場所にまで被害が及んだりした場合である。感覚的なディテールについては、語り手もしくは視点となる登場人物の立場から伝える必要があることを忘れずに。その場面におけるどの人物であるかによって、登場人物が気づく事柄は変わってくる。たとえば現場に居合わせた人物であれば、被害者も気づかないような事故のディテールに目が行くかもしれない。職業柄、警官も注意深い傾向があるので、ほかの人々が気づかない事柄を発見するだろう。

例文
暗闇の中でメアリーは目覚めた。耳鳴りがして、思考がぼんやりしている。《ここ、どこなの……？》 フロントガラスに空いた穴から煙が流れ込んできて、その石油っぽい悪臭に彼女は息を詰まらせた。体をひねって逃れようとしたが、何かが彼女をその場に押さえつけている。肩や腰に痛みが走り、その瞬間ある光景が甦った。一台のトラックがスリップし、トレーラーが左右に揺れながら彼女の車線に突っ込んで来る。トラックが迫ってくるときの、運転手の恐怖に満ちた顔。彼女はブレーキを思い切り踏み込んだ。耳をつんざく叫び声。《事故に遭ったんだわ。》 助けを呼ぼうと口を開いたが、出てきたのはすすり泣きだった。

使われている技法
光と影、隠喩、多感覚的描写

得られる効果
雰囲気の確立、背景の示唆、感情の強化、緊張感と葛藤

荒廃したアパート
[英 Run-Down Apartment]

関連しうる設定
郊外編 ── 浴室、子ども部屋、台所、居間、10代の息子・娘の部屋
都市編 ── 路地、エレベーター、古い小型トラック、立体駐車場、駐車場

👁 見えるもの
- 水のシミがある低い天井の小さな部屋
- 汚れた窓
- 剥げたリノリウムの床
- 剥がれた壁紙
- 斜めに曲がって縁が欠けた飾り棚の戸
- さびついたシンク
- 散らかった室内
- 家具の上に放り投げてあったり床に散らばっている服
- シンクの中に積まれた皿
- 変色した壁や家具
- 奥まで閉まらない引き出し
- 調和していない家具やまばらな装飾
- 古い電化製品
- 汚れた幅木
- クモの巣だらけの隅
- 曲がっていたり壊れたブラインド
- 窓用エアコン
- 稼働しない暖房
- (開かない、網戸が裂けている、網戸がない、本を支えに開けっ放しになっている) 窓
- みすぼらしいカーテンや寝具
- クモの巣が縦横に張られた裸電球の照明
- むき出しの配管や壁の穴
- 浴室の黒ずんだ漆喰
- シャワー室の欠けたタイル
- 水あかで覆われたシャワー室の扉
- 傾いていたり曲がっている床
- 天井の裂け目
- ぐらつく階段
- 薄い色の、あるいは変色したカーペット
- (洗濯物が干してあったり、ゴミ袋やリサイクル用の品物が置かれた) ベランダ
- 残り物が入ったほぼ空の冷蔵庫
- 台所にいるゴキブリやアリ
- 床板に落ちているラットやネズミの糞
- 積んであったり古い箱にしまわれていたりする持ち物
- 床に散らばったゴミ
- 壁に斜めに掛けられている写真

👂 聴こえるもの
- 蛇口から「ポタポタ」と水滴が落ちる
- きしむ床
- 薄い壁を通じてはっきり聴こえてくる声やテレビの音
- 怒鳴ったり喧嘩したりしている隣人の声
- 赤ん坊の泣き声
- 犬が吠える
- 階段を「バタバタ」と行き来する足音
- 廊下をすり足で歩く足音
- ゆがんだドアが開くときにこすれる、または「バタン」と閉まる
- サイレンなど通行車両の音
- 誰かが廊下でドアをノックしている
- 電話が鳴る
- 「キィキィ」と音を立てて開く引き出し
- 「ブーン」となる古い冷蔵庫
- 壁の中で走り回るラットやネズミ
- 「ガチャガチャ」と音を立てて作動する、あるいは止まるエアコン
- 古い窓を力ずくで開けるときに「キィ」と鳴る木材
- 「バン」と音を立てる水道管
- 「ブーン」「カタカタ」と鳴るシーリングファン
- 風に「カサカサ」と揺れるカーテン
- ベッドのスプリングのきしみ
- 普通であれば小さい音だが、狭いアパートであるがゆえに、そこら中に聴こえる音 (食べ物をコンロで「ジュージュー」と焼く、誰かが引き出しの中を「ガサゴソ」と探る、皿をこするナイフやフォーク、「カチカチ」と鳴る時計、誰かが電話で話す、シャワーが流れる)

👃 匂い
- 建物や食品のカビ
- ほこり
- 硬水のさびた臭い
- 階段の吹き抜けで臭う小便
- 濡れた犬
- 傷んだ食べ物
- 汗
- 体臭
- 調理している食べ物
- 台所から漂ってくる脂や油の匂い
- 洗濯していない服
- 外に出さなければならないゴミ
- 汚れたおむつ
- 古い煙草の煙

👄 味
- 淀んだ空気
- 安価で簡単にできる食べ物
- 煙草
- アルコール
- 水道水

こうはいしたあぱーと — 荒廃したアパート

👆 質感とそこから受ける感覚
- 重たい金属製のドアロック
- シャワーヘッドから低圧でポタポタ落ちる滴
- 冷たいシャワー
- 自分の体重でへこんだり曲がったりする床板
- 斜めに傾いた床を歩く
- 引き出しを開けるためにグイと引っ張らなければならない
- へこんだソファやマットレスに沈み込む
- エアコンがないために室内で汗だくになる
- シーリングファンや扇風機から時折吹いてくる風
- くっついている窓を乱暴に押し開ける
- 素手で皿を洗う
- 壊れた椅子が崩壊しないように注意深く腰を下ろす
- 肌にあたるチクチクする毛布
- 枕が薄くて首が痛くなる
- 戸棚からネズミやゴキブリが這いでてきて飛び上がる
- カーペットが薄いために、歩くとその下の硬い床の感触がわかる
- 素足の下のひんやりした床
- 隣人に静かにしてほしいと伝えるために壁や天井を叩く
- ほこりやカビによるアレルギー症状

❗ 物語が展開する状況や出来事
- 電化製品が壊れているが、大家が修理を拒否する
- 大事なときに停電になる（パソコンで書類を書き上げている最中、お気に入りのテレビ番組の山場、夕食の調理中）
- 不審な隣人の存在や、アパート内での違法行為
- 自宅にいても安全だと感じられない
- 家賃を払うことができない
- 横柄な大家
- スプリンクラーのシステムや避難設備に欠陥がある
- 害虫による病気
- 金や薬物を探している泥棒
- 走行中の車からの発砲や流れ弾
- 頼りにならない、あるいは危険なルームメート

👥 登場人物
- 客
- 大家
- 管理者
- 住人

設定の注意点とヒント
荒廃したアパートの一室というのは、（必ずしもそうとは限らないが）荒れ果てたアパートの一部や一区画であることが多く、たいていは苦労して生計を立てている人々が暮らしている。だからといって、居住者が人格を取り除かれているということにはならない。たとえみすぼらしい住まいであっても、部屋に置いてある品々や、壁に掛けられたアートワーク、清掃状況などによって、そこに暮らす人々のことを何かしら読者に伝える必要があるだろう。どんな家にも言えることだが、登場人物の居住空間にまつわるディテールをいくつか慎重に選びだせば、どういう人物が住んでいるのかということは自ずと読者にしっかりと伝わるはずだ。

例文
ベンははたと起きると、目をパチパチさせて暗闇を追い払い、湿ったシーツを蹴飛ばした。心臓がドスドスと大音量でベースを刻んでいるために、目覚めた原因の音がなかなか特定できない。サイレンなのだろうか、あるいは312号室の男が奥さんを怒鳴りつける声だろうか？ それとも、隣家のお粗末な犬がベランダでクンクン鳴いている声？ いや、どれもこれも外の音だ。室内は墓地だった――時計がカチカチ音を立てているわけでもなく、ゴキブリが這っているわけでもない。それに苦しげな音を出す扇風機も……ハッとして、彼は天井を見上げた。ゆがんだシーリングファンの翼が静かに時計回りに動き、永遠とも思えるほど時間をかけてよろよろと最後の回転を終えると、死に絶えた。そう来たか。ベンは汗だくのTシャツを頭から思い切り引っ張って脱ぐと、顔をゴシゴシこすった。もはや再び寝つくことなど到底できやしない。

使われている技法
隠喩、多感覚的描写、擬人法

得られる効果
雰囲気の確立、伏線、緊張感と葛藤

コミュニティセンター
〔英 Community Center〕

関連しうる設定
郊外編 ― 教会、体育館、結婚披露宴
都市編 ― 屋外プール、屋外スケートリンク、駐車場、レクリエーションセンター

👁 見えるもの
- 車でいっぱいの駐車場
- （サッカー、凧揚げ、鬼ごっこができる）広い野原
- 両開きの出入り口
- 開催されている講座に子どもを送り届ける親（ボーイスカウトやガールスカウトの集まり、ロボットクラブ、ベビーシッター講座、青年グループのイベント）
- 天窓や窓のある大きな部屋
- 台所設備
- 行事（結婚披露宴、地域の会議、青年のダンス会、クリスマスパーティー、家族の集まり、不用品交換会）にあわせて仕様が変えられる大きな会議室（折りたたみテーブル、積み重ねられる椅子、音響システム、タイル張りの床）
- 事務局員が働く管理室（センターの日々の運営、ホールの貸し出し、会議の設定）
- 更衣室
- 地域のお知らせが貼ってある掲示板
- これからの行事や資金集めのパーティーを告知するチラシ（地域のガレージセール、廃品回収、パンケーキの朝食会、公園での野外上映会）
- トイレ
- 青年用休憩室（古いソファや肘掛け椅子、ビリヤード台またはテーブルサッカー、テレビ、棚に積んであるボードゲーム）
- 子育てサークルに集う母親と幼児
- マットを並べウォーミングアップのストレッチを行っているヨガクラス
- 用具室（折りたたみテーブルや椅子、保管品、人工植物、音響機器をしまっておく）

👂 聴こえるもの
- 会議室での白熱した議論
- ボーイスカウトが木製のレースカーを組み立てるときのハンマーの打音や木材の落下音
- 放課後の集まりで子どもたちがお喋りしたり笑い声を上げる
- ダンスパーティーに向けて会場設置を手伝う人々に指示を出す
- 結婚披露宴の司会者が新郎新婦に向けてスピーチする
- ハンガーが更衣室の竿をこする音
- 管理室で鳴り響く電話
- トイレの水が流れる音
- 噴水式水飲み場で「チョロチョロ」と水が流れる音
- 床の上で「キュッキュッ」と鳴る靴
- ドアが開いて突風が入ってきたときに掲示板の上ではためく紙
- くぐもって聴こえる騒音（車が駐車場を出入りする音、親が子どもに向かって怒鳴る声、バスケットボールが屋外コートで弾む音）

👃 匂い
- 煎れたてのコーヒー
- 食べ物（ケータリングを呼ぶイベント、あるいはグループが調理室を使用している場合）
- 古い建物のカビ臭さ

👅 味
- 噴水式水飲み場の水
- ホールを借りているグループが出す軽食
- コーヒー
- 紅茶
- 従業員やボランティアの休憩室で温められる、家から持参した食べ物

✋ 質感とそこから受ける感覚
- 空室日を確認するためにカレンダーを見ながら受話器を耳にあてる
- 開いているドアから隙間風が吹いてきて、服をはためかせる
- 金婚式の夕食会後に、室内をほうきでリズミカルに掃く
- クリーニングに出すためにテーブルクロスを丸める
- 収納のためにテーブルを横に倒して足を折りたたむ
- 雨の日に、濡れたタイル張りの床を滑る靴
- 青年用休憩室の古いソファにもたれる
- 来たる行事に向けて倉庫から飾りつけを抱えてくる
- 古い飾りつけのほこりでくしゃみが出る

⚡ 物語が展開する状況や出来事
- 部屋を借りておきながら当日になって現れなかったり、支払いを拒んだりするグループ
- 破壊行為（窓の破壊、スプレーによる壁の落書き、景観破壊）によって、貴重なコミュニティの資金を修理に捻出することになる
- 財政問題によってコミュニ

こみゅにてぃせんたー　コミュニティセンター

ティセンターの機能が制限される
- 講座開催の要望は強いものの、そのためのボランティアを買って出てくれる人が少ない
- コミュニティセンターが緊急避難所として使用されるが、全住民にじゅうぶんなサービスを施すスペースが確保できない
- ホールでダブルブッキングが発生する

登場人物
- 建物の従業員
- 地域の人々
- 子どもたち
- メンテナンス・スタッフや清掃員
- イベントを主催したり会議を開催したりする特別グループの主催者およびメンバー
- 10代の子どもたち

設定の注意点とヒント
コミュニティセンターの規模や状態というのは、その地域に暮らす住民の経済状況によって大きく異なる。たとえば億単位の家が立ち並ぶ流行りの地域に比べれば、より貧しい地域にあるセンターは規模も小さく設備も少ない。その大小にかかわらず、コミュニティセンターではあらゆる地域活動が開催され、その地域の人々が（たとえ会いたくない場合でも）ばったり遭遇することのできる人気の場所である。新しい彼女を連れた前夫も、学校のいじめっこたちも、同じ地区の少し先に住んでいる怪しい隣人も、誰もが地域の会合やイベントに引き寄せられるわけで、それがより大きな人間関係の衝突や破裂、あるいは爆発を生み出すのである。この設定を選ぶ際は、人々を団結させるためだとか、あるいは逆にいがみ合いを引き起こすために、皆の所有物であるこの空間をどうやって活用することができるのか、自問してみるといいだろう。

例文
道具箱を手にリロイが去ったあと、カーラはデスクから立ち上がると3部屋のうち一番小さい貸しスペースである「エヴァンウッド」に向かった。部屋は静まり返り電気もついておらず、床はきれいに掃除されている。ここは週に一度開講するヨガ教室「オーキッド・グループ」が好んで利用するスペースだった。彼らはもう長いこと借りているが、最近ホットヨガのセッションを楽しむとかいうために、部屋が火口になるまで暖房の温度を上げるようになった。暖房費と空気の入れ替えに何日もかかる死体の臭い、どちらの方がより悪いのか、カーラにはわからない。温度調節器を覆うために、リロイが透明なプラスチックの箱を取りつけてくれたのを見て彼女は微笑んだ。これでささやかな問題は終わりを迎えたのだ。会計の帳尻を合わせるのも、これくらい簡単にできたらどんなにいいだろう。

使われている技法
隠喩、多感覚的描写

得られる効果
登場人物の特徴づけ、背景の示唆、緊張感と葛藤

ゴルフ場
[英 Golf Course]

関連しうる設定
郊外編 ― 森、湖、池
都市編 ― 駐車場、スポーツイベントの観客席

👁 見えるもの
- 車両やゴルファーでいっぱいの駐車場(ゴルフシューズに履き替えている、車のトランクにゴルフバッグを積み降ろしている、カートを支度している、ティーやゴルフボールを準備している、日焼け止めをたっぷり塗っている、バッグに水の入ったペットボトルを詰めている、ゴルフグローブを装着してグイと引っ張っている)
- 進路を往来したり専門店の前に並んで停められたオフホワイトのカート
- 緑に溢れるきちんと手入れされた景観
- 練習場(ラバーティーやボールが入ったカゴが置かれた一角、あちこちに練習ボールの跡がついたフィールド、遠くに設置された目印やターゲット、ボールを集める電動集球機を運転する従業員)
- パッティンググリーン(小さなグリーンのところどころにあるホールを利用して練習する人々)
- (ゴルフウェア、ブランドのゴルフ用具や備品、ルールブックやハンドブック、ゴルフ場の名前やロゴが入ったギフト用品や品物を販売している)専門店
- (ロッカーやベンチがある)クラブハウス内の更衣室
- コースを回ったあとに集うラウンジ(レトロなゴルフ用品、トロフィー、過去のトーナメントの記念写真、コースの旗やエンブレムが飾られていることが多い)
- パラソルと椅子がある中庭
- ゴルフカートに乗り、場内の進行具合を監視しているマーシャル(係員の意)
- バッグを肩にかけたゴルファーたちが向かう1番ホール(目土で埋めたディボット跡があちこちに見られる1打目のエリア、芝に横たえてある折れた木々、ホールの距離やハザードの場所を知らせる標識、ホールの位置を示すため遠くに設置された旗)
- フェアウェイを行き来するカート
- 独立して建つトイレ施設
- 葦に囲まれたウォーターハザード
- カモやその他の水鳥
- 深さや大きさがまちまちなバンカー
- ラフでボールを探しまわりイライラしている人
- コース内を横断して林に向かっていくシカ
- コースにやって来て、軽食や冷たい飲み物を販売するビバレッジ・カート

🔊 聴こえるもの
- 「ブーン」というゴルフカートの電動音
- フェアウェイを歩きながら話す人たち
- ボールが「トン」と木にあたる
- 悪態をついたりぶつぶつ言う声
- 遠くに打ち過ぎたため、先を行くグループに「フォア」と叫ぶ人
- 自分のグループの誰かがイーグルを決めて叫び声を上げる
- カートに乗ったゴルフバッグがぶつかり合い、クラブが「カチャカチャ」と互いに当たる
- ソーダや缶ビールの蓋を「プシュッ」と開ける
- バンカーを熊手で引っかく
- スパイクを装着したシューズを履いた人が、ツリーラインの周りを大きな足音を立てて歩く
- メンテナンス機器(芝刈り機、ブロワー)の駆動音
- 自動スプリンクラーが一定のリズムで水を吹きかける音

👃 匂い
- 刈り取ったばかりの芝
- コロン
- 汗
- 体臭や制汗剤の匂い
- ムッとするビール臭い息
- 雨が降ったあとの新鮮な空気
- 駐車場付近やメンテナンス倉庫エリアから漂う排ガス
- ラウンジの厨房から漂う調理の匂い(ステーキ、ピザ、ハンバーガー)

👅 味
- 冷たいビール
- 泡立つ炭酸飲料
- 水
- ビバレッジ・カートから購入したホットドッグやポテトチップス
- ラウンジで頼んだ食べ物(ピザ、フライドポテト、イカフライ、鶏の手羽先、ステーキ、その他クラブハウスの定番料理)

ごるふじょう｜ゴルフ場

✋ 質感とそこから受ける感覚
- 自分の手にフィットするゴルフグローブ
- 柔らかい芝に沈み込む靴
- 編み物のヘッドカバーをクラブから引っ張って外す
- ティーオフを待つ間にボールをいじる
- クラブのグリップの周りをしっかりと片手で握る
- ショットを打つために足を広げて構える
- 蚊を叩く
- フェアウェイを疾走するカートがガタガタと揺れる
- ツリーラインに沿ってショットを放つと、周囲の枝が体を引っかく
- ホールまでの距離を確かめるためにGPS機能を使う
- 全員がグリーンにオンしたところで、みんながパッティングできるように旗を抜く
- バンカーの砂が靴やズボンの裾に入り込む

❗ 物語が展開する状況や出来事
- 一緒にコースを回る相手のマナーが悪い（順番を無視する、ほかの人がプレー中に話をする、ずるをする）
- 飲酒してカートを運転し、そのために怪我をしたり器物を破損してしまう
- 雷に打たれる
- 森に入ったボールを取り戻そうとした際に、母親グマと子どもに出くわす
- ゴルフ場にて隣人や同僚同士が衝突する
- 更衣室で女をものにしたという自慢話を立ち聞きし、相手が自分の妻であることが発覚する

👤 登場人物
- マーシャル
- プロゴルファー
- ゴルフをたしなむ人々
- グリーンキーパー
- メンテナンススタッフ
- 専門店の販売員および経営陣

設定の注意点とヒント
一般的なゴルフ場は、ヤード数や難易度がさまざまな18ホールを完備しているものだが、家族連れや素人に適したパー3のショートコース、また27ホールのゴルフ場などもある。一般向けに運営されているところが多いが、会員制のゴルフ場というのも存在し、そこでは会費が新しい設備のために使われるので、たいていの場合はより良い状態が保たれている。クラブハウスについては、コースを回る前後に集まるためだけの役割を果たす小さなものもあるし、一方で会員の経済的な繁栄を象徴するかのような、豪華なレクリエーションセンターとして機能しているところもあるだろう。

例文
同僚でありベストボールのパートナーであるアルゴは、黄色とピンクのどぎついタータンチェックのニットベストに赤いズボンという出で立ちで、青々とした芝を漂白しながら1番ホールに颯爽と現れた。我々は気さくな挨拶を交わしたものの、本当は泣きたいところだった。このトーナメントで俺たちを組ませるとは、今頃オフィスにいる誰かさんが大笑いしてるに違いない。順番が回ってきたので、俺はこの先向き合わなくてはならない状況にあらかじめ備えておこうと、先に打つようにとアルゴにジェスチャーした。頼むから、悪いのは服装だけでプレーは上手であってくれよな。だが、ドライバーの代わりにサンドウェッジを取りだす姿が目に入り、俺はこれから長い長い18ホールが待ち受けていることを確信した。

使われている技法
対比

得られる効果
登場人物の特徴づけ、伏線

サーカス
〔英 Circus〕

関連しうる設定
郊外編 ― 農業祭
都市編 ― 遊園地、遊園地のびっくりハウス、駐車場

👁 見えるもの

外
- カラフルな塗装が施された貨物車や大型トレーラー
- いくつもの旗がなびくストライプ柄のテント
- ゲームや景品で溢れている通路
- メリーゴーラウンドなどの子ども用乗り物
- 前座芸人(髭を生やした女性、タトゥーを入れた男性、火飲み芸人、人間大砲)
- 動物ふれあいコーナーや珍しい動物を集めた動物展示スペース
- 売店
- 土や草に覆われた一帯
- 柵で囲われた立ち入り禁止エリア
- 投光照明
- 中身が溢れるゴミ箱
- 地面に落ちている小さなゴミ(ポップコーンの実、クシャクシャに丸まったナプキン、煙草の吸い殻、プラスチックのフォーク)

大テントの中
- 建物の中央に位置する円形や楕円形の床
- 階段式に並ぶ座席
- スポットライトで特定の箇所を目立たせるために薄暗くされた照明
- 観客に向かって話しかける舞台監督
- あらゆる芸を披露するために囲いで括られたスペースの数々(ブランコ曲芸、アクロバット、体操、動物芸、バイクのスタント技、決死の大車輪)
- 飼いならした野生動物(トラ、ライオン、馬、犬、鳥)を操る調教師
- ピエロや長い竹馬に乗る芸人
- キラキラと光る衣装
- トランポリンの上を飛び跳ねる体操演者
- クルクル回って囲いの全体を照らすカラースポットライト
- 空中の設備を駆使するアクロバット演技者(空中ブランコ、バンジー、上から吊り下げられたシルク生地、輪)
- 綱渡りをする演技者
- スモークやドライアイスによって霧がかかっている空気
- ダンス集団
- 一輪車に乗りジャグリングを披露する人
- ネオン照明
- 花火
- テントの天井に浮いた、ヘリウムガスが抜けかかった風船
- ポップコーンや綿あめを食べながら目を丸くする子どもたち

👂 聴こえるもの
- スピーカーから聴こえる放送の声
- サーカスをテーマにした音楽
- 動物に話しかける調教師の声
- 室内に大きく響き渡る舞台監督の声
- 観客が息を飲む音
- 拍手
- アクロバット演技者が互いに声を掛け合う
- 動物の声(うなり声、「メー」という鳴き声、吠える声、「シューッ」という声、象の大きな鳴き声)
- 床に「ドン」と当たる馬のひづめ
- スタント披露の際に流れるドラムロールや「バシン」と鳴るシンバル
- 金属製の階段をすり足で歩く靴音
- 「ドカーン」と轟く大砲の音
- 「パン」と破裂する風船
- ピエロが「パフパフ」と鳴るラッパを吹く
- メリーゴーラウンドでかかるオルガンによる音楽
- サーカスに向かうまでの通路で鳴り響く鐘やアラームベル
- 大音量で流れる音楽
- 通りかかる人々に声をかける商人
- 人々の話し声や笑い声
- 携帯の着信音
- 子どもの笑い声や泣き声

👃 匂い
- 動物
- 汗
- サーカスで定番の食べ物
- 揚げ物用の鍋
- 干し草
- 煙
- 小便
- 堆肥
- ほこり

👅 味
- ポップコーン
- ピーナッツ

- 綿あめ
- かき氷
- ホットドッグ
- ピザ
- フライドポテト
- ナチョスとチーズ
- アイスクリーム
- 柔らかいプレッツェル
- ソーダ
- 水
- レモネード

質感とそこから受ける感覚
- テント内で稼働するエアコン
- 明るい日差しの中から暗いテントの中に移動して、視界が徐々に慣れてくる
- 自分の席に向かうときに通る、隆起線が入った金属製の階段
- 室内が混んでいるとき、座っている両隣の人と体が触れる
- 硬い金属やプラスチック製の座席
- 熱心に拍手を送りチクチク痛む手
- 危険な技を見ているときに筋肉が強ばる
- ハッとして突然息を飲む
- ベタベタする綿あめ
- 暑い日に飲む冷たい飲み物
- 油っこいフライドポテトやピザ

物語が展開する状況や出来事
- 列車事故や道路事故により機材が破壊されたり、演技者や動物が怪我を負う
- テントの倒壊
- 動物が大暴れする
- 外で動物保護団体が抗議活動を行う
- 動物に対しひどい扱いをする世話係
- 空中ブランコの演技者が落下して死亡する
- 調教師が動物に暴力をふるわれる

- 保健所により閉鎖される
- きわめて重要な演技者が病気になり演技できなくなる
- ピエロもしくは特定の動物を怖がっている観客
- 人ごみの中で子どもが行方不明になる

登場人物
- サーカスの総指揮者
- 舞台監督
- アクロバット演技者
- 動物の調教師および世話係
- ピエロ
- 売店業者
- 客
- ダンサー

- 土地管理人
- 体操演技者
- ジャグリング芸人
- 通路を練り歩く行商人
- 前座芸人
- 竹馬芸人

設定の注意点とヒント
サーカスは何世紀にもわたり存在しているため、誰もが知るように年月を経て大きく変化してきた。多くのサーカスは、今や毎回組み立てて解体するテントを使うよりも、固定会場のアリーナで開かれるようになった。電車を利用するよりも、セミトレーラー式の連結トラックや大型トレーラーで移動する方がサーカスの一団にとっては便利である。昔から続く動物の調教師による残酷な扱いについては、それに反対する活動が日の目を浴びるようになり、多くの現場では象やクマといった野生動物の使用が禁じられている。説得力のある設定を作り上げるためには、いつもと同じように徹底したリサーチをして矛盾を省くことが重要だ。

例文
ひとつの出し物から次の出し物へと移っていく赤いスポットライトを追いかけるジミーの目は、まるでフリスビーのごとく丸くなった。ある囲いの中では、ひづめで粉塵を蹴り上げて尻尾を左右にビュンビュン揺らしながら、馬が8の字を描いて駆け回っている。続いて首を伸ばすと、彼はテントの一番高いところで空中ブランコをする人たちに目を向けた。ドラムロールに合わせて空を切って飛び、ギリギリのところで辛うじて互いの手を掴んでいる。さらに左手の方では、スパンコールの衣装を着た芸人が、チェーンソーとシミター、2枚の大皿、それにマスクメロンでジャグリングをしていた。手に持ったアイスクリームは溶け、目は一生懸命凝らしていたために痛い。それでも、まばたきをしたりその場を動いたりして、今宵最高の技を見逃してしまうのが恐かった。

使われている技法
光と影、直喩

得られる効果
雰囲気の確立

死体安置所
〔英 Morgue〕

関連しうる設定
郊外編 ― 墓地、霊廟
都市編 ― 救急車、救急救命室、葬儀場、病室、警察署

👁 見えるもの
- 施設に運び込まれる、あるいは施設から運び出される覆われた遺体
- キーパッドや磁気カードリーダーがついた頑丈なドア
- 金属製の備品や道具が置かれた無菌室
- 体液がこぼれないように台の端がせり上がっている解剖台
- 踏み台
- さまざまな程度の服装をした専門家たち（スクラブ、短いブーツ、手袋、マスク、はねよけ、ゴーグル、ヘアネット）
- 遺体を入れておく冷却室（巨大なウォークイン式もしくは遺体を台に乗せて入れておく小型の引き出し式）
- 袋に入った、もしくはシーツで覆われた遺体
- 足にタグのついた裸の遺体がテーブルの上に横たわっている
- ホースが取りつけられたシンク
- 消毒された器具が置かれたトレイ
- 臓器やその他の証拠物を置くための金属製の容器
- 吊りはかり
- X線の機械
- 報告書を作成したり書類を記入するための棚や机
- 患者カルテ
- 医療廃棄物の回収袋
- 物品保管のためのキャビネットや引き出し
- バインダーや関連する書籍で埋め尽くされた棚
- ゴム手袋の入った袋
- 壁に貼られた印刷の注意書き（手洗い、適切な処置方法）
- 情報が書かれたホワイトボード
- パソコンとプリンター
- 電話
- 遺体の写真を撮るためのカメラ
- 情報や記入書類が挟んであるクリップボード
- 患者の衣服や私物が入った袋
- 病理学者に引き渡すための検査サンプルを収納したラック
- タイル張りの床に跳ねた血

🔊 聴こえるもの
- 担架の車輪が「キィキィ」と鳴る
- 「ブーン」と、もしくは「サッ」と音を立ててドアが開く
- タイル張りの床を歩くゴム底の靴
- 短いブーツを履いてすり足で歩く音
- 電話が鳴る
- 解剖中に気づいたことを専門家が口頭で発して録音する
- クリップボードに挟まれた紙を捲る
- 室内に流れる音楽
- 服を切るときに「チョキチョキ」とはさみが音を立てる
- ビニール袋にものを入れる音
- シンクに水が流れる音
- 手を洗う音
- 金属製のトレイで手術器具が「ガチャガチャ」と音を立てる
- マスクをしているためにややくぐもって発せられる声
- トレイにものが乗せられ、吊りはかりが伸びて「ガタガタ」と音を立てる
- 証拠品のトレイに「ポトン」「ガチャン」と物品が落とされる
- 外科用メスで皮膚を薄く切る音
- 外科用ペンチや電動ノコの音
- 遺体袋のファスナーを閉める音
- キャビネットの扉の開閉音
- 保護服を「カサカサ」と広げて着用する音
- 紙の上で「サラサラ」とペンが音を立てる
- ゴム手袋をはめたり外すときの音
- 専門家が遺体の写真をデジカメで「カシャッ」と撮る

👃 匂い
- 消毒剤
- 漂白剤
- 血
- 具合が悪くなるほど甘ったるい腐敗臭、または「死」の匂い
- ホルマリン（標本を保存するためのもの）
- マスクの内側に吐き出される自分の息
- 鼻の下に塗るメントール軟膏

👅 味
- 設定の中には、登場人物がその場面に持ち込むもの（チューインガム、ミント、口紅のろうの味といったもの）以外に関連する味覚という

したいあんちじょ —— 死体安置所

ものが特にない場合もある。特定の味覚がほとんど登場しないこのような場面では、ほかの4つの感覚を用いた描写に専念するのがよいだろう。

● 質感とそこから受ける感覚
- 温度が非常に低く設定された部屋
- ゴム手袋の乾いた感触
- 肌をこする使い捨てマスク
- チクチクするヘアネットやヘアキャップ
- キーパッドのボタンを押す
- 耳や頭皮をこするヘッドセット
- 遺体の重み
- 手袋をつけていることで感覚がやや鈍る
- 皮膚に外科用メスを入れたときに抵抗力が引いていく感覚
- 手や足元に付着したツルツルと滑る血
- ぐにゃっとした臓器
- メントールを塗布された鼻の下の一部がひんやりする
- 外科用メスをしっかりと握る
- 肌にあたる冷水
- 残っている臭いを取り除こうとして肌をゴシゴシこする
- 冷却室に入ったときに吹きつける冷たい空気

● 物語が展開する状況や出来事
- 遺体をなくす
- 故人の重要な私物を置き忘れる
- 死因を断定できない、または周囲の不評を招く死因を確定する
- 電源や予備装置が作動しない事態に陥る
- 死体安置所で足止めを食らう
- 保護服に欠陥があり、自分の健康が損なわれる
- 組織サンプルを取り違える
- 遺体に誤ったラベルをつける
- 注目されている事件の遺体を収容、あるいは解剖しなければならない
- 検視官や捜査当局から政治的な圧力をかけられる
- 死体安置所での仕事を恥じている
- 仕事と個人的感情を切り離すことが難しい
- 自分が死体を扱う職に就いていることに、道徳的あるいは個人的に反対する家族がいる

● 登場人物
- 検視官
- 遺体の確認に来た家族
- 法医学の専門家
- 喪失感に対応するカウンセラー
- 監察医
- 内部を見学している医学生または捜査当局の人間
- 看護師
- 病理学者

設定の注意点とヒント
死体安置所といわれればほとんどの場合、解剖を行う、検査のためにサンプルを収集して送付する、遺体を維持する、愛する者の遺体の確認を行う、といった一連の業務が思い浮かぶだろう。しかしすべての安置所がこうしたサービスを一式まとめて提供しているわけではない。規模や財政状況によっては、解剖のために監察医や検視官のオフィスに遺体が運ばれるまでの、簡易的な保管室として死体安置所を用いる病院もある。ときには葬儀場で解剖が実施されることもある（この場合、安置所は霊安室と呼ばれる）。その際に担当する病理学者は個人であることが多いため、費用もかさむことが考えられる。ほかにも、家族が遺体を確認する必要がある場合には、物語全体の流れにおいてどのタイミングでそれが発生するかによって、遺体と対面する場所というのは変化するはずだ。そのため死体安置所の場面を書くときには、そこが病院内なのか、監察医や検視官のオフィスにあたるのか、それとも葬儀場に併設されているのかといった選択肢を吟味して決めるべきだろう。

例文
ジュリアはドアを開け、管理業者がようやく蝶番に油をさしてくれたことを喜びながら、悲しみにくれる故人の夫に付き添って室内に入った。いつも最初に飛び込んでくるのが、この部屋の匂いだ——膨大な量の消毒剤で隠蔽されてほとんどわからなくなっている、むっとするほど甘ったるい匂い。本当に微かに香るだけなので、感覚を鈍らせて作業にあたる専門家や、とりわけ完全に打ちのめされた家族など、自分以外は誰も気づかないようだった。金属製の担架に乗って覆われた遺体をじっと見つめながら、女性の夫は嗚咽を堪えている。その肩に手を置き、ジュリアは彼が辛い最初の一歩を踏み出すのを待った。

使われている技法
多感覚的描写

得られる効果
雰囲気の確立、感情の強化、緊張感と葛藤

自動車修理工場
〔英 Mechanic's Shop〕

関連しうる設定
郊外編 ─ ガレージ、廃車部品販売所
都市編 ─ 交通事故現場、洗車場、
　　　　　ガソリンスタンド、中古車販売店

👁 見えるもの
- 駐車場に揃った故障車
- リフトやジャッキに乗った車が並ぶ開けた一角
- 従業員（潤滑油やオイルで黒ずんだ指に、長靴とオイル染みのついたつなぎ服姿）
- リフトや油圧機器
- タイヤやリムの山
- 天井からぶら下がるホース
- 壁に沿って並ぶ作業台
- 壁の栓に巻きつけられた水まき用ホース
- 工具（レンチ、ドライバー、ソケットセット、ドリル）
- エンジンクレーン
- 鍵や作業工程が入ったプラスチック封筒
- アイドリング中の車
- 積んである作業現場用の三角コーン
- 大型ドラム缶
- 壁に設置された首振り扇風機
- オイルやガソリンの缶
- 油差しやガソリンタンク
- 安全標識
- ゴミ箱
- しわくちゃに丸められたペーパータオル
- 近くの作業台に放り投げられた、油を拭き取る布巾
- 予備の自動車部品
- 道具箱やキャスターつき道具ワゴン
- ボンネットが開いた車
- 車の下で寝板に乗って作業する整備士
- オイルの染みがついたコンクリートの床
- 椅子が並ぶ待合室
- テレビとコーヒーメーカー

👂 聴こえるもの
- 電気ドリルやその他の機器の耳をつんざくような騒音
- ラジオから流れる音楽
- 従業員が口笛を吹く
- 「キィ」と音を立てながら開き、「バタン」と閉じられるボンネット
- アイドリング中のエンジン音
- 騒音の中でも聴こえるように整備士が大声で話す
- 客が放送で呼びだされる
- スムーズにかからない車のエンジンの音（「ガチャガチャ」という、空吹かし、エンスト、詰まり）
- 「カチャッ」と鳴るだけでかからないエンジン
- 「シュルシュル」と音を立てるベルト
- ソーダ缶が「プシュッ」と開く
- 重いものをゴミ箱に落とす
- ジャッキの昇降音
- ゴム製の靴底の足音
- 自動車用の液体（水、オイル、ブレーキオイル、トランスミッションオイル）が地面に「ポタポタ」と落ちたりはねる音
- 丈夫な首振り扇風機が「ブーン」と音を立てる
- 作業用の寝板が車の下で転がる音
- ホースから水が滴り落ちる音
- 鍵が「ジャラジャラ」と鳴る

👃 匂い
- モーターオイル
- 潤滑油
- ガソリン
- 汗
- 金属

- 塗料
- さび

👅 味
- ガソリンや油が充満した汚れた空気
- 待合室の自販機で売られている食べ物や飲み物（スナックバー、ポテトチップス、ガム、水、ソーダ、コーヒー）

✋ 質感とそこから受ける感覚
- 音も動きもガタガタな壊れかけの車が駐車場に入ってくる
- 修理が終わるのを待つ間、肌にたまる汗
- 首振り扇風機による涼しい風
- 地面に溜まっていた潤滑油やオイルに滑る
- 駐車場のくぼみにつまずく
- 握っている金属性の工具の冷たさ
- 潤滑油または油を拭き取るために、タコができた手をタオルでこする
- 車両の下にいるときに、誤って頭や膝を強くぶつける
- 固いボルトを無理矢理ゆるめようとして切り傷ができたり指の関節を強打したりする

❗ 物語が展開する状況や出来事
- 車の下敷きになる
- 稼働するエンジンによって火傷や大けがを負う
- 重たいものを持ち上げたときに背中を痛める
- 工具または危険な機械を使って誰かに襲撃される
- 客の車からものを盗んでいるところを見つかる

じどうしゃしゅうりこうじょう ― 自動車修理工場

- 誤って車をこすったり傷つけたりしたため、それを隠蔽しようとする
- いい加減な整備士にあたる
- 嫉妬した、もしくは怒った整備士に破壊工作をされる
- 腕の悪い整備士に車を修理される

👤 登場人物
- 客
- マネージャー
- 整備士
- 事務スタッフ
- 必要な物資を届けに来る業者

設定の注意点とヒント
自動車修理工場の内部の様子は、その建物で行われる作業の種類によって変わってくる。先に記した一般的な修理工場以外にも、部品専門店、タイヤ販売店、オイルの取り替えや全体的なメンテナンスを行う工場などが存在する。また新車や高級車を所有する人であれば、その車を整備してもらう必要があるとしても、車両がまだ保証期間内である場合には、修理工場の代わりにディーラーへと持ち込むことを選ぶこともあるだろう。

　登場人物を困難な状況に置くことが私たちの仕事だ。つまり、ひとたび登場人物をイライラさせたなら、次はさらにもっとイライラさせなくてはならない。そう考えたとき、たとえば猛暑の日に車が故障するというのはなかなかいい出だしだ。辺ぴな場所を走っていたところで、後部座席にはまだ小さい子どもが2人乗っている。暑さで臭う車内に座ったままレッカー車に引っ張られて隣町まで向かうと、今度はエアコンの効いていない待合室で待たされる羽目に。さらには修理が当初の話よりももっと大掛かりな作業となり、費用もかさんでしまうこともあるだろう。もともと激昂しやすい登場人物であれば、そのときには爆発的な反応を振りかざし、もう少しで誤った決断を下しそうになることも十分に考えられるだろう。

例文
父親が小声で悪口を言いながらゴリラみたいに汗だくになっている一方で、ジョーイはプラスチックの椅子の背にしがみつき、ガラス窓を息で曇らせながらニコニコしていた。巨大なタイヤは重そうなのに、青い制服を着た男の人がそれを軽々持ち上げて放り投げている。別の男の人はとびきり大きな音を出してドリルを使っているし、彼の相棒はさびついた古いトラックのボンネットの下で何かを打っている。ジョーイは膝をバタバタさせながら、自分もいつかここで働くことができるだろうかと思った。

使われている技法
多感覚的描写、直喩

得られる効果
登場人物の特徴づけ、感情の強化

都市編 基礎設定

消防署
〔英 Fire Station〕

関連しうる設定
郊外編 ── 火災現場
都市編 ── 救急車、警察署

◎ 見えるもの
- 複数の車両が停められる広々としたスペース（消防車、高規格救急自動車、レスキューボート、はしご車、救急車）
- 一時的な停車エリアを指示するため、あるいは特定の車両をまとめるためにコンクリートの床に描かれた目印
- 準備された消防士の用具（長靴、防火ズボン、ヘルメット、酸素ボンベ、手袋、上着、フードとマスク、斧などの道具を取りつけた腰ベルト）
- 駐車スペースで待つ稼働中の消防車から排ガスを取り除く排気ホース
- 火災調査トラック
- 蛍光灯
- 巨大な巻き上げ式のガレージシャッター
- はしご
- スピーカー
- 消火器
- 消防士のための共同寝室（ベッドと小さなテーブル、すぐに着替えるために近くに置いてある用具）
- いくつかの滑り棒
- 大きな浴室
- ロッカーとシャワーがある更衣室
- トレーニング室（ウエイトトレーニング、筋力トレーニング、有酸素運動）
- フルキッチン（複数の冷蔵庫、コンロとレンジ、食料庫、カウンター、コーヒーポット、深鍋や平鍋、長いテーブルのある食事スペース）
- 監視室および管理エリア（指令スタッフ、パソコン、プリンター、地図、緊急無線、電話交換機）
- 訓練室（座り心地のよい椅子、テレビ、ホワイトボード、手引き）

◎ 聴こえるもの
- 緊急通話が入ったことを隊員らに知らせる指令員の声
- サイレン
- 床を駆けていく重たい長靴の足音
- エンジンが「ブルル」とかかる
- トラックの駐車場の高い壁に反響する物音
- シャッターの開閉音
- コンクリートの床に置かれた際に、または棚にしまうときに「カーン」と鳴る空気ボンベ
- 点検のためにホースを引きずって広げる音
- 保管庫の金属扉の開閉音
- つないでホースに固定されるときに「チャリン」と鳴る道具や連結器
- 道具箱を「バタン」と閉じる

◎ 匂い
- 排ガス
- 調理中の料理
- 清掃用品
- 煙たい制服や装備
- マスクのゴム
- 酸素ボンベから出る金属性の空気
- クレオソート
- 汗

◎ 味
- 盛り分けられた愛情たっぷりで健康的な自家製の料理（鍋で蒸し焼きにした肉とジャガイモ、パスタまたはラザニア、ハンバーガー、ポテトサラダ）

◎ 質感とそこから受ける感覚
- スチール先芯で防火加工された長靴に足を入れる
- 防火ズボンを穿くときに肩でサスペンダーをパチンと鳴らす
- すべての道具を巻きつけているために腰の動きを妨げるベルトの重み
- 背負った空気ボンベの圧迫感
- ようやくシフトが終わって眠りにつくマットレスの弾力性
- 消防車に乗り込んだときの座席の反発力
- 車両まで肩にかけて運ぶホースの重み
- 道具箱の冷たい金属製の取っ手
- たこのできた手の上を滑る厚い手袋
- 消防車の運転室で感じる揺れや弾み
- 夜中の通報で出動したあとで寝台に倒れ込む
- 消火作業による汗や灰をシャワーで洗い流すときの満足感

◎ 物語が展開する状況や出来事
- 装備の機能不全、あるいは車両の故障
- 火災や緊急事態が同時に発生し、資源が圧迫される
- 消防署内で病気が急に広がる（風邪や食中毒）
- 職務中に消防士が落下する
- 負傷や死亡を招くことになっ

しょうぼうしょ｜消防署

た指令違反を犯したとして、ある消防士が調査を受ける
- PTSD
- 消防署内で火災が発生する
- 消防士間の個人的な問題によって、仕事上でも問題が生じる

登場人物
- 消防長と教育部長
- 安全監督
- 管理スタッフおよび指令スタッフ
- 緊急時に支援を必要としている一般市民
- 消防士
- 救急隊員
- 警官
- 学校の見学グループ
- 消防保安官

設定の注意点とヒント
多くの消防署はいくつかの隊に分かれているか、あるいは24時間シフト体制で運営されている。規模の小さな署であれば、すべての緊急車両が完備されているとは限らないかもしれないが、たいていは消防車2台と高規格救急自動車1台程度を保有しているはずだ。ボランティアの消防士が働いているところもあるだろう。消火活動にあたっていないとき、署では装備のメンテナンス、調理や署内の掃除、交代での睡眠、運動、新たな装置の使い方や技術、消火方法を身につける訓練などを行っている。

例文
宿舎中にけたたましい音が鳴り響く。ここでは狭間の時間など存在しない——眠っている消防士たちは暗闇に包まれたかと思うと、次の瞬間には目を覚ましてベッドから飛び起き、パチンと電気をつけてメガネを顔に押し当て、大急ぎでドアに向かう。まるで岸に当たる波のように、7人の隊員は狭い廊下に溢れだす。目指すは階下で準備の整えられた用具と服の置き場に向かう近道である、突き当たりに待ち受ける滑り棒だ。

使われている技法
光と影、多感覚的描写、直喩

得られる効果
伏線、緊張感と葛藤

心理セラピストのオフィス
[英 Therapist's Office]

関連しうる設定
法廷、病室、警察署、精神科病棟

👁 見えるもの
- ソファや柔らかな椅子
- 飾り用の小さなクッション
- 心が落ち着く装飾（柔らかな照明、短い敷物、暖かな色合い）
- 飴やミントが置かれた盛り皿
- ティッシュの箱
- 小さなゴミ箱
- 本や個人的な思い出の品が置かれた本棚
- よくある備品が並ぶ事務机（書類を置くトレイ、電話、ファイルの山、メモ用紙とペン、パソコンとプリンター、開いたまま置かれた参考書籍、コーヒーカップ、その他こまごまとした備品）
- 火がついたキャンドル
- 壁に掛けられたアートワーク
- インスピレーションを与えるようなプレート
- ブラインドやカーテンがかけられた窓
- 鉢に入った植物や切り花
- 部屋の隅や机の上に置かれた水の置物

🔊 聴こえるもの
- 廊下や閉まったドアの向こうからくぐもって聴こえる声
- セラピストの柔らかい口調
- 置物から水が「チョロチョロ」と流れる音
- 心が落ち着くBGM
- 人々の口論
- クライアントの泣き声や鼻をすする音
- 鼻をかむ
- ケースからティッシュを引きだす音
- 誰かがソファの上でぎこちなく姿勢を動かす音
- カーペットの上を歩く足音
- セラピストがペンでメモを走り書きする音
- 緊張したクライアントが何度も（ペンの頭をカチカチと押す、指でコツコツと机を叩く、水が入ったペットボトルのキャップをひねるなどといった）同じ動作を繰り返すときの物音
- 飴の包み紙が「カサカサ」と音を立てる
- 断固として譲られる気配のない気まずい沈黙
- カップルでセラピーを受けているときに、互いに声を荒げたり相手に被せて話す声

👃 匂い
- 椅子のクッション材
- コーヒー
- 紅茶
- 匂いつきキャンドル
- 芳香剤

👅 味
- しょっぱい涙
- ペットボトルの水
- 飴やミント
- コーヒー
- 紅茶

✋ 質感とそこから受ける感覚
- 座り心地のよい椅子やギュッと抱きしめやすい柔らかなクッション
- ソファの反対側に座る人物から距離をとる
- ピンと張った背筋、もしくは絶望して姿勢が崩れる
- 体の筋肉が興奮や緊張状態に陥る
- 喉の奥を流れ落ちる涙
- 鼻をすすり涙を堪える
- 感情を抑えようとするときに喉の奥に感じる固い塊
- 涙が溜まりはじめて目がチクチクする
- 乾いた口
- 泣かないように深呼吸をして何度も目をパチパチさせる
- 胸のつかえ
- 柔らかいティッシュ
- 濡れた頬
- ぼやけた視界
- 物事に対して立ち向かいたい、あるいは逃避したいという反応が生じる
- 拳を握ったり歯を食いしばったりする
- 自分の話の要点を強調するために身を乗りだす
- 顔や顎の筋肉がピクッと動く
- 咳払い
- 手持ち無沙汰で腕時計や身につけている宝石を弄ぶ
- 嫌な予感を押しやるかのように、自分の手の付け根をジーンズの表面にこすりつける
- 腕を組む、もしくは自分のパートナーやセラピストに対して体の向きを変える
- 答えにくいことを訊かれたため時間を稼ぐために水をゴクゴクと飲む

⚡ 物語が展開する状況や出来事
- クライアントが現実から目を逸らしている
- クライアントが思い出や感情を抑制している
- 経験が浅く、助けにならないセラピストと面会する

しんりせらぴすとのおふぃす — 心理セラピストのオフィス

- セラピストが肉体的もしくは精神的に患者と関係を持っている
- 不誠実なクライアント
- 家族が干渉してくる
- 自分の担当セラピストと（負傷、セラピストの家族に緊急事態が発生し街を離れる、個人的な問題、長期有給休暇などの理由で）突然会えなくなる
- 処方された薬による副作用
- クライアントが話すことや関わり合いになることを拒否する
- 無頓着なセラピスト
- セラピストが自分の体験や心の傷から、セッション中に個人的な偏見を持ち込む

登場人物
- 清掃員
- クライアント
- 事務員
- セラピスト

設定の注意点とヒント
心の傷というのは深く痛ましいもので、それによって欠点が生じたり、目標を達成する能力が抑制されてしまう。セラピーはこうした問題の根幹に迫り、自己発見を導くために役立つ措置だ。ただしこの設定に共通している問題とは、何かを悟るまでの経緯となる場面自体には躍動感が欠けているため、物語のペースを落としてしまうということである。これを緩和するためには、場面の長さに注意し、だらだらと長引かせることを避けるべきである。そしてどの場面も物語全体にとって不可欠なものとしてあるか、新しい情報を共有したり新たな疑問を提示することによって読者を引き込むことができているか、などについてはよく確認しよう。この設定においては、登場人物が口を開くことを渋ったり感情を押し殺したりしているときにボディランゲージを駆使させるといったことも、読み手にさらなるヒントを与えるはずである。

例文
ジェイクはソファの端にだらしなく座り、セラピストからできるだけ距離を置いた。まだ一言も喋ってないのに、彼女はもう紙にメモをとっている。ペンで走り書きをする音が耳に届き、ジェイクはそのペンで何かを突き刺してやりたくなった。それにあのティッシュ箱はなんだよ。テーブルの上でピンと背筋を伸ばし、手の届くところに置いてあるのが彼には気に食わなかった。もしも涙がどっと溢れてきたときのためにってことか。何言ってんだ。だいたい、彼はただ監督に向かって怒鳴り、報道陣のカメラをはたいて押しのけただけなのに、この仕打ちと来た。あの男にはほんのかすり傷を負わせた程度にもかかわらず、「これ以上の影響」を避けるために心理療法の刑を食らったのだ。まったくばかげてるぜ。

使われている技法
多感覚的描写

得られる効果
登場人物の特徴づけ、感情の強化、緊張感と葛藤

スキーリゾート

〔英 Ski Resort〕

関連しうる設定
郊外編 ── 北極のツンドラ、森、山
都市編 ── 屋外スケートリンク

● 見えるもの

ロッジ
- 暖炉
- 座り心地のよい椅子やソファが置かれた休憩スペース
- テーブルと椅子が設置されたダイニングルーム
- 食べ物を注文する場所
- 調味料が置かれたコーナー
- 自販機
- スキー用具のレンタルカウンター
- ロッカー
- スキーブーツや分厚いスキーズボンを穿いてぎこちなく歩く人
- 食事を注文するために並ぶ人の列
- トレーにのせた食事を運んでいる人
- 床に付着した雪の跡
- 解けかけた雪
- トイレ
- 椅子に放り投げられたテーブルを確保するための小物(帽子、手袋、マフラー、ゴーグル)
- ロッジ内の装飾(木の梁見せ天井、壁に掛けられたビンテージのスキー用品や枝角のある動物の頭部、石造りの暖炉)
- ゲレンデの美しい景色が眺められるガラス張りの壁
- スポーツ番組や天気予報を放映する備え付けのテレビ

ゲレンデ
- 雪に覆われた勾配
- ふもとにある大きなロッジ
- 屋外スケートリンク
- スキー板とストックの置き棚
- 周囲にそびえる岩だらけで木が点在している山々
- 山を上昇していくスキーリフトやゴンドラ
- 大きなカーブを描きながら滑り降りるスキーヤーやスノーボーダー
- リフトに乗る人々の列
- リフト券をスキャンするゲレンデの従業員
- 初心者エリアでスキーをする子ども
- インストラクターの周りを囲むスキー初心者たち
- ゲレンデの難易度を示す色別の標識
- 危険なエリアを知らせる警告や、オレンジ色をしたメッシュのネットフェンス
- 雪のこぶ斜面やジャンプ台
- ロータリー車
- 雪の間からところどころ見える茶色い地面
- なだらかな道と交差する斜面
- 森の中へと続くクロスカントリー用の道
- 降雪
- 低く垂れ込めた雲
- 煙突から煙が上がっている個々のロッジ
- オレンジ色のベストを着用して滑り過ぎていくスキー場のパトロール隊員
- 負傷したスキーヤーをそりに乗せスノーモービルで運ぶレスキュー隊
- 斜面のてっぺんに群がる鮮やかなスキーウェアを着たスキーヤーたち
- 曇ったゴーグル
- ゴーグルで狭くなった視野

● 聴こえるもの

- スキーブーツを履いた人々がロッジのグレーチング上を通過する足音
- 暖炉で「パチパチ」と燃える火
- 誰かが「カサカサ」とスキージャケットを羽織りファスナーを閉める
- 人々で溢れ返っているロッジの物音(スキーヤーたちが互いの出来事を語るざわめき、笑い声、巧みに変化して周囲を話に引き込む声、通話機器、撮影した映像)
- ビンディングにブーツを「カチッ」とはめる
- 雪の中をスキーで「シュッ」と滑る
- リフトの機械が「ギィギィ」と音を立てる
- 「ウィーン」と音を立てるゴンドラ
- リフトで山頂まで向かう人々のよく通る話し声
- リフトに乗ったスキーヤーが、履いている板を「カチャカチャ」とこすり合わせて雪を取り除く音
- 地面に雪が「ドサッ」と落ちる
- 地面に降り立ったスキーヤーたちが雪の上を滑っていく音
- 板が氷にぶつかったり氷の上を滑るときの鋭い音
- 斜面に吹きつける、もしくは木々を「カサカサ」と鳴らす風の音
- イヤホンからくぐもって聞こえてくる音楽
- 転倒するスキーヤーが大声を上げる
- 笑い声を上げたり友人を呼んだりする人の声
- 子どもが叫び声を上げる
- ブーツが「ザクザク」と雪を踏む
- 滑って来た人が止まるときに「シュッ」と雪が飛び散る
- 隆起した箇所で弾むそり
- スノーボーダーやスキーヤーが近くを速いペースで通り過ぎる音

すきーりぞーと｜スキーリゾート

🔴 匂い
- コーヒー
- 汗
- 薪の煙
- 湿った毛糸の服
- 温かい食べ物
- 日焼け止め
- ローション
- フェイスマスクやマフラーを通して呼吸するときの淀んだ空気
- 冷たい空気
- 雪や氷の新鮮な空気
- マスクの中に籠ったタマネギ臭い熱い息
- 香りつきリップクリーム

🟡 味
- リップクリーム
- ロッジの食べ物（一般的なファストフード・レストランで出される料理）
- コーヒー
- 水
- ソーダ
- ホットチョコレート
- サイダー
- 熱い紅茶

🟢 質感とそこから受ける感覚
- ゴワゴワした服によって動きが制限されている感覚
- 重たいスキーブーツ
- 運びにくいスキー板
- 分厚い手袋やミトンをはめているために動作がおぼつかない
- スキーブーツを履いて歩くときのぎこちなさ
- 氷に滑って転ぶ
- 板とストックを運ぶのに苦労する
- スノーボードに乗ってバランスをとる
- ブーツの中で解けだす雪

- リフトの椅子に体をすくわれる
- 足先に板を装着したまま足をブラブラさせるときのずっしりした感覚
- リフトの揺れ
- 鼻水が出る
- 風に吹かれてヒリヒリする頬
- 雪が眩しくて頭が痛くなる
- 手足の指の冷たさ
- 湿った靴下
- 毛糸の帽子の中で汗ばむ髪
- 止まることができない制御不能な感覚
- ほかのスキーヤーの中に突っ込み、もつれて痛みを負う
- 氷にさしかかってスピードを上げる
- 横滑りをしてきて止まる
- 冷たい風が顔に当たり目に涙が溜まる
- ロッジの中でジャケットを脱ぐ
- ゲレンデから暖かなロッジに足を踏み入れたときの寒暖の差
- 荒れた唇
- 乾燥した肌
- 突き刺すような雪が降り掛かる
- ロッジの中で冷たい鼻や指が少しずつ温まる
- 半分凍って硬くなったマフラーが顔をこする
- スキーゴーグルのストラップによる締めつけ

🔴 物語が展開する状況や出来事
- 初心者が彼らには難しすぎる斜面を滑る

- ゲレンデが混雑しているにもかかわらず無謀な滑りをするスキーヤー
- シーズン中に一時気温が上昇し、スキー休暇が危ぶまれる
- 身体的な怪我を負う
- 宿泊施設が自分の期待に見合うものではなかったことが発覚する
- 標識のあるコースを外れて道に迷う
- 猛吹雪に見舞われる
- すべてのコースを滑ってみた結果、自分のレベルからすると簡単すぎるスキー場であることがわかる
- リフトに乗っているときに板が外れ人にぶつかる
- 機械の故障によりリフトのひとつが使用不可能になる
- 危険なコースを滑走中にストックが折れる

🟣 登場人物
- ロッジの従業員
- メンテナンススタッフ
- スキー場パトロール隊員
- レスキュー隊
- スキーヤー
- インストラクター
- スノーボーダー

設定の注意点とヒント
スキー場の中には裕福な常連客を対象としたところもあるが、たんに休暇を楽しむ人や、日中にコースを滑ることを好む地元のスキーヤーらに対応した手頃な価格のところもある。スキーリゾートの規模や雰囲気、宿泊施設についてはその立地も関係してくるはずだ。たとえば、ノースカロライナ州でスキーをすることは、ロッキー山脈でスキーをするのとまったく違う。アルプス山脈とアンデス山脈でも同じところなどまるで見られないだろう。登場人物と物語に適したスキー場を選ぶために、各地域を入念に調べてみるといい。

例文
ブライアンを乗せて山を上昇するスキーリフトは、夜の斜面全体を見せてくれる。ライトがらせん状に斜面を照らし、点を結んで作る地図のように輪郭を描いている。時折下から声が運ばれてくるも、それはどこか遠くから小さく聞こえてくるだけだ——日中ここで滑るのとは違う。しっかりと耳を澄ませている彼の息が、空中にもやをかける。聴こえてくるのは、自分が座る椅子のきしみと、松の木の間を通り抜ける風の音だけだった。

使われている技法
対比、光と影、隠喩、多感覚的描写

得られる効果
雰囲気の確立、感情の強化

都市編　基礎設定

スケートボードパーク
〔英 Skate Park〕

関連しうる設定
公園、駐車場、レクリエーションセンター

👁 見えるもの
- 配列の変更が可能な障害物や難所（ボウル、クォーターパイプ、ハーフパイプ、ウォール、バンク、ファンボックス、ピラミッド、レール、ステア、ベンチ）が組み合わされた広大な施設
- コンクリートと木でできた構造物
- いくつかの障害物のてっぺんにある平らなスペース
- 外周フェンス
- スケートボーダーやインラインスケーターたち
- BMXに乗る人
- キックボードに乗る子ども
- 平らなところで様子を眺める人
- イヤホンや安全用具（肘パッド、膝パッド、ヘルメット）を身につけているスケーター
- ボウルに伸びる長い影
- 壁に描かれた落書き
- 無地で灰色のコンクリート、または落書きのようなグラフィックが描かれたコンクリート
- 夜間スケート用の照明
- ゴミ箱
- 滑りを習得するための軽度な障害物が設置された初心者用エリア
- 転落しても安全なように設置されたフォームピット（スポンジプール）
- パークの周囲を飾る植物や歩道
- 障害物の端を定めるために引かれた線
- トイレや用具のレンタルコーナーがある小さな建物
- 金網フェンス
- 障害物の上に腰掛けて光景を眺めるスケーター
- 売店や自販機
- 切り傷、擦り傷のできた自転車の乗り手
- 深い切り傷の出血の手当てをして再び外に向かうスケーター
- SNSに投稿するために携帯でスケーティングを撮影している友人

👂 聴こえるもの
- スケートボードの車輪が「ゴロゴロ」と鳴る
- ローラーブレードを履いた人が一定のリズムで進み通り過ぎる音
- レールに沿って滑り地面に「ガタン」と着地するボード
- 「カタカタ」と鳴る車輪
- 自転車の乗り手が「ドン」と落下したり滑り落ちたりする
- スケートボードが「ガタガタ」と音を立てる
- 鳥のさえずり
- 人の喋り声
- 難しいスタント技を誰かがやってのけたときに上がる感嘆の声や歓声
- 砂の上を転がるざらついた車輪の音
- ボードがコンクリートの継ぎ目の上を滑る際に「ドンドン」と音を立てる
- 付近の街の物音（車が通り過ぎる、犬が吠える、ドアが「バタン」と閉まる）
- 携帯が鳴る
- 誰かのイヤホンから漏れ聴こえる音楽

👃 匂い
- 濡れたコンクリート
- 煙草やマリファナの煙
- 汗
- 体臭
- 熱い舗道や溶けかけたタール
- 吹きつけたばかりのスプレー塗料

👅 味
- ガム
- 砂糖菓子
- 煙草
- 水
- ソーダ
- テイクアウトの食べ物

✋ 質感とそこから受ける感覚
- コンクリートの上を車輪が転がるときのガタガタする感覚
- 木でできた箇所を滑らかに通過したり、コンクリートの継ぎ目にドンドンと当たる車輪
- 体が地面に投げ出される
- ざらついたコンクリートで肌を擦りむく
- ボードが金属製のレールの上を滑ったり階段を弾みながら滑り下る
- ジャンプするときのドキドキする感覚
- ボードを両足でしっかりと掴む
- コンクリートから立ちのぼる熱
- 別のスケーターに衝突するのを避けるためにグイと歩道に方向転換する
- ゆったりした服が障害物に引っかかる
- 風が髪の毛をはためかせて

すけーとぼーどぱーく ── スケートボードパーク

- 服を引っ張る
- 風に流れた髪が顔にあたる
- 肘や膝の関節に装着したパッドの締めつける感覚
- 汗まみれのヘルメット
- 腰のあたりでずり落ちそうなズボンを持ち上げる
- 滑り落ちたプロテクターの位置を調整する
- 痛みを伴う擦り傷やあざの様子を見て、包帯を巻いてから再び滑りに戻る

❶ 物語が展開する状況や出来事
- 身体の怪我
- 仲間からの圧力
- 不健全な競争心
- きちんとした安全用具を着けないままでスケートをする
- 自分の判断力が阻害されている中でスケートをする（怒っていたりイライラしているとき、何かの影響下にあるとき、トラウマになるような出来事のあとで）
- 欠陥のある用具を使う
- メンテナンスされていないパークでスケートをする
- パーク内での非行または薬物使用
- 無防備な子どもたちを取り込もうとしてあたりをふらつく麻薬の売人
- 型にはまったイメージを持たれる、あるいは他人が自分に対して勝手に先入観を抱いて接してくる
- 付近の店・会社が頻繁に警察を呼ぶ、あるいはパークの閉鎖を求めて市に請願する
- 過保護な親のせいで恥をかく
- 熱意はあるものの実力が及ばない
- このスポーツの初心者だったりさほど興味がないにもかかわらず、自分よりも才能のある友人

❷ 登場人物
- BMXに乗る人
- 友人
- グラフィティ・アーティスト
- インラインスケーター
- スケートボーダー
- スケボー愛好家
- 10代の子どもおよび9〜14歳くらいの子ども

設定の注意点とヒント
スケートボードパークはすでに何十年も前から存在しており、その種類も豊富だ。ほとんどは屋外に設置されているが、寒い気候の地域には屋内の施設もあり、売店や無料Wi-Fi、グッズストア、子どものパーティー会場など、より多くのサービスが提供されている。大部分は政府の資金で一般的な基準に沿って建てられたものだが、中には各地域のスケーターたちが自分たちで手に入れることのできるものだけで構築したところもある。公共のスケートボードパークは基本的に無料で誰でも入ることができる場所だが、個人所有の施設だと入場料がかかる場合もある。どの施設も日中に開放され、場合によっては夜間利用が可能なところもあるだろう。

例文
ケイはボードを膝の上に逆さまにして置くと、熱い地べたに腰を下ろした。後ろでは、3人のティーンエイジャーたちがボウルの中を滑っているところで、金属製のハチの群れみたいにボードがゴロゴロと音を立てている。振り返らなくても、彼らのやっていることは把握できた。何せもう何ヶ月もこのボウルで滑ってきたのだから。しかし、彼女がまだ習得していない──それどころか試してみてもいない──のが、ストリートコースだった。ひとりのスケーターが、レールに沿って滑ったりいくつもの階段を飛んだりしている姿を目で追ってみる。自分のボードの車輪を親指で押しつつ、彼女は胃に込み上げてくる緊張感を落ち着かせようとした。

使われている技法
直喩

得られる効果
登場人物の特徴づけ、雰囲気の確立

スパ
[英 Spa]

関連しうる設定
美容院、ホテルの部屋、待合室

👁 見えるもの

受付エリア
- 座り心地のよい椅子やソファ
- 温かな印象の装飾(濃い色の木材、分厚い敷物、豪華な座席、ランプ、心和む色合い)
- 販売している化粧品や美容商品
- スパ製品やサービスのパンフレット
- ポプリが入ったボウル
- 香炉
- 火の灯ったキャンドル
- スライスしたレモンやキュウリが入った水のピッチャーとグラス
- サービスのコーヒーや紅茶
- テーブルの上に扇状に並べられた雑誌
- ペンと紙が置かれた公衆電話
- 鉢に植えられた観葉植物

着替え室
- ロッカーと更衣室
- 鏡
- 整髪料やその他の洗面道具
- クッション性のあるベンチ
- タオル
- バスローブ
- シャワー

マッサージ用個室
- マッサージテーブル
- タオルを入れておくカゴ
- 回転式スツール
- ローションやオイルがのったトレイ
- 音楽プレーヤー
- ホットストーン
- ティッシュ
- タオルウォーマー
- 温度自動調節器
- 照明調節スイッチ

施術室
- 使い捨ての布製チューブトップブラと下着
- 治療用の泥や角質を落とすスクラブ
- シンク
- またぎの低い浴槽内のプラスチックに固定されたベッド
- ハンドシャワー
- 熱いタオル
- 香りのよいローション
- バスローブにサンダル姿であたりを歩く顧客

マニキュア・ペディキュア室
- フットバス
- タオル
- 壁に並ぶネイルポリッシュの入ったラック
- ネイルリムーバー
- ローション
- コットンボール
- 爪切り
- 軽石
- キューティクルプッシャー
- 爪やすり
- バッファー

ヘアサロン
- シャンプー用のシンク
- リクライニングチェア
- ドライヤー
- ヘア製品
- 殺菌効果のある瓶に入ったクシやブラシ
- 高さが調節できる椅子
- カットクロス
- ハサミ
- ヘアアイロン
- カラーリング剤

👂 聴こえるもの
- 自然音(鐘、フルート、流れる水)や癒しの音楽
- 分厚いカーペットの上を歩く足音
- ドアが静かに閉まる音
- 換気口から空気が「ヒューッ」と出る
- 待合室で電話が鳴る
- 受付スタッフが質問に答える
- ピッチャーやディスペンサーから水が注がれる音
- マッサージを受ける顧客のうめき声
- ボトルのポンプを押してローションを出すときの音
- シンクに水が当たる音
- 雑誌を捲る音
- タイマーが鳴る
- ハサミで「チョキチョキ」と髪を切り、爪切りで「パチン」と爪を切る音
- ドライヤーの稼働音
- バリカンが「ブーン」と音を立てる
- ほうきで髪の毛を「サッサッ」と掃いて捨てる
- 客がお喋りしたり笑い声を上げる

👃 匂い
- 麝香
- オイルやローション
- ハーブのいい香り(ラベンダー、ローズマリー、グレープフルーツ、白檀、ユーカリ、レモングラス)
- 新鮮な花
- 香りのいい石鹸
- アセトン

すぱ ―スパ

- ネイルポリッシュ
- シャンプーとコンディショナー
- カラーリング剤の化学薬品の匂い
- ドライヤーから出る熱風
- マッサージや施術中に使われるエッセンシャルオイルやミスト

🍴 味
- 紅茶やコーヒー
- 水
- ミント

👐 質感とそこから受ける感覚
- フワフワしたバスローブに身を包む
- 肌に当たる厚いタオル
- 足元の贅沢なカーペット
- クッション性のある椅子
- 頑丈なマッサージテーブル
- 施術中にマッサージ師の手で体を揉まれたり引っ張られたりする
- 筋肉が引き伸ばされる不快感
- 体が緩むことの陶酔感
- 背中に置かれた熱い石
- 肌に擦り込まれるオイル
- 温められたローションを腕や足に塗り込まれる
- だんだんと固くなりきつい締めつけ感のある顔用の泥マスク
- 酸性のピーリング剤によって肌がピリピリする
- 瞼に当てた冷たいキュウリ
- ペディキュア中に誰かに足を触られてくすぐったくなる
- かかとを擦るザラザラしたスクラブやヤスリ
- 爪ヤスリをかけて粉末状の細かいゴミが出る
- 爪に塗布されるネイルポリッシュのひんやりとした滑らかさ
- 冷たいローション
- 熱いタオルを体に巻かれる
- シャンプー中の頭皮マッサージ

- 切った髪の毛先が肌にあたりムズムズする
- ヘアアイロンやドライヤーの熱
- 顔に吹きつける髪
- 長時間じっと座っていたために背中や肩が凝る
- ほかの顧客が来る前に着替えようと更衣室に駆け込む
- 施術が終わってもこの場を離れたくない

⚡ 物語が展開する状況や出来事
- 服を脱がなければならないことの恥ずかしさ
- 敏感な肌や筋肉の痛み
- 肌や髪の施術中に化学薬品にアレルギー反応を起こす
- 施術中あまりに長いこと放置されたため、火傷を負ったり傷を負う
- 自分がしてもらったヘアカットの出来にがっかりする
- 厄介な顧客
- 自分の心や精神が混乱している最中だが、穏やかで落ち着いた状態を顧客にもたらさなければならない
- 耳が遠い顧客に大きすぎない声で話そうと努める
- チップが払われない
- 権利意識のある顧客が特別なサービスを求めてくる

👤 登場人物
- 顧客
- ヘアスタイリスト
- メイクアップアーティスト
- ネイリスト
- マッサージセラピスト
- 受付スタッフ

設定の注意点とヒント
スパのサービス内容は店によって異なる。ホテルやリゾートにあるスパなら、贅沢な環境でありとあらゆるサービスを提供しているだろう。一方、地元のスパであれば店内もそれほど大きくはないだろうし、マッサージやスキンケアも数種類の施術に特化している程度だろう。店で受けられるサービス内容がどのようなものであれ、スパの雰囲気というのはどこも大きくは変わらず、訪れる人に平穏や手厚いもてなし、落ち着いた環境を提供している。

例文
私はソファに沈み込み、温かなバスローブを足の周りにしっかりとたぐり寄せた。何かいい香りが空気中を漂い（ユーカリ？　白檀？）、呼吸を落ち着かせて思考をなだめてくれる。椅子の横にあるテーブルに受付の女性がミントティーのカップを置き、デスクにそっと戻って行った。頭上では心地よい音楽が流れ、私はなんとなく目を閉じる。待合室ですらこんな状態なら、ホットストーンのマッサージは最高なはずだわ。

使われている技法
多感覚的描写、象徴

得られる効果
雰囲気の確立

スポーツイベントの観客席
〔英 Sporting Event Stands〕

関連しうる設定
郊外編 ── 農業祭、体育館、ロデオ
都市編 ── 競馬場

👁 見えるもの
- 雨具やプラスチックのカップに入ったビールを手に持ち、チームのジャージや野球帽を身につけたファン
- 観客席でフェイスペイントを施した客
- ポップコーンが散らばった階段状の観客席
- 硬い金属製のベンチやプラスチックの座席
- コンクリート製、あるいは金属製の階段
- フォームフィンガー（ウェーブハンド）を振る人
- 優勝旗やチーム旗がはためく
- 手作りのボードを掲げたりポンポンを振るファン
- カメラのフラッシュが焚かれる
- ゴミ箱に捨てられたりベンチに置き去りにされた、クシャクシャに丸められた砂糖菓子の袋やギザギザしたホットドッグの包み紙
- 食べ物の売り子
- 売り子に向かって手を振り合図するファン
- 飲料がこぼれて濡れた床
- 肩を並べて座っていたり立っている人々
- 見知らぬ人たちの間に仲間意識が生まれる

- イベントに合わせたものを身につけている人（野球のグローブ、アメフトのヘルメット、アイスホッケーのマスク）
- 携帯用クッション
- ベンチや背もたれに掛けられた上着
- 傘
- 胸元に番号をペイントしている半裸の男性陣
- 記念品
- 置き忘れられたサングラス
- 空のビール缶や炭酸飲料の缶
- 押しつぶされたピーナッツの殻
- 金属製の手すり
- 大型ビジョンモニター
- 巨大スピーカー
- 観客と交流しているマスコット
- チアリーダーに釘付けな男性陣
- 観客に向かってTシャツを放つTシャツガン
- 飛球や高く飛んだパックをキャッチしようと飛び込む人
- ところどころに少人数で固まる敵チームのジャージを着た人々
- 喧嘩がぼっ発する
- 激しい口論
- 金銭のやりとり
- テレビカメラ
- スポンサーの標識
- バナー広告
- ウェーブをするファンたち
- ハーフタイムに競技場を占領するマーチングバンド
- 上空を飛ぶ軟式飛行船

👂 聴こえるもの
- スピーカーから聴こえてくるアナウンサーの声
- 悲鳴や叫び声
- 歓声
- 口笛
- やじ
- ぼやきやうめき
- ビールの缶を潰す音
- 「ギィギィ」と音を立てる座席
- 笑い声
- ブーイングやぶつぶつと言う声
- 観客の声に被せて話をしようとする人々
- スピーカーから流れる音楽
- 審判の笛
- 悪態をつく声
- 食べ物の包み紙が「カサカサ」と音を立てる
- ポップコーンやポテトチップスを「バリバリ」と噛む
- 飲み物を啜る音
- インタビューを受ける選手の声
- タイムアウト中に流れる音声広告
- 携帯が鳴る
- いっせいにかけ声を繰り返す観客の声
- 花火が打ち上げられる音
- アリーナ中に響き渡るマーチングバンドの演奏
- 誰かが興奮して飛び跳ねているときに、「パラパラ」とこぼれ落ちるポップコーンの音
- ポンポンが「カサカサ」と音を立てる
- エアホーンが鳴る
- 警察または警備の無線
- 紙で作ったボードを「カサカサ」と振る音
- ポップコーンやピーナッツの殻が足元で「バリバリ」と潰れる
- プラスチックのメガホンを使って怒鳴る人
- 対戦チームのファンとの間での口論
- 飲み物がこぼれる音
- ホームチームが得点を入れたときに砲声や銃声が上がる
- 「ドスドス」と足を踏み鳴らす

👃 匂い
- ポップコーン
- ホットドッグ
- 汗まみれの体
- 香水
- こぼれたビール
- シナモン
- 砂糖
- 調味料（マスタード、揚げ物にかける酢、ケチャップ）
- セメントと金属のオゾンのような匂い（と

すぽーついべんとのかんきゃくせき —スポーツイベントの観客席

(くに雨の日や寒い日)

🍴 味
- 水
- ビール
- 炭酸飲料
- ジュース
- ホットドッグ
- ミニドーナツ
- チュロス
- フライドポテト
- ハンバーガー
- チョコバー
- アイスクリーム
- 砂糖菓子
- 温められたピーナッツ
- プレッツェル
- グレービーソース
- 油
- アメリカンドッグ
- オニオンリング
- フローズンドリンク
- かき氷
- ポップコーン
- 綿あめ
- ナチョス
- チーズ
- サルサ
- ハラペーニョ
- タマネギ臭いげっぷ

💫 質感とそこから受ける感覚
- 硬い座席
- 腰痛
- ずっと座っていたり立っているために身体が痛くなる
- ほかの人たちとぶつかる
- べとつくものが靴の下にこぼれる
- 誰かとハイタッチを交わす
- ワクワクする瞬間を迎えて隣の人が自分の腕を掴んでくる
- ビールをかけられる
- 狭い通路でつまずく

- 誰かの背中や肩を軽く叩く
- ガムの上に座る
- ゴミや空の瓶を誤って蹴飛ばす
- 誰かの足を踏む
- 油まみれのポップコーン
- 飲み物に付着した冷たい水滴
- 誰かが誤ってこぼしたポップコーンが肩から滝のように落ちてくる
- 誰かが自分の方に身を寄せて大声で話すとき、顔に唾がかかる
- 肘で突つく
- 油でベトベトした指
- ナプキンで手や顔を拭く
- トイレに行きたいが試合を見逃したくなくて、座席でクネクネと身をよじる
- アイスクリームが指を伝い服にこぼれる
- 熱気で気が遠くなる
- 人にぶつからないように自分の食べ物や飲み物を身体で覆う
- 混雑した列でファンたちの前をそっと進む

❗ 物語が展開する状況や出来事
- ホームの審判が不公平な判断をする
- 無情なライバル心から観客席で喧嘩に発展する
- 酔ったファンたちが、金属製の狭い階段を進むのに苦労する
- 過剰なまでに口を出す親たちが、監督や選手に向かって怒鳴る
- 競技場を全裸で横切る人物

- ギャンブル依存症によって、財政的な危機に陥る
- (文句ばかり言っている、気性が激しい、うるさい応援グッズを使う、自分の子どもの前で汚い言葉を言い放つ、ぶつかってきたり押してきたりする、話しているときに唾を飛ばすなどして)楽しいひと時を台無しにする人物の隣に座る
- 敵チームが得点を決めたとき、彼らのファンがざまあみろという態度をとってくる
- 口論をしたと不当に攻められて、競技場を追い出される

👥 登場人物
- アスリート
- チアリーダー
- 監督
- ファン
- リポーター
- スポーツドクター
- スカウトマン
- 競技場の従業員

設定の注意点とヒント
スポーツイベントの観客席というのはどれもとても似通っているものだが、それでも違う点はある。たとえば中学や高校のスポーツイベントというのは規模が小さく、地域社会としてのつながりが感じられるものだろう。一方、小さな町のイベントであれば、観客の数は少ないものの、ファンが口を出す頻度と熱の入れようというのは最も強い。NHLホッケーのプレーオフやスーパーボウル、NBA、MLBの試合等々、何万人もの観客を収容する大都市の巨大な会場で開かれるイベントもこの設定には含まれる。どんな種類のスポーツイベントが必要なのかは物語の流れ次第だが、雰囲気づくりについてはもちろん作家の手にかかっている。

例文
シーズン最初の試合というのはつまり、空いている座席などひとつもない、ということだ。スタジアムは、カルガリー・スタンピーダーズの誇りを示す赤と白の海に染まっていた。気合いと緊張を帯びた足取りでフットボール選手らが競技場に現れると、お馴染みの合唱がスタンド席からわき起こる。間もなくそこに数千人の声が加わり、遂には座席が振動し始めるほどのボリュームにまでなる。最後の音を歌い終えると、薄暗い空に次々と花火が打ち上げられ、みんなが熱狂的な歓声を上げるのだった。

使われている技法
多感覚的描写、象徴

得られる効果
雰囲気の確立

精神科病棟
[英 Psychiatric Ward]

関連しうる設定
救急車、救急救命室、病室、パトカー

👁 見えるもの

病棟全体
- 壁も床も地味な病院らしい廊下
- 病棟の間に設けられた、暗証番号入力で開く両開きのドア
- ネームプレートがついた部屋（洗濯室、投薬室、心理療法室、食堂）
- 共同で使用するデイルーム（棚に置いてある雑誌や本、テーブルと椅子、ゲーム）
- 車いす
- 患者の容態を確認したり監視したりする病棟看護助手
- 回診して薬を配布する看護師と医師
- 病棟内を巡回している、あるいは警備室で仕事をしている警備員
- スタッフがどの廊下も見ることができるように、廊下の交差する箇所に設置された複数の反射鏡
- 錠剤を入れた紙コップをのせたトレイ
- 施錠されたドア
- 固定された引き出しや食器棚
- 設置箇所にコーキングされていたり、頑丈に固定されている絵画やアートワーク
- 精神的な急病に陥った人が一時的に滞在する部屋
- コードをスキャンすると投薬に関する情報がわかり、寄与する可能性のある危険因子（人を攻撃したことがある、摂食障害、逃亡の危険性がある）を示す、色分けされたリストバンドを装着した患者
- プラスチックの食器で出される食事
- 監視下で実施されるアニマルセラピーのために連れられてきた動物
- 患者らが利用する簡易的なフィットネスルームや屋外のレクリエーションエリア
- 個別のカウンセリング
- 患者（廊下を徘徊する、鼻歌を歌う、独り言を呟く、窓の外をじっと見つめる、日記を書いたり絵を描く、ほかの患者に対してわめく、暴力的になって看護助手に抑えられる）

病室
- 小さな窓がついたドア
- （夜間監視のために薄暗い明るさに調節された）カバーつきの照明
- 病院ベッド（ビニールのベッドカバー、白いシーツ、毛布、必要な場合はパッドの入った拘束具）
- 簡易的な引き出しと机
- らせん綴じではない日記帳
- 壊したり自傷行為に使ったりしないように特別太くされた鉛筆
- 固定された窓にかかるカーテン
- 浴室（シャワー、タイル張りの床、シンクと鏡、トイレ、危険性の高い患者を監視するために反射鏡を設けている場合もある）
- 禁制品もしくは危険なものはないか、病棟看護助手が引き出しを調べる
- 患者が最初の何日かは夜間に懐中電灯をあてて様子を確認される、もしくは血液検査のために注射針を持参した看護師に起こされる

🔊 聴こえるもの
- ドアの開閉
- 拳で「ドンドン」とドアを叩く
- 反響する足音
- 廊下を「キィキィ」と進んでいく洗濯物をのせたカート
- 監視装置のビープ音
- 「シューッ」と吐きだす血圧計のカフ
- 就寝時に体勢を変えたとき、「カサカサ」と音を立てるビニールのベッドカバー
- 「ブーン」と鳴る蛍光灯
- 人の声（独り言、鼻歌、歌、ぶつぶつ言う、泣いたり叫んだりする）
- 患者同士の口論
- （アートセラピーなど）特定のセッションにおいて患者を落ち着かせるために使われる音楽
- そっと音を立てる布地（病棟で靴の使用が禁止されている場合）
- 「カチッ」と鳴ったり「ガタガタ」と鳴ったりするエアコンや暖房
- シャワーを浴びているときにタイル張りの床に飛び散る水
- 蛇口から出る水
- トイレの水を流す
- 咳
- 放送でコード番号が呼びだされる
- 看護士、看護助手、心理療

せいしんかびょうとう ── 精神科病棟

法士による、心を落ち着かせる声
- 特定の疾患に伴い、繰り返し同じ音を出す患者（何度も咳払いをする、舌を打つ、悪態をつく）
- 看護師が読み取り機にカードを通して「カチャッ」と開く、厳重な警備のドア

👃 匂い
- 食事時の食べ物の匂い（グレービーソース、油、パン、香辛料、肉）
- 殺菌剤
- 汗
- 制汗剤
- 漂白剤の匂いがするシーツやタオル
- 収れん性の抗菌泡ソープ
- 小便
- 嘔吐物
- アルコール綿
- カビ臭いエアコン

👅 味
- 淡白な病院食（栄養価はあるが風味のない食事）
- ジュース
- 水
- （症状の改善や善い行いがみられた患者が、特別に許可をもらい購入する）自販機の炭酸飲料やチョコレート
- 粉っぽい、あるいはプラスチックの味がする錠剤

✋ 質感とそこから受ける感覚
- 柔らかなタオル
- 浴室のディスペンサーから出すざらついた紙タオル
- 手首をこする病院のブレスレット
- 分厚いコットンの靴下
- 監視つきで運動をする際にずり落ちてくる、靴ひものない履物
- 退屈して表面を引っかく（机、鉛筆でペンキをこする）
- 錠剤を飲み込むときに吐き気を催す
- ひんやりしたアルコール綿とチクッと刺す注射針
- 自傷行為の形跡はないか、身体を調べる手袋をした手
- シャワーのあとで空気にあてて乾かさなければならない、濡れた髪のべたつく不快感
- 自分を傷つけたときに感じる解放感
- 安心を求める行為として何度も裾に指を走らせる
- アートセラピーのときに触れる柔らかな粘土や冷たい絵の具

❗ 物語が展開する状況や出来事
- 誤った薬を受け取る
- （実際にある、もしくはそう思い込んでいる）えこひいきについて口論になる
- 薬の副作用（朦朧とする、食べ物の味がしない、眠れない、幻覚を見る）
- 投薬を拒否する、もしくは抑制や隔離の必要がある
- 自殺の心配から監視され、全ての自由を失う
- トイレに行きたいが、特別な予防措置のために施錠されている（食べたものを吐きださせないようにするため）

👤 登場人物
- 牧師
- 医師
- 用務員
- 精神病患者
- 看護師
- 病棟看護助手
- 精神科医
- 心理療法士
- 見舞い客（州が指定した保護者、家族、近しい友人）

設定の注意点とヒント
精神科の施設は、通常の病院（病棟）内に設けられている場合もあれば、独立して存在する場合もある。患者は自ら入院するか、もしくは自分や他人を傷つける危険が迫っている場合には、精神科医や法的な保護者によって入院させられることもあるだろう。また、精神病院の中には、危険性の低い患者に対して院外治療プログラムを提供しているところもある。設定がたくさんあるため、施設の状態とともにルールや流儀もそれぞれ違ってくるはずだ。

例文
悪臭が廊下に立ちこめる中、34号室の前が一番強烈な臭いを放っていることに、カムは少しも驚かなかった。ウィリアム・ランドはもう長いこと統合失調症を患う人物で、毎度薬を吐き戻しては投げ捨てることで知られている。それに、排泄物を部屋のドアの保護ガラスにこすりつける習性があることでも知られていた。思った通り、ウィリアムは窓を飾り立てていた。今回はスマイリーフェイスの落書きというおまけつきだ。吐き気を催し、カムは用務員室のシンクに駆け込んだ。もううんざりだ。そろそろ次の仕事を探さなくては。

使われている技法
多感覚的描写

得られる効果
雰囲気の確立、伏線

都市編 / 基礎設定

正装行事
[英 Black-Tie Event]

関連しうる設定
郊外編 ― 豪邸、プロム
都市編 ― アートギャラリー、ダンスホール、クルーズ船、リムジン、ペントハウス、劇場、ヨット

👁 見えるもの
- 円形の私道に列をなすリムジンや高級車
- 係に車を預けて駐車してもらうサービス
- 赤じゅうたんが敷かれた入口
- 黒のドレスやガウンときらびやかな宝石を身につけた女性陣
- タキシードを着た男性陣
- 入場する招待客らに挨拶する主催者
- コートや肩掛けを預けている人
- 高価な装飾が施された豪華な会場
- 氷の彫像
- 天井から吊るされたシャンデリアや人目を引くペーパーランタン
- 基調演説者や慈善活動の機会について来場者に知らせる展示物
- 白と黒の服に身を包みトレイを運んでいる給仕スタッフ
- オードブルがふるまわれる際に人々が集う背の高いテーブル
- 話をしながらワインやシャンパンを飲む招待客
- 黒いテーブルクロスで覆われたテーブル
- カバーがかけられた椅子
- 各自の座る場所を指定する座札
- 贈呈品が入った袋
- テーブルの上で揺らめくキャンドル
- 花をあしらったセンターピース
- クリスタル製の食器
- 上質な陶磁器
- 布ナプキン
- 洗練された料理
- コンパクトの鏡で化粧をチェックし、口紅やパウダーで化粧直しをする女性陣
- DJや弦楽四重奏団の演奏
- ダンスフロアで踊る招待客
- 一緒に写真を撮る友人たち
- 著名人や基調演説者にサインや写真を求める出席者

👂 聴こえるもの
- 到着した招待客の名前が読み上げられる声
- 屋外に通じるドアが開閉するときに聴こえる外の音
- クラシックや器楽曲のBGM
- 大理石の床の上で「コツコツ」と音を立てるハイヒール
- コートを脱いだり肩掛けを外す物音
- 「キュッキュッ」と鳴るドレスシューズ
- 互いに声を掛け合う人々
- 笑い声や喋り声
- 携帯が鳴る
- 黙ってオードブルをふるまうウェイターの立てる物音
- 溶けだした氷の彫像から静かに落ちる水滴の音
- 椅子を引くときに床をこする音
- 銀食器が「カチャカチャ」と皿に当たる
- ハイボールグラスの中で氷がぶつかる音
- 水が注がれる音
- ボリュームを上げた音響システムから聴こえる基調演説者の声
- 拍手
- 注ぐときにどのワインがよいかと小声で訊ねる給仕スタッフの声

👃 匂い
- 家具の艶出し剤
- 床のクリーナー
- 芳香剤
- 香りつきキャンドル
- エッセンシャルオイル
- 新鮮な花
- 香水やコロン
- ヘアスプレー
- ローション
- 石鹸
- 料理の匂い
- マウスウォッシュ
- 誰かの息から臭うアルコール

👅 味
- 洗練された料理（ホタテ貝、シュリンプ、サーモン、プライムリブ、フィレ・ミニョン）
- シャンパン
- ワイン
- 水
- 繊細で風味豊かなデザート

✋ 質感とそこから受ける感覚
- 肌の上を滑るサテンや絹
- チクチクするレース
- きつすぎるドレスやシャツの襟
- 耳たぶを引っ張る重たいイヤリング
- 履きならす必要のある下ろしたての靴
- 肩ひものないドレスを着ているため冷える
- 温かな平鍋やキャンドルから放たれる熱
- 肘や腰のくびれあたりに置かれたパートナーの手
- ヘアスプレーでわざと固め

せいそうぎょうじ ― 正装行事

た髪の毛
- 頭皮を引っかくヘアピン
- グラスと小さな皿のバランスをなんとか保ちつつ前菜を食べる
- ほろ酔い状態
- トイレで口紅を塗り直す
- パートナーとスローダンスを踊る
- ハイヒールを履いているため不安定に感じる

❶ 物語が展開する状況や出来事
- 自分の政治的見解・宗教的見解を口にして相手を怒らせる
- 人の名前を間違える
- 飲み過ぎる
- お節介だったり横柄な招待客を対応しなければならない
- もう帰りたいが、一緒に来た相手はまだその気になっていない
- 食事制限があるため、食べられるものが限られてくる
- いっこうに喋りが止まらない人物につかまる
- 敵の隣に座ることになる
- センターピースまたは料理に入っているものにアレルギー反応を示す
- 自分の意志に反してイベントに出席しなければならない(仕事関係のため、または伴侶からの要望のため)
- 現金を持って来ておらず、コートを預かる係や駐車係に渡すチップがないことに気づく
- 主催者に関する不快な情報を耳にする
- 卑劣な噂話の被害者になる
- (出席したくない今後のイベントへの参加や、大義のために慈善事業に向けた高額な寄付、忙しい中で時間を作ることを強いられるなどの)圧力を主催者にかけられる
- イベントを運営する非営利団体の実態が公表とは異なることを発見する

🧑 登場人物
- DJ
- 競売人
- バーテンダー
- 招待される著名人
- お抱え運転手
- 招待客
- 基調演説者
- 駐車場係
- 業者および配達員
- ウェイターやウェイトレス

設定の注意点とヒント
誕生日や記念日を祝うため、慈善事業の資金集めのため、職場や所属クラブの社交イベントとしてなど、正装による行事が開かれる理由はさまざまである。イベントの目的や場所、開催時期によって、装飾やふるまわれる料理、服装などが決まってくる。屋外で開催される場合なら、女性は肩掛けを肌身離さず着けているだろうし、風にも耐えられる髪型を選ぶだろう。また、主催者のことを個人的によく知っている招待客なら、正装の規範は守りつつも若干力を抜いた服装を選ぶかもしれない。登場人物が正装行事のために支度をする際には、こうしたことをすべて考慮するようにしよう。

例文
室内は大勢の人でだいぶ暑くなってきたが、ありがたいことに誰かが気づいてベランダに通じるドアを開けてくれた。舞い込んできた風は、これから雨が降ることを約束するかのように激しく、キャンドルの炎をくすぐり、テーブルの上の紙吹雪を散乱させた。ショールは腕にあたってはためくし髪も揺れたけれど、これだけスプレーをかけた髪は、モンスーンでも吹かない限り深刻なダメージを食らうことはないはずだ。

使われている技法
誇張法、天気

得られる効果
登場人物の特徴づけ

洗車場
［英 Car Wash］

関連しうる設定
コンビニエンスストア、ガソリンスタンド、古い小型トラック、駐車場

👁 見えるもの
- ドライブスルー式の洗車スペース
- 洗車場内の波形金属壁やビニールカーテン
- 濡れたコンクリート
- 点滅する緑と赤のライト
- 係員のいるチケット売り場や自動精算機
- 高い天井と蛍光灯
- あちこちにできている泡の水たまり
- 石鹸と水を混ぜて柄の長いブラシに吹きかける
- 化学薬品が床の排水溝やグレーチングに流れ出る際に、ちらちら光る玉虫色の水
- フロアマットに水をかけるために使う壁用の留め具
- 霧を含んだ空気
- 車体から剥がれ落ちる土や泥の塊
- クロムメッキがくすみぼやけていたヘッドライトが明るさを取り戻す
- 清潔になった塗装をちらちら照らす日光
- ゴミ箱
- 床に捨てられたり排水溝に引っかかったりしている紙くずや砂利
- ワックス用品
- コンクリートの低くなった箇所に溜まる水
- 出発するためにドライバーがつけたブレーキライトの光
- 車体を拭いてもらったり掃除機をかけてもらうために、場外に駐車する車両

🔊 聴こえるもの
- 噴霧器の轟音
- 自動ドアの開閉音
- 洗車ガンを備え付けた自動精算機のタイマーが、洗車時間の終わりを告げる音
- 窓やドアを閉めなさいと子どもたちに叫ぶ両親の声の反響
- 車からコンクリート上に「ピシャ」「ボトン」と泡や土が滑り落ちる音
- 水滴が「ポタポタ」と落ちる音
- 「ゴボゴボ」と鳴る排水設備
- 車がいったん停止し、再びエンジンをかける音
- 自動精算機から領収書が「ガタガタ」と音を立てて出てくる
- ドライブスルーの支払いの際にスライド式のガラス窓が開けられる音
- ドアや荷台の扉の「カチッ」という開閉音
- 人や車両が水たまりを通り抜けるときの「ザブザブ」という水の音
- 車が通る際に床のグレーチングが「ガチャガチャ」と音を立てる

👃 匂い
- 湿った空気
- 水
- 石鹸を含んだ化学物質や熱いワックス
- カビ
- 濡れたコンクリート
- 排出ガス

👅 味
- この設定に関連する味はないが、洗車場の多くがガソリンスタンドと隣接しているため、車両に乗っている人たちが出入りする際にそちらに寄って、飲み物やスナックを買い求める場合もあるだろう。

✋ 質感とそこから受ける感覚
- 肌にかかる水
- 濡れた袖口
- 腕を滑り落ちる水や石鹸
- 石鹸やワックスの入ったディスペンサーのタイマーをひねる
- ブラシの柄の重み
- 洗い落とすために柄を左右に振る動き
- ブラシで窓をこする
- (ビーチサンダルを履いている場合) 濡れた足
- 滑りやすい取っ手を握り直す
- 車に接近して立っているときに足元を滴る石鹸の泡
- 車両から手元に落ちてくる泡の小さい塊
- 鍵やお金を探してポケットをがさごそ探る
- 濡れた車のハンドルを引き寄せる
- 隣で洗車する人の不注意で、自分の顔や背中に水がかかる

❗ 物語が展開する状況や出来事
- 化学薬品または下手なメンテナンスのせいで、車の塗装が損なわれたり引っかき傷を負ったりする
- 洗車が完了したのに車のエンジンがかからない
- ホースで水をかけているとき、フロントグリルから不審物が落下する (血まみれの犬の首輪、髪の毛の塊)

せんしゃじょう — 洗車場

- 洗車中にライバルに遭遇する
- 中に鍵を置いたままドアを閉める

👥 登場人物
- 従業員（係やメンテナンス担当者）
- 洗車場の経営者
- 車両の所有者と連れ

設定の注意点とヒント
洗車場は、何年前からその場所にあるのか、独立店舗なのかそれともフランチャイズなのかといった事情によって様子が変わってくる。中には、支払い後に場内が空いてシャッターが開くのを待つといった、ドライブスルー形式のところも存在する。あるいは、複数の洗車スペースが一列に並んでいるので、ただ空いているところを選んで乗り入れたり、先に洗車中の車が終わるのを待機するところもある。車を洗ってくれる係員がいるところもあれば、セルフ式のところもある。また、未だにコイン式の洗車場も多く、近くに両替機が設置されている場合もある。どのように描くこともできる場所なので、出来事を進行させたり、場面に葛藤をもたらしたりするようなやり方で設定を作ってみるのもよいだろう。

たとえば、2人のライバルが場内で遭遇すれば葛藤が生じる。とくに洗車スペースがたくさんあって、硬いビニールカーテンで仕切られているような洗車場は、他所よりもアクセスがいい場所であるがために、そうした人々がぶつかり合う可能性はより高まるはずだ。一方が相手の出発を妨害して怒らせたり、注意が別のところに向けられている隙に鍵をかけたり、不利になるようなものを仕掛けたりすることさえも考えられる。

例文
トレヴァーは運転していた Z-28 を停めたが、洗車スペースには先客がいたため、ギアをニュートラルにすると音楽のボリュームを上げた。前方では、年をとった男がホースで大量の水を噴射しながらハマーを洗っている。土が剥がれ落ち、その下に隠れていた鮮やかな赤い塗装が顔を出した。泥や砂利の塊がバンパーからどさっと落ちるのを見て、トレヴァーは大したもんだと頷いた。この爺さんには敬意を表さなくてはならない。託児所に子どもを預けて9時から5時まで働くという年寄りの毎日の合間に、どこへ出かけたかは知らないが、山の半分を持ち帰ってきてやがるんだから。

使われている技法
対比、誇張法

得られる効果
登場人物の特徴づけ

葬儀場
[英 Funeral Home]

関連しうる設定
郊外編 ── 教会、墓地、霊廟、通夜
都市編 ── 死体安置所

◎ 見えるもの
- 手入れされた芝生
- 低木や高木
- 綺麗に飾られた庭園
- 駐車場
- 裏手にあるガレージ（慎重に遺体を運ぶための霊柩車、リムジン、ミニバン）
- 倉庫（遺体を運ぶ箱、冷凍設備、消毒と死体防腐処理のための品、遺灰を骨壺に移すための作業場）
- 死体防腐処理室（テーブルとシンク、防腐処理の機械、防腐剤の入ったポリタンク、メス、大動脈瘤フック、アイキャップ、換気装置、UVライト）
- 遺体との対面室（柔らかい照明と背後の木製の壁、棺の周りに広くとられた空間、スタンドに飾られた上品なネムノキの切り花、足音を最小限に抑えるための模様入りじゅうたんやカーペット、椅子やベンチ）
- ショールーム（さまざまなサイズや様式のつやつやした棺、多様な骨壺、供花のカタログ、特注品、木製の象眼とそのいろいろなデザイン、配慮して距離を置きつつ待機している葬儀屋とスタッフ、相談のために使うソファとテーブル、ティッシュの箱、スタンドと棺に飾られたネムノキ、葬儀当日に印刷して配布する追悼パンフレットのサンプル）
- 式を行うための葬儀室（椅子や信者席、演壇とステージ、ビデオとメディア機器、音響システム、ピアノまたはオルガン、マイク、会葬者たち、家族を前列に案内する係）
- 広間（食べ物や飲み物が並ぶテーブル、参列者に見てもらうために故人の私物が置かれたテーブル）

◎ 聴こえるもの
- 小さく流れる音楽や賛美歌
- 人々が小声で話す
- 服がこすれる音
- 静かに涙を流す物音
- 鼻をすする
- 鼻をかむ
- マイクを通して伝えられるスピーチ
- 式中の生演奏や生歌
- 会衆席のきしみ
- 誰かの携帯が鳴ってしまいすぐに消音される
- 咳払い
- 故人のユーモラスな思い出が語られて笑い声があがる

◎ 匂い
- あまりに多くの香水やコロンが混ざるうんざりする匂い
- 新鮮な花
- 燃えるロウソク
- カーペット
- 家具磨き

◎ 味
- 涙
- 喉の詰まり
- 式中に咳き込まないために食べるブレスミントやのど飴
- 広間にある食べ物や飲み物（クッキー、チーズとクラッカー、小さなケーキ、コーヒー、紅茶）
- 葬儀が終わったあとに駐車場に漂う煙草の煙

◎ 質感とそこから受ける感覚
- 愛する人をそばに引き寄せたときに頬にあたる相手の髪の毛
- 人の手を握ったときの柔らかくもろい、または少し湿ったような感覚
- 手のひらで丸めたティッシュの塊
- 硬い信者席でじっとしていようとして背中が凝る
- 涙を拭おうと目の下を指でこする
- 強ばりを和らげようとして喉または胸骨のあたりを手でさする
- 体型に合っていない服の締めつけや、痛んだりこすれたりする靴のきつさ
- 泣いている子どもの柔らかな髪を撫でる
- 老いた親戚を支えるために血管が浮きでた手を撫でる
- 握りしめられたとげの多いバラの茎
- 棺の蓋の滑らかな感触
- 分厚いカーペットに沈み込む靴
- プログラムを丸めたり開いたりする
- 手の中でしわくちゃになって湿ったスピーチ原稿

◎ 物語が展開する状況や出来事
- 家族が集まり確執が生じる
- 誤って死亡宣告された遺体が（運搬中に）生き返る
- 式の費用をどうやって工面するか心配する
- 故人の財産または遺志について臆面もなく協議し合う友人や家族のはみ出し者
- 感情が高ぶっているために

そうぎじょう｜葬儀場

- 駐車場で自動車事故を起こす
- 家族の秘密が明らかになる
- 遺族から嫌われている人物が葬儀に現れる
- 有名人の葬儀に報道陣が現れる
- 会葬者の数を少なく見積もっていたために、会場内のスペースが足りなくなる

登場人物
- 葬儀屋
- 司祭または牧師
- 従業員
- 参列者（遺族、友人、隣人、同僚）
- 駐車係

設定の注意点とヒント
葬儀場の中には火葬場のあるところと、そうでないところがある。ただし、故人の死を悲しむ家族や友人らに配慮して、その日のうちに、あるいは式の最中に遺体が火葬されることはないという点は頭に入れておこう。

例文
濃い木の扉を開けて、葬儀屋が背景音楽に優しいフルートのメロディを選んでくれた思いやりに感謝しながら、私は対面室の中に足を踏み入れた。唯一の家族である最後に残った妹がジムに別れを告げた今、この部屋は静寂に耐えることはできないはずだ。スポットライトが棺に飾られた絹のバラを照らしている。偽物の白い花を目にして、私は胸がずきんと痛んだ。新鮮な花を準備してやれたらどんなにいいか。でも、糊のきいたシャツとネクタイ姿のジムの骨張った顔を見て、痛みは和らいだ。死んでもなお、彼は今にもにやっと笑い、私が花のことでくよくよ思い悩んでいるのをからかっているように見える。そうだった、彼は花にアレルギーがあったじゃない。涙を流しながら私は微笑み、かつてないほど彼を恋しく思った。

使われている技法
対比、多感覚的描写

得られる効果
登場人物の特徴づけ、雰囲気の確立、感情の強化

都市編 基礎設定

タトゥースタジオ
[英 Tattoo Parlor]

関連しうる設定
繁華街、ショッピングモール、待合室

👁 見えるもの
- 表に掲げられたネオンサイン
- 客のための待合室
- コート掛け
- バインダーに綴じられたタトゥーの見本写真
- 壁に描かれたタトゥーの絵
- さまざまなスタイルの売り物のアートワーク（絵、陶器、宝石、彫刻、雑貨）
- 店のオリジナル商品（Tシャツ、マグカップ、キーホルダー、バンパーに貼るステッカー）
- 壁に吊るされた鏡
- テレビ
- スケッチ用具（テーブル、スケッチブック、ペンや鉛筆、サインペン）が置かれたデザイン制作室
- 受付カウンター
- （室内装飾、思い出の品、写真、アートワーク、流している音楽などを通じて）各タトゥーアーティストの性格が反映されたカーテン仕切りの部屋
- 壁に貼られた営業許可証
- 椅子やベッドであおむけになっている客
- 壁に画鋲で留められたタトゥーのスケッチ
- 使い捨て手袋の入った箱
- タトゥーマシン
- インク入れとインク
- 針
- 積まれたタオル
- インクを拭き取るために使って変色したタオル
- 型紙を置く感熱紙
- 軟膏や包帯
- 作業中のタトゥーがよく見えるようにアーティストが着用するヘッドルーペ
- 明るさが調節できる照明
- 有害物質や先の尖ったものを入れる容器
- 道具を消毒するためのオートクレーブ滅菌機
- シンク
- 販売しているアフターケア製品
- 休憩スペース

👂 聴こえるもの
- 音響システムから流れる音楽
- テレビから聴こえる声
- タトゥーマシンが「ブーン」と駆動する
- 周囲の雑音
- 客を出迎える受付スタッフの声
- 奥の部屋へ案内される客の足音
- 椅子やベッドの上で客が姿勢を変える音
- 仰向けになった客に近づくためにキャスターつきの椅子を寄せる音
- 衛生包装紙から器具を取りだす音
- 従業員が手を洗う際にシンクに水が飛び散る音
- 客がタトゥーの見本画を見ながらページを捲る音
- タトゥーの見本となるオリジナルのアートワークが描かれたクシャクシャの紙を客が広げる音
- 服を脱ぐ音
- レジマシンがレシートを印刷する音
- 紙のカバーがかけられた椅子に座るときに「カサカサ」と音が立つ
- 施術が始まりその痛みに客が思わず音を立てて息を吸い込む
- 出来上がりを目にした客が、興奮したり喜んで歓声を上げる

👃 匂い
- 殺菌剤
- 淀んだ煙草の煙
- 塗料
- 休憩室から漂う電子レンジで温めた食べ物、あるいは出前の料理の匂い

👅 味
- 設定の中には、登場人物がその場面に持ち込むもの（チューインガム、ミント、口紅といったもの）以外に関連する味覚というものが特にない場合もある。特定の味覚がほとんど登場しないこのような場面では、ほかの4つの感覚を用いた描写に専念するのがよいだろう。

✋ 質感とそこから受ける感覚
- 希望のデザインを探してサンプル帳のページを捲ったり触ったりする
- クッション性のある椅子やベッドに沈み込む
- 待ち受ける痛みに備えて筋肉が強ばり不安が募る
- 椅子の高さが調節されて自分の足や頭の位置が上がったり下がったりする
- 手袋をつけた手が自分の肌に触れる
- 肌にあたるカミソリの刃やシェービングフォームの冷たさ
- タトゥーを入れてもらってい

たとぅーすたじお — タトゥースタジオ

- る最中に、自分で服をよけて持っておく
- 慣れない姿勢で横たわるもしくは座る
- 痛み
- 深呼吸をする
- タトゥーを施した箇所をタオルで拭く
- ベトベトする軟膏
- 仕上がったタトゥーを一目見ようとして体をひねる
- テープで貼られた包帯の引力

● 物語が展開する状況や出来事
- 恐怖や緊張感から客が失神する
- タトゥーを入れたい未成年の客が来る
- 不衛生な処置を施しているとしてスタジオが非難される
- タトゥーアーティストが互いのデザインを盗む
- タトゥーを入れてもらうが、自分の要望と一致しない仕上がりになる
- ぶっきらぼうだったり無口なアーティストに担当される
- 痛みに対する耐性の低い客にタトゥーを入れなければならない
- 優柔不断な客
- 作業の最中に必要な備品を切らす
- 痛みに対して先手を打つために、酔っ払ったりハイになって来店する客
- （妊娠、抗凝血薬の使用、最近薬物を使用しているなど）合併症が生じるかもしれない症状について嘘をつく客
- タブーとされるようなタトゥーを入れたがる客（ハーケンクロイツ、人種に対する中傷の言葉など）

● 登場人物
- 見習い
- 客
- タトゥーを入れる人の付き添い
- 衛生指導員
- 自分の作品の委託販売を依頼したい地元のアーティスト
- スタジオ経営者
- タトゥーアーティスト

設定の注意点とヒント
タトゥーは実際にそれを身に刻んだ多くの人々にとっては一種の芸術である。ゆえにスタジオには、それぞれオーナーの哲学や個人の嗜好が反映されているはずだ。芸術家を気取ったような店もあれば、肝の据わったダークな雰囲気を漂わせている店もある。どのような環境であれ、営業許可が下りたスタジオは標準的な衛生規定をきちんと守り、衛生面に問題がないかどうか、定期的に検査を受ける必要がある。残念ながら免許のない多くのアーティストが経営するスタジオは、そのために価格を下げたり、未成年を相手にしたり、自宅やパーティーなどへの出張などによって未だに報酬を得ている状況だ。こうしたアーティストは適切な衛生処置を怠るため、人々を危険にさらすこともある。

例文
メイシーはソファの端に腰を下ろし、手に持っている紙を握りつぶさないように努めた。彼氏が自らデザインしてくれたハチドリの絵だ。小さくて繊細で、初めてのタトゥーにはぴったりだった。胃がけいれんを起こしたので、腹部に拳を突きつける。それほど痛くはないとジークは約束してくれたが、あの数々の針のことを考えたら……目を閉じて鼻から息を吸い込むと、消毒剤の匂いに気づいた。清潔な香りがする。ここは安全だ。タトゥーなんて誰もがしょっちゅう入れてるじゃない。だから自分もやれるはずだわ。

使われている技法
多感覚的描写、象徴

得られる効果
登場人物の特徴づけ、感情の強化

ダンスホール
［英 Ballroom］

関連しうる設定
郊外編 ― 豪邸、プロム、結婚披露宴
都市編 ― 正装行事、リムジン

👁 見えるもの
- （波形の飾り縁や、石膏の円形模様、特注の装飾的な見切り材、彩色された芸術作品などで飾られた）円天井
- ダンスに適した光沢のあるフローリングや大理石の床
- 両開きのフランス式窓に掛けられた、分厚いビロードのカーテン
- 廻り縁が施された高い壁
- 上階にある曲線状の展望バルコニー
- 柔らかな明かりの中でキラキラ輝く、クリスタルが段になって施された巨大なシャンデリア
- 金の葉や渦巻の装飾が施された縦溝彫の室内支柱
- アーチ状の入口
- パネルモールド
- 装飾的な壁掛け照明や壁に取りつけられた燭台
- 2階へと通じる螺旋階段および手すり
- 小規模なオーケストラや生演奏バンド
- 小型のグランドピアノ
- タキシードやガウンに身を包んだ招待客
- 髪をアップにまとめて高価な宝石を身につけた女性
- （白いテーブルクロス、折ってギャザーをつけワイングラスの中に飾ってあるナプキン、完璧に磨かれて配置された銀食器、金縁の陶磁器、ロウソクや花を用いたセンターピースが置いてある）円形のダイニングテーブル
- カナッペをふるまったり、空いたグラスを新しいものと取り替えるために人ごみの中を動き回る給仕係
- シャンパンの入ったフルートグラスから立ち上る金色の泡
- クルクルと回りながら踊る人々
- 優雅なフラワーアレンジメントや花のスタンド
- 白い手袋をつけたスタッフが配置された凝った装飾の大きな扉
- 階段上に敷かれた深紅のカーペット
- 壁に沿って設置された金属製フレームの鏡
- 宝石、スパンコール、高級腕時計のきらめき
- 磨き抜かれてピカピカと輝く黒いドレスシューズ

👂 聴こえるもの
- 調和してメロディを奏でる楽器
- たくさんの声が入り交じったざわめき
- 「カチャカチャ」と鳴るガラス製品やカトラリー
- 笑い声
- 踊っているときに「カサカサ」と音を立てるドレス
- 大理石の床を歩いたり階段を上る靴音
- 互いに声を掛け合う人々
- 反響音（とりわけ室内にそれほど人がいない場合）

👃 匂い
- 食べ物の匂い
- 香水やコロン
- たっぷり踊ったあとの汗
- 艶出し剤やウッドオイル
- 喫煙者の口臭、または体から漂うムッとする煙草の臭い
- 新鮮なフラワーアレンジメント

👅 味
- イベントでふるまわれる食べ物（ヒレ肉のステーキ、魚、上品なパスタや手の込んだサラダ、ジビエの肉料理、段になったデザートスタンドにのせられたクリーミーなデザート）
- 飲み物（泡立つシャンパン、食前酒、ワイン、水）
- 口紅
- ブレスケアミント

✋ 質感とそこから受ける感覚
- 階段のスベスベとした手すり
- ロビーの分厚いカーペットに沈むヒール
- 重たいドアを押し開けてダンスホールに入る
- クラッチバッグを小脇に抱える
- 口紅が付かないように、友人と頬を寄せ合い音だけのキスをする
- 指でつまんでいるシャンパン用のフルートグラスの脚
- 着ているドレスの絹のような生地
- 踊っている最中にパートナーと手を握る
- 自分の背中に置かれる手の圧力
- 握っている銀食器の冷たさ
- 混雑した室内でタキシードを着ているため火照る
- きつい靴で足が痛む
- 髪を引っぱりきつく固定するヘアスプレーやヘアピン
- タイトなドレス姿で注意深く

だんすほーる｜ダンスホール

腰を下ろす
- 喉元でずっしりと重みを感じる高価なネックレス
- ハイヒールや新しい靴で足が痛くなる
- 首を締めつける蝶ネクタイ

❶ 物語が展開する状況や出来事
- 酒を飲み過ぎて感じが悪くなる、またはふらつく人々
- ライバル同士が遭遇して、白熱した口論や喧嘩になる
- 人ごみの中で働くスリ
- 招待状をなくし、入場を断られる
- 誤って誰かに飲み物をこぼす、または食べ物をこぼして別の招待客がそれに滑って転ぶ
- ダンスフロアでの不運な出来事
- 2人の女性のドレスがかち合う
- 服のつくりのせいで見えてはいけない部分が誤って露出する
- 階段を上る、または下りるときに転ぶ
- 2人の人物と付き合っているときに、両者がともに同じイベントに現れる
- 対立関係において、自分が相手と異なる立場にいるときの、危険な政治的駆け引き
- 人に借りた宝石が盗まれる
- 言うべきではないことを口にして、それを耳にしてほしくない人に立ち聞きされる

👥 登場人物
- イベントコーディネーター
- 出席者
- 招待された要人や著名人
- ホテルや施設のスタッフ(ウェイター、ミュージシャン、バーテンダー、厨房スタッフ、ケータリング業者)

設定の注意点とヒント
ダンスホールは、豪華なホテルや裕福な個人の邸宅、あるいは特定の儀式に用いられる建物の中に見られることが多い。建物が古い場合は、室内の歴史ある本質を守るために入念な修復が施されているだろう。一方、もっと新しいホールの場合であれば、特定の建築様式で設計されているかもしれない。

例文
ロウソクの炎はちらちらと揺らめき、心地よい音楽が流れ、青いバラのセンターピースを置いて優雅に飾りつけられたテーブルが並ぶ晩であった。寄付金の最終集計が読み上げられるのを待つ人々の間を縫って、白い手袋をはめてキビキビ動く給仕たちがトレイを高く持ち上げながら、発泡するシャンパンの入ったフルートグラスを運んでいる。それはまた、マクミラン・アートセンターの慈善イベント主催者である40代のベリンダが、自分の洋服のサイズが9号ではないことに気づいた晩でもあった。実のところ、本当は10号でもなければ12号にも近く、もしかすると14号かもしれない。しかし、彼女のことを知り、愛している人々からすれば、サイズのことなど関係なかった。ただ、彼女が着ているツヤツヤした緑のサテン地のドレスだけは、そのことが気にかかったらしい。発表のために壇上へと上りはじめると、デザートに食した2切れ目のブラックベリー・タルトにドレスが拒否反応を示しだしたのだ。衣服が裂ける音が室内に大音量で響き渡る——もうこれ以上耐えられないという、身体にぴったりしたドレスからの大々的な知らせだった。尻の真ん中でぱっくりと割れたせいで、開いたところからはベリンダが見せようとも思っていなかった部分が露出し、下着をつけずに服を着るという嗜好までが露呈することとなった。

使われている技法
隠喩、多感覚的描写、擬人法

得られる効果
登場人物の特徴づけ、雰囲気の確立、緊張感と葛藤

小さな町の大通り
〔英 Small Town Street〕

関連しうる設定
骨董品店、銀行、書店、食料雑貨店、美容院、ホームセンター、コインランドリー、図書館、パレード、公園、駐車場、警察署

👁 見えるもの
- 駐車中の車
- 縞模様の日よけ
- カラフルで客を歓迎する、店のショーウインドウの飾りつけ
- （地元主体のデリ、コーヒーショップ、花屋、ベーカリー、アイスクリーム屋など）家族経営の店
- 店の2階にある個人住居
- 地方に見られる一般的な施設（郵便局、警察署、小さな消防署、図書館）
- 木々が並ぶ歩道
- 店の外に置かれた色とりどりの花が植えられた箱や鉢に入った植物
- 通りを歩きつつ、知り合いに会って立ち話をする歩行者
- 街灯や全方向一時停止の標識がある十字路
- 道路標識が消えかかった一車線道路
- 横断歩道
- 花かごを吊るすフックがついた街灯柱
- 歩道に沿って植えられた苗木
- 見た目を改善すべく地元のアーティストによってペインティングされたゴミ箱
- ゲート式のパーキングメーター
- 犬の散歩をする人、ベビーカーを押して歩く人
- 自転車やスケボーに乗った子ども
- ひび割れた歩道
- 奇麗な側溝
- 喉が渇いた犬のために店先に置かれた水入りのボウル
- ウィンドウショッピングを楽しむ人
- 昼休憩中の人がベンチに腰掛けて道行く人々を眺める

👂 聴こえるもの
- 車が通り過ぎる音
- 「キー」と鳴るブレーキや「バーン」と鳴るマフラー管
- 古いトラックのエンジンから発される鈍い爆発音
- ときどき聴こえてくるクラクションの音
- 運転手が通り過ぎる相手に手を振って声をかける
- ドアを開けた際に鳴るチャイム
- 人々が歩きながらお喋りする音
- 吠えたり暑さに喘ぐ犬
- 歩道をこすりながら移動する葉
- 日よけをそよ風が「パタパタ」と揺らす
- 外のテーブルで客がお喋りをしている
- ホースで植物に水を撒いて歩道に飛び散る音

👃 匂い
- ベーカリーのオーブンから漂うこんがりと焼けた酵母パン
- 新鮮な花
- 太陽の光
- 緑の葉
- 香辛料
- 調理されているハンバーガー
- 揚げ物の油
- 車の排ガス

👅 味
- アイスクリームコーンの甘ったるい冷たさ
- コーヒーの苦み
- 水
- 地元のガソリンスタンドに併設されたコンビニのフローズン飲料

✋ 質感とそこから受ける感覚
- ひび割れた歩道の起伏のある地面を歩く
- 店先のレンガの壁によりかかった時のでこぼこした硬さ
- 店の滑らかなドアの取っ手を引く
- 照りつける太陽の下に停めた車の革製シートに乗り込み、焦げつくような熱さを感じる
- 店内を覗くために、片手をアーチ状にしてガラス窓に押しつける
- 朝の散歩中に犬のリードをグイっと引っ張る
- 太陽の光で温められた金属製のベンチ
- 髪を持ち上げる涼しいそよ風
- でこぼこした歩道の厚板の上をスケートボードやキックボードで進む子ども
- 買ったものがいっぱい入った重たい袋のせいで腕が痛くなる

❗ 物語が展開する状況や出来事
- パブや酒店の付近で酔っぱらいの喧嘩が発生する
- ライバルや敵同士が偶然出会う
- 小さな町なので噂話がすぐに広まる
- 停め方の下手な車がスペースを取りすぎる
- 運転手が割り込む

ちいさなまちのおおどおり ― 小さな町の大通り

- 歩行者や自転車に乗った人が車にはねられる
- リードが外れた犬が車道に駆けだす
- 運転手が買い物に出て、犬や赤ん坊が車内に取り残されているのを見つける
- 自分の恥ずかしい出来事をみんなが知っている（選挙に負けた、逮捕、解雇）
- レストランや小売りのチェーン店が町に建設されることになり、小さな店が脅かされる
- 自分の人生に困難をもたらす力を持った重要な立場の人間（市長、保安官、建物検査官）と対立している

登場人物
- 道路清掃スタッフ
- 地元の人
- 警官
- 店主
- 観光客

設定の注意点とヒント
小さな町には、フランチャイズの大型店舗よりもノーブランドで家族経営の店が存在することが多く、みんなが互いのことを知っているようだ。犯罪が発生しないわけではないが（季節によって観光客が訪れる町などにはとくに）、大きな都市で見られる違反行為ほど深刻なものはない。たいていの場合、犯罪に関わった地元の人間は警察に顔が知れており、人口も少ないため、そうした厄介者たちを他所よりもうまく管理することができるのである。

例文
「ビッグ・グラインド」から3メートルほど離れたところからでも、サラが店を開けているのがわかった。たくさんの花といらっしゃいませというメッセージがチョークで描かれた立て看板が外に出ているだけでなく、ストッパーを置いて開け放たれたドアからは、煎れたてのコーヒーの香りとともに、彼女の好きな心地よいジャズの音色が流れてきたのだ。

使われている技法
多感覚的描写

得られる効果
登場人物の特徴づけ、雰囲気の確立

都市編 基礎設定

地下道
〔英 Underpass〕

関連しうる設定
繁華街、公園、小さな町の大通り、地下鉄トンネル

👁 見えるもの
- 道路や電車の線路の下に設けられたコンクリートやタイル張りのトンネル
- 頭上の道路やトンネル内を通過していく車両
- トンネル内の端を行く歩行者や自転車に乗った人
- コンクリートや敷石の地面
- 長い地下道に設置されている照明
- とても短い地下道で出口の方から差し込んでくる日光
- カラフルな落書きや壁画
- 壁に掛けられたポスターや広告
- 水(壁を短く流れる、天井から滴る、地面の水たまり)
- 後方から差す光で人の姿がシルエット化される
- 幅の広い地下道に見られる構造上で必須の柱やアーチ
- 歩行者用地下道の終わりにある階段
- 照明が切れて暗くなっている箇所
- クモの巣とクモ
- 照明の周りでパタパタと飛ぶ蛾などの虫
- 床に飛び散った鳥の糞
- 建物の支えのてっぺんにあり、鳥が巣を作っている穴や突起部分から飛び出ている乾いた草や小枝の束
- ビニールシートの上で寝ているホームレス
- 風に吹かれた葉や土が一箇所に集まる
- 水で傷んだ天井
- グレーチングに溜まったゴミ(しわくちゃの新聞紙、捨てられたチラシ、煙草の吸い殻、ビニール袋)
- 歩行者と車両を仕切るフェンスや地面に描かれた線
- ひび割れた縁石
- 田舎で地下道を通過していく野生動物(シカ、クマ、アライグマ、フクロネズミ)
- 大雨の際に水浸しになる地面のくぼんだ箇所
- コンクリートに入ったヒビから顔を出している雑草

🔊 聴こえるもの
- 反響音
- 暴風のときに「ヒューッ」と音を出したりうなり声を上げる風
- 「コツコツ」と空虚に響く足音
- 車両の往来が頭上で轟音を立てる
- 近づくごとにだんだんと音が大きくなる、そばを通り過ぎていく車
- 天井から地面に「ポタポタ」と滴り落ちる水
- 「ビュン」と通り過ぎていく自転車
- コンクリートの亀裂に「ガタガタ」揺れる車輪
- 照明が「ブンブン」とうなる
- 照明の周りを「ブーン」と飛び交う虫や蛾
- 遠くから聴こえるサイレン
- 人の話し声
- 地下道の端にある小さなゴミの中を小動物が動く物音
- 風に吹かれて地下道の壁を葉が「カサカサ」とこする
- 歩きながら携帯で話す人の声
- 水たまりを「バチャバチャ」と音を立てて進む
- 鳥のやかましい声
- 野良猫や野生動物が静まりかえる

👃 匂い
- 雨
- 建物のカビ
- 湿ったコンクリート
- 熱くなった舗道
- 排ガス
- 小便
- 淀んだ水

👅 味
- 設定の中には、登場人物がその場面に持ち込むもの(チューインガム、ミント、口紅、煙草といったもの)以外に関連する味覚というものが特にない場合もある。特定の味覚がほとんど登場しないこのような場面では、ほかの4つの感覚を用いた描写に専念するのがよいだろう。

✋ 質感とそこから受ける感覚
- 地下道を歩きながら風が吹きつけてくる
- 半暗がりに入って突然ひんやりとする空気
- 足元の硬いコンクリート
- 車が通り過ぎるときに起こる突風
- 長い地下道の真ん中あたりに停滞して淀んだ空気
- 危険が潜んでいるかもしれない孤立した場所に足を踏み入れるときに、不安で胃がキリキリする
- ツルツルした金属の手すり
- 硬いレンガの壁
- 足の下でパリパリ音を立てる葉
- 頭や袖に落ちてくる水滴

ちかどう ― 地下道

- でこぼこした舗装のため、つまずいて転倒する
- 肌に貼りつくベタベタしたクモの巣
- 不審者や暗い箇所を避けるために別のレーンに移動する
- 暗がりで小さなゴミにつまずく、または誤ってビンや炭酸飲料の缶を蹴飛ばす
- 巣から鳥が飛びだしてきて驚く
- ゴミの中で何かが「カサカサ」と音を立てていることに驚く
- コンクリートをこするドブネズミの爪

❶ 物語が展開する状況や出来事
- 暗がりで襲われる
- 歩行者が自転車や車に轢かれる
- 危険なガレキ（壊れたガラス、使用済みの注射針）
- 地下道の倒壊
- 地震が発生して地下道に閉じ込められる
- でこぼこしたコンクリートにつまずいて転ぶ
- 深夜に地下道で人に会わなければならない
- （田舎の）地下道を歩いているときに野生動物に出くわす

👤 登場人物
- 自転車に乗る人
- ジョギングやランニングをする人
- 自動車運転手
- 歩行者
- 路上生活者

設定の注意点とヒント

地下道は、歩道橋ほどの長さのものも、何キロメートルにもわたるものも存在している。内部は（水域の下を通っている場合はとくに）薄汚くジメジメしているところが多いが、明るさもじゅうぶんで表面を鮮やかな色で塗装されたようなところもあるだろう。また、車両専用のもの、歩行者および自転車専用のもの、さらにその両方が通れる地下道などといった分類もある。かつてはホームレスや厄介者たちの溜まり場だった都心の地下道の多くは、いまやスケートボードパークやフリーマーケット会場、シアター、ホームレスシェルターなどに姿を変えている。このように、地下道というのはありとあらゆる状況で活用することができる多面的な設定だということがわかる。

例文

自転車レーンを走る人々が、マージョリーの横をビュンビュン通り過ぎる。舗道にあたる車輪の大きな音は、セメントの壁に当たって跳ね返る。ほかの通行人たちも、800メートルほどの地下道を渡って時間内に職場に着こうと、彼女に軽くぶつかりながら通り過ぎていく。しかし、そんな彼らとは異なり、マージョリーの歩みはゆったりしていた。薄暗い光の中、壁画がアーチに明るさをもたらし、色には活気が見られる。質感もあった。彼女は筆で描かれた部分を指でなぞりながら、誰がいつこの作品を仕上げたのだろうと思った。

使われている技法
多感覚的描写

得られる効果
登場人物の特徴づけ、雰囲気の確立

都市編　基礎設定

駐車場
〔英 Parking Lot〕

関連しうる設定
空港、食料雑貨店、立体駐車場、ショッピングモール

👁 見えるもの
- ところどころにくぼみのある黒や灰色の舗道
- 黄色い車止め
- 駐車スペースを示す白線
- 障害者用駐車場を示す青く塗られた箇所
- 停められた車やトラック
- 人を降ろすために縁石のところに停まる車両
- 照明
- 駐車場を囲む木々や緑
- 標識（障害者用駐車場、停止標識、30分駐車可能、貨物の積み降ろし場所）
- 車の進行方向を示すためにアスファルトの上に描かれた矢印
- 落ち葉が散らばった歩道
- 風で縁石のところに溜まったマルチング資材や小枝
- ゴミ（丸められた包み紙、潰されたソーダ缶、発泡スチロールのカップ、煙草の吸い殻）
- 草木が植えられた場所の近くにある消火栓
- 地面に埋め込まれたスプリンクラー
- 近くの店のショーウインドウに掲げられたネオンサイン
- 歩道の街路灯につながれたゴミ箱
- 減速のための道路上の段差
- ショッピングカート
- 駐車場を巡回する警備車やゴルフカート
- 近くの店に向かう人、あるいは店から戻る人
- 歩道のところに立っていたり車の近くでたむろしている集団
- 子どもと手をつないで歩く親
- トランクに買い物袋をしまう客
- 駐車することを示すためにウインカーを点滅させる車
- 平均台のように縁石の上を歩く子ども
- ワイパーの下にチラシを挟む人
- 収穫期にトラックの後ろを開けて新鮮な作物や地元の物産（コーン、リンゴ、サクランボ、ハチミツ）を提供する季節限定の販売者
- フロントガラスの修理をするために設置された日よけ

👂 聴こえるもの
- 鳥のさえずり
- 車両の往来の騒音
- 人の話し声
- リモコンで車を施錠したり開錠するときのビープ音
- 車のドアが「バタン」と閉まる
- 車のアイドリング音
- カーブを曲がる車のタイヤが「キィ」と鳴る
- クラクション
- アスファルトの上をヒールで「コツコツ」と歩く足音
- 子どもが走る足音と「待ちなさい」と大声で叫ぶ親の声
- 「キキィ」と鳴るブレーキ
- バスが後退するときのビープ音
- アスファルトの上をショッピングカートが「ガタガタ」と進む
- 店の外に設置されたスピーカーから流れる音楽

👃 匂い
- 舗道
- 濡れたアスファルト
- 近くにあるレストランの料理
- 芝生
- 排ガス
- 雨
- 煙草の煙

👅 味
- 設定の中には、登場人物がその場面に持ち込むもの（チューインガム、ミント、口紅、煙草といったもの）以外に関連する味覚というものが特にない場合もある。特定の味がほとんど登場しないこのような場面では、ほかの4つの感覚を用いた描写に専念するのがよいだろう。

✋ 質感とそこから受ける感覚
- 風が服や髪をぐいっと引っ張る
- 叩きつけるように降ってくる雨
- 足元の固いコンクリート
- アスファルトから立ち上る熱で、呼吸が苦しくなるほど空気が熱くなる
- 涼しい車内から暑い駐車場に出たときの衝撃（あるいはその逆）
- 手に持ったかさばるキーリングの重み
- たくさんの物品（ハンドバッグ、買い物袋、鍵）をなんとか抱えながら駐車場を横切る
- でこぼこした地面でショッピングカートを押すときに手に伝わる振動
- 接近して停められた車にぶ

ちゅうしゃじょう — 駐車場

つからないように、狭い範囲でなんとかドアを開いて車の外に出る
- 踏んでしまったガムに足が引っ張られる

❶ **物語が展開する状況や出来事**
- 自動車事故に遭う、または車のドアにぶつけられる
- 駐車スペースがなかなか見つからない
- スペースが空くのを待っていたが、別の人にとられる
- どこに車を停めたのか忘れる
- バックする車に衝突される
- 一方通行の道で誰かが進路を誤って走行している
- 走っていて周りをよく見ていない子どもたち
- 夜間に強奪や襲撃の被害に遭う
- 運転中にキレる
- 身体障害者用の駐車スペースに停めたいが、健常者が利用している
- メールを打ったり携帯で通話したりしながら周りをよく見ずに運転している人
- ガムを踏む、もしくは正体不明の乾いた液体が広がるべとつく箇所に足を踏み入れる
- 道端で購入品を落とす
- 所定の場所ではないところに放置されたショッピングカート
- 誤ってハンドバッグや携帯をショッピングカートに置き忘れる
- 車を盗まれる、または傷つけられる

❷ **登場人物**
- 買い物客
- 従業員
- 親と子ども
- 駐車場のメンテナンススタッフ
- 警官

- （駐車場が住居用の建物とつながっている場合）居住者
- 季節限定で店を構える販売者
- 警備員
- 10代の若者

設定の注意点とヒント

駐車場というのはあまりにも平凡すぎて、設定に起用するには見過ごされてしまうことが多い。しかしあちこちに存在するものだからこそ使いやすいという利点もある。駐車場にいる人たちの目的は、自分の車に戻るか店に行くかのみであり、ほとんどの場合は周囲のことをあまり見ていない。そのような注意不足が何かしらの犯罪行為の標的にされることを招くこともあるだろうし、密会だとか、10代のカップルによる車内での戯れ、誘拐、車への密かな破壊行為といったプライヴェートな事柄も周囲に気づかれにくいことから、駐車場は葛藤を引き起こすのにうってつけの場所にもなるのだ。

例文

シューッと音を立てて自動ドアが開くと、駐車場の熱が強く湿った平手打ちのように身体にあたる。髪がすぐに縮れたため、かき集めてポニーテールに縛ると、誰かが吐き出したばかりのヤニのきつい臭いを鼻から振り払った。シフト終わりのうだるような午後に目にするとえらく広大に見える、新たに舗装された駐車場に熱波が広がっている。車までショッピングカートを押す人、買ったものを車にのせる人、子どもたちをバンに押し込む人など、買い物客があちこちにいた。返却場所に戻されるカートの金属と金属がぶつかる大きな音が、耳に突き刺さる。私は外界をシャットアウトするために、車内で待ち受けているエアコンの快適な風や、スピーカーからすぐに流れてくるはずの心地よい音楽のことを考えながら、歩くペースを速めた。

使われている技法
多感覚的描写、天気

得られる効果
登場人物の特徴づけ、感情の強化

動物園
[英 Zoo]

関連しうる設定
サーカス

👁 見えるもの
- 曲がりくねった歩道
- 動物の生息地や種類別に細かく分割された園内
- 木々や茂み
- 竹やぶ
- 周囲を忙しなく飛び回る昆虫
- 木製の通路
- 売店
- トイレ
- ピクニックテーブルやベンチ
- ギフトショップ
- 囲いの付近に設置された入園者が動物へ与える餌の自販機
- ゴミ箱
- 落ち葉
- ゴルフカートに乗った従業員
- ベビーカーを押す親
- 校外学習の生徒たちを囲む教師や付添人
- もっとよく見えるようにとフェンスの柵によじ登る子ども
- 子どもを肩車する親
- 脇の方で園内地図を広げる客
- 園内カフェ
- ベビーカーや車いすの貸出カウンター
- 汚れた見学用窓
- 小屋やフェンスが設置された囲い
- 動物が行ったり来たりする古びた動物用通路
- 見えにくい場所で眠る動物
- 岩や洞窟
- 木登り用の木
- 魚や水鳥でいっぱいの池や小川
- 囲いの中に散らばる動物用の玩具
- 動物とふれ合っていたり、囲いの中を掃除している飼育員
- 動物ショーを開くための円形の屋外ステージ
- 動物の情報や写真が掲載された説明書き
- 学習センター
- 遊び場
- 動物病院
- 動物の新生児室
- 動物とのふれあいコーナー
- 爬虫類館
- ATM
- 応急処置室
- 水飲み場
- パーティーが開けるエリア

園内にいる動物
- トラ
- ゾウ
- ライオン
- カバ
- サイ
- ラクダ
- ナマケモノ
- ゴリラ
- ホエザルやクモザル
- チンパンジー
- ハイエナ
- パンダ
- オオヤマネコ
- ヤマアラシ
- キリン
- オオツノヒツジ
- レイヨウ
- シマウマ
- カンガルー
- イボイノシシ
- カワウソ
- オオカミ
- クマ(アメリカグマ、ハイイログマ、シロクマ)
- アシカ
- ヒョウ
- ワニ
- カメ
- ヘビ
- フラミンゴ
- コンドル
- クジャク
- コウモリ
- タカ
- ハヤブサ
- ダチョウやエミュー
- サソリ
- クモや昆虫

👂 聴こえるもの
- 人々の話し声
- 笑い声
- 子どもが質問をしたりぐずる
- 赤ん坊の泣き声
- 走る足音
- 葉が「バリバリ」と踏みつぶされる
- 葉や小枝の上をベビーカーの車輪が「ゴロゴロ」と通る
- 木々の間を吹く風の音
- 昆虫が「ブーン」と飛ぶ
- 鳥のさえずりや鳴き声
- 「パタパタ」と鳴る鳥の羽
- 動物のさまざまな声
- 動物が水しぶきを上げる音
- マイクを使って大人数に、あるいは少人数のグループに地声で係員が説明をする声
- カフェで店員が注文を叫ぶ声
- 舗装された通路をこする子どものスニーカーやサンダルの靴音
- 食べ物の包み紙が「カサカサ」と鳴る
- ポケットの中で「ジャラジャラ」と鳴る小銭
- 屋内の動物の囲いや館内に響き渡る声
- ドアの開閉音
- 人目につかないところに設置されたスピーカーから流れる環境音(虫が飛ぶ音、鳥の鳴き声、パタパタ降る雨)
- ガラス張りの囲いを子どもが叩く
- 親が子どもに怒る声
- 感嘆する客の声
- 動物が姿を現して子どもが金切り声を上げる
- スプリンクラーの作動音

👃 匂い
- 堆肥
- 湿っていたり油っぽい動物の皮膚
- 水の囲いや人工池から漂う藻の匂い
- ゴミ
- 雨
- 売店の食べ物
- 虫除けスプレー
- 日焼け止め

どうぶつえん｜動物園

- 香水
- 体臭
- 取り替えが必要なオムツ
- 泥
- 野花
- 生き生きとした草や干し草
- 朽ちかけた果物
- 屋内にある囲いの悪臭（爬虫類館またはサルの住処など）

味
- 水入りペットボトル
- ソーダ
- 売店の食べ物
- 汗
- 誤って口に入った虫よけスプレー
- アイスクリーム
- 噛み煙草
- ガム
- ミント
- レストランまたは売店の食べ物（ハンバーガー、ピザ、ホットドッグ、チキンナゲット、フライドポテト、ポップコーン、綿あめ、かき氷、アイスクリーム、ポテトチップス）

質感とそこから受ける感覚
- でこぼこした木製の遊歩道
- ひび割れた歩道
- 足元の落ち葉
- アスファルトから上昇する熱
- 照りつける太陽
- 涼しいそよ風
- シトシト降る雨
- 汗ばんだ服が肌に付着する
- プラスチックやガラス製の囲いに鼻を擦りつける
- キンキンに冷えたペ

ンギン館
- ソーダの瓶に付着した水滴
- 指に触れるフェンスの板
- 手のひらに置いた砂のように細かい鳥の餌
- 触れた動物の柔らかかったりザラザラした毛皮
- 手に置いた餌を食べる動物の鼻が触れてくすぐったい
- ベトベトした日焼け止めや虫除けスプレー
- 腰に巻いた上着に引っ張られる
- 動物を見るために人々が集まって互いに押し合う
- アイスクリームが腕にこぼれる
- カメラのストラップが首を引っ張る
- 重たいリュックサック
- チクチクする日焼け
- 腕に抱いた疲れ切った子どもの重み

物語が展開する状況や出来事
- 囲いから動物が脱走する
- 動物間から人に病気が広がる
- （動物園に反対する）デモ隊や抗議団体
- 動物園の予算が削減されたため、必要な物資を調達することができない
- 残酷な、あるいは非人道的な飼育員
- 飼育員が動物に襲われる
- 動物の世話についてなんの知識もない、官僚的な園の管理者
- 子どもが園内で迷子になる

- 動物は見たいが、檻に囲っていることには賛成できないという心の葛藤
- 人々に愛されていた動物の死

登場人物
- 飼育係

- 大工
- 売店の従業員
- 家族連れ
- 用務員
- メンテナンススタッフ
- 校外学習に来る生徒と教師
- 獣医

設定の注意点とヒント
多くの人々にとって動物園は注目すべき場所である。普段見られないような動物を見る機会をたくさんの人々（とりわけ子ども）に与えてくれる場所ではあるものの、一方でその道徳性について葛藤を抱く人もいる。動物を眺めたいという喜びのために、動物を檻に閉じ込めていいのか？

扱い方や世話の程度に関わらず、それは思いやりのある行為と言えるのだろうか？　人間とは複雑なもので、それらの状況や場所についての倫理や道徳観に疑問を抱く人がいるかと思えば、それらをまったく気にしない人もいるのだ。主人公が道徳的なジレンマを抱えることになる設定を盛り込むというのは、物語に葛藤と深みをもたらすのにぴったりの手法なのである。

例文
ガラスの前に立つと、私は子どもたちの指紋で汚れていない箇所を見つけようとしてつま先立ちになった。とうとうライオンを間近で見られるんだもの！　ジャングルの王者の姿を探して、私は倒れている木の幹や、青々とした丘、ポプラの木陰の下に順に目をやった。すると遂に、フェンスの中に広がる土の小道に沿って、彼が歩いているのを発見した。しかし、偉大な生き物が何度も何度もその場を行ったり来たりする姿を見ているうちに、私のワクワク感は消え失せ、胸が痛くなってきた。ライオンは、金網で囲われて肉をあてがわれるようなこんな場所にいるもんじゃない。柵だの境界だのがいっさい無い場所が必要なんだわ。人間がまったくいないところでの生活こそふさわしいはず。ガラスから体を引き離すと、別の人がそこを占領し、ライオンの巨体と滑らかなたてがみに感嘆の声を上げている。もう動物園はじゅうぶんだと思った私は、出口に向かった。

使われている技法　多感覚的描写

得られる効果　感情の強化

動物病院
[英 Vet Clinic]

関連しうる設定
ペットショップ

👁 見えるもの
- 待合室と受付
- タイル張りの床
- キャリーバッグに入ったネコやリードにつながれた犬
- 雑誌をパラパラ捲ったり緊張した様子のペットをなだめている飼い主
- 隅に置かれたペットフードが陳列されたラック
- 床についたよだれのシミや抜け毛
- ペット用品の販売（シャンプー、リードや首輪、名札、玩具、スキンケア製品、ビタミン、シミ抜き用品、しつけ用品、爪切りやバリカン）
- 資金集めのパーティーやイベントの開催予定が記されたチラシ
- 壁に貼られた、動物をテーマにしたポスター
- 個別の診察室（体重計、シンク、パソコン、クリップボードでメモをとる助手、ファイル、診察台、医療器具、ゴミ箱、使用済み注射針の回収容器、スクラブと使い捨て手袋を身につけた助手、白衣を着た獣医、一般的な動物の消化管や心臓と肺などの構造が描かれたポスター）
- 院内にある検査室（レントゲンの機械、超音波の機械、放射線防護ベストやエプロン、遠心分離機、顕微鏡）
- 薬局
- 手術室（手術台、照明、手術器具が置いてあるトレイ、麻酔器、点滴とカテーテル、血圧計、蒸気滅菌器、酸素濃縮器）
- 一時的に犬を預かるための小屋（積み重ねられたケージ、毛布、食べ物や水が入ったボウル、玩具、横になっている、または立ったり吠えたりしているペット）
- 洗濯機と乾燥機

🔊 聴こえるもの
- 動物の声（吠える、「ニャー」と鳴く、うなる、さえずる、わめく、「シーッ」と威嚇する、「クンクン」と鳴く、叫ぶ）
- 犬の尻尾がテーブルや床に強く当たる音
- 診察の順番待ちをしながら飼い主たちがお喋りする
- 電話が鳴る
- 助手が診察室に患者を呼ぶ
- タイル張りの床に爪が「カチカチ」と当たる
- 靴が「キュッキュッ」と音を立てる
- ドアの開閉音
- 使い捨て手袋を外す音
- 足下のペダル操作でゴミ箱の蓋が「ガチャン」と開閉する
- 閉まっている診察室から聴こえるくぐもった声
- バリカンが「ブーン」と音を立てる
- 金属製のシンクに水が注がれる音
- 診察台の金属テーブルを爪で引っかく音
- 体重計の水圧音が上下する
- ペットがボウルの水を「ペロペロ」と舐めて床にしぶきが飛び散る音
- 金属製のボウルに食事が「カタカタ」と用意される
- 硬いおやつをむしゃむしゃと食べる
- 傷を負った箇所を飼い主に怒られるまで執拗に舐めるペット

👃 匂い
- 殺菌剤
- 漂白剤
- 動物のふけ
- 小便
- 糞
- 血
- 湿った毛
- ペットフード
- ペットの匂い

👅 味
- 設定の中には、登場人物がその場面に持ち込むもの（チューインガム、ミント、口紅といったもの）以外に関連する味覚というものが特にない場合もある。特定の味覚がほとんど登場しないこのような場面では、ほかの4つの感覚を用いた描写に専念するのがよいだろう。

✋ 質感とそこから受ける感覚
- 緊張した犬が自分の足の間に巻きついてきたり膝の上によじ登る
- 手に握るザラザラしたリード
- ネコが喉を鳴らす
- ズボンを穿いた足を揉んでくるネコの、チクチクと刺さる爪
- ずっしりとしたキャリーバッグの重み
- 書類を記入するときに、興奮しやすいペットから手を放さないようにする
- 足に巻きつくリード
- 自分の肌に付着したペット

どうぶつびょういん — 動物病院

- の毛
- 自分の足や腕に滴り落ちる犬のよだれ
- リードにつないだ犬にグイっと引っ張られる
- 別の動物が入ってきたときに、小型のペットがうなり声を上げることを認識する
- 自分の膝の上で震えている犬
- 小型犬に軽く噛まれる
- 落ち着かせるためにペットの毛を撫でる
- 神経質な犬が自分を舐めてくる
- モップがかけられたばかりのツルツルした床
- 使い捨て手袋のほこりっぽい感触
- 犬のおやつのザラザラした質感
- 診断を待つ間に感じる胸のつかえ

❶ 物語が展開する状況や出来事
- 待合室で動物同士が喧嘩する
- 飼い主がペットを野放しにしておく
- 緊張しているペットに小便をかけられる
- 迷惑な場所にペットが糞をする
- ヒステリックな飼い主
- ペットに関する悪い知らせを伝える、もしくはそれを受け入れなければならない
- 提示された治療費に激怒する
- 動物とは上手くやれるが、人との関わり方が下手な獣医
- 虐待やなんらかの不当な扱いをされている疑いのあるペットを診る
- 謎の病気でなかなか原因が突き止められない
- 診察中に動物に噛まれる
- ペットのふけにアレルギーがあるのに待合室で待たなければならない客
- 発情した犬が自分の足に交尾の動作を仕掛けてくる
- 大事な会議や約束の前に、身体が動物の毛に覆われる
- ペットを安楽死させるべきか否かという難しい決断

🙂 登場人物
- 動物愛護団体で働く人
- 助手
- 子ども
- ペットの飼い主
- 受付スタッフ
- 獣医

設定の注意点とヒント
医療機関と同様に動物病院もまた、規模や清潔度、提供するサービス、装飾などにその建物ごとの違いが見られる。たとえば、地味な色の壁に対して金属製の同一の備品を揃えた殺風景なところもあるだろう。そうかと思えば、よくある医師の診察室と同じくらい温かみがあって心地よい動物病院もある。さらには壁画、ポスターで埋め尽くされた壁、ペットが遊べるコーナーにいたるまで、どこまでも動物第一という病院もあるはずだ。動物病院は所有者の嗜好と一致していることが多いため、環境やカスタマーサービスの度合いから、そこで働く獣医のこともかなりの部分わかるはずである。

注意：登場人物がモルモット、トカゲ、フェレット、ヘビといった風変わりなペットを飼っている場合、一般的な動物病院ではそうした動物を診療する資格がないため、特殊なペットの専門獣医のところに連れて行く必要がある。

例文
書類を記入するクリップボードに自分のハンドバッグ、それから育ち過ぎたコッカー・スパニエルというすべてをなんとか抱えて、私は一番近くの席に倒れ込んだ。クインシーを隣の椅子に座らせようとしたものの、彼は私の膝の上によじ登って、セーター全体に毛を落としはじめた。ため息を漏らし、彼の背中にクリップボードを置いてバランスをとろうとする。でも、クインシーが震えてばりいるから、綺麗な字もすっかり殴り書きに変貌してしまった。私は思わず歯ぎしりをした。ただ爪が切れただけだというのに、これじゃあまるで余命宣告を受けに来たみたいだ。

使われている技法
多感覚的描写

得られる効果
雰囲気の確立

図書館
[英 Library]

関連しうる設定
郊外編 ― 小学校の教室、高校の廊下、大学の講堂
都市編 ― 書店

👁 見えるもの
- 頑丈な本棚(壁に並んでいる、床に立って列をなしている、読書や勉強コーナーを囲むように渦を巻いて設置されている)
- (本をざっと調べる、貸しだす、延滞された本の料金を受け取る、利用者のための検索をするといった業務を担う)司書と助手がいる受付の長机
- 子どものためのシールやしおりが入った収納ケース
- 特別行事や読書クラブのパンフレット
- ブックトラック
- ペンや鉛筆
- 資料コーナー(分厚い辞書、百科事典、地図帳、歴史文献などがある)
- テーブルで勉強している学生
- 座り心地のよい椅子で新聞をパラパラ捲っているお年寄り
- 資料検索やネットサーフィンのために図書館のパソコンを使う利用者
- (特別行事、仲間の勉強会、読書クラブの会合のための)読書室
- 2階に上がる階段
- 各列の端に記された分類番号
- 光沢のあるさまざまな定期刊行物が揃った雑誌コーナー
- 識字や読書の大切さを訴える標語の幕や貼り紙
- 頭上の明るい照明やテーブルにあるランプ
- 棚に絵本が並び、床にはビーズクッションが置かれた子どものための一角
- 静かにすることを利用者に呼びかける貼り紙
- 書類の整理棚
- 貸出用映像作品が置かれた棚
- コピー機やラミネーター
- 人気作家の本や新着図書のディスプレイ
- 文庫本の回転式本棚
- プライバシーを守るための仕切りが設置された個席
- 丸められた紙や消しかすがテーブルに残っている
- 読書コーナーにある布張りのソファや安楽椅子

👂 聴こえるもの
- 「カチカチ」と鳴る時計、「ウィーン」とうなるプリンターやコピー機
- 静かにページを捲る音
- 咳および咳払い
- 携帯が鳴ってすぐに止められる
- エアコンのスイッチを入れる音
- 「ピュン」というメール受信音
- 学生らが一緒に課題の作業をしたり、調べものについて話し合うときのひそひそ声
- 読み聴かせ会のときに幼児が笑ったり歌ったりする
- 未就学児らに読み聴かせをする司書の声
- 本が落下する音
- 単行本を「バタン」と閉じる音
- 「ビリビリ」と紙を破く音
- くしゃみ
- 誰かが「ドサッ」と座ったときの椅子のきしみや古いソファのスプリングの音
- 靴が階段で「コツコツ」と鳴る
- 頭上で聴こえる上階の「ドスドス」という足音
- 「カサカサ」と音を立てる鉛筆や「カチッ」と鳴るペン
- いらだったため息やうめき声
- 10代の子どもたちが口の中でガムを「パチン」と鳴らす
- テーブルや本の上で「コツコツ」と鉛筆を鳴らす
- 利用者のイヤホンから漏れ聴こえてくる音楽
- 「カサカサ」と新聞を整えたり折りたたむ音
- キーボードを「カタカタ」と打つ音
- マウスをクリックする音
- リュックのファスナーの開閉音

👃 匂い
- 新しい紙
- カビ臭いカーペット(とくに雨のあと)
- ほこり
- エアコンによる乾燥
- 周囲の妨げにならないように、利用者のそばに寄って話しかける司書のミントの香りがする息
- 喫煙者から漂うムッとする煙草の匂い
- 革
- ピリッとしたコロン
- 香水
- 芳香剤
- 清掃用品
- 鉛筆削り

としょかん｜図書館

👄 味
- ガム
- 口臭予防ミント
- 噛み煙草
- 鉛筆を噛んでいるときの木の味
- （新聞紙から手、手から口へと移る）インクの味
- 公共の噴水の水

✋ 質感とそこから受ける感覚
- ツルツル滑るページ
- ザラザラした革の装丁
- 触れるとひんやりする滑らかな机
- チクチクする椅子のクッションや座り心地の悪いプラスチックの椅子
- 宿題についた消しかすを払いのける
- プラスチックの図書カードの縁に指を押し当てる
- 本を探すために指でキーボードを叩く
- 紙で指を切る
- 隆起した本の表紙に指を走らせる
- 階段を上るときに滑らかに磨かれた手すりを掴む
- ひんやりしたドアノブ
- 剥がすのに苦労するくっついたページ
- 読書中に窓から差し込む日光の温かさ
- 外に出るために冷たいガラスのドアを手で押す

❗ 物語が展開する状況や出来事
- 誤って本を傷つける（コーヒーをこぼす、あるいはページを破る）
- 課題を手伝ったりやり終えた宿題を貸すように仲間に強要される
- 図書カードをなくす、もしくは本をどこかに置き忘れる
- ある本を借りるために図書館に出かけたものの、別の人に借りられていることがわかる
- 微々たる騒音にも容赦しない、過度に使命感のある司書
- コンピューターのコーナーを独占する人々
- パイプが破裂して蔵書に損害をもたらす
- ひそひそと秘密が打ち明けられるのを立ち聞きし、その内容にひどく悩まされる

👥 登場人物
- 歴史学者
- 司書
- 未就学児を連れた親
- 読書家
- 研究者
- 学生
- 教師

設定の注意点とヒント

図書館は、規模が大きければ大きいほど、蔵書の数も多いのが一般的だ。ほとんどの場合、市内の図書館はすべて系列化されているので、ある図書館の本を他所からリクエストすることも可能であり、利用者は選択肢がさらに広がる。また、図書館は非営利団体にも人気のある場所で、地域のためにさまざまな社交プログラムが開催されるため、登場人物が友人やライバルと遭遇するのにも適した環境である。

例文

何かがどうも引っかかり、調べものをやめて私は顔を上げた。いつもだったら利用者で賑わっているはずのフロア全体に、いっさい人の気配がない。だらけた姿勢で椅子に座る利用者のリュックが床に横たわっているわけでもなければ、人が絶えないはずの端末機も画面は真っ暗なままで、物音ひとつしない状況が静寂をいっそう目立たせていた。普段であれば煌々と電気が輝き、本を探す人でいっぱいの上階の書棚は、影たちの集合場所へと変わり、姿のはっきりしない者たちが暗闇で寄り添っている。机のランプがうなり声を上げる中、私はノートの上に鉛筆を置いた。何か馴染みのある音、人間的な音を聴くために咳払いをしたいと思ったが、そうはしなかった。べっとりとした動揺が胸元をせり上がってくる。まるで、目覚めると人もものもすべて消えている、世の終わりを描いた映画の世界にいるようだった。

使われている技法
光と影、多感覚的描写、擬人法

得られる効果
雰囲気の確立、伏線、時間の経過

ナイトクラブ
〔英 Nightclub〕

関連しうる設定
郊外編 ― ビーチパーティー、ホームパーティー
都市編 ― バー、パブ

👁 見えるもの
- 外で入場待機中の人々の列
- 外でたむろしたり煙草を吸っている人々
- 客を縁石のところで降ろすタクシー
- 身分証を確認したり入場を断ったりするがっしりした体格の私設警備員
- サービス料を徴収し、客の手にクラブのロゴスタンプを押す若い女性スタッフ
- ホールから光が漏れてくるストロボ照明
- 色つきライト
- スピーカー
- ステージ
- スツールが置かれたバー
- 周りをスツールに囲まれた小さな丸テーブル
- 飲み物やカクテルをのせた光るトレイを運ぶ露出の激しい衣装を着たウェイトレス
- バーに並べられたショットグラスに入ったさまざまな酒
- 注文の品を作るバーテンダー
- バーの背後にある鏡張りの壁に並ぶ酒のボトル
- くし切りのレモンやライム
- さまざまな色のストロー
- 空の缶ビールやボトル
- ドラフトタワーやビールサーバー
- ブース・カフェ
- マティーニのグラス
- コーヒーカップ
- 床にこぼれた飲み物
- トイレに並ぶ人の列
- (フロア、スピーカーの上、お立ち台などで) 踊っている人々
- 黒もしくは暗い色合いの壁
- (カントリー、ロックンロール、ハリウッド、ヘヴィメタルなど) テーマに沿ったちょっとした装飾品
- 酔った男にしつこくされるウェイトレス
- 飲み物と交換で現金を手渡す
- ATM
- トイレにあるコンドームの販売機
- ネオン照明
- ステージ上のダンスポール
- DJブース
- みんなで遊びに来ている友人グループ
- 独身最後を祝うパーティー
- 人々 (遠慮もせずにいちゃつく、携帯で写真を撮る、連絡先を交換する、飲み過ぎてふらつく、ろれつが回らない、人にぶつかる、転ぶ、激しいダンスを踊り目立とうとする、喧嘩をふっかける、ナンパする)
- 現金と交換で薬物の錠剤が手渡される

🔊 聴こえるもの
- 大音量の音楽
- 聴こえるように互いの耳元で叫ぶように話す人々の声
- 笑い声
- 「おいでよ」と誘惑する声
- やじ
- 叫び声
- 悪態をつく声
- グラスが割れる音
- 口笛
- スピーカーから聴こえてくるDJの声
- テーブルに「カチャン」とぶつかるグラス
- バーでグラスに炭酸飲料を「シューッ」と注ぐ
- サーバーからグラスにソーダや水を注ぐ音
- 携帯の着信音やバイブ音

👃 匂い
- 汗
- ビール臭い息
- コロン
- 香水
- ヘアスプレーや整髪剤
- ボディスプレー
- 淀んだ空気
- 嘔吐物
- 服から漂う煙やマリファナ
- 果実の飲み物やカクテル
- 体臭
- 過熱した電子機器 (スピーカー、音響システム、照明)

👅 味
- ビール
- カクテル
- マティーニ
- キューバ・リブレ
- ジン・トニック
- コスモポリタン
- モヒート
- コーヒー
- 水
- ショットグラスに入ったカクテル (ダーティ・フッカー、セックス・オン・ザ・ビーチ、ドクター・ペッパー、チャイナ・ホワイト、スネークバイト、B52、アイリッシュ・カー・ボム、サンブーカ)
- 栄養ドリンク
- 炭酸飲料
- フルーツカクテル
- スプリッツァ
- くし切りにしたレモン
- 塩
- くし切りにしたライム

ないとくらぶ｜ナイトクラブ

- ホイップクリーム
- ガム
- ミント

質感とそこから受ける感覚
- 熱くて籠った空気
- カラカラの喉に染み込むビールやその他の冷たい飲み物
- 氷をバリバリと噛み砕く
- 注意を引くために相手に触れる
- 耳元や顔から髪をよける
- 口紅やリップグロスを塗る
- 手で自分を扇ぐ
- 首や背中を流れる汗
- 汗ばんだ服が肌にくっつく
- ハイヒールで踊ったためにふくらはぎや足が痛くなる
- 人ごみの中で足を踏まれる
- 人ごみに体を押し込みながら前へ進む
- 指先に触れる冷たいグラス
- テーブルの上のナプキンやコースターをもてあそぶ
- 髪が乱れていないかひっきりなしに触れて確認する
- 胸の谷間を寄せて上げる
- お札の薄い紙の感触
- 女性の腰のくびれに手を添えて、ダンスフロアにエスコートする
- 相手の手を取り、話をするために静かな場所へと引っ張っていく
- ジェスチャーやボディランゲージを交えて会話をする（指差す、手を振る、頷く）
- 誰かが自分の耳元で喋るときにかかる温かな息
- 胸にドスドス響くベース音
- 飲み過ぎだったり薬物のせいでクラクラする
- 吐き気のために胃がかき回される
- まっすぐ立っていようとして壁に手を這わせたり手すりに掴まる

❶ 物語が展開する状況や出来事
- こちらの気持ちを読み取ろうとしない不気味な人物にナンパされる
- 酔って口論になる
- 酒に毒を盛られる
- 客が飲み物に薬物を混入される
- 未成年の客がバーに入ろうとする
- 人の嘔吐物が自分にかかる
- 友人が見知らぬ怪しい人物といい仲になる
- 飲み過ぎて判断を誤る
- 飲まずに運転してくれるはずだった人物から見捨てられる
- 自分の意に反して運転手役を任される
- 喧嘩の真っただ中に巻き込まれる
- 私設警備員が自分の職務をやや深刻に捉えすぎる

登場人物
- バーテンダー
- 私設警備員
- クーガー（若い男を狙う年上の女性たちのこと）
- 客
- DJ
- 麻薬の売人
- 泥酔した人
- ストリッパーや売春婦や男娼
- 偽造身分証明書を持った未成年の客
- 給仕スタッフ

設定の注意点とヒント
夜の社交場と呼ばれるいくつかの場所には、似ている点も異なる点もある。たとえばナイトクラブはバーを完備した大きなスペースで、アルコール飲料を提供はするが、飲むことよりは踊ることを主軸にした場所だ。客を楽しませ店内をつねに盛り上げるために、人気バンドの生演奏や特別なイベントを開催したり、特殊効果の機械（スモーク、泡のマシン、ストロボ照明、スポットライト）を設置したり、お立ち台にプロのダンサーを呼ぶこともあるだろう。一方、バーというのはたんに酒を飲むための場所であり、（バイク愛好家やワイン愛好家など）特定の客をターゲットにしているところもあるが、いずれにしても中心はそこで提供されるアルコール飲料である。それに対してパブと呼ばれる店は、友人と交流したり、ビリヤードをするために集ったり、ボリュームたっぷりの定番料理を食べたり、地ビールを飲んだり、店内のあちこちに設置されたTVで試合を観たりするための場所であると言える。

例文
ストロボライトが客を照らし、スムーズで場慣れした彼らの踊りがドタバタ、ガクガクした動きに見えてくる。私は外周に目を走らせてトムかデレクの姿を見つけようとしたけれど、スピーカーから大音量で流れる音楽に頭痛がしてきたし、左手にある赤い出口表示が救いの光みたいに輝いていた。だからアリーの腕を引っ張ってこっちに顔を向けさせると、私はその出口の方を指差し、煙草を吸ってくると身振りで示した。相手の言ったことが聴き取れないときに人がよくするように、彼女はぼんやりと頷いている。だけどもう一度説明する気力もないので、私は頭を横に振るとその場を離れた。

使われている技法
光と影、直喩

得られる効果
雰囲気の確立

難民キャンプ
〔英 Refugee Camp〕

👁 見えるもの
- セキュリティゲートがあるフェンスで囲われた一帯
- 乾燥した砂だらけの地面
- 風になびく旗
- 地域に合わせた住居（防水シートの屋根で覆われた藁葺き小屋、泥壁の小屋、迷路のように並ぶ間に合わせのテント、ブリキやコンクリートブロックの小屋）
- （机、パソコン、事務用品がある）登録所
- 食糧保管用の大きなテント
- 配給品（服、寝具、暖をとるもの）が渡されるその他の保管エリア
- （折りたたみ式ベッド、蚊帳、寝具、医療品が入った大きな容器がある）病院
- 遊び場や狭い野原
- 共同で利用するトイレ施設
- 地面に掘った穴で燃え盛る火
- プラスチック製のポリタンクやペットボトルの水
- 空のバケツやカゴ
- 服や食べ物を洗うための大きなボウル
- 深鍋や平鍋
- 乾かすために屋根や低木に吊るされた服
- 難民たちがポリタンクに水を補充できるポンプ装置
- 歩行者や自転車に乗っている人
- キャンプ内で資材を運ぶ難民が引いている木製の台車
- 食糧（小麦粉、米、小麦、レンズ豆）や医療品をうずたかく積んだトラックの到着
- 登録や配給の受け取りを待つ難民の長蛇の列
- （生徒の机、教科書、黒板がある）一教室だけの学校
- 頭上に包みをのせて運ぶ女性
- 肩に麻袋をかついで歩く男性
- 国連のトラックや車両
- 軍人をのせたジープ
- ガレキの山（水の容器、空の麻袋、端切れ、木材の断片、ブリキのコップ）
- 落書きされた建物
- その場にあるもの（石、金属の屑、空気の抜けたボール）を玩具にして遊ぶ子ども
- お金を持っている難民のための小さな市場
- 食事の支度や物々交換、売買用の品づくりに勤しむ難民
- 親と一緒に働く子ども
- ぶらついている子ども
- 住居の雨漏りによって地面に水たまりができる
- ハエ
- ものを修理していたり、あるいは直る見込みのないものを別の用途で使っている人

👂 聴こえるもの
- 拡声器やスピーカーから伝わるお知らせ
- 人が掴んで「ガタガタ」と音を立てる金網フェンス
- 風に揺れる防水シート製の屋根やカーテンがかけられた出入り口
- 人の話し声
- 咳
- 歌声
- 赤ん坊の泣き声
- 子どもが遊ぶ音（キックベース、追いかけっこ）
- 犬が吠える
- ほこりっぽい地面をすり足で歩く足音
- 炊く前の米や豆が「カタカタ」と音を立てて深鍋に入れられる
- 「パチパチ」と小さく音を立てる調理火
- 怒鳴り声
- 小屋やあばら屋を「ヒュー」と通り抜ける風
- テントの出入り口がはためく音
- タイヤが砂利を噛み砕きながら進む音
- きしむ自転車ででこぼこした地面を「ガタガタ」と走る
- 「ブーン」と飛ぶ蚊
- 放出される汚水
- ポリタンクや瓶に水を入れる
- スプーンが調理鍋に「カチン」と当たる
- 麻袋が地面に落とされる音
- 狭い区域に大勢の人が暮らすことで発生する騒音
- 配給トラックの到着を示すブレーキ音
- 学校で習ったことを子どもたちがみんなで暗唱している、あるいは歌を歌っている
- ラジオから流れるニュース

👃 匂い
- 汗
- 体臭
- 洗っていない身体や服
- 排泄物
- ほこり
- 調理の火
- 熱い石の上で焼かれるフラットブレッド
- 沸騰している水

なんみんきゃんぷ｜難民キャンプ

👅 味
- 風味のない食べ物（米、豆、パン）
- ぬるい水
- 汗

✋ 質感とそこから受ける感覚
- 清潔ではない水で洗ったゴワゴワする服
- しばらく洗っておらず、かたちが崩れ汗のシミがついた服
- 虫さされ
- 猛暑や極寒の中、硬い地面の上に眠る
- 空腹による胃の痛み、あるいは猛烈な喉の渇き
- 淀んだ味がして砂粒が混じっている水
- （服、寝具、食べ物など）すべてに紛れ込む土
- 絶えず汗をかいている
- 濡れたぼろ切れで体を綺麗に拭く
- 肩にかついだ食糧の麻袋、もしくは頭の上でバランスをとっている小包の重み
- 特定の病気（コレラ、マラリア、黄疸、肝炎、結核、HIV、腸チフス、寄生虫）に由来する症状
- （住居の状態、心配や恐れ、PTSDなどから）夜眠れずに何度も寝返りをうつ
- ポリタンクに水を補充するときに手や足に水がかかる
- 日差しが照り風が吹く屋外から小屋の中に入る
- ざらついた小屋の壁に背をつけて座る
- 喉の渇きを癒す水
- ものを食べたことで感じる安堵感
- 岩や丸太の上に腰を下ろす
- 肌につくほこり
- 土の中をすり足で歩く
- 頭皮をかゆくするやせ細った髪
- 倦怠感
- 退屈
- 絶望して無感覚になる

❗ 物語が展開する状況や出来事
- 生活環境がひどい
- 食糧や生活物資が不足している
- 暴動
- キャンプ外の暴力的な人々による攻撃
- 文化や宗教が相反する難民同士の言い争い
- 支給品や食糧をめぐる喧嘩
- 女性に対する暴行
- 時間を持て余す子どもたち
- 病気や疾患
- 不眠症
- PTSD
- 中立的立場であるべき責任者による偏見や評価
- 政治情勢に変化があり、キャンプの存続に影響が及ぶ可能性が出てくる
- 資金不足で財政的に圧迫される
- 絶望感によって無分別な行動に走る

👤 登場人物
- 管理者
- 武装した警備隊
- 親善訪問に来た有名人
- 医師や看護師
- 精神科医や心理療法士
- 難民
- 記者やジャーナリスト
- 教師
- 国連代表者

設定の注意点とヒント
世界には700箇所以上もの難民キャンプが存在し、累積的に何千万という行き場を失った人々が収容されている。中にはしっかりした資金援助によって、他所に比べて住みやすく多くの備品（質もいい）を供給しているキャンプもある。しかしどのような施設であれ、いずれは人員が埋まり、できることなら他所に暮らしたいもののどこにも行くあてがない人や家族たちで混雑することになる。こうしたキャンプに居住する人々の多くが、ひどく残虐な行為や苦難にさらされてきたというさらなる問題が持ち上がるが、適切なカウンセリングが行われることはめったにない。そのため感情的に不安定な状態や無分別な決断、個人的な葛藤がすぐにエスカレートしていく可能性もある。

例文
列はほんの少しだけ前進し、あとどれくらい待たなければならないのか確認しようと首を伸ばしながら、私は皆に続いた。ハエが目のまわりを飛び交っているが、両手は水を入れるポリタンクで塞がっているため、両肩を揺すってみる。夜明けからこうして並んでいるのに、今や太陽の光が頭上から直に降り注いでいた。ナタリアと赤ん坊を小屋に残してきたことへの懸念が胸に突き刺さる。終わりのみえない列を早く進ませたくて、私はほこりの中でそわそわと足を動かした。

使われている技法
天気

得られる効果
雰囲気の確立、時間の経過

ニュースルーム
〔英 Newsroom〕

関連しうる設定
交通事故現場、法廷、救急救命室、楽屋、警察署

👁 見えるもの

一般フロア
- 受付
- 作業スペース（机、パソコン、書類棚、電話、メモ帳、ペンなどのオフィス用品、水の入ったペットボトルとカップ、書類やファイルの山、資料書籍やバインダー、新聞）
- ポストイットが貼られたパソコンのモニター
- 自分の机で昼食を摂るジャーナリスト
- 椅子に掛けられた上着
- 据え付けのテレビモニター
- 警察無線
- たくさんの記者たちがお互いに近くで仕事をする仕切りつきの作業机
- 予定や今後のイベントが書かれたホワイトボード
- パソコンと送受信する情報を保存するサーバーで埋め尽くされた**情報受付スペース**
- 会議室（室内装飾、何列も並べられた無地の椅子、演説台）
- 調整室（ミキサー、コントロールボード、マイク、複数台のモニター、ヘッドフォン、オーディオ機器）
- プリンター
- 鉢に入った植物
- 休憩室（テーブルと椅子、電子レンジ）

放送室
- 長机の後ろに座るニュースキャスター
- 綴じられていない紙とペン
- キャスターつきで回転する椅子
- 音響効果を高める織り目加工が施された壁
- 双方向の薄型モニター
- グリーンバック
- プロンプター（原稿を表示する装置）
- スタジオカメラ
- 照明
- レフ板
- 床を交差するさまざまなコード
- ニュースキャスター用のモニター
- デジタル時計

👂 聴こえるもの
- パソコンのキーボードが「カタカタ」と鳴る
- 携帯電話や社内電話が鳴る
- 電話を切る音
- 書類を捲る音
- たくさんの人々が小声で話す雑音
- 警察無線から入る聴きとりづらい声
- 書類棚をスライドさせて開閉する音
- 新聞が「カサカサ」と音を立てる
- 印刷中のプリンターの駆動音
- 椅子が「ガラガラ」と動いたり「キィ」と音を立てる
- 足音
- カメラを回す準備をはじめて放送室が静まる
- プロデューサーの指示の声

👃 匂い
- コーヒー
- 家から持参して温められた食べ物
- 持ち込まれた出前

👅 味
- 自家製弁当
- 買ってきたまたは出前で頼んだ食べ物
- バースデーケーキ
- ドーナツ
- コーヒー
- ソーダ
- 栄養ドリンク
- ミネラルウォーター

✋ 質感とそこから受ける感覚
- 長時間デスクチェアに座っていたために背中が痛む
- 考えごとをしながら椅子でグルグルと回る
- 一日中パソコンの画面を見つめていたために視界がぼやける
- プリンターから出てきたばかりの温かい紙
- 思案しながら机や足の上でコツコツとペンを鳴らす
- 食べ物をガツガツ食べる
- 締切のもとで働きながら、アドレナリンがほとばしる
- 耳と肩の間に電話を挟むときに首の筋を違える
- 床の上を行ったり来たりする
- 熱いコーヒーの入ったマグカップを口元に寄せる
- 食事の選択を誤って胸焼けを起こす

📖 物語が展開する状況や出来事
- きちんと事実を確認しないまま記事を載せる
- 紙で指を切る
- 別の記者や局にスクープをとられる
- 自分が売り込もうとしている

- 記事に反対する、影響力のある人々から圧力をかけられる
- 書き上げるように指示された記事に対して、心の中で葛藤が生じる
- 情報源が信用できない
- 殺しの脅迫を受ける
- スランプに陥る
- どう考えても無理な締切の設定
- 自分の仕事が、もっと若かったり魅力的な同僚に脅かされるのを恐れる
- 病気のため、原稿を暗記したり画面の文字を読んだりするのが難しい
- 外見を損なう怪我を負い、ニュースキャスターとしての自分の立場が危うくなる
- カメラの前での失態
- 生放送中に訊かれた問いになかなか答えられない

🧑 登場人物
- カメラオペレーター
- 編集者
- グラフィックデザイナー
- メイクアップアーティスト
- 気象学者
- ニュースディレクター
- カメラマン
- プロデューサー
- 制作アシスタント
- 受付係
- 記者・ジャーナリスト
- 音響・照明技術者
- テレビのニュースキャスター

設定の注意点とヒント
ジャーナリストは、物語に多くの葛藤を持ち込むことのできる活力溢れる職業だ。しかしニュースルームには、主人公にインパクトを与える人物だとか、あるいは自分自身がまるで主人公であるかのように振る舞う人物たちなど、興味深い人間がほかにもたくさん在籍している。物語を執筆する際には、編集者、カメラオペレーター、カメラマン、メイクアップアーティストなど、この設定においてよく出入りする人々のことを忘れてはいけない。

例文
片手でメモをとり、もう片方の手ではパソコンで事実を確認しながら、エラは耳と肩の間に電話を固定させた。デジタル時計は血のように真っ赤な文字で4:42だと叫んでいる。彼女の心臓は激しく打った。放送開始まで、きっかり3分しかない。急いで「ありがとう」と言うと受話器を戻すこともせずに落とし、メモを掴んで靴に火がついたかのように編集デスクへとダッシュした。

使われている技法
直喩

得られる効果
緊張感と葛藤

博物館
[英 Museum]

関連しうる設定
郊外編 ― 遺跡
都市編 ― 骨董品店、アートギャラリー

👁 見えるもの
- 長い通路
- 支柱によって支えられた高い天井
- 明るい照明
- ガラスケースに入れられた歴史的作品
- 一般人が触れないようにロープが張られた展示物
- 一段高くなった壇や台に置いてある品
- 作品についての情報が記された注釈
- 額に入った壁掛けの芸術作品
- 象形文字(石に描かれた実物、あるいは写真によって説明されたもの)
- 色あせたタペストリー
- 部屋全体に渡って配置された恐竜の骨格
- 彫刻や彫像
- 歴史上の人物の胸像
- ガラスケースに入ったミイラ
- 部族の仮面
- 旧時代の人形や玩具
- 古い飛行機やその他の車両
- 古代の本や巻き物
- 衣装や頭飾り
- 甲冑一式
- 特定の文化や時代における武器の展示
- 宝石および宝飾品類
- ひびが入っていたり欠けた皿
- 絶滅した動物の再現展示
- 飾り壺や陶磁器
- 王冠やティアラ
- 小さな置物
- 芸術品について学ぼうと解説文を読むために展示物の近くに寄る人
- ベンチに座って一休みする人

人
- 校外学習のグループ
- ガイドとともに館内を回るツアーの一行
- (フラッシュをたかずに)写真を撮る人
- 展示作品から得たヒントを描く芸術家(スケッチをする、作品について文章でメモをとる)

👂 聴こえるもの
- ささやき声
- 展示物について話し合う小さな声
- タイル張りの床や大理石の床を歩く足音
- ガイドのよく通る声
- メモをとっている人のペンが紙にこすれる音
- 笑い声を上げたり駆け回ったりする子どもの声や物音
- 決められた時刻に個室で流れるショートフィルムのナレーションの声
- テーマの定められたコーナーや部屋でスピーカーから流れる環境音(第二次大戦を扱った部屋での戦闘の音、古代メソポタミアを扱った部屋での砂漠の音)
- 子どもたちに「静かにしなさい」と注意する教師
- ベビーカーの車輪が「キィキィ」と鳴る
- ぐずる赤ん坊
- 掃除機や床用ポリッシャーが「ウィーン」と鳴る
- 館内マップを「カサカサ」と音を立てて広げたり畳んだりする

👃 匂い
- 清掃用品
- (よく手入れされている)古いものの匂い
- カビ
- ほこり
- 革
- 石
- 古い書物の紙の匂い
- ゆっくりと朽ちつつある生地

👅 味
- 設定の中には、登場人物がその場面に持ち込むもの(チューインガム、ミント、口紅、煙草といったもの)以外に関連する味覚というものが特にない場合もある。特定の味覚がほとんど登場しないこのような場面では、ほかの4つの感覚を用いた描写に専念するのがよいだろう。

✋ 質感とそこから受ける感覚
- 足元の硬い床
- 指先で触れる滑らかなガラス
- 展示物を見ようと前のめりになり、ビロードのロープが太腿に当たるのを感じる
- 硬いベンチに座る
- 館内マップのツヤツヤした感触
- 触って体感することができるよう展示された恐竜の骨や化石の滑らかさ
- 握っている子どもの手

❗ 物語が展開する状況や出来事
- つまずいて展示物にぶつかる
- 誤って展示物に損傷を与える

都市編 基礎設定
は

はくぶつかん ― 博物館

- 展示の中に誤りを発見し、異議を申し立てなければという思いに駆られる
- 何にでも触りたがる子どもの面倒を見なければならない
- 全作品と全解説に目を通さなければ気が済まない友人と館内を回る
- どの作品を見ても批判する、もしくはこんなところにいたくないと大げさに言う人物と館内を回る
- ある作品を目的に訪れたものの、一般には公開されていないことがわかる
- 退屈しているが立ち去ることができない
- 侵入者あるいは窃盗犯
- 爆弾を仕掛けたという脅迫
- ものが勝手に動くなどといった超自然現象が発生したという報告が入る
- 強盗や館内封鎖に居合わせる
- 故障したスプリンクラーのせいで展示物が損傷する

🎭 登場人物
- 熱烈な芸術愛好家
- 博物館の管理員
- キュレーター
- 理事
- ガイド
- 見学者
- 歴史家
- 博物館の寄贈者
- 校外学習のグループ（生徒、教師、付き添い）
- ツアーの一行
- 行楽客

設定の注意点とヒント
この項目では最も一般的な施設であるだろう歴史博物館や科学博物館で目にするものについて触れてきた。しかし博物館にはスポーツや特定の娯楽、子どもの関心事、美術工芸、先住民、有名人や悪名高い人々、特定の地域、時代、軍事関連、エンターテインメント、風変わりなもの、超自然現象などさまざまな分野に特化したより専門的なものも増えつつある。また展示の方法もよりバーチャルなもの、インタラクティブな仕組みを持った空間へと変わりつつあるため、そうした点についての描写も選択肢として頭に入れておこう。博物館を舞台にした場面をより良くするためには、普通のものとは異なるテーマを扱ったものや、作家が自身で独自に想像した産物を扱う場所を検討してみるのもいい。

例文
すり足で歩く靴音を響かせながら、我々は古代エフェソスの彫像術に焦点をあてた小さな部屋へと足を踏み入れた。頭部のない彫刻を観察しながら、ローブのひだや完璧な手足といったこれほどまでのディテールを、彫刻家がどうやって施したのかを理解しようとしているうちに、ガイドの声は遠のいていく。指先やサンダルに触れ、石を伝う小さな亀裂の感触を体感してみたくて、私の指はうずいた。

使われている技法
多感覚的描写

得られる効果
感情の強化

パレード
〔英 Parade〕

関連しうる設定
遊園地、繁華街、駐車場、小さな町の大通り

◉見えるもの
- 通りの沿道に列をなす大勢の人々
- （ぎゅうぎゅう詰めになって、並んで立って、縁石に腰掛けて、芝生用の折りたたみ椅子に座って、あるいはトラックの荷台に腰掛けてパレードを見る）見物客
- パレードの先頭を走るパトカーや消防車
- 風船の巨大アーチがついたフロート車
- はみ出た風船が空に向かって上昇していく
- マスコットやテーマに沿った展示
- マーチングバンド
- 飾りのついたトラックや車
- （荷）馬車
- 撮影スタッフやリポーター
- フラッシュを焚くカメラ
- 携帯でパレードを録画する見物客
- 群衆に手を振るパレードの中心人物（政治家、芸能人、ミスコン勝者）をのせたクラシックカーやピカピカに輝くオープンカー
- 花火が打ち上げられる
- 宙を舞い地面に落ちる紙吹雪
- 派手な衣装に身を包んだパレード参加者
- フロート車の上ではためく旗
- 車両に取りつけられた横断幕や看板
- 馬に乗った人々
- ダンス集団
- 道中で立ち止まって演舞を披露するチアリーダー
- 逆立ちで歩いたり、続けて宙返りを披露する曲芸師
- 観客をおちょくるピエロ
- 軍人
- 竹馬で歩く人
- 群衆を見張って混乱の警戒にあたる警官
- パレードの進路を指定する立ち入り禁止のテープや並べられた木挽き台
- 群衆に飴を投げる人々
- パレードが見えるように子どもを肩車する父親
- 乳母車
- リードにつながれた犬
- 馬の糞を片付けている清掃スタッフ
- 縁石に溜まる飴や飾りつけの断片

◉聴こえるもの
- 消防車やパトカーのサイレン
- マーチングバンドの演奏
- フロート車から聴こえてくる録音された音楽
- 人々の叫び声やわめき声
- マイクや拡声器を使って話す司会者の声
- 赤ん坊の叫び声
- 子どもが大声や笑い声をあげる
- 車のエンジンの回転音
- クラクション
- 馬のひづめが「パッカパッカ」と音を立てる
- 風船が「パン」と破裂する音
- エアホーンなどによる騒がしい音
- フロート車に乗って歌う人々
- ダンス集団のリーダーやドラムメジャー（鼓笛長）が指示を出す声
- 風にはためく旗の音
- パレードの大集団がいっせいに練り歩くときのすり足で歩く音
- バイクのエンジンが「ブルルン」と音を立てる
- 犬が吠える
- 警官の警笛
- とぼとぼ歩く馬が鼻を鳴らす
- ピエロが乗る車についた小さなモーターの音
- 上空を飛ぶ報道陣のヘリコプターの音
- 「ドカーン」と打ち上げられる花火

◉匂い
- 排ガス
- スナック菓子
- コーヒー
- 濡れたアスファルト
- 汗
- 動物の糞尿
- 屋台で購入した食べ物

◉味
- 屋台で購入した食べ物（ポップコーン、ピーナッツ、柔らかいプレッツェル、砂糖菓子、綿あめ、ホットドッグ）
- 水
- ソーダ
- コーヒー

◉質感とそこから受ける感覚
- すし詰め状態の身体
- あまりにも近くに立つほかの人々にぶつかったり、彼らに押しやられたりする
- 足元でこぼこしたアスファルト
- 肌の上に飛んできたり髪に付着する紙吹雪
- 胸にドスドスと鳴り響くバスドラムの音

ぱれーど｜パレード

- 犬が抵抗してリードをグイと引っ張る
- 肩に乗る子どもの重み
- 臆病だったり怯えている子どもが自分の膝に潜り込んでくる
- 髪を湿らせ肌を伝う汗
- べたつく綿あめ
- 温かい／冷たい飲み物で温まる／ひんやりする手
- 首の後ろに照りつける太陽の熱

❗物語が展開する状況や出来事
- 大混乱の中で襲われたり誘拐される
- スリに遭う
- ピエロに対する恐怖心
- 熱中症
- 暴走した車やフロート車によって怪我を負う
- 投げられた飴に強打する
- 荒れた天気
- 子どもを見失う
- 駐車スペースがなかなか見つからない
- いっぺんにたくさんの感覚が刺激されて耐えられずパニック発作を起こす
- 火事や爆発により、道路に多くの人々が詰めかけてカオス状態になる
- 犬が脱走してパレードの列に飛び込む

👥登場人物
- 曲芸師
- 司会者
- バトントワラーおよびフラッグトワラー
- 子ども
- ピエロ
- パレードの機会を悪用しようとする犯罪者
- ダンサー
- 運転手
- フロート車に乗る人や芸人
- 馬に乗る人
- マーチングバンドのメンバー
- 取材スタッフ

- パレードの見物客
- カメラマン
- 警官
- 屋台の店員
- 竹馬乗り
- パレードの先陣を切る総指揮官

設定の注意点とヒント
パレードは非常に能動的な設定として活用できる。あらゆる喧噪や視覚的な混沌を用いることでパレードという設定は、物語において今起きている事態の補足や対比を示すことのできる、自然で活発な背景というものをたくさん提供してくれるのである。パレードに人々の注意は集中しているため、登場人物は人々の気が逸れていることを利用して、立入禁止区域に入り込んだり、周囲に気づかれずに行動することも可能だろう。だが、たとえば追い手から逃げるために利用する（映画『逃亡者』）だとか、人目を引くチャンス（映画『フェリスはある朝突然に』）として利用するといった、使い古されたような手法でパレードを用いる際には注意が必要だ。こうした要素を組み込む場合には、新たなやり方でその動きを伝えるようにすべきである。

例文
金属性の音楽にのせて通過していくフロート車の輪郭を、ライトが照らしだす。道の反対側では縁石に人々が集い、光る腕輪やチカチカ点滅するネオンライトが、わめいたり音楽にあわせて踊ったりする彼らの顔や手を輝かせていた。椅子に座る祖母は、花火が上がる度に両手で耳を塞いでいるものの、その目は大きく見開かれ、頬を上げてうっすらと笑みを浮かべている。夕方のそよ風が涼しさを運んできて、私は祖母とこの場にやって来れたことに感謝しながら目を閉じた。祖父と過ごしてきた祖母の人生において、パレードはいつも大切な一部だった。祖父が亡くなってから初めて迎えるパレードにどういう反応を見せるのかはわからなかったけれど、私の直感は当たっていた。祖母のためになったようだ。

使われている技法
対比、光と影、多感覚的描写

得られる効果
雰囲気の確立、背景の示唆、感情の強化

繁華街
[英 Big City Street]

関連しうる設定
路地、アートギャラリー、銀行、書店、カジュアルレストラン、市バス、カフェ、建設現場、デリ、ファストフード店、パレード、立体駐車場、パトカー、パブ、タクシー

👁 見えるもの
- 多車線道路
- 信号
- 歩行者でいっぱいの歩道（会議に向かうビジネスマン、いくつもの袋の重さに参っている買い物客、買い出し用の手押し車を引いている高齢の女性、犬の散歩代行人、リュックを背負った学生、コーヒーを飲みに出かける仲間たち）
- へこみがあるゴミ箱
- 乗り物（クラクションを鳴らしている自動車、タクシー、配達のバン、パトカー、バス）
- 物乞い
- 防犯用シャッターや窓に警報機が取りつけられた店先
- 落書き
- 排水路にたまったゴミや煙草の吸い殻
- 縁石に停められた車
- バス停
- 住居用の建物または高級ホテルで客の出入りを補助している制服姿のドアマン
- 消火栓
- タクシー乗り場
- 街路灯
- 店の日よけ
- 大型チェーン店
- 色とりどりのフードトラックや屋台
- 高級店および専門店
- 狭い路地
- 非常階段のある高層レンガビル
- バスや建物に設置された、事業や商品の宣伝
- 街路灯や電気用接続箱に貼られた、スペシャルなイベントを告知するエンターテインメント系のチラシ
- 工事（歩道を占領している足場、防犯用のフェンス、接近を妨げる木製パネルや防水布、重い資材を運ぶクレーン、工事現場を迂回する木製通路）
- 深夜の街路清掃人
- 歩道に植えられた木々
- 高所に吊るされた装飾ライト
- 音楽や芸で通行人を楽しませる大道芸人
- 店先にあるメニュー表や人々を店に呼び込もうとするレストランの店員

🔊 聴こえるもの
- サイレン
- クラクション
- 人々が携帯で話す声
- 横断歩道の信号機の警告音
- 配達トラックが「ピーッ」と合図を出しながらバックする音
- 「キキーッ」と鳴るブレーキ
- 人々の罵声や叫び声
- 歩道を「コツコツ」と踏み歩くヒールの音
- 工事の騒音（削岩機、落ち着かない音を出す空圧工具、大量の製材やパイプが落ちる音）
- 市バスがスピードを上げて「ビュンッ」と通過する音

👃 匂い
- 汚染（車の排出ガス、潤滑油）
- ファストフード店のガスフライヤーから漂う食用油
- コーヒーを煎れる
- 汗や体臭
- 香水
- 嵐の最中の濡れたコンクリート

👄 味
- 街の屋台で買った食べ物や飲み物
- レストラン
- カフェ
- ワインバー

✋ 質感とそこから受ける感覚
- 長い一日の仕事が終わり疲れた足
- 歩道を行くほかの人々が不快にぶつかってくる
- 歩道の割れ目やグレーチングに靴のかかとが引っかかる
- 水たまりを通過していく車に冷水をかけられる
- 混雑しているコーヒーショップの入口に無理矢理入る
- タクシーのつるりとしたドアノブ
- タクシーの座席に座ったときの弾力性
- 窃盗を寄せつけないようにハンドバッグをしっかりと握る
- 両手を空けておくために、肩と頭で携帯を挟んで支える
- 傘を忘れたときに襟から染み込む冷たい雨
- 突風が工事現場のほこりを運んできて、ざらついた土が顔に当たる
- 排気ガスで喉がヒリヒリして、咳の発作に襲われる
- ビルの谷間を駆け抜ける冷たい風

⚡ 物語が展開する状況や出来事
- ハンドバッグを奪われる
- 大都市で迷子になる
- タクシーに間違った場所で

はんかがい――繁華街

降ろされる
- スリ
- きちんと調理されていなかった屋台の食べ物で食中毒を起こす
- ぶつかられた拍子に携帯や鍵をグレーチングに落とす
- 見知らぬ人と口論になる
- 犯罪や偶然の暴力行為を目撃する
- 大通りの慌ただしさの中で子どもとはぐれる
- 並列駐車をされる
- 駐車違反の切符を切られる
- ほかの車がそばで縦列駐車しているために車を出せなくなる

登場人物
- 経営者
- 従業員
- ホームレス
- 地元の人
- 警官
- タクシー運転手
- 観光客

設定の注意点とヒント
通りが設けられている場所やそこを通る時期によって、繁華街は見た目も感じも変わってくる。都会の中には、総収入が全米上位500に入る企業や高級アパートなどの入った高層ビルに囲まれた街路もあるだろう。そういうビル近くの歩道には、顧客やアパートの所有者らの出入りを補助するために、洒落た日よけの下でドアマンが立って待機していたりもする。ビジネス街や高級不動産地区ではない地区もあるだろう。そういう区画は建物も古く、犯罪の発生率もより高い可能性もある。また、特定の人種が多数を占める一角もあるはずだ。そのような地域の専門店やレストランは、特定の人種のニーズに応じ、あるいはその文化に見られるカラー、スタイル、そして宣伝を取り入れた店も多いはずだ。

例文
徹底的に仕様を調べる容赦ない3時間の会議をやったあとには、休憩が必要だった。人が集まるラットン街のショッピングエリア付近にある、ラテの屋台に向かう。オフィスの窓には太陽が照りつけているものの、歩道は先の嵐のせいで湿っていて、子どもみたいに水たまりを飛び越すことを余儀なくされた。子どもたちがまだ小さかった頃は、雨上がりに水たまりの中を飛び跳ねたり、お揃いの赤い長靴を履いて水を蹴ったりして楽しんだものだ。私は微笑んだ。そんな日々はもうずいぶん昔のことだけど、きれいな空気を深々と吸い込みながら、一瞬よみがえってくるような気がした。

使われている技法
対比、多感覚的描写、天気

得られる効果
背景の示唆、感情の強化

美容院
〔英 Hair Salon〕

関連しうる設定
ショッピングモール

👁 見えるもの
- フロントデスク(パソコンとレジ、デビットカード端末機、ヘアアクセサリーが飾られたディスプレイ)
- 洒落た待合室(ソファ、ファッション誌が積んであるコーヒーテーブル、グラスと水の入ったピッチャーをのせたカート)
- デザイナー製品を陳列したガラス棚(シャンプー、コンディショナー、傷んだ髪をケアするオイル、ジェル、ワックス、ヘアスプレー、ムース)
- さまざまなウィッグやヘアピース
- 収納棚に暗い色のタオルがかかった壁一面のシンク
- シャンプーとコンディショナーの大きなディスペンサー
- ゴミ箱
- リクライニングチェア
- カットスペース(鏡、くしや用具のための抗菌洗浄液、ドライヤーやヘアアイロン、高さを調節できるパッド入りの回転椅子、いろんな製品、水の入ったスプレーボトル、各サイズのはさみ、バリカン、ブラシやくし)
- 床に散らばった髪の毛
- 業務用ドライヤー
- 壁に立てかけられたほうき
- デザイナーが手がけたヘアスタイル姿のモデルのポスター
- 陳列されたエクステ
- ヘアカラーの見本誌
- ヘアカラーを混ぜるためのボウルとブラシ
- 移動式ツールカート(クリップ、くし、ヘアゴム、ローラー、ハイライトを入れるために用いるアルミホイルのディスペンサー)
- 全身黒に身を包んでいたり、美容室の制服であるエプロン姿のスタイリストたち
- 奥にあるトイレ

👂 聴こえるもの
- ドライヤーの轟音
- はさみが「チョキチョキ」と鳴る
- ラジオから流れる音楽
- シンクに水が噴霧される音
- アルミホイルをちぎる音
- 客が美容師と笑い声を上げる
- 電話が鳴る
- スプレーが「シューッ」と鳴る
- 泡だったシャンプーがシンクに「ポトン」と落ちる
- 高さを下げるときに「シューッ」と鳴るスタイリングチェア
- 足元のペダルで「シュッシュッ」と音を出して上がる椅子
- 用具が入った引き出しの開閉音
- タイルやフローリングの床を打つヒールの音
- 客が来る合間にスタイリストたちがお喋りする

👃 匂い
- シャンプーとコンディショナー(ミント、ユーカリ、フローラル、シトラス、ハーブ)
- 過熱したドライヤーのモーター
- 収れん性クリーナーや抗菌洗浄液
- 化学物質を含むヘアカラー
- カラーやパーマの薬剤

👅 味
- 誤って口の中にヘアスプレーが入る
- コーヒー、紅茶、レモン水

✋ 質感とそこから受ける感覚
- ピンと引っ張られてカットされる髪の毛
- 余分なヘアカラーやブリーチ剤を洗い落とす水や泡のひんやりツルツルした感触
- 体を覆うスベスベしたビニールケープ
- ドライヤーの熱で頭皮がチクチク傷む中、光沢のある雑誌をパラパラ眺める
- 生え際に沿って感じるカラー剤のかゆみやヒリヒリする刺激
- 顔や首を湿らせる冷水
- シンクで目にかかるシャンプー
- シャンプー台の陶器の曲面に寝心地悪くあたる自分の首
- 髪に揉み込まれるお湯や泡立ったシャンプー
- 美容師にカットしてもらう間、ぎこちない角度で頭を固定する
- 頭皮に押しつけられるヘアアイロンの熱
- カットが終わったときに顔にあたる湿った毛先
- スタイリングしてもらった髪のツヤツヤした滑らかさ

⚡ 物語が展開する状況や出来事
- ひどいカットやカラーを施される

びょういん｜美容院

- 美容院同士の競争
- カット中、誰かが美容師にぶつかったり美容師が足をひねったりする
- カラー剤を塗ったまま放置しすぎて髪が傷む
- 客の頭皮が化学物質に反応する、または火傷を負う
- 自分の実力を過信した美容師が、客のリクエストにうまく答えられない
- 現金の持ち合わせがなく、その上カードでチップを上乗せすることができないと知る
- 美容師が異国語を話すため、自分の要望を伝えることができない
- 美容師（または客）がお喋りで、自分が抱える問題を延々と語り続ける

🜲 登場人物
- 客
- 従業員と研修生
- スタイリスト

設定の注意点とヒント
サロンによっては、ヘアケア以外にも日焼けサロンや美容皮膚科（電気およびレーザー治療）、眉毛サロン、脱毛といったサービスを提供するところもある。ヘアサロンというのは顧客がやや人目につかなくなる場所であり、美容師だけが顧客の話に耳を傾けざるを得ない聴衆であることも頭に入れておこう。つまり顧客がひどく個人的なこと、あるいは自分とはまったく関係のないことについて話し出す可能性がある。話しかけている相手がそのことを何も知らないはずだと思い込んで顧客が秘密を暴露したとき、その人にとって不適切な人物がそれを立ち聞きしてしまえば、こうした状況はトラブルに発展しそうな展開を生み出す場所にもなるのである。

例文
引っ張られたり突つかれたりすること小一時間、私のびしょ濡れの髪はアルミホイルでしっかり固定された。アンナがドライヤーの方へ案内してくれたので、私は一目散で頭をそっちに持っていく。50代半ばであるアンナは体が火照りやすく、そのため美容室の温度は凍傷レベルにまで下げられているのだ。山ほどの雑誌を私の膝の上に放ると、彼女はドライヤーのスイッチを入れた。至福の熱が私に強く吹きつけて、冷たい巻き毛が乾いていく。長時間にわたり、凍てつくようなスタイリングチェアで待った甲斐があった。

使われている技法
対比、誇張法

得られる効果
登場人物の特徴づけ

439

病室
〔英 Hospital Room〕

関連しうる設定
救急車、エレベーター、救急救命室

👁 見えるもの
- 淡い壁
- 装置のための差し込み口
- 蛍光灯
- 特定の患者情報が記入されたホワイトボード（勤務にあたっている看護師の名前、食品アレルギーや食事制限、これから行う検査）
- 壁の入れ物に入った手袋の箱
- ブラインドのついた大きな窓
- 浴室（狭いシンク、手すりのついたシャワー、トイレ）
- ビニール製カバーと病院用のシーツがかけられ、横に柵のついた調節可能な病院ベッド
- 壁にかけられたテレビ
- 生理食塩水バッグの取りつけられた金属の点滴スタンド
- LEDの心臓モニター
- 血圧計のカフ
- キャスターつきテーブル
- 引き出しつきサイドテーブル
- 私物を入れる小さなクローゼット
- 抗菌シンク
- ゴミ箱
- 注射器を廃棄するプラスチックの容器
- たくさんのお見舞いカードや生花
- ストローがさしてあるプラスチックのコップ
- 使い古された客用の椅子
- 予備の枕
- 壁の溝に差し込まれた患者のカルテ
- ベッドを囲んだり、個室空間を作るためにベッドとベッドを仕切るカーテン
- 浴室のドアの釘にかけられた病衣
- 点滴もしくは胸腔チューブにつながれてベッドにいる患者
- 機械につながれたモニターのケーブル
- 患者の脈を自動検出する指クリップ
- 回診する看護師と医師
- 清掃をしたり食事を配膳するサポートスタッフ
- 見舞いに立ち寄った家族
- 患者に読み聞かせをしたり話をするボランティア

👂 聴こえるもの
- 放送で人を呼び出す声
- 病棟の間にある自動ドアが「シュッ」と音を立てる
- 患者が点滴スタンドを持って歩くときに床の上でスリッパが「サラサラ」と鳴る
- 心臓モニターのビープ音
- 医薬品や生理食塩水バッグの確認が必要な場合、あるいは患者の指から心拍計が外れてしまった場合に鳴る警告音
- 眠っている人の穏やかな呼吸やいびき
- テレビから聴こえてくる笑いの音声
- 水分の多いエンドウ豆やマッシュポテトをこするフォーク
- 患者が最後の一口を啜って「カタカタ」と鳴る空になった水用のコップ
- 手術用手袋のゴムが「パチン」と鳴る
- 看護師が患者の点滴の状態やバイタルを読み取りながら患者にいくつか質問をする
- 会話を前向きで明るいものにしようと努める家族
- 調節するときに「ウィーン」とうなるベッド
- 所定の位置に「パチン」と固定される両脇の柵
- ベッドの上で患者が位置を動かすときにくぐもって聴こえるきしみ
- 流水音
- 「ブーン」と鳴ってディスペンサーから殺菌剤が自動で出る音
- つり棒に沿ってカーテンの金属スライダーが引っ張られる音
- 食欲をそそらない食事がのったトレイを目の前に置かれる音

👃 匂い
- 清掃用品
- 収れん性の除菌ハンドジェル
- 石鹸
- ゴム製手袋
- 淡白な味の食べ物の特定できない匂い
- 生花
- コーヒーや紅茶
- 過度に漂白したタオル、病衣、シーツ

👅 味
- 顆粒の錠剤やプラスチックのカプセル
- 味のしない病院食（魚のヒレ肉、リンゴを煮たもの、何もつけていないトースト、固いミートローフ、柔らかくした野菜、カップに入った果物、鶏肉のせぎはん、固い丸パン）

びょうしつ ― 病室

- 水
- 薄いコーヒーや紅茶
- ジュース
- 栄養価を高めたビタミンやミネラル飲料
- ゼラチンのデザート

🖐 質感とそこから受ける感覚
- 病院の枕やマットレスの柔らかな弾力性
- 動きが制限されるために筋肉が傷む
- 患者の怪我または病気に基づく痛みや刺激
- ひんやりと触れる消毒綿
- 点滴針が入れられるときのチクッとする痛み
- 肌から剥がされるテープ
- 自分の口に持っていくとき顔にあたるストロー
- 荒れてカサカサする唇
- 額や首に張りつく汗まみれの髪
- 自分の方に引き寄せる点滴スタンドの冷たい金属
- 分厚いソックスで床を歩くときに不安定になる手足
- 脈をとるために、看護師が手首や肘の内側に優しく指をあてる
- 肌にあたる聴診器のひんやりとした衝撃
- 涼しい風が吹いてきて、病衣の背中が開いてしまったことがわかる
- 鎮痛剤のせいでふらつく

❗ 物語が展開する状況や出来事
- 投薬のせいで患者が被害妄想だったり暴力的になる
- 薬に対して反応が起こる
- 誤診
- ブドウ球菌感染症になる
- 誤った投薬をされる
- ひっきりなしに見舞いが来るため疲れ果てる
- 病院全体が避難しなくてはならない緊急事態が発生する
- カテーテルが抜ける
- うるさかったり不愉快な相部屋の患者のせいでなかなか休むことができない
- 大家族のいる患者と相部屋になり、パーソナルスペースの境界がなくなる

👥 登場人物
- 清掃員
- 医師
- 家族や友人
- メンテナンス業者
- 医学生
- 看護師
- 患者
- 専門家
- 訪問に来る牧師

設定の注意点とヒント
病室はその部屋の種類（標準、半個室、個室）や目的（出産、集中治療、一般的な治療）によって様子が異なる。そのため、特別な目的のために使用する病室の場合には、必要な治療に応じたモニタリング設備が置かれているはずだ。

例文
頭上の明るいライトに目を細めながら、レダは目覚めた。誰かが彼女の手の甲に冷たいものをこすりつけているが、その滑らかさはすぐにチクッとする一撃に変わった。思わずたじろいで振り向くと、看護師が彼女の手にテープで点滴を固定している。点滴ですって？ 病院にいるってこと？ 痛みがこめかみの間を滑るように進み、思考をもやで覆う。さらにシーツから漂う漂白剤の匂いに、気分が悪くなってきた。彼女が最後に覚えているのは、バスケットボールの試合が終わり、カレンを家まで送り届けたこと。その後の記憶はいっさいなかった。

使われている技法
多感覚的描写

得られる効果
背景の示唆、時間の経過、感情の強化、緊張感と葛藤

ビリヤード場
〔英 Pool Hall〕

関連しうる設定
バー、ナイトクラブ、パブ

👁 見えるもの
- 壁に掛けられていたりバーの上に掲げられたビールのネオンサイン
- 店の表側に沿って並ぶ、目隠し用のフィルムが貼られた窓ガラス
- ボールが置かれたビリヤードテーブルの列
- 木製のキューがしまわれた壁のラック
- テーブルの端に置かれた四角いチョーク(青色がもっとも一般的)
- テーブルの下に吊るされた、もしくはテーブルの下の床に置かれた正三角形のボール用ラック
- スツールが設置されたバー
- 店内の外周を囲む狭いテーブルに置かれた飲み物(ショットグラス、ビール瓶、ハイボール)
- 椅子やスツールの背に掛けてある上着
- 壁に立てかけられたキュー
- 客のもとに運ばれるパブの料理
- タイトな服に身を包み、空いた飲み物を片付けたり新しい飲み物を運ぶ1、2名のウェイトレス
- ジュークボックスや音響システム
- 室内の各隅にボルトで固定されたテレビ
- 出入り口付近にあるATM
- 店の奥にあるアーケードゲームやピンボールマシン
- 壁に設置されたダーツボード
- 卓上版テーブルフットボール
- トイレ
- 小さな厨房
- バーの後ろの鏡張りの壁に沿って並ぶさまざまなアルコールのボトル
- くし切りのライムやレモン
- お金の受け渡しをする人々の手
- 未成年お断りの看板
- バーの付近に掲げられた飲食店営業許可証(酒取扱い証明書)
- 取扱いアルコールブランドのマーク
- 広告やスポーツ関連グッズ
- ビールサーバー
- グラスを並べて置くラック
- テーブルの上に置かれたくしゃくしゃのお札
- テーブルに残されている飲み干されたグラス
- 各プールテーブルの上に吊るしてある照明
- ショットの位置につくため、プールテーブルに身を乗りだす人
- 有名なビリヤードプレイヤーのポスターや額入り写真
- 隅に置かれたソファや布張りの肘掛け椅子

👂 聴こえるもの
- ボールが互いにぶつかる音
- ボールがポケットに入ったり、クッションに当たる音
- サイドを飛び越えたボールが床に落ちる音
- チョークを塗りながらひねって向きを変えるときに「キィキィ」と音を立てるキュー
- ショットが失敗したときの無念の叫び
- 悪態をつく声
- 良いショットに対する狂喜の声や歓声
- 悪意のないからかいの声
- プレーする人たちを眺めている人が、酒を飲みながら喧嘩に被せて大声で話す
- グラスとボトルがテーブルに置かれる音
- 椅子の脚やスツールが引かれて鋭い音を立てたり床をこすれたりする音
- ショットグラスが「カチン」とぶつかり合う音
- テレビの音
- 音響システムから流れる音楽
- 笑い声
- フェルトの上に賭け金を「バシン」と置く
- ボードにダーツが「ブスッ」と刺さる
- ウェイトレスがバーテンダーやコックに注文を告げる
- レジでレシートを印刷する音
- 厨房から聴こえてくる音
- コイン式ビリヤードテーブルで、トレーの中にボールが急速に転がり込んでいく音
- 「ギィギィ」というトイレのドアの開閉音

👃 匂い
- ビールやその他のアルコール飲料
- チョーク
- フェルト
- 厨房で調理している食べ物
- 汗
- コロン
- 香水
- 体臭
- ビール臭い息
- 服や髪に付着している煙草

びりやーどじょう｜ビリヤード場

- の煙
- 革
- 油が差された木材

🟢 味
- ビール
- 炭酸飲料
- ウォッカ
- ラム
- ストレートで飲む1杯の酒（ライ・ウイスキー、ウイスキー、テキーラ）
- 水
- バリバリ噛み砕く氷
- パブの食べ物（ナチョス、フライドポテト、鶏の手羽先、ピザ、ハンバーガー）
- コーヒー
- 塩
- ライム
- プレッツェル

🟢 質感とそこから受ける感覚
- 折り曲げた手の中を滑るように動くキューの柄
- キューのタップに立方体のチョークをこすりつける
- 給仕が運ぶたくさんの飲み物をのせたトレイの重み
- 指先に触れるフェルト
- キューのタップがボールに当たったときの満足のいくひと突き
- ザラザラしていたり欠けているテーブル
- 金属製の硬貨をスロットに滑り込ませる
- しわくちゃになったお札
- 手に持つビール瓶やグラスの冷たさ
- 唇を湿らせ喉を流れ落ちていく冷たいビール
- ツルツルしたビリヤードボール
- 手球がポケットに入ってしまったあと、白いボールをフェルトに沿ってスライドさせる
- 別のプレイヤーとハイタッチを交わす
- 指の間に挟んでキューをク

ルクル回す
- 自分の番を待ちながらキューに寄りかかる
- 難しいショットを放つとき、テーブルに沿って体を大きく伸ばす
- 回転スツールのねじれ
- テーブルの上にある照明から発せられる温かさ

❶ 物語が展開する状況や出来事
- 金を巻き上げるためにプレーする人物に、イカサマをされたことが発覚する
- テーブルが空くのを待っているが、素人集団のゲームがなかなか終わらない
- 自分のレベルに合わない人物と組む
- 本当は持っていない額を賭ける
- ビールをかけられる
- 色目を使われたり嫌がらせ

をされる
- 吊るし照明に頭を強打する
- 後ろからキューで激しく突つかれる
- 指の上にボールを思い切り落とされる
- 店内の音楽がイライラするほどうるさい
- 誰かがジュークボックスで同じ曲を何度もかける

🟢 登場人物
- バーテンダー
- マネージャー
- ビリヤードをする人
- ビリヤードで金を巻き上げようとする人
- 給仕スタッフ

設定の注意点とヒント
ビリヤード場は、ビリヤードという共通の趣味を持つ仲間と集う場所であり、たいていは人々が騒がしく交流している。どんなスポーツ用の施設にも言えることだが、馴染みのテーブルに集うセミプロから、ただお遊びでプレーしたいだけの大学生の集団まで、レベルも真剣さも異なる人たちが居合わせるはずだ。中にはアルコールを提供しておらず、すべての年齢層を対象としているビリヤード場もある。一方である程度の種類の酒を出すところには、年齢制限に違いが生じるため、その場面で背景となるような登場人物を決める際にはその点に留意すべきだ。

例文
デニムジャケットの襟をグイと引っ張ったアーレンは、さりげない様子で壁にもたれかかった。それから薄暗い店内を見回し、隅の方にあるテーブルに向かってようやく動きだした彼の姿を見て、俺は微笑んだ。週末だけタフな野郎を演じる奴らに対して、アーレンは鼻が利く。一晩妻から逃れていかがわしい場所にやって来る、歯科医や会計士たちのことだ。連中は、俺たちが気軽なビリヤードのゲームを申し込めば絶対にノーとは言わず、たっぷりビールを浴びて家に帰る頃には、財布の中身もずっと軽くなっているというわけだ。

使われている技法
光と影

得られる効果
登場人物の特徴づけ、伏線

フィットネスセンター

[英 Fitness Center]

関連しうる設定
屋外プール、屋外スケートリンク、レクリエーションセンター

👁 見えるもの
- ガラスの壁
- 更衣室
- 製品が陳列されたケース（エクササイズ・バンド、トレーニンググローブ、フィットネス用具、スポーツ選手や有名ボディビルダーが宣伝を務めるサプリメント、フィットネスDVD）
- 有酸素運動器具（ランニングマシン、フィットネスバイク、踏み台昇降マシン、エリプティカルマシン）の前方の壁に取りつけられたテレビ
- ローイングエルゴメーター
- スミスマシン
- レジスタンスバンド
- 黒い安全マット
- 個人トレーナーが会員を見つけ、効率のいい器具の使い方を指導している
- ラットマシン
- アブダクターマシン
- メディシンボールやエクササイズボール
- ケトルベルの棚やダンベルラック
- レッグカールマシンやレッグプレスマシン
- パワーリフティングのコーナーにあるフリーウエイト
- バーベルとプレート
- カールバーとトライセプスバー
- 縄跳び
- 鉄棒
- 集団エアロビクス用の部屋
- ヨガとダンスの講座
- 栄養サプリや用具を販売しているプロ用売店（サポーター、トレーニンググローブ、チョーク、ウエイトリフティングベルト、スポーツウェア、飲料水ボトル）
- タオルやマシンを拭くための抗菌スプレーや除菌ウェットティッシュ
- 壁に設置された鏡のパネル
- インクラインおよびデクライン・ベンチプレス
- フラットベンチプレス
- ハイパーベンチプレス
- 体重計
- トイレ
- 特別行事のお知らせや人を鼓舞するメッセージが貼られたコミュニティ用掲示板
- 首もとにタオルをかけて汗だくになっている会員

👂 聴こえるもの
- 音楽
- 荒い息
- うなり声やうめき声
- 突然大きく吐き出される息の音
- 悪態をつく声
- トレーナーが大声で励ます
- 「ガチャガチャ」と鳴る金属（デッドリフトをやって床で跳ね返るバーベル、プレートを元の場所に滑り込ませる、フリーウエイトを棚に戻す）
- レジスタンスマシンが苦しげな空気音を出す
- ランニングマシン上を一定のリズムで走る足音
- ランニングマシンの傾斜を設定したときのビープ音
- エアコンが「シューッ」と鳴る
- テレビの音
- 運動の合間に会員たちがお喋りする
- 遠くから聴こえてくるインストラクターの指示する声
- スピンやダンスのクラスから聴こえてくる音楽

👃 匂い
- 汗
- 制汗剤
- 除菌クリーナー

👅 味
- 水
- プロテイン・スムージー
- スポーツ飲料
- 栄養ドリンク
- 水に入れるカフェインの錠剤
- 栄養バーやスナック

✋ 質感とそこから受ける感覚
- ウエイトリフティングのチョークの粉塵
- プレートやバーベルのひんやりした金属
- ウエイトリフティングベルトのきつい締めつけ
- 足元の運動マットの柔らかな弾力性
- 首、顔、脇、背中を流れる汗
- コットンの柔らかいタオルやTシャツで汗を拭く
- 冷えた水をゴクゴク飲んで、冷たさを噛み締める
- 誤ってベンチプレスにひざを思い切りぶつける
- ランニングマシン上を容赦なく走り続ける足
- 疲労した筋肉が運動中にけいれんする
- 筋または腱を負傷したときの引き裂かれるような痛み
- 背中にあたるパッド入りのベンチ

ふぃっとねすせんたー ― フィットネスセンター

- セット運動を繰り返す合間にストレッチをする
- 運動後に感じる筋肉の心地よい疲労
- 限界が近づいてきたときにピクピクする筋肉

❶ 物語が展開する状況や出来事
- マシンを利用する順番で揉める
- 器具を元の場所に戻さない人々に対して怒る
- 誰かがバーベルにつまずく
- 自分のロッカーからものを盗まれる
- 別のジム会員に色目を使われる
- ほかの会員に静かに運動させてくれないお喋りな会員たち
- 器具を誤用したり自分の限界を把握してなかったせいで怪我をする
- ステロイドを使用しすぎたために激しい怒りの感情に襲われる
- トレーナーが無礼、または暴力的
- トレーナーやほかの会員にセクハラされる

👥 登場人物
- ボディビルダー
- 用具の専門家
- ジム従業員
- 減量に必死な人々
- 体の健康に関心がある人々
- ジムのオーナーとマネージャー
- トレーナー

設定の注意点とヒント
チェーン系列の大型のジムであれば、ホットヨガやスピンクラス専用の部屋とともに、プール、サウナ、温水風呂、スカッシュやバスケットボールのコートといった、さらなるエクササイズ施設が完備されているかもしれない。一方で規模が小さいジムの場合には、マシンが古かったり種類が少なかったりして、混雑時はすべての運動をこなすだけでも苦労するだろう。また、器具が壊れていたり誰かがマシンを占領していたりすれば、会員の間で緊張感と葛藤が発生する可能性が一段と高まるはずだ。

例文
空いているランニングマシンに飛び乗ったアマンダの隣には、汗で輪状のシミができたグレーのTシャツ姿に太鼓腹の男がいた。すでにヘトヘトなようだけど、まだジムは開店したばかりの時間。ということは、この男は新入りなのだろう。よくある話だ。毎年1月になると、体型を整えようと決意した高波がやってくる。でも、それから一ヶ月もしないうちに、そのほとんどが辞めていくのだ。全身をじろじろ見てくる男の気味悪い視線には気づかないふりをして、彼女は会釈をするとマシンを軽めのランニングに設定した。《この男が見栄を張る方に10ドル。》 すると予想通り、ミスター・ジャージは彼女に合わせてランニングマシンのペースを上げてきた。笑みを堪えつつ、アマンダはゼーゼーいう男の息をかき消すようにイヤホンを押し込む。それから傾斜角度を上げた。どうやら面白いことになりそうだ。

使われている技法
隠喩、多感覚的描写

得られる効果
登場人物の特徴づけ

都市編 基礎設定

ペントハウス
[英 Penthouse Suite]

関連しうる設定
正装行事、エレベーター、リムジン

👁 見えるもの
- 専用エレベーターや専用の入口
- 人感センサー付きの警備システム
- 広い居間（居住者のスタイルに合わせてカスタマイズされた家具、最新式の音響システムとテレビ、豪華な暖炉、高層階からの景色を一望できるような床から天井までつづく窓）へと通じるゆったりした通路（高い天井、大理石の床、鏡、装飾）
- メインの居間から枝分かれした部屋（客用寝室、洗濯室、サウナ、高級器具が揃ったジム、オフィスや書斎、優雅なダイニングルーム、浴室）
- 飾られたアートワーク（居住者の好きなアーティストの作品、像やガラス作品、居住者が興味を持っているもののコレクション）
- 歴史的価値のある特徴的なアンティークや調度品（ホワイトハウスのベッド、エジプト製のハンドメイドの網戸）
- 最適な温度や照明の明るさを自動で調節する、高機能な人感センサー
- 専用のベランダにある電動式ローマンシェードや日よけ
- 最高級の台所用電化製品と御影石のカウンター
- 珍しい輸入床材
- 特注の繰形
- キャビネットや備品
- ワイン専用の冷蔵庫や温度調節されたワイン貯蔵庫
- （高級なカーペットや寝具があり、ときには専用階に設けられている）広々とした主寝室
- 小さな敷物や枕
- 切ったばかりの生花
- スタッフ（家政婦、メイド、乳母）
- タイル張りのテラスへと通じる両開きのガラスドア（ラウンジソファ、パラソル、小さなプライベートプールやスパ、バーと屋外の居間、バーベキューグリル、防犯のための柵、雰囲気のある照明）

👂 聴こえるもの
- 音響システムから静かに流れる音楽
- 専用エレベーターが「チン」と鳴る
- 大理石やフローリングの床の上を歩く靴音
- スライド式ドアの開閉音
- シェードが動くときの「ウィーン」という電子音
- ガス暖炉が「パン」と小さな音を立てて点く
- 台所の音（食事の支度、ガラスの食器やカトラリーが「カチャカチャ」と鳴る、テーブルに皿が置かれる、コルクが「ポン」と開く、エアレーターからワインが「トクトク」と注がれる、人をもてなすときの話し声や笑い声、蛇口から水を出す音）
- プライベートプールやスパから聴こえる水しぶきの音
- テラスの家具が「キィ」と鳴ったりこすれたりする
- ヘリコプターや飛行機がときどき近くを通り過ぎる音
- 屋外テラスの鉢に入った植物の葉の間を通り抜ける風の音
- 遠く下方に聴こえる街の音（車両の往来、サイレン、音楽）

👃 匂い
- 香りのよい木材やオイル
- 切り立ての花
- 清掃用品
- 調理中の匂い
- 居住者のアフターシェーブローションや香水
- 芳香剤
- 清潔なリネン類

👅 味
- 質のいいワインやその他のアルコール類
- ペットボトルに入った水（炭酸、ミネラルウォーター）
- 自宅で調理した食事、もしくは人をもてなす際に頼むケータリングの食事

✋ 質感とそこから受ける感覚
- 質のいい寝具の滑らかさや重み
- ぜいたくなカーペットや小さなじゅうたんに足をうずめる
- ベランダで肌を撫でる夜風の感触
- 長い一日を終えたあとに味わう、お気に入りのワインの滑らかな口当たり
- 読書をしたりテレビを観るために、フカフカの肘掛け椅子や長いソファに足をのせる
- プールで肌を伝う水
- テラスのタイルを熱する強い日差し
- いつもピカピカに磨かれた表面

ぺんとはうす ― ペントハウス

❗ 物語が展開する状況や出来事
- 家宅侵入
- 財政トラブルに陥り家賃が払えなくなる
- (有名なホテルの場合) 最上階のスイートを予約したが、ダブルブッキングによって泊まれなくなる
- 建物の火災でエレベーターがすべて停止する
- 客が酔っぱらいすぎて、高価なアンティークやかけがえのない家具を台無しにされる
- パーティーを主催している最中に、(客の持ち物が盗まれる) 決まりの悪い窃盗が発生する

👤 登場人物
- シェフ
- ドアマン
- 家政婦
- 乳母
- ケータリング業者
- 清掃員
- インテリアデザイナーおよびその従業員
- メンテナンススタッフや配達員
- 部屋の所有者や賃貸者

設定の注意点とヒント
ペントハウスとは建物の最上階に位置する部屋で、都市部のスカイラインの絶景をそこから見ることができる。贅沢の極みとみなされるこのスイートルームは広々とした贅沢な空間であり、必要な設備はすべて揃っている。短期や長期にわたり賃貸されることもあれば、その部屋を購入したオーナー(賃貸の場合は建物の所有者、別の人が所有している場合はその実際の所有者)が趣味にあわせて室内を整えることもある。ホテルの最上階に位置するようなペントハウスの場合であれば、調度品などにはさほど手は加えられておらず、より「さっぱりした」デザインであることが多いが、それでも室内には最新の備品が揃い、くつろぐにも楽しむにも適した空間になっているはずだ。この設定を起用する際には、比較や対比を活用しながら、調度品と登場人物の関わりを通じて、どのようにすれば人物の性格を明らかにしていくことができるかについて考えてみるといいだろう。

例文
暖炉の上にある両親から贈られた絵について、太鼓腹をした2人の男と喋りながら、ネーダは微笑んで僕の方に少し手を振った。クレヨン画風のアートワークを指差すネーダのドレスを、彼女の父親の太った友人がもう何度かちらちら見下ろすのを見て、僕は彼女がもう少ししたらそっちに避難するという意味で手を振ったのだと受け止めた。絵はガストンとかいう画家のものらしく、正直言って僕の甥っ子の方がまだマシなものを描くと思うのだが、包みを開けたネーダは顔を輝かせていた。どう考えても、その贈り物はネーダよりも僕に向けられたものだ——お前は娘にふさわしくないという、洞察力の鋭い父親からのメッセージだろう。ラガーであればいいのにと思いつつピリッと辛いワインを啜りながら、僕は彼の言ってることが正しいことに気づいた。白い特注のソファ、流行りのシーグラスでできた柔らかなクッション、水差しを抱えた女性の大理石の像に囲まれたこの世界のどこにも、僕は属していない。このアパート全体が、僕には絶対に手の届かない高級品で溢れていた。

使われている技法
対比、象徴

得られる効果
登場人物の特徴づけ、感情の強化

法廷
[英 Courtroom]

関連しうる設定
鑑別所、パトカー、警察署、刑務所の独房

👁 見えるもの
- ピカピカに磨かれた木材（羽目板張りの壁、傍聴席と証言台、椅子、テーブル、ドア、書見台）
- 裁判所速記官と裁判所書記官のための机
- 柵（傍聴席と審理の進行を切り離すための木柵やフェンス）
- 脇の方にある陪審員が着席している陪審員席
- 黒の法服姿で木槌を叩く裁判官
- 秩序を守るために気をつけの姿勢でいる執行官
- 机にあるマイク
- 記者
- カメラスタッフ（注目度が高い裁判の場合、非公開の場合を除く）
- 証言台
- 国旗および州旗
- 壁の時計
- タグのついた証拠品の袋
- 出来事を具体的に示すポスターやスライド
- 犯罪現場の写真
- 監視カメラ
- 原告と被告用の机
- 判事室につながるドア
- 傍聴席の間にあり証人が通る、幅の広い通路
- しっかりと固定された窓（もしくはいっさい窓がない）
- ファイルや文書
- プロジェクターとスクリーン
- ビデオリンク方式の証人尋問
- 証拠を提示するために用いるイーゼル
- オーディオ機器のリモコン
- 言い分を述べる身なりのよい弁護士
- 傍聴席にいる家族や友人（両手を握りしめる、ハンドバッグにしがみつく、口元を覆う、泣く、そわそわとアクセサリーを弄ぶ、集中して耳を傾ける）
- 裁判の行方を観察しメモをとる一般人や法科の学生

👂 聴こえるもの
- 送風機の音
- エアコンまたは暖房が「ヒュー」と鳴る
- 壁の中で「ゴボゴボ」というパイプ
- 外の車の往来やサイレンの音
- 座席で姿勢を変える音
- 木の椅子や席のきしみ
- 「カサカサ」と鳴る紙
- 証言する声
- 検察官や被告人の弁護士が法廷で証言したり証人に質問したりする際に、磨かれた床の上を歩く足音
- 咳払い
- 咳
- 鼻をすする静かな号泣
- 被告人が足輪を装着される場合にチェーンが「カチャッ」と鳴る
- マイクのハウリング
- 柵のゲートのきしみ
- 衣擦れの音
- 音声証拠（録音された通話、防犯カメラの映像、緊急通報）
- 「ヒソヒソ」と話す声
- 裁判官の木槌が「ドンドン」と鳴り響く
- 速記官の席で「カタカタ」と静かにキーボードが鳴る
- 証拠または証人に対して「ハッ」と息を飲む
- ドアの開閉音

👃 匂い
- 手入れされた木材（ラッカー塗料、研磨剤、ニス）
- 松の精油やレモンのクリーナー
- ムッとする空気、閉め切った部屋の匂い（空気中で混ざる汗、香水、整髪剤やコロン）
- 隣に座る人のコーヒーの口臭
- 過熱状態の電子機器

👅 味
- 水
- 涙
- ミント
- 口の渇き
- のど飴

✋ 質感とそこから受ける感覚
- 硬い木の座席
- 両隣に座る傍聴人と腕が触れる
- ギュッと握りしめてしわくちゃになったティッシュ
- 落ち着かないふるまい（車の鍵、チャック、腕時計、アクセサリーなどを弄ぶ）
- 自分の感情状態を表す行動（両手を握りしめる、手に爪が食い込む、顔をこする、鼻筋をつまむ、涙を拭う、唇を噛む、手足が震える、姿勢が固く筋肉痛や肩の痛みが生じる）
- 証言台に向かうときのフローリングの固い足下
- 手首を刺激する金属の手錠
- 法廷内の全員に見られているとわかり赤面する

ほうてい――法廷

- 書類やファイルをかき分ける
- 証拠を扱うとき手にまとわりつくビニール手袋
- 指の間でペン回しをする
- 手に持った冷たいグラス
- 風通しの悪い法廷で、背中や脇に汗が滴る
- 足を組んだりほどいたりする
- ポケットの中にある大切な品を弄ぶ
- 判決が読み上げられる中、愛する人の手を握る
- 有罪判決が読み上げられ、肩を落とし腹部に重みを感じる
- 愛する人の容疑が晴れて、胸がすっと軽くなる

❶ 物語が展開する状況や出来事
- 判決不能による審理無効
- 証言が対立する
- 偏見を抱いた裁判官
- 逃走を図る
- 当然の処罰が下されなかったとして、被害者が怒ったり激しい反応をみせる
- 証人による偽証
- 爆弾もしくは化学兵器による脅迫
- 停電

🙂 登場人物
- 裁判記録係
- 犯罪者
- 裁判官
- 陪審員
- 法科の学生や一般人
- 弁護士
- 警官
- 証言のために呼ばれる精神科医や各分野の専門家
- 記者
- 警備員
- 被害者とその家族
- 証人

設定の注意点とヒント
設定に影響を及ぼすのは、法廷の規模、それからそこでふだん開かれる裁判の種類だ。たとえば、死刑に相当するような注目度の高い事件を扱うことの多い法廷には、被告人用の防弾ガラスが設置されていたり、警備も強化されている。より小規模な軽犯罪を主に扱う小さな町の法廷とは様子が異なるだろう。

例文
エリス・ラルソが被告人席に入廷してくると、傍聴席にいる人々は静まり返り、むっとする空気の中で送風機が止んだ。室内にいる人々に向かって、彼はオレンジ色の囚人服と同じくらい明るい笑顔を振りまいている。人々はかぶりを振り、嗚咽をこらえようとして口元を覆った。この若者、小学校の飲料水に毒を盛った、このケンタッキー州知事の息子は化け物だ。

使われている技法
対比、直喩

得られる効果
登場人物の特徴づけ、緊張感と葛藤

ボウリング場
[英 Bowling Alley]

関連しうる設定
映画館

👁 見えるもの
- 受付カウンターの後ろでボウリングシューズに消臭剤をスプレーしているスタッフ
- 格好悪いシューズで埋め尽くされた小さな下駄箱
- 販売商品（ボウリングボール、バッグ、シャツ）
- 薄暗い照明
- 暗闇で光るボウリングを楽しむためのネオンライト
- 黒いガーターが設置された光沢のある木のレーン
- 素人や子どものための空気注入式またはビニール製ボール
- プラスチック製のシェルチェアやデジタルスコアボード
- マーブル模様のボールが並ぶボールリターン
- 立ち位置や狙う場所のガイドとして床に描かれた矢印や線
- あちこちに黒い擦り傷がついたボウリングピン
- 売店エリアと（プラスチックの飲料カップ、ビール瓶、水の入ったペットボトル、フライドポテトやホットドッグがのったファストフードのトレイなどが置かれた）テーブル
- アーケードゲームやピンボールマシンが置かれたゲームコーナー
- トイレ
- 噴水式水飲み場
- ゴミ箱
- 非常口
- プレーする人（シューズを試着している、ボールを選んでいる、順番が来た人を応援している）
- ピンセッターに不具合が生じピンを片付けているスタッフ
- プレーが上手くいったとき互いにハイタッチを交わす、お揃いのシャツを着たボウリングチーム
- 壁に貼られた広告
- パーティーに参加し、バースデーハットを被り顔にケーキの食べかすをつけた子どもたち

👂 聴こえるもの
- ボールがフローリングの上に落ちて転がっていく音
- ピンが「カチャカチャ」とぶつかり合う音
- 「ウィーン」という音とともに機械を通って戻ってきたボールが、ほかのボールに「ドン」とぶつかる
- 離れたところから「ガチャン」と聴こえてくるピンセッターマシンの音
- 人々の笑い声や叫び声
- スピーカーから流れる音楽
- あたりを駆け回って「自分の番になったか」としきりに訊ねる子どもの声
- 良いプレーを決めて飛び上がって喜ぶ人やうつむきながら椅子に戻り次の番を待つ人の声
- シューズが床の上をこする音
- 騒がしい音を出すゲーム機
- 「カサカサ」と鳴るスナックバーの包み紙
- ストローでソーダを啜る音
- 「バリバリ」と音を立てるポテトチップス
- 誕生日パーティーで子どもに向けて家族が歌う
- 張り合う友人同士がふざけて互いを貶し合う声

👃 匂い
- 床の艶出し剤
- 革のグローブやバッグ
- 消毒剤
- 喫煙者から漂うムッとする煙の臭い
- 香水やコロン
- ホットドッグのしょっぱい香り
- フライドポテトを揚げている最中の揚げ物鍋で泡立つ油の匂い
- こぼれたビールの酵母臭
- 汗
- 臭い足

👅 味
- ポテトチップス
- アナログチーズがかかったナチョス
- ホットドッグ
- フライドポテト
- 水
- ソーダ
- ピザ
- ビール
- バースデーケーキ
- 自販機の砂糖菓子

✋ 質感とそこから受ける感覚
- ツルツルしたボール
- 冷たい穴の中に指を滑り込ませる
- 手に当たるハンドドライヤーの風
- きつい革のグローブ
- 握ったボールの重み
- ほかの人が使ったばかりのシューズの湿った感触

ぼうりんぐじょう｜ボウリング場

- ほつれた靴ひも
- フローリングの床で滑りやすい靴底
- 稼働するボールリターンの振動
- 硬いプラスチック製の椅子
- 冷たい飲み物
- ストライクを決めたときに交わすハイタッチ
- 涼しいエアコン
- 大音量で流れる音楽のベース音
- しわくちゃになったお札
- 食べかすが散らばったスベスベのテーブル
- 下ろしたてのシャツの滑らかさ
- 汗で髪が濡れる
- べとつく砂糖菓子
- しょっぱいナチョス
- ピザにのったチーズの熱さで口内の上側がヒリヒリする
- 冷たい噴水の水がシャツにかかる
- ファウルラインを踏み、ツルツルした床に滑って転ぶ

❶ 物語が展開する状況や出来事
- 負けず嫌いのライバル同士が喧嘩に発展する
- ふざけていた人たちのせいで損害が生じる
- 大きく振りかぶった人の手に子どもがぶつかる
- 食中毒
- （とくに大会の場合）ピンセッターの不具合によりプレーが台無しになる
- 不注意なプレイヤーが、ゲートが開く前にボールを投げて機械を破壊する
- ボールの穴に親指がはまる
- 自分の足にボールが落下する
- アーケードゲームで損をする
- プレッシャーに負けて大事な試合で負ける

👤 登場人物
- 誕生日パーティーの出席者
- ボウリングクラブのメンバー
- ボウリング愛好家
- 従業員
- プロボウラー

設定の注意点とヒント
ボウリング場の中には、ブラックライトを用いて反射塗料による飾りや光るピンを照らすような、暗闇で光る特殊なレーンを備えているところもある。こんな設定を起用すれば、平凡なボウリング場がいつもとは異なるユニークな空間に変身し、光と影の対比を利用することもできるだろう。

主人公と関わりを持つ登場人物を求めている場合、片思いの相手や親友、良き指導者といった、ありがちな人物像に落ち着くのは簡単だ。だがどんな設定においても、周辺人物というかたちを借りて興味深くユニークな状況をもたらしてくれるのが、設定のすばらしいところである。そこで、ボウリング場で出会うかもしれない類いの人々について検討してみよう。それはセミプロの選手かもしれないし、息子の誕生日パーティーを開いているシングルファーザーかもしれない。あるいはピンを片付け子ども用の傾斜台を取りだしているメンテナンススタッフの男性という場合もあるだろう。こうした人々は皆、葛藤や内省、成長の機会を登場人物にもたらすような、意義ある交流の機会を生み出す可能性があるのだ。

例文
ずっしりと重みのあるボールを握ったまま、僕は残っている2本のピンに目をやった。スプリットか。難しいショットだが、5点差で負けてるから両方とも仕留めなくてはならない。ズンズンとベース音が響く音楽も、隣のレーンでわめく子どもたちも、ピカピカに輝く室内を照らすライトもすべてシャットアウトして、狙う箇所だけに視点を定める。10本のピンの右側にある、2.5cm角の隙間だ。

使われている技法
多感覚的描写

得られる効果
緊張感と葛藤

ほ

都市編 / 基礎設定

ホームレスシェルター
〔英 Homeless Shelter〕

関連しうる設定
路地、市バス、居住禁止のアパート、公衆トイレ、難民キャンプ、地下鉄トンネル、地下道

👁 見えるもの
- スタッフが配置された宿泊手続きカウンター
- 食事や訪問のための食堂式エリア（むき出しの壁、タイル張りの床、折りたたみ椅子が置かれたテーブルの長い列）
- 居住者にバランスのとれた食事をスタッフが提供するビュッフェ
- 食べ物を求めて居住者たちがトレイを手に長い列を作る
- 湯気が立ち上るスープが入ったいくつもの深鍋、肉や野菜を盛ったトレイ
- 隅の方にある洗面道具の自販機
- 古本でいっぱいの本棚
- 居住者が仕事を探せるようにWi-Fiが無料で接続された年季の入ったパソコン
- 掲示板（遺失物のメモ、ボランティアをする機会や行事の知らせ、無料の教育や求人情報）
- エプロンとヘアネットを着けたボランティア（皿を回収して洗う、居住者らとお喋りしながらテーブルを拭く、体が不自由な人を介助する）
- プラスチックのコップが置かれた冷水器
- 業務用コーヒーマシン
- 共同就寝エリア（男女別の大きな部屋、いくつもの二段ベッド、私物を入れたゴミ袋やダッフルバッグ、組み合わせがちぐはぐな寄付された毛布やシーツ）
- よりプライバシーを保つことのできる部屋（各部屋に3、4台の二段ベッド、シェルターでボランティアをしている居住者にあてがわれる可能性が高い）
- 簡素な共同浴室（シンク、シャワー、トイレ）
- 談話室（ボルトで留められたテレビ、テーブルとプラスチックの椅子、トランプやボードゲーム）

👂 聴こえるもの
- 人々の話し声
- テレビから聴こえてくる笑いの音声
- 居住者同士の口論
- いびき
- ベッドのきしみ
- ボランティアが洗いたてのトレイを積み重ねていく音
- 皿に食べ物が「ボン」と置かれる
- 笑い声
- 歌い声や鼻歌
- 呟く声
- 居住者を起こすためにドアをノックする
- 電話が鳴る
- ベッドや折りたたみ式ベッドで人が寝返りを打つときに「カサカサ」と鳴る樹脂の敷き布団
- リュックのファスナーの開閉音
- シャワーを浴びる音
- 浴室のシンクに水滴が「ポタポタ」と落ちる音
- 椅子がこすれる音
- トイレに入りたいと怒鳴り声を上げる
- コンクリートの床をすり足で歩く足音
- 部屋や私物をめぐる喧嘩の声
- 子どもの泣き声

👃 匂い
- スープ
- パスタ
- 食堂で調理されているグレービーソースや野菜
- 不快な体臭
- 煙草の煙
- アルコールの口臭
- 汗
- 洗っていない服の悪臭
- ビニールのマットレスカバーや寝袋マット
- コーヒー
- シーツやタオルについた強烈な漂白剤

👅 味
- 炊き出し所や食堂の典型的な食事（丸パン、スープ、大勢に供給できるパスタ、ハンバーガー、ミートローフ、ホットドッグ、火を通した野菜、新鮮な果物）
- 歯磨き粉
- マウスウォッシュ
- 煙草
- ちょっとしたお菓子
- 自販機の炭酸飲料

✋ 質感とそこから受ける感覚
- 古いマットレスの弾力性
- 背中を突くベッドのスプリング
- よじ上ろうとするとグラグラするぼろい折りたたみ式ベッド
- プラスチック製食器類の軽い滑らかさ
- 何度も洗濯されて毛玉ができた寝具
- 硬いプラスチックのトレイ

ほ

452

ほーむれすしぇるたー ― ホームレスシェルター

- 口の中でかたちが崩れる食べ物
- 薄い寝袋マットで眠るときに感じる床の硬さ
- 手に持つとツルツル滑る石鹸
- 安物のシャンプーや固形石鹸で髪を洗ったため、とかすときに引っ張って絡まる髪
- シャワーを浴びて清潔になった肌のうずき
- 私物が入った擦り切れたリュックのゴワゴワした生地
- シェルターの掃除やメンテナンス中、泡立った水に両手を突っ込む
- 爪の中に砂粒が入る
- 歯磨きしたあとの綺麗な歯に舌を這わせる快感
- 脇にしっかりと抱え込んだビニールのゴミ袋

❶ 物語が展開する状況や出来事

- 別の居住者と言い争いになり、警察が呼ばれる
- 負傷
- スペースや資源（食事、ベッド）が足りなくなる
- 伝染性のある病気を抱えた居住者
- 精神疾患または薬物使用によって、偏執症や暴力的な精神病に陥る
- 規則を破ったと責められてシェルターを追いだされる
- 所定の期間を過ぎたためシェルターを出なければならないが、行く当てがない
- シェルターにこっそり犬を持ち込む

🙂 登場人物

- ホームレスの居住者
- 警官や救急隊員
- シェルターのスタッフおよび警備員
- ボランティア

設定の注意点とヒント

ホームレスのシェルターはその収容人数によって規模が異なる。男女共用の場合もあれば、男性、女性、家族に特化した場合もあるだろう。また、先着順にサービスを提供するシェルターがある一方、わずかな金額を払ったり施設内でボランティアを行うといった条件付きで、少し長めの滞在が許されるシェルターも存在する。施設内にプライバシーはなく、混雑時は食堂などの共有エリアが寝床として使用されることもあるかもしれない。居住者の多くは精神疾患や依存症を患っているため、劇的な事件や騒動が発生することもめずらしくはない。

例文

気温が下がると、決まって人々は早くから列をなす。寒さで顔にあかぎれを作り、雪に覆われたコートに身を包んだ人々の波がいっせいに施設「新しい希望」の両開きのドアに傾れ込んで来た。スープを受け取る人々は、みんな手を震わせながらカップの温かさを包み込み、座る場所を探し求める。給仕をしつつ人数を数えながら、私はこんなにもすぐ人が増えて、思っていたよりも早くテーブルが埋まっていることにやるせなさを感じた。きっと間もなく、夜間のためにドアを閉めなければならず、そうなれば外に取り残された人たち——母親、子ども、関節炎でうまく動けない老人——は、他所の寝床を探すことを強いられるのだ。

使われている技法
多感覚的描写、天気

得られる効果
伏線、時間の経過、感情の強化

都市編　基礎設定

ホテルの部屋
〔英 Hotel Room〕

関連しうる設定
郊外編 ── 南の島、結婚披露宴
都市編 ── ダンスホール、正装行事、
　　　　　エレベーター、リムジン、タクシー

👁 見えるもの
- カードキーを差し込むところのある部屋番号付きのドア
- 壁に貼られた避難経路図
- 取り外しができないハンガーの設置されたクローゼット
- 折り畳んで棚にしまわれた予備の毛布や枕
- カビのシミがついた模様入りカーペット
- 基本的な備品が設置された浴室（シャワー、トイレ、シンクのコーナーと鏡）
- 隅に汚れた漆喰があるタイル張りの床
- フワフワした白いタオルがしまわれたラック
- 予備のトイレットペーパー
- 壁のへこみやこすれた傷
- シャワーとシンクの間の人が立つ狭い空間
- 無料の洗面用具が入ったトレイ
- ティッシュの箱や紙に包まれた水のグラス
- 壁に取りつけられた、使えることもあれば壊れていることもあるドライヤー
- 頭上の明るい照明
- ドアのフックに掛かっているバスローブ
- 一台のベッド（もしくは二台、揃いの寝具と枕）
- 目覚まし時計やランプが置かれたベッドサイドテーブル
- 低いキャビネットの上に置かれたテレビ
- 電話と電話帳
- サービスが書いてある紙（ルームサービス、洗濯の価格、アメニティ情報）
- テイクアウト可能な近くのレストランのパンフレット
- 自動温度調節器
- 当たり障りのないアートワーク
- 文房具やペンが置かれた机
- ノートパソコンや充電器のための壁付けコンセント
- 小さな椅子や二人がけのソファ
- 補給品（コーヒー、紅茶、砂糖、クリーミングパウダー、マグカップ）が揃っているコーヒーメーカー
- 水のグラスと氷のバケツ
- 値段表が置かれたミニバーや冷蔵庫
- ゴミ箱
- テレビのリモコン
- 窓際の分厚いカーテン
- 引き出しのついたチェスト
- サイドテーブルの引き出しに入っている聖書
- ドアの取っ手にかけられた「起こさないで下さい」のサイン

🔊 聴こえるもの
- エアコンや暖房が「ブーン」と鳴る
- 壁の中のパイプで水が「ゴボゴボ」と音を立てる
- ドアの開閉音
- 廊下を通り過ぎる人々から聴こえてくる会話
- シャワーやトイレの水を流す音
- 水がシンクに「ポタポタ」と落ちる音
- コーヒーポットが「ゴボゴボ」と音を立てる
- 付近のエレベーターが「チン」と鳴る
- 酔っぱらいたちがよろめきながら部屋に向かって大声で話し歩く
- 上階の部屋で子どもが床を駆け回る音
- 開いている窓から聴こえてくる車の往来または工事の騒音
- モーニングコールの音
- テレビ番組から聴こえる笑い声や何かの破裂音
- 圧力で開く冷蔵庫の扉の開閉音
- 冷蔵庫の扉部分で「カチャカチャ」と鳴る瓶
- ドアが「コンコン」と叩かれる
- 隣の部屋から聴こえるカップルの口論
- 長い一日を終えて子どもが泣きわめく
- 壁の向こうから聴こえるくぐもった声
- 買い物袋が「カサカサ」と鳴る
- 荷物のファスナーの開閉音
- 高速で「ブーン」とうなるドライヤー

👃 匂い
- 漂白剤、クリーナー、防臭剤
- 古いカーペット
- 布地
- 漂白されたタオル
- 香りのいいシャンプー、コンディショナー、石鹸
- 煎れているコーヒー
- アルコール
- 服についた煙草の匂い
- 香水
- アフターシェーブローション
- ヘアスプレー
- 汗
- 匂いの強いジャンクフード（トルティーヤチップス、チー

454

ほてるのへや｜ホテルの部屋

ズバフ、ポップコーン）
- ルームサービスの食事

🅖 味
- コーヒー
- 紅茶
- 水
- マウスウォッシュ
- 歯磨き粉
- 部屋に持ち込んだり、ルームサービスで頼んだ食べ物（ハンバーガー、フライドポテト、サンドイッチ、パスタ、サラダ、スープ）
- 自販機の炭酸飲料やスナック菓子（チョコバー、グラノラバー、グミ、キャンディ、ポテトチップス）

🅠 質感とそこから受ける感覚
- スベスベしたプラスチックのカードを差し込み口にスライドさせて抜き、ロックを開ける
- 固形の氷を求めてバケツの中を探しているときに、指に触れる氷のヒヤッとする冷たさ
- 熱いコーヒーに息を吹きかけて冷ますとき、顔にあたる湯気
- マットレスの弾力性
- 靴を脱いだ汗まみれの足にあたる涼しい空気の感触
- 素足が浴室のタイルに触れたときの冷たい衝撃
- 肌に当たる清潔感のあるタオル
- シャワー中に背中を流れ落ちる泡
- 柔らかなタオルで濡れた顔を拭く
- トランクの中を見ずに手探りでものを探す
- プラスチックのラミネート加工が施されたルームサービスメニューをパラパラ捲る
- ドア付近に靴を並べる
- 買い物袋をベッドの上にドサッと置く

- 電気のスイッチを探して暗闇の壁に手を這わせる
- 分厚いカーテンを開閉する
- ドライヤーから一気に出てくる熱
- 重たい掛け布団をはぐ
- 肌に触れるパリパリとしたシーツ
- 布団に潜り込む
- 枕にあたる自分の息の温かさ

🅔 物語が展開する状況や出来事
- 隣室がうるさい（喧嘩、叫び声を上げる子ども、赤ん坊の泣き声、大音量でテレビを見る人々）
- 深夜に部屋に戻ってくる酔っぱらいたち（ドアの取っ手をカチャカチャ揺する、違う部屋をノックする、感じが悪いふるまい）
- 自分の部屋が清掃されていない（排水溝につまった髪、トイレの便座についた小便）
- 南京虫やゴキブリを見つける
- ひどいルームサービス
- 不倫または別れ
- 建設工事のせいで早くに起こされる

🅟 登場人物
- 清掃員
- 宿泊客
- 便利屋

設定の注意点とヒント
優雅なものから年季の入ったもの、さらには完全にみすぼらしいものまで、ホテルの種類は実にさまざまである。自分の登場人物はどんなタイプのホテルに泊まる財力があるのか、またその状況でホテルの様子はどのように重要なのかどうかを自問してみよう。そのあとで、登場人物にとって問題が生じるような状況や出来事を組み込んで、設定を活気づけてみるとよい。

例文
僕は天井を睨みつけた。一族の集いを主催しているホテルになど、今後絶対に泊まるもんか。第一に、エレベーターの扉が10分おきにチンと鳴っては酔っぱらいたちが降りてくる。でももちろん、彼らはそのままふらつきながら部屋に直行するわけじゃない——壁に体をこするようにして進みながら全部の部屋にカードを差し込み、開かないとなると悪態をつくのだ。それだけに飽き足らず、僕の階に降り立った3人の老婦人方は、家族と過ごすってなんてすばらしいんでしょうと互いに叫び合っているも同然だった。リンダの婚約者はちょっと酔っ払ってたみたいだし、リーが仕事に就けないなんて哀れじゃない、だと？ すぐにでもやかましい口を閉じてくれなければ、僕の頭は爆発しそうだ。

使われている技法
誇張法

得られる効果
登場人物の特徴づけ、時間の経過、緊張感と葛藤

待合室
〔英 Waiting Room〕

関連しうる設定
郊外編 — 校長室
都市編 — 銀行、救急救命室、美容院、警察署、心理セラピストのオフィス

👁 見えるもの
- 光沢のある紙の雑誌や旅行ガイドが置かれたコーヒーテーブル
- 顧客の興味を引きそうなテーマのパンフレットが並ぶ厚紙製のパンフレットホルダー
- 壁に貼られたポスター
- 額に入ったアートワーク
- サービス内容や期間限定の特別内容の告知
- 台の上に置かれた冷水機
- 受付スタッフの机
- 受付の記帳
- 記入する書類が挟まれたクリップボード
- 白紙の記入用紙
- ペンが入った瓶
- (飛び込みの客を受け付ける業種の場合) 番号札が発券され、LEDで呼び出し番号が表示される機械
- 薄い詰め物が入った座席の列
- 子どものための玩具がある一角 (積み木、本、塗り絵用のテーブル、トラック)
- 制服を着た従業員 (スクラブ姿の看護師、スーツ姿の銀行員)
- 従業員の名刺がしまわれた名刺入れ
- 待っている人々 (携帯をチェックする、テレビを観る、雑誌や本を読む、赤ん坊をあやす、子どもをなだめる、宙を見つめる)
- ニュースや連続ドラマを放送している、壁に取りつけられたテレビ
- テーブルの上のティッシュ箱
- トイレの表示
- 貴重品を携帯するように促す貼り紙
- 隅やテーブルの端に置かれた人工観葉植物
- ゴミ箱
- 無料のコーヒーマシン
- 個室につながるドアや廊下

👂 聴こえるもの
- 雑誌のページが注意深く捲られる音
- ガラケーのキーを「カタカタ」と打つ
- ゲーム機の音
- 低いささやき声
- 咳
- 咳払い
- 荒い息
- 衣擦れの音
- 事務所の電話のベルが「ビービー」と鳴る
- ドアの開閉音
- 受付スタッフが名前を呼ぶ声
- ホチキスで紙を留める音
- 携帯の着信音が鳴る
- 訪問者が書類を記入するときにペンが「カリカリ」と音を立てる
- 長時間待たされることへの不満を訴える声
- 椅子が「キーキー」と鳴る
- 床をヒールが「コツコツ」と叩く
- プリンターやファックスが用紙を吐きだす音
- 子どもが質問をしたり退屈を訴える声
- エアコンもしくは暖房が「シューッ」と音を立てる
- 受付スタッフが次の来客に会う準備が整い、ガラス製の仕切りがスライドして開く
- テレビの音や有線の音楽
- 椅子が床できしんだりこすれる音
- スタッフが休憩室で仕事の協議をしたり笑い声を上げる

👃 匂い
- コロン
- 香水
- ほこり
- 芳香剤
- 清掃用品
- 抗菌ハンドローション
- 受付の机に置いてある花のブーケ
- 古いカーペット

👅 味
- 水
- キャンディ
- のど飴
- 薬
- ガム
- ミント
- 無料のコーヒー

✋ 質感とそこから受ける感覚
- 渇いた喉
- 足を組んだり解いたりする
- 太腿の裏に当たる詰め物の入った椅子のクッション
- 楽に座るために姿勢を変える
- 手に握られたペン
- インクを出すためにペンを振る
- 紙の乾いた質感
- コピー機から出てきたばかりの温かい紙
- 縮れた飴の包み紙
- 凝りをほぐそうと首を回す
- 隣の席の人と肘がぶつかる

まちあいしつ —待合室

- 金属製の椅子の脚をかかとで軽く叩く
- 狭い空間で、誰かが自分のそばを通り過ぎるときにハンドバッグやバッグで軽く押される
- 落ち着かない様子で髪に手を走らせる
- ひんやりとした真鍮製のドアの取っ手
- カーペットやタイル張りの床にこすれる靴
- 名前を呼ばれるのを待ちながら、緊張して胃がキリキリする
- 時間を確認するためやネットサーフィンをするために携帯を見る
- 光沢のある雑誌の滑りやすい感触
- 空気が不快ほど寒いときに鳥肌が立つ
- 手に持った温かなコーヒー

❶ 物語が展開する状況や出来事
- 待ち時間が長すぎる
- 場所に出向くが、予約が入っていないと言われる
- 待合室が不快なほど暑い、もしくは寒い
- 子どもがはしゃいで駆け回る
- 待っている間にすることが何もない
- 嫌なことが待ち受けているため、待合室にいるほかの人々にいらだちをぶつける
- 迷惑なほどおしゃべりだったり詮索好きな人物と待たなければならない
- 無礼だったり使い物にならない受付スタッフ
- 到着した順の受付に割り込む来客
- 携帯に向かって大声で話す別の客
- （保険や支払いの問題、書類の紛失、設備が壊れたため予約を再調整しなければならないなどの理由から）予約を守ることができない
- 長時間待たされた挙げ句、面会相手が緊急事態で呼び出されてしまったため、予約をとり直す羽目になる

❷ 登場人物
- 宅配業者
- 配達員
- 心の支えになるように付き添う友人や家族
- 受付スタッフおよびその他の事務スタッフ
- 来客（クライアント、患者、顧客）

設定の注意点とヒント
待合室は種類によって異なるものの、だいたいは標準的なつくりをしている。待合室にどれだけ費用がかけられているかという点において、その場所の所有者の資質がわかることも多い。しかし待合室の質というものが、まったく別のことを意味する場合はどうだろう？　たとえば、待合室がみすぼらしいからといって、そこで働く医師の腕が悪いということにはならない。むしろその人物がありったけのお金を患者の福祉に注ぎ込んでいることを示す場合もあるのだ。あるいは法律事務所の待合室が見事なのは、そこで働く弁護士がというよりも、才能ある一流の内装業者のおかげなのかもしれない。設定の背後に隠された意味というものは、会話と同じくらい役に立つ。登場人物について何か特別な点を伝えるために、さまざまな事柄を織り交ぜて利用してみるとよいだろう。

例文
母が医師の診察を受けている間、僕は受付近くの壁のラックから雑誌をとってきたものの、すぐに集中できないと気づいた。こんな場所で、誰が集中できるというのだろう？　手持ち無沙汰にならないように雑誌のページを捲りながら、青いプラスチックの椅子に座るほかの患者たちをちらっと見た。頭にスカーフを巻いた女性と、野球帽を深く被った男性がいる——2人がどうしてこの医師に会いに来たのかは一目瞭然だった。さらにほかの患者たちの姿を見て、胸が張り裂けそうになる。たとえば、つやつやした絵本の周りをぎゅっと握りしめながらも、中を開いていない小さな女の子。あるいはまた、やせ細った身体を包むふっくらした服を着て、途方に暮れた弱々しい面持ちをした10代の男の子。僕はまばたきをして涙を堪えた。がんの責任は大きい。

使われている技法
象徴

得られる効果
登場人物の特徴づけ、感情の強化

モーテル
[英 Cheap Motel]

関連しうる設定
コンビニエンスストア、ファストフード店、古い小型トラック、サービスエリア

👁 見えるもの

外観
- 部分的にしか明かりがついていない空室のサイン
- 時間単位の部屋料金を記した入口のひさし
- 1階建てまたは2階建ての建物
- 剥げかかった外観の塗装
- 四隅が曇った窓
- 点灯しない電気
- 外にある階段
- 草だらけの生け垣や枯れた植物
- 割れ目から草が生えているでこぼこの歩道
- 縁石にぶつかったゴミが駐車場に散らばっている
- 怪しい客が四六時中出入りしている
- 部屋の外にあるプラスチック椅子に腰掛けている人々

室内
- 低い天井
- 擦り切れてシミがあるカーペット
- スムーズに開かないドア
- ドアの内側にある複数のロック
- 調和のとれていない家具
- 水の跡や煙草の焦げ跡のついたテーブル
- 薄いベッドカバーやでこぼこの枕
- 壁紙が膨らんだり剥がれた壁
- 薄暗い照明
- 灰皿
- きちんと作動しないエアコン
- 壁に固定されたテレビ
- 古くさい照明器具や装飾
- 滴が漏れている蛇口
- かつての水漏れのせいで部分的に色の異なる天井タイル
- 洗面器部分にさびた汚れのあるシンク
- ゆがんでいたり透過度の低い鏡
- 浴室のむき出しな配管
- 汚いモルタルの線が入ったひび割れたタイル
- 小さすぎるタオル
- みすぼらしいシャワーカーテン
- 一般的なホテルの備品(シャンプー、ローション、ドライヤー、アイロン、リモコン)が揃っていない部屋
- 壁を上っていくアリの列
- ドブネズミやハツカネズミの糞

👂 聴こえるもの
- ドアを開けると「キーッ」と鳴る
- 薄い壁から漏れてくる音(隣の部屋のテレビ、声、車の往来)
- 電話の音
- 性行為の音
- 近所の部屋の喧嘩の声
- 赤ん坊の泣き声
- 犬が吠える
- 近くの幹線道路や高速道路の車両の往来に伴う騒音
- 人々がドアを叩く音
- ベッドのきしみ
- 水漏れした蛇口から絶えず滴る水
- パイプが「ガチャガチャ」と鳴る
- トイレが大きな音を立てて流れる
- 外を通る足音
- 「ガタガタ」と暖房やエアコンが鳴る
- モーテルの外から「ジージー」と聴こえてくる送電線の音
- ネオンライトが壊れて断続的に「ブーン」と鳴る
- 蚊の羽音

👃 匂い
- カビ
- 食品や建物のカビ
- ほこり
- しけた煙草の煙
- 古いカーペット
- テイクアウトフードやデリバリーフードの匂い(ピザ、ハンバーガー、ポテト)
- 動物の毛皮

👅 味
- 油っこいテイクアウトフードやデリバリーフード
- 不快な味のする古くカビ臭い空気
- 自販機で売られているジャンクフードやスナック

✋ 質感とそこから受ける感覚
- 温かい、または冷たいシャワー
- でこぼこした硬いマットレス
- チクチクするシーツや枕カバー
- リラックスできなかったり眠れなくて寝返りを繰り返す
- 南京虫に刺されたかゆみ
- エアコンが故障しているために汗で湿る髪
- 暖房が止まり、温もりを保つために身を寄せ合ったり丸くなる
- ざらついたタオル
- 蚊に刺された跡

- きちんと閉まらないドアや窓から入り込んでくる隙間風
- 裸足ではべとつきを感じるカーペット
- 低い位置に吊るされた照明に頭をぶつける

❶ 物語が展開する状況や出来事
- 暴行を受ける、または覗き見される
- 細菌恐怖症である
- チェックインしてから一銭もないことに気づく
- 売春婦に誘われる
- 施錠できないドア
- 動物禁止のモーテルにこっそりとペットを持ち込まなければならない
- 隣の部屋がうるさい
- 不快なほど暑いまたは寒い部屋
- お湯が出ないので冷たいシャワーを浴びなければならない
- いろんな騒音のせいでなかなか眠れない
- 違法行為が行われているモーテルで働く
- モーテルによく出入りする怪しい人物から自分の子どもを守る必要がある

🎭 登場人物
- 清掃スタッフ
- 受付係
- 麻薬密売人
- 不審者
- モーテルの客
- ピザ配達員
- 売春婦

設定の注意点とヒント
モーテルはホテルと異なり、本来は自動車を運転する人のための専用宿泊施設として作られたもので、たいてい幹線道路や観光名所の近くにある。ホテルはより規模が大きく、ルームサービスやプールといったアメニティやサービスがより充実した施設だと考えればよいだろう。

例文
ジョンは全身汗だくの状態で目覚めた。部屋はカビ臭く暖かい——実際、春で湿度の高い屋外よりもずっと暖かかった。スプリングのきしみに顔をしかめつつ、彼はベッドから這い出た。薄暗い部屋で、エアコンという古代のドラゴンが音も立てずに鎮座している。ジョンは近づいてボタンを押してみた。次いでノブも回してみた。さらに側面まで蹴ってみたものの、まったく作動しない代わりに見事な量のほこりが吹き出てきた。思わず大きなくしゃみをしたところ、驚いたゴキブリが壁から暖房のゆるんだ噴きだし口の裏へと一気に駆け上がっていく。どう考えても、彼はモーテル界のタージ・マハルに当たったようだ。

使われている技法
対比、隠喩、多感覚的描写

得られる効果
雰囲気の確立

もーてる｜モーテル

役員室
[英 Boardroom]

関連しうる設定
エレベーター、オフィスの個人スペース

👁 見えるもの
- 単色の壁（会社の首脳陣、ロゴ、賞、額、その他会社の誇りと繁栄を示すものが飾ってある）
- プレゼンや仮想会議のためのテレビやメディアスクリーン
- ノートパソコン
- 電子装置の中継機器
- 内部通話やテレビ会議用の電話
- 楕円形または長方形のテーブルの周りを囲む、座り心地のいい椅子
- グラスと氷水の入った容器
- 会社のロゴや企業モットーが刻印されたペンやメモ帳
- 情報書類入れ、またはフォルダーにまとめられた会議資料
- ブレインストーミングや企画立案のためのホワイトボードやガラスボード
- 天井の明るい照明
- 眺めのよい窓
- マイク（大きな部屋の場合）
- 着席し開始準備を整えている役員会のメンバーと補助スタッフ
- 各会社の業種に合った粋な細部（繁栄を象徴する竹の植木鉢、特別な景色やモダンアートが描かれた目立つ絵画）

🔊 聴こえるもの
- スピーカーから聴こえる大きな声
- ノートパソコンやメディア機器のファンが「ウィーン」と鳴る
- エアコンが「ブーン」と規則正しく鳴り続ける
- 椅子のきしみ
- 頭を寄せ合って付随点を協議する人々の低い話し声
- 出席者同士の率直な議論
- 「カサカサ」と紙が音を立てる
- ホワイトボード上でマーカーがこすれたり軽く音を立てる
- 携帯が鳴りだしてすぐ消音モードにされる
- グラスに水が「ゴボゴボ」と注がれる
- 白熱した議論中に荒げられる声やテーブルを激しく叩く音
- あたりを行ったり来たりする足音
- ストレッチをしようと立ち上がるメンバーたちの立てる音
- 出前や宅配物が届いてドアが「コンコン」と叩かれる
- 高さを調節する際に椅子が「シュッ」と鳴る

👃 匂い
- コロン
- 香水
- 消臭スプレーや清掃用品
- 持ち込まれた温かい料理（昼時の会議中）
- コーヒー

👅 味
- 水
- 口臭ケアミント
- ガム
- コーヒー
- 紅茶
- 長時間の会議に持ち込まれる食べ物（サンドイッチ、ピザ、パスタ、サラダ、チーズと果物ののった皿）

✋ 質感とそこから受ける感覚
- 会議資料を分類する
- 滑らかな紙に触れる指
- 豪華な椅子にもたれる
- 肌の上を移動して、エアコンや暖房から出る空気
- グラスや水の入ったボトルについた冷たい水滴
- 契約書にサインするときに紙の上を滑らかに動くペン
- リマインダーを設定したりカレンダーを見るために、携帯やタブレットを操作する
- 足元の防音カーペット
- 長時間座っていたために生じる首や肩の凝り
- 椅子を前後に転がす
- 午後の日差しが窓から入り込んで目元に当たる
- 直射日光の下に座っていたため汗をかく

❗ 物語が展開する状況や出来事
- 財政トラブル
- インサイダー取引が明らかになる
- 役員メンバーのひとりを解雇する
- 会社の方向性に関する意見の相違
- 個人的な対立が職場に持ち込まれる
- 社内恋愛がこじれる
- 有利な地位を得ようと画策する社員
- 自分の道義に反することに賛成するよう圧力をかけられる
- 健全なワーク・ライフ・バランスの維持に苦労する
- 大事なプレゼンをしなければならないが、準備不足だ

都市編 基礎設定

やくいんしつ｜役員室

と感じている
- ライバルに卑劣な攻撃を受ける

登場人物
- 会計士
- 経営者および株主
- 経営陣
- インターンおよび補助スタッフ
- 報告書を作成する人々、あるいはアドバイザー（部長、弁護士、会社が雇っている経営コンサルタント）

設定の注意点とヒント
役員室は、その会社の業種に合った様式であることが多い。たとえば創造性に焦点を当てている会社なら、装飾が施されていたりくつろいだ雰囲気であったりする。一方で法律事務所のようにもっと厳粛な業務を請け負う会社の場合は、昔ながらの様式に忠実なままかもしれない。ひとつ考慮しておくべきなのが、役員室はクライアント用のスペースなのか、それとも社内の従業員だけが利用するスペースなのかという点だ。もし前者であるなら、室内はクライアントに対する信頼を補強するために、プロ意識と成功の雰囲気を反映したものになるはずである。

例文
それぞれの椅子の前には、青いフォルダー、ペン、グラスがきっちり間隔をあけてまっすぐ置かれている——強迫性障害の傾向があるグレンが部屋の準備を整えたのは明らかだった。それに気づかないわけにはいかない、この空中を漂う鼻につくコロンの香り。ほどほどであってこそ効果があることを、誰かが真剣に忠告してやらないと——アンドレア自身ではなくほかの誰かが。彼女は一般常識が欠けた人間など相手にしたくないのだ。この部長と、彼が企画するバカげた義務的な安全会議がいい例だった。なんだってまた、不動産管理会社がクリスマスのライトの安全性について話し合ったり、スピード違反が原因の自動車事故に関する統計を聞いたりしなきゃならないのだろう？ そんなの協議しなくてもGoogleがあるでしょうに。こうした会議のたびに、彼女は窓から身投げしたくなるのだった。

使われている技法
誇張法、多感覚的描写

得られる効果
登場人物の特徴づけ、感情の強化

都市編 基礎設定

遊園地
〔英 Amusement Park〕

関連しうる設定
郊外編 — 農業祭
都市編 — 遊園地のびっくりハウス、サーカス、ウォーターパーク、動物園

👁 見えるもの
- 乗り物（グルグル回る巨大な観覧車、カラフルな輪を描くジェットコースター、薄暗い色で塗られた2階建てのお化け屋敷、金属のレール上を走って盛大な水しぶきをあげる丸太型の乗り物、コーヒーカップ、晴天の空の下でシーソーのように揺れながら行ったり来たりする海賊船、ゆっくりと動く子ども用の小さな飛行機、ポニーの乗り物、遊覧船）
- 乗り物に乗るための長い列
- 人工プールでバンパーボートに乗った人がほかの人にウォーターガンで水を発射している
- バンパーカーの金属製のローラーが金属メッシュの天井にあたって火花が飛び散る
- メリーゴーラウンド
- 起伏のあるスライダー
- 子ども用のボールプールやクライミングコーナー
- 並んで設置されているミニゲーム（景品の巨大なぬいぐるみが天井から吊るされた輪投げ、浮いているアヒルを釣るゲーム、バスケットボールゲーム、ハンマーで叩いて筋力を測定するゲーム、ターゲットが飛びだしたりライトが点滅する射撃、吊るされたタイヤの穴にアメフトのボールを投げ込むゲーム、ダーツや風船割り）
- 景品（長いヘビのぬいぐるみ、ラメの帽子、巨大なテディベア、安い玩具や小さなぬいぐるみ）を持って歩く人々
- 面白い小部屋が仕掛けられた迷路で笑い声を上げる10代の子どもたち
- 制服姿で乗り物を担当する笑顔の従業員
- （ピザ、大きな七面鳥の足、アイスクリームやフローズンドリンク、ハンバーガーとフライドポテトなどの）食べ物の屋台
- イートインスペースがあるファストフード店
- 道路の溝に落ちているゴミ（包み紙、玩具のタグ、煙草の吸い殻、レシート）
- 遊園地にちなんだ品を売るギフトショップ（ぬいぐるみや人形、本、写真立て、キーホルダー、コーヒーカップ、ペンや鉛筆、玩具、トランプ）
- 中身が溢れているゴミ箱
- 清掃人がゴミを掃いている
- チケット売場やATMコーナー
- 不機嫌な幼児を抱えたりベビーカーを押して歩いている人
- ベンチに置き忘れられた水入りペットボトル
- リサイクル容器の近くに置かれている潰された炭酸飲料の缶
- チラシなどのゴミの周りに吹きつける風
- 空に昇っていく風船
- 食べ物の売店に群がる大勢の人
- 木陰で休む人々でいっぱいのベンチ
- 地面に落ちている食べ物を食べるためにサッと降下する鳥

🔊 聴こえるもの
- 大音量の音楽
- 叫び声
- 笑い声
- 歓声
- ゲーム終了を告げるベル
- 「カチャカチャ」と鳴る乗り物のチェーン
- 「シュッ」と鳴る空気ブレーキ
- 「シュッシュッ」と音を立てる機械
- 「キィキィ」と鳴るブレーキ
- 熱い舗道の上を駆ける足音
- 人々が互いに声を掛け合う
- 油を入れた大鍋の中で「ジュージュー」と揚がるフライドポテトやドーナツ
- アーケード内のピンボールマシンが立て続けに「チン」と鳴る
- ボールが転がって穴やリングに「ドスン」と落ちたり、ブースの後ろの板に当たる音
- 風船の破裂音
- 釣り銭が「チャリン」と音を立てる
- レジがスライドして開く音
- レシートが印刷される音
- ステージでのショーのあとで拍手や歓声があがる
- 乗り物でシートベルトを装着する音
- ドアが「バタン」と閉まったり、セーフティバーが所定の位置に「ドン」と降りる音
- お化け屋敷で聴こえる不気味な仕掛け音（邪悪な笑い声、「キーキー」と鳴くコウモリ、幽霊のうめき声）
- 疲れた幼児の泣き声
- 地面に嘔吐物が飛び散る音
- ほうきがゴミを掃き集めるときに地面にこすれる音
- 遠くで開かれているライブから聴こえる音楽
- 夜に打ち上げられる花火

ゆうえんち ― 遊園地

🅞 匂い
- 煙草
- 揚げ物の油
- 熱い舗道
- 油が差された機械
- オムツの中身がいっぱいの赤ん坊
- 日光で熱くなったゴミ
- 体臭
- 汗
- 口臭
- 日焼け止め
- 嘔吐物

🅣 味
- 遊園地の食べ物（ハンバーガー、アメリカンドッグ、ドーナツ、アイスクリーム、チョコレート、フライドポテト、ポップコーン、ポテトチップス、氷砂糖、小さな粒状のアイスクリーム、揚げパン）や飲み物（炭酸飲料、フローズンドリンク、水、レモネード、かき氷、ミルクシェイク）

🅠 質感とそこから受ける感覚
- 塗装が剥がれた乗り物のセーフティバー
- 詰め物の入ったクッションシートの割れ目で肌をこすったり痛める
- 腿をきつく引っ張るシートベルト
- バンパーカーのガスペダルを踏み込む
- 投げる前に手に持ったボールの滑らかさ
- 肉汁たっぷりのハンバーガーから脂が手を伝い流れる
- アイスクリームの冷たい塊が肌に落ちる
- シャツに付着したケチャップを乾いた紙ナプキンで拭く
- ハンバーガーの包み紙やポテトチップスの袋をクシャクシャにする
- 凍るほど冷たい水や炭酸飲料のペットボトルを手にしたときの麻痺しそうな感覚

- 子どもが離れないように、汗ばんでいたりべとついた手を握る
- 混雑した乗り物や行列で見知らぬ人と軽く体がぶつかる
- 財布がちゃんと後ろのポケットに入っているか触れて確認する
- 水上を進む丸太型の乗り物に乗ったあとで、びしょ濡れになった服が肌にくっつく
- ウォーターガンで撃たれて髪や顔から水が滴る
- ジェットコースターに乗ったときの胃が底抜けになるような感覚
- 日差しに当たり過ぎたり速い乗り物に乗り過ぎて、クラクラしたり吐き気を催す

🅔 物語が展開する状況や出来事
- 人ごみの中で子どもとはぐれる
- 買収や犯罪を目撃する
- スリに金を盗まれる
- すべてのゲームでライバルに負かされて、一歩先を行かれたと感じる
- 子どもが迷子になる
- 誰かに見られていたりストーカーされていると感じる
- 友人に置いていかれる
- まだ遊園地で遊びたいとは思いつつ、グループに具合の悪くなった人がいるため、連れて帰らなければならない

🅟 登場人物
- 遊園地の乗り物やゲームの操作員
- 来場者
- ドライバーや整備士
- 用務員
- 園内管理者
- 芸人
- 警備員
- ショーの出演者

設定の注意点とヒント
遊園地の中には、特定のテーマ（ウォルト・ディズニー・ワールドなど）にちなんでいたり、マスコットを設けているものもあれば、全世代が楽しめる乗り物やゲームをあれこれと詰め込んだものもある。遊園地はひとつの場所に固定された施設という点で、移動式遊園地とは異なる。開園時期が特定の期間のみか一年中かということは、立地やその地域の気候によっても異なるだろう。

例文
ジョエルは汚れたコンクリートの上にほうきを押しつけながら、クシャクシャに丸まった紙ナプキンや煙草の吸い殻、瓶のキャップなどを集めた。乗り物が停止して音楽が止むと、遊園地は本当の姿を見せはじめる。風で舞い上がったホットドッグの包み紙が土で汚れたテントの入口をかすめたり、剥げた塗装が月明かりを浴びて輝いたりする光景を、彼のように目にする人はほとんどいない。だが、それこそ一般人がこの世界について決して知らないことなのだ。一度笑い声が消えて化粧を拭き取った遊園地の素顔というのは、それほど綺麗なものではなかった。

使われている技法
対比、擬人法

得られる効果
雰囲気の確立

都市編 基礎設定

遊園地のびっくりハウス
〔英 Carnival Funhouse〕

関連しうる設定
遊園地、サーカス

👁 見えるもの
- カラフルな看板の周りを囲んでピカピカと光る電球
- 入口のところでつまらなそうにチケットをもぎっている係員
- おかしな向きにうねったり動いている床
- 揺れたり傾いたりする階段
- 塗装が剥がれた安全用の手すり
- 先に進むためには通ることが避けられないツイストディスク
- 人が中にいると回転しだす巨大な樽
- スプレーで描かれた漫画の絵（ピエロ、風船、音楽を聴いて楽しむ子どもたち）
- 壁に描かれた派手な落書き
- 段がバラバラに取りつけられ曲がりくねったはしご
- 安全ネット
- 湾曲している滑り台
- 足元が木の板でできた揺れる橋
- 上っているはずなのに下に向かってしまうエスカレーターの階段
- 突然揺れだす床
- 狭い通路
- 外の新鮮な空気を吸ったり眼下に広がる遊園地の光景を見渡すことができる、場内のところどころに設置されたバルコニー
- 傷があったり縁が欠けているためにいびつな姿が映し出される鏡
- 点滅する電球
- めまいや錯覚を引き起こす回転ボード
- 笑い声を上げる子どもたち（幼児から10代まで）
- 床に落ちているゴミ
- ストロボライト
- こぼれた飲み物
- 視覚効果として穴から出される蒸気や煙

👂 聴こえるもの
- 大音量で流れる音楽
- 録音で流れるピエロの笑い声
- 金属の床の上で「カタカタ」と音を立てる足音
- 高速で回転して「ギシギシ」と鳴る機械
- 乗り物に電力を供給するために鈍い爆発音を立てて起動するモーター
- 遊園地の喧噪
- チェーンが「キィキィ」と鳴ったり揺れたりする
- 友人たちが互いに大声を上げたり叫んだりする
- 回転する樽の中で起き上がろうとする人々のすり足の音や互いにぶつかる音
- 狭い通路に響き渡る声

👃 匂い
- 熱い油で調理された遊園地の食べ物（アメリカンドッグ、ミニドーナツ、揚げたオレオ）
- ポップコーン
- 出来立ての綿あめ
- 汗
- 土
- 炭酸の抜けたビール
- 太陽に焼かれたビニール
- 熱い機械
- ガソリンの排ガス

👅 味
- 遊園地の食べ物や飲み物（炭酸飲料、綿あめ、フライドポテト、りんご飴、ファンネルケーキ（揚げ菓子）、ホットドッグ）
- 砂糖菓子
- ガム
- ミント
- ペットボトルに口をつけてゴクゴクと飲む水

✋ 質感とそこから受ける感覚
- 指の間に挟んだ薄いチケット
- 塗装が剥がれた安全手すりに手を置いて進む
- 床が動いたり持ち上がる最中にバランスをとろうとする
- びっくりハウスの中で稼働するモーターの振動が足から腕に伝う
- バランスをとるために壁に触れ、その手をズボンで払う
- 回転する樽の中で四つん這いになる
- 屋内が混み合い、前の人にぶつかったり、後ろの人がぶつかってくる
- 体を支えるために友だちの温かい腕に掴まる
- 揺れる床の上を渡る最中に「早く行け」と友人に突つかれる
- 指がベトベトしたり汚れる

❗ 物語が展開する状況や出来事
- 仕掛けが故障する
- びっくりハウスの中でライバルやいじめっ子に遭遇する
- ほかの人たちが自分のことを話題にしているのを立ち聞きする
- それほど仲良しではない連中が、自分がハウスに入っ

ゆ

ゆうえんちのびっくりはうす｜遊園地のびっくりハウス

ている間にどこかに行ってしまう
- 転んで怪我をする
- 着ているものが床の上を動く金属板に挟まれる
- 閉所恐怖症
- 暗闇の中で攻撃的な人物に突かれたり押されたりする

登場人物
- 遊園地の管理員
- 客
- メンテナンススタッフ
- 安全検査員

設定の注意点とヒント
移動式遊園地であれば、どの遊具もすべてトラックの荷台で街から街へと運ばなければならないため、結果的に規模がかなり小さくなる。そのため、びっくりハウスはいつも来場客で混雑しているはずだ。一方、遊園地が固有の場所に建てられていて一年中開園している場合なら、仕掛けは何段階にも渡りますます複雑なものになるだろう。いずれにせよ利益を最大限に上げるために、遊園地側はできるだけ多くの人々を中に入れようとする。びっくりハウスの中にはなにがしかのテーマ（幼い子どもたちを引きつけるための人気ゲーム、ゾンビ、エイリアン、不気味なピエロ、アラビアンナイトなど）に沿ったものもあれば、昔ながらのものもある。その場合に客は巨大なピエロやモンスターの口を模した入口に出迎えられることになるだろう。

例文
暗闇に包まれた通路をメーガンはさっさと行ってしまい、私はひとり取り残された。スピーカーからはピエロの狂った笑い声がとどろき、おまけに圧縮された空気が一気に顔面に吹きつけるものだから、寿命が数年縮んだ。突然床が動いてうねりはじめたので、手すりを掴む。夜にここを訪れるのを私が大の苦手としていることを知ってるクセに、妹はわざと見捨てたのだ。もしも、さっきのお化け屋敷みたいに飛びだしてきて私を捕まえようと計画してるのなら、あの子が寝てる間に殺してやるんだから。

使われている技法
誇張法、多感覚的描写

得られる効果
雰囲気の確立、伏線、緊張感と葛藤

都市編 / 基礎設定

ラスベガスのショー
〔英 Vegas Stage Show〕

関連しうる設定
繁華街、カジノ、楽屋、ホテルの部屋、リムジン、劇場、タクシー

👁 見えるもの
- 階段状になった座席に囲まれたステージ
- それぞれの台に上がるための階段が設置された、複数の階層からなるステージ
- スポットライト
- きらびやかで光り輝く衣装
- 肌を露出したダンサー
- 歌手およびミュージシャン
- きらびやかな衣装を着て羽飾りを頭につけたショーガール
- 派手な色づかい
- チカチカと点滅するライト
- スパンコールを施したタキシードとシルクハット姿の男性ダンサー
- シルク・ドゥ・ソレイユのように大人数が出演するショー
- 出演者がひとりだけのショー(霧に包まれる中でステージから消える技を披露する奇術師、お決まりの小道具を準備したマジシャン、歌手、モノマネ芸人)
- ステージ上を彩るネオンや蛍光灯
- 噴水花火などの特殊効果を仕掛ける花火装置
- 音楽にあわせて光る照明
- 細かく作られた小道具や背景
- 客を席に誘導する案内係
- 舞台に上がる人を選ぶために客席に降りる助手
- スタンディングオベーションやアンコール

🔊 聴こえるもの
- 客が開演前にお喋りをする
- 席を見つけるために並んだ座席のそばをすり足で進む足音
- 開演時刻を伝える放送の声
- 生演奏のオーケストラ
- 歌声
- ステージ上で踊ったり歩くときのヒールによる足音
- 音響効果
- ショーに対する客の反応(息を飲む、笑い声を上げる、大声を上げる、口笛を吹く、拍手する)
- 小さな花火が打ち上げられる音
- うなり声などの動物の声
- 消音されていなかった携帯が鳴ってしまい、すぐに止める
- 客が「ヒソヒソ」と会話を交わす
- 後ろの席から聴こえる床をこする足音
- 座席のきしみ

👃 匂い
- ドライアイスから匂うオゾン
- ステージで用いた火の特殊効果から漂う煙
- 香水やコロン
- アルコール
- 売店から漂ってくる匂い

👅 味
- 飲食が認められている場合、ショーの最中に食べる売店の食べ物や飲み物(ポップコーン、ミニドーナツ、砂糖をまぶしたプレッツェル、ビール、プラスチックのコップに入ったハイボール、水入りペットボトル)

✋ 質感とそこから受ける感覚
- スポットライトが眩し過ぎて目を細める
- クッション性のある座席
- 片足がしびれる
- 場内が涼し過ぎて寒気がする
- ショーの開演を待ちわびる期待感
- 曲芸師の大胆な技を見守りながらドキッとする感覚
- 感動して涙が出る
- 光沢紙でできた公演のチラシやプログラム
- たるんでいたり傾いている座席
- クッションの入っていない肘置きが前腕に食い込む
- 胸の谷間にポップコーンを落としてしまい、それを取らなければならない
- 油まみれの指先をナプキンで拭く
- アルコールのせいでクラクラする
- チカチカ点滅する明るい照明に酔ってしまったり、飲み過ぎてしまったために吐き気を催す

❗ 物語が展開する状況や出来事
- チケットをなくす
- 自分の座席に別の人が座っている
- アルコールやコロンの不快な臭いを漂わせている人物の隣に座る
- お目当てのスターではなく代役が公演を務めることが発覚する
- ショーの前にカジノで大金を失ったせいで虫の居所が悪い
- 客席から選ばれて、助手としてステージに渋々引っ張り

ら

466

らすべがすのしょー──ラスベガスのショー

　　上げられる
- ステージのとても近くに座ってしまったため、コメディアンのいじりの対象にされる
- 低レベルの公演を見せられて、払った金額に見合うものではないと感じる
- 予期せぬ事態のため、楽しみにしていた公演がキャンセルになる（公演するはずだった芸能人の病気や死、テロ攻撃、会場に問題が生じた）
- ショーの最中に不快なものを目にする（舞台に登場する動物が人を襲う、かなり高いところから曲芸師が落下する、花火装置の火が人に燃え移る）
- 子連れでショーを観に行くが、子どもにはふさわしくない内容であることが発覚する

登場人物
- 曲芸師
- 動物の調教師
- 観客
- バーレスクのスター
- 振付師
- コメディアン
- ダンサー
- 立役者
- 催眠術師
- ジャグリングをする人
- マジシャンやイリュージョニスト
- 支配人
- プロデューサー
- ショーガール
- 歌手
- 音響・照明技術者
- 舞台スタッフ
- 案内係
- 映像作家

設定の注意点とヒント
ラスベガスのショーは、度を超えた派手さやきらびやかさで知られている。人々の記憶に残る体験を生み出すべく、多くのショーでは主役のみならず、照明、花火装置、音楽、衣装、曲芸、ダンスといったものの支えに頼るところが大きい。

例文
巨大なビロードのカーテンが開いた瞬間から最後にそれが閉じるまで、私は席に着いたまま、シルク・ドゥ・ソレイユの途方もない曲芸技に圧倒されっぱなしだった。衣装、ジャグリング、体の動き、音楽といったすべてのものが一体となって物語を紡ぎ、おかげでそれぞれの動作やダンス、ポーズにますます引きつけられていく。芸術を愛することへの強い情熱を目の当たりにして、喉がぎゅっと締めつけられる思いだった。これほどまでに難なく美しさと技を披露できるようになるまでには、相当の練習を積み重ねてきたはずだ。公演が終わり、キャストたちがステージに集まってくると、私はみんなとともに勢いよく立ち上がった。場内は胸にまで響くほど割れんばかりの拍手に包まれ、こんな体験をさせてもらったことへの感謝を込めて、喉が痛くなるまで歓声と口笛を送った。

使われている技法
多感覚的描写

得られる効果
雰囲気の確立、感情の強化

都市編 / 基礎設定

立体駐車場
〔英 Parking Garage〕

関連しうる設定
繁華街、エレベーター、駐車場、ショッピングモール

👁 見えるもの
- 灰色のコンクリート支柱
- 低い天井
- 出口標識
- くぼんだ舗道に描かれた縞模様
- 油のシミ
- 煙草の吸い殻
- 地面に散乱している小粒の砂利や泥の塊
- 出入り口の壁に沿ってできている擦り傷
- 階段や自動精算機に向かうためのガラス製や金属製のドア
- 支柱や壁についた靴の跡
- コンクリートの天井に付着した、濁った水の汚れ
- 標識（矢印、出口と止まれの表記、場所確認のために柱に描かれた番号またはアルファベット）
- 線の内側に注意深く停められた車やトラックの列
- 車のブレーキライトが点灯する
- （買い物袋、箱、ブリーフケースを持って）自分の車に向かう人や車を降りる人
- 空いている場所を探してグルグルと回る車
- 頭上の電球の明かりが切れかかっていてチカチカ点滅し、奇妙な影をつくる
- メンテナンスのために木材やテープで封鎖されたエリア
- 金網フェンスの裏の駐車スペースに置かれた、さまざまなメンテナンス用品（ペンキや漆喰用のバケツ、脚立、その他の修理資材）

👂 聴こえるもの
- 「キィ」と鳴るブレーキ
- 「ブルブル」と音を立てるエンジン
- 壁に鋭く反響する車のクラクション
- 人の声
- ドアが「バタン」と閉じられて口論が中断する
- エンジンの回転速度を上げる
- 「ピュン」と音を立てて冷めていくエンジン
- 排ガスを取り除くために「ブーン」と鳴る巨大な換気扇
- 「パンパン」と音を立ててギアがきしむ
- 自分の車に向かいながら携帯で話す人
- 「ブーン」とうなる電球
- ベタベタした汚れの上を歩いたときに出る吸気音
- 「チン」と鳴り扉が閉まるエレベーター
- ポケットやハンドバッグから取りだすときに「ジャラジャラ」と鳴る鍵
- 車をロックするときや開けるときのビープ音
- コンクリートの上を歩く足音の反響音
- 出入り口にある巻き上げ式シャッターの「カチャカチャ」と鳴る鎖

👃 匂い
- モーターオイル
- 排ガス
- 煙
- 土や石
- こぼれた不凍液
- 道路用塩

👅 味
- この設定と直接に関連する食べ物はないが、（映画を観たあとのポップコーンの袋などのように）登場人物が食べ物や飲み物を持ち込む場合もある。

✋ 質感とそこから受ける感覚
- べとついた舗道に履いている靴を引っ張られる
- 階段やエレベーターに向かう際に、ひねったり引っ張って開ける磨かれたドアノブの滑らかさ
- 駐車場内の別の階に行くために、エレベーター内のプラスチックのボタンを押す
- 車のキーを探していろんな鍵に触れるときに当たる、ひんやりした金属の先端
- 車に乗り込むときに誤って汚れた柱を軽く突いてしまい、袖でほこりを払う

⚡ 物語が展開する状況や出来事
- 腰掛けたり眠るための暖かい場所を求めて駐車場をホームレスが利用していることを知り、怖くなる
- 自分の車に向かう途中であとをつけられている気がする
- 明かりが一部消えている
- 車まで辿り着くも鍵が見つからない
- 車の乗っ取り、または誘拐
- 助けを求めて人が近づいてくる
- 車に辿り着いてみると被害に遭っていることが判明する（塗装が剥がれている、バンパーがへこんでいる、車上荒らし）

468

りったいちゅうしゃじょう — 立体駐車場

- 停めた場所を忘れる

👥 登場人物
- 立地によって、地下駐車場や立体駐車場（パーキングビル）を利用する人というのは変わってくる。たとえばせわしないビジネス中心街にある場合には、おもな利用者はビジネスマンや密集した地区で雇われている人々だろう。一方でショッピングモールに併設されている場合なら、買い物客やモールの従業員が利用者になるはずだ。アパート内にある地下駐車場の場合なら、そこに入ることができるのは居住者だけである。ビル内で仕事をしているメンテナンススタッフは、駐車場に倉庫を設けていることが多いため、彼らもまたこの場所を頻繁に行き来することになるだろう。

設定の注意点とヒント
多くの企業のビルやアパート、ショッピングモールには地下に駐車場がある。病院、空港、駅、そのほかにも規模の大きい都市部で人口の密集する場所には、独立した立体駐車場というものがよく見られる。サイズやそこに備え付けられた照明はまちまちで、日中と夜間では時間帯によって混雑率も変わってくる。警察官の巡回があったり警備員が常駐している駐車場もあるが、施設の自動化が進むにつれて、こうした光景は近年少しずつ見られなくなってきている。

　立体駐車場は多くの人々、とりわけ過去になんらかのかたちで被害に遭った人や、不安神経症を患う人にとっては居心地の悪い場所だろう。低い天井、すし詰め状態で並ぶ車、狭いレーンなど、そうしたものによって閉所恐怖症めいた感覚がかき立てられる可能性もあるため、登場人物に緊張感をもたらすためにこの場所は優れた設定として使える。この場所の設定と関わることで、登場人物にストレスや不安の感覚を築くことができるばかりでなく、同時に読者に対しても過去にこの場所で体験したことを想起させることで、感情的な記憶をもたらすことになるからだ。

例文
グランドチェロキーまであと半分というところで頭上の明かりが点滅しはじめ、メアリーは足を止めた。ざらついた耳障りな音を立てて、靴のヒールが汚れたコンクリートの上でスリップする。駐車された車の列、泥が飛んだコンクリートの柱、消えかかっている黄色い縞模様が、一瞬点滅して視界に飛び込んできた。《映画だったら、ここで気の狂った脱走犯が車の間から襲ってきて、斧で私を殺すんだわ》　そう頭をよぎった考えにじっとしてはいられず、ドアを開けるためにキーのボタンを思い切り押しながら、彼女はトラックまでの6メートルを急いで駆け抜けた。

使われている技法
光と影、多感覚的描写

得られる効果
雰囲気の確立、感情の強化、緊張感と葛藤

レクリエーション センター
〔英 Rec Center〕

関連しうる設定
郊外編 — 体育館、更衣室
都市編 — コミュニティセンター、フィットネスセンター、屋外プール、スポーツイベントの観客席

👁 見えるもの
- 屋外バスケットボールコート
- サッカーやフラッグフットボール用の芝生エリア
- 一般的な遊具が揃った遊び場（滑り台、ブランコ、ジャングルジム、雲梯、ロッククライミング用の壁）
- テニスコート
- 屋外プール
- 歩道の隣に設置された自転車の駐輪ラック
- アスファルトの上で揺らめく熱波
- 正面玄関へと通じる広いコンクリートの道
- 入口を入ってすぐのところにある講座やイベントのための受付デスク
- 階段式の観客席がある室内体育館
- 小さなウエイトトレーニングルーム
- 更衣室および公衆トイレ
- 水飲み場
- 管理事務室
- 壁に貼られた人を鼓舞するようなポスター
- 各教室の講座に参加する子どもや大人（ダンス、絵画、陶芸、タンブリング、空手、体操、ピラティス、ヨガ、護身術、水泳教室）
- さまざまな放課後の活動を行う子ども（宿題をする、おやつを食べる、ボードゲームやスポーツをする）
- 走る子ども
- 子どもを迎えに来る親
- 一人で、あるいは仲間と講座に向かう大人
- 建物を通って外に出るスイマーたちが床につけた水滴
- インフォメーションデスクで講座の支払いをする人
- 自販機
- ソファや椅子が置かれた待合室

👂 聴こえるもの
- 体育館から聞こえる反響音
- スニーカーが「キュッキュッ」と鳴る
- 人々の大声
- ボールが跳ねる音
- 審判が吹く笛の音
- 子どもが大声や笑い声を上げる
- 激しく打ちつける足音
- ドアの開閉音
- 開け放たれたドアから入るそよ風で掲示板に留めた告知用紙がはためく音
- 講座に向かいながらお喋りをする
- 「ジャラジャラ」と鳴る鍵
- 携帯で話す人
- 管理室の電話が鳴る
- 方向を訊ねる人の声
- ダンス講座から聞こえる音楽
- 講師が指示を出す声
- プールから聞こえる水の跳ねる音
- 水が耳に詰まって周りの音がくぐもって聞こえる
- 自販機から「ガチャン」と出てくるソーダ缶
- 人々がスポーツイベントで声援を送ったり手を叩く
- 監督に向かって親が怒鳴る
- 笛が耳をつんざくような音を出す
- 重たいドアが「バタン」と閉まる
- 屋外でテニスラケットが「ポン」とボールを打つ音
- 金網のコートフェンスにボールが当たって「ガチャガチャ」と揺れる

👃 匂い
- プールの塩素
- 濡れたタオル
- 汗だくの子ども
- 絵の具
- 熱いアスファルト
- 殺菌剤
- 除菌ハンドローション
- 清掃用品
- 床用ワックス
- ゴム

👄 味
- 自販機の食べ物
- 水
- 放課後のおやつ
- 誕生日パーティーを開いたときのピザやケーキ

✋ 質感とそこから受ける感覚
- エアコンの風が強過ぎて鳥肌が立つ
- 泳いだ人たちがつくった水たまりで滑りやすくなったタイル張りの床
- 後ろ足に貼りつく金属製の観客席
- 屋外バスケットボールコートに照りつける太陽の光
- フィットネス教室で激しく動かしたためにヒリヒリする筋肉
- 体育館で運動して筋肉が疲労する
- 弾むボールが一定のリズムで手の平にあたる
- キャンバス上をシュッと動く絵筆

れくりえーしょんせんたー ― レクリエーションセンター

- クッション性のある運動マットの上を転がる
- 濡れた水着から滴り落ちる水
- 肌を流れ落ちる水滴
- 小さい水泳帽子やゴーグルのストラップによる締めつけ
- ロッカーの戸に手のひらを当ててバタンと閉める
- 手に持った水入りペットボトルの重み
- 肩にかけたリュックサックに引っ張られる感覚
- 迎えを待つために柔らかな椅子に身を沈める

❶ 物語が展開する状況や出来事
- 生徒間の張り合い
- 教室のダブルブッキングが発生する
- 講師が姿を見せない
- 用具が壊れていたり質が劣ってきている
- 子どもを迎えに来るはずの親が遅刻する
- ロッカーから私物が盗まれる
- 講師に対する不満
- 審判が役立たず
- 非行児
- スポーツによる怪我
- きちんとした身元調査がされないまま講師が雇われる
- 施設が親から訴えを起こされる
- 施設の制約に苛立つ講師
- 噂話や人の欠点を見つけることが好きな親
- えこひいきをする講師
- ニッチな講座がもっと人気のある講座によって排除される
- 資金不足のため解雇や予算削減が生じ、施設の質や安全性に影響が及ぶ

🧑 登場人物
- 管理者
- 大人
- 子ども
- 監督
- 講師
- その他のスタッフ（放課後プログラムのスタッフ、用務員、メンテナンススタッフ）
- 安全検査員
- 親

設定の注意点とヒント
ほぼ子どものみを対象にしているところや、コミュニティ全体にサービスを提供しているところなど、レクリエーションセンターにはいろいろな方針がある。たくさんの種類の講座があったり、放課後の児童クラブが開かれていたり、運動の競技場および施設があったり、パーティーや会合のためのレンタルスペースがあったりと、提供しているサービスもさまざまである。こうした施設のほとんどは行政の支援で成り立っているため、設備の種類や質は資金状況に左右されるだろう。清潔度やメンテナンス状態もそれに準ずるはずだ。

例文
誰もいない階段を、ジェレマイアはできるだけ足早に上った。弾むボール、キュッキュッと鳴る靴、監督のやたらと批判的な笛といった、体育館から聞こえてくる音が廊下に響き渡る。遅刻したことをどう説明しなければならないのかを想像して、ジェレマイアは唾を飲み込んだ。しかもこれが初めてではない。彼の歩みは早足からゆっくりした走りに切り替わった。

使われている技法
多感覚的描写

得られる効果
登場人物の特徴づけ、伏線、背景の示唆、緊張感と葛藤

＜!-- 都市編 基礎設定 --＞

レコーディングスタジオ
〔英 Recording Studio〕

関連しうる設定
楽屋、リムジン、
劇場、ロックコンサート

👁 見えるもの

録音室
- 薄暗い部屋
- ブームスタンドにマイクが設置された音声録音のための小さなブース
- 楽器が置かれた広い演奏スペース
- さまざまな楽器を録音するための複数のブース
- ヘッドホン
- (外付けプリアンプ、コンプレッサー、リバーブユニット、ディレイモジュールなどの) 機材が積まれたラック
- アンプ
- スピーカー
- 楽器用スタンドやケース
- 楽譜やコード表
- ペットボトルに入った水
- (さまざまな楽器、マイク、モニター、ギターエフェクターなどの) 予備機材倉庫
- 肌理のある壁
- じゅうたん敷きの床
- 音響技術者と演奏者との間のガラスの仕切り
- シールドケーブル
- 床を横切って壁のコンセントに差し込まれたコード
- 録音中であることを示す「オンエアー」や「録音中」のライト
- 声出しや音出しをしているミュージシャンやボーカリスト
- シナリオを読む声優

コントロール・ルーム
- キャスター付きの椅子
- コンピューター
- ヘッドホン
- ボタンやつまみに覆われた複数のコンソールやミキサー
- マイクがつながれたインターフェース
- パッチベイ (パッチを集約する装置) やさまざまな色のパッチケーブル
- モニター
- スピーカー
- 革製の家具やランプが置かれた座席スペース
- クリップボードやメモ帳
- ペンや鉛筆
- 鉢植え
- 壁に掛かったゴールドディスク、プラチナディスクの数々
- ケース入りの楯やその他の賞
- テーブルに置いてある雑誌
- ファストフードやテイクアウトフード
- カップに入ったコーヒーやソーダ
- 麻薬を使用するための道具
- アルコール類

👂 聴こえるもの
- (ギター、キーボード、ピアノ、ドラムなどによる) 器楽演奏
- ミュージシャンによる楽器のチューニングの音
- ボーカリストの歌声やハミング
- 「ヒラヒラ」と床に落ちる楽譜の音
- 音響技術者がミュージシャンに演奏の中断ややり直しを告げる声
- コントロール・ルームで話す人々の声
- 客が座席スペースでお喋りする
- 電話が鳴る
- 録音した音楽を再生する
- 録音が上手くいったときの拍手や喜びの声
- ミュージシャンたちの口論
- テンポをとるためのクリック音
- 伴奏なしで自分の声や演奏を耳にしたときの驚くほどの鮮明さ
- ドアの開閉音
- 掃除機の音

👃 匂い
- テイクアウトの食べ物 (ハンバーガー、ピザ、中華料理)
- コーヒー
- 芳香剤
- 焚かれているキャンドル
- 清掃用品
- マリファナ
- 刻み煙草
- ビール

👅 味
- テイクアウトの食べ物
- 自販機の食べ物 (サンドイッチ、スナックバー、ポテトチップス、栄養バー)
- 水入りペットボトル
- コーヒー
- 温かい紅茶
- アルコール類

✋ 質感とそこから受ける感覚
- 耳にぴったりとはまったヘッドホン
- 楽器を握る
- 回転するスツールや椅子
- マイク上部の金属製の網目
- 録音ブースのざらざらした壁
- ギター用の滑らかなプラスチック製のピック

れこーでぃんぐすたじお ― レコーディングスタジオ

- ドラムスティックを指に挟んで回す
- スティックがドラムを叩くときの振動
- 弦楽器をかき鳴らす
- スベスベしたピアノの鍵盤
- ミキサー上でフェーダーを上下にスライドする
- コードをジャックに差し込む
- コードにつまずく
- ギターのエフェクターを足で押す
- 足で軽くビートを刻む
- 歌いながら両手でヘッドホンを押さえる

❗ 物語が展開する状況や出来事
- ミュージシャン同士の創作におけるぶつかり合い
- 外部の者がバンドのメンバーに影響を及ぼす(グルーピー、伴侶)
- 自尊心が強い
- バンドのメンバー間で嫉妬が生じる
- 録音機材の質が悪く、期待通りの音が録れない結果に終わる
- アーティストが泥酔していたり薬物でハイになっている
- バンドのメンバーが姿を現さなかったり遅刻する
- スタジオのマネージャーが施設の予算を度外視して無駄遣いをしたり、野心を抱く
- スタジオのスタッフに対して現実離れした要求を突きつける歌姫
- スタジオのスタッフがアーティストたちと親しくなりすぎ
- 才能がなかったり、レコーディングの経験が未熟なアーティストと働かなければならない
- レコーディングスタジオをダブルブッキングする、あるいは直前のセッションが終わらない

👤 登場人物
- マネージャーや代理人
- 受付係やオフィスのマネージャー
- 役者や声優
- 管理者
- 清掃スタッフ
- 指導者
- 取り巻きの軍団
- ミュージシャン
- 未成年のアーティストに付き添う親
- 出前を届けに来る人
- プロデューサー
- ソングライター
- サウンドエンジニアおよび音響技術者
- ボーカリスト
- ボイストレーナー

設定の注意点とヒント
スタジオにはさまざまな種類があり、高性能の施設はプロミュージシャンや芸能人によって使用されることが多い。その場合レンタルは時間制で、質のいい機材や楽器が幅広く取り揃えられている。一方、もう少し小さなスタジオだと録音サービスも提供されているものの、備品の数が少ないので価格もそこまで高くはならない。また音楽業界のデジタル化のおかげで、自宅にスタジオを構えるということも、アルバムを録音したいミュージシャンやボイスオーバーを録音したい人たちにとっては現実的かつ効率的な選択肢になってきた。

例文
目を閉じると、ジョンは2本の指をスライダーに置き、ヘッドホンから聞こえて来るクラリッサの声――見事に厚みと質感があり、やや鋭い声――以外のすべてを消した。まるで生まれたての赤ん坊を扱うかのようにバーをゆっくりと動かすと、彼女のピッチが安定する。彼はにっこり笑った。倒れ込むようにして座った椅子がキーキー鳴り、ジョンはガラスの仕切りを通してクラリッサに向かってピースしてみせた。

使われている技法
直喩

得られる効果
雰囲気の確立

老人ホーム
[英 Nursing Home]

関連しうる設定
救急車、病室、待合室

👁 見えるもの

全体
- 受付の机と除菌ハンドローションが置かれた入口
- 家族や入居者のためのソファや椅子が置かれた共有スペース
- 車いすが通れる幅の広い廊下
- 特別行事の掲示
- 紙やアルミ箔でできた祝日用の賑やかな装飾（イースター、クリスマス、旧正月）
- 壁に沿って設置されている手すり
- 瀬戸物やアンティーク皿が飾られた骨董品用のキャビネット
- 造花のフラワーアレンジメント
- 水槽
- ピアノ
- 小さな礼拝堂
- 大きく間隔を開けてテーブルが配置された食堂
- 理学療法の設備
- 飲み物や軽食（水、ジュース、コーヒー、消化しやすいクッキー）をのせたカートを押して回るスタッフ
- 昔の音楽がいろいろと入った音楽プレーヤー
- 入居者が車いすに乗ったまま利用できる、部屋の中央に置かれた大きなテーブル
- 数脚の椅子がある以外は、車いすを停めるために物品がほとんど置かれていないテレビ室
- （トランプ、パズル、チェッカーが置かれた）テーブルのあるゲーム室
- 入居者（車いすに乗っている、寝ている、テレビ室でテレビを観ている、歩行器を使っている、点滴や酸素ボンベの機械につながれて座っている、人形やほかの思い出の品を抱えている、宙を見つめている、スタッフに怒鳴り散らしていたり独り言を呟いている、無反応な人を相手に一方的な会話をしている）
- 支援スタッフ（入居者の食事、トイレ、シャワー、着替えなどを手伝う）
- 入居者のベッドメイキングやトイレの掃除などを担当する管理スタッフ
- 薬を持ってきて入居者たちを会話に引き込む看護師
- 入居者が窓に車いすを寄せて、屋外にある鳥の餌箱や車の往来を眺めている

入居者の部屋
- 調節可能な病院のベッドと横に手すりが設置された狭い空間
- （数着の着替え、寝間着、大人用おむつ、靴下、その他付随品が収納された）細長いクローゼット
- （ベッドサイドランプ、電話、水の入ったグラス、ハンドクリーム、時計が置かれた）サイドテーブル
- 入居者の名前が書かれた洗濯カゴ
- ベッドの下にしまわれたスリッパ
- 体の不自由な人のために天井に取りつけられた滑車設備
- スタッフを呼ぶコールボタン
- 重たいカーテンのついた窓
- 一室に複数名入居している場合の仕切りカーテン
- 家から持参したこまごまとした品
- 家族の写真が入った写真立て
- グリーティングカードや行事カレンダーが貼られたコルクボード

👂 聴こえるもの
- 音楽
- 鼻歌
- 入居者の話し声やぶつぶつと非難する声
- 入居者を会話に参加させるために付添人がいろいろと質問する声
- 車いすの車輪のきしみ
- 入居者がドアやテーブルに「バタン」と大きな音を立ててぶつかる
- 浴室で水が流れる音
- 換気システムが「シュー」「ギシギシ」と音を立てる
- 暖房やエアコンの稼働音
- テレビから聴こえてくる笑いなどの音声
- 助けを呼ぶ声や泣き声
- 廊下を歩く足音
- 水槽が「ブクブク」と泡立つ
- 車いすのブレーキが停まるために「カチッ」と音を立てる
- 電話が鳴る

👃 匂い
- 漂白剤
- クリーナー
- 洗い立ての洗濯物
- 調理された食べ物

ろうじんほーむ — 老人ホーム

- 排泄物

🐽 味
- 噛みやすい食べ物
- 水
- ジュース
- 顆粒の錠剤
- 温い紅茶またはコーヒー
- 軽食（ソフトクッキー、バナナブレッド）
- 高カロリーな飲料系サプリ

✋ 質感とそこから受ける感覚
- 手に広がる殺菌剤の泡の冷たい湿り気
- でこぼこしたベッド
- 手や顔についた食べかすを拭う
- 髪をブラシでとかす
- ドロドロになっていたり水っぽい食べ物を噛む
- こってりしたフェイスクリームを塗る
- 車いすに乗ったときにわずかに感じる弾力性
- 飲み物をこぼしたときの冷たいしぶき
- 喉の奥に薬が引っかかったときの心地悪いしこり
- 柔らかなシーツ
- ツヤツヤした古い写真
- 点滴が挿入されるときのチクッとする痛み
- 痛みの原因となる腫れ、こすれた痕、転倒
- 愛する人から受ける温かな抱擁

❗ 物語が展開する状況や出来事
- 私物が行方不明になる
- シャワーが冷たかったり、浴びる機会を逃したりする
- 食事が不味い
- 薬を間違える
- 同室の人物が認知症のため、無礼だったり危険だったりする
- 入居者がテレビのリモコンを盗む
- 転倒して負傷する
- 患者の懇願や要望を無視する介護者
- お漏らし
- 家族が訪問に来て心をかき乱される

👥 登場人物
- 家族
- 看護師や支援スタッフ
- 入居者
- 訪問医や牧師
- 特別行事の際に訪れるボランティアや芸人

設定の注意点とヒント
ひとくちに老人ホームといっても、そこにはピンからキリまで存在する。健康的な食事、しっかり訓練されたスタッフ、社交的なプログラムやアクティビティ、定期的な医療ケア等々を提供する優れた設備のホームもある。しかし一方で、棟は狭苦しく、衛生管理や清潔度もひどく、スタッフは怠惰だったりあまつさえ暴力的だったりして、幸福感を感じられるような精神的・身体的なレクリエーションをほとんど提供しないような環境のホームもある。資金源が民間によるものか公的なものか、その立地や規模、施設の築年数によっても様子は変わってくるだろう。

例文
「ワインディング・ヒルズ・センター」にジョー叔父さんを訪ねるのは辛いことだったが、僕は毎月第二日曜日に自らをそこへ仕向けた。老人ホームは、自分の未来の不運な予告だ。いつかは僕らもこういう場所に入ることになるのだから。シミのついたカーペット、ぼろくなった家具、きちんと閉まらないドアを目にすると、かつては良い時代もあったのだろうと思う。机の後ろにいる看護師に手を振ってから、車いすに乗った老人らが水槽の中のオレンジ色をしたグッピーを見つめていたり、胸元に頭を垂れて眠っていたりする難所を切り抜けた。最悪かつ一番悪いのは、宙を凝視しながら、空いている大きなテーブルのところに座っている人たちだ。彼らはまるで、心はどこかに向かう列車に乗り込んだのに、身体は引き取り手のない荷物のように駅で待つ幽霊のようだった。

使われている技法
直喩、象徴

得られる効果
雰囲気の確立、感情の強化

路地
〔英 Alley〕

関連しうる設定
救急車、繁華街、モーテル、居住禁止のアパート、ホームレスシェルター、荒廃したアパート、地下道

👁 見えるもの
- 水に濡れた木箱の山
- ゴミ（くしゃくしゃに潰れたテイクアウト用の紙コップ、しわくちゃの包み紙、煙草の吸い殻、酒の空き瓶、割れたガラス）
- 正体不明の液体が流れ出ているさびてへこんだ大型ゴミ箱
- 乾いた嘔吐物
- 油っぽい水たまり
- 泥や汚れ
- みすぼらしい毛布、あるいは布の断片（ホームレスが寝床にしている場合）
- たたまれた段ボールや壊れた木製パレット
- ネズミ
- ゴキブリ
- クモ
- アリ
- ゴミを漁る鳥（カササギ、ハト、カラス）
- 建物に取りつけられた金属製の非常階段
- 徘徊している犬や猫
- 裏口から出て煙草休憩をとっている従業員
- 壊れたあるいは廃棄された家具
- 付近のビルのレンガ壁に描かれた落書き、あるいはカビ汚れ
- 風で隅に積み重なった新聞やチラシ
- 汚れた鉄格子の窓や出入り口
- 端にある金網のフェンス
- 暗闇を照らしきれていない街灯
- 周囲を一瞬照らす、通り過ぎる車のライト
- 業者の名前が彫ってある小さなプレートが取りつけられた金属製のドア
- 「ここでたむろするな」「積み荷降ろしエリア」と書かれた看板
- 犯罪行為（路上強盗、酔っぱらいの乱闘、殺人、不法侵入、薬物使用）

👂 聴こえるもの
- 風がゴミやくずを隅にかき寄せる音
- 犬がゴミを引っかき回す音
- 猫の鳴き声
- 咳、あるいは小声で交わされる会話
- クラブの裏口から漏れ聴こえる音楽
- 瓶が「ガチャガチャ」と触れ合う
- ゴミ箱の蓋が「バタン」と閉められる
- ゴミ箱にゴミ袋が「カサカサ」と投げ込まれる
- 腹を空かせた動物によって地面に叩き落とされるゴミ箱の蓋
- げっ歯類の「パタパタ」という足音
- ドアを開け閉めする際に「ジャラジャラ」と鍵が鳴る
- ガラスが割れる音
- 誰かが金網のフェンスをよじ上って「カタカタ」と鳴る
- 付近から車のエンジンがかかる音が聴こえる
- 通りから聴こえてくる音（クラクション、「キーッ」と鳴るタイヤ、歩道を「コツコツ」と歩くヒール）
- 遠くで鳴るサイレン
- 住宅の開け放たれた窓から聴こえてくる口論
- 具合の悪い人が嘔吐してうめく声
- 裏通りに散らばるガレキの中をすり足で歩く足音
- ホームレスが押すショッピングカートの「ガタガタ」という車輪の音
- クラブのバーを警備員に追いだされた者の罵声
- ジャックナイフが突然「カチッ」と飛び出す音

👃 匂い
- 腐敗したゴミ
- 体臭
- 動物や人の排泄物
- モーターオイル
- 開け放たれた窓やレストランから漂う料理
- 濡れた段ボール
- 建物のカビ
- 嘔吐物
- 割れた瓶から漂うビール
- 煙草の煙
- カビ臭い建材
- 食品のカビ
- 車の排出ガス

👅 味
- アルコール
- ゴミ箱やホームレスシェルターから持ってきた食べ物
- ぬるいビール
- 煙草

✋ 質感とそこから受ける感覚
- 酔っ払って支えとして手を置いた壁のざらついたレンガ
- 暗がりで見えないゴミを踏んだときの、ぐにゃぐにゃと湿った弾力性

ろじ — 路地

- 靴に貼りついたべとつく汚れの吸着力
- 移動式ゴミ箱から漏れる潤滑油に滑る
- 足元の紙くずや落ち葉
- ゴミ箱の金属製の蓋の冷たさ
- 服や肌が引っかかる金属片
- 大型ゴミ箱にゴミを入れるときに持ち上げる重たい蓋
- 慣れ親しんだビール瓶の滑らかさ
- 路上強盗の最中に横腹に突きつけられる銃や刃物による激しいつねり
- 殴られた痛み
- 裏通りに落ちているガレキにつまずく
- 使えるものがないかゴミ箱の中を調べる
- 水たまりに足を踏み入れたために、靴に染み込む水の冷たい湿り気
- フェンスをよじ上りながら指で掴む金網
- 肘で窓を割る
- 侵入するために肩からドアにぶつかっていく
- ドアハンドルやドアノブを握る
- カビ臭いソファや汚れた段ボールの上で寝る

❶ 物語が展開する状況や出来事
- 路上強盗に遭う
- 暗闇で財布や携帯を落とし、見つけようとする
- 裏通りで残飯を漁る野良や迷子の動物を発見する
- 近道が必要なときに行き止まりに出る
- あとをつけられる
- 犯罪現場を目撃する（不法侵入、路上強盗、薬物売買）
- 店主に警察を呼ばれて、寝床の移動を強いられる
- 少し眠ろうとしていたところをシェルターの職員に起こされる

❷ 登場人物
- 建物の居住者
- 経営者
- 犯罪者
- ホームレス
- 警官
- シェルターのケアワーカー

設定の注意点とヒント
路地の描写は、一帯の環境やそこで繰り広げられる葛藤に必ず適合したものにすること。たとえば、2つのアパートに挟まれた路地と、バーやデリの前にある路地とでは、匂いも光景もまったく異なるはずだ。都市のサイズ、季節、付近の業種、このエリアの人通りや動物がやって来る頻度などを考慮しよう。また、この場所にありそうなガレキだとか、鉄格子の窓から漏れる光や街灯の光量なども検討し、自分が求めている雰囲気を生み出すために活用するといいだろう。

例文
「バックの油＆潤滑油の店」とベーカリー「ブレッド・ボウル」の間にある路地は、アルフレッドにとって土曜日のお気に入りの場所だった。そりゃあ、11月の風は、まるで負傷したシカを追いかけるオオカミの遠吠えのごとくうなり声を上げてはいたが、新聞紙と紙くず製の毛布の下にうずくまっていれば、そんなのはほとんど感じない。背中に当たるレンガは、壁を隔てた中にあるベーカリーのオーブンのおかげで暖かく、あたりには酵母の匂いが漂っているおかげで、ゴミ箱から漏れてくるいつもの潤滑油の悪臭は覆われている。祖末な野球帽を目元までぐいと下げると、彼は暖かな隅っこに身を寄せて、バターがたっぷりのってきらきらと輝く、棚から卸したてのパンを思い描いた。運がよければ今日はマーガレットの出勤日で、一日経ったロールパンを一袋、ラズベリージャムと一緒にもらえるはずだ。

使われている技法
対比、多感覚的描写、直喩、天気

得られる効果
登場人物の特徴づけ、雰囲気の確立

都市編 / 基礎設定

ロックコンサート
[英 Rock Concert]

関連しうる設定
郊外編 ── 豪邸
都市編 ── 楽屋、ホテルの部屋、リムジン、劇場、レコーディングスタジオ、ラスベガスのショー

👁 見えるもの

バックステージ
- 更衣室や楽屋
- 衣装室
- 機材を会場に運ぶローディー
- 決定に従ってバックステージに配置される機材
- 特殊効果を設置する火薬技術師
- 搬入の指揮にあたっている責任者
- ストレッチをしているミュージシャン
- アーティストの周りに群がるグルーピー
- テーブルに置かれた食べ物や飲み物

ステージ
- さまざまな色のスポットライトに照らされたステージ
- 天井から観客席まで照らすライト
- 足場
- 背景幕
- 巨大なスピーカー
- アンプ
- スタンドに設置されたマイク
- ワイルドな衣装に身を包み楽器を演奏するミュージシャン
- 各メンバーの近くに置かれた水入りペットボトル
- ステージ後壁に投影された言葉や絵（バンド名、最新アルバムのジャケットカバー、ツアーロゴ）
- レーザー光線
- ドライアイスやスモーク
- 火薬や花火
- ポールダンサー
- ビデオスクリーン
- 楽器を壊したり、ギターピックやドラムスティックを観客に向かって投げるミュージシャン

観客
- すし詰め状態の人々
- バンドTシャツを着たファン
- 彼氏に肩車されている女性
- ダイブする人
- 前方にできたモッシュピット
- ステージ付近の女性客がアーティストに向けて服をめくる
- 飲酒や喫煙をする人
- ジャンプして叫ぶファン
- 風で炎が揺れるライター
- ライブを録画するために携帯を掲げる人
- ヘッドバンギング
- 殴り合い
- 泥酔したりハイになった人

周辺
- 並んで設置された仮設トイレ（屋外会場の場合）
- （水入りペットボトルやソーダ、甘い菓子、ガム、ビール、ワインなどの）売店
- （レコードやCD、Tシャツ、プログラム、バンダナ、アクセサリー、帽子、ポスター、キーホルダー、マグカップなどの）ライブグッズの物販

👂 聴こえるもの
- とてつもなく大音量の音楽
- 聞こえるように観客が互いの耳元で声を張り上げて話す
- 演奏に対する歓声
- アーティストがマイクを通して話す
- ギターソロやドラムソロ
- 足を踏みならす音
- 拍手
- ファンが悲鳴を上げたり大声で叫ぶ
- 耳鳴り
- ファンが腹の底から声を出してバンドと一緒に歌う

👃 匂い
- マリファナ
- 煙草の煙
- ボディスプレー
- 汗
- 体臭
- 炭酸の抜けたビール
- 嘔吐物

👅 味
- 煙草
- 乾いた口
- ビールやその他のアルコール

✋ 質感とそこから受ける感覚
- ほかのファンたちと肩が触れ合うほどにぎゅうぎゅう詰めの状態
- ベース音が胸に鳴り響く
- 耳が聞こえなくなるかと思うほどに大きい音
- 人ごみの中を肩でかき分けて進む
- 汗びっしょりになる
- 酔っ払ってフラフラ歩く
- 非常に喉が渇く
- 人に飲み物をこぼされる
- 人に足を踏まれる
- 押し寄せてくる人ごみによって、体が手すりやステージに押しつけられる

❗ 物語が展開する状況や出来事
- チケットをなくす

ろっくこんさーと｜ロックコンサート

- ライブに参加することができなかったため、周りの人のすばらしかったという感想に耳を傾けることしかできない
- 会場で友人と離ればなれになる
- 駐車場に停めておいた車が車上荒らしに遭う
- グッズを買い過ぎてしまう
- コンサート中に自分の場所をめぐって他の客と小競り合いになる
- ハイになったファンが突飛な行動に出る
- 動乱の中で踏みつけられる
- 暴行を加えられる
- バックステージパスをもらうも、バンドと対面してがっかりさせられる
- 人に嘔吐される
- ひっきりなしに肘鉄を食らったり押されたりする
- 前座がひどい
- とても背の高い人が前に立ちはだかる
- 公演の一部始終を録画しようと携帯を掲げる人々によって視界が遮られる
- （バンド内で一番才能のあるメンバーは誰か、最高の歌はどれか、最悪のアルバムは何かなどについて）ファンの間で意見が対立してヒートアップする

登場人物
- エージェント
- 用務員
- イベント・コーディネーター
- ファン
- グルーピー
- マネージャー
- ミュージシャン
- 付き人
- ローディー
- 音響・照明技術者
- 観客
- 販売スタッフ

設定の注意点とヒント
ロックコンサートはほかの穏やかな音楽イベントに比べると騒がしくてワイルドな催しだ。しかしほかの設定と同様にその個別の様子は、いくつかの基準によって大きく変わる。次のようなことを考えてみよう。会場は屋内なのか屋外なのか？　その規模は？　演奏するのは（流行に敏感な今時の観客をターゲットにした）最近のバンドなのか、それとも往年のバンドの再結成ツアーで観客の年齢層も高いのか？　こうした質問の答えを把握すれば、コンサートに参加する観客の層を決めるのにも役立つし、場面を細かいところまで正確に描くこともできるだろう。

例文
ヴァルが渡してくれた水を、アタシはガブガブ飲んだ。8月の太陽がさんさんと照りつける中、空には雲ひとつ見当たらず、とにかく明るい。会場を埋め尽くす何千人という観客が発する体温を考えると、この野外の気温はとりあえず38度はある気がする。首は日に焼けてるし、さっき散水車がこっちに向かって水を撒いたおかげで、足には泥が飛び散って靴は覆われてしまった。おまけに、はじめの2つのバンドが演奏している最中ずっと踏まれっぱなしだったから、足の感覚がほとんどない。でも、そんなことは全然気にならなかった。あともう2組終われば、「アシッド・バッツ」が登場するんだから。アタシは汗だくの髪を後ろに振って、ステージに登場した「ゾンビ・サンライズ」に思いっきり悲鳴を上げた。

使われている技法
多感覚的描写、天気

得られる効果
雰囲気の確立、感情の強化

場面設定 類語辞典 都市編

飲食店

- アイスクリームショップ
- カジュアルレストラン
- カフェ
- ダイナー
- デリ
- バー
- パブ
- ファストフード店
- ベーカリー

| あ | か | さ | た | な | は | ま | や | ら | わ |

都市編 / 飲食店

アイスクリームショップ
〔英 Ice Cream Parlor〕

関連しうる設定
郊外編 ─ ビーチ
都市編 ─ コンビニエンスストア、公園、ショッピングモール、小さな町の大通り、繁華街

👁 見えるもの
- 店自慢のデザートとその値段が記載された、壁の高いところに掲げられた黒板のメニュー表
- はしゃぎながら商品を決める客の長い列
- 店の名物を宣伝する人目を引くポスター
- いくつものアイスクリームの容器が入ったガラスケース
- ガラスに貼られていたり容器に差し込まれたアイスのフレーバー名の札（チョコレート、バニラ、ストロベリー、コーヒー、ロッキーロード、バースデーケーキ、ミント・チョコチップ、クッキー＆クリーム、ファッジがけバニラ、ピーナッツバターカップ、バターピーカン、プラリネ、ピスタチオ、チェリー）
- シャーベット（オレンジ、レモン、ラズベリー、ライム、チェリー、レインボー）
- 積み重ねられたワッフルコーン
- 盛る準備が整ったボウルやカップ
- ミルクシェイク用の空のカップ
- 明るい色のプラスチック製スプーンや縞模様のストロー
- ナプキンのディスペンサー
- トッピングが入ったタブ型の容器（砕いたナッツ、スプリンクル、小粒の砂糖菓子、刻んだベリー類、マシュマロ、砕いたクッキー、小さく切った果物、チョコチップ、グミ、ココナッツ、ホイップクリーム）
- シロップのディスペンサー（チョコレート、キャラメル、ストロベリー）
- ディッシャーでせっせとアイスをすくう従業員
- いくつものディッシャーを浸すシンク
- ミキサーといくつかのまな板
- レジ
- テーブルと椅子

👂 聴こえるもの
- ミキサーが轟音を立てる
- バナナなどのトッピングを包丁で切る音
- シンクの端で水気を切るためにディッシャーを軽く叩く音
- アイスクリームをのせすぎてコーンにひびが入る
- ミルクシェイクの残りをストローで「ズズッ」と吸う
- 手前の客の注文に時間がかかりすぎて後ろの客たちがため息をつく
- レジが「チン」と鳴って開く
- スプーンでスプリンクルを「パラパラ」とかける音
- ディスペンサーからシロップが勢いよく出る音
- アイスクリームがのったコーンを手渡されて子どもが喜びの声を上げる
- アイスクリームをすくおうとしてほとんど空の容器にディッシャーが「ドン」と当たる
- 硬貨がレジに「チャリン」と収納される

👃 匂い
- プレスして焼かれるワッフルコーンの甘ったるい香り
- 温かいチョコレート
- 新鮮なイチゴやバナナ
- 冷凍設備から漂うオゾンの匂い
- あぶったナッツ
- キャラメルソース

👅 味
- 甘くて冷たいアイスクリーム
- 口の中に広がるベリーの酸っぱさ
- 半分凍っているバナナの塊
- キャラメルやチョコレートのシロップ
- カリカリにあぶったナッツ
- パリパリしたウエハースのコーン
- 友人や家族といくつかの種類のアイスクリームを交換して味わう
- 炭酸飲料
- 水
- 泡立ったクリームソーダ
- クリーミーなミルクシェイク

✋ 質感とそこから受ける感覚
- 舌にのせたアイスクリームのひんやりとした滑らかさ
- 手首にこぼれた冷たいアイスクリームを舐める
- デコボコしたワッフルコーンが指に触れる
- こぼれたアイスクリームを拭くだけでびしょ濡れになる薄すぎるナプキン
- べとつく指
- 表面の硬いチョコレートを噛み砕き、その下にある柔らかいアイスクリームを味わう
- 一度に口の中に広がる滑らかなアイスクリームと歯ごたえのよいナッツやクッキーのかけら
- 暖かい太陽の下、ピクニッ

あいすくりーむしょっぷ　アイスクリームショップ

- クテーブルが置かれた外の席に座る
- ストローでシェイクを啜る
- 頭がキーンと痛くなる
- プラスチックのスプーンでボウルの底をこする
- アイスクリームを力ずくですくおうとして、プラスチックのスプーンが壊れる

❶ 物語が展開する状況や出来事
- 冷凍設備の故障
- 材料の配達が遅れてアイスクリームが足りなくなる
- 暑い天気のせいで客が短気になる
- 注文の品を作っている最中に、客が注文を変える
- アイスクリームを落として泣き叫ぶ小さな子ども
- 自分が嫌悪する人物の注文を承らなければならない
- ダイエット中の自分を裏切ることへの葛藤
- 作業中にスプーンを舐めるまたは頭をかく従業員に接客される
- 商品を勝手に食べる従業員のせいで材料費がかさむ
- 10代のバイトが友人に無料でアイスクリームを奢る
- 乳製品へのアレルギーがあるにもかかわらず、アイスクリームを注文して食べる

👤 登場人物
- 客（子連れの親や祖父母、デート中のカップル、旅行客）
- 配達員
- 従業員
- 店の経営者

設定の注意点とヒント
アイスクリームショップの中には、50年代のパーラー風など、テーマを決めてそれに沿った内装を施している店もある。一方でたんに長いガラスケースとカウンターだけが設置され、店内は購入のためのスペースでしかなく、客には他所で食べてもらおうという店構えのところもある。チェーン店の場合だと、従業員は制服に身を包んでいて、カップ、ナプキン、ポスターなどにはチェーン店のロゴが入っていることが多い。アイスクリームショップは観光名所の付近やモール内などによく見られるほか、寒い地域だと期間限定でオープンする店もある。こうした店はとりわけ夏休みのアルバイトを求める学生に人気だ。

例文
娘はつま先立ちになって、三つ編みにした黒髪を背中で揺らしながら、色とりどりのアイスクリームやシャーベットの行列をじっと見つめている。その様を、まるで世界の運命がかかってるようだとカウンターに立つ少年が茶化し、私は笑い声を上げた。まったくその通りだ。だが、いくら思い悩んだとしても、ロレーナが頼むものは毎度変わらない。後ろに並ぶ客たちもぞもぞと動き、明らかに口数が減ってきた。3度ほど咳払いをして急かすと、ロレーナは息でガラスを曇らせながら、ケースを必死にコツコツと叩いた。湿った霧を拭いてタグを読んでみる。思った通り、今回もまたバブルガム味の勝利だ。

使われている技法
多感覚的描写

得られる効果
登場人物の特徴づけ

483

都市編 飲食店

カジュアルレストラン
〔英 Casual Dining Restaurant〕

関連しうる設定
ダイナー、駐車場

◎ 見えるもの
- その店のおすすめの品が書かれた黒板
- 外のベンチに腰掛けて待つ客
- メニュー、あるいは銀製のカトラリーを包むナプキンが置かれた入口の接客カウンター
- 子ども用のクレヨンや塗り絵
- （素朴なものから最先端のものまで）レストランのテーマやそこで扱う料理の種類に合わせた雰囲気を彩る照明やインテリア（イタリアン：装飾的なオイルの瓶、乾燥させたパスタやトウガラシ　シーフード：船内のような装飾、海水の水槽、大きな水槽に入ったロブスター　日本料理：寿司、絹張りの扇子、間仕切り、日本画、酒の瓶）
- 壁に掛けられた写真や絵画
- 後ろの壁が鏡張りになったバー
- 紙ナプキンの上に置かれた飲み物
- ワインやウイスキーのボトル
- 低いところに吊るされた照明
- スツールに座ってくるりと向きを変える人々
- クッション性のあるベンチが設けられたボックス席
- 高さのあるテーブル
- 仕切りのある席、あるいは普通の高さのテーブルと椅子が置かれたダイニング
- むき出しのテーブル、あるいは紙製のテーブルクロスがかけられたテーブル
- テーブルの上に置かれた調味料（塩・コショウの小瓶、ケチャップ、マスタード、砂糖の小袋）
- サービスのパンが入ったカゴ
- ポケットにペンとメモ帳を入れたエプロンを身につけて、忙しなく動くウェイターとウェイトレス
- 湯気が立つ料理をのせたトレイ
- 着席している客
- 椅子に座って後ろを向く子ども
- 食べ終えた皿が残る無人のテーブル
- 店内の奥にあるトイレ
- 勘定書の上に置かれたミント
- 皿を積んだ容器を運ぶウェイター見習い
- 立ち止まって会話を交わす支配人
- レジに貼られた利用可能なクレジットカードの表示
- 高額な代金を見て苦い表情になる客

◎ 聴こえるもの
- 人々のささやき声や話し声
- バーから聴こえてくる大きな笑い声や叫び声
- テレビで放映されているスポーツイベントの実況やニュースを伝えるアナウンサーの声
- 銀食器が「カチャカチャ」と音を立てる
- 皿が割れる音
- ドアが前後に揺れて開く音
- 注文をとる給仕の声
- 不平を言い泣く子どもの声
- トイレに入ったりそこから出てくる子どもが走る足音
- バーのスツールが「キィキィ」と音を立てて回転する
- バーでグラスに飲み物が注がれる音
- ナイフが皿の上をこする音
- 飲み物をストローで啜る音
- メニューを「バタン」と閉じる
- 給仕台で領収書を印刷する音
- 給仕とコックが大声でやりとりをする
- 料理が「ジュージュー」と調理される
- チーズやコショウを食べ物の上にかけるとき、静かに中身が挽かれる音
- 仕切られた席に人々が滑り込む音
- 特定の客のために従業員たちが歌を歌う
- ウェイトレスがおすすめの品を暗唱する
- 椅子が床をこする
- 生ビールや炭酸飲料を「シュワッ」と音を立てて注ぐ
- テーブルで堅いパンが「パリパリ」と音を立ててスライスされる
- ステーキを切る音
- 店を出るときに「ジャラジャラ」とポケットから鍵を取り出す音

◎ 匂い
- 調理された料理
- 湯気
- 香辛料
- 酵母
- ビール
- 芳醇なワイン
- 香水
- コロン
- 脂
- 芳香剤
- 清掃用品
- ニンニク

かじゅあるれすとらん ― カジュアルレストラン

- 口臭
- ミントの香る息

😛 味
- （そのレストランの種類に沿って）調理された料理
- コーヒー
- 紅茶
- 水
- ワイン、ビール、その他の酒
- 炭酸飲料
- 氷
- ミント
- ガム
- 口紅またはリップグロス
- ニンニク
- バター
- 油
- 脂
- 塩
- コショウ

👋 質感とそこから受ける感覚
- サラダをパリパリ噛む
- 足に貼りつくビニールまたは布製のシートカバー
- テーブルの下で人と膝がぶつかる、または人の足を踏む
- 脚の高さが合っていないためにグラグラと不安定なテーブル
- 硬いタイルやフローリングの床
- 冷たい銀食器や皿
- ザラザラした紙ナプキン、柔らかな布ナプキン
- ツルツルしたテーブル
- 低い位置に取りつけられたランプの熱
- 狭すぎるボックス席で肩や腰が相手と触れる
- 温かいパン
- 熱い皿
- 熱い料理を食べて口の上部を火傷する
- あまりに低い温度に設定されたエアコン
- 天井に設置されたファンから来る風で、髪の毛がわずかに揺れる
- 膝の上にこぼれるソース
- 指にくっついたパンくず
- 歯に挟まった食べ物

❗ 物語が展開する状況や出来事
- オーダーを間違って自分が大嫌いな料理が出される
- チップをけちる客
- 意地悪なウェイターやウェイトレス
- 料理の中に不快なものを見つける
- 明らかに具合が悪そうな人物に給仕を担当される
- 請求金額の高さに驚く
- 期待していた食事にがっかりさせられる
- 夕食を約束していた相手にすっぽかされる
- 疲れ果てたウェイターと衝突し、料理や飲み物で服を汚される
- 入れたはずの予約が入っていない
- 自分の子どもたちのせいで恥をかく
- 非倫理的だったり怠惰なほかの従業員と折り合いをつけなければならないウェイターやウェイトレス
- 無礼だったり要求が過剰な客
- セクハラ

🙂 登場人物
- 受付スタッフ
- 給仕の補助スタッフ
- 仕事の会食を開くビジネス関係者
- デート中のカップル
- 客
- 特別な日を祝う友人や家族（記念日、誕生日、婚約、挙式前日の集い）
- 支配人
- 給仕

設定の注意点とヒント
外食は多くの文化に共通してみられる楽しみであるため、レストランは物語において登場人物たちが交流するのにふさわしい場所だ。カジュアルレストランは、ファストフード店よりも品のある客向けの店である。そのため、店内で生じる出来事もそれとは少し違ったものになるはずだ。しかし集まる場所がどこであろうと、とりわけ人に好印象を与えたい自尊心の強い人物などがそこにいる場合には、何かしらの衝突事案の発生は避けられまい。おかげで作家にとっては話の中に問題を引き起こす無数のチャンスが与えられるわけである。

例文
私はボックス席に滑り込むと、このレストランを選んだロブのセンスにますます感心した。テーブルにはキャンドルが灯され、照明は程よく薄暗い。パン職人のオーブンのような香りを漂わせているカゴを手に、給仕が静かにやって来た。真っ白なテーブルクロスの上に、カールしたたっぷりのバターとカゴが置かれると、私のお腹が反応する。ちょっと早く着いたけど、ロブがこのまま遅れるようならパンは一切れも残らないかもしれない。いよいよ直接会えるのね……デートサイトに載せていた写真が本物なら、彼の顔は見分けがつくわ。

使われている技法
多感覚的描写、直喩

得られる効果
登場人物の特徴づけ、雰囲気の確立

都市編　飲食店

カフェ
[英 Coffeehouse]

関連しうる設定
ベーカリー、繁華街、ダイナー、駐車場、小さな町の大通り

👁 見えるもの
- クロムメッキのエスプレッソメーカーと泡立て器
- コーヒーミル
- 香りのよいブレンドコーヒーが入ったコーヒーポット
- コーヒー用の香味料やトッピング（ホイップクリームが入った銀のスプレー缶、キャラメルおよびチョコレートソース、砕いたトフィーを振りかける容器）
- ミキサー
- 金属製の温度計
- カウンターの下の冷蔵庫に入ったミルクピッチャー
- コーヒーを煎れるポット
- 食器洗い器から出した直後にトレイに重ねられた濡れた熱いマグカップ
- 積まれた紙コップと蓋
- レジ付近にあるチップの瓶
- 軽食が陳列されたガラスケース（朝食用マフィン、サンドイッチ、ペストリー、クッキー）
- 間隔をあけて並ぶ、パッドが入った流行りの錬鉄製の椅子とビストロテーブル
- コーヒーテーブルの周りにいくつか置かれた座り心地のいい革製の椅子
- 座席に置き去りにされた新聞や雑誌
- （ノートパソコンやタブレットで作業をする、本を読む、友人と雑談をする）客
- 椅子の後ろに引っ掛けられた買い物袋やハンドバッグ
- 販売商品を陳列した壁の棚（職人が作ったマグカップ、ブリキの缶に入ったクッキー、コーヒーミル、携帯マグ、コーヒー豆やティーバッグの入った袋、コーヒーマシン、ティーポット、贈り物を詰めたカゴ）
- 外の通りが見える巨大なガラス窓
- レジを待つ長蛇の列
- おすすめの品が書かれた黒板（スムージー、紅茶、フローズンブレンド飲料、ラテ、カプチーノ、エスプレッソ飲料）
- 壁に並べられそれぞれラベルが貼られた、コーヒー豆が入った引き出し
- 皿、カトラリー
- サンドイッチやラップサンド
- テーブルに残されたゴミ
- 調味料（砂糖の小袋、人工甘味料、クリーム）が置かれたトレイ
- マドラー、予備の蓋、ナプキン、シナモンを振りかける小瓶
- ゴミ箱とリサイクル用品を入れる容器

👂 聴こえるもの
- コーヒー豆をミルで挽く音
- 注文の品をスタッフに向かってレジ係が叫ぶ
- 人々の声のざわめき
- 笑い声
- 皿が「カチャカチャ」と鳴る
- マグカップの端にスプーンが当たる音
- 泡立て器が「ウィーン」と鈍い音を立てる
- 金属同士がこすれる音
- レジが「チン」と鳴る
- 「ジジジ」と印刷されて出てくるレシート
- 使い終わったフィルターに残った豆のカスをバリスタが軽く叩いて取りだす音
- チップ用の瓶に硬貨が「チャリン」と入る
- 空になったホイップクリームのスプレー缶から出る空気音
- 飲み物を啜って「美味しい」と声を漏らす
- クッキーやデニッシュを出すときに包み紙が「カサカサ」と音を立てる
- コーヒー豆の入ったアルミバッグを開封する音
- ミキサーで氷をすりつぶす音
- 機械が「ブンブン」と音を立てる
- BGMとしてラジオから流れる音楽
- ドアが開閉されるたびに鳴るチャイム
- 新聞が「パタパタ」とはためく
- 床にモップをかける音
- 中身が残っているコーヒーをゴミ箱に「ドン」と捨てる音

👃 匂い
- 煎れたてのコーヒーや挽きたての豆
- 香りのよいエスプレッソ
- 焦げたコーヒーの鼻をつく匂い
- 温かいキャラメルやチョコレート
- ピリッとする香辛料（シナモン、チャイティー、温かいサイダー）
- 焼きたてのクッキーやマフィン
- 湯気が立ち上るハーブティーのカップから漂う、フルーティーな香り
- 香水の混ざった匂い
- バニラ

かふぇ｜カフェ

🍴 味
- 甘いコーヒー、苦いコーヒー、ミルクたっぷりのラテ、チャイの香辛料、紅茶
- チョコレートソースがかかったホイップクリーム
- 温かいナッツ入りのクッキー
- マスタードやマヨネーズの効いたボリュームのあるサンドイッチ
- スパイシーなスープ
- 感覚がなくなるほど冷たいブレンド飲料やアイスコーヒー
- レモンやミント

✋ 質感とそこから受ける感覚
- 温かいマグカップを手に持つ
- 熱いコーヒーや紅茶で舌を火傷する
- 身体に染み込む温かさ
- 唇についた食べかすや泡を舐めてとる
- 食べ物やコーヒーがこぼれてベトベトしたカウンター
- 濡れた床に滑る
- 湯気で顔が温まりメガネが曇る
- 温かい飲み物に息を吹きかけて湯気を飛ばす
- 暑い日に喉を潤す冷たいスムージー
- 手首にコーヒーが飛び散って突然痛みを感じる
- コーヒーでお腹が満たされて元気が出る
- 紙ナプキンで唇を拭う
- 膝の上にバランスをとって置かれた光沢紙の雑誌
- 指が滑らかなキーボードに触れる
- 座り心地のいい読書用の椅子
- ビストロチェアの硬い金属製の背もたれが背中に食い込む
- 熱い紙コップを手放したときに指がヒリヒリする

❗ 物語が展開する状況や出来事
- お金が足りない
- 人がぶつかってきて自分のコーヒーがこぼれる
- 大人数の集団が座席を必要としているのに、大きなテーブルをひとりで独占してコーヒーを飲んでいる人物がいる
- 注文したものと異なる飲み物が出される
- Wi-Fiが使えなくなる
- コーヒーの飲み過ぎでイライラし、すぐカッとなる
- デートの相手を待つがすっぽかされる
- 座って雰囲気を楽しみたいと思っていたが、満席であることが発覚する

👤 登場人物
- 支配人
- バリスタ、接客スタッフ、調理スタッフ
- 客
- 配達員

設定の注意点とヒント
チェーン系列のカフェの場合であればどの店も内装や雰囲気はほとんど同じだが、個人によって経営されている店の場合には店構えも独特で、特定の顧客に合わせた様式またはテーマを取り入れた店もあるだろう。たとえば最先端で高級感のある雰囲気、古き良きダイナー風、クリエイティブな人々を引きつけるような雰囲気、あるいは環境問題に関心のある客層を呼び込むため「エコ」に焦点を当てた店などが考えられるはずだ。

例文
ブラックで飲んでいたコーヒーの残りを啜ると、僕はお替わりの合図をした。10代のカップルが何組か、洒落たクロムメッキのビストロテーブルで身を乗りだして、カプチーノを飲んでいる。笑い声を上げている集団は、奥のボックス席に群がっていた。僕のたったひとりの相手である空っぽの椅子は、ほかの客がここに座ってお喋りを楽しめるように、いい加減退いてやったらどうだと静かに勧めてきた。

使われている技法
対比、象徴

得られる効果
雰囲気の確立

487

ダイナー
［英 Diner］

関連しうる設定
ベーカリー、カフェ、デリ、ファストフード店、サービスエリア

◎見えるもの
- 汚れた窓を通して通りや駐車場が見えるボックス席
- 長いカウンターとそれに沿って設置されているスツール
- ダイナーの主食（ベーコンと卵、パンケーキ、ハンバーガーとフライドポテト、ミートローフ、グリルドチーズ・サンドイッチ、ハンバーガー・パティのサンドイッチ）が書かれたラミネート加工のメニュー表
- ケーキドームの中に飾られた数種類の果物とメレンゲのパイ
- 各テーブルに置かれた塩やコショウの容器、ケチャップの瓶、金属製のナプキンホルダー
- 端が欠けて台の裏にはガムが貼りつき表面がひどく傷ついたテーブル
- フォークの先が少し曲がっている色のくすんだ金属製カトラリー
- 市松模様のタイル張りの床
- ぼろくなったカーテンやほこりっぽいブラインド
- 白いコーヒーカップ、皿、ボウル
- 制服を着た険しい表情のウェイトレスがグレービーソースたっぷりの料理やフライドポテトの入ったカゴをテーブルに置く
- 別のウェイトレスがコーヒーを注いだり注文を走り書きする
- レジ
- 本日のおすすめが書かれたホワイトボード
- 揚げ物専門のコックがシミだらけの白いエプロンを身につけ、パティを鉄板でひっくり返す
- レジ脇に置かれたチップ用の瓶
- 掃除の行き届いていないトイレ
- カウンターに置きっぱなしの新聞
- テーブルにこぼれた塩
- 退屈そうな客（テーブルに置かれたクリームパウダーを積む、紙マットを折る、コーヒーをちびちび飲む）
- 油で汚れた野球帽にチェックのシャツ姿のトラック運転手らが、ボリュームたっぷりの朝食をがつがつと食べる
- 食べ物を待つことのできない騒がしい子どもたちにいらだつ親

◎聴こえるもの
- テーブルの上でカトラリーが「カチャカチャ」と音を立てて皿を引っかく
- ケチャップを「ドボドボ」と出す
- コックに向かってウェイトレスがそのダイナーの内輪の用語で注文を読み上げる
- 喫煙者の痰が絡んだ咳の音
- スツールのきしみ
- トラック運転手が目覚めのコーヒーを啜る音
- 注文された料理を忙しなく運び、テーブルの上に「ドン」とぞんざいに置くウェイトレス
- お替わりの水を「ドボドボ」注ぐ
- テーブルに釣り銭が「チャリン」と落ちる
- コーヒーに入れた砂糖をスプーンで「カチャカチャ」とかき混ぜる
- 鉄板でパティを「ジュージュー」と焼く音、フライドポテトを熱い油の中に沈める音
- 料理ができたとコックが叫ぶ声
- ドアが前後に揺れて開いて一瞬だけ外の車両の騒音が聴こえる
- 客が入ってきたことを知らせるドアベル
- 駐車場で轟音を放つ大型トラック
- ラジオから大音量で流れる音楽
- コーヒーポットを「カタカタ」とスライドさせながら沸かし器に戻す音
- コーヒーマシンが「ゴボゴボ」「シューッ」と音を立てながらコーヒーを煎れる
- 客がお替わりを所望する声
- 友人同士の客が話したり笑い声を上げる
- 金額やサービスについて客が不平を漏らす声

◎匂い
- 焼かれている肉
- 炒められているタマネギ
- 揚げ物鍋の熱い油
- しょっぱいホットドッグ
- ベーコンの脂
- 香りのいいコーヒー
- 香辛料
- できたてのコールスローから漂う鼻にツンとくる酢の匂い
- 溶けたバター
- グレービーソース
- 掃除したての床から香る松

だいなー／ダイナー

の精油でできたクリーナー
- 体臭や汗

🍴 味
- コーヒー
- 脂っこいフライドポテト
- ハンバーガー
- ホットドッグ
- 朝食（ステーキと卵、ベーコン、ソーセージ、パンケーキ、オートミール風に挽いたトウモロコシ、バターを塗ったトースト、オムレツ）
- 辛いチリコンカーン
- ケチャップ
- マスタード
- チリソース
- コショウ
- パイ（ブルーベリー、リンゴ、イチゴ、ルバーブ、桃、レモンメレンゲ）
- グリルドチーズ・サンドイッチ
- スープ
- 塩が振られたクラッカー
- 香辛料
- 水
- 炭酸飲料
- ジュース
- 牛乳
- サラダ
- ミルクシェイク

質感とそこから受ける感覚
- カウンターのベトベトした箇所
- 油まみれのメニュー
- テーブルの上にこぼれた塩や砂糖の粒
- 食器洗い器から出されたばかりの温かいカトラリー
- 寒い日に飲む熱いコーヒー
- コーヒーに息を吹きかけたときに顔にあたる湯気
- ホルダーに溢れんばかりに詰め込まれたナプキンから一枚引きだそうとして破れる
- 窓から明るい太陽の光が差し込んできて目を細める
- ナイフについた乾いた食べ物を指先でこすってとる
- 口の端についた食べかす
- 調味料の入った瓶をギュッと絞る
- 手のひらに当たる冷たいグラスや炭酸飲料の缶
- 皿に広がったグレービーソースをフライドポテトでまとめる
- ナイフでステーキを切る
- 温かな皿
- かたちの崩れたフォークの先を曲げようとするときの金属の硬さ
- 腹いっぱい食べて椅子の背にだらんともたれる
- 素足に貼りつく合成皮革の座席用クッション

⚡ 物語が展開する状況や出来事
- 無銭飲食の被害を受ける
- 夜のデート中に口論になるカップル
- 別のウェイトレスが自分のチップを盗る
- シフト中にコックが辞める
- 注文の品について誰かが大声で文句を言い、店内にいるほかの客の邪魔をする
- ウェイトレスの身体を掴んで口説こうとする客
- 釣り銭があってもチップとして置いていかない客

👤 登場人物
- 客
- 皿洗い係
- 揚げ物専門のコック
- 警官
- 店の所有者
- ウェイトレス

設定の注意点とヒント
ダイナーは長時間営業しているため（24時間営業であることが多い）、実に多様な客がやって来る。お気に入りの料理を食べに来る地元の人々にはじまり、勤務中の警官やトラック運転手、店の面する道路沿いに住むセールスマン、バーを飲み歩いたあとで夜食に脂っこいものをつまもうとする若者、路上生活者からちょっと一息つきたいホームレスなど。ここで聴こえてくるだろうさまざまな会話や、こうした環境で異なる性格の人々がどのようにぶつかり合うのかについて検討してみるとよいだろう。

例文
男は午前3時をちょうどまわった頃によろめきながら入ってきた。奥に向かう彼が通ったあとには、こぼれたビール樽のような酵母臭や酸っぱい匂いが漂っている。途中までくると、彼はよたよたと左に進み、カウンターに設置されたスツールになんとかしがみついてしばし格闘を繰り広げた。2度ほどダウンしそうになるも、スツールとのレスリングからようやく逃れて席に倒れ込む。だからベサニーとシフトを交換するんじゃなかったと何度目になるかわからない後悔を抱きつつ、私はとびきり濃いコーヒーの入ったポットを掴んだ。

使われている技法
多感覚的描写、直喩

得られる効果
登場人物の特徴づけ、感情の強化

都市編 飲食店

デリ
〔英 Deli〕

関連しうる設定
ベーカリー、ダイナー、ファストフード店

👁 見えるもの
- 塩漬けの加工肉（パストラミ、ペパロニ、サラミ、ガーリック・ローストビーフ、スモークチキン、スモークターキー、ハム、チョリソー、スティック状のペパロニ）が並ぶ高価なガラスケース
- サンドイッチの具材（レタス、何種類かのチーズ、ピクルス、タマネギ、トマト、トウガラシ、オリーブ）および調味料（粒マスタードや辛いマスタード、辛いチポトレマヨネーズ、ガーリックマヨネーズ、チリソース、オイル、酢）
- カウンターの後ろにある冷蔵庫やクーラーボックス
- ステンレスの秤
- ミートスライサー
- バゲットや焼きたてのサンドイッチパンをのせたトレイ
- パラフィン紙が敷かれたプラスチックのトレイ
- おかずが並ぶケース（コールスロー、サラダ、マッシュポテト、炒めたピーマン、ベイクドビーンズ）
- さまざまなスープが入った蓋つきの深鍋
- セロファン紙で包まれ一人分に小分けされたデザート（クッキー、ブラウニー、一切れのケーキ）
- 卵やソーセージの漬け物が入った濁った色の瓶
- ピクルスの瓶
- テイクアウトの容器に入った厚めのサンドイッチ
- 飲料（ソーダ、水、ジュース、アイスティー）が並ぶガラス扉仕様の冷蔵庫
- いろいろな種類のポテトチップスが陳列されたラック
- 客の列
- レジ
- 客と店員が会計のやりとりをする
- ゴミ箱
- 調味料とナプキンホルダーが置かれた小さなテーブルと椅子
- 店の表側の窓に面してスツールが置かれた食事用のカウンター

👂 聴こえるもの
- ドアが開くときにベルが鳴る
- 注文したり友人とお喋りしたりする人々の声
- 残り少ない商品について客にお知らせをする店員の声
- ガラスのドアをスライドして開ける音
- 電子レンジが「チン」と鳴る
- パンが焼き上がったときにオーブンのアラームが鳴る
- オーブンから熱い薄板を取り出してカウンターで冷ますときの物音
- ナイフでパンを優しくスライスする音
- パラフィン紙が「カサカサ」と音を立てる
- コンロの上でフライパンが「シューッ」と音を立てる
- サンドイッチ用の温かい具材を作るときにフライ返しでフライパンをこする音
- 調味料が入った瓶から「ドボドボ」「シューッ」と中身を出す音
- ラジオから流れる音楽
- ミートスライサーの刃が轟音を立てる
- 切った肉を「ドスン」と秤に乗せる
- レジが「チン」と鳴る
- チップ入れの瓶に「チャリン」と硬貨が落ちる
- 陳列ケース内の肉の鮮度を保つために「シュッ」と霧吹きをかける
- 注文を叫ぶ声
- 口に食べ物を入れたまま話す声
- セロファン紙を剥がす音
- ポテトチップスの袋を開ける音
- ピクルスを「パリパリ」と噛む

👃 匂い
- 塩漬けにした肉
- 辛いマスタードや赤トウガラシ
- 酢
- コショウ
- 焼きたてのパンの酵母

👅 味
- 薫製にした肉
- コショウやその他の香辛料
- 柔らかくもパリパリとした食感のパン
- ピリッとしたマスタード
- トウガラシ
- マヨネーズ
- 酢漬けのピクルス
- 湯気が立ち上るスープ
- 甘いデザート
- 酸っぱいピクルス

✋ 質感とそこから受ける感覚
- 注文しようと身を乗りだしたときにカウンターの縁が胸元にあたる
- ずっしりとしたサンドイッチ

でり｜デリ

- をのせたプラスチックトレイ
- 口の端についたマスタードの塊
- カリカリしたピクルスを噛む
- 香辛料で舌がヒリヒリする
- ナプキンを丸める
- 外はカリカリで中は柔らかいパン
- 買ったものでいっぱいの袋を抱える
- 狭いテーブルの上に食べ物を上手く並べる
- ポテトチップスの塩が指に付着する
- 温かなスープを口に入れる
- 噛みごたえのあるパン
- 肉と新鮮な具材、香辛料がすべて混ざり合って、口の中にさまざまな風味が広がる

❶ 物語が展開する状況や出来事

- 注文をめぐりデリの店主と口論になる
- 会いたくない人物に遭遇する（元の伴侶、一夜を共にした相手、自分が忌み嫌うかつての上司）
- 短いランチタイムにたくさんの人が並んでいる
- 注文にひどく時間がかかる客がいる
- 衛生面や安全面での違反が見られる
- 肉が悪臭を放っていたり、不味い
- 強盗
- ぎりぎり生計を立てている店主からみかじめ料を巻き上げようとする犯罪者
- 非倫理的な保健衛生調査員に対応する
- 事前にきちんと予告しないまま地主が賃貸料を上げる
- 人気チェーン店が近所に進出してきて商売が脅かされる
- 怠惰だったり無能な身内を雇うも、解雇することができない

❷ 登場人物

- マネージャー
- 客
- 配達員
- 店員
- 衛生および安全調査員
- 卸売業者
- 店のオーナー

設定の注意点とヒント

広々としたモールに入店していても、大都市の通りにある狭い賃貸物件に詰め込まれていても、デリは人気の場所である。ほかの飲食店とは異なり、長いカウンターを設置してもスペースが不足するだけなので、客は購入したサンドイッチなどを店内で食べるのではなく持ち帰ることが多い。店によっては作り立てのサンドイッチばかりでなく持ち帰りを希望する客のために調理した肉類を量り売りするところもあるし、生鮮食料品とスライス済の肉だけを販売するところもある。設定にデリを起用する際は、この狭い空間をどのように強みとして活用できるか検討してみよう。たとえばある登場人物はごった返す人々の中に身を隠すためにここを利用するのかもしれない。あるいは周囲に気づかれずに物品の受け渡しをするのが容易な場所なので、そうした相手と落ち合う場所としてデリを選択するかもしれない。

例文

僕はメインストリートにある小さな「エドのデリ」のガラス扉を引いた。ベルが鳴り、続いて焼きたてのライ麦パンや薫製肉、スパイシーなマスタードの香りが飛び込んできて、腹の中が喜びに沸いた。人々はカウンターに沿って肩がぶつかるほど密着しながら長蛇の列を作り、座る場所はどこにもなかったが、僕は気にしなかった。何せみんながお昼時にここのサンドイッチを自分のデスクに持ち込んでは、かぶりついて至福の声を上げているのを耳にするのに飽きたのだ。この上なく美味しいサンドイッチとやらを、僕もひとつ食べてみようじゃないか。

使われている技法
多感覚的描写

得られる効果
雰囲気の確立、感情の強化

都市編 飲食店

バー
〔英 Bar〕

関連しうる設定
郊外編 ── ワインセラー、ワイナリー
都市編 ── ナイトクラブ、パブ

👁 見えるもの
- 背の高いカウンターで、真鍮製の横木に接続された木製のスツール
- 人で混み合うテーブルやボックス席
- 常連客（友人と笑い合う、見知らぬ相手を口説く、壁に取りつけられたテレビを観る、自分の飲み物を見つめる）
- 袖捲りをして、飲み物を新しいものに代えたり給仕が受けた注文の品を作るバーテンダー
- 緑がかった灰色の食器洗い機のラックに積まれたハイボールのグラス
- シャワータイプの蛇口がついたシンク
- トレイやシンクに置かれた氷の袋
- 水気を切ったトレイ
- サーバーからビールが注がれる
- ストローやマドラー
- プラスチックのピックやストロー
- カラフルな冷たい飲料を轟音を立てて混ぜ合わせるミキサー
- 複数のボタンがついた何台かのソーダのディスペンサー
- ずらりと並ぶアルコールのボトル
- バーテンダーの頭上のラックに逆さまに置かれたワイングラス
- くし切りにされたライムやレモンがしまわれたプラスチックの入れ物
- ジュースが入った冷蔵庫
- カウンターの下に置かれた牛乳やクリーム
- 全自動コーヒーメーカー
- 給仕が支払い処理するための端末が置かれた狭い一角
- 各栓にブランドのロゴが描かれた生ビールのサーバー
- ビールのロゴネオンが反射するバーカウンターの背後にある鏡張りの壁
- 衝突を避けるためにトレイを高い位置で持ち、店内をスイスイと進んでいく給仕
- カウンターに沿って、四角いナプキンや厚紙でできたコースターに一列に置かれるさまざまなカクテル
- 水滴で濡れた緑色や茶色のビール瓶
- 薄暗い照明
- テーブルの上に残るグラスの水滴の輪
- 店内で提供されるドリンクのメニューが立てかけられた厚紙製のメニュースタンド
- あちこちに置かれたプレッツェルボウル
- 隅の化粧室へと通じる薄暗い廊下
- ピカピカと点滅するギャンブルマシン
- さまざまなショットグラスで埋め尽くされたテーブル
- 飲みかけのカクテルやワインのグラス
- 壁に設置されたタクシー呼出専用電話
- 特別なイベントの告知や宣伝
- トイレ（中身が溢れ返るゴミ箱、床に落ちた紙タオル、へこみがある個室のドア、コンドームやタンポンの販売機、便座についた小便、落書き、誰かが嘔吐している）

👂 聴こえるもの
- 客の声（話し声、スポーツのことで口論をする、仕事のことや伴侶について愚痴をこぼす）
- 笑い声
- ハイボールの入ったグラスを飲むときに「カラカラ」と氷が鳴る
- 他人に聞かれたくない話をする人々の低いささやき声
- バーテンダーに自分のことを話す常連客
- 引きずって動かすときに床をこするバーのスツール
- テレビで放映されているスポーツなどの試合の音声
- 有線放送や生演奏の音楽
- 瓶ビールが「ゴボゴボ」と音を立てる
- お札が「カサカサ」と鳴る
- カウンターにボトルやグラスを「ドスン」と置く
- グラスの割れる音が時折聴こえる
- ドアの開閉時に蝶番が「ギィ」と音を立てる
- サーバーの中身が減ってチューブから空気が「ガタガタ」と漏れる音がする
- ミキサーの轟音
- 酔っ払った常連客が悪態をついたり大声で怒鳴る
- 店内の喧嘩でテーブルや椅子がひっくり返る音

👃 匂い
- ビール
- 鼻につく香水
- 塩
- 汗
- 柑橘類
- バーの軽食（ナチョス、鶏

は

ばー｜バー

肉の手羽先、ドライリブ、ミニハンバーガー、グレイビーソースとチーズをかけたポテト、温かいディップ、揚げたピクルス）

🍴 味
- ヒリヒリするようなストレートの酒（テキーラ、ウイスキー）
- 酵母の香るビールやエール
- フルーティーなカクテル
- 泡の豊かな炭酸水やソーダ飲料
- 一瞬で酸っぱさが口の中に広がるくし切りにしたライムやレモン
- グラスの縁に添えられた塩や砂糖
- ピリッとしたブラッディ・シーザー
- マラスキーノ・チェリーを噛んだときに口の中に広がる甘さ
- 飲み過ぎて口内が酸っぱくなり、嘔吐する

✋ 質感とそこから受ける感覚
- 水滴に覆われて滑りやすくなったビールのラベル
- バーの硬いスツール
- 考えごとをしながら手でゆっくりとハイボールのグラスを回す
- ぼんやりとビールのラベルを剥がす
- 取っ手に触れたくないのでぎこちない体勢でトイレのドアを開けたり水を流したりする
- 話をするために身を乗りだしたときに、木製のカウンターが肘に当たる
- 紙ナプキンや砂糖の袋の薄い質感
- 好意を示すためにカウンターで相手に膝で触れる
- でこぼこしたくし切りのライムを指でとる
- レモンまたはライムの汁が飛び散って目が痛くなる
- 薄いナプキンでこぼした飲み物を拭く
- 飲み過ぎて身体が浮いているような、あるいは目が回るような感覚に陥る

❗ 物語が展開する状況や出来事
- バーでの喧嘩
- 酔った常連客が給仕に対してしつこく、あるいは攻撃的に絡む
- 破局
- 支払えるだけの持ち合わせがない
- 誰かが酔いつぶれる
- 未成年だと見做されて身分証の提示を求められる
- 麻薬の摘発
- 未成年に酒を出したとして、警察によってバーが営業を停止される
- 入口の私設警備員が誰かに大けがを負わせる、あるいは殺す
- 酔った客が説得に耳を貸さず運転する

👤 登場人物
- バーテンダー
- 私設警備員
- タクシー運転手
- 常連客
- 警官
- バーの店主
- 給仕

設定の注意点とヒント
バーは薄汚く怪しげな場所もあれば、スポーツ観戦の溜まり場になるようなところも、高級感のある話題のスポットのようなところもある。登場人物が我が者顔でくつろいで過ごせる場所もあれば、あるいはその真逆の場所もあるわけだ。ダンスフロアを設けていたり、特定の日にはバンドの生演奏があったりするようなバーも考えられるが、自分が描く登場人物の性格や経験をじっくりと考え、この場所を用いて何を達成したいのかという目的を念入りに検討してみよう。葛藤や緊張感を生み出す、あるいは登場人物が羽を伸ばそうと考えて訪れる場所としてふさわしいのは、いったいどういう雰囲気を備えたバーなのだろうか？

例文
バーの端で背中を丸めて座っているビジネスマンが、うなるようにもう一杯を所望した。難しいジグソーパズルであるかのように男をじっと眺めつつ、ラッセルは要求に応じる。先ほど彼を会話に引き込もうとしたものの、返ってきたのは沈黙だけだった。それに、この店にはひとりで飲みに来る客が割と多いとはいえ、きちんと仕立てられたスーツに注意深く結んだシルクのネクタイという出で立ちは、どう見てもここにはそぐわない。一晩中、この男は注文しようと隣に割り込んでくる人々に無関心だったし、化粧を厚塗りした年配女性たちが次々と言い寄ってきても、まるで気づいていないようだった。彼の目的は、これまでに何度もラッセルが目にしてきた光景、つまり心の痛みをとにかく早く鈍らせるということらしい。そうなると、有能なバーテンダーとしては目を離すことができない問いがひとつ残る。なぜか？　という理由だ。

使われている技法
多感覚的描写、直喩

得られる効果
登場人物の特徴づけ、伏線

都市編 飲食店

パブ
〔英 Pub〕

関連しうる設定
バー、ナイトクラブ、ビリヤード場

👁 見えるもの
- 木製の羽目板
- バーカウンターの上や店内各所の壁に掛けられたテレビ
- しばしば特定の国（アイルランド、スコットランド、ドイツ）に関連したテーマに沿った内装
- 文化を象徴する装飾（写真、骨董品、旗、色、シンボル）
- 重い木のテーブル
- ベンチ仕様の座席や頑丈な椅子
- 低い位置にある照明
- ステンドグラスがはめ込まれた窓
- 黒の短いスカートとエプロンバッグを身につけて、ペンとメモ帳を持ったウェイトレス
- 地元産のクラフトビールが並ぶサーバーや選りすぐりの世界のビールが置かれた木製の長いバーカウンター
- 注文を打ち込む端末
- バーの上のラックに逆さまに置かれたワイングラス
- 飲み物に添える品が置かれたトレイ（ストロー、マドラー、プラスチックのピック、パラソル、輪切りのオレンジ、くし切りのライムやレモン、一口大のパイナップル、オリーブ、パールオニオン）
- ビールのドリップトレイ
- 製氷皿
- これから洗う汚れたミキサーや泡立て器が置かれたシンク
- 酒のボトル
- 大量のメニュー表
- トレイにのせた飲み物を渡したり注文をとったりするバーテンダー
- （ボトル、マグカップ、ハイボールグラスやショットグラスに入った）飲み物で散らかったテーブル
- コースターやしわくちゃになったナプキン
- 食べ物や前菜をのせた皿
- 次の常連客が座れるように、テーブルを片付けて布巾で拭くウェイトレス
- よろめきながらトイレに向かう酔った客
- 壁に設置されたダーツボード

👂 聴こえるもの
- 友人同士の客の話し声や笑い声
- 酒量が増すほどに大きくなる声
- テレビに向かって叫んだり声援を送るスポーツマニア
- グラスが「カチャカチャ」とぶつかり合う
- ビールの入ったグラスを木のテーブルに「ドスン」と置く
- フォークやナイフが皿をこする音
- 床の上で椅子を引きずる音
- プラスチック製の座席に「ドスン」と腰を下ろしたときに中のクッションが「シューッ」と音を立てる
- トイレのドアが「ギィ」と開く
- もうすぐ中身が空になるビール樽の蛇口から泡が「ゴボゴボ」と出る
- 出来立ての状態で調理場から運ばれた熱い食べ物（肉とピーマンのファヒータなど）が「ジュージュー」と音を立てる
- トルティーヤ・チップスが「パリパリ」と音を立てる
- 携帯メールの受信音
- 話を強調するために「バシン」とテーブルを叩く

👃 匂い
- ハンバーガーのパテや網焼きのステーキ
- 揚げ物用の鍋
- 香辛料
- 酵母の香り高いビール
- コロンや香水
- 喫煙者の服から漂う煙草の匂い
- ビール臭い息
- 汗
- 体臭
- 柑橘系の冷たい飲み物
- リコリスの強い匂いやナッツ風味のリキュール
- コーヒー

👅 味
- ビール
- 各種アルコール（テキーラ、ラム、ウイスキー、ワイン、ウォッカ）
- しょっぱいリブ肉や辛い鶏の手羽先
- じっくり揚げたピクルスを噛んだときに口の中に広がる酢
- チーズのディップやスプレッド
- 炭酸飲料
- コーヒー
- 味つきリップクリームまたは口紅
- 甘いカクテル
- くし切りにした酸っぱいレモ

494

ぱぶ ― パブ

ンやライム
- グラスを縁取る砂糖や塩

❹ 質感とそこから受ける感覚
- クッション性のある座席
- 粗削りのテーブルの隆起
- ボックス席にほかの人々とすし詰め状態で座る
- 脂っこい手羽先を食べて指がツルツルする
- 誰かの腕が自分の肩にかけられたときの重み
- 手のひらについたグラスの水滴
- 思わせぶりに、または緊張して、滑らかなプラスチック製のマドラーや槍型のカクテルピックを嚙む
- 料理をのせた温かい皿
- チーズディップの滑らかな舌触り
- 乾いた紙ナプキン
- 指についたザラザラした塩を払う
- 制限なくアルコールを飲み進めるにつれて、相手を肘で軽く突くなどボディタッチが増える
- 背もたれのないスツールに座っているせいで腰が痛くなる
- スツールがわずかに回転する
- 喉を伝いヒリヒリと染み込んでいく酒

❶ 物語が展開する状況や出来事
- 酔っ払った常連客
- 別の客の料理が間違って届く、あるいは料理の出来上がりが遅い
- 食中毒もしくはアレルギー
- 元恋人が新しい相手といるのを目にする
- 飲み物の味が薄すぎるまたは濃すぎる
- テレビで放映されているスポーツの試合をめぐって口論や殴り合いの喧嘩が起きる
- 酔っぱらいやあまり魅力的ではない人物に口説かれる
- 気味の悪い客がずっと凝視してくるため、居心地が悪くなる
- 見知らぬ人が駐車場まであとをつけてくる
- タクシーが見つからないので、飲酒はしているが自分で車を運転して帰りたい誘惑に駆られる
- トイレに入っている間に友人らに置いていかれる
- ある料理のためだけに来店したが、もうそれが提供されていないことを知る
- 金銭的余裕はないが、ほかの人々に好印象を与えたくて奢る

👤 登場人物
- バーテンダー
- コック
- 客
- 配達員
- マネージャー
- 常連客
- 警官
- 酒造会社の営業担当

▎**設定の注意点とヒント**

パブとバーは似ているもののいくつか特徴的な違いがある。パブが何杯かの酒を楽しみ、ボリュームたっぷりの脂たっぷりな料理を食べて、友人らと交流することに重きを置いている一方で、バーというのはどちらかというと酒を飲んで気になる人を口説いたり、スポーツの試合を観たりするような場である。パブでバンドが生演奏を披露する際には、常連客らは立ち上がってダンスをするよりも、着席したままテーブルで演奏を楽しむことが多い。

例文

ジョージーとみんなの姿をさっさと見つけたくて、私は人でごった返す店内をざっと見回した。さもないと、友だちのいない孤独な人だと思われるか、ひどい場合はつまらない男の目に留まり、酒を奢るなどと言われてしまうかもしれない。曲線美を誇るウェイトレスが、小型飛行船くらいはあるナチョスの大皿を手に通り過ぎ、私のお腹がグーグー反応する。彼女が途中までしか見えない階段を上っていくのを見て、そういえば最上階の方が静かだとリサが言っていたのを思いだした。2階の踊り場に辿り着くと、読み通り歓声が大きく聴こえてくる。隅にあるハイテーブルに座り、手を挙げて挨拶をしてくる仲間たちの周りには、目を見張るほど多くの空になったビールピッチャーやグラスが並んでいた。なんとか席につき、私はコーヒーを注文した。誰かがこの酔っ払ったサッカーママ集団を送り届けなきゃならないのだから。

使われている技法
誇張法、多感覚的描写

得られる効果
登場人物の特徴づけ、雰囲気の確立

都市編 飲食店

ファストフード店
〔英 Fast Food Restaurant〕

関連しうる設定
デリ、ショッピングモール

👁 見えるもの
- 従業員がレジを担当する正面カウンター
- 奥の調理場
- ドライブスルー対応用の窓
- 商品と金額が書かれたメニューボード
- 現金やクレジットカードを差しだす客
- 食べ物や飲み物をのせたトレイを運ぶ人
- 調味料が置かれた一角（小袋に入ったケチャップとマスタード、ナプキン、プラスチック製のカトラリー）
- 容器（カップ、ストロー、蓋）が併置されたソーダ・ディスペンサー
- 子ども用のプレイルーム
- いろいろな商品を宣伝する壁に貼られたポスター
- 店のマスコットやシンボルの像
- 見えないようにキャビネットの中に隠されたゴミ箱
- 使い終わったトレイの山
- 一定の間隔を空けて配置されたテーブルやボックス席
- 回転式のカウンターチェア
- 子ども用の椅子が積まれている
- 床に落ちている包み紙やレシート
- 食べかすやケチャップのシミで汚れたテーブル
- 床に液体がこぼれて濡れていることを警告する黄色いカラーコーン
- トイレ
- テーブルを拭いたり床のモップがけをする従業員
- 店内を監督しているマネージャー
- トイレに駆けていく子ども

👂 聴こえるもの
- ハンバーガーやフライドポテトを「ジュージュー」と調理する
- 客が注文する声
- レジ係が調理場の従業員に注文の訂正を告げる声
- レジスターからレシートが出てくる音
- 揚げ物用の鍋やオーブンが「ピーッ」と鳴る
- フライドポテトの上に塩を振りかける音
- 揚げ物用のウォーマーからひとすくい分のポテトをかき集める音
- ヘッドセットのマイクに向かってドライブスルー担当の従業員が話しかける
- ドリンクマシンから「ゴボゴボ」とソーダが出てくる
- 冷蔵庫の扉を閉める音
- プラスチックのカトラリーを「カサカサ」と音を立てるセロファン紙で密封する音
- 注文品を袋に入れる音
- ストローの包み紙を破く音
- カップに氷を入れる音
- 回転椅子が「キィキィ」と音を立てる回転椅子
- タイル張りの床に椅子がこすれる音
- 駆け足の足音
- 子どもたちの笑い声やわめき声
- 赤ん坊の泣き声
- 親があまりにもうるさい子どもを叱る声
- 客同士が互いに挨拶を交わす声
- 携帯で話す声
- 「クチャクチャ」と音を立ててものを食べる
- ストローで飲み物を啜る音、またはカップに入った氷を振る音
- プレイルームから聴こえてくる悲鳴や叫び声

👃 匂い
- 調理している肉
- 油・脂
- サラダにかけてある酸っぱいドレッシング
- ウェットティッシュ
- ケチャップ

👅 味
- ハンバーガーとフライドポテト
- フライドチキンや網焼きの鶏肉
- オニオンリング
- 果物
- サンドイッチやラップサンド
- サラダとドレッシング
- ミルクシェイク
- アイスクリーム
- クッキー
- ソーダ
- 水
- コーヒー
- フルーツジュース
- マヨネーズ
- マスタード
- ケチャップ
- BBQ味などの各種ソース
- 氷

✋ 質感とそこから受ける感覚
- 油まみれの手
- 指についたソースを舐めてとる
- テーブルについた塩の粒を

ふ

496

ふぁすとふーどてん｜ファストフード店

- 払う
- 冷たい飲み物をストローで吸う
- コーンの端で溶けているアイスクリーム
- ベタベタするケチャップ
- カップを持ったときに手のひらに付着する水滴
- 食べ物や飲み物をいっぱいにのせたトレイのバランスをとる
- 溢れて手にかかるソーダ
- 食べ物が熱過ぎて口の中を火傷する
- 紙ナプキンで口元を拭う
- サンドイッチの包み紙を丸めてトレイに放る
- プラスチックのナイフで子どもの肉をなんとか切ってやろうとする

❶ 物語が展開する状況や出来事

- なかなか注文の品が決まらなかったりカスタマイズの要求が細かすぎる客
- 長蛇の列だがカウンターのスタッフが足りない
- 注文してから料理が届くまでに時間がかかりすぎる
- 自分の注文を従業員が間違える
- 調理場で材料を切っているため、特定の料理を提供することができない
- トイレが汚い
- 無礼だったり無能な従業員
- 子どもを野放しにしておく親
- 子ども同士の殴り合いの喧嘩
- 食べ物の中に不快なものが混入しているのを見つける
- 好きではないが、人のリクエストに応じてその店に入る
- 提供される食べ物は好きだが、カロリーや材料に不満がある
- ドライブスルーのレーンに並ぶ車が故障する
- 子どもの誕生日パーティーが騒がしくて店内の邪魔に

なる
- プレイルームでおむつの中身が赤ん坊の服の背中まで回る事態が発生する

❷ 登場人物

- 誕生日パーティーに出席する子ども
- 子連れの家族
- 行事のあとに店内に集うスポーツチームのメンバー
- コーヒーと朝食を摂りながら交流するために集う退職者
- 昼休み中の道路工事担当者または建設現場作業員
- ひとりで食事を摂る人

設定の注意点とヒント

実生活においても物語においても、人々はかなりの時間を食事に費やすものなので、食卓で起こる場面を描くのもごく自然なことである。しかし食事の場面というのは往々にして着席していて動きが少ない場面であるため、物語のペースが遅くなったり、その背景となるような話を大量に押し込んでしまいがちである。家の台所であれレストランであれ、テーブルを囲んで展開する場面を描く際には、そこにいくらか動きをつけ加えることでテンポを保つようにしよう。走り回る子ども、席を立つ人、ドリンクのお替わりを注ぎに行く人などといったように、会話の合間にこうした動きを挟むと場面に能動的な印象がもたらされ、それほど不活発には見えないはずである。この混沌とした忙しないファストフード店が、大事な出来事を起こすことにどのようにふさわしいのかについては、納得がいく理由を吟味した上で設定として起用しよう。

例文

エドは隅の方にあるテーブルを確保してくれたが、こういう店では正直どこに座っても同じだ。プレイルームで叫び声を上げる子どもたちの声と張り合うように、人でごった返した店内は騒がしい。小さな足がドタバタと踏みしめるために床は揺れ、おかげで頭の中をドスドスと打ちつける頭痛が始まった。カウンターに立ってメニューにざっと目を通すも、汗まみれの子どもたちの臭いに食欲はかき消される。やる気のないレジ係が注文は決まったかと訊ねてきたので、俺は目の奥の痛みをこすった。それからたいして期待もせず、「ビールある？」と返した。

使われている技法
多感覚的描写

得られる効果
雰囲気の確立、感情の強化

都市編 飲食店

ベーカリー
〔英 Bakery〕

関連しうる設定
郊外編 ── 台所
都市編 ── カフェ、デリ、ダイナー

👁 見えるもの
- ドーナツ（シロップ・砂糖・粉がかかったもの、ナッツやチョコが散りばめられたもの、砂糖衣で覆い中にクリームを詰めたもの）が陳列された背の高いガラスケース
- 紙で包まれたマフィン（ニンジン、バナナ・ナッツ、チョコチップ、ブルーベリー、ふすま粉）
- 赤いプラスチックのトレイにのった数々のクッキー
- 容器や袋入りのスライスされていないパン
- 色とりどりのフルーツタルトや砂糖をからめたカスタード・プディング
- デニッシュ
- チョコレート
- マカロンやエクレア
- 白い箱に入ったいくつものケーキ
- レジやデビットカード端末が置かれたステンレス製のカウンター
- 壁の黒板に書かれた本日のおすすめ品
- 瓶やペットボトルの飲料（炭酸飲料、ジュース、牛乳、アイスティー）が入った小さなクーラーボックス
- 甘くてべとつく砂糖菓子を食べることができる小さなテーブルやブースで構成されたイートインスペース
- 厨房（カウンターに散らばる小麦粉、巨大なオーブンから取り出されるベーグル、綺麗に入った皮の切り込みに果汁がにじみ出る冷ましとぎ中のベリーパイ）へとつながる開け放しのドア
- 綺麗に洗浄されたタイル張りの床
- チョコレートの筋や小麦粉に覆われた白い制服やエプロンを身につけて忙しなく働く従業員
- 轟音を立てて生地をこねるパンづくりの機械
- 油が引かれパン生地を入れる準備が整った金属製のいくつもの平皿
- ステンレスの大きなシンク
- 業務用サイズの食器洗い機に入れるべく積まれたパンくずのついたプレート
- イーストの缶が置かれた棚
- 砂糖が入った袋、さまざまな種類の粉が入った容器
- ウォークイン型の冷蔵庫

👂 聴こえるもの
- パン生地を混ぜる業務用ミキサーの駆動音
- レジがスライドして開く音
- オーブンのタイマーが「ビーッ」と鳴る
- 満員の店内で客が食べながらお喋りに興じる声
- ドーナツやマフィンを掴むときにパラフィン紙が「カサカサ」と音を立てる
- カトラリーや皿が「カタカタ」と鳴る
- 堅い皮のパンを「パリパリ」と噛む
- 人々がパンの美味しさを口に出して述べる
- オーブンを開閉する際に蝶番が「ギィ」と鳴る
- ベーグルや丸パンをナイフでそっと切る音
- 食器洗い機の水が「バシャバシャ」と音を立てる
- ゴミ箱にゴミが「ガチャン」と落とされる
- 入口のドアが開くときに鳴る鈴の音
- 携帯が鳴る
- 客に紙袋を「カサカサ」と折って手渡す

👃 匂い
- 膨らませて焼く酵母のパン生地
- 砂糖
- 溶けたバター
- コーヒー
- 焼いたパン
- 炒ったナッツ
- メープルシロップまたはハチミツ
- 紅茶
- 香りのよい香辛料
- ニンニク
- シナモン
- カルダモン
- ジンジャー
- レモン
- チョコレート
- オーブンで焦げ目をつけたチーズがけクロワッサンやベーグル

👅 味
- 溶けたバターが滴る焼きたての柔らかいパン
- ピリッと辛いジンジャー
- 舌の上で溶ける砂糖シロップ
- カリカリのナッツ
- 穀類や種
- 柔らかいクリームたっぷりのドーナツ
- 大きくうねったホイップクリーム
- 濃厚なチョコレート

ベーカリー

- 苦いコーヒー
- 水
- 種の入ったジャム
- 滑らかなクリームチーズ
- パンに飾られたレモンピール
- メープルシロップ
- 紅茶
- 塩
- 甘いベリー類またはリンゴがのった、砕けやすいパイ生地

質感とそこから受ける感覚
- 生地からはみ出て頬にくっついた冷たいジャムやレモンフィリング
- 指先に貼りつく砂糖の粒
- 乾いた粉砂糖が唇に付着する
- 指に貼りつくベトベトした砂糖シロップ
- 口元を紙ナプキンで拭う
- 水滴がついたグラス
- マグカップから手に伝わるコーヒーの熱で少し火傷する
- 食器洗い機にかけて温かくなった皿をテーブルに運ぶ
- しっとりしたロールパンを半分に割って、たっぷりとバターを塗る
- パイ生地や歯ごたえのあるパンのサクサクした軽い皮を噛む
- 舌の上にとろけ出すバターや溶けかかったジャム
- 砂糖の入った小袋を振ってから開ける
- ディスペンサーからナプキンを引っ張り出す
- 美味しいパンを最後まで味わい尽くそうと、指を皿に押しつけて残りかすを集める
- ロールパンにバターを塗るときに手に持ったナイフの重み
- 焼かれて薄くなったマフィンの包装紙の感触

物語が展開する状況や出来事
- 強盗
- 濡れた床で滑る
- 厨房が火事になる
- オーブンまたは揚げ物鍋を使っていた従業員が火傷を負う
- 混雑したイートインスペースでライバルに会い、人前で触れられたくないことで責められる
- 害虫がはびこる
- 細菌テロが発生する(多数の人を殺すために、工作員によって粉砂糖に炭疽菌が混入される)
- 抜き打ちの保健衛生調査
- 苦言を呈する保健衛生調査員
- 何かを口にしてアレルギー反応が起こる
- 食べ物に髪の毛が混入している

登場人物
- パン職人
- 客
- 配達員
- 従業員
- 保健衛生調査員

設定の注意点とヒント
店内で販売しているものの種類は、そのベーカリーが大きな商業店舗なのか、それとも家族経営の小さな店なのかによって異なるだろう。焼き菓子の販売だけを行ってイートインスペースを設けていない店もあれば、カフェのような雰囲気で、座ってコーヒーとともに食事ができ、友人と会うことのできるような場所を客に提供している店もあるだろう。ケーキやドーナツだけを扱う専門的なベーカリーもあれば、さまざまな焼き菓子やデコレーションケーキを販売する店もあるだろう。物語の中に多文化的な要素を取り入れたい場合には、ドイツや中国、あるいはスウェーデンなど独特の食文化圏に属した砂糖菓子を扱う店に仕立ててみるのもよいだろう。

例文
エプロンで手を拭くと、レジーナは輪状にしたいくつかのパン生地を、油が入った大だるに沈めた。ほんの数秒でドーナツは2倍の大きさに膨れ上がり、まるできつね色の小さな救命胴衣のようにギラギラと光る湯船に浮いている。頭の中でカロリーを計算しつつ、彼女はそのドーナツを取りだすと、食欲をそそる粉に触れないように気をつけながら、砂糖の入ったボウルに放り込んだ。自分の決意の程を調べてみたところ、どうやら敵を寄せつけない城壁くらい強固なようだ。ここで働きながらダイエットの目標が達成できれば、どこでだってできるはずだ。

使われている技法
直喩

得られる効果
登場人物の特徴づけ

場面設定 類語辞典 都市編

小売店

- 市場
- 占い店
- 骨董品店
- コンビニエンスストア
- 酒屋

- 質屋
- 食料雑貨店
- ショッピングモール
- 書店
- 中古車販売店

- 花屋
- ペットショップ
- 宝石店
- ホームセンター
- リサイクルショップ

| あ |
| か |
| さ |
| た |
| な |
| は |
| ま |
| や |
| ら |
| わ |

都市編 / 小売店

市場
[英 Bazaar]

関連しうる設定
郊外編 — 農産物直売会

👁 見えるもの
- 木製の壊れそうな露店の上に掛けられた、日光で色あせた縞模様の布や青いビニールシート
- 奥から急いで出てきてニコニコと接客する、マネーベルトをつけた店員
- 暑さを和らげようと客のために携帯型扇風機をつける
- いくつもの露店が軒を連ねる間に通った未舗装のでこぼこ道
- 物乞いをしたり人ごみの中で冷たい飲み物や安い小物を売り歩く子ども
- 品物を見て回り、値下げの交渉をする何百人もの人々
- 自分の店に引き込もうと買い物客らを呼び止める商人
- 周囲を徘徊して餌をせがむ野良犬
- 袋に入ったナッツや甘い菓子、串焼きの肉を食べる人
- テーブルに座って飲み物を喫る人（紅茶、ビール、水、地元の飲料）
- 調理中の鍋やヤカンから上がる湯気
- 見張りのために市場内を巡回する警官や民兵
- 外国語が書かれた手書きの表示
- 色とりどりのユニークな品で溢れるテーブルや棚（服、旗、帽子、敷物、深鍋や平鍋、靴、テーブルクロス、レース、原布、ウォールステッカー、陶磁器、楽器、子どもの玩具、大きな貝殻、香炉、宗教的な遺物、収集価値のある本、ライト、キャンドル、紙ランタン）
- 特定の文化を象徴するこまごまとした商品や手製の品（ラッカー塗装の箱、宝石およびビーズ細工、枕カバー、手縫いのバッグや革製品、彫刻）
- 食べ物（地元産の香辛料、特産品のジャム、バター、ハチミツ、紅茶、コーヒー、甘いお菓子、魚の薫製、ナッツ、新鮮な果物や野菜）

👂 聴こえるもの
- 客を呼び止めた店員が安さを保証しつつ店の商品を説明する声
- 犬が吠える
- 肉を「ジュージュー」と調理する
- 客が購入した品物を袋や新聞紙で包んで渡すときに「カサカサ」と音が立つ
- 携帯型ラジオから流れる地元の音楽
- 客が露店に入ったときに扇風機の風力が強まる音
- その商品を買うか否か、あるいはいくら払うかについて客たちが小声で相談する
- そよ風に揺れてウィンドチャイムが「チリンチリン」と鳴る
- 風に煽られて鋭い音を立てるビニールシート
- 土の道をすり足で進む足音
- 客が楽器を軽くつま弾く音

👃 匂い
- 地元の香辛料
- 調理された肉
- イーストの香りが漂うパン
- 汗
- 体臭
- ほこり
- カビ臭い布地
- お香
- コーヒー豆
- 煙
- 淀んだ空気
- ニンニク
- ミント
- 香りつきの石鹸やポプリ

👅 味
- 暑い日に一気に喉を潤す冷たい飲み物
- 地元屋台の珍しい風味の料理
- 熟した果物をかじる
- おやつに食べる甘い飴
- 揚げパンやケーキ
- 指先についたアイシングを舐める
- 興味のない珍しい料理を口にしたときの不快な味
- 屋台で試飲する煎れたての紅茶の苦い美味しさ

✋ 質感とそこから受ける感覚
- うわぐすりがかけられた壺や置物の重さ
- さまざまな種類の織物の質感
- 首の後ろの汗がそよ風に冷やされる
- 日焼けした箇所がチクチク痛む
- 勢いよく吹きつける扇風機の冷風
- 滑らかな銀製品
- 太陽の下に置かれて熱くなった金属製の深鍋
- 食後に手やシャツについた食べかすを払う
- 冷たい飲料水のペットボトルに付着した水滴
- 体を冷やすために額や首に

いちば ― 市場

- 冷たい飲み物を当てる
- 服や生地に縫いつけられた凹凸があるビーズ細工や刺繍
- 指から滑り落ちる絹のように柔らかな房飾り
- 雑多に積まれたブレスレットやその他の宝石をかき分ける
- 冷気を求めて着ているものを引っ張ったりパタパタと振り動かす
- テーブルや狭い場所にうっかりぶつかる
- 吊るしてある貝殻のモビールに頭をぶつける
- でこぼこした地面を歩き回り足が痛くなる
- 新しいサンダルや靴のせいで水ぶくれができる
- 袋の重さに両腕が垂れ下がり疲労感に見舞われる
- 日差しに照らされ脱水症状を起こしてフラフラする

❶ 物語が展開する状況や出来事
- スリ
- 文化に関する誤解(知らずに卑猥なジェスチャーをして相手を怒らせる)
- 迷子になる
- 言葉の壁
- 通貨の換算ミスで過剰に支払う
- 気が合わないパートナーと買い物をする(自分は買い物が大嫌いだが、一日中買い物に明け暮れる人に付き合わなければならない)
- どうしても手に入れたい品物があるのに見つからない

登場人物
- 物乞い
- 犯罪者
- 地元警察
- 地元の人
- 商人
- 孤児
- 観光客

- 小旅行の案内所で働く観光プランナー

設定の注意点とヒント

実在の市場を描く場合には、その地域で一般的に作られ販売されている品物について調べてみよう。完全に架空の市場を描く場合には、その地域の有名な品物、地元で栽培され収穫される食物、その国の文化や祝日、芸術的表現の象徴として用いられている色などを考えてみるといいだろう。

例文

ありとあらゆる色、それにものすごい数の人が大移動を繰り広げる混沌とした光景に圧倒されながら、私は市場の最前列を見て回った。どの露店もたくさんの布地や手製の枕、ビーズをあしらったバッグ、フリンジのついたショール、銀の小さなアクセサリーなどで溢れている。あるテーブルで見かけた枕カバーの刺繍に魅せられて足を止めたが、店主が聞き慣れない言葉で話しかけてきて次々と商品を押しつけて来たため、足早に立ち去った。それから人ごみをさらに奥へと進んである角を曲がると、芳醇ないい香りが漂ってくる。この列はもっと静かで、それぞれのテーブルには、挽いて粉末にしたばかりの香辛料を山盛りにのせた木のボウルがいくつも置かれていた。店の女性たちは口を開かないものの、笑顔が温かい人ばかりだったので、あっちでもこっちでも買おうと心に決めると、私はひとつの店でバニラビーンズを一袋、そしてまた別の店で細い糸状のサフランを購入した。

使われている技法
対比、多感覚的描写

得られる効果
雰囲気の確立、緊張感と葛藤

都市編 / 小売店

占い店
[英 Psychic's Shop]

関連しうる設定
駐車場、ショッピングモール、小さな町の大通り

👁 見えるもの

店内
- 天井のまわりに連なって掛かったライト
- テーブルの上に置かれた色付きのシェードランプ
- 火が灯されたキャンドル
- 部屋の隅を彩る鉢植え
- 壁に貼られた天体の絵
- ソファとフラシ張りの椅子が置かれた一角
- 植物が入ったテラリウム
- 店内をうろついている犬や猫
- サービスの紅茶や果物のフレーバーウォーターが置かれたカート
- 底に硬貨が沈む小さな願いの泉
- レジ
- 今後開催予定のセミナーや講座のチラシ
- ゲストブック
- 霊視を行う個室
- 商品(宝石、水晶、ドリームキャッチャー、竜・ユニコーン・天使・聖人の置物や像)が収納されたガラス張りのケース
- ティーセットとハーブティーが置かれた棚とテーブル
- ハーブ(ヒレハリソウの根、ナツシロギク、ヒソップ、キンセンカ)が入った小袋
- 鏡
- 魔除け
- エッセンシャルオイル
- キャンドル
- リラックス効果のあるCD
- 心を刺激するような言葉が型押しされた額
- (金、調和、友情、健康などの) 願い事のためのさまざまなキャンドル
- 書籍
- タロットカード
- 魔法の杖
- ルーン石碑
- お香
- 振り子
- 宗教的なグッズや大切な私物を入れておく祈りの箱
- 灰やハーブを入れて持ち歩く小瓶
- すり鉢とすりこぎ
- シンギングボウル

個室
- プライバシーを保つためのアコーディオンドア
- ふさ飾りのついたテーブルクロスが敷かれた丸テーブル
- クッションつきの椅子
- 収納用チェスト
- ランプ
- テーブルの上に広げられたタロットカード
- ボウルに入った水晶玉
- ティーカップ
- 香炉
- ティッシュ
- 彫像
- 鉢植え
- 天井や壁から垂らされたカーテン
- 壁に掛けられた絵画
- 名刺
- ペンと紙
- キャンドル

👂 聴こえるもの
- 店内に流れる霊妙な音楽
- 客が互いに「ヒソヒソ」と話す
- 泉が「ブクブク」と泡立つ音
- 店のドアが開くときに鳴るチャイム
- 電話が鳴る
- (店にペットの犬がいる場合) 犬の足の爪が「コツコツ」と音を立てる
- 紅茶がカップに注がれる音
- ハーブを入れるときにビニール袋が「カサカサ」と鳴る
- コインが泉に「ポチャン」と落ちる
- 商品展示用のガラスの扉をスライドさせて開ける音
- レジの引き出しが開く音、あるいは「ガチャン」と閉まる音
- レシートが「ジジジ」と印刷される音
- キャンドルに火を灯すためにマッチを擦る音
- タロットカードやエンジェルカードを引いてテーブルの上に置く音
- 個室から聴こえてくる小声
- 水晶玉が互いに「カチン」とぶつかり合う音
- 鼻をすする音や泣き声
- 箱からティッシュを「スッ」と抜く音

👃 匂い
- お香
- ハーブ
- 匂いつきキャンドル
- エッセンシャルオイル

👅 味
- ハーブティー
- 水

うらないてん ― 占い店

● 質感とそこから受ける感覚
- お香の匂いに鼻がムズムズする
- 両手を温めるティーカップ
- 霊視の結果をドキドキしながら待つ間に手のひらが汗ばむ
- 今にも流れだしそうな涙
- クッション性のある椅子でくつろぐ
- ツルツルした水晶玉
- 足元にすり寄る店のペット
- 羽のたくさんついたドリームキャッチャー
- 金属やガラス製の置物
- 茶葉の薄い小袋
- 紅茶を啜るときにティーカップから立ち上る湯気

● 物語が展開する状況や出来事
- 霊能者から悪い知らせを聞く
- ペテン師に出会う
- 誰かから見張られていたり、何かしら世間の反発に遭う占い店
- 矛盾する言葉を聞いてますます混乱に陥る
- 店の商品を壊し、そのせいで何か良からぬことが起きるのではと恐れる
- 疑い深い人のために心を読んでほしいと頼まれる
- 迷信を信じているために狭量だったり理不尽な客
- 決断も指示も霊能者に任せたがる客
- 霊能者として働くことに反発する家族
- 一時的に、あるいは永遠に霊能力を失う
- 客に好意を抱いたため、その人に悪い知らせを伝えたくない
- 有害な人々が自分の空間に入ってきたため、エネルギーを消耗する
- 客のためにひどく骨の折れる霊視を行い疲れ果てる

● 登場人物
- レジ係
- 代替治療の実践者
- 自分の悩みに対する答えを求めてやって来る客
- 配達員
- 大きな決断をしなければならない人
- 愛する人を失って深い悲しみの中にあり、元気づけてほしい人
- 霊能者
- 精神世界に傾倒する人

設定の注意点とヒント
霊能者による霊視は、紅茶占い、手相、オーラ、タロットやエンジェルカード、占星術、ルーン占い、(数字を用いる)数秘術、水晶、(私物を用いる)サイコメトリーなど、さまざまな手法を用いて行われる。霊能者はこうした分野の中のひとつ、もしくはいくつかの手法を専門としている人が多い。占いに加えて多くの占い店は商品販売も行っている。そのため占い店を訪れる客は、霊視をしてもらいたいという希望だけでなく、自分で使うその手の商品を購入したいという場合もあるだろう。

例文
店に足を踏み入れるとベルがチリンチリンと鳴り、そっと入店しようという試みは失敗に終わった。店内ではお香が焚かれていて、あまりの刺激に僕は咳き込んだ。スピーカーからは耳に残るようなベルと弱いフルートの音色が流れ、誰かが霊視をしてもらっているらしく、仕切りの向こうからはぶつぶつと話す声が聴こえてくる。待っている間、僕は店の中を回ってみた。水晶玉、願い事用のキャンドル、ドリームキャッチャー、タロットカード……敬虔なカトリック教徒の祖父母が僕の狙いを知ったら、一瞬で悪魔払いの予約を入れられてしまうだろう。自分は完全にどうかしてしまったのだと思いつつ、ポケットの中に両手を押し込めた。でも、父が姿を消してからすでに22日が経過しているし、今度の場合はこれまでより1週間も長い。だから、本当にこのまま父が戻ってこないのか、どうしても知る必要があるのだ。

使われている技法
対比、多感覚的描写

得られる効果
背景の示唆、緊張感と葛藤

骨董品店
[英 Antiques Shop]

関連しうる設定
アートギャラリー、質屋、リサイクルショップ

👁 見えるもの
- 年代物の「いらっしゃいませ」と書かれた看板
- 両側にものが陳列されたテーブルが何列も並ぶ狭い通路
- 銀製やクリスタル製の品物が太陽の光を微かに反射する
- 精巧に彫られた額に入って壁に掛けられた油絵
- 年月の経過で傷みが生じ、銀メッキが一部剥がれてきている金縁の鏡
- (繊細な置物、収集価値のある皿、陶磁器のカップ、指ぬきのコレクションなどがしまわれた) 年代物の木製キャビネット
- 家具の上に置かれたこまごまとした品物や古い模造宝石類
- クリップで吊るされた複雑なつくりの手製の敷物
- 頭上に吊るされたキラキラと輝くクリスタル製のシャンデリアやランプ
- 時代を象徴する企業のさびて色あせた看板 (コカ・コーラ、ペプシ、ガーバー)
- さまざまな国や文化圏の像や仮面、彫刻
- 滑らかな石がはめ込まれたエキゾチックな木製の宝石や葉巻入れ
- 引き出しがややゆがんだ手彫りの化粧台
- 額に入った白黒写真のコレクション
- 金属製のくぼんだオイルランタン
- 彫刻やラッカー塗装が施された椅子
- ステンドグラスの一部
- 人形
- ボタンのコレクション
- 古い硬貨や戦争にまつわる品物 (メダル、プロパガンダのポスター、拳銃、服、ベレー帽)
- 銀や銅でできたロウソク立て
- 擦り切れた革ひもがついた蓋つきの古い大きな箱
- ビンテージのヘアブラシ
- カミソリの刃
- 折りたたみナイフ
- 時計
- 服
- レース
- 古い農工具や洗濯板
- 木製の家具の脚
- ミシン
- 大量のレコード
- 絹製のひだがついた手製のクッション
- 花瓶
- 楽器
- 振り子時計
- 年代物の本やマンガの山
- 腕時計
- 古いカメラ
- 塩を入れる容器のコレクション
- 暖炉前の飾り部分や本棚に並んだ宗教的な小さい彫像やシンボル
- レアな品物がガラスの中に入ったゴチャゴチャしたカウンター
- レジに備え付けられた手書き用の領収書
- ペンが入った瓶
- ある品物とその歴史について語る熱心な店主

🔊 聴こえるもの
- 店のドアが開くときにベルが鳴る
- 品物について話し合う客たちの声
- 振り子時計が「チクタク」と鳴る
- 年代物のレコードがBGMとして流れる
- 客が古いギターの弦を試しに爪弾く音
- ピアノが狂った音を出す
- 床板が「ギィギィ」と音を立てる
- 「カチン」「ドスン」と静かに音を立ててものを取りだしたり動かす
- キャビネットやトランクを開けるときに蝶番が「ギィ」と鳴る
- 机のゆがんだ引き出しを引っ張って開ける際にこすれる音
- 驚いて、あるいは感嘆して息を呑む音
- 客が購入したものを「カサカサ」と音を立てて丁寧に紙で包む

👃 匂い
- 油絵
- 木材
- ラッカー
- カビ臭い布
- ポプリ
- 革
- 紙
- ほこり

👄 味
- カウンターのボウルに入った無料のミント
- (店内での飲食を禁じている

こっとうひんてん　骨董品店

ところがほとんどだが）客が店に持ち込んだガムやその他の軽食

質感とそこから受ける感覚
- 塗装が欠けてでこぼこしたアンティーク調のキャビネットや鏡のフレームの質感
- ラッカーが施された木材
- 家具に備えついたクッションの滑らかな錦織や布地
- パリッと糊のきいたレース
- くぼみがある鋳物の粗さ
- 触れると冷たく感じる釉薬が施された置物
- テーブルやチェストに腰をぶつける
- 硬いフローリングからフラシ天の敷物の上に移動する
- 品物の支払いをするときに手に持ったお札のきわめて薄い感触
- 質感を味わうためにレースや布地に触れる
- トレイや葉巻入れの上の装飾的な象嵌に指を走らせる
- 真鍮のロウソク立てを手に持ったときのひんやりとした重み
- 彫刻が施された仮面の切り目に触れる
- 手製のチェス盤や葉巻ケースの木目に指を滑らせる

物語が展開する状況や出来事
- 窃盗
- 呪われた品を発見する
- 地震や付近の建設工事のせいで貴重品が揺れて破損する
- 自分の家系にまつわる品を見つけるが、店主が売ってくれない
- 収集価値のある品を探し求めるが、他人に先を越される
- 非常に価値の高い品に誤ってぶつかり、ひっくり返す
- 配線に不備があり火事が発生する

- 偽物の芸術作品を発見する
- 本当は入念に修繕されたものだが、元の状態のままだとだまされて骨董品を売りつけられる
- ナチスの軍服や彫刻が施されたサイの角といった、タブーとされるものを売りたい人

登場人物
- 骨董商
- 客
- 配達員

- 従業員
- 家宝を売って手っ取り早く現金が欲しい売り手
- 店主やマネージャー
- ウィンドウショッピングをする人

設定の注意点とヒント
骨董品店は、あらゆるものがごちゃ混ぜに置いてある場合もあれば、特定の年代や種類の品だけを専門とする店もあるだろう。店によってはきちんと品物を配置し、家具や展示品を部屋ごとにまとめているところもあるし（たとえば台所関連の骨董品はダルマストーブや台所テーブルの上に置かれている、といったように）、テーマごと（第二次大戦関連の品物など）に陳列しているところもある。物語の中で骨董品を活用したい場合は、登場人物が直面する課題や個人的な問題に意味を与え、象徴的な状況をもたらすような品を選ぶとよいだろう。

例文
それは、この場所にふさわしくない人形だった。確かに1800年代にドイツで作られた人形ではあるものの、戸棚に飾ってある戦前に作られたほかの玩具からは擦り切れるまで長く愛用されたことが伺える一方、彼女は違った。その青白い顔と青いガラスの瞳は、人を寄せつけないよそよそしさをたたえている。アリスがその人形を積み木と手彫りの操り人形の間に置いたはずなのに、彼女はみんなから離れて端の方に座っていた。これまで客たちは、戸棚の近くまで来ると決まって妙な匂いについて訊ねた――布が燃えている匂いだ。そう口にしてから、あの人形に見られている気がすると言って十字を切った客もいる。だから彼女は人形をガラスケースに移したのだった。無論、ばかげているとは思う。しかしそこに立つと、アリスは微かに煙の匂いを感じた。両腕をこすり、それからいったい自分は何をやっているのだと思い留まった。いやだ、とうとう老婦人方の迷信に耳を貸すようになったのかしら？　顔に浮かべた笑みが震える。それでも、買い手がつくかどうか、試しに人形の値段を下げてみるのも悪くないはずだ。

使われている技法
対比、多感覚的描写

得られる効果
雰囲気の確立、伏線、背景の示唆、緊張感と葛藤

都市編 / 小売店

コンビニエンスストア
〔英 Convenience Store〕

関連しうる設定
ガソリンスタンド、食料雑貨店、サービスエリア

👁 見えるもの
- (牛乳、バター、その他の乳製品、さまざまな大きさの清涼飲料、ビタミンウォーター、ジュース、水、栄養ドリンクが陳列された) 壁を背に作りつけられた大型冷蔵庫
- タイル張りの床
- 列をなし通路を形成している棚
- 医薬品のコーナー (痛み止め、胃腸薬、風邪薬)
- 衛生用品 (タンポン、コンドーム、制汗剤、シャンプー、ハンドクリーム、抗菌ウェットティッシュ、旅程分だけ用意したおむつ)
- 缶製品 (マメ、ラビオリ、スープ)
- 屋外活動用の塗布薬 (虫除けスプレー、日焼け止め)
- モーターオイルや芳香剤などの車用品
- 各種スナック菓子 (砂糖菓子、ガム、チョコバー、ポテトチップス、グラノラバー、ドーナツ)
- セルフのドリンクコーナー (ソーダマシン、コーヒーのディスペンサー、コーヒーの調味料、カップ、蓋、ストロー、ナプキン)
- スライスされてないパン
- マークシートに記入方式の宝くじ
- (コーヒー、ホットチョコレート、フローズンドリンクのディスペンサーが置かれた) ドリンクカウンター
- 新鮮な果物や個包装されたサンドイッチが並べられた扉がついていないタイプの冷蔵ショーケース
- 店内の各所に設置された防犯ミラーやカメラ
- 新聞や雑誌が置かれたスタンド
- (レジ、ライター、スクラッチ式の宝くじ、成人雑誌、ペパロニやビーフジャーキーが入った容器、瓶の栄養ドリンク、暦、その他衝動的に買いたくなるような小さな商品が陳列された) カウンター
- 壁一面に並ぶ紙巻き煙草や刻み煙草
- 宝くじ販売機
- 壁に貼られていたり、天井から吊るされた広告
- セール商品や特売品を記した手書きの貼り紙
- 保管庫と用務倉庫も兼ねた従業員の部屋へと通じる奥まった廊下
- オフィス
- トイレ

🔊 聴こえるもの
- ドアチャイムが鳴って自動ドアが「ブーン」と開く
- 密閉された冷蔵ケースの扉が開く音
- 飲料のペットボトルが「カチカチ」とぶつかり合う
- 手前の飲み物を取りだしたとき、後ろのペットボトルや缶がスライドして前方に移動する
- 砂糖菓子をねだる子どもの声
- 氷が「カラカラ」とカップに注がれる
- ディスペンサーからソーダを注ぐ音
- 包み紙を破るために誰かがカウンターにストローを軽く打ちつける音
- フローズンドリンクのマシンが轟音を立てる
- コーヒーを煎れる音
- ポテトチップスの袋が「カサカサ」と鳴る
- 客と店員が話している声
- カウンターに小銭が落ちる音
- レジが「チン」と鳴って開く
- 引き出しの開閉音
- ビニール袋が「カサカサ」と鳴る
- デビットカードの端末からレシートが出てくる音

👃 匂い
- エアコン
- 抽出中のコーヒー
- 松の精油やレモンクリーナー
- ガソリン
- カウンターに付着した回転式ホットドッグマシンの油
- 清掃用品

👅 味
- 甘いフローズンドリンク
- レジの列に並びながらゴクゴクと飲む水や炭酸飲料
- マドラーで混ぜる前に、クリームや砂糖がじゅうぶん入っているかどうか、コーヒーを一口飲んで確かめる

✋ 質感とそこから受ける感覚
- 鮮度を確かめるためにパンをギュッと押してみたときのわずかな弾力性
- フローズンドリンクを飲んで冷たい衝撃が走る
- 冷蔵庫に入った飲料容器の水滴

こんびにえんすすとあ｜コンビニエンスストア

- 光沢ある雑誌の表紙
- 破く前に砂糖の小袋を指で軽く叩きながら振る
- 支払いを待つ間、デビットカードの表面のでこぼこした番号に指を走らせる
- 腕を曲げてたくさん抱えた品物のバランスをとる
- 床のベトベトした箇所を踏む
- カップに飲み物を注ぎすぎて、泡だったソーダがこぼれる

❶ 物語が展開する状況や出来事
- 万引き
- 入口付近でうろつく10代の子どもや怪しい様子の人物
- ひとりで店番をしているときに妙な行動をとる客を目にする（周囲をしょっちゅう見回す、コソコソしている）
- 強盗
- 小さな子どもを汚いトイレに連れていかなければならない
- 店内に客が多すぎて全員を見張ることができない
- シフトの真っ最中に店員が辞める
- 甘いものをたっぷり食べた子どもが床一面に嘔吐する
- 10代の子どもがビールや煙草を買おうとする
- 赤ん坊や犬が車内にいる中で、客が車のキーを車内に置いたままロックする
- 駐車場で自動車の乗っ取りが発生する

❷ 登場人物
- 大人の客
- 配達員
- 店員
- 10代の少年少女や小さな子どもたち

設定の注意点とヒント
とりわけガソリンスタンドに併設されている店舗などによく見られるが、コンビニエンスストアのなかには、テイクアウト用の小さなカウンターや、ミニサイズのレストランコーナーを店内の一部に設けているところがある。運転中に手早く食べられるものを探す人や、長距離旅行中に休憩を取る人のために、限られた種類ではあるが必要な商品を提供するサービスだ。数は限られているがアルコール飲料（いくつかのブランドのビールやカクテルなど）を販売している店舗もある。

　コンビニエンスストアという場所を目立たせる別の方法として、地元の人々が必要としていたり欲しているものを置かせてみるという手がある。たとえば湖に近い店舗なら、釣りの道具を置いたちょっとしたコーナーや、生き餌を入れるクーラーボックスが置いてあるかもしれない。キャンプやハイキングに行く人々が利用する店舗なら、持ってくるのを忘れがちなキャンプ用品だとか、ハイキング中に食べやすい食品を売っていたりするだろう。またウォーターパークのような観光地にほど近い店なら、日焼け止めや空気で膨らませて使うプール用玩具、サングラス、帽子、パークの名前入りの小さな土産物まで置いていることも考えられる。コンビニエンスストアのような見慣れた設定にこうした要素を少し加えてみるだけで、平凡な場所が目新しくユニークなものに変わるのだ。

例文
ランダールがドアをグイッと押し開けると、汗にまみれたシャツが瞬時に冷やされた。頭を後ろに傾けて目を閉じる。エアコンとはなんと気持ちがよく最高なものか。手持ち金は数ドルしかなかったが、彼は時間をかけて列を見て回り、その後ようやく冷蔵庫から飲み物を選んでカウンターに持って行った。バス停からここまで来るのもやっとの状態だったのだ。また炎天下を歩いて帰宅する前に、できる限り体を冷やしたかった。

使われている技法
対比、隠喩、天気

得られる効果
雰囲気の確立

509

都市編 / 小売店

酒屋
〔英 Liquor Store〕

関連しうる設定
郊外編 ── ワインセラー、ワイナリー

👁 見えるもの
- 陳列された樽
- 泥落としマットが置かれたフローリングの床
- 特売品が書かれたホワイトボード
- 酒のブランドを宣伝するポスター
- 購入品用買い物カゴ
- プライスカード
- (「一杯のワインを味わう時間はいつだってある！」など言葉が刻まれた) 流行りの飾りプレート
- 酒のボトルが並ぶ陳列棚
- (ウイスキー、バーボン、ウォッカ、ワイン、ビール、テキーラ、リキュールカクテル、ラム、ジン、ポートワイン、コニャックの) ボトルが並ぶ床から天井まで届くラック
- 上の棚の商品を取るためのスライド式はしご
- 6缶1パックのビールが入った冷蔵ケース
- 酒のボトルが入った蓋の開いた木箱
- 販売用ディスプレイとして山積みのワインの箱
- 特定の基準 (ブランド、ワイナリーの場所、ワインの種類) に沿って並ぶワインのボトル
- 壁に貼られた世界のブドウ園の地図
- ワインの試飲テーブル (ワインのボトル、氷の入ったバケツ、コルク抜き、ワイングラス、試飲のワインを注ぐ店員、グラスを回して匂いを嗅ぐ客)
- 店の奥にある納品エリア
- (コルク抜き、シャンパントッパー、グラス用のタグ、ショットグラス、ポアラー、縦長のギフト袋、冷凍可能な光る氷、ジェルを使ったガラス製品などの) 小物を販売するレジ
- 酒に関連した書籍

👂 聴こえるもの
- 店のドアが開くときのドアチャイム
- 客が質問する
- 事務所の電話が鳴る
- 床で靴が「コツコツ」と足音を立てる
- 客がラベルを回したり棚から商品を取るときにボトルが「カチャカチャ」とぶつかり合う
- 木箱が床をこする音
- 冷蔵室へと通じる人感センサー式のドアが「シュッ」と開く
- 店内スピーカーから流れる音楽
- はしごがレールの上をスライドして動く音
- ワインがグラスに注がれる音
- 試飲中のワインについて店員が説明する声
- ビニール袋が「カサカサ」と音を立てる
- レジが「チン」と鳴る
- 外の歩道から聴こえる騒音 (通り過ぎていくスケートボード、舗道を歩く靴音、煙草休憩中の店員同士の会話、けたたましい子どもの声)

👃 匂い
- ボトルに注入されるワイン
- 瓶が割れたときに漂うビールの酸っぱい臭い
- 清掃用品
- 雨の日の泥だらけのフロアマット

👅 味
- 試飲されるワインを除けば、登場人物が場面に持ち込むもの (チューインガム、ミント、口紅、煙草といったもの) 以外に、この設定の中には関連する特定の味覚というものが存在しない。特定の味覚がほとんど登場しないこのような場面では、ほかの4つの感覚を用いた描写に専念するのがよいだろう。

✋ 質感とそこから受ける感覚
- フローリングやタイル張りの床にコツコツと当たる靴
- 自分の腕を引っ張る買い物かごの重み
- スベスベした酒瓶
- 試飲中にワイングラスを回す
- 球根のかたちをしたコニャックのボトル
- 重たいワインケース
- ワインのボトルの長い首部分を持って運ぶ
- 腕を曲げてバランスをとりながら数本のボトルを抱える
- こぼれた液体の周りを慎重に通過する
- 冷えたビールを1パック取りだすために冷蔵庫の取っ手を引っ張る
- ワインのボトルを落とし、液体やガラスの破片が飛び散る

さかや｜酒屋

❗ 物語が展開する状況や出来事
- 高価なワインやポートワインのボトルを落とす
- 陳列商品をひっくり返す
- アルコール依存症と闘っているという罪悪感において生じる内面の葛藤
- あるイベントでワインを持参する係になったが、種類を間違えて購入してしまった
- 武装した強盗
- 店員が商品を勝手に試飲する
- 地震によって広範囲にわたって品物が破損する
- ボトルが破損したとごまかして、店員が品物を盗む
- 大人に金を払って代わりに酒を購入してもらった未成年が捕まる

🧑 登場人物
- 経営者
- 客
- 配達員
- 酒販業者の営業担当者
- 店員
- 店の所有者

設定の注意点とヒント
酒屋には規模も状況もさまざまなものがある。たとえば高価な商品を取り扱う洒落た内装の高級な店もあるし、より狭くてありふれた商品だけを扱うみすぼらしい店もあるだろう。ワインや特産の蒸留酒といった特定の商品だけを扱う店も、安価な品のまとめ買いに特化した店も考えられる。酒屋は流行りの地区や怪しい通りに店を構えていることが多いが、中にはワインやポートワインの試飲会、漬け込み酒づくり、カクテルづくりといった特別なイベントを開催する店舗もある。多くの設定に言えることではあるが、物語のためにどんな店を起用するかという選択は、ほとんどが自分の登場人物にかかっている。酒屋の設定を選ぶ場合には、登場人物のニーズや、その人物が足繁く通いそうな店の種類を検討してみるといいだろう。

例文
ドアチャイムが鳴ったので顔を上げると、初めて見る客が店の後方に猛スピードで向かうところで、茶色い縮れ毛だけがわずかに確認できた。一瞬スパンコールが視界をよぎり、ムシャクシャしている穴掘機のごとく、ツカツカとタイルの上を歩くヒールの音が聴こえるだけだ。冷蔵ケースの扉がスライドして開けられたかと思うと勢いよくバタンと閉まり、メルローが並ぶ隣の棚がガタガタ揺れた。足音とぶつぶつ言う声が徐々に大きさを増し、再び姿を現した彼女は、1ケースのビールと1本のクエルボをカウンターの上に滑らせて寄越した。頬は紅潮し、涙でマスカラがすべて流れ落ちている。僕は大丈夫かと声をかけようとして口を開いたが、ギロッと睨まれたため慌てて閉じた。

使われている技法
多感覚的描写、直喩

得られる効果
背景の示唆、感情の強化

都市編 / 小売店

質屋
[英 Pawn Shop]

関連しうる設定
骨董品店、リサイクルショップ

👁 見えるもの
- 黒いフィルムが貼られた窓
- 室内の明るい照明
- 後方の壁に設置された長い鏡
- 狭い通路
- さまざまな商品が置かれた棚（ラジオ、テレビ、電子レンジ、オーブントースター、加湿器、ミシン、掃除機、ハンドバッグ、革のジャケットや毛皮のコート、HDD、ノートパソコン、DVDプレーヤー、山積みの古いレコード）
- 壁の釘にかかった商品（サングラス、双眼鏡、ヘッドホン）
- より高価な品物が収納されたガラス製のカウンターケース（腕時計、指輪、チェーン、携帯、カメラ、タブレット、電子書籍リーダー、ゲーム用機器）
- 楽器や音楽機器（ギター、ドラム、アンプ、キーボード、イコライザー、金管楽器、ハーモニカ）
- 額に入ったサイン入りの記念品
- さまざまなスポーツ用品（釣り竿、サーフボード、アーチェリーの弓、インラインスケート、自転車とヘルメット）
- コレクション用の箱に入った人形
- 剣や軍用ナイフ
- ラジコン
- 大型商品（ホイールキャップ、タイヤとリム、チェーンソー、芝刈り機やブロワー、カーステレオ機器）
- 工具（のこぎり、ドリル、研磨機、エアコンプレッサー）
- （ノート）パソコン

- カウンターの後ろにある施錠された金庫
- 品物を詳しく調べるための拡大鏡
- 宝石クリーナーやクロス
- さまざまな品物をコンセントにつなげるよう壁のあちこちに張り巡らされたケーブル
- 防犯カメラ

👂 聴こえるもの
- 店内BGM、あるいはフロントの後ろで店員が観るテレビ番組のくぐもった音
- 人の話し声
- 客と店員が議論する声
- 電話が鳴る
- ドアが開いたときにチャイムが鳴る
- 足音
- キーボードが「カタカタ」と鳴る
- タイル張りの床を「キュッキュッ」と歩く靴の音
- 奥の部屋で店員が商品に関する作業を行う声や物音
- 新しい品物を設置するためにほかの商品を押しのけて場所を作る物音
- ケースを開けるときに鍵が「ジャラジャラ」と音を立てる
- 客に見せるために棚から重たい品物を取りだして床に置く音
- 客のために音質テストを行う（テレビをつける、キーボードを演奏する、ギターを爪弾く、電子レンジのスイッチを入れる）

👃 匂い
- ほこり
- （工具や機械の近くの）潤滑油およびオイル
- カビ臭い空気

👅 味
- 設定の中には、登場人物がその場面に持ち込むもの（チューインガム、ミント、口紅、煙草といったもの）以外に関連する味覚というものが特にない場合もある。特定の味覚がほとんど登場しないこのような場面では、ほかの4つの感覚を用いた描写に専念するのがよいだろう。

✋ 質感とそこから受ける感覚
- ほこりっぽい箱
- 汚れた芝生工具
- 電気装置から突き出たスイッチ
- きちんと確認してもらうために重たい品物を奥の部屋に持ち込む
- カウンターの傷ついたガラス面が指に当たる
- 手の中でくたくたになったお札の感触
- 張りつめたギターの弦をグイと引く
- コートの柔らかな毛皮に手を走らせる
- 握った釣り竿の重み
- 大きさを調べるために自転車に乗ってバランスを取る
- 柔らかい革の上着や手袋
- 長さを確かめるためにハンドバッグを肩にかける
- レコードの山をパラパラと捲る
- サイズを確かめるためスケート靴に足を入れる

しちや｜質屋

❗物語が展開する状況や出来事
- 盗品を仕入れてしまい、それを売ってしまったことを非難される
- 値段交渉が下手
- ペテン師と取引する
- 切実に金が必要だが、売る品物に対して満足のいく金額が支払われない
- 店の居心地が悪くなるような怪しい人々
- 品物を売ってもらったが故障していることが発覚する
- 動作しないなど何かしらの欠陥がある品物を売り込み、不良品であることが気づかれないことを願う
- こっそり質屋で取引しようと思っていたところで、知り合いに遭遇する
- 誤って商品を落とす、または棚をひっくり返す
- 強盗
- 質屋を舞台に犯罪が発生する
- 客から品物を購入した店主が、盗品だったり犯罪に使われた品物であることを発見する
- 相談もなく伴侶が持ち込んだ品物を取り返すために、腹を立てた客が乗り込んでくる

👥登場人物
- 客
- 店員

設定の注意点とヒント
質屋というのは、金を必要としている人々が早急にそれを手にすることができるサービスを提供する場所だ。客が状態のよい品物を同意した額で質屋に売り、質屋がその商品を自分の店で売るという流れが基本であるが、品物を担保に金を借りるという方法も選ぶことができる。つまり、客が一定期間にわたって品物を貸し、それと引き換えに業者が一定の金を支払うということだ。品物を取り戻すためには、客は定められた期限内に利子をつけて金を返さなければならない。さもなければすべてを失う可能性がある。

例文
宝石が並ぶ傷だらけのカウンターやDVDが置いてある棚を通り過ぎながら、ジェイクはポケットから一枚の紙を取りだした。ここが3軒目だったが、どの質屋も古いカーペットとモーターオイル、それにテイクアウトの料理が混ざった同じ臭いがする。後者の香りは、監視カメラの映像で客の様子をチェックしながら、カウンターの後ろにある無力なスツールの息の根を懸命に止めようとしている巨漢の男から漂っていた。ジェイクは奥へと向かった。そして1台の芝刈り機と2本のエレキギターのそばを通り過ぎたところに、目的のものを見つけた。オーディオ機器だ。ひとつの商品にすばやく目を通しては次に移ることを繰り返すうちに、角にへこみがあり、小型で黒いBOSEのウェーブ・スピーカーが目にとまった。それを引っくり返し、手持ちの紙に書いてある製造番号と比べてみる。ビンゴ。彼は唇をきつく結んだ。ポールの野郎、殺してやる。

使われている技法
隠喩、多感覚的描写

得られる効果
登場人物の特徴づけ、背景の示唆

都市編 小売店

食料雑貨店
〔英 Grocery Store〕

関連しうる設定
郊外編 ― 農産物直売会
都市編 ― 市場、コンビニエンスストア、駐車場

◎ 見えるもの
- クリーム色に塗られた金属製の棚の列
- 明るい蛍光灯
- 人気商品やセール商品が積み上げられた陳列棚（スープ缶、ポテトチップス、BBQソース、シリアル）
- セールの表示
- 店のモットーが書かれた懸垂幕
- 各列に置いてあるものを記した標識
- 家庭用品の棚（トイレットペーパー、クリーナー、食器用の液体洗剤、洗濯洗剤）
- 缶詰（スープ、ツナ、マメ、トマト、コーン）
- 箱詰めや袋詰めされた商品（マカロニ＆チーズ、ごはんの素、ポテトチップス、砂糖、小麦粉、シリアル）
- 新商品の試食コーナー
- 補充品の箱を積んで通路を妨げる台車
- 棚をざっと見て回る客
- 母親が押すカートにぶら下がったり子ども用カートに押し込まれた子ども
- 既成のフラワーアレンジメントやギフトが置いてある花売り場
- （包装されたパン、ケーキ、ドーナツ、その他の砂糖菓子が置いてある）ベーカリー
- 薫製にした肉や料理人が作ったサラダが並ぶデリコーナー
- （ステーキ、ハンバーガー用の肉、豚肉、鶏肉がトレイに並ぶ）精肉売り場
- （カニの足、エビ、サーモンやメカジキのステーキ、オヒョウ、マス、尾頭つきの魚、貝つきのカキ、新鮮なロブスターが入った水槽、調理されたシーフードの惣菜が並ぶ）鮮魚売り場
- （アイスクリーム、冷凍野菜、ピザ、手軽な夕食などが冷凍ケースに並ぶ）冷凍食品棚
- 色とりどりの新鮮な果物や野菜がカゴや容器に山のように並んでいる青果物売り場（オレンジ、メロン、リンゴ、ピーマン、袋に入ったジャガイモ、タマネギ、葡萄、バナナ、ベリー類）
- 四角い大型の容器に入った食料が並ぶ量り売りコーナー（ドライフルーツ、ナッツ、穀物、ベーキング材料、飴）
- レジコーナー（黒いベルトコンベア、客の品物をレジに打ち込む店員、電池やミントなどの買い足し品を煽る棚、砂糖菓子のコーナー、雑誌のラック、エコバッグ売り場）
- 客の購入品をショッピングカートにのせる袋詰め係
- クリップボードを手に店内を歩き回るマネージャー
- スチームクリーナーの貸し出しスタンド
- 店の表側に沿って並ぶガラス窓
- カスタマーサービスセンター
- ATM

◎ 聴こえるもの
- 店内スピーカーから流れる軽音楽
- 袋が「カサカサ」と音を立てる
- レジ係が値段を確認するために店内放送でほかの店員を呼ぶ声
- レジで品物を通すときに「ピーッ」と鳴る音
- カートの車輪が「キィキィ」と鳴る
- エアコンの風の音や自動ドアの開閉音
- 青果物売り場や量り売りコーナーでロール型の袋を引きはがす音
- 電話が鳴る
- 金属製のカートの中で缶が「カチャカチャ」と鳴る
- 乾燥パスタの箱が「カサカサ」と鳴る
- 炭酸飲料のセットやその他の重たいものをベルトコンベアの上に「ドスン」とのせる
- チラシからクーポンを切りとる音
- 買い物が長過ぎて子どもがぐずったり泣いたりする
- 買い物をしながら携帯で話をする声

◎ 匂い
- ベーカリーから漂う温かいパンの酵母の香り
- オーブンから出したばかりの熱いシナモンブレッド
- 香りのいい鶏肉を串刺しにして焼く
- 鮮魚コーナーの塩水
- 鼻にツンとくるトマトのつる
- 切り立ての生花
- エアコン
- サンプルコーナーであぶっている、香辛料で味をつけたソーセージ
- 家庭用品の棚から香る乾燥機用柔軟剤や洗剤の清潔な匂い

しょくりょうざっかてん — 食料雑貨店

- 切って開けるときの段ボール箱の匂い
- 金属製の棚
- 冷凍コーナーの霜やドライアイスから匂うオゾンの刺激臭
- 店員にまだ廃棄されていない腐った果物や野菜

味
- サンプルコーナーの試食品（ソーセージ、シナモンブレッドやその他のスイーツ、ペストリー、飲み物、ヨーグルト）
- 買い物中にポテトチップスあるいはクラッカーの箱を開けてつまむ
- ガム
- ミント
- 砂糖菓子
- コーヒー

質感とそこから受ける感覚
- ショッピングカートの冷たい金属
- ひとかたまりのパンをギュッと押してみる
- ほこりっぽいジャガイモ
- 熟し加減を確かめるために果物を軽く押してみる
- 冷凍庫から取りだす冷たいマメの袋
- 冷凍庫を開けたときに勢いよく顔にあたる冷気
- 柔軟剤のコーナーでいろんな香りが押し寄せてきて鼻がムズムズする
- ドッグフードが入ったかさばる袋
- 重たいカートを押す
- 溢れんばかりにものをのせたカートを押して通路を進む
- ひだのあるハーブ（コリアンダー、パセリ）
- 噴霧されたばかりの農産物に触れて手が濡れる
- くっついている金属製のトレイ

- 弾力のあるマッシュルーム
- 触れるとしわが寄るセロファン紙の袋
- 買い物袋に手や腕を引っ張られる

物語が展開する状況や出来事
- 強盗
- 興奮状態の幼児が店内で金切り声を上げる
- 長蛇の列だがレジ係が少ない
- 陳列されていた商品が倒壊して人が怪我をする
- 価格について口論になる
- 商品を袋詰めされてから、家に財布を忘れてきたことに気づく
- 無礼だったり無能な店員
- レジ係の袋詰めが下手で、買ったものやパンが潰れる
- 駐車場で買い物袋が裂ける
- 放置されて勝手に動いたカートにぶつけられ、車のドアがへこむ
- 自分が必要とする材料を見つけることができない

登場人物
- 客
- 配達員
- 棚卸しの専門家
- 店の外でチャリティーくじやクッキーを売る人
- ほかのチェーン店から価格調査に訪れた人
- 客を装った店の調査員
- 店員およびマネージャー

設定の注意点とヒント
食料雑貨店は大きなチェーン店のひとつであることが多く、そのためどこの店もデザインが似通っていることが多い。置いてある商品の種類は店ごとに異なるが、規模の小さい独立した食料雑貨店であっても基本的なものは揃うはずだ。人は家の近所の店で買い物をするものなので、登場人物に対して緊張感や葛藤を足すために、詮索好きな隣人や元カレなどをこの場所に放り込むことも容易いだろう。

例文
もしも地獄に食料雑貨店があるなら、きっと売っているものはひとつだけだ。そう、砂糖菓子。どうしてわかるかって？　それはいつ何時店を訪れても、品物でパンパンになったカートを押しながら、色とりどりのリコリス飴やゼリービーンズが並ぶコーナーにさしかかると、決まってある光景を目にするからだ。母親のズボンにしがみついて、袋入りのグミだのチョコバーだのをせがんで甲高い声を上げている、ヒステリックなガキ。おかげで砂糖を摂取する気が失せそうになるほどだ。ましてや、子どもを作ろうなんて気は確実に失せる。

使われている技法
多感覚的描写

得られる効果
登場人物の特徴づけ

都市編 / 小売店

ショッピングモール
[英 Shopping Mall]

関連しうる設定
書店、カフェ、デリ、エレベーター、ファストフード店、美容院、アイスクリームショップ、宝石店、映画館、立体駐車場、駐車場、ペットショップ

👁 見えるもの
- ブランド名の入った袋を手にテイクアウトのコーヒーを飲む人々
- 鮮やかな店の看板
- ガラスのドアや窓
- 手入れが行き届いた公衆トイレ
- 中央に食事用のスペースがあるフードコート
- ベンチで休憩していたり携帯をチェックしている人
- 名産品の売店
- 巨大なセール表示が掲げられたショーウィンドウ
- タイル張りの床
- 鉢植え
- エスカレーターや階段
- 両側がガラス張りのエレベーター
- ATM
- 店員
- ベビーカーを押して歩く親
- さまざまな商品の専門店(服、家庭用品、葉巻、コーヒー、家具、書籍、ハンドバッグやトランク、アートワーク、家電や音楽ソフト、ゲームや玩具、宝石、健康食品、妊婦用品、子ども用品、小物、化粧品)
- 銀行
- 旅行代理店
- レジで順番を待つ人々の列
- 試着後に放置された服が山積みになった試着室
- カラフルな服の並ぶラック
- 商品でいっぱいの棚
- ゴミ箱
- 彫刻作品や芸術作品
- 噴水
- 出口表示
- 自販機
- インフォメーションデスク
- (座り心地のよい椅子、テレビ、電子機器の充電設備がある)ラウンジ
- 明るい照明
- 天窓
- ガラスや真鍮製の手すり
- 床に落ちたレシート
- 商品の実演販売をする店員
- ゴミ袋を取り替えるメンテナンススタッフ
- 開放的なスペースで開かれる特別イベント(チャリティ抽選会、ファッションショー)
- 腰掛けてメールを打つ10代の子ども
- 歩きながら携帯で話している人
- 親を店の中へと引っ張って陳列棚に向かう子ども
- 子ども向けのカプセルトイ(ボールガム、プラスチックの丸いケースに入った小さくてちゃちな玩具、模造宝石、タトゥーシール)
- 大型駐車場もしくは立体駐車場

👂 聴こえるもの
- タイル張りの床の上をブーツや靴で歩く足音
- 人の話し声や笑い声
- 反響音
- たくさんの声が混ざり合った喧噪
- 人ごみの中で友人を呼ぶ声
- 携帯が鳴る
- レジでレシートが印刷される音
- セキュリティー無線が「パチパチ」と音を立てる
- ビニール袋が「カサコソ」と鳴る
- ハンドバッグや上着のファスナーを引く音
- 飲み物をストローで啜る音
- 質問したり商品をねだったりする子どもの声
- 店内BGM
- エアコンや全熱交換機の稼働音
- 店の防犯ブザーが鳴る
- (特売品、実演販売の場所、迷子のお知らせなどの)店内放送の音
- レジ係が店内放送でマネージャーを呼ぶ声
- バーコードをスキャナーが「ピッ」と読み取る音
- ハンガーが「カタカタ」「カチャカチャ」と互いにこすれる音
- 生地が「シュッ」と音を立てる
- シュリンク包装された箱が「カサカサ」と音を立てる
- エレベーターの扉が「チン」と鳴る
- 走り回る子どもの立てる物音
- 中身が半分残ったコーヒー容器がゴミ箱に「ドン」と静かな音を立てて捨てられる
- 誰かが買い物袋の中を「カサコソ」と引っ掻き回す音
- 子どもを呼ぶ親の声
- 噴水の飛ばす飛沫の音
- モール内のスピーカーから流れる心地よいBGM

👃 匂い
- フードコートの食べ物(調理している肉、油脂、焼きたてパンの酵母の香り、シナモン、塩、スパイシーな食べ物、BBQ、ホットドッグ、ハンバーガー)
- 口臭
- 体臭
- 香水

しょっぴんぐもーる — ショッピングモール

- ヘアスプレーや整髪剤
- 美容カウンターから漂う香水やボディスプレーの強烈な香り
- ポップコーン
- 清掃用品
- コーヒー
- 悪天候のときの濡れた靴やブーツ
- 芳香剤
- 床用ワックス

味
- 水
- コーヒー
- 炭酸飲料
- ミント
- ガム
- フードコートで選べるさまざまな種類の料理
- 店や自販機で買ったスナック菓子（クッキー、砂糖菓子、チョコレート、ポテトチップス、アイスクリーム）
- 咳止めドロップ
- 噛み煙草

質感とそこから受ける感覚
- エスカレーターのステップで注意深くバランスをとる
- ほかの買い物客と体が軽くふれ合う
- フードコートの人ごみの中で押し合いへし合いする
- 手に持った冷たい飲み物
- ストローを吸う
- 重たい買い物袋が手に食い込む
- 買い物袋が自分の足にあたる
- レシートをクシャクシャに丸める
- フードコートの硬い椅子に腰掛ける
- ひと休みしたくて喜んでベンチに腰を下ろす
- 柔らかい生地
- 冷たい金属の手すり
- 温かいコーヒーや食べ物
- 歩き疲れて痛む足
- 重たく張りつめたように感じる腕

- ガラスのショーケースを指先でコツコツ叩く
- 握りしめた子どもの汗ばんだ手
- サイズを探しているときにラック上をスライドして移動するハンガー
- 携帯で通話したり子どもの手をつなぎながら買い物袋をなんとか手で抱える

物語が展開する状況や出来事
- 値札に書かれていた値段よりも商品が高い
- 買ったものの返金に店員が応じない
- 欲しい商品の自分に合うサイズが見つからない
- 奔放な子どもを注意しない親
- 要求の多い客
- 人ごみや長蛇の列
- 店の人気商品が売り切れる
- 商品を買ってからひどく後悔する、あるいは浪費しすぎたことに気づく
- この場を離れたいが買い物好きな人物に付き合わされる
- 興奮した小さな子どもたちや不機嫌な10代の子どもたちを連れて大急ぎで買い物をしなければならない
- 万引きやスリ

登場人物
- 配達員
- メンテナンススタッフ
- モールの従業員
- 小さな子どもを連れた親
- 店員
- 警備員
- 買い物客
- 10代の子ども
- 運動がてらモールを歩く人

設定の注意点とヒント
ショッピングモールはそれが属するコミュニティによって様子が異なる。高所得者向けのモールであれば、裕福な人々向けに高級店や高級レストランが店を連ねるだろう。若い顧客にもアピールするようなモールであれば、映画館や子供用の遊び場、小さな子ども向けの店を含むだろうし、デザイナー商品がほしいけれど価格は安く手に入れたいという客のために、有名ブランドのアウトレット店を入れたモールもあるだろう。一方で閉鎖されるモールの場合は、ある朝突然にすべての営業が終わるというわけではない。モール自体は存続しながら徐々に店舗が店を閉めていくことになるため、そうした事態が進行しているモールでの買い物は、顧客にとって少し違った体験をつくり出すことになるはずだ。

例文
マーシーはエスカレーターに飛び乗ると2階に向かった。上昇していくにつれて、階下の人ごみが虫ほどの大きさに縮んでいく。10代の子どもたちの集団は、通路を飛び跳ねて歩きながら、ポップコーンのようにぶつかり合って笑い声を上げていた。年配のカップルは、明らかにクリスマス翌日のセールを逃すまいという様子で、いそいそと並んで歩いていく。早朝にもかかわらず、ベビーカーを押す若い家族も少なくはなかったが、ほとんどの人は待望のカフェインを体に入れようと、コーヒーカップを手にしていた。マーシーはジーンズのポケットを軽く叩き、50ドルのギフトカードがちゃんと入っていることを確かめた。いざ、CDショップに突撃だ。

使われている技法
対比、直喩

得られる効果
登場人物の特徴づけ、雰囲気の確立

都市編 / 小売店

書店
〔英 Bookstore〕

関連しうる設定
図書館

👁 見えるもの
- 床の上や壁を背に設置された肩ほどの高さの本棚
- 本が並べられた丸テーブル
- 人気の本が並ぶコーナーディスプレイやエンド陳列
- ベストセラー本の表紙を掲載したり、作家のサイン会を告知したポスター
- 書店のポイントカードの宣伝広告
- テーブルで本にサインを書いている作家
- テーブルと椅子が置かれた店内併設のカフェ
- 読書用の椅子やソファ
- 外の光を取り込む窓
- 色とりどりの本の背表紙
- 目新しいギフト商品（カード、豆本、しおり、CD、DVD、チョコレート、ペン、キャンディ、季節にちなんだギフト商品）
- 割引シールがついたベストセラーの本が並ぶ大きな壁
- レジで客が購入したものを精算する店員
- パソコンとレジ
- 変わった本が並ぶカラフルな子ども用コーナー
- ボードゲーム、パズル、ぬいぐるみの数々
- スタッフが厳選した書籍が並ぶ一角
- 回転ラックに置かれたギフトカード
- カレンダー
- 店頭ディスプレイ
- 雑誌が並ぶラック
- 客（棚に並ぶ本をざっと見渡す、支払いのために列に並ぶ、裏表紙を読んだり中身をパラパラ見るために棚から本を引っ張り出す、その場に佇み俯いて最初のページを読む、クッション性のある読書椅子でくつろぐ、いろんな列を見て回る、値下げコーナーにそっと近づく、テーブルに座りコーヒーとスコーンを味わう）
- 2人で一冊の雑誌を読みながら内容について話している10代の子ども
- ひとりで床に腰を下ろし、本棚に背中をつけて読みふけっている客
- 客を補助したり本を薦める店員

👂 聴こえるもの
- 客の声（話し声、つぶやき、店員に質問をする声）
- 捲られたり風に煽られたりするときに波立つページの音
- なめらかに滑る雑誌のページをめくる音
- カフェの立てる音（豆をブレンドする、挽く、泡立てる、ゴボゴボいう音、軽く叩く、蒸気の音）
- コーヒーを息で吹き冷まして啜る音
- 店内にいる客のイヤホンから低く漏れ聴こえる音楽
- 床の上で靴が「カタカタ」「コツコツ」と音を立てる
- 誰かがキーボードを「カタカタ」と打って何かを書いたり勉強している音
- レジのスキャナーが「ピッ」と鳴る
- レジからレシートが出てくる音
- クレジットカードをスライドして通す音
- 手に持った本の上にさらに別の本を「バタン」と積む
- 本を棚に戻すときに後悔のため息をつく
- 探していた本が見つかり、興奮して息を呑む音
- 店内のスピーカーから流れるイージーリスニング音楽
- 長時間座ったりしゃがんでいたために立ち上がるときに膝が鳴る
- 店員が段ボール箱を開けて中身を棚に補充する物音
- 子ども用コーナーから聴こえてくる子どもの声

👃 匂い
- 紙や段ボールの乾いた香り
- 併設のカフェから漂うコーヒーや香辛料（シナモン、ナツメグ、ココア）の匂い
- 整髪剤
- コロンや香水
- 雑誌のインク
- オゾンのようなエアコンの刺激臭
- 開いたドアから入り込む外の匂い（草、煙草の煙、排ガス）
- 松材でできた本棚
- 清掃用品（レモン、アンモニア、マツ）

👅 味
- 持ち帰り用の厚紙カップで飲むホットコーヒーや紅茶
- ストローで啜るフルーツやコーヒーのスムージー
- 本を読みながら少しずつかじる甘いおやつ（大きなクッキー、マフィン、スコーン、ロールケーキ、ビスコッティ）

しょてん―書店

- 砂糖たっぷりのアイシング
- 水
- ガム
- ミント
- コーヒー飲料のシナモン風味の泡

● 質感とそこから受ける感覚
- 革や紙の背表紙
- 棚から出すために本の上部を引っ張る
- 低い位置にある本のタイトルを読もうとしてしゃがむ
- 読書用の柔らかい椅子に沈み込む
- 本や雑誌をパラパラと捲る
- 本の表紙の浮き上がった部分に指を走らせる
- 表紙のホログラムや玉虫色の画像を見るために本を傾ける
- 本の山をバランスをとって運ぶ
- 本を入れた重いカゴが腕に食い込む
- 棚に向かう際にほかの客とぶつかったりぎりぎりですれ違ったりする
- 一口サイズの食べ物が入った袋を開けて口に食べ物を放り込む
- コーヒーカップを持つ手が温まる
- 紙ナプキンで唇を拭う
- テーブルの上の食べかすを払って空の袋に入れる
- 支払うために財布を取りだす

● 物語が展開する状況や出来事
- 短気だったり要求が多い客
- 人気の本が品切れになる
- 誤って店内で飲み物をこぼす
- 本のサイン会にやって来た作家がうっとうしかったり傲慢に振舞う
- 休暇期間で人手が足りない
- 閉店の時間だとそれとなく促してもまったく気づかない

客
- 万引き犯を捕まえる

● 登場人物
- サイン会を開く作家
- 本の営業担当者
- 客
- 配達員
- 清掃スタッフ（店員ではなくサービス会社にメンテナンスを任せている場合）
- 店の経営者と店員

▎設定の注意点とヒント
大規模チェーンの書店は、どこも様子や雰囲気が非常に似通っている。一方で独立経営の書店は規模が小さいながらも、たとえば看板猫がいたり、スチームパンク風な装置が置いてあったり、ヒーリング作用がある水晶玉やケルトのシンボル、お香などが並んでいたりと、たいてい個性を発揮したディテールが見られる。店に独自の雰囲気をもたらすために店主がどのように独特な品物を散りばめているかが、それらの品物からは読み取れるはずだ。自分が舞台にすべく築きたいのはどういう雰囲気の書店なのかを検討し、店内の装飾やシンボルからどうすればある種の雰囲気や感情を引き起こすことができるのかについて考えてみよう。

例文
まるでクリスマスツリーの下にもうひとつプレゼントを発見してウキウキしている6歳児のごとく、私は読書コーナーの空いている肘掛け椅子をめがけて疾走し、柔らかなフラシ天の座席に沈み込んだ。向かいにいる年配の女性が、驚くほどエロチックなロマンス小説の表紙の上から顔を覗かせて、パンパンに膨らんだ私の買い物袋に目を留めた。すると、彼女もまた自分の椅子の足元に置いていた袋を軽くすべく突いてみせ、私たちは秘密の笑みを交わした。楽な姿勢に落ち着くと、私はロンドン・フォグを一口啜り、買ったばかりのゴシック・ミステリーを取りだす。カバーを外し、ほこりっぽい匂いを吸い込んでから、いざ本の世界へと突入した。

使われている技法
対比、多感覚的描写

得られる効果
登場人物の特徴づけ、雰囲気の確立、感情の強化

都市編 小売店

中古車販売店
[英 Used Car Dealership]

関連しうる設定
郊外編 — 廃車部品販売所
都市編 — 自動車修理工場、駐車場

👁 見えるもの
- さまざまな色やかたちをした車両（自動車、トラック、ミニバン）の列
- ダッシュボードに挟まれたり窓に貼られた値札
- 太陽に当たって微かに光る艶やかな塗装やクロムメッキ
- 風にはためくカラフルなビニールの連なった旗
- アンテナや支柱にひもでつながれた風船の束
- 人目を引くように一段高いところに置かれたレアな車やアンティーク的な価値のある車
- 空気の流れではためいて踊るスカイダンサー
- 通過する車の注意を引くために店舗の上にそびえ立つエアブロー人形
- 壁面がガラスの建物
- 窓ガラスに蛍光塗料で描かれた店の宣伝文句（「街一番の安さ！」「今すぐ驚きの安さで購入して、そのまま出かけよう！」など）
- 駐車場で客を案内したり試乗の手配をする販売員
- お買い得であることを告知する大きなセール表示
- 舗装された出入り口
- 洗車エリア
- 整備士用区画
- 客用駐車場
- 花の鉢植えや一般的な造園装飾
- 舗道についたオイルの汚れ

👂 聴こえるもの
- さまざまな状態のエンジン駆動音（ゆっくりと鈍い爆発音を放つ、「ギシギシ」鳴ったりきしんだりしてから「ブルルン」と音が安定する、アイドリング中にヒートシールドが「ガタガタ」と小さく鳴る）
- 旗や吹流しが風に「パタパタ」と揺れたりはためく音
- 隣接した通りから聴こえる「ブンブン」と急いで通り過ぎる車両の走行音
- 車両について客が販売員と話し合う声
- ドアの蝶番が「キィキィ」と鳴る
- ドアやトランクが「バタン」と閉まる
- 舗道や砂利道の上をタイヤが転がる音
- 排気ガスが「ブスン」と音を立てる
- 店のスピーカーから流れる音楽
- 「フロントに来るように」と誰かを呼ぶ放送の声
- 金属が「カチャカチャ」と鳴る
- 整備士の区画から空気動工具の甲高い音や油圧ジャッキの昇降する音が聴こえる

👃 匂い
- 車の排ガス
- 熱くなった舗装タール
- 太陽に焼かれたオイルのシミ
- 販売員や客の汗やコロン
- 煙草の煙

👅 味
- 設定の中には、登場人物がその場面に持ち込むもの（チューインガム、ミント、口紅、煙草といったもの）以外に関連する味覚というものが特にない場合もある。特定の味覚がほとんど登場しないこのような場面では、ほかの4つの感覚を用いた描写に専念するのがよいだろう。

✋ 質感とそこから受ける感覚
- 頭に照りつける日光
- 舗道から湧き上がる熱
- 車のドアを開けて熱が一気に放出される
- ボンネットやスポイラーの縁に指を走らせる
- さびた箇所が剥がれるかどうか確かめるために指先でこする
- 引っかき傷がただのほこりの筋なのかどうかを確かめるためにこする
- 車のボンネットを持ち上げる
- ほこりを払うために両手を叩いてはたく
- やや古い車のフロントシートの弾力性
- 感触を掴むためにハンドルを握ってみる
- ボタンを押したりノブをいじる
- 暖房や冷房からドッと出てくる風
- 衝撃緩衝材の交換が必要な車のひどい揺れ具合

📖 物語が展開する状況や出来事
- 車両の状態についてだまされたと主張する客
- 車両を購入するも、製造番号の削除やその他の違法行為の痕跡を発見する
- 自分の購入した中古車が銀行の抵当に入っていることが

ちゅうこしゃはんばいてん ─ 中古車販売店

発覚する
- 自分の車を整備に持っていったところ、購入以前に事故に遭っていたことが初めてわかる
- 車を試乗に出したら壊された
- 駐車場における破壊行為（車にスプレーで落書きされる、フロントガラスが粉々に破壊される）
- ひょうを伴う嵐や竜巻など、天候のせいで車が破壊される
- 強引な販売員に対処する
- 自分が予定していたよりも多い額を払うように説得される
- 店にある車の布張りの座席に飲み物をこぼす
- 販売店が車を入手したが、中に不快なものを見つける（トランクに付着した血のシミ）

👥 登場人物
- 管理職員
- 自動車販売員
- 客
- 整備士
- 補助スタッフ

設定の注意点とヒント
中古車販売店といえば、しばしば怪しいだとか詐欺を働く販売員だらけなどと描かれることがあるが、もしどの店もそうであったら業界はとっくに潰れている。ゆえにこの設定にまつわるお決まりの展開にはまってしまわないように気をつけておこう。とはいえ、その店が資金洗浄の舞台になっていたり詐欺に携わっている、などといった設定がすべて使えないということではない。自分の物語には現実味のあるディテールを組み込むべきであって、たとえば禿げかかった頭によれよれのスーツ姿で葉巻をふかすセールスマンを登場させるなどといった、手垢まみれの手段を選ぶべきではないということである。

例文
店で新しく買い取った車両を運転してトレイシーが整備場に入ってきたとき、俺は工具箱から顔を上げる必要もなかった。エンジンが苦しそうにガタガタとぎこちない息を吐きだしているのを耳にすれば、この週末を死人の蘇生に費やすことになるのは間違いなかったからだ。

使われている技法
擬人法

得られる効果
ときには、無駄を省いた表現というのも必要だ。ここでは特定の言葉や鮮明な修辞技法を起用することで、効率的なやり方で設定を簡潔に描いている。

花屋
[英 Flower Shop]

関連しうる設定
郊外編 ― 農産物直売会
都市編 ― 繁華街、食料雑貨店、小さな町の大通り

👁 見えるもの
- 鮮やかな色の配置で目を楽しませるような陳列の仕方
- ヘデラ
- カゴや花瓶に飾られた造花
- 棚に置かれた本物の室内用鉢植え
- 可愛らしい家庭的なメッセージが描かれたインテリア用のプレート
- カードが陳列されたラック
- こまごまとしたもの
- 箱に入ったチョコレート
- 生花でできたアレンジメントが置かれた背の高いガラス製の冷却ショーケース
- 大量の花などを保管するウォークイン式の冷蔵庫
- アレンジメントの手作りコーナー（巻いた状態で置かれたいくつものリボン、レース、針金、緑のフローラルテープ、包装紙、クリスタル製の花瓶、切り花の鮮度保持剤、蝶結びにしたリボン、ラメスプレー、細長い棒に取りつけられた無記入のカード、特別な祝日やイベントにあわせて添える季節にちなんだ飾り）
- マイラーバルーンとヘリウムタンク
- バケツに入れられた耐寒性のある花
- フラワーアレンジメントを吟味したり結婚式用のカタログをパラパラ眺める客

👂 聴こえるもの
- 包装用のプラスチック紙または薄葉紙が「カサカサ」と音を立てる
- レジが「チン」と鳴って開く
- 陳列ケースのドアを開けるときに「シュッ」と吸着力が弱まる音
- 冷却モーターの駆動音
- ヘリウムタンクが「シューッ」と音を立てる
- 客と店主がお喋りする声
- 束になった包装紙を切って裂く音
- 花の茎をハサミで「チョキン」と切る音
- 水和剤の入ったバケツから束になった花を取りだすときに滴がこぼれ落ちる音
- 花瓶に水を注ぐ
- 花の茎の周りで葉が「カサカサ」と音を立てる
- 注文を入れる電話が鳴る
- 茎や葉のかけらをほうきで掃く音

👃 匂い
- 生花
- 緑の植物
- 日光が窓から差し込み植物の土壌が温まったときの土の匂い
- 糊
- ラッカー塗料
- プラスチック
- ラメスプレーや糊の化学薬品

👅 味
- 従業員が持ち込んだコーヒー、スムージー、水、炭酸飲料
- 昼に買ってきたファストフードや家から持参して温め直した残り物

✋ 質感とそこから受ける感覚
- 花びらのもろい滑らかさ
- 誤って指をとげに引っ掛けたときのチクッとする痛み
- 客が購入した花を束ねるときに滑って掴みにくい包装紙
- さまざまな角度にひねってみて、アレンジメントの出来映えを確認してから決断を下す
- 冷蔵庫を開けたときに腕や顔に吹きつける冷気
- 花束をバケツに入れておく際にバラバラにならないよう茎を輪ゴムでまとめる
- 室内で生育する熱帯植物の鉢の湿った土
- カウンターに散らばったシダの葉の断片や切った花を拭きとる
- 店を閉めてからリズミカルな動きで店内を掃く

⚡ 物語が展開する状況や出来事
- 冷蔵庫が故障する
- 花の出荷が遅れる
- 自分の力ではどうにもならない供給レベルの問題のために、客が希望する特定の花を注文することができない
- 配送先を取り違える
- 入った注文を忘れる
- 結婚式や記念パーティーなどの一大イベントの直前に従業員が辞める
- 破壊行為の被害を受ける
- 長期間にわたり冷蔵装置が電力を失う
- 注文して届いた花が病気だったり害虫に蝕まれている
- 年をとるにつれて店主が花に対するアレルギーを発症する
- 自分の店のフラワーアレンジメントがテロ攻撃に使われる

はなや——花屋

登場人物
- 商用資材の配達員
- フラワーアレンジメントの配達ドライバー
- 従業員
- 店主
- ウェディングプランナーやイベントプランナー

設定の注意点とヒント
花屋というのは独立した店舗もあれば、大きな店の一部として（チェーン系食料雑貨店内にある花売り場などのように）営業している場合もある。ほとんどの店舗ではさまざまな観葉植物、肥料や花瓶が売られているほか、ギフトショップを兼ねている店もある。

例文
グレッグはミニチュアサイズのランを最後にもうひとつ開封すると、レジのそばに置いた。完璧だ。一歩後ろに下がり、カラフルな造花のアレンジメントやイキイキとした鉢植え、棚やカウンターを彩る幅広いギフト用品をじっくりと見渡す。何もかも、明日の開店に向けて準備が整っていた。深呼吸をして、10年前に最初の店をオープンしたときから自分を虜にしてきた緑、土、花びらの混ざった甘い香りを吸い込む。ついにここまで来たのだという思いで胸に熱いものが込み上げてきた。難読症のため、恥ずかしくて教室で手も挙げられなかった少年が——大人になっても何の役にも立たないだろうとみんなに思われていた彼が——3軒目の店を開こうとしていた。

使われている技法
多感覚的描写

得られる効果
雰囲気の確立、背景の示唆、感情の強化

都市編 / 小売店

ペットショップ
〔英 Pet Store〕

関連しうる設定
動物病院

👁 見えるもの
- ペットフードやペット用おやつの陳列
- 玩具
- 猫砂
- 服
- 歯や毛の手入れ用品
- リードやその他の訓練器具
- さまざまなサイズのカラフルな犬用ベッドが積まれている
- ケージやペットキャリー
- 猫用の引っかき柱
- 外壁に沿って子犬（眠っている、取っ組み合っている、ガラスのところで飛び跳ねている、尻尾を振っている）や子猫（鳴いている、ビニールのボールと格闘している、互いに飛びかかってじゃれている）が入っている、側面がガラスで中が見えるディスプレイ
- ウサギやフェレット（餌を食べている、おがくずの中に潜り込んでいる、橋の下や隠れ家の中に隠れている）が入っている蓋のない小屋
- 魚用品のコーナー（水槽や金魚鉢、電球、水を使った装飾的な置物や人工植物、色のついた石やガラスの石、水質調整剤、塩、網、フィルターやホース）
- （餌や水の皿、運動用の回し車、おがくずや玩具が入っている）各種動物のための小型のガラス容器
- 客が子犬や子猫と一対一で対面することができる、ゲートがついた囲い
- ペチャクチャ喋るオカメインコや派手な羽をまとったオウム用の大型鳥かご
- 緑や青のセキセイインコなど外来種用の小型鳥かご
- （ヘビ、トカゲ、クモなど）爬虫類用の水槽
- 魚の水槽が並んで照明が薄暗く設定されたエリア（金魚、ムベンガ、テトラ、ナマズ目、ミノカサゴ、クマノミ、ピラニア）
- ベタ用の小さな水槽が並ぶ棚
- タツノオトシゴやカメが入った水槽
- 犬を風呂に入れたりトリミングしたりする、身なりを整えるコーナー
- 特別展示や季節ごとの商品
- 派手なセールの表示
- 犬用のネームタグを彫る機械
- レジ
- リードにつないだ犬（もしくはほかの動物）を連れた得意客

🔊 聴こえるもの
- 犬が吠える、あるいは遠吠えをする
- 床に爪が「カチカチ」と当たる
- 餌の缶やドッグフードの袋が「カサカサ」とカートに放り込まれる音
- 金属製の檻に動物がぶつかる音
- 客が動物に優しく語りかける声
- 興奮して店内を飛び回ったり走り回る子ども
- 水槽内に泡が滝のように落ちる音
- 動物が潜り込んだときにおがくずが「カサカサ」と音を立てる
- 魚の水槽の設置された一角からモーター音が「ブーン」と聴こえてくる
- やかましい声で鳴いたり鳥かごの金属製の柵を噛んだりする鳥
- ネズミやハムスターが回し車を走るときに「カタカタ」「キーキー」と鳴る音
- ドアベル
- 床の上で「キュッキュッ」と鳴る靴音
- ショッピングカートの車輪が「ガタガタ」と音を立てる
- レジカウンターのビープ音やベル
- レジスターからレシートが出てくる音

👃 匂い
- 松のおがくず
- 犬の毛
- （グルーミングのコーナーが付近にある場合）匂いつきシャンプー
- ドライタイプのドッグフードやおやつ
- 藻
- 動物の糞や小便

👅 味
- この設定には、基本的に関連する味は存在しない。しかし、ペットショップの中には店内で子どもの誕生日パーティーを開催するところもある。そういうタイミングには誕生日を迎える子どもの親たちによって、招待客にふるまわれるケーキやその他のご馳走が持ち込まれるこ

ぺっとしょっぷ ― ペットショップ

ともあるかもしれない。

👐 質感とそこから受ける感覚
- 子猫やウサギの柔らかい毛
- 興奮した子犬に舐められたりキスされる
- 動物を優しく抱きかかえ、手のひらで脈拍を感じる
- 子犬が小刻みにくねくね動く
- 子犬や猫に優しく噛まれる
- 犬がくしゃみをして、自分の肌に霧のようなしぶきがかかる
- 動物の足や毛から落ちるおがくず
- 滑って掴みにくいペットフードやペット用おやつの袋
- 餌の缶のひんやりとした金属
- ひねってこぶ状になった牛皮のおやつ
- でこぼこした結び目の多いロープ状の玩具
- 弾力のあるボールや滑らかなナイロンのリードと首輪
- ゴム状玩具
- 冷たい金属製の水入れ
- 水で満たしたビニール袋の中にいる魚の重み

❗ 物語が展開する状況や出来事
- 動物、たとえばヘビ、クモ、鳥が檻から逃げだす
- 動物たちに病気が蔓延する
- 停電によって虚弱な魚が危機にさらされる
- 客が意図的に動物を傷つけようとしているのがばれる
- 誕生日パーティーに来た客が動物恐怖症である
- 適切な予防接種を受けていない動物が客に噛みつく
- 動物の権利を訴える集団による抗議運動
- 店に来た子犬が、金儲けのために劣悪な環境で子犬を繁殖させるブリーダーのもとで育ったと知って葛藤する店主

👥 登場人物
- 客
- 配達員
- トリマー
- 店員

設定の注意点とヒント
ほとんどの人にとってペットショップは喜びをもたらしてくれる場所であり、とくにペットが欲しいわけでなくても、楽しみを求めてときどき店を訪れる人もごく普通に存在する。大型店では多くの種類の動物が扱われるが、小型店では犬と猫がほとんどで、それ以外の特殊な動物に関しては最低限の種類だけを扱うだろう。気をつけておくべきなのは、子犬や子猫の「大量生産」に関わる悪評や社会的な圧力によって、多くの店舗が子犬や子猫の販売を中止していることである。そうした店は世間の反発を招く恐れのある小動物を取り扱っていない。しかしながら、地域の動物保護グループのために里親制度を運営するなどといった公的な取り組みを通じることで、人々にそのような種類の動物を飼育可能にしている店も存在する。

例文
レヴィは私の手をとると、前回祖父と店に来たときに見つけたものを披露したくてたまらない様子で、リードや犬のセーター、噛む玩具のコーナーを通り過ぎていく。しかし、私が足早になることはなかった。それに、4歳の子に「おまえのママとパパがいいよと言ってくれたら」ペットを買ってやるなどと約束した父に対して、まだ腹を立てていた。いつも人に責任を押しつけてばかり、父はそういう人だ。ありがたいことに、レヴィは壁側のガラス張りになった小屋にいる猫や犬の方には向かっていない。私はアレルギーがあるから、そうした動物は絶対に受けつけないのだ。続いてウサギやネズミのコーナーを通り過ぎると、おがくずや小便のアンモニア臭が鼻を刺激して緊張が走ったが、レヴィは足を止めなかった。もしかして、思っていたほど悪い事態にはならず、カラフルな熱帯魚か何かのところに行き着くのではないか、と希望を抱きはじめたとき、私は左手にある爬虫類のコーナーへと引っ張られた。

使われている技法
多感覚的描写

得られる効果
登場人物の特徴づけ、伏線、背景の示唆、感情の強化

525

都市編 / 小売店

宝石店
〔英 Jewelry Store〕

関連しうる設定
骨董品店、質屋

👁 見えるもの
- 明るい照明
- 施錠されたショーケース
- 有名宝石ブランドを代表する商品を掲載したポスター
- 長いカウンター
- 輝きを放つガラスのショーケース
- 婚約・結婚指輪
- ブレスレット
- 貴石で作られたイヤリング（ルビー、ダイヤモンド、エメラルド、オパール、サファイア、ブラックダイヤモンド）
- 腕時計やカフスボタン
- ペンダント
- クリスタル製の置物
- 電子レジスター
- 客が宝石を置くベルベットでできた小さなクッション
- 宝石を磨く布
- 整った身なりの店員
- 金や銀のイヤリングがたくさん掛かった回転式ラック
- 宝石作りの工具
- 陳列された腕時計のベルト
- 相談用の机
- 高価な壁時計
- さまざまな素材でできたブランドものの宝石
- 装飾的な陳列（シルク素材のスカーフの上に飾られた腕輪、ベルベットの上に散りばめられたスパンコールや半貴石）
- 出入り口付近のスツールに座って、あるいは立って職務にあたる警備員

👂 聴こえるもの
- 落ち着いた店内BGM
- 床の上を店員のヒールが「コツコツ」と歩く
- 引き出しを開ける音
- 店員がショーケースを開けるときに鍵が「ジャラジャラ」と鳴る
- デビットカードの端末機から領収書が排出される音
- ネイルを施した爪でガラスのショーケースを「コツコツ」と叩く
- 購入について客が話し合う声
- 店員が各商品の品質や重要な事柄を説明する声
- 店の外を勢いよく通り過ぎる車両の騒音
- 携帯の着信音
- （店舗が屋内ショッピングモールの一部である場合）モール内の人の往来に伴う騒音
- 腕輪が「カチン」とぶつかり合う音

👃 匂い
- 芳香剤
- ガラスクリーナーのアンモニア
- 店員の香水やコロン

👅 味
- 設定の中には、登場人物がその場面に持ち込むもの（チューインガム、ミント、口紅、煙草といったもの）以外に関連する味覚というものが特にない場合もある。特定の味覚がほとんど登場しないこのような場面では、ほかの4つの感覚を用いた描写に専念するのがよいだろう。

✋ 質感とそこから受ける感覚
- 指にはめた金の指輪のひんやりとした滑らかさ
- 商品を眺めながら冷たいガラスケースに寄りかかる
- 首に上質なチェーンを回されたときに少しくすぐったくなる
- 固定されたロケットペンダントの重み
- 手首にはめたブレスレットや腕時計のベルトをひねる
- ドロップ型のイヤリングを耳にあてて鏡を見る
- ハンドバッグや財布の中でクレジットカードをガサゴソと探す

❗ 物語が展開する状況や出来事
- 購入品の品質に落胆し腹を立てている客
- 万引きや強盗
- 解雇を通告された店員の感情が爆発し、周囲の注目を浴びて経営者に恥をかかせる
- 配送品が細工されていたことが発覚する
- 仲介手数料を横取りするために同僚から客を奪う店員
- 店で購入した宝石が偽物であることが発覚する
- 店の商品が模造ダイヤモンドだったり、その他の非倫理的な製造方法からできたものであることを店主が知る
- 婚約済のカップルが指輪のことで揉めて、店内で結婚式の中止を決める
- クリーニングしてもらおうと宝石を店に持ち込むが、作業中に傷つけられる
- プロポーズ後に婚約指輪を作ってもらったが、ダイヤモンドが実は模造ダイヤであると知る

ほうせきてん ― 宝石店

登場人物
- 出入口にいる警備員
- 客
- 配達員
- 宝石鑑定士
- 店員
- マネージャー

設定の注意点とヒント
宝石店の質によって、その店の様式やレイアウト、客が受けるサービスは大きく変わってくる。低所得者向けの店であれば、客にとっては価格が購入の決め手となることが多いため、店員は宝石にあまり詳しくない傾向がある。そうした店の宝石のほとんどは低品質でノーブランドの商品だろう。こうした店は安さで客を引きつけようとしているため、しばしばセールの表示を目立つように掲げているはずだ。一方で、より宝石に詳しい客をターゲットにした高所得者向けの店もあり、こちらは一目でわかるような有名ブランドの商品を扱っている。店員もきちんと講習を受けているので、商品の品質や製造方法についても詳しい情報を述べることができるだろう。そのような店では、価格はきわめて標準的なものであり、店内に置かれた宝石の品数は少なく、陳列されているものと少し異なる商品を見たい客には、カタログでそれを確認してもらう場合もあるだろう。

例文
ケースの中では、まるでパパラッチがセレブの写真を撮っているときほどまばゆいライトの下で、ダイヤモンドがキラキラと光り輝いている。ドロップ型のルビーのイヤリングが目立つように髪を後ろで結んだ可愛らしい店員は、微笑むと一組の指輪に向かって頷いた。トニーが私の手をギュッと握り、その瞬間とうとう実感した。私たち、結婚するんだわ。

使われている技法
直喩

得られる効果
感情の強化

都市編 / 小売店

ホームセンター
〔英 Hardware Store〕

関連しうる設定
郊外編 ── 物置き小屋、工房
都市編 ── 駐車場、小さな町の大通り

👁 見えるもの
- ガーデニング（種の袋、種まき用のセット、土、ガーデニング用手袋、移植コテ、じょうろ）または塗装関連の品（ペンキの色見本、ペンキ用のトレイやローラー）や室内装飾品（ウォールステッカーや繰形の見本、色を塗った子ども用の椅子やテーブル）など、季節やテーマに沿った商品が陳列されたショーウィンドウ
- 家庭用品が置かれた背の高い棚が両側に並ぶ狭い通路
- スプレー缶
- コーキング剤やその他のシーリング材
- 巻かれた状態で並ぶテープ
- 局所的に発生する害虫用の毒やトラップ
- （座金、止めねじ、ボルト、ねじ、留め具が入った）小さなプラスチックの箱
- 台所用品や資材
- キャンプ用品（プラスチックの皿、ホットドッグ用の串、アルミホイルの容器、バーベキューコンロ、虫除けスプレーや日焼け止め、プロパンガスボンベ、懐中電灯、防水シート）
- 入口付近に積まれたガーデニング用の資材（芝生の種、肥料、鉢植え用の土、凍結防止剤）
- 輪状になった庭用ホース
- 巻いた状態で置かれたロープやより糸
- さまざまな噴霧機やスプリンクラー
- 大きさの異なるダボが入った容器

- 一般的な家庭用工具品コーナー（ドリルビット、ドライバーとソケットのセット、紙やすり、ハンマー、水準器）
- 自動車用品（清掃用品、潤滑油、オイル、液体、芳香剤）
- （休憩室、トイレ、倉庫、事務室へと通じる）裏口や通路
- さまざまな種類の鍵が並んだボードや合鍵作成機などの物品でいっぱいのカウンター
- レジ周辺に置かれたこまごました道具（ミニサイズの巻き尺、接着剤、キーライト、ライター）
- 電池コーナー
- 屋外に設置されたプロパンガスボンベのラック
- 束になって置かれた薪

👂 聴こえるもの
- 客が出入りするときに入口のベルが鳴る
- レジ店員の気さくな挨拶
- 金属がけたたましい音とともに鍵の形に整えられていく
- やすりをかけた鍵に付着した金属の粉を店員が息で吹き飛ばす音
- レジが「チン」と鳴って開く
- バーコードをスキャンするときのビープ音
- 種が袋の中で「シャカシャカ」と音を立てる
- 一握り分のくぎが袋詰めされるときに「カチャカチャ」とすれて音を立てる
- カッターで段ボール箱を切り開く音
- 商品を詰めるときにビニール袋が「カサカサ」と鳴る

👃 匂い
- 土や肥料
- 金属
- 害虫駆除のための容器から匂う化学薬品
- シトロネラのキャンドルや蚊取線香
- ゴム
- 切った木材
- 松の精油の香りがする清掃用品

👅 味
- 設定の中には、登場人物がその場面に持ち込むもの（チューインガム、ミント、口紅、煙草といったもの）以外に関連する味覚というものが特にない場合もある。特定の味覚がほとんど登場しないこのような場面では、ほかの4つの感覚を用いた描写に専念するのがよいだろう。

✋ 質感とそこから受ける感覚
- 曲げた腕に食い込むプラスチック製のカゴの持ち手
- その場で作られたばかりの鍵の凹凸や割れ目
- 土や塩が入った袋のずっしりとした重み
- 新しいガーデニング用手袋の綿の柔らかさ
- 中身がこぼれた潤滑油やオイルの容器
- 足元に散らばる切断された木材のおがくず

⚡ 物語が展開する状況や出来事
- 土や肥料の入った袋を持ち上げたところ、袋が破れる
- 万引き
- 客がトラックをバックさせた

ところ距離を見誤り、店の正面にぶつかる
- 客が使用済みの商品を返品したがる
- 何をしでかすのかと店員が心配になるような商品を組み合わせて購入する客
- 重たい工具を自分の足の上に落とす
- 高いところにある商品を取ろうとして、棚全体を倒壊させる

登場人物
- 客
- 配達員
- 店員
- 店の経営者

設定の注意点とヒント

チェーン展開のホームセンターは、規模の小さい独立経営の店よりもずっと広く、置いてある品数も幅広い。小さい店の場合、客はたいてい地元の人間であり、店主とも顔見知りで義理堅いため、買い物で店内に滞在する時間も長くなるはずだ。

　登場人物が犯罪を遂行するような目的で品物（調合して爆発物を作成するための化学薬品など）を購入する場合には、保身のために複数の店で分けて購入したり、もしくは誰かに気に留められることのないような巨大店舗に足を運ぶものだ。しかしその真逆のシナリオとして、まったく純粋な目的を持った登場人物が、購入した商品のせいでやり玉に挙げられ、なんとか弁解してその場を切り抜けなければならなくなる、という状況をつくってみるのも面白いかもしれない。

例文

レジにいた品のある赤毛の女性に場所を訊ねたところ、彼女はペンキカウンターの奥にある通路を指差した。コンクリートの床の上を転がって進むカートは片方の車輪が緩んでおり、行き先を決めかねているかのようにガタガタとねじれる。店員が言った通りの場所にコーナーはあり、まるで俺のために作ってくれたのかと思うほど、これまで見た中でも種類が豊富だった。ロープのひとつひとつに触れて異なる質感を味わい、品質を評価しながら、スリルが身体を駆け巡る。結び目を作ってもじゅうぶんなたるみができるほど長さはあり、それさえわかれば言うことはなかった。青いナイロンをぐいと引っ張り、その頑丈さに感心する。最高だ。無論、色などはどうでもよかった。普通だったら、女性はそういうことを気遣うだろうが、今回は違う。ロープを見れば、彼女たちはやるべきことはひとつだと察知するし、ことが済んでしまえばロープの見た目などたいして気にしないのだから。

使われている技法
多感覚的描写

得られる効果
登場人物の特徴づけ、伏線

都市編 小売店

リサイクルショップ
〔英 **Thrift Store**〕

関連しうる設定
骨董品店、ホームレスシェルター、質屋

👁 見えるもの
- （サイズ、種類、色などによって）仕分けられた服が山のように置かれたラック
- 帽子やハンドバッグが掛けてある壁のフック
- さまざまな状態の靴やサンダルが並ぶラック
- 山積みにされた映画のDVDやVHS
- 本でいっぱいの本棚
- 試着室のドアに設置された全身鏡
- 毛布やシーツの山
- 家具（机、書類棚、本棚、椅子、ソファやカウチ、ダイニング用テーブルと椅子、ランプ、ヘッドボード、コーヒーテーブル、サイドテーブル、折りたたみ式テーブル）
- 組み合わせがちぐはぐな飾り枕
- 壁に掛けたり立てかけて重ねられたアートワーク
- 鳥かご
- シャンデリア
- こまごました小物
- 古いテレビやその他の電子機器
- トランク
- 積んであるカゴ
- スポーツ用品（テニスラケット、ダーツボード、自転車用ヘルメット、ローラースケート、ゴルフクラブ）
- 松葉杖
- 写真立てが入ったケース
- レコードの山
- 古い造花のフラワーアレンジメント
- 玩具（人形、木馬、ボードゲーム、ぬいぐるみ）
- 赤ん坊のもの（ベビーチェア、ベビーサークル、ベビーベッド、玩具）
- 家庭用品が並ぶ金属製のラック（皿、花瓶、深鍋や平鍋、蓋つきの缶、料理本、料理を取り分けるもの）
- 小型の電化製品（電子レンジ、小型冷蔵庫、ワッフルメーカー、コーヒーメーカー、ブレンダー、ミキサー、フォンデュ鍋）
- 祝日用のダサい飾り
- ショッピングカートやカゴを持った人々で塞がれた狭い通路
- 床の濡れた箇所に置かれたカラーコーン
- レジ
- 棚を補充したり服をしまう店員
- あたりに放られたハンガー
- （就職あっせん、お年寄りのデイケア、技能訓練プログラムなど）その他のサービスを告知したチラシ
- 腰サポーターをつけた店員
- 大きな容器に人々が寄付品を入れていくエリア
- 重たい箱や家具を運ぶために台車を押す店員
- 家具を降ろす車やトラック

👂 聴こえるもの
- ショッピングカートの車輪が「カタカタ」と鳴る
- タイル張りの床で靴が「キュッキュッ」と鳴る
- 人々が服に目を通すときにハンガーが金属製のラックの上をこすれる音
- ドアの開閉音
- 人の話し声
- 店員の笑い声
- 客が本をパラパラと捲ったり深鍋の蓋を持ち上げる音
- 机の引き出しをスライドさせる開閉音
- ショッピングカートの中で品物が移動する音
- 試着室に入った客が互いに声を掛け合う
- ラックに掛かっている空のハンガーが揺れる音
- 客が手に取った品物があちこちに動かされて「カタカタ」と音を立てる
- ビニール袋が「カサカサ」と鳴る
- 友人の買い物を待つ間にキャスターがついたオフィス用の椅子に座って「ゴロゴロ」と行き来する音
- 携帯が鳴る
- 床に靴を「カタン」と降ろして試着する

👃 匂い
- カビ臭い服や装飾材料
- 床のクリーナー
- ほこり
- 古紙

👅 味
- 設定の中には、登場人物がその場面に持ち込むもの（チューインガム、ミント、口紅、コーヒー、煙草といったもの）以外に関連する味覚というものが特にない場合もある。特定の味覚がほとんど登場しないこのような場面では、ほかの4つの感覚を用いた描写に専念するのがよいだろう。

り

530

りさいくるしょっぷ｜リサイクルショップ

質感とそこから受ける感覚
- 狭い通路で優しく人を押しのける
- 直進せずガタガタと音を立てるショッピングカート
- 柔らかい服
- 使い古された靴
- 座り心地を確かめるためにカウチに座る
- 滑らかな木材の仕上がり
- でこぼこした飾り枕
- みすぼらしいぬいぐるみ
- ものがたっぷり詰まった箱の重み
- 2人がかりで重たい家具を持ち上げて運ぶ
- 金属製のラックに沿ってハンガーをスライドさせる
- 角が丸まった文庫本
- ほこりっぽいレコードジャケット

物語が展開する状況や出来事
- 時間が足りず欲しいものが見つからない
- 整理が行き届いていない店
- 自分のサイズにあった欲しい服がなかなか見つからない
- リサイクルショップで買い物をしなければならないことの恥ずかしさ
- 保管しておくはずだったものを誤ってリサイクルショップに寄付する
- 商品をめぐって客同士が喧嘩する
- 会いたくない人物に遭遇する
- もし手をつけたら倒壊してしまいそうなほど、商品が不安定に置かれている
- リサイクルショップで買い物していることをからかわれる
- 唯一の試着室をひとりの客が占領する

登場人物
- 店員
- 寄付品を持ち込む人
- (個人、一家で来る) 買い物客

設定の注意点とヒント
リサイクルショップとはすでに誰かに使われた品物を販売する小売店と定義され、慈善団体によって運営されていることが多い。品物はたいてい寄付されたものであるため、買い物をする際にはしばしば恥ずかしい気持ちが伴うものだ。ただしデザイナーブランドの商品を転売している店であれば、もう少し社会的にも受け入れられているといえるだろう。古着屋に近い関係にはあるが、服を専門に販売し、しかもアンティークな品物に特化しているという点で異なる。古着屋の商品は、たんに古くて使用済みのものということではなく、「レトロ」でカッコいいものとみなされているからだ。

例文
山のように品物を積んだカートを押すご婦人の横をなんとか通過して、ジャッキーはタイル張りの床をペタペタとサンダルで歩きながらドレスコーナーに向かった。中にはちょっとカビ臭いものもあるけど、よく洗えばとれるはずだ。次々と候補から外していくドレスのハンガーが金属の棒の上を移動し、残りが少なくなってきたところで、彼女は選り好みしてる場合じゃないことを痛感した。高校最後のダンスパーティーに着ていくドレス用に貯めていたお金は、すべて近所の人のおんぼろフォードに注ぎ込むことになったのだから。誰かほかの人にとられる前に、自分が買うと決めたのだ。修理に一年はみておかなきゃならないけど、それが済めばこのケチケチ切り詰めた生活の甲斐があったと思える仕上がりが待っているはず。肩ひものない青いシルクのドレスが床にシュッとあたり、彼女はそれを持ち上げるとじっくり観察してみた。どう見ても裾上げが必要だ。でも、高い高い目標のことを思えば、これこそ自分にふさわしい一着なのかもしれない。

使われている技法
多感覚的描写、象徴

得られる効果
登場人物の特徴づけ

場面設定類語辞典 都市編

交通機関・施設

- 駅
- 救急車
- 漁船
- 空港
- クルーズ船
- 軍用ヘリコプター
- サービスエリア

- 市バス
- 戦車
- 潜水艦
- タクシー
- 地下鉄
- 地下鉄トンネル
- パトカー

- 飛行機
- 古い小型トラック
- マリーナ
- ヨット
- リムジン

あ / か / さ / た / な / は / ま / や / ら / わ

都市編 / 交通機関・施設 / え

駅
〔英 Train Station〕

関連しうる設定
飛行機、空港、繁華街、モーテル、市バス、ホテルの部屋、地下鉄トンネル、タクシー

👁 見えるもの
- 日よけのあるコンクリートエリア
- ガムがあちこちに付着している敷石
- フェンスで仕切られた上下線の線路
- ホームの縁にある黄色い立入禁止線
- ラックに立てられた自転車
- 線路間移動通路につながる階段やエレベーター
- 新聞入れ
- ゴミ箱
- ベンチ
- 券売機
- ベンチに腰掛けている、またはベンチで寝ている人
- (スケートボード禁止などの)標識
- 噴水式水飲み場
- 壁に貼られた列車の運行表・行先表
- 紙の運行表が置いてあるラック
- 次の列車の到着時刻を示す電光掲示
- 時計
- 機械室・電気室
- トイレ
- 自販機
- 地面に落ちているゴミ(ストローの包み紙、丸められた紙くず、ペットボトルのキャップ、煙草の吸い殻)
- 食べこぼしを突く鳥
- トランクを引いて歩く乗客
- さびた線路
- 駅に入場してくる列車
- 身の回りの荷物を持って列に並ぶ乗客
- 愛する人に挨拶をしたり別れを告げる乗客
- あたりを駆け回る子ども
- 待ち時間にテイクアウトフードを食べる乗客

👂 聴こえるもの
- 人の往来の足音
- 鳥の鳴き声や羽ばたきの音
- 足音
- 駅の外のバスやタクシーによるアイドリング音
- 人の話し声
- エレベーターが「チン」と鳴る
- トランクが「ガタガタ」と音を立てる
- お知らせの放送
- 通路にヒューッと入ってくる風
- 新聞紙が「カサカサ」と鳴る
- 携帯で話す人の声
- ヘッドホンからくぐもって聴こえてくる音楽
- 券売機が「ピーッ」と鳴る
- 切符が「カチッ」と改札を通る音
- 屋根から水滴が「ポタポタ」と落ちる
- 列車のドアがスライドして開く音
- 列車が「ガタガタ」「ゴトゴト」と音を立てて通り過ぎる
- 列車が速度を落とすときにブレーキが「キキィ」と鳴る
- 響きわたる警笛
- 乗客が列車に乗り込むときに靴が地面をこする音
- 出発した列車がゆっくりと揺れながら徐々に速度を上げていく音
- 親が子どもに「線路から離れなさい」と大声で告げる
- 屋根に打ちつける雨の音
- 自販機から缶飲料が「ガタン」と落ちる
- 飴の包み紙が「カサカサ」と音を立てる

👃 匂い
- 雨
- 新鮮な空気
- テイクアウトした食べ物
- 新聞紙
- ほこりや砂利

👅 味
- ベンチに座って急いでかき込む昼食
- 自販機の食べ物
- ソーダ
- 水
- テイクアウトしたコーヒー

✋ 質感とそこから受ける感覚
- トランクの車輪がコンクリートの亀裂にドンとぶつかる
- 肩に食い込む重たいカバン
- 階段を上ってふくらはぎが火照る
- 硬い金属製のベンチ
- 駅構内に吹きつける風
- インクが滲んだ新聞紙
- チクチクして疲れた目
- 手に握りしめた切符と領収書
- 水飲み場のぬるい水
- 紙の運行表をくまなく調べる
- 自販機で何を買おうか迷いながらポケットの中の硬貨を回す
- 冷たい飲み物で手のひらがひんやりする
- 小さい子の手を握る
- 通過列車による風で髪が後ろになびく
- 愛する人のもとを離れなけ

えき
――
駅

ればならず、涙で目がチクチク痛む
- 離れがたい抱擁
- 暖かい外気から冷房で冷えた車内に移動する

❗ **物語が展開する状況や出来事**
- （身体を押されるなどして）線路に転落する
- 自分の荷物が盗まれる
- 券売機が壊れている
- 乗るはずだった電車を逃す
- 予定の列車が遅れていたり運休していることが発覚する
- やんちゃな子どもがホームで無茶をしないように親がなんとか手なずける
- ガムを踏んでしまう
- 人を不安にさせるような、いかがわしい人物
- 身体が不自由だが、バリアフリー環境の整理されていない駅を利用しなければならない
- 子どもや若者がベンチを占領し、年寄りや身体の弱い人たちが立って待つことを強いられる
- 安全標識を無視する人々（ホームでスケートボードや自転車に乗ったり走り回ったりする）
- 壊れたトランクを運ばなければならない
- 空腹だが自販機で何か買うための現金を持ち合わせていない
- これから向かう旅行に対する不満がある
- 長時間の乗車の前にトイレに行きたいが、もうすぐ列車が到着してしまう

👤 **登場人物**
- 通勤・通学客
- 送ってくれる、または自分の到着を待っていてくれる愛する人々
- メンテナンススタッフ
- 乗客
- 警備員

設定の注意点とヒント

長い年月を経て大きな発展を遂げてきた列車は今もなお人々にとって、長距離移動においても、住まいや職場がある人口密集地域を行き来する際にも、重要な交通手段である。多くの人にしてみれば、高速通勤列車を利用するのはバスに乗ることと変わらない。しかし列車の快適さや便利な設備のおかげで、旅がくつろいだものになったり、余分な仕事を片付ける生産的なひと時を得たりすることができる。そのため大きな通勤列車が停まる駅は構造が見事で、とりわけ朝晩には多くの人が行き交うことになる。もちろんすべての駅が壮大で美しいとは限らない。中には屋外のホームと券売機だけの小さな駅もあるだろう。しかしその規模や移動区間を問わず、ほかの移動手段では不便だったり費用がかさんでしまうようなときにも、目的地まで向かうことのできる自由を人々に与えるという確固たる目的がすべての駅にはあるのだ。

例文

私は崩れるようにベンチに座り込んだ。メッセンジャーバッグが肩からずり落ちて、ベンチの端に留まる。16時間も働いたせいで、まぶたは壊れた窓のブラインドみたいに、不規則に持ち上がったり閉じたりしていた。身体を揺すって姿勢を正すと、あたりを見回してみる。男性が2人、ひとりは遠くのベンチに座り、もうひとりは券売機に寄りかかっていた。どちらも人を殺すようには見えないけれど、念のためカバンを膝に乗せておく。とにかく、早く帰りたかった。

使われている技法
直喩

得られる効果
雰囲気の確立、緊張感と葛藤

都市編 交通機関・施設

救急車
〔英 Ambulance〕

関連しうる設定
郊外編 ― 田舎道、火災現場
都市編 ― 繁華街、交通事故現場、救急救命室、病室、小さな町の大通り

👁 見えるもの
- 可動式ストレッチャー
- 壁に沿って並ぶ2脚のベルト付きのアームチェアや詰め物の入ったベンチ（必要な場合には補助担架の役割を果たすもの）
- しっかりと固定された棚・戸棚
- （包帯、医薬品、注射器、IV溶液および投与器具、医療用手袋、予備のバッテリー、氷枕、傷を洗浄する液体などが入った）引き出し
- 気道確保器具
- 気管チューブ
- 携帯式酸素ボンベ
- 診断器具（血圧計、心電図モニタ、除細動器）
- 輸液ポンプ
- 患者を搬送する用具（バックボード、ネックカラー、副子、ストラップ）
- コンセント
- 圧力計および換気口
- 検査をしたり治療を施す救急救命士
- ストレッチャーに敷く白いシーツや軽い毛布
- 基本的な備品が入っている医療キット
- 医薬品や気道確保器具が入っている高度な医療キット
- 担架の位置を固定する金属製の留め具
- 金属製のスイングドア
- 頭上に設置された明るい照明
- ケーブル
- ペットボトルの水
- 感染性廃棄物を捨てる容器
- 清掃用具
- 電子カルテ
- GPS用兼コミュニケーションをとるために運転席に搭載されているコンピューター
- 制服を着た救急救命士（ハサミや医薬品の入ったポーチ付きの道具ベルトを着用し、肩に無線とマイクを付け、防弾チョッキ、聴診器などをつけている）

👂 聴こえるもの
- 加圧された空気が「シューッ」と鳴る
- 心電図モニタや輸液ポンプの「ピー」という信号音
- エンジンが「ブルルル」と鳴る
- 救急救命士の声（患者をなだめる、質問をしたり治療法について協議したりする、無線を通じて医師と話す）
- 説明をする指令室スタッフの声
- うめき声や泣き声
- 焦って速くなる患者の呼吸音
- 戸棚や引き出しの開閉音
- 血圧計のカフが外されるときにマジックテープが「ビリビリ」と剥がれる
- 響き渡るサイレン
- クラクションやその他の交通に伴う音
- 起伏のある道路を通過するときに引き出しや戸棚の中の小物が揺れる音
- 包帯や無菌用具が入ったビニールの包みをビリビリ破る
- 無線機が「ジージー」とノイズを鳴らす

👃 匂い
- 消毒剤

- 血
- 尿
- 糞
- 吐瀉物
- 清掃用品
- （患者が火事に巻き込まれた場合）焦げた匂いや煙
- 汗
- 清潔なシーツ
- 排ガス
- コロンやアフターシェーブローション
- 患者の酒臭い息

👅 味
- 酸素マスクのプラスチック
- 血

✋ 質感とそこから受ける感覚
- 詰め物が入ったストレッチャーのクッション
- 自分の腕にあたる冷たい金属製の柵
- 自分の体を固定しているストラップや留め金の締めつけや摩擦
- 服が切りとられる
- 傷口から流れる血
- 深い傷口にあてられる弾性包帯
- 乾いた包帯が徐々に濡れ、やがて血だらけになる
- 傷を負った部分を動かされたり添え木で固定されるときに局所的に痛みが増す
- 絆創膏に肌を引っ張られる
- 衝撃に伴って失見当識を起こす
- 身体から何かが離れていくような感覚
- 震えが止まらない
- 冷たい消毒薬で肌を拭く
- 注射針の痛み

きゅうきゅうしゃ｜救急車

- 胸元にくねくねと巻きつけられた管
- 顔を軽く圧迫する酸素マスク
- 鼻に押しつけられる酸素注入用カニューレ
- 傷口の上にテープで固定されるガーゼ
- 安心を求めたり痛みに身構えて、ストレッチャーの柵や救急救命士の手を掴む
- 鎮痛剤が効いてきて、激しい不快感がゆっくりと引いていく

❶ 物語が展開する状況や出来事
- 深いわだちや起伏のある道のせいで車体がガタガタ揺れ、ストレッチャーが身体にぶつかって痛みが増幅する
- 救急車の立ち往生やルート変更の必要性により、重体の患者が危機にさらされる
- 備品に欠陥がある
- 患者が医薬品に対して予期せぬアレルギー反応を起こす
- 病院に向かう途中で救急車が自動車事故に巻き込まれる
- 伝染性の疾患にかかった患者の治療にあたる
- 利害に対する葛藤（殺人者や児童性的虐待者、酒気帯び運転手だとわかっている患者の治療にあたる）
- 先入観を抱いているため、患者を世話する際に個人的な偏見が生じる
- 救急車に乗せられた愛する人に付き添うことができない
- 患者の容態が急激に悪化する
- 病院や医師に恐怖を抱いている患者に対処する

❷ 登場人物
- 愛する者に付き添う家族
- 救急救命士
- 患者

- 学生救急救命士

設定の注意点とヒント
救急車は種類も見た目もさまざまだが、人命救助のための必需品を完備しているという点は同じである。通常は病院や救急医療サービスステーション、消防署などに待機している。救急救命士が火事に関連した救助を支援しなければならない場合を想定して、消防服（防火服、ヘルメット、自給式呼吸器）の収納スペースを車体の外側に完備している車両もあるだろう。

例文
扉がバタンと閉められ、眩しい電気の光がリアムの目に突き刺さる。体じゅうに走る痛みは、救急隊員によって水ぶくれのできた肌に酸素マスクを当てられるといっそう増した。冷たい空気を吸い込んだ瞬間、焦げた肺が安堵に震えながら解放される。救急車が突然発進し、煙を漂わせる廃墟と化した自宅があっという間に遠ざかり、次に待ち受けることが彼の頭の中を駆け巡った。救急隊員は安心させるように微笑みながら話をしているが、混乱していて彼女の言葉に集中できず、火傷を負った自分の体の臭いで気分は最悪だ。何かが腕にチクッと刺さり、ヒリヒリする痛みを和らげるように冷たいしびれが体に広がった。涙が次々こぼれ出す。奇跡的に、彼は助かったのだ。

使われている技法
多感覚的描写

得られる効果
対比、緊張感と葛藤

漁船
[英 Fishing Boat]

関連しうる設定
郊外編 ― ビーチ、灯台、海、南の島
都市編 ― マリーナ

👁 見えるもの
- 水面に反射する太陽の光
- 水の中をサッと通り過ぎる魚
- 上空で渦を描くカモメの群れ
- 港の岩の上で日光浴するアシカ
- デッキから上に伸びている帆柱
- ウインチとワイヤー
- 頑丈な手すり
- 積み重ねられた木箱
- 船室の壁に掛けられた釣り針と鉤
- はしごや網
- 魚を洗ったりデッキを清掃したりするために用いる束ねられたホース
- 固定済みの錨
- 棒状の投光照明
- 円形の容器に収納された救命胴衣
- 固定して置かれた燃料入りタンク
- フックに掛けられた雨具や防水ウエア
- 狭い通路
- 釣り竿を滑り込ませて収納する溶接済の輪どめ
- 小さなバーベキューコンロ
- 船内に通じる防水ドア
- 積み重ね式・折り畳み式の椅子
- ハッチ付きの巨大な魚用冷凍庫
- 狭苦しい乗組員の船室
- どんな隅や隙間にも設置された収納スペース
- 小さな調理室（冷凍庫や冷蔵庫、簡易的なカウンター、網に入れて保管された果物や野菜、包丁やその他のカトラリー、紙タオル、ゴミ箱、擦り切れたまな板、狭いテーブル、シンク、錠のついた戸棚、ガスコンロ）
- クローゼットほどの大きさの化粧室（トイレ、シンク、換気用の舷窓）
- エンジン室（発電機、さまざまな道具、予備の部品、冷却モーター、ボートのエンジン、冷却剤、ケーブル、圧力計、消火器）
- (船長の椅子、計測機器、舵やハンドル、コンピューター、密閉された窓、魚の居場所を見つける機器およびレーダー、速度計、深度計、ソナー、スロットルレバー、魚の鳴き声が出る笛、船内放送システム、コーヒーポット、地図や海図、海上無線、サーチライト用のスイッチ、安全用の手すり、収納戸棚などがある）操舵室や船長室
- 寝室（2段ベッド、毛布、電気、小さな収納クローゼット、フック）

👂 聴こえるもの
- エンジン始動音
- 船体を波が「バシャバシャ」と打つ音
- 放送を入れる船長の声
- 濡れたデッキ上で長靴が「キュッキュッ」と鳴る
- 網から魚が「パタパタ」と溢れ出る音
- 網を引き上げるときに高い音でウィンチが「ギィギィ」と鳴る
- 悪天候のときに軽い積み荷がデッキ上を滑って移動する音
- ピンと張ったロープのきしみ
- スクリュープロペラが動き出して水が飛び散る音
- ボートに雨が叩きつける音
- 素早く釣り糸を出すときにリールが高速で「カタカタ」と鳴る、または決まった長さの釣り糸を出すときにリールが一定のリズムで「カタカタ」と鳴る
- 工具を道具箱に放り入れたときに金属同士が「バシン」とぶつかる音
- 捕まえた魚の大きさに漁師が歓喜の叫び声を上げる
- 雷が「ドーン」と轟く
- カモメの鳴き声
- 魚が水中から「バシャン」と飛び上がる音
- クジラが水面にわずかに姿を見せて空気を噴射する音
- 調理室で料理をする音
- 銀製のカトラリーが皿の上を引っかく音
- 寝台で「モゾモゾ」と姿勢を動かす音
- 頭上から聴こえる足音

👃 匂い
- 魚の内臓
- 塩水
- ガソリンの匂い
- モーターオイルや潤滑油
- 汗
- 体臭
- 調理の匂い（ハンバーガー、丸焼きにした鶏肉、ハーブやバターで味付けした魚）
- コーヒー
- ビール

👅 味
- 塩辛い海水
- 平鍋で炒めた魚介類
- バターを塗った温かなスコ

ぎょせん — 漁船

- ーン
- シチュー
- 網焼きにした鶏肉
- ステーキ
- ハンバーガー
- サラダ
- ホットドッグ
- 野菜炒め
- ジャガイモ
- コーン
- 粥
- オムレツ
- 水
- 炭酸飲料
- ビール
- コーヒー
- 蒸留酒（ラム、ウイスキー）
- ホットチョコレート
- チョコバー
- ポテトチップス
- ポップコーン

❷ 質感とそこから受ける感覚
- 分厚くてゴムのようなズボンや雨具
- 滑って掴みにくい魚
- 水しぶきが襟を流れ落ちる
- 顔面に勢いよく当たる雨やひょう
- ヒリヒリと痛む日焼け
- グルグル巻きにされたロープがたこのできた手の平を滑るように動いていく
- 嵐の中であちこち投げ出された体が痛む
- 手すりやタンクに体を叩きつけられる
- ヌルヌルしたまき餌を掴んで船外に放り投げる
- 誤って釣り針がチクッと刺さる
- 滑らかな釣り糸
- 釣り糸から魚を外したときに脚や足元に水滴がこぼれ落ちる
- 暑さを逃れるために水中に飛び込んだときの冷たさ
- 髪の毛からこぼれたり顔を流れ落ちたりする水滴
- びしょ濡れになったシフトを

終えてから手にするマグカップの温かさ

❶ 物語が展開する状況や出来事
- 機械の故障
- 乱獲のせいでほとんど釣れない
- 乗組員に病気がまん延する
- 冷却システムの欠陥によって、捕まえた魚が腐る
- 海賊（たいていの場合警備巡回されていない水域にいる）
- 荒天
- 航法装置がショートする
- 水面に（生死問わず）人体が浮いているのを発見する
- 捕まえたものを引き上げたところ、網に妙なものや不快なものが入っているのを見つける
- 難破船の破片に遭遇し、生存者を探し出さなければならなくなる
- 航海中に乗組員のひとりが亡くなる

❸ 登場人物
- 船長
- 沿岸警備隊
- 漁師
- 艇長

設定の注意点とヒント
漁船は基本設備についてはどれも似ているが、専門設備（加工処理エリアや冷凍装置）に関しては、捕まえる魚の種類や船の大きさによって異なる。商業用漁船であれば小型の個人漁船よりも船体が大きく、設備ももっと整っているはずだ。また、作業の規模によって乗組員の数にも変動が生じるだろう。

例文
ハサンは今一度レーダーを確認してから電気を消した。操舵室を出て手すりのところまで来ると、塩気のある空気を深く吸い込む。デッキのずっと下の方にあるエンジンから微かに聴こえてくるシュッシュッという音を除けば、ほぼ完全に物音ひとつなかった。海はめずらしく穏やかで、水面に沿って泳ぐ満月の姿を完璧に映しだしている。とりとめのない考え事をするには、うってつけの背景だった。

使われている技法
隠喩

得られる効果
雰囲気の確立

都市編 / 交通機関・施設

空港
[英 Airport]

関連しうる設定
飛行機、カジュアルレストラン、モーテル、ファストフード店、ホテルの部屋、公衆トイレ、タクシー

◉ 見えるもの
- ガラス製の自動ドア
- （荷物計量器、モニター、航空券印刷機、荷物用のタグやシール、航空会社の従業員、航空券とパスポートを手に持った乗客、チェックインした荷物を機内に送るベルトコンベアなどがある）複数の航空会社のチェックインカウンターへと通じる、仕切りのない長い空間
- 荷物をカートにのせた乗客による蛇行した列
- eチケット（電子航空券）用端末機
- 警備員
- 空港職員
- （企業のシンボルカラー、制服を着たスタッフ、会社のロゴや情報を表示するモニターのある）各航空会社のゲート
- 天井に設置された空港内の案内標識
- 荷物引き渡しエリア
- トイレ
- インフォメーションデスク
- 手荷物受取所
- レンタカーの受付カウンター
- 飛行機の到着・離陸時間を表示した大型のデジタルモニター
- 記入用紙が置かれたテーブル（カバン用のタグとペン、携帯品申告書、税関書類）
- 機内持ち込み手荷物に関する説明書き
- 清掃カートを押して歩く用務員
- 自販機
- 保安検査場（並んでいる人の列、ゴム手袋をはめて制服を着た従業員、靴を脱ぐ乗客、ベルトコンベアおよびスキャナー、ポケットの中の小物やハンドバッグを置くカゴ、小物とは別のカゴに置かれたノートパソコン、ボディスキャナー、手に持って使用する金属探知機）
- （飛行機の貨物積み降ろし、荷物を運ぶカート、地上スタッフなど）駐機場を見渡せるガラス張りの窓があるゲートエリア
- 各ゲートに設置されたたくさんの椅子
- 携帯やノートパソコンの充電が可能なコンセント
- 荷物を押しながら運ぶ乗客が行き交う広い通路
- 体が不自由な乗客や移動に負担がある人を乗せて走る電動式カート
- 商品を販売しているキオスク
- レストランや小さなバー
- 喫煙室
- コンセントやメディア接続機器が置かれた、レンタル制のWi-Fi作業環境スペース
- 各ゲートのデスク（係員が航空券を確認する、座席を指定する、見当たらない乗客の名前を呼ぶ）

◉ 聴こえるもの
- 自動ドアの開閉音
- 乗客の名前を呼び出す放送の声
- 飛行機の到着を知らせる放送の声
- 出発や遅延の案内放送の声
- 荷物の車輪が床の上を「ゴロゴロ」と転がる音
- 親が子どもに遅れないでついて来るように告げる声
- 次の客を呼ぶ係員の声
- ファスナーの開閉音
- 柔らかな荷物（ダッフルバッグやリュックサック）を床に「ドサッ」と置く
- 床の上をブーツやハイヒールで「コツコツ」と歩く足音
- 書類が「カサカサ」と音を立てる
- 端末からeチケットが印刷される音
- 書類にスタンプを押す音
- 小声で交わされる会話
- 搭乗待ちの乗客の立てる物音（電話をかける、咳払いをする、姿勢を変える、列にいるほかの客とお喋りする）
- 警備員の無線が「ジージー」と音を立てる
- 外国語の会話が聴こえてくる

◉ 匂い
- コーヒー
- 整髪剤
- コロン
- 香水
- ミントやマウスウォッシュ
- 紙
- 金属
- 清掃用品
- フードコートの加熱された食べ物
- 汗
- 臭い息
- ビニール
- ゴム

◉ 味
- コーヒー
- 水

くうこう　空港

- ミント
- ガム
- 自販機のスナック菓子
- 手に入りやすい焼いた食べ物（ベーグル、マフィン、ラップサンド、クッキー）
- 店で購入した食べ物

質感とそこから受ける感覚
- 長時間列で待っている間に硬いトランクの上に座る
- ほかの人々とぶつかる
- 荷物の車輪が自分の足を轢く
- 列を整えるためのロープのザラザラした布地
- 圧迫感を軽減するために肩に掛けていた荷物を反対側の肩に移動させる
- 印刷されたばかりのツルツルした搭乗券
- 小型のパスポート
- 凝りをとるために首や肩を回す
- 方向の案内表示を読み取ろうと首を伸ばす
- 溢れんばかりに詰め込まれたカバンのファスナーをグイっと引っ張って閉める
- 個別のボディチェック時に丁寧にすばやく体に触れる検査員の手
- ゲートにある座り心地の悪い椅子の中で身をよじらせる
- 手に持ったコーヒーの熱さ
- 荷物の上に足を乗せる
- 旅の最終航程が始まるのを待ちつつ疲労感が襲ってくる

物語が展開する状況や出来事
- 飛行機の離陸時間を読み間違えて遅れて到着する
- 巨大な空港内で迷子になる
- 初めて一人旅をしているため、おどおどしてしまったり不安になる
- 窃盗
- 大事なものをなくしたことに気づく（お金、クレジットカード、パスポート）
- 自分が乗るはずの飛行機がキャンセルされる、またはオーバーブッキングに遭遇する
- 悪天候により、全便が地上待機となる
- 荷物の中に禁止されているものが入っていることがバレる（薬物、武器、肉、規定を超えた額の現金）

登場人物
- 管理職員
- 配達員
- 客室乗務員および航空会社のサポートスタッフ
- 地上職員および荷物係
- メンテナンススタッフや用務員
- 警官および空港内の救急医療隊員
- 警備員
- 旅行客

設定の注意点とヒント
大多数の空港は巨大でとても広い敷地をもつため、各ターミナルに移動するためにはシャトルバスや電車に乗らなければならない。町にある比較的小さな空港であれば、最低限の施設だけで中にはきちんとしたゲートエリアさえ設けていないところもある。乗客がゲートに接続された通路を通って機内に乗り込むというかたちをとるのではなく、一度ターミナルの外に出て可動式タラップを上って搭乗することも多い。空港はそれぞれの国の規則や規定に従うことになるため、警備体制もそれによって異なったものとなるだろう。

例文
ばかみたいに長いアメリカン航空の列がやっと動いたと思ったら、私はほんの半歩前進しただけだった。なるほど、荷物を預けるためにぼーっと突っ立っていられるように、離陸の何時間も前にお越し下さいと言ってるわけね。一方向こうの大韓航空のカウンターに目をやると、乗客はまるで80歳の人間の消化器官を通っていくプルーンのように、列をスイスイ進んでいる。長距離フライトの際に利用する航空会社を、そろそろ変えるべきかもしれない。

使われている技法
対比、直喩

得られる効果
感情の強化

都市編 — 交通機関・施設

クルーズ船
〔英 Cruise Ship〕

関連しうる設定
郊外編 ― ビーチ、海、南の島
都市編 ― バー、カジノ、カジュアルレストラン、ファストフード店、アイスクリームショップ、映画館、屋外プール

👁 見えるもの

外
- 金属製の手すりに囲まれた屋外デッキ
- 夜の出し物のための小さな円形劇場
- スライダーつきのスイミングプール
- ロッククライミング用の壁
- 波のあるプール
- スポーツ用品が置かれた子ども用のエリア（卓球台、ミニゴルフ、ビニールプール、バスケットボールやバレーボールのコート）
- 船の外周に設置された運動用トラック
- 積み重ねられた緊急時用手漕ぎボート
- キラキラ輝く手すりやピカピカなガラス製のドアや窓
- 上空ではためく旗
- 何百ものビーチチェア（乗客が寝そべっている、眠っている、読書している、お喋りしている、肌を焼いている）
- 一箇所に固まっていたりプレーヤーで音楽を聴いている10代の子どもたち
- 子ども（走る、泳ぐ、水を飛ばす、叫び声を上げる）
- 暑さによって水滴が付着した飲み物容器
- 見渡す限り広がる海と白波
- 遠くに見える小型船やヨット
- 上空を飛ぶ海鳥

中
- 水着にビーチサンダル姿の乗客
- きちんとした服装をしたクルーズ船従業員
- 高級レストランやファストフード店
- 小売店
- バーラウンジ
- 雑貨やスナック菓子を販売する売店
- カジノ
- 子ども用のゲームルーム
- 複数のエレベーターや階段
- 除菌ハンドローションが置かれたコーナー
- 船の外周を通り、片側に船室の扉がある狭い廊下
- 扉の外に出されたトレイの上にある食べかけの料理
- ドアの取っ手に吊るされた「起こさないでください」という札
- 清掃カート
- 清掃中であることを示すために開け放たれた部屋のドア
- 狭くはあるが効率よく空間を用いた必要なものがすべて揃った部屋
- おもしろい形状（サル、鳥、子犬）に折られてベッドの上に置かれたタオル
- ベランダに向かうドアを覆う重いカーテン
- 小さなテーブルと椅子のあるベランダに通じるガラス製のドア
- 椅子に広げて掛けられている濡れたタオルや水着
- ベランダにいる人々（酒を飲む、手すりにもたれる、読書をする、地平線を眺める）
- 大宴会場でのフォーマルな夕食のために正装した乗客たち

👂 聴こえるもの

- 水上を船が「シューッ」と静かに進む
- 風が耳に吹きつける音
- 旗が「パタパタ」とはためく
- 鳥がやかましい声で鳴く
- 従業員の訛りのある喋り声
- 自動ドアがスライドして開く音
- 子どものエリアから聴こえる叫び声や水しぶきを立てる音
- 走っている足音
- 船のスピーカーから流れる音楽
- スピーカーから聴こえてくる船内放送の声
- バスケットボールが弾む音
- 波の出るプールであがる歓声
- 卓球の球が台の上を跳ねる音
- 船内の通路の静けさ
- 船内の部屋からくぐもって聴こえてくるテレビの音や人の声
- ドアの開閉音
- 従業員が船室を掃除しながら歌ったり口笛を吹いたりしている
- エレベーターがチンと鳴る
- 乗客が買ったものを運ぶときに袋が「カサカサ」と音を立てる
- レストランから聴こえてくる食事中のさまざまな音
- 日中聴こえる「パタパタ」というビーチサンダルの足音、および晩に聴こえる「コツコツ」というヒールの靴音
- クラブやバーから大音量で漏れ聴こえる音楽
- カーペットが敷かれた階段を歩くくぐもった足音

👃 匂い
- 海の塩水
- 日焼け止め
- ローション

くるーずせん｜クルーズ船

- 汗
- ホットドッグ
- ピザ
- ビール
- ハンバーガー
- 床用クリーナー
- 家具の艶出し剤
- 除菌ハンドローション
- ヘアスプレー
- 石鹸
- 雨

👅 味
- 汗
- 冷たい水
- ソーダ
- ジュース
- ビール
- 南国の飲み物
- アイスクリーム
- ガム
- 飴
- 自分が食べたいと願うものすべて

✋ 質感とそこから受ける感覚
- 肩にあたる太陽の熱
- 肌を流れる汗
- 風で髪の毛が顔に触れたり肩に貼りついたりする
- 濡れて肌にくっつく水着
- ビーチチェアのプラスチック製の薄板が肌に食い込む
- チクチクするタオル
- 疲れを癒すプールの水（塩素ではなく海水）
- 肌に厚く塗りたくった日焼け止めや日焼け用ローション
- チクチクと痛む日焼け
- 太陽の光にあたり過ぎてクラクラする感覚
- プールから飛ぶ水しぶき
- 汗をかいたためシャワーを浴びることが必要になった肌のザラザラした質感
- 外界を遮断するために耳にぴったりとはまる耳栓
- カップやグラスの水滴で手が濡れる
- プラスチックのストローを唇で挟む
- 暑い屋外から涼しい室内の廊下へ移動する
- 足元の柔らかなカーペット
- 真鍮の手すり
- 泡立つ除菌ハンドローション
- 汗や日焼け止めの膜を洗い流す冷たいシャワー
- 晩餐会のために着るタイトな服
- 夜寒くなったときのために腕に携帯したコートやショールの重み
- 柔らかなベッドと枕
- 開いたベランダのドアから室内に入り込んでくる温かなそよ風

❗ 物語が展開する状況や出来事
- 機械の問題が生じる
- 停電
- 乱暴だったり泥酔している乗客
- 汚染された食べ物や飲料水
- 船に病気が持ち込まれる
- 南京虫
- 浮気や破局
- （危険性の高い水域、またはきちんとした警備巡回のない国際水域を通過する際に）海賊やテロに遭遇する
- 非常に伝染性の高い病気が大流行する
- 心臓麻痺や発作などの医療的な緊急事態に陥った乗客
- 乗船中に乗客が亡くなる

👤 登場人物
- 船長、クルー
- コック
- 芸人
- イベントプランナー
- 乗客
- 警備員
- 給仕および清掃スタッフ
- 店舗やスパ施設の従業員
- 船内の医療スタッフ

設定の注意点とヒント

多くの人々にとってクルーズ船は究極の夢のような場所だが、一部の人にとっては理想の休暇先であるとは言いがたいものだ。たとえば内向的な人物や、しつけにうるさい義理の親に子どもを預けてまでは旅をしたいとは思っていない新米ママ、人ごみや密閉空間が苦手な人物、あるいは水恐怖症の人物にとってクルーズ船がストレスの溜まる場所であるという理由はたくさん存在するだろう。リサーチの際には、明白である点の背後に目を向け、どのようにひねれば新たに意外な展開をもたらしたり、登場人物にとって困難な状況を用意することができるのかについて検討してみるべきである。

例文

最上階のデッキから見ると、海の表面は月の光を投げ返しながら、割れた鏡の破片みたいに輝いている。雨で塩気を含んだ風が何かどう猛なものを吐きだし、私の髪の毛は絡まって身体がよろめいた。一歩も引くまいと金属の手すりにしがみつきながら、私はくしゃくしゃになったブラッドリーの別れの手紙を海に放り投げた。

使われている技法
擬人法、直喩、天気

得られる効果
雰囲気の確立、背景の示唆、感情の強化

軍用ヘリコプター
[英 Military Helicopter]

関連しうる設定
郊外編 ─ 北極のツンドラ、砂漠、森、山、南の島
都市編 ─ 飛行機、空港、軍事基地、戦車

👁 見えるもの
- パイロットらが座る2脚のバケットシート
- コックピット全体を取り囲むような窓
- 機器のデジタル表示
- 高度・速度・方向などの数値や計測器がたくさん並ぶダッシュボード
- 羅針盤
- パイロットの座席の天井部についたさまざまなツマミや制御装置
- ヘルメットを被っても互いに会話ができるようにヘッドセットを装着したパイロットたち
- シートに置かれた手袋
- ヘリコプターを飛ばすために使用する2本の操縦桿
- 足元にあるペダル
- 各座席に設置されたシートベルト
- ロープや網で固定された山積みの貨物
- 備品用のクーラーボックスや大型容器
- 消火器
- 救急箱
- 双眼鏡
- スライド開閉式のサイドドア
- ドアの横に備えつけられた銃
- 着席している部隊員
- 衛生兵が容態を調べてトリアージを行っている間、ストレッチャーに横たわる負傷兵たち
- 側面の扉で武器を構えている狙撃手

👂 聴こえるもの
- エンジンがかかりはじめて徐々に大きくなる音
- 空中で高速回転する翼から途切れ途切れに聴こえる音
- ミサイルの発射音
- 機関銃が「ガガガ」と銃弾を放つ
- ヘッドセットを通して話すパイロットの声
- スピーカーから聴こえてくる雑音混じりの声
- 飛行中に金属が「ガチャガチャ」とあちこちにぶつかる音
- 金属の床を重たいブーツでこする音
- 弾薬が床に「ガチャン」と落ちる
- シートベルトを「カチャン」と固定する
- スライド式サイドドアの開閉音

👃 匂い
- 燃料
- 汗
- 金属
- 血
- 銃
- オイル
- 消毒シート

👅 味
- 設定の中には、登場人物がその場面に持ち込むもの（チューインガム、ミント、口紅、煙草といったもの）以外に関連する味覚というものが特にない場合もある。特定の味覚がほとんど登場しないこのような場面では、ほかの4つの感覚を用いた描写に専念するのがよいだろう。

✋ 質感とそこから受ける感覚
- 傾いたり揺れるヘリコプター
- 胃が落ちるようなドキッとする感覚
- 肩にぶつかるシートベルトのストラップ
- 制服を着た体が汗ばむ
- ヘリが突然方向転換するときに座席をしっかり掴む、または手すりに掴まる
- 操縦桿やペダルのわずかな振動や動き
- 硬い金属製の座席
- 隣の席に座る兵士にぶつかる
- 空いている窓やドアから風が激しく吹きつける
- むき出しの肌に砂や砂粒がこすりつく
- 動いているヘリの中で立ったままバランスを保とうとする

⚠ 物語が展開する状況や出来事
- 撃墜される
- ヘリコプターから落下する
- 積み荷が動いて落下する、あるいは誰かが怪我を負う
- 自分のミッションについて心の中で葛藤する
- ヘリが損傷を負い、飛行に悪影響が出る
- 救出作戦を完遂する前に撤退を強いられる
- 家で待ち愛する人々のことが恋しいが、任務に影響が及ばないように努める
- 命を失うことを恐れる
- パイロットが病気にかかる、または怪我を負ったまま飛行する
- 事態が悪い方に進んだためにパイロットの決断を批判

ぐんようへりこぷたー──軍用ヘリコプター

する
- 役に立たなかったり信用できない人々を頼らなければならない
- 資源や弾薬が尽きる
- 否応無しに敵地に着陸しなければならない
- 激しい揺れのためヘリコプターに酔う

登場人物
- 狙撃手
- 整備員
- 衛生兵
- パイロット
- 部隊
- 負傷した兵士

設定の注意点とヒント

ヘリコプターは万能な乗り物であり、部隊の輸送、戦地への資材の運搬、医療支援の提供、戦闘への参加など、無数の目的に利用することができる。用途によってヘリに積み込まれるものの中身というのは変わってくるはずだ。この乗り物は近年において飛躍的な進化を遂げているため、過去の時代のヘリコプターを描写する際にはその点を忘れずにいよう。

　軍隊ものは長年をかけてかなり定着してきたジャンルである。物語における軍用ヘリコプターの姿といえば、『プラトーン』『ブラックホーク・ダウン』『地獄の黙示録』などが思い浮かぶかもしれない。こうした物語は確かに成功を収めたものではあるが、設定を違ったかたちで見せる手法を見いだすためには、最初に頭に浮かんだイメージの枠にとらわれずに考えてみることがいつだって効果的だ。典型的な砂漠や海ではなく、吹雪に見舞われている北極を場面の舞台にしたらどうだろう？　あるいはミッションが明るい日中ではなく、漆黒の闇に包まれた夜に遂行されるものだったら？　通常とは違った筋を作り上げれば、自分の物語にユニークな観点やひねりを加えることになる。そこでは新たな葛藤や恐怖、イメージをもたらすことができるはずだ。

例文

深い切り傷や骨折の痛みがあるにもかかわらず、ヘリコプターが離陸すると俺たちは金属製の座席にもたれてニヤッと笑った。やり遂げたんだ。制御盤のライトが点滅してパイロットが何かを叫んでいたが、一連の衝撃音にかき消されて聴こえない。するとヘリが揺れて降下したため、俺はドキッとした。体が横に滑り、傷を負った太腿に金属のリベットが食い込む。ストラップを掴むとすばやくそれを腕に巻いて固定させた。ヘリはその後安定し、射距離を離れて南に向かった。旋回する際、俺は全員が立っていた丘が爆撃によって穴と化し、黒煙が立ちのぼる様子をちらっと見下ろした。この世界の一部が、ちょうど消されたところだった──俺たちも、あと少しで一緒に消されてしまうところだったのだ。

使われている技法
多感覚的描写

得られる効果
感情の強化、緊張感と葛藤

サービスエリア
〔英 Truck Stop〕

関連しうる設定
コンビニエンスストア、ダイナー、ファストフード店、コインランドリー、駐車場

👁 見えるもの
- 大型車両（セミトレーラー、移動式住宅車、バス、トレーラーやキャンピングカーを牽引している車、引越しトラック）で埋め尽くされたきわめて広い駐車場
- 建物の屋根の上ではためく旗
- トラック運転手用の備品も販売しているコンビニ（コーヒーメーカーやテレビ・DVDプレーヤーといった小型の電化製品、携帯型暖房、映画ソフト、オーディオブック、音楽ソフト、地図、CB無線機、衛星ラジオ受信機、洗剤）
- 座席のあるダイナー
- ファストフード店
- お手洗い
- シャワー施設
- コインランドリー
- ゲームセンター
- トラックや車の洗車場
- 付近のモーテル
- ネオンサインや明るい照明
- 出口の先にあるレストランや施設を記した丈のある高速道路標識
- 給油エリアに並ぶトラックの列
- 駐車場を渡るトラック運転手
- 濡れたアスファルトに反射するトラックのライト
- 潤滑油やオイルで汚れた舗道
- 狭い緑地で犬を散歩させる運転手
- ボンネットが開いている大型トレーラー
- 夜間にライトをつけるトラック
- 付近の幹線道路もしくは高速道路を通過していく車両
- 外に集まり煙草を吸うトラック運転手たち
- テイクアウトの袋やプラスチックのカップを手にレストランから出てくる運転手
- 駐車場に落ちているゴミ（煙草の吸い殻、砂糖菓子の包み紙、潰されたソーダ缶、吹き飛ばされた葉）

👂 聴こえるもの
- 大きなエンジンが轟音を立てる（アイドリング、加速、減速）
- トラックのエンジンが「ブルン」と鳴ったり切れ切れに音を出しながらかかる
- ブレーキが「キキーッ」と鳴る
- トラックのドアが「バタン」と閉まる
- クラクションが鳴り響く
- 砂利や小さな石の上を「バリバリ」と音を立てて通る車輪
- 付近の高速もしくは幹線道路から聴こえる車両の往来
- トラック運転手たちが互いに声を掛け合う
- チェーンが「ガチャガチャ」と鳴る
- 車体の外側にある収納スペースを開閉する音
- コンクリートの上をこする靴音
- 旗が微風にはためく音
- 店のドアがこすれながら開くときに鳴るベルやチャイムの音
- ポンプのノズルをカチャカチャと燃料タンクに滑り込ませる音
- 給油ポンプが「カチッ」と止まる音
- 駐車場の照明が「ブーン」と音を立てる
- スピーカーや付近のトラックから聴こえてくる音楽
- ゲームセンターから聴こえてくるビープ音やベル

👃 匂い
- 排ガス
- ガソリン
- 潤滑油やオイル
- 濡れた舗道
- 温かい食べ物
- 新鮮な空気
- 煙草の煙

👅 味
- ファストフード
- レストランの食べ物
- コンビニの商品
- 煙草
- ガム
- 排ガス

✋ 質感とそこから受ける感覚
- 大型トレーラーが停止するときの振動
- 長時間運転していたために体が疲労しけいれんしている
- ぎこちない姿勢で車内から這い出る
- 強ばった脚で歩く
- 関節が痛む
- 顔に触れる涼しいそよ風
- 高速道路から吹く風に服が引っ張られる
- 足元の硬いコンクリート
- レストランの座席に座り足

さーびすえりあ｜サービスエリア

を伸ばす
- 温かな食事をたっぷり摂って膨らんだ腹
- 寝台の柔らかなマットレス
- ひんやりとした給油ポンプ
- 柄の長いワイパーでフロントガラスを磨こうと体を伸ばす
- しなびた服やや痩せ細った髪の毛
- 温かなシャワー
- 熱いエンジン
- 排ガスで喉や鼻がムズムズする
- エンジンを点検したあとに両手をハンカチや紙タオルで拭く
- しょぼしょぼして疲れた目

❶ **物語が展開する状況や出来事**
- 自分のトレーラーに誰かが侵入する
- 駐車場での薬物売買
- 夜の誘いを受ける
- トラック内での不名誉な行為を人に見られる
- 家から遠いところにいるときに、自分のクレジットカードが解約されていることが発覚する
- 付近の高速道路で、逃走中の車やトラックに衝突される
- 孤独感
- 睡眠不足のためフラフラの状態
- 仕事に基づく健康問題を抱えている（頭痛、腰痛、眼精疲労、関節の痛み）
- ファストフードの摂り過ぎで体重が増える
- 駐車場内でスピードを出しすぎるトラック
- 道路の穴が深過ぎて車輪が損傷を受ける
- ほかのトラック運転手たちが予測不可能な行動をとる
- 競合トラック会社の運転手によって、自分の大型トレーラーが破壊工作を受ける
- 低賃金で長時間働かされることについての不満

- 一晩休む必要があるが、サービスエリアが閉まっていたり満車だったりする

🔊 **登場人物**
- 売春婦
- サービスエリアの従業員（ガソリンスタンドの係員、給仕、コック、管理部門の社員）
- トラック運転手

設定の注意点とヒント
トラック用のサービスエリアとその他のサービスエリアとでは、後者が自家用車向けなのに対し、前者がとくにトラックや大型トレーラーを対象としているという点で異なる。トラック用のサービスエリアは、主要な高速道路およびいくつかの幹線道路沿いに設置されており、田舎にある場合は設備も少なく場所も狭いが、大都市付近にある場合はサービス内容もより充実している。中には売春や薬物の販売といった余分なサービスを提供する、他所より雰囲気の悪いサービスエリアも存在する。こうした不名誉な行為は、かつては普通とみなされていたものの、今では珍しいものになってきた。サービスエリアの多くは、ほとんどの時間を車中で過ごす客のために真っ当なサービスを提供する、安全な場所という本来の姿を呈してきている。

例文
レンガに寄りかかり、俺は雨の匂いがする空気を吸い込みながら、デカフェのコーヒーを慎重に啜った。壁を隔てた向こう側にあるゲームセンターからはブザー音が鳴り響き、10分後に映画ルームで『ブレードランナー』の上映が始まるという放送も聴こえてくる。別の機会だったら、俺は映画を観に向かったかもしれない。テレビのチャンネルを回しながら誰もいないホテルの部屋にいるよりは、なんだってマシだからだ。でも今夜は、なぜか猛烈に子どもたちのことが恋しくなり、外の澄んだ空気の中であいつらのことを考えている方がよかった。

使われている技法
多感覚的描写

得られる効果
雰囲気の確立、感情の強化

都市編 / 交通機関・施設 / し

市バス
[英 City Bus]

関連しうる設定
繁華街、小さな町の大通り

👁 見えるもの
- 短いステップへと通じる折り戸
- 座席に座っている運転手
- 座席をバスの両側に仕切る狭い通路
- 車体前方部でそこから後ろに立つことを乗客に促す黄色い線
- 天井からぶら下がった吊り革
- 手すり
- ベンチ式の座席やプラスチック製のシェル型シート
- 汚れたガラス窓
- 座席の上にある荷物棚
- 窓の間や上に貼ってあるポスターや広告
- サインペンやペンでバス内に描かれた落書き（絵、ギャングの印、メッセージ、ユーモラスや皮肉っぽい格言、愛の告白、人種に関する中傷）
- 前屈みになって座っている乗客（読書、メールを打つ、音楽を聴く、持っている機器でゲームをするなど、他人に干渉しない）
- 発泡体がはみ出ている破れたシートクッション
- 床に落ちたゴミ（ナプキン、砂糖菓子の包み紙、紙の破片、スナック菓子の食べかす）
- 窓の外であっという間に通り過ぎていく街の通りや車両
- ドアを開けるためのボタン
- 降車ボタン
- ドアから離れて立つように警告する表示
- 手すりに掴まって立つ人
- 乗客（バスの動きにつられて揺れる、足の間や空いている隣の席に買い物袋やリュックサックを置いて座る）
- 座席に置き去りにされた新聞
- 楽しげにたむろする10代の子どもたちの集団
- 壁に貼りつけられたガム
- 焦げた跡、穴、あるいはナイフの刺し傷によって外観が損傷された座席

👂 聴こえるもの
- 小銭の投入口で硬貨が「カチャカチャ」と鳴る
- 青信号でアクセルを踏んだりギアチェンジをしたときに回転速度が上がったエンジン音
- ブレーキが「キキーッ」と鳴る
- エアブレーキが「シュッ」と鳴る
- ドアがスライドして「キィキィ」とこすれながら開く
- 通路をすり足で進む靴音
- 乗客が着席するときに買い物袋が「カサコソ」と、上着が「カサカサ」と音を立てる
- バスの車体がでこぼこした道路を弾みながら通過するときの「ギィギィ」という金属のきしみ
- お喋りをする乗客の声
- 乗客のヘッドホンから漏れ聴こえる音楽
- 子どもの大きな声
- 笑い声
- 悪態をつく声
- 新聞紙が「カサカサ」と音を立てる
- ハンドバッグやリュックサックのファスナーの開閉音
- ビニール袋が「カサカサ」と音を立てる
- 咳や咳払い
- 開いた窓から聴こえる通りの騒音
- 降車を知らせるブザー
- ブーツで「ドスドス」と急いでステップを駆け下りる音

👃 匂い
- 足
- 体臭
- 香水
- ボディコロン
- 整髪剤
- 革
- 脂っこい髪
- 土
- 冷たい金属
- 淀んだ空気
- 温まったビニール
- ひび割れた窓から入ってくる新鮮な空気

👅 味
- ガム
- ミント
- コーヒー
- ペットボトルの水
- バスに持ち込んだ昼食の残り物

✋ 質感とそこから受ける感覚
- 硬い座席
- 減速したりスピードを上げたりするバスの横揺れや縦揺れ
- ほかの乗客に体が軽く触れる
- ドアに辿り着くために人の横をなんとか通過する
- 肌に当たる冷たい金属製の手すり
- ハンドバッグやリュックサッ

クをしっかりと抱え込む
- 小さな子どもの体に腕を回す、汗ばんだ子どもの手を握る
- 指で触れたくなくて袖口や肩でドアを押す
- カバンを汚い床に置きたくないので膝の上で抱える
- バスの動きにつられて揺れる
- 新たに乗り込んで来た人のためにつめて場所を空ける

❶ 物語が展開する状況や出来事
- 泥酔していたり風紀を乱す客
- 薬物依存の乗客が幻覚症状を起こしはじめる
- 運賃を持っていない、またはバスカードをなくした
- 間違ったバスに乗る
- 今夜の終点だからと、見慣れぬ場所で強制的に降ろされる
- 不気味な人が自分の方をじっと見つめてくる
- バスの故障や事故
- ナイフやその他の武器を隠し持っている人物
- 別の乗客や運転手を一斉に攻撃する集団

👥 登場人物
- バスの運転手
- 乗客

設定の注意点とヒント
市バスの雰囲気というのは、一にも二にも運転手次第であることが多い。たとえば非常に社交的で笑顔を絶やさず、乗客にあれこれ尋ねたり、地元の話題について話したりする運転手もいる。一方で、運転という自分の仕事に徹する者もいる。彼らは人付き合いを避け、必要な場合にのみ——渋々といった調子で——乗客の質問に返事をし、回答として近くに置いてあるバスルートや運行スケジュールのパンフレットを指し示すのである。

乗客たちはさまざまな理由からバスに乗っているはずだ。たとえば、自家用車を持っていない人、車を整備に出していたり免停になっている人、あるいは免許を取得するための書類が揃っていない不法移民の人もいるかもしれない。さらには、爆破テロを計画しているテロリストや、誰にも気づかれぬまま移動しようと目論む脱走囚人など、より悪意のある理由を持った人についても考えられる。人にはそれぞれストーリーがある。小説に登場するすべての登場人物の裏話を事細かに知り尽くしておく必要はないが、それでもこの設定においてその人物がどうして居合わせているのかということの簡単なスナップを準備しておけば、各自がいったい何者であり、物語のためにどういう役割を果たしてくれるのかがはっきりするはずだ。

例文
アンナが窓の方に身を寄せると、太ったビジネスマンが隣の席に腰を下ろし、座席のクッションが飛び跳ねた。男は空いているスペースをすべて占領しながら、携帯に向かってひっきりなしに大声で喋り続けている。そのタマネギ臭い息は、まるで細菌兵器に分類されるんじゃないかと思えるほど有害だ。ツイてない。誰かの隣に座らずに、空いている席に着いたせいでこんな目に遭うとは。

使われている技法
誇張法、多感覚的描写

得られる効果
登場人物の特徴づけ、感情の強化

しばす｜市バス

戦車
[英 Tank]

関連しうる設定
郊外編 ― 砂漠、森、牧草地
都市編 ― 軍事基地、軍用ヘリコプター

👁 見えるもの

外観
- 周囲に馴染むために塗装された金属装甲(緑、茶、黄褐色、灰、または複数の色の組み合わせ)
- 前方部のヘッドライト
- 後方部のテールライト
- ナンバープレート
- 大砲や機関砲
- さまざまなハッチ(運転手用のハッチ、狙撃手用のハッチ)
- アンテナ類
- (食糧、弾薬、救急品、工具を収納した)保管箱
- 戦車の中から外を見るときに利用する覗き窓
- 各覗き窓についているワイパー
- 両サイドに設置されたフック
- 無限軌道に沿って動く複数の車輪
- 後ろの牽引フック
- 車体にこびりついた泥、土、ほこり
- トレッド部分に挟まった草
- 戦車の車体を覆う偽装素材(網、苔、布)
- 砲塔内に立つ兵士
- ほこりや塵をもうもうと蹴り上げる跡
- 発煙弾による煙幕
- 撃った大砲から放たれる爆風
- 大砲の発射時に車体から飛び散るほこり

内部
- 各ハッチの下でさまざまな機器に囲まれている座席
- スロットルレバー
- ブレーキペダル
- デジタル表示板
- 双眼鏡式の覗き窓
- 外の装備を上げたり回転させるための、手で回すハンドル
- 兵器の切り替えを行うためのスイッチ
- 点火装置
- 制御および監視装置
- 電源装置
- 追加分の貯蔵スペース
- 攻撃材料(複数回分の兵器、機関銃)
- 外付けの換気制御装置
- 戦車内での機関砲の跳ね返りから乗組員を守る、発射保護装置
- 完全軍装でヘッドセットをつけた全兵士

👂 聴こえるもの
- 戦車のトレッドが「ガチャガチャ」「キィキィ」と鳴る
- 「ブーン」という機械音
- 金属製のさまざまな部分が「ガタガタ」と鳴る
- 油圧装置からのすすり泣くような音
- いくつもの弾薬が金属の床に落ちる音
- 戦車内で命令を告げる声
- 「ドドドド」と機関銃を撃つ音
- ヘッドホンを通してくぐもって聴こえる外界の音
- ヘッドホンを通して明瞭に聴こえる声

👃 匂い
- 潤滑油
- 汗
- 煙
- 燃料
- 熱い金属

👅 味
- 設定の中には、登場人物がその場面に持ち込むもの(チューインガム、ミント、飴といったもの)以外に関連する味覚というのが特にない場合もある。特定の味覚がほとんど登場しないこのような場面では、ほかの4つの感覚を用いた描写に専念するのがよいだろう。

✋ 質感とそこから受ける感覚
- いくつもの電気や機器に囲まれた狭い空間に佇む
- 戦車が動いているときの揺れ
- 目を潜望鏡に押しつける
- 両手に付着したほこり
- 耳を包み込むヘッドホン
- ずっしりと重い制服
- スベスベしたボタンや引き金
- レバーの持ち手
- リクライニング式の運転手席
- 兵器の発射を準備しているときにソワソワと落ち着かない感覚(胸の中に感じる緊張感、喉が締めつけられる)
- 起伏のある地面を戦車が通過するとき内側のどこかに体がぶつかる
- 手動ハンドルを回す
- 弾薬の重み
- 脚をかすめる空薬莢の温かさ
- 金属製の保管容器
- きつすぎるロック機構を開けるのに苦労する

せんしゃ — 戦車

- 狭い覗き窓から様子を伺うために目を細める
- 別の兵士と体が軽く触れる
- ハッチに体を押し込める、またはハッチからなんとか外に出る
- 開けたハッチから入る新鮮な空気が顔に触れる

❶ **物語が展開する状況や出来事**
- 非友好的な敵
- 味方による誤爆
- 何かしら万全の状態ではない乗組員(睡眠不足、薬物乱用、病気や怪我、精神不安定)
- コミュニケーションの混乱により、ひとりの乗組員に指示が行き渡らなくなる
- ハード面やソフト面の異常
- ガス欠になる
- ミッションを遂行するために必要なものが尽きる
- 閉所恐怖症
- ホームシック
- パニック発作
- 機器や箱が落下して怪我を負う
- 命令を下されるが従うことを躊躇する

👤 **登場人物**
- 指揮官
- 操縦手
- 砲手
- 装填手
- 整備兵

設定の注意点とヒント
時代とともに戦車は著しく変化を遂げている。速度、重量、大きさ、衝撃吸収性、騒音レベル、装甲、内部の機器といったものはほとんど合理化や改良をされてきたため、今日の戦車に乗るのは1940年代の戦車に乗る体験とはかなり異なるものである。一貫性や真実味を保つためにも、自分の物語で起用したい戦車の種類を把握し、その特性に詳しくなることが重要である。

例文
待ち望んだ静けさが砲手の耳に訪れた——ガラガラ音を立てるトレッドや、砲塔が動くときにヒューヒューいう油圧機器の音もしない。ヘッドセットから聴こえてくるやりとりまでもが途絶え、今か今かとそのときを待つ静寂に取って代わった。金属とオイルの匂いに励まされると、彼は覗き窓から暗視装置を通じて見える外の光景に集中し、敵の姿を探して緑に染まった一帯を見渡した。

使われている技法
多感覚的描写

得られる効果
雰囲気の確立、時間の経過

潜水艦
〔英 Submarine〕

関連しうる設定
郊外編 — ビーチ、海
都市編 — 軍事基地

👁 見えるもの
- 舷窓や潜水艦内部へと降りるはしご
- 艦内を行き来する階段と手すりつきの狭い通路
- さまざまな装置で覆われた壁（手すり、ホースおよび配線、バルブ、パイプ、計測機器、スイッチ、ボタン、表示灯、電子計測機、いろいろな箱、消火器、救命胴衣、クリップボード、電話、標識）
- 制御室（いくつものボタンや装置に覆われた多数の操作盤、艦長と副艦長）
- 鮮やかな緑色の出力記録に埋め尽くされた制御盤を用いてソナー室の係員が物体の居場所を特定している
- 暗号の解読装置、あるいは暗号化送受信装置が置かれた通信室
- 魚雷室（魚雷、ミサイル、人で溢れかえった寝台、メンテナンスや動作確認を行う機械工）
- ミサイル保管庫
- 原子炉区画
- エンジン室（エンジン、発電機、蒸留装置、ポンプ）
- 操縦室
- 医務室（狭いベッド、診断およびモニター装置、点滴、痛み止めや一般的な薬、除細動器、その他の医療機器）
- （金属製のトレイ、コーヒーメーカー、飲料が入ったディスペンサー、乗組員のためのビュッフェ形式に並ぶ料理、食堂形式の座席、備え付けのテレビなどが置かれた）艦長と乗組員それぞれのための調理室
- 艦長と乗組員のための浴室やトイレ
- 狭いシャワー室
- 乗組員の寝台（積み重ねられた寝台、毛布と枕、周囲を覆うカーテンのついた寝台、制服をしまう小さなロッカー、私物を入れるケース、各寝台に個別に設置された照明、ヘッドホンと差し込み口）
- 艦長および副艦長のための個別の特別室
- 小さなジムやレクリエーションエリア（非番の乗組員らがトランプやボードゲームをしている、つなぎを着て底の柔らかい靴を履く兵士がいる、掃除中の乗組員がいる）

👂 聴こえるもの
- 命令の声とそれを復唱する声
- 艦内放送
- クラクションや警笛
- ビープ音
- アクティブ・ソナー音
- 乗組員の話し声や笑い声
- 食堂エリアから聴こえてくるテレビの音声
- 金属製のはしごを昇降したり廊下を歩く足音
- ボタンやレバーが「カチッ」と音を立てる
- 艦内の場所によって異なる機械音（「ブンブン」と鳴る音、エンジンの異常燃焼音、「ガタガタ」と鳴る音、轟音）
- キーボードが「カタカタ」と鳴る
- 椅子が「ギィギィ」と鳴る
- 金属製のクリップボードの表面にペンが「カタカタ」と当たる
- 通信室から聴こえるモールス信号のビープ音
- クジラやネズミイルカの鳴き声
- 調理室で皿や銀食器が「カチャカチャ」と音を立てる

👃 匂い
- 体臭
- 汗
- 屁
- オイル
- 機械
- ディーゼルエンジン
- 油圧油
- 炭酸ガス除去システムから臭うアミン
- 調理室で作っている料理

👅 味
- 調理室で大人数用につくられた食堂形式の料理
- チューインガム
- 水
- コーヒー

✋ 質感とそこから受ける感覚
- 乗船してさまざまな強度の光に目が慣れる
- 狭い空間で肩やひざがいろんなものにぶつかる
- ほかの乗組員となんとかすれ違う
- 金属製のはしごや舗装
- カーテンで周りを囲って狭い寝台で眠る
- すばやくシャワーを浴びる
- 何日も着続けて汚れたつなぎ
- 長時間画面を見続けたせいで目が疲れる
- ほかの乗組員らと肩を並べて座る
- 潜水艦が潜水時や浮上時に

せんすいかん ― 潜水艦

- 傾く
- 船体が横に揺れて浮上するときにバランスを失う
- 閉所恐怖症
- 額まで深く被った帽子
- コーヒーが入った温かなカップを手に持つ
- 今が夜なのか日中なのかわからず、混乱した感覚

❶ 物語が展開する状況や出来事
- プライバシーがなく、自分だけの空間もほとんどない
- 長期間にわたり愛する人々と連絡が取れない状態
- 太陽や空を見ることができない
- たくさん人がいる狭苦しい場所でなかなか眠れない
- 昇進を希望しているが低い評価を受ける
- 潜水艦の設備に異常が発生する
- 食糧や必需品が尽きる
- 航海中に乗組員が亡くなる
- 任務中に深刻な病に陥る
- 伝染性の病気が乗組員の間に広がる
- つらい状況の中で出勤し、愛する人たちのもとを離れなければならない(病気の最中、深刻な事故のあと、妊娠した妻の出産予定日間際)
- 自分が航海に出ている間のパートナーの貞節を心配する
- 乗組員の間で衝突が発生する

🧑 登場人物
- 艦長
- 乗組員

設定の注意点とヒント
海中に潜った潜水艦には閉塞的で小さなコミュニティがつくられる。部外者からすれば明白なその艦内の狭さや特定のキツい臭いも、四六時中そこで過ごす乗組員には気づかれないものである。作家はこうした事柄に引きつけられるものだが、ある人物の視点において物語を書くという場合には、その人物にとって正確な視点をつくること、つまりその登場人物が感知しえるディテールのみを共有することが重要だ。

例文
ジョンソンは鼻筋をぎゅっと押してみたものの、左目の奥に感じる頭痛は収まらなかった。首を回して姿勢を正すと、緑がかった画面から目を離し、壁の時計に目をやる。あと40分すれば勤務時間も終わりだ。レーダーがおかしな動きをしていたために、朝晩ぶっ続けの勤務は苛酷なものだった。冷めてしまった残りのコーヒーを一気に飲んで、このあとの予定をざっと思い浮かべてみる。まず何か食べて、それから軽く運動をしたら、さらに特急でシャワーを浴びる。そしたら就寝だ。

使われている技法
多感覚的描写

得られる効果
時間の経過、緊張感と葛藤

タクシー
〔英 Taxi〕

関連しうる設定
郊外編 — ホームパーティー
都市編 — 空港、バー、繁華街、カジノ、モーテル、ホテルの部屋、ナイトクラブ、小さな町の大通り、駅

👁 見えるもの
- 使い古された座席
- シミがあったり汚れたフロアマット
- 床に落ちているゴミ（飴やガムの包み紙、領収書、クシャクシャに丸められたナプキン）
- 後部座席の上部にある、半分潰れたティッシュ箱
- 目立つところに設置された乗務員証
- 汚れてくすんだ窓
- デジタルの料金メーター
- 乗客の行為および免責事項に関する表示
- 携帯電話や無線
- 運転手のカップホルダーに置かれた飲み物（水、コーヒー、ソーダ）
- ダッシュボードにひもで吊るされたペン
- バックミラーにぶら下がる芳香剤
- 床に見られる塵や砂
- ひび割れていたりへこんだフロントガラス
- ダッシュボードの上に放られたペンが挟まれたクリップボード
- クレジットカード端末機
- 領収書やチップでいっぱいの封筒
- 「チップに感謝します」という表示
- 前の助手席に置かれた雑誌や新聞
- 食べ物のテイクアウト容器
- 傘
- 後部座席で取っ手を掴んでいる乗客

👂 聴こえるもの
- ラジオから流れる地元の音楽
- 携帯や無線で会話する運転手と配車係の声
- 座席のスプリングのきしみ
- スペースを開けるために乗客が座席を前や後ろにスライドさせて動かす音
- 通りの交通騒音
- 車が道路の小さな穴や減速帯の上を「ガタガタ」と通過する音
- 鼻歌
- 世間話をする声
- シートベルトが装着する際に「カチッ」と鳴る
- メーターが「ピッ」「カチッ」と鳴る
- 運転手がクラクションを鳴らす
- モーターが静かな音、あるいは「ブルルル」と大きな音を立てる
- バックファイアーの音
- ギアが「ギシギシ」ときしむ
- ブレーキが「キキーッ」と鳴る
- 運転しながら運転手がハンドルを「トントン」と叩く
- 咳、咳払い
- 乗客たちの楽しげな会話
- 運転手に質問を投げかける声
- お札が「カサカサ」と音を立てる
- ドアが「キィキィ」と鳴って開く
- トランクが「バタン」と音を立てて閉まる
- 運転中に運転手が友人に声をかける
- 運転手が道中にある名所について雑学的な話をする
- 半分開いている窓から勢いよく入ってくる風の音

👃 匂い
- 古いカーペットや内装
- 塵
- ほこり
- 運転手の息から臭う昼食
- 車内で飲食したコーヒーや食べ物の残り香
- コロンや香水
- ほかの匂いを消そうと努める芳香剤

👅 味
- 設定の中には、登場人物がその場面に持ち込むもの（チューインガム、ミント、口紅、煙草といったもの）以外に関連する味覚というものが特にない場合もある。特定の味覚がほとんど登場しないこのような場面では、ほかの4つの感覚を用いた描写に専念するのがよいだろう。

✋ 質感とそこから受ける感覚
- よく弾む座席
- 膝の上にシートベルトを引き寄せる
- 取っ手を握る
- 金属硬貨やしわの寄ったお札
- 革張りの座席上を滑るように移動する
- 座席の革張りが割れていて肌が痛くなる
- ぬるく淀んだ空気
- 思い切り吹きつけるエアコンの空気
- 開いている窓から入る空気

たくしー　タクシー

が勢いよく肌をかすめる
- 満員の車内でなんとかスペースを確保するためにぎこちない体勢で座る
- 車が坂道やカーブを走っているために酔う
- 背中を伝い落ちる汗
- 急カーブで体勢が崩れないようにしっかり堪える
- バランスをとるために前の座席を掴む
- 自分のハンドバッグや水のペットボトルをぎゅっと握ったままでいる
- 中身が跳ねないように気をつけて、コーヒーの入ったカップを持つ

❶ 物語が展開する状況や出来事
- 思いのほか乗車賃が高い
- 言語の通じない運転手とコミュニケーションをとろうとする
- 乗り物酔い
- 目的地まで行くにあたり、タクシー運転手が遠回りをする
- 新米のため周辺の道をよく知らない運転手
- 運転中に突然キレるといった問題を抱えた攻撃的な運転手
- 消極的で運転が非常にのろい運転手
- 自動車事故に遭う
- 目的地に到着したが支払えるだけの金を持ち合わせていない
- 友人らと割り勘をするが、なぜか自分だけ支払う額が多くなる
- 乗る人数が多すぎてすし詰め状態になる

👥 登場人物
- 運転手
- 乗客

設定の注意点とヒント
どこを走っていてもタクシーには標準的なスタイルというものがある。運転手はできる限り多くの乗客を輸送することによって稼いでいるため、車内の清潔さなど二の次という場合もあるだろう。ひとりひとりの乗客が乗っている時間の長さというのも比較的短いため、内装にも気を遣わないかもしれない。つまり破けた座席や汚れた窓、剥げた塗装、さびた屋根といった見た目の問題は、ごくありふれたものだということだ。運転手はさっさと次の客を乗せることができるように目的地まで急ぐ傾向にあり、スピードを出した荒い運転になることも考えられる。登場人物を見た目も清潔でゆったりとした車へ乗車させたいならば、リムジンを借りたり専用の車を雇ったりするべきだろう。

例文
柔らかな座席に着いてキーキー音を立てるドアを閉めた途端、宮保鶏丁の匂いが漂ってきた。最悪だわ。四川料理が好物の運転手だなんて。行き先を大声で指示すると、私は椅子に深く腰掛けて体勢を整えた。しかし、何かが靴を突いてくる――嘔吐のような黄色いソースを垂れ流しているテイクアウト容器のゴミだ。ティッシュを引っ張り出すと、そのベタベタするものをこすり落とした。《これにてチップとはおさらばよ、運転手さん。》彼はミラー越しに微笑むと、テイクアウトの料理についてきたサービスの飴を口に放り込んだ。彼にしてみれば、きっとすごく嬉しいことなのだろう。私はスカーフを鼻の上まで引っ張り上げると、どうにか呼吸をしないように努めた。

使われている技法
多感覚的描写

得られる効果
雰囲気の確立、感情の強化、緊張感と葛藤

地下鉄
[英 Subway Train]

関連しうる設定
繁華街、地下鉄トンネル、駅

👁 見えるもの
- ベンチ式の座席
- 中の様子を反射する汚れたガラス窓
- 折れ戸やスライド式のドア
- 天井からぶら下がる吊り革
- 床から天井まで垂直に伸びた棒
- 手すり
- 換気口
- 壁に貼られたポスターや広告
- 公告
- 落書き
- ほかの人と目を合わせないように努める乗客たち
- お喋りをする友人同士
- 携帯でメールを打ったり、動画を誰かと一緒に観ている人
- 座席の破れた箇所を覆う粘着テープ
- 膝の上にカバンや書類ケースを置いたり、幼い子どもを抱える通勤者
- 床に落ちているゴミや砂利
- 車両間の狭いドア
- 時折点滅したり一瞬消えてから再び点灯される明るい照明
- 暗いトンネル
- 窓の外を通り過ぎていく、人々がホームに立つ地下鉄の駅
- 警備員を呼ぶための非常電話
- ドアを開けるボタン
- 「ドアから離れてお立ちください」という表示
- スピーカー
- 次の停車駅を知らせるデジタル表示板
- 壁に貼られた地下鉄路線図や停車駅の地図
- 多種多様な乗客（スーツ姿のビジネスマン、ピアスをしてタトゥーを入れ髪をピンクに染めた10代の子ども、ベビーカーを押している母親、ベンチで眠る路上生活者、買ったものを入れる手押し車を持った老人や老婦人）

🔊 聴こえるもの
- 空気ブレーキが「シュッ」と音を立てる
- ドアが「キィキィ」とこすれながら開く
- 停車駅を告げる放送の声
- 高速で走る金属製車両の前輪が異常振動するときのきしみや「キィキィ」と鳴る音
- 外で電気が「パチパチ」と鳴る
- カーブで金属が「キキーッ」とこすれる
- 乗客の喋り声
- ヘッドホンから漏れてくる音楽
- 笑い声
- 悪態をつく声
- 新聞が「カサカサ」と音を立てる
- 本のページが捲られる音
- ビニール袋が「カサコソ」と鳴る
- 人が姿勢を変えるときに布地や革がきしむ
- ドアが開いたときに人でごった返すホームの喧噪が聴こえてくる

👃 匂い
- 足
- 体臭
- 香水
- ボディコロン
- 整髪剤
- 革
- 脂っぽい髪の毛
- 土
- 冷たい金属
- 籠った空気
- 温かいビニール
- 小便

👅 味
- 設定の中には、登場人物がその場面に持ち込むもの（チューインガム、ミント、口紅、煙草といったもの）以外に関連する味覚というものが特にない場合もある。特定の味覚がほとんど登場しないこのような場面では、ほかの4つの感覚を用いた描写に専念するのがよいだろう。

✋ 質感とそこから受ける感覚
- 硬い座席
- 地下鉄が揺れたりドスドスと当たるときの振動
- ほかの人に触れないように体をできるだけ縮こめる
- ドアから出るために人の脇をなんとか通り過ぎる
- 冷たい金属製の手すりに掴まる
- ハンドバッグやリュックサックをしっかり抱える
- ほかの乗客の邪魔にならないように、自分の子どもをそばに置いておく
- ドアを手で触れたくないため、袖口や肩で押し開ける
- 人に見られている気がするが、目が合うのを恐れて顔を上げたい衝動を抑える

ちかてつ — 地下鉄

❶ 物語が展開する状況や出来事
- 周りに乗客がほとんどいない時間帯に地下鉄に乗る
- 他人が嫌がらせを受けているのを目撃するが、関われば良からぬ結果になることがわかっている
- 乗客を脅して金品を巻き上げる目的で乗り込んでくる集団
- 乗客同士の小競り合いの最中、一方が武器を持ちだして事態が悪化する
- 誰かにじっと見つめられて不安を感じる
- 見知らぬ人に車内まで後をつけられる
- 駅と駅の間で医療的な緊急事態が発生する
- 故障により物騒なエリアで乗客が立ち往生させられる
- 地下鉄の脱線
- 容疑者と警備員の直接対決により、周囲の乗客が危険にさらされる

❷ 登場人物
- 乗客
- 警備員
- 地下鉄従業員

設定の注意点とヒント
何も知らない乗客を、何が起きてもおかしくない高速で動く箱の中に閉じ込めることによって、映画は地下鉄というものを象徴的な設定に仕立て上げてきた。しかしそれだけでなく、この閉鎖的な空間においては現実にも恐ろしい出来事が山ほど起こっている。一度に多数の犠牲者を出すことができ、また大勢の人々の移動手段を奪えるという点で、地下鉄がテロの標的になることはしばしばある。というのも、(文字通りに、またはたんに人々の恐怖感を煽るように)地下鉄システムを破壊すれば、大都市の機能を効果的に停止させることができるからだ。

一般的に地下鉄は汚くて危険な場所だとみなされているが、今やそうとも限らない。どんな設定にも共通していることだが、設定が存在する場所とそのメンテナンスの状態が、見た目を決定づける要因になる。たとえばニューヨーク市の地下鉄は、かつて治安もかなり乱れていたが、市長がそれを一掃して安全な乗り物にする政策を熱心に推し進めた結果、すっかり様変わりした。既存のシステムを描く際には、正しいディテールを組み込むためにも、必ず実際に現地まで足を運んで調べるようにしよう。想像に由来するものを描くということであれば、むろん選択肢は無限にある。

例文
地下鉄はホームで停止し、過熱したブレーキが今にも打ち上げられそうな花火みたいにヒューと音を立てている。さて、この時間帯に出会うのは誰だろうと思いつつ車内に乗り込んだ——寝癖のついた髪に裸足という姿で、典型的な朝帰りを迎えている大学生の男子だろうか？それともベンチで一眠りしているホームレスの男？ あるいは海賊帽を被って世の終末について説く、あの女性に出会えるといい。朝の客の中ではお気に入りの存在だ。彼女は裏庭に宇宙船を持ってると言うのだから。ああ、俺はこの街が好きでたまらない。

使われている技法
多感覚的描写、直喩

得られる効果
雰囲気の確立

都市編 交通機関・施設

地下鉄トンネル
[英 Subway Tunnel]

関連しうる設定
下水道、地下鉄

👁 見えるもの
- 線路沿いに一定の間隔を空けて設置された青い蛍光灯
- 暗がり
- コンクリートの壁
- 落書き
- 壁の一方や両方に沿って設置された狭い出っ張り
- 壁に沿って水平に取りつけられたパイプ
- 人感センサー
- レール（給電用を含む）
- 自分が乗っている地下鉄が駅に近づくにつれて視界に大きく迫ってくる、明かりの灯されたトンネルの出口
- 金属製の線路に沿って光る地下鉄のヘッドライト
- 線路付近のゴミ（紙袋、ナプキン、潰されたプラスチックのカップ、ストロー）
- （赤、黄、緑の）色つきの信号灯
- 従業員が使用する特別な備品（電話、消火器、警報機）
- 別のトンネルへとつながっている線路の分岐点
- 空き地に無断居住者がいることが伺われる証拠品（毛布、新聞、平らにされた段ボール箱、ゴミ、古い服）
- 遠くから近づいてくる地下鉄のライト
- 輪郭が揺らいで見えるほどにスピードを上げて通過する地下鉄
- ドブネズミ
- ゴキブリ
- 地下鉄が通過したあとに風で吹き飛ばされるゴミ
- 水たまり
- パタパタと飛ぶ蛾
- 使われなくなった列車の駅

👂 聴こえるもの
- 地下鉄が「ガタガタ」と轟音を立てて通過する
- 高速で走る車両が急カーブを曲がるときにブレーキが「キィキィ」と鳴る
- 滴り落ちる水の音
- ブーンとうなる給電用のレール
- 「キーキー」というドブネズミの鳴き声やコンクリートの上をはい登る音
- 付近にある駅のスピーカーから微かに聴こえてくる声
- 吹き飛ばされたゴミが地面をこする音
- すり足で歩く足音
- 反響音
- 地下鉄の警笛の轟音
- 通過する地下鉄のスピードによって程度が異なる騒音
- 風が「ヒューヒュー」とうなるように吹く音
- 緩い砂利道に沈み込む足音
- 周囲の作業員や警備員の声が反響する

👃 匂い
- ほこり
- 小便
- 冷たいコンクリート
- 淀んだ水
- ドブネズミ
- 建物の壁
- 土

👅 味
- 設定の中には、登場人物がその場面に持ち込むもの（チューインガム、ミント、口紅、煙草といったもの）以外に関連する味覚というものが特にない場合もある。特定の味覚がほとんど登場しないこのような場面では、ほかの4つの感覚を用いた描写に専念するのがよいだろう。

✋ 質感とそこから受ける感覚
- 通過する地下鉄の風が吹きつける
- 手の下に広がる冷たいコンクリート
- 壁伝いに進んで、粗いコンクリートのけば立ちに服が引っかかる
- 地下鉄がそばを通る際、砂利や砂が肌をこする
- 足元でバリバリと潰れる小さなゴミ
- 近づいてくる地下鉄のライトで目が眩む
- 自分の足の上をドブネズミがすばやく通り過ぎる
- 頭上をパタパタ飛んでいる蛾
- 付近にあるトンネルの出入り口から漂う冷たい空気
- 地下鉄が通過するときにゴミが脚に飛んでくる
- 疾走する地下鉄を避けるために壁にぴったり体をつける
- 頭の上に水滴が落ちてくる
- 水たまりを歩いたためにジーンズや靴が濡れる
- 壁や出っ張り部分で滑ったり、それを飛び越えたために、擦り傷や引っかき傷ができる

⚡ 物語が展開する状況や出来事
- 向かってきた列車に轢かれる
- 給電用レールに落ちる
- 薬物使用者、ギャング、一帯を縄張りとして占拠する

ちかてつとんねる — 地下鉄トンネル

者など、危険な人々に遭遇する
- 道に迷い出口が見つけられない
- 閉所恐怖症
- 暗闇に対する恐怖
- 壁の棚が壊れているため、付近の線路を歩かなければならない
- 危険から逃れる手段として仕方なくトンネルに侵入しなければならない
- 地下鉄の作業員や警備員に見つかり、追いかけられる
- 人がいる場所から遠く離れたところで転落したり足を捻挫したりする
- 線路が切り替わる際、ズボンがレールに挟まれる
- 死体を発見する
- 地下鉄が近づくなかでトンネル内にいて、脱出することができない
- 線路の上で動けなくなる（骨折する、強打されて意識を失う）

登場人物
- ホームレス
- 地下鉄作業員

設定の注意点とヒント
地下鉄のトンネルは一般人の立ち入りが禁止されているものの、覚悟を決めていれば侵入することもできなくはない。違法居住者やホームレスたちが暮らす放棄されたトンネルも多数存在する。狭いトンネルを進むとさらに広いスペースが開けていたり、使われなくなった駅に通じていることも多い地下には、完全な社会が出来上がっているのだ。いずれにしてもそこでは地下鉄の暗がりや隔離された感覚といった要素が、物語に神秘性や不気味さをもたらしてくれるだろう。

例文
湿った空気の中でマーティンの足音が響き渡り、規則正しい微風が作業着のシャツに吹き込んで肌寒さをもたらす。何かがキーキー鳴くのが聴こえて、線路の間の砂利道に懐中電灯を当てた。クシャクシャになったマクドナルドの袋、何本かの使用済みの注射針、ぺしゃんこに潰れたソーダ缶の次に照らされたのは、ラットだった。鼻をぴくぴくさせながら彼の方をじっと凝視していたラットは、その後暗闇の中へと足早に消えていった。マーティンはどっと息を吐きだした。ひとまずゾンビではなかったわけだ。

使われている技法
光と影、多感覚的描写

得られる効果
雰囲気の確立、伏線

パトカー
[英 Police Car]

関連しうる設定
郊外編 ― 田舎道、火災現場、ホームパーティー
都市編 ― 繁華街、交通事故現場、小さな町の大通り、法廷、パレード、警察署、刑務所の独房

👁 見えるもの

前の座席
- ハンドル、ダッシュボードの設備
- 対向車のスピードを正確に測定する固定式・携帯式レーダー
- ドライブレコーダー
- ポケットに入れられる携帯型マイク
- 助手席に取りつけられたノートパソコン
- 盗難車追跡システム
- サイレンやライトをつけるボタン
- 記録をとるための道具（書類ばさみ、用紙、ペン、メモ帳、クリップボード）が入った整理ケース
- 所定の位置に固定されたライフル銃や散弾銃
- 冬の防寒具（ジャケット、帽子、手袋）
- 無線
- 予備の手錠や結束機
- 蛍光色の安全ベストと手袋
- PAシステム
- カップホルダーに置いてある飲み物

後ろの座席
- 殺風景で何も施されていない内装
- 脚を伸ばすスペースがほとんどない、硬いビニール製の座席
- シートベルト
- 耐衝撃窓
- 内側から開けられないドアハンドル
- 窓のところにある柵
- 前と後ろの席を分ける透明なプレキシガラスや金属製の網目の仕切り
- 硬い床（囚人を輸送する車両には、カーペットが敷かれていない場合が多い）

🔊 聴こえるもの
- 「パチパチ」とラジオの音が割れて聴こえる
- サイレンが鳴り響く
- PAシステムを通じて外に大きく響き渡る警官の声
- 前の座席に座って話す警官の声
- 容疑者の立てる声や物音（後ろの硬いビニール製の座席で姿勢を動かす、不安げに床もしくは運転手席の後部を足で「トントン」叩く、怒鳴る、泣く、嘔吐する、ぶつぶつ独り言を言う、窓や座席の間の仕切りを「コンコン」もしくは「バシバシ」と叩く）
- 外を車両が行き交う騒音
- 通り過ぎる人々の声や足音
- 外から聴こえてくる声
- スピード測定器のビープ音
- 記録を検索している間にノートパソコンを指で「コツコツ」と叩く音
- 車の加速・減速に伴って生じる音

👃 匂い
- コーヒー
- 車内で食べたファストフード
- 容疑者や拘留者の匂い（汗、小便、体臭、嘔吐、アルコール、煙草やマリファナの煙）
- （中には座席が布張りの車種もあるため）古い布地
- 催涙スプレー

👅 味
- 設定の中には、登場人物がその場面に持ち込むもの（アルコール、マウスウォッシュ、チューインガムといったもの）以外に関連する味覚というものが特にない場合もある。特定の味覚がほとんど登場しないこのような場面では、ほかの4つの感覚を用いた描写に専念するのがよいだろう。

✋ 質感とそこから受ける感覚
- 警官の制服のパリっとした生地
- サイレンが鳴り響きパトカーで出発する際に、アドレナリンが体中を駆け巡る
- 硬いビニール製の後部座席
- カーペットが敷かれていない床の上を滑る足
- パトカーの狭い後部座席に押し込まれる
- 車内に乗り込むために体を屈めなければならない
- 金属の手錠や結束機が自分の両手首を拘束していてズキズキと痛む
- 閉所恐怖症
- 両手を後ろに回したぎこちない姿勢で座る
- 車がスピードを上げたため、ビニール製の座席上を体が滑って移動する
- 激しくぶつかってドアを開けようという無駄な試みに出る
- 吐き気
- 車酔い
- アドレナリンや薬物が体内を駆け巡っているため、神経質になるもしくは感覚が鈍る

ぱとかー｜パトカー

⚠ 物語が展開する状況や出来事
- 仕切りの網目を通して容疑者が警官に唾を吐こうとする
- 酔っていてどんな行動に出るかわからない容疑者
- 暴力的な容疑者
- 虐待癖のある警官
- 無実の人を容疑者として拘束する
- 逮捕されたが助けを求められる人物が誰もいない
- 車に酔う体質のため、後部座席で嘔吐する
- 体の大きい人物が狭い後部座席に乗り込まなくてはならない
- 容疑者を虐待したとして警官が不当に責められる
- 警官による職権乱用行為がテープに記録されている
- 組んでいる警官の間で道徳観の相違が生じる
- 上層部からの政治的圧力
- 予算が削減されたため、装備が不完全で車両もきちんとメンテナンスされない
- 後部座席にいる容疑者が発作に見舞われる、または意識を失う

👤 登場人物
- 犯人
- 許可されて同乗する友人や家族
- 警官および訓練中の警官
- 容疑者

設定の注意点とヒント
手錠をかけられてパトカーの後部座席に押し込まれるときの人々の態度は実にさまざまで、その反応から読者は多くのことを知ることができる。たとえば、容疑者は状況からすれば大げさなほどに本格的なパニック発作を引き起こすかもしれない。逆にいっさいの感情をあらわにせず、冷淡なほど落ち着いていることも考えられる。あるいはまた、ひっきりなしに喋り続ける楽しい人物や、硬いビニールの座席に寝転んでそのまま眠りに落ちてしまう人物などに出会えば、読者はそこから何を推測するだろう？　そのような必死な状況というのは、人間の本性を明らかにするのにふさわしいものだ。自分の登場人物が本来の性格に沿った行動をとるように心がけよう。

例文
ジャネルの膝は震え、高強度の座席の仕切りに絶え間なくこすれて音を立てていた。座席は硬くて冷たいし、両手の上に座らないようにするには、体を横向きにしなければならない。すると当然、警官が角を曲がるたびに、まるでピニャータ人形を叩く野球バットのごとく、窓の鉄格子が彼女に激突してきた。残虐な奴。金属の手錠が手首の皮膚を引っ張り、その変な角度のせいで痛みの衝撃が肩にまで達する。警官は話をしようとしてくるが、彼女はそこまで愚かではなかった。弁護士が到着するまで口を閉じてるんだ、という父の声が聴こえてくるような気がする。彼が逮捕される姿を見ていたから流れはわかっているものの、人が連行される様子を眺めているのといざ自分が逮捕されるのとでは、だいぶ違っていた。

使われている技法
多感覚的描写、直喩

得られる効果
登場人物の特徴づけ、背景の示唆、感情の強化、緊張感と葛藤

都市編 / 交通機関・施設

飛行機
[英 Airplane]

関連しうる設定
空港、ホテルの部屋、タクシー

見えるもの
- カーペットが敷かれた狭い通路
- 乗客に挨拶をしたり席に案内する客室乗務員
- ファーストクラス（広いリクライニングシート、特製の毛布と枕、機内エンターテイメント装備、気配りのよい客室乗務員によってガラス食器で給仕される食事と飲み物）
- 仕切り用のカーテン
- エコノミークラスの座席
- 頭上にある荷物をしまうための白い棚
- 音量やラジオのチャンネルを変えるためのリモコンが備えつけてある肘掛け
- シートベルト
- シェードのついた機窓
- 客室乗務員を呼ぶボタンや頭上の空調や照明を調節するボタン
- 頭上の棚に荷物を押し込むために通路を遮る人
- 機体の中程にある非常用出口（開け方の説明書き、ドアを開放するための取っ手、注意を引くための赤や黄色の縞模様で描かれた警告線）
- 折りたたみ式のトレイ
- ボロボロになった機内誌
- 前の座席の後部にしまわれた安全のためのしおり
- 前の座席の後部に設置された小さな画面（タッチスクリーンや肘掛けのリモコンで作動する）
- エチケット袋
- 旅行者（ノートパソコンで文字を打ち込む、読書をする、携帯端末で音楽を聴いたりゲームをする、膝の上で赤ん坊をあやす、食事をする、ちゃちな発泡ビーズの枕の位置を直す）
- （プラスチックのカップ、コーヒー、炭酸飲料、水、紅茶、一人分のアルコール飲料、袋に入ったクッキーやプレッツェルのスナック菓子をのせた）飲み物のカート
- 非常時のために電気が点いた通路
- 座席の下にある救命浮具
- 機内に酸素が行き渡らなくなった場合に上から落ちてくる酸素マスク
- 食事や飲み物の準備をするギャレーエリア
- 複数ある小さな化粧室（トイレ、鏡、ステンレスのシンク、煙探知機、ペーパータオル、ソープディスペンサー）
- 列の番号や座席を示すアルファベット
- 壁に固定された消火器や医療用品
- 機長のいるコックピットに通じる施錠された扉
- 客のふりをして警戒にあたるエアマーシャル（武装警官）

聴こえるもの
- 離陸時に点火して加速するエンジンの轟音
- フライト中の安定したエンジンの駆動音
- カートにのった飲み物の容器が「ガチャガチャ」と音を立てる
- 頭上の棚を「バタン」「カチッ」と閉じる
- 人々の話し声、笑い声、いびき
- 親がなだめようとする中で泣き声を上げる赤ん坊
- 姿勢を変えるときの座席のきしみ
- ハンドバッグやカバンのファスナーの開閉音
- 食べ物の包み紙が「カサカサ」と音を立てる
- トレイを「ガチャン」と固定する
- 新聞や雑誌が「カサカサ」と音を立てる
- 切れのある本の紙を捲る
- 文字を打ち込む音
- 客室乗務員が説明したり給仕する声
- 「シューッ」と音を立てるエアコン
- 咳
- 咳払い
- 乱気流の最中に、頭上の棚の中で荷物が揺れたり「ガチャガチャ」と鳴る
- 吸引式トイレの音
- 化粧室のドアを「カチャッ」と閉める
- ギャレーにある大型容器を「バタン」と閉める
- 大声で不満を唱える客
- シートベルト着用サインが消えるときのチャイム音
- スピーカーから聴こえてくる機長の声

匂い
- 乗り合わせた人の強烈なコロンの匂い
- 食べ物の匂い
- 煎れたてのコーヒー
- 籠った空気
- ミントの香りがするガム
- 臭い息
- ビール
- 除菌ハンドローションのほの

ひ

ひこうき｜飛行機

- かな香り
- 汗や体臭
- カビ臭い布地（機体が古い場合）
- 整髪剤
- 誰かが靴を脱いでいる場合に臭う足
- 近くに座った赤ん坊や幼児のオムツからの臭い
- 誰かがエチケット袋を使った際の嘔吐物の酸っぱい臭い

🍴 味
- 水
- コーヒー
- 炭酸飲料
- ジュース
- 紅茶
- 砂糖
- アルコール飲料（ワイン、ビール、蒸留酒）
- 機内食や空港で買い求めた食べ物（サンドイッチ、チョコバー、ポテトチップス、グラノラバー、ベーグル、マフィン、ラップサンド、クッキー）
- 咳止めドロップ
- マウスウォッシュ
- ミント
- ガム
- 乾いた口内に広がる酸っぱかったり苦い味

✋ 質感とそこから受ける感覚
- 肌に食い込む肘掛け
- 姿勢を動かしたり何かを取る際に隣の人を軽く突く
- 通路に出ようとして、低い位置にある荷物棚に頭をぶつける
- 弾力や反発力の強い座席
- 熱くなった靴の中でけいれんしたりむくんだ足
- 本や端末を探してバッグの中を手でガサゴソ探る
- 手探りで物をかき分ける（スカーフ、雑誌、水入りペットボトル）
- 床に足を滑らせる

- 体を起こして脚を伸ばそうとするときに背中に当たる座席
- 寝違える
- フワフワとした枕
- トイレの順番を待って硬い壁に寄りかかる
- 後ろの席に座る子どもが座席を蹴ってくる
- シートベルトがきつくて痛む
- 肘掛けにあるリモコンのボタンを指で突つく
- 本のページの薄い質感
- ナプキンを丸める
- サービスのクッキーの包み紙を外す
- 熱いコーヒーを啜りながら口元に湯気があたる
- ナプキンで唇を軽く叩いて拭う
- シャツの前面についた食べかすを払う
- 窓のシェードを上げ下げする

- る
- 機内毛布の心地よい重みとともに眠る

❗ 物語が展開する状況や出来事
- 機械トラブル
- 飛行機酔い
- （香水、機内の軽食、医薬品による）アレルギー症状が出る
- 隣の席の人が無礼だったりふるまいが不適切だったりする
- 酔っ払った乗客
- フライト中の医療的惨事（盲腸や心臓発作）

登場人物
- 機長および副操縦士
- エアマーシャル
- 客室乗務員
- 乗客

設定の注意点とヒント
飛行機はその機体の大きさや経過年数、そして状態によって内部の状況は異なる。比較的小さな飛行機（とりわけ短距離飛行用に製造されたもの）では、フライト中のサービスがほとんどないことも珍しくない。そのようなタイプの機体は狭いこともあって、飛行機内部で動き回ることが制限されたり、荷物の預け入れにも上限があり、座席もエコノミークラスのものしかない場合も考えられる。特定の航空会社を設定において用いるのであれば、正確な描写をするために、乗務員の服装やサービス方式についてはきちんと調べるようにしよう。

例文
あまりに小さすぎる枕の位置を直しつつ、俺は窓際に座る隣の客をチラッと横目に見た。その青白い顔は汗でギラギラと輝き、両手は肘掛けをギュッと掴んでいて、むしろ指の骨が砕けていないのが不思議なくらいだった。その上、あたかも世界一不味い食事を口にしてからフルマラソンを走ってきたかのように、その呼吸は途切れ途切れだ。なんてこった。俺は枕を放り、眠るのを諦めてテレビのスイッチを入れた。頼むから乱気流には突入してくれるなよ。俺の直感が言うには、こいつは吐く可能性があるし、そうなったらトイレまで持ちこたえられるとは到底思えない。

使われている技法
誇張法、多感覚的描写

得られる効果
登場人物の特徴づけ、伏線、緊張感と葛藤

古い小型トラック
[英 Old Pick-Up Truck]

関連しうる設定
郊外編 ― 田舎道、農場、農産物直売会、ガレージ、埋め立てゴミ処理場、果樹園、採石場、牧場、ロデオ

都市編 ― バー、コンビニエンスストア、ガソリンスタンド、自動車修理工場、小さな町の大通り、サービスエリア

👁 見えるもの
- ひび割れてくぼんだフロントガラス
- ほこりっぽいダッシュボード
- 壊れたクランクハンドル
- 泥だらけのフロアマット
- ツマミ部分がとれたラジオ
- カセットプレーヤー
- (故障した)エアコンや暖房
- ほこりっぽい送風口
- 床に落ちたゴミ(ハンバーガーの包み紙、ソーダのカップ、テイクアウトしたコーヒーのカップ、チョコバーの包み紙、ドーナツの箱)
- ダッシュボードの上に置かれている潰れたティッシュ箱
- 折り畳まれた破れた地図
- 開閉しないグローブボックス
- 擦り切れていたり破れて中の詰め物が見える座席の布張り
- 金属製のコーヒーサーモマグ
- こまごました物品(工具、用具、がらくた、新聞)に覆われた後部座席
- サイドミラー近くの傾けて開けられるくさび型の小さな窓
- バックミラーに吊るされた所有者の人柄が伺える物品(ガーターベルト、ロザリオや宗教的な標章、木のかたちの芳香剤、赤ん坊の靴、ドッグタグ)
- フードクレストマークがとれている
- 汚れた踏み台
- 車体のさびた箇所
- 車の燃料タンクカバーの上のさびたリングやパッチ
- 引っかき傷やこすれた跡
- さびたタイヤハウス
- すり減っていたり組み合わせが揃っていないタイヤ
- でこぼこのバンパー
- リアスライドガラス
- 銃を掛けておくラック
- きちんと閉まらない後ろの扉
- 荷台に置かれているさまざまな物品(塩化カルシウム、砂袋、干し草の俵、工具、大量の薪や材木)
- 壊れたテールランプ
- 濃い灰色の煙を吐きだすさびたマフラー
- 曲がっている、あるいは折れているラジオのアンテナ
- 煙草の吸い殻やクシャクシャにしたガムの包み紙でいっぱいの灰皿
- 煙草用ライター
- 座席についた何かをこぼした跡やシミ
- 内側のドアについた泥の跡
- 外されたままの泥よけ

👂 聴こえるもの
- エンジンが「ブルルル」と轟音を立てたり、停止しかけて「ポンポン」と音を立てる
- 熱シールドのゆるみのせいで「カタカタ」と金属音が鳴る
- ドアが「ギシギシ」きしむ
- ブレーキが「キキーッ」と鳴る
- バックファイヤーの音
- エンジンが駆動する直前の「キィキィ」という音
- モーターの鈍い爆発音や断続的な駆動音
- ギアを力強く所定の位置に入れるときの音
- クラッチを押したときに「ギィギィ」と鳴る
- 座席のスプリングのきしみ
- トラックがわだちを通る際にトランクの中身が滑って動いたり飛び跳ねる音
- トラックが急カーブを通る際に空の容器が「ガタガタ」と移動する音
- 車内に流れるカントリーミュージックやロック
- 運転手が鼻歌を歌ったり歌を口ずさむ
- 飲み物をストローで啜る
- トラックが始動することを祈ってダッシュボードを叩く
- 悪態をつく
- クランクハンドルで上げ下げすると窓が「ギィギィ」とこすれる
- ドアを「バタン」と閉める
- ボンネットを開けるときに「キィキィ」と音が鳴る
- 緩んだつまみや取っ手が「ガタガタ」と鳴る
- 開いた窓から吹き込む風の音

👃 匂い
- 排ガス
- オイルや潤滑油
- 古くなった食べ物
- ほこり
- さび
- 土
- ぼろぼろになったシートの発泡ウレタン
- 臭い足
- 以前に車内にこぼした飲み物(酸っぱくなった牛乳、炭酸飲料、コーヒー)
- 熱い革やビニール
- 煙草
- 芳香剤
- 汗
- 体臭

👅 味
- 冷たいコーヒー
- 水

ふるいこがたとらっく ― 古い小型トラック

- ガム
- 煙草
- テイクアウトの食べ物
- ガソリンスタンドで買った食べ物（ビーフジャーキー、チョコバー、ポテトチップス、ホットドッグ、ピーナッツ）
- 炭酸飲料
- 栄養ドリンク剤やエナジードリンク

質感とそこから受ける感覚
- くもりを取ろうと手でフロントガラスを拭く
- でこぼこした傷のあるダッシュボード
- クランクハンドルを回すために力を込める
- 壊れたエアコンから出るぬるい風
- 足元でクシャクシャに潰れているゴミ
- カップホルダーがないので飲み物カップを太腿の間に注意深く置く
- マニュアル車のスベスベしたレバー
- 揺れる座席
- 急ブレーキをかけたときの抵抗力
- ラジオの音量つまみをひねる
- 内側から開けるときにドアを肩で押す
- ドアを完全に閉めるためにドアハンドルを強く引っ張る
- エンジンがかかりガクンと車体が動く
- でこぼこ道を通過するときに体が車内のあちこちにぶつかる
- タイヤの下でバリバリと踏みつぶされる砂利や石
- きかないブレーキを強く踏み込む
- ハンドルのギザギザした質感
- 音楽のビートにのせてハンドルをコツコツ叩く
- アイドリング中に感じるトラックの振動
- 腕に照りつける熱い太陽

- 窓から入ってくるそよ風
- 開いている窓から腕を外にだらんと垂らす
- ミラーを調節する
- 手のひらでクラクションを押す
- 外気のほこりが喉に入る
- エアコンが壊れていることに激しく悪態をつく
- 汗ばんだ脚がビニール製の座席に貼りつく

物語が展開する状況や出来事
- 望ましくない場所で故障に見舞われる
- 自分のトラックの出す音や匂いが恥ずかしい
- 自分が運転している車両が、ゲートで囲まれた居住地区など特定の場所への侵入を拒否される
- 相手に好印象を与えたいのに、風をまともに受けて身なりが崩れ、汗だくの状態で到着する
- 荷台からがらくたが飛び落ちて、人の所有物に損傷を与える
- トラックから落下したもののせいで事故が発生する
- 荷台から乗客が落下する
- 長距離を走る必要があるが、トラックがそれに耐えられるか疑問を抱く
- 長距離を走行する際に、大勢の乗客とともにぎゅうぎゅう詰めで車内に押し込まれる
- 急いでいるのに、ゆっくり慎重に運転しなければならない

登場人物
- お金がない10代の子どもや運の尽きた人物
- 建設現場の作業員
- 農家の人
- ヒッチハイクをする人
- トラック所有者の友人

設定の注意点とヒント

小型トラックの運転手は車両の中で膨大な時間を過ごすものであるがゆえに、その乗り物には乗り手の性格が反映されがちだ。車の種類、全体の状態、どれくらい簡素なのか、あるいはどの程度改良されているのか、車内にある小物や装飾など、こうした事柄はすべて登場人物に関するなんらかのことを明かしてくれる。どんな設定にも言えることだが、登場人物が乗る車両というのは、何か出来事が発生する舞台としてだけではなく、登場人物の人となりを十分に明かすことができる場でもあるように、その双方の役割を果たせるようにすべきである。

例文

どんなエアコンにも勝るとも劣らない涼しい風が窓から入り込み、松の木の芳香剤がグルグルと高速で回る。舗装されていない道路にある穴のおかげで歯がガタガタ揺れて、口ずさんでいたジョニー・キャッシュの「Ring Of Fire」が台無しになったが、今のいい気分をそんなことには邪魔させまい。それに、継ぎをあてた弾力性のあるシートが、揺れの衝撃を抑えてくれるのだから。俺はにっこり笑うとラジオのボリュームを上げた。このトラックは、きっと俺より長生きするぞ。

使われている技法
多感覚的描写

得られる効果
感情の強化

マリーナ
〔英 Marina〕

関連しうる設定
郊外編 ― ビーチ、湖、海、南の島
都市編 ― 漁船、駐車場、ヨット

👁 見えるもの
- 広い水域へと通じる水路
- 水路に沿って設置されたコンクリートの歩道
- 水中へ伸びた埠頭、木製の狭い桟橋
- 歩道や埠頭沿いに並ぶさまざまな大きさのボート
- 船を埠頭の索止めにつなぐナイロン製のロープ
- 穏やかな波
- 水際にある巨大な岩
- ゴムでできたバンパーが巻かれた木の杭
- 水線の杭の上に生息する蔓脚類(フジツボなど)
- 桟橋から水中へと伸びる金属製のはしご
- プラスチックの保管容器
- 水撒き用のホースと蛇口
- ゴミ箱
- オイルや潤滑油用の容器
- 救命胴衣
- 消火器
- 漁業用品
- (備品を積んだり、桟橋を清掃したり、ワックスがけをして)ビーチウェアに身を包みセーリングのためにボートの準備をする人々、桟橋にボートを戻している人々
- 水面に輝く太陽
- キラキラ光るクロムメッキや銀
- 勢いよく飛び跳ねて水面から姿を現し、また水中に消えていく魚
- 帆の張られていない空に向かって伸びた帆柱
- 静かな水面に映り込むボート
- 周囲を飛んでいる鳥
- マリーナの入口にあるレストランや店
- トレーラーからボートを降ろすための船台
- 給油施設

👂 聴こえるもの
- 鎖が風に吹かれて帆柱に当たり「カチャカチャ」と鳴る
- 船体や支柱を波が「バシャバシャ」と叩く音
- ボートから湾へ水が流れ込む音
- 緩めたりピンと張られたときのロープのきしみ
- 船体が支柱に軽くぶつかる音
- ボートで作業をしているときに聴こえてくる機械工具(ラチェット、ドリル、緩衝装置)の音
- 風ではためく旗の音
- ボートや付近の店から聴こえる音楽
- エンジンのうなる始動音
- 水面へと向かうボートのモーターの駆動音
- 互いに嬉しそうにお喋りを交わす人々の声
- 笑い声
- ボートのデッキや桟橋の上をビーチサンダルで「パタパタ」と歩く
- ゴム底のデッキシューズが「キュッキュッ」と音を立てる
- 木の枝やヤシの葉が風で「カサカサ」と揺れる
- ベルが「チリンチリン」と鳴る
- ボートのホーンが大きな音で鳴り響く
- ホースから水が飛び散る音
- 水鳥の鳴き声
- 昆虫が「ブーン」と音を立てて飛ぶ

👃 匂い
- 自然の水の匂い(海水や淡水)
- モーターオイル
- 魚
- ワックス
- 汗
- ビール
- 日焼け止め
- 濡れた服
- 付近のレストランの食べ物

👄 味
- 海水
- 汗
- 飲み物(水、ソーダ、ビール)
- ボート上での軽食(ジャンクフード、ポテトチップス、果物、サンドイッチ、軽食、レストランでテイクアウトしたもの)

✋ 質感とそこから受ける感覚
- 風で服が引っ張られたり髪の毛がもつれる
- チクチク痛む日焼け
- 風焼けで皮膚が突っ張る
- 裂けやすい木の支柱
- ざらついたナイロンのロープ
- クロムメッキやファイバーグラスのツルツルした質感
- 柔らかなタオル
- ボートの揺れ
- 指にあたる金属製のはしごの熱さ
- 体に照りつける太陽の熱
- 水しぶき
- 虫さされ
- 濡れた服が肌にこすれる
- びしょ濡れで重たい靴
- 肌を伝い落ちる汗
- 炭酸飲料の缶の水滴に触れ

て冷たくなる指先
- 乗船中に捕まえた魚の滑りやすい感触
- クーラーボックスや備品のボート積み降ろしで腰が痛くなる

❶ 物語が展開する状況や出来事
- 狭い桟橋で襲われて応戦しなければならない
- 溺死しかける
- 自分のボートが傷つけられた、または破壊工作に遭ったのを発見する
- 死体が水面に浮いているのを見つける
- ボートを没収される
- 自分の人生の負担になるほど狭量なマリーナの経営者らと対立している
- サメやイリエワニのような危険な生き物を水中に発見する
- 海で過ごす楽しい一日に備えていたが、なんらかのせいで遠出をキャンセルする羽目になる（ボートの水漏れ、燃料タンクが空、エンジンから異常な音がする）

登場人物
- ボートの仲介業者
- ボートの持ち主とその家族
- セーリングの準備をしている客
- マリーナの経営者と従業員
- 整備士
- 艇長

設定の注意点とヒント
マリーナは、ボートを所有していながらも保管場所のない人や、つねに水の近くにボートを停泊させたい人にとって最適の場所だ。ボートを乾ドックに置いて陸地で保管し、自分で水中に移動させるという手段もある。ヨットのオーナー専用のマリーナであれば、ヨット愛好家たちによるクラブも存在するだろう。ボートを自宅に保管し、それをトレーラーに乗せて車で引っ張って水辺まで運ぶ人もいるだろう。その他、私有の桟橋や海岸にある友人の私有地にボートを停泊させる人もいるかもしれない。

　マリーナは、人々が寛いで気晴らしのひと時を過ごす場所であり、たいていは穏やかで落ち着いた環境である。とはいえ、登場人物に緊張感を生じさせるような事柄が起きることももちろん考えられる。たとえば桟橋での口論や、酔った末の喧嘩、溺死、器物破損、破壊行為、窃盗……。このように可能性は事実上無限にある。凶悪なふるまいを描くには、設定も悪質なものにしなくてはならないという誤解は抱くべきではない。一見幸せそうにみえる場所で起きる葛藤にこそ、読者に最上の驚きと満足感をもたらす場合もあるのだ。

例文
どんよりとした空を細長い帆柱で突き刺しながら、何艘ものボートがマリーナを占領している。船舶が前後に揺れるたびに、チェーンはガチャガチャと音を立ててロープはギーギーときしむが、風は熱く乾燥していて、なんの慰めにもならなかった。

使われている技法
隠喩、多感覚的描写、天気

得られる効果
雰囲気の確立

ヨット
[英 Yacht]

関連しうる設定
郊外編 ─ ビーチ、ビーチパーティー、海、南の島
都市編 ─ 正装行事、リムジン、マリーナ

👁 見えるもの
- 複数のデッキ
- ロープ
- ボートのてっぺんではためく旗
- メインの応接室（長椅子やソファ、飾り枕、分厚いカーテンが掛けられた全方位の窓、テレビ、敷物、バーとスツール）
- ギャレー（シンク、冷蔵庫、冷凍庫、オーブン、カウンター、戸棚）
- ダイニングルーム（テーブルと椅子、皿、フラワーアレンジメント、ナプキン）
- ブリッジ（革張りの椅子、操舵輪、操作桿、スロットレバー、カップホルダー、画面、ボタン、キーパッド、つまみ、地図、ナビ装置や道具、通信機器）
- 階の間にある階段
- デッキの下部にある複数の船室（ベッドと枕、テレビ、鏡、ボートをより居心地よくするための私物や家具）
- 複数階に設置された覆いのついた椅子付きのデッキ
- 簡易的なバー設備と温水の浴槽
- 船員のための船室（寝台と枕、収納棚、浴室、洗濯機および乾燥機）
- エンジンルーム
- ジム
- シアタールーム
- マストや索具（帆船の場合）
- 制服を着た船員（ボートの手入れをする、船長に報告をする、食事の準備をする、乗客の応対をする）
- 救急箱、所定の位置に設置された救命胴衣
- 各階に置かれた消火器
- 船体の奥の方に収納されたレクリエーション用の乗り物（ジェットスキー、浮き輪、カヤック）
- ラウンジチェアーが置かれた1階のデッキ

👂 聴こえるもの
- エンジン音（アイドリング、加速、減速）
- 船体が水を切って進む音
- 船体に波がぶつかる音
- 上空を飛ぶ水鳥の鳴き声
- 流れている音楽
- 人々の話し声や笑い声
- 大きな声で子どもがわめく
- デッキの上を裸足で「ペタペタ」と歩く足音
- 子どもたちが海に「バシャン」と飛び込む
- トイレの水が流れるときの機械音
- 金属製の錨を下ろす音
- 耳いっぱいに吹き込む風の音
- シンクに水を注ぐ音
- ソーダやビールの缶を「プシュッ」と開ける音
- 飲み物がグラスに注がれる音
- グラスの中で氷が「カチン」と音を立てる
- 船員同士で、もしくは船員が乗客に対して小声で話しかける
- 屋外で旗が鋭い音を立ててはためく
- カーテンや服が風に「カサカサ」と揺れる
- ギャレーから聴こえる調理の音
- 皿の上を銀食器がこする音
- ウェットスーツ姿でデッキに上がるときに水が滴り落ちる音
- 乗客がジェットスキーに乗り込み波の中を駆け抜けるときに、エンジンがうなるような音を上げる

👃 匂い
- 海の空気
- 濡れたタオル
- 調理している食べ物
- 革
- 木材の艶出し剤
- コーヒー、ビール、その他の飲料
- 清潔なリネン
- 清掃用品

👅 味
- 新鮮な魚や魚介類
- ソーダ
- 水
- レモネード
- コーヒーや紅茶
- アルコール飲料
- 肌に付着する塩

✋ 質感とそこから受ける感覚
- 風で髪の毛が翻る
- 波のしぶき
- 足元の木製のデッキ
- 分厚い敷物
- 柔らかな長椅子
- クッション性のあるデッキチェア
- 繊細なつくりの脚付きグラス
- 水滴に濡れたグラス
- 手を置いた木製やステンレスの手すり
- 分厚いベッドカバー
- 滑らかなシーツ

よっと｜ヨット

- 喉を潤す冷たい飲み物
- 鼻を滑り落ちるサングラス
- 日焼け
- 肌に溜まる汗
- 濡れたビキニのひもから水滴が背中を流れ落ちる
- 塩っぽい海の中に飛び込む
- 塩水で目が痛む
- 肌を覆う汗や塩を冷たいシャワーで洗い流す

❶ 物語が展開する状況や出来事
- 船外に転落したり突き落とされる
- はみ出し者の船員が反抗する
- 嫉妬深い友人や家族による破壊工作
- 家から遠いところを走っているときに船が壊れる
- 航路に迷い敵地に入り込む
- 海賊に遭遇する
- 乗客や船員同士の一悶着
- 監視を逃れた子どもたちが危険な場所で遊んでいる
- 食中毒や病気によって自分の招待客が危機にさらされる
- ボートを操縦できる人物が突然亡くなったり船上からいなくなる
- サメの襲撃
- 海上にいる最中にエアコンが効かなくなる
- 必需品が尽きる（食糧、薬、飲料水）

❷ 登場人物
- シェフ
- 船長
- 甲板員
- 家族
- ヨットをチャーターした集団
- 乗客
- 友人
- 給仕スタッフ
- ヨットのオーナー

設定の注意点とヒント
ヨットにはさまざまな艇身のものがある。定義はひとつとは限らないが、一般的に約25フィート以上のものは小型ヨット、164フィートを超えるものはメガヨット、その間のものはスーパーヨットと呼ばれる。小型のヨットであれば所有者が操縦することもあるが、大きな船になると船員を雇うことも多く、船上の設備や、スイミングプール、エレベーター、ヘリコプターの離着陸場といった豪華さの度合いは、ボートの大きさによって異なるものになるだろう。

例文
まるでインクの中を泳いでいるかのように、水は暗く温かい。私が夜にこんな遠くまで来たことを知れば母はひどく動揺するだろうけど、迷子になるはずがなかった。遠くにいるヨットはパレードの巨大なフロート車のように明かりがついているし、数キロ先にいても絶対に音楽が耳に届くはずだから。無論、母が本当に心配しているのは、夜の闇や私が迷子になることなんかじゃない。がっしりした2本の腕が腰に巻きつけられると同時に唇が首の後ろに軽く触れて、私はぬるい水の中で体を震わせた。にっこり微笑むと、私は振り向いてデュークを出迎えた。

使われている技法
光と影、多感覚的描写、直喩

得られる効果
登場人物の特徴づけ、雰囲気の確立

リムジン
〔英 Limousine〕

関連しうる設定
郊外編 ― 豪邸、プロム、結婚披露宴
都市編 ― 正装行事、カジノ、楽屋、ホテルの部屋、ペントハウス、劇場

👁 見えるもの
- 車内を囲むように設置された革張りのソファ
- サービスの水入りペットボトルが入ったアイスボックス
- 天井や床をネオンのように輝かせるLEDの可動式照明
- 音響システムのリモコン
- 座席と運転席とを分割するスモークフィルムを貼った仕切り
- サンルーフ
- これからパーティーへと繰り出そうとするウキウキした人々
- ボトルに入った蒸留酒を回し飲みしたり、炭酸飲料の缶に入れる
- 照明を薄暗く調節するスイッチ
- 車内の出っ張り部分に置かれた空のボトルやビールの空き缶
- スモークフィルムが貼られたピカピカの窓
- 艶やかな銀色のドアハンドル
- グラスやカップホルダーがある小さなバー設備
- テレビとDVDプレーヤー
- USBコネクタ
- クロムメッキで施された細部の装飾
- サンルーフの周りの鏡張りの天井
- ステレオ機器を背後から照射する光ファイバー
- 乗客の乗車・降車に手を貸す運転手
- 照明に照らされた乗客一人ひとりの顔
- イチャつくカップル
- 薬物を使用している乗客

👂 聴こえるもの
- 大音量の音楽
- 笑い声
- パーティーに向かう人々の立てる物音（音楽に被せて叫び声を上げる、サンルーフから身を乗り出すために立ち上がる、テレビで映画を観賞する、酒を飲む）
- クラクションが外で鳴り響く
- ラジオのチャンネルをいじるときのノイズ
- 窓が「ウィーン」と自動開閉する音
- 乗客が運転手に進路の指示を伝える声
- ドアが「カチッ」と閉まる音
- 飲み物のグラスの中で氷が「カチン」とぶつかる音
- 外を車両が忙しなく行き交う
- 安定した動きで舗道を走る車輪の音

👃 匂い
- アルコール
- 汗
- 狭い空間に籠った強烈な香水やアフターシェーブローションの匂い
- 革
- エアコン

👅 味
- アルコール
- 水
- 炭酸飲料やカクテル
- リムジンに持ち込んだ軽食

✋ 質感とそこから受ける感覚
- スベスベした革張りの座席
- 冷たい氷
- 車内で互いにぶつかる
- 飲み物をこぼして突然濡れる
- 角を曲がったり交差点で停まるときにリムジンがガクンと動いたり揺れたりする
- 座席を通してベース音の振動が伝わってくる
- 立ち上がってサンルーフから身を乗り出し、冷たい夜風を顔に受ける

❹ 物語が展開する状況や出来事
- 乗客が酒を飲み過ぎたため路肩に寄せなければならない
- 交通渋滞のため、忙しい乗客が時間に遅れることになる
- 故障やタイヤのパンク
- スピード違反で警察に止められる
- 誰かが車に酔い、後部座席に酸っぱい臭いが広がる
- 現金を持っておらず運転手にチップが渡せない
- 乗客がよく知られた犯罪者である、またはマフィアの重要人物と関係がある
- リムジンを運転中に、乗客がひどく違法な行為をしている姿を目撃する

🎭 登場人物
- リムジンの運転手
- 乗客（プロムに向かう10代の子どもたち、訪問中の要人、芸能人、結婚式を挙げたカップル）

りむじん｜リムジン

設定の注意点とヒント

リムジンには、乗客が酒を飲めるようにガラス製品が置かれている場合が多いものの、ほとんどの人はトイレのことを考えて利用を避ける。また、大型のSUVやハマーなどを含め、車体や大きさはさまざまだ。

　車両にはさまざまな目的があるが、共通しているのは乗客をひとつの場所から別の場所へ運ぶことが最重要なものであるということだ。そのことから車両とは、「変化」というテーマに焦点を合わせるのにふさわしい環境だといえる。たとえば物語において、登場人物がA地点からB地点に移動するとしよう。しかし、移動というのは必ずしも物理的な事象に限るものではない。たとえ短い距離を進むような場合でも、自分の性格や、決断を下した事柄、この先の目標などに関してじっくり考え内省する、心理的な移動の機会がもたらされるのだ。こうした設定においては、登場人物が実際に移動する始点と終点とともに、登場人物が歩む自己実現の道と今後進むべき方向を、どうやって並列させることができるか考えてみよう。

例文

口をぽかんと開けないように気をつけながら、私はデニスのあとに次いでリムジンに乗り込むと、革張りのシートに滑り込んで端に寄った。向かいには飲み物が補充されたミニバーと2台のテレビがあるし、壁には向きを自在に動かせる緑のライトが取りつけてあって、淡い色をした私のドレスを落ち着いたエメラルド色に染めている。サウンドシステムのつまみをデニスがいじると、音楽が大音量でかかって、クッション性のあるシートを通してベース音がドスドス伝わってきた。もっとすごいことに、ビートに合わせて照明がピカピカ光り、車内が私たちだけのミラーボール・パーティーへと変身する。ワオ。高校最後のパーティーにこんな乗り物で向かうことになるなんて、まったく思いもよらなかった。私たちが駐車場に着いたら、ローラとスティーブンはきっとひっくり返って、極度の嫉妬で死んじゃうわね。

使われている技法

誇張法、光と影、多感覚的描写

得られる効果

雰囲気の確立、感情の強化

付録 1

設定のエクササイズ

次のエクササイズを通して描写の筋力トレーニングをしよう。まず場所をひとつ選択し、五感にまつわる感覚的なディテールをそれぞれ2つずつ挙げてみよう。

◉ 視覚
1：　　　　　　　　　　2：

◉ 嗅覚
1：　　　　　　　　　　2：

◉ 聴覚
1：　　　　　　　　　　2：

◉ 触覚
1：　　　　　　　　　　2：

◉ 味覚
1：　　　　　　　　　　2：

次に、この場所を一度も訪れたことがない登場人物の視点を通じて、設定を描写する文章を一段落分書いてみよう。光の加減や、時間帯、あるいは季節の描写などを盛り込み、五感から少なくとも3つの感覚は用いること。登場人物がどういう人物で、その人が何を感じているのかを読者に示してみよう。

次に、その文章を次のように書き直してみることにしよう。先に書いた文章に「何か悪いことが起こるかもしれない……」とほのめかすような伏線を加えてみるのだ。読者の注意を引くために、どことなく不安げな雰囲気を作り上げ、設定の中で不似合いなディテールに焦点を合わせることに集中してみよう。新たな感覚的描写を組み込んでみるのもひとつの手だ。

最後にこの文章を書き直して緊張感を高めてみることにしよう。登場人物が何かから逃げたり、あるいは何かと戦ったり、何かから隠れたりする際に、その人物が設定とどのように関係しているかについて描写してみてほしい。人物の感情や雰囲気を提示しながら、その場面で展開している事柄を描くことが必要だ。切迫感を出すためには、一文の長さをなるべく短くすることも忘れないようにしてほしい。

*P572〜P578の付録はすべて、英語版はWriters Helping Writers（http://writershelpingwriters.net/writing-tools/）にて、日本語版はフィルムアート社ウェブサイト内『場面設定類語辞典』書誌情報（http://filmart.co.jp/books/playbook_tech/setting_thesaurus/）にて、PDFが入手可能。

付録2

設定のプランニングツール

設定描写は多面的なものであるがゆえに、読者をただたんに場面につなぎ止めること以上の役割を担わなければならない。執筆に先立って、「五感」、「光のありかた」、「天候・季節に伴う要素」、「必要な雰囲気」、「必要な象徴」などについて綿密にプランを立てることによって、登場人物の過去の出来事、下さなければならない選択、昔から抱いている恐怖や未来への希望を呼び込むことが可能になる。

場所と場面	見えるもの	聴こえるもの	匂い	味

付録2 ― 設定のプランニングツール

質感	天候	光の加減・時間帯	雰囲気・感情	象徴

付録3

感情的価値の設定ツール

　説得力のある設定は、主人公をはじめ、もしかするとほかの登場人物にとっても特別な意味を持つことになる。こうした感情的価値というのは、作家が性格づけしたり雰囲気作りを通して設定に組み込んでいくものである。感情をかき立てる場面を作るために、下記の枠を埋めてみよう。

例

場所
メアリーが子どもの頃育った家の台所。実家には、もう何年も帰っていない

引き金となるシンボル
壁に掛けられた十字架
子ども時代と同じランチョンマット
何時間もずっと座らされ続けた木の椅子

この設定は、過去のどんな出来事を、あるいは現在のどんな問題を象徴しているのだろうか？　それに関連した感情を生じさせるディテールを仕掛けよう。

登場人物は、心の中でどんなもがきに直面しているのだろう？　それを示すには、この場面におけるどんな出来事や自然な行動が役立つのだろうか？

出来事
沈黙の中で夕食を摂りながら、子どもの頃、食事中に口を開く度に罰を受け、水を求めることさえ認められなかった記憶が甦る

心の中の葛藤
身体的な虐待を受けていた事実を父親に突きつけたいが、彼が狂信的なほどに信心深いことの重みや、自分の低い自尊心にそれを押さえつけられてしまう

登場人物の感情
メアリーの感情は、罪悪感、怒り、弱さ、憎しみ、恥が入り交じっている

引き金となる人々
メアリーの父親（彼女の怒りの焦点）は、彼女が子どもの頃に苦しみ、今日にいたるまで影響を及ぼしている虐待を象徴する人物である

登場人物の中に生じた、まだ解決に至っていない感情とは何か？　またその感情の引き金となるのは（周囲に誰かが存在する場合）登場人物の周辺にいるどういった「タイプ」の人々だろうか？

雰囲気をもたらしてくれるのは、どんな天気や環境の要素だろうか？　設定は登場人物をどのように揺さぶり、最終的にどんな決断が下されるのだろうか？

引き金となる天気や環境
辱められているような気持ち（自分は罪深く価値がない存在だというような気持ち）にさせる、彼女を照らす台所の明るい照明

結果
口を開いてはいけないというプレッシャーを感じていた沈黙を破り、メアリーは自分が受けた虐待や、神の名を利用して自分がされたひどい行為について、父親に突きつける。

付録3 ― 感情的価値の設定ツール

　登場人物をとある決断、選択、行動へと向かわせるために、気持ちを増幅させたり、過去を思い出させたり、これから先の選択肢を提示したりできるような感情的な引き金（人々、シンボルとして役割を果たす設定の細部等々）を場面に散りばめてみるのだ。

- **場所**

- **引き金となるシンボル**
  この設定は、過去のどんな出来事を、あるいは現在のどんな問題を象徴しているのだろうか？　それに関連した感情を生じさせるディテールを仕掛けよう。

- **出来事**
  登場人物は、心の中でどんなもがきに直面しているのだろう？　それを示すには、この場面におけるどんな出来事や自然な行動が役立つのだろうか？

- **心の中の葛藤**

- **登場人物の感情**

- **引き金となる人々**
  登場人物の中に生じた、まだ解決に至っていない感情とは何か？　またその感情の引き金となるのは（周囲に誰かが存在する場合）登場人物の周辺にいるどういった「タイプ」の人々だろうか？

- **引き金となる天気や環境**
  雰囲気をもたらしてくれるのは、どんな天気や環境の要素だろうか？　設定は登場人物をどのように揺さぶり、最終的にどんな決断が下されるのだろうか？

- **結果**

付録4

設定チェックリスト

場所：

場面や章：

これから展開する事柄にとって、なぜこの設定がもっともふさわしいのだろう？：

この設定描写を通じて自分が達成したいこと：（当てはまるものすべてを選ぼう）

- ☐ 登場人物の葛藤や緊張感を作り上げる
- ☐ これから起こる出来事の伏線を張る
- ☐ 感情に駆り立てられた行動や選択を生じさせる
- ☐ 登場人物に過去の（良い・悪い）出来事を思い出させる
- ☐ 古い心の傷を突く
- ☐ 自身が抱えている恐怖に主人公を立ち向かわせる
- ☐ 主人公がその試練を上手く乗り切って過去の痛みを手放すことができるように、かつて心の傷を負った出来事を再現する
- ☐ 重要な背景を積極的に伝える
- ☐ ひとり以上の登場人物について特徴づけをする
- ☐ より深いメッセージや意味を強調するための象徴やモチーフを提示する
- ☐ 特定の雰囲気を伝える
- ☐ 話の筋を誘導する
- ☐ 障害や挫折を通して試す
- ☐ 設定に感情的価値を与え、感情的な引き金を敷く

過去の出来事を象徴する、感情を高める、メッセージを強調するための設定のディテール：

視点となる登場人物がこの設定と関わる方法：

おわりに

　「郊外編」「都市編」ともに、一般的な架空の設定におけるもっとも説得力ある表現を収録しようと努めたが、本書は決して完全版ではない。考えられる場面設定というのはもちろんほかにもあるし、本書に収録したものときわめて似通った設定というのも存在するはずだ。収録にあたっての選択基準は、そうした数限りなく存在するいくつもの場面設定から、その描写のためのスタート地点となるようなものであるという点だ。もし自分が探しているものとぴったり一致する設定が見つからないときには、それに似た部分を有している項目をあたってみると、必要としている描写のディテールに出会えるかもしれない。

　項目を見ていくなかでは、いくつか矛盾した表現にも出会うかもしれない。たとえば「マリーナ」の項目には「波」についての記述もあるが、同時に「静かな水面」についての記載もある。風の有無、水の活動量、付近の海洋生物、あるいはその他の要因次第で、それが「波」なのか「静かな水面」なのかは決まるわけだが、そのどちらにも当てはまる可能性だってある。設定はその状況によって日ごとに、時間ごとに異なる。だから本書ではさまざまな選択肢を提供するために、できるだけ多様な可能性を網羅するよう心がけた。

　広範囲にわたるリサーチを行ったが、記載されているのはあくまで基礎的な役割を果たすだけのものに過ぎない。いかなる設定であっても、そこには無限に——しかしそれぞれに異なる——ルーツが共通する設定が存在する。アラスカの森には、南カリフォルニアのそれとは異なる動物や植物、あるいは木々が生息しているだろうし、ましてボルネオやニュージーランドといった他国であればそれは大きく異なるだろう。もし描こうとしている作品が実在する特定の場所を舞台としているなら、項目に挙げられている事柄と異なることは何かについて、じっくり調べてみてほしい。

　項目に記載されたすべてのディテールが、その場所にとって普遍的なものであるとは限らない。設定を調整する際には、登場人物の行動様式、宗教的信念、性格、教育レベル、財政手段などがさまざまに影響する。たとえば「郊外」といっても、

場所、天候、季節、あるいは人為的な影響の多寡によって、その外観も感じも大きく異なるだろう。もし実在の場所を設定に起用するのであれば、自分の描写がその場所と確実にぴったり一致するように、実際のその一帯の環境についてじっくり調べてみることを勧めたい。

視点となる登場人物や、語り手の視点から設定を描写することの重要性は忘れずにおくべきだ。各項目に記載された情報を熟読する際にも、そのことを念頭に置いておくといい。物語において、たとえば「競馬場」のジョッキーが馬の匂いについて言及するのは自然だとしても、その様子を遠く離れたスタンドで見ている観客が同じように匂いについて語ることは納得できまい。あるいは「パトカー」の項目には、車の運転席／助手席と後部座席から見たディテールの双方が含まれているが、自分が描く登場人物が警官である場合、運転席のコントロールパネルには触れることができても、彼の視界には後部座席に拘束された人物の細部までは含まれないはずだ。扱うディテールについては慎重に選択し、それに触れる人物が正しくかみ合っているかについては、きちんと確認することが必要である。

感情というものは、良くも悪くもその人物が立ち会う場所についての偏見を生む。そしてこの偏見が読者へも伝わることで、登場人物とそこで描かれる世界におけるつながりを感じるための補助線ともなる。偏見が描かれることによって、同じレンズを通して世界を見ることができるようになった読者は、登場人物とのより強いきずなを感じることができるようになるのである。

各設定には、考えられるだけのさまざまなディテールを添えているが、それらは特定の場所のいかなる状況においても見られるものだとは限らない。たとえば、すべての質屋に造園のための備品や道具が置いてあるわけではない。あるいは、どのベーカリーにもイートインスペースがあるなどとは限らない。しかし本書では、必要なディテールを用いるか否かについて自分自身で決めることができるように、多くの選択肢をリストに残している。

実在のロケーションを起用するのなら、天候にも注意が必要だ。描かれている時

おわりに

　節が1年のうちのどの時期なのか、その土地から赤道までの距離とはどの程度か、そして季節はどのようにめぐるのか。そうした事柄も設定には強く影響を及ぼす。たとえばカナダの一部地域では、12月には午後4時頃には空が暗くなってしまうが、夏場であれば太陽が完全に沈むのは夜の10時頃になる。
　山脈や海岸線までの距離といった地形的な条件も、気候や天候に大きな影響を及ぼす。自分が選んだ場所は、竜巻や地震が発生しやすい場所なのか？ 乾燥した地域なのか湿潤な場所なのか？ 人々はビーチサンダルで過ごすことが多いのか、それともハイキング用ブーツを履かねばならないのか？ そのような事実を把握しておくためにはGoogleを活用したり、あるいはいっそのこと実際にその場所を訪れてみるのもよいかもしれない。

　最後に、本書は「都市編」「郊外編」の双方の章を併せて活用することを勧める。それぞれの異なった傾向にある項目群を相互に確認してみることによって、そこに記された要素をさらに巧みに使いこなせるようになり、場面に読者をより深く引きつける技術を獲得することが可能になるだろう。

　本書をお楽しみいただけたのなら、ぜひ私たちのWEBサイトである「**Writers Helping Writers**（作家を助ける作家たち）」を訪れてみてほしい。このWEBサイトでは、本シリーズのその他の書籍についての情報や、あなたのスキルを磨くための執筆の技巧に関するオリジナル記事、さらにあなたのこれからのキャリアをアシストするに違いない出版・マーケティング関連の多数の投稿を読むことができる。
　近刊等の最新情報を受け取ったり、役に立つ執筆資料が必要だったり、実用的な執筆のヒントを受け取りたいと思うのであれば、私たちのニュースレターにも登録してみてほしい。また、自分の道具となるような他に類のない資料を覗いてみたいのであれば、描写やストーリープランニング用の素材がすべて一箇所に保管されたユニークな私たちの書庫「**One Stop For Writers**（作家のためのワンストップ）」にも立ち寄ってみてほしい。ここにはあなたの文章を向上させるために作られた革新

的なツールとともに、私たちの類語辞典の完全版（書籍に掲載されたものも含む）もすべて掲載されている。

最後に、あなたの率直なレビューや紹介文もお寄せいただけたら大変ありがたい。

深謝を表するとともに、いざ、楽しい創作の世界へ！

アンジェラ・アッカーマン＆ＢＥＣＣＡ・パグリッシ

● WEBサイト

Writers Helping Writers（作家を助ける作家たち）

www.writershelpingwriters.net

One Stop For Writers（作家のためのワンストップ）

www.onestopforwriters.com

● フェイスブック

www.facebook.com/DescriptiveThesaurusCollection

● Twitterアカウント

@angelaackerman　（アンジェラ・アッカーマン）

@beccapuglisi　（ベッカ・パグリッシ）

著者紹介

アンジェラ・アッカーマン Angela Ackerman
ベッカ・パグリッシ Becca Puglisi

アンジェラ・アッカーマンは主にミドルグレード・ヤングアダルトの読者を対象に、若い世代の抱える闇をテーマにした小説を書いている。SCBWI〔児童書籍作家・イラストレーター協会〕会員である。ベッドの下にモンスターがいると信じ、フライドポテトとアイスクリームを一緒に食し、人から受けた恩をどんな形であれ他の人に返すことに尽くしている。夫と2人の子ども、愛犬とゾンビに似た魚に囲まれながら、ロッキー山脈の近く、カナダのアルバータ州カルガリーに暮らす。

ベッカ・パグリッシはともに多くの作家と作家志望者が集まるウェブサイト「Writers Helping Writers（前身は「The Bookshelf Muse」）」を運営している。豊かな文章を書くにあたり参考となる数々の類語表現を紹介するこのウェブサイトは、その功績が認められ賞も獲得している。

訳者紹介

滝本杏奈

津田塾大学英文学科を卒業後、creativehybridに所属、広告・映像ジャンルを中心に幅広く翻訳を手がけている。欧米のヤングアダルト小説とハワイをこよなく愛する。

場面設定類語辞典

2017年 4月28日 初版発行
2020年11月25日 第6刷

著者―――――― アンジェラ・アッカーマン＆ベッカ・パグリッシ
訳者―――――― 滝本杏奈（creativehybrid）
ブックデザイン ― イシジマデザイン制作室
装画―――――― 小山健
日本語版編集 ―― 薮崎今日子、田中竜輔（フィルムアート社）
発行者―――――上原哲郎
発行所―――――株式会社フィルムアート社
　　　　　　　　〒150-0022
　　　　　　　　東京都渋谷区恵比寿南1丁目20番6号 第21荒井ビル
　　　　　　　　TEL 03-5725-2001
　　　　　　　　FAX 03-5725-2626
　　　　　　　　http://www.filmart.co.jp

印刷・製本 ――― シナノ印刷株式会社

Printed in Japan
ISBN：978-4-8459-1623-8 C0090